U0612450

歷代文選講疏

（上册）

陈湛铨 著

陈达生 编订

南方传媒
广东人民出版社
·广州·

图书在版编目（CIP）数据

历代文选讲疏／陈湛铨著；陈达生编订．—广州：广东人民出版社，2024.6

大湾区专项出版计划

ISBN 978-7-218-15671-2

Ⅰ．①历… Ⅱ．①陈… ②陈… Ⅲ．①古典文学研究—中国 Ⅳ．①I206.2

中国国家版本馆 CIP 数据核字（2024）第 093944 号

LIDAI WENXUAN JIANGSHU

历代文选讲疏

陈湛铨 著 陈达生 编订

出 版 人：肖风华

责任编辑：胡艺超
封面设计：奔流文化
责任技编：吴彦斌

出版发行：广东人民出版社
地　　址：广州市越秀区大沙头四马路 10 号（邮政编码：510199）
电　　话：（020）85716809（总编室）
传　　真：（020）83289585
网　　址：http://www.gdpph.com
印　　刷：广州市豪威彩色印务有限公司
开　　本：880mm×1230mm 1/32
印　　张：30.5　　**字　　数**：1430 千
版　　次：2024 年 6 月第 1 版
印　　次：2024 年 6 月第 1 次印刷
定　　价：280.00 元（上、下册）

如发现印装质量问题，影响阅读，请与出版社（020-85716849）**联系调换。**
售书热线：（020）87716172

作者简介

陈湛铨（1916—1986），少字青萍，号修竹园主人。广东新会人。毕业于中山大学中文系，即获张云校长聘任校长室秘书兼讲师。历任中山大学、上海大夏大学、广州珠海大学教授及香港联合、经纬、浸会、岭南等书院中文系主任。曾与一众友好创办经纬书院，并任监督及校长。著有《周易讲疏》《庄学述要》《陶渊明诗文述》《诗品补注》《杜诗编年选注》《苏东坡编年诗选讲疏》《元遗山论诗绝句讲疏》《历代文选讲疏》《修竹园诗前集》《修竹园近诗》《修竹园诗二集》《修竹园诗三集》《修竹园丛稿》《修竹园诗选》《香港学海书楼陈湛铨先生讲学集》等。

内容简介

本书是国学大师陈湛铨教授主讲香港学海书楼时所撰之讲稿。作者为三十五篇选文注释及疏证，内容旁征博引，解说极为详尽，时复注中有注，疏中有疏；且论述严谨，考证详备，时有精审之案语，可以决古来之讼，解学者之惑，是国学研究之最佳参考书。

陈湛铨教授事略

陈教授讳湛铨，字青萍，号修竹园主人。广东新会县人。民国五年丙辰（一九一六年）生于县之外海乡松园里。考讳旭良，字佐臣。居港经商。平生轻财仗义，急人之急。月入虽甚丰，而到手辄尽。乡里皆称善人。及下世，囊中遗财仅七十元耳。

教授少聪慧，从乡宿儒陈景度先生受经学、诗、古文辞及许君书，并随伍雪波习技击。十五岁失怙。越年，赴穗垣入读禺山高中。此前并未接受新式学校教育，遑论初中矣。于时家道中落，寄食七叔父家。教授出身苦学生，每每晨起至夕始得一饭。虽则饥肠辘辘，然益自奋厉，每试必超优，屡得奖学金并免学费。高中教育因以完成。弱冠投考国立中山大学，本欲研物理。会回乡省亲，茶座中与景度师偶及此事，为师所止。谓吾道赖汝昌，奸凶奋诛锄。因改弦易辙，攻读中国文学系。师事大儒李笠雁晴、詹安泰祝南、古直公愚、陈洵述叔、黄际遇任初。抗心希古，出入经史百家。诗则取径于陶、杜、苏、黄、放翁、遗山诸大家。既学积而气雄，人豪而材大，所为诗已横绝不可当。自弱冠而越壮年，诸同学并前辈均以“诗人”见呼。虽师辈亦嘉为江有汜、真宗盟也。毕业后即获张云校长器重，聘为校长室秘书兼讲师，此殊荣为该校毕业生之第一人。时年二十五耳。

抗日军兴，教授随校转进坪石、澄江等地。越二年，任教贵阳大夏大学文学院。明年，避兵离贵阳至赤水。于时见知于陈寂园、尹石公、叶元龙、孙亢曾诸前辈。煮酒论诗，时多唱和。石老自恨其晚，叶公尊之为天下独步。及胜利回粤，本以历数年抗战奔波，不再拟远行，然终以难卸大夏大学之再三催促而赴沪。及后，广东教育耆宿黄麟书先生筹创广州珠海大学，乃慕名远赴上海聘其返穗。教授亦冀能多造福桑梓，毅然辞退大夏大学教席，返穗任珠海大学中文系教授。一九四九年，随校转迁香港，并讲学于学海书楼。迨蒋法贤先生筹办联合书院，礼聘教授规划中国文学系。及蒋氏去职，教授激于义愤，接淅而行。于时儿女成行，家累奇重，仓卒离校，实朝不谋夕者也。而惟义是重，一切不之计。其高风亮节，足以振末世而起顽愚。

教授专力于群书六十余年，以国学为终身事业。积学既厚，真气弥充。乃于一九六一年创办经纬书院，宣扬国故，恢开义路，嘉惠来士，力回狂澜。宿儒曾希颖曾称经纬为“国学少林寺”。今香港后辈治国故之真能拔乎其萃者，多出其门下，诚无愧此锡号矣。惜时地未便，虽艰苦支撑，亦七年而止。嗣先后任浸会书院、岭南书院中文系主任。迨八年前因健康欠佳而辞退所有教席，惟仍讲学于学海书楼，潜心述《易》赋诗。其著述计有《周易乾坤文言讲疏》、《周易系辞传讲疏》、《庄学述要》、《诗品补注》、《陶渊明诗文述》、《元遗山论诗绝句讲疏》、《杜诗编年选注》、《苏诗编年选注》、《修竹园丛稿》、读书札记及修竹园诗都三万六千余首。

教授一生，肩担大道，既儒且侠，严霜烈日，积中发外，故多行负气仗义之事。视己所当为，恒不顾人之是非。尤恨伪学，辄痛斥之。下笔万言，廉砺剽悍，铦于干莫。尝谓在今日横流中，如出周、程、朱、张之醇儒，实不足以兴绝学。要弘吾道，都须霸儒。盖遏恶戡奸，似非天地温厚之仁气所能胜也，故自号霸儒。平素以拘谨胜纵恣，争万古，不争朝夕。教子侄勉诸生，谓仲尼称射且必争，况名山真事业耶。至尘俗间之浮名虚位，如不忽之浮尘，视同土梗。且不足以论事功，何文辞之精圣贤之学所以发挥哉。以故教授不甘挫志损心，折腰于廊庙。于衣、食、住三者几不知享用。斯君子固穷，道胜无戚颜之真儒也。一九八六年十二月二十日以疾卒，春秋七十有一。

夫人陈琇琦淑德贤良，通晓文墨。教授诗所谓“老莱有妇共逃名，词赋从来陋马卿。自读家人久中馈，何须夫婿在专城”者也。子乐生、赤生、海生、达生，女更生、香生、丽生并研习国故，绍其家学。

（原载于一九八七年五月三日“陈湛铨教授追思大会”场刊）

序

数年前，余讲授李密《陈情表》，观书于香港大学冯平山图书馆，阅书逾百，惟遍观各书注释，有终不惬意者。余叹曰："惜乎！湛师昔日注《文选》，未及是篇，倘注，必不若是也。"遂另为札记，以授诸生。

《陈情表》开首曰："臣密言：臣以险衅，夙遭闵凶。"李善《文选》注云："贾逵《国语》注曰：'衅，兆也。'"仅注"衅"字，于"险"字则无说。而其他各书注释，但言"险难"、"祸患"、"恶兆"、"厄运"、"坎坷"，而未能道出根据，不如以文字学释之为确切也。《说文》："险，阻，难也。从𨸏，佥声。"王筠《说文解字句读》曰："险、阻，一事而两名，难则其义也。险言其体之峻绝，阻言用之隔阂。"险从𨸏，𨸏为山，险盖言险峻与阻隔，皆艰难之意。又《说文》："衅，血祭也。象祭灶也。从爨省；从酉，酉，所以祭也；从分，分亦声。"是"衅"之本义为血祭，谓杀生取血涂物以祭。段玉裁《说文解字注》于"衅，血祭也"下曰："《周礼·大祝》注云：'隋衅，谓荐血也。'凡血祭曰衅，《孟子·梁惠王》赵注曰：'新铸钟，杀牲以血涂其衅郄，因以祭之曰衅。'《汉书·高帝纪》'衅鼓'，应劭曰：'衅，祭也，杀牲以血涂鼓衅呼为衅，呼同罅。'按凡言衅庙、衅钟、衅鼓、衅宝镇宝器、衅龟策、衅宗庙名器，皆同以血涂之，因荐而祭之也。凡坼罅谓之衅，《方言》作璺，音问，以血血其坼罅亦曰衅。”“衅”字象以血祭灶。段注于《说文》说解“象祭灶也。从爨省”下曰：“祭灶，亦血涂之，故从爨省，爨者，灶也。”又于“从酉”下曰：“酉者，酒之省。”又于“从分”下曰：“取血布散之意。”如此分析，则“险”、“衅”二字之形体结构甚明。

衅为血祭，即杀牲并将其血涂于灶或新制器物之缝隙。引申为缝隙，为仇隙，为争端，为祸难，为厄运，为祸兆。《陈情表》“险衅”之“衅”，当训厄运。李善《文选》注及各书训为祸兆，则引申太过。“险衅”当言李密命运之坎坷艰难也。

观此一端，即知注《文选》之难矣。而《文选》之学，所涉甚广，又不徒文字训诂也。

昔者骆鸿凯著《文选学》，谓《文选》一书，上下千载，兼揽众长，义蕴既深，篇章尤富，学者欲穷其理而通其学，于训诂、声韵、名物、句读、文律、史实、地理、文体、文史、玄学、内典，皆不可忽。

湛师洽闻强识，详悉古今，研几探赜，穷极幽隐。观其《历代文选讲疏》，援引该博，考据精审，推源析流，旁稽远绍，补苴罅漏，揆剔纤微，决古来之讼，解学者之惑，诚可谓钤键士林，津逮文苑之不朽作矣。

二〇一七年三月文农单周尧谨序

出版说明

一、本书作为陈湛铨教授《历代文选讲疏》首次在中国内地出版的简体版，以香港商务印书馆2017年繁体版为底本，依据《通用规范汉字表》作简体字处理，对于《通用规范汉字表》未收录的用字，一般保留原繁体字，部分则适当作类推简化。涉及人名、地名等的异体字，如有特别含义一般予以保留。在古籍引文中有特别含义的、一旦修改容易引起歧解的，以及习用的异体字，部分予以适当保留。

二、由于本书引文所据古籍版本已不可考，一般保留原文风貌。极个别用字确系舛误且引起读者歧解的，则依据《钦定四库全书》相关版本进行校正。

三、原书中所言地名今称已有较大变动，为俾便读者理解，本书均改为最新地名。

目　录

卜子夏《毛诗序》 …………………………………………… 1
司马子长《报任少卿书》 ……………………………………… 97
古诗十九首………………………………………………… 158
孔文举《荐祢衡表》 ………………………………………… 306
孔文举《论盛孝章书》 ……………………………………… 323
王仲宣《登楼赋》 …………………………………………… 329
魏文帝《典论·论文》 ……………………………………… 363
魏文帝《与朝歌令吴质书》 ………………………………… 376
魏文帝《与吴质书》 ………………………………………… 383
吴季重《答魏太子笺》 ……………………………………… 389
曹子建《与杨德祖书》 ……………………………………… 396
杨德祖《答临淄侯笺》 ……………………………………… 416
李萧远《运命论》 …………………………………………… 426
嵇叔夜《与山巨源绝交书》 ………………………………… 446
向子期《思旧赋》 …………………………………………… 464
序文………………………………………………………… 466

卜子夏《毛诗序》 附：《诗》之作者考

《史记·仲尼弟子列传》："卜商，字子夏，少孔子四十四岁。……孔子既没，子夏居西河教授，为魏文侯师。其子死，哭之失明。"唐司马贞《史记索隐》："（西河，）在河东郡之西界，盖近龙门。刘氏云：今同州河西县有子夏石室，学堂在也。"唐张守节《史记正义》："西河郡，今汾州也。《尔雅》（《释地》）云：'两河间曰冀州。'《礼记》（《王制》）云：'自东河至于西河。（千里而近）'河东故号龙门，河为西河，汉因以为西河郡，汾州也。子夏所教处。《括地志》（唐魏王泰命萧德贤、顾胤等撰，散亡。孙星衍有辑本）云：'谒泉山，一名隐泉山，在汾州郾城县北四十里，（后魏郦道元）《水经注》云：其山崖壁五，崖半有一石室，去地五十丈，顶上平地十许顷，《随国集记》云，此为子夏石室，退老西河，居此，有卜商神祠，今见在。'"《家语·七十二弟子解》："卜商，卫人。……于是卫以子夏为圣。孔子卒后，教于西河之上。魏文侯师事之，而咨国政焉。"（子夏传略再详后）

《汉书·百官公卿表》："武帝建元五年（即位之第五年，年二十一），初置五经博士。"《汉书·艺文志·前叙》："昔仲尼没而微言（李奇曰："隐微不显之言。"颜师古曰："精微要妙之言。”）绝，七十子丧而大义乖，故《春秋》分为五，《诗》分为四，《易》有数家之传。（《春秋》：《左氏》、《公羊》、《穀梁》、《邹氏》、《夹氏》。《诗》：《鲁》、《齐》、《韩》、《毛》。《易》：施雠、孟喜、梁丘贺、京房四家列于学官，民间有费直、高相二家）”又《六艺略·诗类》：“鲁申公（申培，以地称）为《诗训故》，而齐辕固（以地称）、燕韩生（名婴，以姓称）皆为之传。或取《春秋》，采杂说，咸非其本义。与不得已（颜师古曰：“与不得已者，言皆不得也。三家皆不得其真，而《鲁》最为近之。”）《鲁》最为近之，三家皆列于学官。又有毛公之学（鲁人毛享作《训诂传》，以授赵国毛苌），自谓子夏所传（因未正式立于学官，故云），而河间献王（德）好之（立为博士），未得立。”（平帝时始立）《鲁诗》：《汉书·楚元王传》（刘交，高祖异母弟。刘向之高祖）：“楚元王交，字游，高祖同父少弟也。好书，多材艺。少时尝与鲁穆生、白生、申公，俱受《诗》于浮丘伯（秦时儒生）。伯者，孙卿门人也。及秦焚书，各别去。……文帝时，闻申公为《诗》最精，以为博士（武帝前之博士，是主通古今者，至武帝之五经博士，始是专一经之经学大家）。元王好《诗》，诸子皆读《诗》，申公始为《诗传》，号《鲁诗》。”又《儒林传》：“武帝初即位，……使使束帛加璧，安车以蒲裹轮，驾驷迎申公。弟子二人乘轺传从（轺，音遥，一马二马之轻车），至，见上。上问治乱之事，申公时已八十余，老。对曰：‘为治者不在多言，顾力行何如耳。’是时上方好文辞，见申公对，默然；然已招致，即以为太中大夫。”《齐诗》：《儒林传》：“辕固，齐人也。以治

《诗》，孝景时为博士。……武帝初即位，复以贤良征，诸儒多嫉毁（固，好直言，正士）曰：‘固老，罢归之。’时固已九十余矣。公孙弘亦征（时以贤良征为博士，后为相），仄目而事（《史记》作视）固（颜师古曰：“言深惮之。”），固曰：‘公孙子，务正学以言，无曲学以阿世！’”《韩诗》：《儒林传》：“韩婴，燕人也，孝文时为博士。景帝时至常山（宪王希）太傅。婴推《诗》人之意，而作《内》《外传》数万言（《内传》至唐犹存，后亡。今存《外传》十卷，有佚），其语颇与《齐》、《鲁》间殊，然归，一也。……武帝时，婴尝与董仲舒论于上前，其人精悍（精明勇悍），处事分明，仲舒不能难也。”《毛诗》：《儒林传》：“毛公（苌），赵人也。治《诗》，为河间献王博士。”又《景十三王·河间献王传》：“河间献王德，……修学好古，实事求是。从民得善书，必为好写与之，留其真（正本），加金帛，赐以招之。由是四方道术之士，不远千里，或有先祖旧书，多奉以奏（进也）献王者。故得书多，与汉朝等。是时淮南王安（武帝叔父辈）亦好书，所招致，率多浮辩（颜师古注：“言无实用耳。”）。献王所得书，皆古文，先秦旧书（颜师古注：“先秦，犹云秦先，谓未焚书之前。”先秦始此），《周官》、《尚书》、《礼》、《礼记》（七十子之徒所记，非大小戴记也）、《孟子》、《老子》之属，皆经传说记，七十子之徒所论。其学，举（表章）六艺，立《毛氏诗》、《左氏春秋》博士。（汉廷惟《公羊》、《穀梁》立于学官，至《左传》及《毛诗》则西汉末平帝时始立，见《汉书》）”孔颖达《毛诗正义》引郑玄《诗谱》云：“鲁人大毛公（荀子弟子毛亨）为《诂训传》于其家，河间献王得而献之，以小毛公（赵人毛苌，尝为北海郡守）为博士。”吴陆玑（字元恪，与入晋之陆机是二人）《毛诗草木鸟兽虫鱼疏》云：“孔子删《诗》，授卜商。商为之序（谓《诗序》作于卜商，始于郑玄，见下），以授鲁人曾申。申授魏人李克，克授鲁人孟仲子，仲子授根牟子，根牟子授赵人荀卿，荀卿授鲁国毛亨。毛亨作《诂训传》，以授赵国毛苌。时人谓亨为大毛公，苌为小毛公。”《四库全书总目提要》云：“郑氏后汉人，陆氏三国吴人，并传授《毛诗》，渊源有自，必不诬也。”孔颖达《毛诗正义》引郑玄《六艺论》云：“河间献王好学，其博士毛公（苌）善说《诗》，献王号之曰《毛诗》。”陆德明《经典释文序录》引吴徐整《郑玄毛诗谱畅》云：“子夏授高行子，高行子授薛苍子，薛苍子授帛妙子，帛妙子授河间人大毛公，毛公为《诗诂训传》于家，以授赵人小毛公。”汉时四家诗，武帝时《三家诗》立于学官，《毛诗》则西汉末平帝时始立。王莽旋篡位，及光武中兴，四家诗并立。以后《毛诗》大盛，盖卫宏、尹敏、孔僖、贾逵、许慎等皆传《毛诗》，马融作《毛诗传》，郑玄作笺，诸大儒皆尊之，故尔大行。而《三家诗》乃渐亡矣：《齐诗》亡于魏，《鲁诗》亡于西晋，《韩诗》虽存，无习之者，故至宋而亦亡（《宋史·艺文志》已不著录），今仅传《外传》十卷耳（与《诗》义无涉，似子部儒家之言，且有阙文脱简，已非《汉志》六卷之旧。自《隋志》起称十卷）。《汉志》评《三家诗》，谓“或采《春秋》，采杂说（《春秋》三传及诸子百家），咸非其本义，与不得已，《鲁》最为近之。”于三家皆不谓然，《鲁诗》较优耳。【《三家诗》均亡，清陈乔枞光刻八年家刻《小琅环馆丛书》有《三家诗遗说考》五十一卷（《续经解》本十八卷）及王先谦民国四年家刻《诗三家义集疏》二十八卷（所辑最备，近已有单行本流传，可参阅）】是以郑玄既受《韩诗》于张恭祖，复从马融受《毛诗》而为之《笺》，岂无故哉！【郑玄孙小同编次玄答弟子间之言为《郑志》，有答炅模（炅，音桂）云：“为《记》（《礼记》）注时，执就卢君（卢植，治《齐诗》）先师亦然（玄师张恭祖也，授玄《韩诗》），后乃得《毛公传》既古书（古文也），义又宜然。《记》注已行，不复改之。”是郑君以为《三家诗》不如《毛诗》之证也】汉时四家诗，《三家诗》皆今文（汉之隶书），惟《毛诗》是古文，清魏源及近人皮锡瑞等治今文经，扬《三家诗》以抑《毛诗》，不足信也。

《毛诗》优于《三家诗》，《诗序》必不可废

《诗序》于后代治《诗》者影响至大，始于何时？作于何人？自汉迄今，言者不一；要以郑玄、陆玑、皇甫谧、昭明太子、陆德明等以为是子夏所作为正。《郑志》答张逸问《小雅·常棣》篇云：“此序子夏所为，亲受圣人，足自明矣。”陆玑《毛诗草木鸟兽虫鱼疏》云：“孔子删《诗》，授卜商，商为之序。”昭明太子《文选》录此文，直题为卜子夏《毛诗序》，盖经昭明及文选楼诸君子判定，从郑玄、陆玑等说，是也。此《序》总论全《诗》大旨，发源通流，陈义謦辟，而辞气灏汗，精纯深切，与《易传》、《中庸》相近，非汉人所能为，必子夏所作也。至其余三百一十篇之序，则间或有毛公稍加附

益者，然亦大致子夏之文，不能谓是毛公作序也。古书经后人附益者多矣，岂得谓是后人作乎！至《后汉书·儒林传下·卫宏传》云："九江谢曼卿（西汉末平帝时人），善《毛诗》，乃为其训（于《毛传》外别为之训）。宏从曼卿受学，因作《毛诗序》（别为之序），善得《风》、《雅》之旨，于今（刘宋时）传于世。"因范晔有卫宏作《毛诗序》之说，而后人异说纷起矣。若《诗序》果卫宏作，去郑君之世甚迩，焉有不知之理而定是子夏作乎！郑君注《小雅》，《南陔》、《白华》、《华黍》三篇之序有云："此三篇之义（谓《序》）与众篇之义合编，故存。至毛公为《诂训传》，乃分各篇之义，各置于其篇端。"是毛公前已有《诗序》之证，必不待至东汉卫宏然后始为《毛诗》作《序》也。严可均《铁桥漫稿》卷四云："《范书·卫宏传》云云。……宏作《毛诗序》，别为之序耳，非即《大序》、《小序》。犹之孟喜《序卦》，郑氏序《易》，非即《十翼》之《序卦》；马融序《书》，非即百篇序也。刘宋后《卫氏传》亡而序亦亡。说《诗》者误会范意，始指《大序》、《小序》为卫宏作，必非其实。"惠栋《后汉书补注》云："《经籍志》（《隋书》）曰：'毛苌善《诗》，自谓（原作云）子夏所传。……先儒相承，谓（之）《毛诗序》，子夏所创，毛公及敬仲（卫宏字）又加润益。'《九经古义》（栋自撰）曰：《六艺奥论》（南宋初郑樵撰，多妄说）云：（《诗序辨》）'汉氏（原作世）文字，未有引《诗序》者（甚谬，见下惠氏驳语）。惟魏黄初四年，有曹共公远君子近小人之语，盖《诗（原无此字，云"魏后于汉，而宏之"）序》至是而始行也。'【《诗·曹风·候人序》："《候人》，刺近小人也。共公远君子而好近小人焉。”《魏志·文帝纪》：“（黄初四年）夏五月，有鹈鹕鸟（即鸬鹚。鹈音提。鹚，慈、兹二音）集灵芝池，诏曰：‘此《诗》人所谓污泽也（指鹈鹕，好沉水食鱼。以恶鸟食鱼喻小人害君子）。《曹诗》刺恭公远君子而近小人。今岂有贤智之士处于下位乎？否则斯鸟何为而至？其博举天下俊德茂才，独行君子，以答曹人之刺。’”】叶氏说同。（《文献通考·经籍考五》引石林叶氏曰：“汉氏文章，未有引《诗序》者，惟黄初四年有共公远君子近小人之说，盖魏后于汉，宏之《诗序》至此始行也。”郑樵谬说，袭自叶梦得）栋案：《左传》襄公二十九年，季札见歌《秦》曰：‘美哉！此之谓夏声。’服虔《解谊》（虔，后汉人，有《春秋左氏传解谊》三十一卷，见《隋志》。书亡于宋，此见孔颖达《毛诗正义·秦谱》下引）云：‘秦仲始有车马礼乐之好，侍御之臣，戎车四牡田守之事。……与诸夏同风，故曰夏声。’此《秦风·车邻序》也。（《秦风·车邻序》：“《车邻》，美秦仲也。秦仲始大，有车马礼乐侍御之好焉。”）太尉杨震疏【《后汉书·杨震传》震上疏（安帝）曰：“今野无《鹤鸣》之叹，朝无《小明》之悔，《大东》不兴于今，劳止不怨于下。”《小雅·小明序》：“《小明》，大夫悔仕于乱世也。”】云：‘朝无《小明》之悔。’此《小雅·小明序》也。李尤（和帝、安帝、顺帝时人）《漏刻铭》曰：‘挈壶失职，流刺在《诗》。’此《齐风·东方未明序》也。（《齐风·东方未明序》：“《东方未明》，刺无节也。朝廷兴居无节，号令不时，挈壶氏不能掌其职焉。”《周礼·夏官》有挈壶氏，掌漏刻者。《铭》见唐徐坚《初学记》卷二十五引）

蔡邕《独断》（卷上）载《周颂》三十一章，尽录《诗序》。服、杨、李、蔡，皆东汉儒者，当时已用《诗序》，何尝至黄初时始行邪？自《范史》以《诗序》出自卫宏，后人遂有斥《诗序》而用其私说者（郑樵、王质以为村野人妄作。朱熹《诗经集传》始亦从《序》，后尽去之）为辨而正之。”（此条亦见《九经古义·毛诗》下，较略）近代吾粤顺德黄节撰有《诗序非卫宏所作说》一卷，孙殿起《贩书偶记》卷一《经部·诗类》有著录，惜余未见耳。钱大昕《十驾斋养新录》卷一《诗序》云：“王氏（应麟）《困学纪闻》引叶氏（梦得）云：‘汉世文章，未有引《诗序》者。魏黄初四年诏云：《曹诗》刺远君子，近小人，盖《小序》至此始行。’近儒陈启源（有《毛诗·稽古篇》三十卷，此见《毛诗·稽古篇·小雅·鹿鸣之什·鱼丽》条下）始非之云：‘司马相如《难蜀父老》云：“王事未有不始于忧勤，而终逸乐。”（原文：“且夫王者固未有不始于忧勤，而终于逸乐者也。”）此《鱼丽序》也。【李善注引《毛诗序》曰：“始于忧勤，终于逸乐。”《小雅·鱼丽序》云：“《鱼丽》，美万物盛多，能备礼也。文、武以《天保》以上治内，（《鹿鸣》、《四牡》、《皇皇者华》、《常棣》、《伐木》、《天保》六篇）《采薇》以下治外，（《采薇》、《出车》、《杕杜》三篇。下一篇即《鱼丽》）始于忧勤，终于逸乐，故美万物盛多，可以告于神明矣。”】班固《东京赋》（本《东都赋》）：“德广所及（陈作“被”）。”此《汉广序》也。【《东都赋》：“四夷间奏，德广所及。僸佅（音卖）、兜离，罔不具集。”《周南·汉广序》云：“《汉广》，德广所及也。”】一当武帝时（司马相如），一当明帝时（班固)，可谓非汉世耶?’吾友惠定宇（此引《九经古义》）亦云：‘《左传》襄廿九年：“此之谓夏声。”服虔《解谊》云：“秦仲始有车马礼乐之好，侍御之臣，戎车四牡，田狩之事，与诸夏同风，故曰夏声。”又蔡邕《独断》载《周颂》卅一章，尽录《诗序》，自《清庙》至《般》，一字不异。(《后汉书补注》无此二句）何得云至黄初始行于世耶!’愚谓宋儒以《诗序》为卫宏作，故叶石林有是言，然司马相如、班固皆在宏之前（班固略后)，则《序》不出于宏已无疑义。愚又考《孟子》(《万章上》）说《北山》之诗云：‘劳于王事，而不得养父母。’即《小序》说也。(《小雅·北山序》：“《北山》，大夫刺幽王也。役使不均，己劳于从事而不得养其父母焉。”）唯《小序》在《孟子》之前，故《孟子》得引之。汉儒谓子夏所作，殆非诬矣。【大序小序之分，有不同。要以《关雎序》(即此篇）总论全诗之旨为大序，其余各篇之序称小序为愈。孔颖达曰：“诸序皆一篇之义。但《诗》理深广，此为篇端，故以《诗》之大纲并举于此。”是孔冲远之意，亦以此《关雎序》之全篇为《诗》之大序也。陆德明《经典释文》卷五云：“旧说云：起此至‘用之邦国焉’名《关雎序》，谓之小序。自‘风，风也’讫末，名为大序。今谓此序止是《关雎》之序，总论《诗》之纲领，无大小之异。”是陆元朗亦不以割裂此篇而分大小为然也。朱子作《诗序辨说》，以“诗者，志之所之也”至“诗之至也”中间一大段为大序，其余首尾两小段合为《关雎》之小序。要之，《诗》三百一十一篇（亡笙曲六篇在内）皆有序，而《关雎》为全《诗》之首篇，子夏作序时，因解《关雎》，即于此总论全部《诗经》

之大义，发源通流，申论特长，故应以此篇《关雎序》名大序，余称小序为愈。又或以每序发端一二语为小序，以下续申者为大序，则又屑琐不足道矣】‘说《诗》者不以文（文字）害辞（语气），不以辞害志（意志）。’（续上钱大昕说。二语同上出《孟子·万章上》）《诗》人之志见乎《序》，舍《序》而言《诗》，孟子所不取。后儒去古益远，欲以一人之私意，窥测古人，亦见其惑矣。”（湛铨案：《礼记·乐记》：“桑间、濮上之音，亡国之音也。其政散，其民流，诬上行私而不可止也。”此本于《鄘风·桑中序》，云：“《桑中》，刺奔也。卫之公室淫乱，男女相奔；至于世族在位，相窃妻妾，期于幽远，政散民流，而不可止。”至《易·兑卦·彖辞》：“说以先民，民忘其劳；说以犯难，民忘其死。”《豳风·东山序》云：“说而使民，民忘其死。”则子夏又本之孔子也）陈启源《毛诗稽古编·总诂·举要·小叙》（叙乃序之本字。盖以《关雎序》为大序，余篇为小序）云：“欧阳永叔（有《毛诗本义》十六卷）言：‘孟子去《诗》世近，而最善言《诗》，推其所说《诗》义，与今《叙》意多同。’斯言信矣。源因考诸孟子所论读《诗》之法，其要一外二端：一曰：‘诵其《诗》，不知其人可乎？是以论其世。’（《万章下》）一曰：‘说《诗》者不以文害辞，不以辞害意（原作志，见前）。然则学《诗》者，必先知《诗》人生何时？事何君？且感何事而作诗？然后其诗可读也。诚欲如此，舍《小叙》奚由入哉！’”又曰：“故有《诗》不可以无《叙》也。舍《叙》而言《诗》，此孟子所谓害意者也；不知人，不论世者也。不如不读《诗》之愈也。”又曰：“《诗》之有《小叙》，犹《春秋》之有《左传》乎!《春秋》简而严（语简而辞严），《诗》微而婉（意微而辞婉），厥指渺（远也）矣，俱未可臆求而悬定也（不可以私人臆说虚悬而定之也）。无《左传》则《春秋》不可读，无《小叙》则《诗》不可读。”又曰：“《毛叙》之有《齐》、《鲁》、《韩》，犹《左传》之有《公》、《榖》也。《公》、《榖》存，故人皆尊《左》（确优）。《齐》、《鲁》、《韩》亡，故人或疑《毛》（今文家竟取三家之碎义以抑《毛》）。俱存则短长易见，偏亡则高下难明也。人情好异而厌常，往往然矣。”又曰：“《毛叙》后《齐》、《鲁》、《韩》而立，而后之《诗》悉宗《毛》。《左传》后《公》、《榖》、《邹夹》而行（由西汉末刘歆推尊《左氏传》，平帝时始立于学官，至东汉而大行），而后之《春秋》必首《左》。其舍彼取此，非一人一时所能定也。其见确矣，其论公矣。《大全》修而《毛》、《左》复诎（屈之本字），后世之经学，其可问哉!”【明成祖永乐十二年，命翰林学士胡广等修《五经大全》，其《诗经大全》，取朱子《集传》而抑毛、郑。清韩菼《诗经广大全序》（王梦白、陈曾同撰）云：“顾先生亭林尝语余，自《五经》有《大全》而经学衰，《大全》者，当时奉诏趣成之书。成之者，殊多脱略。”朱子注《易》及《诗》最下，《四书》最好】又叶梦得虽误以《诗序》为卫宏作，谓至曹魏时始行者，非毁之也，其意以为《毛诗》最后立，自郑君笺《毛诗》后始行耳。石林实极推重《毛诗》也。《文献通考·经籍考五》引石林叶氏曰：“《诗》有四家，《毛诗》最后出（本非后出，只最后立于学官耳）而独传，何也?曰：岂惟《毛诗》，始，汉世之《春秋》，《公》、《榖》为盛，至后汉而《左氏》始立（实立于西汉末平帝时，见《汉书·儒林传》），而后之盛行者独《左氏》焉。……此无他，六经始出（指立五经博士），诸儒讲习未精，且未有他书以证其是非，故杂伪之说可入。……历时既久，诸儒议论既精，而又古人简书，时出于山崖屋壁之间（始皇焚书，而士人秘藏之），可以为证。而学者遂得即（就也）之以考同异，而长短精粗见矣。长者出而短者废，自然之理也。六经自秦火后，独《诗》以讽诵相传（《汉书·艺文志·六艺略·诗类》："遭秦而全者，以其讽诵，不独在竹帛故也。"），《韩诗》既出于人之讽咏，而齐、鲁与燕，语音不同，训诂亦异，故其学往往多乖。独《毛》之出也，自以源流得于子夏，而其书贯穿先秦古书，【陈启源《毛诗稽古编·总诂·举要》云："经之足重，以其为古圣贤作也。古圣贤作之，复得古圣贤释之，不愈足重乎？六经训释，惟《诗》最古，其字训则有《尔雅》，盖周公及子夏之徒为之也。其篇义则有《大》、《小叙》，又子夏之徒为之也。继之则有《诂训传》，而两毛公亦六国及先汉时人也。（大毛公亨是荀卿弟子，小毛公苌是汉景、武间人）……然则学《诗》者，止当以《雅》（《尔雅》）、《叙》（《诗序》）、《传》（《毛传》）三者为正宗，而精求其义，三者所未备，然后参以后儒之说可耳。"】其释《鸱鸮》也，与《金縢》合。【谓《诗序》解释《鸱鸮篇》与《尚书·金縢篇》之言相合也。《豳风·鸱鸮序》云："《鸱鸮》，周公救乱也。成王未知周公之志（信流言而疑周公），公乃为诗以遗王，名之曰《鸱鸮》焉。"《书·金縢》云："武王既丧，管叔（鲜）及其群弟（蔡叔度、霍叔处）乃流言于国，曰：'公将不利于孺子。’周公乃告二公（姜太公、召公奭）曰：‘我之弗辟，我无以告我先王。’［《说文》：“擘，治也。从辟，从井。《周书》曰：‘我之不擘。’”弗易为不，是避汉昭帝刘弗陵讳。《孔传》：“辟，法也。告召公、太公，言我不以法法三叔（应依《说文》，下一法字解为治）则我不能成周道告我先王。”辟者，擘之省借，《说文》引《书》是。马、郑读辟为避，非是，周公安有避三叔之理乎！］周公居东二年（《豳风·东山》作三年，盖并整军经武起行至归来时计也），则罪人斯得。于后，公乃为诗以贻王，名之曰《鸱鸮》。王亦未敢诮公。”】释《北山》、《烝民》也，与《孟子》合。【谓《诗序》解释《小雅·北山篇》及《大雅·烝民篇》与《孟子》之言相合也。《小雅·北山序》云：“《北山》，大夫刺幽王也。役使不均，己劳于从事，而不得养其父母焉。”《孟子·万章上》云：“咸丘蒙（孟子弟子）曰：‘……《诗》云：“普（今《诗》作溥，是本字）天之下，莫非王土；率土之滨，莫非王臣。”而舜既为天子矣，敢问瞽瞍之非臣，如何？’曰：‘是诗也，非是之谓也。劳于王事，而不得养父母也。……故说《诗》者，不以文害辞，不以辞害志。以意逆（迎也）志，是为得之。（以读者之意，迎合作者之志）如以辞而已矣，《云汉》（《大雅》篇名）之诗曰：“周余黎民，靡有孑遗。”信斯言也，是周无遗民也。’”又《大雅·烝民序》：“《烝民》，尹吉甫美宣王也。任贤使能，周室中兴焉。”诗首章起四句云：“天生烝（众也）民，有物（事也）有则（法也）。民之秉彝（秉持常性），好是懿德。（懿，美也。《说文》：“懿，专久而美也。从壹，恣省声。”）”《孟子·告子上》云：“《诗》

曰：‘天生蒸民，有物有则。民之秉夷，好是懿德。’孔子曰：‘为此诗者（尹吉甫），其知道乎！’故有物必有则，民之秉夷也，故好是懿德。”（此性善说之所本也）《孟子》引孔子语许为此诗者是知道，而《毛序》以为尹吉甫作此诗，盖吉甫，宣王之贤大夫也。《小雅·六月》云：“文武吉甫，万邦为宪。”《大雅·崧高》云：“吉甫作诵，其诗孔硕。”《大雅·烝民》云：“吉甫作诵，穆如清风。”则孔子许为知道者，尹吉甫可以当之，故石林谓《毛诗》释《烝民》与《孟子》合也】释《昊天有成命》，与《国语》合。【谓毛公训诂《周颂·昊天有成命》篇，其所解与左丘明之《国语》相合也。《周颂·昊天有成命序》云：“《昊天有成命》，郊祀天地也。”诗云：“昊天有成命，二后（君也，谓文、武）受之。成王（成此王功也）不敢康，夙夜基命宥密。於缉熙！单（读为亶）厥心，肆其靖之。”《毛传》云：“二后，文、武也。基，始。命，信。宥，宽。密，宁也。”又：“缉，明。熙，广。亶，厚。肆，固。靖，和也。”此毛公训诂也。《国语·周语下》叔向引史佚（文、武时太史尹佚）曰：“且其语说《昊天有成命》，《颂》之盛德也。其诗曰：‘昊天有成命，二后受之，成王不敢康。夙夜基命宥密，於缉熙！亶厥心，肆其靖之。’是道成王之德也（称道成其王德）。成王，能明文昭（文使之昭），能定武烈（武使之烈）者也。夫道成命者而称昊天，翼（敬也）其上也。二后受之，让于德也。成王不敢康，敬百姓（百官）也。夙夜，恭也（夙夜敬其事）。基，始也。命，信也。宥，宽也。密，宁也。缉，明也。熙，广也。亶，厚也。肆，固也。靖，和也。”是《毛传》之训诂与《国语》合也】

释《硕人》、《清人》、《黄鸟》、《皇矣》，与《左传》合。【谓其解释《卫风·硕人篇》、《郑风·清人篇》、《秦风·黄鸟篇》（非《小雅》之《黄鸟》）及《大雅·皇矣》等四篇与《左传》相合也。《卫风·硕人序》："《硕人》，美庄姜（卫庄公夫人）也。庄公惑于嬖妾，使骄上僭。庄姜贤而不答，终以无子，国人闵而忧之。"《左传》隐公三年："卫庄公娶于齐东宫得臣（齐庄公太子得臣）之妹，曰庄姜，美而无子，卫人所为赋《硕人》也。"此《毛诗序》释《卫风·硕人》与《左传》合也。又《郑风·清人序》："《清人》，刺文公也。高克（郑大夫）好利而不顾其君，文公恶而欲远之（不能断然处理），使高克将兵而御狄于竟（境之本字。时狄人侵卫），陈其师旅（暴师于外），翱翔河上。久而不召，众散而归。高克奔陈。公子素（郑之公子）恶高克进之不以礼，文公退之不以道，危国亡师之本，故作是诗也。"《春秋经》闵公二年："十有二月，狄入卫，郑弃其师。"（孔子亦刺郑文公弃其师旅也）《左氏传》曰："郑人恶高克（不独文公恶之矣），使帅师次于河上。久而弗召，师溃而归。高克奔陈，郑人为之赋《清人》（据《诗序》是公子素作）。"又《秦风·黄鸟序》："《黄鸟》，哀三良也。（奄息、仲行、鍼虎）国人刺穆公以人从死，而作是诗也。"《左传》文公六年："秦伯任好（穆公名）卒，以子车氏之三子奄息、仲行、鍼虎为殉，皆秦之良也。国人哀之，为之赋《黄鸟》。君子曰：秦穆之不为盟主也宜哉！死而弃民，先王违世，犹贻之法，而况夺之善人乎？《诗》（《大雅·瞻卬》）曰：'人之云亡，邦国殄瘁。'无善人之谓，若之何夺之？"此《毛诗序》释《秦风·黄鸟》与

《左传》合也。(《史记·秦本纪》:“武公卒,……初以人从死,从死者六十六人。……立其弟德公,……立二年卒。……长子宣公,中子成公,少子穆公。……〔立〕三十九年,穆公卒,葬雍。从死者百七十七人。秦之良臣子舆氏三人,名曰奄息、仲行、鍼虎,亦在从死之中。秦人哀之,为作歌,《黄鸟》之诗。”)又《大雅·皇矣序》:“《皇矣》,美周也。天监代殷(监,视也。谓天视四方可以代殷),莫若周。周世世修德,莫若文王。”其第四章云:“维此王季,帝度其心(制义曰度,谓天使王季之心能制义),貊(音莫。定也,静也)其德音(德正应和)。其德克明(照临四方),克明克类(勤施无私曰类),克长克君,王此大邦。克顺(慈和遍服)克比(择善而从),比于文王。其德靡悔,既受帝祉(福也),施于孙子。”《毛传》:“心能制义曰度。貊,静也。”“慈和遍服曰顺,择善而从曰比。”“经纬天地曰文。”《左传》昭公二十八年晋大夫成鱄(音选)引此章“貊其德音”之貊作“莫”,“王此大邦”之邦作“国”。释之云:“心能制义曰度。德正应和曰莫。照临四方曰明。勤施无私曰类。教诲不倦曰长。赏庆刑威曰君。慈和遍服曰顺。择善而从之曰比。经纬天地曰文。”此毛公训诂《大雅·皇矣篇》与《左传》合也】而序《由庚》等六章,与《仪礼》合。【谓《毛诗序》于《小雅》中之《南陔》、《白华》、《华黍》三篇及《由庚》、《崇丘》、《由仪》三篇,共亡诗六篇(三三为序),与《仪礼·乡饮酒礼》及《燕礼》所载之篇名分别相合也。《小雅》中之《南陔》、《白华》、《华黍》序云:“《南陔》,孝子相戒以养也。《白华》,孝子之絜白也。《华黍》,时和岁丰,宜黍稷也。有其义而亡其辞。"又《由庚》、《崇丘》、《由仪》序云："《由庚》，万物得由其道也。《崇丘》，万物得极其高大也。《由仪》，万物之生各得其宜也。有其义而亡其辞。"《仪礼·乡饮酒礼》及《燕礼》皆云："工歌《鹿鸣》、《四牡》、《皇皇者华》。……笙……《南陔》、《白华》、《华黍》。"又《仪礼·燕礼》："乃间歌《鱼丽》，笙《由庚》。歌《南有嘉鱼》，笙《崇丘》。歌《南山有台》，笙《由仪》。"此《毛诗序》所存《小雅》亡诗六篇名，三三为序，与《仪礼》分别载录者，其篇名次第正相合也。（案：据《仪礼》云云，则六篇纯是笙曲，有谱调而无文字，所以为《鹿鸣》等诗之伴奏者耳。此六序则非子夏之辞，当是汉人望文生义，见其题而凿空作之者也）】盖当《毛诗》时，《左氏》未出，（石林之意，谓河间献王立《毛诗》博士时，《左氏传》未通行于天下也。按：《汉书·儒林传》："汉兴，北平侯张苍及梁太傅贾谊、京兆尹张敞、太中大夫刘公子皆修《春秋左氏传》，谊为《左氏传训故》。"张苍，秦时为御史，从高祖定天下，封北平侯，迁御史大夫。文帝四年，代灌婴为丞相。景帝前五年薨，年百余岁。贾谊，文帝时人，则西汉初时，非无《左氏传》也，特传习者未甚行耳。近代今文家谓《左传》乃刘歆伪造，悖谬特甚）《孟子》、《国语》、《仪礼》未甚行，而学者亦未能信也。惟河间献王博见异书，深知其情（故立《毛诗》及《左氏春秋》博士）。迨至晋、宋，诸书盛行，肄业者众，而人始翕然知其说近正。且《左氏》等书，汉初诸儒皆未见（此说未是），而《毛诗》先与之合，不谓之源流子夏可乎？（此说则良是矣，谓《序》乃卫宏作则非也。不知石林何以舛牾若是!)唐人有云(指魏徵《隋书经籍志》):‘《齐诗》亡于魏,《鲁诗》亡于晋(西晋),《韩诗》虽存,无传之者。’今韩氏章句已不存矣(石林,北宋末南宋初人,《韩诗》盖亡于北宋也),而《齐诗》犹有见者(非辑佚本则伪书),然唐人既谓之亡,则书之真伪,未可知也。”《文中子·天地篇》谓贾琼曰:“《书》残于古今(今古文),《诗》失于齐、鲁。”中唐李行修于宪宗元和三年《请置诗学博士书》云:“《书》残于古今,《诗》失于《齐》、《鲁》,汉有毛苌、郑康成,师道可观。”晚唐邱光庭《兼明书》卷二《毛诗序》:“先儒言《诗序》并《小序》子夏所作,或云毛苌所作。《明》曰:非毛苌作也。”“或曰:既非毛作,毛为《传》之时,何不解其《序》也?答曰:以《序》文明白,无烦解也。”(此与孔颖达说同。孔氏《毛诗正义》云:“《毛传》不训《序》者,以分置篇首,义理易明,性好简略,故不为传。”)宋吕祖谦《吕氏家塾读书记》云:“《鲁》、《齐》、《韩》、《毛》,诗读异,义亦不同。以《鲁》、《齐》、《韩》之义尚可见者较之,独《毛诗》率与经传合。《关雎》正风之首,《三家》者乃以为刺(《三家诗》皆谓《关雎》为刺周康王晏起之作。详下)。是则《毛诗》之义,最为得真也。”南宋初范处义《诗补传自序》:“《诗序》,先儒(程明道)比之《易·系辞》,谓之《诗大传》(以为经孔子润色者),近世诸儒(谓郑樵、王质)……辄欲废《序》以就己说,学者病之。……圣人删《诗》定《书》。《诗序》,犹《书序》(孔子作)也,独可废乎?况《诗序》有圣人为之润色者,……故不敢废《诗序》者,信六经也,尊圣人也。”王应麟《诗考·后序》:“《关雎》，正风之始也，《鲁》、《齐》、《韩》以为康王政衰之诗，……圣人删《诗》，岂以刺诗冠《风》、《雅》之首哉!”是亦不以三家义为然也。马端临《文献通考·经籍考五·诗序》云：“至朱文公之解经（注《诗》两易其稿，初宗《诗序》，后从郑樵，改而弃之），……而于《诗·国风》诸篇之序，诋斥尤多。以愚观之，《书序》可废而《诗序》不可废（王引之《经义述闻》设十二证以证《书序》不伪，不可废也）。……至于读《国风》诸篇，而后知《诗》之不可无《序》，而《序》之有功于《诗》也。盖《风》之为体，比、兴之辞，多于叙述；风谕（主文谲谏）之意，浮（过也）于指斥（直斥其非）。盖有反复咏叹，联章累句，而无一言叙作之之意者；而《序》者乃一言以蔽之曰：为某事也。苟非其传授之有源，探索之无舛，则孰能臆料当时指意之所归，以示千载乎？……盖尝以孔子、孟子之所以说《诗》者读《诗》，（举孔子“诵诗三百，一言以蔽之，曰：思无邪”及孟子“说《诗》者，不以文害辞，不以辞害志。以意逆志，是为得之”二端）而后知《序》说之不谬，而文公之说多可疑也。……夫本之以孔、孟说《诗》之旨，参之以《诗》中诸《序》之例，而后究极夫古今诗人所以讽咏之意，则《诗序》之不可废也审矣。愚岂好为异论哉!”（时朱子之《诗经集传》大行）又五代孙光宪《白莲集序》：“《风》、《雅》之道，孔圣之删备矣；美刺之说，卜商之序明矣。”元郝经《诗集传序》：“秦焚《诗》、《书》以愚黔首，三代之学，几于坠没。汉兴，诸儒掇拾灰烬，垦荒辟原，续六经之绝绪，于时传注之学兴焉。……《诗》有《齐》、《鲁》、《毛》、《韩》四家，而源远末分，师异学异，更相矛盾。如《关雎》一篇，《齐》、《鲁》、《韩》氏以为康王政衰之诗，《毛》氏则谓后妃之德，《风》之始。盖《毛》氏之学，规模正大，有三代儒者之风，非三家所及也。卒之三家之说不行，《毛诗》之《诂训传》独行于世。”元翟思忠《诗传旁通》（元梁益撰，十五卷）《序》：“夫《诗》，六经中之一经也，……自圣人删之，后分而为四，曰《齐》，曰《鲁》，曰《韩》，曰《毛》，校之三代（秦前古经），独《毛》与经合。学者多宗之，故曰《毛诗》。”明张溥《诗经注疏大全合纂序》：“郑夹漈（樵）……专攻《毛》、《郑》，诋《小序》非出子夏，遂尽削去，而以己意为序，朱子从之。……夫《诗》必有序，古之序，今之题也。……依《序》论《诗》，尚有凿空之感；并《序》去之，未知据何者以说《诗》也。”明袁仁《毛诗或问自序》：“朱子于《诗》，尽去孔门《序》说，而以意自为之解。盲人摸象，岂不揣其一端，然而去象远矣。”明黄汝亨为朱谋㙔《诗故》（十卷，本《小序》）作序。首云：“仲尼述六经，删《诗》以垂不朽。子夏亲承其训，故《小序》得者十九。”明张次仲《待轩诗记》（八卷，以《小序》为归）《自序》：“说《诗》者，固不可诎经从《序》，亦何可去《序》昧经！”清朱彝尊《经义考》：“退谷孙氏（明末清初人，名承泽，撰《诗经朱传翼》三十卷）谓毛氏之罪，岂在辅嗣（王弼字）下！【退谷《自序》：“昔王辅嗣以弃象之说乱《易》（见《易略例·明象篇》）。毛氏之罪，岂在辅嗣下！”湛铨案：郑樵、王质等辈弃《序》言《诗》，正与王弼弃象言《易》同罪。朱子从之，为盛德累矣】《毛》较《齐》、《鲁》、《韩》三家诗最醇，故独传。其亦何罪之有！此由尊朱子之过也，未免失言矣。”段玉裁《毛诗故训传定本小笺题辞》：“《毛传》于《鲁》、《齐》、《韩》后出，未得立学官。而三家既亡，孤行最久者，子夏所传，其义长也。”陈奂《诗毛氏传疏·自叙》：“卜子子夏，亲受业于孔子之门，遂隐括《诗》人本志，为三百十一篇作《序》，（自注：“《史记》云：‘《诗》三百五篇，孔子皆弦歌之。’此不数六笙诗也。子夏作《序》时，六笙诗尚存。”此则未然矣。笙曲见前）数传（据陆玑《疏》是六传）至六国时鲁人毛公（亨），依《序》作《传》。其《序》意有不尽者，《传》乃补缀之，而于诂训特详，授赵人小毛公（苌）。《诗》当秦燔禁锢之际，犹有《齐》、《鲁》、《韩》三家诗，萌芽间出。三家多采杂说，与《仪礼》、《论语》、《孟子》、《春秋内外传》（《春秋内传》是《左传》，《外传》是《国语》）论《诗》往往不合。三家虽自出于七十子之徒（七十子之后学），然而孔子既没，微言已绝，大道多岐（应作歧，《说文》：“足多指也。”岐乃俗字），异端共作；又或借以讽动时君，以正诗为刺诗（如《关雎》），违《诗》人之本志。故《齐》、《鲁》、《韩》可废，《毛》不可废。《齐》、《鲁》、《韩》且不得与《毛》抗衡，况其下者乎？（谓朱子《诗经集传》也。清时科举用朱子《集传》，故不敢显斥之耳）……《毛诗》多记古文，倍详前典，或引申，或假借，或互训，或通释，或交生上下而无害，或辞用顺逆而不违。要明乎世次得失之迹，而吟咏情性，有以合乎《诗》人本志。故读《诗》不读《序》，无本之教也；读《诗》与《序》而不读《传》，失守之学也。”总上各家之论，故知《毛诗》实优于《齐》、

《鲁》、《韩》三家，而读《诗》不读《序》，尤为治是经者之大谬也。

《诗序》作者

《四库全书总目·诗序》二卷（旧本题卜子夏撰）《提要》云："案《诗序》之说，纷如聚讼。以为《大序》子夏作，《小序》子夏、毛公合作者，郑玄《诗谱》也。【此出陆德明《经典释文》引北周沈重云："案：郑《诗谱》意，'《大序》是子夏作，《小序》是子夏、毛公合作。'卜商意有不尽，毛更足成之。"案：郑君《诗谱》今已残阙无考，然据《郑志·答张逸问·小雅·常棣篇》云："此《序》子夏所为，亲受圣人，足自明矣。"是郑君以《大》、《小序》皆子夏作也。又孔颖达《毛诗正义》云："《毛传》不训《序》者，以分置篇首，义理易明，性好简略，故不为传。郑以《序》下无传，不须辨嫌，故注《序》不言笺。"郑君为《诗序》作注，为《毛传》作《笺》。凡《毛传》下必称"笺云"，《诗序》下之注语不复称"笺"，是又郑君以《序》为子夏作（注几于是传），《传》是毛公作之证也。沉重说未可信】以为子夏所序《诗》，即今《毛诗序》者，王肃《家语注》也。（今本《家语注》并无此文，未知纪昀等果据何本也）以为卫宏受学谢曼卿作《诗序》者，《后汉书·儒林传》也。（辨详见前）以为子夏所创，毛公及卫宏又加润益者，《隋书·经籍志》也。以为子夏不序《诗》者，韩愈也。【杨慎《升庵经说》引韩愈《诗之序议》（今《韩集》无，疑升庵伪撰）：

"子夏不序《诗》，有三焉：知不及，一也。（子夏在孔门优于文学，何得谓之知不及耶？又亲聆孔子音旨，而云知不及，然则《诗序》乃孔子作乎？）扬中冓之私，《春秋》所不道，二也。［以子夏序《诗》，与孔子作《春秋》同论，比拟不伦。《春秋》为尊者讳耳，序《诗》须得其实，亦须讳耶？郑玄《三礼目录》及《家语》谓子夏是卫人，然受《诗》于孔子，岂得不据实言之哉！《鄘风·墙有茨》篇："墙有茨，不可扫也。中冓之言，不可道也。所可道也，言之丑也。"《序》云："《墙有茨》，卫人刺其上也。（《诗》文几于扬之矣）公子顽通乎君母，（卫宣公之夫人宣姜，与其庶长子公子颜昭伯私通）国人疾之，而不可道也。"］诸侯犹世，不敢以云，三也。（谓子夏时，卫犹世及未亡，应不敢揭其本国之丑事也。然《诗》人作诗时，虽云不可道，而此等丑事，在当时，卫人必皆知之矣，叙诗何伤乎！升庵好杜撰，不知纪昀等何以信之？）】以为子夏惟裁初句，以下出于毛公者，成伯玙也。【成伯玙，晚唐人，有《毛诗指说》一卷，云："今学者以《诗》《大》、《小序》皆子夏所作，未能无惑。""故昭明太子亦云《大序》是子夏全制，编入文什。""其余众篇之《小序》，子夏唯裁初句耳，至'也'字而止（了无所凭）。""一句之下，多是毛公，非子夏，明矣（何明之有！）。"《四库总目提要》主成说，以为："定《诗序》首句为子夏所传，其下为毛苌所续。实伯玙发其端，则决别疑似，于说《诗》亦深有功矣。"苏辙撰《诗集传》二十卷，于《小序》"惟存其发端一言，而以下余文悉从删汰"者，其意亦本成氏也。成氏此说，后人本之者甚多，然吾不取焉。所谓唯裁初句者，如

“《墙有茨》，卫人刺其上也（观《诗》文，此何须说！）”“《车邻》，美秦仲也”“《小明》，大夫悔仕于乱世也”“《东方未明》，刺无节也”“《北山》，大夫刺幽王也”之类】以为《诗》人所自制者，王安石也。（此说最可笑。安石有《新经毛诗义》三十卷，自训其义，子雱训其辞，亡）以《小序》为国史之旧文，以《大序》为孔子作者，明道程子（颢）也。以首句，即为孔子所题者，王得臣也。（北宋人，字彦辅，见《尘史》。三卷）以为《毛传》初行，尚未有《序》，其后门人互相传授，各记其师说者，曹粹中也。（南宋初人，字纯老，有《诗说》三十卷，亡）以为村野妄人所作，昌言排击而不顾者，则倡之者郑樵（字渔仲，号夹漈，有《诗辨妄》六卷，亡）、王质（字景文，与樵同时，有《诗总闻》二十卷，存而不行），和之者朱子也。”下文紧接云：“然樵所作《诗辨妄》一出，周孚即作《非郑樵诗辨妄》一卷，摘其四十二事攻之。质所作《诗总闻》，亦不甚行于世。朱子同时，如吕祖谦、陈傅良、叶适，皆以同志之交，各持异议（谓反对朱子）。黄震笃信朱学，而所作《日钞》（九十五卷，存），亦申《序》说。马端临作《经籍考》，于他书无所考辨，惟《诗序》一事，反复攻诘（攻郑樵等），至数千言。（甚佳，可读）”朱子注《四书》最好，时胜汉人。注《易》最劣，动辄云：“故其占如此。”几于不解，盖误以《易》专为卜氏筮作也。注《诗》次劣，于《国风》动辄谓为淫奔之诗，盖误信郑樵、王质，弃《小序》不用，而以一己臆说说之也。清钱金甫为钱澄之《田间诗学》（十二卷）作说云：“《田间诗学》，一以《小序》为断。其言曰：《小序》去古未远，虽未可全据，要不甚谬。若舍《序》说《诗》，随意作解，泛滥无归，非附会即穿凿矣。”清田雯为惠周惕《诗说》（三卷。本《小序》）作《序》云：“甚哉说《诗》之难也！自孔子删定六经，教授弟子，于《诗》则屡言之（《论语》中十五见）。……其后子夏得孔子之传，著为《小序》，略言作诗之旨，而未有论说。汉儒始句解而字释之（申培公、辕固生、韩婴）。毛公最晚出而传于今，盖其授受有自也（出子夏）。”（以上是略举《毛诗》优于《三家诗》及《诗序》之必不可废。今三家遗说，只可参考以补《毛》之未足，然不可据以非《毛》也）马国翰《目耕帖》卷十三《诗一》云：“程子（明道颢）曰：‘《诗大序》，其文似《系辞》，其义非子夏所能言也，分明是圣人作此以教学者。盖夫子虑后世之不知《诗》也，故序《关雎》以示之。学《诗》而不求《序》，犹入室而不由户也。’此盖为郑樵、王质一辈人下一针砭。”案：程子，北宋人，在郑樵、王质前，程子之说，非为二人下针砭，殆北宋人已有疑《诗序》者，故发为此言也。章炳麟《经学略说》云：“今治《诗经》，不得不依《毛传》，以其《序》之完全无缺也。《诗》若无《序》，则作诗之本意已不明，更无可说。”

子夏生平

《史记·仲尼弟子列传》：“卜商，字子夏。【《家语·七十二弟子解》：“卜商，卫人。无以尚之。……”刘宋裴骃《史记集解》引郑玄曰：“温国卜商。”（梁刘昭补《后汉书·郡国志》河内郡有温县，即今河南省温县）唐司马贞《史记索隐》："温国，今河内温县，原属卫故。"是郑玄、王肃皆以子夏为卫人也】少孔子四十四岁。【清林春溥《孔门师弟年表》及《孔子世家补订》云："鲁定公二年，孔子四十五岁，子夏生。鲁哀公五年，孔子六十三岁，子夏十九岁，在蔡。孔子将之荆（楚昭王使人聘孔子），先之以子夏。（《礼记·檀弓上》："有子曰……昔者夫子失鲁司寇，将之荆，盖先之以子夏，又申之以冉有。"）鲁哀公六年，孔子六十四岁，子夏二十岁，从于陈、蔡。哀公十二年（归鲁之明年），孔子七十岁，子夏二十六岁，为莒父宰。问政，疑在此时。（《论语·子路篇》："子夏为莒父宰，问政，子曰：无欲速，无见小利。欲速则不达；见小利则大事不成。"）哀公十四年春，西狩获麟，孔子七十二岁，子夏二十八岁。孔子作《春秋》，丘明、子夏造膝亲受，不能赞一辞。（《孝经纬·钩命诀》："孔子以《春秋》属商，《孝经》属参。"唐徐彦《公羊传疏》引闵因叙云："孔子使子夏等十四人，求周史记，得百二十国宝书，九月经立。"）鲁哀公十六年，夏四月，十一日己丑，孔子卒，七十四岁，子夏三十岁。孔子之丧，有自燕来观者，舍于子夏氏，子夏曰：'人之葬圣人也，子何观焉。'（见《礼记·檀弓上》。子夏以为己等葬孔子，未必合礼，无足观，谦辞也）"】子夏问：'巧笑倩兮，美目盼兮，素以为绚兮。何谓也?'【见《论语·八佾篇》。《毛传》："倩，好口辅。""盼，白黑分。"何晏《论语集解》及裴骃《史记集解》引马融曰："倩，笑貌（即好口辅）。盼，动目貌（即白黑分）。绚，文貌（《仪礼·聘礼》"绚组"，贾公彦疏："采成文曰绚。"《说文》："绚，《诗》云：素以为绚兮。"）此二上句，在《卫风·硕人》之二章，其下一句，逸（诗）也。”（裴引有“诗”无“也”字）】子曰：‘绘事后素。’【何晏及裴骃引郑玄曰：“绘，画文也。凡绘画，先布众色，然后以素分布其间，以成其文。喻美女虽有倩盼美质，亦须礼以成之。”是郑玄、何晏等以为绘画时，用素白之粉后于众采色也。朱子《论语集注》云：“绘事，绘画之事也。后素，后于素也。《考工记》（上）曰：‘绘画之事，后素功。’（原作“凡画缋之事，后素功”）谓先以粉地为质，而后施五采。犹人有美质，然后可加文饰。”是朱子以为先铺素粉，后施五采，与郑异。湛铨案：先铺素粉，后施五采，则粉易污染，似不合理；然谓人有美质，然后可加文饰，先质后文，则又较郑义为长。此句自汉迄今，皆不得其正解，盖误以素为白色也。《说文》：“素，白致缯也。”是用以为绘画之物，非白色也。《考工记》前云白，后云素，则白与素是两事，白是白粉色，素是素丝布也。后素功者，谓女工先制素丝布，而后用五采缋画于其上也】曰：‘礼后乎?’【何晏引孔安国曰：“孔子言绘事后素，子夏闻而解知以素喻礼，故曰礼后乎?”朱子曰：“礼必以忠信为质，犹绘事必以粉素（应云素丝带）为先。”又与汉儒异。朱子盖以素喻忠信之质，以绚喻礼节之文，其义实长；嫌以素为素粉，与画人绘事后先之序不合耳。若知素为绘画用之素丝布，则其解全胜汉人矣。《考工记》文中白与素异物，绘画必先具有美好之素丝布，若施色，则最后用白粉绚兼五采而言，白已在其中，《考工记》与《论语》之素明是指细密之素缯，非白粉也。《易·履卦》云：“初九，素履往，无咎。”是素丝布之履在前；至《贲卦》云：“上九，白贲，无咎。”此白在后。《易》亦素与白异称，与《考工记》同。素是素丝素布，白是粉色之颜色，是二物，后人误为一物，故绘事后素一语，不得其解矣】孔子曰：‘商，始可与言《诗》已矣。’【此《史记》删节之文也。《论语》原文云：“子曰：起予者商也！始可与言诗已矣。”何晏引东汉包咸曰：“予，我也。孔子言子夏能发明我意，可与共言《诗》。”朱子曰：“起予，言能起发我之志意。”（谓子夏能令己振奋，其义较包咸为长。《韩诗外传》卷三云：“子夏问《诗》，学一以知二，孔子曰：起予者商也，始可与言《诗》已矣。”）朱子又引杨时《论语解》曰：“甘受和，白受采，忠信之人，可以学礼。苟无其质，礼不虚行’。（《易·系辞》：“苟非其人，道不虚行。”）此绘事后素之说也。（白受采三字，与朱子粉地之说无以异也）孔子曰：绘事后素，而子夏曰：礼后乎？可谓能继其志矣。（《礼记·学记》：“善歌者，使人继其声；善教者，使人继其志。其言也约而达，微而臧，罕譬而喻，可谓继志矣。”）非得之言意之表者能之乎？……所谓起予，则亦相长之义也。”（《学记》：“是故学然后知不足，教然后知困。知不足，然后能自反也；知困，然后能自强也。故曰：教学相长也。”）】子贡问：‘师与商孰贤？’（见《论语·先进篇》。颛孙师，字子张，陈人，少孔子四十八岁。）子曰：‘师也过，商也不及。’【二人所禀受于天之性情气质不同，子张敏疾，子夏缓迟，于践礼行事，一如其性气，故夫子云云也。《礼记·仲尼燕居》篇亦云：“子曰：师，尔过；而商也不及。”郑玄注云：“过与不及，言敏、钝不同，俱违礼也。（不得礼之中）”孔颖达疏云：“敏、钝不同者，师也过，是于事敏疾；商也不及，是于事迟钝。故言敏、钝不同。”何晏引孔安国曰：“言俱不得中。”朱子曰：“子张才高意广，而好为苟难，故常过中。子夏笃信谨守，而规模狭隘，故常不及。”案：《礼记·檀弓上》：“子夏既除丧而见，予之琴，和之而不和，弹之而不成声。作而曰：‘哀未忘也。先王制礼，而弗敢过也。’子张既除丧而见，予之琴，和之而和，弹之而成声，作而曰：‘先王制礼，不敢不至焉。’”此不及与过之证也。（《说苑·修文篇》亦载此事，以子张为子夏，谓授琴而弦，衎衎而乐作。以子夏为闵子骞，谓授琴而弦，切切而悲作。与此不同，要以《礼记·檀弓上》为正也）又朱子注所评子张、子夏之言，简朝亮《论语集注补正述疏》云：“经云：‘子张问士何如斯可谓之达矣？’（《论语·颜渊篇》）此其才高意广者也（欲通达于天下）。经云：‘曾子曰：堂堂乎张也，难与并为仁矣！’（《子张篇》。容貌盛，外有余而内不足。）‘子游曰：吾友张也，为难能也，然而未仁。’（《子张篇》）此其好为苟难者也（《荀子·不苟篇》：“君子行不贵苟难，说不贵苟察，名不贵苟传，唯其当之为贵。”）……经称子夏告司马牛者，则云：‘商闻之矣。’盖守所闻以告，此其笃信谨守者也。[《颜渊篇》：“司马牛忧曰：‘人皆有兄弟，我独亡。’”（牛兄桓魋，尝欲杀孔子，后在守叛逆，弟子颀、子车皆恶党，故牛云云）子夏曰：‘商闻之矣，死生有命，富贵在天。君子敬而无失，与人恭而有礼。四海之内，皆兄弟也。君子何患乎无兄弟也！’”] 经称子夏言交者，则云：‘其不可者拒之。’而子张以为异乎大贤容人。（《子张篇》：“子夏之门人问交于子张，子张曰：‘子夏云何？’对曰：‘子夏曰：可者与之，其不可者拒之。’子张曰：

‘异乎吾所闻：君子尊贤而容众，嘉善而矜不能。我之大贤与？于人何所不容！我之不贤与？人将拒我，如之何其拒人也！’”）盖子夏为门人小小言交，是矣。子张虽未察焉，而必察于子夏为人，当广以大贤之说，乃辩之云然。此其规模狭隘者也。”】‘然则师愈与？’曰：‘过犹不及。’【朱子曰：“道以中庸为至。（不偏不倚，无过无不及）贤智之过，虽若胜于愚不肖之不及（此以中庸为说，非谓子夏愚不肖也），然其失中则一也。”又引尹焞（音吞。伊川弟子，北宋末南宋初人）《论语解》云：“中庸之为德也，其至矣乎！夫过与不及，均也。差之毫厘，缪以千里（出《易纬·通卦验》），故圣人之教，抑其过，引其不及，归于中道而已。”简朝亮曰：“子曰：‘道之不行也，我知之矣，知者过之，愚者不及也。道之不明也，我知之矣，贤者过之，不肖者不及也。’盖知愚之知有过不及，则道故不行焉。贤不肖之行有过不及，则道故不明焉。……凡抑其过者，如甚，则反不及。……凡引其不及者，如甚，则反过。”】子谓子夏曰：‘汝为君子儒，无为小人儒。’【何晏引孔安国曰：“君子为儒，将以明道；小人为儒，则矜其名。”刘宝楠《论语正义》曰：“儒为教民者之称，子夏于时设教，有门人，故夫子教以为儒之道。君子儒，能识大而可大受；小人儒，则但务卑近而已。君子小人以广狭异，不以邪正分。小人儒不必是矜名，注说误也。”朱子曰：“儒，学者之称。程子（伊川《论语说》）曰：‘君子儒为己（古之学者），小人儒为人（今之学者）。’”又引谢良佐《论语解》曰：“君子小人之分，义与利之间而已。然所谓利者，岂必殖货财之谓！以私灭公，适己自便，凡可以害天理者，皆利也。子夏文学虽有余，然意其远者大者，或昧焉，故夫子语之以此。”案：子夏为人，笃学拘礼，性行不及，故夫子引而进之，使为气量宽弘博大之儒，勿为硁硁徒拘小节之儒也。其后子夏能行夫子之教，故亦云：“大德不逾闲，小德出入可也。”（《论语·子张篇》）大德即君子儒，小德即小人儒也】孔子既没，子夏居西河（山西汾州，今汾县）教授，为魏文侯师。【《礼记·乐记》载魏文侯问乐于子夏，子夏反复解说而告之。《吕氏春秋·离俗览·举难篇》云：“文侯师子夏，友田子方，敬段干木。”又《开春论·察贤篇》：“魏文侯师卜子夏，友田子方，礼段干木。”《史记·儒林传序》（《汉书》同）：“自孔子卒后，七十子之徒，散游诸侯，大者为师傅卿相（司马贞《史记索隐》：“案：子夏为魏文侯师，子贡为齐相，鲁聘吴、越，盖亦卿也；宰予亦仕齐为卿，余未闻也。”），小者友教士大夫，或隐而不见。故子路居卫（时孔子尚存，前孔子卒），子张居陈，澹台子羽居楚，子夏居西河，子贡终于齐。如田子方、段干木、吴起、禽滑釐（后受业于墨翟）之属，皆受业于子夏之伦，为王者师。是时独魏文侯好学。”唐张守节《史记正义》：“西河郡，今汾州也。……子夏所教处。”《水经·河水》：“又南出龙门口，汾水从东来注之。”郦道元《水经注》：“细水东流，注于崌谷侧溪，山南有石室，西面有两石室，北面有二石室，……似是栖游隐学之所，昔子夏教授西河，疑即此也；而无以辨之。”又云：“徐水出西北梁山，……其水东南，迳子夏陵北，东入河。河水又南迳子夏石室东。南北有二石室，临侧河崖，即子夏庙室也。”又张守节《史记正义》引《随国杂记》云：“此为子夏石室，退老西河，居此。

有卜商神祠，今见在。”宋永亨《搜采异闻录》云：“魏文侯以卜子夏为师，考《史记》所书，子夏少孔子四十四岁，孔子卒时，子夏年二十八（据林春溥《孔门师弟年表》是三十），是时周敬王四十一年。后一年，元王立，历正定王、考王，至威烈王二十三年，魏始为侯，去孔子卒时七十五年矣。文侯为（晋）大夫二十二年而为侯，又十六年而卒，姑以始侯之岁计之，则子夏已百有三岁。”（据林春溥《孔门师弟年表》是百有五岁）案：以孔子卒时子夏年三十起，据《史记·十二诸侯年表》及《六国表》计之，魏文侯十八年受经子夏，时子夏百有二岁。但据《史记·魏世家》，则魏文侯二十五年受子夏经艺，应是百有九岁。况子夏未必卒于始为文侯师之年乎？故简朝亮（《论语集注补正述疏》）卷六曰：“《史记》称子夏为魏文侯师，是自春秋时而战国也。其年当百有数十焉。”唐司马贞《史记索隐》云：“子夏文学，著于四科，（《论语·先进》：“子曰：从我于陈、蔡者，皆不及门也！德行：颜渊、闵子骞、冉伯牛、仲弓。言语：宰我、子贡。政事：冉有、季路。文学：子游、子夏。”）序《诗》传《易》。[据《史记》及《汉书·儒林传》，孔子是传《易》于商瞿。陆德明《经典释文序录》云：“《子夏易传》三卷，《七略》云：‘汉兴，韩婴传。’”又宋王溥《唐会要》载玄宗开元七年司马贞曰：“案、刘向《七略》有《子夏易传》，又（刘宋）王俭《七志》引刘向《七略》云：‘《易传》，子夏韩氏婴也。’”则韩婴字子夏，《子夏易传》是韩婴作，非卜子夏也。至《隋书·经籍志·经部·易类》著录“《周易》二卷，魏文侯师卜子夏传，残缺”，则是因子夏二字而傅会之者。韩婴《子夏易传》，清人孙冯翼、张澍、马国翰、黄奭皆有辑本。至今传之《子夏易传》十一卷，则是宋以后人伪作也。然《子夏易传》虽非子夏作，但据刘向《说苑·敬慎篇》载孔子读《易》至《损》、《益》，喟然而叹，子夏避席问故，孔子为说其理；子夏请终身诵之。及《家语·执辔篇》载子夏问于孔子，后详说"商闻《易》之生人，及万物鸟兽昆虫，各有奇耦，气分不同"之所闻，孔子以为然。则小司马谓子夏传《易》者，亦非无据也］又孔子以《春秋》属商，（《孝经纬·钩命诀》："孔子以《春秋》属商，《孝经》属参。"见前）又传《礼》，著在《礼》志。（今《仪礼》有《丧服·子夏传》）而此史（指《史记》）并不论，空记《论语》小事，亦其疏也。"】其子死，哭之失明。【子夏丧其子而丧其明事，盖本《檀弓》，有可疑焉。《礼记·檀弓上》："子夏丧其子而丧其明，曾子吊之曰：'吾闻之也，朋友丧明则哭之。'［《淮南子·精神训》："子夏失明。"高诱注："子夏学（读作教）于西河，丧其子而失明，曾子哭之。"本于《檀弓》］曾子哭，子夏亦哭，曰：'天乎！予之无罪也。'曾子怒曰：'商，女何无罪也！吾与女事夫子于洙、泗之间，退而老于西河之上，使西河之民，疑女于夫子，尔罪一也。［谓人疑孔子无以胜于子夏，《吕氏春秋·孟夏纪·尊师篇》："君子之学也，说义，必称师以论道；听从，必尽力以光明。听从不尽力，命之曰背；说义不称师，命之曰叛。背叛之人，贤主弗内之于朝，君子不与交友。"《荀子·大略篇》亦云："言而不称师，谓之畔；教而不称师，谓之倍。倍畔之人，明君不内朝，士大夫遇诸涂，不与言。"郝懿行《荀子补注》云："夫民生于三（君、亲、师），事之如一。师儒得民，九两攸系，（《周礼·天官·冢宰》："以九两系邦国之民〈九事相偶为九两〉……三曰师，以贤得民。四曰儒，以道得民。"）而乃居状坐大，背弃师门，名教罪人，故以反叛坐之。"］丧尔亲，使民未有闻焉，尔罪二也。丧尔子，丧尔明，尔罪三也。（郑玄注："言隆于妻子。"）而曰女何无罪与?'子夏投其杖而拜曰：'吾过矣！吾过矣！吾离群而索居，亦已久矣。'"简朝亮《论语集注补正述疏》云："子夏哭子丧明，《礼记·檀弓》云尔。《史记》称子夏为魏文侯师，是自春秋时而战国也。其年当百有数十焉。其为师时，必非哭丧明也，如其衰老丧明，安必以哭子故乎！曾子之年，未闻逾百也，（曾子少子夏两岁，如逮其时，则年亦逾百也）岂逮子夏丧明之年而罪之乎！且子夏为《丧服传》（在《仪礼》），《论语》称其问孝（《为政篇》："子夏问孝，子曰：色难。"），则深于礼而必哀者也（指丧亲）。而《檀弓》云：曾子怒曰：商，汝何无罪也！乃云：丧尔亲，使民未有闻焉；丧尔子，丧尔明。盖怒而呼其名而罪之也。其辞皆可疑也。执丧（守父母之丧），岂因使人有闻乎?（《檀弓上》："曾子谓子思曰：伋，吾执亲之丧也，水浆不入于口者七日。"）皆檀弓传闻之失也。［《檀弓》今是《礼记》篇名。孔颖达《礼记正义》引"《郑目录》云：'名曰《檀弓》者，以其记人善于礼，故著姓名以显之，姓檀名弓。……'……檀弓在六国之时，……非是门徒（非出孔门）"檀弓非孔氏门徒，故所记曾子斥子夏丧子失明之事，简竹居先生以为传闻失实之所记也］《论衡·祸虚篇》固疑之矣。"（王充《论衡·祸虚篇》："《传》曰'子夏丧其子而丧其明'，……始闻暂见，皆以为然。熟考论之，虚妄言也。"）自王充以下，于子夏丧明事，宋王应麟，明方孝孺，清毛奇龄、崔述等皆辨其未确。崔述《洙泗考信余录》云："《礼记·檀弓篇》云云，余按，闻丧而吊，朋友之情也。方当慰藉，而忽数其罪而责之，岂人情乎？且以丧亲丧子相较，而以丧明为罪，语亦非是。人苟少有知识，未有爱其子反胜于亲者；况子夏尤孔门之高弟乎！但人少年，血气盛，力能胜哀（指丧亲时）；及老，血气衰，力不能胜哀。故礼，居亲丧，五十以上饮酒食肉，七十惟衰麻在身（《礼记·杂记下》："五十不致毁，六十不毁，七十饮酒食肉，皆为疑死。"又《内则》："凡自七十以上，唯衰麻为丧。"）。纵使子夏果因丧子丧明，亦以老不胜哀之故，过则有之，然必不至丧子之哀反过于丧亲。不得取丧亲时相较，而遽以为罪也。此……门人各尊其师而讥他人者之所为说，不足信。"】

《孔子家语（此书虽王肃托撰，然多有所本，未可废也。）·七十二弟子解》："卜商，卫人。……时人无以尚之。尝返卫，见读史志（古"史记"）者云：'晋师伐秦，三豕渡河。'子夏曰：'非也，己亥耳。'（金文亥字与豕字极相似，己字则左右两小企刻竹简时用力稍轻则不见，故似三字也）读史志曰：'问诸晋史。'果曰：'己亥。'于是卫以子夏为圣。【此见《吕氏春秋·慎行论·察传篇》云："子夏之晋，过卫，有读史记者曰：'晋师三豕涉河。'（唐马总《意林》涉引作渡）子夏曰：'非也，是己亥也。'夫'己'与'三'相近，'豕'与'亥'相似。至于晋而问之，则曰：'晋师己亥涉河也。'"

葛洪《抱朴子·内篇·遐览》："故谚曰：书三写，鱼成鲁，虚（《意林》作帝）成虎。"后人因谓文字传写之误为鲁鱼豕亥】孔子卒后，教于西河之上。魏文侯师事之，而咨国政焉。"

子夏之生平，载于《史记·仲尼弟子列传》及《孔子家语·七十二弟子解》两传中者仅此，实殊简略也。欲悉其生平言行，宜参考群经诸子，则其详可得而知矣。其见于群经中者，除《仪礼·丧服》有《子夏传》外，《礼记》：《檀弓上》七条、《檀弓下》一条、《曾子问》一条、《乐记》一条、《仲尼燕居》一条、《孔子闲居》（全篇是答子夏问，可分两章）两条，共十四条。《大戴礼·卫将军文子》一条；《国语·鲁语下》一条；《论语》：《学而》一条、《为政》一条、《八佾》一条、《雍也》一条、《先进》两条、《颜渊》两条、《子路》一条、《子张》十一条，共二十二条。《孟子》：《公孙丑上》两条、《滕文公上》一条，共三条。凡群经之属三十九条。子部儒家《荀子·非十二子篇》一条，【"正其衣冠，齐其颜色，嗛然而终日不言，是子夏氏之贱儒也。"郝懿行《荀子补注》："此三儒者，徒似子游、子夏、子张之貌，正前篇（《非相》）所谓陋儒、腐儒者，故统谓之贱儒，言在三子之门为可贱，非贱三子也。"郝说是】故《大略篇》一条云："子夏家贫，衣若县鹑。人曰：'子何不仕？'曰：'诸侯之骄我者，吾不为臣；大夫之骄我者，吾不复见。……争利如蚤甲，而丧其掌。'"则荀子原以高士视子夏也。伏胜《尚书大传·略说上》一条、《略说下》一条；（"子夏读《书》毕，见夫子，夫子问焉：'子何为于《书》?'子夏曰：'《书》之论事也，昭昭如日月之代明，离离若星辰之错行，上有尧、舜之道，下有三王之义，商所受于夫子，志之于心，弗敢忘也。虽退而岩居河、泲之间，深山之中，作壤室，编蓬户，尚弹琴其中，以歌先王之风，则亦可以发愤忼慨，忘己贫贱。有人亦乐之，无人亦乐之，而忽不知忧患与死也。'孔子造焉，变色曰：'嘻！子殆可与言《书》矣。'"此子夏传《易》、传《诗》、传《礼》、传《春秋》外，又传《书》，五经皆自子夏传之也。然《韩诗外传》卷二亦载此文，以为是读《诗》，见下）《韩诗外传》卷二一条、【"子夏读《诗》已毕。夫子问曰：'尔亦何大于《诗》矣?'子夏对曰：'《诗》之于事也，昭昭乎若日月之光明，燎燎乎如星辰之错行。上有尧、舜之道，下有三王之义，弟子不敢忘。虽居蓬户之中，弹琴以咏先王之风，有人亦乐之，无人亦乐之，亦可发愤忘食矣。《诗》曰："衡门之下，可以栖迟。泌之洋洋，可以乐饥。"（《陈风·衡门》）'夫子造然变容曰：'嘻！吾子始可以言《诗》已矣。'"】卷三两条、（第二条云："子夏问《诗》学一以知二，孔子曰：'起予者商也，始可与言《诗》已矣。'孔子贤乎英杰而圣德备，弟子被光景而德彰。"）卷五两条、【其一："子夏问（孔子）曰：'《关雎》何以为《国风》始也?'（孔子美《关雎》而告之）子夏喟然叹曰：'大哉《关雎》，乃天地之基也。'"其二："（鲁）哀公问于子夏曰：'必学然后可以安国保民乎?'子夏曰：'不学而能安国保民者，未之有也。'"】卷六一条、【述子夏之勇。谓子夏尝从卫灵公西见赵简子，赵简子披发杖矛而见卫灵公，子夏从十三行之后趋而进曰："诸侯相见，不宜不朝服；不朝服，行人卜商将以颈血溅君之服矣。”使反朝服而见卫灵公。又从卫灵公之齐，齐景公重鞇（皮革）而坐，卫灵公单鞇而坐，子夏从十三行之后，趋而进曰：“礼，诸侯相见，不宜相临以庶。”揄（引也，即拖去之）其一鞇而去之。又从卫灵公于囿中（田猎），两寇肩（三岁野猪）逐卫灵公，子夏拔矛下格（应是挌字，《说文》：“挌，击也。”音吉）而还。则子夏者，非徒在孔门以文学见长，实亦一勇士也】卷九两条，共十条；桓宽《盐铁论·利议篇》一条；刘向《新序》：卷四《杂事篇》一条、卷五《杂事篇》一条；刘向《说苑》：《臣术篇》一条、《复恩篇》一条；【子夏曰：“《春秋》者，记君不君、臣不臣、父不父、子不子者也。此非一日之事也，有渐以至焉。”（《易·坤文言》：“臣弑其君，子弑其父，非一朝一夕之故，其所由来者渐矣。”）此见子夏传《春秋》也】《说苑·敬慎篇》一条；【“孔子读《易》，至于《损》、《益》，则喟然而叹。子夏避席而问曰：‘夫子何为叹？’孔子曰：‘夫自损者益，自益者缺（谦损者受益，满溢者损缺），吾是以叹也。’（《书·大禹谟》：“满招损，谦受益。”即此意。《易·损卦》，损而当则得益。《益卦》，益而不当则反损也）子夏曰：‘然则学者不可以益乎？’孔子曰：‘否。天之道，成者未尝得久也。夫学者以虚受之，故曰得。（谓学者非不可以得益，但不可以自满溢耳）苟接知持满（自智而满溢），则天下之善言，不得入其耳矣。昔尧履天子之位，犹允恭以持之，虚静以待下，故百载以逾盛，（《书·尧典》：“钦明文思安安，允恭克让。”在位九十八年，百一十七岁）迄今而益章。昆吾自臧而满意，穷高而不衰，故当时而亏败，迄今而逾恶。(《诗·商颂·长发》:“韦、顾既伐，昆吾、夏桀。”昆吾是夏时同姓诸侯，与韦、顾皆桀党，为汤所灭）是非《损》、《益》之征与？吾故曰：“谦也者，致恭以存其位者也。”(见《易·系辞传上》，此孔子作《系辞传》之证也）夫《丰》，明而动，故能大。(《易·丰卦》，雷火《丰》。下离为明，上震为动。《丰》，大也）苟大则亏矣，吾戒之。故曰：天下之善言，不得入其耳矣。“日中则昃，月盈则食。天地盈虚，与时消息。”(见《丰卦·彖辞传》。下云：“而况于人乎？况于鬼神乎?”）是以圣人不敢当盛，升舆而遇三人则下，二人则轼。调其盈虚，故能长久也。’子夏曰：‘善，请终身诵之。’”(此条亦见《家语·六本篇》）此子夏又传《易》之证也】《杂言篇》三条；(第二条云：“孔子曰：‘丘死之后，商也日益，赐也日损。商也好与贤己者处，赐也好说不如己者。”此条亦见《家语·六本篇》，恐是子夏之后学推尊其师之辞，不甚可信。盖子夏、子贡二人，皆在孔子卒后德业精进也。第三条云：“孔子将行，无盖。弟子曰：‘子夏有盖，可以行。’孔子曰：‘商之为人也，甚短于财，吾闻与人交者，推其长者，违其短者，故能久长矣。”此条亦见《家语·致思篇》，亦不甚可信。崔述《洙泗考信余录》卷二：“《说苑》云云，余按：子夏之在圣门，亦卓卓者，必不致吝一盖于师。子夏不以富称，未必孔子与诸弟子皆无盖，而子夏独有之。且其语甚浅陋，必后人所附会。”）凡刘向等共九条。扬雄《法言·君子篇》一条；徐幹《中论》:《治学篇》一条、《智行篇》一条；《家语》:《致思篇》一条、《弟子行篇》一条、《六本篇》三条、《执辔篇》一条、《论礼篇》一条、《七十二弟子解》一条；《曲礼子夏问篇》八条；以上共十九条。《孔丛子》（虽出假托，亦不可废）：《论书篇》两条、《居卫篇》一条、《诘墨篇》一条，共四条。凡儒家子书所载子夏言行，共四十四条。其余周、秦及两汉各家子书所载者，《列子》：《黄帝篇》一条、《仲尼篇》一条；《尸子·君治篇》一条；（“孔子曰：‘商，汝知君之为君乎?’子夏曰：‘鱼失水则死，水失鱼，犹为水也。’孔子曰：‘商知之矣。’”子夏之意，是以鱼为君，以水为贤才，谓人君无贤才以佐之则亡；而贤才不遇人君，犹不失其为贤也。《蜀志·诸葛亮传》先主曰：“孤之有孔明，犹鱼之有水也。”本此）《吕氏春秋》：《仲春纪·当染篇》一条、《孟夏纪·尊师篇》一条、《离俗览·举难篇》一条、《开春论·察贤篇》一条、《慎行论·察传篇》一条，共八条。《韩非子》：《喻老篇》一条、【“子夏见曾子，曾子曰：‘何肥也?’对曰：‘战胜，故肥也。’曾子曰：‘何谓也?’子夏曰：‘吾入见先王之义则荣之，出见富贵之乐又荣之。两者战于胸中，未知胜负，故臞。今先王之义胜，故肥。’”（此条亦见《淮南子·精神训》，云：“故子夏见曾子，一臞一肥。曾子问其故，曰：‘出见富贵之乐而欲之，入见先王之道又说之。两者心战，故臞；先王之道胜，故肥。’”）】《外储说·右上篇》两条，共三条。《淮南子》：《原道训》一条、《精神训》两条、《说山训》一条，共四条。王充《论衡》：《命义篇》一条、《祸虚篇》一条、《刺孟篇》一条、《知实篇》一条，共四条。又《晏子春秋·内篇·问上》一条。（“仲尼……意志不通，则仲由、卜商侍。”）凡周、秦及两汉儒家以外之子书所载有关子夏者二十条。（两汉以下之子书及《史》、《汉》等史籍不计矣）以上全部合计共百零三条，诸君如欲窥其全者，可按余所举之书名篇名一一检阅也。

毛诗序 一名《诗大序》。《大》、《小序》有多说，略见前。陆德明《经典释文》卷五云："旧说云：起此至'用之邦国焉'，名《关雎序》，谓之《小序》。自'风，风也'讫末，名为《大序》。今谓此《序》，止是《关雎》之序，总论《诗》之纲领，无大小之异。"是陆德明举旧说以此篇之首六句为《小序》，六句下至末一大段为《大序》也。因此一说，清初姚际恒之《古今伪书考》云："世以《序》发端一二语谓之《小序》，以其少也；以下续申者，谓之《大序》，以其多也。……今皆从之。"案：此说非是。因各篇序中有时只有首一二句，而无续申之文，即是根本无大序，安得谓之文字多乎！如《召南·草虫序》云："《草虫》，大夫妻能以礼自防也。"止一句，无所谓续申文字多之大序也。又《邶风·式微序》云："《式微》，黎侯寓于卫，其臣劝以归也。"亦只二句，何大序之有？又《王风·采葛序》："《采葛》，惧谗也。"只一句，无续申。又《桧风·素冠序》："《素冠》，刺不能三年也。"《小雅·出车序》："《出车》，劳还率也。"《杕杜序》："《杕杜》，劳还役也。"《湛露序》："《湛露》，天子燕诸侯也。"《彤弓序》："《彤弓》，天子锡有功诸侯也。"《六月序》："《六月》，宣王北伐也。"《采芑序》："《采芑》，宣王南征也。"《沔水序》："《沔水》，规宣王也。"《鹤鸣序》："《鹤鸣》，诲宣王也。"《祈父序》："《祈父》，刺宣王也。"《白驹序》："《白驹》，大夫刺宣王也。"《黄鸟序》："《黄鸟》，刺宣王也。"《我行其野序》："《我行其野》，刺宣王也。"《斯干序》："《斯干》，宣王考室也。"《无羊序》："《无羊》，宣王考牧也。"《节南山序》："《节南山》，家父刺幽王也。"《正月序》："《正月》，大夫刺幽王也。"《十月之交序》："《十月之交》，大夫刺幽王也。"《小宛序》："《小宛》，大夫刺幽王也。"《无将大车序》："《无将大车》，大夫悔将小人也。"《小明序》："《小明》，大夫悔仕于乱世也。"《鼓钟序》："《鼓钟》，刺幽王也。"《青蝇序》："《青蝇》，大夫刺幽王也。"凡此等篇，皆只一句，并无续申之语。亡诗六篇亦然。现只就《国风》、《小雅》举之，已有三十二篇无所谓续申之大序。其余《大雅》有十一篇，其余《周颂》二十六篇，《鲁颂》三篇，《商颂》四篇，合共七十六篇（占全《诗》四分之一），均无所谓续申之大序。然则割裂每一篇之序分为大小者，极无理也。朱子作《诗序辨说》，以"诗者，志之所之也"至"诗之至也"中间一大段为大序，其余首尾两段为小序。举譬言之：陆德明举旧说斩头为小序，自颈至脚为大序。朱子则斩头斩脚为小序，身及大腿为大序。皆割裂一篇之序强而分大小，绝不可从。故陆德明云："此序止是《关雎》之序，总论《诗》之纲领，无大小之异。"孔颖达《毛诗正义》亦云："诸序皆一篇之义，但《诗》理深广，此为篇端，故以《诗》之大纲并举于此。"据陆德明、孔颖达之意，此篇本是《周南·关雎序》，因是全《诗》之第一篇，故于此除释《关雎》之作意外，并总论全《诗》之大义，发源通流，申论特长。故不分《大》、《小序》则已，如分，则应以此全篇为《诗大序》，其余为《小序》，于理方合，清代通儒，莫不如是也。

《关雎》，后妃之德也，《风》之始也。所以风天下而正夫妇也，故用之乡人焉，用之邦国焉。 孔颖达《毛诗正义》：“《曲礼》（下）曰：‘天子之妃曰后（，诸侯曰夫人）。’（郑玄）注云：‘后之言后也。’执理内事，在夫之后也。《释诂》（上）云：‘妃，媲也。’（媲，劈诣切，配也）言媲匹于夫也。天子之妻唯称后耳。妃，则上下通名，故以妃配后而言之。”案：《周南》、《召南》，皆文王时诗，此处之后妃，是指文王后也。文王三分天下有其二，以服事殷，文王未为天子，其妻本称夫人，不称后；此云后妃者，乃武王得天下后，周人追尊之辞也。刘向《列女传》卷二《母仪传·周室王母》：“大姜者，王季之母，……大任者，文王之母，……大姒者，武王之母。禹后有莘姒氏之女，仁而明道，文王嘉之，亲迎于渭。（《大雅·大明》：“文定厥祥，亲迎于渭。”）造舟为梁。及入，大姒思媚大姜、大任，旦夕勤劳，以进妇道。大姒号曰文母。（《周颂·雍》：“既右烈考、亦右文母。”《毛传》：“文母，大姒也。”孔颖达疏：“大姒自有文德，亦因文王而称之。”）文王治外，文母治内。太姒生十男：长伯邑考（为纣王所烹）、次武王发、次周公旦、次管叔鲜（当依《史记》管叔第三）、次蔡叔度、次曹叔振铎、次霍叔武（当依《史记》武作处）、次成叔处（当依《史记》作成叔武）、次康叔封、次聃季载。大姒教诲十子，自少及长，未尝见邪僻之事。及其长，文王继而教之，卒成武王、周公之德。君子谓大姒仁明而有德。”又《颂》曰：“周室三母，大姜、任、姒。文、武之兴，盖由斯起。大姒最贤，号曰文母（古读如美）。三姑之德，亦甚大矣！”

○《关雎》，是周人歌颂后妃之诗，为十五国风之首篇，盖所以风化天下而使夫妇之道得其正。用之乡人，用之邦国，朝野皆以此篇为正夫妇之道也。《中庸》曰：“君子之道，造端乎夫妇；及其至也，察乎天地。”《易·家人·卦辞》云：“《家人》：利女贞。”（贞，正也。妇姑能正其分则利）《彖》曰：“《家人》，女正位乎内，男正位乎外（即《列女传》所谓“文母治内，文王治外”也），男女正，天地之大义也。家人有严君焉（严，尊也），父母之谓也。父父，子子，兄兄，弟弟，夫夫，妇妇，而家道正；正家而天下定矣。”《易·序卦传》：“有天地然后有万物，有万物然后有男女，有男女然后有夫妇，有夫妇然后有父子，有父子然后有君臣，有君臣然后有上下（尊卑），有上下然后礼义有所错，夫妇之道，不可以不久也。”观此，《关雎》之所以为《风》始，其意可知矣。《韩诗外传》卷五云：“子夏问曰：‘《关雎》何以为《国风》始也？’孔子曰：‘《关雎》至矣乎！……大哉！《关雎》之道也！万物之所系，群生之所悬命也。……天地之间，生民之属，王道之原，不外此矣。’子夏喟然叹曰：‘大哉《关雎》，乃天地之基也。’”此韩婴《外传》与《毛诗》同义也。焦延寿《易林·履之无妄》云：“雎鸠淑女，贤圣配偶。宜家寿福，吉庆长久。”此亦言后妃之德也。《汉书·匡衡传》：“元帝崩，成帝即位，衡上疏戒妃匹，劝经学威仪之则曰：‘……臣又闻之师（受《齐诗》于后苍）曰：匹配之际，生民之始，万福之原。婚姻之礼正，然后品物遂而天命全。孔子论《诗》

以《关雎》为始，言太上者（居尊上之位者），民之父母。后夫人之行，不侔乎天地，则无以奉神灵之统，而理万物之宜。故《诗》曰：“窈窕淑女，君子好仇。”言能致其贞淑，不贰其操。情欲之感，无介（系也）乎容仪；宴私之意，不形乎动静，夫然后可以配至尊而为宗庙主。此纲纪之首，王教之端也。’”匡衡是受辕固之《齐诗》于后苍，此又《齐诗》与《毛诗》之《关雎序》谓是正风合也。然传《鲁诗》、《齐诗》、《韩诗》者，皆以为《关雎》是刺诗。刺诗是变风，焉有取变风为《诗经》之首篇者乎！是必不然矣。故一读《关雎序》，即知三家不如《毛诗》也。

○据传《鲁诗》者云：司马迁《史记·十二诸侯年表序》：“周道缺，《诗》人本之衽席（犹床笫），《关雎》作。”又《史记·儒林传序》云：“嗟乎！夫周室衰而《关雎》作。”其意以为周康王晏起，周道始缺，故《诗》人推本于衽席床笫之间以刺之也。《汉书·杜钦传》（字子夏。同时有茂陵杜邺，亦字子夏，俱以材能称京师，故衣冠谓钦为“盲杜子夏”以相别。钦疾之，乃为小冠，由是京师更谓钦为“小冠杜子夏”，而邺为“大冠杜子夏”）：“自成帝为太子时，以好色闻。及即位，皇太后诏取良家女，钦因是说大将军王凤，……太后以为故事无有，钦复重言：‘……祸败曷常不由女德，是以佩玉晏鸣，《关雎》叹之。’”晋臣瓒注曰：“此《鲁诗》也。”刘向（楚元王交之玄孙，交与申培公同受《诗》于浮丘伯，故是《鲁诗》）《列女传·仁智传·魏曲沃负传》：“周之康王，夫人晏出朝（朝字衍），《关雎》预见（谓见机、见微，杜渐防微也），思得淑女，以配君子。”王充

《论衡·谢短篇》："《诗》家（《鲁诗》）曰：……周衰而诗作，盖康王时也。康王德缺于房，大臣（文王第十五子毕公高，时与召公相康王）刺晏，故诗作。"《后汉书·杨赐传》："灵帝熹平元年，……赐上封事曰：'……康王一朝晏起，《关雎》见几而作。'"李贤注："此事见《鲁诗》，今亡失矣。"晋袁宏《后汉纪》卷二十三："灵帝僖平元年，……光禄卿杨赐上书曰：'……昔周（康）王承文、武之盛，一朝晏起，夫人不鸣璜，宫门不击柝，《关雎》之人，见机而作。'"应劭《风俗通义》（《文选·齐竟陵王行状》注引）："昔周康王一朝晏起，《诗》人以为深刺。天子当夜寝早作，身省万机。"《古文苑》载东汉张超（字子并，张良后，《后汉书·文苑传下》有传）《青衣赋》："周渐将衰，康王晏起。毕公喟然，深思古道，感彼《关雎》，性不双侣。愿得周公（如周公之圣德），妃以窈窕，防微消渐，讽谕君父。孔氏大之，列冠篇首。"此皆《鲁诗》说，以为是刺周康王及其后晏起之诗也。传《齐诗》者云：班固（是家传《齐诗》者）《汉书·杜钦传赞》："深陈女戒，终如其言，庶几乎《关雎》之见微（与刘向《鲁诗》康王夫人晏出，《关雎》预见同意）。"《后汉书·明帝纪》："（永平）七年，……诏曰：……昔应门失守，《关雎》刺世。"李贤引东汉宋均（《齐诗》）《春秋说题辞注》曰："应门，听政之处也。言不以政事为务，则有宣淫之心。"班固、宋均皆传《齐诗》，则《齐诗》亦以《关雎》为刺诗也。传《韩诗》者云：王应麟《诗考·补遗》引"《韩诗序》曰：《关雎》，刺时也"。《后汉书·冯衍传》载其《显志赋》曰："美《关雎》之识微兮，愍王道之将崩。"李贤注引薛夫子（名汉，东汉人）《韩诗章句》曰："人君内倾于色，大人见其萌，故咏《关雎》，说淑女，正容仪也。"又《后汉书·明帝纪》："昔应门失守，《关雎》刺世。"下李贤注引薛君《韩诗章句》曰："今时大人内倾于色，贤人见其萌，故咏《关雎》，说淑女，正容仪，以刺时。"此《韩诗》亦以《关雎》是刺诗者也。王应麟《诗考·后序》云："汉儒言《诗》，其说不一如此！《关雎》，正风之始也，《鲁》、《齐》、《韩》以为康王政衰之诗，……圣人删《诗》，岂以刺诗冠《风》、《雅》之首哉！"故汉儒四家诗之传，独《毛诗》为得其正也。

《风》，风也，教也。风以动之，教以化之。 陆德明《经典释文》："风，风也，并如字。"又引北周沈重《毛诗义疏》云："上风，是《国风》，即《诗》之六义也。下风，即是风伯鼓动之风。（《韩非子·十过篇》："风伯进扫，雨师洒道。"应劭《风俗通义》卷八《祀典篇》有《风伯》条云："飞廉，风伯也。"又："风师者，箕星也。"蔡邕《独断》卷上："风伯神，箕星也。"《书·洪范》："星有好风，星有好雨。"《孔传》："箕星好风，毕星好雨。"）君上风教，能鼓动万物，如风之偃草也。"《书·君陈》成王命君陈曰："尔其戒（慎也）哉！尔惟风，下民如草。"《孔传》："民从上教而变，犹草应风而偃，不可不慎。"《论语·颜渊篇》："季康子问政于孔子曰：'如杀无道，以就有道，何如？'孔子对曰：'子为政，焉用杀！子欲善，而民善矣。君子之德风，小人之德草，草上之风，必偃。'"《孟子·滕文公上》："君子之德，风也；小人之德，草也。草尚（通上）之风，必偃。"又

《书·大禹谟》："帝曰：俾予从欲以治，四方风动，惟乃之休。"《孔传》："使我从心所欲，而政以治民，动顺上命，若草应风。"又《说命下》："王（殷高宗）曰：呜呼！说，四海之内，咸仰朕德，时乃风。"《孔传》："风，教也。"《春秋元命苞》："上行下效谓之风。"此处云云者，谓《诗》之《国风》，犹天风之扇扬万物，亦先王之所以教也，故云："风，风也，教也。"下云"风以动之，教以化之"者，是伸释"风"与"教"之意也。

诗者，志之所之也。 志之所之，谓志之所往，志之所向也。《尔雅·释诂上》："如、适、之、嫁、徂、逝，往也。"《书·舜典》："诗言志，歌永言，声依永，律和声。八音克谐，无相夺伦，神人（神与人）以和。"《左传》襄公二十七年："郑伯（简公）享赵孟（晋卿赵武，赵文子）于垂陇、子展、伯有、子西、子产、子大叔，二子石（印段、公孙段，皆字子石）从。赵孟曰：'七子从君，以宠武也，请皆赋以卒君贶（贶，赐也。尽君之惠，以尽今日之欢），武亦以观七子之志。'"明孙瑴《古微书》引《春秋纬·春秋说题辞》："诗之为言，志也。"又《毛诗疏》引云："诗者，人志意之所之适也。"《国语·楚语上》："教之《诗》，而为之道广显德，以耀明其志。（楚贤大夫申叔时语）"《礼记·乐记》："《诗》，言其志也；歌，咏其声也；舞，动其容也。"又《孔子闲居篇》："志之所至，诗亦至焉。"《庄子·天下篇》："《诗》以道志，《书》以道事，《礼》以道行，《乐》以道和，《易》以道阴阳，《春秋》以道名分。"《荀子·儒效篇》："《诗》言是其志也，《书》言是其事也，《礼》言是其行也，

《乐》言是其和也，《春秋》言是其微也。”《吕氏春秋·慎大览·慎大篇》：“汤谓伊尹曰：若告我旷夏尽如诗。”高诱注：“诗，志也。”《楚辞》屈原《九章·悲回风》：“介眇志之所惑兮，窃赋诗之所明。”王逸注：“诗，志也。”贾谊《新书·道德说》：“诗者，此之志者也。”董仲舒《春秋繁露·玉杯》：“《诗》、《书》序其志，……《诗》道志，故长于质（志之实）。”《史记·太史公自序》：“《书》以道事，《诗》以达意（即志）。”《汉书·礼乐志》：“音声足以动耳，《诗》语足以感心，故闻其音而德和，省其《诗》而志正。”又《艺文志·诗赋略》：“古者诸侯卿大夫，交接邻国，以微言相感，当揖让之时，必称《诗》以谕其志，盖以别贤不肖，而观盛衰焉。”刘向《说苑·修文篇》：“《诗》，言其志。”扬雄《法言·寡见篇》：“说志者莫辩乎《诗》?”《说文》：“诗，志也。”汉末刘熙《释名·释典艺》云：“诗，之也，志之所之也。”颜延年《庭诰》云：“比物集句，采风谣以达民志，《诗》为之祖。”刘勰《文心雕龙·宗经篇》云：“《诗》主言志。”《隋书·经籍志》：“《诗》者，所以道达心灵，歌咏情志者也。”又《国语·晋语下》：“《诗》，所以合意（即志）；歌，所以咏诗也。”

在心为志，发言为诗。 发言本只是言，言之成文乃为诗，此是简括语，故下文申言之以足其义。《汉书·礼乐志》：“故帝舜命夔曰：……诗言志，歌咏言。”颜师古注：“在心为志，发言为诗。”又《艺文志·六艺略·诗类》：“《书》曰：‘诗言志，哥咏言。’故哀乐之心感，而哥咏之声发。诵其言，谓之诗；咏其声，谓之歌。”师古曰：“在心为志，发言为诗。”屡引《诗序》。

情动于中而形于言；言之不足，故嗟叹之；嗟叹之不足，故永歌之；永歌之不足，故不知 犹云不觉。**手之舞之，足之蹈之也**。《礼记·乐记》：“凡音之起，由人心生也。人心之动，物使之然也。感于物而动，故形于声。声相应，故生变（五声高低疾徐）；变成方（变化有道，成法）谓之音（犹下文“声成文，谓之音”也）。比音而乐之，及干戚（武舞）羽旄（文舞），谓之乐。”又曰：“凡音者，生人心者也。情动于中，故形于声。”又曰：“故歌之为言也，长言之也。说之，故言之；言之不足，故长言之；（即咏歌。《汉书·艺文志》颜师古注云：“咏者永也。永，长也。歌所以长言之。”）长言之不足，故嗟叹之；嗟叹之不足，故不知手之舞之，足之蹈之也。”此又《乐记》用《诗序》而次第略加变化者也。《诗序》嗟叹先于咏歌，《乐记》则长言（咏歌）先于嗟叹。刘向《说苑·贵德篇》云：“善之（犹说之），故言之；言之不足，故嗟叹之；嗟叹之不足，故咏歌之。”是刘中垒仍以《诗序》之次第为然也。孔颖达疏：“然则在心为志，出口为言，诵言为诗，咏声为歌，播于八音谓之为乐，皆始末之异名耳。”手舞足蹈，又见于《孟子》，亦用《诗序》。其《离娄上》篇云：“仁之实，事亲是也。义之实，从兄是也。智之实，知斯二者（事亲、从兄，孝弟也）弗去是也。礼之实，节文斯二者是也（于孝弟为之节文）。乐之实，乐斯二者。乐则生矣，生则恶可已也！（朱子注：“如草木之有生意也。既有生意，则其畅茂条达，自有不可遏者，所谓恶可已也。”）恶可已，则不知足之蹈之，手之舞之。”又王褒《四子讲德论》：“传曰：《诗》人感而后思，思而后积，积而后满，满而后作。言之不足，故嗟叹之；嗟叹之不足，故咏歌之；咏歌之不厌，不知手之舞之，足之蹈之也。”

情发于声，声成文谓之音。 郑玄注：“声，谓宫商角徵羽也。声成文者，宫商上下相应也。”《乐记》云：“感于物而动，故形于声。声相应，故生变；变成方，谓之音。”又曰：“情动于中，故形于声；声成文，谓之音。”《礼记》孔颖达疏云：“声成文谓之音者，谓声之清浊杂比成文，谓之音。则上文云变成方谓之音是也。”孔颖达疏《诗序》云：“此言声成文谓之音：则声与音别。《乐记注》（郑玄）：‘杂比曰音（五声相杂和比），单出曰声（发于一人之口）。’《记》（《乐记》）又云：‘审声以知音，审音以知乐。’则声、音、乐三者不同矣。以声变乃成音，音和乃成乐，故别为三名。对文则别，散则可以通。”

治世之音安以乐，其政和；乱世之音怨以怒，其政乖；亡国之音哀以思，其民困。 此数句《乐记》全同，又用《诗序》（见下）。陆德明《经典释文》：“一读安字上属，以乐其政和为句。下放此，思，息吏反。”一读不可凭也。以，且也。思，愁思，忧戚而长也。孔颖达疏：“言声随世变，治世之音，既安又以欢乐者，由其政教和睦故也（和，应是平正）。乱世之音，既怨又以恚怒者，由其政教乖戾故也。亡国之音，既哀又以愁思者，由其民之困苦故也。”《乐记》：“乐者，音之所由生也。其本在人心之感于物也。是故其哀心感者，其声噍以杀（竭而衰减）。其乐心感者，其声啴（音阐，宽绰也）以缓。其喜心感者，其声发以散（发扬开朗）。其怒心感者，其声粗以厉。其敬心感者，其声直以廉（正直且廉利）。其爱心感者，其声和以柔。六者，非性也（非发自天生），感于物而后动。是故先王慎所以感之者。故礼以道（引道）其志，乐以和其声，政以一（齐一）其行，刑以防其奸。礼乐刑政，其极（至也，理也）一也，所以同民心而出治道也。凡音者，生人心者也。情动于中，故形于声；声成文，谓之音。是故治世之音安以乐，其政和；乱世之音怨以怒，其政乖；亡国之音哀以思，其民困。声音之道，与政通矣。”又《吕氏春秋·仲夏纪·适音篇》：“故治世之音安以乐，其政平也；乱世之音怨以怒，其政乖也；亡国之音悲以哀，其政险也。”此又《吕氏春秋》用《诗序》也。又《乐记》：“五者皆乱，迭相陵，谓之慢。如此，则国之灭亡无日矣。郑、卫之音，乱世之音也，比于慢矣；桑间、濮上之音，亡国之音也。其政散，其民流，诬上行私而不可止也。”郑玄注：“濮水之上，地有桑间者，亡国之音，于此之水出也。……桑间在濮阳南。”案：《桑间》，一说即《诗·鄘风》之《桑中》：“爰采唐矣？沫之乡矣。云谁之思？美孟姜矣。期我乎桑中，要我乎上宫，送我乎淇之上矣。”《桑中序》云：“《桑中》，刺奔也。卫之公室淫乱，男女相奔。至于世族在位，相窃妻妾，期于幽远，政散民流，而不可止。”（已见前）濮上之音，见《韩非子·十过篇》、西汉宣帝时博士褚少孙补《史记·乐书》及王充《论衡·纪妖篇》。《韩非子·十过篇》云：“昔者卫灵公将之晋，至濮水之上，税车而放马，设舍以宿。夜分，而闻鼓新声者而说之。使人问左右，尽报弗闻。乃召师涓而告之，曰：‘有鼓新声者，使人问左右，尽报弗闻，其状似鬼神，子为我听而写之。'师涓曰：'诺。'因静坐抚琴而写之。师涓明日报曰：'臣得之矣，而未习也，请复一宿习之。'灵公曰：'诺。'因复留宿，明日而习之，遂去之晋。晋平公觞之于施夷之台，酒酣，灵公起，公曰：'有新声，愿请以示。'平公曰：'善。'乃召师涓，令坐师旷之旁，援琴鼓之。未终，师旷抚止之，曰：'此亡国之声，不可遂（竟也）也。'平公曰：'此道奚出？（此何道而出）'师旷曰：'此师延之所作，与纣为靡靡之乐也，及武王伐纣，师延东走，至于濮水而自投。故闻此声者，必于濮水之上。先闻此声者，其国必削，不可遂。'"

故正得失，动天地，感鬼神，莫近于《诗》。 孔颖达疏："上言播诗于音，音从政变，政之善恶，皆在于诗，故又言诗之功德也。由诗为乐章之故，正人得失之行，变动天地之灵，感致鬼神之意，无有近于诗者。言诗最近之，余事莫之先也。《公羊传》（哀公十四年西狩获麟）说《春秋》功德云：'拨乱世，反诸正，莫近诸《春秋》。'何休（东汉人，有《公羊解诂》）云：'莫近，犹莫过之也。'《诗》之道，所以能有此三事者（正得失，动天地，感鬼神），《诗者》，志之所歌；歌者，人之精诚，精诚之至，以类相感。（《庄子·渔父》："真者，精诚之至也。不精不诚，不能动人。"）《诗》人陈得失之事，以为劝戒，令人行善不行恶，使失者皆得，是《诗》能正得失也。……人君诚能用《诗》人之美道，听嘉乐之正音，使赏善伐恶之道，举无不当，则可使天地效灵，鬼神降福也。故《乐记》云：（本于《荀子·乐论》）'奸声感人而逆气应之；逆气成象，而淫乐兴焉。正声感人而顺气应之；顺气成象，而和乐（中正平和之乐）兴焉。'又曰：'歌者，直

（正也）已而陈德也，动已而天地应焉，四时和焉，星辰理焉（顺其序），万物育焉。’此说声能感物，能致顺气逆气者也。天地云动，鬼神云感，互言耳。……从人正而后能感动，故先言‘正得失’也。此‘正得失’与‘雅者正也’、‘正始之道’，本或作政，皆误耳，今定本皆作正字。”陆德明《经典释文》：“正得失，……本又作政，谓政教也。两通。”案：正得失之正作政非。盖此正字与下两句动天地、感鬼神，正、动、感，三字皆动词也。又古与乐合者《诗》，《诗》是诗之文词，乐是诗之谱调耳。《孟子·公孙丑上》：“子贡曰：见其礼而知其政，闻其乐而知其德。”《礼记·经解》：“孔子曰：入其国，其教可知也。其为人也，温柔敦厚，《诗》教也。”《吕氏春秋·季夏纪·音初篇》：“凡音者，产乎人心者也。感于心则荡（动也）乎音，音成于外而化乎内，是故闻其声而知其风，察其风而知其志，观其志而知其德。盛衰、贤不肖、君子小人，皆形于乐，（与诗合）不可隐匿，故曰：乐之为观也深矣。”

先王以是 用《诗》。**经夫妇，成孝敬，厚人伦，美教化，移风俗**。 孔颖达疏：“上言《诗》有功德，此言用诗之事。经夫妇者，经，常也。夫妇之道有常，‘男正位乎外，女正位乎内。’（《易·家人卦》）‘德音莫违。’（《诗·邶风·谷风》：“德音莫违，及尔同死。”）是夫妇之常。室家离散，夫妻反目，是不常也。教民使常此夫妇，犹《商书》云‘常厥德’也。（《尚书·商书·咸有一德》：“常厥德，保厥位。厥德匪常，九有以亡。”）成孝敬者，孝以事亲，可移于君；敬以事长，可移于贵。（《孝经·广扬名章》：“君子之事亲孝，故忠可移于君；事兄悌，故顺可移于长。”）若得罪于君亲，失意于长贵，则是孝敬不成，故教民使成此孝敬也。厚人伦者：伦、理也，君臣父子之义，朋友之交，男女之别，皆是人之常理。父子不亲，君臣不敬，朋友道绝，男女多违，是人理薄也。故教民使厚此人伦也。美教化者，美，谓使人服（从也，行也）之而无厌也。若设言而民未尽从，是教化未美，故教民使美此教化也。移风俗者，《地理志》云：‘民有刚柔缓急，音声不同，系水土之风气。’（《汉书·地理志下》：“凡民函五常之性，而其刚柔缓急，音声不同，系水土之风气，故谓之风。”）……急则失于躁，缓则失于慢。王者为政，当移之，使缓急调和，刚柔得中也。随君上之情，则君有善恶，民并从之。有风俗伤败者，王者为政，当易之使善。故《地理志》（下）又云：‘孔子曰：“移风易俗，莫善于乐。”（《孝经·广要道章》：“移风易俗，莫善于乐。安上治民，莫善于礼。”又《乐记》：“乐也者，圣人之所乐也，而可以善民心，其感人深，其移风易俗，故先王著其教焉。”）言圣王在上，统理人伦，必移其本而易其末，然后王教成。’是其事也。此皆用《诗》为之，故云‘先王以是’，以，用也，言先王用《诗》之道，为此五事也。……此《序》言《诗》能易俗，《孝经》言乐能移风俗者，《诗》是乐之心，乐为《诗》之声，故《诗》、乐同其功也。然则《诗》、乐相将（助也，与也），无《诗》则无乐。”

故《诗》有六义焉：一曰风，二曰赋，三曰比，四曰兴，五曰雅，六曰颂。 郑玄《毛诗笺》于《诗序》六义下一字不注，盖已详解于《周礼注》中，非不必注也。《周礼·春官·宗伯下》：“大师，掌六律六同（即六吕），以合阴阳之声。阳声：黄钟（子月），大蔟（寅月），姑洗（辰月），蕤宾（午月），夷则（申月），无射（戌月）。阴声（六吕）：大吕（丑月），应钟（亥月），南吕（酉月），函钟（即林钟，未月），小吕（即仲吕，巳月），夹钟（卯月）。皆文之以五声：宫、商、角、徵、羽。皆播之以八音：金、石、土、革、丝、木、匏、竹。教六诗：曰风，曰赋，曰比，曰兴，曰雅，曰颂。”郑玄注：“风，言贤圣治道之遗化也。赋之言铺，直铺陈今之政教善恶。比，见今之失，不敢斥（显也，明也）言，取比类以言之。兴，见今之美，嫌于媚谀，取善事以喻劝之。雅，正也，言今之正者，以为后世法。颂之言诵也，容也，诵今之德广以美之。”又引郑司农（众）云：“比者，比方于物。兴者，托事于物。”孔颖达《毛诗疏》：“上言《诗》功既大明，非一义能周，故又言《诗》有六义。大师（指周官）上文未有诗字（教六诗之上未有诗字），不得径云六义，故言六诗。各自为文，其实一也。彼注云（指郑玄《周礼注》）‘……’是解六义之名也。彼虽各解其名，以《诗》有正、变，故互见其意。（正风正雅，变风变雅。美者为正，刺者为变）风云‘贤圣之遗化’，谓变风也（实正、变兼有）。雅云‘言今之正，以为后世法’，谓正雅也。其实正风亦言当时之风化，变雅亦是贤圣之遗法也。颂训为容，止云‘诵今之德，广以美之’，不解容之义，谓天子美有形容（补解），下云‘美盛德之形容’，是其事也。赋云‘铺陈今之政教善恶’，其言通正、变，兼美、刺也。比云‘见今之失，取比类以言之’，谓刺诗之比也。兴云‘见今之美，取善事以劝之’，谓美诗之兴也。其实美、刺俱有比、兴者也。郑必以风言贤圣之遗化，举变风者，以《唐》有尧之遗风，（《左传》襄公二十九年，吴公子札观乐于鲁，“为之歌《唐》，曰：思深哉！其有陶唐氏之遗民乎！不然，何忧之远也”）故于风言贤圣之遗化。赋者，直陈其事，无所避讳，故得失俱言。比者，比托于物，不敢正言，似有所畏惧，故云‘见今之失，取比类以言之’。兴者，兴起志意，赞扬之辞，故云‘见今之美，以喻劝之’。雅既以齐正为名，故云‘以为后世法’。郑之所注，其意如此。《诗》皆用之于乐，言之者无罪，赋则直陈其事。于比、兴云‘不敢斥言’、‘嫌于媚谀’者，据其辞不指斥，若有嫌惧之意，其实作文之体，理自当然，非有所嫌惧也。六义次第如此者，以《诗》之四始（《风》、《小雅》、《大雅》、《颂》，解见下），以风为先，故曰风。风之所用，以赋、比、兴为之辞，故于风之下即次赋、比、兴，然后次以雅、颂。《雅》、《颂》亦以赋、比、兴为之，既见赋、比、兴于风之下，明《雅》、《颂》亦同之。郑以赋之言铺也，铺陈善恶，则《诗》文直陈其事，不譬喻者，皆赋辞也。郑司农（一称先郑）云：‘比者，比方于物。’诸言如者，皆比辞也。司农又云‘兴者，托事于物’，（又《大司乐》先郑注：“兴者，以善物喻善事。”则与后郑“取善事以喻劝之”同也）则兴者起也，取譬引类，起发己心，《诗》文诸举草木鸟兽以见意者，皆兴辞也。赋、比、兴如此次者，言事之道，直陈为正，故《诗经》多赋，在比、兴之先。比之与兴，虽同是附托外物，比显而兴隐，（此句出《文心雕龙·比兴篇》）当先显后隐，故比居兴先也。《毛传》特言‘兴也’，为其理隐故也。（《文心雕龙·比兴篇》云：“《诗》文宏奥，包韫六义；毛公述《传》，独标兴体，岂不以风通而赋同，比显而兴隐哉！”）……然则《风》、《雅》、《颂》者，《诗》篇之异体（《诗》之分体）；赋、比、兴者，《诗》文之异辞耳（《诗》之作法），大小（长短篇）不同，而得并为六义者，赋、比、兴是诗之所用（即作法），《风》、《雅》、《颂》是诗之成形（即分体）。用彼三事（赋、比、兴之作法），成此三事（成《风》、《雅》、《颂》之体裁），是故同称为义，非别有篇卷也。”

○于赋、比、兴之义，除先郑、后郑及孔冲远等解释外，兹复举数端以见意：《太平御览》卷五百八十五引晋挚虞《文章流别论》云：“赋者，敷陈之称也（即直陈其事）；比者，喻类之言也（以物类比喻）；兴者，有感之辞也（有所感而以物类衬托）。”刘勰《文心雕龙·比兴篇》云：“《诗》文宏奥，包韫六义；毛公述《传》，独标兴体。（《毛传》于兴义难见者，于《诗》文下标明“兴也”，不言比、赋，盖以为易见也）岂不以风通而赋同，比显而兴隐哉！（比兴同意略同，但比显兴隐，比易见，兴难知，故独标兴体）故比者，附也（比附于物，如某如某之类）；兴者，起也（以物衬托起兴）。附理者，切类以指事（谓比体切物类以指其事）；起情者，依微以拟议。（谓兴体依托于隐微以拟其意，易使人以为是写物之赋，故毛公特标出之）起情，故兴体以立；附理，故比例以生。比则畜愤以斥言（显著言之），兴则环譬以托讽（曲折譬喻以衬托其意）。盖随时之义不一，故《诗》人之志有二也。（随时之宜而用之，故不一定某章用比，某章用兴也）”

钟嵘《诗品序》:“文已尽而意有余,兴也(曲折譬喻,含意无穷);因物喻志(明显比况),比也;直书其事,寓言写物,赋也。”南宋初范处义《诗补传》:“铺陈其事者,赋也;取物为况者,比也;因感而兴者,兴也。”朱子《诗传纲领》:“赋者,直陈其事……;比者,以彼状此……;兴者,托物兴辞。”王应麟《困学纪闻》卷三云:“鹤林吴氏(吴泳,字叔永,南宋人,在朱子前,有《鹤林集》)论《诗》曰:‘兴之体,足以感发人之善心。’毛氏自《关雎》而下,总百十六篇(十五《国风》之数),首系之兴(以《关雎》之兴为首)。《风》七十,《小雅》四十,《大雅》四,《颂》二。注曰:‘兴也。’而比、赋不称焉,盖谓赋直而兴微,比显而兴隐也。……李仲蒙(名育,北宋吴人)曰:‘叙物以言情,谓之赋,情物尽也;索物以托(量托)情,谓之比,情附物也;触物以起情,谓之兴,物动情也。’”【胡寅(字明仲,号致堂,南宋初人)《与李叔易书》云:“学《诗》者,必分其义;如赋、比、兴,古今论者多矣,唯河南李仲蒙之说最善。其言曰:‘叙物以言情,谓之赋,情尽物者也;索物以托情,谓之比,情附物者也;触物以起情,谓之兴,物动情者也。’故物有刚柔缓急,荣悴得失之不齐,则《诗》人之情性,亦各有所寓,非先辨乎物,则不足以考情性。情性可考,然后可以明礼义而观乎《诗》矣。旧见叔易要见此说,故录以奉呈。”】

上以风化下,下以风刺上,主文而谲谏,言之者无罪,闻之者足以戒, 特以变风言之,意在于闲邪防失也。 **故曰风。** “下以风刺上”句两读:解作风刺,则读去声为讽。

解作“化下”、“刺上”，则两风字读平声，如字。以文气观之，同读平声为长。陆德明《经典释文》：“故曰风，福风反，又如字。”则后一字亦两读，然要以俱读平声为愈。郑玄注：“风化、风刺，皆谓譬喻，不斥言也。主文：主与乐之宫商相应也。谲谏：咏歌依违（正反曲折）不直谏。”孔颖达疏：“臣下作诗，所以谏君；君又用之教化，故又言上下皆用此上六义之意。在上，人君用此六义风动教化；在下，人臣用此六义以风谕箴刺君上。其作诗也，本心主意，使合于宫商相应之文，播之于乐，而依违谲谏，不直言君之过失，故言之者无罪；人君不怒其作主（作诗之主），而罪戮之。闻之者足以自戒：人君自知其过而悔之，感而不切，微动若风，言出而过改，犹风行而草偃，故曰风。……则六义皆名为风，以风是政教之初，六义风居其首，故六义总名为风，六义随事生称耳。（《文心》所谓“风通而赋同”，谓风通于六义也）若此辞，总上六义则有正、变，而云主文谲谏，唯说刺诗者，以诗之作，皆为正邪防失，虽论功诵德（谓《颂》无变），莫不匡正人君，故主说作诗之意耳。《诗》皆人臣作之以谏君，然后人君用之以化下，此先云‘上以风化下’者，以其教从君来，上下俱用，故先尊后卑。”又云：“风者，若风之动物，故（郑）谓之‘譬喻，不斥言也’。人君教民，自得指斥；但用诗教民，播之于乐，故亦不斥言也。上言‘声成文’，此言‘主文’，知作《诗》者主意，令《诗》文与乐之宫商相应也。如上所说，先为诗歌，乐逐诗为曲，则是宫商之辞，学（读效，依仿）《诗》文而为之。此言作《诗》之文，主应于宫商（郑说）者，初作乐者，准诗而为声，声既成形，须依声而作诗（解郑“主文是主于乐之宫商”），故后之作诗者，皆主应于乐文也。谲者，权诈之名（《说文》：“谲，权诈也。”），托之乐歌，依违而谏，亦权诈之义，故谓之谲谏。”

至于王道衰，礼义废，政教失，国异政，家殊俗，而变风变雅作矣。 此言变风变雅。注意王道衰五句及下文“国史明乎得失之迹，伤人伦之废，哀刑政之苛，吟咏情性以风其上，达于事变而怀其旧俗”申述之文，则变风变雅之真义见矣。后人强分《风》、《雅》之正变，甚无谓。说再详下。孔颖达疏：“《诗》之《风》、《雅》，有正有变，故又言变之意。至于王道衰，礼义废而不行，政教施之失所，遂使诸侯国国异政，下民家家殊俗，《诗》人见善则美（正），见恶则刺之（变），而变风、变雅作矣。至于者：从盛而至于衰（盛时则有正无变，即有美而无刺），相承首尾之言也。……变风、变雅，必王道衰乃作者，夫‘天下有道，则庶人不议’。（《论语·季氏篇》：“天下有道，则政不在大夫；天下有道，则庶人不议。”）治平累世，则美刺不兴（美则有之）。何则？未识不善，则不知善为善；未见不恶（即善。无不见善之理），则不知恶为恶。太平则无所更美（不然），道绝则无所复讥（亦未然），人情之常理也。故初变恶俗，（谓恶俗初变而为善）则民歌之，《风》、《雅》正经是也；始得太平，则民颂之，《周颂》诸篇是也（《周颂》非初得太平之诗）。若其王纲绝纽，礼义消亡，民皆逃死，政尽纷乱，《易》称‘天地闭，贤人隐’（见《坤文言》），于此时也，虽有智者，无复讥刺（不然）。成王太平之后，其美不异于前，故颂声止也（成、康没而颂声寝，《颂》非不作于成王时）。陈灵公淫乱之后，其恶不复可言，故变风息也。（陈灵公淫乱之事，见《左传》宣公九年、十年及《史记·陈杞世家》。谓《诗》亡于陈灵，出郑玄《诗谱序》，其实不然，说详后）班固（《两都赋序》）云：‘成、康没而颂声寝，王泽竭而《诗》不作。’此之谓也。然则变风、变雅之作，皆王道始衰，政教初失，尚可匡而革之，追而复之，故执彼旧章，绳此新失，觊望自悔其心，更遵正道，所以变诗作也。以其变改正法，故谓之变焉。”案：《孟子·离娄下》：“王者之迹熄而《诗》亡，《诗》亡然后《春秋》作。晋之《乘》，楚之《梼杌》，鲁之《春秋》，一也。其事则齐桓、晋文，其文则史，孔子曰：其义，则丘窃取之矣。”王者之迹熄而《诗》亡之迹字。清宋翔凤之《孟子赵注补正》卷四及马瑞辰之《毛诗传笺通释》卷十三《陈风总论》皆以“迹”为“迈”之误，是也。《说文·丌部》（下基也。荐物之丌。居之切）：“迈，古之遒人，（遒，应是逌字，“逌，气行皃。”“遒，迫也。”音囚）以木铎记《诗》言。从辵，从丌。丌亦声。读与记同。”徐铉引徐锴曰：“遒人行而求之，故从辵。丌，荐而进之于上也。”《书·胤征》：“每岁孟春，遒人以木铎徇（巡也）于路。”《孔传》：“遒人，宣令之官。木铎，金铃木舌，所以振文教。”《左传》襄公十四年师旷对晋平公曰：“故《夏书》曰：‘遒人以木铎徇于路，官师相规，工执艺事以谏。’正月孟春，于是乎有之，谏失常也。”《礼记·王制》：“岁二月，……命大师陈诗以观民风。”郑玄注：“陈诗，谓采其诗而视之。”《公羊传》宣公十五年：“什一行而颂声作矣。”何休《公羊解诂》云：“民皆居宅，里正趋缉绩，男女同巷，相从夜绩，至于夜中。……

男女有所怨恨，相从而歌。饥者歌其食，劳者歌其事。男年六十，女年五十无子者，官衣食之，使之民间求诗。乡移于邑，邑移于国，国以闻于天子。故王者不出牖户，尽知天下所苦；不下堂，而知四方。”（《老子》：“不出户，知天下。不窥牖，知天道。”）刘歆《与扬雄从取方言书》：“诏问三代、周、秦使者，逌人使者，以岁八月巡路，求代语（代，世也，代语即方言）僮谣歌戏，欲得其最目（即凡目、总目）。”《汉书·食货志上》：“孟春之月，群居者将散（各趋农亩），行人振木铎徇于路以采诗，献之大师，比其音律，以闻于天子。故曰：王者不窥牖户，而知天下。”又《艺文志·六艺略·诗类》：“故古有采诗之官，王者所以观风俗，知得失，自考正也。”宋翔凤《孟子赵注补正》卷四曰：“《孟子》王者之迹熄，迹，当作迒，言王国无遒人之官，而《诗》遂亡矣。后人多闻迹，寡闻迒，故改迒为迹。……历按诸文（《礼记·王制》、何休《公羊传注》、《汉书·食货志》及《艺文志》），知王者有设官采诗之事。息，止也（自注：“孙奭云：“熄与息同。”湛铨案：《说文》：“熄，畜火也。……亦曰灭火。”“息，喘也。”熄是止息之本字）言此官止而不行，则下情不上通。天下所苦，天子不知。政教流失，风俗陵夷，皆由于此，谓之《诗》亡可耳。《文中子》（《开朗篇》）：‘薛收问曰：“今之民，胡无诗？”子曰：“诗者，民之情性也，情性能亡乎？非民无诗，职诗者之罪也。”’按，此亦谓《诗》亡，为无采诗之官也。”马瑞辰《毛诗传笺通释》卷十三《陈风总论》：“先儒多言《诗》亡于陈灵而后《春秋》作。（郑玄、孔颖达、苏辙、吕祖谦、王应麟皆主之）案，《诗》亡，非无诗也。《孟子》：

‘王者之迹熄而《诗》亡，《诗》亡然后《春秋》作。’余同年友宋翔凤（嘉庆间同科举人）曰：‘迹，当为迈字之讹。’其说是也。古者天子巡狩，命大师陈诗以观民风；其后天子虽不巡狩，方国犹有采诗之官。《说文》：‘迈，古之遒人，以木铎记诗言。读与记同。’此即《孟子》所谓王者之迈也。盖自遒人之官不设，则下情不上通，无由观风俗，知得失，而《诗》教遂亡。此《文中子》所谓‘非民无诗，职诗者之罪也’。如谓陈灵以后，世遂无作诗者，岂通论哉！”（《左传》昭公十七年引仲尼曰：“天子失官，学在四夷，犹信。”此王官失职之证也）郑玄《诗谱序》云：“文、武之德，光熙前绪（太王、王季），以集大命于厥身，遂为天下父母，使民有政有居（得明政，有安居）。其时《诗》，《风》有《周南》、《召南》，《雅》有《鹿鸣》、《文王》之属。（《鹿鸣》、《文王》应是武王得天下后之诗）及成王、周公致太平，制《礼》作《乐》，而有《颂》声与焉，盛之至也。（此归美周公耳。《颂》诗不皆在制《礼》作《乐》后也。《礼记·明堂位》：“成王幼弱，周公践天子之位，以治天下。六年，朝诸侯于明堂，制《礼》作乐。”亦见《尚书大传》）本之，由此《风》、《雅》而来，故皆录之，谓之《诗》之正经。后王稍更陵迟，懿王始受谮【厉王前懿王、夷王，《公羊传》庄公四年：“哀公亨乎周，纪侯谮之。”纪侯谮齐哀公于懿王，懿王烹之，故《史记·周本纪》云：“懿王之时，王室遂衰，诗人作刺。”夷王是懿王之子，《卫康叔世家》：“顷侯厚赂周夷王，夷王命卫为侯（方伯）。”是失礼】亨齐哀公，夷身失礼之后，邶不尊贤。（《邶风·柏舟篇序》：“《柏舟》，言仁而不遇也。

卫顷公之时，仁人不遇，小人在侧。”是邶不尊贤也）自是而下，厉也幽也，政教尤衰，周室大坏。《十月之交》、《民劳》、《板》、《荡》，勃尔俱作，众国纷然，刺怨相寻（频仍也），五霸之末，上无天子，下无方伯，善者谁赏？恶者谁罚？纪纲绝矣。（孔颖达疏：“五霸，……齐、晋最居其末，故言五霸之末耳。僖元年《公羊传》云：‘上无天子，下无方伯，天下诸侯有相灭亡者，桓公不能救，则桓公耻之。’是齐桓、晋文能赏善罚恶也。其后无复霸君，不能赏罚，是天下之纲纪绝矣。纵使作诗，终是无益，故贤者不复作诗，由其王泽竭故也。”）故孔子录懿王、夷王时诗，讫于陈灵公淫乱之事，谓之变风变雅。”孔颖达之说，与文中子、马端临异。然世方乱离，每多佳作，《文心雕龙·时序篇》评建安诸人之作云：“良由世积乱离，风衰俗怨，并志深而笔长，故梗概而多气也。”典午之亡，而有陶公；安史之乱，而有少陵；金源之亡，而有遗山。安得谓纲纪绝而贤者不复作诗乎！此论无理矣。清道光间魏源撰《诗古微》，以《春秋》作始之年为《诗》亡之年，说已谬矣；而清末皮锡瑞撰《诗经通论》则将《诗》亡之年，妄举《邶风·燕燕》之篇，定为卫定姜（鲁成公、襄公间）之诗，以为变风不亡于陈灵而终于卫献（鲁成、襄间），引《礼记·坊记》郑玄注为证，说益惑乱矣。按《坊记》云：“《诗》云：‘先君之思，以畜寡人。’”（《邶风·燕燕序》：“《燕燕》，卫庄姜送归妾也。”则是诗作于卫桓公之时，距献公下隔十君）郑玄注：“此卫夫人定姜之诗也。定姜无子，立庶子衎，是为献公。献公无礼于定姜，定姜作诗，言献公当思先君定公以孝于寡人。”郑君初受《韩诗》于张恭祖，注《礼记》时，未得《毛诗》，故以为是卫定姜之诗耳。及其笺《诗》，一从《毛》义，不复稍涉三家，盖先迷后得主矣。孔颖达《礼记正义》云："与《诗》注不同者，（郑君笺《毛诗》已与《诗序》合，以为是卫庄姜送归妾之诗矣）《郑志》答炅模云：'注《记》时，就卢君（植），后得《毛诗》，乃改之。'凡《注》与《诗》不同皆仿此。"【《郑志》答炅模原云："为《记》注时，执就卢君（治《齐诗》），先师（张恭祖，治《韩诗》）亦然。后乃得《毛公传》，既古书，义又宜然，《记》注已行，不复改之。"】

国史明乎得失之迹，伤人伦之废，哀刑政之苛，吟咏情性以风其上，达于事变而怀其旧俗者也。 上云"王道衰，礼义废，政教失，国异政，家殊俗"，此处复如此云云，则变风、变雅之真义具见矣。故《诗》以无怨刺哀伤之类者为正，有之则为变；《风》有之谓之变风，《雅》有之谓之变雅。而后人强为区分，以《周南》、《召南》二十篇为正风，自《邶》至《豳》等十三国一百三十五篇为变风。《小雅》以《鹿鸣》至《菁菁者莪》二十二篇，《大雅》以《文王》至《卷阿》十八篇（共四十篇）为正雅。《小雅》以《六月》至《何草不黄》五十八篇，《大雅》以《民劳》至《召旻》二十三篇（共八十一篇）为变雅。此恶乎可！如《周南·卷耳》之伤吁，【陈启源《毛诗稽古编》："今以《卷耳》诗为后妃思念君子，恐不然。妇人思夫之诗，如《伯兮》（《卫风》）、《葛生》（《唐风》）、《采绿》（《小雅》）诸作，见于变风、变雅，所以闵王道之衰，征役不息，室家怨旷，刺时也，义不系于思者矣。若如今说，则《卷耳》当为商纣刺诗，不得为

《周南》正风矣】《召南·野有死麕》之诱女，岂可谓之正乎！《卫风·淇奥》之美武公（《郑风》之美郑武公亦然），《豳风·七月》之陈王业，岂可谓之变乎！《小雅·采薇》之伤哀，《杕杜》之忧疚，未可谓之正也！《六月》之匡国，《吉日》之宴群，未可谓之变也！且《风》、《雅》有变而《颂》无变者何？盖《颂》为美盛德，别无怨嗟也。明乎此，则可以知《风》、《雅》正变之真矣。

○孔颖达疏："上既言变诗之作，此又说作变之由。言国之史官，皆博闻强识之士，明晓于人君得失善恶之迹，礼义废则人伦乱，政教失则法令酷，国史伤此人伦之废弃，哀此刑政之苛虐，哀伤之志，郁积于内，乃吟咏己之情性，以风刺其上，觊其改恶为善，所以作变诗也。国史者：《周官》（《宗伯下》）大史、小史、外史、御史之等皆是也。此承变风、变雅之下，则兼据天子诸侯之史矣（包《国风》）。得失之迹者：人君既往之所行也。明晓得失之迹，哀伤而咏情性者，《诗》人也。非史官也。《民劳》、《常武》，公卿之作也。（《大雅·民劳序》："《民劳》，召穆公刺厉王也。"《常武序》："《常武》，召穆公美宣王也。"）《黄鸟》、《硕人》，国人之风。（《秦风·黄鸟序》："《黄鸟》，哀三良也。国人刺穆公以人从死，而作是诗也。"《卫风·硕人序》："《硕人》，闵庄姜也。庄公惑于嬖妾，使骄上僭；庄姜贤而不答，终以无子，国人闵而忧之。"）然则凡是臣民，皆得风刺，不必要其国史所为。此文特言国史者，郑答张逸云（《郑志》）：'国史采众诗时，明其好恶（如字），令瞽矇歌之。其无作主（无作者姓名，国史则主其事以配乐），皆国史主之，令可歌。'如此言，是由国史掌书，故托文史也（托文于史官）。苟能制作文章（《诗》人），亦可谓之为史（史主文书），不必要作史官。《駉》（《鲁颂》）云：'史克作是颂。'（此出《诗序》，颂僖公也；史克，鲁史官）史官自有作诗者矣，不尽是史官为之也。言'明其好恶，令瞽矇歌之'，是国史选取善者，始付乐官也。言'其无作主，国史主之'，嫌其作者无名，国史不主之耳；其有作主，亦国史主之耳。（其有作者姓名，亦由国史明举之）'人伦之废'，即上礼义废也。'刑政之苛'，即上政教失也。动声曰吟，长言曰咏。作诗必歌，故言吟咏情性也。"

故变风发乎情，止乎礼义。发乎情，民之性也；止乎礼义，先王之泽也。 发乎情者，谓诗人见政衰民穷，不能无感，故发乎情而作诗以风其上，即孔子谓《诗》可以怨也。此发乎情，是民之天性致然，不由矫饰也。止乎礼义者，谓《诗》人徒止于作《诗》以寄其怨思而已，不至于犯上作乱也。其所以能止乎礼义者，皆受先王文、武、成、康及周公德泽之深厚教化也。有子曰："其为人也孝弟，而好犯上者鲜矣；不好犯上，而好作乱者，未之有也。"即是之意。孔颖达疏："此又言王道既衰，所以能作变诗之意。作《诗》者皆晓达于世事之变易，而私怀其旧时之风俗。见时世政事变易旧章，即作诗以旧法诫之，欲使之合于礼义。故变风之诗，皆发于民情，止于礼义。言各出民之情性，而皆合于礼义也。又重说发情止礼之意。发乎情者民之性：言其民性不同，故各言其志也；止乎礼义者，先王之泽：言俱被先王遗泽，故得皆止礼义也。展转申明作诗之意。"

是以一国之事，系一人之本，谓之《风》；言天下之事，形四方之风，谓之《雅》。 作诗者皆是一人，而分体有《风》之别者，一国，是指诸侯之国；天下，是指天子王畿之内方千里之地。作者是诸侯之国人，则归之《国风》，而是京师王畿之人，则其所作诗归之于《雅》。《二南》皆文王时诗，文王三分有其二，以服事殷，未为天子，故惟取以冠十三《国风》。《王风》不归之《雅》者，宗周（西周镐京）既亡，成周（东周洛阳）之政令不能行于四方，故降而《风》也。《风》、《雅》之分，即今之所谓地方性与中央性之异也。今人每以《国风》是平民文学，以《大雅》、《小雅》为贵族文学，非是。焉知《国风》中无其国之世族士大夫之作乎?《大雅》、《小雅》中，焉知无王畿中之平民作乎? 此不可以不辨也。孔颖达疏："《序》说正、变之道，以《风》、《雅》与《颂》区域不同，故又辨三者体异之意。是以者，承上生下之辞，言《诗》人作诗其用心如此。一国之政事善恶，皆系属于一人之本意，如此而作诗者，谓之《风》。言道天下之政事，发见四方之风俗，如是而作诗者，谓之《雅》。言《风》、《雅》之别，其大意如此也。一人者，作诗之人；其作诗者，道己一人之心耳。要所言一人心，乃是一国之心。《诗》人览一国之意以为己心，故一国之事系此一人使言之也；但所言者直是诸侯之政，行风化于一国，故谓之《风》，以其狭故也。言天下之事，亦谓一人言之。《诗》人总天下之心四方风俗以为己意，而咏歌王政，故作诗道说天下之事，发见四方之风；所言者乃是天子之政，施齐正于天下，故谓之《雅》，以其广故也。《风》之与《雅》，各是一人所为；《风》言一国之事系一人，《雅》亦言天下之事系一人。《雅》言天下之事，谓一人言天下之事。《风》亦一人言一国之事。序者逆顺立文，互言之耳。故《志》，(《郑志》)‘张逸问：“尝闻一人作诗，何谓?”答曰：“作诗者一人而已，其取义者一国之事。变雅则讥王政得失，闵风俗之衰，所忧者广，发于一人之本身。”’如此言，《风》、《雅》之作，皆是一人之言耳。一人美则一国皆美之；一人刺则天下皆刺之。……必是言当举世之心，动合一国之意，然后得为《风》、《雅》，载在乐章。不然，则国史不录其文也。”

雅者，正也， 此下不复言“正者政也”者，古人行文简括处，互文见意，望下知上，其义曲包。《周易》常见，《论语》亦有。

言王政之所由废兴也。 孔颖达曰：“定本王政所由废兴，俗本王政下有之字，误也。”《文选》有之字，无者为是。

政有小大，故有《小雅》焉，有《大雅》焉。 案：《说文》：“雅，楚乌也。一名鷽，一名卑居。秦谓之雅。”徐铉曰：“今俗别作鸦，非是。”五下切，又乌加切。《诗·小雅·小弁篇》：“弁彼鷽斯，归飞提提。”《毛传》：“鷽，卑居。卑居，雅乌也。”《尔雅·释鸟》：“鷽斯，鹎鶋鶋。”郭璞注：“鸦乌也。小而多群，腹下白。”《孔丛子·小尔雅·广乌》云：“纯黑而反哺者谓之乌，小而腹下白不反哺者谓之雅乌。……雅乌，鷽也。”扬雄《法言·学行篇》：“频频之党，甚于鷽斯，亦贼夫粮食而已矣。”则雅，乃不反哺、不孝、不良善之鸟，何以用为《大雅》、《小雅》雅正之字耶？又《说文》：“疋，足也。上象腓肠，下从止。《弟子职》(《管子》篇名，汉时已单行，《汉志》入《六艺略·孝经类》）曰：‘问疋何止?’（今作问所何止）古文以为《诗·大雅》字，亦以为足字，或曰胥字。一曰：疋，记也。”则古文《大雅》、《小雅》之字又借为疋字为之。疋，音注疏之疏，古读时亚切。段玉裁曰：“雅之训亦云素也，正也。皆属假借。”段氏只云雅字是假借，不云假借作何字，是段氏亦未知其本字也。清张行孚有《释雅》云：“谨按，刘氏台拱（见刘台拱《刘氏遗书·论语骈枝》中）谓雅之为言夏，古字相通。引孙卿《荣辱篇》‘越人安越，楚人安楚，君子安雅。’及《儒效篇》‘居楚而楚，居越而越，居夏而夏’为证。而荀氏《申鉴》、左氏《三都赋》亦有‘音有夏、楚’之语。（东汉荀悦《申鉴·时事篇》：“文有磨灭，言有楚、夏，出有先后。”左思《魏都赋》：“盖音有楚、夏者，土风之乖也；情有险易者，习俗之殊也。”）盖谓音有夏音、楚音之别也。然则《风》、《雅》之本字，当作夏字无疑矣。雅知当为夏者，《说文》云：‘夏，中国之人也。’所谓中国者，以天下言之，则中原为中国；以列国言之，则王都为中国。【自注：“《诗（《大雅》）·民劳篇·（“惠此中国，以绥四方。”）毛传》云：“中国，京师也。四方，诸夏也。”】刘氏（台拱。《论语骈枝》）所谓‘王都之音最正，故以《雅》名；列国之音不尽正，故以《风》名’是也。（湛铨案：刘台拱又云：“先《邶》、《鄘》、《卫》者，殷之旧都也。次《王》者，东都也。其余或先封而次在后，或后封而次在前，或国小而有诗，或国大而无诗，大氐皆以声音之远近离合，为之甄叙矣。”此是卓识，发前人所未有）春秋时，楚钟仪琴操南音（《左传》成公九年），范文子谓之乐操土风。（范文子，士燮也。曰：“楚囚，君子也，言称先职，不背本也。乐操土风，不忘旧也。”）则《诗》之名《风》者，其为列国之土风明矣。故班孟坚条各国之风俗，必以《风》诗名之，（见《汉书·地理志下》，说各国之风俗，必举其诗）而总括之曰：‘刚柔缓急，音声不同，系水土之风气，故谓之风。’即《诗正义》（孔颖达《毛诗正义》，即《诗疏》）亦言：‘《诗》体既异，乐音亦殊。《国风》之音，各从水土之气。’盖《诗》之所以名《风》者，虽亦包民风而言，实以其为列国之土音也；《诗》所以名《雅》者，虽包王政而言，实以其为王都之正音也。”王念孙《读书杂志·荀子杂志·荣辱·君子安雅》条云：“‘譬之越人安越，楚人安楚，君子安雅。’引之（其子）曰：雅读为夏，谓中国也，故与楚、越对文。《儒效篇》：‘居楚而楚，居越而越，居夏而夏。’是其证。古者夏、雅二字互通，故《左传》齐大夫子雅，《韩非子·外储说右篇》作子夏。”（《左传》襄公二十八年栾子雅，齐大夫，亦称公孙灶，字子雅。《韩非子·外储说·右上篇》：“公子尾、公子夏者，景公之二弟也。”）则雅为夏之假借，了无可疑矣。

〇孔颖达疏：“上已解《风》名，故又解《雅》名。《雅》者，训为正也。由天子以政教齐正天下，故民述天子之政，还以齐正为名。王之齐正天下得其道，则述其美，《雅》之正经及宣王之美诗是也。若王之齐正天下失其理，则刺其恶，幽、厉《小雅》是也。（《大雅》中刺幽王、厉王之作及《小雅》中有怨有刺者也）《诗》之所陈，皆是正天下大法，文、武用《诗》之道则兴；幽、厉不用《诗》道则废。此

《雅》诗者，言说王政所用废兴，以其废兴，故有美刺（即正变）也。又解（谓《序》）有二《雅》之意。王者政教有小大，《诗》人述之亦有小大，故有《小雅》焉，有《大雅》焉。《小雅》所陈，有饮食宾客（《鹿鸣序》："《鹿鸣》，燕群臣嘉宾也。"），赏劳群臣（《四牡序》："《四牡》，劳使臣之来也。"），燕赐以怀诸侯（《湛露序》："《湛露》，天子燕诸侯也。"），征伐以强中国（《六月序》："《六月》，宣王北伐也。"），乐得贤者（《南山有台序》："《南山有台》，乐得贤也。"），养育人材（《菁菁者莪序》："《菁菁者莪》，乐育材也。），于天子之政，皆小事也。《大雅》所陈，受命作周（《文王序》："《文王》，文王受命作周也。"），代殷继伐（二事。《皇矣序》："《皇矣》，美周也。天监代殷，莫若周。"《文王有声序》："《文王有声》，继伐也。武王能广文王之声，卒其伐功也。"），荷先王之福禄（《旱麓序》："《旱麓》，受祖也。周之先祖，世修后稷、公刘之业，大王、王季，申以百福干禄焉。"），尊祖考以配天（《生民序》："《生民》，尊祖也。后稷生于姜嫄，文、武之功起于后稷，故推以配天焉。"），醉酒饱德（《既醉序》："《既醉》，太平也。醉酒饱德，人有士君子之行焉。"），能官用士（二事。《棫朴序》："《棫朴》，文王能官人也。"《卷阿序》："《卷阿》，召康公戒成王也。言求贤用吉士也。"），泽被昆虫（《灵台序》："《灵台》，民始附也。文王受命，而民乐其有灵德，以及鸟兽昆虫焉。"），仁及草木（《行苇序》："《行苇》，忠厚也。周家忠厚，仁及草木。"）。于天子之政，皆大事也。《诗》人歌其大事，制为大体；述其小事，制为小体。体有大小，故分为二焉。《风》见优劣之差，故《周南》先于《召南》（周公优于召公），《雅》见积渐之义，故《小雅》先于《大雅》（由小至大），此其所以异也。诗体既异，乐音亦殊。《国风》之音，各从水土之气，述其当国之歌而作之。《雅》、《颂》之音，则王者遍览天下之志，总合四方之风而制之，《乐记》所谓'先王制《雅》、《颂》之声以道之'，是其事也。"【《礼记·乐记》曰：先王耻其乱，故制《雅》、《颂》之声以道之，使其声足以乐而不流，使其文足论而不息，使其曲直繁瘠廉肉节奏（肉音又。廉是声之清，肉是声之浊）足以感动人之善心而已矣。不使放心邪气得接焉，是先王立乐之方也】

《颂》者，美盛德之形容，以其成功，告于神明者也。成功之成字是形容词，非动词。成功者，谓已成之功，完毕之功也。清张行孚《释雅》云："《说文》云：'颂，皃也。'颂皃者，即今所谓容皃，容为假借字（容，盛也），而颂为本字也。"案：《说文》："颂，皃也。"余封切，又似用切。"額，籀文。""皃，颂仪也。""容，盛也。从宀谷。"徐铉曰："屋与谷，皆所以盛受也。"然则颂是形皃之正字；而今以颂为《雅》《颂》、歌颂字，而容兼容貌容受字。则是古今字义字音之变也。

○孔颖达疏："颂者，美盛德之形容，明训颂为容，解《颂》名也；以其成功告于神明，解《颂》体也。上言《雅》者，正也，此亦当云《颂》者，容也，以《雅》已备文，此亦从可知，故略之也。《易》称'圣人拟诸形容，象其物宜'。（《易·系辞传上》："圣人有以见天下之赜，而拟诸其形容，象其物宜，是故谓之象。"）则形容者，谓形状容貌也。作

《颂》者美盛德之形容，则天子政教有形容也。可美之形容，正谓道教周备也，故《颂谱》（郑玄《周颂谱》）云：‘（颂之言容，）天子之德，光被四表，格于上下。无不覆焘，无不持载，此之谓容。’（《书·尧典》：“曰若稽古，帝尧曰放勋。钦明文思安安，允恭克让，光被四表，格于上下。”《中庸》：“辟如天地之无不持载，无不覆帱。”）其意出于此也。（谓郑玄《诗谱》释《颂》之意，出于《毛诗序》：“《颂》者，美盛德之形容也。”）成功者，营造之功毕也。天之所营，在于命圣；圣之所营，在于任贤；贤之所营，在于养民。民安而财丰，众和而事节（顺序），如是，则司牧之功毕矣。（《左传》襄公十四年：“天生民而立之君，使司牧之。”司牧，谓抚养百姓也）干戈既戢，夷狄来宾，嘉瑞悉臻，远迩咸服，群生尽遂其性，万物各得其所，即是成功之验也。……王者政有兴废，未尝不祭群神，但政未太平，则神无恩力，故太平德洽，始报神功。……此解《颂》者，唯《周颂》耳；其商、鲁之《颂》，则异于是矣。《商颂》虽是祭祀之歌，祭其先王之庙，述其生时之功；正是死后颂德，非以成功告神，其体异于《周颂》也。《鲁颂》主咏僖公功德，才如变风之美者耳，又与《商颂》异也。……孔子以其同有颂名，故取备三《颂》耳。（《鲁颂》）置之《商颂》前者，以鲁是周宗亲同姓，故使之先前代也。”

是谓四始，诗之至也。 郑玄注：“始者，王道兴衰之所由。”此是四始之正解。《诗序》释《风》、《小雅》、《大雅》、《颂》四者之名义后，即云是谓四始，盖《风》、《小雅》、《大雅》、《颂》四者，是先王施教之始，即谓先王之教，以声教《诗》、《乐》始也。孔颖达云："四始者，郑答张逸云：'《风》也，《小雅》也，《大雅》也，《颂》也。此四者，人君行之则为兴，废之则为衰。'又《笺》云：'始者，王道兴衰之所由。'然则此四者，是人君兴废之始，故谓之四始也。诗之至者：诗理至极，尽于此也。《序》说诗理既尽，故言此以终之。"凡说四始之义，以此为准。至《史记·孔子世家》："《关雎》之乱（大合奏），以为《风》始，《鹿鸣》为《小雅》始，《文王》为《大雅》始，《清庙》为《颂》始。"此是四诗之始篇耳；但举四者之首篇，其义狭，非四始之正训。又《毛诗正义》附举《诗纬·泛历枢》："《大明》（《大雅》）在亥，水始也；《四牡》（《小雅》）在寅，木始也；《嘉鱼》（《小雅·南有嘉鱼》）在巳，火始也；《鸿雁》（《小雅》）在申，金始也。"则以阴阳五行之说附会于《诗》，更不足信。

然则《关雎》、《麟趾》之化， 此统包《周南》，谓由《关雎》终于《麟趾》，共十一篇，非单举此两篇而已也。

王者之风，故系之周公。南，言化自北而南也。《鹊巢》、《驺虞》之德， 此总包《召南》，谓由《鹊巢》终于《驺虞》，共十四篇，亦非单说此两篇而已也。

诸侯之风也，先王之所以教，故系之召公。 王者之风，先王之所以教，犹之《雅》也，此皆文王三分天下有二时之诗，以其犹服事殷，故编《诗》者仍归之《国风》，而以之冠其首焉。至系之周公、召公者，《春秋公羊传》隐公五年云："自陕而东者，周公主之；自陕而西者，召公主之。"大抵自岐州（陕西岐山县）而东，以次南下至江、汉间所得之

《诗》，归之《周南》。自岐州而西，以次南下至江、汉间所得之《诗》，则归之《召南》。此《周南》、《召南》之别也。郑玄注：“自，从也。从北而南，谓其化从岐周被江、汉之域也。（释“南，言化自北而南也”）先王，斥（指也）太王、王季。”（释“先王之所以教”）孔颖达疏：“然上语；则者，则下事，因前起后之势也。（《典论·论文》：“夫然，则古人贱尺璧而重寸阴，惧乎时之过已。”）然则《关雎》、《麟趾》之化，是王者之风，文王之所以教民也。王者必圣（必须圣人），周公圣人，故系之周公。……《鹊巢》、《驺虞》之德，是诸侯之风，先王太王、王季所以教化民也。诸侯必贤（必须贤人），召公贤人，故系之召公。……《周南》言化，《召南》言德（《关雎》、《麟趾》之化，《鹊巢》、《驺虞》之德）者，变文耳。上亦云‘《关雎》，后妃之德’（是《周南》亦言德也）是其通也。诸侯之风，言‘先王之所以教’；王者之风，不言文王之所以教者，《二南》皆文王之化，不嫌非文王也。但文王所行，兼行先王之道，感文王之化为《周南》，感先王之化为《召南》，不言先王之教无以知其然，故特著之也。此实文王之《诗》，而系之二公者，《志》（《郑志》）：‘张逸问：“王者之风，王者当在《雅》在《风》何?”答曰：“文王以诸侯而有王者之化，述其本（未为天子）宜为《风》。”逸以文王称王，则《诗》当在《雅》，故问之。郑以此《诗》（《周南》）所述，述文王为诸侯时事，以有王者之化，故称王者之风，于时实是诸侯，《诗》人不为作《雅》。文王三分有二之化，故称王者之风；是其《风》者，王业基本；此述服事殷时王业基本之事，故云‘述其本，宜为风’

也。化沾一国谓之为《风》，道被四方，乃名为《雅》。文王才得六州，未能天下统一，虽则大于诸侯，正是诸侯之大者耳。此《二南》之人，犹以诸侯待之，为作《风》诗（配各地土风之音乐），不作《雅》体。体实是《风》，不得谓之为《雅》。文王末年，身实称王（名不是而实是），又不可以《国风》之《诗》系之王身。名无所系，《诗》不可弃，因二公为王行化，是故系之二公。”又《疏》释郑注云：“文王之国，在于岐周东北，近于纣都（河南淇县东北之朝歌），西北迫于戎狄，故其风化南行也。（释郑注：谓其化从岐周被江、汉之域也）《汉广序》（《周南》）云：‘（文王之化，被于南国）美化行乎江、汉之域。’是从岐周被江、汉之域也。太王始有王迹，周之追谥，上至太王而已，故知先王斥太王、王季。”（释郑注：“先王，斥太王、王季。”）

《周南》、《召南》，正始之道，王化之基。《左传》襄公二十九年：“吴公子札来聘，……请观于周乐，使工为之歌《周南》、《召南》，曰：‘美哉！始基之矣；犹未也。’”服虔注：“未能有《颂》之成功。”是正其初始之道，王化始基之意也。《毛诗序》与《左传》所载季札之说同也。《论语·阳货篇》：“子谓伯鱼曰：女为《周南》、《召南》矣乎？人而不为《周南》、《召南》，其犹正墙面而立也与？”（朱注：“正墙面而立，言即其至近之地，而一物无所见，一步不可行。”《书·周官》：“不学墙面，莅事惟烦。”《孔传》：“人而不学，其犹正墙面而立，临政事必烦。”何晏《论语集解》引马融曰：“《周南》、《召南》，《国风》之始，乐得淑女以配君子，三纲之首，王教之端，故人而不为，如向墙而立。”邢昺疏：

“《周南》、《召南》，《国风》之始，三纲之首，王教之端，故人若学之，则可以观兴；人而不为，则如面正向墙而立，无所观见也。”刘宝楠《论语正义》曰：“向墙面之而立，言不可行也。”）不为《周南》、《召南》，则如面向墙而立，是谓不识正始之道，王化之基，无物可见，无事可行也。马融解《论语》云云，亦引《毛诗序》为说也。孔颖达疏云：“既言系之《周》、《召》，又总举《二南》要义，《周南》（十一篇）、《召南》（十四篇）二十五篇之诗，皆是正其初始之大道，王业风化之基本也。高以下为基，远以近为始。文王正其家而后及其国（家齐而后国治），是正其始也；化南土以成王业，是王化之基也。季札见歌《周南》、《召南》曰：‘始基之矣，犹未也。’（已见上）服虔云：‘未有《雅》、《颂》之成功。’亦谓《二南》为王化基始，《序》意出于彼文也。”（谓子夏《诗序》之意，出于《左传》所载季札之说也）

是以《关雎》乐得淑女以配君子，忧在进贤，不淫其色。哀窈窕，思贤才，而无伤善之心焉。是《关雎》之义也。“哀窈窕，思贤才”之哀字，郑玄云：“哀，盖字之误也，当为衷。衷，谓中心恕之。”郑改哀窈窕为衷窈窕，盖未得哀字之义，不可从。《论语·八佾篇》云：“《关雎》乐而不淫，哀而不伤。”此序之哀字本此。何晏《论语集解》引孔安国注云：“乐而不至淫，哀而不至伤，言其和也。”邢昺疏云：“《诗序》云：‘乐得淑女以配君子，忧在进贤，不淫其色。’是乐而不淫也。‘哀窈窕，思贤才，而无伤善之心焉。’是哀而不伤也。”孔颖达《毛诗正义》（即《诗疏》）引郑玄《论语》注亦云：“哀世夫妇不得此人，不为灭伤其爱。”郑注

《论语》在前，笺《诗》在后，不改哀字为长也。陆德明《经典释文·毛诗释文》云："哀，前贤并如字。《论语》云：'哀而不伤。'是也。郑氏改为衷。……毛云：'窈窕，幽闲也。'王肃云：'善心曰窈，善容曰窕。'"孔颖达疏："上既总言《二南》，又说《关雎》篇义，复述上后妃之德，由言《二南》皆是正始之道，先美家内之化。是以《关雎》之篇，说后妃心之所乐，乐得此贤善之女，以配己之君子；……劳神苦思，而无伤害善道之心，此是《关雎》诗篇之义也。……妇人谓夫为君子，上下之通名，乐得淑女以配君子，言求美德善女，使为夫嫔御，与之共事文王。……淫者，过也，过其度量，谓之为淫。男过爱女，谓淫女色；女过求宠，是自淫其色。此言不淫其色者，谓后妃不淫恣己身之色。其者，其后妃也。妇德无厌，志不可满，凡有情欲，莫不妒忌；唯后妃之心忧在进贤，贤人不进，以为己忧。不纵恣己色以求专宠，此生民之难事，而后妃之性能然，所以歌美之也。……后妃以己则能配君子，彼独幽处未升，故哀念之也。既哀窈窕之未升，又思贤才之良质，欲进举之也。哀窈窕，还是乐得淑女也；思贤才，还是忧在进贤也，殷勤而说之也。"此是别一解，然与《论语》"《关雎》乐而不淫，哀而不伤"合，未可废也。

〇案：《论语·为政篇》云："子曰：《诗》三百，一言以蔽之，曰'思无邪'。"孔子恐后人读《诗》误入歧途，至思想淫僻，故举《诗》中《鲁颂·駉篇》（末第四章末二句："思无邪，思马思徂。"）一句以括之。谓《诗》之大义，不论作诗者与采诗者，其意在于思想无邪，归之于正而已。故《论语·八佾》篇曰："《关雎》乐而不淫，哀而不伤。"而此

《序》亦云："是以《关雎》乐得淑女以配君子，忧在进贤，不淫其色。哀窈窕，思贤才，而无伤善之心焉。是《关雎》之义也。"皆是"思无邪"之意。因《关雎》第二章云："参差荇菜，左右流之；窈窕淑女，寤寐求之。求之不得，寤寐思服。悠哉悠哉！辗转反侧。"若不思其大义，只从文字上观之，则与常人之追求特爱之异性同，甚或过之；然从大义观之，则是"忧在进贤，不淫其色，哀窈窕，思贤才，而无伤善之心"也。桓谭《新论》云："关东里语曰：人闻长安乐，则出门而向西笑；（知）肉味美，则对屠门而大嚼。"曹植《与吴季重书》云："过屠门而大嚼，虽不得肉，贵且快意。"此众人恒情也。《礼记·礼运篇》云："饮食男女，人之大欲存焉；死亡贫苦，人之大恶存焉。"《孟子·告子上》引告子曰："食色，性也。"饮食男女食色之欲，此圣贤与常人之所同也。（陆机《豪士赋序》："恶欲之大端，贤愚所共有。"）此《诗序》之所谓"发乎情，民之性也"，而圣贤君子与淫僻小人之所以异者，要在其能"止乎礼义"否耳，故《诗序》曰："止乎礼义，先王之泽也。"《晋书·阮籍传》："邻家少妇有美色，当垆沽酒。籍尝诣饮，醉，便卧其侧。籍既不自嫌，其夫察之，亦不疑也。"此能发乎情止乎礼义者也。若徒能发乎情而不能止乎礼义，而任性为之，则与禽兽无以异矣。故《孟子·离娄下》云："人之所以异于禽兽者几希，庶民去之，君子存之。"盖存礼义则为君子，去礼义则为小人，而背礼犯义者，则为禽兽也。《孟子·告子上》又云："虽存乎人者，岂无仁义之心哉！其所以放其良心者，亦犹斧斤之于木也，旦旦而伐之，可以为美乎？其日夜之所息（生长），平旦之气，其好恶与人相近也者几希，则其旦昼之所为，有梏亡之矣（桎梏阻碍而亡夫其清气善心）；梏之反复，则其夜气不足以存；夜气不足以存，则其违禽兽不远矣。人见其禽兽也，而以为未尝有才焉者，是岂人之情也哉？”今之恶少年，非天生其性恶也，只以无礼义正善之教，故放纵胡为，以至于不可收拾耳。若其自小在家时有家法之教（家长一秉圣贤之教以教之），入学校又有《孝经》、《四书》等涵育之以激发其善心正气，则虽中人，亦不肯为非；若其才质美者，且将成贤士君子矣。故欲消除邪风戾气，移风易俗，非家庭与学校皆重我国圣贤之经教不可。

○淑女之淑：《说文》：“淑，清湛也。”假借为俶，《说文》：“俶，善也。……一曰：始也。”今则借义行而本义废矣。忧在进贤：《说文》：“忧，和之行也。”“㥑，愁也。”二字不同，今则以忧为㥑愁字。此处之忧字应以本义释之，忧在进贤，犹云其所行，其所从事，在于进贤也。哀窈窕之哀：《广雅·释诂二》：“哀，痛也。”哀痛之痛，亦有怜爱之意，哀窈窕，是爱怜此窈窕之淑女也。是指“窈窕淑女，寤寐求之。求之不得，寤寐思服。悠哉悠哉！辗转反侧”也。今粤人以对小孩爱惜为痛，故痛亦有爱义，亦谓之哀怜也。《吕氏春秋·慎大览·报更篇》：“人主胡可以不务哀士？”高诱注：“哀，爱也。”又刘熙《释名·释言语》：“哀，爱也。爱，乃思念之也。”王先谦《释名疏证补》云：“《诗序》哀窈窕，哀字亦当训爱。”此《序》末数语至重要，一以释《关雎》之义，一以为天下后世诫，若非“乐得淑女”、“忧在进贤”及“哀窈窕，思贤才”；则是“淫其色”而有“伤善之心”矣。

孔颖达疏引王肃曰："哀窈窕之不得，思贤才之良质，无伤善之心焉；若苟慕其色，则善心伤也。"是矣。

〇《淮南子·泛论训》云："礼三十而娶，文王十五而生武王，非法也。……苟利于民，不必法古；苟周于事，不必循旧。"按武王之上有伯邑考，最少长武王一岁，而文王娶太姒之年，则是最大亦十三岁耳，《淮南》之说，恐不可信。

附：《诗》之作者考

《诗》三百零五篇，作者谁氏，多不可考定矣。然据《诗》之本文及《尚书》、《左传》、《国语》、《毛诗序》、《三家诗说》及《吕氏春秋》等观之，则犹有可知者也。

一、《小雅·节南山》云："家父作诵，以究王讻。式讹尔心，以畜万邦。"则《小雅·节南山》篇是周幽王时大夫家父之所作也（《诗序》同）。

《小雅·巷伯篇》云："寺人孟子，作为此诗。凡百君子，敬而听之。"则《小雅·巷伯篇》是周幽王时宦者孟子之所作也（《诗序》同）。

《大雅·崧高篇》云："吉甫作诵，其诗孔硕。其风肆好，以赠申伯。"则《大雅·崧高篇》，是周宣王时卿士尹吉甫之所作也（《诗序》同）。

《大雅·烝民篇》云："吉甫作诵，穆如清风。仲山甫永怀，以慰其心。"则《大雅·烝民篇》，又尹吉甫之所作也（《诗序》同）。

此四篇，是据《诗》之本文而知作者者也。

二、据《书·金縢篇》云："武王既丧，管叔及其群弟，乃流言于国曰：'公将不利于孺子。'周公乃告二公（姜太公、召公奭）曰：'我之弗辟，我无以告我先王。'（辟，《说文》作㢑，"治也。"治之以法。马、郑读辟为避，谓避居东都，非是）周公居东二年，则罪人斯得。于后，公乃为诗以贻王，名之曰《鸱鸮》，王亦未敢诮公。"据《书·金縢篇》，则知《豳风·鸱鸮篇》，是周公之所作也（《诗序》同）。

据《左传》闵公二年："冬十二月，狄人伐卫，卫懿公好鹤，鹤有乘轩者。将战，国人受甲者，皆曰：'使鹤，鹤实有禄位，余焉能战！'……卫师败绩。……宋桓公（宋襄公父）逆诸河，宵济卫之遗民，男女七百有三十人，益之以共、滕之民，为五千人。立戴公以庐于曹（共、滕，卫之别邑。曹，卫之下邑），许穆夫人（戴公妹）赋《载驰》。"据《左氏传》，则《鄘风·载驰篇》是卫戴公妹许穆夫人之所作也（《诗序》同）。

又《左传》僖公二十四年："（襄）王怒，将以狄伐郑（文公），富辰（周襄王大夫）谏曰：'……昔周公吊（伤也）二叔之不咸（同也。不咸，不同德比义），故封建亲戚，以藩屏周（广封其兄弟，以为周之藩屏），……召穆公（召虎，召康公奭之后，为宣王上卿）思周德之不类（善也），故纠合宗族于成周而作诗（作，是兴作于乐，谓奏周公《常棣》之诗也）曰：'常棣之华，鄂不韡韡！凡今之人，莫如兄弟。'其四章曰：'兄弟阋（《毛传》："很也。"）于墙（谓争于内），外御其侮。’……扞御侮者，莫如亲亲。故以亲屏周。召穆公亦云。”杜预注：“周公作诗，召（穆）公歌之，故言亦云。”《国语·周语中》：“周文公之诗曰：‘兄弟阋于墙，外御其侮。’韦昭注：“文公之诗者，周公旦之所作，《常棣》之篇是也。……召穆公思周德之不类，而合其宗族于成周，复修作《常棣》之歌以亲之，郑（玄）、唐（名固，有《国语注》，孙权时，为尚书仆射）二君，以为《常棣》穆公所作，失之矣。唯贾君（逵）得之（在郑玄前，惟贾逵得其实，知《常棣》是周公作）穆公，召康公之后，穆公虎也。去周公，历九王矣（成、康、昭、穆、共、懿、孝、夷、厉）。”孔颖达《左传正义》云：“《常棣》之诗，周公所作。故《周语》说此事云：‘周文公之诗曰。’即明是周公作也。召穆公，厉王时人，于之（应作时）周德既衰，兄弟道缺，召穆公思周德之不善，致使兄弟之恩缺，收合宗族于成周，为设燕会，而作此周公乐歌之诗。”又孔氏《毛诗正义》云：“检《左传》，止言周公吊二叔之不咸，而封建亲戚，不言为恩疏作《常棣》。下云召穆公思周德之不类，纠合宗族于成周而作《常棣》。则周公本作《常棣》，亦为纠合宗族可知。但《传》文欲详之于后，故于封建之下，不言周公作《常棣》耳。末言‘召穆公亦云’，明本《常棣》是周公之辞，故杜预云‘周公作诗，召公歌之，故言亦云’，是也。”故据左丘明之《春秋内传》（《左传》）及其《春秋外传》（《国语》），则知《小雅·常棣篇》是周公之所作也。（《诗序》云：“《常棣》，燕兄弟也。闵管、蔡之失道，故作《常棣》焉。”亦云是周公作无疑矣）

又《左传》文公元年："殽之役，晋人既归秦师（实止孟明氏、西乞术、白乙丙三人。《公羊传》谓"匹马只轮无反者"，《穀梁》作"匹马倚轮无反者"），秦大夫及左右皆言于秦伯曰：'是败也，孟明之罪也，必杀之。'秦伯曰：'是孤之罪也。周芮良夫（畿内伯爵诸侯，厉王卿士）之诗曰：'大风有隧，贪人败类。听言则对，诵言如醉。匪用其良，覆（反也）俾我悖。"是贪故也，孤之谓矣。孤实贪以祸夫子，夫子何罪?'复使为政。"故据《左传》文公元年，则知《大雅·桑柔篇》（共十六章，秦穆所举是第十三章）是周厉王时以诸侯入为卿士之芮良夫所作也。（《诗序》："《桑柔》，芮伯刺厉王也。"同）

又据《国语·周语上》："穆王将征犬戎，祭公谋父谏曰：'不可。先王耀（明也）德不观（示也）兵。夫兵戢（止也，聚也）而时动（以时而动），动则威。观则玩（黩也），玩则无震，是故周文公之颂（《周颂·时迈》）曰：'载戢干戈，载櫜（音高，藏也）弓矢。我求懿德，肆（陈也）于时夏，（时，是也。夏，大也。谓其功德于是大）允（信也）王保之（信武王能保此时夏之美）。'先王之于民也，懋（音茂，勉也）正其德而厚其性（生也，即《大禹谟》之"正德，利用，厚生"也），阜其财，求而利其器用，明利害之乡（方也），以文修之，使务利而避害，怀德而畏威，故能保世以滋（益也）大。'"韦昭注："文公，周公旦之谥也。颂，《时迈》之诗也。武王既伐纣，周公为作此诗，巡守告祭之乐歌也。"故据《国语·周语上》，则知《周颂·时迈篇》，是周公之所作也。

又《国语·楚语上》:“(楚灵王)左史倚相曰:……昔卫武公年数九十有五矣,犹箴儆于国(刺厉王),……于是乎作《懿》戒以自儆也。”韦昭注:“昭谓《懿》,《诗·大雅·抑》之篇也。懿,读之若抑,《毛诗序》曰:‘《抑》,卫武公刺厉王,亦以自儆(同警,戒也)也。’”故据《国语·楚语上》,则知《大雅·抑》是卫武公之所作也。

以上六篇,(《豳风·鸱鸮》、《鄘风·载驰》、《小雅·常棣》、《大雅·桑柔》、《周颂·时迈》、《大雅·抑》,连上《诗》之本文可知者四篇,共十篇)是见于《尚书》、《左传》、《国语》而知其作者者也。

三、据《诗·邶风·绿衣序》云:“《绿衣》,卫庄姜伤己也。妾上僭(逾越本分),夫人失位,而作是诗也。”(云卫庄姜伤己而作是诗,不云闵卫庄姜,是谓其自作也)据子夏《诗序》,则知《邶风·绿衣篇》,是卫庄公夫人庄姜之所作也。(《诗》之《大序》、《小序》皆子夏作,前已详论)

又《邶风·燕燕序》云:“《燕燕》,卫庄姜送归妾也。”郑玄注:“庄姜无子,陈女戴妫生子名完,庄姜以为己子。庄公薨,完立(卫桓公),而州吁(卫庄公宠妾之子)杀之。戴妫于是大归,庄姜远送之于野,作诗见己志。”据《毛诗序》及郑玄注,则知《邶风·燕燕篇》,亦卫庄公夫人庄姜之所作也。(《三家诗》以为是卫献公时定姜之诗,不足信,已见前)

又《鄘风·柏舟序》(与《邶风·柏舟篇》不同)云:“《柏舟》,共姜(卫僖侯世子共伯之妻)自誓也。卫世子共伯蚤(早之假借)死,其妻守义,父母欲夺(夺其志)而嫁之,誓而弗许，故作是诗以绝之。”故据《诗序》，则知《鄘风·柏舟篇》，是卫僖侯之世子共伯之妻共姜之所作也。（后世寡妇守节谓之柏舟自守，本此）孔颖达《毛诗正义》云：“《丧服传》（《仪礼·丧服·子夏传》）曰：‘夫死，妻稚子幼，子无大功（九月服。堂兄弟，在室堂姊妹等）之亲，（妻得）与之（指子）适人。’是于礼得嫁，但不如不嫁为善，故云‘守义’。《礼记》（《郊特牲》）云：‘一与之齐，终身不改。故夫死不嫁。’（郑玄注：“齐，谓同牢而食，同尊卑也。”《易·恒卦》六五：“恒其德贞，妇人吉。”象曰：“妇人贞吉，从一而终也。”）是夫妻之义也。此叙其自誓之由也。”

又《卫风·河广序》云：“《河广》，宋襄公母归于卫（为宋桓公所出），思而不止，故作是诗也。”郑玄注：“宋桓公夫人，卫文公之妹（许穆夫人之姊），生宋襄公而出。（《家语·本命解》：“妇有七出，三不去：七出者，不顺父母者，无子者，淫僻者，嫉妒者，恶疾者，多口舌者，窃盗者。三不去者，谓有所取无所归一也，与共更三年之丧二也，先贫贱后富贵三也。”亦见《大戴礼·本命篇》，七出作七去）襄公即位，夫人思宋，义不可往，故作诗以自止。”故据《诗序》，则知《卫风·河广篇》，是宋桓公夫人、宋襄公母、卫文公之妹之所作也。

又《郑风·清人序》：“《清人》，刺文公也。高克（郑大夫）好利而不顾其君，文公恶而欲远之，不能。使高克将兵而御狄于竟（境之本字。鲁闵公二年十二月，狄入卫），陈其师旅（暴师于外），翱翔河上。久而不召，众散而归，高克奔陈。公子素（郑之公子）恶高克进之不以礼（进身不以礼），文公退之不以道，危国亡师之本，故作是诗也。”故据《诗序》，则《郑风·清人篇》，郑公子素之所作也。（亦见《左传》闵公二年，然止谓郑人为之赋《清人》。据《诗序》乃知是公子素之所作也）

又《秦风·渭阳序》：“《渭阳》，康公念母也。康公之母，晋献公之女。文公遭丽姬之难（流亡在外十九年），未反而秦姬（秦穆公夫人）卒。穆公纳文公，（在鲁僖公二十四年）康公时为大子，赠送文公于渭之阳。（渭水之北也。《穀梁传》僖公二十八年：“水北为阳，山南为阳。”《说文》：“阴，暗也。水之南，山之北也。”）念母之不见也，我见舅氏，如母存焉。及其即位，思而作是诗也。”（案：《左传》庄公二十八年：“晋献公……烝于齐姜，生秦穆夫人及太子申生。又娶二女于戎，大戎狐姬生重耳。”是康公之母，为晋文公之异母姊也）故据《诗序》，则《秦风·渭阳篇》，秦康公之所作也。

又《豳风·七月序》：“《七月》，陈王业也。周公遭变故，陈后稷先公（先公，公刘、太王等也。后稷，舜之圣臣。四世至公刘，又九世至太王，太王是文王祖父）风化之所由，致王业之艰难也。”孔颖达疏云：“八章皆是周公陈先公在豳教民周备，使衣食充足，寒暑及时。民奉上教，知其早晚，各自劝勉，以勤王业。”故据《诗序》，则知《豳风·七月篇》，又是周公之所作也。

又《小雅·小弁序》：“《小弁》，刺幽王也。（幽王无道，废太子宜白而立褒姒所生之子伯服为太子）太子之傅作焉。”孔颖达疏云：“幽王信褒姒之谗，放逐宜臼。其傅亲训太子，知其无罪，闵其见逐，故作此诗以刺王。”故据《诗序》，则知《小雅·小弁篇》，是周幽王时太子宜臼之傅所作也。【宜臼，即后之周平王。按《鲁诗》、《齐诗》，皆以《小弁篇》为尹吉甫之子伯奇所作，非是。盖子不宜直刺其父，一也；大夫家事，只宜入《风》，（无国可入，则入《王风》）不宜入《雅》，二也。故孔颖达疏云："诸序皆篇名之下言作人，此独末言'太子之傅作焉'者，（不言"《小弁》，太子之傅刺幽王也"）以此述太子之言；太子不可作诗以刺父，自傅意述而刺之，故变文以云，义也。"】

又《小雅·何人斯序》："《何人斯》，苏公刺暴公也。（据《世本》"是苏成公、暴辛公"。后汉宋衷《世本》注谓是"平王时诸侯"。若平王时诸侯，则诗只宜入《王风》。不得入《雅》。宋衷注语非是）暴公为卿士，而谮苏公焉（苏成公亦幽王卿士），故苏公作是诗以绝之。"郑玄注："暴也、苏也，皆畿内国名。"（天子王畿千里地内本子爵，入为三公，故称曰公）孔颖达疏："刺暴公而得为王诗（谓入《雅》）者，以王信暴公之谗而罪己，刺暴公亦所以刺王也。"孔颖达又引王肃曰："二人俱为王卿，相随而行。"又于第七章"伯氏吹壎，仲氏吹篪"下引《世本》云："暴辛公作壎。苏成公作篪。"又引（蜀）谯周《古史考》云："古有埙（壎之或体）篪，尚矣。（谓作于上古）周幽王时，暴辛公善埙，苏成公善篪，记者（指作《世本》者）因以为作，谬矣。"孔颖达云："《世本》之谬，信如周言。其云苏公、暴公所善，亦未知所出？"故据《诗序》，则《小雅·何人斯篇》，是周幽王时卿士苏成公之所作也。

又《小雅·宾之初筵序》云："《宾之初筵》，卫武公刺时也。幽王荒废，媟近小人，饮酒无度。天下化之，君臣上下，沉湎淫液。武公既入（入为卿士），而作是诗也。”（《齐诗》、《韩诗》亦以为是卫武公饮酒悔过之作）故据《诗序》，则知《小雅·宾之初筵》篇，是卫武公之所作也。

又《大雅·公刘序》：“《公刘》，召康公（奭）戒成王也。成王将莅政（周公还政于成王），戒以民事（治民之事），美公刘（后稷曾孙，文王之十一世祖）之厚于民，而献是诗也。”故据《诗序》，则知《大雅·公刘篇》，召康公奭之所作也。

又《大雅·泂酌序》：“《泂酌》，召康公戒成王也。言皇天亲有德，飨有道也。（飨，降福也。《书·蔡仲之命》：“皇天无亲，惟德是辅。”）据《诗序》，则知《大雅·泂酌篇》亦是召康公奭之所作也。

又《大雅·卷阿序》：“《卷阿》，召康公戒成王也。言求贤用吉士也。”故据《诗序》，则知《大雅·卷阿篇》，又是召康公奭之所作也。

又《大雅·民劳序》云：“《民劳》，召穆公（召康公之后召虎也）刺厉王也。”故据《诗序》，则知《大雅·民劳篇》，是召穆公虎之所作也。

又《大雅·荡序》：“《荡》，召穆公伤周室大坏也。厉王无道，天下荡荡，无纲纪文章，故作是诗也。”故据《诗序》，则知《大雅·荡篇》，亦召穆公虎之所作也。

又《大雅·常武序》云：“《常武》，召穆公美宣王也。有常德以立武事，因以为戒然。（恐其滥用兵）”故据《诗序》，则知《大雅·常武篇》，又召穆公虎之所作也。

又《大雅 · 板序》云："《板》，凡伯刺厉王也。"郑玄注："凡伯，周同姓，周公之胤也。入为王卿士。"孔颖达疏："僖二十四年《左传》曰：'凡、蒋、邢、茅、胙、祭，周公之胤也。'……《春秋》隐七（经文）年：'天王（周桓王）使凡伯来聘。'世在王朝，盖畿内之国。"又杜预《左传注》："凡伯，周卿士。凡国，伯爵也。汲郡共县有凡城。"梁刘昭补《后汉书 · 郡国志》：河内郡有凡亭。自注云："凡伯邑。"又《庄子 · 田子方篇》曰："楚王（春秋时楚文王）与凡君（凡僖侯）坐，少焉，楚王左右曰'凡亡'者三。凡君曰：'凡之亡也，不足以丧吾存。'（成玄英疏："自得造化，怡然不惧，可谓周公之后，世不乏贤也。"）夫凡之亡也，不足以丧吾存（亡犹不亡，精神永存），则楚之存，不足以存存（无道者，虽存犹亡）。由是观之，则凡未始（尝也）亡，而楚未始存也。"故据《诗序》，则《大雅 · 板篇》，是周厉王时卿士凡伯之所作也。

又《大雅 · 瞻卬序》云："《瞻卬》，凡伯刺幽王大坏（周道大坏）也。"故据《诗序》，则《大雅 · 瞻卬篇》，亦凡伯之所作也。

又《大雅 · 召旻序》云："《召旻》，凡伯刺幽王大坏也。旻，闵也。闵天下无如召公之臣也。（召穆公虎，至幽王时已卒，故云。孔颖达疏以为是召康公，非也）故据《诗序》，则《大雅 · 召旻篇》，又凡伯之所作也。

又《大雅 · 云汉序》云："《云汉》，仍叔（周大夫）美宣王也。宣王承厉王之烈（郑玄注："烈，余也。"），内有拨乱之志，（《公羊传》哀公十四年："拨乱世，反之正，莫近诸

《春秋》。”何休《解诂》：“拨，犹治也。”）遇灾（旱灾）而惧。侧身修行，欲销去之。天下喜于王化复行，百姓见忧，（民为天子所忧。《云汉》第二章云：“旱既太甚，则不可推。兢兢业业，如霆如雷。周余黎民，靡有孑遗。”）故作是诗也。”故据《诗序》，则知《大雅·云汉篇》，是周宣王时大夫仍叔之所作也。【郑玄注：“仍叔，周大夫也。《春秋》鲁桓公五年（经文。当周桓王十三年）夏，‘天王使仍叔（即作《云汉》之诗者）之子来聘。’”孔颖达疏：“《云汉》诗者，周大夫仍叔所作，以美宣王也。”又曰：“仍氏。叔字。《春秋》之例，天子公卿称爵，大夫则称字。此言仍叔，故知大夫也。”】

又《大雅·韩奕序》云：“《韩奕》，尹吉甫美宣王也。能锡命诸侯。”【《尔雅·释诂》：“锡，赐也。”谓尹吉甫赏赐任命韩侯为侯伯也。韩本姬姓之国，为晋所灭（平王时），以封韩万，故晋有韩氏】据《诗序》，则《大雅·韩奕篇》，亦周宣王时卿士尹吉甫之所作也。

又《大雅·江汉序》云：“《江汉》，尹吉甫美宣王也。能兴衰拨乱（周道衰，兴之；淮夷乱，治之），命召公（召穆公虎）平淮夷（淮水夷蛮不服）。”故据《诗序》，则知《大雅·江汉篇》，又周宣王时卿士尹吉甫之所作也。（共作《崧高》、《烝民》、《韩奕》、《江汉》四篇矣）

又《鲁颂·駉篇·诗序》云：“《駉》，颂僖公也。僖公能遵伯禽之法，（武王封周公于鲁，然周公留镐京相武王、成王，故为鲁公者，实其元子伯禽也。《史记·鲁周公世家》：“鲁公伯禽之初受封，之鲁。三年而后报政周公，周公曰：

'何迟也?'伯禽曰:'变其俗,革其礼,丧三年,然后除之,故迟。'")俭以足用,宽以爱民,务农重谷,牧于垌(远也)野(牧马远野,不害民田),鲁人尊之。于是季孙行父(季文子)请命于周(襄王),而史克作是颂(请于周天子而作颂,时僖公已薨,在鲁文公时作)。"故据《诗序》,则知《鲁颂·駉篇》,是鲁文公时鲁史官史克之所作也。

总据《毛诗序》,则知除《诗》之本身(四篇),及《尚书》、《左传》、《国语》等(六篇)已有十篇知其作者外,复有二十二篇(共三十二篇)亦知其作者也。凡《毛诗序》据郑玄康成答弟子间之《郑志》及吴陆玑元恪之《毛诗草木鸟兽虫鱼疏》,皆谓子夏所作,亲受圣人,足可据依,不得谓是汉儒之臆说也。

除上所录三十二篇之作者为最足征信外,其余《鲁》、《齐》、《韩》三家诗所说,容以传疑,摭拾如下:

《周南·关雎篇》,《鲁诗》以为康王晏起,毕公(文王第十五子毕公高,与召公相康王)讽谕而作。

《周南·芣苢篇》,《鲁诗》以为宋女嫁蔡人(《二南》皆文王时诗,此已非矣),夫有恶疾,守贞不改嫁而作。

《邶风·燕燕篇》,《鲁诗》以为卫定公夫人定姜作。(《毛诗序》以为卫庄姜作,是)

《周南·汝坟篇》,《鲁诗》以为是周南大夫之妻作。

《召南·行露篇》,《鲁诗》以为申(申国)人之女作。

《召南·驺虞篇》,《鲁诗》以为邵国之女作。

《邶风·柏舟篇》,《鲁诗》以为齐侯之女卫宣夫人作。

《邶风·式微篇》，《鲁诗》以为卫侯之女黎庄公夫人作。

《邶风·二子乘舟篇》，《鲁诗》、《韩诗》以为卫宣公时太子伋之傅母（保母）作。

《王风·黍离篇》，《韩诗》以为周宣王时卿士尹吉甫子伯奇之弟伯封作。

《王风·大车篇》，《鲁诗》以为息君夫人作。

《魏风·伐檀篇》，《鲁诗》以为魏国之女作。

《小雅·小弁篇》，《鲁诗》、《齐诗》以为是周宣王时卿士尹吉甫之子伯奇作。

《大雅·抑篇》，《韩诗》以为是卫武公作（此最是，与《国语》及《毛诗序》同）。

《大雅·桑柔篇》，《鲁诗》以为是周厉王时卿士芮良夫作（此亦与《左传》及《毛诗序》同）。

《周颂·清庙篇》，《鲁诗》以为周公咏文王之德而作。

《周颂·思文篇》，《齐诗》以为周公相成王郊祀后稷而作。

《周颂·酌篇》，《齐诗》以为周公勺（酌）先祖之道而作。

《鲁颂·閟宫篇》，《鲁诗》、《齐诗》、《韩诗》三家皆以为鲁公子奚斯（名鱼，《左传》称公子鱼，奚斯，其字也）颂鲁僖公而作（此可信，无须征引）。

《商颂·那篇》、《烈祖篇》、《玄鸟篇》、《长发篇》、《殷武篇》等五篇，《鲁诗》、《韩诗》皆以为孔子之先人宋大夫正考父作。（此说最不可信，据《国语·鲁语下》、《毛诗序》及郑玄《诗谱》，知是正考父所校定而非作也）

此皆《鲁》、《齐》、《韩》三家诗遗说所举《诗》之作者也。

又《吕氏春秋·仲夏纪·古乐篇》云："周公旦乃作诗（《大雅·文王篇》）曰：'文王在上，于昭于天。周虽旧邦，其命维新。'以绳文王之德。"（绳，誉也）据《吕氏春秋》，则《大雅·文王篇》，周公之所作也。吕本中曰："《吕氏春秋》引此诗，以为周公所作。味其辞意，信非周公不能作也。"

故据《诗》之本文，《尚书》、《左传》、《国语》、《毛诗序》、《三家诗说》、《吕氏春秋》等观之，则《诗》之作者，可知者有五十二篇也。（若除《商颂》五篇不可信外，则为四十七篇。然《三家诗说》每不足信，所实知者，实三十余篇耳）

司马子长《报任少卿书》

《汉书·司马迁传》:“昔在颛顼,命南正重司天,火正黎司地。唐、虞之际,绍重、黎之后,使复典之。至于夏、商,故重、黎氏,世序天地。其在周,程伯休甫其后也。(应劭曰:“封为程国伯,休甫,字也。”)当宣王时,官失其守(颜师古曰:“失其所守之职也。”),而为司马氏。司马氏世典周史。惠、襄之间,司马氏适晋。晋中军随会犇(奔)魏,而司马氏入少梁。自司马氏去周适晋,分散。……汉之伐楚,卬归汉(项羽封卬为殷王),以其地为河内郡。昌生毋怿,毋怿为汉市长。毋怿生喜,喜为五大夫,卒。皆葬高门。喜生谈,谈为太史公。(魏如淳引东汉卫宏《汉仪注》:“太史公,武帝置。”颜师古曰:“谈为太史令耳,迁尊其父,故谓之为公。”又卫宏谓太史公“位在丞相上”,晋晋灼、颜师古、宋祈皆以为不然,是也)太史公学天官于唐都,受《易》于杨何,习道论于黄子。太史公仕于建元、元封之间,愍学者不达其意而师悖,乃论六家之要指(阴阳、儒、墨、名、法、道德)曰:‘……’(推崇道家)太史公既掌天官,不治民,有子曰迁。迁生龙门(在陕西),耕牧河、山之阳(河之北,山之南也)。年十岁,则诵古文。二十而南游江、淮,上会稽,探禹穴(禹之墓),窥九疑(在湖南,舜葬处)。浮沅、湘

（水名，皆在湖南），北涉汶、泗（在山东）。讲业齐、鲁之都，观夫子遗风，乡射邹、峄（邹县、峄山）。阸困蕃、薛、彭城，过梁、楚以归。于是迁仕为郎中，奉使西征巴蜀，以南略（讲服之）邛、筰（音昨）、昆明，还报命。是岁天子始建汉家之封（武帝元封元年四月，封泰山，禅肃然）。而太史公留滞周南（洛阳），不得与从事，发愤且卒；而子迁适反（自蜀返），见父于河、雒之间。太史公执迁手而泣曰：'予先，周室之太史也。自上世尝显功名，虞、夏典天官事。后世中衰，绝于予乎？女复为太史，则续吾祖矣。今天子接千岁之统，封泰山，而予不得从行，是命也夫！命也夫！予死，尔必为太史；为太史，毋忘吾所欲论著矣。且夫孝始于事亲，中于事君，终于立身，扬名于后世，以显父母，此孝之大也。（《孝经·开宗明义章》："立身行道，扬名于后世，以显父母，孝之终也。夫孝，始于事亲，中于事君，终于立身。"）夫天下称周公，言其能论歌文、武之德，宣周、召之风（指诗《周南》、《召南》），达大王、王季思虑，爰及公刘，以尊后稷也。幽、厉之后，王道缺，礼乐衰，孔子修旧起废，论《诗》、《书》，作《春秋》，则学者至今则之。自获麟以来，四百有余岁，而诸侯相兼，史记放绝。今汉兴，海内壹统，明主贤君，忠臣义士，予为太史而不论载，废天下之文，予甚惧焉。尔其念哉！'迁俯首流涕曰：'小子不敏，请悉论先人所次旧闻，不敢阙。'卒三岁，而迁为太史令，紬（紬，缀集也）史记石室金镄之书。五年而当太初元年（为太史令之五年。元封共六年，翌年改元太初）十一月，甲子朔旦，冬至，天历始改，建于明堂，诸神受记。（张晏曰："以元新改，立明堂，及郡守受正朔，各有山川之祀，故曰诸神受记。”是年五月正历，以寅为正月）太史公曰：‘先人有言：自周公卒，五百岁而有孔子，孔子至于今五百岁，有能绍而明之，正《易传》，继《春秋》，本《诗》、《书》、《礼》、《乐》之际。意在斯乎？意在斯乎？小子何敢攘焉。’上大夫壶遂曰：‘昔孔子为何作《春秋》哉？’太史公曰：‘余闻之董生（仲舒）：周道废，孔子为鲁司寇，诸侯害之，大夫壅之；孔子知时之不用，道之不行也，是非二百四十二年之中，以为天下仪表。贬诸侯，讨大夫，以达王事而已矣。子曰：“我欲载之空言，不如见之于行事之深切著明也。”《春秋》上明三王之道，下辨人事之经纪，别嫌疑，明是非，定犹与，善善恶恶，贤贤贱不肖，存亡国，继绝世，补敝起废，王道之大者也。《易》著天地阴阳四时五行，故长于变；《礼》纲纪人伦，故长于行；《书》记先王之事，故长于政；《诗》记山川溪谷禽兽草木牝牡雌雄（《诗》以道志，此义狭矣），故长于风；《乐》，乐所以立，故长于和；《春秋》辩是非，故长于治人。是故《礼》以节人，《乐》以发和，《书》以道事，《诗》以达意（此则是矣），《易》以道化，《春秋》以道义。拨乱世，反之正，莫近于《春秋》。《春秋》文成数万，其指数千，万物之散聚，皆在《春秋》。《春秋》之中，弑君三十六，亡国五十二，诸侯奔走，不得保社稷者，不可胜数。察其所以，皆失其本已。故《易》曰：“差以豪厘，谬以千里。”（《易纬·通卦验》之辞）故臣弑君，子弑父，非一朝一夕之故，其渐久矣（《易·坤文言》：“臣弑其君，子弑其父，非一朝一夕之故，其所由来者渐矣。”）。有国者，不可以不知《春秋》，前有谗而不见，后有贼而不知；为人臣者，不可以不知《春秋》，守经事而不知其宜，遭变事而不知其权。为人君父者，而不通于《春秋》之义者，必蒙首恶之名；为人臣子，不通于《春秋》之义者，必陷篡弑诛死之罪。其实皆以善为之而不知其义，被之空言不敢辞。夫不通礼义之指，至于君不君，臣不臣，父不父，子不子；夫君不君则犯，臣不臣则诛，父不父则无道，子不子则不孝。此四行者，天下之大过也；以天下之大过予之，受而不敢辞。故《春秋》者，礼义之大宗也。夫礼禁未然之前，法施已然之后，法之所为用者易见，而礼之所为禁者难知。'壶遂曰：'孔子之时，上无明君，下不得任用，故作《春秋》，垂空文以断礼义，当一王之法。今夫子上遇明天子，下得守职。万事既具，咸各序其宜，夫子所论，欲以何明?'太史公曰：'唯唯否否，不然。余闻之先人曰：虙戏至纯厚，作《易》八卦。尧、舜之盛，《尚书》载之，礼乐作焉。汤、武之隆，《诗》人歌之。《春秋》采善贬恶，推三代之德，褒周室，非独刺讥而已也。汉兴已来，至明天子，获符瑞，封禅，改正朔，易服色，受命于穆清（天也），泽流罔极，海外殊俗，重译款塞（款，叩也），请来献见者，不可胜道。臣下百官力诵圣德，犹不能尽宣其意。且士贤能矣，而不用，有国者耻也；主上明圣，德不布闻，有司之过也。且余掌其官，废明圣盛德不载，灭功臣贤大夫之业不述，堕先人所言，罪莫大焉。余所谓述故事，整齐其世传，非所谓作也。而君比之《春秋》，谬矣。'于是论次其文，十年，而遭李陵之祸，幽于累绁，乃喟然而叹曰：'是余之辠（罪）夫！身亏不用矣。'退而深惟（思也）曰：'夫《诗》、《书》隐约者（隐约，忧屈也），欲遂其志之思也。’卒述陶唐以来，至于麟止。（魏张晏注：“武帝获麟，迁以为述事之端，上记黄帝，下至麟止，犹《春秋》止于获麟也。”颜师古曰：“迁序事尽太初，故言至麟止。张说是也。”）自黄帝始，……而十篇缺，有录无书。【张晏注：“迁没之后，亡《景纪》、《武纪》、《礼书》、《乐书》、《兵书》（刘奉世谓即《律书》，实《历书》）、《汉兴以来将相年表》、《日者列传》、《三王世家》（齐王闳、燕王旦、广陵王胥）、《龟策列传》、《傅靳列传》。元、成之间，褚先生（名少孙，博士）补缺，作《武帝纪》、《三王世家》、《龟策》、《日者传》，言辞鄙陋，非迁本意也。”】迁既被刑之后，为中书令，尊宠任职。故人益州刺史任安予迁书，责以古贤臣之义。迁报之曰：‘……’迁既死后，其书稍出。宣帝时，迁外孙平通侯杨恽祖述其书，遂宣布焉。至王莽时，求封迁后为史通子。”（应劭曰：“以迁世为史官，通于古今也。”李奇曰：“史通，国。子，爵也。则史公未刑前已有子，非无后也。”）

赞曰：“自古书契之作，而有史官，其载籍博矣。至孔氏籑之，上继唐尧，下讫秦缪。唐、虞以前，虽有遗文，其语不经；故言黄帝、颛顼之事，未可明也。及孔子因鲁史记而作《春秋》，而左丘明论辑其本事以为之《传》，又籑异同为《国语》。又有《世本》，录黄帝以来至春秋时，帝王公侯卿大夫祖世所出。春秋之后，七国并争，秦兼诸侯，有《战国策》。汉兴，伐秦定天下，有《楚汉春秋》（九篇，陆贾记）。故司马迁据《左氏》、《国语》，采《世本》、《战国策》，述《楚汉春秋》，接其后事，讫于大汉。其言秦、汉，详矣。至于采经摭传，分散数家之事，甚多疏略，或有抵梧（忤字之讹）；亦其涉猎者广博，贯穿经传，驰骋古今，上下数千载间，斯以（通已）勤矣。又其是非颇缪于圣人，论大道，则先黄、老而后六经；（其父谈如是耳。太史公录孔子于世家，而老子则在《老庄申韩列传》中，意亦见矣；且《孔子世家赞》云："可谓至圣矣。"孟坚此论非实）序游侠，则退处士而进奸雄；（以游侠为奸雄，过矣）述货殖，则崇势利而羞贱贫。【此书云："家贫，货赂不足以自赎；交游莫救，左右亲近，不为一言。"而《游侠传序》云："今游侠，其行虽不轨于正义；然其言必信，其行必果，已诺必诚。不爱其躯，赴士之阸困，既已存亡死生矣；而不矜其能，羞伐（夸也）其德，盖亦有足多者焉。且缓急，人之所时有也。"史公之意亦见矣】此其所蔽也。然自刘向、扬雄，博极群书，皆称迁有良史之材，服其善序事理。辨而不华，质而不俚。其文直，其事核。不虚美，不隐恶，故谓之实录。呜呼！以迁之博物洽闻，而不能以知自全，既陷极刑，幽而发愤，书（指此书）亦信矣。（史公之救李陵，纯出侠义，非不智也，是汉武之不明也）迹其所以自伤悼，《小雅·巷伯》之伦；（《小雅·巷伯序》："《巷伯》，刺幽王也。寺人伤于谗，故作是诗也。"）夫唯《大雅》，'既明且哲，能保其身。'（《大雅·烝民》："既明且哲，以保其身。夙夜匪解，以事一人。"），难矣哉！"【《后汉书·班固传论》云："彪、固讥迁，以为是非颇谬于圣人；然其论议，常排死节，否正直，而不叙杀身成仁之为美，则轻仁义，贱守节，愈矣。固伤迁博物洽闻，不能以智免极刑；然亦身陷大戮，智及之而不能守之。呜呼！古人所以致论于目睫也！"

（《史记·越王勾践世家》齐使者曰："今王知晋之失计，而不自知越之过，是目论也。"司马贞曰："言越王知晋之失，不自觉越之过；犹人眼能见毫毛，而自不见其睫，故谓之目论也。"）】

孙月峰曰："粗粗卤卤，任意写去，而矫健磊落，笔力如走蛟龙，挟风雨。且峭句险字，往往不乏。读之但见其奇肆，而不得其构造锻炼处，古圣贤规矩准绳文字，至此一大变，卓为百代伟作。"

孙执升曰："却少卿推贤进士之教，序自己著书垂后之意。回环照应，使人莫可寻其痕迹；而段落自尔井然。原评云：史迁一腔抑郁，发之《史记》；作《史记》一腔抑郁，发之此书。识得此书，便识得一部《史记》；盖一生心事，尽泄于此也。纵横排宕，真是绝代大文章。"

李兆洛申耆曰："厚集其阵，郁怒奋势，成此奇观。"

谭复堂曰："柳宗元言'拔地倚天，惟此文足以当之'。长江大河，奇峰怪石；而又出于自然，直是无意为文。"又曰："周、秦浑穆之气尽变，两汉精纯之体若失，起落皆有千钧之重。层层逼拶（音轧，迫也），始出本意。如神龙之出没，一掉入于九渊。"

任安：《史记·田叔列传》附褚少孙补《任安传》："田仁（田叔少子），故与任安相善。任安，荥阳人也。少孤，贫困。……为卫将军（青）舍人。与田仁会，俱为舍人，居门下，同心相爱。……有诏召见卫将军舍人，此二人前见，诏问‘能略相推第也?’田仁对曰：‘提桴鼓，立军门，使士大夫乐死战斗，仁不及任安。’任安对曰：‘夫决嫌疑，定是非，辩治官，使百姓无怨心，安不及仁也。’武帝大笑曰：‘善。’……此两人立名天下。其后用任安为益州刺史，以田仁为丞相长史。(后田仁族死，任安诛死)”又《汉书·霍去病传》：“青日衰，而去病日益贵。青故人门下，多去事去病，辄得官爵，唯独任安不肯去。”颜师古曰：“安，荥阳人，后为益州刺史。即遗司马迁书者。”

太史公，牛马走。司马迁，再拜言，少卿足下：曩者辱赐书，教以顺《汉书》本传作慎。于接物，推贤进士为务，意气勤勤恳恳，若望仆不相师，而用流俗人之言，仆非敢如此也。仆虽罢驽，亦尝侧闻长者之遗风矣。顾自以为身残处秽，动而见尤，欲益反损，是以独郁悒而谁与语？谚曰：“谁为为之？孰令听之？”盖钟子期死，伯牙终身不复鼓琴，何则？士为知己者用，女为悦己者容。若仆大质已亏缺矣，虽才怀随、和，行若由、夷，终不可以为荣，适足以见笑而自点耳！书辞宜答，会东从上来，又迫贱事，相见日浅，卒卒无须臾之间，得竭志意。今少卿抱不测之罪，涉旬月，迫季冬；仆又薄从上雍，恐卒然不可为讳，是仆终已不得舒愤懑以晓左右，则长逝者魂魄，私恨无穷。请略陈固陋，阙然久不报，幸勿为过。

〇此段叙得书及报书之经过。少卿以史公尊宠任事，教以推贤进能，为国荐才。史公以为己身残处秽，大质亏损，徒见笑于人而自污辱耳。报书时，任安坐罪在狱，将诛死，故史公报书不能再延，免死者不得见报书为憾也。孙月峰曰："先述任少卿赐书意，是一篇持论之根。"

太史公，牛马走。 李善注："太史公，迁父谈也。走，犹仆也。言己为太史公掌牛马之仆。"案：官名本是太史令，属太常，迁尊称父谈为太史公，故亦以为是官名，犹云太史令也。

司马迁，再拜言，少卿足下：曩者辱赐书，教以顺于接物，推贤进士为务。 推贤进士：《礼记·儒行篇》："儒有内称不辟亲，外举不辟怨，程功积事，推贤而进达之，不望其报。"

意气勤勤恳恳， 勤勤恳恳：李善注："忠款之貌也。"五臣刘良曰："情切之辞。"

若望仆不相师，而用流俗人之言，仆非敢如此也。 李善注引苏林曰："而，犹如也。"（《汉书》本传无"用"字）望，本字作謹，《说文》："謹，责望也。"此专解作责。《礼记·射义》："幼壮孝弟，耆耋好礼，不从流俗，修身以俟死者。"五臣张铣曰："而，如也。言少卿书若怨望我不相师用，以少卿劝戒之辞，如流俗之人所言，我非敢如此。"

仆虽罢驽，亦尝侧闻长者之遗风矣。 李善注："侧闻，谦辞也。"《列子·天瑞》："子列子笑曰：'壶子（列子师壶丘子林）何言哉！虽然，夫子尝语伯昏瞀人，吾侧闻之。'"《礼记·曲礼上》："群居五人，则长者必异席。"

顾自以为身残处秽，动而见尤， 动而见尤：李善注："言举动必为人之所尤过也。"孙月峰曰："浑浑述愤意。"尤乃訧字之省借，《说文》：“訧，罪也。”“尤，异也。”《诗·邶风·绿衣》：“我思古人，俾无訧兮。”尚见正字。

欲益反损，是以独郁悒而谁与语？ 独郁悒而谁与语：《汉书》本传作“是以抑郁而无谁语”。颜师古曰：“无谁语者，言无相知心之人，谁可告语？”李善注：“郁悒，不通也。”《离骚》：“曾歔欷余郁邑兮，哀朕时之不当。”王逸注：“郁邑，忧也。”又屈原《远游》：“遭沉浊而污秽兮，独郁结其谁语？”

谚曰：“谁为为之？孰令听之？” 五臣张铣曰：“谚，言也。古今相传之言曰谚。”李善注：“谁为，犹为谁也。言己假欲为善，当为谁为之乎？复欲谁听之乎？”颜师古曰：“言无知己者，设欲修名节，立言行，谁可为作之？又令谁听之？”

盖钟子期死，伯牙终身不复鼓琴，何则？ 《列子·汤问篇》：“伯牙善鼓琴，钟子期善听。伯牙鼓琴，志在登高山，钟子期曰：‘善哉！峨峨兮若泰山。’志在流水，钟子期曰：‘善哉！洋洋兮若江河。”伯牙所念，钟子期必得之。伯牙游于泰山之阴，卒逢暴雨，止于岩下。心悲，乃援琴而鼓之。初为霖雨之操，更造崩山之音。曲每奏，钟子期辄穷其趣。伯牙乃舍琴而叹曰：‘善哉善哉！子之听夫志，想象犹吾心也。吾于何逃声哉！’”《吕氏春秋·孝行览·本味篇》：“伯牙鼓琴，钟子期听之，方鼓琴而志在太山，钟子期曰：‘善哉乎鼓琴！巍巍乎若太山。’少选之间，而志在流水，钟子期又曰：‘善哉乎鼓琴！汤汤乎若流水。’钟子期死，伯牙破琴绝弦，终身不复鼓琴，以为世无足复为鼓琴者。”

士为知己者用，女为说己者容。 《战国策·赵策一》："晋毕阳之孙豫让，始事范、中行氏，而不说，去而就知伯，知伯宠之。及三晋分知氏，赵襄子最怨知伯，而将其头以为饮器。豫让遁逃山中，曰：'嗟乎！士为知己者死，女为悦己者容，吾其报知氏之仇矣。'"

若仆大质已亏缺矣，虽才怀随、和，行若由、夷， 李善注："隋，隋侯珠也；和，和氏璧也。由，许由也；夷，伯夷也。"皆习见，不详注矣。

终不可以为荣，适足以见笑而自点耳！ 自点：李善注："点，辱也。"颜师古曰："点，污也。"《说文》："点，小黑也。从黑，占声。"

书辞宜答， 李善注："往前与我书，书宜应答，但有事，故不获答。"

会东从上来，又迫贱事， 李善注："服虔曰：'从武帝还。'孟康曰：'卑贱之事，若烦务也。'（颜师古曰："谓所供职也。孟说是也。"）如淳曰：'迁为中书令，任职常知中书，时偶有贼盗之事。'晋灼曰：'贱事，家之私事也。'"

相见日浅，卒卒无须臾之间，得竭志意。 卒卒无须臾之间：李善注："（汉末）文颖曰：'卒卒，促遽之意也。'间，隙也。"

今少卿抱不测之罪，涉旬月，迫季冬； 李善注："如淳曰：'平居时不肯报其书，今安有不测之罪在狱，故报往日书，欲使其恕以度己也。'"武帝征和二年七月，戾太子卒，田仁腰斩，安殆诛死于十二月。

仆又薄从上雍，恐卒然不可为讳， 李善注："李奇曰：

'薄，迫也。迫当从行。' 善曰：难言其死，故云不可讳。"征和三年春正月，武帝行幸雍。此云迫近，盖尚有月余也。《汉书·地理志上》：雍县属右扶风。

是仆终已不得舒愤懑以晓左右， 李善注："《广雅》曰：'懑，闷也。'"（今《广雅》不见）《说文》："懑，烦也。"《楚辞》严忌《哀时命》："幽独转而不寐兮，惟烦懑而盈匈。"王逸注："懑，愤也。"

则长逝者魂魄，私恨无穷。 私恨无穷：李善注："谓任安恨不见报也。"颜师古同。

请略陈固陋，阙然久不报，幸勿为过。

仆闻之：修身者，智之符也； 符，《汉书》本传及五臣作府。 **爱施者，仁之端也；取与者，义之表也；** 表，《汉书》本传作符，颜师古曰："符，信也。" **耻辱者，勇之决也；立名者，行之极也。士有此五者，然后可以托于世，而列于君子之林矣。故祸莫憯于欲利，悲莫痛于伤心，行莫丑于辱先，诟莫大于宫刑。刑余之人，无所比数，非一世也，所从来远矣。昔卫灵公与雍渠同载，孔子适陈；商鞅因景监见，赵良寒心；"同子"参乘，袁丝变色。自古而耻之。夫以中材之人，事有关于宦竖，莫不伤气，而况于慷慨之士乎？如今朝廷虽乏人，奈何令刀锯之余，荐天下豪俊哉！**

〇此段总言已非推贤进士之人，而以积愤出之。段首五排后复用四排，似可解，似不可解，盖难言之。其真意实谓兼具智、仁、义、勇及操行之极，而遭逢四酷，人生惨事，孰甚于此？以斯人而有斯遇，"天之报施善人，为何如哉！"故于

《史记·伯夷列传》中发之也。何义门曰：“以下言推贤进士非己责。”孙月峰曰：“泛说，含后诸种意：修身，谓无亏缺（实无败德事）；爱施，谓急李陵；取与，谓小节取后世贤名（实谓不苟）；耻辱，指宫刑（耻受之，而不死者，以书未成故也）；立名，指著书。”又曰：“两段，一说宫刑（此段），一叙生平（下段），总归不宜荐士。”

仆闻之：修身者，智之符也；爱施者，仁之端也；取与者，义之表也；耻辱者，勇之决也； 智之符也：李善注：“符，信也。”瑞信，即实也。勇之决也：李善注：“勇士当于此而果决之。”

立名者，行之极也。 李善注：“凡人能立志者，行中之最极也。” **士有此五者，然后可以托于世，而列于君子之林矣**。

故祸莫憯于欲利，悲莫痛于伤心， 谓守法者欲利，已无以应之，故受宫刑也。《说文》：“憯，痛也。”李善注：“所可憯者，惟欲之与利，为祸之极也（此解非）。所可痛者，唯伤心之事，而可为悲也。”《庄子·田子方篇》引仲尼曰：“夫哀莫大于心死，而人死亦次之。”史公以一大丈夫而受宫刑，实比死犹甚也；而不死者，以书未成耳。

行莫丑于辱先，诟莫大于宫刑。 李善注：“丑，秽也。先，谓祖也。诟，音垢。应劭曰：‘诟，耻也。’《说文》：‘诟，或作詬。’火逅切。”（《说文》：“诟，謑诟，耻也。”呼寇切。“詬，或从句。”“謑，耻也。”胡礼切）《礼记·儒行》：“今众人之命儒也妄，常以儒相诟病。”《左传》昭公二十年：宋元君曰：“子（谓华费遂）死亡有命，余不忍其询。”

杜预注："询，耻也。"

刑余之人，无所比数，非一世也，所从来远矣。

昔卫灵公与雍渠同载，孔子适陈；《孔子家语·七十二弟子解》："颜刻，鲁人，字子骄。少孔子五十岁。孔子适卫，子骄为仆。卫灵公与夫人南子同车出，而令宦者雍渠参乘，使孔子为次乘，游过市，孔子耻之。颜刻曰：'夫子何耻之？'孔子曰：'《诗》（《小雅·车舝篇》）云："觏尔新婚，以慰我心。"'乃叹曰：'吾未见好德如好色者也。'"孔子引《诗》是叹卫灵公好色，原不在雍渠，史公借以泄愤耳。《家语》续云："于是耻之，去卫适曹。"李善曰："此言孔子适陈，未详。"此史公一时误记也。

商鞅因景监见，赵良寒心；《史记·商君列传》商君谓赵良（服虔曰："赵良，贤者。"）曰：'子观我治秦也，孰与五羖大夫（百里奚）贤？'……赵良曰：'夫五羖大夫，荆之鄙人也。闻秦缪公之贤，而愿望见，行而无资，自粥于秦客。被褐食牛。期年，缪公知之，举之牛口之下，而加之百姓之上，秦国莫敢望焉（望，即謻字。）。……五羖大夫之相秦也，劳不坐乘，暑不张盖。行于国中，不从车乘，不操干戈。功名藏于府库，德行施于后世。五羖大夫死，秦国男女流涕，童子不歌谣，舂者不相杵（相送杵声）。此五羖大夫之德也。今君之见秦王也，因嬖人景监以为主，……相秦不以百姓为事，……君之危，若朝露，尚将欲延年益寿乎？……亡可翘足而待。'"又《史记·李斯传》赵高谓李斯曰："今释此不从，祸及子孙，足以为寒心也。"又桓谭《新论》雍门周对孟尝君曰："有识之士，莫不为足下寒心酸鼻。"

“同子”参乘，袁丝变色。 李善注：“苏林曰：‘赵谈也。与迁父同讳，故曰同子。’”《史记·袁盎传》：“袁盎者，楚人也，字丝。……盎由此名重朝廷。袁盎常引大体，忼慨。宦者赵同，以数幸，……孝文帝出，赵同参乘，袁盎伏车前曰：‘臣闻天子所与共六尺舆者，皆天下豪英；今汉虽乏人，陛下独奈何与刀锯余人载？’于是上笑，下赵同。”《汉书》作赵谈，史公避父讳，改称赵同耳。

自古而耻之。夫以中材之人，事有关于宦竖，莫不伤气，而况于慷慨之士乎？如今朝廷虽乏人，奈何令刀锯之余，荐天下豪俊哉！ 刀锯之余：《史记·晋世家》：“重耳……即位为晋君，是为文公。……怀公故大臣吕省、郄芮本不附文公，文公立，恐诛，乃欲与其徒谋烧公宫，杀文公。文公不知。始，尝欲杀文公宦者履鞮（音低）知其谋，欲以告文公，解前罪，求见文公。文公不见，……宦者曰：‘臣刀锯之余，不敢以二心事君倍主，故得罪于君。（言前为晋惠公，故欲杀文公）……今刑余之人以事告，而君不见，祸又且及矣。’于是见之。”（李善注引作履貂，今《史记》作履鞮，所见本异耳。《左传》僖公五年作寺人披，又僖公二十五年作寺人勃鞮，《后汉书·宦者传论》作勃貂，皆一人也）

仆赖先人绪业，得待罪辇毂下，二十余年矣。所以自惟：上之不能纳忠效信，有奇策才力之誉，自结明主；次之又不能拾遗补阙，招贤进能，显岩穴之士； 外之又 《汉书》本传及五臣本无又字。 **不能备行伍，攻城野战，有斩将搴旗之功；下之不能积日累劳，取尊官厚禄，以为宗族交游光宠。四**

者无一遂，苟合取容，无所短长之效，可见如 《汉书》本传作于。 **此矣。向者仆常厕下大夫之列，** 《汉书》本传及五臣本仆下有亦字。 **陪外廷末议，** 五臣陪下有奉字。 **不以此时引维纲，** 五臣本作纲维。 **尽思虑；今以亏形，为扫除之隶，在阘茸之中，乃欲仰首伸眉，论列是非，不亦轻朝廷，羞当世之士邪？** 于光华曰：“再作一翻。” **嗟乎嗟乎！如仆尚何言哉！尚何言哉！**

〇此段略叙平生，谦言四者无一能，本非廊庙栋梁之具，故前为下大夫时已无所献纳；今已遭宫刑，与阉竖之俦同，而乃推贤进士，是显朝廷无人，而被荐者必且以为是己之耻辱也。此亦皆愤语。

仆赖先人绪业，得待罪辇毂下，二十余年矣。 李善注：“《广雅》（《释诂一》）曰：‘绪，末也。’司马彪《庄子注》曰：‘绪，余也。’”（《庄子·渔父篇》“绪言”注，仅见此引。成玄英《庄子疏》：“绪言，余论也。”）史公先为郎中，后继父谈为太史令。自元封三年为太史令，至此征和二年，首尾是十八年，云二十余年者，自为郎中时起计也。史公生于景帝中五年，卒于昭帝始元元年，年六十四。作此书时五十八岁。辇毂：颜师古曰：“言侍从天子之车舆。”

所以自惟： 自惟：《说文》：“惟，凡思也。”颜师古曰：“惟，思也。”

上之不能纳忠效信，有奇策才力之誉，自结明主； 自结明主：结，谓结纳，即得天子之欢心而重视厚用己也。

次之又不能拾遗补阙， 拾遗补阙：唐时有左右拾遗，左右补阙，乃谏官。其名自此出。

招贤进能，显岩穴之士；外之又不能备行伍，攻城野战，有斩将搴旗之功； 搴旗：颜师古曰：“搴，拔也。拔取敌人之旗也。”

下之不能积日累劳，取尊官厚禄，以为宗族交游光宠。 光宠：宠，荣也。光宠即光荣。孙月峰曰：“四不能，章法。”

四者无一遂，苟合取容， 李善注：“上之四事无一遂，假欲苟合取容，亦无其所也。”《史记·蔡泽传》应侯范雎曰：“吴起之事（楚）悼王也，使私不得害公，谗不得蔽忠，言不取苟合，行不取苟容。” **无所短长之效，可见如此矣。**

向者仆常厕下大夫之列，陪外廷末议， 韦昭曰：“周官太史位下夫也。”臣瓒曰：“汉太史令千石，故比下大夫。”案：卫宏《汉旧仪》：“郎中，……秩皆比千石。”下大夫，指为郎中时也。李善曰：“外廷，即今仆射外朝也。”

不以此时引维纲，尽思虑；今以亏形为扫除之隶，在阘茸之中， 在阘茸之中：李善注：“阘茸，猥贱也。茸，细毛也。张揖训诂以为‘阘，狞劣也’。吕忱《字林》曰：‘阘茸，不肖也。’”颜师古曰：“阘茸，猥贱也。茸，细毛也。言非豪杰也。……茸，人勇切。”《史记·屈原贾生列传》：“阘茸尊显。”司马贞《史记索隐》引《字林》曰：“阘茸，不肖之人也。”

乃欲仰首伸眉，论列是非，不亦轻朝廷，羞当世之士邪？嗟乎嗟乎！如仆尚何言哉！尚何言哉！

且事本末未易明也：仆少负不羁之行，长无乡曲之誉，主上幸以先人之故，使得奏薄伎，出入周卫之中，仆以为戴盆何

以望天？故绝宾客之知，亡室家之业，日夜思竭其不肖之才力，务一心营职，以求亲媚于主上。而事乃有大谬不然者。李善句读者夫连读，注云："夫，语助也。《论语》，子曰：有是夫。"今详语气，"夫"字置于此段末为赘。仍以带起下段为是。

〇此段亦承上来，续自叙平生。谓己本倾身为主，而反得最恶劣之报也。孙月峰曰："此下明所以得罪之故。"（孙连下段言）何义门曰："以下辨用流俗之言为非得已，而兼以抒其愤懑。"（何亦连下段读）

且事本末未易明也：仆少负不羁之行，长无乡曲之誉，何义门曰："不羁，谓不合礼法也。（李善）注谓'材质高远，不可羁系'者非。"何说是。不羁，是不受羁绊，无规范，非自夸语。李善注："不羁，言材质高远，不可羁系也。"李注非是，何义门已辨之。不羁，实是放纵、任性、不合轨仪，故下云无乡曲之誉也。《燕丹子》卷下："酒酣，太子起为寿，夏扶前曰：'闻士无乡曲之誉，则未可与论行；马无服舆之伎，则未可与称良。'"

主上幸以先人之故，使得奏薄伎，薄伎：李善注："服虔曰：薄伎，薄才也。"颜师古《汉书》本传注引同。《说文》："伎，与也。""技，巧也。"二字古通。《法言·君子篇》："通天地人曰儒，通天地不通人曰伎。"

出入周卫之中，李善注："周卫，言宿卫周密也。韦昭曰：'天子有宿卫之官。'"

仆以为戴盆何以望天？如淳曰："头戴盆则不得望天，望天则不得戴盆，事不可兼施。"李善注："言人戴盆则不得望天，望天则不得戴盆，事不可兼施。言己方一心营职，不假修人事也。”

故绝宾客之知，亡室家之业，日夜思竭其不肖之才力， 不肖：《礼记·杂记下》：“主人对曰：某之子不肖。”马总《意林》引应劭《风俗通》曰：“生子鄙陋，不似父母，曰不肖。今人谦辞，亦曰不肖。”此是史公谦辞也。

务一心营职，以求亲媚于主上。 亲媚于主上：《诗·大雅·卷阿》：“蔼蔼王多吉士，维君子使，媚于天子。”《郑笺》：“媚，爱也。”

而事乃有大谬不然者。 颜师古无注，盖以夫字连下读。

夫仆与李陵，俱居门下，素非能相善也。趣舍异路，未尝衔杯酒，接殷勤之余欢。然仆观其为人，自守奇士， 《汉书》本传无守字。 **事亲孝，与士信，临财廉，取与义，分别有让，恭俭下人。常思奋不顾身，以徇国家之急，其素所蓄积也；仆以为有国士之风。夫人臣出万死不顾一生之计，赴公家之难，斯以** 以已古通。 **奇矣；今举事一不当，而全躯保妻子之臣，随而媒孽其短，** 孽，《汉书》本传作蘖，五臣作糵。 **仆诚私心痛之。**

○此段亦承上来，叙己与李陵非旧相交好，伏下段己欲营救之非为交情私谊，实其人品行有足称而遭遇极可悲耳。读此段则李陵之为人可见。何义门曰：“以下言己平日非不慎于接物。”于光华曰：“中一大段（此段及下一段）述救李陵事，见爱施之仁，取与之义。后一大段极言宫刑之耻辱，跌起末段著书，归到立名上，为全篇结穴处。”

夫仆与李陵，俱居门下， 门下：史公初为郎中，李陵为侍中建章监。后世乃有门下者，总枢要。

素非能相善也。趣舍异路， 趣舍异路：李善注："太公《六韬》曰：'夫人皆有性，趣舍不同。'颜师古曰：'趣，所向也。舍，所废也。'"（李善于卢谌《赠刘琨》诗注云："太公谓武王曰：夫人皆有性，趋舍不同，喜怒不等。"）

未尝衔杯酒，接殷勤之余欢。然仆观其为人，自守奇士，事亲孝，与士信，临财廉，取与义，分别有让，恭俭下人。常思奋不顾身，以徇国家之急， 徇国家之急：颜师古曰："徇，从也，营也。"李善注同。（颜师古略前于李善）

其素所蓄积也； 《汉书》本传蓄作畜。颜师古曰："畜，读若蓄。"李善注："言其意中旧所蓄积也。"

仆以为有国士之风。 李善注："一国之中，推而为士。"《战国策·赵策一》："知伯以国士遇臣，臣故国士报之。"

夫人臣出万死不顾一生之计， 刘向《新序》卷一《杂事篇》："秦欲伐楚，使使者往观楚之宝器。楚（昭）王……使昭奚恤应之。……曰：'客欲观楚国之宝器，楚国之所宝者，贤臣也。……理师旅，整兵戎，以当强敌，提枹鼓，以动百万之师，所使皆趋汤火，蹈白刃，出万死不顾一生之难，司马子反在此。……'秦使者惧然无以对。昭奚恤遂揖而去。秦使者反，言于秦君曰：'楚多贤臣，未可谋也。'" **赴公家之难，斯以奇矣；今举事一不当，而全躯保妻子之臣，随而媒蘖其短，** 李善注："郑玄《周礼》（《师氏》）注曰：'举，犹行也。'臣瓒以为'媒，谓遘合会之；蘖，谓生其罪衅'也"。颜师古曰："媒如媒娉之媒，孽如麴孽之孽。一曰：

齐人谓麴饼为媒也。” **仆诚私心痛之。**

且李陵提步卒不满五千，深践戎马之地，足历王庭，垂饵虎口，横挑强胡。仰亿万之师，与单于连战十有余日，所杀过半当。《汉书》本传及五臣本无半字。**虏救死扶伤不给，旃裘之君长咸震怖。乃悉征其左右贤王，举引弓之人，一国共攻而围之。转斗千里，矢尽道穷，救兵不至，士卒死伤如积；然陵一呼劳军，士无不起。躬自流涕，沬血饮泣，更张空拳，**《汉书》本传作卷，音圈。**冒白刃，北向争死敌者。**

〇此段叙李陵与匈奴战斗事，较李陵《答苏武书》为简炼劲健，益知彼书为后人假托。孙月峰曰：“此与李《答苏武书》同叙力战事，而彼婉曲细说，此直截急下；彼浓态胜，此劲力胜。然此书神气有余，驱遣如意。读此后读彼，便觉彼书气萎不振。”（《答苏武书》殆晋、宋间高手拟作。中云：“足下又云‘汉与功臣不薄’，子为汉臣，安得不云尔乎？”又曰：“陵虽辜恩，汉亦负德。”陵为人忠厚，必无此言也。至《文选》所载《与苏武诗》三首，则非假托；而洪迈《容斋随笔》卷十四《李陵诗》条谓“予观李诗云：‘独有盈觞酒，与子结绸缪。’‘盈’字正惠帝讳，汉法，触讳者有罪，不应陵敢用之”。此说非也。汉初韦孟《讽谏诗》四用邦字，《在邹》诗则两用，后世无人谓韦诗为假托者，盖《诗》、《书》不讳，临文不讳，况陵时在匈奴，何必尚避汉讳乎。说详《古诗十九首》注中，不再赘矣）

〇《汉书·李陵传》：“陵字少卿（李广孙，李当户遗腹子。三世为将，道家所忌，故败），少为侍中建章监。善骑射，爱人，谦让下士，甚得名誉。武帝以为有广之风。使将八百骑，深入匈奴二千余里，过居延，视地形，不见虏，还。拜为骑都尉，将勇敢五千人，教射酒泉、张掖以备胡。数年，汉遣贰师将军（李广利）伐大宛，使陵将五校兵随后。行至塞，会贰师，还。上赐陵书，陵留吏士，与轻骑五百出敦煌，至盐水，迎贰师还。复留屯张掖。天汉二年，贰师将三万骑出酒泉，击左贤王于天山。召陵，欲使为贰师将辎重，陵召见武台，叩头自请曰：'臣所将屯边者，皆荆、楚勇士，奇材剑客也，力扼虎，射命中。愿得自当一队，到兰于山前，以分单于兵。毋令专乡贰师军。'上曰：'将恶相属邪？吾发军多，毋骑予女。'陵对：'无所事骑，臣愿以少击众，步兵五千人，涉单于庭。'上壮而许之。……陵于是将其步卒五千人，出居延，北行三十日，至浚稽山，止营。举图所过山川地形，使麾下骑陈步乐还以闻。步乐召见，道陵将率得士死力。上甚说。拜步乐为郎。陵至浚稽山与单于相值，骑可三万围陵军。军居两山间，以大车为营。陵引士出营外为陈，前行持戟盾，后行持弓弩，令曰：'闻鼓声而纵，闻金声而止。'虏见汉军少，直前就营。陵搏战攻之，千弩俱发，应弦而倒。虏还走上山，汉军追击，杀数千人。单于大惊，召左右地兵八万余骑攻陵；陵且战且引南，行数日，抵山谷中。连战，士卒中矢伤，三创者载辇，两创者将车，一创者持兵战。陵曰：'吾士气少衰，而鼓不起者，何也？军中岂有女子乎？'始军出时，关东群盗妻子徙边者，随军为卒妻妇，大匿车中。陵搜得，皆剑斩之。明日复战，斩首三千余级。引兵东南循故龙城道，行四五日，抵大泽葭苇中，虏从上风纵火，陵亦令军中纵火以自救。南行至山下，单于在南山上，使其子将骑击陵。陵军步斗树木间，复杀数千人，因发连弩射单于，单于下走。是日捕得虏，言单于曰：'此汉精兵，击之不能下，日夜引吾南近塞，得毋有伏兵乎？'诸当户君长皆言：'单于自将数万骑击汉数千人，不能灭，后无以复使边臣，令汉益轻匈奴。复力战山谷间，尚四五十里得平地，不能破，乃还。'是时陵军益急，匈奴骑多，战一日数十合，复伤杀虏二千余人。虏不利，欲去。会陵军候管敢为校尉所辱，亡降匈奴，具言陵军无后救，射矢且尽。……单于得敢，大喜，使骑并攻汉军，疾呼曰：'李陵、韩延年趣降。'遂遮道急攻陵，陵居谷中，虏在山上，四面射，矢如雨下。汉军南行未至鞮汗山，百五十万矢皆尽。即弃车去，士尚三千余人，徒斩车辐而持之，军吏持尺刀。抵山入陿谷，单于遮其后，乘隅下垒石，士卒多死，不得行。昏后，陵便衣独步出营，止左右：'毋随我，丈夫一取单于耳。'良久，陵还，大息曰：'兵败，死矣。'军吏或曰：'将军威震匈奴，天命不遂，后求道径还归，如浞野侯（赵破奴）为虏所得，后亡还，天子客遇之，况于将军乎？'陵曰：'公止吾不死，非壮士也。'于是尽斩旌旗，及珍宝埋地中，陵叹曰：'复得数十矢，足以脱矣。今无兵（即矢）复战，天明，坐受缚矣。各鸟兽散，犹有得脱归报天子者。'……相待夜半时，击鼓起士，鼓不鸣。陵与韩延年俱上马，壮士从者十余人。虏骑数千追之，韩延年战死，陵曰：'无面目报陛下。'遂降。军人分散，脱至塞者四百余人。陵败处，去塞百余里。边塞以闻，上欲陵死战，召陵母及妇，使相者视之，无死丧色。后闻陵降，上怒甚，责问陈步乐，步乐自杀。群臣皆罪陵，上以问太史令司马迁，迁盛言陵：‘事亲孝，与士信，常奋不顾身，以殉国家之急，其素所畜积也，有国士之风。今举事一不幸，全躯保妻子之臣，随而媒孽其短，诚可痛也。且陵提步卒不满五千，深鞣戎马之地，抑数万之师，虏救死扶伤不暇。悉举引弓之民，共攻围之。转斗千里，矢尽道穷，士张空拳（文颖曰：“拳，弓弩拳也。”），冒白刃，北首争死敌，得人之死力，虽古名将不过也。身虽陷败，然其所摧败，亦足暴于天下。彼之不死，宜欲得当以报汉也。’……上以迁诬罔，欲沮（毁也）贰师（武帝李夫人之兄），为陵游说，下迁腐刑。久之，上悔陵无救，……上遣因杅（音于，胡地名）将军公孙敖将兵深入匈奴迎陵。敖军无功还，曰：‘捕得生口，言李陵教单于为兵以备汉军，故臣无所得。’上闻，于是族陵家，母弟妻子皆伏诛。陇西士大夫以李氏为愧。其后，汉遣使使匈奴，陵谓使者曰：‘吾为汉将步卒五千人，横行匈奴，以亡救而败，何负于汉？而诛吾家？’使者曰：‘汉闻李少卿教匈奴为兵。’陵曰：‘乃李绪，非我也。’……陵痛其家以李绪而诛，使人刺杀绪。……单于壮陵，以女妻之，立为右校王。……陵居外，有大事，乃入议。昭帝立（由天汉二年至昭帝始元元年，为十三年），大将军霍光、左将军上官桀辅政，素与陵善，遣陵故人陇西任立政等三人，俱至匈奴招陵。立政等至，单于置酒赐汉使者，李陵、卫律（亦降匈奴者，封为丁灵王，与陵皆贵，用事）皆侍坐。立政等见陵，未得私语，即目视陵，而数数自循其刀环，握其足，阴谕之，言可还归汉也。后陵、律持牛酒劳汉使，博饮，两人皆胡服椎结（即髻），立政大言曰：‘汉已大赦，中国安乐，主上富于春秋，霍子孟、上官少叔用事。’以此言微动之。陵墨不应，孰视而自循其发，答曰：‘吾已胡服矣。’有顷，律起更衣，立政曰：‘咄！少卿良苦。霍子孟、上官少叔谢女。’陵曰：‘霍与上官无恙乎?’立政曰：‘请少卿来归故乡，毋忧富贵。’陵字立政曰：‘少公，归易耳，恐再辱，奈何！’语未卒，卫律还，颇闻余语，曰：‘李少卿，贤者不独居一国，范蠡遍游天下，由余去戎入秦，今何语之亲也?’因罢去。立政随谓陵曰：‘亦有意乎?’陵曰：‘丈夫不能再辱。’陵在匈奴二十余年，（昭帝）元平元年病死。”（由天汉二年至元平元年，共二十五年，陵年殆六十左右耳）

且李陵提步卒不满五千， 李善注：“有五千，言不满者，痛之甚也。”

深践戎马之地，足历王庭， 李善注：“胡地出马，故曰戎马。单于所居之处，号曰王庭。”

垂饵虎口，横挑强胡。仰亿万之师， 李善注：“《说文》曰：‘挑，相呼也。’李奇曰：‘挑，身独战不须众。挑，荼吊切。’臣瓒曰：‘挑，挑敌求战也，古谓之致师。’北地高，故曰仰。”《汉书·李陵传》引史公救陵语仰作抑。《说文》：“意，满也。从心，啻声。一曰：十万曰意。”“亿，安也，从人，意声。”“意，快也。从言中。”

与单于连战十有余日，所杀过半当。虏救死扶伤不给， 李善注：“顾野王决曰：‘所杀过半当，言陵军杀已过半。’给，供给也。”《汉书》本传无半字，颜师古曰：“率计杀敌数多，故云过当也。”谓出乎意料之多也。不给，《李陵传》引史公救陵语作不暇。

旃裘之君长咸震怖。　李善注："旃裘，谓匈奴所服也。故言旃裘之君。"

乃悉征其左右贤王，举引弓之人，　李善注："《汉书》（《匈奴传上》）曰：'匈奴至冒顿最强大（冒顿，音墨毒，秦末汉初时），置左右贤王。'以其善射，故曰引弓之人。"颜师古曰："能引弓者皆发之。"颜师古说是。

一国共攻而围之。转斗千里，矢尽道穷，救兵不至，士卒死伤如积；然陵一呼劳军，士无不起。躬自流涕，沬血饮泣，更张空拳，　李善注："孟康曰：'沬，音頮。'善曰：'頮，古沬字。言流血在面如盥頮也。《说文》曰：'頮，洗面也。'（案：《说文》："沬，洒面也。""湏，古文沬从页。"无頮字）李登《声类》云：'拳，或作卷。'（此则拳字）此言兵（兵器）已尽，但张空拳以击耳。桓宽《盐铁论》（《险固篇》）曰：'（戍卒）陈胜无将帅之兵（原作任），师旅之众，奋空卷（原作拳）而破百万之军（原作师）。'何晏《白起故事》：'白起虽坑赵卒，向使预知必死，则前驱空卷，犹可畏也；况三十万被坚执锐乎？'颜师古曰：'读为拳者谬矣，拳则屈指，不当言张。陵时矢尽，故张弩之空弓，非手拳也。'李奇曰：'拳者，弩弓也。'"

冒白刃，北向争死敌者。

陵未没时，使有来报，汉公卿王侯，皆奉觞上寿。后数日，陵败书闻，主上为之食不甘味，听朝不怡。大臣忧惧，不知所出。仆窃不自料其卑贱，见主上惨怆怛悼，诚欲效其款款之愚，以为李陵素与士大夫绝甘分少，能得人死力，　《李陵传》引史公救陵语人下有之字。 **虽古之名将，不能过也。身虽陷败，彼观其意，且欲得其当而报于汉。事已无可奈何，其所摧败，功亦足以暴于天下矣。**

〇此段承上来，叙李陵降匈奴后事。汉大臣见武帝不乐，计无所出，史公欲解帝忧，以为帝本爱李陵，推言陵功，且以为李陵有机归汉。本是实情，不意竟以此招祸。忠诚见害，千古以下，令人浩叹。

陵未没时，使有来报， 李善注：“陵至浚稽山，使麾下骑陈步乐还以闻，步乐召见，道陵将得士死力，上甚悦之。”案：李陵遣陈步乐时，尚未与匈奴兵交战，此当是交战后不断使人还朝报捷也。下云“后数日，陵败书闻”，则使非陈步乐可知。

汉公卿王侯，皆奉觞上寿。后数日，陵败书闻，主上为之食不甘味，听朝不怡。大臣忧惧，不知所出。仆窃不自料其卑贱， 不自料其卑贱：颜师古曰：“料，量也。音聊。”

见主上惨怆怛悼，诚欲效其款款之愚，以为李陵素与士大夫绝甘分少， 绝甘分少：李善注：“《孝经·援神契》曰：‘母之于子，绝少分甘。’宋均曰：‘少则自绝，甘则分之。”史公谓李陵于甘美者绝之，而所分则取其少也。于光华引谢曰：“此叙陵之大指，却用‘以为’二字虚提在前，而正面只一句轻点（指能得人死力）。”

能得人死力，虽古之名将，不能过也。身虽陷败，彼观其意，且欲得其当而报于汉。 得其当而报于汉：李善注：“张晏曰：‘欲得相当也。言欲立效以当罪而报汉恩。”颜师古曰：“欲于匈奴立功而归，以当其破败之罪。”张晏、颜师古皆读当为平声。案：得其当，谓适当机会也。

事已无可奈何，其所摧败，功亦足以暴于天下矣。 颜师古曰："谓摧败匈奴之兵也。"李善注："谓摧破匈奴之兵，其功足暴露见于天下。"

仆怀欲陈之，而未有路，适会召问，即以此指推言陵之功，欲以广主上之意，塞睚眦之辞。未能尽明，明主不晓，以为仆沮贰师，而为李陵游说，遂下于理。拳拳之忠，终不能自列。因为诬上，卒从吏议。家贫，货赂不足以自赎；交游莫救， 五臣本救下有视字。 **左右亲近不为一言。身非木石，独与法吏为伍，深幽囹圄之中，谁可告诉者？此真少卿所亲见，仆行事岂不然乎？李陵既生降，陨其家声；而仆又佴之蚕室，重为天下观笑。悲夫悲夫！事未易一二为俗人言也。**

〇此段叙被下腐刑之经过。卒遭酷刑，约有二端：一、货赂不足以自赎。二、交游莫救。因家贫不能赎罪，故作《货殖列传序》云："夫千乘之王，万家之侯，百室之君，尚犹患贫，而况匹夫编户之民乎？"因交游莫救，故作《游侠列传序》云："今游侠，其行虽不轨于正义，然其言必信，其行必果，已诺必诚。不爱其躯，赴士之厄困，既已存亡死生矣，而不矜其能，羞伐其德，盖亦有足多者焉。且缓急，人之所时有也。"皆有感而发焉。班固讥之，岂知音哉！

仆怀欲陈之，而未有路，适会召问，即以此指推言陵之功，欲以广主上之意，塞睚眦之辞。 李善注："言欲广主上之意及塞群臣睚眦之辞。"颜师古曰："睚眦，举目充眦也。犹言顾瞻之顷也。睚，音崖。眦，才赐反（音次）。"李善读

“鱼解切”“柴懈切”。案：《李陵传》云：“群臣皆罪陵，上以问太史令司马迁。”则睚眦非徒顾瞻也。《战国策·韩策二》聂政曰：“夫贤者以感忿睚眦之意，而亲信穷僻之人。”高诱注：“睚眦，怒视也。”《史记·范雎传》：“一饭之德必偿，睚眦之怨必报。”司马贞《史记索隐》：“睚眦，谓相嗔而怒目切齿。”

未能尽明，明主不晓，以为仆沮贰师，而为李陵游说，遂下于理。 李善注：“《汉书》（《李陵传》）曰：‘初，上遣贰师李广利（李广利，原作大军）出，（财）令陵为助兵，及陵与单于相值，而贰师少功；上以迁诬罔，（欲沮贰师，为陵游说）下迁腐刑。’郑玄《礼记》（《月令篇》）注曰：‘理，治狱官也。（有虞氏曰士，夏曰大理，周曰大司寇）’”《汉书·李广利传》：“李广利，女弟李夫人有宠于上（亦即李延年妹），……太初元年，以广利为贰师将军，发属国六千骑及郡国恶少年数万人以往，期至贰师城（贰师城，在西域大宛国）取善马，故号贰师将军。（伐大宛国有功，封海西侯）……后十一岁，征和三年，贰师复将七万骑出五原，击匈奴，度郅居水，兵败，降匈奴，为单于所杀。”时陵降匈奴后九年也。

拳拳之忠，终不能自列。 颜师古曰：“拳拳，忠谨之貌。……列，陈也。”李善注：“《礼记》（《中庸》）：子曰：‘回得一善，拳拳不失之矣。’（原云：“回之为人也，择乎中庸，得一善，则拳拳服膺而弗失之矣。”）郑玄曰：‘拳拳，奉持之貌。’《说文》曰：‘列，分解也。’”《广雅·释训》：“拳拳、区区、款款，爱也。”

因为诬上，卒从吏议。 为，以为也。于光华引谢曰：

“曰‘因为’，曰‘卒从’，见有文致之意（罗织其罪也），绝无平反之心。”李善注：“言众吏议：以为诬上。”诬，欺也。

家贫，货赂不足以自赎；交游莫救，左右亲近不为一言。身非木石，独与法吏为伍，深幽囹圄之中，谁可告诉者？此真少卿所亲见，仆行事岂不然乎？李陵既生降，隤其家声； 于光华曰：“合写一笔。”李善注：“（魏）苏林曰：‘家世为将有名，陵降而隤之也。’（颜师古引魏孟康注同，名下多声字）颜师古曰：‘隤，坠也。’”《汉书·李陵传》：“陇西士大夫以李氏为愧。”

而仆又佴之蚕室， 佴，《汉书》本传作茸，颜师古读勇，“推也”。李善注：“如淳曰：‘佴，次也，若人相次也。人志切（国音异，粤音饵）。今诸本作茸字。’苏林注：‘《景纪》曰：作密室，广大如蚕室，故言下蚕室。’（《后汉书·光武纪注》：“宫刑，狱名。刑者畏风，须暖，蓄火如蚕室，因名。”）卫宏《汉仪》以为‘置蚕宫今承（原作蚕官令丞）诸法云诣蚕室，与罪人从事。主天下室者，属少府’。【卫宏《汉旧仪》：“春桑生，而皇后亲桑于苑中，蚕室养蚕千薄以上，……置蚕官令丞，诸天下官‘下法’（即宫刑），皆诣蚕室，与妇人从事。”】颜监（颜师古为秘书少监）云：‘茸，推也，人勇切。推置蚕室之中。’”颜师古又云：“蚕室，乃腐刑所居温密之室也。”

重为天下观笑。悲夫悲夫！事未易一二为俗人言也。

仆之先，非有剖符丹书之功，文史星历，近乎卜祝之间，固主上所戏弄，倡优所畜，流俗之所轻也。假令仆伏法受诛，

若九牛亡一毛，与蝼蚁何以异？而世又不与能死节者。 五臣本“世”下有“俗”字，“与能”作“能与”。《汉书》本传“者”下有“比”字，五臣本有“次比”二字。 **特以为智穷罪极，不能自免，卒就死耳。何也？素所自树立使然也。人固有一死，或重于太山，** 《汉书》本传及五臣本“或”上有“死”字。 **或轻于鸿毛，用之所趋异也。太上不辱先，其次不辱身，其次不辱理色，其次不辱辞令。其次诎体受辱，其次易服受辱，其次关木索、被棰** 主委切。 **楚受辱，其次剔毛发、婴金铁受辱，其次毁肌肤、断肢体受辱，最下腐刑，极矣！**

〇此段语气段首甚畅顺，人固有一死以下，则若断若续，用心尤微婉曲折，大抵谓己非功臣胄裔，所职更微贱，若不甘受辱而死，于群臣中实九牛亡一毛耳。况又与尽忠死节者异观乎。是以忍辱一死，欲完成著述以名传万世也。所谓重于太山者实指此。其下四不辱、六受辱，乃极言己受腐刑为最可耻。实兼辱先、辱身、辱理色、辱辞令四者；而甚于屈体、易服、关索、婴铁、断肢五者也。何义门曰：“以下言己非随俗流转，不自树立，顾自有足以垂荣万世者。欲少卿知其心意所存，勿责望以不师用其言也。”孙月峰曰：“此下述受辱不忍决意。”又曰：“连用四不辱，五受辱，甚伟壮。”

仆之先，非有剖符丹书之功， 《汉书·高帝纪下》：“始，剖符封功臣曹参等为通侯。”颜师古曰：“剖，破也。与其合符而分授之也。”又：“与功臣剖符作誓，丹书铁契，金匮石室，藏之宗庙。”又《高惠高后文功臣表序》：“汉兴，……始论功而定封，讫十二年，……封爵之誓曰：‘使黄河如带，泰山若厉，国以永存，爰及苗裔。’于是申以丹书之信，重以白马之盟。”（《史记·高祖功臣侯者年表序》：“封爵之誓曰：‘使河如带，泰山若厉。国以永宁，爰及苗裔。’始未尝不欲固其根本，而枝叶稍陵夷衰微也。”）

文史星历，近乎卜祝之间，固主上所戏弄，倡优所畜， 倡优所畜：李善注：“说文曰：‘倡，乐也。’《左氏传》（襄公二十八年）曰：‘鲍氏（齐大夫）之圉人（养马者）为优。’杜预曰：‘俳优也。’”晋献公时有优施，楚庄王时有优孟，一见《国语·晋语》，一见《史记·滑稽列传》。

流俗之所轻也。假令仆伏法受诛，若九牛亡一毛，与蝼蚁何以异？而世又不与能死节者， 世又不与能死节者：颜师古曰：“与，许也。不许其能死节。”李善注：“与，如也。言时人以我之死，又不如能死节者，言死无益也。”

特以为智穷罪极，不能自免，卒就死耳。何也？素所自树立使然也。人固有一死，或重于太山，或轻于鸿毛，用之所趋异也。 《燕丹子》卷下荆轲谓燕太子丹曰：“今轲常侍太子之侧。闻烈士之节，死有轻于鸿毛，义有重于太山，但闻用之所在耳。”

太上不辱先，其次不辱身，其次不辱理色， 不辱理色：李善注：“理，道理也（此误，见下）；色，颜色也。”《楚辞·招魂》：“靡颜腻理，遗视矊些。”理，是肌理，理色并用，是肌理颜色，安可解作道理乎！

其次不辱辞令。 李善注：“辞，谓言辞；令，谓教令。”令，与教令无涉。辞令，是应接之言语也。《左传》襄公三十一年：“又善为辞令。”《礼记·冠义》：“礼义之始，在于正容体、齐颜色、顺辞令。”孙希旦《集解》引吕大临曰：“辞令，见乎语言者也。”《墨子·鲁问》：“厚为皮币，卑辞令。”《吕氏春秋·士容论》：“趋翔闲雅，辞令逊敏。”《史记·屈原列传》：“明于治乱，娴于辞令。”辞令是一事，不得分作二事解。

其次诎体受辱， 李善注：“诎体，谓被缧系。”

其次易服受辱， 李善注：“易服，谓著赭衣。”

其次关木索、被棰楚受辱， 被棰楚受辱：《汉书·景帝纪》：“乃诏有司减笞法，定棰令。”又《刑法志》：“丞相刘舍、御史大夫卫绾请笞者棰长五尺，其本大一寸。”

其次剔毛发、婴金铁受辱，其次毁肌肤、断肢体受辱， 毁肌肤、断肢体受辱：李善注：“谓肉刑也。”《汉书·刑法志》：“（文帝）遂下令曰：‘……朕甚怜之。夫刑至断支体，刻肌肤，终身不息（生也），何其刑之痛而不德也！岂称为民父母之意哉？其除肉刑。’”（卒从丞相张苍、御史大夫冯敬议轻刑，然不废死刑也）

最下腐刑， 李善注：“苏林曰：‘宫刑腐臭，故曰腐刑。’” **极矣！**

传曰：“刑不上大夫。”此言士节不可不勉励也。《汉书》本传无勉字。 **猛虎在深山，百兽震恐；及在槛阱之中，摇尾而求食。积威约之渐也。故有画地为牢，**《汉书》本传及五臣本“故”下有“士”字。 **势不可入；削木为吏，议不可对。定计于鲜也。今交手足，受木索，暴肌肤，受榜** 颜师古音彭。 **棰，幽于圜墙之中；当此之时，见狱吏则头枪**

地，视徒隶则心 《文选》作“正”，依《汉书》本传改。**惕息。何者？积威约之势也。及以** 《汉书》本传作“已”，以已古通。 **至是，言不辱者，所谓强颜耳，曷足贵乎！**

○此段言己不应受刑，盖己尝为下大夫，而《曲礼》云：“刑不上大夫。”刑及大夫，刑斯滥矣。以下言坐狱受刑之痛，千古以下读之，为之长叹。孙月峰曰：“直写胸臆，发挥又发挥，惟恐倾吐不尽，读之使人慷慨激烈，唏嘘欲绝，真是大有力量文字。”

传曰：“刑不上大夫。” 《礼记·曲礼上》：“刑不上大夫，刑人不在君侧。”此书前云：“向者仆常厕下大夫之列，陪外廷末议。”大夫不应受刑，盖可杀不可辱也。李善注引《东方朔别传》：“武帝问曰：‘刑不上大夫何？’朔曰：‘刑者，所以止暴乱，诛不义也。大夫者，天下表仪，万人法则，所以共承宗庙而安社稷也。’”

此言士节不可不勉励也。猛虎在深山，百兽震恐；及在槛阱之中，摇尾而求食。积威约之渐也。 李善注：“（郑玄）《周礼》（《秋官·雍氏》）注曰：‘（阱，）穿地为堑，所以御禽兽，其或超逾，则陷焉。（世谓之陷阱）’《尚书》（《费誓》）曰：‘杜乃获，（获，原作擭，音话，机槛也）敜乃阱。’（敜，乃结切，塞也。杜亦塞也。乃，汝也）言威为人制约，渐积至此。”

故有画地为牢，势不可入；削木为吏，议不可对。定计于鲜也。 李善注：“臣瓒曰：‘以为患吏刻暴，虽以木为吏，期于不对。此疾苛吏之辞也。’文颖曰：‘未遇刑，自杀为鲜明也。’”

今交手足，受木索，暴肌肤，受榜棰，幽于圜墙之中； 幽于圜墙之中：李善注："《广雅》（《释诂二》）曰：'榜（本作搒），击也。'圜墙，狱也。（颜师古注同）"《周礼·秋官·大司寇》："以圜土聚教罢民。凡害人者，置之圜土，而施职事焉，以明刑耻之。其能改者，反于中国，不齿三年（不得以年齿序长幼）；其不能改，而出圜土者，杀。"郑玄注："圜土，狱城也。"（《大司寇》首云："大司寇之职：掌建邦之三典，以佐王刑邦国、诘四方。一曰：刑新国，用轻典；二曰：刑平国，用中典；三曰：刑乱国，用重典。"郑玄注："用重典者，以其化恶，伐灭之。"）

当此之时，见狱吏则头枪地，视徒隶则心惕息。 视徒隶则心惕息：颜师古曰："惕，惧也。息，喘息也。"

何者？积威约之势也。 五臣威作畏，李周翰曰："何为如此者？是积累畏惧，制约之势使然也。"

及以至是，言不辱者，所谓强颜耳，曷足贵乎！ 于光华曰："总上。"

且西伯，伯也，拘于羑里；李斯，相也，具于五刑；淮阴，王也，受械于陈。彭越、张敖，南面称孤，系狱抵罪；绛侯诛诸吕，权倾五伯，囚于请室；魏其，大将也，衣赭衣，关三木。季布为朱家钳奴，灌夫受辱于居室。此人皆身至王侯将相，声闻邻国。及罪至罔加，不能引决自裁，在尘埃之中，古今一体，安在其不辱也！由此言之，勇怯，势也；强弱，形也。审矣，何足怪乎！夫人不能早自裁绳墨之外，以稍陵迟，至于鞭棰之间，乃欲引节，斯不亦远乎？古人所以重施刑于大

夫者，殆为此也。

〇此段是承上来，申述受辱不引决自裁，古今之王侯将相多有之，借任少卿之责望，昭雪积愤，兼示来世之读己书者知史公当年之何以受此奇辱而不自杀也。张伯起曰："激宕辱字，极其酸楚。"

且西伯，伯也，拘于羑里；《史记·周本纪》："古公（古公亶父，即太王）卒，季历（即王季）立，是为公季。公季修古公遗道，笃于行义，诸侯顺之。公季卒，子昌立，是为西伯。西伯曰文王，遵后稷、公刘（后稷四世孙）之业，则古公、公季之法。笃仁，敬老，慈少。礼下贤者，日中不暇食以待士（《书·无逸》："文王卑服，……自朝至于日中昃，不遑暇食，以咸和万民。"），士以此多归之。……崇侯虎谮西伯于殷纣曰：'西伯积善累德，诸侯皆向之，将不利于帝。'帝纣乃囚西伯于羑里。闳夭之徒患之，乃求有莘氏美女，骊戎之文马，有熊九驷，他奇怪物，因殷嬖臣费仲而献之纣。纣大说，曰：'此一物足以释西伯，况其多乎？'乃赦西伯。赐之弓矢斧钺，使西伯得征伐。"又《殷本纪》："帝纣资辨捷疾，闻见甚敏；材力过人，手格猛兽。知足以距谏，言足以饰非。矜人臣以能，高天下以声，以为皆出己之下。好酒淫乐，嬖于妇人。爱妲己。……以西伯昌、九侯、鄂侯为三公。九侯有好女，入之纣。九侯女不喜淫，纣怒，杀之，而醢九侯。鄂侯争之强，辨之疾，并脯鄂侯。西伯昌闻之，窃叹。崇侯虎知之，以告纣。纣囚西伯羑里。西伯之臣闳夭之徒，求美女奇物善马以献纣，纣乃赦西伯。"李善注引《王制》曰："九州之长曰伯。"（今《礼记·王制》无此句）《白虎通·封公侯篇》云：

“州伯，何谓也？伯，长也。选择贤良，使长一州，故谓之伯也。”《说文》：“羑，进善也。从羊，久声。文王拘羑里，在汤阴。”《汉书·地理志上》河内郡荡阴下班固注：“有羑里城，西伯所拘也。”颜师古曰：“荡，音汤。”

李斯，相也，具于五刑； 李斯事详注在向秀《思旧赋》中。李善注：“《史记》曰：‘李斯，楚上蔡人也。从荀卿学帝王之术。入秦，秦卒用其计，二十余年，竟并天下，以斯为丞相。二世立，以郎中赵高之谮，乃具斯五刑，腰斩咸阳。”

淮阴，王也，受械于陈。 《汉书·韩信传》：“韩信，淮阴（今江苏淮安市）人也。家贫，无行。……常从人寄食，其母死，无以葬，乃行营高燥地，令傍可置万家者（有大志，自信后必为侯王）。信从下乡（属淮阴）南昌亭长食，亭长妻苦之，乃晨炊蓐食。食时信往，不为具食。信亦知其意，自绝去。至城下钓，有一漂母哀之，饭信，竟漂数十日。信谓漂母曰：‘吾必重报母。’母怒曰：‘大丈夫不能自食，吾哀王孙而进食，岂望报乎！’淮阴少年又侮信曰：‘虽长大，好带刀剑，怯耳。’众辱信曰：‘能死，刺我；不能，出胯下。’（胯，库化切，两股之间）于是信孰视，俛出胯下。一市皆笑信，以为怯。及项梁度淮，信乃杖剑从之，居戏（读与麾同）下，无所知名。梁败，又属项羽，为郎中。信数以策干项羽，羽弗用。汉王之入蜀，信亡楚归汉，未得知名，为连敖（楚官名），坐法当斩。其畴（借作俦）十三人皆已斩，至信，信乃仰视，适见滕公（夏侯婴），曰：‘上不欲就天下乎？而斩壮士！’滕公奇其言，壮其貌，释弗斩。与语，大说之。言于汉王，汉王以为治粟都尉，上未奇之也。数与萧何语，何奇之。

至南郑（今陕西汉中市南郑区，汉王都此），诸将道亡者数十人，信度何等已数言，上不我用，即亡。何闻信亡，不及以闻，自追之。人有言上曰：‘丞相何亡。’上怒，如失左右手。居一二日，何来谒，上且怒且喜，骂何曰：‘若（汝也）亡，何也？’何曰：‘臣非敢亡，追亡者耳。’（《史记·淮阴侯列传》作“臣不敢亡也，臣追亡者”）上曰：‘所追者谁也？’曰：‘韩信。’上复骂曰：‘诸将亡者已数十，公无所追，追信诈也。’何曰：‘诸将易得，至如信，国士无双。王必欲长王汉中，无所事信；必欲争天下，非信无可与计事者。顾王策安决？’王曰：‘吾亦欲东耳，安能郁郁久居此乎！’何曰：‘王计必东，能用信，信即留；不能用信，信终亡耳。’王曰：‘吾为公以为将。’何曰：‘虽为将，信不留。’王曰：‘以为大将。’何曰：‘幸甚。’于是王欲召信拜之。何曰：‘王素嫚无礼，今拜大将如召小儿，此乃信之所以去也；王必欲拜之，择日斋戒，设坛场，具礼，乃可。’王许之。诸将皆喜，人人各自以为得大将。至拜，乃韩信也，一军皆惊。信已拜，上坐。王曰：‘丞相数言将军，将军何以教寡人计策？’……信曰：‘大王自料勇悍仁强，孰与项王？’汉王默然，良久曰：‘弗如也。’信再拜贺曰：‘唯信亦以为大王弗如也。然臣尝事项王，请言项王为人也：项王意乌猝嗟，千人皆废。然不能任属贤将，此特匹夫之勇也。项王见人恭谨，言语姁姁（和好貌），人有病疾，涕泣分食饮；至使人有功，当封爵，刻印刓，忍不能予，此所谓妇人之仁也。……’于是汉王大喜，自以为得信晚。……（后以背水阵破陈余军二十万，擒赵王歇。复破龙且军二十万，杀龙且。齐王广亡去，平齐）使人言于汉王曰：‘……臣请自立为假王。’当是时，楚方急围汉王于荥阳，使者至，发书，汉王大怒，骂曰：‘吾困于此，旦暮望而（汝也）来佐我，乃欲自立为王？’张良、陈平伏后蹑汉王足，因附耳语曰：‘汉方不利，宁能禁信之自王乎？不如因立，善遇之，使自为守；不然，变生。’汉王亦寤，因复骂曰：‘大丈夫定诸侯，即为真王耳，何以假为？’遣张良立信为齐王，征其兵使击楚。楚以亡龙且，项王恐，使盱台人武涉往说信曰：‘足下何不反汉与楚，楚王与足下有旧故。且汉王不可必（不可必信），身居项王掌握中数矣，然得脱，背约复击项王，其不可亲信如此！今足下虽自以为与汉王为金石交（喻坚固），然终为汉王所禽矣。足下所以得须臾至今者，以项王在；项王即（即使）亡，次取足下。何不与楚连和，三分天下而王齐？今释此时，自必于汉王以击楚，且为智者固若此邪！’信谢曰：‘臣得事项王数年，官不过郎中，位不过执戟（郎中宿卫执戟），言不听，画策不用，故背楚归汉。汉王授我上将军印，数万之众，解衣衣我，推食食我，言听计用，吾得至于此。夫人深亲信我，背之不祥。幸为信谢项王。’武涉已去，蒯通知天下权在于信，深说以三分天下之计，（说详见《蒯通传》，信不听，通惶恐，佯狂为巫。信临死，叹曰：“悔不用蒯通之言。”高祖后召通，数而责之）……信不忍背汉，又自以功大，汉王不夺我齐，遂不听。汉王之败固陵（属淮阳），用张良计，征信将兵会陔下。项羽死，高祖袭夺信军（至定陶，驰入信壁，夺其军），徙信为楚王（以信是楚人，欲得故邑，从良计，以安其心），都下邳。信至国，召所从食漂母，赐千金；及下乡亭长钱百，曰：‘公小人，为德不竟。’召辱己少年令出胯下者，以为中尉。告诸将相曰：‘此壮士也。方辱我时，宁不能死？死之无名，故忍而就此。’项王亡将钟离昧……归信。汉怨昧，……信初之国，行县邑，陈兵出入有‘变告’（告非常之事也）信欲反，书闻，上患之。用陈平谋，伪游于云梦者，实欲袭信，信弗知。高祖且至楚，信欲发兵，自度无罪；欲谒上，恐见禽。人或说信曰：‘斩昧谒上，上必喜，亡患。’信见昧计事，昧曰：‘汉所以不击取楚，以昧在。公若欲捕我自媚汉，吾今死，公随手亡矣。’乃骂信曰：‘公非长者！’卒自刭。信持其首谒于陈。高祖令武士缚信，载后车。信曰：‘果若人言：狡兔死，良狗亨。’上曰：‘人告公反。’遂械信至雒阳，赦以为淮阴侯。信知汉王畏恶其能，称疾不朝从，由此日怨望，居常鞅鞅（志不满也），羞与绛、灌（周勃、灌婴）等列。尝过樊将军哙，哙趋拜送迎，言称臣，曰：‘大王乃肯临臣。’信出门，笑曰：‘生乃与哙等为伍！’上尝从容与信言诸将能，各有差。上问曰：‘如我，能将几何？’信曰：‘陛下不过能将十万。’上曰：‘如公何如？’曰：‘如臣，多多益办耳。’（《史记》办作善）上笑曰：‘多多益办，何为为我禽？’信曰：‘陛下不能将兵，而善将将，此乃信之为陛下禽也。且陛下所谓天授，非人力也。’后陈豨为代相，监边，辞信，……信曰：‘公之所居，天下精兵处也；而公，陛下之信幸臣也。人言公反，陛下必不信；再至，陛下乃疑；三至，必怒而自将。吾为公从中起，天下可图也。’陈豨素知其能，信之曰：‘谨奉教。’汉十年（信被禽在六年），豨果反，高帝自将而往，信病不从。阴使人之豨所，而与家臣谋，夜诈赦诸官徒奴，欲发兵袭吕后、太子。部署已定，待豨报。其舍人（栾说）得罪信，信囚欲杀之。舍人弟上书，变告信欲反，状于吕后。……乃与萧相国谋，诈令人从帝所来，称豨已破，群臣皆贺。相国绐信曰：‘虽病，强入贺。’信入，吕后使武士缚信，斩之长乐钟室。信方斩，曰：‘吾不用蒯通计，反为女子所诈，岂非天哉！’遂夷信三族。”

彭越、张敖，南面称孤，系狱抵罪；《史记·彭越传》：“彭越者，昌邑人也，字仲。常渔钜野泽中为群盗。陈胜、项梁之起，少年或谓越曰：‘诸豪杰相立畔秦，仲可以来，亦效之。’彭越曰：‘两龙方斗，且待之。’……沛公之从砀北击昌邑，彭越助之。……汉乃使人赐彭越将军印。……（五年，）项籍已死。春，立彭越为梁王。……陈豨反代地，高帝自往击，至邯郸，征兵梁王。梁王称病。……高帝怒，……于是上使使掩梁王，梁王不觉，捕梁王，囚之雒阳。……于是吕后乃令其舍人告彭越复谋反，廷尉王恬关奏请族之，上乃可，遂夷越宗族，国除。”《汉书·张耳传》：“四年夏，立耳为赵王。五年秋，耳薨，谥曰景王。子敖嗣立为王，尚高祖长女鲁元公主为王后。七年，高祖从平城过赵，赵王旦暮自上食，体甚卑，有子婿礼。高祖箕踞骂詈，甚慢之。赵相贯高、赵午，年六十余，故耳客也。怒曰：‘吾王，孱王也！’说敖曰：‘天下豪杰并起，能者先立。今王事皇帝甚恭，皇帝遇王无礼，请为王杀之。’敖啮其指出血，曰：‘君何言之误！且先王亡国，赖皇帝得复国，德流子孙，秋豪皆帝力也。愿君无复出口。’……贯高等乃壁人柏人，要之置厕。上过欲宿，心动，问曰：‘县名为何？’曰：‘柏人。’‘柏人者，迫于人！’不宿去。九年，贯高怨家知其谋，告之。于是上逮捕赵王诸反者。

赵午等十余人皆争自刭，贯高独怒骂曰：‘谁令公等为之？今王实无谋，而并捕王，公等死，谁当白王不反者？’乃槛车与王诣长安。高对狱曰：‘独吾属为之，王不知也。’……上乃赦赵王。……敖已出，尚鲁元公主如故，封为宣平侯。”

绛侯诛诸吕，权倾五伯，囚于请室；《史记·绛侯世家》：“绛侯周勃者，沛人也。……勃以织薄曲为生。常为人吹箫，给丧事。材官引强（能引强弓）。高祖之为沛公初起，勃以中涓从攻胡陵。……楚怀王封沛公号安武侯，为砀郡长。沛公拜勃为虎贲令。……灭秦，项羽至，以沛公为汉王。汉王赐勃爵为威武侯，从入汉中，拜为将军。……籍已死，……赐爵列侯，剖符世世勿绝。食绛八千一百八十户，号绛侯。……勃迁为太尉。……勃为人木强，敦厚，高帝以为可属大事。勃不好文学，每召诸生说士，东乡坐而责之：‘趣为我语。’其椎（直也）少文如此！……高祖已崩矣，以列侯事孝惠帝。……以勃为太尉，十岁，高后崩，吕禄（高后兄子）以赵王为汉上将军，吕产（亦高后兄子）以吕王为汉相国，秉汉权，欲危刘氏。勃为太尉，不得入军门；陈平为丞相，不得任事。于是勃与平谋，卒诛诸吕，而立孝文皇帝。（《吕后本纪》：“当是时，诸吕用事擅权，欲为乱，畏高帝故大臣绛、灌等，未敢发。……太尉将之入军门，行令军中曰：‘为吕氏右袒，为刘氏左袒。’军中皆左袒为刘氏。……吕禄亦已解上将印去。……太尉起，拜贺朱虚侯曰：‘所患独吕产，今已诛，天下定矣。’……捕斩吕禄，……乃相与共阴使人召代王，……共尊立为天子。”）……文帝既立，以勃为右丞相，赐金五千斤，食邑万户。……谢请归相印，上许之。岁余，丞相平卒，上复以勃为丞相，十余月，上曰：‘前日吾诏列侯就国，或未能行；丞相吾所重，其率先之。’乃免相就国。岁余，每河东守尉行县至绛，绛侯勃自畏恐诛，常被甲，令家人持兵以见之。其后人有上书告勃欲反，下廷尉，廷尉下其事长安，逮捕勃治之。勃恐，不知置辞，吏稍侵辱之。勃以千金与狱吏，……于是使使持节赦绛侯，复爵邑。绛侯既出，曰：‘吾尝将百万军，然安知狱吏之贵乎？’绛侯复就国，孝文帝十一年卒。”如淳曰：“请室，请罪之室，若今之钟下也。”

魏其，大将也，衣赭衣，关三木。 李善曰：“三木，在项及手足也。”《史记·魏其武安侯列传》：“魏其侯窦婴者，孝文后从兄子也。……孝景三年，吴、楚反，上察宗室诸窦，毋如窦婴贤，乃召婴。……拜婴为大将军，赐金千斤。窦婴乃言袁盎、栾布诸名将贤士在家者进之。所赐金，陈之廊庑下，军吏过，辄令财（裁度）取为用，金无入家者。窦婴守荥阳，监齐、赵兵（监视拒之）。七国兵已尽破，封婴为魏其侯。……窦太后数言魏其侯，孝景帝曰：‘太后岂以为臣有爱（爱惜不与）不相魏其？魏其者，沾沾自喜耳，多易（轻易之行），难以为相持重。’遂不用。”又《武安侯列传》：“武安侯田蚡者，孝景后同母弟也。……魏其已为大将军后，方盛；蚡为诸郎，未贵，往来侍酒魏其，跪起如子侄。……孝景崩，即日太子立（武帝）……武安侯乃微言太后风上，【景帝后王氏，生武帝。后之母初适王仲，后改嫁田氏，生蚡。女纳太子（景帝）宫，生武帝。蚡乃武帝小舅父】于是乃以魏其侯为丞相，武安侯为太尉。……窦太后崩，……以武安侯蚡为丞相。……魏其失窦太后，益疏不用，无势，诸客稍稍自引而怠傲，唯灌将军（夫）独不失。故魏其日默默不得志，而独厚遇灌将军。”又《史记·灌夫传》：“灌将军夫者，……孝景时，至代相。孝景崩，今上初即位，……徙夫为淮阳太守，……徙为燕相，数岁，坐法去官，家居长安。……灌夫家居虽富，然失势，……及魏其侯失势，亦欲倚灌夫。……灌夫亦倚魏其。……武安由此大怨灌夫、魏其，（后灌夫使酒骂坐，得罪田蚡，元光四年十月）……悉论灌夫及家属。……魏其……有蜚语为恶言闻上，故以十二月晦，论弃市渭城。其春，武安侯病，专呼服谢罪（呼号俯服而谢罪）。使巫祝视鬼者视之，见魏其、灌夫共守，欲杀之，竟死。”

季布为朱家钳奴，《汉书·季布传》：“季布，楚人也，为任侠有名，项籍使将兵，数窘汉王。项籍灭，高祖购求布千金，敢有舍匿，罪三族。布匿濮阳周氏，周氏曰：‘汉求将军急，迹（寻踪）且至臣家，能听臣，臣敢进计；即否，愿先自刭。’布许之。乃髡钳布，衣褐，……之鲁朱家所卖之。朱家心知其季布也，买置田舍。乃之雒阳，见汝阴侯滕公（夏侯婴本为滕令，号为滕公）曰：‘季布何罪？臣各为其主用，职耳，项氏臣岂可尽诛邪？今上始得天下，而以私怨求一人，何示不广也！且以季布之贤，汉求之急如此，此不北走胡，南走越耳。夫忌壮士以资敌国，此伍子胥所以鞭荆平之墓也。君何不从容为上言之？’滕公心知朱家大侠，意布匿其所，乃许诺。侍间，果言如朱家指，上乃赦布。当是时，诸公皆多布能摧刚为柔，朱家亦以此名闻当世。布召见，谢，拜郎中。孝惠时，为中郎将。”

灌夫受辱于居室。《汉书·灌夫传》：“灌夫，字仲孺，颍阴人也。父张孟，常为颍阴侯灌婴舍人，得幸，因进之（荐张孟），至二千石，故蒙灌氏姓，为灌孟。吴、楚反时，颍阴侯灌婴（应是婴子何，《史记》是）为将军，属太尉（周勃子亚夫），请孟为校尉，夫以千人与父俱。孟年老，……死吴军中。……夫不肯随丧归，奋曰：‘愿取吴王若将军头以报父仇。’于是夫被甲持戟，募军中壮士所善愿从数十人，及出壁门，莫敢前。独两人及从奴十余骑，驰入吴军，至戏（读与麾同）下，所杀伤数十人。不得前，复还走汉壁，亡其奴，独与一骑归。夫身中大创十余，适有万金良药，故得无死。创少瘳，又复请将军曰：‘吾益知吴壁曲折，请复往。’将军壮而义之，恐亡失，乃言太尉，太尉召，固止之。吴军破，夫以此名闻天下。颍阴侯言夫，夫为中郎将。……武帝即位，……徙夫为淮阳太守，入为太仆。……为燕相。数岁，坐法免。家居长安，夫为人刚直使酒（颜师古曰：“使酒，因酒而使气也。”），不好面谀。贵戚诸势，在己之右，欲必陵之；士在己左，愈贫贱，尤益礼敬，与钧。稠人广众，荐宠下辈，士亦以此多之（颜师古曰：“多，犹重也。”）。夫不好文学，喜任侠，已然诺（颜师古曰：“已，必也，谓一言许人，必信之也。”）。诸所与交通，无非豪杰大猾。家累数千万，食客日数十百人。波池田园，宗族宾客为权利，横颍川（夫，颍阴人）。颍川儿歌之曰：‘颍水清，灌氏宁；颍水浊，灌氏族。’夫家居，卿相侍中宾客益衰。及窦婴失势，亦欲倚夫。……夫亦得婴，通列侯宗室为名高。两人相为引重（颜师古曰：“相牵引而致于尊重也。”），其游如父子然。相得欢甚，无厌，恨相知之晚。……元光四年，……夏，（田）蚡取燕王女为夫人（燕王泽，高祖从昆弟，子康王嘉之女，是武帝之从姑也），太后（景帝王皇后，蚡乃其同母弟）诏召列侯宗室皆往贺，婴过夫，……强与俱。酒酣，蚡起为寿，坐皆避席伏；已，婴为寿，独故人避席。……夫行酒至蚡，蚡膝席（以膝跪席上）曰：'不能满觞。'夫怒，因嘻笑曰：'将军，贵人也，毕之！'时蚡不肯。行酒次至临汝侯灌贤（灌婴孙，夫与婴稔熟），贤方与程不识耳语，又不避席。夫无所发怒，乃骂贤曰：'平生毁程不识不直一钱，今日长者为寿（长者，指灌婴，非己也），乃效女曹儿呫嗫（音妾叶）耳语？'蚡谓夫曰：'程、李俱东西宫卫尉（程不识西宫，李广东宫），今众辱程将军，仲孺独不为李将军地乎？（今广何地自安？）'夫曰：'今日斩头穴匈，何知程、李！'……婴去戏夫（戏，读作麾，麾之使出）。夫出，蚡遂怒曰：'此吾骄灌夫罪也。'乃令骑（常从之骑士）留夫，夫不得出。借福（夫友，时为太尉）起为谢，案夫项令谢；夫愈怒，不肯顺。蚡乃戏骑缚夫，置传舍（人所止息处）。召长史（丞相长史）曰：'今日召宗室有诏，劾灌夫骂坐不敬。'系居室（颜师古曰："居室，署名也。属少府，其后改名曰保宫。"）。……五年十月，悉论灌夫支属（灭族）。……婴……不食欲死，或闻上无意杀婴，复食治病，议定不死矣；乃有飞语为恶言闻上（蚡毁谤婴无根之言），故以十二月晦，论弃市渭城。（元光五年）春，蚡疾，一身尽痛，若有击者，呼（呼号）服谢罪。上使视鬼者瞻之，曰：'魏其侯与灌夫共守，笞，欲杀之。'竟死。"

此人皆身至王侯将相，声闻邻国。及罪至罔加，不能引决自裁，在尘埃之中，古今一体，安在其不辱也！

由此言之，勇怯，势也；强弱，形也。 《孙子兵法·兵势篇》：“乱生于治，怯生于勇，弱生于强。治乱，数也（不由人，时所会）；勇怯，势也（得势则勇，失势则怯）；强弱，形也。”

审矣，何足怪乎！夫人不能早自裁绳墨之外，以稍陵迟，至于鞭箠之间，乃欲引节，斯不亦远乎？古人所以重施刑于大夫者，殆为此也。 史公意谓古圣王所以刑不上大夫，盖不欲其受污辱也。隐意汉武非明主矣。由夫人句至段末，于光华曰：“频频回应，音节淋漓。”

夫人情莫不贪生恶死，念父母，顾妻子，至激于义理者不然，乃有所不得已也。今仆不幸，早失父母，无兄弟之亲，独身孤立，少卿视仆于妻子何如哉？且勇者不必死节，怯夫慕义，何处不勉焉。仆虽怯懦，欲苟活，亦颇识去就之分矣，何至自沉溺缧绁之辱哉！且夫臧获婢妾，由 由通犹。**能引决，况仆之不得已乎？所以隐忍苟活，幽于粪土之中而不辞者，恨私心有所不尽，鄙陋没世，而文彩不表于后世也。**

○此段意承上来，议论风生，大笔淋漓，真意在段末数句中。谓己之不死，实欲完成《史记》一书，使文彩表于后世，所谓立言者是也。孙月峰曰：“凡文字贵炼贵净，此文全不炼不净；《中庸》称‘有余不敢尽’，此则无余矣，犹哓哓不已；于文字宜不为佳，然风神横溢，读者多服其跌宕不群，翻觉净炼者之为琐小。意态豪纵不羁，其所为尽而有余，此所以笔力超越。故此等文字最不易学，学之须多读书，养得一气充足，据案一挥，庶几仿佛。”

夫人情莫不贪生恶死，念父母，顾妻子，至激于义理者不然，乃有所不得已也。 李善注：“言激于义理者，则不念父母顾妻子也。”激于义理者不然，乃有所不得已二句，暗指救李陵是激于义理，忠于君而慕于义，愤而为之，乃有所不得已也。博学、审问、慎思、明辨、笃行，与常人贪生恶死者大异。

今仆不幸，早失父母，无兄弟之亲，独身孤立，少卿视仆于妻子何如哉？ 李善注：“言已轻妻子，故反问之。”史公未陷腐刑时，已有子女，女即杨浑之母，杨敞之妻。敞至丞相，封安平侯。又王莽时，求封迁后为史通子，则史公实有后也。

且勇者不必死节， 李善注：“言勇烈之人，不必死于名节也，造次自裁耳。”史公实谓真正勇者，不必定区区于死节，盖将以有为，待太山之重然后死也。

怯夫慕义，何处不勉焉。 此极言引决自裁非难能也。李善注：“言怯夫慕义以自立名，何处不勉于死哉！言皆勉励自杀。”

仆虽怯懦，欲苟活，亦颇识去就之分矣，何至自沉溺缧绁之辱哉！ 意谓已若欲苟活，则不营救李陵矣。“何至自沉溺缧绁之辱哉”句，于光华曰：“跌宕处委婉关生。”缧绁之辱，李善注：“孔安国曰：‘缧绁，墨索也。绁，挛也。所以拘罪人。’”（墨，应作纆，《易·坎卦》上六：“系用徽纆，置于丛棘，三岁不得。凶。”刘表云：“三股曰徽，两股曰纆，皆索名。”《说文》作缧，“缧，索也。”）《论语·公冶长》：“子谓公冶长，可妻也。虽在缧绁之中，非其罪也。以其子妻之。”（《说文》无绁，有绁，“绁，系也。”或体作絏。）

且夫臧获婢妾， 李善注："晋灼曰：'臧获，败敌所破虏为奴隶。'（颜师古注引虏下多获字，隶下多者字）韦昭曰：'羌人以婢为妻，生子曰获；奴以善人（不犯罪者）为妻，生子曰臧。荆、扬、海岱、淮、齐之间，骂奴曰获。齐之北鄙，燕之北郊，凡人：男而归婢谓之臧（《方言》归作聟，婿之奇字。为婢之夫，称婢为臧），女而归奴谓之获（《方言》归作妇。为男奴之妻，称奴为获），皆异方骂奴婢之丑称也。'"荆、扬以下，韦弘嗣盖本诸扬雄《方言》，《方言》卷三云："臧、甬（音勇）、侮、获，奴婢贱称也。荆、淮、海岱、杂齐之间，骂奴曰臧，骂婢曰获。齐之北鄙，燕之北郊，凡民：男而聟婢谓之臧，女而妇奴谓之获。亡奴谓之臧，亡婢谓之获。皆异方骂奴婢之丑称也。"

由能引决，况仆之不得已乎？ 此三句，史公谓下人犹能自杀，况己乎！

所以隐忍苟活，幽于粪土之中而不辞者， 幽于粪土：指被囚受辱时。

恨私心有所不尽， 指未成书，未伸己意。

鄙陋没世，而文彩不表于后世也。 鄙陋与文彩反，不欲鄙陋而无文彩以没世也。五臣吕向曰："鄙陋，谓修史也。"非是。且五臣于鄙陋处断句，没世连下读，皆非是。《论语·卫灵公》："子曰：君子疾没世而名不称焉。"史公正是此意，盖欲立言以垂万世也。

古者富贵而名磨灭，不可胜记，唯倜傥非常之人称焉。盖文王拘而演《周易》；仲尼厄而作《春秋》。屈原放逐，乃赋

《离骚》；左丘失明，厥有《国语》；孙子膑脚，兵法修列；不韦迁蜀，世传《吕览》；韩非囚秦，《说难》、《孤愤》。《诗》三百篇，大底 《汉书》本传作氐，李善及五臣本音指。 **圣贤发愤之所为** 李善读去声。 **作也；此人皆意有郁结，不得通其道，故述往事，思来者。乃如左丘无目，孙子断足，终不可用，退而论书策，** 《汉书》本传无而字。 **以舒其愤思，** 或在愤字下断句，不然。 **垂空文以自见，仆窃不逊，近自托于无能之辞，网罗天下放失旧闻，略考其行事，综** 去声。 **其终始，稽其成败兴坏之纪，上计轩辕，下至于兹，为十表，本纪十二，书八章，世家三十，列传七十，凡百三十篇，亦欲以究天人之际，通古今之变，成一家之言。草创未就，会遭此祸，惜其不成，已** 《汉书》本传及五臣本作"是以"，是也。 **就极刑而无愠色。仆诚以** 《汉书》本传及五臣本作"已"。以已古通。 **著此书，藏诸名山，传之其人，通邑大都。则仆偿前辱之责，虽万被戮，岂有悔哉！然此可为智者道，难为俗人言也。**

○此段表出著《史记》原委。前半用文王至韩非七人及《诗经》作者或拘囚，或意抑郁而后著述作陪衬；中述《史记》内容，末自"亦欲以究天人之际"起至底，大笔淋漓，机锋锐发，令人有读至万遍不厌之慨。

古者富贵而名磨灭，不可胜记，唯倜傥非常之人称焉。 倜傥：《汉书》本传作俶傥。李善注："《广雅》（《释训》）曰：'俶傥，卓异也。'"徐铉《说文·新附》："倜，倜傥，不羁也。"

盖文王拘而演《周易》； 《易·系辞传下》："《易》之兴

也，其当殷之末世，周之盛德邪？当文王与纣之事邪？”又曰：“《易》之兴也，其于中古乎？作《易》者其有忧患乎？”《史记·周本纪》：“崇侯虎谮西伯于殷纣曰：‘西伯积善累德，诸侯皆向之，将不利于帝。’帝纣乃囚西伯于羑里。……其囚羑里，盖益《易》之八卦为六十四卦。”案：重八卦为六十四卦，亦是伏羲，有《系辞下传》可考。若伏羲止造八卦，则《连山》、《归藏》何以占耶？文王演《易》，盖于《连山》、《归藏》外，别作卦辞也。张守节《史记正义》曰：“《乾凿度》（《易纬》）云：‘垂皇策者羲，益卦演德者文，成命者孔也。’《易正义》云：‘伏羲制卦，文王《卦辞》，周公《爻辞》，孔《十翼》也。’按太史公言盖者，乃疑辞也。文王著演《易》之功，作《周纪》（谓史公作《周本纪》）方赞其美，不敢专定重《易》，故称盖也。”（张守节引《易正义》，即孔颖达《周易正义》，一云《易疏》，说详其《序》中之八段，《第二论重卦之人》，可参阅）李善引《苍颉篇》曰：“演，引之也。”《说文》：“演，长流也。”“衍，水朝宗于海也。”《易·系辞传上》：“大衍之数五十。”演衍可两通。

仲尼厄而作《春秋》。 厄乃戹之俗写，《说文》：“戹，隘也。”隘狭即困厄。《史记·孔子世家》：“子曰：‘弗乎弗乎！君子病没世而名不称焉，吾道不行矣，吾何以自见于后世哉！’乃因史记（鲁史）作《春秋》。……笔则笔，削则削，子夏之徒，不能赞一辞。”

屈原放逐，乃赋《离骚》； 《史记·屈原列传》：“屈原者，名平，楚之同姓也（屈、景、昭，皆楚之族），为楚怀王左徒（张守节《史记正义》：“盖在今左右拾遗之类。”）。博闻强志（记也），明于治乱，娴于辞令。入则与王图议国事，以出号令；出则接遇宾客，应对诸侯。王甚任之。上官大夫与之同列，争宠而心害其能。怀王使屈原造为宪令，屈平属草稿未定，上官大夫见而欲夺之，屈平不与。因谗之曰：‘王使屈平为令，众莫不知，每一令出，平伐其功曰：以为非我莫能为也。’王怒而疏屈平。屈平疾王听之不聪也，谗谄之蔽明也，邪曲之害公也，方正之不容也，故忧愁幽思而作《离骚》。《离骚》者，犹离忧也。夫天者，人之始也；父母者，人之本也。人穷则反本，故劳苦倦极（极，困苦也），未尝不呼天也；疾痛惨怛，未尝不呼父母也。屈平正道直行，竭忠尽智，以事其君，谗人间之，可谓穷矣。信而见疑，忠而被谤，能无怨乎？屈平之作《离骚》，盖自怨生也。《国风》好色而不淫，《小雅》怨诽而不乱，若《离骚》者，可谓兼之矣。……屈平既绌，……是时屈平既疏，不复在位。（据刘向《新序·节士篇》是怀王受秦欺后，悔，复用屈原）使于齐，顾反，谏怀王曰：‘何不杀张仪？’怀王悔，追张仪不及。……时秦昭王与楚婚（《新序》秦嫁女于楚），欲与怀王会。怀王欲行，屈平曰：‘秦，虎狼之国，不可信，不如无行。’怀王稚子子兰劝王行：‘奈何绝秦欢？’怀王卒行。入武关，秦伏兵绝其后，因留怀王，以求割地。怀王怒，不听，亡走赵，赵不内。复之秦，竟死于秦而归葬。长子顷襄王立，以其弟子兰为令尹。楚人既咎子兰，以劝怀王入秦而不反也。屈平既嫉之，虽放流，眷顾楚国，系心怀王，不忘欲反，冀幸君之一悟，俗之一改也。其存君兴国而欲反复之，一篇（指《离骚》）之中，三致志焉。然终无可奈何，故不可以反，卒以此见怀王之终不悟也。人君无愚智贤不肖，莫不欲求忠以自为，举贤以自佐。然亡国破家相随属，而圣君治国，累世而不见者，其所谓忠者不忠，而所谓贤者不贤也。怀王以不知忠臣之分，故内惑于郑袖，外欺于张仪，疏屈平而信上官大夫、令尹子兰，兵挫地削，亡其六郡，身客死于秦，为天下笑，此不知人之祸也。《易》（《井卦》九三爻辞）曰：'井渫不食，为（使也）我心恻。可以（原作用）汲，王明，并受其福。'王之不明，岂足福哉！令尹子兰闻之，大怒，卒使上官大夫短屈原于顷襄王，顷襄王怒而迁之。（《新序·节士篇》："怀王子顷襄王，亦知群臣谄误怀王，不察其罪，反听群谗之口，复放屈原。"）……屈原既死之后，……其后楚日以削，数十年竟为秦所灭。"

左丘失明，厥有《国语》； 李善注："《汉书》（《艺文志·六艺略·春秋》类）曰：'《国语》（二十一篇），左丘明著。'失明，未详。"

孙子膑脚，兵法修列； 膑，本作髌，《说文》："髌，厀耑也。"古五刑之一，去膝盖骨也，周改为刖。《说文》："刖，断足也。"亦作刖。孙髌事，在《史记·孙子吴起列传》附孙武传后，云："孙武既死，后百余岁，有孙膑。膑生阿、鄄之间，膑亦孙武之后世子孙也。孙膑尝与庞涓俱学兵法。庞涓既事魏，得为惠王将军，而自以为能不及孙膑，乃阴使召孙膑。膑至，庞涓恐其贤于己，疾之，则以法刑断其两足而黥之，欲隐勿见。齐使者如梁，孙膑以刑徒阴见，说齐使，齐使以为奇，窃载与之齐。齐将田忌，善而客待之。……忌进孙子于威王。威王问兵法，遂以为师。其后魏伐赵，赵急，请救于齐。齐威王欲将孙膑，膑辞谢曰：'刑余之人，不可。'于是乃以田忌为将，而孙子为师，居辎车中，坐为计谋。……战于桂陵（今山东菏泽市牡丹区东北），大破梁军。后十五年，魏与赵攻韩，韩告急于齐。齐使田忌将而往，直走大梁。魏将庞涓闻之，去韩而归，齐军既已过而西矣。孙子谓田忌曰：‘彼三晋之兵，素悍勇而轻齐，齐号为怯，善战者因其势而利导之，《兵法》：“百里而趣利者，蹶上将；五十里而趣利者，军半至。”（《孙子·军争篇》：“是故卷甲而趋，日夜不处，倍道兼行，百里而争利，则擒三将军。劲者先，疲者后，其法十一而至。五十里而争利，则蹶上将军，其法半至。三十里而争利，则三分之二至。”）’使齐军入魏地为十万灶，明日为五万灶，又明日为三万灶。庞涓行三日，大喜曰：‘我固知齐军怯，入吾地三日，士卒亡（逃亡）者过半矣。’乃弃其步军，与其轻锐倍日并行逐之。孙子度其行，暮，当至马陵，（在山东濮县北三十里。《史记·魏世家》：“惠王……三十年，……齐宣王用孙子计，救赵击魏。魏遂大兴师，使庞涓将，而令太子申为上将军。……败于马陵。齐虏魏太子申，杀将军涓。”）马陵道陕，而旁多阻隘，可伏兵。乃斫大树，白而书之曰：‘庞涓死于此树之下。’于是令齐军善射者，万弩夹道而伏，期曰：‘暮，见火举而俱发。”庞涓果夜至斫木下，见白书，乃钻火烛之。读其书未毕，齐军万弩俱发，魏军大乱相失。庞涓自知智穷兵败，乃自刭曰：‘遂成竖子之名！’齐因乘胜尽破其军，虏魏太子申以归。孙膑以此名显天下，世传其兵法。”史公既言孙子膑脚，兵法修列，则膑有书也。

不韦迁蜀，世传《吕览》； 古本《吕氏春秋》，《八览》在前，次《六论》，最后是《十二纪》。今《季冬纪》末篇是

《序意》，即此书之自序，古人著书，序皆在末也。又不韦《吕览》，非迁蜀而后，史公特言其不幸耳。《史记·吕不韦列传》：“吕不韦者，阳翟（音狄，又音宅，县名，属颍川）大贾人也。往来贩贱卖贵，家累千金。秦昭王四十年，太子死。其四十二年，以其次子安国君为太子（名柱，后立，是为孝文王）。安国君有子二十余人，安国君有所甚爱姬，立以为正夫人，号曰华阳夫人。华阳夫人无子，安国君中男名子楚，子楚母曰夏姬，毋爱。子楚为秦质子于赵。秦数攻赵，赵不甚礼子楚。子楚，秦诸庶孽孙（昭王），质于诸侯，车乘进用不饶，居处困，不得意。吕不韦贾邯郸，见而怜之，曰：‘此奇货可居。’乃往见子楚，说曰：‘吾能大子之门。’子楚笑曰：‘且自大君之门，而乃大吾门！’吕不韦曰：‘子不知也，吾门待子门而大。’子楚心知所谓，乃引与坐，深语（密谋）。吕不韦曰：‘秦王老矣，安国君得为太子。窃闻安国君爱幸华阳夫人，华阳夫人无子，能立适嗣者，独华阳夫人耳。今子兄弟二十余人，子又居中，不甚见幸，久质诸侯。即大王（昭王）薨，安国君立为王，则子无几（读作冀）得与长子及诸子旦暮在前者争为太子矣。’子楚曰：‘然，为之奈何？’吕不韦曰：‘子贫，客于此，非有以奉献于亲，及结宾客也；不韦虽贫，请以千金为子西游，事安国君及华阳夫人，立子为适嗣。’子楚乃顿首曰：‘必如君策，请得分秦国与君共之。’吕不韦乃以五百金与子楚为进用，结宾客；而复以五百金买奇物玩好，自奉而西游秦，求见华阳夫人姊，而皆以其物献华阳夫人，因言：‘子楚贤智，结诸侯宾客遍天下，常曰：“楚也以夫人为天。”日夜泣思太子及夫人。’夫人大喜。不韦因使其姊说夫人，曰：‘吾闻之，以色事人者，色衰而爱弛；今夫人事太子，甚爱而无子，不以此时，蚤自结于诸子中贤孝者，举立以为适而子之，夫在则尊重，夫百岁之后，所子者为王，终不失势。此所谓一言而万世之利也。不以繁华时树本，即（若也）色衰爱弛后，虽欲开一言，尚可得乎？今子楚贤，而自知中男也，次不得为适，其母又不得幸，自附夫人，夫人诚以此时拔以为适，夫人则竟世有宠于秦矣。’华阳夫人以为然，承太子间，从容言子楚质于赵者绝贤，来往者皆称誉之，乃因涕泣曰：‘妾幸得充后宫，不幸无子，愿得子楚，立以为适嗣，以托妾身。’安国君许之，乃与夫人刻玉符，约以为适嗣。安国君及夫人因厚馈遗子楚，而请吕不韦傅之。子楚以此名誉益盛于诸侯。吕不韦取邯郸诸姬绝好善舞者与居，知有身，子楚从不韦饮，见而说之。因起为寿，请之，吕不韦怒，念业已破家为子楚，欲以钓奇（以鱼喻。奇，即上文“奇货可居”之奇），乃遂献其姬。姬自匿有身，至大期时（十月而生，此十二月），生子政，子楚遂立姬为夫人。秦昭王五十年，使王齮（音蚁）围邯郸，急，赵欲杀子楚，子楚与吕不韦谋，行金六百斤予守者吏，得脱，亡赴秦军，遂以得归。赵欲杀子楚妻子，子楚夫人，赵豪家女也，得匿，以故母子竟得活。秦昭王五十六年，薨，太子安国君立为王（孝文王），华阳夫人为王后，子楚为太子。赵亦奉子楚夫人及子政归秦。秦王立一年，薨，（实首尾仅得三日，十月己亥即位，辛丑日卒）谥为孝文王。太子子楚代立，是为庄襄王。庄襄王所养母华阳后为华阳太后，真母夏姬尊以为夏太后。庄襄王元年，以吕不韦为丞相，封为文信侯，食河南雒阳十万户。庄襄王即位三年，薨，太子政立为王，尊吕不韦为相国，号称仲父。秦王年少，太后时时窃私通吕不韦。不韦家僮万人，当是时，魏有信陵君，楚有春申君，赵有平原君，齐有孟尝君，皆下士，喜宾客，以相倾。吕不韦以秦之强，羞不如，亦招致士，厚遇之，至食客三千人。是时诸侯多辩士，如荀卿之徒，著书布天下。吕不韦乃使其客人人著所闻，集论以为《八览》（六十三篇）、《六论》（三十六篇）、《十二纪》（六十二篇。共一百六十一篇），二十余万言，以为备天地万物古今之事，号曰《吕氏春秋》。布咸阳市门，悬千金其上，延诸侯游士宾客，有能增损一字者，予千金。始皇帝益壮，太后淫不止，吕不韦恐觉，祸及己，乃私求大阴人嫪毐以为舍人，……吕不韦乃进嫪毐，诈令人以腐罪告之，……拔其须眉，为宦者，遂得侍太后。太后私与通，绝爱之。……始皇九年，有告嫪毐实非宦者，常与太后私乱，……于是秦王下吏治，具得情实，事连相国吕不韦。九月，夷嫪毐三族。……王欲诛相国，为其奉先王功大，及宾客辩士为游说者众，王不忍致法。秦王十年十月，免相国吕不韦。……出文信侯就国河南。岁余，诸侯宾客使者相望于道，请文信侯（请其复出也）。秦王恐其为变，乃赐文信侯书曰：'君何功于秦？秦封君河南，食十万户；君何亲于秦？号称仲父。其与家属徙处蜀！'吕不韦自度稍侵，恐诛，乃饮酖而死。（未赴蜀而死。冢在洛阳西北道北）"

韩非囚秦，《说难》、《孤愤》。 两篇亦非囚秦后作，史公亦特举其不幸耳。《韩非子》共五十五篇，第十二是《说难》，第十一是《孤愤》。《史记·老庄申韩列传·韩非传》："韩非者，韩之诸公子也。喜刑名法术之学，而其归，本于黄、老（有《解老》第二十，《喻老》第二十一）。非为人口吃（音讫），不能道说，而善著书。与李斯俱事荀卿，斯自以为不如非。非见韩之削弱，数以书谏韩王（亡国之韩王安），韩王不能用。于是韩非疾治国不务修明其法制，执势以御其臣下，富国强兵，而以求人任贤，反举浮淫之蠹，而加之于功实之上。以为儒者用文乱法，而侠者以武犯禁，宽则宠名誉之人，急则用介胄之士。今者所养非所用，所用非所养。悲廉直不容于邪枉之臣，观往者得失之变，故作《孤愤》、《五蠹》、《内外储》、《说林》、《说难》，十余万言。（韩非以学者、言古者、带剑者、患御者、商工之民为五蠹，亦大谬矣）然韩非知说之难，为《说难》书甚具，终死于秦，不能自脱。说难曰：'……'人或传其书至秦，秦王见《孤愤》、《五蠹》之书曰：'嗟乎！寡人得见此人，与之游，死不恨矣！'李斯曰：'此韩非之所著书也。'秦因急攻韩，韩王始不用非，及急，乃遣非使秦。秦王悦之，未信用。【《文心雕龙·知音篇》曰："知音其难哉！音实难知，知实难逢；逢其知音，千载其一乎！夫古来知音，多贱同而思古，所谓'日进前而不御，遥闻声而相思'也。（二句出《鬼谷子·内楗篇》，范文澜不知也）昔《储说》始出，《子虚》初成，秦皇、汉武，恨不同时；既同时矣，则韩囚而马轻，岂不明鉴同时之贱哉！"】李斯、姚贾害之，毁之曰：'韩非，韩之诸公子也。今王欲并诸侯，非终为韩不为秦，此人之情也。今王不用，久留而归之，此自遗患也，不如以过，法诛之。'秦王以为然，下吏治非。李斯使人遗非药，使自杀。韩非欲自陈，不得见。秦王后悔之，使人赦之，非已死矣。"

《诗》三百篇，大底圣贤发愤之所为作也；此人皆意有郁结，不得通其道，故述往事，思来者。乃如左丘无目，孙子断足，终不可用，退而论书策，以舒其愤思，垂空文以自见， 李善注："空文，谓文章也。自见己情。" **仆窃不逊，近自托于无能之辞，网罗天下放失旧闻，略考其行事，综其终始，稽其成败兴坏之纪，上计轩辕，下至于兹，为十表，本纪十二，书八章，世家三十，列传七十，凡百三十篇，亦欲以究天人之际，通古今之变，成一家之言。草创未就，会遭此祸，惜其不成，已就极刑而无愠色。** 于光华曰："说明心事。"

仆诚以著此书，藏诸名山，传之其人， 传之其人：李善注："其人，谓与己同志者。"《易·系辞传上》："神而明之，存乎其人。"又《系辞传下》："苟非其人，道不虚行。"《庄子·大宗师》南伯子葵问乎女偊曰："道可学邪？"曰："恶！恶可？子非其人也。"

通邑大都。则仆偿前辱之责，虽万被戮，岂有悔哉！

然此可为知者道，难为俗人言也。 孙月峰曰："总收归愤叹意。"

且负下未易居，下流多谤议。仆以口语，遇此祸重，《汉书》本传及五臣本作"遭遇此祸"；《汉书》本传及五臣本"重"字属下句读。 **为乡党所笑，**《汉书》本传及五臣本"笑"字上有"戮"字。戮，辱也。 **以污辱先人，亦何面目复上父母丘墓乎？虽累百世，垢弥甚耳。是以肠一日而九回，居则忽忽若有所亡，出则不知其所往，每念斯耻，汗未尝不发背沾衣也。身直为闺阁之臣，宁得自引于深藏岩穴邪？**

《汉书》本传亦有“于”字，五臣本无。 **故且从俗浮沉，与时俯仰，以通其狂惑。今少卿乃教以推贤进士，无乃与仆私心剌谬乎！今虽欲自雕琢曼辞以自饰，无益于俗，不信，** 一在“无益”为句，“于俗不信”为句。 **适足取辱耳！要之死日，然后是非乃定。书不能悉意，略陈固陋，谨再拜。**

○此段总结。最后仍大发其牢愁，尽情倾诉，史公真千古伤心人，惜江文通《恨赋》不写入耳。孙月峰曰：“此亦乱章（如《离骚》等乱词），急管促柱，以写其哀激，不如此，前面姿态太浓，平缓语岂收得住。”

且负下未易居，下流多谤议。 李善注：“负累之下，未易可居。”负累之下，谓俯首在下，指腐刑。下流：《论语·阳货》：“子贡曰：‘君子亦有恶乎？’子曰：‘有。恶称人之恶者，恶居下流而讪上者，恶勇而无礼者，恶果敢而窒者。’（窒，塞也。蔽塞无知，则妄为）”又《子张》：“子贡曰：纣之不善，不如是之甚也。是以君子恶居下流，天下之恶皆归焉。”史公自叹受腐刑为俯首在下，居下流，天下之恶归之，故云多谤议也。下云“遭遇此祸，为乡党所笑”，是矣。

仆以口语，遇此祸重，为乡党所笑，以污辱先人，亦何面目复上父母丘墓乎？虽累百世，垢弥甚耳。是以肠一日而九回，居则忽忽若有所亡，出则不知其所往， 《说文》：“忽，忘也。”箟忽之忽本作𡙇，“𡙇，疾也。”又：“箟，疾也。”“倏，走也。”无倏字。《庄子·德充符》：“鲁哀公问于仲尼曰：‘卫有恶人焉，曰哀骀它，丈夫与之处者，思而不能去也；妇人见之，请于父母曰：与为人妻，宁为夫子妾者，十数而未止也。未尝有闻其唱者也，常和人而已矣。无君人之位，以济乎人之死。无聚禄，以望人之腹。又以恶骇天下。……寡人召而观之，果以恶骇天下。与寡人处，不至以月数，而寡人有意乎其为人也。……去寡人而行，寡人恤焉若有亡也。’”又《庚桑楚》庚桑子曰：“夫春气发而百草生，正得秋而万宝成。夫春与秋，岂无得而然哉！天道已行矣。吾闻至人，尸居环堵之室，而百姓猖狂，不知所如往。”

每念斯耻，汗未尝不发背沾衣也。身直为闺阁之臣，宁得自引于深藏岩穴邪？故且从俗浮沉，与时俯仰，以通其狂惑。 通其狂惑：《鬻子·曲阜鲁周公政甲第十四》：“鬻子曰：昔者鲁周公曰：‘吾闻之于政也，知善不行者谓之狂，知恶不改者谓之惑。夫狂与惑者，圣王之戒也。’”

今少卿乃教以推贤进士，无乃与仆私心剌谬乎！ 于光华曰：“应来书意。”《说文》：“剌，戾也。”音辣，与刺字不同。

今虽欲自雕琢曼辞以自饰，无益于俗，不信，适足取辱耳！ 无益于俗，不信：孙月峰曰：“前‘审矣’，（勇怯，势也；强弱，形也。审矣。何足怪乎？）此‘不信’，皆于文字百丈势中插此短句，然却顿挫有态，更觉劲。”

要之死日，然后是非乃定。 于光华曰：“住得遒劲。”

书不能悉意，略陈固陋，谨再拜。

古诗十九首　在《文选·诗己·杂诗上》冠首，前于李陵《与苏武诗》

两汉不知名者所遗五言诗篇，传至齐、梁时，统称《古诗》，实共五十九首。（钟嵘《诗品》谓陆机拟十四首，其外四十五首。详后）梁昭明太子择十九首入《文选》，后世乃成专称。而原有者取次散亡，不备存于于今矣。徐陵《玉台新咏》卷一开端即录《古诗》八首，不著作者姓名。八首是《上山采蘼芜》（不在《选》中）、《凛凛岁云暮》、《冉冉孤生竹》、《孟冬寒气至》、《客从远方来》、《四坐且莫喧》（不在《选》中）、《悲与亲友别》（不在《选》中）、《穆穆清风至》（不在《选》中）。此八首，四在《选》中，四不入录，幸有《玉台》在，十九首外，此四首尚存。又前《古诗》八首下是《古乐府诗》六首，再下是录枚乘《杂诗》九首。是：一、《西北有高楼》，二、《东城高且长》，三、《行行重行行》（重字去声），四、《涉江采芙蓉》，五、《青青河畔草》，六、《兰若生春阳》（不在《选》中，甚佳），七、《庭前有奇树》（前，《选》作中），八、《迢迢牵牛星》，九、《明月何皎皎》。此九首，除《兰若生春阳》一首外，皆在《古诗十九首》中，惟次第前后不同耳。现存《古诗》，除《十九首》外，《玉台》载五首，复有《橘柚垂华实》、《十五从军征》、《新树蕙兰葩》、《步出城东门》，共九首，合《古诗十九首》，共存二十八首，亡去三十一首，过半矣。近人丁福保《全汉三国晋南北朝诗》云："按：《文选·古诗十九首》，无名氏，编在李陵之上，《玉台新咏》枚乘诗九首，内有八首俱在《十九首》中，惟《兰若生春阳》一首不在其数，李善《文选注》云：'《古诗》，盖不知作者，或云枚乘，疑不能明也。诗云："驱车上东门。"又云："游戏宛与洛。"此则辞兼东都，非尽是乘明矣。'（李善于阮籍《咏怀》诗"上东门"下引《河南郡图经》云："东有三门，最北头曰上东门。"下"遥望郭北墓"，是指北邙山，东汉光武帝都洛后之坟场也。至"游戏宛与洛"，则在《青青陵上柏》一首中，下云："洛中何郁郁，冠带自相索。长衢罗夹巷，王侯多第宅。"则分明是都洛后之诗矣）今考《玉台》所列枚乘诗，亦无上东门，游宛、洛之篇，则徐孝穆（陵）之选择精矣。此八首，在孝穆当时，以为乘作，必有所据也，故宜从《玉台》。或谓明人各选本（明冯惟讷《诗纪》等）之所以无枚乘者，从《文选》不从《玉台》也。而不知九首中有《兰若生春阳》一首，不在《十九首》中，何以不辑出以存一家？非疏漏而何？（谓冯惟讷等）"大抵此八首，徐陵以为是枚乘作，尚可信，昭明以所选者尚有十一首，除《冉冉孤生竹》一首是傅毅作（《文心雕龙》所定，刘勰必有确据）外，大都不知出自谁手？故不著姓字，只题为《古诗十九首》耳。非反对八首是枚乘作，一首是傅毅作也。今且不论此八首是否西汉初枚乘作矣，譬如此《选》之第七首云："东城高且长，逶迤自相属。回风动地起，秋草萋已绿。四时更变化，岁暮一何速！"此明是汉武帝太初元年未改历前之诗矣。就此六句言，第三句有“秋草”，第六句有“岁暮”，古人未有在秋时便言岁暮者。征之《三百篇》，凡言岁暮，必在岁终之月。汉高祖得天下，仍秦制，以十月为岁首，故以九月为岁暮。此云“秋草萋已绿”，是夏历之九月（季秋），太初以前之季冬十二月也。徐陵以此诗为枚乘作，时代适相合。（乘，汉初人。《汉书·枚乘传》：“武帝自为太子，闻乘名；及即位，乘年老，乃以安车蒲轮征乘，道死。”）武帝即位，初有年号，曰建元，共六年；又元光六年，元朔六年，元狩六年，元鼎六年，元封六年，共三十六年。然后始是太初元年，是年五月改历。而枚乘所作诗，在汉武帝即位前也。

○又不在此八首中之《明月皎夜光》一首，起八句云：“明月皎夜光，促织鸣东壁。玉衡（北斗柄）指孟冬，（本是申位，夏历之七月，汉初则是孟冬十月矣）众星何历历！白露沾野草，时节忽复易。秋蝉鸣树间，玄鸟逝安适?”李善《文选注》云：“《春秋·运斗枢》曰：‘北斗七星，第五曰玉衡。’《淮南子》（《时则训》）曰：‘孟秋之月，招摇（北斗第七星）指申。’然上云‘促织’，下云‘秋蝉’，明是汉之孟冬，非夏之孟冬矣。《汉书》（《任敖传》。本《史记·张苍传》）曰：‘高祖十月至霸上（长安东），故以十月为岁首。’汉之孟冬，今之七月矣。”《礼记·月令篇》、《吕氏春秋·孟秋纪》及《淮南子·时则训》皆云：“孟秋之月，白露降，寒蝉鸣。”此是夏历孟秋七月之景物，而汉初人则称为孟冬也。清陈沆《诗比兴笺》云：“促织、秋蝉、玄鸟，明是汉之孟冬，非夏之孟冬矣。《汉书》：‘高祖十月至霸上，故仍秦制，以十月为岁首。’汉之孟春在十月，故汉之孟冬，今之七月也。则诗作于汉武太初以前未改秦朔时。”是也。又不在八首中之《凛凛岁云暮》一首起四句云：“凛凛岁云暮，蝼蛄夕鸣悲。凉风率已厉，游子寒无衣。”亦是汉武太初未改历前作。太初以前是以十月为岁首，故以九月为岁暮，此诗是夏历九月时作也。其云“凉风厉”、“寒无衣”，读者或疑是冬时矣；不知《礼记·月令》云：“孟秋之月，凉风至。”“仲秋之月，盲风至。”郑玄注：“盲风，疾风也。”七月凉风至，八月已疾，则九月凉风厉可见矣。又九月而称“寒无衣”者，《礼记·月令》云：“季秋之月，霜始降，则百工休。乃命有司曰：‘寒风总至，民力不堪，其皆入室。’是月也，草木黄落。”（《吕氏春秋·季秋纪》及《淮南子·时则训》同）又《大戴礼·夏小正》篇云：“九月，……王始裘者，何也？王衣裘之时也。”观乎此，九月霜且降，寒气总至，王已衣裘矣；故此谓之“寒无衣”也。如此诗非作于以十月为岁首之时，则不得以九月为岁暮。凡《三百篇》称岁暮者，皆是岁终之月。（十月也。周人以十一月为岁首）《唐风》之《蟋蟀》、《小雅》之《采薇》及《小明》等篇可证也。若谓此诗是改历后之十二月作，则十二月时百虫已蛰伏闭响久矣，安得尚有蝼蛄之夕鸣乎！近人黄侃季刚读《文选》批注云：“以此首后汉作，以‘洛浦’知之。”（“游子寒无衣”下有“锦衾遗洛浦，同袍与我遗”之句）其弟子骆鸿凯撰《文选学》，承其师说，亦以为此是东汉诗，以洛浦一句为证。噫！有“洛浦”二字便是东汉人作，岂以为东汉以前无洛水耶？然则《夏书·禹贡》之“伊、洛、瀍、涧，既入于河”及“东过洛汭”、“导洛自熊耳”等，亦岂东汉人作乎？如以为用宓妃与洛水故事，至东汉人始连之，故曹植有《洛神赋》之作，则亦不然。盖刘向之《九叹·愍命篇》（王逸收入《楚辞》）有云：“逐下袟（妾御）于后堂兮，迎宓妃于伊、洛。”又扬雄《羽猎赋》亦云：“鞭洛水之宓妃，饷屈原与彭、胥。”又何说乎？黄季刚本信而好古，而竟有此浅率之论，此或其一时率尔误批，未之思耳。故今之《古诗十九首》中，即令不信徐陵《玉台新咏》之录枚乘《杂诗》八首，若以诗中寻其迹，亦至少有《东城高且长》、《明月皎夜光》及《凛凛岁云暮》等三首是汉武帝太初以前之诗也。

近人不知何故，辄喜疑古，好将中国文化之发展拖后，此实对本国本位文化大讨乱耳！何益乎？岂其国家将亡，必有妖孽耶？孔子曰：“述而不作，信而好古。”子张曰：“执德不弘，信道不笃，焉能为有？焉能为亡？”固然，孔子、子张之信，是信可信者，非可疑者亦信之也。故《孟子·尽心下》曰：“尽信《书》，则不如无《书》。吾于《武成》（今传《周书·武成篇》有云：“前徒倒戈，攻于后以北，血流漂杵。”），取二三策而已矣。仁人无敌于天下，以至仁伐至不仁，而何其血之流杵也？”此亦孟子从大义观之，不尽信周之史臣所记者如是其夸饰耳，非谓《尚书·武成篇》为伪，非如今人之动辄谓某书或某篇为伪也。孟子如以《武成篇》为伪，则胡为乎取其二三策耶？《荀子·非十二子篇》云：“信信，信也；疑疑，亦信也。贵贤，仁也；贱不肖，亦仁也。”杨倞注曰：“信可信者，疑可疑者，意虽不同，皆归于信也。”

至初唐刘知幾撰《史通》，其《外篇》第三标题曰《疑古》。清浦起龙二田之《史通通释》云：“通观十条，显斥古圣，罪无辞矣。（毁谤尧、舜、成汤、文王、周公，大逆不道之至矣）”又曰：“知幾眼见近古自新莽始祸，以及当涂（魏）、典午（晋）。南则刘（宋刘裕）、萧（齐萧道成、梁萧衍）、陈（陈陈霸先）氏，北则齐（北齐高洋）、周（北周宇文觉）、杨坚（隋），累朝践代，类以攘窃之诈，诡为推挹（禅让）之文，……讳诛伐为恶声，掩揖让而护迹。凡资口实，率附陶、妫（陶唐氏尧，有虞氏舜。妫，舜姓），于是前王青天白日气象，尘昏雾塞五六百年于此矣。（由曹丕篡汉之黄初元年起，至隋亡，为四百一十二年。由唐高祖武德元年起，至中宗景龙四年刘知幾作《史通》止，为九十三年。合共五百零五年。若计及王莽，则七百余年矣）作者恫焉（恫，音通，痛也），假号汲坟之荒简（晋武帝太康二年，河南汲郡人不准，盗发战国时魏襄王墓得竹书数十车，其《纪年》一书，尤多荒诞不经之言）。反兵孔壁之遗篇。【谓其以汲冢荒诞不经之书，攻击孔壁中所藏之真古文经也。《汉书·景十三王传》：“恭王初好治宫室，坏孔子旧宅以广其宫。闻钟磬琴瑟之声，遂不敢复坏。于其壁中，得古文经传。”《汉书·艺文志·六艺略·书类》：“《古文尚书》者，出孔子壁中。武帝末，鲁共王坏孔子宅，欲以广其宫，而得《古文尚书》及《礼记》（周人所记）、《论语》、《孝经》，凡数十篇，皆古字也。共王往入其宅，闻鼓琴瑟钟磬之音，于是惧，乃止不坏。”又《汉志·六艺略·论语类》“《论语》古（古文也）二十一篇”下，班固自注云：“出孔子壁中。”刘歆《移书让太常博士》云："及鲁恭王坏孔子宅，欲以为宫，而得古文于坏壁之中。"许慎《说文解字叙》亦云："壁中书者，鲁恭王坏孔子宅，而得《礼记》、《尚书》、《春秋》、《论语》、《孝经》。"（《说文》是本于壁中书真古文）王充《论衡·正说篇》："至孝景帝时（鲁恭王是景帝子），鲁共王坏孔子教授堂以为殿，得百篇《尚书》于墙壁中。"又曰："夫《论语》者，……至武帝发取孔子壁中古文，得二十一篇。"又《案书篇》云："《春秋左氏传》者，盖出孔子壁中。孝武皇帝时，鲁共王坏孔子教授堂以为宫，得佚《春秋》三十篇，《左氏传》也。"又《佚文篇》云："孝武皇帝封弟为鲁恭王。恭王坏孔子宅以为宫，得佚《尚书》百篇、《礼》三百、《春秋》三十篇、《论语》二十一篇。闻（原作闿，乐也）弦歌之声，惧，复封涂。"何晏《论语集解序》云："鲁共王（名馀）时，尝欲以孔子宅为宫，坏，得《古文论语》。"孔壁真古文经，绝无可疑者也】所伤在二姓改王之交，所影皆九锡升坛之套：【篡位前，先由前朝加九锡，自莽以下，成例行俗套。九锡者，古天子优礼有大功之诸侯，而锡（赐也）以器物殊礼，以宠异之也。《公羊传》庄公元年："王使荣叔来锡桓公命。"何休注："礼有九锡：一曰车马，二曰衣服，三曰乐则，四曰朱户，五曰纳陛，六曰虎贲，七曰弓矢，八曰铁钺，九曰秬郁。皆所以劝善扶不能。"王莽篡汉之前，先加九锡，并为九锡文谀其功德，嗣后篡位者多效之，有"九锡文"一体：魏、晋、六朝，沿以为常】其意盖曰古圣且蒙疑谤，此事岂容受欺！凭伊借面有辞，至竟隐形无地耳。（谓于古有镜，则魏、晋、南北朝以来之篡位者，无所遁形也）其所提防，盖在于此。叵奈知幾者，不学无术，（《说文》："术，邑中道也。"术即道，刘子玄原非不学，浦氏特借《汉书·霍光传赞》，谓其"暗于大理"耳）以文害志，恣行横议，妄冀昭奸，何其辽哉！"浦二田之论，大义凛然矣。又刘知幾之疑古，其意亦见；盖痛恨新莽及魏、晋、南北朝以来之篡位者，皆袭尧、舜禅让之迹，故并尧、舜、成汤、文王、周公等之大圣亦疑之耳；然亦大逆不道矣。至韩昌黎《答李翊书》云："然后识（识别）古书之正伪，与虽正而不至焉者，昭昭然白黑分矣，而务去之，乃徐有得也。"则是指学文章而言，谓古书真者文章优，伪者劣，须学其文章佳者耳。岂如近人之并四书、五经亦以为伪者乎？诚如是也，则中国文化是无渊源之文化，唐、虞、三代之盛皆虚矣。故近人之动辄疑古者，非对中国文化大讨乱耶？

五言诗之起源实极早，《文心雕龙·明诗篇》云："按《召南·行露》，始肇半章；【《诗经·召南·行露篇》第二章云："谁谓雀无角？何以穿我屋？谁谓女无家？何以速我狱？虽速我狱，室家不足。"第三章云："谁谓鼠无牙？何以穿我墉？谁谓女无家？何以速我讼？虽速我讼，亦不女从。"是在周初召公时已有五言诗，不过所举者末二句仍是四言，故《文心》谓之"始肇半章"耳（实一章之三分二矣）】孺子《沧浪》，亦有全曲。【《孟子·离娄上》："有孺子歌曰：'沧浪之水清兮，可以濯我缨；沧浪之水浊兮，可以濯我足。'"此歌亦见于《楚辞》屈原之《渔父》篇中。不要两兮字，则是全首五言诗矣。（案：兮字是语助词，可删去，故《文心》

谓之全曲也。《史记·贾谊传》载其《鹏鸟赋》之兮字，《汉书》全皆删去，可证）又《文子（老子弟子，范蠡之师）·上德篇》云："混混之水浊，可以濯吾足乎；泠泠之水清，可以濯吾缨乎。"此与《孟子》、《楚辞》所载者略同，不要两乎字，亦便是纯粹之五言诗矣】《暇豫》优歌，远见《春秋》；【左丘明《国语·晋语二》载晋献公时优施之歌曰："暇豫之吾吾（韦昭注："吾，读如鱼。吾吾，不敢自亲之貌也。"），不如鸟乌。人皆集于苑（韦昭注："苑，茂木貌。"），己独集于枯。"只第二句是四言耳】《邪径》童谣，近在成世。【在西汉成帝之世也。《汉书·五行志·中之上》曰："成帝时歌谣又曰：'邪径败良田，谗口乱善人。桂树华不实，黄爵（通雀）巢其颠。故为人所羡，今为人所怜。'桂，赤色，汉家象（汉以火旺）。华不实，无继嗣也（成帝无子，哀帝乃元帝庶孙耳）。王莽自谓黄象，黄爵巢其颠也。"西汉成帝时之童谣，且已纯是五言诗矣。安得谓西汉无五言诗哉！】阅时取证，则五言久矣。"《文心》谓五言诗之由来已久也。又张守节《史记正义》引陆贾《楚汉春秋》（陆贾，助汉高祖办外交者。其所撰之《楚汉春秋》为司马迁作《史记》重要参考书之一。唐时犹存，亡于南宋）载虞姬和楚霸王歌云："汉兵已略地，四方楚歌声。大王意气尽，贱妾何聊生！"则秦末汉初时已有纯粹之五言诗矣；故《文心》于前条"阅时取证，则五言久矣"下即云："又《古诗》佳丽，或称枚叔。"（乘，字叔）则刘彦和所闻，先于徐陵（《文心》成于齐代），谓《古诗》五十九首中，有一部分（九首）是西汉初期枚乘作，成熟之五言诗，其由来已久也。至《文心》"《召南·行露》，始肇半章”之前一条，近人每执之以为据，谓刘勰亦主张西汉时无五言诗，则卤莽灭裂，断章取义，徒欲欺人，大失《文心》本意矣。其原文云：“孝武爱文，《柏梁》列韵。（彦和并汉武帝元狩三年时之柏梁台七言唱和诗二十六句亦信以为真也。此诗本载于□朝辛□之《三秦记》，亦载在《古文苑》卷八中。顾亭林先生《日知录》卷二十一，据联句和诗之群臣年代及官名，考定是后人拟作；然此二十五人，焉知非后人所误加，而原诗则真是当时作乎?）严（忌）、马（司马相如）之徒，属辞无方（谓多方。各体文字皆能作），至成帝品录，三百余篇（《汉志·诗赋略》歌诗二十八家，三一四篇，实三百一十六篇）朝章国采（朝章，指长安京师之作；国采，指各地郡国之作。犹《三百篇》之《雅》与《风》也），亦云周备。而辞人遗翰，莫见五言，所以李陵、班婕妤见疑于后代也。”彦和之意，谓如严忌、司马相如等之著名辞赋家且不见有五言诗，故武人李陵、诸吏苏武、成帝宫人班婕妤等所作之五言诗为后世所疑耳。非谓西汉时无五言诗也。盖一：是谓成帝时集录之三百一十六篇诗，无严、马之徒之五言诗耳，非谓二十八家皆非五言诗也。二：《文心》下文谓“阅时取证，则五言久矣”是谓五言诗汉前已有也。三：云“《古诗》佳丽，或称枚叔”则亦赞或人之言，五言诗原不始于李陵、苏武也（举李包苏）。四：上两句下紧接云：“其《孤竹》一篇，则傅毅之辞。比采而推，两汉之作乎。”是谓《古诗》五十九首中，西汉人作有之，东汉人作亦有之，安得谓刘彦和断定西汉时无五言诗哉！总观《文心·明诗篇》，则近代浅人之说，不大谬乎？

至苏、李诗，古今聚讼纷纭，于此并辨之。明杨慎《丹铅总录》引西晋挚虞《文章流别志》（《太平御览》以为是颜延年《庭诰》语）云：“李陵众作，总杂不类（复杂不纯一），殆是假托，非尽陵制。至其善篇，有足悲者。”案：李陵诗，除《文选》所录《与苏武诗》三首外，欧阳询《艺文类聚》及北宋孙洙巨源所得于寺佛中之《古文苑》又有《录别诗》八首（合共十一首）。挚虞所云“总杂不类，殆是假托”者，或指《录别诗》言。至谓“非尽陵制”，则固有陵制者矣。“善篇”、“足悲”，殆其后《文选》所录及《录别》之佳者耶？《录别》诗有云：“明月照高楼，想见余光辉。”则曹子建《七哀诗》之发端，似犹有所未逮；而为杜少陵《梦李白》“落月满屋梁，犹疑照颜色”之所祖，是亦善篇足悲而为陵制者欤？《文心·明诗篇》谓“所以李陵、班婕妤见疑于后代”，此亦存疑之辞，非肯定语也。苏武诗，《文选》载录四首，《艺文类聚》及《古文苑》有《答李陵诗》一首，又唐徐坚《初学记》及《古文苑》有《别李陵诗》一首（合共六首）。而《文心》及《诗品》均未言及，殆称李便已兼苏耶？钟嵘《诗品上》云：“汉都尉李陵诗（《古诗》后第二即李陵诗，陵为骑都尉），其源出于《楚辞》。文多凄怆，怨者之流。陵，名家子，有殊才，生命不谐，声颓身丧。使陵不遭辛苦，其文亦何能至此！”（此诗穷而后工之所祖）又《诗品序》云：“逮汉李陵，始著五言之目矣（初有题目）。《古诗》眇邈，人世难详，推其文体，固是炎汉之制，非衰周之倡也。自王（褒）、扬（雄）、枚（乘）、马（相如）之徒，词赋竞爽，而吟咏靡闻（谓不作五言诗。举枚非也）。从李都尉迄班婕妤，将百年间，有妇人焉，一人而已。诗人之风，顿已缺丧。”【《论语·泰伯篇》：“才难，不其然乎？唐、虞之际，于斯为盛。有妇人焉，九人而已！”谓武王时治乱之臣十人，除文母是一妇人不计外，只得九人而已。钟嵘则谓自李陵至班婕妤，若不计妇人，则自汉武帝至汉成帝将百年间，只得李陵一人也。李陵降于匈奴，故成帝时品录不收其诗；而班婕妤之《团扇诗》（即《怨歌行》，一名《怨诗》），是作于成帝末，故亦未入录也】钟嵘仲伟是评诗专家，对李陵及班婕妤诗，皆置之上品，绝不置疑，岂无识者哉！至东坡先生《题跋》，（胡仔《苕溪渔隐丛话·前集》卷一及《蔡宽夫诗话》有引）其《题文选》云：“舟中读《文选》，恨其编次无法，去取失当，……如李陵、苏武五言皆伪，而不能去。”此只少年时偶然臆度之说耳！故其后《书苏李诗后》已云：“此李少卿赠苏子卿之诗也。予本不识陈君式，谪居黄州（时已四十余），倾盖如故，会君式罢去，而余久废作诗，念无以道离别之怀，历观古人之作，辞约而意尽者，莫如李少卿赠苏子卿之篇，书以赠之。春秋之时，三百六（实五）篇，皆可以见志，不必己作也。”（读春秋时诸大夫赋诗皆读《三百篇》已可见其志也）则对李陵诗已毫不置疑矣。及其晚年，又《书黄子思诗集后》云：“苏、李之天成，曹、刘之自得，陶、谢之超然，盖亦至矣。”尊苏、李者甚至，盖已悔其早岁之失言矣。杜甫《解闷》七绝十二首之五云：“李陵、苏武是吾师，孟子论文更不疑。一饭未曾留俗客，数篇今见古人诗。”杜子美自谓其诗以李陵、苏武为师，推许如是，老杜岂亦无识于诗者哉！昌黎《荐士》五古云：“五言出汉时，苏、李首更号。”白居易《与元九书》云："五言始于苏、李，苏、李、《骚》人，皆不遇者，各系其志，发而为文。故河梁之句，止于伤别；泽畔之吟，归于怨思。彷徨抑郁，不暇及他耳。"韩、白又岂不知诗者哉！又近人章炳麟太炎之《国故论衡中·辨诗》篇云："古者学诗，有大司乐、瞽宗之化（见《周礼·春官·宗伯》）。在汉则主性情，往者《大风》之歌、《拔山》之曲，高祖、项王，未尝习艺文也，然其言为文儒所不能举（一时情意激发，便成绝唱）。苏、李之徒，结发为诸吏骑士，未更讽诵，诗亦为天下宗；及陆机、鲍照、江淹之伦，拟以为式，终莫能至。由是言之，情性之用长，而问学之助薄也。"盖亦无疑于苏、李之作，而推尊之甚至矣。又近人丁福保《全汉三国晋南北朝诗·绪言》云："《古文苑》有李陵《录别诗》八首，又有苏武《答李陵》诗、《别李陵》诗各一首，皆标明苏、李所作。宋章樵注《古文苑》，因大苏疑《文选》中苏、李赠答五言为伪作，遂并以此十首为非真。明人选刻古诗，竟列此于无名氏之中，改其题为《拟苏李诗十首》。故有清一代各选本，各不削苏、李之名，而以为后人所拟。然苏、章二氏之所疑者，皆凭空臆度之辞，非有真实确据也。且此等诗，在赵宋以前，亦无有疑其伪托者。试观《艺文类聚》之所载，皆确定为苏、李，况'二凫俱北飞'，《初学记》亦指为苏武《别李陵》诗，杜子美云：'李陵、苏武是吾师。'子美岂无见哉！东坡晚年跋黄子思诗云：'苏、李之天成。'尊之亦至矣。其曰六朝拟作者，一时鄙薄萧统之偏辞耳，故东坡亦自悔其失言也。故余以此十首，宜从《古文苑》及《艺文类聚》等，定为苏、李所自著，不可从《古文苑》之注（章樵）及《诗纪》（明冯惟讷）等，妄定其为后人所拟也。”近世笃学之士，固自不同也。至南宋洪迈之《容斋随笔》卷十四《李陵诗》条云：“《文选》编李陵、苏武诗凡七篇，人多疑‘俯观江、汉流’之语，以为苏武在长安所作，何为乃及江、汉？（《文选》只题苏子卿《诗四首》，不题别李陵，盖首二篇是在匈奴时别李陵者，第三首是出使匈奴时别妻之诗，第四首则是在中国时别友之诗。岂限苏子卿只在长安，未往其他地耶？则‘俯观江、汉流，仰视浮云翔。良友远离别，各在天一方’何足疑哉！昭明标题，其讲之精矣）东坡云：‘皆后人所拟也。’（此未读全集）予观李诗云：‘独有盈觞酒，与子结绸缪。’‘盈’字正惠帝讳，汉法触讳者有罪，不应陵敢用之，益知坡公之言为可信也。”容斋此论殊未是，盖一：李陵赠苏武诗时在匈奴，可不再避惠帝讳矣，何罪之可及哉！二：焉知李陵原文不作“我有满觞酒”，而“盈”字乃东汉以后人改定乎？（李陵忠厚，不忘汉，“盈”字或是“满”字也）若执此便谓是汉以后人所拟，非李陵所作，然则《古诗十九首》中之“盈盈楼上女”及“盈盈一水间”两诗，亦皆东汉后魏、晋人作乎？此必后人再复改定者也。宋蔡絛《西清诗话》（《苕溪渔隐丛话》引蔡宽夫《诗话》）云：“《古诗十九首》，或云枚乘作，而昭明不言，李善复以其有‘驱车上东门’与‘游戏宛与洛’之句，为辞兼东都。然徐陵《玉台新咏》分‘西北有浮云（应作高楼）’以下九篇（实八篇，合上为九篇）为乘作，两语（“驱车上东门”，“游戏宛与洛”）皆不在其中。而‘凛凛岁云暮’、‘冉冉孤生竹’等，别列为《古诗》。（《冉冉孤生竹》是东汉傅毅之作；至《凛凛岁云暮》一首，蔡絛亦因其下有洛浦，以为是建都洛阳后之诗则非也。盖此首但有洛浦二字而已：与“驱车策驽马，游戏宛与洛”之“洛中何郁郁，冠带自相索。长衢罗夹巷，王侯多第宅。两宫遥相望，双阙百余尺”者之分明以洛阳为东都者不同也）则此十九首，盖非一人之辞，陵或得其实，且乘死在苏、李之先（汉武即位之初），若尔，则五言未必始二人也。”（二人，指苏、李）观蔡约之之说，盖以为徐陵《玉台新咏》中所录枚乘九诗，乃确有所据。成熟之五言诗，不待苏、李时而后有也。昭明录《古诗十九首》在李陵、苏武前，亦有卓见。

集评

《世说新语·文学》：“王孝伯（晋王恭）在京行散，至其弟王睹（爽）户前，问《古诗》中何句为最？睹思未答。孝伯曰：‘“所遇无故物，焉得不速老。”此句为佳。’”（第十一首：“回车驾言迈，悠悠涉长道。四顾何茫茫？东风摇百草。所遇无故物，焉得不速老。”）

《文心雕龙·明诗篇》：“又《古诗》佳丽，或称枚叔。其《孤竹》一篇，则傅毅之辞。（彦和并不否认《古诗》中有枚乘作。惟据其所知，则“冉冉孤生竹，结根泰山阿。与君为新婚，兔丝附女萝”一首，则是东汉傅毅之作耳）比采而推，两汉之作乎（西汉、东汉皆有）。观其结体散文，直而不野；（结构体裁，散布文字，情直而不粗野。此指赋体）婉转附物，怊怅切情。（写景物婉转谐合，寓情意怊怅的切。此指比兴）实五言之冠冕也。”

钟嵘《诗品序》：“《古诗》眇邈，人世难详。推其文体，固是炎汉之制，非衰周之倡也。”（炎汉谓西汉也。《后汉书·光武纪赞》云：“炎正中微，大盗移国。”李贤注：“汉以火德王，故曰炎正。”仲伟之意，谓《古诗》之作，实始于西汉初，不至衰周之战国时也）又《诗品上》云：“《古诗》，其源出于《国风》。【宋张戒《岁寒堂诗话》卷上云：“《国风》云：‘爱而不见，搔首踟蹰。’（《邶风·静女》）‘瞻望弗及，伫立以泣。’（《邶风·燕燕》）其词婉，其意微，不迫不露，此其所以可贵也。《古诗》云：‘馨香盈怀袖，路远莫致之。’李太白云：‘皓齿终不发，芳心空自持。’（《古风》五十九首之四十九）皆无愧于《国风》矣。”所引《古诗》二句，是在十九首中之第九首《庭中有奇树》一首中】陆机所拟十四首，【今存十二首。在《文选·诗类·杂拟上》中。一、《拟行行重行行》，二、《拟今日良宴会》，三、《拟迢迢牵牛星》，四、《拟涉江采芙蓉》，五、《拟青青河畔草》，六、《拟明月何皎皎》，七、《拟兰若生春阳》（今《文选》无。在徐陵《玉台新咏》卷一枚乘《杂诗》九首中之第六首），八、《拟青青陵上柏》，九、《拟东城一何高》（即《东城高且长》），十、《拟西北有高楼》，十一、《拟庭中有奇树》，十二、《拟明月皎夜光》。《文选》所录陆机《拟古诗》只十二首，其余二首已亡矣】文温以丽，意悲而远（文温厚且绮丽，意悲凉且深远）惊心动魄，可谓几乎一字千金。【仲伟此三句是赞美《古诗》，非美陆机之拟作也。温丽，见《西京杂记》卷三：“枚皋（乘字）文章敏疾，长卿制作淹迟，皆尽一时之誉。而长卿首尾温丽，枚皋时有累句，故知疾行无善迹矣。扬子云曰：‘军旅之际，戎马之间，飞书驰檄，用枚皋；廊庙之下，朝廷之中，高文典册，用相如。’”一字千金：《史记·吕不韦列传》：“是时诸侯多辩士，如荀卿之徒，著书布天下。吕不韦乃使其客人（至食客亦三千），人著所闻，集论以为《八览》、《六论》、《十二纪》二十余万言（一百六十篇），以为备天地万物古今之事，号曰《吕氏春秋》。布咸阳市门，悬千金其上，延诸侯游士宾客，有能增损一字者予千金。”桓谭《新论》：“吕不韦请迎高妙，作《吕氏春秋》。汉之淮南王，聘天下辩通，以著篇章。书成，皆布之都市，悬置千金，以延示众士。而莫能有变易者，乃其事约艳（约，要也。约艳，谓事要而文美），体具而言微也（大体具备而意义深微）。又杨修《答临淄侯笺》云：“《春秋》之成，莫能损益；《吕氏》、《淮南》，字直千金。然而弟子箝口（《史记·孔子世家》：“孔子在位，听讼文辞，有可与人共者，弗独有也；至于为《春秋》，笔则笔，削则削，子夏之徒不能赞一辞。”），市人拱手者，圣贤卓荦，固所以殊绝凡庸也。”】其外《去者日以疏》四十五首，（《去者日以疏》，今在《文选·古诗十九首》中之第十四首。前陆机所拟十四首，加四十五首，则昭明撰录《文选》时，《古诗》实共五十九首也）虽多哀怨，颇为总杂，（《礼记·月令》：“季秋之月，寒气总至。”郑玄注：“总，犹猥卒。”陆德明《经典释文》：“猥，温罪反。”总杂，谓芜秽猥杂，不纯美也）旧疑是建安中曹（植）王（粲）所制，（古公愚先生《诗品笺》云：“案《去者日已疏》诸篇，温丽纯厚，自是汉风。试取建安篇什，与之同诵，鸿沟立判矣。旧疑曹、王所制，必不然也。”古先生之言然）《客从远方来》（第十八首），《橘柚垂华实》，【不在《古诗十九首》中。诗云：“橘柚垂华实，乃在深山侧。闻君好我甘，窃独自雕饰。委身玉盘中，历年冀见食。芳菲不相投，青黄忽改色。人倘欲我知，因君为羽翼。”又《兰若生春阳》一首，并附录于此，诗云：“兰若生春阳，涉冬犹盛滋。愿言追昔爱，情款感四时。美人在云端，天路隔无期。夜光（月也）照玄阴，长叹恋所思。谁谓我无忧，积念发狂痴。”】亦为惊绝矣。【古先生《诗品笺》云：“案《文心·辨骚篇》曰：‘惊采绝艳，难与并能矣。’又《赞》曰：‘惊才风逸，（壮志烟高）。’仲伟所云惊绝，盖惊采绝艳，或惊才绝艳之省词。”案：惊绝，即上文“惊心动魄”之至也】人代冥灭，而清音独远，悲夫!”【人代，谓其人与世代也。人代冥灭，而清音独远者：谓《古诗》五十九首之作者及时代皆已冥灭不可知，而其诗之清词雅韵，则却垂之无穷。如此好诗，而不知谁人所作，可悲也夫！古先生曰：“案，使果出于曹、王之手，则代其近，何云冥灭？知仲伟亦不以旧疑为然也。”】

唐释皎然（谢昼。灵运十世孙，颜真卿、韦应物并重之）《诗式·李少卿并古诗十九首》条云：“其五言，周时已见滥觞；及乎成篇，则始于李陵、苏武二子。天与其性，发言自高，（即东坡所谓“苏、李之天成”，谓其自然而高，非关用心良苦也）未有作用。《十九首》辞精义炳，婉而成章，始见作用之功。盖东汉之文体。（皎然谓《十九首》“辞精义炳，婉而成章”则是，谓皆东汉人作则非。盖《十九首》中有东汉作品而已）又如《冉冉孤生竹》、《青青河畔草》，傅毅、蔡邕所作。以此而论，为汉明矣。”【《冉冉孤生竹》一首，《文心雕龙·明诗篇》指明是与班固同时东汉傅毅之作，是也。至蔡邕所作，徐陵《玉台新咏》卷一是录其乐府诗《饮马长城窟行》一首，起句亦是“青青河畔草”（袭自古诗），然下文是：“绵绵思远道。远道不可思，宿昔梦见之。梦见在我旁，忽觉在他乡。他乡各异县，展转不可见。枯桑知天风，海水知天寒。入门各自媚，谁肯相为言。客从远方来，遗我双鲤鱼。呼童烹鲤鱼，中有尺素书。长跪读素书，书中竟何如？上有（一作言）加餐食，下有（一亦作言）长相忆。”是乐府诗，（亦载《文选》“乐府三首”中，题云“古辞”。徐陵《玉台新咏》则署名是蔡邕作，亦必有所据也）非《古诗十九首》中之“青青河畔草，郁郁园中柳”一首也。皎然以首句相同，一时误记耳】

南宋初吕本中居仁《童蒙训》（此条不在今传《童蒙训》三卷中。盖传是书者，轻词章而重道学，删去其论诗论文之语也。此条是录自宋胡仔之《苕溪渔隐丛话·前集》卷一《国风汉魏六朝上》所引）云：“读《古诗十九首》及曹子建诗，如‘明月入我牖’、‘流光正徘徊’之类；（案：“流光正徘徊”，诚是出自曹子建《七哀诗》，起句云：“明月照高楼，流光正徘徊。”至“明月入我牖”句，则非《古诗十九首》中句也。盖出陆机《拟古诗》第三首《拟明月何皎皎》中。士衡原作起句云：“安寝北堂上，明月入我牖。照之有余晖，揽之不盈手。”因士衡拟作甚似《古诗》，故吕居仁亦一时误记耳）诗皆思深远而有余意，言有尽而意无穷也。学者当以此等诗常自涵养，自然下笔不同。”（案：宋魏庆之《诗人玉屑》卷十三《两汉古诗十九首》条引《吕氏童蒙训》与此不同）

南宋初张戒（无字无号）《岁寒堂诗话》卷上云：“建安（三曹及七子等）、陶（渊明）、阮（籍）以前诗，专以言志；潘（岳）、陆（机）以后诗，专以咏物，兼而有之者，李（白）、杜（甫）也。言志乃《诗》人之本意，咏物特《诗》人之余事。《古诗》、苏、李、曹、刘、陶、阮，本不期于咏物，而咏物之工，卓然天成，不可复及。其情真，其味长，其气胜，视《三百篇》，几于无愧，凡以得《诗》人之本意也。潘、陆以后，专意咏物，雕镌刻镂之工日以增，而《诗》人之本旨（言志）扫地尽矣。谢康乐‘池塘生春草’（《登池上楼》，下句是“园柳变鸣禽”），颜延之‘明月照积雪’（亦是谢灵运诗，题曰《岁暮》，诗残缺不完。下句是“朔风劲且哀”），谢玄晖（朓）‘澄江静如练’（《晚登三山还望京邑诗》，上句是“余霞散成绮”），江文通‘日暮碧云合’，（江淹《杂体三十首》之末一首《休上人怨别》，下句是“佳人殊未来”），王籍（文海）‘鸟鸣山更幽’（《入若耶溪》诗，上句是“蝉噪林逾静”。籍，梁人），谢贞（陈人，字元正。题是《春日闲居》，仅传此句，八岁时作）‘风定花犹落’，柳恽（字文畅，梁人）‘亭皋木叶下’（《捣衣诗》，下句是“陇首秋云飞”），何逊（字仲言，亦梁人）‘夜雨滴空阶’（《临行与故游夜别》，下句是“晓灯暗离室”）。就其一篇之中，稍免雕镌，麤（粗）足意味，便称佳句。然比之陶、阮以前，苏、李、《古诗》、曹、刘之作，九牛一毛也。”又云：“‘萧萧马鸣，悠悠旆旌。’（《诗·小雅·车攻》篇，下云：“徒御不惊，大庖不盈。”不盈，谓取之有度）以‘萧萧’、‘悠悠’字，而出师整暇之情状，宛在目前。此语非惟创始之为难，乃中的之为工也。（谓写出出师好整以暇之情状）荆轲云：‘风萧萧兮易水寒，壮士一去兮不复还。’自常人观之，语既不多，又无新巧，然而此二语遂能写出天地愁惨之状，极壮士赴死如归之情，此亦所谓中的也。《古诗》：‘白杨多悲风，萧萧愁杀人。’（第十四首“去者日以疏，来者日以新”一首中）‘萧萧’两字，处处可用，然惟坟墓之间，白杨悲风，尤为至切，所以为奇。乐天云：‘说喜不得言喜，说怨不得言怨。’乐天特得其粗尔！此句用‘悲’、‘愁’字，乃愈见其亲切处，何可少耶！诗人之工，特在一时情味，固不可预设法式也。”又云：“陶渊明（《连雨独饮》）云：‘世间有乔（王子乔）、松（赤松子），于今定何闻（一作间）?’此则初出于无意。曹子建云：‘虚无求列仙，松子久吾欺。’此语虽甚工，而意乃怨怒。《古诗》云：‘服食求神仙，多为药所误。’（第十三首“驱车上东门，遥望郭北墓”一首中，其下结云“不如饮美酒，被服纨与素”）可谓辞不迫切，而意已独至也。”

南宋严羽仪卿《沧浪诗话·诗辨》云：“工夫须从上做下，不可从下做上。先须熟读《楚辞》，朝夕讽咏，以为之本。及读《古诗十九首》、《乐府四篇》，（《文选》只选三篇，是《饮马长城窟行》、《伤歌行》、《长歌行》）李陵、苏武，汉、魏五言，皆须熟读。即以李、杜二集枕藉观之，如今人之治经。然后博取盛唐名家，酝酿胸中，久之，自然悟入。虽学之不至，亦不失正路。此乃是从头顮上做来，谓之向上一路，谓之直截根源，谓之顿门，谓之单刀直入也。”又《诗考证》云：“《古诗十九首》，非止一人之诗也。《行行重行行》，《乐府》（盖指《玉台新咏》）以为枚乘之作，（实是乘杂诗九首，八首在《古诗十九首》中）则其他可知矣。”

南宋末范晞文（字景文，号药庄）《对床夜语》卷一：“《古诗十九首》有云：‘冉冉孤生竹，结根泰山阿。与君为新婚，兔丝附女萝。兔丝生有时，夫妇会有宜。千里远结婚，悠悠隔山陂。思君令人老，轩车来何迟！……’言妻之于夫，犹竹根之于山阿，兔丝之于女萝也。（《诗·小雅·頍弁篇》：“茑与女萝，施于松柏。未见君子，忧心奕奕。”茑、女萝、兔丝，皆寄生草也。《尔雅·释草》：“唐蒙，女萝。女萝，兔丝。”《毛传》：“女萝、兔丝，松萝也。”陆德明《经典释文》：“在草曰兔丝，在木曰女萝。”）岂容使之独处而久思乎？《诗》云：‘葛生蒙楚，蔹蔓于野。予美亡此，谁与独处？’（《诗·唐风·葛生篇》之第一章。即杜甫《新婚别》之“兔丝附蓬麻，引蔓故不长。嫁女与征夫，不如弃路旁”意）同此怨也。（《诗品》所谓“其源出于《国风》”是也）又‘涉江采芙蓉，兰泽多芳草。采之欲遗谁？所思在远道’。（《十九首》中之第六首）又‘庭中有奇树，绿叶发华滋。攀条折其荣，将以遗所思。馨香盈怀袖，路远莫致之’。（《十九首》中之第九首）亦犹《诗》人‘籊籊（音笛）竹竿，以钓于淇。岂不尔思？远莫致之’之词。（《诗·卫风·竹竿》之第一章）前辈谓《古诗十九首》可与《三百篇》并驱者，亦此类也。”（前辈，谓张戒，其《岁寒堂诗话》谓“无愧于《国风》”也）

元杨载《诗法家数·五言古诗》条云：“五言古诗，或兴起，或比起，或赋起，须要寓意深远，托词温厚。反复优游，雍容不迫。或感古怀今，或怀人伤己，或潇洒闲适。写景要雅淡，推人心之至情，写感慨之微意。悲欢，含蓄而不伤；美刺，婉曲而不露。要有《三百篇》之遗意方是。观汉、魏古诗，蔼然有感动人处，如《古诗十九首》，皆当熟读玩味，自见其趣。”又《总论》云：“《诗》体三百篇，流为《楚辞》，为乐府，为《古诗十九首》，为苏、李五言，为建安、黄初（汉、魏之间），此诗之祖也。《文选》刘琨、阮籍、潘、陆、左、郭、鲍、谢诸诗，渊明全集，此诗之宗也。老杜全集，诗之大成也。”

元陈绎曾（字伯敷）《诗谱》云：“凡读汉诗，先真实，后文华。”又云：“《古诗十九首》，情真，景真，事真，意真。澄至清，发至情。”

明徐祯卿（字昌谷）《谈艺录》云：“由质开文，《古诗》所以擅巧；由文求质，晋格所以为衰。”又曰：“《古诗三百》，可以博其源；《遗篇十九》，可以约其趣；乐府雄高，可以厉其气；《离骚》深永，可以裨其思。然后法经而植旨，绳古

（古学）以崇辞。虽或未尽臻其奥，我亦罕见其失也。”又曰：“温裕纯雅，《古诗》得之。遒深劲绝，不若汉《铙歌乐府词》。”【晋崔豹《古今注》：“短箫铙歌，军乐也。”宋郭茂倩《乐府诗集》：“汉有《朱鹭》等三十二曲，列于鼓吹，谓之《铙歌》。”（今传十八曲）】

明王世贞（字元美，号凤洲，又号弇州山人）《艺苑卮言》卷一：“《风》、《雅》三百，《古诗十九》，人谓无句法，非也。极自有法，无阶级可寻耳。”又卷二云：“汉、魏人诗语，有极得《三百篇》遗意者，谩记于后……‘胡马依北风，越鸟巢南枝。’（《行行重行行》一首中）‘（相去日以远，）衣带日以缓。’（同上首中）‘清商随风发，中曲正徘徊。’（《西北有高楼》一首中）‘秋蝉鸣树间，玄鸟逝安适？’（《明月皎夜光》一首中）‘（不念携手好，）弃我如遗迹。’（同上首中。《诗·小雅·谷风篇》：“将恐将惧，置予于怀。将安将乐，弃予如遗。”）‘盈盈一水间，脉脉不得语。’（《迢迢牵牛星》一首中）‘（音响一何悲？）弦急知柱促。’（《东城高且长》一首中）‘去者日以疏，来者日以亲。’（第十四首发端两句）‘愁多知夜长（，仰观众星列）。’（《孟冬寒气至》一首中）‘著以长相思，缘以结不解。’（《客从远方来》一首中）‘出户独彷徨，忧（原作愁）思当告谁？’（《明月何皎皎》一首中）……此《国风》清婉之微旨也。”又云：“钟嵘言《行行重行行》十四首，‘文温以丽，意悲而远。惊心动魄，几乎一字千金。’后并《去者日以疏》五首为十九首。（谓昭明。案，陆机所拟《兰若生春阳》一首，即不在《选》中，此略言之耳）为枚乘作（在《选》者八首）。或以‘洛中何郁郁’、‘游戏宛与洛’为咏东京。（《青青陵上柏》一首中。李善之语）‘盈盈楼上女’（《青青河畔草》一首中）为犯惠帝讳。（南宋洪迈《容斋随笔》卷十四谓李陵诗有“独有盈觞酒”，“盈”字正惠帝讳。见前）按临文不讳，（《礼记·曲礼上》：“诗书不讳，临文不讳。”）如‘总齐群邦（，以翼大商）’。（汉高祖少弟楚元王交之傅韦孟所作之四言《讽谏诗》也）故犯高讳无妨。（古公愚先生《汉诗研究》举汉人诗文有“盈”字者数十，容斋谬说，不足信也。又韦孟《讽谏诗》邦字凡四见）宛、洛为故周都会，但‘王侯多第宅’，周世王侯，不言第宅。‘两宫’、‘双阙’，亦似东京语。意者，中间杂有枚生或张衡、蔡邕作，未可知。谈理不如《三百篇》，而微词婉旨，遂足并驾，是千古五言之祖。”

明王世懋（世贞弟，字敬美）《艺圃撷余》云：“《诗》四始之体，惟《颂》专为郊庙颂述功德而作。其他率因触物比类，宣其性情，恍惚游衍，往往无定。……后世惟《十九首》犹存此意。使人击节咏歌，而未能尽究指归。……故余谓《十九首》，五言之《诗经》也。”

明谢榛（字茂秦）《四溟诗话》卷一云：“《诗》曰：‘觏闵既多，受侮不少。’（《邶风·柏舟》）初无意于对也。《十九首》云：‘胡马依北风，越鸟巢南枝。’（第一首《行行重行行》中）属对虽切，亦自古老。六朝惟渊明得之。若‘芳草何茫茫？白杨亦萧萧’（《挽歌诗》三首之三起句）是也。”

又卷一云：“《古诗》之韵，如《三百篇》协用者，‘西北有高楼，上与浮云齐’（第三首起句）是也。（此首用韵甚宽，支、微、齐、佳、灰，五韵通叶）又卷二云：“陈琳曰：‘聘哉日月远，年命将西倾。’陆机曰：‘容华夙夜零，体泽坐自捐。兹物苟难停，吾寿安得延。’谢灵运曰：‘夕虑晓月流，朝忌曛日驰。’李长吉曰：‘天东有若木，下置衔烛龙。吾将斩龙足，嚼龙肉，使之朝不得回，夜不得伏，自然老者不死，少者不哭。’此皆气短（叹年命易逝）。无名氏曰：‘人生（原作生年）不满百，常怀千岁忧。昼短苦夜长，何不秉烛游？’（第十五首）此作感慨而气悠长也。”又卷三云：“《古诗十九首》，平平道出，且无用工字面（不工整雕炼），若秀才对友朋说家常话，略不作意。如‘客从远方来，寄（原作遗）我双鲤鱼。呼童烹鲤鱼，中有尺素书’是也。（此是茂秦误记。此乃蔡邕《饮马长城窟行》，非《古诗十九首》中语也。《十九首》中只有第十七首之“客从远方来，遗我一书札。上言长相思，下言久离别”及第十八首之“客从远方来，遗我一端绮。相去万余里，故人心尚尔”）及登甲科，学说官话，便作腔子，昂然非复在家之时。若陈思王‘游鱼潜绿水，翔鸟薄天飞’、（《情诗》。《玉台新咏》作《杂诗》第三四句）‘始出严霜结，今来白露晞’（《情诗》第七八句）是也。此作平仄妥帖（直似五言律诗），声调铿锵，诵之，不免腔子出焉（依正平仄格律）。魏、晋诗，家常话与官话相半。迨齐、梁开口俱是官话。官话使力，家常话省力；官话勉然，家常话自然。夫学古不及，则流于浅俗矣。（学《古诗十九首》之自然不著力雕刻处不及，则易流于浅俗）今之工于近体者，惟恐官话不专，（惟恐不工整，不雕炼）腔子不大，此所以泥乎盛唐。（拘乎唐人格律，刻意雕炼工整）卒不能超越魏、晋而追两汉也。嗟夫！”又卷四云：“诗赋各有体制，两汉赋多使难字，堆垛联绵（如看字典焉），意思重叠，不害于大义也。诗自苏、李五言，暨《十九首》，格古调高，句平意远，不尚难字，而自然过人矣。诗用难韵，起自六朝，……从此流于艰涩。”

明孙鑛（字文融，号月峰）《评文选》云：“《三百篇》后便有《十九首》，宏壮婉细（宏大、壮阔、婉约、精细），和平险急（音节和平，时或险急），各极其致，而归之浑雅（浑厚雅正），允为方员之至（或刚或柔，各臻其极），后作者虽多，总不出此范围。《诗品》谓‘惊心动魄，一字千金’，良然。”

明胡应麟（字元端）《诗薮·内篇》卷一《古体上·杂言》云：“《三百篇》荐郊庙，被弦歌，诗即乐府，乐府即诗；犹兵寓于农，未尝二也。《诗》亡《乐》废，屈、宋代兴，《九歌》等篇以侑乐（侑，答也。助也），《九章》等作以抒情，途辙渐兆。至汉《郊祀十九章》（《汉书·礼乐志》载有《郊祀十九章》）、《古诗十九首》（《郊祀十九章》合乐，《古诗十九首》不合乐），不相为用。诗与乐府，门类始分，然厥体未甚远也。如‘青青园中葵’（古乐府《长歌行》，下句是“朝露待日晞”），曷异古风（即古诗）？‘盈盈楼上女’（《十九首》之第二首《青青河畔草》），靡非乐府。”又《诗薮·

内篇》卷二《古体中·五言》云："古诗浩繁，作者至众，虽风雅体裁，人以代异；支流原委，谱系具存。（作品及体制）炎刘之制，远绍《国风》，曹魏之声，近沿枚、李。"又云："两汉诸诗，惟郊庙颇尚辞（《汉书·礼乐志》中之《安世房中歌》十七章及《郊祀歌》十九章），乐府颇尚气。（两汉古乐府具见宋郭茂倩《乐府诗集》中）至《十九首》及诸杂诗（苏、李及诸家之作），随语（语气）成韵，随韵成趣（理趣）。辞藻气骨，略无可寻。而兴象（托兴之物象）玲珑，意致（情意理趣）深婉（深微婉约），真可以泣鬼神，动天地。魏氏以下（由曹魏起），文逐运移（谓诗文随世转移），格以人变（诗之风格随人而变）：若子桓（曹丕）、仲宣（王粲）、士衡（陆机）、安仁（潘岳）、景阳（张协）、灵运（入刘宋），以词（辞藻）胜者也。公幹（刘桢）、太冲（左思）、越石（刘琨）、明远（鲍照），以气胜者也。兼备二者，惟独陈思。然《古诗》之妙，（"辞藻气骨，略无可寻。""兴象玲珑，意致深婉。泣鬼神，动天地。"）不可复睹矣。"又曰："诗之难，其《十九首》乎！畜神奇于温厚，寓感怆于和平。意愈浅愈深，词愈近（凡近）愈远。篇不可句摘，句不可字求。盖千古元气，钟孕一时；而枚、张（张衡）诸子，以无意发之，故能诣绝穷微，掩映千古。世以晚近之才，一家之学，步其遗响，即国工大匠，且瞠乎后，况其余者哉！"又曰："'世人但学《兰亭》耳，欲换凡骨无金丹。'鲁直诗也。'古人遗墨，率有蹊径可寻；惟《褉帖》则挥之莫得其端，测之莫穷其际。'光尧语也。（宋高宗《翰墨志》：孝宗加高宗尊号曰光尧）二君所论，书法耳；然形容《十九首》，极为亲切，非沉湎其中，不易知也。”又云：“东、西京气象浑沦，本无佳句可摘；然天工神力，时有独至。搜其绝到，亦略可陈。如，‘相去日已远，衣带日已缓。浮云蔽白日，游子不顾返。’（《十九首》之第一首《行行重行行》）……‘青青陵上柏，磊磊涧中石。人生天地间，忽如远行客。’（《十九首》之第三首起四句）‘南箕北有斗，牵牛不负轭。良无盘石固，虚名复何益？’（《十九首》之第七首《明月皎夜光》）‘河汉清且浅，相去复几许？盈盈一水间，脉脉不得语。’（《十九首》之第十首《迢迢牵牛星》）‘所遇无故物，焉得不速老！’（《十九首》中之第十一首《回车驾言迈》）‘奄忽随物化，荣名以为宝。’（同上首）‘浩浩阴阳移，年命如朝露。’（《十九首》之第十三首《驱车上东门》）‘万世（原作岁）更相送，圣贤莫能度。’（同上首）‘去者日以疏，来者日以亲。’（《十九首》中之第十四首起句）‘白杨多悲风，萧萧愁杀人。’（同上首）‘生年不满百，常怀千岁忧。昼短苦夜长，何不秉烛游？’（《十九首》中之第十五首起四句）‘上言长相思，下言久离别。置之（原作书）怀袖中，三岁字不灭。’（《十九首》中之第十七首《孟冬寒气至》）皆言在带衽之间，奇出尘劫之外，（即《诗品上》所谓“言在耳目之内，情寄八荒之表”也）用意警绝，谈理玄微（玄妙精微），有鬼神不能思，造化不能秘者。‘东城高且长，逶迤自相属。回风动地起，秋草萋已绿。’（《十九首》中之第十二首起四句。此下举其写景叙事者）‘回车驾言迈，悠悠涉长道。四顾何茫茫，东风摇百草。’（《十九首》中之第十一首起四句）‘文彩双鸳鸯，裁为合欢被。著以长相思，缘以结不解。’（《十九首》中之第十八首《客从远方来》）……‘明月皎夜光，促织鸣东壁。玉衡指孟冬，众星何历历！’（《十九首》中之第七首起四句）……‘冉冉孤生竹，结根泰山阿。与君为新婚，兔丝附女萝。’（《十九首》中之第八首起四句）‘燕、赵多佳人，美者颜如玉。被服罗裳衣，当户理清曲。’（《十九首》中之第十二首《东城高且长》）等句，皆千古言景叙事之祖。而深情意远，隐见交错其中。且结构天然，绝无痕迹，非六冶镕铸，何能至此！”“《古诗》与《檀弓》类，盖皆平和简易，而且叙致周折；语意神奇处，更千百年大匠国工，殚精竭力，不能恍惚。”又曰：“古诗短体如《十九首》，长篇如《孔雀东南飞》，皆不假雕琢，工极天然，百代而下，当无继者。”又曰：“子建《杂诗》，（《文选》六首，另《玉台新咏》二首）全法《十九首》意象，规模酷肖，而奇警绝到弗如。……然东、西京后，斯人得其具体。”又曰：“‘人生不满百，戚戚少欢娱。’（子建《游仙》诗）即‘生年不满百，常怀千岁忧’也。（《十九首》中之第十五首起句）‘飞观百余尺，临牖御棂（原作棂，是）轩。’（《文选》子建《杂诗》六首之六起句）即‘两宫遥相望，双阙百余尺’也。（《十九首》中之第三首《青青陵上柏》）‘借问叹者谁？云是荡子妻。’（子建《七哀》诗）即‘昔为倡家女，今为荡子妇’也。（《十九首》中之第二首《青青河畔草》）‘愿为比翼鸟，施翮起高飞。’（子建《送应氏》诗二首之二结句）即‘思为双飞燕，衔泥巢君屋’也。（《十九首》中之第十二首《东城高且长》。案：子建二句，与苏武诗“愿为双黄鹄，送子俱远飞”为近。又《十九首》中之第五首《西北有高楼》结句云：“愿为双鸣鹤，奋翅起高飞。”子建实本此）子建诗，学《十九首》，此类不一。而汉诗自然，魏诗造作，优劣俱见。”又曰：“今人律则称唐，古则称汉，然唐之律，远不若汉之古（远字太过，应云犹）汉自《十九首》、苏、李外，余《郊庙》（《安世房中歌》十七章，《郊祀歌》十九章，见前）、铙歌（《铙歌十八曲》）、乐府及诸杂诗，无非神境（神妙境界）。即下者，犹踞建安右席。（此亦太过）”又曰：“《三百篇》，非一代音也；《十九首》，非一人作也。古今专门大家，吾得三人（意谓《十九首》后）：陈思之古，拾遗（杜拾遗甫也，非陈拾遗子昂也）、翰林（李白）之绝，（案：古体应数陶公，子建所不逮也。何必似《十九首》哉！）皆天授，非人力也。（《史记·淮阴侯列传》：“且陛下所谓天授，非人力也。”）”又曰：“拟《十九首》，自士衡诸作，语已不伦。六朝而后，徒具篇名，意态风神，不知何在？”

明何良俊（字元朗）《四友斋丛说》卷二十四《诗一》：“诗以性情为主，《三百篇》亦只是性情。今诗家所宗，莫过于《十九首》。其首篇《行行重行行》，何等情意深至！而辞句简质（简要质朴）。其后或有托讽者，其辞不得不曲而婉（主文而谲谏）。然终始只一事，而首尾照应，血脉连属，何等妥贴？今人但模仿古人词句，饾饤……成篇（细碎砌合），血脉不相接续，复不辨有首尾；读之终篇，不知其安身立命（通篇要旨）在于何处。纵学得句句似曹、刘，终是未善。”又曰：“《选诗》之中，若论华藻绮丽，则称陈思，（一半华藻，一半气骨）潘、陆苟求风力遒迅，则《十九首》之后，

便有刘桢、左思。”（案：刘实不然。应是陈思、左思、刘琨、郭璞）

明钟惺（字伯敬）、谭元春（字友夏）评选《古诗归》，钟惺曰：“苏、李、《十九首》与乐府微异，工拙浅深之外，别有其妙。乐府能着奇想，着奥辞；而《古诗》以雍穆平远为贵。乐府之妙，在能使人惊；《古诗》之妙，在能使人思。然其情性光焰，同有一段千古常新，不可磨灭处。”

明谭元春曰：“《十九首》无诸古诗之新矫夺目，以温和冥穆（深冥雍穆），无甚可快（谓警句），在诸古诗之上，千古无异议。诸古诗亦若将安焉（谓似甘在其下者），此诗品也。（谓此是《十九首》与其他古诗之诗品也）”

明末陆时雍（字仲昭。与世宗嘉靖间字幼淳之陆时雍是二人）《古诗镜·诗镜总论》云：“《十九首》近于赋而远于风（谓其赋物切近而托讽深远也），故其情可陈，而其事可举也。虚者实之，纡（曲）者直之，则感寤之意微，而陈肆（陈述）之用广矣。夫微而能通（隐微而能通达），婉而可讽者（婉转而能讽谕），风之为道美也（若风之动物，其道美矣）。”又曰：“诗被于乐，声之也。声微而韵（隐微而有韵），悠然长逝（往也）者，声之所不得留也。一击而立尽者，瓦缶也（无余音）。诗之饶韵者（富于韵味），其钲（铜锣）磬（石磬）乎！‘相去日以远，衣带日以缓’，其韵古。……凡情无奇而自佳，景不丽而自妙者，韵使之也。”又《古诗镜》

云："《十九首》深衷浅貌（情意深而文字浅），短语长情（篇幅短而含意长）。"又曰："凡诗，深言之则浓，浅言之则淡，故浓淡别无二道（《十九首》言淡而味浓，语浅而意深）。诗之妙在托（寄托），托则情性流而道不穷矣（流寄于他物而不穷）。风人善托，西汉铙（歌）得此意；故言之形神俱动，流变无方。夫岂惟诗，比干（应是箕子）之狂，虞仲之逸，（《论语·微子》："逸民：伯夷、叔齐、虞仲、夷逸、朱张、柳下惠、少连。"）一以是道行之（有托而逃）。屈原愤而死，则直槁矣。（案：屈原直道而行，犹诗之赋也；箕子、虞仲，则犹诗之比兴也）夫所谓托者，正之不足，而旁行之；直之不能，而曲致之。情动于中，郁勃莫已，而势又不能自达，故托为一意，托为一物，托为一境以出之。故其言直而不讦（攻讦），曲而不污（污邪）也。《十九首》谓之《风》余（《国风》之余），谓之诗母（五言诗之母）。"

明末王夫之（字而农，号船山）《姜斋诗话》卷上："'采采芣苢。'（《周南·芣苢·诗序》："《芣苢》，后妃之美也。和平，则妇人乐有子矣。"《毛传》："芣苢，车前也。宜怀任。"《诗》云："采采芣苢，薄言采之。采采芣苢，薄言有之。"盖天下和平，则妇人乐有子，故歌其事以相乐也。"）意在言先，亦在言后，从容涵泳，自然生其气象。即五言中《十九首》，犹有得此意者。陶令差能仿佛，下此绝矣。"又卷下云："兴、观、群、怨，《诗》尽于是矣。……《诗三百篇》而下，唯《十九首》为能然。（《论语·阳货篇》："子曰：小子何莫学乎《诗》?《诗》可以兴，可以观，可以群，可以怨。

迩之事父，远之事君，多识于鸟兽草木之名。”）李、杜亦仿佛遇之，然其能俾人随触而皆可，亦不数数也。”又曰：“一诗止于一时一事，自《十九首》至陶、谢皆然。……若杜陵长篇，有历数月日事者，合为一章，《大雅》有此体。后唯《焦仲卿》（即《孔雀东南飞》）、《木兰》二诗为然。要以从旁追叙，非言情之章也。为歌行则合，五言固不宜尔。”又曰：“一时一事一意，约之止一两句；长言永叹，以写缠绵悱恻之情，《诗》本教也。自《十九首》及《上山采蘼芜》（《玉台新咏》卷一开端首录《古诗》八首，第一篇即此，今不在《十九首》中）等篇，止以一笔入圣证。（谓《古诗》以一事一意成篇，而能写至极佳处，犹王子敬之作一笔草书也）自潘岳以凌杂（凌乱芜杂）之心，作芜乱之调，而后元声几熄（谓天地之正声几于熄灭）。唐以后，间有能此者，多得之绝句耳。”又曰：“艳诗有述欢好者，有述怨情者，《三百篇》亦所不废。……其述怨情者，在汉人则有‘青青河畔草，郁郁园中柳。……’婉娈中自矜风轨。”（于婉娈中仍矜持其风貌轨仪）

清初金人瑞（字圣叹，本姓张，名采。后改姓金，名喟，一名人瑞。顺治间以抗粮哭庙案被诛）《古诗解》：“此不推为韵言之宗不可也。以锦心绣手至此，犹不屑将姓名留天地间。即此一念，愧杀予属东涂西抹多矣。夫此念，乃古人锦绣根本也。”

清初李因笃（字子德，亭林友）《汉诗音注》曰：“《三百篇》后，定以《十九首》为的传箕裘（《礼记·学记》："良冶之子，必学为裘；良弓之子，必学为箕。"）无妙不备，却又浑含蕴藉，元气盎然。在汉人中，亦朱弦而疏越矣。"（《礼记·乐记》："《清庙》之瑟，朱弦而疏越，一唱而三叹，有遗音者矣。"）

清陈祚明（字允倩）《采菽堂古诗选》云："《十九首》所以为千古至文者，以能言人所同有之情也（言人之所欲言）。人情莫不思得志，而得志者有几？虽处富贵，慊慊（贪得无厌）犹有不足，况贫贱乎？志不可得，而年命如流，谁不感慨？（谓《古诗十九首》多失意伤老之感慨也）人情于所爱，莫不欲终身相守，然谁不有别离？以我之怀思，猜彼之见弃（猜其弃己），亦其常也。夫终身相守者，不知有愁，亦复不知其乐，乍一别离，则此愁难已。逐臣弃妻与朋友阔绝，皆同此旨（此谓《十九首》亦多逐臣弃妇朋友伤别之辞也）。故《十九首》唯此二意。（一、失意伤老之感慨。二、惜别伤离之怀抱）而低徊反复，人人读之，皆若伤我心者。此诗所以为性情之物，而同有之情，人人各具，则人人本自有诗也。但人有情而不能言，即能言而不能尽，（不能尽其致，谓言虽尽而情不能尽也）故特推《十九首》以为至极。言情能尽者（恐人误解尽字），非尽言之之为尽也。尽言之则一览无遗，惟含蓄不尽，故反言之，（不说尽，作万一希冀之想）乃足使人思。盖人情本曲（曲折），思心至不能自已之处，徘徊度量，常作万一不然之想；今若决绝一言，则已矣，不必再思矣。故彼弃予矣，必曰亮不弃也。（如"君亮执高节，贱妾亦何为”）见无期矣，必曰终相见也。（如“相去万余里，故人心尚尔”。及李陵《与苏武诗》：“安知非日月？弦望自有时。”）有此不自决绝之念，所以有思，所以不能已于言也。（否则心死而无言矣）《十九首》善言情，惟是不使情为径直之物，而必取其宛曲者以写之；故言不尽，而情则无不尽。后人不知，但谓《十九首》以自然为贵，乃其经营惨淡（杜甫《丹青引》：“意匠惨淡经营中。”）则莫能寻之矣。”（此王安石所谓“看似寻常最奇崛，成如容易却艰辛”也）

清王士祯（字贻上，号阮亭，别号渔洋山人）《古诗选·五言诗凡例》云：“《十九首》之妙，如无缝天衣。后之作者，顾求之针缕襞褶（衣褶）之间，非愚则妄。此后作者代兴，钟记室之评题（是也）矣。”又《师友诗传录》：“问：五古句法宜宗何人？从何人入手简易？阮亭答：《古诗十九首》，如天衣无缝，不可学已！陶渊明纯任真率，自写胸臆，亦不易学。六朝则二谢、鲍照、何逊，唐人则张曲江、韦苏州数家，庶可宗法。”又：“问：《古诗十九首》乃五古之原，按其音节风神，似与《楚骚》同时，而论者指为枚乘等拟作。枚之文甚著，（《文选》有《七发》、《谏吴王书》、《重谏吴王书》等）其诗不多见；且秦、汉风调自殊，何所据而指为枚作耶？又苏、李《河梁》亦有《十九首》风味，岂汉人之诗，其妙皆如此耶？求明示其旨。阮亭答：《风》、《雅》后有《楚辞》，《楚辞》后有《十九首》。风会变迁，非缘人力，然其源流则一而已矣。《古诗》中《迢迢牵牛星》、《庭中有奇树》、《西北有高楼》、《青青河畔草》等五六篇（实则除《文选》

中八首外，复有《兰若生春阳》，共九篇）《玉台新咏》以为枚乘作。《冉冉孤生竹》一篇，《文心雕龙》以为傅毅之辞。二书出于六朝，其说必有依据；要之为西京无疑。《河梁》之作与《十九首》同一风味，皆所谓‘惊心动魄，一字千金’者也。嬴秦之世，但有碑铭，无关风雅。”（秦始皇亦使博士为《仙真人诗》，但不传耳）又：“问：李沧溟（明李攀龙号）先生论五言，谓唐无五言古诗，盖言唐人之五古，与汉、魏、六朝自别也。唐人七言古诗，诚掩前绝后，奇妙难踪；若五古，似不能相颉颃。沧溟之言，果为定论欤？阮亭答：沧溟先生论五言，谓唐无五言古诗，而有其古诗，此定论也。常熟钱氏，（谦益。字受之，号牧斋）但截取上一句（谓“唐无古诗”，不云“有其古诗”）以为沧溟罪案，沧溟不受也。要之，唐五言古固多妙绪，较之《十九首》、陈思、陶、谢，自然区别。七言古，若李太白、杜子美、韩退之三家，横绝万古。后之追风蹑景，惟苏长公一人而已。”又：“问：《古诗十九首》乃五古之原，按其音节风神，似与《楚骚》同时，而论者以为枚乘等拟作。苏、李《河梁》亦有《十九首》风味，岂汉人之诗，其妙皆如此耶？张历友（名笃庆）答：昔人谓《十九首》为《风》余，（陆时雍）又曰诗母，（亦陆时雍语）若自列国之诗（指十五《国风》）涵泳而出者，……其为《楚骚》之后无疑；况乎《骚》亦出于《风》也。而五言至汉世乃大显。《十九首》中如《青青河畔草》、《西北有高楼》、《涉江采芙蓉》、《庭中有奇树》、《迢迢牵牛星》、《东城高且长》、《明月何皎皎》（少《行行重行行》一首），《玉台》皆以为枚乘作。《冉冉孤生竹》，《文心雕龙》以为傅毅。《驱车上东门》，乐府作《驱车上东门行》，……然相其体格，大抵是西汉人口气。……至如苏、李《河梁》、《录别》，其风味亦去《十九首》不远，亦非东京以下所能涉笔者。”又：“萧亭（张居实字）答：《骚》之变为五言也，风调自别。《十九首》，或谓《楚骚》同时，皆谓枚乘等作，想考无确据，故不书作者姓名（指《文选》）。观《青青陵上柏》一章内，‘两宫遥相望，双阙百余尺’，两宫，南宫北宫也。（李善《文选注》引）蔡质《汉官典职》曰：‘南宫北宫，相去七里。’又《明月皎夜光》一首内，如‘促织鸣东壁’、‘玉衡指孟冬’、‘白露沾野草’、‘秋蝉鸣树间，玄鸟逝安适’等语，所序皆秋事，乃汉令（律历。武帝太初前）也。《汉书》（《任敖传》）曰：‘高祖十月至坝上。故以十月为岁首。’汉之孟冬，今之七月也，似为汉（武帝太初前）人之作无疑。”又：“张萧亭答：《古诗》，拟者千百家，终不能追踪者，由于著力也。一著力，便失自然，此诗之不可强做也。”又：“张历友答：五言之至者，其惟《十九首》乎！其次则两汉诸家及鲍明远、陶彭泽，骎骎乎古人矣。子建健哉！而伤于丽；亦抑五言圣境矣。”又：“张萧亭曰：《十九首》，《行行重行行》、《冉冉孤生竹》、《生年不满百》皆换韵。……一气韵虽矫健，换韵意方委曲。有转句即换者（两句），有承句方换者（第二段），水到渠成，无定法也。要之，用过韵不宜重用，嫌韵（同音者）不宜联用也。”又曰：“如《白头吟》、《日出东南隅》（即《陌上桑》）、《孔雀东南飞》等篇，是乐府，非古诗。如《十九首》、苏、李《录别》，是古诗，非乐府，可以例推。”

冯班（字定远）《钝吟杂录》："《青青河畔草》，乐府也。（此谓蔡邕之《饮马长城窟行》"青青河畔草，绵绵思远道"一首）《文选注》引《古诗》多云枚乘乐府，则《十九首》亦乐府也。"又曰："汉时有苏、李五言，枚乘诸作，然吴兢（唐人）《乐录》有《古诗》，而李善注《文选》，多引枚乘乐府诗，文皆在《古诗》中，疑五言诸作皆可歌也。"又曰："《文选注》引《古诗》，多云枚乘乐府诗，知《十九首》亦是乐府也。"

沈用济（字方舟，至粤，与屈大均定交）、费锡璜（字滋衡）《汉诗说》："《十九首》如，'弃捐勿复道，努力加餐饭。'（《行行重行行》结句）'空床难独守。'（《青青河畔草》结句）'无为守穷贱，轗轲长苦辛。'（《今日良宴会》结句）'忧伤以终老。'（《涉江采芙蓉》结句）'荡涤放情志，何为自结束？'（《东城高且长》中，偶误以为是结句）'不如饮美酒，被服纨与素。'（《驱车上东门》结句）皆透过人情物理，立言不朽。至今读之，犹有生气。每用于结句，盖全首精神专主末句，其语万古不可易，万古不可到，乃为至诗也。"

费锡璜《汉诗总说》："以沈约、谢朓诗与《十九首》并读，勿问其他。耑言音调，相去已远。盖元气全则元音足，古诗惟《十九首》音调最圆；子建、嗣宗犹近之，宋、齐则远矣。"又曰："《十九首》、五首、三首，（除《十九首》外，《玉台新咏》有《上山采蘼芜》、《四坐且莫喧》、《悲与亲友别》、《穆穆清风至》及《兰若生春阳》五首。又有《橘柚垂华实》、《十五从军征》、《新树蕙兰葩》三首）多非为一人一事而作，读之久，自能感人。有能解此语者，吾当与天下共推之。”

张庚（原名焘，字溥三，号浦山。又号瓜田逸史，白苎村桑者，弥伽居士）《古诗解》曰：“组织《风》、《骚》，钧平文质，得义理之正，合和平之旨。义理声歌，两用其极，故能绍已亡之《风》、《雅》，垂万禩（祀之或体）之规模。有志斯道者，当终身奉以为的。”

宋大樽（字左彝）《茗香诗论》：“太白有云：‘将复古道，非我而谁？’（有《古风》五十九首）古道必何如而复也？《三百》后有《补亡》（晋束皙广微有《补亡》诗六首，在《文选》中），《离骚》后有《广骚》、《反骚》。（皆扬雄作，《广骚》亡，《反离骚》存）苏、李赠答，《古诗十九首》，乐府后，有《杂拟》（在《文选》中），非复古也，剿说雷同也。（《礼记·曲礼上》：“毋剿说，毋雷同，必则古昔，称先王。”）《三百》后有《离骚》，《离骚》后有苏、李赠答，《古诗十九首》，苏、李赠答，《古诗十九首》外，有乐府，后有建安体，有嗣宗《咏怀》诗，有陶诗，陶诗后有李、杜，乃复古也。拟议以成其变化也。（《易·系辞传上》：“拟之而后言，议之而后动，拟议以成其变化。”）又曰：“前人谓（钟嵘《诗品上》评曹植诗语）‘孔氏之门如有（原作用）诗，则公幹升堂，思王入室，景阳（张协）、潘、陆自可坐于廊庑之间’。（钟仲伟语实本于扬雄《法言·吾子篇》云：“如孔氏之门用赋也，则贾谊升堂，相如入室矣。如其不用何？”）噫！是何言也？以汉之乐府、古歌辞升堂，《十九首》入室，廊庑之闲坐陶、杜，庶几得之。”

吴兆宜（字显令）引齐召南（字次风，号琼台，晚号息园）曰：“《古诗》妙不可言，使集中皆如此，即近于《国风》矣。”（《玉台新咏注》引）

宋荦（字牧仲，号漫堂）《漫堂说诗》云：“五言古，汉、魏、晋、宋，名篇甚夥，独苏、李、《十九首》另为一派。阮亭云：‘如无缝天衣，后之作者，求之针缕襞积之间，非愚则妄。’诚哉知言！阮嗣宗《咏怀》（八十二首），陈子昂《感遇》（三十八首），李太白《古风》（五十九首），韦苏州《拟古》（十二首），皆得《十九首》遗意。于麟（李攀龙）云：‘唐无古诗，而有其古诗。’彼仅以苏、李《十九首》为古诗耳；然则子昂、太白诸公，非古诗乎？余意历代古诗，各有擅长；不第（特也）唐之王（维）、孟（浩然）、韦（应物）、柳（宗元），即宋之苏（轼）、黄（庭坚）、梅（尧臣）、陆（游），要是斐然，而必以少陵为归墟。（谓杜是大宗，必归之杜）昔人诗评杜工部，如周公制作，（《唐诗别裁》引宋孙琏云：“孙器之比之周公礼乐，后世莫能拟议。斯为笃论。”）后世莫能拟议，盖笃论也。”

徐增（字子能，号而庵）《而庵诗话》：“论诗……至于今日，颓波莫挽，有志之士，为之慨然。夫《三百篇》、《十九

首》之旨，固无有能晰之者。”（谓其用比兴寄托，厥旨遥深曲折，后人实难明其本意也）

汪师韩（字抒怀，雍正时进士，官编修）《诗学纂闻》云：“《选诗》以《杂诗》、《杂拟》分为二类（卷二十九至卷三十一，共三卷），《杂诗》者，《十九首》（其中八首，《玉台新咏》亦题作枚乘《杂诗》）、苏、李诗及诸家《杂诗》是也。《杂拟》者，凡《拟古》、《效古》（刘宋袁淑、梁范云皆有《仿古》诗一首）诸诗是也。……宋洪文惠适（迈兄。字景伯，谥文惠）《拟古诗》，每篇首句直用《古诗》，如《明月皎夜光》、《冉冉孤生竹》、《迢迢牵牛星》、《青青河畔草》等作，词未为工，而古意不失。”

沈德潜（字归愚）《说诗晬语》卷上：“《风》、《骚》既息，汉人代兴，五言为标准矣。就五言中，较然两体：苏、李赠答，无名氏《十九首》，是古诗体。《庐江小吏妻》（即《孔雀东南飞》）、《羽林郎》、《陌上桑》之类，是乐府体。”又曰：“苏、李、《十九首》后（有此等诗后），五言最胜，大率优柔善入（善于感人），婉而多风（婉转而动人）。少陵才力标举，纵横挥霍（驱策万类），诗品又一变矣。（谓是又一种佳处）”又《古诗源》卷四云：“《十九首》非一人一时作，《玉台》以中几首为枚乘，《文心雕龙》以《孤竹》一篇为傅毅之辞。昭明以不知姓氏，统名为《古诗》，从昭明为允。”又曰：“《十九首》大率逐臣、弃妻、朋友阔绝（此三类是陈祚明《采菽堂古诗选》中语）死生新故之感。中间或寓言，或显言，（寓言，用比兴寄托。显言，用赋体直言）反复低徊，抑扬不尽。使读者悲感无端，油然善入，此《国风》之遗也。”又曰：“言情不尽（用比兴，不作决绝语），其情乃长。后人患在好尽耳（谓作决绝语）。读《十九首》，应有会心。”又曰：“清、和、平、远，不必奇僻之思，惊险之句，而汉京诸古诗皆在其下，方员之至。”（谓是五言诗之极则也。《孟子·离娄上》：“规矩，方员之至也；圣人，人伦之至也。”）

叶燮（字星期，号已畦）《原诗·内篇》：“汉苏、李始刱（“创”之本字）为五言。（钟嵘《诗品序》：“逮汉李陵，始著五言之目矣。”）其时又有亡名氏之《十九首》，皆因（依也）乎《三百篇》者也。然不可谓无异于《三百篇》，而实苏、李刱之也（刱变其体）。建安、黄初之时，（汉末魏初，建安七子及操、丕、植等）因于苏、李与《十九首》者也。然《十九首》止自言其情，建安、黄初之诗，乃有献酬、纪行、颂德诸体，遂开后世种种应酬等类，则因而实刱（虽因依而实为刱），此变之始也。”又曰：“苏、李五言与无名氏之《十九首》，至建安、黄初，作者既已增华矣。（昭明太子《文选序》：“踵其事而增华，变其本而加厉。物既有之，文亦宜然。随时变改，难可详悉。”）如必取法乎初，当以苏、李与《十九首》为宗，则亦吐弃建安、黄初之诗可也。诗盛于邺下，【三曹及七子。曹操于建安九年，即据邺城（今河北邯郸市临漳县），十八年封魏公，二十一年进爵魏王，皆都邺城】然苏、李、《十九首》之意，则寖衰矣。使邺中诸子，欲其一一摹仿苏、李，尚且不能，且亦不欲。乃于数千载之后，胥天下而尽仿曹、刘之口吻，得乎哉?”

成书（满人，字倬云，号误庵。乾隆时进士）《古诗存》曰：“（《十九首》）格（格调）高，品（诗品）韵（韵味）高，不使一分才气，而语语耐人十日思。觉历来论诗诸评语，举（皆也）不足以赞之。（此善颂矣）”

吴骞（字槎客，号兔床。）《拜经楼诗话》：“《说苑·君道篇》引孔子曰：‘文王似元年，武王似春王，周公似正月。’（元年，春，王正月）窃亦曰：《十九首》似元年，《河梁》似春王，子建似正月。”

李重华（字实君，号玉洲。雍正时进士）《贞一斋诗说》：“《风》、《骚》而后，《古诗》嗣兴，自汉氏迄六朝，‘选体’果正宗欤?曰：尼父删《诗》，录《国风》、《二雅》、《三颂》，其体井然别矣。三体（《风》、《雅》、《颂》）各具兴比赋，其旨了然备矣。今观汉氏诗，若《十九首》、苏、李赠答诸什，《风》之遗也。”

黄子云（字野鸿，吴县人）《野鸿诗的》曰：“理明句顺，气敛神藏，是谓平淡。如《十九首》岂非平谈乎?苟非绚烂之极，未易到此。窃见诗家，误以浅近为平淡，毕世作，不经意，不费力，皮壳数语，便栩栩以为历陶、韦之奥，可慨也已。”

陈沆（字太初，号秋舫）《诗比兴笺》卷一《枚乘诗笺》："《古诗十九首》，《文心雕龙》曰：'《古诗》佳丽，或云（原作称）枚叔，其《孤竹》一篇，则傅毅之辞。比采而推，其（原无此字）两汉之作乎！'李善亦以'驱车上东门'……'游戏宛与洛'，词兼东都，非尽乘作。然徐陵《玉台新咏》录枚乘古诗止九篇，两语皆不在其中，则《十九首》固非一人之辞，惟九章则为乘作也。本传（《汉书·枚乘传》）两上吴王之书，其谏显；九诗多出去吴之日，其谏隐。乃知屈原以前无《骚》，枚乘以前无五言。若非宗国（指屈原）、故君（谓枚乘，为吴王濞郎中）之感，乌能迫其幽情，激其变调，下启百世，上续四始者乎！自《文选》滥竽，郢书燕说，（谓其杂附诸作，不云枚乘，而混为《十九首》，只题为《古诗》也。滥竽：见《韩非子·内储说》。郢书燕说：见《韩非子·外储说》。滥竽，谓其混杂他作于枚乘诗中。郢书燕说，谓其附会以为皆出无名氏也。《韩非子·外储说·左上》篇："郢人有遗燕相国书者，夜书，火不明，因谓持烛者曰：'举烛。'而误书举烛。举烛，非书意也。燕相国受书而说之，曰：'举烛者，尚明也。尚明也者，举贤而任之。'燕相白王，王大悦，国以治。治则治矣，非书意也。今世学者，多似此类。"）无病徒呻，不有论世阐幽，曷以诵词逆志？以为古之作者，亦将有乐于斯也。"又曰："又案，《玉台新咏》录此九诗，次第迥异。《西北有高楼》第一（今在《十九首》中第五），《东城高且长》第二（今在《十九首》中第十二），《行行重行行》第三（今在《十九首》中第一），《涉江采芙蓉》第四（今在《十九首》中第六），《青青河畔草》第五（今在

《十九首》中第二），《兰若生春阳》第六（今不在《文选》中，陆机有拟此首，钟嵘以为“惊心动魄，一字千金”者，此首在内），《庭前（《文选》作中）有奇树》第七（今在《十九首》中第九），《迢迢牵牛星》第八（今在《十九首》中第十八），《明月何皎皎》第九（今在《十九首》中第十九）。以史证诗，则《玉台》次第大胜《文选》。考《汉书》本传：‘枚乘字叔，淮阴人也。（今江苏淮安市淮阴区）为吴王濞郎中。【濞，高帝兄仲之子，立为吴王。高帝相之曰：“若（汝也）状有反相。”“汉后五十年，东南有乱，岂若邪？”濞顿首曰：“不敢。”文帝时，吴太子入朝，为皇太子（后之景帝）所杀，由是怨望。”】吴王之初怨望谋逆也，乘奏书谏，吴王不纳。乘与邹阳等皆去之梁，从孝王游。景帝即位，吴王举兵，以诛错为名。汉闻之，斩错以谢诸侯。【文帝时，晁错为太子家令，数从容言吴过，可削（削其封邑），文帝宽，不忍罚，以此吴王益骄横。景帝即位，错为御史大夫，说上削之。乃与楚、赵、菑川、胶东、胶西、济南等六国反，以诛错为名。景帝乃诛错以谢七国，仍反不已，卒为条侯周亚夫荡平之】枚乘复说吴王罢兵，吴王不用乘策，卒见破灭。汉既平七国，乘由是知名。景帝召拜乘为弘农都尉。乘久为大国（吴及梁）上宾，与英俊（邹阳等）并游，得其所好。不乐郡吏，以病去官。复游梁，梁客皆善属辞赋，乘尤高。孝王薨，乘归淮阴。武帝自为太子闻乘名，及即位，乘年老，乃以安车蒲轮征乘，道死。拜其子皋为郎。’今以诗求之，则《西北》、《东城》二篇，正上书谏吴时所赋。《行行》、《涉江》、《青青》三篇，则去吴游梁之时。《兰若》、《庭前》二篇，则在梁闻吴反，复说吴王时。《迢迢》、《明月》二篇，则吴败后作也。”（案：陈太初《诗比兴笺》释枚乘《杂诗》九篇，以为纯用比兴，极佳。此谭复堂所谓“作者未必然，读者何必不然”者也）

方东树（字植之）《昭昧詹言》卷一云：“古人用意，深微含蓄，文法精严邃密，如《十九首》、汉、魏、阮公诸贤之作，皆深不可识。后世浅士，未尝苦心研说，于词且未通，安能索解！”又曰：“固贵立意，然古人只似带出，似借指点，或借证明，而措语又必新警，从无正衍直说。此当于《十九首》、汉、魏、阮公求之。”又曰：“用笔之妙，翩若惊鸿，宛若游龙（曹子建《洛神赋》中语），如百尺游丝宛转，如落花回风，将飞更舞，终不遽落，如庆云在霄，舒展不定。此惟《十九首》、阮公、汉、魏诸贤，最妙于此。”又曰：“段落明白，始于东汉，（自注：“如班叔皮《王命论》等作。”）昔贤以此为文章之衰；然诗犹未尔。（谓东汉人之诗，犹未段落明白。故东汉文章始衰，诗则未衰）如《十九首》及孔北海、曹氏父子、刘、阮、陶公、刘琨，皆魏、晋人作，而高古如彼。不特此也，如谢、鲍之参差，犹存古法，但短浅耳！（谓其韵味不长，含意不深也）俗士尚不解鲍、谢，何见汉、魏之天衣无缝者耶?”又卷二云：“昔人称汉、魏诗曰：‘天衣无缝。’（王渔洋称《十九首》耳）又曰：‘一字千金，惊心动魄。’（钟嵘《诗品上》称《古诗》，谓“惊心动魄，可谓几乎一字千金”）此二语最说得好。今当即（就也）此二语深求，而解悟其所以然，自然有得力处。”又曰：“《十九首》须识其天衣无缝处；一字千金，惊心动魄处；冷水浇背，卓然一惊处。【清初方廷珪伯海《文选集成》于《生年不满百》一首中“愚者爱惜费，但为后世嗤”等语下云：“直以一杯冷水，浇财奴之背。”财奴，谓守钱也。《后汉书·马援传》：“凡殖货财产，贵其能施赈也，否则守钱奴耳。”】此皆昔人甘苦论定之言，必真解了证悟，始得力。”又曰：“大抵《古诗》，皆从《骚》出，比兴多而质言少，（质，直也。质言谓赋也）及建安渐变为质。陶公乃一洗为白道，（此语实不然。陶公诗几乎全用比体，止从文字看来，似纯用浅白之赋体耳，实则句句是比也。必明乎此，始得陶诗真谛。《述酒》一首，且用廋辞也）此即所谓去陈言也。后来杜、韩遂宗之以立极。其实《三百篇》本体固如是也。”（谓《三百篇》亦比兴多而质言少及去陈言也）

刘熙载（字融斋）《艺概》卷二《诗概》云：“《古诗十九首》与苏、李同一悲慨；然《古诗》兼有豪放旷达之意，与苏、李之一于委曲含蓄，有阳舒阴惨之不同。（张衡《西京赋》：“夫人在阳时则舒，在阴时则惨，此牵乎天者也。”此谓《十九首》是阳舒，苏、李诗是阴惨也）知人论世者，自能得之言外，固不必如钟嵘《诗品》谓《古诗》出于《国风》，李陵出于《楚辞》也。”又曰：“《十九首》凿空乱道，读之自觉四顾踌躇，百端交集。诗至此，始可谓其中有物也。”（《易·家人卦·象辞》：“风自火出，《家人》。君子以言有物而行有恒。”东坡《次韵刘贡父独直省中》七律云：“笔老新诗疑有物，心空客疾本无根。”）

施补华（字均父）口授钱栔（字次卿）笔述之《岘佣说诗》云："五言古诗，厥体甚尊。《三百篇》后，此其继起，以简质浑厚为正宗。苏、李赠答，《古诗十九首》后，惟陈思诸作，及阮公《咏怀》、子昂《感遇》等篇，不逾分寸，余皆或出或入，（或合于古，或不合于古也。扬雄《法言·君子篇》："乍出乍入，《淮南》也。"）不能一致也。"

《十九首》中，侧重枚乘八作，注之特详；他皆从略，见意而已。

其一 此首《玉台新咏》题作枚乘《杂诗》。原次是在第三。

行行重行行，与君生别离。相去万余里，各在天一涯。读宜。叶支韵。**道路阻且长，会面安可知？胡马依北风，越鸟巢南枝。相去日已远，衣带日已缓。浮云蔽白日，游子不顾反。思君令人老，岁月忽已晚。弃捐勿复道，努力加餐饭。**唐贾岛《二南密旨》曰："诗有三格：一曰情，二曰意，三曰事。……意格，取诗中之意，不形于物象。如《古诗》云：'行行重行行，与君生别离。'"又《论变大小雅》云："《大》、《小雅》变者，谓君不君，臣不臣，上行酷政，下进阿谀，《诗》人则《变雅》以讽刺之。言变者，即（就也）所为景象，移动比之。……《古诗》云：'浮云翳白日，游子不顾返。'……此乃变《小雅》之体也。"明何良俊《四友斋丛说》："今诗家所宗，莫过于《十九首》。其首篇《行行重行行》，何等情意深至而辞句简质！"明末陆时雍《古诗镜》曰：

“一句一情，一情一转。‘行行重行行’衷何绻也！‘与君生别离’情何惨也！‘相去日已远，衣带日已缓’，神何瘁也！‘浮云蔽白日，游子不顾返’，怨何深也！‘弃捐勿复道，努力加餐饭’，前为废食（指衣带日已缓），今乃加餐，亦无可奈而自宽云耳。‘衣带日已缓’一语，韵甚。‘浮云蔽白日’，意有所指，此诗人所为善怨。”又曰：“此诗含情之妙，不见其情；畜意之深，不知其意。”清初陈祚明《采菽堂古诗选》曰：“用意曲尽，创语新警。”沈德潜《古诗源》曰：“起是俚语，极韵。”邵长蘅子湘《邵氏评文选》曰：“怨而不怒，见于加餐一语（是自己加餐也）。忠而见疑，往往如此。”案：《诗·周南·卷耳》云：“我姑酌彼金罍，维以不永怀。”与此首结语同意。保重身体，以为将来相逢地也。姚鼐曰：“此被谗之旨。”方廷珪伯海《文选集成》曰：“此为忠人放逐，贤妇被弃，作不忘欲返之词。顿挫绵邈，真得《风》人之旨。”于光华惺吾《评注昭明文选》云：“比兴意多，文情便深厚，此《风》人嫡派。”董讷夫《评点阮亭古诗选》云：“正喻夹写，一气旋转，有《诗》人忠厚之意焉。其放臣弃友所作欤？盖不徒伤别之感也。”张琦《翰风·古诗录》云：“此逐臣之辞。谗谄蔽明，方正不容，所以不顾返也。然其不忘欲返之心，拳拳不已。（《史记·屈原列传》：“屈平疾王听之不聪也，谗谄之蔽明也，邪曲之害公也，方正之不容也，故忧愁幽思而作《离骚》。……信而见疑，忠而被谤，能无怨乎？……虽放流，睠顾楚国，系心怀王，不忘欲反，冀幸君之一悟，俗之一改也。”）虽岁月已晚，犹努力加餐，冀幸君之悟而返己。”陈沆太初《诗比兴笺·枚乘诗笺》曰：“此初去吴至梁之诗也。

《楚辞》：‘乐莫乐兮新相知，悲莫悲兮生别离。’（《九歌·少司命》：“悲莫悲兮生别离，乐莫乐兮新相知。”）言君子不以乐易悲，不以新置故也。夫梁园上客，胜友云从，（梁考王武爱文学之士，邹阳等皆归焉）语其遭逢，讵让淮甸？（指吴王）乃夫君恻恻，长路悠悠，（《九歌·云中君》：“思夫君兮太息，极劳心兮。”）睠言故乡，则感南枝之巢鸟；愤怀萧艾，则悲白日之浮云。（《离骚》：“何昔日之芳草兮，今直为此萧艾也！”）奈何游子终不顾反哉！我是以维忧用老也。（《诗·小雅·小弁》篇：“假寐永叹，维忧用老。”）先之曰‘会面安可知’、‘譬彼舟流，不知所届’之谓，（《小雅·小弁》：“譬彼舟流，不知所届。心之忧矣，不遑假寐。”）卒之曰：忧能伤人，岁月几何？不如弃置而加餐焉；‘死丧无日，无几相见’之谓。（《小雅·頍弁》篇：“如彼雨雪，先集维霰。死丧无日，无几相见。”）《韩诗外传》：诗曰：‘代马依北风，飞鸟栖故巢。’（今《韩诗外传》十卷无此文。只见《文选注》引，盖或是佚文也。陈沆此处是用《善注》）皆不忘本之意也。此乘诗所本，宜用《韩传》为解。”

行行重行行，与君生别离。

此“重”字应读去声。行行重行行，谓既经行行，还重须行行，故下有万余里，日以远之相距也。阮元《经籍籑故·去声·二宋》韵解重为“数也”、“益也”、“再也”、“复也”、“增益也”。《左传》襄公四年：《虞人》之箴曰：“武不可重。”杜预注：“重犹数也。”《离骚》：“纷吾既有此内美兮，又重之以修能。”洪兴祖《补注》：“重，储用切，再也。”

《吕氏春秋·季夏纪·制乐篇》："文王曰：是重吾罪也。"高诱注："重，犹益也。"《史记·李斯列传》："齐人淳于越进谏曰：……今臣青（周青臣）等又面谀，以重陛下过，非忠臣也。"司马贞《索隐》曰："重，音逐用反，重者再也。"又《刺客列传》聂政姊荣曰："今乃以妾尚在之故，重自刑以绝从。"司马贞曰："重，音持用反。重，犹复也。"《汉书·文帝纪》："而曰豫建太子，是重吾不德也。"颜师古曰："重，谓增益也。音直用反。他皆类此。"《后汉书·郅浑传》："欧阳歙曰：是重吾过也。"李贤注："重，再也。"又《郎顗传》："出死忘命，恳恳重言。"李贤注："重，再也。"《广韵·去声·二宋》："重，更为也。柱用切。"又清初康熙间刘淇《助字辨略·卷四·去声》"重"字下云："《汉书·苏武传》：'见犯乃死，重负国。'师古云：'……是为更负汉国。'愚案，更亦益也。……又《古诗·行行重行行》，此重字，犹云复也、再也、又也。……若事之既已为之，又更为之，其重字则读作去声。"故行行重行行者，谓既已行行，又更行行，还重行行也。浅人读为平声，则意浅而声牾矣。清吴淇《古诗十九首定论》曰："首句连叠四个行字，中但以一重字介之，极写其远。"清张庚《古诗十九首解》："首言行行，远也；复言行行，久也。即包全篇意。"清朱筠《古诗十九首说》："只行行重行行五字，便觉缠绵真挚，情流言外矣。"清方廷珪曰："生字妙，一篇关情处。"清张玉谷《古诗十九首赏析》云："重行行，言行之不止也。"清饶学斌《月午楼古诗十九首详解》云："行之不已曰行行，益之曰重行行，斯天长地阔，下横竖两层，俱隐括此五字中。"唐《五臣注文选》张铣曰：

"此诗意为忠臣遭佞人谗谮，见放逐也。"生别离：《楚辞》屈原《九歌·少司命》："入不言兮出不辞，乘回风兮载云旗。悲莫悲兮生别离，乐莫乐兮新相知。"洪兴祖《补注》："乐府有《生别离》，出于此。"（宋郭茂倩《乐府诗集》卷七十二《杂曲歌辞十二》有《生别离》三首）饶学斌曰："悲莫悲兮生别离，《楚辞》也，感深于君臣之际者也。其情辞切挚，已惨不自胜，所谓'一声《何满子》，双泪落君前'。（唐张祜《宫词》："故国三千里，深宫二十年。一声《何满子》，双泪落君前。"）斯不仅言者伤心矣。"

相去万余里，各在天一涯。

此涯字音宜。《广韵·上平声·五支》有"涯"字。在"宜"字后，同音。"水畔也。"《说文》无"涯"字，本作"崖"，"崖，高边也。"又作"厓"，"厓，山边也。"天一涯，犹云各天一边也。徐铉《说文·新附》补涯字，"水边也。"又李善《文选注》引《广雅》曰："涯，方也。"按：在今《广雅·释诂一》，无水旁，但作厓，李善添水旁耳。李陵《与苏武诗》云："风波一失所，各在天一隅。"天一涯、天一方、天一隅，意略同也。朱筠《古诗十九首说》曰："相去二句，从别后说起，'各'字妙，与次句'与'字相应。（"与君生别离"）是从两边说。"饶学斌《月午楼古诗十九首详解》云："相去万余里，言生别离者，乃远别离也。"

道路阻且长，会面安可知？

《诗·秦风·蒹葭》："蒹葭苍苍，白露为霜。所谓伊人，在水一方。遡洄（逆流）从之，道阻且长。”《孔丛子·儒服篇》：“未知后会何期?”孔融《与张纮书》：“但用离析，无缘会面。”元刘履《选诗补注》：“贤者不得于君，退处遐远，思而不忍忘，故作是诗。言初离君侧之时，已有生别之悲矣；至于万里道阻，会面无期，比之物生异方，各随所处，又安得不思慕之乎?”陈祚明《采菽堂古诗选》曰：“阻则难行，长则难至，是二意，故曰且。”张庚《古诗十九首解》曰：“相去四句，见别离易而会面难。”姜任修《古诗十九首绎》云：“哀无怨而生离也。悲莫悲兮生别离，似此行行不已，万里遥天，相为阻绝，后会安有期耶?”朱筠《古诗十九首说》曰：“道路阻且长，是从中间说；会面安可知，足一句，正见别离之苦。”方东树《昭昧詹言·论古诗十九首》：“起六句，追述始别，夹叙夹议。道路二句，顿挫，断住。”张玉谷《古诗十九首赏析》云：“首二，追叙初别，即为通章总题，语古而韵。相去六句，申言路远会难。”

胡马依北风，越鸟巢南枝。

李善《文选注》引《韩诗外传》曰：“诗曰：‘代马依北风，飞鸟栖故巢。’（案：今《韩诗外传》十卷无此二句，或是佚文，或是《内传》中语也。代，古国名，战国初赵襄子灭之。在今山西东北部及察哈尔南部一带地）皆不忘本之谓也。五臣李周翰注曰：“胡马出于北，越鸟巢于南，依望北风，巢于南枝，皆思旧国。”《吴越春秋》卷四《阖闾内传》：“吴大夫被离承宴，问子胥曰：‘何见而信喜?’子胥曰：‘吾之怨与喜同。子不闻河上歌乎?“同病相怜，同忧相救。惊翔之鸟，相随而集；濑下之水，因复俱流。胡马望北风而立，越燕向日而熙。谁不忧其所近，悲其所思”者乎？’”王粲《七哀》诗：“狐狸驰赴穴，飞鸟翔故林。”曹植《失题》诗：“游鸟翔故巢，狐死反丘穴。”（《北堂诗钞》卷一百五十八引）陆机《拟古诗·拟行行重行行》：“晨风（鹯鸟）思北林，游子眇天末。”又《赠从兄车骑》诗：“狐兽思故薮，羁鸟悲旧林。”潘岳《在怀县作》：“徒怀越鸟志，眷恋想南枝。”晋张协《杂诗》：“流波恋旧浦，行云思故山。”晋王赞正长《杂诗》：“人情怀旧乡，客鸟思故林。”陶渊明《归园田居》：“羁鸟恋旧林，池鱼思故渊。”谢灵运《晚出西射堂》：“羁雌恋旧侣，迷鸟怀故林。”南朝宋刘铄（南平穆王，刘休玄）《拟古诗》二首之第一首（见《文选》。第二首是《拟明月何皎皎》）《拟行行重行行》：“寒螀翔水曲，秋兔依山基。”唐韦应物《拟古诗十二首》之第一首：“流水赴大壑，孤云还暮山。”此皆出《古诗》“胡马依北风，越鸟巢南枝”者也。又关于此二句之意者：《礼记·檀弓上》：“君子曰：乐、乐，其所自生。礼，不忘其本。古之人有言曰‘狐死正丘首’，仁也。”《文子·上德篇》：“飞鸟反乡，兔走归窟，狐死首丘，寒螀得木（应作水），各依其所生也。”《楚辞》屈原《九章·哀郢》：“鸟飞反故乡兮，狐死必首丘。”《淮南子·说林训》：“鸟飞反乡，兔走归窟，狐死首丘，寒螀翔水，各哀其所生。”《楚辞》东方朔《七谏·自悲》：“狐死必首丘兮，夫人孰能不反其真情？”西汉桓宽《盐铁论》：“树木数徙则矮，虫兽徙居则坏，故代马依北风，飞鸟翔故巢，莫不哀其生。”《后汉书·耿弇传》：“死尚南首，奈何北行入囊中？”（渔阳上谷，北接塞外，路穷如入囊也）晋袁宏《后汉纪》十四《后汉书·班超传》超《上书求代》曰：“臣闻太公封齐，五世葬周，故狐死首丘，代马依风。夫周、齐同在中土，千里之间尔！况乎万里绝域，小臣能无依风首丘之思哉！”凡此，皆不忘本，念旧乡之谓。清纪昀曰：“此以一南一北，申足‘各在天一隅’意，以起下相去之远。”虽亦可通，然含义则浅，仍以不忘本之解为是也。明谢榛《四溟诗话》：“《诗》曰：‘觏闵既多，受侮不少。’（《邶风·柏舟》）初无意于对也；《十九首》云：‘胡马依北风，越鸟巢南枝。’属对虽切，亦自古老。”（此条已见前）吴淇《古诗十九首定论》：“第七、八句，忽插一比兴语，有三义：一、以紧应上‘各在天一涯’，言北者自北，南者自南，永无相会之期。二、以依北者北，依南者南，凡物皆有所依，遥伏下文‘思君’云云，见已之心身（即不忘本之意），唯君子是依。三、以依北者不思南，巢南者不愿北，凡物皆有故土之恋，见游子当一返顾，以起‘相去日已远’云云。”（张庚《古诗十九首解》同）朱筠《古诗十九首说》：“‘会面安可知’下，本可接‘相去日已远’二句，然无所托兴，未免直头布袋矣。就胡马思北，越鸟思南衬一笔，所谓‘物犹如此，人何以堪’也。【《晋书·桓温传》：“温自江陵北伐，行经金城（江苏句容县），见少为瑯邪时所种柳，皆已十围，慨然曰：‘木犹如此，人何以堪！’攀枝执条，泫然流涕。”】然两地之情，已可想见。”张玉谷《古诗十九首赏析》：“相去六句，申言路远会难，忽用马鸟两喻，醒出莫往莫来之形，最为奇宕。”饶学斌《月午楼古诗十九首详解》：“七、八句申足‘会面安可知’，盖依于北者无由而南，巢于南者无由而北，斯亦安有会期也!”

相去日已远，衣带日已缓。

谓别后相思欲绝，至瘦损腰围也。沈约《与徐勉书》云：“百日数旬，革带常应移孔，以手握臂，率计月小半分。以此推之，岂能支久?”沈约革带移孔，即此衣带日缓意。李善《文选注》引古乐府曰：“离家日趋远，衣带日趋缓。”（题云《古歌》曰：“秋风萧萧愁杀人，出亦愁，入亦愁。座中何人，谁不怀忧？令我白头。胡地多飙风，树木何修修！离家日趋远，衣带日趋缓。心思不能言，肠中车轮转。”此本于枚乘《杂诗》也。沈德潜曰：“离家二句，同《行行重行行》篇，然‘以’字浑，‘趋’字新，此古诗乐府之别。”）明王世贞《艺苑卮言》卷二：“‘相去日已远，衣带日已缓’，‘缓’字妙极。又《古歌》云‘离家日趋远，衣带日趋缓’，岂古人亦相蹈袭耶？抑偶合也？‘已’字雅，‘趋’字峭，俱大有味。”清初吴景旭《历代诗话》卷二十八云：“《古诗》：‘相去日已（已以古通。然此处应是以字，犹且也）远，衣带日已缓。’乐府：‘离家日趋远，衣带日趋缓。’王弇州（世贞）谓‘已’字雅，‘趋’字峭。按《焦氏易林》云：‘忧思约带。’（《易林》，西汉焦延寿撰。延寿亦后于枚乘。忧思约带句凡四见：一、《师之噬嗑》，二、《临之大过》，三、《无妄之恒》，四、《巽之乾》）即此意，而以四字尽之。又云：‘簪短带长’，（见《易林·恒之咸》。又《复之节》云：“簪跌带长。”）盖簪短，即《诗经》（《卫风·伯兮》）‘首如飞蓬’也；带长，即‘衣带日已缓’也。以四字尽两意，意尤妙。”

费锡璜《汉诗总说》："诗文家不可重复说，此最为俗论。如'行行重行行'，下云'与君生别离'，又云'相去万余里，各在天一涯'，又云'道路阻且长'，又云'相去日已远'，在今人必讶其重复。……汉人皆不以为病。自叠床架屋之说兴，诗文二道，皆单薄寡味矣。"【《太平御览》卷六百零一引《三国典略》："至是，（祖）珽等又改为《修文殿》上之。徐之才谓人曰：'此可谓床上之床，屋下之屋也。'"《世说新语·文学篇》："庾仲初（名阐）作《扬都赋》成，……人人竞写，都下纸为之贵。谢太傅（安）云：不得尔！此是屋下架屋耳。"刘孝标注引："王隐论扬雄《太玄经》曰：《玄经》虽妙，非益也。是以古人谓其屋下架屋。"《颜氏家训·序致篇》云："理重事复，递相模敩，犹屋下架屋，床上施床耳。"叠床架屋之说，盖六朝人所常用也】方廷珪《文选集成》："尝别离之始，犹欲君之留己，若日远则日疏，忧能伤人，衣带遂日见其缓。"

浮云蔽白日，游子不顾反。

李善《文选注》："浮云之蔽白日，以喻邪佞之毁忠良，故游子之行，不顾反也。《文子》（《上德篇》）曰：'日月欲明，浮云蔽之。'（《文子·上德》："日月欲明，浮云蔽之，河水欲清，沙土秽之。"《淮南子·齐俗训》："故日月欲明，浮云盖之；河水欲清，沙石濊之。"）陆贾《新语》（《慎微篇》）曰：'（故）邪臣之蔽贤，犹浮云之鄣日月（也）。'古《杨柳行》曰：'谗邪害公正，浮云蔽白日。'义与此同也。郑玄《毛诗笺》曰：'顾，念也。'"（《商颂·那篇笺》。《大学》太甲曰："顾諟天之明命。"郑注同）《五臣注文选》刘良曰："白日，喻君也；浮云，谓谗佞之臣也。言佞臣蔽君之明，使忠臣去而不返矣。"《开元占经》引《尚书金匮》（即《太公金匮》）："视不明，听不聪，则云气五色，蔽日月之明。无救，则群臣谋杀，关梁不通；其救，辟四门，求仁贤。"《管子·形势》："日月不明，天不易也。"唐尹知章注："日月无不明，假令不明，是天有云气而不易也。"又《管子·形势解》："日月，昭察万物者也。天多云气，蔽盖者众，则日月不明。人主，犹日月也；群臣多奸，立私以拥蔽主，则主不得昭察其臣下。臣下之情，不得上通，故奸邪日多，而人主愈蔽。故曰：'日月不明，天不易也。'"宋玉《九辩》："何泛滥之浮云兮，猋壅蔽此明月！"又曰："愿皓日之显行兮，云蒙蒙而蔽之。"《淮南子·说林训》："日月欲明，而浮云盖之；兰芝欲修（秀出而长也），而秋风败之。"（《齐俗训》数句已见上）《楚辞》东方朔《七谏·沉江》："浮云陈而蔽晦兮，使日月乎无光；忠臣贞而欲谏兮，谗谀毁而在旁。"西汉博士褚少孙补《史记·龟策列传》："是故明有所不见，聪有所不闻。人虽贤，不能左画方，右画圆。日月之明，而时蔽于浮云。"南宋王楙《野客丛书》卷二十八"浮云蔽日"条云："《潘子珍诗话》云：'陆贾《新语》（《慎微篇》）曰："邪臣蔽贤，犹浮云之障日月也。"太白诗（《登金陵凤凰台》）："总为浮云能蔽日，长安不见使人愁。"盖用此语。'仆观孔融诗（《临终诗》）曰：'谗邪害公正，浮云翳白日。'曹植诗曰：'悲风动地起，浮云翳日光。'（《艺文类聚》卷二十七引曹植《杂诗》六句云："悠悠远行客，去家千余里。出亦无所之，入亦无所止。浮云翳日光，悲风动地起。”王楙误记，两句颠倒）傅玄诗（《飞尘篇》）：‘飞尘污清流，浮云蔽日光。’（污，原作秽；浮，原作朝）《史记·龟策传》（是褚少孙补，非太史公作也）曰：‘日月之明，蔽于浮云。’枚乘诗曰：‘浮云蔽白日，游子不顾返。’此皆祖《离骚》‘云容容而下，杳冥冥兮羌昼晦’（屈原《九歌·山鬼》：“云容容兮在下，杳冥冥兮羌昼晦。”非《离骚》）之意。注（《文选五臣注》）：‘云气冥冥，使昼日昏暗，喻小人之蔽贤也。’东方朔《七谏》（《沉江》）亦曰：‘浮云（陈而）蔽晦兮，使日月乎无光。’又曰（宋玉《九辩》）：‘何泛滥之浮云兮，（猋壅）蔽此明月！’‘顾（原作愿）皓日之显行兮，云蒙蒙而蔽之。’皆指谗邪害忠良之意。苻坚（五胡前秦）时赵整歌（《谏歌》。只存此二句）亦曰：‘不见雀来入燕室，但见浮云蔽白日。’”南宋范晞文（字景文）《对床夜语》卷一：“江文通云：‘黄云蔽千里，游子何时还？’……《古诗》亦有：‘浮云蔽白日，游子不顾返。’”元刘履《古诗十九首旨意》：“夫以相去日远，相思愈瘦，而游子所以不复顾念还反者，第以阴邪之臣，上蔽于君，使贤路不通，犹浮云之蔽白日也。”清吴淇《古诗十九首定论》：“白日比游子（应是比人君），浮云比谗间之人。见此不返顾者，非游子本心，应有谗人蔽之耳。李太白诗结有‘浮云能蔽日’，本此。”（李白《登金陵凤凰台》七律结句：“总为浮云能蔽日，长安不见使人愁。”已见前）朱筠《古诗十九首说》：“‘相去日已远’二句，与‘思君令人瘦’一般用意。浮云二句，忠厚之极。”刘光蕡《古诗十九首注》：“此为君臣朋友之交，中被谗间而见弃者之词。情致缠绵，语言温厚，只叙离思，毫无怨怼（音坠，恨也）即咎谗者亦止‘浮云’一句，且以比兴出之，真为诗之正宗。”（浮云一句，表面看，是白日无光，道路黑暗，难行而不顾返耳！故刘氏云云）张玉谷《古诗十九首赏析》：“日远六句，承上转落，念转相思，蹉跎岁月之苦，浮云蔽日，喻有所感，游不顾返，点出负心，略露怨意。”吴汝纶评方东树《昭昧詹言》曰：“此以室思比君臣之疏间也。太白用‘浮云蔽白日’，得其义矣。”

思君令人老，岁月忽已晚。

思君令人老者，承上文“衣带日已缓”来，谓相去远，思君无已，中怀忧戚，故消瘦而呈老态，恐报君之日无多也。《五臣注文选》李周翰曰：“思君，谓恋主也。恐岁月已晚，不得效忠于君。”明孙鑛《评文选》曰：“自《小雅》‘维忧用老’变来。”《诗·小雅·小弁篇》云：“假寐永叹，维忧用老。心之忧矣，疢如疾首。”《离骚》：“惟草木之零落兮，恐美人之迟暮。”美人迟暮，屈子自喻也。曹植《美女篇》、杜甫《佳人篇》，并以美女佳人自喻。《文选》孔融《论盛孝章书》：“海内知识，零落殆尽，惟有会稽盛孝章尚存。其人困于孙氏，（孙策深忌之，卒为孙权所害）妻孥湮没，单孑独立，孤危愁苦。若使忧能伤人，此子不得永年矣！”嵇康《养生论》：“积微成损（损伤），积损成衰（衰弱），从衰得白（白发），从白得老，从老得终，闷若无端（如循连环）。”阮籍《咏怀诗》：“朝为媚少年，夕暮成丑老。自非王子晋，谁能常美好?”皆此意。吴淇《古诗十九首定论》（张庚《古诗十九首解》略同)："思君二句，又承'衣带日已缓'。已之憔悴支离，有于老，而实非颜色衰败，只因思君使然。然'忽'，谓人之未老（本未老，因思君而衰老），岁月尚有可待也。屈指从前岁月，固不可云不晚矣（别后时光虚度，恐美人之迟暮也)。妙在'已晚'上著一'忽'字：彼衣带之缓曰'日已'，逐日抚髀，苦处在渐（渐渐消瘦)。岁月之晚曰'忽已'，兜然警心，苦处在顿（突然觉老)。"沈德潜《古诗源》："思君令人老，本《小弁》'维忧用老'句。"朱筠《古诗十九首说》："思君令人老，又不止于衣带缓矣。岁月忽已晚，老期将至，可堪多少别离耶?"

弃捐勿复道，努力加餐饭。

捐亦弃也。弃捐，谓被弃置而不用也。《史记·外戚世家》："陈皇后母大长公主，景帝姊也。数让（责也）武帝姊平阳公主曰：'帝非我不得立，已而弃捐吾女，壹何不自喜而倍本乎！'"刘向《战国策序》："故孟子、孙卿儒术之士，弃捐于世，而游说权谋之徒，见贵于俗。"班婕妤《怨歌行》："弃捐箧笥中，恩情中道绝。"曹丕《杂诗》："弃置勿复陈，客子常畏人。"弃置勿复陈，即弃捐勿复道，自《古诗》来。曹植《赠白马王彪》："心悲动我神，弃置莫复陈。"刘琨《扶风歌》："弃置勿重陈，重陈令心伤。"皆自《古诗》"弃捐勿复道"来。《五臣注文选》吕延济曰："勿复道，心不敢望返也。努力加餐饭，自逸之辞。"明谭元春《评选古诗归》云："人皆以此劝人，此似独以自劝，又高一格一想。"《史记·外戚世家》："平阳公主（武帝长姊）拊其（卫子夫，后武帝立之为后）背曰：‘行矣，强饭。勉之，即贵，无相忘。’”蔡邕《饮马长城窟行》：“长跪读素书，书中竟何如？上言加餐食，下言长相忆。”加餐本以勉人，此处则强自慰解。强饭加餐，留身以有待也。元刘履《古诗十九首旨意》：“（然）我之思君不置，其底于老，宜如何哉？惟自遣释（排遣宽解），努力加餐而已。盖亦《卷耳》‘酌金罍’、‘不永怀’之意。（《诗·周南·卷耳》：“陟彼崔嵬，我马虺隤。我姑酌彼金罍，维以不永怀。”）观其见弃如此，而但归咎于谗佞（浮云蔽白日），曾无一语怨及其君，忠厚之至也。”吴淇《古诗十九首定论》：“弃捐二句，又承人老岁晚（思君令人老，岁月忽已晚），当生别之时，已分弃捐，却又不忍明明说出。（写“与君生别离”时，不忍说弃捐）至此岁晚人老，方才说明，然犹不肯灰心，努力加餐饭，盖欲留得颜色在，尚冀他日之会面也。”张庚《古诗十九首解》：“弃捐二句，紧承令人老，作转捩以结。言相思无益，徒令人老，曷若弃捐勿道，且努力加餐，庶几留得颜色，以冀他日会面也；其孤忠拳拳如此！尤妙在通篇无一怨词，即以浮云比谗间，亦无怼恨气，可识诗人之忠厚矣。”姜任修《古诗十九首绎》：“其势日远，其情日伤，带已宽而人已老也。此岂君真弃捐我哉？缘邪臣蔽贤，犹浮云障日，是以一去不复念归耳；然而不必烦言也，惟努力加餐，保此身以待君子，盖即‘姑酌金罍’之意。谭友夏（引谭元春《评选古诗归》）云‘人知以此劝人，此并以之自劝’，《风》人之忠厚如此！此贤者不得于君，而托为之作（托为弃妇之词）。浮云句，亦有日暮途远意。太白‘浮云游子’二句（《送友人》五律五六句：“浮云游子意，落日故人情。”），是注脚。”朱筠《古诗十九首说》：“日月易迈而甘心别离，是君之弃捐我也。勿复道，是决词，是狠语，犹言‘提不起’也。下却转一语曰‘努力加餐饭’，思爱之至，有加无已（朱筠解作劝对方，恐未然），真得《三百篇》遗意。”张玉谷《古诗十九首赏析》：“末二句掣笔兜转，以不恨己之弃捐，惟愿彼之强饭收住，（亦解作劝对方，非是）何等忠厚！”饶学斌《月午楼古诗十九首详解》：“弃捐，固全什本旨，别离之根由也。若稍一沾滞，便呆相矣。妙在‘勿复道’三字，随入随撇（一写入便撇开）；弃捐二字，直如鸿爪掠雪（偶留痕迹，稍后即消），用笔真极灵颖。”又曰：“末句勉以加餐饭（实是自勉），尤为要言不烦（《善哉行》：“淮南八公，要道不烦。”）凡人忧思伤脾，每至顿减饮食，因以逐日瘦损者多矣。甚至劳瘠捐生者有矣。能加餐饭，恕有豸乎！（《左传》宣公十七年范武子曰：“余将老，使郤子逞其志，庶有豸乎！”杜预注：“豸，解也。”）然非努力不能也。此真明于世故，老于人情，而并深于养生之术者。勿作寻常劝勉话头，忽略看过。”明孙鑛《评文选》：“是妇忆夫诗，以比君臣。妙处似质而腴，骨最苍，气最炼。”实则此诗每两句一意，无句不奇，《诗品》评之为“惊心动魄，可谓几乎一字千金”，信然。徒以人所共熟，故不觉其奇耳。邵长蘅《邵氏评文选》云：“此首与次首俱以离别言，古人于遇合之难，往往托而言之看便得。”王闿运曰：“清劲。”

其二　《玉台新咏》录枚乘《杂诗》九首中，此在第五。

青青河畔草，郁郁园中柳。盈盈楼上女，皎皎当窗牖。娥

娥红粉妆，纤纤出素手。昔为倡家女，今为荡子妇。 叶浮偶切。 **荡子行不归，空床难独守。** 严羽《沧浪诗话·诗评》云："《十九首》'青青河畔草，郁郁园中柳。盈盈楼上女，皎皎当窗牖。娥娥红粉妆，纤纤出素手。'一连六句皆用叠字，今人必以为句法重复之甚，《古诗》正不当以此论之也。"元刘履《古诗十九首旨意》："曾原（南宋初人，有《选诗衍义》）谓'此诗刺轻于仕进而不能守节者'，得之。言青青之草，郁郁之柳，其枝叶非不茂也；然无贞坚之操，一至岁寒，则衰落而不自保。以兴世俗轻进之人，自衒以求售，其才质非不美也；然素无学识，不知自修之道，一遭困穷，则放滥无耻，而欲其固守也，难矣！且不斥言之，而婉其词，以倡女为比，其深得《诗》人托讽之义欤?"王夫之《姜斋诗话》卷上："用复字者，亦形容之意，'河水洋洋'一章是也。【《卫风·硕人篇》末章："河水洋洋，北流活活（音括）。施罛濊濊（音阔），鳣鲔发发（音拨），葭菼揭揭。庶姜孽孽。'凡六用叠字，与此首正同】'青青河畔草，郁郁园中柳。'顾用之以骀（音待）宕（安详宽闲），善学诗者，何必有所规画以取材?"顾炎武《日知录·诗用叠字》条："诗用叠字最难。《卫诗》：'河水洋洋，北流活活。施罛濊濊，鳣鲔发发。葭菼揭揭，庶姜孽孽。'连用六叠字，可谓复而不厌，赜（多也）而不乱矣。《古诗》：'青青河畔草，郁郁园中柳。盈盈楼上女，皎皎当窗牖。娥娥红粉妆，纤纤出素手。'连用六叠字，亦极自然，下此即无人可继。"孙鑛《评文选》："此盖刺小人诗，比也。"又曰："连用六联绵字，语法甚奇，甚有逸态。"陆时雍《古诗镜》："疏节亮音，浅浅寄言，深深道款。'荡子行不归，空床难独守’，一语罄衷托出。”陈祚明《采菽堂古诗选》：“叠字生动，当窗出手，（“皎皎当窗牖”、“纤纤出素手”）讽刺显然。”沈德潜《古诗源》：“用叠字，从《卫·硕人》‘河水洋洋，北流活活’一章化出。”张庚《古诗十九首解》：“此诗刺也。虽莫必其所刺者谁何？要亦不外乎不循廉耻而营营之贱丈夫。若以为直赋倡女，倡女亦何足赋！而费此笔墨耶？”方廷珪《文选集成》：“以女之有貌，比士之有才，见人当慎所与。”姜任修《古诗十九首绎》：“伤委身失其所也。妙在全不露怨语，只备写此间、此物、此景、此情、此时、此人，色色俱佳。所不满者，独不归之荡子耳！结只五字（空床难独守），抵后人数百首闺怨诗。或曰，‘躁进而不砥节，故比而刺之。’”刘光蕡《古诗十九首注》：“此托为离妇之辞，以况君臣朋友少不自持，所依非人，终致失所。虽有才思，亦复何用！咎由自取，又将谁怨？故诗可以怨也。”

青青河畔草，郁郁园中柳。

李善《文选注》：“郁郁，茂盛也。”《说文·林部》：“郁，木丛生者。”此是林木茂盛之郁字。至郁闷、郁陶、郁郁不乐之郁字，是在《鬯部》，从臼（音菊），不从林也。《文选五臣注》张铣曰：“此喻人有盛才，事于暗主，故以妇人事夫之事托言之。言草柳者，当春盛时（喻盛年也）。”李因笃《汉诗音注》：“起二句意彻全篇，盖闺情惟春独难遣也。”何焯评《文选》曰：“草比荡子，柳比美人。”又曰：“兴也，非比。”（案：首二句是兴，全首是比）方廷珪《文选集成》：“以物之及时，兴女之及时。”方东树《昭昧詹言·论古诗十九首》："草兴荡子，柳自比。"张玉谷《古诗十九首赏析》："此见妖冶而儆荡游之诗。首二以草柳青青郁郁，兴起芳年之女。"

盈盈楼上女，皎皎当窗牖。

李善注："草生河畔，柳茂园中，以喻美人当窗牖也。《广雅》曰：'赢，容也。'盈与赢同，古字通。"扬雄《方言》卷一："娥、嬴，好也。秦曰娥，宋、魏之间谓之嬴。"郭璞注："嬴，言嬴嬴也。"《广雅·释训》："赢赢、娥娥，容也。"王念孙《广雅疏证》："卷一云嬴，好也，重言之则曰嬴嬴。郭璞注《方言》云：'嬴，言嬴嬴也。'《古诗》云'盈盈楼上女'，又云'盈盈一水间'，并与赢赢同。"清朱珔《文选集释》："《广雅·释训》：'赢赢，容也。''赢'即《释诂》之'嬴，好也'。重言之则曰'嬴嬴'。郭璞注《方言》：'嬴，言嬴嬴也。'此与下'盈盈一水间'并同音假借字。"清胡绍瑛《文选笺证》："嬴即赢之俗字。赢本从女，不应又加女旁。"明王世贞《艺苑卮言》卷二："或以'盈盈楼上女'，为犯惠帝讳。【洪迈《容斋随笔》卷十四谓："予观李（陵）诗云：'独有盈觞酒，与子结绸缪。''盈'字正惠帝讳。"后人因并疑枚乘诗耳】按：临文不讳，（《曲礼上》："《诗》、《书》不讳，临文不讳。"）如'总齐群邦'，故犯高讳，无妨。"（汉初高祖少弟楚元王交之傅韦孟《讽谏》四言诗："总齐群邦，以翼大商。"且一篇之中，邦字凡四见。又董仲舒《贤良对策下》："书邦家之过，兼灾异之变。"亦犯高祖讳。又古公愚先生《汉诗研究》举出汉人诗有盈字者数十。容斋谬论，不足凭也）顾炎武《日知录》卷二十三“已祧不讳”条（祧，音挑，远庙也）云：“汉时祧庙之制不传，窃意亦当如此（七世）。故孝惠讳盈，而《说苑·敬慎篇》引《易》‘天道亏盈而益谦’四句，（《易·谦卦·彖辞》：“天道亏盈而益谦，地道变盈而流谦。鬼神害盈而福谦，人道恶盈而好谦。”）盈字皆作满，在七世之内故也。班固《汉书·律历志》‘盈元’、‘盈统’、‘不盈’之类，一卷之中，字凡四十余见。……‘盈’讳文。已祧故也。若李陵诗：‘独有盈觞酒，与子结绸缪。’枚乘《柳赋》（《忘忧馆柳赋》：“于是罇盈缥玉之酒，爵献金浆之醪。”）：‘盈玉缥之清酒。’（原注：“载《古文苑》”）又《诗》‘盈盈一水间’，二人皆在武、昭之世，而不避讳，又可知其为后人之拟作，而不出于西京矣。”亭林先生之说，其实不然。贾谊《陈政事疏》云：“秦王置天下于法令，而怨毒盈于世。”邹阳《上书吴王》云：“淮南连山东之侠，死士盈朝。”韦孟《在邹》诗曰：“祁祁我徒，负我盈路。”盖临文不讳也。

娥娥红粉妆，纤纤出素手。

扬雄《方言》卷一：“娥、嬴，好也。秦曰娥，宋、魏之间谓之嬴，秦、晋之间，凡好而轻者谓之娥。自关而东河、济之间谓之媌（音茅），或谓之姣，赵、魏、燕、代之间曰姝，或曰妦（音丰）。自关而西秦、晋（长安太原）之故都曰妍。好，其通语也。”戴震《方言疏证》：“《古诗十九首》：‘盈盈楼上女，皎皎当窗牖，娥娥红粉妆。’李善注云：‘盈与嬴同，古字通。’郭（璞）注于娥、嬴，并重言之（“娥，言娥娥也。

嬴，言嬴嬴也。”），又以姣洁释姣（姣，言姣洁也）正协（合也）此诗。”李善《文选注》：“《方言》曰：‘秦、晋之间，美貌谓之娥。’（“凡好而轻者谓之娥。”见上）《韩诗》曰：‘纤纤女手，可以缝裳。’（今《毛诗·魏风·葛屦篇》作“掺掺女手”。《说文》作攕，云：“好手皃。《诗》曰：‘攕攕女手。’从手韱声。所咸切。”）薛君（薛汉《韩诗章句》）曰：‘纤纤，女手之貌。’毛苌曰：‘掺掺（音衫），犹纤纤也。’孔颖达《毛诗正义》：“掺掺为女手之状，则为纤细之貌，故云‘犹纤纤’《说文》云：‘纤（原作攕），好手。’《古诗》云‘纤纤出素手’是也。”《五臣注文选》李周翰曰：“娥娥，美貌。纤纤，细貌。皆喻贤人盛才也。”张玉谷《古诗十九首赏析》：“盈盈四句，就所见之女，叙其不可深藏，艳妆露手，已为末‘空床难守’埋根。”

昔为倡家女，今为荡子妇。

李善《文选注》：“《史记》曰：‘赵王迁母，倡也。’【《史记·赵世家赞》：“吾闻冯王孙（冯唐子，名遂，字王孙）曰：‘赵王迁，其母，倡也。’”裴骃《集解》引徐广曰：《列女传》曰：“邯郸之倡。”】《说文》曰：‘倡，乐也。’谓作妓者。《列子》（《天瑞篇》）曰：‘有人去乡土，游于四方而不归者，世谓之为狂荡之人也。’”（《列子·天瑞篇》原云：“有人去乡土，离六亲，废家业，游于四方而不归者，何人哉？世必谓之为狂荡之人矣。”）又《列子·汤问篇》：“偃师对周穆王曰：臣之所造能倡者。”晋张湛注：“倡，俳优也。”《汉书·景十三王·广川惠王越传》：“令倡俳裸戏坐中。”颜师古曰：“倡，乐人也。”故倡家女，是乐人之女也。荡子，谓游于四方而不归者。曹植《七哀》诗：“明月照高楼，流光正徘徊。上有愁思妇，悲叹有余哀。借问叹者谁？言是宕（作客字者误）子妻。君行逾十年，孤妾常独栖。”即从《古诗》翻出，惟贞淫略异耳。庾信有《荡子赋》云：“荡子辛苦逐征行，直守长城千里城。陇水冰恒合，关山唯月明。况复空床起怨，倡妇生离，纱窗独掩，罗帐长垂。”荡子倡妇同用，正出《古诗》，而以远戍长城者为荡子，则非今人之所谓荡子也。《文选五臣注》吕延济曰：“昔为倡家女，谓有伎艺未用时也，今为荡子妇，言今事君好劳人征役也。妇人比夫为荡子，言夫从征役也。臣之事君，亦如女之事夫，故比而言之。”何焯曰：“晚嫁复遇荡子，则是终身不谐也。”朱筠《古诗十九首说》：“以如此美人，而必托言倡家者，喻君子处乱世也。倡女所遭，必是荡子；君子轻出，必得乱君，故以荡子妇喻之。”朱竹君此解，盖本诸孔子意也。《论语·泰伯》：“子曰：笃信好学，守死善道。危邦不入，乱邦不居。天下有道则见，无道则隐。邦有道，贫且贱焉，耻也；邦无道，富且贵焉，耻也。”故君子处乱世而轻于仕进者，何所往而不遭逢荡子之主哉！饶学斌《月午楼古诗十九首详解》：“夫臣之于君，子之于父，妇之于夫，皆所天也。……致疑以荡子目其君，亦狃其名而未核其实也。《志》有之（《列子·天瑞篇》）：人有生而去其家室曰荡子，荡子犹云游子耳。则荡子岂恶名哉？（亦非美名）在昔高祖之对太公曰：‘大人常以臣无赖。’（《史记·高祖本纪》：“九年，……高祖大朝诸侯，群臣置酒未央前殿，高祖奉玉卮，起为太上皇寿曰：‘始，大人常以臣无赖，不能治产业，不如仲力。今某之业，所就孰与仲多？'殿上群臣皆呼万岁，大笑为乐。”）夫无赖，谓游荡不事家人生产也。则当帝业未成时，在太公视之，不且以高祖为荡子乎？……然则荡子固美名乎？曰：非美名也。‘非美名不即恶名乎？’曰：然，固恶名也。作者固有甚不已者也……其脱口曰荡子荡子云者，‘彼狡童兮’，已深隐《黍离》、《麦秀》之悲矣。（《黍离》、《麦秀》，皆亡国之哀。《诗·王风·黍离序》：“《黍离》，闵宗周也。周大夫行役至于宗周，过故宗庙宫室，尽为禾黍，闵周室之颠覆，彷徨不忍去，而作是诗也。”又《史记·宋微子世家》：“武王乃封箕子于朝鲜而不臣也。其后箕子朝周，过故殷虚，感宫室毁坏，生禾黍，箕子伤之。欲哭则不可，欲泣，为其近妇人，乃作《麦秀》之诗以歌咏之。其诗曰：‘麦秀渐渐兮，禾黍油油。彼狡僮兮，不与我好兮！’所谓狡童者，纣也。殷民闻之，皆为流涕。”）斯‘方言哀而已叹’，（陆机《文赋》：“思涉乐其必笑，方言哀而已叹。”）抑‘急不择音’也已。”（庄子《人间世》：“兽死不择音，气息茀然，于是并生心厉。克核大至，则必有不肖之心应之，而不知其然也。”）

荡子行不归，空床难独守。

《文选五臣注》李周翰曰：“言君好为征役不止，虽有忠谏，终不见从，难以独守其志。”何焯曰：“梁邓铿《月夜闺中》诗：‘谁能当此夕，独处类倡家。’可用以释此诗。”【邓铿原诗八句，题一作《闺中月夜》，诗云：“闺中日已暮，楼上月初华。树阴缘砌上，窗影向床斜。开帷伤只凤，吹灯惜落花。(《艺文类聚》作“开屏写密树，卷帐照垂花”) 谁能当此夕，独处类倡家。”】吴淇《古诗十九首定论》:“此章连排十句（全首是排偶对句），读者全然不觉，以其句句有相生之妙。首二句以所见兴起‘楼上女’，夫楼上有女，何由见之?以其当窗牖，女何为当窗牖?以其妆，何由知其妆?以其出纤手。因此一段公然不避人，而知其为荡子妇倡家女也。既为荡子，自是行不归；既为荡子妇，自是床空，既为倡家女，自是难独守也。”又曰:“古人作诗，必有所本。唐王昌龄《春闺》诗‘闺中少妇不知愁’，曰闺中，见不轻登楼；不知愁，故能独守。则昔非倡女可知矣。‘春日凝妆上翠楼’，即偶尔上楼，亦必妆成，而非上楼弄妆也（与红粉妆出素手异)。‘忽见陌头杨柳色’，偶然有触而感，不似荡妇空床，有感触（有触固然感），无触亦感也。故此柳色写入少妇眼中，不从作者眼中写也。‘悔教夫婿觅封侯’，言夫婿为功名而出，非行不归之荡子也。曰‘教’，夫婿本无行意，而己勉之行，分明一乐羊子妻也。(《后汉书·列女传》:“乐羊子……远寻师，学一年来归，妻跪问其故。羊子曰:‘久行怀思，无它异也。’妻乃引刀趋机而言曰:‘……夫子积学，当日知其所亡，以就懿德。若中道而归，何异断斯织乎?’羊子感其言，复还终业，遂七年不返。”) 止一‘悔’字，然亦不失性情之正。此二诗者，一美一刺，义自天渊，而意则合也。”又曰:“诗有赋比兴，而兴最难，盖太远则离，太近则涉于比，《三百篇》后，兴最少。《十九首》中，惟两‘青青’，(除此首外，是《青青陵上柏》一首) 此章曰草曰柳，自是别离物色，然草著河畔，便状荡子不归意；柳著园中，便伏空房难守意。故唐宜之曰：‘盖睹艳阳之景，而特为伤感也。’”张庚《古诗十九首解》云：“《卫风》（《伯兮篇》）云：‘自伯之东，首如飞蓬。岂无膏沐？谁适为容？’贞妇所为如此。今楼上之女反是，故不妨呼之为倡家女，为荡子妇也。……凡士人不能安贫而自衒自媒者，直为之写照矣。”朱筠《古诗十九首说》：“下（即末）二句又推进一层，为通篇结穴，却从诗人意中想像而出。言勿论不当为荡子妇也，即为矣，而荡子情谊不能固结，仍空床也，想来其能独守乎？此二句包罗史事，纵横想去，无不贯穿。三代以下，能守如武侯，不能守如荀文若（彧，助曹操）、王景略（猛，佐苻坚）皆在其中，阔极大极。”张玉谷《古诗十九首赏析》云：“后四，点明履历，而以荡子不归，坐实空床难守，其为既娶倡女而仍舍之远行者，致儆深矣。”（喻既用小人而不加以提防者戒）王闿运曰：“清劲。”（与前首同评）

其三

青青陵上柏，磊磊涧中石。人生天地间，忽如远行客。斗酒相娱乐，聊厚不为薄。驱车策驽马，游戏宛与洛。洛中何郁郁！冠带自相索。长衢罗夹巷，王侯多第宅。两宫遥相望，双阙百余尺。极宴娱心意，戚戚何所迫。 此东汉诗也。宛即南阳府。东汉以南阳为南都，张衡有《南都赋》，即此。

《汉书·地理志》南阳郡有宛县，东汉人每宛、洛并称，南阳在京洛之南，亦称南郡。张衡《南都赋》题下，李善引挚虞曰：“南阳郡治宛，在京（洛阳）之南，故曰南都。”诗中谓冠带相索，王侯第宅，非京华不尔。光武都洛阳，非东汉之诗而何？

青青陵上柏，磊磊涧中石。

兴也。以柏石之坚介长存，反托人寿之有限也。李善注：“（首二句）言长存也。《庄子》（《德充符》）：仲尼曰：‘受命于地，唯松柏独也，在冬夏常青青。’《楚辞》（《九歌·山鬼》）曰：‘（采三秀兮于山间，）石磊磊兮葛蔓蔓。’（晋吕忱）《字林》曰：‘磊磊，众石也。’”

人生天地间，忽如远行客。

李善注：“言异松石也。”《尸子》（佚文）：“老莱子曰：‘人生于天地之间，寄也，寄者固归。’《列子》（《天瑞篇》）曰：‘（古者谓死人为归人，夫言）死人为归人，则生人为行人矣。’《韩诗外传》（卷一）曰：‘枯鱼衔索，几何不蠹？二亲之寿，忽如过客。’（客，原作隙，李善强改）

斗酒相娱乐，聊厚不为薄。

聊，李善注：“郑玄《毛诗笺》曰：‘聊，粗略之辞也。’”

驱车策驽马，游戏宛与洛。

李善注：“《广雅》曰：‘驽，骀也。’谓马迟钝者也。《汉书》：‘南阳郡有宛县。’洛，东都也。”

洛中何郁郁！冠带自相索。

李善注："《春秋说题辞》曰：'齐俗冠带，以礼相提。'贾逵《国语注》曰：'索，求也。'"

长衢罗夹巷，王侯多第宅。

《尔雅·释宫》："一达谓之道路，二达谓之歧旁，三达谓之剧旁，四达谓之衢，五达谓之康，六达谓之庄，七达谓之剧骖，八达谓之崇期，九达谓之逵。"李善引《魏王奏事》曰："出不由里门，面大道者，名曰第。"《汉书·高帝纪》："为列侯食邑者，皆佩之印，赐大第室。"孟康注："有甲乙次第，故曰第也。"

两宫遥相望，双阙百余尺。

李善引东汉蔡质《汉官典职》（二卷，亡）曰："南宫北宫，相去七里。"

极宴娱心意，戚戚何所迫。

戚戚：《论语·述而篇》："君子坦荡荡，小人长戚戚。"戚，本作慽。《说文》："慽，忧也。（忧，应是惪，愁也。忧，和之行也）""戚，戉也。"

〇此首乃才士不得志于时，强用自慰之诗也。或云高旷之士，无入而不自得焉。马伏波卧念少游平生时语，非此意耶？（《后汉书·马援传》："吾从弟少游，常哀吾慷慨多大志，曰：'士生一世，但取衣食裁足，乘下泽车，御款段马，为郡掾史，守坟墓，乡里称善人，斯可矣；致求盈余，但自苦耳！’当吾在浪泊、西里间，虏未灭之时，下潦上雾，毒气重蒸，仰视飞鸢跕跕堕水中，卧念少游平生时语，何可得也！”）

其四

今日良宴会，欢乐难具陈。弹筝奋逸响，新声妙入神。令德唱高言，识曲听其真。齐心同所愿，含意俱未申。人生寄一世，奄忽若飙尘。何不策高足，先据要路津。无为守穷贱，轗轲长苦辛。 此首与孔子富而可求之语意相合。

今日良宴会，欢乐难具陈。弹筝奋逸响，新声妙入神。

新声妙入神，李善引刘向《雅琴赋》（亡）曰：“穷音之至入于神。”（严可均《全汉文》有辑）

令德唱高言，识曲听其真。

《左传》隐公三年：“（宋昭公曰：）光昭先君之令德，可不务乎？”《庄子·天地篇》：“大声不入于里耳，《折杨》、《皇荂》，则嗑然而笑。是故高言不止于众人之心，至言不出，俗言胜也。”李善注：“《广雅》曰：‘高，上也。’谓辞之美者。真，犹正也。”

齐心同所愿，含意俱未申。

谓各已会心，不必申言之矣。庄周所谓“相视而笑，莫逆于心（《大宗师》）”是也。李善注：“所愿，谓富贵也。”恐未然。

人生寄一世，奄忽若飙尘。何不策高足，先据要路津。

飙，《尔雅·释天》：“扶摇谓之飙。”郭璞注：“暴风从下上。”《说文》：“飙，扶摇风也。”高足，即逸足，谓良骥也。

无为守穷贱，轗轲长苦辛。

轗轲，东方朔《七谏·怨世》：“年既已过太半兮，然埳轲而留滞。”王逸注：“轗轲，不遇也。言已年已过五十，而轗轲沉滞，卒无所逢遇也。埳，一作轗，一作轗。”洪兴祖《补注》：“埳轲，……又音坎可。……不平也。轗轲，车行不平。一曰：不得志。”

○此首乃士不得于时，偶遇知己者，不觉忼慨兴怀，发为壮语。所谓长安西笑，贵且快意也。（桓谭《新论》：“关东鄙语曰：人闻长安乐，则出门向西而笑。知肉味美，则对屠门而大嚼。”又曹植《与吴季重书》：“过屠门而大嚼，虽不得肉，贵且快意。”）

其五 《玉台新咏》录枚乘《杂诗》九首中，此在第一。

西北有高楼，上与浮云齐。交疏结绮窗，阿阁三重阶。上有弦歌声，音响一何悲！谁能为此曲？无乃杞梁妻？清商随风发，中曲正徘徊。一弹再三叹，慷慨有余哀。不惜歌者苦，但伤知音稀。愿为双鸣鹤， 《玉台新咏》作鸿鹄，是。**奋翅起**

高飞！ 李善曰："此篇明高才之人，仕宦未达，知人者稀也。西北乾位，君之居也。"（文王后天八卦方位，乾居西北）《五臣注文选》李周翰曰："此诗喻君暗而贤臣之言不用也，西北乾地，君位也。高楼，言居高位也。浮云齐，言高也。"元刘履《古诗十九首旨意》引宋曾原一《选诗衍义》曰："此诗伤贤者忠言之不用，而将隐也。"明陆时雍《古诗镜》云："抚衷徘徊，四顾无侣。'不惜歌者苦，但伤知音稀。愿为双鸿鹄，奋翅起高飞。'空中送情，知向谁是？言之令人悱恻。"明孙鑛《评文选》："叙事有次第，首尾完净，思员而调响。苍古中有疏快，绝堪讽咏。"清初陈祚明《采菽堂古诗选》："伤知音稀，亦与'识曲听其真'（前一篇）同慨。二诗意相类。"沈德潜《古诗源》本陈祚明说云："但伤知音稀，与识曲听其真同意。"吴淇《古诗十九首定论》："此亦不得于君之诗。自托于歌者，然不于歌者口中写之，却于听者口中写之，且于遥听未面之人写之。"张庚《古诗十九首解》："此抱道而伤莫我知之诗。借歌者极写之，而结以愿为二句见意，格局甚好。"姜任修《古诗十九首绎》："闵高才不遇也。居高闻远，悲音洞宣，为此曲者，何哀乃尔乎？以曲高和寡，非为歌者苦而爱惜，乃为知音稀而忧伤也。安得如双鹤和鸣，奋飞尘外，不复向尘耳索识曲哉！"张玉谷《古诗十九首赏析》："此忠言不用而思远引之诗。通首用比。"方东树《昭昧詹言·论古诗十九首》："此言知音难遇，而造境创言，虚者实证之。意象、笔势、文法极奇，可谓精深华妙。"刘光蕡《古诗十九首注》："此为困于富贵，不能行其志者之辞。"姚鼐曰："此伤知己之难遇，思远引而去。"王闿运曰："宽和。"

西北有高楼，上与浮云齐。

北魏杨衒之《洛阳伽蓝记》卷四《城西》条：“冲觉寺，太傅清河王怿舍宅所立也。……（魏宣武帝）延昌四年，世宗崩，怿与高阳王雍、广平王怀，并受遗诏，辅翼孝明（时六岁），……（怿）第宅丰大，逾于高阳。西北有楼，出凌云台（高于城内瑶光寺之凌云台），俯临朝市，目极京师。《古诗》所谓‘西北有高楼，上与浮云齐’者也。”（此谓清河王怿宅西北之楼，其高处信如《古诗》所谓“西北有高楼，上与浮云齐”耳；非谓清河王怿之楼，即《古诗》中之楼也）《四库全书总目提要·洛阳伽蓝记提要》云：“以高阳王雍（实清河王怿）之楼为《古诗》所谓‘西北有高楼，上与浮云齐’者，则未免固于说诗，为是书之瑕类耳。”《四库提要》此条实有二误，以清河王怿之楼为高阳王雍，一误也。杨衒之本谓清河王怿在其宅西北方所建之楼极高，恰如《古诗》此处所谓“西北有高楼，上与浮云齐”耳，岂谓即《古诗》中之楼哉！《提要》强合之，指是《伽蓝记》之瑕类，此二误也。清初费锡璜《汉诗总说》云：“前辈称曹子建、谢朓、李太白工于发端，然皆出于汉人。试举数句，请学者观之：‘良时不再至，离别在须臾。’‘携手上河梁，游子暮何之？’（李陵《与苏武诗》三首之一及二）‘黄鹄一远别，千里顾徘徊。’（《与苏武诗》四首之三）‘北方有佳人，遗（原作绝）世而独立。’（李延年歌）‘鸡鸣高树巅，狗吠深宫中’（古乐府《鸡鸣行》）‘天上何所有？历历种白榆。’（古乐府《陇西行》）‘西北有高楼，上与浮云齐。’（此首）‘去者日以疏，来者日以亲。'（《十九首》之十四）'红尘蔽天地，白日何冥冥！'（李陵《录别诗》，《古文苑》只载此二句。杨慎《升庵诗话》谓出《修文殿御览》，以下再有十二句）'上山采蘼芜，下山逢故夫。'（《玉台新咏》首录《古诗》八首之一）'来日大难，口燥唇干。'（古乐府《善哉行》）'日出入安穷?'（《汉书·礼乐志·郊祀歌十九章》之九《日出入》）'大风起兮云飞扬。'（高祖《大风歌》）是岂六朝、唐人所及？太白辈将此等诗千回百折读之，然后工于发端耳。"浦起龙曰："起势抗怀高远。"方东树《昭昧詹言·论古诗十九首》："一起无端，妙极。"

交疏结绮窗，阿阁三重阶。

李善《文选注》："薛综《西京赋注》曰：'疏，刻穿之也。'（张衡《西京赋》："何工巧之瑰玮？交绮豁以疏寮。"李善注："交结绮文，豁然穿以为寮也……然此刻镂为之，《苍颉篇》曰：'寮，小窗也。'《古诗》曰：'交疏结绮窗。'左思《魏都赋》："都护之堂，殿居绮窗。"李善注："《古诗》云：交疏结绮窗。"）《说文》曰：'绮，文缯也。'（戴侗《六书故》："织采为文曰锦，织素为文曰绮。"《汉书·高帝纪》颜师古注："绮，文缯，即今之细绫也。"）此刻镂以象之。（至今内地之古屋窗棂，仍是刻穿木板成方眼以透光，普通人家用纱纸蒙之，富家则用幼细之白绫也）《尚书中候》曰：'昔黄帝轩辕，凤皇巢阿阁。'《周书》（《作雒》篇）曰：'明堂咸有四阿。'（晋孔晁注："宫庙四下曰阿。"）然则阁有四阿，谓之阿阁（若今四柱屋）。郑玄《周礼注》曰：'四阿，若今四注者也。’薛综《西京赋》注曰：‘殿前三阶也。’”案：《周礼·考工记下·匠人》：“堂修七寻，堂崇三尺，四阿重屋。”郑玄注：“四阿，若今四注屋。”贾公彦疏：“此四阿，四溜者也。”（是别一解）孙诒让《周礼正义》：“四注屋，谓屋四面有溜下注者也。”则阿阁者，谓阁之四隅其上皆有槽泻水者也。今《周礼·考工记》郑注作四柱，误。《文选》李善注引不误。又吴景旭《历代诗话》卷二十八《阿阁》条云：“《周书》：‘明堂咸有四阿。’注：（此是郑玄《周礼注》，非孔晁《逸周书注》也）‘四阿，若今四注屋。’故五臣之注阿阁，亦谓阁有四阿也。（五臣实谓是“重阁”耳）刘坦之补注云：‘阿，隅也。阁，《说文》云：“以杙承板，所以止扉者。”（《说文》实无“以杙承板”四字）以其四隅皆有榈楯（此又是一解），可以通行，谓之阿阁。’”《五臣注文选》刘良曰：“交通而结镂，文绮以为窗也。疏，通也。阿阁，重阁也。”班固《西都赋》：“于是左墄右平，重轩三阶。”张衡《西京赋》：“三阶重轩，镂槛文棍。”张玉谷《古诗十九首赏析》：“首四，以高楼比君门，君门在西北，故曰西北。结窗重阶，有谗谄蔽明意。”

上有弦歌声，音响一何悲！

李善《文选注》：“《论语》（《阳货》）曰：‘子游为武城宰。’（此句出《雍也篇》）‘闻弦歌之声。’《说苑》（《尊贤篇》）应侯曰：‘今日之琴，一何悲也？’”《说苑》全条，亦可作此诗之注脚，兹引之于下：“应侯与贾午子坐，闻其鼓琴之声，应侯曰：‘今日之琴，一何悲也？’贾午子曰：‘夫急张调下，故使之悲耳。急张者，良材也；调下者，官卑也。夫取良材而卑官之，安能无悲乎！'应侯曰：'善哉！'"《五臣注文选》张铣曰："言楼上有弦歌，亡国之音，一何悲也！谓不用贤，近不肖，而国将危亡，故悲之也。"元刘履《古诗十九首旨意》引宋曾原一曰："高楼重阶，此朝廷之尊严；弦歌音响，喻忠言之悲切。"吴淇《古诗十九首定论》："西北二句，言高。交疏二句，言深。上有二句，乃乍听未真，而讶其音响之悲也。"张庚《古诗十九首解》："欲写歌者，先位置一楼，'楼'上著一'高'字，又申与浮云齐，言其峻绝出尘也。交疏二句虽言深，而接以'三重阶'，仍自写高，古人之用笔不杂如此。先出歌声后出人者，高楼之上，交疏之中，人之有无不得知，因歌声知之也。"

谁能为此曲？无乃杞梁妻？

此设为自问自答之辞，跌宕多姿。《春秋》经文襄公二十三年："冬，……齐侯（庄公）袭莒。"《左传》："齐侯还自晋（秋伐晋），不入，遂袭莒。门于且于（莒邑），伤股而退。明日，将复战。期于寿舒（莒地），杞殖（即杞梁）、华还（即华周），载甲夜入且于之隧（狭道），宿于莒郊。明日，先遇莒子于蒲侯氏（近莒之邑），莒子重赂之，使无死（勿死战），曰：'请有盟。'（私人协约）华周（兼杞梁矣）对曰：'贪货弃命（君命），亦君所恶也。昏而受命，日未中而弃之，何以事君？'莒子亲鼓之，从而伐之，获杞梁（被获而死）。莒人行成（胜大国，益惧，故求和）。齐侯归，遇杞梁之妻于郊（迎其夫柩于野），使吊之，辞曰：'殖之有罪，何辱命焉

（谓若杞梁有罪，则不足吊），若免于罪，犹有先人之敝庐在，下妾不得与郊吊（妇人无外事，不得受吊于野）。’齐侯吊诸其室。（齐庄公卒使人至其家而吊死者，慰生者）”《礼记·檀弓下》：“哀公使人吊蒉尚（蒉音溃），遇诸道，辟于路，画宫（画地为屋形）而受吊焉。曾子曰：‘蒉尚不如杞梁之妻之知礼也。’（行吊于野，非礼也）齐庄公袭莒于夺（音兑，狭地），杞梁死焉，其妻迎其柩于路而哭之哀。庄公使人吊之，对曰：‘君之臣不免于罪，则将肆诸市朝而妻妾执；君之臣免于罪，则有先人之敝庐在，君无所辱命（不受吊）。’”《孟子·告子下》：“华周、杞梁之妻，善哭其夫而变国俗。”赵岐注：“华周，华旋也。杞梁，杞殖也。二人，齐大夫，死于戎事者。（《淮南子·精神训》：“殖、华将战而死，莒君厚赂而止之，不改其行。”）其妻哭之哀，城为之崩。国俗化之，则效其哭。”刘向《列女传·贞顺传·齐杞梁妻》：“齐杞梁殖之妻也。庄公袭莒，殖战而死。庄公归，遇其妻，使使者吊之于路。杞梁妻曰：‘今殖有罪，君何辱命焉；若令殖免于罪，则贱妾有先人之弊庐在，下妾不得与郊吊。’于是庄公乃还车诣其室，成礼然后去。杞梁之妻无子，内外皆无五属之亲。既无所归，乃就其夫之尸于城下而哭之，内诚动人，道路过者，莫不为之挥涕。十日，而城为之崩。既葬，曰：‘吾何归矣！夫妇人必有所倚者也，父在则倚父，夫在则倚夫，子在则倚子。今吾上则无父，中则无夫，下则无子。内无所依，以见吾诚；外无所倚，以立吾节。吾岂能更二哉！亦死而已。’遂赴淄水而死。君子谓杞梁之妻贞而知礼。”又刘向《说苑·立节篇》：“齐庄公且伐莒，为车五乘之宾（最勇敢者），而杞梁、华周独不与焉，故归而不食，其母曰：‘汝生而无义，死而无名，则虽非五乘，孰不汝笑也？汝生而有义，死而有名，则五乘之宾，尽汝下也。趣食乃行。’杞梁、华周同乘，侍于庄公，而行至莒，莒人逆之。杞梁、华周下斗，获甲首三百，庄公止之曰：‘子止，与子同齐国。’杞梁、华周曰：‘君为五乘之宾，而周、梁不与焉，是少吾勇也。临敌涉难，止我以利，是污吾行也；深入多杀者，臣之事也。齐国之利，非吾所知也。’遂进斗，坏军陷阵，三军弗敢当。至莒城下，莒人以炭置地，二人立有间，不能入。隰侯重为右，曰：‘吾闻古之士，犯患涉难者，其去遂于物也。来，吾逾子。’隰侯重仗楯伏炭，二子乘而入。顾而哭之，华周后息（哭而不止）。杞梁曰：‘汝无勇乎？何哭之久也？’华周曰：‘吾岂无勇哉！是（指隰侯重）其勇与我同也，而先吾死，是以哀之。’莒人曰：‘子毋死（勿死战），与子同莒国。’杞梁、华周曰：‘去国归敌，非忠臣也；去长（君长）受赐，非正行也。且鸡鸣而期，日中而忘之，非信也。深入多杀者，臣之事也。莒国之利，非吾所知也。’遂进斗，杀二十七人而死。其妻闻之而哭，城为之阤（音豸，小崩也），而隅为之崩。”（《说苑》原作华舟，改作周）又《善说篇》云：“孟尝君曰：不然，昔华周、杞梁战而死，其妻悲之，向城而哭，隅为之崩，城为之阤，君子诚能刑于内，则物应于外矣。”王充《论衡·感虚篇》：“传书言：杞梁氏之妻向城而哭，城为之崩。此言杞梁从军不还，其妻痛之，向城而哭，至诚悲痛，精气动城，故城为之崩也。”又云：“传书言：邹衍无罪，见拘于燕（惠王），当夏五月，仰天而叹，天为陨霜（出《淮南子》佚文）。此与杞梁之妻哭而崩城，无以异也。”又《变动篇》云：“行事至诚，若邹衍之呼天而霜降，杞梁妻哭而城崩，何天气之不能动乎？”《后汉书·刘瑜传》桓帝延熹八年上书陈事曰：“邹衍匹夫，杞氏匹妇，尚有城崩霜陨之异，况乃群辈咨怨，能无感乎？”蔡邕《琴操》卷下《芑梁妻歌》：“《芑梁妻歌》者，齐邑芑梁殖之妻所作也。庄公袭莒，殖战而死，妻叹曰：‘上则无父，中则无夫，下则无子，外无所依，内无所倚，将何以立？吾节岂能更二哉！亦死而已矣！’于是乃援琴而鼓之，曰：‘乐莫乐兮新相知，悲莫悲兮生别离。’哀感皇天，城为之坠。曲终，遂自投淄水而死。”崔豹《古今注》卷中《音乐》：“《杞梁妻》，杞植妻妹明月之所作也。杞植战死，妻叹曰：‘上则无父，中则无夫，下则无子，生人之苦至矣。’乃抗声长哭，杞都城感之而颓，遂投水而死。其妹悲其姊之贞操，乃为作歌，名曰《杞梁妻》焉。梁，植字也。”张云璈《选学胶言》：“据此，则作歌者乃杞梁妻妹，非梁妻也。观其命名，当以崔说为是。”按：《古诗》云：“谁能为此曲？无乃杞梁妻？”上句云“谁”，下句云“杞梁妻”，则为此曲者是杞梁之妻，蔡邕《琴操》之说为是。郦道元《水经·沭水注》：“沭水，……又东南过莒县东，《地理志》曰：‘莒子之国，卢姓也，少昊后。’《列女传》曰：‘齐人杞梁殖，袭莒战死……妻乃哭于城下，七日而城崩。’故《琴操》云：‘殖死，妻援琴作歌曰：“乐莫乐兮新相知，悲莫悲兮生别离。”哀感皇天，城为之堕。’即是城也。”《五臣注文选》吕延济曰：“既不用直臣之谏，谁能为此曲，贤臣。乃如杞梁妻之惋叹矣。”元刘履《古诗十九首旨意》引宋曾原一曰：“杞梁妻念夫而形于声，此则念君而形于言。”吴淇《古诗十九首定论》：“‘谁能’、‘无乃’，故为猜料之词，殆欲摄歌者之魂魄，而呼之欲出。曰杞梁之妻，取其身之正，声之哀，意之苦也。”张庚《古诗十九首解》：“于人则曰‘谁’、曰‘无乃’，作猜拟之词者，盖虽因歌声而知楼上有人，然终不知其为何如人；因即（就也）歌声拟料之，古人用事之仔细如此。”朱筠《古诗十九首说》：“谁能为此曲？想来惟杞梁妻能之；其人能绝世独立，更无配偶者也。”邵长蘅《邵氏评文选》：“士之高举远引，与妇之守贞，一也，故以杞梁妻言之。”方东树《昭昧詹言·论古诗十九首》：“五六句叙歌声，（“上有弦歌声，音响一何悲！”）七八硬指实之，以为色泽波澜，是为不测之妙。”饶学斌《月午楼古诗十九首详解》：“六七八句（“音响一何悲！谁能为此曲？无乃杞梁妻？”）极一喷一醒之奇。曰‘一何’，曰‘谁能’，当闻声索处，方不禁似愕而惊。而曰‘谁能’、曰‘无乃’，斯同病相怜，转不禁深怜痛惜矣。”

清商随风发，中曲正徘徊。

李善《文选注》引宋玉《长笛赋》（《古文苑》卷二有宋玉《笛赋》）曰：“吟清商，追流徵。（歌《伐檀》，号《孤子》）”《五臣注文选》李周翰曰：“清商，秋声也。秋物皆衰，以比君德衰。随此风起徘徊，志不安也。”元刘履《风雅翼》：“商，金行之声，稍清，有伤之义焉。徘徊，舒迟旋转之意。”《礼记·月令》：“孟秋之月，其音商。”郑玄注：“商数属金者，以其浊，次宫，臣之象也。秋气和则商声调。”《汉书·律历志》：“商为金，为义，为言。”又《白虎通·礼乐篇》："金为商，……商者，张也。阴气开张，阳气始降也。"又《韩非子·十过篇》："（晋）平公问师旷曰：'此所谓何声也？'师旷曰：'此所谓清商也。'公曰：'清商固最悲乎？'"是清商有悲伤之义也。郑玄谓其声浊，恐非。饶学斌《月午楼古诗十九首详解》："七八九十，倏若两意双行，似对非对，不对而对，有如往而复之妙。盖杞梁妻，极悲之人也；清商，极悲之曲也。非极悲之人，必无此极悲之曲者：谓斯情安放？畴（谁也）致此如怨如慕之真诚？则极悲之曲，是出自极悲之人者。将我怀如何？实隐通此如泣如诉之苦衷矣。"

一弹再三叹，慷慨有余哀。

虞世南《北堂书钞》卷一百九引蔡邕《琴赋》曰："一弹三叹，凄有余哀。"自《古诗》来。李善《文选注》："《说文》曰：'叹，太息也。'又曰：'慷慨，壮士不得志于心也。'"【按：《说文》，"叹，吞叹也。从口，叹省声。一曰：太息也。""叹，吟也。""忼，慨也。"（徐铉曰："今俗别作慷，非是。"）"慨，忼慨，壮士不得志也。"】元刘履《古诗十九首旨意》引宋曾原一曰："徘徊而不忍忘，慷慨而怀不足，其切切于君者至矣。"吴淇《古诗十九首定论》："有风传递其声，始有盈耳之叹，'中曲'三句，正形容其声之哀。"《礼记·乐记》："清庙之瑟，朱弦而疏越，壹倡而三叹，有遗音者矣。"张庚《古诗十九首解》："只就声音摹写四句（"清商随风发，中曲正徘徊。一弹再三叹，慷慨有余哀。"），摹写声音，而摹写其人也。古人用笔之清越如此。"朱筠《古诗十九首说》："下四句，写音响之悲，淋漓尽致。'随风发'，曲之始；‘正徘徊’，曲之中；‘一弹三叹’，曲之终。”张玉谷《古诗十九首赏析》：“中八，以悲曲比忠言，孤臣寡妇，正是一类。故以杞妻为喻，叙次委曲。”方东树《昭昧詹言·论古诗十九首》：“清商四句，顿挫。于实中又实之（上句点出杞妻已实，此句又实之），更奇。”饶学斌《月午楼古诗十九首详解》曰：“十一十二：‘再三’字妙。‘再三鼓’则弹及清商之‘中曲’，正哀伤之节候。‘余’字尤与‘一’字相激射得妙。谓何为其然？为是栖栖者一何悲耶？其有所不释，长此戚戚者，且有余哀矣。”

不惜歌者苦，但伤知音稀。

此二句是全诗重心，所谓点睛处也。李善《文选注》：“贾逵《国语注》曰：‘惜，痛也。’孔安国《论语注》曰：‘稀，少也。’”李善谓不痛歌者苦，但伤知音少也。《五臣注文选》吕向曰：“不惜歌者苦：谓臣不惜忠谏之苦，但伤君王不知也。”于光华曰：“知音难遇。”方东树曰：“二句溢出本意（意在笔先，味流言外），此昔人所谓笔墨流珠处也。”元刘履《古诗十九首旨意》引宋曾原一曰：“‘歌者苦而知音稀，惜其言不见用，将高举而远去。’此说得之。”吴淇《古诗十九首定论》：“不惜二句，是由其声之哀而知其意之苦。于是听者代为之词，若曰：歌之苦，我所不惜；难得者，知音耳。如有知音者，愿与同归矣。”张庚《古诗十九首解》：“此诗本就听者摹写，则‘不惜’仍是听者不惜，……若谓我听其歌，悲哀慷慨，亦何苦也？然我不惜其苦，所可伤者，世有如此音声，而竟不得一知者耳。”朱筠《古诗十九首说》：“不惜二句又一折，越见得萧然孤寄，绝无人知也。”方东树《昭昧詹言·论古诗十九首》云：“不惜二句，乃是本意交代（谓作意在此），又似从上文生出溢意（似从有余哀溢出），其妙如此。”饶学斌《月午楼古诗十九首详解》：“十三四句，最妙在‘不’字、‘但’字，松活得妙。盖逐层摅阐到慷慨有余哀，凡中藏底蕴，必尽情倾泻矣；而尽情倾泻，即不免口重矣（言之过激）。看他放重笔取轻笔，（此非轻笔，实是重句。饶氏本意谓其放弃呆滞之笔而用轻松之笔也）弃直笔用折笔，掷死笔拈活笔，轻轻一折曰：‘不惜歌者苦，但伤知音稀。’于最吃紧处，却极活泼泼地。伊不特此也，准以立言之体，凡事属当体（本人），可直舒其意；若上关君父，务斟酌以出焉。”

愿为双鸣鹤，奋翅起高飞！

苏武《诗四首》之二结句云：“愿为双黄鹄，送子俱远飞。”“鸣鹤”，《玉台新咏》及《五臣注文选》本均是“鸿鹄”，是也。胡绍瑛《文选笺证》：“当作鸿鹄，苏子卿古诗云‘愿为双鸿鹄’句同。此因鹄古通鹤，或本作鸿鹤，后人遂改鸿为鸣耳。”李善《文选注》：《楚辞》（王褒《九怀·陶壅》）曰：‘（伤时俗兮溷乱，）将奋翼兮高飞。’《广雅》（《释诂一》）曰：‘高，远也。’”《五臣注文选》刘良曰：“君既不用计，不听言，不忍见此危亡，愿为此鸟高飞于四海也。”元刘履《古诗十九首旨意》：“《玉台集》以此篇为枚乘作，岂乘为吴王（濞）郎中时，以王谋逆，上书极谏不纳，遂去之梁，故托此以寓己志云尔。篇末有双鹤俱奋之愿，意亦可见。”吴淇《古诗十九首定论》：“十九首中，惟此首最悲酸，如后《驱车上东门》（第十三）、《去者日已疏》（第十四）两篇，何尝不悲酸？然达人读之，犹可忘情，（二首说坟墓，说及死亡，然达人大观，本无所谓也）惟此章似涉无故，然却未有悲酸过此者也。”张庚《古诗十九首解》：“古人作诗惟恐露，故多含蓄之。今人作诗惟恐不露，故必明言之。此古今人之所以不相及也。”姜任修《古诗十九首绎》：“宋强斋云：‘明知知音稀，不惜歌者苦：君子怀宝自伤，往往如此。’王西斋云：‘音落黄埃，千秋共叹。’”【谓无赏音，喻无知己也。《吴志·虞翻传》裴松之注引《翻别传》云：“翻放弃南方，（为孙权放逐至交州，今越南、广西一带地）云：‘自恨疏节，骨体不媚，犯上获罪，当长没海隅。生无可与语，死以青蝇为吊客，使天下一人知己者，足以不恨。’”】朱筠《古诗十九首说》：“此处收拾最难，却忽然托兴‘鸿鹄’，思‘奋翅高飞’。写至此，即‘西北高楼’，亦欲辞之而去，又何问要津，又何论歌舞场哉！”张玉谷《古诗十九首赏析》：“末四句以歌苦知稀，点醒忠言不用；随以愿为黄鹄高飞，收出不得已而引退之意，总无一实笔。”方东树《昭昧詹言·论古诗十九首》云：“收句深致慨叹，（吴闿生评《昭昧詹言》云：“收别换一意作结，并非慨叹。”）即韩公《双鸟诗》（五言古，喻己与孟郊之不得志也）《调张籍》‘乞与飞霞佩（，与我同颉颃）’二句意也。（谓欲与张籍奋飞天上，远离尘俗也）此等文法从《庄子》来，（原注：“支、微、齐、佳、灰为一部，于此可见。”）不过言知音难遇，而造语造象，奇妙如此。”饶学斌《月午楼古诗十九首详解》：“结句愿为云云，乃文家反掉法（反身掉头），盖上文曰‘悲’、曰‘哀’、曰‘伤’，几成变徵之声焉。（《史记·刺客列传·荆轲传》：“至易水之上，既祖取道，高渐离击筑，荆轲和而歌，为变徵之声，士皆垂泪涕泣。”）为人臣子，宁终不择音哉！则结尾必自反掉，庶几怨诽而不乱，亦以云救也。然前路用笔死煞，结尾虽欲反掉，而运掉不灵，即千牛亦掉不转矣。”刘光蕡《古诗十九首注》：“此为困于富贵不能行其志者之词，人生贵适志，不在境之荣枯，志在行道济时，虽艰难困苦，方且力任不辞，无求去之心也。惟志与愿违，奉以高爵厚禄，而不一用其道，谏之不听，欲自为不能，舍之而去，又有牵制而不能去。则虽尊荣之位，与囹圄何异？视野鹤之双飞和鸣，真万倍之不如也。”

其六　《玉台新咏》录枚乘《杂诗》九首中，此在第四。

涉江采芙蓉，兰泽多芳草。采之欲遗谁？所思在远道。还顾望旧乡，长路漫浩浩。同心而离居，忧伤以终老。　元刘履《古诗十九首旨意》：“客居远方，思亲友而不得见，虽欲采芳以为赠，而路长莫致，徒为忧伤终老而已。详此，岂亦枚乘久游于梁而不归，故有是言？（清陈沆《赋比兴笺》以为乘去吴游梁之时作）及孝王薨而乘归，则已老矣。未几武帝以安车蒲轮征之，竟死于道。”明孙鑛《评文选》曰：“冲淡有真味。”又曰：“此亦托兴以见知音之难。”明陆时雍《古诗镜》云：“落落语致，绵绵情绪。‘同心而离居，忧伤以终老’、‘怅望何所言？临风送怀抱’（《十九首》外《古诗》三首《新树蕙兰葩》一首之结句）、‘此物何足贵，但感别经时’

（第九首之结句），一语发衷，最为简会（简要契合）。”清初李因笃《汉诗音注》：“思友怀乡，寄情兰芷，《离骚》数千言，括之略尽。”张庚《古诗十九首解》：“此亦臣不得于君之诗。开口涉江，何等勇往！中间还顾，何等无聊！结语何等凄咽！真一字一泪。”朱筠《古诗十九首说》：“此等诗凝炼秀削，与《庭中有奇树》，韦、柳之所自出也。”方东树《昭昧詹言·论古诗十九首》：“此诗节短而托意无穷，古今同慨。”饶学斌《月午楼古诗十九首详解》：“此节之匠巧不一，既以点清题面（辞华富赡），兼以咏足题情（情意缠绵）。势则上下相迎，体则疏密相间，意则彼此相照，而妙在举单见双，必合全什而详玩之，乃足见其妙也。”张琦《古诗录》：“《离骚》滋兰树蕙之旨。”（《离骚》）：“余既滋兰之九畹兮，又树蕙之百亩。畦留夷与揭车兮，杂杜衡与芳芷。”又：“步余马于兰皋兮，驰椒丘且焉止息。进不入以离尤兮，退将复修吾初服。制芰荷以为衣兮，集芙蓉以为裳。不吾知其亦已兮，苟余情其信芳。”）

涉江采芙蓉，兰泽多芳草。

《说文》无芙蓉二字，本作夫容。采芙蓉，兼有谐音之妙，谓想见夫婿之容光也。古以夫妇喻君臣，此夫容，是隐喻君之容光。谓不忘故君也。《碧玉歌》：“碧玉破瓜时，郎为情颠倒。芙蓉陵霜荣，秋容故尚好。”谓其夫未甚老，容貌尚好也。又首二句是倒装，谓兰泽本多芳草，俯拾即是，然己则独涉江而采芙蓉，所以不畏险难者，以此花似夫之容，为最足采也。《桃叶歌》云：“桃叶映红花，无风自婀娜。春花映何限，感郎独采我。”用笔略近，所不同者，《桃叶歌》之采桃花，是比女子，此芙蓉是喻君。至于不采无限之春花而采桃花，不采兰泽之众芳而独采芙蓉之用意则一也。《尔雅·释草》：“荷，芙渠。”郭璞注：“别名芙蓉，江东呼荷。”《诗·郑风·山有扶苏》：“山有扶苏，隰有荷华。”《毛传》：“荷华，扶渠。”陆德明《经典释文》：“未开曰菡萏，已发曰芙渠。”《说文》：“蕳，菡蕳。夫容华未发为菡蕳，已发为夫容。”《离骚》：“何所独无芳草兮，又何怀乎故宇？”此反用之，谓芳草虽多，实皆不如夫容也。《五臣注文选》李周翰曰：“此诗怀友之意也。芙蓉芳草，以为香美，比德君子也，故将为辞，赠远之美意也。”于光华曰：“涉江采芙蓉，指事托兴。”

采之欲遗谁？所思在远道。

《楚辞·九歌·山鬼》：“被石兰兮带杜蘅，折芳馨兮遗所思。”王逸注：“屈原履行清洁，以厉其身，神人同好，故折芳馨相遗，以同其志也。”《五臣文选注》张铣曰：“所思，谓君也。喻己被带忠信，又以嘉言而纳于君也。”吴淇《古诗十九首定论》：“明明为遗所思，却又曰采之欲遗谁？若故为自诘之词，若有所遗忘者；宕出下文，以见其人之可思，而兼显其道甚远也。”又曰：“此亦不得于君之诗，涉江四句云云，犹屈子以珍宝香草为仁义，而思以报贻于其君也。多芳草，言富于仁义也。”于光华曰：“所思，本意。”朱筠《古诗十九首说》：“一起托兴便超。采之二句，幽折得妙；在远道，非谓其人走向远方去，不在目前便是。此是行者欲寄居者，观下文可见。”张玉谷《古诗十九首赏析》：“此怀人之诗，前四先就采花欲遗，点出己之所思在远。”吴闿生评方东树《昭昧詹言》曰：“远道即指旧乡，盖思归之作也；而笔情甚曲。”

还顾望旧乡，长路漫浩浩。

李善《文选注》引郑玄《毛诗笺》曰：“回首曰顾。”闻人倓《笺阮亭古诗选》云：“漫漫，路长貌。浩浩，无穷尽也。”方廷珪曰：“欲遗，又远莫致。”吴淇《古诗十九首定论》：“长路即远道，还顾二字，从思字生。”又曰：“远道长路，言君门万里也。”（宋玉《九辩》：“岂不郁陶而思君兮，君之门以九重。”）姜任修《古诗十九首绎》：“忧终绝也。怀忠事君，死而不容自疏（《史记·屈原列传》：“其行廉，故死而不容自疏。”）岂间于远乎！采芳遗远，以彼在远道者，亦正还顾旧乡，与我同心耳。”（案：旧乡，即所思之居。此与张庚同将旧乡远道歧而为二，不然矣）朱筠《古诗十九首说》：“言所思在远道，为之奈何？转而思之，乃我离人，非人离我也（甚切枚乘）；于是还望旧乡，但见长路漫浩浩而已。”方东树《昭昧詹言·论古诗十九首》：“顾，对涉江而言（涉江采得芙蓉后而还顾）。涉江、旧乡，意同屈子。（屈原《九章》第二篇是《涉江》。又《离骚》：“陟升皇之赫戏兮，忽临睨乎旧乡。”）言旧乡莫予知（《离骚·乱辞》：“已矣哉！国无人莫我知兮，又何怀乎故都？”）故涉江而求知音。求而多得，终亦相与为无所遗。远道，即指黄、农、虞、夏也。旧乡，本昔与远道之人所同居，今反远而漫漫，所以忧伤终老也。”（此解太曲）

同心而离居，忧伤以终老。

李善《文选注》："《周易》（《系辞传上》）曰：'二人同心（，其利断金；同心之言，其臭如兰）。'《楚辞》（屈原《九歌·大司命》）曰：'（折疏麻兮瑶华，）将以遗兮离居。'《毛诗》（《小雅·小弁篇》）曰：'假寐永叹，维忧用老。（心之忧矣，疢如疾首）'《五臣注文选》吕向曰："同心，谓友人也（应指君）。忧能伤人，故可老矣。"（孔融《论盛孝章书》："若使忧能伤人，此子不得永年矣！"）陈祚明《采菽堂古诗选》："望旧乡，属远道人。忧伤终老，彼此共之。"吴淇《古诗十九首定论》："既曰同心矣，岂有离居者？同心而离居，其中必有小人间之矣。忧伤终老，又即所谓惧谗邪？不能通也。"张庚《古诗十九首解》："同心，则所谓一德一心也；而乃离居焉，安得不忧伤以终老乎！若所思在远下，即接同心二句，岂不直捷明快？然少意味，故以还顾二句作一波折，然后接出。不但意极婉曲，而局度亦甚纡余矣。玩同心而离居'而'字，必有小人谗间矣。玩忧伤以终老'以'字，有甘心处之而无怨意。此忠臣立心也。"于光华曰："同心而离居，此即所思。"姜任修《古诗十九首绎》："夫君心本同，而有离之者而分居阔绝焉，能不维忧用老乎？曹子桓《燕歌行》盖本于此。（曹丕《燕歌行》七言二首，其一有云："念君客游多思肠，慊慊思归恋故乡，……忧来思君不敢忘，不觉泪下沾衣裳。"）或曰：'枚叔久游梁，思归而仿楚声焉。'"朱筠《古诗十九首说》："如此同心，却致离居，忧伤其胡能已。然岂为忧伤而有两意，亦惟忧伤以终老焉已耳，何等凛然！比《唐棣》逸诗，十倍真挚。（《论语·子罕》载《唐棣》逸诗云：“唐棣之华，偏其反而。岂不尔思？室是远而。”）如此言情，圣人不能删也。”张玉谷《古诗十九首赏析》：“后二同心离居，彼已双顶（彼此同心，一齐道出）。忧伤终老，透笔作收，短章中势却开展。”

其七

明月皎夜光，促织鸣东壁。玉衡指孟冬，众星何历历！白露沾野草，时节忽复易。秋蝉鸣树间，玄鸟逝安适？昔我同门友，高举振六翮。不念携手好，弃我如遗迹。南箕北有斗，牵牛不负轭。良无盘石固，虚名复何益。 此西汉武帝太初未改历以前诗也。案：《史记·封禅书》：“高祖初起，……以十月至灞上，与诸侯平咸阳，立为汉王，因以十月为年首。”《汉书·武帝纪》：“太初元年，……夏五月，正历，以正月为岁首。”此诗云“玉衡指孟冬”，而下有“促织”、“白露”、“秋蝉”、“玄鸟”，皆初秋时景物；盖太初以前之孟冬十月，即夏历之孟秋七月也。”

明月皎夜光，促织鸣东壁。

促织，李善引：“《春秋考异邮》曰：‘立秋，趣织鸣。’宋均曰：‘趣织，蟋蟀也。立秋女功急，故趣之。’《礼记》（《月令》）曰：‘季夏之月，蟋蟀在壁。’”《诗·豳风·七月篇》：“五月斯螽动股，六月莎鸡振羽，七月在野，八月在宇，九月在户，十月蟋蟀，入我床下。”《尔雅·释虫》：“蟋蟀，蛬。”郭璞注：“今促织也。”陆德明《经典释文》：“幽州人谓之趋织，里语曰‘趋织鸣，懒妇惊’是也。”

玉衡指孟冬，众星何历历。

玉衡，本星名。北斗七星：一至四为魁，五至七为杓（音标），玉衡居第五，斗柄或总称玉衡。李善曰：“《春秋运斗枢》曰：‘北斗七星，第五曰玉衡。’《淮南子》（《天文训》）曰：‘孟秋之月，招摇（北斗第七星）指申。’然上云促织，下云秋蝉，明是汉（武帝太初前）之孟冬，非夏之孟冬矣。《汉书》（《任敖传》）曰：‘高祖十月至霸上，故以十月为岁首。’汉之孟冬，今之七月矣。”

白露沾野草，时节忽复易。

《礼记·月令》：“孟秋之月，……凉风至，白露降，寒蝉鸣。”《列子·汤问篇》：“寒暑易节，始一反焉。”

秋蝉鸣树间，玄鸟逝安适？

《礼记·月令》：“仲秋之月，……鸿雁来，玄鸟归。”玄鸟，燕子也。《尔雅·释诂上》：“如、适、之、嫁、徂、逝，往也。”

昔我同门友，高举振六翮。

李善引郑玄《论语注》：“同门曰朋。”翮，鸟之劲羽，凡鸷鸟皆有六翮，此喻其青云得意。《韩诗外传》卷六船人盍胥对晋平公曰：“夫鸿鹄一举千里，所恃者六翮尔！”

不念携手好，弃我如遗迹。

《诗·邶风·北风》：“惠而好我，携手同行。”又《小雅·谷风》：“将恐将惧，置予于怀。将安将乐，弃予如遗。”《国语·楚语下》斗且语其弟曰：“灵（灵王）不顾于民，一国弃之，如遗迹焉。”

南箕北有斗，牵牛不负轭。

李善注：“言有名而无实也。”箕、斗、牵牛三星，皆在《淮南子·天文训》所画天盘丑宫中。《诗·小雅·大东》：“维南有箕，不可以簸扬；维北有斗，不可以挹酒浆。”（第七章）又：“睆彼牵牛，不以服箱。”（第六章）

良无盘石固，虚名复何益。

盘石，大石也。《说文》：“槃，承槃也。”“鎜，古文从金。”“盘，籀文从皿。”荀子用盘，其《富国篇》云：“国安于盘石，寿于旗翼。”（旗即箕，箕与翼，二十八宿星名）

○此首乃刺小人之忘夙好也。友道不存，朱公叔、刘孝标所以慨乎著论矣。

其八

冉冉孤生竹，结根泰山阿。与君为新婚，兔丝附女萝。兔丝生有时，夫妇会有宜。千里远结婚，悠悠隔山陂。思君令人老，轩车来何迟！伤彼蕙兰花，含英扬光辉。过时而不采，将

随秋草萎。君亮执高节，贱妾亦何为。 刘勰《文心雕龙·明诗篇》曰：“《古诗》佳丽，或称枚叔。其《孤竹》一篇，则傅毅之辞。”彦和必有确据。则此篇乃东汉明、章间与班固同时傅毅之所作也。

冉冉孤生竹，结根泰山阿。

李善曰：“竹结根于山阿，喻妇人托身于君子也。”《说文》：“冄，毛冄冄也。”此指其箁箬。（达生按，《说文》：“竹，冬生艸也。象形。下垂者，箁箬也。”）

与君为新婚，兔丝附女萝。兔丝生有时，夫妇会有宜。千里远结婚，悠悠隔山陂。思君令人老，轩车来何迟？

兔丝女萝，《诗·小雅·頍弁》篇：“茑与女萝，施于松柏。未见君子，忧心弈弈。既见君子，庶几说怿。”《毛传》“茑，寄生也。女萝、兔丝，松萝也。”《尔雅·释草》：“唐、蒙，女萝；女萝，兔丝。”（孙炎谓三名，郭璞谓四名）陆德明《经典释文》：“在草曰兔丝，在木曰松萝。”《广雅·释草》：“女萝，松萝也。”“菟邱，菟丝也。”陆玑元恪《毛诗草木鸟兽虫鱼疏》云：“菟丝蔓连草上生，黄赤如金，合药兔丝子是也。非松萝，松萝自蔓松上生，枝正青，与菟丝殊异。”王念孙《广雅疏证》：“然则女萝松萝与菟丝为二物矣。但此二物，究亦同类。《古诗》云：‘与君为新婚，菟丝附女萝。’则二物以同类相依附也。故女萝菟丝，亦得通称。”夫妇会有宜，李善引《苍颉篇》曰：“宜，得其所也。”悠悠隔山陂，李善引《说文》曰：“陂，阪也。”

伤彼蕙兰花，含英扬光辉。过时而不采，将随秋草萎。

比也。喻己盛年，如不及时获夫婿之爱，则将憔悴衰损也。此四句亦《离骚》草木零落，美人迟暮意。唐诗："花开堪折直须折，莫待无花空折枝。"从此出。

君亮执高节，贱妾亦何为。

《尔雅·释诂上》："允、孚、亶、展、谌、诚、亮、询，信也。"

〇此首乃孤臣弃友，有所期望之辞也。与《离骚》"初既与余成言兮，复悔遁又有他。余既不难夫离别兮，伤灵修之数化"同意。

其九 《玉台新咏》录枚乘《杂诗》九首中，此在第七。

庭中有奇树， 中，《玉台新咏》作前。**绿叶发华滋。攀条折其荣，将以遗所思。馨香盈怀袖，路远莫致之。此物何足贵！** 贵，李善《文选注》作贡。《玉台新咏》及五臣作贵，是。**但感别经时。** 元刘履《古诗十九首旨意》："此怀朋友之诗，因物悟时，而感别离之久也。"明孙鑛《评文选》："与《涉江采芙蓉》同格，独盈怀袖一句意新，复应以别经时，视彼较快，然冲味微减。"明谭元春《评选古诗归》曰："气质从《三百篇》来。"清初陈祚明《采菽堂古诗选》云："此亦望录于君，馨香以比己之才能，摩厉以须，特伤弃远。末又谦言不足采择；然惓惓之念，不能忘耳。《古诗》之佳，全在语有含蓄；若究其本旨，则别离必无会时，弃捐定已决绝；怀抱实足贵重，而君不我知，此怨极切。乃必冀幸于必不可知之遇，揣君恩之未薄，谦才能之未优，盖立言之体应尔。言情不尽，其情乃长，此《风》、《雅》温柔敦厚之遗。就其言而反思之，乃穷本旨，所谓怨而不怒。浅夫尽言，索然无余味矣。”吴淇《古诗十九首定论》：“此亦臣不得于君之诗，与《涉江采芙蓉》调略同。但彼于折赠处，只写四句（首四句），后便撇开；此则一意到底，欲只于一物中，写出许多情景。”张庚《古诗十九首解》：“此亦臣不得于君，而托兴于奇树也。其托兴于树，不以衰为感，而感于盛。有二义：夫人自少小以至极壮，强壮不过二十年，则日衰矣。树之由萌蘖以至荣盛，荣盛不过百日，则日衰矣。则其盛也，不诚可惜哉？此诗人所以托兴也。有志之士，断不肯闲玩废日，董子所以不窥园也。（《汉书·董仲舒传》：“下帷讲诵，……盖三年不窥园，其精如此。”）故平时不为时物所触，感亦无由而生；而一旦见树之当时芳茂，安得不感己之当时偃蹇？此又诗人之所以托兴也。”又曰：“通篇只就奇树一意写到底，中间却具千回百转，而妙在由树而条，而荣，而馨香，层层写来，以见美盛，而以一语反振出感别便住，更不赘一语。正如山之蛇，蜿蟺迤逦而来，至江而峭壁截住，笔力格局，千古无两。”邵长蘅《邵氏评文选》云：“与《涉江采芙蓉》意同。而前曰望乡，此称路远，有行者居者之别。”朱筠《古诗十九首说》：“此与《涉江采芙蓉》一种笔墨，看他因人而感到物，由物而说到人，忽说物可贵，忽又说物不足贵，何等变化！”姜任修《古诗十九首绎》："美久要也。（《论语·宪问》："久要不忘平生之言。"美其不忘平生旧交也）初与君别，庭花未滋；今则芳馨堪折赠矣。怀中别思，与香俱盈，不惟其物，而惟其意。远人未得所遗者，亦曷从而知之？盖贻等归荑之意。（《诗·邶风·静女》："静女其娈，贻我彤管。彤管有炜，说怿女美。"又："自牧归荑，洵美且异。匪女之为美，美人之贻。"谓此奇树是美人所植者）局调亦从此来。朱止溪（朱嘉徵，康熙时人）云：'三闾去国，婕妤辞宫，（汉成帝班婕妤避赵飞燕姊妹，辞后宫而奉养太后，作《团扇歌》）离而日远矣，然而睠怀不忘，君子取风焉。'"

庭中有奇树，绿叶发华滋。

李善《文选注》："蔡质《汉官典职》（《隋书经籍志·史部》著录"《汉官典职仪式选用》二卷""汉卫尉蔡质撰"。亡）曰：'宫中种嘉木奇树。'"奇树，亦犹言嘉树。《左传》昭公二年："晋侯（平公）使韩宣子（名起）来聘，……宴于季氏（季武子季孙宿），有嘉树焉。宣子誉之，武子曰：'宿敢不封殖此树。'"又屈原《九章·橘颂》起句云："后皇嘉树，橘徕服兮。受命不迁，生南国兮。"枚乘，淮阴人，亦南国也。又汉末人之《三辅黄图》云："扶荔宫在上林苑中。汉武帝元鼎六年，破南越，广扶荔宫，以植所得奇草异木。"又："汉上林苑，即秦之旧苑也，……奇树异草，靡不培植。"梁王筠《安石榴》诗："中庭有奇树，当户发华滋。"则袭自此诗起句。《说文》："华，荣也。从艸从雩。（今之花字）"班固《答宾戏》："枝附叶著，譬犹草木之植山林，鸟鱼之毓

（育之或体）川泽，得气者蕃滋，失时者零落。”华以形容叶之光，滋以形容其润也。吴淇《古诗十九首定论》：“奇树者，独（独特）树也。或曰树之奇特者。庭树之有而曰庭前，其义有四：曰庭者，见植身之正，与闲花野草异矣。曰庭前者，见此树之奇，本自天生，‘既有此内美’，（《离骚》：“纷吾既有此内美兮，又重之以修能。”）而近在庭前，易为剪培，‘又重之以修能’也。曰庭前者，见此身守定中闺，曾不逾户外一步，伏下路远之意。曰庭前有奇树，从树之奇特起，以便说到而叶而花，为后面感时张本也。夫经时之感，止在折荣相赠之一刻，而必自树之奇特说起者，以见感虽生于兜然，而时之积已久矣。凡树之奇特，全在枝条之位置扶疏得宜。及花叶茂盛之时，树之枝条尽为所蔽；惟当未花未叶之前，及冬春之交，其条枝之位置历历可见，故显其奇特耳。下文攀条折其荣，然折荣不折条，后恐伤其奇特耳。华者光也，滋者润也。绿叶发华滋，专写叶之奇，如《诗》（《周南·桃夭》）‘其叶蓁蓁’。下文攀条折其荣，方是指花。《诗》（《周南·桃夭》）所云‘灼灼其花’是也。不曰花而曰荣，亦含有光润在内也。”张庚《古诗十九首解》：“树曰奇，则非凡卉矣。曰庭中者，则非野植矣。叶发华滋，培之厚也。”朱筠《古诗十九首说》：“庭中有奇树，因意中有人，然后感到树。盖人之相别，却在树未发花之前，睹此华滋，岂能漠然。”饶学斌《月午楼古诗十九首详解》：“开口奇树，其岸然自异，正以黯然自伤也。夫负奇于众，才奇而数亦奇，此灵均之所由以《骚》见也。【魏李康萧远《运命论》：“夫忠直之迕于主，独立之负（背也）于俗，理势然也。故木秀于林，风必摧之；

堆出于岸，流必湍（冲也）之；行高于人，众必非之。前鉴不远，覆车继轨。然而志士仁人，犹蹈之而弗悔，操之而弗失，何哉？将以遂志而成名也。求遂其志，而冒风波于险涂；求成其名，而历谤议于当时。彼所以处之，盖有算矣】曰发华，曰含英，（上首《冉冉孤生竹》有“伤彼蕙兰花，含英扬光辉”之句）即一叶一花，看他亦力争上截，不同俗手画下半截美人。作者不但善于言情，抑更工于赋物。”又曰：“此奇树之有于庭中，亦等诸刍荛之可献也。”（《诗·大雅·板》：“先民有言，询于刍荛。”刍荛，采薪者）

攀条折其荣，将以遗所思。

《尔雅·释草》：“华，荂也。华、荂，荣也。木谓之华，草谓之荣。不荣而实者谓之秀，荣而不实者谓之英。”华荣，古通用，并言则异，散言则一也。雩，今用花，此字始于六朝，古多假华为之。然此诗之“绿叶发华滋”之华，是光也，不作花解。至“攀条折其荣”之荣，始是花也。遗所思：《楚辞》屈原《九歌·山鬼》：“被石兰兮带杜蘅，折芳馨兮遗所思。”《五臣注文选》李周翰曰：“此诗思友人也（仍应是君），美奇树华滋，思友人共赏，故将以遗之也。”张庚《古诗十九首解》：“攀条而折荣，取其精也。遗所思，欲献于君也。”张玉谷《古诗十九首赏析》：“此亦怀人之诗。前四，就折花欲遗所思引起。”饶学斌《月午楼古诗十九首详解》：“承笔扳条折其荣将以遗所思，……扳折之将以遗所思者，此奇树之有于庭中，亦等诸刍荛可献也。”

馨香盈怀袖，路远莫致之。

李善《文选注》：“王逸《楚辞注》曰：‘在衣曰怀。’（屈原《九章·怀沙》：“怀瑾握瑜兮，穷不知所示。”注）《毛诗》（《卫风·竹竿篇》）曰：‘岂不尔思？远莫致之。’《说文》曰：‘致，送诣也。’”五臣吕向曰：“思友人，德音如此物，馨香满于怀袖，而路远莫能致相思之意。”《书·君陈》：“至治馨香，感于神明。黍稷非馨，明德惟馨。”《左传》桓公六年：“所谓馨香，无谗慝也。”此处之馨香，正以喻明德也。吴淇《古诗十九首定论》：“将以贻所思，是折荣之缘起。又著馨香盈怀袖，专指所著之荣言。有此奇树，自有奇叶奇花；有此奇花，自有此香也。有无限自珍自惜之意，正反映下文之何足贵。盈怀袖三字，从攀字来，故余香所披也。路远莫致，乃是花已折得，不逢驿使者。（刘宋盛弘之《荆州记》：“陆凯与范晔交善，自江南寄梅花一枝与晔，赠诗云：‘折梅逢驿使，寄与陇头人。江南无所有，聊赠一枝春。’”）若认作草木之花，不可远致，便是呆语。”张庚《古诗十九首解》：“馨香盈怀袖，余馥被物也。莫致之，深自惜也。写得极郑重。”朱筠《古诗十九首说》：“攀条折其荣，将以遗所思，因物而思绪百端矣。设其人若在，则岂独馨香怀袖哉！路远莫致，为之奈何！”张玉谷《古诗十九首赏析》：“馨香二句，即（就也）馨香莫致，醒出路遥。”饶学斌《月午楼古诗十九首详解》：“转笔，馨香盈怀袖，路远莫致之二句，……承扳折二句转，道远莫致，则将遗者，卒莫能相遗矣。盖‘将’者，欲然未然，固莫由以径寄者也。路远，谓君门万里，弃捐者固无由款至也。”（宋玉《九辩》：“岂不郁陶而思君兮？君之门以九重！”）

此物何足贵！但感别经时。

李善《文选注》：“贾逵《国语注》曰：‘贡，献也。’物，或为荣。贡，或作贵。（贵字是）”沈德潜《古诗源》云：“《文选》作何足贡，谓献也。较有味。”案：贵字之意已包贡，贡不包贵，贵字含义广而语气顺，作贵字是。五臣李周翰曰：“非贵此物，但感别离而时物有改也。”明陆时雍《古诗镜》云：“末二语无聊自解，眷眷申情。”吴淇《古诗十九首定论》：“此物何足贵，又故作抑之之语，以振下文，见所感之深也。此物，即其荣，……感字应前思字，蕴之为思，发之为感。……时，谓三月，盖四时备，然后岁，故《春秋》以时系事，无书亦必首其首月（春，王正月），一时不备，则岁功不可成矣。此古人所云‘三月无君，则遑遑如也’。（《孟子·滕文公下》：“孔子三月无君，则皇皇如也，出疆必载质。”）自树之条，自叶至荣，大约三月也。但感别经时，乃贻所思根本。将以贻所思，乃折其荣缘起。但不从条叶说起，则写时变不出，写感字亦不出，故必由庭前有奇树发端耳。大凡奇树芳草，古人用以纪时，兼以自比。但他皆说到憔悴处，此独说到极荣盛处。古《明妃曲》云：‘君王若问妾颜色，莫道不如宫里时。’（白居易七绝结句）此意可为知者道也。”张庚《古诗十九首解》：“先自贵其物如此，却以何足贵一语故抑之，以振出末句，见所感之深。经时二字有深意，岁有四时，时有三月，经时则历三月矣。古之人三月无君，则皇皇如也，能无感乎？此物即其荣，言荣者，夸之以自珍；言物者，卑之以尊君。曰感不曰伤者，伤必因乎衰，衰则过时矣，不复可为矣，（英雄迟暮，则无可为也）故可伤；感乃因乎盛，盛而不见用，尚可冀其用，（其人正在盛年，正宜为君国效劳也）故曰感。”昔谭复堂评鲷阳居士解东坡《卜算子·缺月挂疏桐》一首之用比兴云：“作者未必然，读者何必不然。”凡吾人解古人诗词之用比兴者，正可作如是观；否则徒以赋体说之，以为是男女私情者，则浅之乎其说诗矣。朱筠《古诗十九首说》：“下又用一折笔曰：此物何足贵！（上文盛言奇树之叶、之花、之香）非因物而始思其人也。别离经时，便觉触物增怆耳。数语中多少婉折？《风》人之笔。”张玉谷《古诗十九首赏析》：“末二，更即（就也）物不足贡，醒出别久。层折而下，含蓄不穷。”饶学斌《月午楼古诗十九首详解》：“合笔，此物何足贵！但感别经时二句。但感别经时，亦一句寓两意：感别二字贴‘思君’（上一首《冉冉孤生竹》有“思君令人老，轩车来何迟”二句）。以经时二字按‘令人老’，亦用虚歇脚。则合笔之虚虚咽住，皆住而不住，两节用一结法也。”（上首结句是“君亮执高节，贱妾亦何为”，与此首结句原不相涉也）又曰：“转笔（指馨香盈怀袖二句），合笔（指末二句），率用两句支对一句者：以两句之意，皆归并在一句也。馨香盈怀袖原不重，意特归注路远莫致之。此物何足贵句更不重，意特归注但感别经时也。”刘光蕡《古诗十九首注》：“此鸿儒穷经稽古，学成而无由自达于君之词。庭中二句，言六经之道，近在眼前，本末兼该，无所不有也。（《韩诗外传》卷五：“千举万变，其道不穷，六经是也。若夫君臣之义，父子之亲，夫妇之别，朋友之序，此儒者所谨守，日切磋而不舍也。”）荣，花也。攀条，见其会通；折荣，握其精要。欲遗所思，幼学，壮欲行也。馨香句，德充于身也。路远莫致，云泥势隔也。物诚足贵，所学实堪用世，而上不求，则如别离之久，世既弃士，士欲不弃世不可得也。语极平和委婉。”

其十　《玉台新咏》载枚乘《杂诗》九首中，此在第八。

迢迢牵牛星，皎皎河汉女。纤纤擢素手，札札弄机杼。终日不成章，泣涕零如雨。河汉清且浅，相去复几许。盈盈一水间，脉脉不得语。

《玉台新咏》及李善《文选注》本作脉，是血衇之俗字，五臣注本作脈，是血衇之或体，五臣本较好；然相望无言之脈字，实应从目也。《说文》：“脈，目财视也。从目𠂢声。”𠂢之入声是柏，柏脈叠韵，故从柏声也。谓只能相视而不得通语言，今人用默默无言之默字，盖本作脈。《说文》：“默，犬暂逐人也。从犬，黑声。”又《说文·爪部》有寻覛字及血衇字：“衇，血理分邪行体者，从𠂢，从血。”“脉，籀或从肉。”“脉，籀文。”“覛，邪视也。从𠂢，从见。”莫狄切，今俗作觅。《古诗》之“脈脈不得语”，应是从从目从𠂢之脈字。谓可望而不可即，脈脈然相看而不得通其辞也。《广雅》作“嗼嗼不得语”，盖不知有脈字，而强造嗼字也。元刘履《古诗十九首旨意》：“此言臣有才美，善于治职，而君不信用，不得以尽臣子之忠；犹织女有皎洁纤素之质，勤于所事，不得与牵牛相亲，以尽夫妇之道也。”明孙鑛《评文选》云：“全是演

《毛诗》语，（《小雅·大东篇》："维天有汉，监亦有光。跂彼织女，终日七襄。虽则七襄，不成报章。"《郑笺》："襄，驾也。驾，谓更肆也，从旦莫七辰一移，因谓之七襄。"又《卫风·河广》："谁谓河广？一苇杭之；谁谓宋远？跂予望之。"跂乃企之假借字。《说文》："企，举踵也。""跂，足多指也。"跂乃歧路之本字）末四句直截痛快，振起全首精神，然亦是《河广》脱胎来。"李因笃《汉诗音注》："写无情之星，如人间好合绸缪，语语认真，语语神化，直追《南》、《雅》矣。吴淇《古诗十九首定论》："此盖臣不得于君之诗，特借织女为寓。通篇全不涉渡河一字，只依《毛诗》从织上翻出新意来，是他占地步，直踞万仞之巅。后来作家汇千，皆丘垤耳。"沈德潜《古诗源》曰："相近而不能达情，弥复可伤，此亦托兴之词。"姚鼐曰："此近臣不得志之作。"方廷珪《文选集成》云："篇中以牵牛喻君，以织女喻臣，臣近君而不见亲于君，由无人为之左右，故托为女望牛之情。水待舟以渡，犹上待友以获（待朋友绍介而后得于君）；否则地虽近君，终归疏远。即《诗》人'卬须我友'之义。"（《诗·邶风·匏有苦叶》："招招舟子，人涉卬否。人涉卬否，卬须我友。"卬乃姎之假借，《说文》："姎，女人自称我也。"乌浪切。"卬，望。欲有所庶及也。"伍冈切，俗作昂。我友，《诗·小雅·伐木序》："自天子以至于庶人，未有不须友以成者。"即方廷珪"待友以获"之意）姜任修《古诗十九首绎》："惧间也。"朱筠《古诗十九首说》："此孤臣孽子忧谗畏讥之诗也。世上原有一桩境界，处至亲至密之地，而语不能入，情不能通者，历代史事，不可枚举。看他忽然以无情写有情，拈二星来说，说得如真有其事一般。”张玉谷《古诗十九首赏析》：“此怀人者托为织女忆牵牛之诗，大要暗指君臣为是。”张琦《古诗录》：“忠臣见疏于君之辞。”刘光蕡《古诗十九首注》：“此亦君子守道不遇之词，借牵牛织女以为言也。牵牛喻君，织女喻士。牵牛织女，同在一天；女既皎皎，星胡迢迢？士欲得君，君不求士也。”

迢迢牵牛星，皎皎河汉女。

李善《文选注》：“《毛诗》（《小雅·大东》）曰：‘维天有汉，监亦有光。（《毛传》：“汉，天河也。”《郑笺》：“监，视也。”）跂彼织女（在银河北），终日七襄。虽则七襄，不成报章。睆彼牵牛，不以服箱。’（《毛传》：“睆，明星貌。河鼓谓之牵牛。”在银河南）”《史记·天官书》：“北宫，玄武：……牵牛为牺牲，其北河鼓。……其北织女，织女，天女孙也。”【北方玄武七宿：斗、牛、女、虚、危、室、壁。牛为第二宿，有星六。女为第三宿，有星四。司马贞《史记索隐》：“《荆州占》（《荆州占》，刘宋刘岩撰，亡）云：‘织女，一名天女，天子之女也。’”】梁宗懔《荆楚岁时记》：“天河之东有织女，天帝之子也，年年机杼劳役，织成云锦天衣，容貌不暇整。天帝怜其独处，许嫁河西牵牛郎。嫁后遂废织纴。天帝怒，责令归河东，使其一年一度相会。”又曰：“七月七日，为牵牛织女聚会之夜。”焦林《大斗记》：“天河之西，有星煌煌，与参俱出，谓之牵牛。天河之东，有星微微，在氐之下，谓之织女。”《五臣注文选》吕延济曰：“牵牛织女星，夫妇道也。常阻河汉不得相亲。此以夫喻君，妇喻臣，言臣有才能不得事君，而为谗邪所隔，亦如织女阻其欢情也。迢迢，远貌。皎皎，明貌。”丁福保《全汉诗》云：“迢迢，宋刻《玉台》作苕苕，全书皆然。按《古诗》‘迢迢牵牛星’，吕延济注曰：‘迢迢，远貌。’张衡《西京赋》：‘干云雾而上达，状亭亭以苕苕。’李善注曰：‘亭亭、苕苕，高貌也。’然则迢苕迥别，混而一之，非是，不得以古字假借为词。今于凡作远意者用迢迢，凡作高义者仍从宋刻《玉台》作苕苕。”案：迢迢，《文选》各本无作从艸之苕苕者，丁福保以为应依宋刻《玉台》作苕，解为高貌，恐未必是。盖迢迢解作远貌，其义实较长。迢迢而远者，自织女之望牛郎言也。皎皎，解作“盈盈楼上女，皎皎当窗牖”之皎，非从他地望织女星也。否则何以见其擢素手而弄机杼，不成章而泣如雨乎？虽事皆虚构，然虚构为见织女，实较解为从地上瞻望为合理也。吴淇《古诗十九首定论》：“迢迢，君门之辽远也。皎皎，与首句实对起，故下虽就织女而写牵牛之迢迢，却句句仍写织女之皎皎；盖皎皎，光辉洁白之貌（喻其贞洁）；今机杼之动，所守之贞，不肯渡河，并不肯告语，皆织女之皎皎也。两两关写，无一笔牵缠格碍，岂非千古绝笔？”朱筠《古诗十九首说》：“起二句，迢迢，言远也。皎皎，言明也。”张玉谷《古诗十九首赏析》：“诗旨以女自比，故首二虽似平起，实首句从对面领题，次句乃点题主笔也。”饶学斌《月午楼古诗十九首详解》：“迢迢，虽承上节‘路远莫致’来，（《庭中有奇树》之“路远莫致之”）其可望而不可致，乃不远之远也。盖远无定形，人臣之事君也，若幸沐宠荣，即职任遐方，亦天颜咫尺矣；苟一遭捐弃，虽身居辇下，已君门万里焉。（《左传》僖公九年齐桓公对周襄王曰："天威不违颜咫尺。"《楚辞》宋玉《九辩》："岂不郁陶而思君兮？君之门以九重。"）……次句……皎皎，虽切河汉言，实以况清白乃心者。臣心如水，臣躬可告无罪也。'河汉女'，'女'字中藏有'纤'字在，非以河汉女为织女别号也。……谓皎皎然河汉间之织女也。"

纤纤擢素手，札札弄机杼。

擢，张衡《西京赋》："通天訬（即眇）以竦峙，径百常而茎擢。"吴薛综注："擢，独出貌也。"（张铣谓举也）五臣张铣曰："纤纤擢素手，喻有礼仪节度也。札札弄机杼，喻进德修业也。擢，举也。札札，机杼声。"吴淇《古诗十九首定论》："织乃女之正业，纤纤二句，手不离机杼，所守之贞也。"朱筠《古诗十九首说》："纤纤句如见其形；札札句如闻其声。"方廷珪《文选集成》："擢素手，喻质之美；弄机杼，喻才之美。"刘光蕡《古诗十九首注》："素手机杼，喻为治之具。"

终日不成章，泣涕零如雨。

《诗·小雅·大东》："跂彼织女，终日七襄。虽则七襄，不成报章。"孔颖达疏："襄，反者，谓从旦至暮，七辰而复反于夜也。（《毛传》："襄，反也。"与《郑笺》解作驾也略异）《笺》：襄，驾。言更其肆者，肆，谓止舍处也。而天有十二次，日月所止舍也，舍即肆矣。""虽则七襄不成报章者：言虽则终日历七辰，有西而无东，不成织法报反之文章也。言织之用纬，一来一去，是报反成章；今织女之星，驾则有西而无东，不见倒反，是有名无成也。（有织之名，无织之实）”《诗·邶风·燕燕》：“瞻望弗及，泣涕如雨。”又《豳风·东山》：“我来自东，零雨其蒙。”《说文》：“霝，雨霝也。……《诗》曰：霝雨其蒙。”“零，余雨也。”“落，凡草曰零，木曰落。”又：“霅，雨霝也。”零乃霝之同音假借字。陈祚明《采菽堂古诗选》曰：“不成章，‘不盈顷筐’之意。”【《诗·周南·卷耳》：“采采卷耳，不盈顷筐。嗟我怀人，置彼周行。（行，道也）”因盈人而无于采择卷耳；与织女之怀人而终日不成报章同意。此解甚的】方廷珪《文选集成》：“心有所思，故不成章，是有才而不能展其才。”元刘履《古诗十九首旨意》：“惟其不得相亲，有所思系，心不专在，故虽终日机织，不成文章，唯有泣涕而已。”吴淇《古诗十九首定论》：“终日二句，无限苦怀。所守者苦节之贞。”（《易·节卦·卦辞》：“苦节，不可贞。”《彖》曰：“苦节不可贞，其道穷也。”又上六云：“苦节，贞凶，悔亡。”《象》曰：“苦节贞凶，其道穷也。”）朱筠《古诗十九首说》：“终日不成章，把一切孝子忠臣终日无聊景况，一语说尽。涕泣零如雨，再足一句。”张玉谷《古诗十九首赏析》：“中四（纤纤擢素手至泣涕零如雨），接叙女独居之悲。既曰织女，故只就织上写。”饶学斌《月午楼古诗十九首详解》：“泣涕零如雨，不言思，而思字令人于言外得之。”刘光蕡《古诗十九首注》：“不成章而泣涕，绩学不为世用，则才无所施，不能不自伤也。”

河汉清且浅，相去复几许。

此“复”字不必读为阜。《说文·彳部》：“复，往来也。”徐铉用唐孙愐《切韵》：“房六切。”又《说文·夊部》：“复，行故道也。”亦房六切。段玉裁《说文解字注》于“复”字下注云：“《辵部》曰：‘返，还也。’‘还，复也。’皆训往而仍来。今人分别，入声去声，古无是分别也。”段君之意：犹云隋、唐、六朝以前无人读复字为阜者也。至陈时顾野王之《玉篇》卷上《彳部》第一百十九“复”字下云：“符六、扶救二切。重也，返复也。”重也，即又也，再也。复字本止读入声音伏，而解作重，作又，作再。亦可读为去声音阜者，始见于顾野王之《玉篇》，然非必读阜不可，仍以读入声音伏者为第一音之本音也。至初唐陆德明之《经典释文》始动辄将复字读为阜，俗儒从之，后人遂多不识古音义矣。《广韵》则分别将“复”字归入“入声”、“去声”二部，《入声·一屋》云：“复，返也，重也。房六切。”《去声·四十九宥》云：“复，又也，返也，往来也。扶富切。又音服。”《广韵》入声之复字解为返也重也者，止标一音房六切，不可以读阜。去声解为又也返也往来也之复，则特别附带声明“又音服”。是则凡后人解作又、作重、作再之复字，皆可读为伏，且是原来之本音正音，可不必读为阜也。故清刘淇之《助字辨略》去声无复字，止入声载有复字。解作：又也，更也，再也，重也，反也，还也，仍也，亦也。语助也。又《易经》有《复卦》，是阴气尽，一阳复生于下之象。其初九之“不远复”，六二之“休复”，六三之“频复”，六四之“中行独复”，六五之“敦复”，上六之“迷复”，皆读入声，不能读阜。《渐卦》之九三“鸿渐于陆，夫征不复”亦然，陆复为韵，绝不能读阜。又《诗·豳风·九罭》篇云：“鸿飞遵陆，公归不复，于女信宿。”皆是入声韵，绝不能读为阜者。此处之“相去复几许”犹云“相去更几许”、“又几许”、“亦几许”也。读阜者，非愚则诬也。《五臣注文选》刘良曰：“河汉清且浅，喻近也，能相去几何也。”清余萧客《文选音义》引宋周密《癸辛杂识·前集》曰：“以星历考之，牵牛去织，隔银河七十二度’，故曰几许?”（《汉书·律历志》于二十八宿：东方七宿七十五度，北方七宿九十八度，西方七宿八十度，南方七宿百一十二度。北方七宿：斗、牛、女、虚、危、室、壁。共九十八度，牛女相连，必无七十二度之隔也）吴淇《古诗十九首定论》：“河汉两句，相去无几，举足可渡；然而终不渡者，所守之贞且坚也。相去无几，只争一水，身不得往，语或可闻；然而终不为遥诉一语，所守之贞之苦，并不求其知也。诗中自首至尾，亦不及秋夕一字，终年如此，终月如此，终日如此，所守之贞之苦，终古如此也。”张庚《古诗十九首解》：“上既云迢迢，不复曰相去几许？见得近在咫尺，似悖矣，不知神妙正在此悖也。盖从乎情之不得通而言，则先为迢迢，从来地之相阻而言，则仍几许？故下一‘复’字，若谓虽曰迢迢，亦复不远。愈说得近，则情愈切；情愈切，则境愈觉远矣。真善于写远也。”姜任修《古诗十九首绎》：“‘虽则七襄，不成报章’、‘嗟我怀人，置彼周行’（并见上），化此两意以比之。（谓将《小雅·大东篇》之织女不成报章及《周南·卷耳篇》之怀人而采卷耳不盈筐两意化成此篇）曰‘路远莫致’，犹可言也；（谓上一篇《庭中有奇树》之“路远莫致之”，路远则诚无可奈何，犹可说也）此则徒步山河（徒步之间，如隔山河），觌面千里矣（觌面之间，如隔千里)。太白‘长门一步地，不肯暂回车’所本。(出李白《妾薄命》乐府)王或庵(清初王源，字昆绳)云：‘相隔一水，尚不可即，况万余里哉！意中之言，硬塞不出；行墨之外，万恨千愁。’蒋湘帆(蒋衡，字新函，一字拙存)云：‘代织女目中见其迢迢，与末脉脉相应。’”

盈盈一水间，脉脉不得语。

李善《文选注》：“《尔雅》曰：‘脉，相视也。’【《尔雅·释诂下》原云：“覛，相也。”(“相，视也。”)郭璞注：“覛，谓相视也。”与《选注》略异，说已详见上】郭璞曰：‘脉脉，谓相视貌也。’”(李善又强改《尔雅》及《郭注》矣)五臣刘良曰：“盈盈，端丽皃。脉脉，自矜持皃。(王念孙《广雅疏证》卷一云：“嬴，好也。”重言之则曰嬴嬴，郭璞注《方言》云：‘嬴，言嬴嬴也。’《古诗》云‘盈盈楼上女’，又云‘盈盈一水间’，并与嬴嬴同。”)喻端丽之女，在一水之间，而自矜持，不得交语；犹才明之臣，与君阻隔，不得启沃也。”(《书·说命上》：“启乃心，沃朕心。”沃，犹灌溉也)元刘履《古诗十九首旨意》：“夫河汉既清且浅，相去甚近，一水之间，分明盼视，而不得通其语，是岂无所为哉！含蓄意思，自有不可尽言者尔！”明陆时雍《古诗镜》：“末二语，就事微挑，追情妙绘，绝不费思一点。”吴淇《古诗十九首定论》：“迢迢二字写远，下文既有相去复几许，曷得云远？而且至于迢迢？以脉脉不得语见得为远，而且极其迢迢也。夫此迢迢者，非真有千山万水之隔，不过此清浅之河汉耳！孰禁之而不往？以织女自有正业，身在机中，故不得往。‘终日’二句，（终日不成章，泣涕零如雨）思。‘河汉’四句，（河汉清且浅，相去复几许？盈盈一水间，脉脉不得语）望，亦在机中望。然望者仅此一河汉，乃忽而写得其近，忽而写得甚远，何也？凡物之大小远近，有一定之形；特形为势变，于是近者反远，远者反近，此形家（形容远近者）之通论也。而此之所写，忽近忽远，固由形势，而实变于织女之眼中意中。盖织女机中，终日云云，此时意中以为牵牛永无相遇之势矣；乃忽而举头一望，瞥见牵牛在彼河岸，河水又复清浅，几几乎有相遇之势矣。于是眼中之形，变其意中之势曰：相去复几许？既有几几相遇之势，方且期为必遇矣；而又以身在机中，不得往渡，于是意中之势，忽又变其眼中之形曰：盈盈一水间。盈盈二字，竟把清浅二字，化为深阻矣。（吴淇将盈盈二字解为水之满溢，恐未然）脉脉二字：语气固承盈盈二字，而意思却照首句迢迢二字。恐迢迢者牵牛，漠不相关。脉脉者，织女情独暗钟也。此诗当与《青青河畔草》章参看，彼连用六个叠字于首，而此分用两端（首四句，末二句）。彼咏荡妇，意刺小人，故用曲写。此咏织女，义比君子，故用直序。”又曰：“凡诗以远写远，难堪；以近写远，更难堪。如《诗》之‘其室则迩’（《郑风·东门之墠》：“其室则迩，其人甚远。”），与此诗之盈盈一水间，俱于近处写远也。盖其言虽近，然望之不能见，语之不必闻；至盈盈一水，则可望而不得语，尤为难堪耳！”又曰：“此诗与《青青》章，俱有纤纤素手四字，但用出字与擢字有别。出字的是写妆，擢字的是写织，一些移动不得。（不得云：“娥娥红粉妆，纤纤擢素手。”亦不得云：“纤纤出素手，札札弄机杼。”）又前诗用在下句，是先见妆，后见手；此诗用在上句，是先见手，后见织。”张庚《古诗十九首解》：“妙在以盈盈二句承结，遂将‘迢迢’、‘几许’融贯。谓为迢迢，则又复几许？谓之相去只此几许，则又限于盈盈而不得语（张庚亦解盈盈为水满，与吴淇同误）；既限于盈盈而不得语，则虽几许之相去，已不啻千里万里矣，可不谓之迢迢乎？人但知盈盈二句承河汉清浅来，不知其双贯迢迢几许也。真奇妙莫测。”又曰：“《青青》章双叠字六句，连用在前；此章双叠字亦六句，却结二句在结处，遂彼此各成一奇局。吴氏（淇）曰：此与《青青》章俱有纤纤素手字，彼用一出字，的是卖弄春葱，为倡女之态；此用一擢字，的是掷梭情景，为贞女之事。”（《晋书·谢鲲传》：“邻家高氏女有美色，鲲尝挑之，女投梭，折其两齿。时人为之语曰：‘任达不已，幼舆折齿。’”《世说新语》载鲲曰：“尚不碍我啸歌。”可谓无耻矣）邵长蘅《邵氏评文选》云：“意合则千里同心，情乖则觌面千里。不说正意，而寄托却深。”朱筠《古诗十九首说》：“然其中之间隔，夫岂远哉？以言河汉，则清而且浅，相去无几，何难披肝露胆，直陈衷曲？乃至盈盈一水间，脉脉千种，欲语不得，奈何！奈何！此等诗字字痛快，令天下后世处其境者，可以痛哭；不处其境者，可以歌舞。即杜、韩手笔，且恐摹写不到，何况余子！”张玉谷《古诗十九首赏析》：“末四即顶河汉，写出彼边可望而不可即之意，为泣涕如雨注脚。即为起首迢迢二字隐隐兜收，章法一线。”方东树《昭昧詹言·论古诗十九首》：“此诗佳丽，只陈别思，恉意明白。妙在收处四语，不著论议；而咏叹深致，托意高妙。”饶学斌《月午楼古诗十九首详解》：“细看此节，首句揭过，次句两层双起（写事写情）。纤纤二句跟女字承。（跟河汉女来）以五句转（终日不成章），六句合。（泣涕零如雨）河汉二句跟河汉承。（“河汉清且浅，相去复几许”跟“河汉女”之河汉来）以九句转，（盈盈一水间）十句合。（脉脉不得语）思字（指前章之“所思”）分两层摹写，一层写事，（纤纤擢素手，札札弄机杼）一层写情。（终日不成章，泣涕零如雨）情事虽两意相承，格局却双帆齐下。则双起双承，双转双合。前人已创此奇巧法门。”又曰：“夫思君而托兴于双星，既已神游空际矣。而摹写思字，复全用画家写意法。泣涕零如雨：不言思而思字令人于言外得之。脉脉不得语：不言思而思字迎沫而上，呼之欲出焉。”又曰：“思字用两层摹写（泣涕零如雨及脉脉不得语），下乃所以申上也。盖此涕零如雨者，固在脉脉不得语。斯脉脉不得语者，因而泣涕如雨。其意固互见也。”又曰：“《十九首》誓不肯用死笔、实笔。每于结句，尤不肯用实笔，不肯用死笔。”刘光蕡《古诗十九首注》：“河汉清浅，相去无多；一水盈盈，情不能达。君下贤为好士，士干名即失身。君不求士，士难自媒也。（刘光蕡以为此诗是君子守道不遇之词。《越绝书·越绝外传·记范伯》：“衒女不贞，衒士不信。”曹植《求自试表》：“夫自衒自媒者，士女之丑行也；干时求进者，道家之明忌也。”昭明太子《陶渊明文集序：“夫自衒自媒者，士女之丑行；不忮不求者，明达之用心。”）故并一世而终不相知，虽有平治之略，无从自见也。”吴闿生评方东树《昭昧詹言》曰：“此首盖有深感，后四句，词意深沉，不是高妙。”（方东树谓收处四语，词意高妙）又清初吴景旭《历代诗话》卷二十八云：“《古诗》‘盈盈一水间，脉脉不得语’观《海录碎事》（宋叶廷珪撰）引陆韩卿诗‘谁云相去远？脉脉阻光仪’，音陌，不见貌。余以二语正从《古诗》脱出。盖河汉几许，而相隔不相见，无从告语也。脉脉两字，含情无限。又观刘梦得《视刀环歌》云：‘常恨言语浅，不如人意深。今朝两相见，脉脉百种心。’直为《古诗》传神。”

其十一

回车驾言迈，悠悠涉长道。四顾何茫茫！东风摇百草。所遇无故物，焉得不速老？盛衰各有时，立身苦不早。人生非金石，岂能长寿考？奄忽随物化，荣名以为宝。

回车驾言迈，悠悠涉长道。

《诗·邶风·泉水》：“驾言出游，以写我忧。”（又《卫风·竹竿》同）又《小雅·黍苗》：“悠悠南行，召伯劳之。”又《鲁颂·泮水》：“顺彼长道，屈此群丑。”

四顾何茫茫！东风摇百草。

《庄子·天地》：“方且四顾而物应。”《楚辞》屈原《九章·悲回风》：“穆眇眇之无垠兮，莽芒芒之无仪。”（《说文》无茫字，本止作芒）王逸注：“草木弥望，容貌盛也。”

所遇无故物，焉得不速老？

言物皆推陈而出新，人何得不衰老也。《世说新语·文学》：“（东晋）王孝伯（恭）在京行散，至其弟王睹（睹，王爽小字）户前，问《古诗》中何句为最？睹思未答，孝伯咏‘所遇无故物，焉得不速老’此句为佳。”

人生非金石，岂能长寿考？

《管子·揆度》：“善为国者，如金石之相举。”

奄忽随物化，荣名以为宝。

《庄子·齐物论》：“昔者庄周梦为胡蝶，栩栩然胡蝶也，自喻适志与？不知周也。俄然觉，则蘧蘧然周也。不知周之梦为胡蝶与？胡蝶之梦为周与？周与胡蝶，则必有分矣，此之谓物化。”又《刻意》：“圣人之生也天行，其死也物化。”李善曰：“化，谓变化而死也。不忍斥言，故言随物而化也。”

〇此首言岁月行迈，立身无由，乃冀立言以垂世，孔子自卫返鲁，孟子退而与万章之徒序《诗》、《书》，序仲尼之意也。

其十二 《玉台新咏》载枚乘《杂诗》九首中，此在第二。

东城高且长，逶迤自相属。回风动地起，秋草萋已绿。四时更变化，岁暮一何速！《晨风》怀苦心，《蟋蟀》伤局促。荡涤放情志，何为自结束？燕、赵多佳人，美者颜如玉。被服罗裳衣，当户理清曲。音响一何悲！弦急知柱促。驰情整中或作巾。**带，沉吟聊踯躅。思为双飞燕，衔泥巢君屋。** 五臣张铣曰：“此诗刺小人在位，拥蔽君明，贤人不得进也。”

元刘履《古诗十九首旨意》："此不得志而思仕进者之诗。"明孙鑛《评文选》曰："此即《西北有高楼》缩调，彼饶恣态。此遒劲有力，各臻其妙。"明陆时雍《古诗镜》："景使年推，牢落无偶，所以托念佳人，衔泥巢屋。是则荡涤放志之所为矣。局促不伸，只以自苦，百年有尽，无谓也。'思为双飞燕，衔泥巢君屋'，驰情几（解作希冀之冀）往，敛襟怃然，语最贵美。至《闲情》则滥矣。（陶公《闲情赋》本是思有明堂如刘先主者辅之，非滥也。自昭明谓"白璧微瑕，惟在《闲情》一赋"。后人皆不得陶公之微旨矣）故同言异致，诗之所用，端在此耳。"陈祚明《采菽堂古诗选》："怀才未遇，而无缘以通。时序迁流，河清难俟。（《左传》襄公八年郑子驷曰："《周诗》有之曰：俟河之清，人寿几何？"）飞燕营巢，言但得厕身华堂足矣。其所坐必且登之细旃，坐而论道。（《韩诗外传》卷五："天子居广厦之下，帷帐之内，旃茵之上。"《汉书·王吉传》作"细旃之上"。《书·周官》："立太师、太傅、太保，兹惟三公，论道经邦，燮理阴阳。"）三沐而升，九宾而礼，【三沐，用齐桓公任管仲事。三沐三薰事，见《管子·小匡篇》及《国语·齐语》。又《史记·蔺相如传》："今大王亦宜斋戒五日，设九宾于廷，臣乃敢上璧。"九宾：裴骃《史记集解》引韦昭曰，"九宾，则《周礼》（秋官大行人）九仪。"司马贞《史记索隐》："《周礼·大行人》别九宾，谓九服之宾客也。"（九服：见《书·禹贡》：五百里甸服，五百里侯服，五百里绥服，五百里要服，五百里荒服，三百里蛮，二百里流，此七服。又《周礼·夏官·职方氏》：有侯服、甸服、男服、采服、卫服、蛮服、夷服、镇服、藩服。此九服也。略本《禹贡》）】方遂本怀，而仅言衔泥巢屋者，此亦言情不尽也。”张庚《古诗十九首解》：“此盖伤岁月迫促而欲放情娱乐也。然以‘思’结之，亦可谓发乎情，止乎义矣。”姜任修《古诗十九首绎》：“戒志荒也。贤者心乎王室而自达之辞。乐国将衰，君子见危授命之时乎？”（《诗·魏风·硕鼠》：“逝将去女，适彼乐国。”《论语·宪问》：“见利思义，见危授命。”）朱筠《古诗十九首说》：“此是一片禅机。《楞严》、《法华》，其妙不过尔尔。”张玉谷《古诗十九首赏析》：“此伤年华易逝，未得事君之诗。至篇末始揭作意，极难索解。”董讷夫评《阮亭古诗选》：“言岁月易逝，劳苦何为？不如及时行乐，即《山有枢》之意也。”（《诗·唐风·山有枢序》：“《山有枢》，刺晋昭公也。不能修道以正其国，有财不能用，有钟鼓不能以自乐，有朝廷不能洒扫，政荒民散，将以危亡，四邻谋取其国家而不知，国人作诗以刺之也。”）刘光蕡《古诗十九首注》：“此亦怀才欲试者之词，以美人自比也。”吴闿生评方东树《昭昧詹言》：“此反言，以旷为愤也。不然，诗人之志荒矣。”

东城高且长，逶迤自相属。

李善《文选注》：“城高且长，故登之以望也。王逸《楚辞注》曰：‘逶迤，长貌也。’”《说文》：“逶，逶迆，邪去之皃。”“迆，衺行也。”“属，连也。”相属，相连也。五臣张铣曰：“东，春也。所以养生万物，城可以居人，比君也。高且长，喻君尊也。相属，德宽远也。”（下有秋草，而解东为春，非是）吴淇《古诗十九首定论》：“东城二句，因现在之地以起兴。”（张庚《古诗十九首解》同）朱筠《古诗十九首说》：“东城，生春之地也。高长如此，逶迤如此。”方廷珪《文选集成》：“就所居之地起兴。”

回风动地起，秋草萋已绿。

五臣吕向曰：“回风，长风也，风为号令也。（《易》：巽为风。《象辞》：“随风，《巽》。君子以申命行事。”是风为号令也）地，臣位也。（《坤文言》：“地道也，妻道也，臣道也。”）号令自臣而出，故云回风动地起。（《论语·季氏》：“天下有道，则礼乐征伐，自天子出；天下无道，则礼乐征伐，自诸侯出。”）秋草既衰，盛草绿，谓政化改易疾也。萋，盛貌。”近人陈柱《古诗十九首解》云：“萋，通作凄，秋草凄已绿，则绿意已凄，其绿不可久也。”按《说文》：“绿，帛青黄色也。”则此处之秋萋已绿，正是残秋黄绿色之衰草也。回风，《玉台》作回风，义同。《楚辞》屈原《九章》之末篇是《悲回风》，起云：“悲回风之摇蕙兮，心冤结而内伤。”王逸注：“回风为飘，飘风回邪，以兴谗人。”“言飘风动摇芳草，使不得安；以言谗人亦别离忠直，使得罪过也。故已见之，中心冤结而伤痛也。”（《尔雅·释天》：“回风为飘。”郭璞注：“旋风也。”回风动地起，谓旋风卷地而起也）

四时更变化，岁暮一何速！

谓春夏秋冬四时更迭变化，转瞬已岁且尽矣。古人凡称岁暮者，必是岁终最后一个月。此诗上云秋草萋绿，下称岁暮，是汉武帝太初未改历前之诗。《玉台新咏》题作枚乘《杂诗》，此又一证也。汉武帝太初元年以前，仍秦制，以夏历之十月为岁首，故以夏历九月为岁暮，此处之秋草萋以绿，正是夏历九月秋草衰时也。称秋草是习惯之常称，称岁暮是朝廷之正朔将改岁也。李善《文选注》：“《周易》（《恒卦·彖辞》）曰：‘四时变化而能久成。’《毛诗》（《唐风·蟋蟀》）曰：‘（蟋蟀在堂，）岁聿云（原作其）莫。’（《豳风·七月》：“十月蟋蟀，入我床下。”在堂即可在床矣，周以十一月为岁首，故十月称岁暮）《尸子》（今无，只见此引）曰：‘人生也亦少矣，而岁往之亦速矣。’”五臣李周翰曰：“此亦寄情于政令数移之速也。”元刘履《古诗十九首旨意》：“言见东城之高且长，回风起而秋草已萋然矣。因念四时更相变化，而于岁之云暮，独何速邪？”吴淇《古诗十九首定论》：“回风四句，言时光易迈，尔时情志，拘束极矣，非借声音以展放之不可。”朱筠《古诗十九首说》：“回风动地而起，一番一番，春生之草，已入秋而凄以绿矣。是何故乎？良以四时更变化，所以岁暮如此其速！‘一何’二字妙。下二句从物上说又妙。”张玉谷《古诗十九首赏析》：“首六，即（就也）望中时物变迁，引起年华易逝意。”方东树《昭昧詹言·论古诗十九首》：“局意与前篇（《回车驾言迈》）相似，但此言放志，彼言立名（荣名以为宝），相反不同。《古诗十九首》，诗非一人所作，故各有归趣也。回风动地六句（首六句），与‘东风摇百草’（前篇），各极其警动。”

《晨风》怀苦心，《蟋蟀》伤局促。

《晨风》，《诗·秦风》篇名；《蟋蟀》，《诗·唐风》篇名。《晨风序》云：“《晨风》，刺康公也。忘穆公之业，始弃其贤臣焉。”其首章云：“鴥彼晨风，郁彼北林。未见君子，忧心钦钦。如何如何！忘我实多。”（鴥，音聿，疾飞貌。“晨风”，鹯也。《说文》：“钦，欠皃。”钦钦，谓思望而忧之）怀苦心：李善《文选注》引《苍颉篇》：“怀，抱也。”怀苦心，即谓如何如何！忘我实多也。《蟋蟀序》：“《蟋蟀》，刺晋僖公也。俭不中礼，故作是诗以闵之，欲其及时以礼自虞乐也。”其首章起四句云：“蟋蟀在堂，岁聿其莫。今我不乐，日月其除。”（除，谓改岁。后世除夕除夜本此。此读去声）伤局促，谓无以为乐也。《史记·灌夫传》：“局趣效辕下驹。”张守节《正义》引应劭曰：“驹马加著辕，局趣，纤小之貌。”傅毅《舞赋》：“嘉《关雎》之不淫兮，哀《蟋蟀》之局促。”（是傅毅用枚乘诗也。）姜任修《古诗十九首绎》：“《晨风》刺秦康之忘业弃贤，《蟋蟀》，刺晋僖公之俭不中礼，徒自苦耳。”朱筠《古诗十九首说》：“晨风蟋蟀，无情物也。晨风，感时而鸣也，怀苦心。蟋蟀，感时而吟也，伤局促。”

荡涤放情志，何为自结束？

《史记·乐书》：“万民咸荡涤邪秽，斟酌饱满，以饰厥性。故云《雅》、《颂》之音理而民正。”此二句谓宜荡涤胸怀，消除百忧，以放其情志，何为苦心局促，拘牵不申，以自取苦乎？五臣刘良曰：“君当去谗佞，行威惠，是荡涤情志也。左右置小人，佞谗不止，是自结束也。”董仲舒《士不遇赋》：“生不丁三代之盛隆兮，而丁三季之末俗。以辩诈而期通兮，贞士耿介而自束。”元刘履《古诗十九首旨意》：“我方以未见君子，如《晨风》之言，心怀忧苦。今而岁暮不乐，又恐如《蟋蟀》所赋，徒伤局促。盍亦荡涤其忧虑，放肆其情志，何苦乃自致结束，而不为乐哉！”吴淇《古诗十九首定论》：“将歌《秦风》之《晨风》乎？其音过于忧思；将咏《唐风》之《蟋蟀》乎？其音伤于俭陋。人生几何？何为拘束至此！是贵于荡涤放情志也。荡涤二字出《戴记》，（《礼记·郊特牲》：“涤荡其声。”郑玄注：“涤荡，犹动摇也。”）荡，浮也。涤，洗也。言其音之曲折往来疾速，如以水洗物而浮荡之，乃郑、卫之音也。”（此论非是）张庚《古诗十九首解》：“回风四句，言时光易逝，因慨古之怀苦心者，则有若《晨风》之诗；伤局促者，则有若《蟋蟀》之诗。凡此，皆自为拘束，曷若放情志以荡涤其怀伤乎？”方廷珪《文选集成》：“结束，犹拘束。放情志，谓将百忧除去，起下将为燕、赵之游也。”姜任修《古诗十九首绎》：“《晨风》刺秦康之忘业弃贤；《蟋蟀》刺晋僖之俭不中礼，徒自苦耳。（以上见前）求贤可以匡时，唯贤乃心家国，正两相须也。”朱筠《古诗十九首说》：“晨风感时而鸣也，怀苦心；蟋蟀感时而吟也，伤局促。然则如何而可？只有荡涤放情志为妙，不必太拘束也。下面俱是从荡情志放笔写去。”张玉谷《古诗十九首赏析》：“《晨风》四句，赋中带比，落出荡涤胜于结束来，作开笔曲笔。”饶学斌《月午楼古诗十九首详解》：“此段将题极力掀翻，以拓开局势，乃文家那展法（移挪展开）。发端以《晨风》二句为话柄，竖议以荡涤二句涨谈锋。以下逐节相生，一层拓开，旋一层转拢，转拢复与拓开，而一层拓开，又复一层转拢。其转拓一层深一层，乃文家剥蕉抽茧法。”又曰：“《晨风》四句一气，方是此段提纲挈领开端语。《晨风》二句乃文家离字诀；荡涤二句，乃文家翻字诀。下二句拓开意境，却妙在上二句蹙起波澜，盖展势莫妙于翻空，（《文心雕龙·神思篇》：“意翻空而易奇，言征实而难巧也。”）而骋论先期于有据。”又曰：“荡，旷远貌；涤，洗净也。荡涤二句，谓当放宽胸臆，洗脱烦愁，以舒放其情志。何为常怀苦心，致伤局促，长自结束乎？自字妙，说与旁人，浑不解也。”明张凤翼《文选纂注》：“此以上是一首，下燕、赵另一首，因韵同故误为一耳。”（非是）明孙鑛《评文选》云：“前后意若不属，定为二首亦有理，但相沿已久，陆士衡亦如此拟作，尚未敢臆断也。”纪昀云：“此下乃无聊而托之游冶，即所谓荡涤放情志也。陆士衡所拟可互证。（《拟东城一何高》结句云“思为河曲鸟，双游丰水湄”与此结“思为双飞燕，衔泥巢君屋”同意。《玉台》亦作一首）张本以臆变乱，不足为据。”于光华《评注昭明文选》云：“此诗燕、赵多佳人以下，有另分为一首者，然燕、赵以下，正为放情志言之。或作二首非。”吴汝纶《古诗钞》亦云：“《玉台》、《文选》皆作一篇，燕、赵以下，乃承荡涤放情志为文，音响二句，又所以终苦心局促之旨也。”方东树《昭昧詹言》卷二：“燕、赵多佳人，断为另一章。”吴闿生评云：“此当与上为一首，则词旨谲诡有趣；且前首词意固未终也。”

燕、赵多佳人，美者颜如玉。

李善《文选注》："燕、赵，二国名也。《楚辞》（《九歌·湘夫人》）曰：'闻佳人兮召予（，将腾驾兮偕逝）。'（宋玉）《神女赋》曰：'（貌丰盈以庄姝兮，）苞温润之玉颜。'"五臣李周翰曰："佳人，贤人也。如玉，谓有美德也。所以言燕、赵者，非独此二国有贤，盖为其国出美女，故托言之，以隐文意。"《战国策·中山策》："（司马憙）见赵王曰：臣闻赵，天下善为音，佳丽人之所出也。"元刘履《古诗十九首旨意》："吾党之士，才美者众，犹燕、赵之多佳人也。"吴淇《古诗十九首定论》："郑、卫之音，决无奏以嫫母（黄帝妃，貌最丑而最贤）、无盐（齐宣王夫人钟离春，亦貌极丑而贤）之理，必出自燕、赵佳人，始可以放我情志。盖人世一切，如宫室之美，车服之丽，珠玉之玩，皆非真实切身受用，而真实切身受用，惟有此耳。此论详著《南史·梁武帝赞》中。【《南史·梁本纪下》："论曰：……夫人之大欲，在乎饮食男女（见《礼记·礼运》），至于轩冕殿堂，非有切身之急。高祖屏除嗜欲，眷恋轩冕，（轩车冠冕）得其所难而滞于所易，可谓神有所不达，智有所不通矣。"】燕、赵佳人，未有不美。又著美者二字，乃是于粉黛丛中，拔其异姿也。"姜任修《古诗十九首绎》："佳人，作者托以自比燕婉之求。"（燕婉之求，出《诗·邶风·新台》。姜氏以夫妇比君臣，喻臣欲得贤君也）朱筠《古诗十九首说》："盖荡情之事，莫过佳人；佳人之多，莫过燕、赵。颜如玉，色之美。"

被服罗裳衣，当户理清曲。

《汉书·景十三王·河间献王德传》：“被服儒术，造次必于儒者。”李善《文选注》引魏如淳《汉书注》：“今乐家五日一习乐为理乐也。”五臣张铣曰：“罗裳衣，喻有礼仪也。当户，谓志慕明也。理清曲，谓修学业也。”元刘履《古诗十九首旨意》：“（才美之士，）彼其修德立言，壹皆独善其身，故其言往往悲愤激切，而有以知其志气郁塞，未获舒展；亦犹佳人之被服鲜洁，而但当户自理清曲，故其音响悲切，而知弦柱之急促也。”吴淇《古诗十九首定论》：“既是异姿，又何假粉饰？而被服云云，正暗照《唐风》（《山有枢》）‘我有衣裳，弗曳弗娄’，而见‘缟衣綦巾’之不足取耳。（《诗·郑风·出其东门》：“缟衣綦巾，聊乐我员。”綦，苍艾色）理曲而用当户二字者，当户：不惟取其易以发响，且不没其色也。”姜任修《古诗十九首绎》：“秋风逼岁，拘拘伤迟暮乎（四时更变化，岁暮一何速）？美人艳曲，燕、赵名姬，孰可‘求美而释女’？（《离骚》：“两美其必合兮，孰信修而慕之？……勉远逝而无狐疑兮，孰求美而释女？”）女奚不驰情识曲，期两美之必合耶？沈云卿（佺期）‘海燕双栖’本此。”（沈佺期《君不见》：“卢家少妇郁金香，海燕双栖玳瑁梁。”）朱筠《古诗十九首说》：“被罗裳，服之丽。使之当户理清曲，可谓荡情矣。”刘光蕡《古诗十九首注》：“颜如玉，喻美质。被服，喻学修。理清曲，发为议论也。”

音响一何悲！弦急知柱促。

促字与上“《蟋蟀》伤局促”重韵，但汉人诗时有重韵者，不能因重韵而将“燕、赵多佳人”以下别为另一首也。况《史记·灌夫传》之“局趣效辕驹”之“趣”字，是将兴趣字读入声乎？五臣吕向曰：“响悲，谓悲君左右小人也。弦急，谓政令急也。知柱促，知君祚将促也。”张玉谷曰：“弦急柱促，指瑟言，弦急由于柱促也。”魏吕安《与嵇茂齐书》：“牙浅弦急，常恐风波潜骇，危机密发，斯所以怵惕于长衢，按辔而叹息也。”即五臣吕向之意。吴淇《古诗十九首定论》：“音之悲，由于曲之清；曲之清，由于弦之急；弦之急，由于柱之促。盖音之清浊，生于律吕之长短；故柱疏弦缓，则声浊而低；柱促弦急，则声清而高。”张庚《古诗十九首解》：“燕、赵之地多佳人，其尤者则有玉颜，且盛服当户而理曲，其幺弦促柱之悲音，一何动听也！既目其如玉之颜，复耳其最悲之曲，而情为之驰矣。”朱筠《古诗十九首说》：“至于繁音促节，荡情极矣；然至弦急柱促，其乐将终，但觉其音响之悲而已。此二句倒装得有力。”张玉谷《古诗十九首赏析》：“燕、赵六句，意转合到学优不仕之可惜；然不便显言，特借燕、赵佳人，美颜华服，理瑟音悲，作一比拟，意境最超。弦急柱促，又隐为岁暮何速一兜。”方东树《昭昧詹言》：“音响以下，情词警策遒紧。”饶学斌《月午楼古诗十九首详解》：“后十句一气，借燕、赵佳人，画一结束样子。其从颜递到衣，从衣递到曲，特归注弦急知柱促句。‘知’字极深细。下驰情四句，俱从‘知’字生出。乃就音曲悲促中，想见其情志结束处。”刘光蕡《古诗十九首注》：“音响何悲，世变已急也。弦急柱促，忧世深故望世切，而世终不悟，不能求贤以自辅，则欲出而强为之。”左思《蜀都赋》云：“起西音于促柱，歌江上之飉厉。”本此。

驰情整中带，沉吟聊踯躅。

李善《文选注》：“中带，中衣带。整带，将欲从之。毛苌《诗传》曰：‘丹朱，中衣。’（《唐风·扬之水传》：“诸侯绣黼丹朱中衣。”）《说文》：‘踯躅，住足也。’踯躅与蹢躅同。”《说文》：“蹢，住足也。从足，适省声。或曰：蹢躅。”“躅，蹢躅也。”踯乃蹢之俗字，音直。中，五臣作巾。纪昀曰：“《仪礼》（《既夕礼》）有中带。郑注：‘中带，若今禅襂（即衫）。’则作巾为误。”汉成帝前苏伯玉妻《盘中诗》云：“结中带，长相思。”中，一误作巾。五臣李周翰曰：“整其衣冠，将进用，复惧邪臣所中（伤也），故复沉吟也。踯躅，行不进貌。”元刘履《古诗十九首旨意》：“是以我（作诗者）之驰情整服，沉吟而踯躅，思与此人（佳人。才美者）同奋才力，以入仕于朝，庶几得以舒吾苦心，而遂其情志焉尔。”吴淇《古诗十九首定论》：“（声）高极则悲，此郑、卫之音，最易感人，至此，听者之情驰矣，歌者之情亦驰矣。不曰交驰者，诗人欲摹歌者，故就歌者而言驰情耳。……沉吟者，意之且前且却也；踯躅者，身之且前且却也。中间加一聊字，见虽且前且却，而蚤已倾心于君矣。故曰‘思为’云云。”姜任修《古诗十九首绎》：“《文选》分‘结束’上为一首，（《文选》不分，明张凤翼《文选纂注》分）‘燕、赵’

下为一首。静案之，‘何为’句束上领下，势若建瓴，佳人，令闻（美誉）也。如玉，天姿也。被服，盛饰也。当户，现身也。音响，发声也。弦急，情迫也。驰情沉吟，临期郑重，‘弱颜故植’也。（《楚辞·招魂》：“弱颜固植，謇其有意些。”王逸注：“言美女内多廉耻，弱颜易愧，心志坚固，不可慢犯。”）皆可相与荡涤放情志者也。通首奔逸，至此勒韁，未可中分伤格。”朱筠《古诗十九首说》：“驰情二句，描写入神，明知乐不可保，又恐岁暮之速，整巾带而沉吟，至于踯躅徘徊，想不出个法子来；仍然循循旧辙，沉情声色，思如双燕巢屋，聊复尔尔。”饶学斌《月午楼古诗十九首详解》：“驰情整巾带，画不出捉衣弄影光景；沉吟聊踯躅，数不尽辗转反侧情形。聊字妙，所谓‘明知无益事，还作有情痴’也。（王道语，见《世说新语》）”刘光蕡《古诗十九首注》：“情既动矣，而又自整巾带者，欲出救世，不能不自审所学。士之自荐，如女自媒，（曹植《求自试表》：“夫自衒自媒者，士女之丑行也。”）犯礼而行，失身无补，故沉吟踯躅，不敢违礼而动也。”

思为双飞燕，衔泥巢君屋。

五臣刘良曰：“燕，驯善之鸟，故人臣自比，愿得亲君。”元刘履《古诗十九首旨意》：“故又托为双燕衔泥巢屋以结之，于此可见当时贤才之遗逸者，非特一人而已也。”张庚《古诗十九首解》：“凡人心慕其人，而欲动其人之亲爱于我，必先自正其仪容。驰情整巾带者，致我之敬，以希感动佳人也，正驰情之极也。沉吟心口，为之自忖自语；踯躅身足，为之且前且却；此是理欲交战情形。以起下思为云云一结。既而终以为不可，因思身不得巢君之屋，惟燕子得以巢之，遂思为飞燕也。”又曰：“古人诗，句句相生，如此诗起云东城高且长，下就长字接逶迤相属句，以足长字之势。就逶迤字生出回风动地句；就地字生出秋草句；就秋草字生出四时变化句；就时变字生出岁暮速句；就速字生出怀伤二句；就怀伤二字，生出放情二句；就放情不拘，生出下半首。真一气相承不断，安得不移人之情？”朱筠《古诗十九首说》：“结得又超脱，又缥缈，把一万世才子佳人勾当，俱被他说尽。”张玉谷《古诗十九首赏析》：“末四遥接荡涤二句，收清思出仕君。巾带既整，犹复沉吟，何等详慎！点逗本意，却又借燕为比，总无实笔，故佳。”刘光蕡《古诗十九首注》：“此心耿耿，欲绸缪君屋而终不可得也。”

其十三

驱车上东门，遥望郭北墓。白杨何萧萧！松柏夹广路。下有陈死人，杳杳即长暮。潜寐黄泉下，千载永不寤。浩浩阴阳移，年命如朝露。人生忽如寄，寿无金石固。万岁更相送，圣贤莫能度。服食求神仙，多为药所误。不如饮美酒，被服纨与素。 阮籍《咏怀》诗“步出上东门”下李善注引《河南郡图经》曰：“东有三门，最北头曰上东门。”郭北墓，指北邙山。李善于《古诗十九首》题下注曰：“诗云：‘驱车上东门。’又云：‘游戏宛与洛。’此则辞兼东都，非尽是乘明矣。”《白虎通·崩薨篇·坟墓》：“封树者，所以为识。……《含文嘉》曰：“天子坟高三仞，树以松；诸侯半之，树以柏；大夫八尺，树以栾；士四尺，树以槐；庶人无坟，树以杨柳。”（《含文嘉》，是《春秋纬》）又李善引仲长统公理《昌言》（亡）曰：“古之葬者，松柏梧桐，以识其坟也。”《楚辞·九歌·山鬼》：“风飒飒兮木萧萧，思公子兮徒离忧。”《庄子·寓言篇》：“人而无人道，是之谓陈人。”郭象注：“直是陈久之人耳。”即，就也。李善注：“《楚辞》曰：去白日之昭昭，袭长夜之悠悠。”又引服虔《左氏传注》曰：“天玄地黄，泉在地中，故言黄泉。”《汉书·律历志上》：“爻律夫阴阳，登降运行。”《庄子·知北游》：“阴阳四时，运行各得其序。”《汉书·苏武传》：“李陵谓苏武曰：人生如朝露，何久自苦如此！”陶公《神释》篇：“彭祖爱永年，欲留不得住。老少同一死，贤愚无复数。”与此同风。李善注：“范子曰：白纨素出齐。”

○此首乃悯乱悲生，抑塞穷愁，强自慰解之辞。结语与《青青陵上柏》之斗酒聊厚同风。又：起十数句与古乐府《薤露》、《蒿里》同工。（《薤露歌》：“薤上露，何易晞！露晞明朝更复落，人死一去何时归？”《蒿里歌》：“蒿里谁家地？聚敛魂魄无贤愚。鬼伯一何相催促，人命不得少踟蹰。”）

其十四

去者日以疏，来者日以亲。出郭门直视，但见丘与坟。古墓犁为田，松柏摧为薪。白杨多悲风，萧萧愁杀人。思还故里闾，欲归道无因。 去者，谓已死者。来者，谓后辈。古乐府《古歌》：“秋风萧萧愁杀人。出亦愁，入亦愁。座中何人？谁不怀忧？令我白头。故（一作胡）地多飙风，树木何修修！

离家日趋远，衣带日趋缓。心思不能言，肠中车轮转。”

〇此首乃贤臣去国，不知所之，托之道无因者。孔子去鲁，迟迟其行之意也。（《孟子·尽心下》：“孔子之去鲁，曰：迟迟吾行也，去父母国之道也。去齐，接淅而行，去他国之道也。”）

其十五

生年不满百，常怀千岁忧。昼短苦夜长，何不秉烛游。为乐当及时，何能待来兹！愚者爱惜费，但为后世嗤。仙人王子乔，难可与等期。

秉烛游：曹丕《与吴质书》：“古人思炳烛夜游，良有以也。”用此。李白《春夜宴桃李园序》：“古人秉烛夜游，良有以也。”又本之曹丕。《说文》：“秉，禾束也。从又持禾。”引申为持也。又：“炳，明也。”曹丕改用明烛，李白则仍用《古诗》本字耳。来兹，来年也。《吕氏春秋·士容论·任地篇》：“今兹美禾，来兹美麦。”高诱注：“兹，年也。”按《说文》：“兹，草木多益。”一年草生一番，故以兹为年。王子乔：刘向《列仙传》：“王子乔者，周灵王太子晋也。好吹笙，作凤凰鸣。游伊、洛之间，道士浮丘公接以上嵩高山三十余年。后求之于山上，见桓良曰：‘告我家，七月七日，待我于缑氏山巅。’至时，果乘白鹤，驻山头，望之不得到。举手谢时人，数日而去。亦立祠于缑氏山下及嵩高首焉。”清朱彝尊《书玉台新咏后》曰：“《古诗十九首》，以徐陵《玉台新咏》勘之，枚乘诗居其八，就《文选》本第十五首而论，生年不满百四句，则《西门行》古辞也。古辞：‘夫为乐，为乐当及时。何能坐愁怫郁，当复待来兹！’而《文选》更之曰：‘为乐当及时，何能待来兹！’古辞：‘贪财爱惜费，但为后世嗤。’而《文选》更之曰：‘愚者爱惜费，但为后世嗤。’古辞：‘自非仙人王子乔，计会寿命难与期。’而《文选》更之曰：‘仙人王子乔，难可与等期。’剪裁长短句作五言，移易其前后，杂糅置《十九首》中，没枚乘等姓名，概题曰《古诗》。要之，皆出文选楼中诗学士之手也。徐陵少仕于梁，为昭明诸臣后进，不敢明言其非，乃别著一书，列枚乘姓名，还之作者，殆有微意焉。”案：朱说非也。近人范文澜《文心雕龙注》辨之甚是。据云：“朱氏疑昭明辈剪裁长短句作五言，没枚乘等姓名，恐未必然。钟嵘《诗品》专评五言诗，若本是长短句，不得列入《古诗》十九首之中。乘等姓名，更无湮没之理。《古诗》总杂，昭明只取十九首入选，谓其美篇不无遗佚则可，谓其剪裁失真则不可。至于乐府，本宜增损辞句以协音律，似不必疑昭明削古辞为五言也。”案：昭明将《十九首》置在苏、李诗前，则已知其中有枚乘作矣；徒以《十九首》非尽出一人之手，故不得题其姓名耳，岂有意埋没枚乘姓名哉！

○此首立言旷达，士君子失其时则蓬累而行，无入而不自得。庄生云：“巧者劳而智者忧，无能者无所求，饱食而遨游，泛若不系之舟。”（《列御寇篇》）此得其旨趣矣。（《史记·老庄申韩列传》老子对孔子曰：“且君子得其时则驾，不得其时，则蓬累而行。”）

其十六

凛凛岁云暮，蝼蛄夕鸣悲。凉风率已厉，游子寒无衣。锦衾遗洛浦，同袍与我违。独宿累长夜，梦想见容辉。良人惟古欢，枉驾惠前绥。愿得常巧笑，携手同车归。既来不须臾，又不处重闱。亮无晨风翼，焉能凌风飞？眄睐以适意，引领遥相晞。徙倚怀感伤，垂涕沾双扉。

此亦是汉武帝太初未正历前之诗也。太初以前，是以夏历之十月为岁首，故以九月为岁暮。此诗是夏历九月时作也。其云风厉、寒无衣，读者或疑已是冬时矣；不知《礼记·月令》云："孟秋之月，凉风至。""仲秋之月，盲风至。"郑玄注云："盲风，疾风也。"七月凉风至，八月凉风疾，则九月凉风可知矣。又九月而称寒无衣者，《礼记·月令》云："季秋之月，……寒风总至，民力不堪，其皆入室。"（《吕氏春秋·季秋纪》及《淮南子·时则训》同）又《大戴礼·夏小正》云："九月，王始裘。王始裘者，何也？王衣裘之时也。"观此，九月寒气总至，王已衣裘，则称寒无衣，宜矣。又此诗如非作于以十月为岁首之时，则不得以九月为岁暮。凡《三百篇》称岁暮者，皆是岁终之月。周以十一月为岁首，故以十月为岁暮。《唐风》之《蟋蟀》、《小雅》之《采薇》及《小明》等篇可证。若谓此诗是改历后之冬十二月作，则其时百虫已蛰伏无声久矣，尚有蝼蛄之夕鸣耶？近人黄侃不察，其批《文选》此诗云："此首后汉作，以洛浦知之。"噫！东汉以前人不能用洛浦耶？抑以为用宓妃与洛水故事，至东汉人始连之耶？刘向《九叹·愍命》云："逐下袟（妾御）于后堂兮，迎宓妃于伊、洛。”扬雄《羽猎赋》云：“鞭洛水之宓妃，饷屈原与彭、胥。”则又何说？黄侃弟子骆鸿凯撰《文选学》，仍其师之误说，亦以为此是东汉诗，以洛浦一句为证，谬矣。

凛凛岁云暮，蝼蛄夕鸣悲。 蝼蛄，即俗称土狗，似蟋蟀而大，雄者能鸣。

锦衾遗洛浦，同袍与我违。 《离骚》云：“吾令丰隆乘云兮，求宓妃之所在。解佩纕以结言兮，吾令蹇修以为理。”张衡《思玄赋》：“载太华之玉女兮，召洛浦之宓妃。”曹植《洛神赋》：“愿诚素之先达兮，解玉佩以要之。”李善注引《汉书音义》如淳曰：“宓妃，宓羲氏之女，溺死洛水为神。”《诗·秦风·无衣》：“岂曰无衣，与子同袍。”此二句言锦被赠与所思，而同袍之情与我相违也。

良人惟古欢，枉驾惠前绥。 惟，思也。李善曰：“良人念昔之欢爱，故枉驾而迎己。惠以前绥，欲令升车也。”绥，车中索，所引以升者。《论语·乡党》：“升车，必正立执绥。”《礼记·昏义》：“父亲醮子而命之迎，男先于女也。……降，出御妇车，而婿授绥，御轮三周。先俟于门外，妇至，婿揖妇以入。”

愿得常巧笑，携手同车归。 巧笑：《诗·卫风·硕人》：“手如柔荑，肤如凝脂，领如蝤蛴，齿如瓠犀，螓首蛾眉。巧笑倩兮，美目盼兮。”《诗·邶风·北风》：“惠而好我，携手同车。”

亮无晨风翼，焉能凌风飞？ 亮，信也。晨风，亦鹯也。

眄睐以适意，引领遥相睎。 眄睐，左顾右盼貌。

徙倚怀感伤，垂涕沾双扉。 徙倚，犹低回也。

○此首逐臣思君之辞也，好色不淫，怨诽不乱，《诗》、《骚》之遗。

其十七

孟冬寒气至，北风何惨栗！愁多知夜长，仰观众星列。三五明月满，四五蟾兔缺。客从远方来，遗我一书札。上言长相思，下言久离别。置书怀袖中，三岁字不灭。一心抱区区，惧君不识察。 此则汉武帝太初元年改历后之诗也。然汉武太初元年至后元二年之崩，尚有十八年。而西汉自武帝至平帝，共有七帝，百一十二年，故不必是东汉人作也。

置书怀袖中，三岁字不灭。 矜慎珍惜之，而虽在怀袖中，三年而字不残灭。

一心抱区区，惧君不识察。 《广雅·释训》："区区，爱也。"非小之谓。

○此首亦思君之辞，末四句情深之至，沉绵悱恻，我思古人。

其十八

客从远方来，遗我一端绮。相去万余里，故人心尚尔。文彩双鸳鸯，裁为合欢被。著以长相思，缘以结不解。以胶投漆中，谁能别离此？

客从远方来，遗我一端绮。 端绮：杜预《左传》注："二丈为一端，二端为一两，所谓匹也。"

著以长相思，缘以结不解。 著：郑玄《仪礼注》："著，谓充之以絮也。"即装绵。缘：郑玄《礼记注》："缘，边饰也。"即捆边。钟嵘《诗品上》：《客从远方来》、《橘柚垂华实》，亦为惊绝矣。"

〇此首言二人本以道合，远别而心益坚也。用之于君臣夫妇朋友均可通。所谓故人，不必专指旧友而言也。

其十九 《玉台新咏》录枚乘《杂诗》九首中，此首居末，今《萧选》同。

明月何皎皎！照我罗床帏。忧愁不能寐，揽衣起徘徊。客行虽云乐，不如早旋归。出户独彷徨，愁思当告谁？引领还入房，泪下沾裳衣。

元刘履《古诗十九首旨意》曰："旧注，李周翰以此为妇人之诗，谓'其夫客行不归，忧愁而望思之也'。（五臣本在"不如早旋归"下，翰曰："夫之客行，虽以自乐，不如早归，以解我愁。"刘氏用其大意）曾原一以为：'独醒之人，忤世无俦，抚时兴悲之作。'今详味其辞气，大概类妇人，当以前说为是。"案：客行二句，当是作者自道之辞，与王粲《登楼赋》"虽信美而非吾土兮，曾何足以少留"同意。《玉台》以为是枚乘《杂诗》，则是游梁既久，思归淮阴之作也。语气全不类妇人，不得以罗床帏为妇人独有之物也。乘为梁园上客，岂无之乎！明陆时雍《古诗镜》云："隐隐里，淡淡语，读之寂历自恢（宽也)。"方廷珪《文选集成》云："为久客思归而作。凡商贾仕宦，俱可以类相求。"吴淇《古诗十九首定论》："无甚意思，无甚异藻，只是平常口头，却字字句句用得合拍，便尔音节响亮，意味深远，令人千读不厌。"张庚《古诗十九首解》："此写离居之情。以客行之乐，对照独居之愁，极有精思。"方东树《昭昧詹言·论古诗十九首》："客子思归之作，语意明白。"吴闿生评方东树《昭昧詹言》云："此亦感慨不得意之作。思归，托词耳。"姜任修《古诗十九首绎》："伤末路，计无复之也。阮公'薄帷鉴明月'同调。(阮籍《咏怀》八十二首第一首云："夜中不能寐，起坐弹鸣琴。薄帷鉴明月，清风吹我衿。孤鸿号外野，翔鸟鸣北林。徘徊将何见？忧思独伤心。"）彼为河清不可俟，此为遇主终无期。"李白《静夜思》"床前明月光"、晏殊《清平乐》词："双燕欲归时节，银屏昨夜微寒。"及欧阳修《青玉案》词："买花载酒长安市，又争似、家山见桃李？不枉东风吹客泪，相思难表，梦魂无据，惟有归来是。"皆此意。

明月何皎皎！照我罗床帏。

李善《文选注》："《毛诗》（《陈风·月出》篇）曰：'月出皎兮。（佼人僚兮，舒窈纠兮，劳心悄兮。）'"五臣张铣注："罗绮为帷，故曰罗床帷。"《说文》："帷，在旁曰帷。""幕，帷在上曰幕。""帏，囊也。"蚊帐之帐字，《说文》在帷幕之间，则床帐字应作帐，五臣作帷，是也。吴淇《古诗十九首定论》："无限徘徊，虽主忧愁，实是明月逼来；若无明月，只是捶床捣枕而已，那得出户入房许多态。”张庚《古诗十九首解》：“古人作诗，固先有主意，然亦必有所因；有所因，然后主意缘之以出。如此诗：以忧愁为主，以明月为因。始而揽衣徘徊，既而出户彷徨，终而入房泣涕，都因明月而然；而忧愁之苦况，遂以切著。若无明月，亦惟有‘寤擗有摽’而已。（《诗·邶风·柏舟》篇：“静言思之，寤辟有摽。”《毛传》：“辟，抚心也。摽，抚心貌。”《说文》：“摽，击也。”谓捶心也。）起句之不泛设，于此益见。”饶学斌《月午楼古诗十九首详解》：“明月，二字句；何字合下八字为句，并合次联十八字共为句。（意谓：“明月，何皎皎照我罗床帏！忧愁不能寐，揽衣起徘徊。”作为文章解释，随意分句，似可不必）何字问得妙，……我字自供得妙，谓我之为我，不堪为我者也；即我之为我，不堪斯照者也。我不堪斯照，即我之床帏，亦不堪斯照者也。盖我不堪为我，我直不堪斯照者，我固忧愁之我也。我不堪斯照，我之床帏亦不堪斯照者。固揽衣频起，终夜徘徊而不能寐之床帏也。我不堪斯照，此皎皎照我者，其谓之何？我之床帏不堪斯照，则此皎皎照我床帏者又谓之何？在月之无私照临者，（《礼记·孔子闲居》：“天无私覆，地无私载，日月无私照。”）不堪照而不得不照，明月几无如我何！而月之容光必照者，（《孟子·尽心上》：“日月有明，容光必照焉。”）不堪照而偏以相照，我固无如明月何矣！”刘光蕡《古诗十九首注》：“月明夜静，对影寂寥，外无所扰，内念自惺。（惺忪，动荡也。静中不昧也）”

忧愁不能寐，揽衣起徘徊。

李善《文选注》引《毛诗》（《邶风·柏舟》篇）曰："耿耿不寐，（如有隐忧）。"五臣吕延济曰："徘徊，缓步于月庭也。"张庚《古诗十九首解》："因忧愁而不寐，因不寐而起，既起而徘徊。"朱筠《古诗十九首说》："此首起四句，与'孟冬寒气至'数句用意颇同。（孟冬寒气至，北风何惨栗！愁多知夜长，仰观众星列。）神情在徘徊二字。"张玉谷《古诗十九首赏析》："此亦思妇（亦犹劳人耳）之诗。首四，即（就也）夜景引起空闺之愁。"刘光蕡《古诗十九首注》："忧愁之感，忽从中来。不能成寐，揽衣徘徊。"

客行虽云乐，不如早旋归。

李善《文选注》引《毛诗》（《小雅·黄鸟》篇）曰："言旋言归（，复我邦族）。"姜任修《古诗十九首绎》："以月兴日，生憎明月，偏照愁眠，久客无裨，终竟何乐？悔不旋归矣！"朱筠《古诗十九首说》："把客中苦乐，思想殆遍，把苦且不提；虽云乐，亦是客，不如早旋归之为乐也。"张玉谷《古诗十九首赏析》："中二，申己之望归也（谓妇思夫），却反从彼边（谓夫处）揣度。客行虽乐，不如早归，便觉笔曲意圆。"方东树《昭昧詹言·论古诗十九首》云："见月起思，一出一入（指"出户独彷徨"及"引领还入房"），情景如画。以客行二句，横着中间，为主句（指"不如早旋归"）归宿，与前篇'相去万余里'二句同（指第十八首"相去万余里，故人心尚尔"）。饶学斌《月午楼古诗十九首详解》：

“客行二句，妙在用‘虽’字着力一翻。谓客行即使甚乐，尚不如早旋归；而况我之不乐实甚乎？……客行二字，妙在用虽云乐三字翻入。其反主为宾，以开作合，不用死笔用活笔，不用正笔用翻笔，不用实笔用虚笔，全在一虽字，有取死回生妙用。乐字上对忧愁不能寐，下起愁思当告谁？乐字虚，忧愁愁思字实，以一乐字拗两头，以虚拗实，即实者（谓乐）皆空，于此见虽字之妙；灵丹一粒，鸡犬皆仙。”（黄山谷书札：“灵丹一粒，点铁成金也。”葛洪《神仙传》：“淮南王安临去时，余药器置在中庭，鸡犬舐啄之，尽皆升天，故鸡鸣天上，犬吠云中也。”）刘光蕡《古诗十九首注》：“默计平生（指作此诗者）与其纷营于外，驰世味之乐，不如反本归根，研性命之旨也。”

出户独彷徨，愁思当告谁？

李善《文选注》引《毛诗序》（《王风·黍离序》）曰：“彷徨不忍去。”五臣刘良曰：“彷徨，行回旋，心不安貌。”张庚《古诗十九首解》：“因徘徊而出户，既出户而彷徨，因彷徨无告而仍入房，十句中层次井井，而一节紧一节，直有千回百折之势，百读不厌。”饶学斌《月午楼古诗十九首详解》：“曰独彷徨，曰当告谁？写出形单影只，（实谓心中所感，无知己者可告语耳，不必坐实真无人也。《诗·郑风·叔于田》曰：“叔于田，巷无居人。岂无居人？不如叔也，洵美且仁。”）斯真孤臣哉！（此则是矣）”

引领还入房，泪下沾裳衣。

李善《文选注》曰：“《左氏传》（鲁）穆叔谓晋侯（平公）曰：引领西望曰，庶几乎。”（见《左传》襄公十六年。庶几晋来救鲁之齐难）张庚《古诗十九首解》：“入房上著引领二字妙：引领犹言延颈，当兹无可告语而入房，犹不遽入而延颈若有所望。又著一还字，言终无告矣，只得入房也。其愁情苦致如画，若此一句不如是极写，下接泪下句便少力。”姜任修《古诗十九首绎》：“计之不早，归尚无期，不忍此心之长愁，而陈志无路也。能不悲哉！（宋玉）《九辩》云：‘车既驾兮朅（音揭，去也）而归，不得见兮心伤悲。（王逸注：“自伤流离，路阻塞也。”五臣云：“将归而君不见察，故心悲也。”）倚结軨兮长太息，（结軨，车之重轼，横木，凭以瞻视者）涕潺湲兮下沾轼。’此诗情景似之。”朱筠《古诗十九首说》：“审之又审，自当决绝，莫可犹疑；一鞭明月，归来非迟，（乘月一骑归去也）则向之徘徊者不必徘徊矣；（忧愁不能寐，揽衣起徘徊。）然而或为名利，或为君友，欲归不得，有无限愁思，难以告人；所以念及归而引领，念及不能归而还入房，至于泪下沾衣，何其惫也！与第一首不必一人作（《玉台新咏》谓并是枚乘《杂诗》），而神回气合。即中间十七首，不必尽出一手，尽出一时，而回环读之，无不筋摇脉动（即钟嵘《诗品》所谓“惊心动魄”）。观止矣！虽有他诗，不必说也已！”（见《左传》襄公二十九年，吴公子札观乐于鲁，末云：“观止矣！若有他乐，吾不敢请已。”）朱氏与刘勰同评，谓是五言之冠冕也。饶学斌《月午楼古诗十九首详解》：“引领二字为句，当情颓气咽，其不堪回首，几不堪复述者，深悼所望之徒虚也。还入房三字自为句……斯归哉！归哉！（《诗·召南·殷其靁》：“振振君子，归哉归哉！”）宁犹踯躅空房哉！而竟不然也！其引领徒虚，仍然重入此空房者，其泪下沾裳衣，斯不禁痛定思痛也。（韩愈《答李翱书》：“如痛定之人，思当痛之时，不知何能自处也！”）沾衣，应上揽衣。引领泪下，双管齐下。”刘光蕡《古诗十九首注》：“出户彷徨，苦无人与质证；入房泪下，又觉悔悟之已迟，而光阴不我待也。末二句，如后世之情诗，清澈幽微，沁人肺腑。”

余论

吴淇《古诗十九首定论》：“昔孔子生周之季，其于周之天下称‘今’，而前代则‘古’之。此以汉人选汉诗，（此说太过，实是昭明所选，加古字者，盖以为是不知作者其谁耳。五十九首通称《古诗》，盖齐、梁人习用，最早亦止始于西晋尔）乃于诗及乐府之上，各标一‘古’字者，所以别乎建安、邺下（后汉末黄初前）诸体也。故选者于一切汉四言七言及杂体，概置不录。所收专以五言汉道为至。（汉诗之道）……拣之又拣，罔非精全美玉，要使后之学诗者，知五言汉道如此。”又曰：“《十九首》不出于一手，作于一时（不字贯两句），要皆臣不得于君而托意于夫妇朋友，深合《风》人之旨。后世作者，皆不出其范围。”又曰：“止十九首耳，宏壮宛细，和平险急，各极其至。而总归之浑雅。《诗品》云，

‘惊心动魄，一字千金’者，学诗者读过万遍，自能上进。”

朱筠《古诗十九首说》：“此等诗不必拘定一说，正不可不为之说。钟伯敬（明钟惺《评选古诗归》）谓：‘《古诗》以雍穆平远为贵。乐府之妙，能使人惊；《十九首》之妙，能使人思。其性情光焰，常有一段千古长新，不可磨灭处。’思之思之，吾愿学诗者从此入手，忠臣孝子，义友节妇，其性情皆可从此陶铸也！”

钱大昕《古诗十九首说序》：“《古诗十九首》，作者非一人，亦非一时。自昭明叙其次第，登之《文选》，论五言者，咸以是为圭臬。不可增减，不能移易。后人欲分‘燕、赵多佳人’以下别为一首（明张凤翼《文选纂注》），所谓‘离之则两伤’也。（陆机《文赋》：“离之则双美，合之则两伤。”此反用之）或又疑《生年不满百》一篇，隐括古乐府而成之，非汉人所作。（朱彝尊《曝书亭集》卷五十二《书玉台新咏后》疑此首本之《西门行》古辞，剪裁而成）是犹读魏武《短歌行》而疑《鹿鸣》之出于是也。（有“呦呦鹿鸣，食野之苹，我有嘉宾，鼓瑟吹笙”四句，全本之《诗·小雅·鹿鸣》篇）岂其然哉！临汾徐君后山，倜傥奇士。……兹所刊《古诗十九首说》，则本吾友笥河学士宴谈之余论，推衍而成者也。（朱筠，字竹君，号笥河。乾隆间官至翰林院侍读学士）……《十九首》者，三代以下之《风》、《雅》也。读后山之说，使人油然有得于‘兴、观、群、怨’、‘事父事君’之义，其亦《古诗》之功臣，而足裨李善诸家训诂之未备者乎。”

孔文举《荐祢衡表》

《后汉书·孔融传》:“孔融,字文举,鲁国人,孔子二十世孙也。七世祖霸,为元帝师,位至侍中。父伷(各本作宙,是。今传《孔宙碑》云:“字季将,孔子十九世孙。”别有孔伷,字公绪,献帝时人),太山都尉。融幼有异才。(李贤注引《融家传》:“兄弟七人,融第六。幼有自然之性,年四岁时,每与诸兄共食梨,融辄引小者,大人问其故,答曰:‘我小儿,法当取小者。’由是宗族奇之。”宋洪适曰:“宙子载于谱录者,惟有谦、褒、融三人。”)年十岁,随父诣京师。时河南尹李膺,以简重(简练持重)自居,不妄接士,宾客敕(命也)外。自非当世名人,及与通家,皆不得白。【《后汉书·党锢·李膺传》:“李膺字元礼,颍川襄城人也。……性简亢,无所交接,惟以同郡荀淑、陈寔为师友。……荀爽尝就谒膺,因为其御。既还,喜曰:‘今日乃得御李君矣。’其见慕如此!……(桓帝)延熹二年征,再迁河南尹。……是时朝庭日乱,纲纪颓阤,膺独持风裁,以声名自高,士有被其容接者,名为登龙门。”《世说新语·德行》:“元礼风格秀整,高自标持,欲以天下名教是非为己任。后进之士,有升其堂者,皆以为登龙门。”】融欲观其人,故造膺门。语门者曰:‘我是李君通家子弟。’门者言之,膺请融,问曰:‘高明祖父，尝与仆有恩旧乎？’融曰：‘然。先君孔子，与君先人李老君，同德比义，而相师友，则融与君累世通家。’众坐莫不叹息。（惠栋谓《太平御览》引《汉书》云：“后与膺谈论百家经史，膺不能下之。”）太中大夫陈炜（《世说新语》作韪，是）后至，坐中以告炜，炜曰：‘夫人小而聪了，大未必奇。’（《世说新语》作“小时了了，大未必佳”）融应声曰：‘观君所言，将不早慧乎？’（《世说新语》作“想君小时，必当了了”）膺大笑曰：‘高明必为伟器。’年十三，丧父，（据《孔宙碑》实只十一耳）哀悴过毁，扶而后起。（《孝经·丧亲章》：“子曰：孝子之丧亲也，哭不偯，礼无容，言不文，服美不安，闻乐不乐，食旨不甘，此哀戚之情也。三日而食，教民无以死伤生。毁不灭性，此圣人之政也。”）州里归（称）其孝。性好学，博涉多该览。山阳张俭为中常侍侯览所怨。（张俭，《党锢》有传：“字元节，……为东部督邮，时中常侍侯览家在防东，残暴百姓，所为不轨。俭举劾览及其母罪恶，请诛之。览遏绝章表，并不得通。由是结仇览等。……于是刊章讨捕，俭得亡命。困迫遁走，望门投止，莫不重其名行，破家相容。……卒于许下。年八十四。”）览为刊章下州郡，以名捕俭。俭与融兄褒有旧，亡抵于褒，不遇。时融年十六，俭少之而不告。融见其有窘色，谓曰：‘兄虽在外，吾独不能为君主邪？’因留舍之。后事泄，国相以下，密就掩捕。俭得脱走，遂并收褒、融送狱。二人未知所坐（入罪）。融曰：‘保纳舍藏者，融也，当坐之。’褒曰：‘彼来求我，非弟之过，请甘其罪。’吏问其母，母曰：‘家事任长，妾当其辜。’一门争死，郡县疑不能决，乃上谳（音业，议罪）之。诏书竟坐褒焉。融由是显名。与平原陶邱洪、陈留边让齐声称。州郡礼命，皆不就。辟司徒杨赐府，时隐核官僚之贪浊者，将加贬黜，融多举中官（宦官）亲族，尚书畏迫内宠，召掾属诘责之。融陈对罪恶，言无阿挠。河南尹何进，当迁为大将军，杨赐（时为太尉）遣融奉谒贺，（谒，即名帖，汉时称谒，亦谓之刺）进不时通，融即夺谒还府，投劾而去（自劾罪状而去官）。河南官属耻之，私遣剑客，欲追杀融。客有言于进曰：'孔文举有重名，将军若造怨此人，则四方之士，引领而去矣。不如因而礼之，可以示广于天下。'进然之。既拜而辟融，举高第（儒士被举，列高等者），为侍御史。与中丞（融之长官）赵舍不同，托病归家。后辟司空掾，拜中军候，在职三日，迁虎贲中郎将。会董卓废立，（灵帝中平六年四月崩，皇子辩即位，董卓为司空，九月，废帝为弘农王。立献帝，时年九岁。融年三十七）融每因对答，辄有匡正之言。以忤卓旨，转为议郎。时黄巾寇数州，而北海最为贼冲（交道），卓乃讽三府，同举融为北海相。融到郡，收合士民，起兵讲武，驰檄飞翰，引谋州郡。贼张饶等，群辈二十万众，从冀州还，融逆击，为饶所败。乃收散兵保朱虚县，稍复鸠（聚也）集吏民为黄巾所误（毁家流离者）者，男女四万余人，更置城邑，立学校，表显儒术。荐举贤良郑玄、彭璆、邴原等。郡人甄子然、临孝存知名早卒，融恨不及之，乃命配食县社。其余虽一介之善，莫不加礼焉。郡人无后及四方游士有死亡者，皆为棺具而敛葬之。时黄巾复来侵暴，融乃出屯都昌，为贼管亥所围。融逼急，乃遣东莱太史慈求救于平原相刘备。备惊曰：'孔北海乃复知天下有刘备邪？'即遣兵三千救之，贼乃散走。时袁、曹方盛，而融无所协附。左丞黄祖者（非杀祢衡之人），称有意谋，劝融有所结纳，融知绍、操终图汉室，不欲与同，故怒而杀之。融负其高气，志在靖难，而才疏意广，迄（竟也）无成功。在郡六年，刘备表领青州刺史。建安元年，为袁谭（绍长子）所攻。自春至夏，战士所余，裁（借作才）数百人，流矢雨集，戈矛内接。融隐几读书，谈笑自若。城夜陷，乃奔山东（应是东山），妻子为谭所虏。及献帝都许（建安元年八月），征融为将作大匠，迁少府。每朝会访对，融辄引正定议，公卿大夫皆隶名而已。……是时荆州牧刘表不供职贡，多行僭伪，遂乃郊祀天地，拟斥（显明比拟）乘舆（指天子），诏书班下其事。融上疏曰：'……'（《崇国防疏》）……初，曹操攻屠邺城，（建安九年八月。袁绍七年卒，此破袁尚）袁氏妇子，多见侵略（取也），而操子丕私纳袁熙妻甄氏。融乃与操书，称'武王伐纣，以妲己赐周公'。操不悟，后问出何经典？对曰：'以今度之，想当然耳！'后操讨乌桓（匈奴别种。事在建安十二年），又嘲之曰：'大将军远征，萧条（寂寥也）海外，昔肃慎氏不贡楛矢，丁零盗苏武牛羊，可并案也。'【《国语·鲁语下》："昔武王克商，……于是肃慎氏（在今吉林省）贡楛矢、石砮，其长尺有咫。"《山海经》："北海之内，有丁零之国。"《汉书·苏武传》："（匈奴单于）乃徙武北海上无人处，使牧羝，羝乳乃得归。……丁零盗武牛羊，武复穷厄。"】时年饥兵兴，操表制酒禁，融频书争之，多侮慢之辞。（《难曹公表制酒禁书》："酒之为德久矣。……故天垂酒星之耀，地列酒泉之郡，人著旨酒之德。……樊哙解厄鸿门，非彘肩卮酒，无以奋其怒。……高祖非醉斩白蛇，无以畅其灵……故郦生以高阳酒徒，著功于汉；屈原不餔糟歠醨，取困于楚。由是观之，酒何负于治者哉!”又：“昨承训答，陈二代之祸，及众人之败，以酒亡者，实如来诲。虽然，徐偃王行仁义而亡，今令不绝仁义；燕哙以让失社稷，今令不禁谦退；鲁因儒而损，今令不弃文学；夏、商亦以妇人失天下，今令不断婚姻。而将酒独急者，疑但惜谷耳，非以亡王为戒也。”）既见操雄诈渐著，数不能堪，故发辞偏宕（《说文》：“宕，过也。”），多致乖忤。又尝奏宜准古王畿之制，千里寰内，不以封建诸侯。操疑其所论建渐广，益惮之。然以融名重天下，外相容忍，而潜忌正议，虑鲠大业。山阳郗虑（少受学于郑玄，大愧乃师矣），承望风旨，以微法奏免融官。……岁余，复拜太中大夫。性宽容少忌，好士，喜诱益后进。及退闲职，宾客日盈其门。常叹曰：‘坐上客常满，尊中酒不空，吾无忧矣。’与蔡邕素善，邕卒，后有虎贲士，貌类于邕，融每酒酣，引与同坐，曰：‘虽无老成人，且有典刑。’（《诗·大雅·荡》：“虽无老成人，尚有典刑。”）融闻人之善，若出诸己。言有可采，必演而成之（演述以成人之美），面告其短，而退称所长。荐达贤士，多所奖进。知而未言，以为己过。故海内英俊，皆信服之。曹操既积嫌忌，而郗虑复构成其罪，遂令丞相军谋祭酒路粹（少学于蔡邕），枉状（此二字不可忽）奏融曰：‘少府孔融，昔在北海，见王室不静，而招合徒众，欲规不轨。云：“我大圣之后，而见灭于宋。有天下者，何必卯金刀。”【《左传》昭公七年：“孟僖子病，……及其将死也，召其大夫曰：‘……孔丘，圣人（成汤）之后也，而灭于宋。……臧孙纥

（鲁臧武仲）有言曰："圣人有明德者，若不当世，其后必有达人。"今其将在孔丘乎！'"《汉书·王莽传》："莽曰：夫'刘'之为字'卯、金、刀'也。"】及与孙权使语，谤讪朝廷。又融为九列（少府乃九卿之一），不遵朝仪（裴松之《魏志·王粲传》注引《典略》作仪，是），秃巾微行，唐突（冲犯也）宫掖（掖，宫中旁舍）。又前与白衣祢衡，跌荡放言，云："父之于子，当有何亲？论其本意，实为情欲发耳！【此王充之言，其《论衡·物势篇》云："夫妇合气，非当时欲得生子，情欲动而合，合而生子矣。"此人之所不忍言，充毁父祖而扬己（《论衡·自纪篇》），与文举之天性孝友，相隔霄壤，岂有同论哉！】子之于母，亦复奚为？譬如寄物瓶中，出则离矣。"既而与衡更相赞扬，衡谓融曰："仲尼不死。"融答曰："颜回复生。"大逆不道，宜极重诛。'书奏，下狱弃市。时年五十六。（建安十三年八月二十九日）妻子皆被诛。初，女年七岁，男年九岁，以其幼弱得全，寄它舍。二子方弈棋，融被收而不动。左右曰：'父执而不起，何也？'答曰：'安有巢毁而卵不破乎！'（《世说新语·言语》谓儿对融曰："大人，岂见覆巢之下，复有完卵乎！"）主人有遗肉汁，男渴而饮之。女曰：'今日之祸，岂得久活？何赖知肉味乎！'兄号泣而止。或言于曹操，遂尽杀之。及收至，谓兄曰："若死者有知，得见父母，岂非至愿？"乃延颈就刑，颜色不变，莫不伤之。初，京兆人脂习元升，与融相善，每戒融刚直。（李善注引魏鱼豢《魏略》曰："曹操为司空，威德日盛，融故以旧意，书疏倨傲，习常责融，令改节，融不从之。"文举盖将欲杀身成仁者）及被害，许下莫敢收者，习往抚尸，曰：'文举舍我死，吾何用生为!’操闻大怒，将收习杀之，后得赦出。魏文帝深好融文辞，叹曰：‘杨、班俦也。’募天下有上融文章者，辄赏以金帛。所著诗、颂、碑文、论议、六言、策文、表、檄、教、令、书记，凡二十五篇。文帝以习有栾布之节，（高祖夷彭越三族，枭首洛阳，栾布祀而哭之。吏捕以闻，高祖促烹之，布伸其言，得释，拜为都尉）加中散大夫。论曰：昔谏大夫郑昌有言：‘山有猛兽者，藜藿为之不采。’（见《汉书·盖宽饶传》，下云：“国有忠臣，奸邪为之不起。”《文子·上德篇》：“山有猛兽，林木为之不斩；园有螫虫，葵藿为之不采；国有贤臣，折冲千里。”《淮南子·说山训》：“山有猛兽，林木为之不斩，园有螫虫，藜藿为之不采。为儒而踞里闾，为墨而朝吹竽，欲灭迹而走雪中，拯溺者而欲无濡，是非所行而行所非。”）是以孔父正色，不容弑虐之谋；【桓公二年《春秋》经文：“春王正月戊申，宋督弑其君与夷（殇公），及其大夫孔父。”《公羊传》：“孔父生而存，则殇公不可得而弑也。故于是先攻孔父之家。殇公知孔父死，己必死，趋而救之，皆死焉。孔父正色而立于朝，则人莫敢过而致难于其君者，孔父可谓义形于色矣。”】平仲立朝，有纾盗齐之望。【《左传》昭公二十六年：“齐侯与晏子坐于路寝，公叹曰：‘美哉室！其谁有此乎?’晏子曰：‘敢问何谓也?’公曰：‘吾以为在德。’对曰：‘如君之言，其陈氏乎。’……公曰：‘善哉，是可若何?’对曰：‘唯礼可以已之。’”按：时田乞（原姓陈）行阴德于民，然终不敢为乱。至鲁哀公十四年，其子田常（即陈恒）始弑简公而立平公。再四世后，田和乃始有齐国】若夫文举之高志直情，其足以动义概而忤雄心。故使移鼎之迹，（三代以九鼎为传国重器，得天下者有之）事隔于人存；代终之规，启机于身后也。夫严气正性，覆折而已！岂有员园委屈，可以每其生哉！（每，贪也）懔懔（假借为凛）焉，皜皜焉，其与琨玉秋霜比质可也。”【王先谦曰：“李固为太尉，梁冀不敢擅废立，故先策免以立威。孔融见惮于曹操，因趣路粹枉状以挤之死。《范史》此论，与《陈蕃》、《左（雄）》、《班（固）》、《儒林》等《论》，同为表扬节义，垂涕而道，足为炯鉴。”按《陈蕃传论》有云：“功虽不终，然其信义，足以携持民心。汉世乱而不亡，百余年间，数公之力也。”《左雄传论》有云：“在朝者以正议婴戮，谢事者以党锢致灾。往车虽折，而来轸方道。所以倾而未颠，决而未溃，岂非仁人君子心力之为乎？呜呼！”《班固传论》有云：“然其论议，常排死节，否正直，而不叙杀身成仁之为美，则轻仁义，贱守节，愈矣。（愈，甚也）”《儒林传论》有云：“自桓、灵之间，君道秕辟，朝纲日陵，国隙屡启。自中智以下，靡不审其崩离。而权强之臣，息其窥盗之谋，豪俊之夫，屈于鄙生之议者，人诵先王言也，下畏逆顺势也。”】

《后汉书·文苑传下·祢衡传》：“祢衡字正平，平原般（音本）人也。少有才辩，而气尚刚傲，好矫时慢物。（献帝）兴平中，避难荆州。建安初，来游许下。始达颍川，乃阴怀一刺（名帖），既而无所之适，至于刺字漫灭。……唯善鲁国孔融及弘农杨修。常称曰：‘大儿孔文举，小儿杨德祖，余子碌碌，莫足数也。’融亦深爱其才。衡始弱冠，而融年四十，遂与为交友。上疏荐之曰：‘……’融既爱衡才，数称述于曹操。操欲见之，而衡素相轻疾，自称狂病，不肯往，而数有恣言。操怀忿，而以其才名，不欲杀之。闻衡善击鼓，乃召为鼓史。因大会宾客，阅试音节，诸史过者，皆令脱其故衣，更着岑牟单绞之服。（岑牟，鼓角士胄。绞，苍黄之色）次至衡，衡方为《渔阳》参挝，蹀躞而前，容态有异，声节悲壮，听者莫不慷慨。衡进至操前而止，吏诃之曰：'鼓史何不改装？而轻敢进乎？'衡曰：'诺。'于是先解衵衣（近身衣），次释余服，裸身而立。徐取岑牟、单绞而着之，毕。复参挝而去，颜色不怍。操笑曰：'本欲辱衡，衡反辱孤。"孔融退而数之曰：'正平大雅，固当尔邪？'因宣操区区（《广雅·释训》：爱也）之意，衡许往。融复见操，说衡狂疾，今求得自谢。操喜，敕门者有客便通。待之极晏，衡乃着布单衣、疏巾，手持三尺棁杖（大杖），坐大营门，以杖棰地大骂。吏白外有狂生，坐于营门，言语悖逆，请收案罪。操怒，谓融曰：'祢衡竖子，孤杀之犹雀鼠耳！顾此人素有虚名，远近将谓孤不能容之。今送与刘表，视当何如。'于是遣人骑送之。临发，众人为之祖道，先供设于城南，乃更相戒曰：'祢衡勃虐无礼，今因其后到，咸当以不起折之也。'及衡至，众人莫肯兴，衡坐而大号。众问其故，衡曰：'坐者为冢，卧者为尸，尸冢之间，能不悲乎？'刘表及荆州士大夫，先服其才名，甚宾礼之。文章言议，非衡不定。表尝与诸文人共草章奏，并极其才思。时衡出，还见之，开省未周，因毁以抵地。表怃然为骇。衡乃从求笔札，须臾立成，辞义可观。表大悦，益重之。后复侮慢于表，表耻，不能容，以江夏太守黄祖性急，故送衡与之。祖亦善待焉。衡为作书记，轻重疏密，各得体宜。祖持其手曰：‘处士，此正得祖意，如祖腹中之所欲言也。’祖长子射，为章陵太守，尤善于衡。尝与衡俱游，共读蔡邕所作碑文，射爱其辞，还，恨不缮写。衡曰：‘吾虽一览，犹能识之；唯其中石缺二字，为不明耳。’因书出之。射驰使写碑，还校，如衡所书。莫不叹伏。射时大会宾客，人有献鹦鹉者，射举卮于衡曰：‘愿先生赋之，以娱嘉宾。’衡览笔而作，文无加点，辞采甚丽。（入《文选》）后黄祖在蒙冲船（狭而长，以冲敌船者）上，大会宾客，而衡言不逊顺，祖惭，乃诃之。衡更熟视曰：‘死公！云等道?’祖大怒，令五百将出，欲加棰。衡方大骂，祖恚，遂令杀之。祖主簿素疾衡，即时杀焉。射徒跣来救，不及。祖亦悔之，乃厚加棺敛。衡时年二十六，其文章多亡云。”

孙月峰曰：“不甚斫削，然却有劲气。大约才有余，法未尽。”

何义门曰：“章表多浮，此建安文敝，特其气犹壮。建安文章，结两汉之局，开魏、晋之派者，此种是也。”

方伯海曰：“疏宕难于典丽，典丽难于疏宕，此独兼之。东汉中另是一种出色文字。”

于光华曰：“祢正平恃才傲物，不屈贵势，似嵇中散；而韬光用晦，不及阮步兵。操自迁天子于许都，燎原之势已成。朝士异己，诛锄殆尽。孔北海之荐正平，亦以正平不为操用，此正犯操所忌。操忌正平，安得不忌北海。观正平一见操，即以狂词侮操，操遂欲假手刘表杀之。孔北海覆巢之祸，已胎于此。然则北海之荐正平，既不量而入，非荐之，实杀之也。呜呼！大厦已倾，欲支以一木，北海其殆忠荩有余，识力不足者乎！但其爱士怜才，前辈首推北海。读此表，其光明磊落之概，高风足千古矣。”

臣闻洪水横流，帝思俾乂， 《孟子 · 滕文公上》：“当尧之时，天下犹未平，洪水横流，泛滥于天下。草木畅茂，禽兽繁殖，五谷不登，禽兽逼人。”《书 · 尧典》：“汤汤洪水方割（害也），荡荡怀山襄（上也）陵，浩浩滔天。下民其咨，有能俾乂？”孔安国传：“俾，使。乂，治也。……有能治者将使之。”

旁求四方，以招贤俊。 《书 · 说命上》：“恭默思道，梦帝赉予良弼，其代予言。乃审厥象，俾以形旁求于天下。说筑傅岩之野，惟肖，爰立作相。”

昔世宗 《范书》作孝武。 **继统，将弘祖业，** 李善注：“世宗，孝武庙号也。”李奇《汉书》注曰：“统，绪也。”班固《汉书 · 叙传 · 述武纪》：“世宗晔晔（盛貌），思弘祖业。”

畴咨熙载，群士响臻。 于光华曰：“先以前代求贤领起。”《书 · 尧典》：“帝曰：畴咨，若时登庸。”孔安国传：“畴，谁。庸，用也。”《尔雅 · 释诂》：“咨，谋也。”若，顺也。又《书 · 舜典》：“舜曰：咨，四岳，有能奋庸熙帝之载。”《孔传》：“奋，起。庸，功。载，事也。（熙，广也。）

访群臣，有能起发其功，广尧之事者。言舜曰，以别尧。”《文子·精诚篇》：“抱道推诚，天下从之，如响之应声，影之像形，所修者本也。”《荀子·王霸篇》：“名声若日月，功绩如天地，天下之人，应之如景响。”又《强国篇》：“上者，下之师也。夫下之和上，譬之犹响之应声，影之像形也。”

陛下睿圣，纂承基绪， 《书·洪范》：“睿作圣。”《说文》：“叡，深明也。通也。”“睿，古文叡。”李善注：“陛下，谓献帝也。班固（《汉书·叙传》）《述高纪》曰：‘（皇矣汉祖）纂尧之绪。’《尔雅》（《释诂》）曰：‘纂，继也。’”

遭遇厄运，劳谦日仄。 李善注：“《说文》曰：‘遇，逢也。’《周易》（《谦卦》九三）曰：‘劳谦，君子有终。吉。’《尚书》（《无逸》）曰：‘文王（卑服）……自朝至于日中昃，弗（作不）遑暇食。’”

维岳降神，异人并出。 于光华曰：“入祢衡。”李善注：“《毛诗》（《大雅·崧高》）曰：‘维岳降神，生甫及申。’”（周宣王时申伯、甫侯）

○此段总起，末二句带入下段。

窃见处士平原祢衡， 《荀子·非十二子篇》：“古之所谓处士者，德盛者也，能静者也，修正者也，知命者也，箸是者也。”

年二十四，字正平。淑质贞亮，英才卓跞。 《孟子·尽心上》：“得天下英才而教育之，三乐也。”班固《西都赋》：“封畿之内，厥土千里。逴跞诸夏，兼其所有。”李善注：“逴踔，犹超绝也。逴，音卓。踔，吕角切。”善于此处强改逴为卓，不应尔。

初涉艺文，升堂睹奥。 《汉书》有《艺文志》，群书总类聚焉。《论语·先进》：“子曰：‘由之瑟，奚为于丘之门?’门人不敬子路。子曰：‘由也升堂矣，未入于室也。’”《尔雅·释宫》：“西南隅谓之奥，西北隅谓之屋漏，东北隅谓之宧，东南隅谓之窔。”睹奥，则谓其入室矣。

目所一见，辄诵于口；耳所暂闻，不忘于心。性与道合，思若有神。 于光华曰：“此言其颖悟异人。”《淮南子·精神训》：“所谓真人者，性合于道也。”

弘羊潜计，安世默识，以衡准之，诚不足怪。 《汉书·食货志》：“桑弘羊贾幸咸阳。……弘羊，洛阳贾人之子，以心计，年十三侍中。”《汉书·张安世传》：“安世字子孺。……上行幸河东，尝亡书三箧，诏问莫能知，唯安世识之，具作其事。后购求得书以相校，无所遗失。上奇其材，擢为尚书令。”

忠果正直，志怀霜雪。见善若惊，疾恶若仇。 于光华曰：“此言其忠直异人。”《国语·楚语下》：“子西叹于朝，蓝尹亹曰：‘吾闻君子唯独居思念前世之崇替，与哀殡丧，于是有叹，其余则否。……阖庐口不贪嘉味，耳不乐逸声，目不淫于色，身不怀于安，朝夕勤志，恤民之羸。闻一善若惊，得一士若赏。有过必悛，有不善必惧。是故得民以济其志。’”李善引谢承《后汉书》曰：“张俭清洁中正，疾恶若仇。”

任座抗行，史鱼厉节，殆无以过也。 《吕氏春秋·不苟论·自知篇》：“魏文侯燕饮，皆令诸大夫论己。或言君之智也。至于任座，任座曰：‘君不肖君也。得中山，不以封君之弟，而以封君之子。是以知君之不肖也。’文侯不说，知（见之意）于颜色。任座趋而出。次及翟黄，翟黄曰：‘君，贤君也。臣闻其主贤者，其臣之言直。今者任座之言直，是以知君之贤也。’文侯喜曰：‘可反欤?’翟黄对曰：‘奚为不可!’……任座入，文侯下阶而迎之。”《文子·下德篇》：“敖世贱物，不从流俗，士之伉行也。”（李善改伉为抗，引《广雅》曰：“抗，举也。”）《论语·卫灵公》：“子曰：直哉史鱼！邦有道如矢，邦无道如矢。”《家语·困誓篇》：“卫蘧伯玉贤而灵公不用，弥子瑕不肖，反任之。史鱼骤谏而不从。史鱼病，将卒，命其子曰：‘吾在卫朝，不能进蘧伯玉退弥子瑕，是吾为臣不能正君也。生而不能正君，则死无以成礼。我死，汝置尸牖下，于我毕矣。’其子从之。灵公吊焉，怪而问焉，其子以其父言告公。公愕然失容曰：‘是寡人之过也。’于是命之殡于客位。进蘧伯玉而用之，退弥子瑕而远之。孔子闻之曰：‘古之列谏之者，死则已矣；未有若史鱼死而尸谏，忠感其君者也。可不谓直乎?”

○此段言祢衡之才性。

鸷鸟累百，不如一鹗， 李善引《史记》赵简子曰：“鸷鸟累百，不如一鹗。”今《史记》无此。《汉书·邹阳传》阳《上书吴王》有云：“臣闻鸷鸟累百，不如一鹗。”

使衡立朝，必有可观。 《公羊传》桓公二年：“孔父正色而立于朝，则人莫敢过而致难于其君者，孔父可谓义形于色矣。”（见前）李善注：“《论语》（《公冶长》）：子曰：‘赤也，束带立于朝，可使与宾客言（也）。’又（《子张》）曰：‘必有可观者焉。’《汉书》（《成帝纪》）成帝《诏》曰：‘举博士，使卓然可观。’”（原文云：“古之立太学，将以传先王之业，流化于天下也。儒林之官，四海渊原，宜皆明于古今，温故知新，通达国体，故谓之博士。否则学者无述焉，为下所轻，非所以尊道德也。‘工欲善其事，必先利其器。’丞相、御史其与中二千石、二千石杂举可充博士者，使卓然可观。”备参阅）

飞辩骋辞，溢气坌涌， 李善注：“坌，涌貌也。坌，步寸切。”涌乃“湧”之正字。

解疑释结，临敌有余。 李善注：“（刘歆）《七略》曰：‘解纷释结，反之于平安。’”于光华曰：“此言其材具过人。”

昔贾谊求试属国，诡系单于；终军欲以长缨，牵致劲越。 《汉书·贾谊传》其《陈政事疏》有云：“陛下何不试以臣为属国之官，以主匈奴，行臣之计，请必系单于之颈而制其命。”《说文》：“诡，责也。”（“佹，变也。”）又《终军传》：“终军字子云，济南人也。少好学，以辩博能属文闻于郡中。年十八，选为博士弟子。……武帝异其文，拜军为谒者给事中。……南越与汉和亲，乃遣军使南越，说其王欲令入朝，比内诸侯。军自请愿受长缨，必羁南越王而致之阙下。军遂往说越王，越王听许，请举国内属。天子大说。……军死时，年二十余，故世谓之终童”。

弱冠慷慨，前代美之。 于光华曰：“见用人当及其锋意。”《礼·曲礼》：“二十曰弱，冠。”

近日路粹、严象，亦用异才，擢拜台郎，衡宜与为比。

李善注："《典略》（八十九卷，亡。魏郎中鱼豢撰）曰：'路粹，字文蔚，少学于蔡邕，高才。与京兆严象，（裴松之《魏志·王粲传》注引《典略》象作像）拜尚书郎。象以兼有文武，出为扬州刺史。粹后为军谋祭酒，与陈琳、阮瑀等典记室。'"裴注引《典略》曰："至（建安）十九年，粹转为秘书令，从大军至汉中，坐违禁，贱请驴，伏法。"

○此段言祢衡之可用。

如得龙跃天衢，振翼云汉， 李善引李陵诗曰："策名于天衢。"又引班固《汉书·述》曰："攀龙附凤，并集（原作乘）天衢。"（《叙传·述樊郦滕灌傅靳周传》）《易·大畜卦》上九："何天之衢，亨。"《象》曰："何天之衢，道大行也。"《诗·大雅》有《云汉》，起云："倬彼云汉，昭回于天。"

扬声紫微，垂光虹蜺， 紫微，喻帝座。李善引《春秋合诚图》曰："北辰，其星七，在紫微中也。"又引《尸子》曰："虹蜺为析翳。"（《西都赋》注引同。今传本孙星衍校集《尸子》卷下只辑此单句）

足以昭近署之多士，增四门之穆穆。 班固《两都赋序》："内设金马石渠之署，外兴乐府协律之事。"《书·舜典》："宾于四门，四门穆穆。"

钧天广乐，必有奇丽之观；帝室皇居，必畜非常之宝。《史记·赵世家》："简子寤。语大夫曰：'我之帝所甚乐，与百神游于钧天，广乐九奏万舞。不类三代之乐，其声动人心。'"应劭《汉官仪》："帝室，犹古言王室。"非常之宝，谓贤人也。《书·旅獒》："不宝远物，则远人格；所宝惟贤，则迩人安。"

若衡等辈，不可多得。《激楚》、《阳阿》，至妙之容，掌技者之所贪； 《楚辞·招魂》："《涉江》《采菱》，发《扬荷》些。"王逸注："楚人歌曲也。"《扬荷》，盖即《阳阿》。又："宫庭震惊，发《激楚》些。"王逸注："激，清声也。……复作激楚之清声，以发其音也。"《淮南子·俶真训》："耳分八风之调，足蹀《阳阿》之舞，而手会《绿水》之趋。"（高诱注："趋，赴节也。"）

飞兔骙袅，绝足奔放，良、乐之所急也。 《吕氏春秋·离俗览·离俗篇》："飞兔、要袅，古之骏马也。"《淮南子·齐俗训》："夫待骙袅、飞兔而驾之，则世莫乘车。"又《吕氏春秋·恃君览·观表篇》："古之善相马者，……若赵之王良，秦之伯乐、九方堙，尤尽其妙矣。"

臣等区区，敢不以闻。 李善注："李陵《书》曰：区区之心。"《广雅·释训》："区区，爱也。"

陛下笃慎取士，必须效试，乞令衡以褐衣召见。 褐衣，黄黑粗布衣也。《汉书·娄敬传》："敬曰：臣衣帛，衣帛见；衣褐，衣褐见。"

无可观采，臣等受面欺之罪。 《汉书·张汤传》："上以汤怀诈面欺，使使八辈簿责汤。"

〇此段总结。

孔文举《论盛孝章书》

李善注："与魏太祖。（晋）虞预《会稽典录》曰：'盛宪，字孝章，器量雅伟。举孝廉，补尚书郎，迁吴郡太守，以疾去官。孙策平定吴会，诛其英豪。宪素有名，策深忌之。初，宪与少府孔融善，忧其不免祸，乃与曹公书，由是征为都尉。诏命未至，果为权所害。子匡奔魏，位至征东司马。'"【孙策卒于建安五年，此建安九年事，故为权所杀。是时曹操自为大将军，融为少府卿，祢衡已死六年，融仍致书与操者，急友难也。又五臣李周翰引《会稽典录》（与李善略有异同）云："盛宪，会稽人也。汉末，为吴郡太守。孙策定江东，以宪江东首望，恐人归之，囚禁，欲杀之，故融作书论之，欲使曹公致书于吴以救之，书未致已诛矣。初，盛宪为台郎，路逢童子，容貌非常。宪怪而问之，答曰：'鲁国孔融。'时年十余岁，宪以为异，乃载归。与之言，知其奇才，便结为兄弟，升堂见亲也。"】

孙月峰曰："纵笔无结构，然雄迈之气，亦自不伦。"

孙执升曰："前半以交情论，则当致孝章以宏友道；后半以国事论，则当尊孝章以招众贤。深情远韵，逸宕绝伦。"

浦二田曰："要对乞书救难人解，不得但以荐贤公共语溷看。一副爱士爱交热肠，笔墨外神韵拂拂，北海旷代逸才也。"

岁月不居，时节如流。《国语·晋语四》："姜（文姜，齐桓公女，妻鲁文公。）曰：'……日月不处（李善强改为居），人谁获安？'"傅毅《迪志》诗："于戏君子，无恒自逸。徂年如流，勘兹暇日。"（《荀子·修身篇》："其为人也，多暇日者，其出入不远矣。"）

五十之年，忽焉已至。公为始满，融又过二。海内知识，零落殆尽， 知识，谓相知相识，朋友也。《吕氏春秋·孝行览·遇合篇》："人有大臭者，其亲戚兄弟妻妾知识，无能与居者，自苦而居海上。海上人有说其臭者，昼夜随之而弗能去。"

惟有会稽盛孝章尚存。其人困于孙氏，妻孥湮没，《诗·小雅·常棣》："宜尔室家，乐尔妻帑。"《毛传》："帑，子也。"《说文》无孥字，止作帑。妻帑，本谓服劳侍巾栉之妻子也。

单子独立，孤危愁苦。 何义门曰："时宪避难于许昭家。"

若使忧能伤人，此子不得永年矣。 浦二田曰："趁点活泼。"

《春秋传》曰："诸侯有相灭亡者，桓公不能救，则桓公耻之。"《公羊传》僖公元年："邢已亡矣，孰亡之？盖狄灭之。曷为不言狄灭之？为桓公讳也。曷为为桓公讳？上无天子，下无方伯，天下诸侯有相灭亡者，桓公不能救，则桓公耻之。”僖公二年《公羊传》亦见，末句多也字。僖公十四年又见，同多也字。又僖公十七年：“夏，灭项。孰灭之？齐灭之。曷为不言齐灭之？为桓公讳也。《春秋》为贤者讳。此灭人之国何贤尔？君子之恶恶也疾始，善善也乐终。桓公尝有继绝存亡之功，故君子为之讳也。”又《公羊传》闵公元年：“《春秋》为尊者讳，为亲者讳，为贤者讳。”又《穀梁传》成公九年：“为尊者讳耻，为贤者讳过，为亲者讳疾。”

今孝章实丈夫之雄也。天下谈士，依以扬声，而身不免于幽絷，命不期于旦夕。吾祖不当复论损益之友，而朱穆所以绝交也。 李善注：“吾祖，即谓孔子也。”《论语·季氏》：“子曰：益者三友，损者三友。友直，友谅（诚也），友多闻，益矣。友便辟，友善柔，友便佞，损矣。”李善注：“后汉朱穆感世浇薄，莫尚敦厚，著《绝交论》以矫之。”《后汉书·朱晖传》：“子颉，……颉子穆。穆字公叔。年五岁，便有孝称。父母有病，辄不饮食，差乃复常。及壮，耽学，锐意讲诵，或时思至，不自知亡失衣冠，颠队坑岸。其父常以为专愚（用心专，愚更甚），几不知数马足。穆愈更精笃。……（桓帝时）为侍御史。……尊德重道，为当时所服。常感时浇薄，慕尚敦笃，乃作《崇厚论》。……穆又著《绝交论》，亦矫时之作。……中官数因事称诏诋毁之。穆素刚，不得意，居无几，愤懑发疽。（桓帝）延熹六年卒，时年六十四。禄仕数十年，蔬食布衣，家无余财。……追赠益州太守。……蔡邕复与门人共述其体行，谥为文忠先生。”

公诚能驰一介之使，加咫尺之书，则孝章可致，友道可弘

矣。《左传》襄公八年：晋行人子员对郑王子伯骈曰："君有楚命，亦不使一介行李告于寡君。"杜预注："一介，独使也。"陆德明《经典释文》："介，古贺反。"《汉书·韩信传》广武君李左车曰："发一乘之使，奉咫尺之书，以使燕，燕必不敢不听。"颜师古注："八寸曰咫。咫尺者，言其简牍或长咫或长尺，喻轻率也。今俗言尺书，或言尺牍，盖其遗语耳。"《国语·吴语》："一介嫡女。"韦昭注："一介，一人。"

○此段略叙时光易过，友朋零落，惟盛孝章尚存，今被困于孙权，危在旦夕，宜遣使致书与权救之。浦二田曰："发端便凄动。"

今之少年，喜谤前辈，　于光华曰："轻薄之习，古今如一。"

或能讥评孝章。孝章要为有天下重名，九牧之人，所共称叹。　李善注："九牧，犹九州也。"《左传》宣公三年：王孙满对楚子问鼎曰："贡金九牧。"杜预注："使九州之牧贡金。"《荀子·解蔽篇》："文王监于殷纣，故主其心而慎治之，是以能长用吕望，而身不失道，此其所以代殷王而受九牧也。"杨倞注："九有九牧，皆九州也。抚有其地，则谓之九有；养其民，则谓之九牧。"

燕君市骏马之骨，非欲以骋道里，乃当以招绝足也。　注见后。　**惟公匡复汉室，宗社将绝，又能正之。正之之术，实须得贤。珠玉无胫而自至者，以人好之也。况贤者之有足乎**？于光华曰："无转折之迹。"《韩诗外传》卷六："船人盍胥跪而对曰：'主君（晋平公）亦不好士耳！夫珠出于江海，玉出于昆山，无足而至者，犹主君之好也。士有足而不至者，盖主君无好士之意耳。'"

昭王筑台以尊郭隗，隗虽小才，而逢大遇，竟能发明主之至心。故乐毅自魏往，剧辛自赵往，邹衍自齐往。《战国策·燕策一》："燕昭王收破燕后即位，卑身厚币以招贤者，欲将以报仇。故往见郭隗先生曰：'齐因孤国之乱，而袭破燕。孤极知燕小力少，不足以报。然得贤士与共国，以雪先王之耻，孤之愿也。敢问以国报仇者奈何？'郭隗先生对曰：'帝者与师处，王者与友处，霸者与臣处，亡国与役处。诎指而事之，北面而受学，则百己者至；先趋而后息，先问而后嘿，则什己者至；人趋己趋，则若己者至；冯几据杖，眄视指使，则厮役之人至；若恣睢奋击，呴籍叱咄，则徒隶之人至矣。此古服道致士之法也。王诚博选国中之贤者而朝其门下，天下闻王朝其贤臣，天下之士必趋于燕矣。'昭王曰：'寡人将谁朝而可？'郭隗先生曰：'臣闻古之君人，有以千金求千里马者，三年不能得。涓人（亲近之臣）言于君曰："请求之。"君遣之，三月，得千里马，马已死，买其首五百金，反以报君。君大怒曰："所求者生马，安事死马而捐五百金？"涓人对曰："死马且买之五百金，况生马乎？天下必以王为能市马，马今至矣。"于是不能期年，千里之马至者三。今王诚欲致士，先从隗始。隗且见事，况贤于隗者乎？岂远千里哉？'于是昭王为隗筑宫而师之。乐毅自魏往，（《史记·燕召公世家》有"邹衍自齐往"）剧辛自赵往，士争凑燕。燕王吊死问生，与百姓同其甘苦。二十八年，燕国殷富，士卒乐佚轻战。于是遂以乐毅为上将军，与秦、楚、三晋合谋以伐齐。齐兵败，闵王出走于外。燕兵独追北，入至临淄（齐都），尽取齐宝，烧其宫室宗庙。齐城之不下者，唯独莒、即墨。”

向使郭隗倒悬而王不解，临难而王不拯，《孟子·公孙丑上》：“当今之时，万乘之国行仁政，民之悦之，犹解倒悬也。”又《梁惠王下》：“今燕虐其民，（燕哙王让位于子之时，在昭王前。）王往而征之，民以为将拯己于水火之中也。”

则士亦将高翔远引，莫有北首燕路者矣。《汉书·韩信传》广武君李左车曰：“百里之内，牛酒日至，以响士大夫，北首燕路。”颜师古注：“首，谓趋向也。式究切。”

凡所称引，自公所知，而复有云者，欲公崇笃斯义，因表不悉。

○此段首叙盛孝章乃九州人士所赞重，必当救之。次扬曹操兴复汉室，必须得贤。今孝章贤者，宜首用之。以燕昭王尊郭隗而真才至，则救孝章而天下之贤士集矣。于光华曰：“以上就友道说，以下就国家人材说。”

王仲宣《登楼赋》　附：匏瓜释义

《魏志·王粲传》："王粲，字仲宣，山阳高平人也。【高平，在今山东金乡西北。《后汉书·郡国志》山阳郡有高平县。故梁。景帝分置雒阳东八百一十里。粲生于汉灵帝熹平六年，卒于汉献帝建安二十二年，年四十一。本是后汉人，因其党附曹操，故《后汉书》不立传，而《魏志》为之立传也。为建安七子之一，七子实皆后汉人，孔融无论矣；余六子，阮瑀卒于建安十七年，王粲卒于建安二十二年春，徐幹、陈琳、应玚、刘桢，并卒于建安二十二年冬大疫中。时曹操止为魏公（建安十八年），进爵魏王（建安二十一年），汉室未亡也。（亡于建安二十一年十月）】曾祖父龚，祖父畅，皆为汉三公（龚，汉顺帝时为太尉；畅，汉灵帝时为司空。东汉以太尉、司徒、司空为三公）。父谦，为大将军何进长史。进以谦名公之胄，欲与为婚，见其二子，使择焉，谦弗许。以疾免，卒于家。献帝西迁（初平元年，为董卓所胁迫），粲徙长安（时年十四），左中郎将蔡邕见而奇之。【董卓自为相国，虽乖戾无道，然犹忍性矫情，擢用群士。辟邕，（邕时德学文章冠世，为郑康成所重）邕称疾不就，卓大怒，詈曰："吾力能族人，蔡邕遂偃蹇者不旋踵矣。"邕不得已，乃署祭酒，举高第，补侍御史，迁尚书。三日之间，周历三台】时邕才学显著，贵重朝廷，常车骑填巷，宾客盈坐。闻粲在门，倒屣迎之。粲至，年既幼弱，容状短小，一坐尽惊。邕曰：‘此王公孙也，有异才，吾不如也。吾家书籍文章，尽当与之。’年十七，司徒辟（时邕已死，司徒，即害邕之王允也），诏除黄门侍郎，以西京扰乱，皆不就。乃之荆州依刘表。（表亦山阳高平人，时为荆州牧，拥重兵，奄有南服。粲离长安时，有《七哀诗》二首，其首篇云：“西京乱无象，豺虎方遘患。复弃中国去，远身适荆蛮。亲戚对我悲，朋友相追攀。出门无所见，白骨蔽平原。路有饥妇人，抱子弃草间。顾闻号泣声，挥涕独不还。‘未知身死处，何能两相完！’驱马弃之去，不忍听此言。南登霸陵岸，回首望长安。悟彼下泉人，喟然伤心肝。”）表以粲貌寝而体弱通侻，（通侻，谓简易也。犹言无威仪，即今俗谓之随便也）不甚重也。表卒（建安十三年，粲年三十二）。粲劝表子琮，令归太祖（曹操）。太祖辟为丞相掾，赐爵关内侯。太祖置酒汉滨，粲奉觞贺曰：‘方今袁绍起河北，杖大众，志兼天下，然好贤而不能用，故奇士去之。刘表雍容荆楚，坐观时变，自以为西伯可规。士之避乱荆州者，皆海内之俊杰也，表不知所任，故国危而无辅。明公定冀州之日，下车即缮其甲卒，收其豪杰而用之，以横行天下。及平江、汉，引其贤俊而置之列位，使海内回心，望风而愿治。文武并用，英雄毕力，此三王之举也。’后迁军谋祭酒。魏国既建（建安十八年，粲年三十七），拜侍中，博物多识，问无不对。时旧仪废弛，兴造制度，粲恒典之。初，粲与人共行，读道边碑，人问曰：‘卿能暗诵乎？’曰：‘能。’因使背而诵之，不失一字。观人围棋，局坏，粲为覆之。棋者不信，以帊盖局，使更以他局为之，用相比校，不误一道。其强记默识如此。性善算，作《算术》，略尽其理。善属文，举笔便成，无所改定，时人常以为宿构。然正复精意覃思，亦不能加也。著诗、赋、论、议，垂六十篇。建安二十一年，从征吴。二十二年春，道病卒，时年四十一。”（裴松之《三国志注》引魏鱼豢《典略》曰：“粲才既高，辩论应机。钟繇、王朗等，虽各为魏卿相，至于朝廷奏议，皆阁笔不能措手。”）

建安七子，乃曹丕定名，其《典论·论文》曰：“今之文人：鲁国孔融文举、广陵陈琳孔璋、山阳王粲仲宣、北海徐幹伟长、陈留阮瑀元瑜、汝南应玚德琏、东平刘桢公幹。斯七子者，于学无所遗，于辞无所假，咸以自骋骥騄于千里，仰齐足而并驰。以此相服，亦良难矣。”孔北海之年辈、事功、志业、交游，皆与六人不同，本不宜与六子并列，魏文是论文章耳。

曹植《与杨德祖书》云：“仆少小好为文章，迄至于今，二十有五年矣；然今世作者，可略而言也。昔仲宣独步于汉南，孔璋鹰扬于河朔，伟长擅名于青土，公幹振藻于海隅，德琏发迹于此魏，足下高视于上京。当此之时，人人自谓握灵蛇之珠，家家自谓抱荆山之玉。吾王（操于建安二十一年五月，以魏公进封为魏王）于是设天网以该之，顿八纮以掩之，今悉集兹国矣。”子建此书作于建安二十一年，时阮瑀已殁（建安十七年），孔融更比瑀早四年为曹操所害（建安十三年），故七子止余五子，而增杨修为六人也。七子应抽出孔融，纳入杨修或吴质较合，因彼等皆尝事操也。孔北海则东汉之纯臣烈士，严气正性，知操潜图不轨，凡事与之忤，大节凛然，杀身成仁，舍生取义，虽覆灭族，亦不肯阿附曹瞒，至操必杀之而后安。若置之与六人同列，虽居其首，亦觉卑屈。犹茅顺甫所谓“昌黎虽置之八家之上而犹屈”也。即论文章，曹丕亦云：“孔融体气高妙，有过人者。然不能持论，理不胜词，以至乎杂以嘲戏（特与曹瞒作对，故言论有时而不经，以游戏出之耳），及其所善（不嘲戏者），杨、班俦也。”吾人读书，应论世知人，故余于此处论建安七子者顺及之。虽七子乃曹丕所定，至今历一千七百余年，已成定案，亦不能不附带说明也。至杨修行事，亦另有苦衷，实忠于汉室者，故曹操亦借故杀之。非如罗贯中《三国演义》小说所云操忌其聪明也。操于人才，若肯为己用者亦不忌，操知杨修实亦忠于汉室，修故刻意辅助曹植，如曹植立为魏太子，操死后，植嗣爵为王，必为汉之忠臣贤相，安于臣为，不肯篡汉称帝。操既惮于孔融等清议，不敢篡位；乃欲其子称帝，则己身虽死，亦必追加尊号称帝。知子莫若父（语出《管子》），操心知曹植人伦之至，守君臣之义，必不肯篡位，故舍植立丕，然恐杨修仍辅植而忠于汉室，故借事杀之耳。曹植心忠于汉，除见于其诗文外，又《魏志·苏则传》：“初，则及临菑侯植，闻魏氏代汉，皆发服悲哭。文帝闻植如此，而不闻则也。”由此可见曹植之胸怀矣。使其立为魏太子，安有篡汉之事哉！论曹植者，以文中子王通及清儒丁晏之《曹集诠评》为善。孟子曰：“以瞽瞍为父而有舜。”勿以植为操之子而视之与丕等也。

《魏志·傅嘏传评》："昔文帝、陈王，以公子之尊，博好文采，同声相应，才士并出，惟粲等六人，最见名目。粲特处常伯之官，兴一代之制，然其冲虚德宇，未若徐幹之粹也。"魏文《与吴质书》亦云："而伟长独怀文抱质，恬惔寡欲，有箕山之志，可谓彬彬君子者矣。"裴松之《三国志注》引《先贤行状》云："幹清玄体道，六行（孝、友、睦、姻、任、恤。见《周礼》）修备，聪识洽闻，操翰成章，轻官忽禄，不耽世荣。建安中，太祖特加旌命，以疾休息。后除上艾长，又以疾不行。"幹尝为操司空军谋祭酒掾属，又为丕五官将文学，但未几辞去，盖知汉祚之将终也。虽不如管宁之贤，然贤于其余五人矣。黄山谷诗云："党锢诸君尊孺子，建安七人先伟长。"亦以幹为六子之冠。七人者，习称耳，孔北海不能并论也。

曹丕《与吴质书》："仲宣续自善于辞赋，（续，《魏志·王粲传注》引作独。李善《文选注》："言仲宣最少，续彼众贤，自善于辞赋也。续或为独。"）惜其体弱，不足起其文，（体弱，其文气格弱也，非身体之谓。适粲身体亦弱，不可误会。《典论·论文》："文以气为主，气之清浊有体，不可力强而致。"）至于所善，古人无以远过。"

《典论·论文》："王粲长于辞赋；徐幹时有齐气，（齐俗文体舒缓，见《汉书·地理志》）然粲之匹也。如粲之《初征》（残。欧阳修《艺文类聚》有十八句）、《登楼》、《槐赋》（残。《艺文类聚》及徐坚《初学记》有《槐树赋》十二句）、

《征思》（亡），幹之《玄猿》（亡）、《漏卮》（亡）、《圆扇》（虞世南《北堂书钞》及《太平御览》有《圆扇赋》四句）、《橘赋》（亡），虽张、蔡不过也。然于他文，未能称是。”（《文心雕龙·诠赋篇》亦王粲、徐幹并举，云：“及仲宣靡密，发端必遒；伟长博通，时逢壮采。”）

曹植《王仲宣诔》（二十六岁作）：“君以淑懿，继此洪基。（曾祖父龚，为顺帝太尉。祖父畅，为灵帝司空。父谦，为灵帝大将军何进长史）既有令德，材技广宣。强记洽闻，幽赞微言。文若春华，思若涌泉。发言可咏，下笔成篇。”

《文心雕龙·才略篇》：“仲宣溢才，捷而能密。文多兼善，辞少瑕累。摘其诗赋，则七子之冠冕乎！”（曹丕《与吴质书》及钟嵘《诗品》，皆以七子诗推刘桢第一。刘桢诗实不及王粲，刘彦和之评允矣）

《文心雕龙·体性篇》：“仲宣躁锐（躁急、锐进），故颖出（辞锋颖出）而才果（才气果敢）；公幹气褊，故言壮而情骇。”

《文心雕龙·时序篇》：“自献帝播迁，文学蓬转。建安之末，区宇方辑（安也，和也）。魏武以相王之尊，雅爱诗章；文帝以副君之重，妙善辞赋；陈思以公子之豪，下笔琳琅。并体貌英逸（贾谊《陈政事疏》：“所以体貌大臣，而厉其节也。”颜师古注：“体貌，谓加礼容而敬之。”），故俊才云蒸。

仲宣委质于汉南，孔璋归命于河北，伟长从宦于青土，公幹徇质于海隅；德琏综其斐然之思；元瑜展其翩翩之乐。文蔚（路粹）、休伯（繁钦）之俦，于叔（邯郸淳）、德祖之侣，傲雅（即傲睨）觞豆（即樽俎）之前，雍容衽席之上，洒笔以成酣歌，和墨以藉（助也）谈笑。观其时文，雅好慷慨。良由世积乱离，风衰俗怨，并志深而笔长，故梗概而多气也。”

沈约《宋书·谢灵运传论》：“子建、仲宣，以气质（气势风骨）为体，并标能擅美，独映当时（谓诗赋）。”

粲十七岁，于蔡邕被害之翌年（献帝初平四年）适荆州，依其乡先辈刘表。《魏志·刘表传》云：“表虽外貌儒雅，而心多疑忌，皆此类也。刘备奔表，表厚待之，然不能用。”以先主之才之器，表尚不能用，况貌寝而体弱通侻之王粲乎！又《魏志·袁绍刘表传评》云：“袁绍、刘表咸有威容器观，知名当世。表跨蹈汉南，绍鹰扬河朔，然皆外宽内忌，好谋无决，有才而不能用，闻善而不能纳，废嫡立庶（袁废谭立尚，表废琦立琮），舍礼崇爱，至于后嗣颠蹶，社稷倾覆，非不幸也。”（王充《论衡·幸偶篇》：“孔子曰：君子有不幸而无有幸，小人有幸而无不幸。”）观此，则刘表之为人可知。故粲居荆州逾十二年（赋云：“遭纷浊而迁逝兮，漫逾纪以迄今。”），殆司笔墨闲曹，觉日月逾迈，淹留无成，故登当阳城楼，感荆楚信美，主非其人，而兴“我瞻四方，蹙蹙靡所骋”（《诗·小雅·节南山》）之慨，而有“睠睠怀顾”、“逝将去女”（《诗·小雅·小明》及《魏风·硕鼠》）之情也。此赋殆作于建安十一、二、三年间，粲年约三十、一、二岁，盖建安十三年冬赤壁之战前作也。（近人林琴南谓作于兴平二年，时王粲到荆州止二年耳，安得谓之逾纪乎！林说非）

王粲有《为刘荆州与袁尚书》，（尚，袁绍少子，得立为嗣，与兄谭相攻）文长七百七十九言，对操颇不利。全文见宋章樵注本《古文苑》中，有云：“今二君（指袁谭、袁尚）初承洪业，纂继前轨，进有国家倾危之虑，退有先公遗恨之责（绍为操所败，忧忿死）惟当曹氏是务，不争雌雄之势，惟国是康，不计曲直之利。”又云：“且当先除曹操，以卒先公之恨；事定之后，乃议兄弟之怨。”此书操无追究，与质问陈琳代袁绍草檄之辱及操父祖者不同。

李善《文选注》引南朝刘宋临川王侍郎盛弘之《荆州记》曰：“当阳县（荆州西北）城楼，王仲宣登之而作赋。”

后魏郦道元《水经注》：“沮水又南迳楚昭王墓，东对麦城，故王仲宣之赋《登楼》云‘西接昭丘’是也。沮水又南，与漳水合焉。”又云：“漳水又南迳当阳县，又南迳麦城东，王仲宣登其东南隅，临漳水而赋之曰‘夹清漳之通浦（兮），倚曲沮之长洲’是也。”

《清一统志》：“仲宣楼在荆门县，即当阳县城楼，今属湖北安陆府。”（现湖北当阳市）

何义门曰："长赋须是无可删，短赋须是无可益，如读此赋，曾觉其易尽否？"（谓不觉其短也）

方伯海曰："是时汉室播迁（由洛阳迁长安，复由长安回洛阳，又由洛阳迁许昌）故粲南依刘表。表多文少实，外厚内猜，岂是可依之人！此赋虽是怀乡，实是感遇。故借登楼而发其恋土之情，亦'逝将去女'之意也。"

周平园曰："篇中无幽奥之词、雕镂之字。期于自摅胸臆，书尽言，言尽意而止，无取乎富丽也。前因登楼而极目四望，因极目四望而动其忧时感事。去国怀乡，一片愁思。首尾凡三易韵，段落自明。行文低徊俯仰，尤为言尽而意不尽。"

吴至父曰："两汉浓郁之体，于是一变，建安七子所以为雄。"又曰："化长篇为短制，通首用韵，杂以工整偶句，亦开六朝小赋之先。"（此论则未是，司马相如《哀秦二世赋》，不过一百五十八字耳，较粲《登楼赋》之三百三十字者，少一半以上。又西汉公孙乘之《月赋》，八十八字；中山靖王胜之《文木赋》，二百六十二字；东汉初杜笃之《首阳山赋》，二百一十八字；班固之《终南山赋》，一百一十五字。皆较《登楼赋》为短而难以整句者，不得谓六朝小赋，开自仲宣也。若但论短篇赋，两汉赋中，实不可胜数也）

登兹楼以四望兮，聊暇日以销忧。《荀子·修身篇》："其为人也，多暇日者，其出入不远矣。"傅毅《迪志诗》：

"于戏君子，无恒自逸。徂年如流，鲜兹暇日。"暇日：李善《文选注》曰："暇或为假。"五臣注本作假，暇日、假日皆可通。今先作暇日解：粲谓登此当阳城楼四望，聊且用此闲暇之日以销吾忧也。王粲当时之忧，是忧生忧国。《诗·小雅·正月》所谓"鱼在于沼，亦匪克乐。潜虽伏矣，亦孔之炤。忧心惨惨，念国之为虐"及"念我独兮，忧心殷殷"是也。暇日二字见《孟子·梁惠王上》："壮者以暇日，修其孝悌忠信，入以事其父兄，出以事其长上。"李善注曰："孙卿子曰：'多暇日者，其出入不远也。'"（见上引，善注每如此）假日两见《楚辞》：《离骚》云："奏《九歌》而舞《韶》兮，聊假日以媮乐。"（媮，《说文》："媮，巧黠也。托侯切。"即今之偷字。忙里偷闲，苦中取乐之意。各家解为娱乐，非）王逸注："假，一作暇。"又《九章·思美人》："迁逡次而勿驱兮，聊假日以须时。"（又刘向《九叹·远游》："聊假日以须臾兮，何骚骚而自故。"）又此二句与《九章·哀郢》之"登大坟以远望兮，聊以舒吾忧心"语意略同。又《后汉书·文苑传》边让《章华赋》："登瑶台以遥望兮，冀弥日以销忧。"弥日，终日也。王仲宣此两句，语势及用意实本此。暇日、假日两通，不必定作假日解也。

览斯宇之所处兮，实显敞而寡仇。《礼记·月令》："仲夏之月，……可以居高明，可以远眺望，可以升山陵，可以处台榭。"《说文》："宇，屋边也。从宀，于声。《易》曰：'上栋下宇。'"（《易·系辞传下》："上古穴居而野处，后世圣人易之以宫室，上栋下宇，以待风雨。"）《诗·豳风·七月》："七月在野，八月在宇。"陆德明《经典释文》："宇，屋四垂为宇。《韩诗》云：‘宇，屋溜也。’”即谓四边檐下。此赋首句之“兹楼”是指整个当阳城城楼，此句之“斯宇”，是指城头上之建筑物，与兹楼不重复也。张衡《西京赋》：“虽斯宇之既坦，心犹凭而未摅。”李善《文选注》引《苍颉篇》曰：“敞，高显也。”《说文》：“敞，平治高土，可以远望也。”（《说文》无廠厰等字，盖本止作敞）东汉李尤《高安馆铭》：“嶕峣丽馆，窗闼列周。增台显敞，禁室静幽。”《尔雅·释诂》：“仇、雠、敌、妃、知、仪，匹也。”二句谓此楼宇之形势，实显豁开朗，高敞通明而无匹也。

挟清漳之通浦兮，倚曲沮之长洲。 漳与沮，二水名。漳水清而沮水曲折，故云清漳曲沮。《说文》：“浦，濒也。”今俗作滨。周处《风土记》：“大水有小口别通曰浦。”仲宣登当阳城楼东南隅，前临漳水，漳水另有两小溪，夹城隅而来也。前临漳水则背倚沮水。州，《说文》：“州，水中可居曰州，水匋绕其旁，从重川。”今俗作洲，非是。《左传》哀公六年，楚昭王曰：“江、汉、睢、漳，楚之望也。”（望，谓望祀，望祭，祭川也。楚祭江、汉、沮、漳四川）《水经注》：“漳水又南迳当阳县，又南迳麦城东，王仲宣登其东南隅，临漳水而赋之曰‘夹清漳之通浦，倚曲沮之长洲’是也。”夹字无手旁，是。

背坟衍之广陆兮，临皋隰之沃流。 《周礼·地官·大司徒》：“辨其山林、川泽、丘陵、坟衍、原隰之名物。”郑玄注：“水涯曰坟，下平曰衍，高平曰原，下湿曰隰。”（《尔雅·释地》同）《说文》：“濆，水厓也。”“坟，墓也。”坟乃濆之假借字。《尔雅·释水》亦作濆，与《说文》同。《诗·小雅·

鹤鸣》：“鹤鸣于九皋，声闻于天。”《毛传》：“皋，泽也。”背坟衍之广陆：谓背后沮水以外之大地。临皋隰之沃流：谓前面漳水以外之湖泊。沃流，谓其流肥美，有灌溉之利。《说文》作汥：“汥，溉灌也。乌鹄切。”

北弥陶牧，西接昭丘。　弥，谓连也。本字作镾。《说文》：“镾，久长也。从长，尔声。”《弓部》无弥，但有弜字，“弜，弛弓也”与“弛，弓解也”音义皆同。《易·系辞传上》：“《易》与天地准，故能弥纶天地之道。”弥纶即弥缝，亦连接包括之意。陶牧：李善引盛弘之《荆州记》曰：“江陵县西，有陶朱公冢（范蠡居陶，号朱公），其碑云：‘是越之范蠡而终于陶。’”案：当阳，在江陵县西北，《水经注》引沮、漳二水，无云陶朱公冢。据《荆州记》，则陶朱公冢在江陵西，不在当阳县北也，然《史记·货殖列传》：“（范蠡）乃乘扁舟，浮于江湖，变名易姓，……之陶。为朱公。”张守节《史记正义》举陶朱公冢凡三处，所在地皆不同。则王仲宣登楼时所见，或当阳县北亦有陶朱公冢也。牧：《尔雅·释地》：“邑外谓之郊，郊外谓之牧，牧外谓之野，野外谓之林，林外谓之坰。”陶牧，谓范蠡冢所在地之郊外。昭丘：《水经注》：“沮水，又南迳楚昭王墓，东对麦城，故王仲宣之赋《登楼》云‘西接昭丘’是也。”李善《文选注》引《荆州图记》谓：“当阳东南七十里有楚昭王墓。”恐未是。

华实蔽野，黍稷盈畴。　黍稷盈畴：仲宣又有《从军诗》云：“鸡鸣达四境，黍稷盈原畴。”此二句，言草木五谷之盛，以见荆州一带地土肥美，惜主非其人，刘表不足以有为耳。华实，犹花实。畴，《说文》：“畴，耕治之田也。”此处花果遍野，黍稷满田，日月丽乎天，百谷草木丽乎土，此地信美矣，而惜非吾土，而又主非其耳，故下二句云云也。

虽信美而非吾土兮，曾何足以少留？　王粲《七哀诗》三首之二有云："荆蛮非我乡，何为久滞淫？"又其三有云："天下尽乐土，何为久留兹？"皆与此二句同意，可相参考。仲宣意谓此间有坟衍广陆，皋隰沃流，华实蔽野，黍稷盈畴。信美矣，然虽美而非吾乡，直何足以少留哉！仲宣在荆州越十二年，而此云不足以少留者，盖见时局已急，主非其人，早晚有危亡之患，而兴"逝将去女，适彼乐土"之叹也。赤壁之战在建安十三年冬十二月，但其年六月，曹操为丞相。七月，南征刘表，表卒于八月。此赋当作于赤壁之战前。建安十二年，诸葛公于隆中对先主曰："荆州北据汉、沔，利尽南海，东连吴会，西通巴蜀，此用武之国，而其主不能守；此殆天所以资将军，将军岂有意乎？"诸葛公谓其主不能守，其意与仲宣同也。何义门曰："吾土，谓长安。"案：吾土，非指仲宣故乡山阳，应是东汉京洛阳，无指长安之理。仲宣虽山阳人，然由曾祖父起，皆为汉重臣，必生长京都。故吾土应是指洛阳也。林琴南曰："信美非吾土，斥刘表之不能有荆州，祸将作也。"《离骚》："虽信美而无礼兮，来违弃而改求。"仲宣正用此意。曾何足以少留句：出司马相如《大人赋》，云："世有大人兮，在乎中州。宅弥万里兮，曾不足以少留。"李善《文选注》引班彪《北征赋》第四句："曾不得乎少留。"忘其祖矣。班彪原文云："余遭世之颠覆兮，罹填塞之厄灾。旧室灭以丘墟兮，曾不得乎少留。"司马相如是西汉人，班彪是东汉人，自司马相如之死，至班彪之生，为一百一十九年，此处引典，是李善一时未察之误，本无大失也。但此间《中国文选》（香港大学出版）袭用《善注》后，云："即此二句所本，吾土谓长安。"诸课本仍之，误人滋甚！又《离骚》："时缤纷其变易兮，又何可以淹留。"亦颇相似，然王仲宣实本之《大人赋》也。夫举典必祖，本人殊不敢自信，所讲各文，引用出处者，但就本人所知耳；非必最先之出处也。吾国载籍，崇于泰岱，广若沧溟，虽生年千岁，不能尽记；故以李崇贤之精博，穷一生之力以注《文选》，亦时见谬误，而况鄙人乎！

遭纷浊而迁逝兮，漫逾纪以迄今。《说文》无迄字，盖本作汔。《说文》："汔，水涸也。或曰泣下。从水，气声。《诗》曰：'汔可小康。'许讫切。"（《说文》有讫，止也）《诗·大雅·民劳》："民亦劳止，汔可小康。"《毛传》："汔，危也。"《郑笺》："汔，几也。"陆德明《经典释文》："汔，许一反。"《易·井卦》："汔至亦未繘井。"虞翻曰："汔，几也。"王弼、孔颖达同。引申为至也。《说文》亦无漫字，徐铉《新附》亦不补增，盖本止作曼，"曼，引也。从又，冒声。"《诗·鲁颂·閟宫》："孔曼且硕。"《毛传》："曼，长也。"《离骚》："路曼曼其修远兮，吾将上下而求索。"五臣作漫，云："漫漫，远貌。"宋洪兴祖《楚辞补注》引宋丁度《集韵》云："曼曼，长也。"又《九章·悲回风》："终长夜之曼曼兮，掩此哀而不去。"又《远游》："路曼曼其修远兮，徐弭节而高厉。"班彪《北征赋》："越安定以容与兮，遵长城之曼曼。"李善注："漫与曼古字通。"仲宣此处之漫字，亦是长貌，谓遭世纷浊乱离，而迁逝荆蛮，至今已漫漫然逾越十二年矣。《尚书·毕命》："既历三纪，世变风移。"《孔传》："十二年曰纪，父子曰世。"《国语·晋语》："畜力一纪。"韦昭注："十二年岁星一周为一纪。"纷浊迁逝，即谓遭世乱离而迁流至荆蛮。逝，《尔雅·释诂》："如、适、之、嫁、徂、逝，往也。"逾，《说文》："越也。"逾纪，谓超越十二年。迄今，《诗·大雅·生民》："庶无罪悔，以迄于今。"《毛传》："迄，至也。"此二句，与其《初征赋》（今存十八句）略同义。《初征赋》有云："违世难以回折兮，超遥集乎蛮楚。逢屯否而底滞兮，忽长幼以羁旅。"与此略同义。据《初征赋》，则仲宣之往荆州，盖全家同往，故云长幼羁旅也。

情眷眷而怀归兮，孰忧思之可任？《说文》："眷，顾也。从目，𢍏声。《诗》曰：'乃眷西顾。'"《大雅·皇矣》："乃眷西顾，此维与宅。"至《小雅·小明》："念彼共人，睠睠怀顾。"睠睠：李善《文选注》于张衡《思玄赋》："悲离居之劳心兮，情悁悁而思归。魂眷眷而屡顾兮，马倚辀而徘徊。"注云："《韩诗》曰：'眷眷怀顾。'"又作此处之眷字，盖眷是本字，《说文》无睠。眷眷，盖回顾之深也。此二句谓中情深切于思归，其忧思之重，谁谓可担当乎？仲宣《七哀诗》第二首结句："羁旅无终极，忧思壮难任。"与此两句略同义。难任二字，始见于《左传》僖公十五年秦穆公曰："重怒难任，背天不祥。"杜预注："任，当也。"李善《文选注》于此处亦正引杜预《左传注》解任字为当也。惟五臣注云："言谁堪此忧思也。"则解任为堪也。任，本只作壬，上下两短画，中一画较长，横看则象儋物状，故任字是儋当也。

凭轩槛以遥望兮，向北风而开襟。 遥望是洛阳，东汉京都，在当阳之北，故下句云向北风而开襟。此北风是风自北来，非冬天之北风也。李善谓“言感北风，逾增乡思也”是矣。轩槛：见《汉书·史丹传》：“天子（元帝）自临轩槛上，陨铜丸以擿鼓。”韦昭曰：“轩槛，殿上栏，轩上板也。”颜师古曰：“槛，阑版也。”轩槛，盖谓檐下窗下之栏版也。“凴”，本字作凭。《说文》：“凭，依几也。”引申为凭据，今俗作“凴”。古籍借用冯字。《说文》：“冯，马行疾也。从马，仌声。皮冰切。”姓冯之冯本作鄬，《说文》：“鄬，姬姓之国。”昌黎先生谓“为文宜略识字”，故余于此略为说耳。向北风而开襟，略用宋玉《风赋》意。《风赋》云：“楚襄王游于兰台之宫，宋玉、景差侍。有风飒然而至，王乃披襟而当之，曰：‘快哉此风！寡人所与庶人共者邪？’”开襟：犹披襟也。

平原远而极目兮，蔽荆山之高岑。 此望平原广野，穷目力之所视，欲见故都洛阳，但为荆山之高峰所蔽，故都了不得而见也。极目，谓穷目之所视。《楚辞·招魂》：“湛湛江水兮上有枫，目极千里兮伤春心，魂兮归来哀江南。”荆山，在当阳县北，《汉书·地理志》：“南郡，……县十八：江陵，临沮。”班固原注：“《禹贡》南条荆山在东北，漳水所出。”桑钦《水经》：“漳水出临沮县东荆山。东南，过蓼亭。又东，过章乡南。”郦道元《水经注》：“荆山在景山东百余里，新城沶乡县界（沶，音示）。虽群峰竞举，而荆山独秀。”岑：《尔雅·释山》：“山大而高，崧。山小而高，岑。”郭璞注：“岑，言岑崟（音吟）。”《说文》：“岑，山小而高。”“崟，山之岑崟也。”此处之高岑是谓高山，非必如《尔雅》、《说文》所云小而高也。

路逶迤而脩迥兮，川既漾而济深。 此二句谓北望旧乡故都洛阳，陆行固长而且远，水行则漳水亦既长且深，不可以涉也。《说文》：“逶，逶迆，邪去之皃。”“迆，邪行也。从辵，也声。《夏书》（《禹贡》）曰：‘东迆北会于汇。’”李善注：“逶迤，长貌也。”逶迤脩迥，应解曲折而长且远，脩，应作修，长也。迥，远也。修迥训为长远，故逶迤训曲折邪行。川：指东面之漳水及更东面之汉水。漾：李善注：“《韩诗》曰：‘江之漾矣，不可方思。’薛君（东汉初薛汉）曰：‘漾，长也。’”案：此《韩诗》即《周南·汉广》篇，《毛诗》作“江之永矣”。《说文》：“永，长也。象水巠理之长。《诗》曰：江之永矣。”此引《毛诗》也。（永，篆文作𣱵）又《说文》：“羕，水长也。从水，羊声。《诗》曰：江之羕矣。”此则引《韩诗》也。漾，本字止作羕。《尔雅·释诂》：“永、羕、引、延、融、骏，长也。”亦不从水；从水则为水名。《说文》：“漾，水。出陇西相道，东至武都为汉。”今《登楼赋》文及李善所引《韩诗》作漾者，皆今字，本字不从水也。济：《诗·邶风·匏有苦叶》：“匏有苦叶，济有深涉。”《毛传》：“济，渡也。”《尔雅·释言》：“济，渡也。”扬雄《方言·第七》：“过渡谓之涉济。”

悲旧乡之壅隔兮，涕横坠而弗禁。 《楚辞》刘向《九叹·忧苦》：“长嘘吸以于悒兮，涕横集而成行。”《汉书》中山靖王胜《闻乐对》：“今臣心结日久，每闻幼眇之声，不知涕泣之横集也。”旧乡，谓故都洛阳。仲宣自曾祖父起，三代为汉重臣，从小长于是，不必定指山阳高平也。壅本三音，读平、上、去皆可。壅隔，谓壅塞蔽隔，表面上是谓故乡为荆山所遮蔽，山高水深，欲归无从，实则是指行路艰难，豺狼当道也。旧乡见《离骚》："陟升皇之赫戏兮，忽临睨夫旧乡。"屈子之旧乡，亦指楚之故都郢都。又屈原《九歌·湘君》："横流涕兮潺湲，隐思君兮陫侧。"

昔尼父之在陈兮，有归欤之叹音。《论语·公冶长》："子在陈曰：归与！归与！吾党之小子狂简，斐然成章，不知所以裁之。"是孔子周游四方，道不行而思归之叹也。仲宣正用其意。尼父，指孔子。见《左传》哀公十六年："夏，四月，己丑，孔丘卒。公诔之曰：'旻天不吊，不慭遗一老，俾屏余一人以在位，茕茕余在疚，呜呼哀哉！尼父无自律。'"

钟仪幽而楚奏兮，庄舄显而越吟。《左传》成公九年："晋侯（景公）观于军府，见钟仪，问之曰：'南冠而絷者谁也？'有司对曰：'郑人所献楚囚也。'使税之，召而吊之，再拜稽首。问其族，对曰：'泠人也。'公曰：'能乐乎？'对曰：'先父之职官也，敢有二事！'使与之琴，操南音。……（范）文子（士燮）曰：'楚囚，君子也。言称先职，不背本也；乐操土风，不忘旧也。……'公重为之礼，使归求成。"钟仪幽而楚奏，谓钟仪虽幽絷被囚，仍不背本，不忘旧，奏其故国之音也。庄舄事见《史记·张仪陈轸犀首列传》："秦惠王终相张仪，而陈轸奔楚。……陈轸适至，秦惠王曰：'子去寡人之楚，亦思寡人不？'陈轸对曰：'王闻夫越人庄舄乎？'王曰：'不闻。'曰：'越人庄舄，仕楚执珪。（执珪，楚大夫有封邑者。《淮南子·道应训》："列田百顷，而封之执圭。"高诱注："执圭，楚爵。功臣赐以圭，谓之执圭，比附庸之君。"）有顷而病，楚王曰："舄故越之鄙细人也（谓其出身鄙细寒微），今仕楚执珪，贵富矣，亦思越不?”中谢（侍御之官）对曰：“凡人之思故，在其病也。彼思越则越声，不思越则楚声。”使人往听之，犹尚越声也。今臣虽弃逐之楚，岂能无秦声哉!’”此四句，谓孔子大圣，犹有归欤之叹。至钟仪幽囚被絷，颠沛流离；庄舄仕楚执珪，飞黄腾达，皆思其故土，不以贵贱异。则吾之眷怀旧乡，实人情之常，故下文云“人情同于怀土兮，岂穷达而异心”也。“钟仪幽而楚奏兮，庄舄显而越吟”二句，《文心雕龙·丽辞篇》（言骈文对偶之道）甚称赏之，有云：“故丽辞之体，凡有四对：言对为易，事对为难；反对为优，正对为劣。……仲宣《登楼》云：‘钟仪幽而楚奏，庄舄显而越吟。’此反对之类也。（谓幽囚与显达，幽显二字相反）……幽显同志，反对所以为优也。”（幽显二字之字面意义不同，而作者用之以喻己志之怀乡则同也）曹丕《典论·论文》：“西伯幽而演《易》，周旦显而制《礼》。”即从仲宣此处化出。

〇至《论语·里仁篇》：“子曰：君子怀德，小人怀土；君子怀刑，小人怀惠。”此怀土是别一义。而朱子《四书集注》云：“怀，思念也。怀德，谓存其固有之善：怀土，谓溺其所处之安；怀刑，谓畏法（君子直道而行，不为不义，何畏法之有!）；怀惠，谓贪利。”《论语》之怀土，谓土地货财，非居处也。《大学》云：“有土此有财，有财此有用。”又《礼记·儒行》：“儒有不宝金玉，而忠信以为宝；不祈土地，立义以为土地；不祈多积，多文以为富。”《白虎通·五行篇》：“土能吐生百物，故曰土。”《书·周官》：“司空掌邦土。”《孔传》：“能吐生万物者曰土。”《尚书·禹贡》：“禹敷土。”

郑玄注：“土之为言吐也。”汉末刘熙《释名·释天》：“土，吐也，能吐生万物也。”又《释地》：“土，吐也，吐生万物也。”此《论语》怀土之本义，指土地货财之证也。不意朱子竟此亦不悟，强释为居处；果尔，则孔子归与之叹亦小人乎？又曹大家《东征赋》：“小人性之怀土兮，自书传而有焉。”仲宣此赋亦云：“人情同于怀土兮，岂穷达而异心。”以怀土为思乡，自汉时已别用矣。怀土怀惠，义略同，故下章紧接发其义云：“子曰：放于利而行，多怨。”至于怀刑之刑，是指常理正法，《诗·大雅·荡》：“虽无老成人，尚有典刑。”又《礼记·礼运》：“刑仁讲让，示民有常。”刑，今俗作型，是典常，安得谓君子是畏法哉！

人情同于怀土兮，岂穷达而异心？　此处大意谓观于孔子在陈有归欤之叹，钟仪幽囚而楚奏，庄舄显达而越吟，则可知人之恒情，莫不同于怀念其故土，不因困穷显达而异，则我王粲今日之眷眷怀归，涕流被面，岂非人情之常乎？怀土，见《论语·里仁篇》，大义已略发于上。又《论语》之“君子怀德”，犹之《易·大畜卦·象辞》之“天在山中，《大畜》。君子以多识前言往行，以畜其德”。谓士君子观《大畜卦》之卦象，君子因以多识前言往行，居仁由义，积学多文，以畜养其德也。怀土，除见上文外，又《书·洪范》：“土爰稼穑。”《孔传》：“种曰稼，敛曰穑。土可以种，可以敛。”《尔雅·释言》：“土，田也。”郭璞注：“别二名。”邢昺疏：“别地之二名也。《白虎通》（《五行篇》）云：‘中央者土，土主吐含万物，土之为言吐也。’《释名》（《释地》）云：‘（土，吐也，吐生万物也）土田耕者曰田，田者填也，五稼填满其中也。’”《礼记·檀弓上》云：“乐，乐其所自生，礼，不忘其本。古人有言曰：狐死正丘首，仁也。”又《三年问》：“今是大鸟兽，则失丧其群匹，越月逾时焉，则必反巡，过其故乡，翔回焉，鸣号焉，蹢躅焉，踟蹰焉，然后乃能去之。小者至于燕雀，犹有啁噍（读若周秋）之顷焉，然后乃能去之。”鸟兽之属且如是；况有血气之属，莫智于人，可以人而不如鸟乎？故屈原《哀郢》云：“曼余目以流观兮，冀壹反之何时？鸟飞反故乡兮，狐死必首丘。”此皆人情莫不反本思乡之义；故人去乡土而不思，古人谓荡子。《列子·天瑞篇》云：“有人去乡土，离六亲，废家业，游于四方而不归者，何人哉？世必谓之为狂荡之人矣。”又：小人怀土地货财而不怀德，即《论语》“君子喻于义，小人喻于利”之义。《说文》：“土，地之吐生物者也。”孟子（《梁惠王上》）曰：“无恒产而有恒心者，惟士为能；若民，则无恒产，因无恒心。”小人贫贱则慑于饥寒，富贵则流于逸乐，故土地货财，美衣甘食者，小人之所腐心罄力，鸡鸣孳孳，常所怀思者也。又：《论语》之怀土，汉人已袭用其字面作怀乡解，除曹大家《东征赋》外，其父班彪之《王命论》已云：“悟戍卒之言，断怀土之情。”而误解小人怀土者，不自朱子始矣：何晏《论语集解》引孔安国曰：“怀，安也。（怀土）重迁也。”斯则以小人怀土为安土重迁，而刘宝楠《论语正义》且以为“亦怀居之意。《汉书·元帝纪》诏曰：‘安土重迁，黎民之性。’”不知《论语·宪问》：“子曰：士而怀居，不足以为士矣。”居，是指宫室之美而言，谓其耽于居处逸豫，与《里仁》篇“士志于道，而耻恶衣恶食者，未足与议也”同义。一指衣食，一指居处，皆非孔子小人怀土之正解，亦非谓怀居为思念其乡居也。独北齐颜之推之《观我生赋》有云：“深燕雀之余思，感桑梓之遗虔。得此心于尼甫（同父），信兹言乎仲宣。”此用王粲本赋意。至《论语》小人怀土之真义，则自汉以来皆不得其解也。

惟日月之逾迈兮，俟河清其未极。 惟，思也。此二句谓岁月益逝，而世益深，太平无时也。《书·秦誓》：“我心之忧，日月逾迈，若弗云来。”犹曹孟德所谓“譬如朝露，去日苦多”也。《说文》：“逾，越进也。”“迈，远行也。”日月逾迈，谓日月益逝，岁不我与也。河清：《左传》襄公八年：“冬，楚子囊（公子贞）伐郑，讨其侵蔡也（郑欲求媚于晋），子驷、子国、子耳，欲从楚。子孔、子蟜（音矫）、子展（郑之群公子），欲待晋。子驷（公子騑）曰：《周诗》有之曰：俟河之清，人寿几何？”杜预注曰：“逸《诗》也。言人寿促而河清迟，喻晋之不可待。”《易纬·乾凿度》：“孔子曰：天之将降嘉瑞，应河水清。”郑玄注曰：“嘉，善美也。应者，圣王为政，治平之所致，水色每变。”古人以为圣王出则黄河清，治平之兆。仲宣谓俟河清其未极者，谓治平之期未至也。俟，本应作竢。《说文》：“竢，待也。”“俟，大也。”极：李善引《尔雅》（《释诂》）曰：“极，至也。”又《尔雅·释言》：“届，极也。”则极者，可训为至也，届也。《国语·鲁语》：“齐朝驾则夕极于鲁国。”韦昭注曰：“极，至也。”又张衡《归田赋》：“徒临川以羡鱼，俟河清乎未期。”俟河清乎未期，正仲宣此句语气所出也。未期，义同未极，皆谓治平之日未至也。又张衡《思玄赋》：“系曰：天长地久岁不留，俟河之清只怀忧。”亦与此二句意略同，皆可参阅。又东汉赵壹《刺世疾邪赋》：“河清不可俟，人命不可延。”

冀王道之一平兮，假高衢而骋力。 王道，指国家。高衢，犹言天衢，以喻朝廷。此二句意以千里马驰骋大道自喻，谓希冀国家一旦太平，庶得己身致于朝堂而效其材力也。王道一平，谓国家一旦太平；高衢骋力，谓在朝廷展其材力。王道：《书·洪范》：“无偏无党，王道荡荡；无党无偏，王道平平；无反无侧，王道正直。”《孔传》：“言所行无反道不正，则王道平直。”高衢：李善注曰：“谓大道也。”《尔雅·释宫》：“一达谓之道路，二达谓之歧旁，三达谓之剧旁，四达谓之衢，五达谓之康，六达谓之庄，七达谓之剧骖，八达谓之崇期，九达谓之逵。”骋：《诗·小雅·节南山》：“我瞻四方，蹙蹙靡所骋。”仲宣正用其意，而欲有所骋力也。又《离骚》：“乘骐骥以驰骋兮，来吾道夫先路。”沈约《宋书·王华传》（亦见李延寿《南史·王华传》）：“王华，字子陵，……性尚物，不欲人在己前。……上（宋文帝）即位，以华为侍中，……有富贵之愿（已富贵矣，欲为宰相也），……华每闲居讽咏，常诵王粲《登楼赋》曰：“冀王道之一平，假高衢而骋力。”出入逢羡之等，每切齿愤咤（怒叱也。《南史》作愤叱），叹曰：‘当见太平时不？’……（宋文帝元嘉）四年卒，时年四十三。”仲宣此二句，对后世之怀才不遇者，每易兴其同感焉。然若王华之褊狭，不足法也，其寿焉得长。

惧匏瓜之徒悬兮，畏井渫之莫食。 《论语·阳货》：“佛肸（晋大夫赵简子之邑宰）召，子欲往。子路曰：‘昔者由也闻诸夫子曰：“亲于其身为不善者，君子不入也。”佛肸以中牟畔（借作叛），子之往也，如之何？'子曰：'然。有是言也。不曰坚乎？磨而不磷；不曰白乎？涅而不缁。吾岂匏瓜也哉！焉能系而不食！'"悬，犹系也。匏瓜有数解，详文后拙著《匏瓜释义》。匏瓜，应是天上星名。孔子之意，谓吾岂可如匏瓜星之徒悬系于天上，而不可饮食生民哉！仲宣之意，则谓日月逾迈，河清无时，冀王道一平，俾己得假借高衢广路，以骋其逸足也；然此实希冀耳，恐己之长才洁行，终不为世用，将如匏瓜之徒悬系于天上，寒水之徒清冷于井中，终不为人所饮食。仰观象于天，俯察物于地，宁无畏惧乎？井渫莫食：《易·井卦》九三爻辞："井渫不食，为我心恻（王弼注："为，犹使也。"），可用汲，王明，并受其福。"（《史记·屈原列传》引《易》此爻作"可以汲"。下云："王之不明，岂足福哉！"）《说文》："渫，除去也。"王弼《易注》："渫，不停污之谓也。"《易》义谓此井中之水已除去污秽，澄清可饮用矣（食字可包饮），今竟不取食；喻人修身洁行而不见用，故云使我心恻然而悲。此井水已洁，可用以汲而饮之；犹人之才行已可用，若遇明主，则王可得股肱为佐辅，己亦可展效其材力，故云并受其福也。仲宣此四句之意，谓希望国家能来一次太平，俾己得假借地位而展其材力，犹千里马之驰骋于通衢大道，可以星流电掣也。然此实希冀耳，但恐己之长材洁行，不为世用，如匏瓜星之朗朗徒悬于天，寒水清冷徒在于井，终不为人所食所饮，故思之殊惧殊畏也。由惧徒悬，畏莫食，中怀悢悢，故生起以下之对景伤情，触物兴叹，无限感慨也。悬，本字止作县，加心字于下，乃后来之俗字，然沿用已久矣。《说文》："县，系也。从系持県。"【"県，到（即今俗之倒字）首也。贾侍中说：此断首到县字。”（県，音枭）徐铉曰：“此本是县挂之县，借为州县之县。今俗加心别作悬，义无所取。”】

步栖迟以徙倚兮，白日忽其将匿。《诗·小雅·北山》：“或栖迟偃仰，或王事鞅掌。”又《陈风·衡门》：“衡门之下，可以栖迟。”《毛传》：“栖迟，游息也。”游息，犹流连踯躅之意。徙倚：屈原《远游》：“步徙倚而遥思兮，怊惝怳而乖怀。”王逸注：“（徙倚遥思，）彷徨东西，意愁愤也。”又《楚辞》严忌《哀时命》：“然隐悯而不达兮，独徙倚而彷徉（读作方羊）。”王逸注：“徙倚，犹低徊也。”又司马相如《长门赋》：“间徙倚于东厢兮，观夫靡靡而无穷。”又《古诗十九首》：“徙倚怀感伤，垂涕沾双扉。”徙倚，双声兼叠韵词，低徊之意。白日将匿句：《离骚》：“欲少留此灵琐兮，日忽忽其将暮。”又《远游》：“恐天时之代序兮，耀灵（日也）晔而西征。”洪兴祖《补注》引魏张揖《博雅》云：“朱明、耀灵、东君，日也。”此二句亦实出张衡《思玄赋》：“淹栖迟以恣欲兮，耀灵忽其西藏。”李善引旧注曰：“耀灵，日也。”又曹植《赠白马王彪》诗：“原野何萧条，白日忽西匿。”由白日将匿之日将暮，生起下六句之萧索景象。何义门曰：“白日将匿，以比汉祚将终也。”或是。

风萧瑟而并兴兮，天惨惨而无色。宋玉《九辩》：“悲哉秋之为气也。萧瑟兮草木摇落而变衰。”王逸注：“（萧瑟）阴气急速，风疾暴也。”惨惨，李善引东汉服虔《通俗文》曰：“暗色曰黪。”自注云：“惨与黪，古字通。”《说文》：“黪，浅青黑也。”“惨，毒也。”惨乃黪之假借字。庾信《小园赋》：

“风骚骚（音修）而树急，天惨惨而云低。”即本之仲宣。

兽狂顾以求群兮，鸟相鸣而举翼。 狂顾，《楚辞》屈原《九章·抽思》：“狂顾南行，聊以娱心兮。”《诗·小雅·小弁》：“鹿斯之奔，维足伎伎。雉之朝雊，尚求其雌。”又《小雅·伐木》：“伐木丁丁，鸟鸣嘤嘤。出自幽谷，迁于乔木。嘤其鸣矣，求其友声。”《楚辞·九章·悲回风》：“鸟兽鸣以号群兮，草苴比而不芳。”东方朔《七谏·自悲》：“鸟兽惊而失群兮，犹高飞而哀鸣。狐死必首丘兮，夫人孰能不反其真情。”又《谬谏》：“飞鸟号其群兮，鹿鸣求其友。”此二句“兽狂顾以求群兮，鸟相鸣而举翼”：以景寓情。以鸟兽日暮将归，且求群求友，呼俦啸侣；以反衬己之离群索居，可以人而不如鸟乎？故曹植赠其弟白马王彪诗云：“原野何萧条！白日忽西匿。归鸟赴乔林，翩翩厉羽翼。孤兽走索群，衔草不遑食。感物伤我怀，抚心长太息。”亦此意也。又仲宣《七哀诗》“荆蛮非我乡，何为久滞淫”一首云：“狐狸驰赴穴，飞鸟翔故林。流波激清响，猴猿临岸吟。迅风拂裳袂，白露沾衣衿。”情景交融，与此同意。

原野阒其无人兮，征夫行而未息。 屈原《九章·远游》：“山萧条而无兽兮，野寂寞其无人。”阒字，字粒误。门内不从臭，实从狊，古阒切。《说文》：“狊，犬视皃。从犬目。”《说文》无阒字，盖本作侐，《说文》：“侐，静也。从人，血声。《诗》曰：‘闷宫有侐。’”（《诗·鲁颂·閟宫》首句）《毛传》云：“侐，清净也。”陆德明《经典释文》引《韩诗》云：“闲暇无人之貌也。”徐铉《说文·新附》于《门部》补阒字云：“静也。从门，狊声。”然曰：“臣铉等案：《易》：

‘窥其户，阒其无人。’（此《易·丰卦》上六爻辞，亦即仲宣所本）窥，小视也。狊，大张目也。言始小视之，虽大张目亦不见人也。义当只用狊。”（无外门字。《易》原文作“窥其户，阒其无人”，大徐解狊为大张目，亦未是）此二句：李善注曰：“原野阒无农人，但有征夫而已。”《诗·小雅·皇皇者华》：“皇皇者华，于彼原隰。駪駪征夫，每怀靡及。”征夫行而未息，有《诗》人“王事靡盬，不遑启处”之意。又《诗·小雅·杕杜》：“王事靡盬，继嗣我日。（国事无止息时，日复一日，行役不已也）日月阳止，女心伤止，征夫遑止。”观此赋此处六句，尤其风萧瑟而并兴，征夫行而未息，或是作于建安十三年七八月之间。六句情景，与曹植《赠白马王彪》景象略同。（班固《西都赋》“原野萧条，目极四裔”）曹植诗作于七月，吾谓此赋作于建安十三年七八月之间者，因是年七月，曹操南征刘表，八月刘表死，七八月之间，正刘表震恐之时，仓皇备战，荆州当阳一带，正忙于调遣役夫，故有原野无人，征夫不息之语也。

心凄怆以感发 伤感发动。 **兮，意忉怛而憯恻**。《礼记·祭义》：“霜露既降，君子履之，必有凄怆之心，非其寒之谓也。”郑玄注：“非其寒之谓，谓凄怆及怵惕，皆为感时念亲也。”此处之心凄怆，是承上文，风萧瑟而并兴来，正是如《礼记》非其寒之谓，而实是感时伤乱也。王逸《九思·哀岁》：“岁忽忽兮惟暮，余感时兮凄怆。”忉怛：《诗·齐风·甫田》：“无田甫田，维莠骄骄（叶高）。无思远人，劳心忉忉。”又第二章云：“无田甫田，维莠桀桀。无思远人，劳心怛怛。”《毛传》：“忉忉，忧劳也。”“怛怛，犹忉忉也。”忉怛，即切切怛怛，谓忧劳也。各课本之注，只引首章之切切，不引次章之怛怛，实不甚当。《说文》："憯，痛也。""恻，痛也。"意切怛而憯恻，意谓忧劳而痛也。憯恻双声，与切怛同。憯恻，亦犹云憯憯恻恻也。又仲宣《闲邪赋》："情纷挐以交横，意惨凄而增悲。"又云："目炯炯而不寐，心切怛而惕惊。"皆与此二句同意。又凄怆憯恻四字，亦正出《楚辞》宋玉《九辩》："中憯恻之凄怆兮，长太息而增欷。"

循阶除而下降兮，气交愤于胸臆。 此处是下楼而归去寓所矣。李善引晋司马彪注《上林赋》曰："除，楼阶也。"案：司马相如《上林赋》无"除"字，今《文选·上林赋》李善是用晋郭璞注，其中兼用司马彪注甚多，并无此条。但张衡《西京赋》"辇路经营，修除飞阁"下，李善亦注云："司马彪《上林赋》注曰：除，楼陛也。"阶，盖本作陛。司马彪《上林赋》注已亡，不可复见，但据《西京赋》善注所引，司马彪之解"除"字，盖本作"楼，陛也"。阶字本作陛，与《说文》略同。《说文》："除，殿陛也。"陛即今日之石级，与阶同义。李善于《登楼赋》注改陛为阶，盖就仲宣之原文"阶除"而然。李善注《文选》，常改原书文字，以就其所注之文，其例甚多，此点不可不知。故阅读《文选》李善注，于其所引诸书，除非原书已亡，已无可证外；如原书未亡，宜检读原书，则可知其或改或加或减矣。勿遽以李善注语即原文也。○此二句，谓依循楼阶而下，中怀激荡，气懑懑而不能平也。《说文》："愤，懑也。""懑，烦也。""闷，懑也。"愤是烦闷，非愤怒，不可误解。《楚辞》严忌《哀时命》："幽独转而不寐兮，惟烦懑而盈匈。魂眇眇而驰骋兮，心烦冤之忡忡。”与此末四句意略同。

夜参半而不寐兮，怅盘桓以反侧。 扬雄《方言》卷六：“参、蠡，分也。齐曰参，楚曰蠡，秦、晋曰离。”夜参半即夜中分，亦即夜分、夜半。耿耿不寐，中怀惆怅，感己之盘桓不进，淹留无成，至展转反侧而不能入睡也。《诗·邶风·柏舟》：（此《柏舟》是言仁而不遇，与《鄘风·柏舟》之喻节妇“共姜自誓”不同）“耿耿不寐，如有隐忧。微我无酒，以敖以游。”仲宣之不寐，与《柏舟（《邶风》）序》“言仁而不遇也”同义。盘桓：见《易·屯卦》：“初九：磐桓；利居贞，利建侯。”王弼注：“处《屯》之初，动则难生，不可以进，故磐桓也。”《说文》无从石之磐字，古止作槃，古文从金作鎜，《籀文》从皿作盘，今通行《籀文》之盘字。李善引张揖《广雅》曰：“盘桓，不进也。”（今《广雅》不见）反侧：《诗·周南·关雎》：“悠哉悠哉，辗转反侧。”反侧，谓反复，谓或左或右，翻来覆去而不能睡也。○陆云《与兄平原书》云：“《登楼》名高，恐不可越尔。”亦自愧不如也。

附：匏瓜释义

《论语·阳货》：“佛肸（晋大夫赵简子之邑宰）召，子欲往。子路曰：‘昔者由也闻诸夫子曰：“亲于其身为不善者，君子不入也。”佛肸以中牟畔（借作叛），子之往也，如之何？’子曰：‘然。有是言也。不曰坚乎？磨而不磷；不曰白乎？涅而不缁。吾岂匏瓜也哉！焉能系而不食！’”王粲《登楼赋》："惟日月之逾迈兮，俟河清其未极。冀王道之一平兮，假高衢而骋力。惧匏瓜之徒悬兮，畏井渫之莫食。"

一、《论语》何晏注："匏，瓠也。言瓠瓜得系一处者，不食故也。吾自食物，当东西南北，不得如不食之物，系滞一处。"此谓孔子之欲往中牟，其志将以求食也。朱熹仍之，其《论语集注》云："匏，瓠也。匏瓜系于一处而不能饮食，人则不如是也。"谓孔子将以求食，虽圣人愤懑而发为谑辞，亦必不尔尔！为委吏乘田，或率弟子躬耕，岂不得食耶？何必入危邦，辅乱臣，而后得食哉！乡为身死而不受，今为甘旨之奉而为之，其饭疏饮水，浮云富贵之谓何！此说必不然矣。

二、知前说之非矣，乃解作夫子之欲往中牟，将为世所用，饮食生民，不能如匏瓜之徒悬系而不可食。持此说者最多，盖以为苦匏不可食也。然亦未审，其欠圆通者，有三端焉，盖：

（一）按匏瓜即今之葫芦瓜，实有甘苦二种，苦者不可食耳，甘者可食也。孔子不云苦匏，则不以匏瓜为不可食之代表物矣。《诗·邶风·匏有苦叶》："匏有苦叶，济有深涉。"《毛传》云："匏谓之瓠，瓠叶苦不可食也。"陆玑元恪《毛诗草木鸟兽虫鱼疏》云："匏叶少时可为羹，又可淹煮，极美。扬州人食至八月，叶即苦，故曰苦叶。"（王念孙《广雅疏证》云："今案，瓠自有甘苦二种，瓠甘者叶亦甘，瓠苦者叶亦苦，甘者可食，苦者不可食。……陆氏之说，失之矣。"）《国语·鲁语下》："叔向……曰：'夫苦匏不材，于人共济而已。'"韦昭注："材读若裁也。不裁，于人言不可食也；共济而已，佩匏可以渡水也。”《神农本草经》卷下：“苦瓠，味苦寒。主治大水面目四肢浮肿，下水，令人吐。生川泽。”以上二条谓苦匏也。苦匏虽不足供寻常食用，然亦可为药，服食足以治病，则非绝不可食而为用且大矣。《诗·豳风·七月》：“七月食瓜，八月断壶，九月叔苴。采荼薪樗，食我农夫。”《毛传》：“壶，瓠也。”孔颖达《毛诗正义》：“以‘壶’与食瓜连文，则是可食之物，故知壶为瓠，谓甘瓠可食，就蔓断取而食之。”《小雅·南有嘉鱼》：“南有樛木，甘瓠累之。”又《小雅·瓠叶》：“幡幡瓠叶，采之亨之。”（亨，即今俗之烹，《说文》作亯。古享、亨、烹同字）《毛传》：“幡幡，瓠叶貌，庶人之菜也。”孔颖达《毛诗正义》云：“《七月》云‘八月断壶’，即言‘食我农夫’，彼虽瓠体，与此为类，明亦农夫之菜。”刘向《新序·刺奢篇》云：“魏文侯见箕季，……日晏进粝餐之食，瓜瓠之羹。”此皆甘瓠之可食者也。瓠为庶人农夫之菜，岂得以为是不可食之代表物乎！

（二）瓠瓜之圆扁者曰匏，今日验之，底部虽微涡，然置于地上几上，均甚平正，不得单言悬系也。

（三）苦瓠虽不可食，但刳其瓤，可以为盛酒浆之器；或剖之为二，可以为杓，以挹酒浆。虽不可供食，然可为器，不尤有用于人耶？此第二说又不然矣。

三、又或因悬系之义难得通圆，故解作系匏于腰部以供渡水，即引《国语·鲁语》叔向语及韦昭注作证。此说刘宝楠《论语正义》独辟之，云：“韦昭解《鲁语》共济，谓佩匏可以渡水，自是释彼文宜然，或遂援以解《论语》，谓系即系以渡水，则已有用于人，于取譬之旨为不合矣。”刘楚桢之意，谓韦弘嗣解《鲁语》则是，若以之解《论语》，则供济已是有用于人，于孔子取譬之旨为不合矣。此说与第二说同谓苦匏不可食，然可为器，可以供济，亦皆有用于人，当非孔子本意也。

总上三说，皆觉义欠通圆，当非确诂矣。然则奚说而可乎？则谓是星名者是也。兹略申其说如次：

《史记·天官书》："北宫，……匏瓜，有青黑星守之，鱼盐贵。"司马贞《史记索隐》引《荆州占》云："匏瓜，一名天鸡，在河鼓东。匏瓜明，则岁大熟也。"张守节《史记正义》曰："匏瓜五星，在离珠北，天子果园。占，明大光润，岁熟；不则包果之实不登。客守，鱼盐贵也。"按匏瓜五星，一星东引为柄，四星周环为腹，在牛女二宿之间，晴夜举首即见，不必穷目而后得也。

《楚辞》王褒《九怀·思忠》："登华盖兮乘阳，聊逍遥兮播光。抽库娄兮酌醴，援瓟（匏）瓜兮接粮。"王逸注："引持二星以斟酒也。"

阮瑀《止慾赋》："出房户以踯躅，睹天汉之无津。伤匏瓜之无偶，悲织女之独勤。"

曹植《洛神赋》："从南湘之二妃，携汉滨之游女。叹匏瓜之无匹兮，咏牵牛之独处。"李善注："《史记》曰：'四星在危南（谓杵臼星也，注误），匏瓜。……牵牛为牺牲，……其北织女。织女，天女孙也。'《天官星占》曰：'匏瓜，一名天鸡，在河鼓东。……'阮瑀《止慾赋》（慾，应作欲。近人刘文典《三余札记》亦主此说，然援证未足及钞善注之误字，不知《艺文类聚》卷十八犹引有陈琳、阮瑀之《止慾赋》也）

曰：‘伤匏瓜之无偶，悲织女之独勤。’俱有此言；然无匹之义，未详其始。”

隋李播《天文大象赋》：“离珠耀珍于藏府，匏瓜荐果于宸闱。”苗为注：“离珠五星，在须女北，后宫之藏府。变常失度，则后宫生乱。匏瓜五星，在离朱北，天子果园。占，明大光润，则岁丰熟；否则瓜果不登。客星金火犯守，鱼盐贵。”

《史记·天官书》及诸家赋皆以匏瓜为星名，除李播外，诸人皆在何晏前。推孔子之意，盖谓将济世活民，大造群生，岂能如匏瓜星之徒悬系于天上而不可供人饮食哉！此与《诗·小雅·大东》：“睆彼牵牛，不以服箱。”“维南有箕，不可以簸扬。维北有斗，不可以挹酒浆。”及《古诗十九首》之“南箕北有斗，牵牛不负轭。良无盘石固，虚名复何益”同意。

又以匏瓜为星名释《论语》者，有梁皇侃《论语义疏》云：“匏瓜，星名也。言人有材智，宜佐时理务，为有所用，岂得如匏瓜系于天而不可食耶！”又宋黄震《黄氏日钞》：“临川应抑之《天文图》有匏瓜星，其下引《论语》，正指星而言。盖星有匏瓜之名，徒系于天而不可食；而与‘维南有箕，不可以簸扬。维北有斗，不可以挹酒浆’同义。”宋罗愿《尔雅翼》：“匏瓜系而不食，犹言南箕不可簸扬，北斗不可以挹酒浆也。”此外，如明陈士元《论语类考》、清刘宝楠《论语正义》、黄式三《论语后案》，皆载此说；而宋翔凤之《论语说义》更主之。惜乎！刘楚桢受学于乃叔端临，专力为《论语正义》，荟萃群言，时契圣心，乃于此说但云亦通而已，则犹未能择善而固执之者也。（案：楚桢书乃其子恭冕所续成，

后数篇恐非出其本人手也)

又按《论语》之食字，以作饮字解为长。饮之称食，不必广求经训，即以王粲《登楼赋》匏瓜句下“畏井渫之莫食”解之足矣，盖出《易·井卦》：“初六：井泥不食。”“九三：井渫不食。”“九五：井洌，寒泉食。”食字，义可包饮，饮字则不能包食。孔子匏瓜系而不食之意，与《诗·小雅·大东》篇北斗不可挹酒浆之义全同，斗与匏皆可以挹饮酒浆，(匏更为盛酒浆以供人饮用之器)二字可互用。《诗·大雅·行苇》：“酌以大斗，以祈黄耇。”此用斗也；而《公刘篇》则云：“执豕于牢、酌之用匏。”是斗与匏同义之证矣。况有王子渊酌醴接粮之用乎！孔子之意，盖谓吾岂能如天上之匏瓜星，但有空名，徒悬系于天，而不能盛酒浆、酌酒浆，以供人饮用哉！是欲泽及万民，霖雨苍生之意也。

至王仲宣《登楼赋》之意，则谓日月逾迈，河清无时，冀王道之一平，俾己得假借高衢广路，以骋其逸足也；然此实希冀耳，恐己之长材洁行，终不为世用，将如匏瓜之徒悬系于天上，寒水之徒清冷于井中，终不为人所饮食。仰观象于天，俯察物于地，宁无惧畏乎？王仲宣与阮元瑜、曹子建同时，证之阮氏《止慾赋》、曹之《洛神赋》，皆以匏瓜作星名，与织女牵牛相对成文；则王仲宣之用匏瓜，亦必作星名解也。至其下句之用井水，不以星名相对者，非犹《易·系辞传》“仰则观象于天，俯则观法于地”及孔北海“天垂酒星之曜，地列酒泉之郡”之意耶？

魏文帝《典论·论文》

《魏志·文帝纪:“文皇帝讳丕，字子桓，武帝太子也。……建安十六年，为五官中郎将、副丞相。二十二年，立为魏太子。(建安十三年，曹操自为丞相十八年，自立为魏公，加九锡二十一年，进爵为王）太祖崩，(建安二十五年正月，年六十六）嗣位为丞相、魏王。……冬十一月……汉帝以众望在魏，乃召群公卿士，告祠高庙，使兼御史大夫张音持节，奉玺绶，禅位。(改元黄初）……（二年）秋八月，……拜（孙）权为大将军，封吴王，加九锡。冬十月，授杨彪光禄大夫。【《后汉书·杨彪传》:“代朱俊为太尉。……时袁术僭乱，操托彪与术婚姻，诬以欲图废置，奏收下狱，劾以大逆。将作大匠孔融闻之，不及朝服，往见操曰：‘杨公四世清德，（震、秉、赐、彪）海内所瞻。……今横杀无辜，则海内观听，谁不解体？孔融鲁国男子，明日便当拂衣而去，不复朝矣。’操不得已，遂理出彪。……彪见汉祚将终，遂称脚挛不复行。积十年后，子修为曹操所杀，操见彪，问曰：‘公何瘦之甚?’对曰：‘愧无日磾先见之明，犹怀老牛舐犊之爱。’操为之改容。……及魏文帝受禅，欲以彪为太尉，先遣使示旨。彪辞曰：‘彪备汉三公，遭世倾乱，不能有所补益，耄年被病，岂可赞惟新之朝。’遂固辞。乃授光禄大夫，赐几杖衣袍，……

待以宾客之礼。年八十四，黄初六年卒于家。自震至彪，四世太尉，德业相继。"】七年，春正月，将幸许昌，许昌城南门无故自崩，帝心恶之，遂不入。壬子，行还洛阳宫。……夏五月丙辰，帝疾笃，召中军大将军曹真、镇军大将军陈群、征东大将军曹休、抚军大将军司马宣王，并受遗诏，辅嗣主。……丁巳，帝崩于嘉福殿，时年四十。……初，帝好文学，以著述为务，自所勒成垂百篇，又使诸儒撰集经传，随类相从，凡千余篇，号曰《皇览》。

评曰：文帝天资文藻，下笔成章，博闻强识，才艺兼该。若加之旷大之度，励以公平之诚，迈志存道，克广德心（《鲁颂·泮水》："济济多士、克广德心。"），则古之贤主，何远之有哉！"

裴松之注引《典论·自叙》曰："（献帝）初平之元，董卓杀主鸩后，荡覆王室。是时四海既困，（灵帝）中平之政，兼恶卓之凶逆，家家思乱，人人自危。山东牧守，咸以《春秋》之义，卫人讨州吁于濮，言人人皆得讨贼。于是大兴义兵，名豪大侠，富室强族，飘扬云会，万里相赴。兖、豫之师，战于荥阳，河内之甲，军于孟津。卓遂迁大驾西都长安。而山东大者连郡国，中者婴城邑，小者聚阡陌，以还相吞灭。会黄巾盛于海、岳，山寇暴于并、冀，乘胜转攻，席卷而南，乡邑望烟而奔，城郭睹尘而溃。百姓死亡，暴骨如莽。余时年五岁，上以世方扰乱，教余学射，六岁而知射，又教余骑马，八岁而能骑射矣。以时之多故，每征，余常从。建安初，上南征荆州，至宛，张绣降。旬日而反。亡兄孝廉子修、从兄安民遇害。时余年十岁，乘马得脱。夫文武之道，各随时而用。生于中平之季，长于戎旅之间，是以少好弓马，于今不衰。逐禽辄十里，驰射常百步，日多体健，心每不厌。建安十年，始定冀州，秽、貊贡良弓，燕、代献名马。时岁之暮春，句芒司节，（《礼记·月令》："季春之月，……其神句芒。"）和风扇物，弓燥手柔，草浅兽肥。与族兄子丹猎于邺西，终日，手获獐鹿九，雉兔三十。后军南征，次曲蠡，尚书令荀彧奉使犒军，见余，谈论之末，彧言：'闻君善左右射，此实难能。'余言：'执事未睹夫项发口纵，俯马蹄而仰月支也。'彧喜，笑曰：'乃尔！'余曰：'埒有常径，的有常所，虽每发辄中，非至妙也。若驰平原，赴丰草，要狡兽，截轻禽，使弓不虚弯，所中必洞，斯则妙矣。'时军祭酒张京在坐，顾彧拊手曰：'善。'余又学击剑，阅师多矣。四方之法各异，唯京师为善。桓、灵之间，有虎贲王越，善斯术，称于京师。河南史阿言：'昔与越游，具得其法。'余从阿学之精熟，尝与平虏将军刘勋、奋威将军邓展等共饮，宿闻展善有手臂，晓五兵；又称其能空手入白刃。余与论剑，良久，谓言：'将军法非也。余顾尝好之，又得善术。'因求与余对，时酒酣耳热，方食竽蔗，便以为杖，下殿数交，三中其臂。左右大笑，展意不平，求更为之。余言：'吾法急属，难相中面，故齐臂耳。'展言：'愿复一交。'余知其欲突以取交中也，因伪深进，展果寻前，余却脚鄛，正截其颡，坐中惊视。余还坐，笑曰：'昔阳庆使淳于意去其故方，更授以秘术，（《史记·扁鹊仓公列传》："太仓公者，……姓淳于氏，名意。……公乘阳庆，庆年七十余，无子，使意尽去其故方，更悉以禁方予之，传黄帝、扁鹊之脉书。”）今余亦愿邓将军捐弃故技，更受要道也。’一坐尽欢。夫事不可自谓己长，余少晓持复，自谓无对；俗名双戟为坐铁室，镶楯为蔽木户；后从陈国袁敏学，以单攻复，每为若神，对家不知所出。先日若逢敏于狭路，直决耳。余于他戏弄之事，少所喜，唯弹棋略尽其巧，少为之赋。昔京师先工有马合乡侯、东方安世、张公子，常恨不得与彼数子者对。上雅好《诗》书文籍，虽在军旅，手不释卷。每每定省从容，常言：‘人少好学则思专，长则善忘，长大而能勤学者，唯吾与袁伯业耳。’（袁遗，字伯业，绍之从兄，官山阳太守，扬州刺史，为袁术所败）余是以少诵诗论，及长，而备历五经、四部，《史》、《汉》诸子百家之言，靡不毕览。”

严可均《全三国文》卷八辑《典论》序曰：“谨案：《隋志·儒家》，《典论》五卷，魏文帝撰。《旧》、《新唐志》同。《本纪》：‘帝好文学，以著书为务，所勒成垂百篇。’明帝时刊石，详《搜神记》。又《齐王芳纪》注：‘臣松之昔从征西至洛阳，见《典论》石在太学者尚存。’《御览》五百八十九引戴延之《西征记》：‘《典论》六碑，今四存二败。’《隋志·小学类》有一字石经《典论》一卷，唐时石本亡，至宋而写本亦亡。世所习见，仅裴注之帝《自叙》，及《文选》之《论文》而已。亡友沈阳孙冯翼，字凤卿，尝有辑本，挂漏甚多。又如采《北堂书钞》十五‘洽和万国’，以《典略》当《典论》，若斯之类，概应删剟。今复捡各书，写出数十里事，有篇名者十三，聚其复重，会其离散，依《意林》次第之，定著一卷。其遗文坠句无所系属者，附于后。”（《魏志·明帝纪》："（太和）四年春二月，……戊子，诏太傅三公：以文帝《典论》刻石，立于庙门之外。"）

孙月峰曰："持论得十五六，然而涉浅，若行文则更涉，盖文帝身分本如此。"

陆生生曰："富贵无令人笑我肉食，贫贱无令人薄我无闻。只有文章一路，贫达不可舍者。若以德业绳魏文，有知之者欤？可想矣！"

文人相轻，自古而然。 于光华曰："道尽恶习。"

傅毅之于班固，伯仲之间耳， 李善注："伯仲，喻兄弟之次也。言胜负在兄弟之间，不甚相逾也。"《后汉书·文苑传上·傅毅传》："傅毅，字武仲，扶风茂陵人也。少博学，（明帝）永平中，于平陵习章句，因作《迪志诗》（四言）曰：'……'毅以显宗求贤不笃，士多隐处，故作《七激》以为讽。（严可均《全后汉文》有辑，文长，略残）建初中，肃宗博召文学之士，以毅为兰台令史，（梁刘昭补《后汉书·百官志》："兰台令史，六百石，掌奏及印工文书。"）拜郎中，与班固、贾逵共典校书。毅追美孝明皇帝，功德最盛，而庙颂未立，乃依《清庙》，作《显宗颂》十篇奏之，（残。严可均只据《选注》辑得共四句）由是文雅显于朝廷。车骑将军马防，外戚尊重，（防。伏波将军次子，明帝明德马皇后之兄）请毅为军司马，待以师友之礼。……（和帝）永元元年，车骑将军窦宪，复请毅为主记室，崔骃为主簿。及宪迁大将军，复以毅为司马，班固为中护军。宪府文章之盛，冠于当世。毅早卒，著诗、赋、诔、颂、祝文、《七激》、连珠，凡二十八篇。”昭明太子录其《舞赋》入《文选》。

而固小之，与弟超书曰：“武仲以能属文，为兰台令史，下笔不能自休。” 才大者每有此病。张华谓陆机曰：“人之为文，常恨才少，而子更患其多。”

夫人善于自见， 方伯海曰：“善，应作喜字。”谓常人皆以己之所作为美也，人苦不自知，此句伏下文“家有弊帚，享之千金”。或读见为现，非是。

而文非一体，鲜能备善。是以各以所长，相轻所短。《庄子·在宥篇》：“世俗之人，皆喜人之同乎己，而恶人之异于己也。同于己而欲之、异于己而不欲者，以出乎众为心也。夫以出乎众为心者，曷常出乎众哉！”郭象注：“心欲出群，为众隽也。”成玄英疏：“夫是我而非彼，喜同而恶异者，必欲显己功名，超出群众。人以竞先出乎众为心，此是恒物鄙情，何能独超群外。同其光尘，方大殊于众，而为众杰。”

里语曰：“家有弊帚，享之千金。” 《东观汉记·世祖光武皇帝纪》：“（帝）下诏让（责也）吴汉副将刘禹曰：‘城降，婴儿老母，口以万数，一旦放兵纵火，闻之可为酸鼻。家有弊帚，享之千金。禹宗室子孙，故尝更职，何忍行此？’”

斯不自见之患也。《庄子·骈拇篇》：“吾所谓聪者，非谓其闻彼也，自闻而已矣；吾所谓明者，非谓其见彼也，自见而已矣。夫不自见而见彼，不自得而得彼者，是得人之得，而不自得其得者也；适人之适，而不自适其适者也。”《淮南子·齐俗训》：“所谓明者，非谓其见彼也，自见而已。”邵子湘曰：

“通才既难，而人又苦于不自知，故须论定也。此一篇中大意。”

今之文人，鲁国孔融文举，广陵陈琳孔璋，山阳王粲仲宣，北海徐幹伟长，陈留阮瑀元瑜，汝南应玚德琏，东平刘桢公幹。斯七子者， 于光华曰：“即所谓建安七子。”湛铨谨案：孔北海，汉之忠烈，杀身成仁者。且行辈及平生去就，亦与六人不同，岂宜与之同列？虽冠其首而犹屈也。论虽定，吾深不谓然。

于学无所遗，于辞无所假， 谓其自铸伟辞，无所假借。

咸以自骋骥騄于千里，仰齐足而并驰。 《吕氏春秋·开春论·贵卒篇》：“力贵突，智贵卒。……所为贵骥者，为其一日千里也。”绿耳，本周穆王八骏之一，后改为騄。陈琳《为曹洪与魏文帝书》：“夫绿骥垂耳于林坰。鸿雀戢翼于污池。亵之者，固以为园囿之凡鸟，外厩之下乘也。”曹植《与陈孔璋书》：“骥騄不常步，应良御而效足。”《说文》：“仰，举也。从人，从卬。”（卬，今俗之昂字）《诗·小雅·车攻篇》：“我车既攻，我马既同。”《毛传》：“攻，坚。同，齐也。宗庙齐毫，尚纯也；戎事齐力，尚强也；田猎齐足，尚疾也。”陈琳《答东阿王笺》：“譬犹飞兔流星，超山越海，龙骥所不敢追；况于驽马，可得齐足？”

以此相服，亦良难矣。盖君子审己以度人，故能免于斯累， 《吕氏春秋·孝行览·遇合篇》：“故君子不处幸，不为苟，必审诸己然后任，任然后动。”又《不苟论·贵当篇》：“君子审在己者而已矣。”又《先识览·正名篇》：“说淫则可不可而然不然，是不是而非不非。故君子之说也，足以言贤者之实，不肖者之充而已矣。”《礼记·表记》：“是故君子不自大其事，不自尚其功，以求处情；过行弗率，以求处厚；彰人之善，而美人之功，以求下贤。是故君子虽自卑而民敬尊之。”

而作论文。

王粲长于辞赋；徐幹时有齐气， 李善注：“言齐俗文体舒缓，而徐幹亦有斯累。《汉书·地理志》（下）曰：‘故《齐诗》曰：“子之还（原作营）兮，遭我乎猺（原作乎嶩）之间兮。”（班固治《齐诗》，李善改引《毛诗》，故稍异。又曰：“俟我于著乎而。”）此亦其舒缓之体也。’”又《朱博传》：“迁琅邪太守，齐郡舒缓养名。”颜师古注：“言齐人之俗，其性迟缓。”近人刘文典《三余札记》卷三《读文选杂记》云：“徐幹时有齐气，……李注翰（五臣李周翰）注，并以齐俗文体舒缓释之，亦是望文生义，曲为之解耳。”刘氏不检《汉书》，不知善注所出，轻率讥弹，谬矣。

然粲之匹也。**如粲之《初征》、《登楼》、《槐赋》、《征思》，** 粲《登楼赋》录入《文选》。《征思赋》亡，《初征赋》见《艺文类聚》，录十八句，残。《槐赋》亦见《艺文类聚》及《初学记》，亦残，共存十二句耳。魏文《槐赋序》云：“文昌殿中槐树，盛暑之时，余数游其下，美而赋之。王粲直登贤门，小阁外亦有槐树，乃就使赋焉。”

干之《玄猿》、《漏卮》、《圆扇》、《橘赋》， 《玄猿》、《漏卮》、《橘赋》并亡；《圆扇》即《圆扇赋》，残，《北堂书钞》及《太平御览》共存四句耳。

虽张、张衡。**蔡**蔡邕。**不过也。然于他文，未能称是。**

琳、瑀之章表书记，书札也。**今之隽**借作俊。也。

应玚和而不壮，刘桢壮而不密。孔融体气高妙，有过人者；《文心雕龙·风骨篇》云："故魏文称：'文以气为主，气之清浊有体，不可力强而致。'（见下）故其论孔融，则云'体气高妙'，论徐幹，则云'时有齐气'，论刘桢，则云'有逸气'。（《与吴质书》）公幹亦云：'孔氏卓卓，信含异气。笔墨之性，殆不可胜。'"（公幹四语，严可均《全后汉文》漏辑）

然不能持论，理不胜辞，《汉书·严助传》："其尤亲幸者，东方朔、枚皋、严助、吾丘寿王、司马相如，相如常称疾避事。朔、皋不根持论，上颇俳优畜之。唯助与寿王见任用。"《孔丛子·公孙龙篇》平原君谓公孙龙曰："公无复与孔子高辨事也（子高名穿，孔子六世孙），其人理胜于辞，公辞胜于理。辞胜于理，终必受诎。"《法言·吾子篇》："或问君子尚辞乎？曰：君子事之为尚。（晋李轨注："贵事实，贱虚辞。"）事胜辞则伉（过于刚直），辞胜事则赋，事辞称则经。"

以至乎杂以嘲戏，文举特每戏曹瞒耳，非真不根持论也。

及其所善，杨、班俦也。子云本姓杨，从木。孙月峰曰："此评骘诸公，可与吴贵重书（即《与吴质书》）参看。"

常人贵远贱近，向声背实； 《庄子·外物篇》：“夫尊古而卑今，学者之流也。”《鬼谷子·内揵篇》：“日进前而不御，遥闻声而相思。”《淮南子·修务训》：“世俗之人，多尊古而贱今，故为道者，必托之于神农、黄帝，而后能入说。”桓谭《新论》：“世咸尊古卑今，贵所闻，贱所见。”《汉书·扬雄传赞》：“时大司空王邑，纳言严尤，闻雄死，谓桓谭曰：‘子尝称扬雄书，岂能传于后世乎？’谭曰：‘必传。顾君与谭不及见也。凡人贱近而贵远，亲见扬子云禄位容貌，不能动人，故轻其书。……今扬子之书，文义至深，而论不诡于圣人，若使遭遇时君，更阅贤知，为所称善，则必度越诸子矣。’”张衡《东京赋》：“若客，所谓末学肤受，贵耳而贱目者也。”

又患闇于自见，谓己为贤。《韩非子·喻老篇》：“能见百步之外而不能自见其睫。……故知之难，不在见人，在自见。故曰：自见之谓明。”又《观行篇》：“古之人，目短于自见，故以镜观面；智短于自知，故以道正己。”又：“乌获轻千钧而重其身，非其身重于千钧也，势不便也；离朱（即离娄）易百步而难眉睫，非百步近而眉睫远也，道不可也。”又《说林上》：“行贤而去自贤之心，焉往而不美。”

夫文，本同而末异：盖奏议宜雅，书论宜理，铭诔尚实，诗赋欲丽。 欲字有分寸，与陆士衡诗缘情而绮靡不同。魏文《答卞兰教》：“赋者，言事类之所附也。颂者，美盛德之形容也。故作者不虚其辞，受者必当其实。”昭明《答湘东王求文集及诗苑英华书》：“夫文，典则累野，丽亦伤浮。能丽而不浮，典而不野，文质彬彬，有君子之致，吾尝欲为之，但恨未遒耳。”

此四科不同，故能之者偏也。唯通才能备其体。 方伯海曰："以上俱论文非一体，鲜能备善。"

文以气为主； 《文心雕龙·风骨篇》云："魏文称'文以气为主……'（见上）并重气之旨也。"韩愈《答李翊书》："气，水也；言，浮物也。水大而物之浮者大小毕浮；气之与言犹是也，气盛则言之短长与声之高下皆宜。"苏辙《上枢密韩太尉书》："辙生好为文，思之至深：以为文者气之所形；然文不可以学而能，气可以养而致。孟子曰：'我善养吾浩然之气。'今观其文章，宽厚宏博，充乎天地之间，称其气之小大。太史公行天下，周览四海名山大川，与燕、赵间豪俊交游；故其文疏荡，颇有奇气。此二子者，岂尝执笔学为如此之文哉！其气充乎其中而溢乎其貌，动乎其言而见乎其文，而不自知也。"三人之言，章学诚谓愈论愈精。近人骆鸿凯撰《文选学》，钞李德裕《文章论》错漏甚多；而《中国文选》（香港大学出版）又从而钞之，谬矣。

气之清浊有体，不可力强而致。 清浊，犹强弱。有体，谓有定分也。不可力强，谓禀之自然。

譬诸音乐， 《庄子·天运篇》黄帝张《咸池》之乐于洞庭之野，曰："吾奏之以人，征之以天，行之以礼义，建之以太清。夫至乐者，先应之以人事，顺之以天理，行之以五德，应之以自然。然后调理四时，太和万物。四时迭起，万物循生，一盛一衰，文武伦经。一清一浊，阴阳调和，流光其声。……在谷满谷，在坑满坑。"

曲度虽均，节奏同检，至于引气不齐，巧拙有素，虽在父

兄，不能以移子弟。 《商君书·弱民篇》："今离娄见秋毫之末，不能以明目易人；乌获举千钧之重，不能以多力易人；圣贤在体性也，不能以相易也。"《庄子·天运》："使道而可献，则人莫不献之于其君；使道而可进，则人莫不进之于其亲；使道而可以告人，则人莫不告其兄弟；使道而可以与人，则人莫不与其子孙。然而不可者，无佗也，中无主而不止，外无正而不行。由中出者，不受于外，圣人不出。由外入者，无主于中，圣人不隐。"《文心雕龙·事类篇》："夫姜桂同地，辛在本性；文章由学，能在天资。才自内发，学以外成。有学饱而才馁，有才富而学贫。学贫者迍邅于事义，才馁者劬劳于辞情，此内外之殊分也。"李善引桓谭《新论》曰："惟人心之所独晓，父不能以禅子，兄不能以教弟也。"

盖文章经国之大业，不朽之盛事。年寿有时而尽，荣乐止乎其身。二者必至之常期，未若文章之无穷。 于光华曰："大为文人吐气。"韩愈诗："欢华不满眼，咎责塞两仪。"杨万里诗："古来富贵扫无痕，惟有文章照天地。"

是以古之作者，寄身于翰墨，见意于篇籍，不假良史之辞，不托飞驰之势，而声名自传于后。故西伯幽而演《易》，周旦显而制《礼》， 《史记·周本纪》："西伯盖即位五十年，其囚羑里，盖益《易》之八卦为六十四卦。"重卦始于伏羲，见《易·系辞传下》，文王盖为《易》作《卦辞》耳。又太史公《报任少卿书》："文王拘而演《周易》；仲尼厄而作《春秋》。"《尚书大传》卷三："周公居摄六年，制《礼》作《乐》，天下和平。"今《中国文选》（香港大学出版）引《史记·鲁周公世家》之“作《周官》”为注，大误。彼处《周官》，是《尚书·周书》中之篇名，非《周礼》也。

不以隐约而弗务， 承西伯。

不以康乐而加思。 承周旦。《逸周书·官人篇》：“隐约者观其不慑惧。”今传本李善注引作《周易》曰，盖本作《周书》，后人传钞之误矣。

夫然，则古人贱尺璧而重寸阴，惧乎时之过已！ 《淮南子·原道训》：“圣人不贵尺之璧，而重寸之阴，时难得而易失也。”

而人多不强力，贫贱则慑于饥寒，富贵则流于逸乐， 李善注：“郑玄《礼记注》曰：‘慑，恐惧也。’贾逵《国语注》曰：‘流，放也。’”

遂营目前之务，而遗千载之功。日月逝于上，体貌衰于下，忽然与万物迁化，斯志士之大痛也！ 《古诗十九首》：“奄忽随物化，荣名以为宝。”于光华曰：“推重文章之事，以叹人之不能强力，通才之所以少也。”又曰：“可当劝学箴。”

融等已逝，唯幹著论，成一家言。 徐幹著《中论》二十篇，今存。

魏文帝《与朝歌令吴质书》

李善引魏鱼豢《典略》曰："质为朝歌长。大军西征，太子南在孟津小城，与质书。"又引《汉书》（《地理志》）曰："魏郡有朝歌县。"邹阳《狱中上书自明》："故里名胜母，曾子不入；邑号朝歌，墨子回车。"李善引晋晋灼曰："纣作朝歌之音，朝歌者，不时也。"朝歌，在今河南淇县北。

建安二十年三月，曹操西征张鲁（时据陕南汉中），张鲁降。刘备欲取汉中，（备十九年入成都，领益州牧）时丕为五官中郎将，副丞相（二十二年，立为魏太子）。在邺城（今河北临漳县）西南孟津，质在孟津东北朝歌，丕五月作此书与质，时年二十九。越三年，又有《与吴质书》，则质为元城令。《萧选》两书连载。【卫宏《汉旧仪》："五官中郎将，秩比二千石，主五官郎中。"应劭《汉官仪》："五官中郎将，秩比二千石，三署（五官署）郎属焉。"刘昭补《后汉书·百官志》："五官中郎将一人，比二千石。"本注云："主五官郎。"其属下有五官中郎、五官侍郎、五官郎中等】

《魏志·王粲传》："吴质（字季重），济阴人。以文才为文帝所善，官至振威将军，假节都督河北诸军事，封列侯。"

裴松之引鱼豢《魏略》曰："质字季重，以才学通博，为五官将及诸侯所礼爱，质亦善处其兄弟之间，若前世楼君卿之游五侯矣。(《汉书·游侠·楼护传》："字君卿，……是时王氏方盛，宾客满门，五侯兄弟争名，其客各有所厚，不得左右，唯护尽入其门，咸得其欢心。"）及河北平定，大将军为世子，质与刘桢等并在坐席，桢坐谴之际，质出为朝歌长，后迁元城令。其后大将军西征，太子南在孟津小城，与质书曰：'……'二十三年，太子又与质书曰：'……'臣松之以本传虽略载太子此书，美辞多被删落，今故悉取《魏略》所述，以备其文。太子即王位，又与质书曰：'南皮之游，存者三人，烈祖龙飞，或将或侯；今惟吾子，栖迟下仕，从我游处，独不及门。缻罄罍耻，能无怀愧？（《诗·小雅·蓼莪篇》："缾之罄矣、维罍之耻。"）路不云远，今复相闻。'……始质为单家，少游遨贵戚间，盖不与乡里相沉浮。故虽已出官，本国犹不与之士名。及魏有天下，文帝征质，与车驾会洛阳。到，拜北中郎将，封列侯，使持节督幽、并诸军事，治信都(今河北冀州市)。……（郭颁）《世语》曰：魏王尝出征，世子及临菑侯植并送路侧。植称述功德，发言有章，左右属目，王亦悦焉。世子怅然自失，吴质耳曰：'王当行，流涕可也。'及辞，世子泣而拜，王及左右咸歔欷，于是皆以植辞多华而诚心不及也。质别传曰：……及文帝崩，质思慕，作诗曰：'……'（明帝）太和四年，入为侍中。……质其年夏卒，质先以怙威肆行，谥曰丑侯。质子应、仍上书论枉，至（高贵乡公）正元中，乃改谥威侯。"

孙月峰曰："只说宴游事。"

于光华曰："文帝、陈思与吴、杨等往来书札，但有小致，不为大雅。昭明顾乃宽取，想以其意趣与己有相符者耶?"

孙执升曰："抚今感旧，睹景思人，对此茫茫，百端交集。盈虚之慨，正因游览之胜而愈深也。读者徒赏其佳丽，犹未极才人之致。"

五月十八日，丕白：季重无恙。《尔雅·释诂》："恙，忧也。"应劭《风俗通义》佚文："无恙：俗说恙，病也。凡人相见及通书问，皆曰无恙。谨案：《易传》，上古之世，草居露宿。(略本《系辞传下》)恙，噬人虫也。善食人心，故俗相劳问者云无恙，非为病也。"

涂路虽局，官守有限， 李善引《尔雅》曰："局，近也。"(《广雅·释诂》)《尔雅·释言》："局，分也。"《孟子·公孙丑下》："有官守者，不得其职则去；有言责者，不得其言则去。"

愿言之怀，良不可任！《左传》僖公十五年："重怒难任，背天不祥。"愿言，歇下语。《诗·邶风·二子乘舟》："愿言思子，中心养养。"愿言本是念而，此愿言之怀，犹言思子之怀也。词章家作诗行文，时用歇上或歇下语，读者若不知此，则不得其解矣。如"友于"、"孔怀"之指兄弟是也。《书·君陈》："惟孝，友于兄弟，克施有政。"《论语·为政》："《书》云孝乎，惟孝友于兄弟，施于有政。"友于，是歇下语。《诗·小雅·常棣》："死丧之威，兄弟孔怀。"孔怀，是歇上语。又汪中《汉上琴台之铭》："余少好雅琴，惝谙操缦，自奉简书，久忘在御。"末句无义，是歇上语，谓"久忘琴瑟"也。《诗·郑风·女曰鸡鸣》："琴瑟在御，莫不静好。"因上文有"少好雅琴"之琴字，故避重复，改用歇上耳。

足下所治 朝歌。 **僻左，书问致简，** 《说文》："致，送、诣也。" **益用增劳。** 忧也。

每念昔日， 分句。 **南皮** 河北县名。 **之游，诚不可忘。** 浦二田曰："南皮之游，提出触绪致书之由。"

既妙思 精义入神。 **六经，逍遥百氏；** 诸子百家，但资谈助，故云逍遥。

弹棋闲设，终以六博。 《说文》："簙，局戏也。六箸十二棋也。从竹，博声。古者乌胄作簙。"（《世本》作胡曹）《楚辞·招魂》："菎蔽象棋，有六簙些。"王逸注："投六箸，行六棋，故为六簙也。"扬雄《方言》："簙，或谓之棋，所以行棋谓之局。"《论语·阳货》："不有博弈者乎？为之犹贤乎已！"邢昺疏亦引《说文》释博弈。《世说新语·巧艺》："弹棋始自魏宫内（其来已久，魏时特盛耳），用妆奁戏。文帝以此戏特妙，用手巾角拂之，无不中。有客自云能，帝使为之。客箸葛巾角，低头拂棋，妙逾于帝。"

高谈娱心，哀筝顺耳。驰骋北场，旅食南馆。 《仪礼·燕礼》："尊（方壶）士旅食于门西，两圜壶。"郑玄注："旅，众也。士众食，谓未得正禄，所谓庶人在官者也。"时多文字侍从之臣，未任实职。

浮甘瓜于清泉，沉朱李于寒水。白日既匿，继以朗月，同乘并载，以游后园。舆轮徐动，参从无声，清风夜起，悲笳微吟。 即王籍《入若邪溪》诗“蝉噪林逾静，鸟鸣山更幽”之意。

乐往哀来，怆然伤怀。 《庄子·知北游》：“山林与？皋壤与？使我欣欣然而乐与？乐未毕也，哀又继之。哀乐之来，吾不能御；其去，弗能止。”李善注引《列女传·贤明传·陶答子妻》曰：“乐极必哀。”（今无此）汉武帝《秋风辞》：“欢乐极兮哀情多，少壮几时兮奈老何！”李善又引《列女传·陶答子妻》曰：“乐极必哀来。”

余顾而言：“斯乐难常。” 哀来者此。

足下之徒，咸以为然。今果分别，各在一方。元瑜长逝，化为异物， 阮瑀卒于建安十七年，较孔融迟四年，王粲卒于建安二十二年春，其冬，徐、陈、应、刘皆卒。《庄子·大宗师篇》：“假于异物，托于同体。”郭象注：“今死生聚散，变化无方，皆异物也。”贾谊《鹏鸟赋》：“忽然为人兮，何足控抟？化为异物兮，又何足患？”太史公《报任少卿书》：“则长逝者魂魄，私恨无穷。”

每一念至，何时可言！ 谓悲伤不能言也。

方今蕤宾纪时，景风扇物， 《礼记·月令》：“孟春之月，……律中大蔟（音臭）。……仲春之月，……律中夹钟。……季春之月，……律中姑洗。……孟夏之月，……律中中吕。（中，音仲）……仲夏之月，……律中蕤宾。……季夏之月，……律中林钟。……孟秋之月，……律中夷则。……仲秋之月，……律中南吕。……季秋之月，……律中无射。……孟冬之月，……律中应钟。……仲冬之月，……律中黄钟。……季冬之月，……律中大吕。”《易纬·通卦验》：“夏至则景风至。”景风者，南风也。

天气和暖，众果具繁。时驾而游，北遵河曲，从者鸣笳以启路，文学托乘于后车。 文学，官名。浦二田曰：“以后来宾从烘托。”《魏志·王粲传》：“始文帝为五官将，及平原侯植皆好文学。粲与北海徐幹字伟长、广陵陈琳字孔璋、陈留阮瑀字元瑜、汝南应场字德琏、东平刘桢字公幹，并见友善。幹为司空军谋祭酒掾属，五官将文学。”

节 时节。 **同时** 时世。 **异，物** 景物。 **是人** 从者。**非，** 于光华曰：“节同八字，裹尽篇情。”

我劳如何！ 《诗·小雅·绵蛮》：“绵蛮黄鸟，止于丘阿。道之云远，我劳如何！”陆机《叹逝赋》：“寻平生于响像，览前物而怀之。步寒林以凄恻，玩春翘（草木）而有思。触万类以生悲，叹同节而异时。”

今遣骑到邺，故使枉道相过。行矣自爱，丕白。 附谢灵运《拟魏太子邺中集诗序》：“建安末，余时在邺宫，朝游夕宴，究欢愉之极。天下良辰、美景，赏心、乐事，四者难并；今昆弟友朋，二三诸彦，共尽之矣。古来此娱，书籍未见（有史以来所未见），何者？楚襄王时有宋玉、唐、景（唐勒、景差），梁孝王（汉文帝子）时有邹、枚、严、马（邹阳、枚乘、严忌、司马相如），游者美矣，而其主不文。（兼上楚襄王）汉武帝、徐乐诸才，（严安、严助、东方朔、枚皋、吾丘寿王等）备应对之能，而雄猜多忌。（暗刺宋文帝刘义隆）岂获晤言之适？（晤言，晤对而言也。《诗·陈风·东门之池》："彼美淑姬，可以晤言。"）不诬方将（将来也），庶必贤于今日尔。岁月如流，零落将尽，撰文怀人，感往增怆。"

魏文帝《与吴质书》

李善引魏鱼豢《典略》曰："初，徐幹、刘桢、应玚、阮瑀、陈琳、王粲等，与质并见友于太子。二十二年，魏大疫，诸人多死，故太子与质书。"何义门曰："按《魏志》，质时为元城令。"

《魏志·文帝纪》裴松之注引晋王沈《魏书》曰："帝初在东宫，疫疠大起，时人雕伤，帝深感叹，与素所敬者大理王朗书曰：'生有七尺之形，死为一棺之土（《淮南子·精神训》："吾生也有七尺之形，吾死也有一棺之土。"），唯立德扬名，可以不朽；其次莫如著篇籍。疫疠数起，士人雕落，余独何人，能全其寿？'"

孙月峰曰："大约伤逝者，兼论文章。"

浦二田曰："中幅论次断续，是撰定遗文之笔。前段念往，后段悲来，俯仰绵邈。细数生平，都归切劘绝业，故味长。"

二月三日，丕白： 建安二十三年，丕时年三十三。

岁月易得， 易为人所得，伏下年行已老大。

别来行复四年； 李善注："行，犹且也。"

三年不见，《东山》犹叹其远；况乃过之，思何可支！ 远，犹久也。李善注："《毛诗》（《豳风·东山篇》）曰：'我徂东山，滔滔不归；……自我不见，于今三年。'杜预《左氏传》注曰：'不支，不能相支持也。'"

虽书疏往返，未足解其劳结。 忧劳郁结。

昔年疾疫，亲故多离 遭也。**其灾，**

徐、陈、应、刘，一时俱逝，痛可言邪？ 浦二田曰："亲故俱逝，提撰集遗文之由。"

昔日游处，行则连舆，止则接席，何曾须臾相失？每至觞酌流行，丝竹并奏，酒酣耳热，仰而赋诗， 杨恽《报孙会宗书》："家本秦也，能为秦声；妇赵女也，雅善鼓瑟。（一作琴）奴婢歌者数人，酒后耳热，仰天抚缶，而呼呜呜。其诗曰：'田彼南山，芜秽不治。种一顷豆，落而为萁。人生行乐耳，须富贵何时？'"

当此之时，忽然不自知乐也。 于光华曰："即追念前书南皮景事，俯仰情深。"末二句，为李义山《锦瑟》诗"此情可待成追忆，只是当时已惘然"之所本。

谓百年己分， 于光华注："分，去声。"又曰："己分，如云分所当得，是以不知其乐也。"按：己分，谓可长共相保。

可长共相保，何图数年之间，零落略尽？言之伤心！顷撰其遗文，都为一集。 浦二田曰："撰定为文，致书本意。"李善注："《广雅》曰：'撰，定也。'都，凡也。"按：《说文》无撰字，本作僎，"僎，具也"。或作饌，"饌，具食也"。

观其姓名，已为鬼录；追思昔游，犹在心目。而此诸子，化为粪壤，可复道哉！

观古今文人，类不护细行，鲜能以名节自立；《书·旅獒》："不矜细行，终累大德。"然子夏曰："大德不逾闲，小德出入可也。"（《论语·子张》）与此不同。

而伟长独怀文抱质，恬淡寡欲，有箕山之志，可谓彬彬君子者矣。《论语·雍也》："子曰：质胜文则野，文胜质则史。文质彬彬，然后君子。"桓谭《新论·琴道篇》："雍门周曰：……不若身材高妙，怀质抱真，逢谗罹谤，怨结而不得信。"《老子》："见素抱朴，少私寡欲。"《孟子·尽心下》："养心莫善于寡欲，其为人也寡欲，虽有不存焉者寡矣；其为人也多欲，虽有存焉者寡矣。"《吕氏春秋·慎行论·求人篇》："昔者尧朝许由于沛泽之中，曰：'……请属天下于夫子。'许由辞曰：'……'遂之箕山之下，颍水之阳，耕而食，终身无经天下之色。"

著《中论》二十余篇，二十篇。**成一家之言，辞义典雅，足传于后，此子为不朽矣。**孙月峰曰："评诸子文甚当，文势亦错落有节奏。"于光华曰："此正根遗文说。"何义门曰："七子（应是六子）之文，独推《中论》，可谓知轻重。"按：六子品格，伟长最高，诗文则未然也。李善引《文章志》："徐幹，字伟长，北海人。太祖召以为军谋祭酒，转太子文学，以道德见称。著书二十篇，号曰《中论》。"司马迁

《报任少卿书》："网罗天下放失旧闻，略考其行事，综其终始，稽其成败兴坏之纪，……亦欲以究天人之际，通古今之变，成一家之言。"

德琏常斐然有述作之意， 《论语·公冶长》："吾党之小子狂简，斐然成章。"《说文》："斐，分别文也。"又《论语·述而》："述而不作，信而好古。"

其才学足以著书，美志不遂，良可痛惜。 此论应玚，下横插数语。

间者历览诸子之文，对之抆泪，既痛逝者，行自念也。 孙月峰曰："中插于数语，于法不宜然，然却有姿态，所谓水到渠成，无意无必。"于光华曰："横插此句，为年行长大伏线。"《楚辞·九章·悲回风》："孤子唫而抆泪兮，放子出而不还。"

孔璋章表殊健，微为繁富。公幹有逸气，但未遒耳； 遒，本字作逌，《说文》："逌，气行皃。""遒，迫也。"

其五言诗之善者，妙绝时人。 李善注："言其诗之善者，时人不能逮也。"按刘桢诗，固远不及曹子建，且王仲宣之不若。又魏文称其有逸气，谢灵运《邺中诗序》亦云："卓荦褊人，而文最有气。"钟嵘《诗品》置之上品，且评云："仗气爱奇，动多振绝。真骨凌霜，高风跨俗。"元遗山《论诗》绝句亦云："曹、刘坐啸虎生风，四海无人角两雄。"斯诚奇矣。

元瑜书记翩翩，致足乐也。 书记，书札也。《文心雕龙》有《书记篇》。致，通至，极也。谓阮瑀之书札风调翩翩然极足赏也。《文选》有"阮元瑜《为曹公作书与孙权》"一篇，足见其概。《史记·平原君传赞》："平原君，翩翩浊世之佳公子也。”魏文借以喻文章风调。

仲宣续自善于辞赋， 李善注：“言仲宣最少，续彼众贤，自善于辞赋也。续或为独。”

惜其体弱，不足起其文， 李善注：“《典论·论文》曰：‘文以气为主，气之清浊有体。’弱，谓之体弱也。”此解甚的。体弱，谓其文气弱也。《魏志·王粲传》谓粲：“年既幼弱（二十曰弱），容状短小。”身体适弱，不可并为一谈。

至于所善， 气不弱者。 **古人无以远过。昔伯牙绝弦于钟期，仲尼覆醢于子路，痛知音之难遇，伤门人之莫逮。** 《吕氏春秋·孝行览·本味篇》：“钟子期死，伯牙破琴绝弦，终身不复鼓琴，以为世无足复为鼓琴者。”《礼记·檀弓上》：“孔子哭子路于中庭。有人吊者，而夫子拜之。既哭，进使者而问故，使者曰：‘醢之矣。’遂命覆醢。”

诸子但为未及古人，自一时之隽也。 何义门曰：“未及古人，建安能者（指魏文）自知。”于光华曰：“许可不轻。”

今之存者，已不逮矣。后生可畏，来者难诬，然恐吾与足下不及见也。 浦二田曰：“慨往已竟，却从后来矗地，情文则在缩入存者身上，所感者远，不恃年往也。”《论语·子罕篇》：“子曰：后生可畏，焉知来者之不如今也？四十、五十而无闻焉，斯亦不足畏也已。”

年行已长大，所怀万端。时有所虑，至通夜不瞑， 《说文》：“瞑，翕目也。从目冥，冥亦声。”徐铉曰：“今俗别作眠，非是。”于光华曰：“皆实历难堪语。”

志意何时，复类昔日？已成老翁，但未白头耳！ 魏文方在壮龄，不应有此等语，其年仅四十，有以也夫！

光武言："年三十余，在兵中十岁，所更非一。" 《东观汉记·隗嚣载纪》："光武赐隗嚣书曰：吾年已三十余，在兵中十岁，所更非一，厌浮语虚辞耳！"

吾德不及之，年与之齐矣。以犬羊之质，服虎豹之文；无众星之明，假日月之光。 《法言·吾子篇》："敢问质？曰：羊质而虎皮，见草而说，见豺而战（颤也），忘其皮之虎也。"又《学行篇》："视日月而知众星之蔑也，仰圣人而知众说之小也。"《文子·上德篇》："百星之明，不如一月之光；十牖毕开，不如一户之明。"贾谊《新书·服疑篇》："主之与臣，若日之与星。"

动见瞻观，何时易乎？ 《诗·小雅·节南山》："赫赫师尹，民具尔瞻。"

恐永不复得为昔日游也。 何义门曰："德薄位尊，年长才退，所以徬徨叹息也。"

少壮真当努力， 古乐府《长歌行》结韵云："少壮不努力，老大乃（一作徒）伤悲。"

年一过往，何可攀援！ 《庄子·秋水篇》北海若曰："年不可举（李善引作攀），时不可止，消息盈虚，终则有始。"

古人思炳烛夜游，良有以也。 以，因也。《古诗十九首》："生年不满百，常怀千岁忧。昼短苦夜长，何不秉烛游。"

顷何以自娱？颇复有所述造不？东望于邑， 《楚辞·九章·悲回风》："伤太息之愍怜兮，气于邑而不可止。"

裁书叙心。丕白。

吴季重《答魏太子笺》

李善引魏鱼豢《魏略》曰："魏郡大疫，（建安二十二年冬）故太子与质书，质报之。"又曰："文帝为太子时，重答此笺也。"

孙月峰曰："亦有风致。"

孙执升曰："此亦承文帝书来，其兴感存亡，评论文品，似较进一步。（非谓文章胜魏文，谓更论数子之才具耳）中以才略自许，以保身自励，而末复以效用自期，知不欲仅以文章名世也。"

二月八日庚寅， 建安二十三年，魏文书是二月三日发，二月八日是庚寅，则三日是乙酉也。

臣质言：奉读手命，追亡虑存，恩哀之隆，形于文墨。日月冉冉，岁不我与。《楚辞·离骚》："老冉冉其将至兮，恐修名之不立。"王逸注："冉冉，行貌。"宋玉《九辩》："岁忽忽而遒尽兮，老冉冉而愈弛。"《论语·阳货篇》阳货谓孔子曰："日月逝矣，岁不我与。"

昔侍左右，厕 杂也。 **坐众贤，出有微行之游，入有管**

弦之欢， 《汉书·成帝纪》："鸿嘉元年……上始为微行出。"颜师古注引张晏曰："单骑出入市里，不复警跸，若微贱之所为，故曰微行。"又《谷永传》："成帝性宽而好文辞，又久无继嗣，数为微行，多近幸小臣，赵、李从微贱专宠。"

置酒乐饮，赋诗称寿， 《史记·魏公子列传》（信陵君）："与宾客为长夜饮，饮醇酒，多近妇女，日夜为乐饮者四岁。"《汉书·陆贾传》："陈平……乃以五百金为绛侯（周勃）寿，厚具乐饮太尉。"（勃时为太尉，握兵权）颜师古曰："厚为共具，而与太尉乐饮。"《史记·灌将军列传》（灌夫）："饮酒酣，武安（武安侯田蚡）起为寿。"如淳曰："上酒为称寿，非大行酒。"

自谓可终始相保， 保，安也。方伯海曰："此将子桓来书，再叙一番，以见彼此同慨。"

并骋材力，效节明主。 指魏武也。

何意数年之间，死丧略尽。臣独何德，以堪久长。 《中庸》曰："故大德必得其位，必得其禄，必得其名，必得其寿。"是以质谓无德以堪久长也。又魏文《与王朗书》曰："疫疠数起，士人凋落。余独何人，能全其寿。"故质又就此点缀之也。

陈、徐、刘、应，才学所著，诚如来命。 谓魏文书所评诚当。

惜其不遂，可为痛切。 未竟其志，德琏尤显。

凡此数子，于雍容侍从，实其人也。 班固《两都赋序》："或以抒下情而通讽谕，或以宣上德而尽忠孝，雍容揄扬，著于后嗣。”《汉书·严助传》：“助由是与淮南王相结而还。上大说。助侍燕从容。”

若乃边境有虞，群下鼎沸，军书辐至，羽檄交驰，于彼诸贤，非其任也。 何义门曰：“暗入自己，即后所云展其用也。”《汉书·霍光传》：“田延年前，离席按剑，曰：‘……今群下鼎沸，社稷将倾。’（坚光废昌邑王、立昭帝之心）”又《汉书·息夫躬传》：“躬上疏历诋公卿大臣，曰：‘……军书交驰而辐凑，羽檄重迹而押至，小夫懦臣之徒，愦眊不知所为。’”文颖曰：“押，音狎习之狎。”颜师古曰：“押至，言相因而至也。羽檄，檄之插羽者也（取其迅速）。”辐至，如辐之密凑于毂而至也。《老子》：“三十辐，共一毂，当其无，有车之用。”

往者孝武之世，文章为盛，若东方朔、枚皋之徒，不能持论，即阮、陈之俦也。其唯严助、寿王，与闻政事；然皆不慎其身，善谋于国，卒以败亡，臣窃耻之。 《汉书·严助传》：“严助，会稽吴人，严夫子（名忌）子也，或言族家子也。郡举贤良，对策百余人，武帝善助对，由是独擢助为中大夫。后得朱买臣、吾丘寿王、司马相如、主父偃、徐乐、严安、东方朔、枚皋、胶仓、终军、严葱奇等，并在左右（即《邺中诗序》“汉武帝、徐乐诸才，备应对之能”者也）。是时征伐四夷，开置边郡，军旅数发。内改制度，朝廷多事，娄举贤良文学方正之士。公孙弘起徒步，数年至丞相，开东阁，延贤人，与谋议朝觐奏事，因言国家便宜（所便者、所宜者）。上令助等与大臣辩论，中外相应以义理之文（中，严助等；外，公卿大夫），大臣数诎。其尤亲幸者，东方朔、枚皋、严助、吾丘寿王、司马相如。相如常称疾避事。朔、皋不根持论（颜师古曰："议论委随，不能持正，如树木之无根柢也。"）。上颇俳优畜之。唯助与寿王见任用，而助最先进。……后淮南王来朝，厚赂遗助，交私论议。及淮南王反，事与助相连，上薄其罪，欲勿诛。廷尉张汤争，以为助出入禁门，腹心之臣，而外与诸侯交私，如此不诛，后不可治。助竟弃市。"又《吾丘寿王传》："吾丘寿王字子赣，赵人也。……诏使从中大夫董仲舒受《春秋》，高材通明。……后坐事诛。"《论语·子路篇》："冉子退朝。子曰：'何晏也？'对曰：'有政。'子曰：'其事也。如有政，虽不吾以（用也），吾其与闻之。'"

至于司马长卿称疾避事，以著书为务，则徐生庶几焉。《汉书·司马相如传》："相如口吃，而善著书。常有消渴病。与卓氏婚，饶于财，故其仕宦，未尝肯与公卿国家之事。常称疾闲居，不慕官爵。……相如既病免，家居茂陵。天子曰：'司马相如病甚，可往从悉取其书，若（汝也）后之矣（在他人后）。'使所忠往，而相如已死，家无遗书。问其妻，对曰：'长卿未尝有书也。时时著书人又取去。长卿未死时，为一卷书，曰：'有使来求书，奏之。'其遗札书，言封禅事。"宋林逋和靖先生《自作寿堂因书一绝以志之》云："湖上青山对结庐，坟前修竹亦萧疏。茂陵他日求遗稿，犹喜曾无封禅书。"

而今各逝，已为异物矣。后来君子，实可畏也。

伏惟所天，《左传》宣公四年：楚大夫箴尹曰："君，天也，天可逃乎？"李善引何休《墨守》曰："君者，臣之天也。"《后汉书·梁竦传》："拭目更视，乃敢昧死，自陈所天。”章怀太子李贤注：“臣以君为天，故云所天。”又子以父为天，《诗·鄘风·柏舟》：“母也天只，不谅人只。”《毛传》：“母也，天也，尚不信我。天谓父也。”又《礼记·哀公问》：“是故仁人之事亲也如事天，事天如事亲。”又后世多以妇称夫为所天，《白虎通·谏诤篇》：“谏不从，不得去之者，本娶妻非为谏正也，故‘一与之齐，终身不改’（《礼记·郊特牲》）。此地无去天之义也。又《嫁娶篇》：“夫有恶行，妻不得去者，地无去天之义也。”又《易·坤卦·文言》曰：“地道也，妻道也，臣道也。”故妇妾称夫亦云所天。

优游典籍之场，休息篇章之囿， 于光华曰：“此下极赞子桓文章之美。”班固《答宾戏》：“婆娑乎术艺之场，休息乎篇籍之囿。”李善引项岱注：“场囿，讲经艺之处也。”

发言抗论，穷理尽微，摛藻下笔，鸾龙之文奋矣。 班固《答宾戏》：“驰辩如涛波，摛藻如春华（叶科）。”《说文》：“摛，舒也。”（丑知切）《典论·论文》班固与弟超书曰：“武仲以能属文，为兰台令史，下笔不能自休。”李善注：“鸾龙，鳞羽之有五彩，设以喻焉。”又《答宾戏》：“浮英华，湛道德，蠻（音曼，被服也）龙虎之文，旧矣。”

虽年齐萧王，才实百之。 《东观汉记·世祖光武皇帝纪》：“汉军破邯郸，诛（王）郎。……更始（刘玄）遣使者即立帝为萧王。”（建武元年前一年，王莽天凤五年，更始二年）此就魏文来书所云而歌颂之。《汉书·陈汤传》：“刘向上疏曰：‘……（甘）延寿、汤不烦汉士，不费斗粮，比于贰师（李广利），功德百之。’”颜师古曰：“百倍胜之。”

此众议所以归高，远近所以同声。 五臣注本有“也”

字。归，称也。《易·乾文言》："同声相应，同气相求，水流湿，火就燥，云从龙，风从虎，圣人作而万物睹。"此谓天下才士盛多，皆受魏文在上者风草之化也。

然年岁若坠，今质已四十二矣。 建安二十三年，质四十二岁，至明帝太和四年而质卒，则是五十四岁也。

白发生鬓，所虑日深， 庾信《小园赋》："崔骃以不乐损年，吴质以长愁养病。"谓此也。

实不复若平日之时也。 亦指南皮之游时。

但欲保身勑行， 勑，本洛代切，《说文》："勑，劳也。"此假借为敕，"敕,诫也。"李善引《尚书孔传》："勑，正也。"

不蹈有过之地，以为知己之累耳。 孙月峰曰："劲敛。"于光华曰："谦抑处，颇有规勉意。"《礼记·礼运》："故君者，立于无过之地也。"李善引《慎子》曰："久处无过之地，则世俗听矣。"（今传本《慎子》无此，《佚文》亦漏辑）

游宴之欢，难可再遇，盛年一过，实不可追。臣幸得下愚之才，值风云之会， 《论语·阳货》："子曰：唯上知与下愚不移。"《易·乾文言》："云从龙，风从虎，圣人作而万物睹。"谓己之得从魏文，如风云之得从龙虎也。

时迈齿臷， 臷，本作耋，《说文》："耋，年八十曰耋。从老省，从至。"此谓己老耳，非必八十也。《汉书·霍光传》："臣光智谋浅短，犬马齿臷。"颜师古曰："臷，老也。读与耋同。今书（当时《汉书》）本有作截字者，俗写误也。"

犹欲蠲胸奋首，展其割裂之用也。 蠲，或误作触，无义。蠲胸，谓捐除胸中滞累，全力为国效劳。奋首，努力向前之意。《后汉书·班超传》："超欲因此叵（遂也）平诸国，乃上疏请兵曰：……昔魏绛、列国大夫，尚能和辑诸戎，（魏绛，春秋时晋大夫，请和诸戎，晋悼公悦）况臣奉大汉之威，而无铅刀一割之用乎？"

不胜慺慺，《后汉书·杨赐传》："老臣过受师傅之任，数蒙宠异之恩，岂敢爱惜垂没之年，而不尽其慺慺之心哉！"李贤注："慺慺，犹勤勤也。音力侯反。"《文选》曹植《求通亲亲表》："是臣慺慺之诚，窃所独守。"李善引《尚书传》曰："慺慺，谨慎也。"（今本《文选》脱去"传"字，误甚矣）

以来命备悉，故略陈至情。质死罪死罪。

曹子建《与杨德祖书》

《魏志·陈思王植传》（最后封于陈，谥思，故世称陈思王）："陈思王植，字子建。年十岁余，诵读诗论及辞赋数十万言，善属文。太祖尝视其文，谓植曰：'汝倩人邪？'植跪曰：'言出为论，下笔成章，顾当面试，奈何倩人！'时邺铜爵台新成，（邺，故城在今河北临漳县西，建安十五年冬，曹操作铜爵台于邺，植时年十九）太祖悉将诸子登台，使各为赋。植援笔立成，可观，（裴松之注引阴淡《魏纪》载有植赋，小说演义谓"连二乔于东西兮，乐朝夕之与共"非是）太祖甚异之。性简易，不治威仪，舆马服饰，不尚华丽。每进见难问，应声而对，特见宠爱。建安十六年（二十岁），封平原侯。十九年（二十三岁），徙封临菑侯。太祖征孙权（建安十九年秋七月），使植留守邺，戒之曰：'吾昔为顿丘令，（《诗·卫风·氓篇》："送子涉淇，至于顿丘。"）年二十三，思此时所行，无悔于今。今汝年亦二十三矣，可不勉与？'植既以才见异，而丁仪、丁廙、杨修等为之羽翼。太祖狐疑，几为太子者数矣。（建安十九年五月，操自立为魏公，二十一年四月，进爵为王）而植任性而行，不自雕励，饮酒不节。文帝御之以术，矫情自饰，宫人左右，并为之说，故遂定为嗣。二十二年（二十六岁），增植邑五千，并前万户。植尝乘车行驰道中，开司马门出，太祖大怒，公车令坐死，由是重诸侯科禁，而植宠日衰。【世有丕、植争储之说，其实非也。《文中子·魏相篇》云："谓陈思王善让也，能污其迹（醉酒驰马），可谓远刑名矣（求小责）。人谓不密，吾不信也。"又《事君篇》云："陈思王可谓达理者也，以天下让，时人莫之知也。"又曰："君子哉，思王也！其文深以典。"［其前云："子谓文士之行可见：谢灵运，小人哉！其文傲，君子则谨。沈休文，小人哉！其文冶，君子则典。鲍昭、江淹，古之狷者也（较好，有所不为），其文急以怨。吴筠（梁）、孔珪（齐），古之狂者也（狂者进取，亦较好，然皆非中道君子），其文怪以怒。谢庄（宋）、王融（齐），古之纤人也，其文碎。徐陵、庾信，古之夸人也，其文诞。或问孝绰兄弟（孝威、孝仪），子曰：鄙人也，其文淫。或问湘东王兄弟（南齐世祖之子子建。兄竟陵王子良及隋郡王子隆），子曰：贪人也，其文繁。谢朓，浅人也，其文捷。江总，诡人也，其文虚。皆古之不利人也。子谓：颜延之、王俭、任昉，有君子之心焉，其文约以则。"］】太祖既虑终始之变，以杨修颇有才策，（其上震、秉、赐、彪，四世太尉）而又袁氏（术）之甥也，于是以罪诛修。植益内不自安。【裴松之注引鱼豢《典略》曰："杨修字德祖，太尉彪子也。谦恭才博。建安中，举孝廉，除郎中。丞相请署仓曹，属主簿。是时军国多事，修总知外内，事皆称意。自魏太子已下，并争与交好。又是时临菑侯植以才捷爱幸，来意投修，数与修书，书曰：'……'（即此篇）修答曰：'……'（下一篇）其相往来，如此甚数。植后以骄纵见疏，而植故连缀修不止，修亦不敢自绝。至二十四年秋（植年二十八)，公以修前后漏泄言教，交关诸侯，乃收杀之。修临死，谓故人曰：‘吾固自以死之晚也。’其意以为坐曹植也。修死后百余日而太祖薨（建安二十五年正月），太子立，遂有天下（十月篡汉）。”又引郭颁《世语》曰：“修年二十五（灵帝熹平二年生，长植十九岁），以名公子有才能，为太祖所器，与丁仪兄弟皆欲以植为嗣，太子患之。以车载废簏内，朝歌长吴质与谋。修以白太祖，未及推验。太子惧告质，质曰：‘何患！明日复以簏受绢车内以惑之，修必复重白，重白必推而无验，则彼受罪矣。’世子从之，修果白而无人，太祖由是疑焉。修与贾逵、王凌并为主簿，而为植所友，每当就植，虑事有阙，忖度太祖意，豫作答教十余条，敕门下，教出，以次答教。裁出，答已入，太祖怪其捷，推问始泄。太祖遣太子及植各出邺城一门，密敕门不得出，以观其所为。太子至门，不得出而还。修先戒植：‘若门不出侯，侯受王命，可斩守者。’植从之。故修遂以交构赐死。”刘孝标《世说新语·捷悟篇》注引晋张隐《文士传》曰：“杨修，字德祖，弘农人，太尉彪子。少有才学思干，魏武为丞相，辟为主簿。修常白事，知必有反复教，豫为答，对数纸，以次牒之而行，敕守者曰：‘向白事，必教出，相反复，若（汝也）按此次第连答之。’已而风吹纸，次乱，守者不别，而遂错误。公怒推问，修惭惧。然以所白甚有理，终亦是修。后为武帝所诛。”《后汉书·杨彪传》附《杨修传》：“子修为曹操所杀，操见彪，问曰：‘公何瘦之甚?’对曰：‘愧无日磾先见之明，犹怀老牛舐犊之爱。’操为之改容。修字德祖，好学，有俊才，为丞相曹操主簿，用事曹氏。及操自平汉中，欲因讨刘备，而不得进，欲守之又难为功，护军不知进止何依。操于是出教，唯曰‘鸡肋’而已，外曹莫能晓，修独曰：‘夫鸡肋，食之则无所得，弃之则如可惜，公归计决矣。’乃令外白稍严（装也。避汉明帝嫌名），操于此回师。修之几决，多有此类。修又尝出行筹，操有问外事，乃逆为答记，敕守舍儿，若有令出，依次通之，既而果然。如是者三，操怪其速。使廉之，知状，于此忌修；且以袁术之甥，虑为后患，遂因事杀之。”（修卒年四十七）《世说新语·捷悟》：“杨德祖为魏武主簿，时作相国门，始构榱桷，魏武自出看，使人题门作活字，便去。杨见，即令坏之。既竟，曰：‘门中活，阔字。王正嫌门大也。’”又：“人饷魏武一桮酪，魏武噉少许，盖头上题合（今字作盒）字以示众，众莫能解。次至杨修，修便噉，曰：‘公教人噉一口也，复何疑。’”又：“魏武尝过《曹娥碑》下，杨修从，碑背上见题作‘黄绢幼妇外孙齑臼’八字（蔡邕所题）。魏武谓修曰：‘解不?’答曰：‘解。’魏武曰：‘卿未可言，待我思之。’行三十里，魏武乃曰：‘吾已得。’令修别记所知，修曰：‘黄绢，色丝也，于字为绝；幼妇，少女也，于字为妙；外孙，女子也，于字为好；齑臼，受辛也，于字为辞。所谓绝妙好辞也。’魏武亦记之，与修同，乃叹曰：‘我才不及卿，乃觉三十里。’”】二十四年（植年二十八），曹仁为关羽所围（在樊城）。太祖以植为南中郎将，行征虏将军，欲遣救仁，呼有所敕戒，植醉，不能受命，于是悔而罢之。（裴松之注引晋孙盛《魏氏春秋》曰：“植将行，太子饮焉，逼而醉之。王召植，植不能受王命，故王怒也。”）文帝即王位，【建安二十五年，（植年二十九）即黄初元年，十月，丕称帝，废献帝为山阳公。《魏志·苏则传》:"初,则及临菑侯植闻魏氏代汉,皆发丧悲哭。文帝闻植如此,而不闻则也。帝在洛阳,尝从容言曰:'吾应天受禅,而闻有哭者,何也?'则谓为见问,须髯悉张,欲正论以对。侍中傅巽掐则曰:'不谓卿也。'于是乃止。"】诛丁仪、丁廙,并其男口。【裴注引鱼豢《魏略》曰:"丁仪,字正礼,沛郡人也。父冲,宿与太祖亲善,时随乘舆(献帝),见国家未定,乃与太祖书曰:'足下平生常喟然有匡佐之志,今其时矣。'……太祖得其书,乃引军迎天子,东诣许。以冲为司隶校尉。后数来过诸将饮,酒美,不能止,醉,烂肠死。太祖以冲前见开导,常德之。闻仪为令士,虽未见,欲以爱女妻之,以问五官将,五官将曰:'女人观貌,而正礼目不便,诚恐爱女未必悦也。'……太祖……寻辟仪为掾,到,与论议,嘉其才朗,曰:'丁掾,好士也。即使其两目盲,尚当与女,何况但眇?是吾儿误我。'……廙字敬礼,仪之弟也。"又引张隐《文士传》曰:"廙少有才姿,博学洽闻。初辟公府,建安中,为黄门侍郎,廙尝从容谓太祖曰:'临淄侯天性仁孝,发于自然,而聪明智达,其殆庶几。至于博学渊识,文章绝伦,当今天下之贤才君子,不问少长,皆愿从其游而为之死,实天下之所以钟福于大魏,而永授无穷之祚也。'欲以劝动太祖,太祖答曰:'植,吾爱之,安能若卿言?吾欲立之为嗣,何如?'廙曰:'此国家之所以兴衰,天下之所以存亡,非愚劣琐贱者所敢与及。廙闻知臣莫若于君,知子莫若于父(二句本于《管子》);至于君不论明暗,父不问贤愚,而能常知其臣子者何?盖由相知非一事一物,相尽非一旦一夕;况明公加之以圣哲,习之以人子。今发明达之命，吐永安之言，可谓上应天命，下合人心，得之于须臾，垂之于万世者也。廙不避斧钺之诛，敢不尽言。’太祖深纳之。”】植与诸侯并就国（植时尚封临淄侯）。黄初二年（植年三十），监国谒者灌均，希旨奏植醉酒悖慢，劫胁使者，有司请治罪，帝以太后故，贬爵安乡侯（在湖南）。其年改封鄄城侯（在山东）。三年（植年三十一），立为鄄城王，邑二千五百户。四年（植年三十二），徙封雍丘王（在河南）。其年朝京都。……六年（植年三十四），帝东征还（三月为舟师东征，十月引还）。过雍丘，幸植宫，增户五百。太和元年，【植年三十六，丕卒于黄初七年五月，年四十，（植三十五）太子叡立，是为明帝，翌年改元太和】徙封浚仪（即开封）。二年（植年三十七），复还雍丘。植常自愤怨，抱利器而无所施，上疏《求自试》。（其末云：“夫自衒自媒者，士女之丑行也；干时求进者，道家之明忌也。而臣敢陈闻于陛下者，诚与国分形同气，忧患共之者也。冀以尘雾之微，补益山海；荧烛末光，增辉日月。是以敢冒其丑而献其忠。”裴注引《魏略》曰：“植虽上此表，犹疑不见用。”）……三年（植年三十八），徙封东阿（在山东）。五年（植年四十），复上疏求存问亲戚（即本意《求通亲亲表》），因致其意曰：‘……’诏报曰：‘……’植复上疏《陈审举》之义，曰：‘……’（本书未录。此表几于预知司马氏将篡也。有云：“欲国之安，祈家之贵，存共其荣，没同其祸者，公族之臣也。今反公族疏而异姓亲，臣窃惑焉。”）帝辄优文答报。其年冬（太和五年），诏诸王朝。六年正月，（植年四十一）其二月，以陈四县封植为陈王，邑三千五百户。植每欲求别见独谈，论及时政，幸冀试用，终不能得。既还，怅然绝望。时法制待藩国既自峻迫，寮属皆贾竖下才，兵人给其残老，大数不过二百人。又植以前过，事事复减半，十一年中而三徙都，（黄初三年至太和六年，鄄城、雍丘、东阿，不称四徙者，子建殆未至陈，虽已封而未徙都，病殁于东阿也）常汲汲无欢，遂发疾薨，时年四十一。”

《世说新语·文学篇》：“文帝尝令东阿王七步中作诗，不成者行大法。应声便为诗曰：‘煮豆持作羹，漉菽以为汁。萁在釜下燃，豆在釜中泣。本自同根生，相煎何太急！’帝深有惭色。”

何义门曰：“气焰殊非阿兄可望。”

方伯海曰：“文章一道，寸心千古，作者知难。其中之词赋，尤为小技，扬子云亦薄之而不为。篇中抑扬尽致，末以立功立言双收，用意正大。”

植白：数日不见，思子为劳，想同之也。 三语是此书之发端，想见二人交厚。

仆少小好为文章，迄至于今，二十有五年矣； 时建安二十一年也。

然今世作者，可略而言也。 此淳于髡所谓“是故无贤者也，有则髡必识之”。

昔仲宣独步于汉南， 王粲在荆州依刘表，荆州在汉水之南。

孔璋鹰扬于河朔， 陈琳在冀州，为袁绍记室。朔，北也。李善引仲长统《昌言》曰："清如冰碧，洁如霜露，轻贱世俗，高立独步，此士之次也。"《诗·大雅·大明篇》："维师尚父，时维鹰扬。"

伟长擅名于青土， 徐幹，北海郡人，属《禹贡》之青州。

公幹振藻于海隅， 刘桢，东平人，边齐，故云海隅。

德琏发迹于此魏， 应玚，汝南人，近许昌，操辟为丞相掾，故云此魏。"此"，或作"北"，误。操建安二十一年四月由魏公进爵为王。

足下高视于上京。 修，太尉彪之子，故曰上京，指洛阳也。

当此之时，人人自谓握灵蛇之珠，家家自谓抱荆山之玉。《淮南子·览冥训》："隋侯，汉东之国，姬姓诸侯也。隋侯之珠，和氏之璧，得之者富，失之者贫。"高诱注："隋侯见大蛇伤断，以药傅之。后蛇于江中衔大珠以报之，因曰隋侯之珠，盖明月珠也。"《韩非子·和氏篇》："楚人和氏（《艺文类聚》引作卞和）得玉璞楚山中，奉而献之厉王，厉王使玉人相之，玉人曰：'石也。'王以和为诳，而刖其左足。及厉王薨，武王即位，和又奉其璞而献之武王，武王使玉人相之，又曰：'石也。'王又以和为诳，而刖其右足。武王薨，文王即位，和乃抱其璞，而哭于楚山之下，三日三夜，泣尽而继之以血。王闻之，使人问其故，曰：'天下之刖者多矣，子奚哭之悲也？'和曰：'吾非悲刖也，悲夫宝玉而题之以石，贞士而名之以诳，此吾所以悲也。'王乃使玉人理（《说文》："理，治玉也。"）其璞，而得宝焉。遂命曰和氏之璧。"

吾王 操也。此书必作于四月后。 **于是设天网以该之，顿八纮以掩之，今悉集兹国矣。** 兹国，即上文此魏。《老子》："天网恢恢，疏而不失。"李善注引东汉崔寔《本论》（疑是《政论》中篇名）曰："举弥天之网，以罗海内之雄。"该，本作晐，或垓。《说文》："晐，兼晐也。""垓，兼垓八极地也。""该，军中约也。"今俗作赅，古多以该假借。《淮南子·墜形训》（墜，籀文地字）："九州之外，乃有八殥（音允，远也），……八殥之外，而有八纮。"高诱注："纮，维也。维落天地而为之表，故曰纮也。"《说文》："掩，敛也。"谓收取之。又："揜，自关以东谓取曰揜。"《魏志·王粲传》："王粲字仲宣，山阳高平人也。曾祖父龚，祖父畅，皆为汉三公。父谦，为大将军何进长史。……献帝西迁，粲徙长安，左中郎将蔡邕见而奇之。时邕才学显著，贵重朝廷，常车骑填巷，宾客盈坐。闻粲在门，倒屣迎之。粲至，年既幼弱，容状短小，一坐尽惊。邕曰：'此王公孙也，有异才，吾不如也。吾家书籍文章，尽当与之。'年十七（建安四年），司徒辟，诏除黄门侍郎，以西京扰乱，皆不就。乃之荆州，依刘表。表以粲貌寝而体弱通侻（不饰威仪），不甚重也。表卒，粲劝表子琮，令归太祖。太祖辟为丞相掾，赐爵关内侯。……后迁军谋祭酒。魏国既建（建安十八年五月，操自立为魏公），拜侍中，（十一月，初置尚书，侍中，六卿）博物多识，问无不对。时旧仪废弛，兴造制度，粲恒典之。初，粲与人共行，读道边碑，人问曰：‘卿能暗诵乎？’曰：‘能。’因使背而诵之，不失一字。观人围棋，局坏，粲为覆之。棋者不信，以帊（音怕，巾也）盖局，使更以他局为之，用相比校，不误一道。其强记默识如此。性善算，作算术，略尽其理。善属文，举笔便成，无所改定，时人常以为宿构；然正复精意覃思，亦不能加也。……建安二十一年，从征吴。二十二年春，道病卒，时年四十一。……始文帝为五官将，及平原侯植皆好文学，粲与北海徐幹字伟长、广陵陈琳字孔璋、陈留阮瑀字元瑜、汝南应玚字德琏、东平刘桢字公幹并见友善。”《文心雕龙·时序篇》：“自献帝播迁，文学蓬转，建安之末，区宇方辑。魏武以相王之尊，雅爱诗章；文帝以副君之重，妙善辞赋；陈思以公子之豪，下笔琳瑯。并体貌英逸（《汉书·贾谊传》：“所以体貌大臣而厉其节也。”师古曰：“体貌，谓加礼容而敬之。”），故俊才云蒸。仲宣委质于汉南，孔璋归命于河北，伟长从宦于青土，公幹徇质于海隅；德琏综其斐然之思；元瑜展其翩翩之乐。文蔚（路粹字）、休伯（繁钦字）之俦，于叔（邯郸淳字）、德祖之侣，傲雅（犹傲睨）觞豆之前，雍容衽席之上，洒笔以成酣歌，和墨以藉谈笑。观其时文，雅好慷慨，良由世积乱离，风衰俗怨，并志深而笔长，故梗概而多气也。”

然此数子，犹复不能飞轩绝迹，一举千里。 轩，借作骞，飞貌。《汉书·张良传》（原见《史记·留侯世家》）汉高祖《鸿鹄歌》：“鸿鹄高飞，一举千里。羽翼已就，横绝四海。”《韩诗外传》卷六船人盍胥对晋平公曰：“夫鸿鹄一举千里，所恃者六翮尔。”

以孔璋之才，不闲 熟练也，善也。 **于辞赋，而多自谓能与司马长卿同风，譬画虎不成，反为狗也。** 何义门曰："不闲者，不可加以妄誉；不逮者，亦不畏其妄毁。乐相知之讥弹，异流俗之好尚，此作者自信于心者也。"《后汉书·马援传》："初，兄（余）子严（融之父）、敦并喜讥议，而通轻侠客。援前在交阯，还书诫之曰：'吾欲汝曹闻人过失，如闻父母之名，耳可得闻，口不可得言也。好论议人长短，妄是非正法，此吾所大恶也，宁死，不愿闻子孙有此行也。汝曹知吾恶之甚矣，所以复言者，施衿结褵，申父母之戒（如父母戒女出阁时之严肃），欲使汝曹不忘之耳。龙伯高（名述）敦厚周慎，口无择言，谦约节俭，廉公有威，吾爱之重之，愿汝曹效之。杜季良（名保）豪侠好义，忧人之忧，乐人之乐，清浊无所失。父丧致客，数郡毕至，吾爱之重之，不愿汝曹效也。效伯高不得，犹为谨敕之士，所谓'刻鹄不成尚类鹜者'也；效季良不得，陷为天下轻薄子，所谓'画虎不成反类狗'者也。'"

前书嘲之，反作论盛道仆赞其文。夫钟期不失听，于今称之；《列子·汤问篇》："伯牙善鼓琴，钟子期善听。伯牙鼓琴，志在登高山。钟子期曰：'善哉！峨峨兮若泰山。'志在流水。钟子期曰：'善哉！洋洋兮若江、河。'伯牙所念，钟子期必得之。伯牙游于泰山之阴，卒逢暴雨，止于岩下；心悲，乃援琴而鼓之，初为霖雨之操，更造崩山之音。曲每奏，钟子期辄穷其趣。伯牙乃舍琴而叹曰：'善哉善哉！子之听夫志，想象犹吾心也。吾于何逃声哉？'"

吾亦不能妄叹 赞叹。 **者，畏后世之嗤余也。** 子建年只二十五，而谓妄叹则后世嗤之，盖一言一行亦必传矣，况诗文乎？试问吾人对任何一人之褒讥，后世知之耶？《文心雕龙·知音篇》云：“及陈思论才，亦深排孔璋，……故魏文称‘文人相轻’，非虚谈也。”彦和此论非是。子建只谓孔璋不闲于辞赋耳，非并他文亦讥之也。

世人之著述，不能无病。仆常好人讥弹其文，有不善者，应时改定。 孙月峰曰：“以子建之捷，犹勤改窜如此，何可轻易言文！引与丁对答，轻省圆微，不见痕迹，此是笔力高处。”李善注引《荀子》曰：“有人道我善者，是吾贼也；道我恶者，是吾师也。”案：李崇贤之引《荀子》，但以意为之，原文不如是也。《荀子·修身篇》云：“非我而当者，吾师也；是我而当者，吾友也；谄谀我者，吾贼也。故君子隆师而亲友，以致恶其贼。”

昔丁敬礼常作小文，使仆润饰之， 《论语·宪问篇》：“子曰：为命（郑之国令），裨谌草创之，世叔（游吉、子太叔）讨论之，行人子羽（公孙挥）修饰之（无疵），东里子产润色之（加好）。”

仆自以才不过若人，辞不为也。 若人，此人也。《论语·公冶长》：“子谓子贱（宓不齐），君子哉若人！鲁无君子者（鲁多君子），斯（此人）焉取斯（此德）！”

敬礼谓仆：“卿何所疑难？文之佳恶，吾自得之，后世谁相知定吾文者邪？” 何义门曰：“佳恶，《典略》作佳丽。言我自得润饰之益，后世论者，孰知吾文乃赖改定耶？今人多因相字误会，失本意矣。改定犹言改正，定亦改也。虞松定五字，义同。如今人解，则与‘卿何所疑难’，意不相贯属。”

吾常叹此达言，以为美谈。 《公羊传》闵公二年：“鲁人至今以为美谈。”

昔尼父之文辞，与人通流；至于制《春秋》，游、夏之徒，乃不能措一辞。 哀公十六年《春秋》经文：“夏四月己丑，孔丘卒。”《左传》：“公诔之曰，旻天不吊，不慭遗一老，俾屏余一人以在位，茕茕余在疚。呜呼！哀哉！尼父，无自律。”《史记·孔子世家》：“孔子在位，听讼文辞，有可与人共者，弗独有也；至于为《春秋》，笔则笔（增鲁史），削则削（删鲁史），子夏之徒，不能赞（助也）一辞。”刘向《说苑·至公篇》云：“孔子为鲁司寇，听狱必师断（判官），敦敦然皆立，然后君子（孔子）进曰：‘某子以为何若？某子以为云云？’又曰：‘某子以为何若？某子曰云云。’辩矣，然后君子几（决也），‘当从某子云云乎？’以君子之知，岂必待某子之云云，然后知所以断狱哉！君子之敬让也。文辞，有可与人共之者，君子不独有也。”

过此而言不病者，吾未之见也。 在子建眼中，则古今人所著书，除《春秋》经文外，无有不疵病者矣，可不畏哉！故吾人即已饱学，著书亦宜审慎。非年高识卓，确有精审发明，而行文病累减至最少，实不宜轻于著述。否则其书不惟不传，传亦徒为后世有识者所讥耳。近人动辄谈著作，以多产相矜，则是以著书为卖广告、宣传品耳，非真正读书人所应尔尔也。

盖有南威之容，乃可以论其淑媛；有龙渊 唐人讳渊为泉。 **之利，乃可以议其断割**。《战国策·魏策二》鲁君答梁王魏婴曰："昔者帝女令仪狄作酒而美，进之禹，禹饮而甘之，遂疏仪狄，绝旨酒，曰：'后世必有以酒亡其国者。'齐桓公夜半不嗛，易牙乃煎敖燔炙，和调五味而进之。桓公食之而饱，至旦不觉，曰：'后世必有以味亡其国者。'晋文公（李善注误作平公）得南之威，三日不听朝，遂推南之威而远之，曰：'后世必有以色亡其国者。'……"又《战国策·韩策一》："苏秦为楚合从说韩王曰：……韩卒之剑戟，……龙渊、大阿（即干将、莫邪），皆陆断马牛，水击鹄雁，当敌即斩。"

刘季绪 名修。 **才不能逮于作者，而好诋诃文章，掎摭利病**； 李善注引西晋挚虞《文章志》曰："刘表子，官至乐安太守，著诗赋颂六篇。"《说文》："诋，苛也。一曰：诃也。""诃，大言而怒也。""掎，偏引也。""拓，拾也。陈、宋语。""摭，拓或从庶。"

昔田巴毁五帝，罪三王，呰五霸于稷下，一旦而服千人，鲁连一说，使终身杜口。《史记·鲁仲连列传》唐张守节《史记正义》引鲁连子曰："齐辩士田巴，服狙邱，议稷下，毁五帝，罪三王，服五伯，离坚白，合同异，一日服千人。有徐劫者，其弟子曰鲁仲连，年十二，号千里驹。往请田巴曰：'臣闻堂上不奋（应作粪，除也），郊草不芸（借作耘），白刃交前不救，流矢急不暇缓也。今楚军南阳，赵伐高堂，燕人十万聊城不去，国亡在旦夕，先生奈之何若不能者！先生之言，有似枭鸣出城而人恶之，先生勿复言。'田巴曰：'谨闻命矣。'巴谓徐劫曰：'先生乃非兔也，岂直千里驹！巴终身不谈。’”

刘生之辩，未若田氏；今之仲连，求之不难。可无息乎？张凤翼曰：“知文者乃可论文，南威四句，为季绪张本。”何义门曰：“盖以仲连属德祖。”李善注引《汉书》：“邓公谓景帝曰：内杜忠臣之口。”案：杜口，原见《战国策·秦策三》范雎说秦昭王曰：“是以杜口裹足，莫肯即秦耳。”杜，塞也。《文心雕龙·知音篇》：“及陈思论才，亦深排孔璋，敬礼请润色，叹以为美谈。季绪好诋诃，方之于田巴，意亦见矣。故魏文称‘文人相轻’，非虚谈也。”刘彦和以子建为文人相轻，非笃论也。今之仲连，殆子建自比，何义门以为指德祖，恐未是。盖如指德祖，可直言；自比，故语意含蓄，且己年尚少，比仲连当年较合也。

人各有好尚，兰茝荪蕙之芳，众人所好，而海畔有逐臭之夫；《咸池》、《六茎》之发，众人所共乐，而墨翟有非之之论。岂可同哉！ 此言人于文章风味，好尚各不同，故评量不易也。若同乎己者则是之，异乎己者则非之，则失之远矣。《吕氏春秋·孝行览·遇合篇》：“人有大臭者，其亲戚兄弟妻妾知识，无能与居者，自苦而居海上。海上人有说其臭者，昼夜随之而弗能去。”《庄子·天下篇》：“黄帝有《咸池》，尧有《大章》，舜有《大韶》，禹有《大夏》，汤有《大濩》，文王有《辟雍》之乐，武王、周公作《武》。”《汉书·礼乐志》：“昔黄帝作《咸池》，颛顼作《六茎》，帝喾作《五英》，尧作《大章》，舜作《招》，禹作《夏》，汤作《濩》，武王作《武》，周公作《勺》（音酌）。”《墨子》有《非乐》上中下三篇，今存上篇。《庄子·天下篇》谓墨子："毁古之礼乐，……生不歌，死不服，桐棺三寸而无椁，以为法式。以此教人，恐不爱人；以此自行，固不爱己。……歌而非歌，哭而非哭，乐而非乐，是果类乎？"

今往仆少小所著辞赋，一通相与。 世界书局本《文选》"今往"一逗，"仆少小所著辞赋一通"断句，"相与夫街谈巷说"断句，非是。孙月峰曰："相与二字无当，疑有误。"皆非。"今往仆少小所著辞赋，一通相与"者，谓己无入主出奴，是丹非素之见，义承上来，与逐臭之夫或非先王之乐者不同，并领起下文匹夫之思，未易轻弃。

夫街谈巷说，必有可采；击辕之歌，有应《风》、《雅》。匹夫之思，未易轻弃也。 《汉书·艺文志·诸子略·小说家》："小说家者流，盖出于稗官，街谈巷语，道听涂说者之所造也。孔子（实子夏语）曰：'虽小道，必有可观者焉，致远恐泥，是以君子弗为也。'然亦弗灭也。闾里小知者之所及，亦使缀而不忘，如或一言可采，此亦刍荛狂夫之议也。"（《诗·大雅·板篇》："我言维服，勿以为笑。先民有言，询于刍荛。"）李善注引东汉崔骃曰："窃作颂一篇，以当野人击辕之歌。"（严可均《全后汉文》漏辑）又引《班固集》曰："击辕相杵，亦足乐也。""匹夫之思，未易轻弃也。"下李善注云："我此一通，同匹夫之思也。"善注未允，"匹夫之思，未易轻弃"，是指街谈巷说及击辕而歌者，谓其亦时有美意，可采入赋文中也。

辞赋小道，固未足以揄扬大义，彰示来世也。 班固《两都赋序》："赋者，古《诗》之流也。……雍容揄扬（引举也），著于后嗣，抑亦《雅》、《颂》之亚也。"此反其意。

昔扬子云，先朝执戟之臣耳，犹称壮夫不为也。 李善注："《汉书》（《扬雄传》）曰：'扬雄奏《羽猎赋》为郎。'然郎皆执戟而侍也。东方朔《答客难》曰：'官不过侍郎，位不过执戟。'"扬雄《法言·吾子篇》："或问吾子少而好赋，曰：然。童子雕虫篆刻。（《北史·李浑传》浑谓魏收曰："雕虫小技，我不如卿；国典朝章，卿不如我。"）俄而曰：壮夫不为也。或曰：赋可以讽乎？曰：讽乎？讽则已，不已，吾恐不免于劝也。或曰：雾縠之组丽。曰：女工之蠹矣。剑客论曰：剑可以爱身。曰：狴犴（牢狱也）使人多礼乎？或问：景差、唐勒、宋玉、枚乘之赋也益乎？曰：必也淫。淫则奈何？曰：《诗》人之赋丽以则，辞人之赋丽以淫。如孔氏之门用赋也，则贾谊升堂，相如入室矣。如其不用何！"《论语·子张篇》："子夏曰：虽小道，必有可观者焉。"《易·归妹卦·彖辞》："归妹，天地之大义也。"《汉书·艺文志序》："昔仲尼没而微言绝，七十子丧而大义乖。"《史记·淮阴侯列传》韩信对项王使者武涉曰："臣事项王，官不过郎中，位不过执戟。"裴骃《史记集解》引魏张晏注："郎中，宿卫执戟之人也。"《北堂书钞·设官部》引东汉应劭《汉官仪》："凡郎官，凡主更直，执戟宿卫。"又唐徐坚《初学记·职官部》引《汉官仪》："中郎、议郎、侍郎、郎中，……主执戟卫宫陛。"《汉书·艺文志·诗赋略》："大儒孙卿及楚臣屈原，离谗忧国皆作赋以风，咸有恻隐古《诗》之义。其后宋玉、唐勒，汉兴，枚乘、司马相如，下及扬子云，竞为侈丽闳衍之词，没其风谕之义，是以扬子悔之曰：‘《诗》人之赋丽以则，辞人之赋丽以淫。如孔氏之门用赋也，则贾谊登堂，相如入室矣。如其不用何！’”《汉书·扬雄传》：“雄以为赋者，将以风之，必推类而言，极丽靡之辞，闳侈巨衍，竞于使人不能加也。既乃归之于正，然览者已过矣。往时武帝好神仙，相如上《大人赋》，欲以风，帝反缥缥有陵云之志。由是言之，赋劝而不止，明矣。又颇似俳优淳于髡、优孟之徒，非法度所存，贤人君子诗赋之正也，于是辍不复为。”

吾虽德薄，位为蕃侯，《易·系辞传下》：“德薄而位尊，知小而谋大，力小而任重，鲜不及矣。”（此处是子建谦辞）蕃侯：蕃，通作藩，《说文》：“藩，屏也。”诸侯为天子之屏藩，故称蕃侯。《左传》定公四年：“昔武王克商，成王定之，选建明德，以藩屏周。”《诗·大雅·崧高篇》：“崧高维岳，骏极于天。维岳降神，生甫及申（甫侯、申伯）。维申及甫，维周之翰（榦也）。四国于蕃，四方于宣。”

犹庶几勠力上国，流惠下民，《说文》：“勠，并力也。”（戮，杀也）《书·汤诰》：“聿（遂也）求元圣（伊尹也），与之戮力（戮是借字），以与尔有众请命。”《左传》成公十三年《吕相绝秦之辞》：“昔逮我献公，及穆公相好，戮力同心，申之以盟誓，重之以昏姻。”上国，子建是指汉室也。《左传》成公七年：“蛮夷属于楚者，吴尽取之，是以始大通吴于上国。”杜预注：“上国，诸夏。”《书·洪范》：“惟天阴骘下民，相协厥居。”（骘，定也。协，合也）

建永世之业，留金石之功，《书·微子之命》：“与国咸休，永世无穷。”又《说命下》：“事不师古，以克永世，匪说攸闻。”《诗·周颂·闵予小子》：“于乎皇考，永世克孝。”《史记·秦始皇本纪》：“体道行德，尊号大成。群臣相与诵皇帝功德，刻于金石，以为表经。”

岂徒以翰墨为勋绩，辞赋为君子哉！若吾志未果，吾道不行，则将采庶官之实录，辩时俗之得失，定仁义之衷，成一家之言。 《书·皋陶谟》：“无旷庶（众也）官，天工人其代之。（人君代天理物）”又《书·周官》：“推贤让能，庶官乃和。”《汉书·司马迁传赞》：“自刘向、扬雄博极群书，皆称迁有良史之材，服其善序事理。辨而不华，质而不俚。其文直，其事核。不虚美，不隐恶，故谓之实录。”（后世史家修某某实录，本此）师古引应劭曰：“言其录事实。”太史公《报任少卿书》：“亦欲以究天人之际，通古今之变，成一家之言。”

虽未能藏之于名山，将以传之于同好。 《报任少卿书》：“仆诚以著此书，藏诸名山，传之其人。”孔安国《尚书序》：“传之子孙，以贻后世。若好古博雅君子，与我同好，亦所不隐也。”

非要之皓首，岂今日之论乎！其言之不惭，恃惠子之知我也。 李善注引张平子（衡）书：“其言之不惭，恃鲍子之知我。”（严可均《全后汉文》有辑入，只此二句）惠子，庄生道妙之交惠施也。刘孝标《广绝交论》：“想惠、庄之清尘，庶羊、左之徽烈。”《庄子·徐无鬼篇》：“庄子送葬，过惠子之墓，顾谓从者曰：郢人垩墁其鼻端若蝇翼，使匠石斫之。匠石运斤成风，听而斫之，尽垩而鼻不伤，郢人立不失容。宋元君闻之，召匠石曰：尝试为寡人斫之。匠石曰：臣则尝能斫之，虽然，臣之质（对手）死久矣。自夫子（谓惠施）之死也，吾无以为质矣，吾无以言之矣。”《淮南子·修务训》：“钟子期死而伯牙绝弦破琴，知世莫赏也；惠施死而庄子寝说言，见世莫可为语者也。”

明日相迎，书不尽怀。植白。

杨德祖《答临淄侯笺》

建安二十一年，修年四十四，植年二十五。植自建安十九年年二十三起，封临淄侯，至魏文黄初二年年三十，始贬爵安乡侯，其年改封鄄城侯，翌年封鄄城王。

李善引魏鱼豢《典略》曰："杨修，字德祖，太尉彪子，谦恭材博。自魏太子以下，并争与交好。又是时临淄侯以才捷爱幸，秉意投修，数与修书，修答笺。后曹公以修前后漏泄言教，交关诸侯，乃收杀之。"

孙月峰曰："亦有词华，有风度，第容炼尚未至。"

何义门曰："笔笔针对来书，有次第，有变化，安顿有法。"又曰："笺亦书也，但下达上之词耳。其答处笔笔与来书针对，参观之乃见作法。"

修死罪死罪：不侍数日，若弥年载， 弥，终也，满也。**岂由爱顾之隆，使系仰之情深邪！** 谓殆由君侯爱护眷顾己之情重，故使己怀系钦仰之情因之而深，是以不在身侧侍候数日而相隔似终年也。

○此段是答书之发端。

损辱嘉命，蔚矣其文！ 《易·革卦》上六《象辞》：“君子豹变，其文蔚也。”

诵读反复，虽讽《雅》、《颂》，不复过此。若仲宣之擅汉表，陈氏之跨冀域，徐、刘之显青、豫， 刘桢时在许都，故云豫。

应生之发魏国，斯皆然矣；至于修者，听采风声， 《书·毕命》：“旌别淑慝，表厥宅里，彰善瘅恶，树之风声。”

仰德不暇，自周章于省览，何遑高视哉！ 《家语·五仪解》：“孔子曰：……缅然长思，出于四门，周章远望。”《楚辞·九歌·云中君》：“龙驾兮帝服，聊翱游兮周章。”王逸注：“周章，犹周流也。”王延寿《鲁灵光殿赋》：“俯仰顾眄，东西周章。”李善注：“周章，言惊视也。”孙月峰曰：“临淄书中已作排语，历数诸公，此答但点一二语已得，何得又如此排列。”

○此段就来书点缀，末示谦恭。

伏惟君侯，少长贵盛，体发、旦之资，有圣善之教。 谓子建禀武王、周公之质，兼有贤母卞太后之德教。《诗·邶风·凯风》：“母氏圣善，我无令人。”《说文》：“圣，通也。”《尔雅·释诂》：“令，善也。”《周礼·地官·大司徒》：“以乡三物教万民而宾兴之：一曰六德：知、仁、圣、义、忠、和；二曰六行：孝、友、睦、婣（姻，籀文姻从㶣）、任、恤；三曰六艺：礼、乐、射、御、书、数。”《世说新语·贤媛篇》：“魏武帝崩，文帝悉取武帝宫人自侍。及帝病困，卞后出看疾。太后入户，见值侍并是昔日所爱幸者，太后问：‘何时来邪？’云：‘正伏魄时过。’（伏魄，谓招魂时也）因不复前而叹曰：‘狗鼠不食汝余，死故应尔！’至山陵，亦竟不临。”刘孝标注引王沈《魏书》曰：“宣武卞皇后，琅邪开阳人，以汉（桓帝）延熹三年生齐郡白亭，有黄气满室移日，父敬奂怪之，以问卜者王越，越曰：‘此吉祥也。’年二十，太祖纳于谯。性俭约，不尚华丽，有母仪德行。”

远近观者，徒谓能宣昭懿德，光赞大业而已；《诗·大雅·文王篇》：“宣昭义问，有虞（度也）殷自天。”又《大雅·烝民》：“天生烝民，有物有则。民之秉彝，好是懿德。”《说文》：“懿，专久而美也。从壹，从恣省声。”今字不省。赞，助也。《易·系辞传上》：“显诸仁，藏诸用。鼓万物而不与圣人同忧，盛德大业至矣哉！富有之谓大业，日新之谓盛德。”

不复谓能兼览传记，留思文章。今乃含王超陈，度越数子矣。 含，是含藏，含者大而被含者小，谓子建胜于王粲、陈琳等也。《汉书·扬雄传赞》桓谭曰：“凡人贱近而贵远，亲见扬子云禄位容貌不能动人，故轻其书（《法言》及《太玄》）。昔老聃著虚无之言两篇（《道经》、《德经》），薄仁义，非礼学，然后世好之者，尚以为过于五经，（《老子》书，自汉文帝时盛行，武帝初，司马谈独尊之）自汉文、景之君及司马迁（应是其父谈）皆有是言。今扬子之书，文义至深，而论不诡于圣人，若使遭遇时君，更阅贤知，为所称善，则必度越诸子矣。”颜师古曰：“度，过也。”

观者骇视而拭目，听者倾首而竦耳。非夫体通性达， 其体则通，其性则达。**受之自然，** 天授，非人力。

其孰能至于此乎？ 《老子》：“人法地，地法天，天法道，道法自然。”李善引钟会曰：“莫知所出，故曰自然。”（《隋书·经籍志·子部·道家》有钟会注《老子道德经》二卷）《易·系辞传上》：“非天下之至精，其孰能与于此？”又：“非天下之至变，其孰能与于此？”又：“非天下之至神，其孰能与于此？”

又尝亲见执事， 主其事者之称，屡见于《左传》。此指子建，是尊重语。

握牍持笔， 《说文》：“牍，书版也。”朱骏声《说文通训定声》：“长一尺。既书曰牍，未书曰椠（字染切）。”

有所造作，若成诵在心，借 不必读即。**书于手，曾不斯须，** 断句。斯须是双声，须臾是叠韵。

少留思虑。仲尼日月，无得逾焉。 此借喻子建。《论语·子张篇》：“叔孙武叔毁仲尼，子贡曰：‘无以为也（无用为此），仲尼不可毁也。他人之贤者，丘陵也，犹可逾也；仲尼，日月也，无得而逾焉。人虽欲自绝，其何伤于日月乎？多见其不知量也。’”

修之仰望，殆如此矣。是以对鹖而辞作，暑赋弥日而不献， 郭璞《山海经》注：“鹖，似雉而大，青色，有毛角，勇健，斗死乃止。”李善注：“植为《鹖鸟赋》，亦命修为之，而修辞让。植又作《大暑赋》，而修亦作之，竟日不敢献。”杨修《大暑赋》亡，严可均《全后汉文》据《艺文类聚》、《北堂书钞》、《初学记》及《太平御览》，辑有曹植《大暑赋》两段，共二百零一字。

见西施之容，归增其貌者也。 此德祖谦恭，亦是自量，与一般效颦者不同。《庄子·天运篇》："西施病心而矉其里，其里之丑人，见而美之，归亦捧心而矉其里。其里之富人见之，坚闭门而不出；贫人见之，挈妻子而去之走。彼知矉美，而不知矉之所以美。"《越绝书·内经·九术》："越乃饰美女西施、郑旦，使大夫种献之于吴王曰：'昔者，越王勾践窃有天之遗（天之所留）西施、郑旦，越邦洿（同污）下贫穷，不敢当，使下臣种再拜献之大王。'吴王大悦。"

伏想执事，不知其然。猥受顾锡， 《尔雅·释诂》："锡，赐也。"

教使刊定。《春秋》之成，莫能损益；《吕氏》、《淮南》，字直千金。然而弟子钳口， 承《春秋》。 **市人拱手者，** 承《吕氏》、《淮南》。 **圣** 孔子。 **贤** 吕氏、淮南。卓荦，固所以殊绝凡庸也。《史记·孔子世家》："孔子在位，听讼文辞，有可与人共者，弗独有也；至于为《春秋》，笔则笔，削则削，子夏之徒，不能赞一辞。"李善注引桓谭《新论》："秦吕不韦请迎高妙，作《吕氏春秋》；汉之淮南王，聘天下辩通，以著篇章。书成，皆布之都市，悬置千金，以延示众士，而莫能有变易者。乃其事约艳，体具而言微也。"（今清孙冯翼辑有《新论》一卷，此条已收入）《史记·吕不韦传》："吕不韦乃使其客人（亦三千），人著所闻，集论以为《八览》、《六论》、《十二纪》，（今本《十二纪》在前，高诱注前之古本则在后，故《季冬纪》之末篇是《序意》，即今书之自序也。古人著书之自序皆在全书之后）二十余万言。以为备天地万物古今之事，号曰《吕氏春秋》。布咸阳市门，悬千金其上，延诸侯游士宾客，有能增损一字者，予千金。”东汉高诱《吕氏春秋序》：“秦始皇帝尊不韦为相国，号曰仲父，不韦乃集儒士，使著其所闻，为《十二纪》（在前，共六十一篇）、《八览》（共六十三篇）、《六论》（共三十六篇，合共一百六十篇），合十余万言。备天地万物古今之事，名为《吕氏春秋》。暴之咸阳市门，悬千金其上，有能增损一字者与千金，时人无能增损者。诱以为时人非不能也，盖惮相国，畏其势耳。”王充《论衡·自纪篇》云：“《吕氏》、《淮南》，悬于市门，观读之者，无訾一言。……《淮南》、《吕氏》之无累害，所由出者家富官贵也。夫贵，故得悬于市，富，故有千金副。观读之者，惶恐畏忌，虽见乖不合，焉敢谴一字？”

○此段是对子建歌颂崇敬。

今之赋颂，古《诗》之流，不更　经也。　**孔公，《风》、《雅》无别耳**。　孙月峰曰：“论得是。”李善注：“《两都赋序》曰：‘赋者，古《诗》之流也。’文虽出此，而意微殊。”案《两都赋序》此下云：“或以抒下情而通讽谕，或以宣上德而尽忠孝，雍容揄扬，著于后嗣，抑亦《雅》、《颂》之亚也。”德祖意孟坚无别也。不更孔公二句：谓今之赋颂不得经孔子删定，故不编某赋入《国风》，某赋入《大雅》、《小雅》，与《诗》不同者此耳。

修家子云，老不晓事，　此四字老气横秋。

强著一书，悔其少作。　扬雄之姓本作杨，从木，不知何事何时变作从手之扬字耳。据德祖此书，则子云之姓是本从木之确证也。《文心雕龙·辨骚篇》云：“（上文举淮南、王逸）

及汉宣嗟叹，以为皆合经术。扬雄讽味，亦言体同《诗》、《雅》。四家（淮南、王逸、汉宣、扬雄）举以方经，而孟坚谓不合《传》（谓屈原露才扬己，而事与《左传》不合），褒贬任声，抑扬过实，可谓鉴而弗精，玩而未核者也。”案：扬雄平生大小著述，无谓屈原赋“体同《诗》、《雅》”之言，应是杨修，后人传写之误也。著书悔其少作，承子建来书作答。《法言·吾子篇》：“或问吾子少而好赋，曰：然。童子雕虫篆刻。俄而曰：壮夫不为也。”（详见前篇注引）老不晓事，谓子云不应悔少作。强著一书，指《法言》十三篇也。扬子云由文章入道，因文章须读书穷理方能造其极，而群书以经术为首要，涉入既深，则于大圣孔子之道有得，既于大道有得，则自然悔其少年时之全力追步司马相如所赋矣。杨德祖知子建最长于诗赋，欲彼尽其所长，亦足不朽，故略下针砭，不欲其轻视文辞。盖文章亦明道之具，但少作流连光景，吟弄风月之诗赋可矣，不必凡文皆废也。古今由文章入道之最显著者，除子云外，有唐之韩昌黎，宋之朱紫阳，明之陈白沙、王阳明皆是。中国国学，有义理之学（即经学，即圣贤之学），有词章之学（是圣贤之学之发挥），有考据之学（是圣贤之学之实证），此三学也。三学宜从词章之学先入，盖文章之道，引发性灵，使人兴会飙举，治国学者最易入门；既入文章之门，知其要者，必须多读书以积学充中，群籍中以经学为首。既治经学，则窥见圣人之道。君子于此，藏焉修焉，息焉游焉，涵泳既久，资深才卓者，于是绝类离伦，优入圣域，故文章亦不足为矣。此自然之理也。扬子《法言·渊骞篇》云：“或问（颜）渊、（闵子）骞之徒恶乎在？曰：寝。或曰：渊、骞曷不寝？曰：攀龙鳞，附凤翼，巽（为风）以扬之，勃勃乎其不可及也。如其寝。如其寝。（此渊、骞之寝）七十子之于仲尼也，日闻所不闻，见所不见，文章亦不足为矣。”（此道既得，则文章为余事矣）

若此， 断句。谓诚如扬雄说。

仲山、 仲山甫。 **周旦、** 周公旦。 **之俦，为皆有諐邪？** 《说文》：“愆，过也。”“諐，籀文。”李善注：“《毛诗序》曰：‘七月（《豳风》篇名》），周公遭变，陈王业之艰难。’（有删削）然《诗》无仲山甫作者，而吉父美仲山甫之德，未详德祖何以言之。”据《书·金縢》及《诗序》，知《豳风·鸱鸮》亦周公作；据《左传》及《国语》，知《小雅·常棣》亦周公作；据《国语·周语》，知《周颂·时迈》亦周公作。《诗·大雅·烝民》：“吉甫作诵（通颂），穆如清风。仲山甫永怀，以慰其心。”据《诗》文，是周宣王卿士尹吉甫作诗慰仲山甫，非仲山甫所作，德祖下笔时未检而误记耳。

君侯忘圣 周公。 **贤** 尹吉甫。 **之显迹，述鄙宗** 扬雄。 **之过言，窃以为未之思也。**

若乃不忘经国之大美，流千载之英声，铭功景钟，书名竹帛，斯自雅量，素所畜也，岂与文章相妨害哉！ 方伯海曰：“补此截，意更周到。”经国大美：经营国事。经国始此，曹丕《典论·论文》盖本德祖，成书在后也。《周礼》五卿之首皆云：“惟王建国，辨方正位，体国经野，设官分职，以为民极。”体国经野是互文，则又德祖经国所自出也。英声：司马相如《封禅文》：“将袭旧六为七（六经加一，作《汉春秋》），摅（音舒，布也）之无穷，俾万世得激清流，扬微波，蜚（借作飞）英声，腾茂实。前圣之所以保鸿名，而为称首者用此。（封太山，禅梁父）”景钟：《国语·晋语七》晋悼公曰：“昔克（胜也）潞之役（赤狄潞氏，事在鲁宣公十五年），秦来图败晋功，魏颗以其身却退秦师于辅氏（晋地），亲止杜回（秦之力士，老人结草报颗嫁其妾恩，获杜回），其勋铭于景钟。”韦昭注：“景钟，景公之钟。”柳宗元《同刘二十八（禹锡）哭吕衡州兼寄江陵李（深源）元二（稹）侍御》七律第三、四句：“只令文字传青简，不使功名上景钟。”竹帛：《说文解字叙》：“著于竹帛谓之书。”《墨子·尚贤下》：“古者圣王，既审尚贤，欲以为政，故书之竹帛，琢之槃盂，传以遗后世子孙。”雅量：始此，高雅之量也。素所畜也：司马迁《报任少卿书》：“仆与李陵，俱居门下，素非能相善也；趣舍异路，未尝衔杯酒，接殷勤之余欢。然仆观其为人，自守奇士，事亲孝，与士信，临财廉，取与义，分别有让，恭俭下人，常思奋不顾身，以徇国家之急。其素所蓄积也（李善注：“言其意中旧所蓄积也。”），仆以为有国士之风。”

○此段就子建来书提出申辩，谓经国大业立德立功固重要，但诗赋亦立言之具，不宜忽视也。

辄受所惠，窃备蒙瞍诵咏而已。 谓己实如备员之蒙瞍诵之咏之而已。

敢望惠施，以忝庄氏！ 指子建。《诗·大雅·灵台》：“于论鼓钟，于乐《辟雍》。鼍鼓逢逢，矇瞍奏公（事也）。”《毛传》：“有眸子而无见曰矇，无眸子曰瞍。”《郑笺》：“凡声，使瞽矇为之。”《国语·周语上》：“故天子听政，使公卿至于列士（上士）献诗，瞽献曲，史献书（三皇五帝之书），师箴（少师正得失），瞍赋，矇诵。”韦昭注：“无目曰瞽，瞽，乐师。曲，乐曲也。”又曰：“无眸子曰瞍。赋，公卿列士所献诗也。”又曰：“有眸子而无见曰矇，《周礼》（《春官·瞽矇》）：‘矇主弦歌讽诵。’谓箴谏之路也。”《周礼·春官·宗伯下》：“瞽矇：掌播鼗、柷、敔、埙、箫管、弦歌。讽诵诗，……鼓琴瑟。”郑玄注：“讽诵诗，谓闇读之，不依咏也。”又引郑司农（众）云：“讽诵诗，主诵诗以刺君过，故《国语》曰：‘瞍赋矇诵。’谓诗也。”李善注：“曹植书曰：‘其言之不惭，恃惠子之知我也。’修言己岂敢望比惠施之德，以忝辱于庄周之相知乎？庄周，喻植也。惠施，庄周相知者也，故引之。”

季绪璅璅， 琐之或字，见宋丁度《集韵》。

何足以云！ 李善注：“《魏志》曰：‘刘季绪，名修，刘表子，官至乐安太守。”今《魏志》及《后汉书·刘表传》皆无刘季绪名修，刘表子之言，不知李崇彦何据也。岂所引《魏志》是晋王沈《魏书》之误耶？

反答造次，不能宣备。 造次，犹仓卒，急遽之貌。宣备，宣泄尽致。

修死罪死罪。

○此段总结。

李萧远《运命论》

李善《文选注》引刘宋临川王刘义庆《集林》曰："李康，字萧远，中山人也。性介立，不能和俗。著《游山九吟》，魏明帝异其文，遂起家为寻阳长，政有美绩。病卒。"

清方伯海曰："运，谓国家盛衰之运；命，即人生所值之显晦也。"

明孙鑛评《文选》曰："文气腴扬，笔力雄肆，通上下，兼雅俗。"

清李兆洛《骈体文钞》评曰："可谓浩乎其沛然矣。"（韩愈《答李翊书》："如是者亦有年，然后浩乎其沛然矣。"）

清末谭献评《骈体文钞》云："知其不可奈何而安之若命，（《庄子·人间世》："知其不可奈何而安之若命，德之至也。"）是此文注脚。"又曰："处事即束即起，晋以后人不能矣。"又曰："奇气喷薄，要亦愤懑之言。"

夫治乱，运也；穷达，命也；贵贱，时也。《庄子·秋水》："以道观之，物无贵贱；以物观之，自贵而相贱；以俗观之，贵贱不在己。……贵贱有时，未可以为常也。”

故运之将隆，必生圣明之君；圣明之君，必有忠贤之臣。其所以相遇也，不求而自合；其所以相亲也，不介 助也，副也。 **而自亲。** 《礼记·聘义》：“介绍而传命，君子于其所尊弗敢质（正也），敬之至也。”

唱之而必和，谋之而必从。道德玄同，曲折合符。 《老子》：“知者不言，言者不知。塞其兑（口也），闭其门，挫其锐，解其纷，和其光，同其尘，是谓玄同。”李善《文选注》引《论语比考谶》曰：“君子上达，与天合符。”

得失不能疑其志，谗构不能离其交，然后得成功也。其所以得然者，岂徒人事哉！授之者天也，告之者神也，成之者运也。

夫黄河清而圣人生， 《易纬·乾凿度》卷下：“孔子曰：天之将降嘉瑞，应河水清（谓白）三日，青四日，青变为赤，赤变为黑，黑变为黄，各各三日。”郑玄注：“应者，圣王为政治平之所致。”

里社鸣而圣人出， 李善引《春秋潜潭巴》曰：“里社明（同鸣），此里有圣人出。其响（鸣声之怒者），百姓归，天辟亡。”

群龙见而圣人用。 《易·乾卦》：“用九，见群龙无首，吉。”《文言》：“乾元用九，天下治也。”

故伊尹，有莘氏之媵 音刃，寄也。 **臣也，而阿衡于商。** 《诗·商颂·长发》：“实维阿衡，实左右商王。”《毛传》：“阿衡，伊尹也。左右，助也。”《郑笺》：“阿，倚。

衡，平也。伊尹，汤所依倚而取平，故以为官名。”《孟子·万章上》：“伊尹耕于有莘之野，而乐尧、舜之道焉。”东汉赵岐注：“有莘，国名。”刘向《说苑》卷八《尊贤篇》：“邹子（名衍）说梁王曰：‘伊尹，故有莘氏之媵臣也。’”媵臣，犹云贱臣。

太公，渭滨之贱老也，而尚父于周。《史记·齐太公世家》：“太公望吕尚者，……本姓姜氏，从其封姓，故曰吕尚。吕尚盖尝穷困，年老矣，以渔钓奸周西伯。西伯将出猎，卜之曰：‘所获非龙非彲（即螭字），非虎非罴；所获霸王之辅。’于是周西伯猎，果遇太公于渭之阳，与语，大说，曰：‘自吾先君太公曰：当有圣人适周，周以兴。子真是邪？吾太公望子久矣。’”《诗·大雅·大明》：“维师尚父，时维鹰扬，凉彼武王。”

百里奚在虞而虞亡，在秦而秦霸，非不才于虞而才于秦也。《史记·淮阴侯列传》韩信谓广武君李左军曰：“仆闻之，百里奚居虞而虞亡，在秦而秦霸，非愚于虞而智于秦也，用与不用，听与不听也。”（《汉书·韩信传》同）

张良受黄石之符，诵《三略》之说， 李善引《黄石公记序》曰：“黄石者，神人也。有《上略》、《中略》、《下略》。”又引《河图》曰：“黄石公谓张良曰：读此，为刘帝师。”（《史记·刘侯世家》谓：“读此，则为王者师矣。”）

以游于群雄，其言也如以水投石，莫之受也。《汉书·张良传》：“良数以《太公兵法》说沛公，沛公喜，常用其策。良为它人言，皆不省。良曰：‘沛公殆天授。’故遂从不去。”

及其遭汉祖也， 李注本无“也”字。 **其言也，如以石

投水，莫之逆也。非张良之拙说于陈、涉。**项，**籍。**而巧言于沛公也。然则张良之言一也，不识其所以合离；合离之由，神明之道也。**

故彼四贤者，名载于箓图，事应乎天人，其可格量度也。**之贤愚哉！**李善《文选注》：“《春秋考异邮》曰：‘稽之箓图，参于泰古。’《易·坤灵图》曰：‘汤臣伊尹振鸟陵。’《春秋命历序》曰：‘文王受丹书，吕望佐昌、发。’《春秋保乾图》曰：‘汉之一师为张良，生韩之陂，汉以兴。’《春秋感精记》曰：‘西秦东窥，谋袭郑伯。晋、戎同心，遮之殽谷，反呼老人，百里子哭，语之不知，泣血何益。’”

孔子曰：见《礼记·孔子闲居篇》。**“清明在躬，气志如神。嗜欲将至，有开必先。**

天降时雨，山川出云。”

《诗》云：见《大雅·崧高篇》，首二句是：“崧高维岳、骏极于天。”**“惟岳降神，生甫**甫侯。**及申。**申伯，周宣王舅。**惟申及甫，惟周之翰。**”翰，榦也，末二句是“四国于蕃，四方于宣。”**运命之谓也。**

岂惟兴主，乱亡者亦如之焉：幽王之惑褒女也，袄始于夏庭。《史记·周本纪》：“周太史伯阳读史记曰：‘周亡矣。昔自夏后氏之衰也，有二神龙，止于夏帝庭而言曰：“余，褒之二君。”夏帝卜，杀之，与去之，与止之，莫吉；卜请其漦而藏之，乃吉。……比三代，莫敢发之。至厉王之末，发而观之，漦流于庭，不可除。厉王使妇人裸而噪之，漦化为玄鼋，以入王后宫，后宫之童妾，既龀而遭之，既笄而孕，无夫而生子，惧而弃之，……有夫妇……闻其夜啼，哀而收之。……是为褒姒。’”

曹伯阳之获公孙强也，征发于社宫。《左传》哀公七年（曹阳十四年）：“曹人或梦众君子立于社宫，而谋亡曹。曹叔振铎请待公孙强，许之。旦而求之曹，无之。戒其子曰：‘我死，尔闻公孙强为政，必去之。’及曹伯阳即位，好田弋。曹鄙人公孙强好弋，获白雁献之，且言田弋之说，说之，因访政事，大说之，有宠，使为司城以听政。梦者之子乃行。强言霸说于曹伯，曹伯从之，乃背晋而奸宋。宋人伐之，晋人不救。”又哀公八年：“宋公（景公）伐曹，……遂灭曹。执曹伯及司城强以归，杀之。”

叔孙豹之暱竖牛也，祸成于庚宗。《左传》昭公四年：“初，穆子（即豹）去叔孙氏，及庚宗（鲁地），遇妇人，使私为食而宿焉。……适齐，娶于国氏。……鲁人召之，不告而归。既立，所宿庚宗之妇人，献以雉。问其姓，对曰：‘余子长矣，能奉雉而从我矣。’召而见之，……号之曰牛。……遂使为竖（童仆），有宠。长，使为政。……疾急，……竖牛曰：‘夫子疾病，不欲见人。’使置馈于个（东西厢）而退。牛弗进，则置虚命彻。（示虚器，谓叔孙豹已食，命彻去之）十二月，癸丑，叔孙不食，乙卯，卒。”（竖牛明年奔齐，被杀）

吉凶成败，各以数至。咸皆不求而自合，不介而自亲矣。

昔者，圣人受命《河》、《洛》，曰：“以文 文德，文王。**命者，七九** 十六世。**而衰；以武** 武功，武王。**兴者，六八** 十四世。**而谋。”**

及成王定鼎于郏鄏， 周之旧都，在河南洛阳西。**卜世三十，卜年七百，** 至战国为八百六十七年，至秦为九百零一年。**天所命也。**《左传》宣公三年："定王使王孙满劳楚子（楚庄王），楚子问鼎之大小轻重焉。对曰：'在德不在鼎。……成王定鼎于郏鄏，卜世三十，卜年七百，天所命也。周德虽衰，天命未改，鼎之轻重，未可问也。'"

故自幽、厉之间，周道大坏， 自成王至厉王，凡八世，应七而衰。**二霸之后，礼乐陵迟。** 自厉王至桓、文之卒，凡九世，应九而衰。

文薄之弊，渐于灵、景；《论语·八佾》："周监于二代，郁郁乎文哉！"自桓、文之卒，至于景王，凡六世，应六而谋。

辩诈之伪，成于七国； 自景王至七国，凡八世，应八而谋。

酷烈之极，积于亡秦；文章之贵，弃于汉祖。虽仲尼至圣，颜、冉大贤， 冉雍，字仲弓。《论语·先进》："从我于陈、蔡者，皆不及门也。德行：颜渊、闵子骞、冉伯牛、仲弓。"

揖让于规矩之内，訚訚于洙、泗之上，不能遏其端；《论语·乡党》："朝，与下大夫言，侃侃如也；与上大夫言，訚訚如也。"訚訚，和悦而诤也。《礼记·檀弓上》曾子谓子夏曰："吾与女事夫子于洙、泗之间，退而老于西河之上。"洙、泗，鲁水名。《史记·鲁周公世家赞》："甚矣，鲁道之衰也！洙、泗之间，龂龂如也。"龂龂，通訚訚。

孟轲、孙卿，体二希圣，《乾卦》九二是大宗师之位，圣人在下者也。

从容正道，不能维其末。天下卒至于溺而不可援。

夫以仲尼之才也，而器不周 《说文》作匌，帀也。 **于鲁、** 定公。 **卫；** 灵公。 **以仲尼之辩也，而言不行于定、哀；以仲尼之谦也，而见忌于子西；** 《史记·孔子世家》："昭王将以书社地七百里封孔子（书其社之人名于籍）。楚令尹子西曰：'……今孔丘得据土壤，贤弟子为佐，非楚之福也。'昭王乃止。"

以仲尼之仁也，而取仇于桓魋； 《史记·孔子世家》："孔子去曹适宋，与弟子习礼大树下。宋司马桓魋欲杀孔子，拔其树。孔子去，弟子曰：'可以速矣。'孔子曰：'天生德于予，桓魋其如予何！'"

以仲尼之智也，而屈厄于陈、蔡； 《史记·孔子世家》："楚使人聘孔子。孔子将往拜礼，陈、蔡大夫谋曰：'……'于是乃相与发徒役，围孔子于野。不得行，绝粮。从者病，莫能兴。……楚昭王兴师迎孔子，然后得免。"

以仲尼之行也，而招毁于叔孙。 《论语·子张篇》："叔孙武叔毁仲尼，子贡曰：'无以为也，仲尼不可毁也。他人之贤者丘陵也，犹可逾也；仲尼日月也，无得而逾焉。人虽欲自绝，其何伤于日月乎？多见其不知量也。'"

夫道足以济天下，而不得贵于人；言足以经万世，而不见信于时；行足以应神明，而不能弥纶 包括，概括。 **于俗**。

应聘七十国，而不一获其主； 刘向《说苑·善说篇》："赵襄子谓仲尼曰：'先生委质以见人主，七十君矣，而无所通。不识世无明君乎？意先生之道固不通乎？'仲尼不对。"

驱骤于蛮 蔡、楚。 **夏** 宋、卫。 **之域，屈辱于公卿之门，其不遇也如此。**

及其孙子思，希圣备体， 希冀圣人，具体而微。 **而未之至。**

封己养高，势动人主。 《国语·晋语八》：“叔向曰：君子比（辅也）而不别。比德以赞事，比也；引党以封己，利己而忘君，别也。”吴韦昭注：“封，厚也。”《魏志·高柔传》：“柔上疏曰：……今公辅之臣，皆国之栋梁，民所具瞻，而置之三事，不使知政，遂各偃息养高，鲜有进纳，诚非朝廷崇用大臣之义。”

其所游历，诸侯莫不结驷而造门； 《战国策·楚策一》：“楚王游于云梦，结驷千乘，旌旗蔽日。”

虽造门犹有不得宾者焉。其徒子夏，升堂而未入于室者也。 《论语·先进》：“子曰：‘由之瑟，奚为于丘之门？’门人不敬子路。子曰：‘由也升堂矣，未入于室也。’”

退老于家，魏文侯师之；西河之人，肃然归德，比之于夫子，而莫敢间 非议。 **其言。** 《礼记·檀弓上》：“子夏丧其子而丧其明，曾子吊之，曰：‘吾闻之也：朋友丧明则哭之。’曾子哭，子夏亦哭，曰：‘天乎！予之无罪也。’曾子怒曰：‘商，女何无罪也！吾与女事夫子于洙、泗之间，退而老于西河之上，使西河之民，疑女于夫子，尔罪一也；丧尔亲，使民未有闻焉，尔罪二也；丧尔子，丧尔明，尔罪三也。而曰女何无罪与？’子夏投其杖而拜曰：‘吾过矣！吾过矣！吾离群而索居，亦已久矣。’”《家语·七十二弟子解》：“卫以子夏为圣，孔子卒后，教于西河之上，魏文侯师事之，而咨国政焉。”

故曰：治乱，运也；穷达，命也；贵贱，时也。而后之君子，区区于一主，叹息于一朝，屈原以之沉湘，贾谊以之发愤，不亦过乎？

然则圣人所以为圣者，盖在乎乐天知命矣。《易·系辞传上》：“旁行而不流，乐天知命故不忧。”

故遇之 遇乱也。 **而不怨，居之** 居恶运。**而不疑也。其身可抑而道不可屈，其位可排而名不可夺。**《汉书·孙宝传》：“道不可诎，身诎何伤！”《法言·五百篇》：“诎身，将以信道也；如诎道而信身，虽天下，不为也。”《荀子·非十二子篇》：“无置锥之地，而王公不能与之争名，……是圣人之不得势者也，仲尼、子弓是也。”

譬如水也，通之斯为川焉，塞之斯为渊焉，升之于云则雨施，《易·乾文言》：“云行雨施，天下平也。” **沉之于地则土润。**

体清以洗物，不乱于浊； 喻圣人在位，移风易俗，咸与维新，而不为物污也。 **受浊以济物，不伤于清。** 喻圣人在野，和光同尘，与时偃仰，而仍洁其身也。

是以圣人处穷达如一也。《吕氏春秋·孝行览·慎人篇》：“古之得道者，穷亦乐，达亦乐，所乐非穷达也。道得于此，则穷达一也，为寒暑风雨之序矣。”（子贡语。《庄子·让王》略同）

夫忠直之迕于主，独立之负 背也。 **于俗，理势然也。故木秀于林，** 秀，出也。 **风必摧之；堆出于岸，流必湍之；** 急流曰湍，此犹冲也。 **行高于人，众必非之。**

前鉴不远，覆车继轨。 《诗·大雅·荡篇》："殷鉴不远，在夏后（桀）之世。"《晏子春秋·内篇·杂下》："谚曰：前车覆，后车戒。"《荀子·成相篇》："前车已覆，后未知更何觉时。"贾谊《陈政事疏》："鄙谚曰：不习为吏，视已成事。又曰：前车覆，后车诫。"《韩诗外传》卷五："鄙语曰：不知为吏，视已成事。或曰：前车覆，后车不诫。"《大戴礼·保傅篇》："鄙语曰：不习为吏，如视已事。又曰：前车覆，后车诫。"

然而志士仁人， 《论语·卫灵公》："志士仁人，无求生以害仁，有杀身以成仁。" **犹蹈之而弗悔，操之而弗失，何哉？将以遂志而成名也。求遂其志，而冒风波于险涂；求成其名，而历谤议于当时。彼所以处之，盖有算矣。** 算，计较意。

子夏曰："死生有命，富贵在天。" 《论语·颜渊》："司马牛忧曰：'人皆有兄弟，我独亡。'子夏曰：'商闻之矣：死生有命，富贵在天。君子敬而无失，与人恭而有礼，四海之内，皆兄弟也，君子何患乎无兄弟也。'"

故道之将行也，命之将贵也， 《论语·宪问》："子曰：道之将行也与？命也；道之将废也与？命也。" **则伊尹、吕尚之兴于商、周，百里、子房之用于秦、汉，不求而自得，不徼而自遇矣；** 《论衡·命禄篇》："天命吉厚，不求自得；天命凶厚，求之无益。"

道之将废也，命之将贱也，岂独君子耻之而弗为乎，盖亦知为之而弗得矣。

凡希世苟合之士，《庄子·让王》原宪谓子贡曰："夫希世而行，比周而友，学以为人，教以为己，仁义之慝，舆马之饰，宪不忍为也。"

籧篨戚施之人，《诗·邶风·新台》："新台有泚，河水弥弥。燕婉之求，籧篨不鲜。"（一章）又："鱼网之设，鸿则离之。燕婉之求，得此戚施。"（三章）《国语·晋语四》："蘧蒢不可使俯，戚施不可使仰。"扬雄《方言》："簟之粗者，自关而西，谓之蘧蒢。"《韩诗章句》："戚施，蟾蜍，喻丑恶。"

俛仰尊贵之颜，逶迤势利之间。意无是非，赞之如流；《诗·小雅·雨无正》："巧言如流，俾躬处休。"

言无可否，应之如响。《史记·田敬仲完世家》："淳于髡曰：'……是人者（指驺忌），吾语之微言五，其应我若响之应声，是人必封不久矣。"（《易·系辞传上》："问焉而以言，其受命也如响。"）

以窥看为精神，以向背 向此背彼。 **为变通。**《易·系辞传下》："变通者，趋时者也。"

势之所集，从之如归市；《孟子·梁惠王下》："昔者太王居邠，……去邠，逾梁山，邑于岐山之下居焉。邠人曰：'仁人也，不可失也。'从之者如归市。"

势之所去，弃之如脱遗。《诗·小雅·谷风》："将恐将惧，置予于怀。将安将乐，弃予如遗。"《古诗十九首》："昔我同门友，高举振六翮。不念携手好，弃我如遗迹。”

其言曰：名与身孰亲也？《老子》：“名与身孰亲？身与货孰多？得与亡孰病？是故甚爱必大费；多藏必厚亡。知足不辱，知止不殆，可以长久。”

得与失孰贤也？荣与辱孰珍也？故遂洁其衣服，矜其车徒，冒 干求。 **其货贿，** 财也。 **淫其声色，脉脉然自以为得矣。** 脉，俗字。《说文》：“䖲，血理分邪行体者。从𠂢，从血。”“脉，䖲或从肉。”“衇，籀文。”又：“𥆯，目财视也。”“覛，邪视也。”“默，犬暂逐人也。”《古诗十九首》：“河汉清且浅，相去复几许。盈盈一水间，脉脉不得语。”盖本作𥆯，此处亦然。

盖见龙逄 逄，一作逢，音庞。 **比干之亡其身，而不惟思也。** **飞廉、恶来之灭其族也；** 《尸子·处道篇》：“桀、纣之有天下也，四海之内皆乱，而关龙逢、王子比干不与焉。”李善引《尸子》云：“义必利，虽桀杀关龙逢，纣杀王子比干，犹谓义之必利也。”《史记·秦本纪》：“蜚廉生恶来。恶来有力（能手裂虎兕），蜚廉善走，父子俱以材力事殷纣。周武王之伐纣，并杀恶来。”（蜚廉前死）《汉书·古今人表序》：“譬如尧、舜、禹、稷、卨与之为善则行，鲧、驩兜欲与为恶则诛。可与为善，不可与为恶，是谓上智。桀、纣，龙逢、比干欲与之为善则诛，于莘、崇侯与之为恶则行。可与为恶，不可与为善，是谓下愚。齐桓公，管仲相之则霸，竖貂辅之则乱。可与为善，可与为恶，是谓中人。”

盖知伍子胥之属镂于吴，而不戒费无忌之诛夷于楚也； 忌，《左传》作极。《左传》昭公二十七年（楚昭王元年）：

"沈尹戍言于子常（时为令尹）曰：'……夫无极，楚之谗人也，民莫不知去朝吴。'……九月，己未，子常杀费无极与鄢将师（鄢，平上去三音，时为右领），尽灭其族，以说于国，谤言乃止。"又哀公十一年："吴将伐齐，越子率其众以朝焉。王及列士皆有馈赂，吴人皆喜。唯子胥惧曰：'是豢吴也夫！'谏曰：'……'弗听，使于齐，属其子于鲍氏，为王孙氏。反役，王闻之，使赐之属镂以死。（杜预注："属镂，剑名。"）将死，曰：'树吾墓槚，槚可材也，吴其亡乎！三年，其始弱矣。盈必毁，天之道也。'"（哀十三年越入吴）《史记·伍子胥列传》："吴王……乃使使赐伍子胥属镂之剑，……伍子胥仰天叹曰：'……'乃告其舍人曰：'必树吾墓上以梓，令可以为器；而抉吾眼县吴东门之上，以观越寇之入灭吴也。'乃自刭死。吴王闻之，大怒，乃取子胥尸，盛以鸱夷革（以马革为鸱夷榼），浮之江中。吴人怜之，为立祠于江上，因命曰胥山。"（在太湖边）

盖讥汲黯之白首于主爵，而不惩　诫也。　**张汤牛车之祸也；**《史记·汲郑列传》："汲黯字长孺。……黯耻为令，病归田里。上闻，乃召拜为中大夫，以数切谏，不得久留内，迁为东海太守。……东海大治，称之。上闻，召以为主爵都尉，列于九卿。"《汉书·汲黯传》："好游侠，任气节，行修洁。其谏，犯主之颜色。……上方招文学儒者，上曰：'吾欲云云。'黯对曰：'陛下内多欲而外施仁义，奈何欲效唐、虞之治乎！'上怒，变色而罢朝，公卿皆为黯惧。上退，谓人曰：'甚矣，汲黯之戆也！'"……张汤以更定律令为廷尉，……黯愤发骂曰：'天下谓刀笔吏不可为公卿，果然。必汤也，令天下重足而立，仄目而视矣。’……淮南王谋反，惮黯曰：‘黯好直谏，守节死义；至说公孙弘等，如发蒙耳。’……始黯列九卿矣，而公孙弘、张汤为小吏。及弘、汤稍贵，与黯同位。……已而弘至丞相封侯，汤御史大夫，黯……见上言曰：‘陛下用群臣，如积薪耳！后来者居上。’黯罢，上曰：‘人果不可以无学，观汲黯之言，日益甚矣！’……黯坐小法，会赦，免官。于是黯隐于田园者数年。……拜为淮阳太守。……居淮阳十岁而卒。”又《张汤传》：“（朱买臣、王朝、边通皆陷汤）遂自杀。……昆弟诸子欲厚葬汤，汤母曰：‘汤为天子大臣，被恶言而死，何厚葬为！载以牛车，有棺而无椁。’”

盖笑萧望之跋踬于前，而不惧石显之绞缢于后也。《诗·豳风·狼跋》：“狼跋其胡，载疐其尾。”跋，颠跋，犹颠沛。跋疐，进退有难也，即跋踬。《汉书·萧望之传》：“宣帝寝疾，……太子太傅（萧）望之、少傅周堪，……皆受遗诏辅政。……中书令弘恭、石显（宦者）久典枢机，……论议常独持故事，不从望之等。恭、显又时倾仄见诎。望之以为中书政本，宜以贤明之选。……白欲更置士人，由是大与（史）、高、恭、显忤。……恭、显奏：‘望之、堪、更生（刘向）朋党相称举，数谮诉大臣，毁离亲戚，欲以专擅权势，为臣不忠，诬上不道，请谒者召致廷尉。’……于是望之仰天叹曰：‘吾尝备位将相，年逾六十矣，老入牢狱，苟求生活，不亦鄙乎！’……竟饮鸩自杀。”又《佞幸·石显传》：“显闻众人匈匈，言己杀前将军萧望之。望之当世名儒，显恐天下学士姗己，病之。……元帝崩，成帝初即位，……丞相御史条奏显旧恶，及其党牢梁、陈顺，皆免官。显与妻子徙归故郡（沛人），忧满不食，道病死。”

故夫达者之算也，亦各有尽矣。曰：凡人之所以奔竞于富贵，何为者哉？若夫立德必须贵乎？则幽、厉之为天子，不如仲尼之为陪臣也； 《孟子·离娄上》：“名之曰幽、厉，虽孝子慈孙，百世不能改也。”《谥法》：“杀戮无辜曰厉。……壅遏不通曰幽。……动祭乱常曰幽。”《左传》僖公十二年：“王（襄王）以上卿之礼飨管仲，管仲辞曰：‘……陪臣敢辞。’”杜预注：“诸侯之臣曰陪臣。”

必须势乎？则王莽、董贤之为三公，不如扬雄、仲舒之阒其门也； 成帝绥和元年，擢王莽为大司马。哀帝初，董贤代丁明为大司马。《汉书·王莽传赞》：“乱臣贼子，无道之人，考其祸败，未有如莽之甚者也。”《汉书·佞幸·董贤传》：“董贤，……为人美丽自喜，哀帝望见，说其仪貌。……常与上卧起。尝昼寝，偏藉上褎，上欲起，贤未觉，不欲动贤，乃断褎而起。其恩爱至此。……遂以贤代（丁）明为大司马、卫将军。……是时贤年二十二，虽为三公，常给事中。（后为王莽迫之自杀）”《汉书·扬雄传赞》：“家素贫，耆酒，人希至其门。”《汉书·董仲舒传》：“孝景时为博士。下帷讲诵，弟子传以久次相授业，或莫见其面。盖三年不窥园。”

必须富乎？则齐景之千驷，不如颜回、原宪之约其身也。《论语·季氏》：“齐景公有马千驷，死之日，民无德而称焉。伯夷、叔齐饿于首阳之下，民到于今称之。”《论语·雍也》：“子曰：贤哉回也！一箪食，一瓢饮，在陋巷。人不堪其忧，回也不改其乐。贤哉回也！”《庄子·让王》：“原宪居鲁，环堵之室，茨以生草，蓬户不完，桑以为枢，而瓮牖二室，褐以为塞。上漏下湿，匡坐而弦。子贡乘大马，中绀而表素，轩车不容巷，往见原宪。原宪华冠縰履，杖藜而应门。子贡曰：‘嘻！先生何病?’原宪应之曰：‘宪闻之：无财谓之贫，学而不能行谓之病。今宪，贫也，非病也。’子贡逡巡而有愧色。原宪笑曰：‘夫希世而行，比周而友，学以为人，教以为己，仁义之慝，舆马之饰，宪不忍为也。’”

其为实乎？则执杓 音勺，挹酌器也。与斗杓之音标者异读。 **而饮河者，不过满腹；** 《庄子·逍遥游》：“尧让天下于许由，……许由曰：‘……鷦鷯巢于深林，不过一枝；偃鼠饮河，不过满腹。归休乎君，予无所用天下为。庖人虽不治庖，尸祝不越樽俎而代之矣。’”

弃室而洒雨者，不过濡身。过此以往，弗能受也。其为名乎？则善恶书于史策，毁誉流于千载； 《淮南子·缪称训》：“故三代之称，千岁之积誉也；桀、纣之谤，千岁之积毁也。”

赏罚悬于天道，吉凶灼 明也。 **乎鬼神，固可畏也。**《诗·大雅·抑篇》：“相在尔室，尚不愧于屋漏。无曰不显，莫予云觏。神之格思，不可度思，矧可射思。”（《尔雅·释宫》：“西南隅谓之奥，西北隅谓之屋漏，东北隅谓之宧，东南隅谓之窔。”）《易·谦卦·彖辞传》：“鬼神害盈而福谦。”

将以娱耳目乐心意乎？譬命驾而游五都之市，则天下之货毕陈矣； 班固《西都赋》：“若乃观其四郊，浮游近县，……与乎州郡之豪杰，五都之货殖。”西汉以洛阳、邯郸、临淄、宛、成都为五都。东汉及魏以洛阳、谯、许昌、长安、邺为五都。唐以长安、洛阳、凤翔、江陵、太原为五都。

褰裳而涉汶阳之丘，则天下之稼 禾也。种之曰稼，敛之曰穑。 **如云矣；** 《诗·郑风·褰裳》："子惠思我，褰裳涉溱。子不我思，岂无他人。狂童之狂也且。"《左传》僖公元年："公赐季友（季文子之祖父）汶阳之田及费。"杜预注："汶阳田，汶水北地，汶水出泰山莱芜县，西入济。"《穀梁传》僖公二十八年："水北为阳，山南为阳。"（《说文》："阴，暗也。水之南、山之北也。"）

椎纷 即髻。 **而守敖庾海陵之仓，则山坻之积在前矣；** 《仪礼·士冠礼》："将冠者采衣纷。"郑玄注："采衣，未冠者所服。……纷，结发。"李善曰："纷即髻字也。于子正文引此而为髻字。"《史记·高祖本纪》："三年，……汉王军荥阳南，筑甬道，属之河，以取敖仓。"魏孟康曰："敖，地名，在荥阳西北山，上临河，有大仓。"枚乘《上书重谏吴王》："转粟西乡，陆行不绝，水行满河，不如海陵之仓。"晋臣瓒注："海陵，县名，有吴太仓。"《诗·小雅·甫田》："曾孙之稼，如茨如梁；曾孙之庾，如坻如京。"《郑笺》："庾，露积谷也。坻，水中之高地也。"（茨，屋盖，言其密比也。梁，车梁，言其穹隆高耸也。京，高丘也）

扱 音插。 **衽而登钟山、蓝田之上，则夜光玙璠之珍可观矣。** 《尔雅·释器》："扱衽谓之襭。"郭璞注："扱衽上衣之带。"《淮南子·俶真训》："钟山（昆仑）之玉，炊以炉炭，三日三夜而色泽不变。"李善引《范子》："计然曰：玉英出蓝田。"邹阳《狱中上书自明》："臣闻明月之珠，夜光之璧。"《左传》定公五年："季平子……卒，……阳虎将以玙璠敛。"杜预注："玙璠，美玉，君所佩。"

夫如是也，为物甚众，为己甚寡，不爱其身而啬其神，《吕氏春秋·季春纪·先己篇》：“凡事之本，必先治身，啬其大宝。”高诱注：“啬，爱也。大宝，身也。”此谓不爱惜其身及其神也。而，犹且也。

风惊尘起，散而不止。 李善注：“风惊尘起，喻恶积而衅生。尘散而不止，喻衅生而不灭。”

六疾待其前， 《左传》昭公元年：“晋侯（平公）求医于秦，秦伯（景公）使医和视之，曰：‘疾不可为也。……天有六气，……淫生六疾。六气曰阴、阳、风、雨、晦、明也，……阴淫寒疾，阳淫热疾，风淫末疾，（杜预注：“末，四支也。”）雨淫腹疾，晦淫惑疾，明淫心疾。’”《吕氏春秋·孟春纪·本生篇》：“出则以车，入则以辇（人引车），务以自佚，命之曰招蹶之机（蹶，颠蹶）。肥肉厚酒，务以自强，命之曰烂肠之食。靡曼皓齿，郑、卫之音，务以自乐，命之曰伐性之斧。三患者，贵富之所致也。故古之人有不肯贵富者矣，由重生故也，非夸以名也，为其实也。则此论之不可不察也。”（枚乘《七发》：“且夫出舆入辇，命曰蹶痿之机；洞房清宫，命曰寒热之媒；皓齿娥眉，命曰伐性之斧；甘脆肥脓，命曰腐肠之药。”）

五刑随其后，利害生其左，攻夺出其右，而自以为见身名之亲疏，分荣辱之客主哉！ 李善注：“言奔竞之伦，祸败若此，而乃尚自以为审见身名亲疏之理，妙分荣辱客主之义哉！言惑之甚也。”

天地之大德曰生，圣人之大宝曰位，何以守位曰仁，何以

正人曰义。 《易·系辞传下》："天地之大德曰生，圣人之大宝曰位，何以守位曰仁，何以聚人曰财，理财正辞，禁民为非曰义。"

故古之王者，盖以一人治天下， 任劳而非自逸。 **不以天下奉一人也；古之仕者，盖以官行其义，不以利冒** 贪也。 **其官也；** 行义而非贪其禄。《论语·微子》："君子之仕也，行其义也。道之不行，已知之矣。"（子路语）

古之君子，盖耻得之而弗能治也，不耻能治而弗得也。 行道而不逞其势，以有官而不能治民为耻，不以无官为耻。

原乎天人之理， 推本天人之理。 **核** 通窍，考验。 **乎邪正之分，权** 衡量。 **乎祸福之门，** 李善引《尸子》："圣人权福则取重，权祸则取轻。" **终乎荣辱之算，** 《孟子·公孙丑上》："仁则荣，不仁则辱。今恶辱而居不仁，是犹恶湿而居下也。"《荀子·荣辱篇》："先义而后利者荣，先利而后义者辱。"

其昭然矣，故君子舍彼取此。 《老子》："五色令人目盲，五音令人耳聋，五味令人口爽（失也），驰骋田猎，令人心发狂，难得之货，令人行妨。是以圣人为腹不为目（为内不为外），故去彼取此。"

若夫出处不违其时，默语不失其人， 《易·系辞传上》："君子之道，或出或处，或默或语。二人同心，其利断金。同心之言，其臭如兰。"

天动星回，而辰极犹居其所；玑旋轮转，而衡轴犹执其中。 《论语·为政》："为政以德，譬如北辰，居其所而众星拱之。"《尔雅·释天》："北极谓之北辰。"《书·舜典》："在

（察也）璿玑玉衡以齐七政（日月五星）。”《史记·天官书》引作旋机。《春秋运斗枢》：“斗，第一天枢，第二天璇，第三天玑，第四天权，第五玉衡，第六开阳，第七瑶光。”李善曰：“言君子之性，语默出处，虽从其时，而中心常不改其操，似天动星回，而北辰常居其所而不改也。”

“既明且哲，以保其身” 《诗·大雅·烝民》：“既明且哲，以保其身。夙夜匪解，以事一人。”

“贻厥孙谋，以燕翼子”者， 《诗·大雅·文王有声》：“诒厥孙谋，以燕翼子。”《毛传》：“燕，安。翼，敬也。”《郑笺》：“传其所以顺天下之谋，以安其敬事之子孙。”《说文》：“诒，相欺诒也。一曰：遗也。与之切。”贻，徐铉《新附》字耳。

昔吾先友，尝从事于斯矣。 《论语·泰伯》：“曾子曰：以能问于不能，以多问于寡。有若无，实若虚。犯而不校。昔者吾友，尝从事于斯矣。”

嵇叔夜《与山巨源绝交书》

李善引晋孙盛《魏氏春秋》曰："山涛为选曹郎，举康自代，康答书拒绝。因自说不堪流俗，而非薄汤、武。大将军（司马昭）闻而恶焉。"

《晋书·嵇康传》（嵇、阮皆魏人，嵇卒于常道乡公景元三年，阮卒于四年。清吴荣光《历代名人年谱》于魏常道乡公景元三年书曰："魏司马昭杀中散大夫嵇康。"《春秋》之笔也）："嵇康，字叔夜，谯国铚人也（今安徽宿州市）。其先姓奚，会稽上虞人，以避怨徙焉。铚有嵇山，家于其侧，因而命氏。兄喜，有当世才，历太仆、宗正。康早孤，有奇才，远迈不群。身长七尺八寸，美词气，有风仪；而土木形骸，不自藻饰。人以为龙章凤姿，天质自然。恬静寡欲，含垢匿瑕，宽简有大量。学不师受，博览无不该通，长好《老》、《庄》。与魏宗室婚，拜中散大夫。常修养性服食之事，弹琴咏诗，自足于怀。以为神仙禀之自然，非积学所得，至于导养得理，则安期、彭祖之伦可及，乃著《养生论》。又以为君子无私，其论（《释私论》）曰：'……'其略如此，盖其胸怀所寄。以高契难期，每思郢质，所与神交者，惟陈留阮籍、河内山涛，豫其流者，河内向秀、沛国刘伶、籍兄子咸、琅邪王戎，遂为竹林之游，世所谓‘竹林七贤’也。戎自言：‘与康居山阳二十年，未尝见其喜愠之色。’康尝采药，游山泽，会其得意，忽焉忘反。时有樵苏者遇之，咸谓神。至汲郡山中，见孙登，康遂从之游。登沉默自守，无所言说。康临去，登曰：‘君性烈而才隽，其能免乎？’康又遇王烈，共入山。烈尝得石髓如饴，即自服半，余半与康，皆凝而为石。又于石室中见一卷素书，遽呼康往取，辄不复见。烈乃叹曰：‘叔夜趣非常，而辄不遇，命也！’其神心所感，每遇幽逸如此。山涛将去选官，举康自代，康乃与涛书告绝，曰：‘……’此书既行，知其不可羁屈也。性绝巧而好锻，宅中有一柳树甚茂，乃激水圜之，每夏月，居其下以锻。东平吕安，服康高致，每一相思，辄千里命驾。康友而善之。后安为兄所枉诉，以事系狱，辞相证引，遂复收康。康性慎言行，一旦缧绁，乃作《幽愤诗》，曰：‘……’初，康居贫，尝与向秀共锻于大树之下，以自赡给。颍川钟会，贵公子也，精练有才辩，故往造焉。康不为之礼而锻不辍，良久会去，康谓曰：‘何所闻而来？何所见而去？’会曰：‘闻所闻而来，见所见而去。’会以此憾之。及是，言于文帝曰：‘嵇康，卧龙也，不可起。公无忧天下，顾以康为虑耳！’因谮‘康欲助毌丘俭，赖山涛不听。昔齐戮华士，鲁诛少正卯，诚以害时乱教，故圣贤去之。康、安等言论放荡，非毁典谟，帝王者所不宜容，宜因衅除之，以淳风俗’。帝既昵听信会，遂并害之。康将刑东市，太学生三千人，请以为师，弗许。康顾视日影，索琴弹之，曰：‘昔袁孝尼（名准）尝从吾学《广陵散》，吾每靳固之，《广陵散》于今绝矣！’时年四十。海内之士，莫不痛之。帝寻悟而恨焉。

初，康尝游于洛西，暮宿华阳亭，引琴而弹。夜分，忽有客诣之，称是古人，与康共谈音律，辞致清辩，因索琴弹之，而为《广陵散》。声调绝伦，遂以授康，仍誓不传人，亦不言其姓字。康善谈理，又能属文，其高情远趣，率然玄远。撰上古以来高士，为之传赞，（叔夜《高士传》已亡，今《高士传》是皇甫谧撰）欲友其人于千载也。又作《太师箴》，亦足以明帝王之道焉。复作《声无哀乐论》，甚有条理（并存）。子绍，别有传。"

颜延年《五君咏（山涛、王戎以入晋贵显被黜）·嵇中散》："中散不偶世，本自餐霞人。形解验默仙，吐论知凝神。（李善引顾恺之《嵇康赞》曰："南海太守鲍靓，通灵士也。东海徐宁师之。宁夜闻静室有琴声，怪其妙而问焉，靓曰：'嵇叔夜。'宁曰：'嵇临命东市，何得在兹？'靓曰：'叔夜迹示终而实尸解。'"又引桓谭《新论》："圣人皆形解仙去，言死，示民有终。"）立俗迕流议，寻山洽隐沦。（李善引《神仙传》曰："王烈年已二百三十八岁，康甚爱之，数与共入山游戏采药。"）鸾翮有时铩，龙性谁能驯。"（警句在末二句）

孙月峰曰："别传称叔夜伟容色，不加饰丽，而龙章凤姿，天质自然。今此文亦复似之。"

于光华曰："绝交字立意甚奇，彼时亦只是直吐胸臆，乃遂成一段伟迹。其文格广阔，亦是古今一篇大文字。"

何义门曰：“意谓不肯仕耳，然全是愤激，并非恬淡，宜为司马昭所疾也。龙性难驯，与阮公作用自别。”

康白：足下昔称吾于颍川，吾常谓之知言。 李善注：“称，谓说其情不愿仕也。惬其素志，故谓知言也。虞预《晋书》曰：‘山嵚守颍川。’嵇康《文集录注》曰：‘河内山嵚，守颍川，山公（涛也）族父。’《庄子》（《知北游》）曰：‘狂屈竖闻之，以黄帝为知言。’”《论语·尧曰》：“子曰：‘……不知言，无以知人也。’”

然经 常也。 **怪此意，尚未熟悉于足下，何从便得之也？** 李善注：“言常怪足下，何从而便得吾之此意也？”

前年从河东还，显宗、阿都说足下议以吾自代。 孙月峰曰：“良具藻鉴，山于《启事》中亦非草草。”按：严可均辑《全晋文·山公启事》中无涉及叔夜者，月峰盖想当然耳。李善注：“《晋氏八王故事注》曰：‘公孙崇，字显宗，谯国人，为尚书郎。’嵇康《文集录注》曰：‘阿都（吕安小字），吕仲悌。东平人也。’康《与吕长悌绝交书》（今存，长悌名巽，安兄）曰：‘少知阿都，志力闲华（《集》作开悟），每喜足下家复有此弟。’”

事虽不行，知足下故不知之。 李善注：“言不知己之情。”

足下傍通，多可而少怪。 山涛量度大，言其于人多所许可而少怪责也。李善注：“言足下傍通众艺，多有许可，少有疑怪。”《法言·问明篇》：“或问‘哲’，曰：‘旁明厥思。’或问‘行’，曰：‘旁通厥德。’”晋李轨注：“动静不能由一涂，由一涂，不可以应万变，应万变而不失其正者，惟旁通乎。”

吾直性狭中，多所不堪。偶与足下相知耳。 何义门曰：“只傍通直性二语，已见绝交之由，微露不可相代之意，下乃畅言之耳。”李善注：“偶，谓偶然，非本志也。”

间闻足下迁，惕然不喜。恐足下羞庖人之独割，引尸祝以自助。 《庄子·逍遥游》许由答尧曰：“庖人虽不治庖，尸祝不越樽俎而代之矣。”

手荐鸾刀， 《诗·小雅·信南山》：“执其鸾刀，以启其毛。” **漫之羶腥，** 《庄子·让王篇》：“舜以天下让其友北人无择，北人无择曰：‘异哉后（君也）之为人也！居于畎亩之中，而游尧之门。不若是而已，又欲以其辱行漫我。吾羞见之。’因自投清泠之渊。”成玄英疏：“漫污于我。” **故具为足下陈其可否。**

○此段叙入。

吾昔读书，得并介之人，或谓无之，今乃信其真有耳。 李善注：“并，谓兼善天下也。介，谓自得无闷也。赵岐《孟子章句》曰：‘伯夷、柳下惠，介然必偏，中和为贵。’”

性有所不堪，真不可强。今空语：同知有达人，无所不堪。外不殊俗，而内不失正。 此四句，疑是《山公启事》中语。

与一世同其波流，而悔吝不生耳。 李善注：“空语，犹虚说也。共知有通达之人，至于世事，无所不堪。言己不能则而行之也。《太玄经》曰：‘君子内正而外驯。’《庄子》（《庚桑楚》）曰：‘与物委蛇，而同其波。’（老子答南楚趎语）

《周易》（《系辞传上》）曰：‘悔吝者，忧虞之象也。’”

老子、庄周，吾之师也，亲居贱职； 孙月峰曰：“此处亦只宽宽泛说。”

柳下惠、东方朔，达人也，安乎卑位。吾岂敢短之哉！ 李善注：“《史记》（《老庄申韩列传》）曰：‘庄子（者），（蒙人也）名周，（周）尝为蒙漆园吏。’《列仙传》曰：‘李耳，为周柱下史，转为守藏史。’《论语》（《微子篇》）曰：‘柳下惠为士师（狱官，）（三黜）。’《汉书》（《东方朔传》）曰：‘东方朔著论，设客难己位卑，以自慰喻。（《答客难》）”《孟子·万章下》：“仕非为贫也，而有时乎为贫；娶妻非为养也，而有时乎为养。（资其操井臼以馈养）为贫者，辞尊居卑，辞富居贫。辞尊居卑，辞富居贫，恶乎宜乎？抱关击柝。孔子尝为委吏矣，曰‘会计当而已矣’；尝为乘田矣，曰‘牛羊茁壮长而已矣’。位卑而言高，罪也；立乎人之本朝而道不行，耻也。”

又仲尼兼爱，不羞执鞭，子文无欲卿相，而三登令尹。是乃君子思济物之意也。 《庄子·天道篇》仲尼谓老聃曰：“兼爱无私，此仁义之情也。”《论语·述而》：“富而可求也，虽执鞭之士，吾亦为之。如不可求，从吾所好。”又《公冶长》：“子张问曰：‘令尹子文（楚相斗穀於菟）三仕为令尹，无喜色；三已之，无愠色。旧令尹之政，必以告新令尹。何如？’子曰：‘忠矣。’曰：‘仁矣乎？’曰：‘未知，焉得仁！’”

所谓达能兼善而不渝，穷则自得而无闷。 《孟子·尽心上》：“古之人，得志，泽加于民；不得志，修身见于世。穷则独善其身，达则兼善天下。”又《万章下》：“柳下惠不羞污君，不辞小官，进不隐贤，必以其道。遗佚而不怨，厄穷而不悯。”《易·乾文言》：“不易乎世，不成乎名，遁世无闷，不见是而无闷。”

以此观之，故尧、舜之君世，许由之岩栖，《吕氏春秋·慎行论·求人篇》：“昔者尧朝许由于沛泽之中，曰：‘十日出，而焦火不息（《庄子·逍遥游》作爝火），不亦劳乎？夫子为天子，而天下已治矣。请属天下于夫子。’许由辞曰：‘为天下之不治与？而既已治矣；自为与？啁噍（《庄子·逍遥游》作鷦鹩）巢于林，不过一枝；偃鼠饮于河，不过满腹。归已，君乎！恶用天下！’遂之箕山之下，颍水之阳，耕而食。终身无经天下之色。”李善引东汉张升《反论》曰：“黄、绮引身，岩栖南岳。”

子房之佐汉，接舆之行歌，其揆一也。 李善注：“《汉书》（《张良传》）曰：‘上（乃）封良为留侯。行太子少傅事。’”《论语·微子》：“楚狂接舆歌而过孔子曰：‘凤兮凤兮，何德之衰！往者不可谏，来者犹可追。已而已而！今之从政者殆而！’孔子下，欲与之言。趋而辟之，不得与之言。”《庄子·人间世》：“孔子适楚，楚狂接舆游其门曰：‘凤兮凤兮，何如德之衰也！来世不可待，往世不可追也。天下有道，圣人成焉；天下无道，圣人生焉（只可全生远害）。方今之时，仅免刑焉。福轻乎羽，莫之知载；祸重乎地，莫之知避。已乎已乎！临人以德；殆乎殆乎！画地而趋。迷阳迷阳，无伤吾行。吾行却曲（却，卿入声），无伤吾足。山木，自寇也；膏火，自煎也。桂可食，故伐之；漆可用，故割之。人皆知有用之用，而莫知无用之用也。’”《孟子·离娄下》：“先圣后圣，其揆一也。”

仰瞻数君，可谓能遂其志者也。 李善引贾逵《国语注》曰：“遂，从也。”

故君子百行，殊涂而同致。循性而动，各附所安。 《易·系辞传下》：“天下同归而殊涂，一致而百虑，天下何思何虑？”《家语·弟子行》：“其言循性，其都以富。”《淮南子·缪称训》：“循性而行指，或害或利。求之有道，得之在命。”

故有处朝廷而不出，入山林而不反之论。 《韩诗外传》卷五：“朝廷之士为禄，故入而不出；山林之士为名，故往而不返。入而亦能出，往而亦能返，通移有常，圣也。”《汉书·王吉贡禹等传赞》：“山林之士，往而不能反，朝廷之士，入而不能出。二者各有所短。”

且延陵高子臧之风，长卿慕相如之节， 《左传》襄公十四年：“吴子诸樊既除丧，将立季札。季札辞曰：‘曹宣公之卒也，诸侯与曹人不义曹君（公子负刍曹成君杀太子而自立），将立子臧，（《新序·节士篇》：“曹公子喜时，字子臧，曹宣公子也。”）子臧去之，遂弗为也，以成曹君。君子曰：能守节，君义嗣也，谁敢奸君，有国，非吾节也。札虽不才，愿附于子臧，以无失节。”曹植《豫章行》：“子臧让千乘，季札慕其贤。”《史记·司马相如传》：“司马相如者，蜀郡成都人也，字长卿。少时好读书，学击剑，故其亲名之曰犬子。相如既学，慕蔺相如之为人，更名相如。”

志气所托，不可夺也。 《论语·子罕》：“子曰：三军可夺帅也，匹夫不可夺志也。”

吾每读尚子平《台孝威传》，慨然慕之，想其为人。 叔夜所读二人传，当非今《后汉书》所传，然必本之。李善引《英雄记》曰：“尚子平，有道术，为县功曹，休归。自入山担薪，卖以供食饮。”《后汉书·逸民·向长传》：“向长，字子平，河内朝歌人也。隐居不仕，性尚中和，好通《老》、《易》。贫无资食，好事者更馈焉。受之，取足而反其余。王莽大司空王邑辟之，连年乃至。欲荐之于莽，固辞乃止。潜隐于家，读《易》至《损》、《益卦》，喟然叹曰：‘吾已知富不如贫，贵不如贱，但未知死何如生耳。’建武中，男女娶嫁既毕，敕断家事勿相关，当如我死也。于是遂肆意与同好北海禽庆，俱游五岳名山，竟不知所终。”又《台佟传》：“台佟，字孝威，魏郡邺人也。隐于武安山，凿穴为居，采药自给。（章帝）建初中，州辟不就。刺史行部，乃使从事致谒。佟载病往谢，刺史乃执贽见佟曰：‘孝威居身如是，甚苦，如何？’佟曰：‘佟幸得保终性命，存神养和；如明使君奉宣诏书，夕惕庶事，反不苦邪？’遂去隐逸，终不见。”《史记·孔子世家赞》：“余读孔氏书，想见其为人。”

○此段谓出处语默，随人所安。而己则慕山林之士，想见其为人。

少加孤露，母兄见骄，不涉经学。性复疏懒， 方伯海曰：“疏懒二字，是一篇眼目，乃其不堪入世处。”

筋驽肉缓。头面常一月十五日不洗，不大闷痒，不能沐也。每常小便， 孙月峰曰：“未雅。” **而忍不起，令胞中略转，乃起耳。**

又纵逸来久，情意傲散，简与礼相背，懒与慢相成， 李善注：“孔安国《论语注》曰：‘简，略也。’言性简略，与礼相背也。”

而为侪类见宽，不攻其过。又读《庄》、《老》，重增其放。 李善注：“放，谓放荡。”

故使荣进之心日颓，任实之情转笃。 《庄子·逍遥游》许由答尧曰：“名者，实之宾也，吾将为宾乎？”

此由 通犹。 **禽鹿，少见驯育，则服从教制；长而见羁，则狂顾顿缨，赴蹈汤火，虽饰以金镳，** 马衔也。 **飨以嘉肴，逾思长林而志在丰草也。** 《诗·大雅·生民》：“茀厥丰草，种之黄茂。”（黄茂，嘉谷）

○此段述己简脱懒慢，实不能受世羁绊也。

阮嗣宗口不论人过， 《晋书·阮籍传》：“籍虽不拘礼教，然发言玄远，口不臧否人物。”

吾每师之，而未能及。至性过人，与物无伤，唯饮酒过差耳。 《庄子·知北游》仲尼谓颜渊曰：“圣人处物不伤物，不伤物者，物亦不能伤也。唯无所伤者，为能与人相将迎。”李善引东汉李尤《盂铭》曰：“饮无求辞，才以相娱。荒沉过差，可不慎与？”

至为礼法之士所绳，疾之如仇，幸赖大将军保持之耳。 《晋书·阮籍传》：“由是礼法之士疾之若仇，而帝每保护之。”李善引晋孙盛《晋阳秋》曰：“何曾于太祖坐谓阮籍曰：‘卿任性放荡，败礼伤教，若不革变，王宪岂得相容。’谓太祖，‘宜投之四裔，以洁王道。’太祖曰：‘此贤素羸病，君当恕之。’”

吾不如嗣宗之贤，而有慢弛之阙。 李善注：“资，材量也。”据善注，则贤作资。

又不识人情，闇于机宜。无万石之慎，而有好尽之累。 李善注：“好尽，谓言则尽情，不知避忌。”《汉书·石奋传》：“万石君石奋，……长子建，次甲，次乙，次庆，皆以驯行孝谨，官至二千石。于是景帝曰：‘石君及四子皆二千石，人臣尊宠，乃举集其门。’凡号奋为万石君。……万石君元朔五年卒。……诸子孙咸孝，然建最甚，甚于万石君。建为郎中令，奏事下，建读之，惊恐曰：‘书马者与尾而五，今乃四，不足一，获谴死矣！’其为谨慎，虽他皆如是。庆为太仆，御出，上问车中几马，庆以策数马毕，举手曰：‘六马。’庆于兄弟最为简易矣，然犹如此。”

久与事接，疵衅日兴，虽欲无患，其可得乎？

○此段谓己不如阮籍、石奋等辈，若久人事，必有祸患。

又人伦有礼，朝廷有法，自惟 思也。 **至熟，有必不堪者七，甚不可者二：卧喜晚起，而当关呼之不置，一不堪也。**《东观汉记·汝郁传》：“汝郁字叔异，陈国人。年五岁，母被病，不能饮食，郁常抱持啼泣，亦不饮食。……宗亲共奇异之。……郁再征，载病诣公车，尚书敕郁自力受拜。郁乘辇，白衣诣止。车诣台，遣两当关扶郁入，拜郎中。”

抱琴行吟，弋钓草野，而吏卒守之，不得妄动，二不堪也。危坐一时，痺不得摇， 李善注：“《说文》曰：痺，湿病也。”《说文》：“痹，湿病也。”“痹，足气不至也。”《管子·弟子职》："少者之事，……先生乃坐。出入恭敬，如见宾客。危坐乡师，颜色毋怍。"

性复多虱，把搔无已。而当裹以章服，揖拜上官，三不堪也。素不便书，又不喜作书，而人间多事，堆案盈机，不相酬答，则犯教伤义；欲自勉强，则不能久，四不堪也。不喜吊丧，而人道以此为重。己为未见恕者；所怨，至欲见中伤者。虽瞿 李善音句，可读为劬。 **然自责，然性不可化。** 《汉书·惠帝纪赞》："闻叔孙通之谏，则惧然。"颜师古注曰："惧，读若瞿瞿然，失守貌。"

欲降心顺俗，则诡故不情。 刘向《新序·善谋篇》卜偃谓晋文公曰："天子降心以迎公，不亦可乎?"《逸周书·官人篇》曰："面誉者不忠，饰貌者不静。"（李善引静为情，似是。静字无义）

亦终不能获无咎无誉，如此，五不堪也。 《易·坤卦》六四："括囊，无咎无誉。"

不喜俗人，而当与之共事，或宾客盈坐，鸣声聒耳， 李善注："杜预《左氏传》注曰：'聒，喧也。'"

器尘臭处，千变百伎， 通技。 **在人目前，六不堪也。心不耐烦，而官事鞅掌。**

机务缠其心，世故繁其虑，七不堪也。 孙月峰曰："乃入促节。"又曰："七不堪属礼，二不可属法。"《诗·小雅·北山》："或栖迟偃仰，或王事鞅掌。"《书·皋陶谟》："兢兢业业，一日二日万机。"孙月峰曰："信笔扫去，只以道得实，便生态动人，自是千古一奇。"

又每非汤、武而薄周、孔，在人间不止此事， 何义门曰："非汤、武薄周、孔，不过庄生之绪论耳，而钟会辈遂以为指斥当世，赤口青蝇，何所不至。然适成叔夜之名矣。"湛铨案：时司马昭已弑高贵乡公，故叔夜谓在人间不止此事。是直谓司马昭之心，故叔夜难乎免矣。

会显世教所不容， 叔夜盖欲成仁矣。 **此甚不可一也。刚肠疾恶，轻肆直言，遇事便发，此甚不可二也。以促中小心之性，** 胸怀促狭，心量不广。 **统此九患，不有外难，当有内病，宁可久处人间邪！**

〇此段述己有九患，如轻出仕，命必不久长。

又闻道士遗言，饵术黄精，令人久寿，意甚信之。 李善注："《苍颉篇》曰：'饵，食也。'（神农）《本草经》曰：'术，黄精，久服轻身延年。'"

游山泽，观鱼鸟，心甚乐之。一行作吏，此事便废，安能舍其所乐，而从其所惧哉！ 孙月峰曰："好风度。"

〇此段述己不能舍乐而从所惧。

夫人之相知，贵识其天性，因而济之。禹不逼伯成子高，全其节也； 《庄子·天地篇》："尧治天下，伯成子高立为诸侯。尧授舜，舜授禹。伯成子高辞为诸侯而耕。禹往见之，则耕在野。禹趋就下风，立而问焉，曰：'昔尧治天下，吾子立为诸侯；尧授舜，舜授予，而吾子辞为诸侯而耕，敢问其故何也？'子高曰：'昔尧治天下，不赏而民劝，不罚而民畏。今子赏罚而民且不仁，德自此衰，刑自此立，后世之乱，自此始矣。夫子阖行邪，无落吾事！'俋俋乎耕而不顾。"

仲尼不假盖于子夏，护其短也。　孙月峰曰：“如此排语，却是魏、晋间常调。”《家语·致思篇》：“孔子将行，雨而无盖。门人曰：‘商（子夏名）也有之。’孔子曰：‘商之为人也，甚吝于财，（王肃注：“吝，啬甚也。”）吾闻与人交，推其长者，违其短者，故能久也。’”亦见刘向《说苑·杂言篇》。

近诸葛孔明不逼元直以入蜀；　《蜀志·诸葛亮传》：“颍川徐庶元直与亮友善。……时先主屯新野，徐庶见先主，先主器之。……俄而（刘）表卒，琮（表少子）闻曹公来征，遣使请降。先主在樊闻之，率其众南行，亮与徐庶并从。为曹公所追破，获庶母。庶辞先主而指其心曰：‘本欲与将军共图王霸之业者，以此方寸之地也。今已失老母，方寸乱矣。无益于事，请从此别。’遂诣曹公。”裴松之注引魏鱼豢《魏略》曰：“庶先名福，本单家子。”单家子，谓其无宗党，非姓单也。汪中《自序》用之，云：“余单家孤子，寸田尺宅，无以治生。”

华子鱼不强幼安以卿相。　《魏志·华歆传》：“华歆，字子鱼，平原高唐人也。……孙策略地江东，歆知策善用兵，乃幅巾奉迎。策以其长者，待以上宾之礼。后策死，太祖在官渡，表天子征歆。……歆至，拜议郎，参司空军事，入为尚书，转侍中，代荀彧为尚书令。……魏国既建，为御史大夫。文帝即王位，拜相国，封安乐乡侯。及践阼，改为司徒。……黄初中，诏公卿举独行君子，歆举管宁，帝以安车征之。”又《管宁传》：“管宁，字幼安，北海朱虚人也。……天下大乱，……至于辽东。……中国少安，客人皆还，唯宁晏然若将终焉。黄初四年，诏公卿举独行君子，司徒华歆荐宁。文帝即位，征宁，遂将家属浮海还郡。……（齐王芳）正始二年，……特具安车蒲轮，束帛加璧聘焉。会宁卒，时年八十四。"裴松之注引《傅子》曰："宁之亡，天下知与不知，闻之无不嗟叹。醇德之所感若此，不亦至乎！"《世说新语·德行篇》刘孝标注引《魏略》曰："宁少恬静，常笑邴原、华子鱼有仕宦意，及歆为司徒，上书让宁，宁闻之，笑曰：'子鱼本欲作老吏，故荣之耳。'"

此可谓能相终始，真相知者也。足下见直木必不可以为轮，曲者不可以为桷。 梁之直而方者。 **盖不欲以枉其天才，令得其所也。故四民有业，各以得志为乐。** 《管子·小匡篇》："士农工商四民者，国之石民也，不可使杂处。"

唯达者为能通之， 此疑亦《山公启事》中语。 **此足下度内耳。不可自见好章甫，强越人以文冕也；** 《庄子·逍遥游》："宋人资章甫而适诸越，越人断发文身，无所用之。"断发，司马彪本作敦发，注云："敦，断也。"

己嗜臭腐，养鸳雏以死鼠也。 《庄子·秋水篇》："惠子相梁，庄子往见之。或谓惠子曰：'庄子来，欲代子相。'于是惠子恐，搜于国中三日三夜。庄子往见之，曰：'南方有鸟，其名为鹓鹐，子知之乎？夫鹓鹐发于南海而飞于北海，非梧桐不止，非练实不食，非醴泉不饮。于是鸱得腐鼠，鹓鹐过之，仰而视之曰：吓！今子欲以子之梁国而吓我邪？'"

〇此段举古人不强人之所难，欲巨源之勿强己也。

吾顷学养生之术，方外荣华，去滋味，游心于寂寞，以无

为为贵。 外，犹贱也。《庄子·刻意篇》："夫恬淡寂寞，虚无无为，此天地之平而道德之质也。"又《天道篇》："夫虚静恬淡，寂漠无为者，天地之平，而道德之至。"又《人间世》："且夫乘物以游心，托不得已以养中，至矣。"又《庚桑楚》："欲静则平气，欲神则顺心，有为也。欲当则缘于不得已，不得已之类，圣人之道。"

纵无九患，尚不顾足下所好者。又有心闷疾，顷转增笃，私意自试，不能堪其所不乐。 李善注："言己所不乐之事，必不能堪而行之。"方伯海曰："说情事，真实可味。"

自卜已审，若道尽涂穷则已耳。足下无事冤之，令转于沟壑也。 方伯海曰："冤字妙甚，欲以荣其生，反以速其死。"《左传》昭公十八年："侍者谓楚（灵）王曰：'小人老而无子，知挤于沟壑矣。'"

○此段述恬淡养生，而闷疾转笃，使巨源勿挤己于沟壑。

吾新失母兄之欢，意常凄切，女年十三，男年八岁，《晋书·嵇绍传》："十岁而孤，（康卒于魏常度乡公景元三年，时延祖十岁，则作此书时，是景元元年，叔夜时年三十八）事母孝谨。以父得罪，靖居私门。……绍始入洛，或谓王戎曰：'昨于稠人中，始见嵇绍，昂昂然如野鹤之在鸡群。'戎曰：'君复未见其父耳。'"《世说新语·政事篇》："山公举康子绍为秘书丞，绍咨公出处，公曰：'为君思之久矣。天地四时，犹有消息，而况人乎。'"

未及成人，况复多病。顾此悢悢，如何可言！《国语·晋语六》："赵文子（武）冠（年二十），……见韩献子

（厥），献子曰：‘戒之，此谓成人。’”

今但愿守陋巷，教养子孙，时与亲旧叙阔，陈说平生。浊酒一杯，弹琴一曲，志愿毕矣。足下若嬲 音鸟，扰也。 **之不置，不过欲为官得人，以益时用耳。足下旧知吾潦倒粗疏，不切事情。自惟亦皆不如今日之贤能也。若以俗人皆喜荣华，独能离之，以此为快。此最近之，可得言耳。** 李善注：“言俗人皆喜荣华，而己独能离之，以此为快。此最近己之情，可得言之耳。”

然使长才广度，无所不淹，而能不营，乃可贵耳。若吾多病困，欲离事自全，以保余年，此真所乏耳。 于光华曰：“决言不可之意，曲曲写出。言并非好高辞荣，直是多病不能堪耳。所以绝顾望之意也。”孙月峰曰：“三耳字连用，自是一种不斫削风调。却劲快可喜，亦未尝不具法。”李善注：“言己离于俗事，以自安全，保其余年，此乃真性之所乏耳。非如长才广度之士而不营之。”

岂可见黄门而称贞哉！ 黄门，阉人，宦者之称。因东汉有黄门令、中黄门之官，皆宦者任之，故有是称。

若趣 同促。李善读平声，非是。 **欲共登王涂，期于相致，时为欢益，一旦迫之，必发其狂疾，自非重怨，不至于此也。**

〇此段痛儿女稚幼，惟愿家居，而本性实亦不宜仕宦，非欲自鸣高节也。

野人有快炙背而美芹子者，欲献之至尊， 《列子·杨朱篇》：“宋国有田夫，常衣缊黂（麻絮衣），仅以过冬。暨春东作，自曝于日，不知天下之有广厦隩室，绵纩狐狢。顾谓其妻曰：‘负日之暄，人莫知者；以献吾君，将有重赏。’里之富室告之曰：‘昔人有美戎菽，甘枲茎，芹萍子者，对乡豪称之。乡豪取而尝之，蜇（李善改作苦）于口，惨于腹，众哂而怨之，其人大惭。子此类也。’”

虽有区区之意，亦已疏矣。《广雅·释训》：“拳拳、区区、款款，爱也。”《古诗十九首》：“一心抱区区，惧君不识察。”

愿足下勿似之，其意如此。既以解足下，并以为别。嵇康白。

○此段总结。举野人田夫之无识，以绝巨源。虽取譬略伤厚道，然莫可如作矣。叔夜此作，直是援翰挥写，无意为文者也。

向子期《思旧赋》

李善引臧荣绪《晋书》曰："向秀，字子期，河内怀人也。始有不羁之志，与嵇康、吕安友。康既被诛，秀应本州计入洛。太祖问曰：'闻有箕山之志，何以在此？'秀曰：'以为巢、许未达尧心，是以来见。'反自役，作《思旧赋》。后为黄门郎卒。"

《晋书·向秀传》："向秀，字子期，河内怀人也。清悟有远识，少为山涛所知，雅好《老》、《庄》之学。庄周著内外数十篇，（《汉书·艺文志》著录"《庄子》五十二篇"。今传《内篇》七，《外篇》十五，《杂篇》十一，共三十三篇。已佚十九篇）历世方士，虽有观者，莫适论其旨统也。秀乃为之隐解，发明奇趣，振起玄风。读之者，超然心悟，莫不自足一时也。（《世说新语·文学篇》："初，注《庄子》者数十家，莫能究其旨要。向秀于旧注外，为解义，妙析奇致，大畅玄风。唯《秋水》、《至乐》二篇未竟，而秀卒。秀子幼，义遂零落，然犹有别本。郭象者，为人薄行，有俊才。见秀义不传于世，遂窃以为己注。乃自注《秋水》、《至乐》二篇，又易《马蹄》一篇，其余众篇，或定点文句而已。后秀义别本出，故今有向、郭二《庄》，其义一也。"）惠帝之世，郭象又述而广之。儒、墨之迹见鄙，道家之言遂盛焉。始，秀欲注，嵇康曰：‘此书讵复须注，正是妨人作乐耳。’及成，示康曰：‘殊复胜不？’又与康论养生，辞难往复，盖欲发康高致也。（今《嵇叔夜集》有《答向子期难养生论》，文长四千余言，为叔夜平生第一篇文字。《文选》不录，惜哉！）康善锻，秀为之佐，相对欣然，傍若无人。又共吕安灌园于山阳。康既被诛，秀应本郡计入洛，文帝问曰：‘闻有箕山之志，何以在此？’秀曰：‘以为巢、许狷介之士，未达尧心，岂足多慕！’帝甚悦。秀乃自此役作《思旧赋》云：‘……’后为散骑侍郎，转黄门侍郎、散骑常侍。在朝不任职，容迹而已。卒于位。二子：纯、悌。”

颜延年《五君咏·向常侍》：“向秀甘淡薄，深心托豪素。（谓注《庄子》）探道好渊玄，观书鄙章句。交吕既鸿轩，攀嵇亦凤举。（李善引《向秀别传》曰：“秀常与嵇康偶锻于洛邑，与吕子灌园于山阳，收其余利，以供酒食之费。”）流连河里游（秀河内人，山阳亦河内郡），恻怆山阳赋。”（即此赋。山阳，今河南修武县）

孙月峰曰：“寂寥数语，不为佳。然道情处却尽，其得处亦只在无失步。”

何义门曰：“不容太露，故为词止此。晋文尤不易及也。”

于光华曰：“前并称二子，后独写嵇琴，章法亦有不羁之妙。”

序文　何义门曰："佳处全在《序》中，赋特就此韵之耳。极简淡之至，自成一格。"

余与嵇康、吕安，居止接近，　李善引臧荣绪《晋书》曰："嵇康为竹林（河南辉县西南）之游，预其流者，向秀、刘灵之徒。吕安，字仲悌，东平人也。"

其人并有不羁之才。　邹阳《狱中上书自明》："使不羁之士，与牛骥同皁。"李善注："不羁，谓才行高远，不可羁系也。"

然嵇志远而疏，吕心旷而放，其后各以事见法。　李善引干宝《晋纪》曰："嵇康，谯人。吕安，东平人。与阮籍、山涛及兄巽友善。康有潜遁之志，不能被褐怀宝，矜才而上人。安，巽庶弟，俊才妻美，巽使妇人醉而幸之。丑恶发露，巽病之，告安谤己。巽于钟会有宠，太祖遂徙安边郡。遗书与康（实与康兄子嵇蕃字茂齐者）'昔李叟入秦，及关而叹'云云。太祖恶之，追收下狱。康理之，俱死。"又引孙盛《魏氏春秋》曰："康寓居河内之山阳，钟会为大将军所昵，闻而造之，乘肥衣轻，宾从如云。康方箕踞而锻，会至，不为礼，会深恨之。康与东平吕昭子巽友，弟安亲善。会巽淫安妻徐氏，而诬安不孝，囚之。安引康为证，义不负心，保明其事。安亦至烈，有济世志。钟会劝大将军因此除之，杀安及康。康临刑，自援琴而鼓，既而曰：‘雅音于是绝矣。’时人莫不哀之。”李善引《说文》曰：“法，刑也。”

嵇博综技艺， 李善引王肃《周易》注曰：“综，理事也。”

于丝竹特妙。临当就命， 李善引《方言》曰：“就，终也。”

顾视日影，索琴而弹之。 李善注：“（晋张隐）《文士传》曰：‘嵇康临死，颜色不变，谓兄曰：“向以琴来不?”兄曰：“已来。”康取调之，为《太平引》。曲成，叹息曰：“《太平引》绝于今日邪?”’《康别传》：‘临终曰：“袁孝尼（名准）尝从吾学《广陵散》，吾每靳，固之不与，《广陵散》于今绝矣！就死，命也。”’曹嘉之（晋人）《晋纪》曰：‘康刑于东市，顾日影，援琴而弹。’”

余逝将西迈，经其旧庐。 逝，语词。李善注：“言昔逝将西迈，今返经其旧庐。《毛诗》（《魏风·硕鼠》）曰：‘逝将去汝。’”

于时日薄虞渊，寒冰凄然。 于光华曰：“伤心语不在多。”《淮南子·天文训》：“（日）至于虞渊，是谓黄昏。至于蒙谷，是谓定昏。日入于虞渊之汜，曙于蒙谷之浦。”

邻人有吹笛者，发声寥亮，追思曩昔游宴之好，感音而叹，故作赋云：

赋文

将命适于远京兮，遂旋反而北徂。 李善注：“《论语》

（《阳货篇》）曰：‘将命者出（户）。’郑玄曰：‘将命，传辞者。’郑玄《毛诗笺》曰：‘将，奉也。’徂，行也。《毛诗》（《鄘风·载驰》）曰：‘不能旋反。’《尔雅》（《释诂》）曰：‘适，往也。’”

济黄河以泛舟兮，经山阳之旧居。 李善注：“《国语》曰：‘秦泛舟于河。’《汉书》（《地理志上》）：‘河内郡有山阳县。（今河南修武县）’”

瞻旷野之萧条兮，息余驾乎城隅。 李善注：“（班固）《西都赋》曰：‘原野萧条（，目极四裔）。’《列子》（《说符篇》）曰：‘孔子自卫反鲁，息驾乎河梁（而观焉）。’《毛诗》（《邶风·静女》）曰：‘俟我乎（原作于）城隅。’”

践二子之遗迹兮，历穷巷之空庐。 李善注：“二子，谓吕安、嵇康也。（宋玉）《风赋》曰：‘（夫庶人之风，塕然）起于穷巷之间。’”

叹《黍离》之愍周兮，悲《麦秀》于殷墟。 何义门曰：“使晋不代魏，二生其夭枉乎！故以《黍离》、《麦秀》兴感，非使事之迂大也。当陈留之后，经山阳之国，（魏常道乡公奂咸熙二年八月，司马昭卒，十二月，司马炎废魏主为陈留王而自立。又建安二十五年十月，曹丕废汉献帝为山阳公而自立）其犹宗周既灭，追溯殷亡矣。倒用亦有为也。”《诗·王风·黍离序》：“《黍离》，闵宗周也。（《说文》：“闵，吊者在门也。从门，文声。”悯乃俗字）周大夫行役，至于宗周，过故宗庙宫室，尽为禾黍。闵周室之颠覆，彷徨不忍去，而作是诗也。”《诗》云：“彼黍离离，彼稷之苗。行迈靡靡，中心摇摇。知我者谓我心忧，不知我者谓我何求？悠悠苍天，此何人哉！彼黍离离，彼稷之穗。行迈靡靡，中心如醉。知我者谓我心忧，不知我者谓我何求？悠悠苍天，此何人哉！彼黍离离，彼稷之实。行迈靡靡，中心如噎。知我者谓我心忧，不知我者谓我何求？悠悠苍天，此何人哉！”《史记·宋微子世家》：“武王乃封箕子于朝鲜而不臣也。其后箕子朝周，过故殷虚，感宫室毁坏，生禾黍。箕子伤之，欲哭则不可，欲泣，为其近妇人，乃作《麦秀》之诗以歌咏之。其诗曰：‘麦秀渐渐兮，禾黍油油。彼狡童兮，不与我好兮！’所谓狡童者，纣也。殷民闻之，皆为流涕。”柳宗元《对贺者》：“嘻笑之怒，甚乎裂眦；长歌之哀，过乎恸哭。”明李东阳《怀麓堂集》曰：“长歌之哀，过于恸哭。歌过于乐者也，而反过于哭，是诗之作也，七情具焉，岂独乐之发哉！惟哀而甚于哭，则失其正矣；善用其情者无他，亦不失其正而已矣。”

惟古昔以怀今兮，心徘徊以踌躇。 何义门曰：“怀今，则所感不独以嵇、吕也。五臣本（今）作人，谬矣。”《说文》：“惟，凡思也。”李善注：“（扬雄）《方言》曰：‘惟，思也。’《说文》曰：‘怀，念也。’《韩诗》曰：‘搔首踌躇。’”今《毛诗·邶风·静女》作“爱而不见，搔首踟蹰。”《说文》本字作“峙躅”。字下云：“峙躅，不歬（前）也。”

栋宇存而弗毁兮，形神逝其焉如。《尔雅·释诂》：“如，往也。”《荀子·哀公篇》：“鲁哀公问于孔子曰：‘寡人生于深宫之中，长于妇人之手，寡人未尝知哀也，未尝知忧也，未尝知劳也，未尝知惧也，未尝知危也。’孔子曰：‘君之所问，圣君之问也。丘小人也，何足以知之！’曰：‘非吾子无所闻之也。’孔子曰：‘君入庙门而右，登自阼阶，仰视榱栋，俛见几筵，其器存，其人亡。君以此思哀，则哀将焉而不至矣。’”

○此段述因事远行，特返视山阳旧居，追想嵇、吕二子，思古怀今，悲叹无任。

昔李斯之受罪兮，叹黄犬而长吟； 《史记·李斯列传》：“李斯者，楚上蔡人也。年少时，为郡小吏，见吏舍厕中鼠食不洁，近人犬，数惊恐之。斯入仓，观仓中鼠食积粟，居大庑之下，不见人犬之忧。于是李斯乃叹曰：‘人之贤不肖，譬如鼠矣。在所自处耳！’乃从荀卿学帝王之术。学已成，度楚王不足事，而六国皆弱，无可为建功者，欲西入秦。辞于荀卿曰：‘斯闻得时无怠，今万乘方争时，游者主事，今秦王（庄襄王）欲吞天下，称帝而治，此布衣驰骛之时，而游说者之秋也。处卑贱之位，而计不为者，此禽鹿视肉，人面而能强行者耳！故诟莫大于卑贱，而悲莫甚于贫困。久处卑贱之位，困苦之地，非世而恶利，自托于无为，此非士之情也。故斯乃将西说秦王矣。’至秦，会庄襄王（太子楚，吕不韦姬奉之）卒，李斯乃求为秦相文信侯吕不韦舍人，不韦贤之，任以为郎。……说秦王（始皇），……秦王乃拜斯为长史，……为客卿。……卒用其计谋，官至廷尉。二十余年，竟并天下，尊王为皇帝，以斯为丞相。……外攘四夷，斯皆有力焉。斯长男由为三川守，诸男皆尚秦公主，女悉嫁秦诸公子。三川守李由告归咸阳，李斯置酒于家，百官长皆前为寿，门廷车骑以千数。李斯喟然而叹曰：‘嗟乎！吾闻之荀卿曰：“物禁太盛。”夫斯乃上蔡布衣，闾巷之黔首，上不知其驽下，遂擢至此。当今人臣之位，无居臣上者，可谓富贵极矣。物极则衰，吾未知所税驾也！’……始皇三十七年，……长子扶苏以数直谏上，上使监兵上郡（绥远），蒙恬为将。……其年七月，……始皇崩。……赵高因留所赐扶苏玺书，……乃谓丞相斯曰：……‘君侯自料能孰与蒙恬？功高孰与蒙恬？谋远不失孰与蒙恬？无怨于天下孰与蒙恬？长子旧而信之孰与蒙恬？’斯曰：‘此五者，皆不及蒙恬，而君责之何深也？’……高曰：‘……皇帝二十余子，皆君之所知。长子刚毅而武勇，信人而奋士，即位，必用蒙恬为丞相，君侯终不怀通侯之印，归于乡里，明矣。高受诏教习胡亥，使学以法事数年矣，未尝见过失。慈仁笃厚，轻财重士，辩于心而诎于口，尽礼敬士。秦之诸子，未有及此者。可以为嗣，君计而定之。’……斯乃仰天而叹，垂泪太息曰：‘嗟乎！独遭乱世，既以不能死，安托命哉！’于是斯乃听高。……乃相与谋，诈为受始皇诏丞相，立子胡亥为太子。更为书赐长子扶苏曰：‘朕巡天下，祷祠名山诸神，以延寿命。今扶苏与将军蒙恬，将师数十万以屯边，十有余年矣。不能进而前，士卒多秏，无尺寸之功，乃反数上书直言诽谤我所为，以不得罢归为太子，日夜怨望。扶苏为人子不孝，其赐剑以自裁。将军恬与扶苏居外，不匡正，宜知其谋，为人臣不忠，其赐死，以兵属裨将王离。’封其书以皇帝玺，遣胡亥客，奉书赐扶苏于上郡。使者至，发书，扶苏泣，入内舍，欲自杀。蒙恬止扶苏曰：‘陛下居外，未立太子，使臣将三十万众守边，公子为监，此天下重任也。今一使者来，即自杀，安知其非诈？请复请，复请而后死，未暮也。’使者数趣之，扶苏为人仁，谓蒙恬曰：‘父而赐子死，尚安复请。’即自杀。蒙恬不肯死，使者即以属吏，系于阳周（属上郡）。使者还报胡亥，斯、高大喜。至咸阳，发丧，太子立为二世皇帝。以赵高为郎中令，常侍中用事。……李斯不得见，因上书言赵高之短，……二世已前信赵高，恐李斯杀之，乃私告赵高。高曰：‘丞相所患者独高，高已死，丞相即欲为田常所为（弑齐简公）。’于是二世曰：‘其以李斯属郎中令！’赵高案治李斯。李斯拘执束缚，居囹圄中，仰天而叹曰：‘嗟乎！悲乎！不道之君，何可为计哉！……’二世二年七月，具斯五刑，论腰斩咸阳市。斯出狱，与其中子俱执，顾谓其中子曰：‘吾欲与若复牵黄犬俱出上蔡东门逐狡兔，岂可得乎！’遂父子相哭，而夷三族。”

悼嵇生之永辞兮，顾日影而弹琴。托运遇于领会兮，寄余命于寸阴。 李善注：“运遇，五行运转，遇人所遇之吉凶也。领会，冥理相会也。郑玄《礼记》注曰：‘领，理也。’司马彪曰：‘领会，言人运命如衣领之相交会，或合或开。’《淮南子》（《原道训》）曰：‘圣人不贵尺之璧，而重寸之阴。时难得而易失也。’”

听鸣笛之慷慨兮，妙声绝而复寻。 何义门曰：“嵇生之死，托之运遇，其感深矣。因琴声接鸣笛，有行云流水之致。”李善注：“（王褒）《洞箫赋》曰：‘其妙声则清静猒瘱（音翳）【顺叙卑迖（音太，滑也），若孝子之事父也】’（司马相如）《长门赋》曰：‘（案流征以却转兮，）声幼妙而复扬。’”

停驾言其将迈兮，遂援翰而写心。 李善注：“言驾将迈，遂停不行。《毛诗》（《邶风·泉水》）曰：‘驾言出游（，我写我忧)。'《广雅》曰:'将,欲也。'胡广《吊夷齐文》曰:'援翰录吊,以舒怀兮。'《毛诗》(《小雅·蓼萧》)曰:'我心写兮。'"《尔雅·释诂下》:"言,我也。"郑玄《诗笺》每用之,然作"而"字解较好,双声通转也。

〇此段专悼念嵇康,盖感音而叹也。首以李斯作比,则斯尽忠于秦而冤死,犹叔夜之忠于魏室而冤死也。

目　录

吕仲悌《与嵇茂齐书》 …… 475

陆士衡《豪士赋序》 …… 489

陆士衡《谢平原内史表》 …… 511

陆士衡《吊魏武帝文序》 …… 521

陆士衡《文赋》并序 …… 529

卢子谅《赠刘琨书》 …… 567

刘越石《答卢谌书》 …… 581

江文通《诣建平王上书》 …… 595

江文通《恨赋》 …… 620

江文通《别赋》 …… 641

任彦升《到大司马记室笺》 …… 665

刘孝标《辨命论》 …… 676

刘孝标《重答刘秣陵沼书》 …… 702

刘孝标《广绝交论》 …… 707

谢玄晖《拜中军记室辞隋王笺》 …… 792

丘希范《与陈伯之书》 …… 809

昭明太子《文选序》 …… 837

汪中《汉上琴台之铭》并序 …………………………… 877
汪中《自序》 ………………………………………… 901
汪中《经旧苑吊马守贞文》并序 ……………………… 937
附　录…………………………………………………… 950
　　大屿山宝莲禅寺碑记……………………………… 950
　　追纪联合书院故校长蒋法贤先生………………… 954
　　忆国学大师陈湛铨教授…………………………… 957
编后语…………………………………………………… 961

吕仲悌《与嵇茂齐书》

此标题依李兆洛、申耆之《骈体文钞》，昭明太子题作赵景真，非是。

李善在“赵景真”下注云：“《嵇绍集》（亡）曰：‘赵景真，与从兄茂齐书，时人误谓吕仲悌与先君书，故具列本末：赵至，字景真，代郡人，州辟辽东从事。从兄太子舍人蕃，字茂齐，与至同年相亲。至始诣辽东时，作此书与茂齐。’”李善注又云：“干宝《晋纪》以为吕安与嵇康书，二说不同，故题云景真而书曰安。（书之发端即云“安白：”）”案：此书以李申耆作吕安《与嵇茂齐书》为最当。叔夜被刑死时，绍年只十岁，说未可信。又干宝以为是与嵇康书，则书中：“吾子植根芳苑，擢秀清流，布叶华崖，飞藻云肆。俯据潜龙之渊，仰荫栖凤之林。荣曜眩其前，艳色饵其后，良俦交其左，声名驰其右。翱翔伦党之间，弄姿帷房之里。从容顾眄，绰有余裕，俯仰吟啸，自以为得志矣；岂能与吾同大丈夫之忧乐者哉！”此何等语！叔夜岂如是之人，而仲悌对其平生所至钦仰者，焉有讥嘲至如是之甚者哉！叔夜“外荣华，去滋味，游心于寂寞”与书语大相牴牾，则此书必非与叔夜者。至云作书者是赵至，则其才名志略，皆不相副。书中云：“若乃顾影中原，愤气云踊；哀物悼世，激情风烈。龙睇大野，虎啸六合，猛气纷纭，雄心四据。思蹑云梯，横奋八极。披艰扫秽，荡海夷岳。蹴昆仑使西倒，蹋太山令东覆，平涤九区，恢维宇宙，斯亦吾之鄙愿也。”此真吕仲悌深恶司马昭、钟会等辈所为，而与向秀评安“心旷而放”相符，作者必是吕仲悌也。蕃是嵇喜子，与父同附司马昭，故安讥之。谭献复堂（字仲修）评《骈体文钞》此书末云：“排调忿悁，以此陈之不知己者之前，既不择言，又不择人。”是矣。李周翰曰：“干宝《晋纪》云：‘吕安，字仲悌，东平人也。时太祖（司马昭）逐安于远郡，在路作此书与嵇康（改康为蕃则无憾矣）。’康子绍《集》云景真与茂齐书，且《晋纪》国史，实有所凭；绍之家集，未足为据。何者？时绍以太祖恶安之书，又父与安同诛，惧时所疾，故移此书于景真。考其始末，是安所作，故以安为定也。”

吕安，《晋书》无传，字仲悌。《嵇康传》云：“东平吕安，服康高致，每一相思，辄千里命驾，康友而善之。后安为兄（巽）所枉诉，以事系狱，辞相证引，遂复收康。”（巽初淫安妻，反诬以不孝，诉之钟会，钟会言之司马昭，遂逐安辽东。及作此书与茂齐，怨情激越，有荡平司马氏之志，故昭收之入狱，康证其无他，遂与之俱死也）向秀《思旧赋序》：“余与嵇康、吕安，居止接近，其人并有不羁之才。然嵇志远而疏，吕心旷而放，其后各以事见法。”颜延年《五君咏·向常侍》云：“交吕既鸿轩，攀嵇亦凤举。”嵇、吕对举，则安亦非常人也。李善《思旧赋序》注引干宝《晋纪》曰：“嵇康，谯人。吕安，东平人。与阮籍、山涛及兄巽友善。……安，巽庶弟，俊才妻美，巽使妇人醉而幸之。丑恶发露，巽病之，告安谤己。巽于钟会有宠，太祖遂徙安边郡。遗书与康（应是嵇蕃）‘昔李叟入秦，及关而叹’云云。太祖恶之，追收下狱。康理之，俱死。”又引孙盛《魏氏春秋》曰：“康与东平吕昭子巽友，弟安亲善。会巽淫安妻徐氏，而诬安不孝，囚之。安引康为证，义不负心，保明其事。安亦至烈，有济世志。钟会劝大将军因此除之，杀安及康。”嵇康有《与吕长悌绝交书》云：“康白：昔与足下年时相比，以故数面相亲，足下笃意，遂成大好。由是许足下以至交，虽出处殊涂，而欢爱不衰也。及中间少知阿都（安小名），志力开悟（李善注《与山巨源绝交书》引作“志力闲华”），每喜足下家复有此弟。而阿都去年向吾有言，诚忿足下，意欲发举，吾深抑之，亦自恃每谓足下不足迫之，故从吾言。间令足下因其顺亲，盖惜足下门户，欲令彼此无恙也。又足下许吾终不系都，以子父六人为誓，吾乃慨然感足下，重言慰解都，都遂释然，不复兴意。足下阴自阻疑，密表系都，先首服诬都，此为都故信吾，又无言。何意足下苞藏祸心邪？都之含忍足下，实由吾言。今都获罪，吾为负之；吾之负都，由足下之负吾也。怅然失图，复何言哉！若此，无心复与足下交矣。古之君子，绝交不出丑言，从此别矣！临别恨恨。嵇康白。”《世说新语·简傲篇》：“嵇康与吕安善，每一相思，千里命驾。安后来，值康不在，喜出户延之，不入。题门上作‘凤’字而去。喜不觉，犹以为欣。故作‘凤’字，凡鸟也。”刘孝标注引孙盛《晋阳秋》曰：“安字中悌，东平人。冀州刺史招（《魏氏春秋》作昭）之第二子，志量开旷，有拔俗风气。”又《五君咏》李善注引《向秀别传》：“秀常与嵇康偶锻于洛邑，与吕子灌园于山阳，收其余利，以供酒食之费。”

孙月峰曰：“造语工，然亦觉堆积而欠活动。”

邵子湘曰：“俯仰兴怀，既有赋家风致，结处亦极似乱词，别成一种笔法。”

安白：昔李叟入秦，及关而叹；梁生适越，登岳长谣。李善注：“老子之叹，不为入秦；梁鸿长谣，不由适越。且复以至郊为及关，升邙为登岳，斯盖取意而略文也。”《列子·黄帝篇》：“杨朱南之沛，老聃西游于秦，邀于郊，至梁而遇老子。【晋张湛注：“《庄子》云杨子居（见《寓言篇》），子居，或杨朱之字。又不与老子同时，此皆寓言也。”清宣颖《南华经解》：“邀，约也。梁，沛郡地名。”】老子中道仰天而叹曰：‘始以汝为可教，今不可教也。’杨朱不答。至舍，进涫（《庄子》作盥）漱巾栉，脱履户外，膝行而前曰：‘向者夫子仰天而叹曰：“始以汝为可教，今不可教。”弟子欲请夫子辞行不间，是以不敢。今夫子间矣，请问其过。’老子曰：‘而睢睢（音虽），而盱盱，而谁与居？大白若辱，盛德若不足。’杨朱蹴然变容曰：‘敬闻命矣！’其往也，舍者迎将家，公执席，妻执巾栉，舍者避席，炀者避灶。其反也，舍者与之争席矣。”《后汉书·逸民·梁鸿传》：“梁鸿，字伯鸾，扶风平陵人也。……后受业太学，家贫而尚节介，博览无不通。……归乡里，势家慕其高节，多欲女之。鸿并绝，不娶。同县孟氏有女，状肥丑而黑，力举石臼，择对不嫁。至年三十，父母问其故，女曰：‘欲得贤如梁伯鸾者。’鸿闻而聘之。……及嫁，始以装饰入门，七日而鸿不答。妻乃跪床下请曰：‘窃闻夫子高义，简斥数妇，妾亦偃蹇数夫矣。今而见择，敢不请罪。’鸿曰：‘吾欲裘褐之人，可与俱隐深山者尔！今乃衣绮缟，傅粉墨，岂鸿所愿哉？’妻曰：‘以观夫子之志耳！妾自有隐居之服。’乃更为椎髻，着布衣，操作而前。鸿大喜曰：‘此真梁鸿妻也。能奉我矣！’字之曰德曜，名孟光。居有顷，妻曰：‘常闻夫子欲隐居避患，今何为默默，无乃欲低头就之乎？’鸿曰：‘诺。’乃共入霸陵山中，以耕织为业，咏《诗》、《书》，弹琴以自娱。仰慕前世高士，而为四皓以来二十四人作颂。因东出关，过京师（洛阳），作《五噫》之歌曰：‘陟彼北芒（今俗作邙）兮，噫！顾览帝京兮，噫！宫室崔嵬兮，噫！人（应是民字）之劬劳兮，噫！辽辽未央兮，噫！’肃宗（章帝）闻而非之，求鸿不得。乃易姓运期，名燿，字侯光，与妻子居齐、鲁之间。有顷，又去适吴。（即此文之适越，改用仄声字，就音韵谐美耳）……依大家皋伯通，居庑下，为人赁舂。每归，妻为具食，不敢于鸿前仰视，举案齐眉。伯通察而异之，曰：‘彼佣，能使其妻敬之如此，非凡人也。’乃方舍之于家。鸿潜闭著书十余篇。……及卒，伯通等为求葬地于吴要离冢傍。咸曰：‘要离烈士，而伯鸾清高，可令相近。’葬毕，妻子归扶风。”

夫以嘉遁之举，《易·遁卦》九五：“嘉遁，贞吉。”《象》曰：“嘉遁贞吉，以正志也。”又《乾文言》：“遁世无闷。”又《中庸》：“遁世不见知而不悔。”

犹怀恋恨，况乎不得已者哉！

○此段是书之发端，借老子、梁鸿之发叹长谣以起兴，愤己不得已而被逐，远至辽东，起下所见景象及议论。

惟别之后，离群独游，《礼记·檀弓上》子夏曰：“吾离群而索居，亦已久矣。”

背荣宴，辞伦好，经迥路，涉沙漠。鸣鸡戒旦，则飘尔晨征；日薄西山，则马首靡托。征，行也。薄，迫也。鸣鸡戒旦，谓闻鸡告晓而即起行也。《仪礼·燕礼》：“燕礼，小臣戒与者。”郑玄注：“小臣则警戒告语焉。”陈琳《武军赋》：“弥方城，掩平原。于是启明戒旦，长庚告昏。”扬雄《反离骚》：“临汨罗而自陨兮，恐日薄于西山。”《左传》襄公十四年：“荀偃令曰：鸡鸣而驾，塞井夷灶，惟余马首是瞻。”

寻历曲阻，则沉思纡结；乘高远眺，《说文》本字作“覜”。**则山川悠隔。或乃回飙狂厉，白日寝光，**何义门曰：“后人行役诗，百方翻腾，不越此数语。”《尔雅·释天》：“南风谓之凯风，东风谓之谷风，北风谓之凉风，西风谓之泰风。焚轮谓之颓，扶摇谓之猋。”郭璞注：“暴风从下上。”《庄子·逍遥游》：“水击三千里，抟扶摇而上者九万里。”即此风。《说文》：“飙，扶摇风也。”《尔雅》是借字。

崎岖交错，陵隰相望。徘徊九皋之内，慷慨重阜之巅，《尔雅·释地》：“下湿曰隰，大野曰平，广平曰原，高平曰陆，大陆曰阜，大阜曰陵，大陵曰阿。”《说文》：“陵，大𠂤也。”“隰，阪下湿也。”“𠂤（今字作阜），大陆，山无石者，象形。”《诗·小雅·鹤鸣》：“鹤鸣于九皋，声闻于天。”《毛传》：“皋，泽也。”《郑笺》：“皋，泽中水溢出所为坎，自外数至九，喻深远也。”陆德明《经典释文》引《韩诗》：“九皋，九折之泽。”

进无所依，退无所据，涉泽求蹊， 音奚，小径也。 **披榛觅路。** 此皆无人经行之处，故云。

啸咏沟渠，良不可度。斯亦行路之艰难，然非吾心之所惧也。 方伯海曰：“以上极写行路之难，此云非所惧，起下可惧。”末数句用韵语，有似赋体，“据”、“路”、“度”、“惧”相叶。《孟子·尽心下》：“孟子谓高子曰：山径之蹊间，介然用之而成路。（《说文》：“介，画也。”谓小径如线纹之微也。朱子读介为戛，不知其义者也）为闲不用，则茅塞之矣；今茅塞子之心矣。”东汉赵岐《孟子章句》注曰：“山径，山之领（今俗作岭），有微蹊介然。”谓如痕纹然也。《史记·李将军传赞》：“谚曰：桃李不言，下自成蹊。”汉乐府有《行路难》。

至若兰茝倾顿，桂林移植，根萌未树，牙浅弦急；常恐风波潜骇，危机密发。斯所以怵惕于长衢，按辔而叹息也。 兰茝倾顿八句：李善注：“喻身之危也，根萌未树，故恐风波潜骇；牙浅弦急（以弹筝琶为喻），故惧危机密发也。”五臣张铣曰：“兰茝，香草也。桂林，香木也。以喻君子。倾顿移植，自谓也（谓徙辽东）。根萌未树，谓危也（应是尚无所建立）。牙，弩牙；弦，弓弦（此强解）。言风波急则根易倾，牙浅弦急则机易发，此喻谗邪为忠正之风弩也。”按：危机密发，非为己危，盖实恐魏社之将覆也。长衢，《尔雅·释宫》：

“一达谓之道路，二达谓之歧旁，三达谓之剧旁，四达谓之衢，五达谓之康，六达谓之庄，七达谓之剧骖，八达谓之崇期，九达谓之逵。”

〇此段极写经行山川险阻艰难景象，结以行路艰难非所惧，但恐魏廷随时倾覆耳。于光华曰：“写征行景象殆尽。”

又北土之性，难以托根； 谓不能立足，其下以草木为喻。

投人夜光，鲜不按剑。 喻高才入鄙俗，难与同流也。邹阳《狱中上书自明》：“臣闻明月之珠，夜光之璧，以暗投人于道，众莫不按剑相眄者，何则？无因而至前也。”

今将植橘柚于玄朔，蒂华藕于修陵，表龙章于裸壤，奏《韶》舞 五臣作《武》。 **于聋俗，固难以取贵矣。** 《楚辞》屈原《九章·橘颂》：“后皇嘉树，橘徕服兮。受命不迁，生南国兮。”王逸注：“言皇天后土生美橘树，异于众木，来服习南土，便其风气。”玄朔，幽远之北漠也。曹植《橘赋》：“背江洲之暖气，处玄朔之肃清。”《淮南子·原道训》：“今夫徙树者，失其阴阳之性，则莫不枯槁。”又《说山训》：“以其所修而游不用之乡。譬若树荷山上，而畜火井中。”《庄子·逍遥游》：“瞽者无以与乎文章之观，聋者无以与乎钟鼓之声。”又：“宋人资章甫而适诸越，越人断发文身，无所用之。”五臣刘良曰：“橘柚，木名，生于南方。华藕，莲也，生于水。龙章，衮龙之服也（应是衮龙之衣及章甫之冠）。裸壤，不衣之国也。《韶》，舜乐。《武》，武王乐也。聋俗，耳病之人，不贵音也。言此四者，各失其宜，故难以为美也。玄朔，北方也。修陵，高阜也。”

夫物不我贵，则莫之与；莫之与，则伤之者至矣。 五臣李周翰曰：“不我贵，犹不贵我也。言北土不贵我，则当伤我也。”《易·系辞传下》：“君子安其身而后动，易（平易、和易）其心而后语，定（专而固）其交而后求。君子修此三者，故全也。危（与安反）以动，则民不与也；惧（与易反）以语，则民不应也；无交（与定反）而求，则民不与也。莫之与，则伤之者至矣。”

飘飖远游之士，托身无人之乡，《诗·郑风·叔于田》：“叔于田，巷无居人。岂无居人？不如叔也，洵美且仁。”《离骚》乱辞：“已矣哉！国无人莫我知兮。”

揔辔遐路，则有前言之艰；悬鞍陋宇，则有后虑之戒。 李善注：“前言之艰，谓经迥路涉沙漠以下也。后虑之戒，谓北土之性难以托根以下也。”五臣张铣曰：“后虑，谓兰茝倾顿之事戒惧也。”较胜。

朝霞启晖，则身疲于遄征；太阳戢曜，则情劬于夕惕。 遄音旋，疾也，速也。蔡琰《悲愤诗》二首之一：“遄征日遐迈，悠悠三千里。”夕惕，谓恐风波潜骇危机密发之事。《易·乾卦》九三：“君子终日乾乾，夕惕若，厉。无咎。”

肆目平隰，则辽廓而无睹；极听修原，则淹寂而无闻。 此四句犹刘伯伦《酒德颂》所谓“静听不闻雷霆之声，熟视不睹泰山之形”意，故下云吁悲伤悴。（《淮南子·俶真训》：“夫目察秋毫之末，耳不闻雷霆之声；耳调玉石之声，目不见太山之高。”）

吁其悲矣！心伤悴矣！然后乃知步骤之士，不足为贵也。

步骤之士，谓东西南北，四方流徙之人。步，步行。骤，乘马。五臣刘良曰：“辽廓，远也（应是空阔）。修，长。淹，久。悴，忧也（应是痛也）。步骤，谓驱驰行役人也。言己自经此，乃知不足贵也。”

〇此段言己处身辽东，实无能为，且恐有不测。飘飖远游以下，情景交融，与前一段似复而实不复也。孙月峰曰：“意调俱与前相犯，朝夕四句意全同（谓与前段“鸣鸡戒旦，则飘尔晨征；日薄西山，则马首靡托”四句），又同用‘征’字，不知何为乃尔。”

若乃顾影中原，愤气云踊；哀物悼世，激情风烈。龙睇大野，虎啸六合，猛气纷纭，雄心四据。 阮瑀《为曹公作书与孙权》：“示之以祸难，激之以耻辱，大丈夫雄心，能无愤发？”

思蹑云梯，横奋八极。披艰扫秽，荡海夷岳。 《后汉书·冯衍传上》上党太守田邑劝冯衍归光武，《报冯衍书》曰：“新帝（光武）司徒（邓禹），已定三辅（长安、左冯翊、右扶风），陇西、北地（宁夏、甘肃东北部），从风响应，其事昭昭，日月经天，河海带地，不足以比。……君长（鲍永字）、敬通，……欲摇泰山而荡北海，事败身危，要思邑言。”

蹴昆仑使西倒，蹋太山令东覆，平涤九区，恢维 五臣注本作廓。 **宇宙，斯亦吾之鄙愿也。** 李善注引东汉刘騊駼（音途。一作崔瑗）《郡太守箴》曰：“大汉遵因（颜延年《赭白马赋》引作周，是。此字形近而讹），化洽九区。”

〇此段雄节迈伦，高气盖世，赵景真何得有是言！然所以招杀身之祸者亦此也。张伯起曰：“此自表立功中原之意。”

孙月峰曰："此盖指司马氏。"孙说得之。

时不我与，垂翼远逝，《论语·阳货》："日月逝矣，岁不我与。"（阳货语）《易·明夷（明而受伤）卦》初九："明夷于飞，垂其翼。君子于行，三日不食。有攸往，主人有言。"

锋钜靡加，翅 五臣注本作六。 **翮摧屈。** 五臣吕延济曰："钜，锷也。言不加锋锷而六翮自摧屈也。"《说文》："翮，羽茎也。"音核，盖鸟之劲羽。《古诗十九首》："昔我同门友，高举振六翮。"李善注引《韩诗外传》（卷六）盖桑（今作盍胥）曰："夫鸿鹄一举千里，所恃者六翮耳。"（对晋平公语）

自非知命，谁能不愦悒者哉！ 《论语·为政》："五十而知天命。"《易·系辞传上》："乐天知命故不忧。"

○此段是自叹远徙，志不能谐。五臣吕向曰："垂翼，谓不遂志也。"

吾子植根芳苑，擢秀清流，布叶华崖，飞藻云肆。《论语·子张》："百工居肆，以成其事，君子学以致其道。"肆，盖其所居，舍也。

俯据潜龙之渊，仰荫栖凤之林。荣曜眩其前，艳色饵其后，良俦交其左，声名驰其右。翱翔伦党之间，弄姿帷房之里。《后汉书·李固传》梁冀诸吏诬奏固曰："固胡粉饰貌，搔头弄姿，槃旋偃仰，从容冶步。"

从容顾眄，绰有余裕。《诗·小雅·角弓》："此令兄弟，绰绰有裕。"《孟子·公孙丑下》："岂不绰绰然有余裕哉！"《后汉书·蔡邕传》："当其无事也，则舒绅缓佩，鸣玉以步，绰有余裕。"

俯仰吟啸，自以为得志矣，岂能与吾同大丈夫之忧乐者哉！ 大丈夫之忧乐，《孟子·梁惠王下》之"乐以天下，忧以天下"也。又《孟子·滕文公下》："居天下之广居，立天下之正位，行天下之大道。得志，与民由之；不得志，独行其道。富贵不能淫，贫贱不能移，威武不能屈。此之谓大丈夫。"

○此段讥嵇蕃，盖与其父喜同附司马昭者。孙月峰曰："仲悌与叔夜至厚，安得相诮若此！的当作景真。"（接书者当是茂齐始恰）方伯海曰："按此段明是《与嵇茂齐书》，所云芳苑、清流、华崖、云肆，皆言太子所居（蕃为太子舍人），潜龙、游凤，皆指太子。植根、擢秀、布叶、飞藻、俯据、仰荫，皆言为太子舍人。"（方氏以上所言皆是，其下谓非吕安作而是赵至则非，删去矣）《晋书·职官志》："（太子）舍人十六人，职比散骑、中书等侍郎。"著掌太子之文翰者，故有擢秀、布叶、飞藻之喻，荣曜眩其前以下，则是讥之，末句尤显。向子期谓"吕心旷而放"，信然。谭复堂云："排调忿悁，以陈于不知己者之前，既不择言，又不择人。"此吕仲悌所以贾祸也。【干宝《晋纪》："太祖遂徙安边郡。遗书与康（应作蕃），……太祖恶之，追收下狱。康理之，俱死。"】

去矣嵇生，永离隔矣。茕茕飘寄，临沙漠矣。 茕乃瞏之假借，《说文》："瞏，目惊视也。从目，袁声。《诗》曰：'独行瞏瞏。'（《唐风·杕杜》）""茕，回疾也。"又"赹，独行也”。皆渠营切。

悠悠三千，路难涉矣。蔡琰《悲愤诗》：“遄征日遐迈，悠悠三千里。”《诗·鄘风·载驰》：“大夫跋涉，我心则忧。”《毛传》：“草行曰跋。水行曰涉。”

携手之期，邈无日矣。《诗·邶风·北风》：“惠而好我，携手同行。”《古诗十九首》：“不念携手好，弃我如遗迹。”邈，音莫，远也。《离骚》：“抑志而弭节兮，神高驰之邈邈。”王逸注：“邈邈，远貌。”

思心弥结，谁云释矣。五臣吕延济曰：“弥，深。释，解。”

无金玉尔音，而有遐心。《诗·小雅·白驹》四章之末章云：“皎皎白驹，在彼空谷。生刍一束，其人如玉。毋金玉尔音，而有遐心。”《郑笺》：“毋爱（吝惜之意）女声音，而有远我之心。”孔疏：“汝虽不来，当传书信，毋得金玉汝之音声于我：谓自爱音声贵如金玉，不以遗问我，而有疏远我之心。”

身虽胡、越，意存断金。《淮南子·俶真训》：“是故自其异者视之，肝胆胡、越；自其同者视之，万物一圈（牛马阑）也。”高诱注：“肝胆喻近，胡、越喻远。”（《庄子·德充符》：“仲尼曰：自其异者视之，肝胆楚、越也；自其同者视之，万物皆一也。”）《易·系辞传上》：“君子之道，或出或处，或默或语。二人同心，其利断金。同心之言，其臭（气味也）如兰。”《世说新语·贤媛篇》：“山公与嵇、阮一面，契若金兰。”

各敬尔仪，敦履璞沉。于光华曰：“反朴去华，箴规之

意。”《诗·小雅·小宛》：“各敬尔仪，天命不又。”（叶亦）

繁华流荡，君子弗钦。 亦用韵语。 **临书悢然，知复何云**。

〇此段总结。致其别怀，并略寓箴规。孙月峰曰：“风致有余。”俞犀月曰：“哀音促节，宛似《阳关》二十八字。”

陆士衡《豪士赋序》

《吕氏春秋·审分览·不二篇》之豪士是豪杰之士，士衡借其名以谲谏，实指为豪右强梁之人也。

《晋书·陆机传》："陆机，字士衡，吴郡人也。祖逊，吴丞相（字伯言，卒年六十三）。父抗，吴大司马。【字幼节，逊卒时，年二十，拜建武校尉。乌程侯皓（权孙，太子和子，和未立而卒）凤凰二年，拜大司马、荆州牧。明年秋卒，年四十九。《晋书·羊祜传》："祜与陆抗相对，使命交通，抗称祜之德量，虽乐毅、诸葛孔明不能过也。抗尝病，祜馈之药，抗服之无疑心。人多谏抗，抗曰：'羊祜岂鸩人者！'时谈以为华元、子反复见于今日。"】机身长七尺，其声如钟。少有异才，文章冠世，伏膺儒术，非礼不动。抗卒，领父兵为牙门将。年二十而吴灭，退居旧里，闭门勤学，积有十年。以孙氏在吴，而祖父世为将相，有大勋于江表，深慨孙皓举而弃之，乃论权所以得，皓所以亡；又欲述其祖父功业，遂作《辩亡论》二篇。……至太康末，【本晋武帝太康十一年，四月帝崩，太子衷即位，是为惠帝。是年改元永熙，机年三十（应在翌年改元）】与弟云俱入洛，造太常张华。（《晋书·陆云传》："机初诣张华，华问云何在？机曰：'云有笑疾，未敢自见。"俄而云至，华为人多姿制，又好帛绳缠须，云见而大笑，不能自已。先是，尝着缞绖上船，于水中顾见其影，因大笑落水，人救获免。”）华素重其名，如旧相识，曰：‘伐吴之役，利获二俊。’又尝诣侍中王济（字武子），济指羊酪谓机曰：‘卿吴中何以敌此？’答云：‘千里莼羹，未下盐豉。’（宋王楙《野客丛书》：“或者谓千里、未下皆地名，莼豉所出之地。”而《世说新语·言语》云：“有千里莼羹，但未下盐豉耳。”则非地名也）时人称为名对。张华荐之诸公。后太傅杨骏辟为祭酒，会骏诛。累迁太子洗马、著作郎。范阳卢志（谌父）于众中问机曰：‘陆逊、陆抗于君近远？’机曰：‘如君于卢毓（魏司空，植子，志祖）、卢珽。’志默然。既起，云谓机曰：‘殊邦遐远，容不相悉，何至于此！’机曰：‘我父祖名播四海，宁不知邪！’议者以此定二陆之优劣。吴王晏（晋武帝、李夫人生，惠帝异母弟）出镇淮南，以机为郎中令。迁尚书中兵郎，转殿中郎。赵王伦辅政（宣帝第九子，惠帝叔祖辈，永康元年杀贾后，自为相国，自加九锡，机时年四十，明年伦篡位），引为相国参军。豫诛贾谧（本韩寿子，贾充外孙。充无后，入继，凭贾后势，专权作恶）功，赐爵关中侯。伦将篡位，以为中书郎。伦之诛也，齐王冏（武帝同母次弟献王攸之子，时为大司马，专权）以机职在中书，九锡文及禅诏疑机与焉，遂收机等九人付廷尉。赖成都王颖（武帝第十六子，时为大将军）、吴王晏并救理之，得减死徙边，遇赦而止。初，机有骏犬，名曰黄耳，甚爱之。既而羁寓京师，久无家问，笑语犬曰：‘我家绝无书信，汝能赍书取消息不？’犬摇尾作声。机乃为书，以竹筒盛之，而系其颈。犬寻路南走，遂至其家，得报还洛。其后因以为常。时中国多难，顾荣、戴若思等，咸劝机还吴。（惠帝太安元年，齐王冏专政时，张翰作莼菜鲈鱼之思，引还吴。顾荣亦吴人，为齐王冏大司马主簿，惧祸，终日酣饮，不理府事。若思父祖皆事吴，好游侠，机入洛，劫之。机曰："卿才器如此，乃复作劫邪！"若思感悟，因流涕投剑，遂与定交。机荐之赵王伦，辟官不就）机负其才望，而志匡世难，故不从。冏既矜功自伐，受爵不让，机恶之，作《豪士赋》以刺焉。其序曰：'……'冏不之悟，而竟以败。机又以圣王经国，义在封建，因采其远指，著《五等论》曰：'……'时成都王颖推功不居，劳谦下士。机既感全济之恩，又见朝廷屡有变难，谓颖必能康隆晋室，遂委身焉。颖以机参大将军军事，表为平原内史。太安初（二年。机年四十三），颖与河间王颙（惠帝之堂叔）起兵讨长沙王乂（武帝第六子，时与惠帝在京师，颖在邺，惮乂在内，故与颙共伐之），假机后将军、河北大都督，督北中郎将王粹、冠军牵秀等诸军二十余万人。机以三世为将，道家所忌；又羁旅入宦，顿居群士之右，而王粹、牵秀等皆有怨心，固辞都督。【《太平御览》卷七百六十七引《晋起居注》作"都督三十七万众"。《吴志·陆抗传》裴松之注引《机云别传》曰："初，抗之克步阐也，（步骘少子。骘尝代陆逊为丞相，在西陵二十年，卒。子协嗣。协卒，子玑嗣。协弟阐，继业为西陵督，累世在西陵，以城降晋。吴遣陆抗讨之，步氏泯灭）诛及婴孩，识道者尤之曰：'后世必受其殃。'及机之诛三族，无遗孙。"】颖不许。机乡人孙惠亦劝机让都督于粹，机曰：'将谓吾为首鼠避贼，适所以速祸也。'遂行。颖谓机曰：'若功成事定，当爵为郡公，位以台司，将军勉之矣。'

机曰：‘昔齐桓任夷吾以建九合之功，燕惠疑乐毅以失垂成之业（乐毅下齐七十余城，独莒、即墨未服。昭王死，惠王立，田单纵反间计谓毅欲南面而王。惠王乃使骑劫代将，乐毅奔赵。田单后用火牛阵大破骑劫兵，尽复齐失地），今日之事，在公不在机也。’颖左长史卢志心害机宠，言于颖曰：‘陆机自比管、乐，拟君暗主，自古命将遣师，未有臣陵其君而可以济事者也。’颖默然。机始临戎，而牙旗折（军前大旗，以象牙饰之），意甚恶之。列军自朝歌至于河桥，鼓声闻数百里，汉、魏以来，出师之盛，未尝有也。长沙王乂奉天子与机战于鹿苑，机军大败，赴七里涧（在洛阳东二十里）而死者如积焉，水为之不流。将军贾棱皆死之。初，宦人孟玖、弟超并为颖所嬖宠，超领万人为小都督，未战，纵兵大掠。机录其主者（录，绳之以法），超将铁骑百余人，直入机麾下夺之，顾谓机曰：‘貉奴，能作督不？’机司马孙拯劝机杀之，机不能用。超宣言于众曰：‘陆机将反。’又还书与玖，言：‘机持两端，军不速决。’及战，超不受机节度，轻兵独进而没。玖疑机杀之，遂谮机于颖，言其有异志。将军王阐、郝昌、公师藩等皆玖所用，与牵秀等共证之。颖大怒，使秀密收机。其夕，机梦黑幰（车幕）绕车，手决不开。天明而秀兵至，机释戎服，着白帢，与秀相见，神色自若。谓秀曰：‘自吴朝倾覆，吾兄弟宗族，蒙国重恩，入侍帷幄，出剖符竹。成都命吾以重任，辞不获已。今日受诛，岂非命也！’（《太平御览》卷六百二引《抱朴子》曰：“陆平原作子书未成，吾门生有在陆君军中，尝在左右。说陆君临亡曰：‘穷通，时也；遭遇，命也。古人贵立言以为不朽，吾所作子书未成，以此为恨耳。’”）因与颖笺，词甚凄恻。既而叹曰：‘华亭鹤唳，岂可复闻乎！’遂遇害于军中，时年四十三。二子蔚、夏亦同被害。机既死非其罪，士卒痛之，莫不流涕。是日昏雾昼合，大风折木，平地尺雪，议者以为陆氏之冤。（《太平御览》卷四百二十引《三十国春秋》：“颖诛机及弟云，夷三族。”《吴志·陆抗传》裴松之注引《机云别传》曰：“机兄弟既江南之秀，亦著名诸夏，并以无罪夷灭，天下痛惜之。”颖后虽擒乂拜丞相，然卒放逐，诛死，年二十八。二子亦死，另一子流离百姓家，亦为东海王越所杀，距机卒后三年耳）机天才秀逸，辞藻宏丽，（裴松之注《吴志·陆抗传》引《机云别传》：“机天才绮练，文藻之美，独冠于时。”）张华尝谓之曰：‘人之为文，常恨才少，而子更患其多。’弟云尝与书曰：‘君苗（崔姓）见兄文，辄欲烧其笔砚。’后葛洪著书，称机文：‘犹玄圃之积玉，无非夜光焉；五河之吐流，泉源如一焉。其弘丽妍赡，英锐漂逸，亦一代之绝乎！’（今《抱朴子》无。严可均《全晋文·葛洪文》漏辑，《太平御览》未引）其为人所推服如此。然好游权门，与贾谧亲善，以进趣获讥。所著文章凡三百余篇（今集十卷，不全矣）并行于世。

制曰：（唐太宗御撰）古人云：‘虽楚有才，晋实用之。’（《左传》襄公二十六年楚大夫公子归生答令尹子木曰：“晋卿不如楚，其大夫则贤，皆卿材也，如杞梓皮革，自楚往也。虽楚有材，晋实用之。”）观夫陆机、陆云，实荆、衡之杞梓，挺珪璋于秀实（草木之秀之实皆成美玉珪璋），驰英华于早年。风鉴澄爽，神情俊迈。文藻宏丽，独步当时；言论慷慨，冠乎终古。高词迥映，如朗月之悬光；叠意回舒，若重岩之积秀。千条析理，则电坼霜开；一绪连文，则珠流璧合。其词深而雅，其义博而显，故足远超枚、马，高躐王、刘，百代文宗，一人而已。然其祖考重光，羽楫吴运，文武奕叶，将相连华。而机以廊庙蕴才，瑚琏标器，（《论语·公冶长》："子贡问曰：'赐也何如？'子曰：'女器也。'曰：'何器也？'曰：'瑚琏也。'"）宜其承俊乂之庆（《书·皋陶谟》："俊乂在官，百僚师师。"），奉佐时之业。申能展用，保誉流功。属吴祚倾基，金陵毕气，（《吴志·张纮传》裴松之注引《江表传》："昔秦始皇东巡会稽，经此县，望气者云：'金陵地形，有王者都邑之气。'故掘断连冈，改名秣陵。"）君移国灭，家丧臣迁。矫翮南辞，翻栖火树；飞鳞北逝，卒委汤池。遂使穴碎双龙，巢倾两凤。激浪之心未骋，遽骨修鳞；陵云之意将腾，先灰劲翮。望其翔跃，焉可得哉！夫贤之立身，以功名为本；士之居世，以富贵为先。然则荣利，人之所贪；祸辱，人之所恶。故居安保名，则君子处焉；冒危履贵，则哲士去焉。是知兰植中涂，必无经时之翠（被人践踏）；桂生幽壑，终保弥年之丹。非兰怨而桂亲，岂涂害而壑利。而生灭有殊者，隐显之势异也。故曰，炫美非所，罕有常安；韬奇择居，故能全性。观机、云之行已也，智不逮言矣。睹其文章之诫，何知易而行难！（《书·说命中》："非知之艰，行之惟艰。"）自以智足安时，才堪佐命，庶保名位，无忝前基。不知世属未通（泰也），运钟方否（塞也），进不能辟昏匡乱，退不能屏迹全身。而奋力危邦，竭心庸主。忠抱实而不谅，谤缘虚而见疑。生在己而难长，死因人而易促。上蔡之犬，不诫于前；（《史记·李斯传》："二世二年七月，具斯五刑，论腰斩咸阳市。

斯出狱，与其中子俱执，顾谓其中子曰：‘吾欲与若复牵黄犬，俱出上蔡东门逐狡兔，岂可得乎！’遂父子相哭，而夷三族。”）华亭之鹤，方悔于后。卒令覆宗绝祀，良可悲夫！然则三世为将，衅钟来叶；诛降不祥，殃及后昆。（陆抗诛步阐事，见上）是知西陵结其凶端，河桥收其祸末。其天意也，岂人事乎！”

晋八王之乱，是汝南王亮、楚王玮、赵王伦、齐王冏、长沙王乂、成都王颖、河间王颙、东海王越。八王同传，在《晋书》卷五十九，列传第二十九。

《晋书·齐王冏传》：“齐武闵王冏，字景治，献王攸之子也。（武帝同母次弟，亲贤好施，爱经籍，能为文，善尺牍，为世所楷。才出武帝之右，出继景帝）少称仁惠，好振施，有父风。初，攸有疾，武帝不信，遣太医诊候，皆言无病。及攸薨，帝往临丧，冏号踊，诉父病为医所诬，诏即诛医。由是见称，遂得为嗣。（惠帝）元康中，拜散骑常侍，领左军将军、翊军校尉。赵王伦密与相结，废贾后，以功转游击将军。（惠帝贾后，贾充女，在位专横十一年，天下咸怨。又性淫貌丑，内与太医程据淫乱，又私通民间美男，淫后多杀之。赵王伦利用冏母与后有隙，使冏收后，矫诏以金屑酒赐后死，爪牙皆伏诛）冏以位不满意，有恨色。孙秀微觉之，且惮其在内，出为平东将军、假节，镇许昌。伦篡，迁镇东大将军、开府仪同三司，欲以宠安之。冏因众心怨望，潜与离狐、王盛、颍川王处穆谋起兵诛伦。伦遣腹心张乌觇之，乌反曰：‘齐无异志。'冏既有成谋未发，恐事泄，乃与军司管袭杀穆，送首于伦，以安其意。谋定，乃收袭杀之。遂与豫州刺史何勖、龙骧将军董艾等起军，遣使告成都、河间、常山、新野四王，移檄天下，……伦遣其将闾和、张泓、孙辅出堮阪，与冏交战。冏军失利，坚垒自守。会成都军破伦众于黄桥，冏乃出军攻和等，大破之。及王舆废伦，惠帝反正，冏诛讨贼党既毕，率众入洛，顿军通章署，甲士数十万，旌旗器械之盛，震于京都。天子就拜大司马，加九锡之命，备物典策，如宣、景、文、武辅魏故事。冏于是辅政，居攸故宫，置掾属四十人。大筑第馆，北取五谷市，南开诸署，毁坏庐舍以百数，使大匠营制，与西宫等。凿千秋门墙以通西阁，后房施钟悬，前庭舞八佾，沉于酒色，不入朝见。坐拜百官，符敕三台（尚书、御史、谒者），选举不均，惟宠亲昵。……于是朝廷侧目，海内失望矣。……河间王颙诛冏，因导以利谋。颙从之，上表……冏大惧，……长沙王乂径入宫，发兵攻冏府。……放火烧诸观阁，……又称大司马谋反，助者诛五族。……明日，冏败，乂擒冏至殿前，帝恻然，欲活之。乂叱左右促牵出，冏犹再顾，遂斩于闾阖门外，徇首六军，诸党属皆夷三族。……暴冏尸于西明亭，三日而莫敢收敛。"

明孙月峰曰："余壬申岁读此文，遂稍悟文机。盖只从旁指说，更不细述根由，所以便觉其跌荡劲快。凡文字最忌烦琐，此亦一时偶解。"

清何义门曰："当时之体，然确切动听。"

清邵子湘曰："文体圆折，有似连珠，舒缓自然，自是对偶文字之先声。声韵未得，而气淳力厚，未易到也。"

清方伯海曰："按大意，总见古来功高位重，虽圣贤处之，尚多疑谤，惧不克终。况侥幸一时之功，翘然自负，睥睨神器，把持朝野，不知辞宠去势，虑患防危。怨毒既盈，凶祸立至，位其可恃乎！篇中将功不可独尊、位不可自擅二意，夹行到底，公论崇议，有上下古今之识，有驰骋一世之才。冏卒不悟，复蹈赵王伦之覆辙也。噫！"

夫立德之基有常，而建功之路不一。 《左传》襄公二十四年鲁大夫叔孙豹曰："大上有立德，其次有立功，其次有立言。虽久不废，此之谓不朽。"

何则？循心以为量者存乎我， 承立德。于光华曰："申上有常。"

因物以成务者系乎彼。 承立功。于光华曰："申上不一。"李善注："言立德必循于心，故存乎我。""言建功必因于物，故系乎彼。"

存夫我者，隆杀止乎其域；系乎物者，丰约唯所遭遇。 李善注："言德有常量，至域便止；功无常则，因遇乃成。域，谓身也。"

落叶俟微风以陨，而风之力盖寡； 于光华曰："忽喻。"《汉书·韩安国传》王恢谓韩安国曰："夫草木遭霜者，不可以风过。"颜师古注："言易零落。"

孟尝遭雍门而泣，而琴之感以末。 清孙冯翼辑桓谭《新论·琴道篇》:"雍门周以琴见孟尝君曰:'先生鼓琴,亦能令文悲乎?'对曰:'臣之所能令悲者:先贵而后贱,昔富而今贫。摈压穷巷,不交四邻。不若身材高妙,怀质抱真。逢谗罹谮,怨结而不得信。不若交欢而结爱,无怨而生离。远赴绝国,无相见期。不若幼无父母,壮无妻儿。出以野泽为邻,入用堀穴为家。困于朝夕,无所假贷。若此人者,但闻飞鸟之号,秋风鸣条,则伤心矣。臣一为之援琴而长太息,未有不凄恻而涕泣者也。今若足下,居则广厦高堂,连闼洞房,下罗帷,来清风,倡优在前,谄谀侍侧。扬激楚,舞郑妾。流声以娱耳,练色以淫目。水戏则舫龙舟,建羽旗,鼓钓乎不测之渊。野游则登平原,驰广囿,强弩下高鸟,勇士格猛兽,置酒娱乐,沉醉忘归。方此之时,视天地曾不若一指,虽有善鼓琴,未能动足下也。'孟尝君曰:'固然。'雍门周曰:'然臣窃为足下有所常悲。夫角帝而困秦者君也;连五国而伐楚者又君也。天下未尝无事,不从即衡,从成则楚王,衡成则秦帝。夫以秦、楚之强而报弱薛,犹磨萧斧而伐朝菌也。有识之士,莫不为足下寒心。天道不常盛,寒暑更进退,千秋万岁之后,宗庙必不血食。高台既已倾,曲池又已平,坟墓生荆棘,狐狸穴其中,游儿牧竖,踯躅其足而歌其上曰:孟尝君之尊贵,亦犹若是乎!'于是孟尝君喟然太息,涕泪承睫而未下。雍门周引琴而鼓之,徐动宫徵,叩角羽,终而成曲。孟尝君遂市歔欷而就之曰:'先生鼓琴,令文立若亡国之人也。'"

何者?欲陨之叶,无所假烈风;将坠之泣,不足繁哀响也。

○此段总起,谓人之立德有常分,而建功则不然,有机会可乘便得。如枯叶之落虽因风，但风之恰到是偶然，非微风能吹叶落，实叶之本枯而必落耳。如赵王伦之篡位，天怒人怨，其亡可必，齐王冏特乘时而起耳。故赵王伦之亡，晋惠帝之反正，非真赖齐王冏之力也。

是故苟时启于天，理尽于民， 李善注：“时既启之于天，理又尽于人事，言立功易也。”

庸夫可以济圣贤之功，斗筲 斗容十升，筲二升，言器小。 **可以定烈士之业。** 刘向《说苑》卷八《尊贤篇》：“邹子说梁王曰：‘……管仲，故成阴之狗盗也，天下之庸夫也，齐桓公得之为仲父。’”《论语·子路》：“子贡问曰：‘何如斯可谓之士矣？’子曰：‘行己有耻，使于四方，不辱君命，可谓士矣。’曰：‘敢问其次。’曰：‘宗族称孝焉，乡党称弟焉。’曰：‘敢问其次。’曰：‘言必信，行必果，硁硁然小人哉，抑亦可以为次矣。’曰：‘今之从政者何如？’子曰：‘噫！斗筲之人，何足算也。’”

故曰：才不半古，而功已倍之，盖得之于时势也。《孟子·公孙丑上》：“当今之时，万乘之国，行仁政，民之悦之，犹解倒悬也。故事半古之人，功必倍之，惟此时为然。”

历观古今，徼一时之功，而居伊 尹。 **周** 公。 **之位者有矣。** 侥，读作小人行险以侥幸之侥。《孟子·公孙丑下》：“彼一时，此一时也。”方伯海曰：“功与位，为一篇之骨。”

夫我之自我，智士犹婴其累；物之相物，昆虫皆有此情。 士衡本意：自我，是自视过高；相物，是视彼太低。自视高而视人低，其极必至于狂傲任性，自取灭亡。然自视高，智士或受其累；视人低，则人亦视己低，故云相物也。《礼记·王制》：“昆虫未蛰，不以火田。”郑玄注：“昆，明也。明虫者，得阳而生，得阴而藏。”案：昆乃蚰之假借字，《说文》：“蚰，虫之总名也。从二虫。凡蚰之属皆从蚰。读若昆。”

夫以自我之量，而挟非常之勋，神器晖其顾眄，万物随其俯仰， 方伯海曰：“数句直刺入齐王身上。”《老子》曰：“天下神器，不可为也，为者败之。”神器，神明之器，犹《易·系辞传》谓之“圣人之大宝曰位”也。

心玩居常之安，耳饱从谀之说，岂识乎功在身外，任出才表者哉！

○此段谓遇时机，虽寻常人亦可以建大功、立大业，如齐王冏之倾覆赵王伦，扶惠帝反正，亦时机使然，非齐王冏有异乎寻常之德业才具也。而乃自以为是，顾眄神器，指挥万类，心玩常安，耳饱谄谀，岂自识其非分哉！从谀：《史记·汲黯传》：“天子方招文学儒者，上曰：‘吾欲云云。’黯对曰：‘陛下内多欲而外施仁义，奈何欲效唐、虞之治乎！’上默然怒，变色而罢朝。公卿皆为黯惧。上退，谓左右曰：‘甚矣汲黯之戆也！’群臣或数黯，黯曰：‘天子置公卿辅弼之臣，宁令从谀承意，陷主于不义乎？且已在其位，纵爱身，奈辱朝廷何！’”

且好荣恶辱，有生之所大期； 《荀子·荣辱篇》：“好荣恶辱，好利恶害，是君子小人之所同也。”

忌盈害上，鬼神犹且不免。 《易·谦卦·彖辞》：“天道亏盈而益谦，地道变盈而流谦，鬼神害盈而福谦，人道恶盈而好谦。”《左传》文公二年晋将狼瞫（痴、审二音）曰：“《周志》有之：勇则害上，不登于明堂。”杜预注：“《周志》，《周书》也。明堂，祖庙也。所以策功序德，故不义之士不得升。”

人主操其常柄，天下服其大节，《韩非子·定法篇》：“因任而授官，循名而责实，操杀生之柄，课群臣之能者也，此人主之所执也。”节，节制也。《左传》成公二年：“仲尼闻之曰：……唯器与名，不可以假人，君之所司也。名以出信，信以守器，器以藏礼，礼以行义，义以生利，利以平民，政之大节也。”

故曰：天可仇乎？而时有袨服荷戟，立于庙门之下，谓敢刺人君。

援旗誓众，奋于阡陌之上。谓公然作反。《左传》定公四年：“楚子（昭王）涉睢济江，入于云中（云梦泽中），……郧公辛之弟怀将弑王，曰：‘平王杀吾父，我杀其子，不亦可乎？’（昭公十四年，楚平王杀斗成然，斗成然子斗辛，即郧公辛，其弟斗怀也）辛曰：‘君讨臣，谁敢仇之？君命，天也。若死天命，将谁仇乎？’”《汉书·儒林传·梁丘贺传》：“宣帝时，闻京房为《易》明，求其门人，得贺。……贺入说，上善之，以贺为郎。会八月饮酎（三重醇酒），行祠孝昭庙，先驱旄头剑挺堕墬（籀文地），首垂泥中，刃乡乘舆车，马惊。于是召贺筮之，有兵谋，不吉。上还，使有司侍祠。是时霍氏外孙代郡太守任宣，坐谋反诛，宣子章为公车丞，亡在渭城界中。夜玄服入庙，居郎间（郎着皁衣），执戟立庙门，待上至，欲为逆。发觉，伏诛。故事：上常夜入庙，其后待明而入，自此始也。”贾谊《过秦论》：“陈涉，瓮牖绳枢之子，甿隶之人，而迁徙之徒也。材能不及中庸，非有仲尼、墨翟之贤，陶朱、猗顿（问术于陶朱）之富。蹑足行伍之间，而俛起阡陌之中，率罢散之卒，将数百之众，转而攻秦。斩木为兵，揭竿为旗。天下云集而响应，赢粮而景从，山东豪俊，遂并起而亡秦族矣。”

况乎代主制命，自下财 借作裁，见下。 **物者哉！** 自臣下而裁制万事万物也。李善曰：“后以财成，而臣为之，故云自下。”《易·泰卦·象辞》：“天地交，《泰》。后以财成天地之道，辅相天地之宜，以左右民。”《尔雅·释诂》：“后，君也。”财，假借为裁。《说文》：“裁，制衣也。”《史记·封禅书》：“民里社各自财以祠。”《汉书·郊祀志》作“自裁”，是也。《尸子·分篇》：“天地生万物，圣人裁之。”李善改裁为财，实不应尔也。

广树恩不足以敌怨，勤兴利不足以补害， 何义门曰：“惊心动魄之言。”

故曰：代大匠斫者，必伤其手。 于光华曰：“喻臣行君令。”

○此段谓以天子之尊荣定分，尚有人行刺或作反，况冏以大司马辅政而行天子之事乎？广树恩勤兴利二句，犹老子所谓“夫代大匠斫者，希有不伤其手矣。”谓冏之非分也。《老子》：“常有司杀者杀，夫代司杀者杀，是谓代大匠斫；夫代大匠斫者，希有不伤其手矣。”

且夫政由宁氏，忠臣所为慷慨；祭则寡人，人主所不久堪。《左传》襄公十四年，卫大夫孙文子攻献公，公出奔齐。孙文子立殇公（献公同祖弟），立十二年，宁喜弑之，献公复入。又《左传》襄公二十六年："（卫）献公使与宁喜言，……曰：'苟反，政由宁氏，祭则寡人。'又二十七年："卫宁喜专，公患之，公孙免余请杀之，公曰：'微宁子不及此，吾与之言矣。事未可知，只成恶名，止也。'对曰：'臣杀之，君勿与知。'乃与公孙无地、公孙臣谋，使攻宁氏，弗克，皆死。……夏，免余复攻宁氏，杀宁喜及右宰縠，尸诸朝。"

是以君奭鞅鞅，不悦公旦之举；《尚书·君奭序》："召公（名奭）为保，周公为师，相成王，为左右。召公不说，周公作《君奭》。"《史记·燕召公世家》："自陕以西，召公主之；自陕以东，周公主之。成王既幼，周公摄政，当国践阼，召公疑之，作《君奭》。……于是召公乃说。"《汉书·周亚夫传》景帝目送周亚夫曰："此鞅鞅，非少主臣也。"鞅鞅同怏怏，不满足也。

高平师师，侧目博陆之势。《汉书·魏相传》："魏相字弱翁，……（宣帝即位）迁御史大夫。四岁，……代（韦贤）为丞相，封高平侯。"又《汉书·叙传·述魏相丙吉传》："高平师师，惟辟作威，图黜凶害，天子是毗。"韦昭注："师师，相尊法也。"（《书·洪范》："惟辟作福，惟辟作威，惟辟玉食。臣无有作福作威玉食。"）又《汉书·酷吏·郅都传》："列侯宗室见都，侧目而视，号曰苍鹰。"又《汉书·霍光传》："霍光字子孟，票骑将军去病弟也。……去病死后，光为奉车都尉、光禄大夫，出则奉车，入侍左右。出入禁闼二十余年，小心谨慎，未尝有过。（武帝后元二年）病笃，……上以光为大司马大将军。……受遗诏，辅少主。明日武帝崩，太子袭尊号，是为孝昭皇帝。帝年八岁，政事壹决于光。……光为博陆侯。……光为人沉静详审，长财七尺三寸，白皙，疏眉目，美须髯。每出入下殿门，止进有常处，郎仆射窃识视之，不失尺寸。其资性端正如此。……光威震海内，昭帝既冠，遂委任光，讫十三年，百姓充实，四夷宾服。元平元年，昭帝崩，亡嗣。……光……迎昌邑王贺。贺者，武帝孙，昌邑哀王子也。既至，即位，行淫乱。光忧懑……（奉准太后废昌邑王，迎立武帝曾孙病已于民间）是为孝宣皇帝。……光自后元秉持万机，及上即位，乃归政。上谦让不受，诸事皆先关白光，然后奏御天子。光每朝见，上虚己敛容，礼下之已甚。光秉政前后二十年，地节二年春，病笃，车驾自临问光病，上为之涕泣。……即日拜光子禹为右将军。光薨，上及皇太后亲临光丧。……谥曰宣成侯。……禹既嗣为博陆侯。……初，光爱幸监奴冯子都，常与计事，及显（光妻）寡居，与子都乱。……宣帝自在民间，闻知霍氏尊盛日久，内不能善。光薨，上始躬亲朝政。（丞相魏相用事，禹为大司马，恨望深，谋废天子自立。会事发觉，禹要斩，显及诸女昆弟皆弃市，与霍氏相连坐诛灭者数千家）……宣帝始立，谒见高庙，大将军光从骖乘。上内严惮之，若有芒刺在背。……故俗传之曰：'威震主者不畜（容也），霍氏之祸，萌于骖乘。……《赞》曰：霍光以结发内侍，起于阶闼之间（出则奉车，入侍左右），确然秉志，谊（义之本字）形于主（武帝）。受襁褓之托，任汉室之寄，当庙堂，拥幼君，摧燕王，仆上官。（昭帝兄燕王旦与上官桀谋杀霍光，废昭帝，立燕王。光悉诛桀等，燕王自杀）因权制敌，以成其忠。处废置之际（废昌邑王立宣帝），临大节而不可夺。遂匡国家，安社稷。拥昭立宣，光为师保，虽周公、阿衡（伊尹官号），何以加此！然光不学亡术，暗于大理。阴妻邪谋，立女为后。（妻显毒杀宣帝许皇后，欲立小女成君为皇后。许后暴崩，吏捕诸医，簿问急，显恐事败，具实语光。因奏上勿论，光女为后）湛溺盈溢之欲，以增颠覆之祸。死财三年，宗族诛夷，哀哉！……”

而成王不遣嫌吝于怀，宣帝若负芒刺于背，非其然者欤？《书·金縢》：“武王既丧，管叔及其群弟乃流言于国，曰：‘公将不利于孺子。’……于后，公乃为诗以贻王，名之曰《鸱鸮》。王亦未敢诮公。”孔安国传：“成王信流言而疑周公。”

嗟乎！光于四表，德莫富焉。王曰叔父，亲莫昵焉。 于光华曰：“二句周公。”应是四句。《书·尧典》：“光被四表，格于上下。”《孔传》：“名闻充溢四外，至于上下。”《诗·鲁颂·閟宫》：“王曰叔父，建尔元子（周公子伯禽），俾侯于鲁。”《毛传》：“王，成王也。”《郑笺》：“叔父，谓周公也。”

登帝大 依李善注引《尚书》，则大应作天。 **位，功莫厚焉。守节没齿，忠莫至焉**。 于光华曰：“二句霍光。”亦应是四句。《汉书·霍光传》：“昭帝崩，……光遂复与丞相敞等上奏曰：‘……太宗（惠帝）亡嗣，择支子孙贤者为嗣。孝武皇帝曾孙病已，……可以嗣孝昭皇帝。’……皇太后诏曰：‘可。’”《书·太甲下》：“伊尹申诰于王曰：……天位艰哉!”李陵《答苏武书》:“且汉厚诛陵以不死,薄赏子以守节。”《论语·宪问》:“或问子产,子曰:‘惠人也。’问子西。曰:‘彼哉彼哉!’问管仲。曰:‘人也。夺伯氏(齐大夫)骈邑(地名)三百(户也),饭疏食,没齿无怨言。’”(齐桓公夺伯氏骈邑三百户与管仲,伯氏心服管仲之功,至死无怨言)

而倾侧颠沛,仅而自全。则伊生抱明允以婴戮,文子怀忠敬而齿剑,固其所也。 谓伊尹、文种。《竹书纪年》:“太甲七年,王潜出自桐,杀伊尹。天大雾三日,乃立其子伊陟、伊奋,命复其父之田宅而中分之。”《竹书纪年》所记,与《孟子》及《史记》大异,不足信,此词章家好奇用之耳。于光华曰:“事甚不经,借为谈资耳。”《尚书·太甲上序》:“太甲既立,不明。伊尹放诸桐,三年,复归于亳。”《孟子·万章上》:“太甲颠覆汤之典刑,伊尹放之于桐。三年,太甲悔过,自怨自艾,于桐处仁迁义;三年,以听伊尹之训己也,复归于亳。”《史记·殷本纪》:“帝太甲既立三年,不明,暴虐,不遵汤法,乱德。于是伊尹放之于桐宫。……太甲居桐宫三年,悔过自责,反善。于是伊尹乃迎帝太甲而授之政。”《左传》文公十八年:“昔高阳氏有才子八人,……齐圣广渊,明允笃诚。”李善引《吴越春秋》曰:“文种者,本楚南郢人也,姓文,字少禽。”(今无此文)《礼记·儒行》:“儒有席上之珍以待聘,夙夜强学以待问,怀忠信以待举,力行以待取,其自立有如此者。”《史记·越王勾践世家》:“勾践已平吴,……越兵横行于江、淮东,诸侯毕贺,号称霸王。范蠡遂去,自齐遗大夫种书曰:‘蜚鸟尽,良弓藏;狡兔死,走狗烹。越王为人，长颈鸟喙，可与共患难，不可与共乐。子何不去?’种见书，称病不朝。人或谗种且作乱，越王乃赐种剑曰：‘子教寡人伐吴七术，寡人用其三而败吴，其四在子，子为我从先王试之。’种遂自杀。”枚乘《上书重谏吴王》：“夫举吴兵以訾（量也）于汉，譬犹蝇蚋之附群牛，腐肉之齿利剑，锋接必无事矣。”李善注：“齿，犹当也。”

因斯以言，夫以笃圣穆亲，如彼之懿； 谓周公。 **大德至忠，如此之盛。** 谓霍光。 **尚不能取信于人主之怀，止谤于众多之口。** 邹阳《狱中上书自明》：“不牵乎卑辞之语，不夺乎众多之口。”

过此以往，恶睹其可！安危之理，断可识矣。 《易·豫卦》：“六二，介于石，不终日，贞吉。”《象》曰：“不终日贞吉，以中正也。”《系辞传下》：“介如石焉，宁用终日，断可识矣。”

又况乎饕大名以冒道家之忌，运短才而易圣哲所难者哉！

○此段谓臣专君柄，其势必危，以周公大圣，霍光至忠，且为人主所疑忌，况齐王冏乎！其败亡也必矣。《穀梁传》襄公十九年：“君不尸小事，臣不专大名。善则称君，过则称己，则民作让矣。”《老子》：“富贵而骄，自遗其咎。功成、名遂、身退，天之道。”《庄子·山木》：“自伐者无功，功成者隳，名成者亏。孰能去功与名，而还与众人?”

身危由于势过，而不知去势以求安；祸积起于宠盛，而不知辞宠以招福。见百姓之谋己，则申宫警守，以崇不畜 容也。 **之威；** 《左传》成公十六年：“公待于坏隤（晋邑），申宫儆备，（李善改儆为警，虽《说文》二字皆戒也，亦不应擅改经文）设守而后行。”杜预注：“申敕宫备也。”

惧万民之不服，则严刑峻制，以贾 买也。 **伤心之怨。** 刘向《新序·善谋篇》：“秦孝公欲用卫鞅之言，更为严刑峻法，易古三代之制度。”《左传》成公二年齐高固曰：“欲勇者，贾余馀勇。”《书·酒诰》：“民罔不衋伤心。”

然后威穷乎震主，而怨行乎上下， 《史记·淮阴侯列传》蒯通说韩信曰：“臣闻勇略震主者身危，而功盖天下者不赏。”

众心日陊，危机将发， 《说文》：“陊，落也。从𨸏，多声。”徐铉曰：“今俗作堕，非是。”此应作败坏解，则是隓字。《说文》：“隓，败城𨸏曰隓。从𨸏，𡍮声。”“𡐦，篆文。”徐铉曰：“今俗作隳，非是。”

而方偃仰瞪眄，谓足以夸世。 《诗·小雅·北山》：“或栖迟偃仰，或王事鞅掌。”王延寿《鲁灵光殿赋》：“齐首目以瞪眄，徒脈脈而狋狋。”（《说文》：“狋，犬怒皃。”）《埤苍》（张揖撰，三卷，已亡）：“瞪，直视也。”

笑古人之未工，亡己事之已拙。知曩勋之可矜，暗成败之有会。是以事穷运尽，必于颠仆。风起尘合，而祸至常酷也。 班固《答宾戏》：“彼皆蹑风尘之会，履颠沛之势。”东汉项岱曰：“彼，谓（商鞅、）李斯辈也。风发于天，以喻君上；尘从下起，以喻斯等。”

圣人忌功名之过己，恶宠禄之逾量，盖为此也。 此段几于纯指齐王冏而言，谓其身危祸积，而不知去势辞宠以求安招福。知人皆不满，反极度戒以昭不容，对民更严刑峻法以重其怨。至朝野皆发指，而自以为得志。故一旦祸发，必速且酷烈也。方伯海曰："盛满不知戒，自取败亡，乃知从古奸雄，皆愚夫耳。"

〇此段议论风发，骨气奇高，于排偶句中有单行之气，与古文辞无异。唐太宗谓："百代文宗，一人而已。"此类是也。

夫恶欲之大端，贤愚所共有。《礼记·礼运篇》引孔子曰："饮食男女，人之大欲存焉；死亡贫苦，人之大恶存焉。故欲恶者，心之大端也。"

而游子殉高位于生前，志士思垂名于身后。受生之分，唯此而已。《鹖冠子·世兵篇》："夸者死权，自贵矜容，列（通烈）士徇名，贪夫徇财。"贾谊《鹏鸟赋》："贪夫殉财兮，烈士殉名。夸者死权兮，品庶每生。"（每，贪也）《论语·卫灵公》："君子疾没世而名不称焉。"又："志士仁人，无求生以害仁，有杀身以成仁。"

夫盖世之业，名莫大焉； 李善注："《汉书》曰：'项羽歌曰："力拔山兮气盖世。"'"

震主之势，位莫盛焉；率意无违，欲莫顺焉。 孙月峰曰："三莫焉，文法重复，不知士衡何为有此，岂古人不以为疵?"

借使伊人 于光华曰："明指齐王冏。" **颇览天道，知尽不可益，盈难久持，** 于光华曰："二语括尽全意。"《易·谦卦·彖辞传》："天道亏盈而益谦。"《老子》："持而盈之，不如其已。"《诗·大雅·凫鹥序》："《凫鹥》，守成也。大平之君子，能持盈守成，神祇祖考安乐之也。"

超然自引，高揖而退，《史记·鲁仲连传》："田单……

归而言鲁连，欲爵之。鲁连逃隐于海上，曰：‘吾与富贵而诎于人，宁贫贱而轻世肆志焉。’”司马迁《报任少卿书》：“宁得自引于深藏岩穴邪?”

则巍巍之盛，仰邈前贤；洋洋之风，俯冠来籍。而大乐不乏于身，至乐无愆乎旧。 愆，差失也。 **节弥效而德弥广，身逾逸而名逾劭。** 《法言·孝至篇》：“吾闻诸传，老则戒之在得，年弥高而德弥卲者，是孔子之徒与?”《说文》：“卲，高也。”“劭，美也。”（“邵，晋邑也。”）

此之不为，彼之必昧。 贾谊《陈政事疏》：“此之不为，而顾彼之久行，故曰可为长太息者此也。”

然后河海之迹，堙为穷流；一篑之衅，积成山岳。 于光华曰：“势大而穷，衅微而大。”《书·旅獒》：“为山九仞，功亏一篑。”《论语·子罕》：“譬如为山，未成一篑，止，吾止也。”

名编凶顽之条， 五臣刘良注：“谓书于史籍有凶顽之名也。”

身厌荼毒之痛，岂不谬哉！ 《诗·大雅·桑柔》：“民之贪乱，宁为荼毒。”（宁为，安为之也）《说文》：“厌，饱也。足也。从甘肰。”（肰，犬肉也）俗作餍。（厌，笮也。俗作窄）

故聊赋焉，庶使百世少有寤云。

〇此段总结。谓齐王冏已位极人臣，尽生人之大欲，应知“尽不可益，盈难久持”之理。而超然引退，则功高前贤，风冠来世矣。乃竟知进而不知退，至恶积祸盈，名败身死，岂不大谬哉。结三句，犹谓“后之视今，犹今之视前也”。（京房语。见《汉书·京房传》。王羲之《兰亭序》：“后之视今，亦犹今之视昔。”本此）

陆士衡《谢平原内史表》

李善引齐臧荣绪《晋书》曰："成都王（颖）表理机，起为平原内史，到官上表。"《晋书·宣帝·宣穆张皇后纪》："生景帝、文帝、平原王幹。"《文献通考》："汉制：……郡为诸侯王国者，置内史以掌太守之任。"

孙月峰曰："皇甫子循（名汸，明人。有《百泉子绪论》、《解颐新语》、《皇甫司勋集》）所谓'语虽合璧，意若贯珠'者，于此篇见之。有此精思，若运以散文，当更顿挫有节奏，第恐无此姿态。散文姿态在动作，此姿态在肌理。"

何义门曰："此文亦学蔡中郎《让高阳侯表》。"（本集及《全后汉文》作《让高阳乡侯章》）又曰："按所谓台閤（通阁）者此也。唐之凤閤鸾台，则当为閤字。閤，音蛤。"（案：《说文》："閤，门旁户也。"明张自烈《正字通》："自汉迄宋、明，凡秘阁、龙图阁、东阁、文渊阁，皆非从合。贞观制：自今中书门下及三品以下，入閤议事。宋太宗藏经史子集天文图书，分六閤。"然则阁、閤二字，音义相通也）

陪臣陆机言： 蔡邕《独断》："诸侯境内自相以下，皆为诸侯称臣于朝，皆称陪臣。”

今月九日，魏郡太守遣兼丞张含，赍板诏书印绶，假臣为平原内史。 李善注：“凡王封拜，谓之板官。时成都摄政，故称板诏。”

拜受祗竦，不知所裁。 祗，音支。《说文》：“祗，敬也。”“竦，敬也。”《后汉书·陈蕃传》：“灵帝即位，窦太后复优诏蕃曰：‘……太傅陈蕃辅弼先帝，出内累年。忠孝之美，德冠本朝；謇愕之操，华首弥固。今封蕃高阳侯，食邑三百户。’蕃上疏让曰：‘使者即（就也）臣庐，授高阳乡侯印绶，臣诚悼心，不知所裁。’”

臣机顿首顿首，死罪死罪。

臣本吴人，出自敌国， 《汉书·蒯通传》：“语曰：野禽殚，走犬亨；敌国破，谋臣亡。”

世无先臣宣力之效，才非丘园耿介之秀， 《书·益稷》：“帝（舜）曰：臣作朕股肱耳目，予欲左右（今俗作佐佑）有民，汝翼。予欲宣力四方，汝为。”《易·贲卦》六五：“贲于丘园，束帛戋戋。吝，终吉。”李善引王肃注：“隐处丘园，道德弥明，必有束帛之聘。”《楚辞》宋玉《九辩》：“独耿介而不随兮，愿慕先圣之遗教。”

皇泽广被，惠济无远。 王褒《四子讲德论》：“于是皇泽丰沛，主恩满溢。”《书·大禹谟》：“益赞于禹曰：惟德动天，无远弗届。”

擢自群萃，累蒙荣进， 《管子·小匡篇》：“今夫士，群萃而州处，闲燕。”《国语·齐语》管子对桓公曰：“今夫士，群萃而州处，闲燕。”韦昭注：“萃，集也。处，聚也。”

入朝九载，历官有六，身登三阁，官成两宫。 李善引臧荣绪《晋书》曰：“（惠帝）太熙末（太熙元年四月，改为永熙），太傅杨骏辟机为祭酒。骏诛，征为太子洗马。吴王出镇淮南，以机为郎中令，迁尚书中兵郎，转殿中郎，又为著作郎。”李善注：“晋令曰：秘书郎，掌中外三阁经书。两宫，东宫及上台也。”

服冕乘轩，仰齿贵游， 《左传》哀公十五年，卫太子蒯聩谓浑良夫曰：“苟使我入获国，服冕乘轩，三死无与。”齿，列也。《周礼·地官·师氏》：“以三德教国子：一曰至德，以为道本；二曰敏德，以为行本；三曰孝德，以知逆恶。教三行：一曰孝行，以亲父母；二曰友行，以尊贤良；三曰顺行，以事师长。……凡国之贵游子弟学焉。”

振景拔迹，顾邈同列。 邈，凌邈也。**施重山岳，义足灰没。** 李善引东汉葛袭《让州辟文》曰：“恩重山岳。”（严可均《全后汉文》有辑入，仅此一句）又李善注：“言君之义，我身如灰之灭，不足报也。”

遭国颠沛，无节可纪。虽蒙旷荡，臣独何颜？俯首顿膝，忧愧若厉。而横为故齐王冏所见枉陷，诬臣与众人共作禅文。 于光华曰：“此承谢恩一节，并白前受诬之状。”李善注：“（晋）王隐《晋书》曰：‘齐王冏，字景治。赵王伦篡位，冏举兵讨伦，临陈斩之。’禅文，伦受禅之文。”

幽执囹圄，当为诛始。 太史公《报任少卿书》：“身非木石，独与法吏为伍，深幽囹圄之中，谁可告愬者？”

臣之微诚，不负天地，仓卒之际，虑有逼迫，乃与弟云及散骑侍郎袁瑜、 李善引王隐《晋书》曰："袁瑜，字世都。" **中书侍郎冯熊、** 李善注："冯熊，字文罴。" **尚书右丞崔基、廷尉正顾荣、** 李善注："顾荣，字彦先。" **汝阴太守曹武，** 李善引《晋百官名》曰："曹武，字道渊。" **思所以获免。**

阴蒙避回，岐 李善曰："一作崎。" **岖自列。** 李善注："言密自蒙蔽，避回冏党，岐岖艰阻，得自申列也。《广雅》曰：'列，陈也。'"

片言只字，不关其间，事踪笔迹，皆可推校。 李善引王隐《晋书》曰："机与吴王晏表曰：'禅文本草，今见在中书，一字一迹，自可分别。'"蔡邕书："侍中执事，相见无期，惟是笔疏（李善引作迹），可以当面。"

而一朝翻然，更以为罪。蕞尔之生，尚不足恡； 《左传》昭公七年，子产曰："谚曰，蕞尔国。"杜预注："蕞，小貌。"李善引孔安国《尚书传》曰："恡，惜也。"

区区本怀，实有可悲。 李陵《答苏武书》："区区之心，切慕此耳。"《古诗十九首》："一心抱区区，惧君不识察。"《广雅·释训》："区区，爱也。"陆雨侯曰："以禅诏见疑，亦文章为祸。"

畏逼天威，即罪惟谨， 《左传》僖公九年齐桓公对周襄王大夫宰孔曰："天威不违颜咫尺。小白，余何敢贪天子之命，无下拜！恐陨越于下，以遗天子羞，敢不下拜！"《公羊传》桓公十六年："不即罪尔。"何休注："不就罪。"即，就也。《汉书·终军传》："元鼎中，博士徐偃使行风俗，偃矫制。……御史大夫张汤，劾偃矫制大害，法至死。……有诏下军问状，军诘偃曰：'……'又诘偃：'……'偃穷诎服罪，当死。军奏偃矫制颛行，非奉使体，请下御史征偃即罪。”颜师古曰：“即，就也。”《论语·乡党》：“其在宗庙朝廷，便便言，唯谨尔。”

钳口结舌，不敢上诉所天。《逸周书》芮良夫曰：“偷生苟安，爵以贿成，贤智箝（本字）口，小人鼓舌，逃害要利，并得厥求，唯曰哀哉!”《庄子·胠箧篇》：“削曾、史之行，钳杨、墨之口。”《慎子·逸文》：“臣下闭口，左右结舌。”《汉书·李寻传》：“及京兆尹王章坐言事诛灭，智者结舌。”后汉王符《潜夫论·贤难篇》：“此智士所以钳口结舌，括囊共默而已者也。”又《明忠篇》：“夫神明之术，其在君身，而忽之，故令臣钳口结舌而不敢言。”《后汉书·宦者列传·单超传》：“皇后乘势忌恣，多所鸩毒，上下钳口，莫有言者。”《左传》宣公四年：“（楚）箴尹（克黄，令尹子文之孙）曰：……君，天也，天可逃乎?”李善引东汉何休《墨守》曰：“君者，臣之天也。”（见吴质《答魏太子笺》注）《后汉书·梁竦传》：“拭目更视，乃敢昧死，自陈所天。”章怀太子李贤注：“臣以君为天，故云所天。”又子之于父及妇之于夫，亦称所天。《诗·鄘风·柏舟》：“母也天只，不谅人只。”《毛传》：“母也，天也，尚不信我。天，谓父也。”《礼记·哀公问》：“是故仁人之事亲也如事天，事天如事亲。”此子以父为天也。又《仪礼·丧服·子夏传》：“父者子之天也，夫者妇之天也。”《白虎通·谏诤篇》：“谏不从，不得去之者，本娶妻，非为谏正也。故‘一与齐，终身不改’。（《礼记·郊特牲》）此地无去天之义也。”又《嫁娶篇》：“夫有恶行，妻不得去者，地无去天之义也。”又《易·坤文言》：“地道也，妻道也，臣道也。”蔡邕《女赋》：“当三春之嘉月，将言归于所天。”潘岳《寡妇赋》：“适人而所天又殒。”此妇称夫为所天也。

莫大之衅，日经圣听； 《孝经·五刑章》：“五刑之属三千，而罪莫大于不孝。” **肝血之诚，终不一闻。所以临难慷慨，而不能不恨恨者，惟此而已。**

重蒙陛下恺悌之宥， 李善注：“陛下，谓成都也。”孙月峰曰：“此陛下，恐还指惠帝，旧注作成都王者非。”孙说是。《诗·小雅·湛露》：“岂弟君子，莫不令仪。”又《青蝇》：“岂弟君子，无信谗言。”《大雅·旱麓》：“岂弟君子，干禄岂弟。”又《泂酌》：“岂弟君子，民之父母。”又《卷阿》：“岂弟君子，来游来歌，以矢（陈也）其音。”岂弟，和易也。《说文》无悌字，有恺，“恺，乐也。”又：“岂，还师振旅乐也。”义略同。至《左传》僖公十二年、成公八年，《孝经·广至德章》则作“恺悌君子”。

回霜收电，使不陨越。 潘岳《西征赋》：“弛秋霜之严威，流春泽之渥恩。”东汉荀悦《申鉴·杂言篇》：“故人主以义申，以义屈也，喜如春阳，怒如秋霜，威如雷霆（李善改作电）之震，惠若雨露之降，沛然孰能御也?”陨越，已见上《左传》僖公九年齐桓公对宰孔曰：“小白，……恐陨越于下。”

复得扶老携幼，生出狱户， 《战国策·齐策四》：“孟尝君就国于薛，未至百里，民扶老携幼，迎君道中。”

怀金拖紫，退就散辈。《法言·学行篇》："或曰：使我纡朱怀金，其乐不可量也。曰：纡朱怀金者之乐，不如颜氏子之乐；颜氏子之乐也内，纡朱怀金者之乐也外。"李善引《法言》无"或曰"二字，且至"其乐不可量也"而止，大乖子云本意。又《解嘲》："析人之珪，担人之爵，怀人之符，分人之禄，纡青拖紫，朱丹其毂。"

感恩惟 思也。 **咎，五情震悼，** 曹植《上责躬应诏诗表》："形影相吊，五情愧赧。"刘良注："五情，喜、怒、哀、乐、怨也。"李善注引《文子》曰："昔中黄子（宋杜道坚《文子缵义》谓是古之真人）曰：色有五章，人有五情。"《上责躬应诏诗表》"五情愧赧"下引同。湛铨谨案：《文子·微明篇》原文云："昔者中黄子曰：天有五方，地有五行，声有五音，物有五味，色有五章，人有五位。故天地之间，有二十五人也。上五：有神人、真人、道人、至人、圣人。次五：有德人、贤人、智人、善人、辩人。中五：有公人、忠人、信人、义人、礼人。次五：有士人、工人、虞人（主山林者）、农人、商人。下五：有众人、奴人、愚人、肉人（徒有形表之行尸走肉者）、小人。上五之与下五，犹人之与牛马也。"全文与五情了无关涉，而李善强改"五位"为"五情"，迹近欺人，殊不应尔也。

跼天蹐地，若无所容。 方伯海曰："被诬得释，痛手之后，可以去矣。复贪膴仕，卒至同时伯仲骈首受戮，华亭鹤唳，可复闻耶？陆公长于才而短于识，昧明哲保身之义，呜呼！惜哉！"《诗·小雅·正月》："谓天盖高，不敢不局；谓地盖厚，不敢不蹐。"《毛传》："局，曲也。蹐，累足也。"

《郑笺》："局蹐者，天高而有雷霆，地厚而有陷沦也。此民疾苦王政，上下皆可畏怖之言也。"《史记·信陵君列传》："赵孝成王德公子之矫夺晋鄙兵而存赵，乃与平原君计，以五城封公子。公子闻之，意骄矜而有自功之色。客有说公子曰：'物有不可忘，或有不可不忘。夫人有德于公子，公子不可忘也；公子有德于人，愿公子忘之也。且矫魏王令，夺晋鄙兵以救赵：于赵则有功矣，于魏则未为忠臣也。公子乃自骄而功之，窃为公子不取也。'于是公子立自责，似若无所容者。"

不悟日月之明，遂垂曲照，云雨之泽，播及朽瘁。《书·泰誓下》武王曰："呜呼！惟我文考，若日月之照临，光于四方。"《后汉书·邓骘传》骘上疏自陈曰："……托日月之末光，被云雨之渥泽。"

忘臣弱才，身无足采；哀臣零落，罪有可察。 孙月峰曰："双关法有味。"

苟削丹书，得夷平民，《左传》襄公二十三年："斐豹（晋人），隶也，著于丹书。"《书·吕刑》："若古有训：蚩尤惟始作乱，延及于平民。"

则尘洗天波，谤绝众口。臣之始望，尚未至是。

猥辱大命，显授符虎，《汉书·文帝纪》："二年……九月，初与郡守为铜虎符、竹使符。"

使春枯之条，更与秋兰垂芳；陆沉之羽，复与翔鸿抚翼。《庄子·则阳篇》："孔子之楚，舍于蚁丘之浆。其邻有夫妻臣妾登极者，子路曰：'是稯稯（即总总，众聚也）何为者邪？'仲尼曰：'是圣人仆也，（怀圣德而隐于仆隶）是自埋于民，自藏于畔（田垄之畔），其声销，其志无穷。其口虽言，其心未尝言，方且与世违，而心不屑与之俱，是陆沉者也。（郭象注："人中隐者，譬无水而沉也。"）是其市南宜僚邪？'（熊宜僚，居于市南）"【此陆沉之本解。《论衡·谢短篇》："夫知古不知今，谓之陆沉，……夫知今不知古，谓之盲瞽。"此别一义。至《晋书·桓温传》温曰："遂使神州陆沉，百年丘墟，王夷甫（衍字）诸人不得不任其责。"则是谓大陆沉沦也】《汉书·叙传·述张耳陈余传第二》云："张、陈之交，游如父子。携手逐秦，拊翼俱起。"

虽安国免徒，起纡青组；张敞亡命，坐致朱轩，《汉书·韩安国传》："字长孺，梁成安人也。……事梁孝王，为中大夫。……其后梁王益亲欢，太后、长公主更赐安国直千余金，由此显结于汉。其后安国坐法抵罪，蒙（梁之县名）狱吏田甲辱安国，安国曰：'死灰独不复然（燃之本字）乎？'甲曰：'然即溺之。'居无几，梁内史缺，汉使使者拜安国为梁内史，起徒中为二千石。田甲亡（逃亡），安国曰：'甲不就官，我灭而（汝）宗。'甲肉袒谢，安国笑曰：'公等足与治乎？'（谓不足绳之以法也）卒善遇之。"又《张敞传》："字子高，本河东平阳人也。……徙杜陵。……敞以切谏（昌邑王贺）显名，擢为豫州刺史。……宣帝征敞为太中大夫，与于定国并平尚书事。……久之，勃海、胶东盗贼并起，……天子征敞，拜胶东相，赐黄金三十斤。……由是盗贼解散。……是时颍川太守黄霸以治行第一，入守京兆尹。霸视事数月，不称，罢归颍川。于是制诏御史，'其以胶东相敞守京兆尹。'……由是枹鼓稀鸣，市无偷盗。……敞为京兆，朝廷每有大议，引古今，处便宜，公卿皆服，天子数从之。然敞无威仪，时罢朝会，过走马章台街，使御吏驱，自以便面拊马。又为妇画眉，长安中传张京兆眉怃。有司以奏敞，上问之，对曰：'臣闻闺房之内，夫妇之私，有过于画眉者。'上爱其能，弗备责也，然终不得大位。……为京兆九岁。……免为庶人。敞免奏既下，诣阙上印绶，便从阙下亡命。数月，京师吏民解弛，枹鼓数起。……天子思敞功效，使使者即（就也）家在所召敞，……拜为冀州刺史。敞起亡命，复奉使典州。……敞居部岁余，冀州盗贼禁止。"

方 比也。 **臣所荷，未足为泰。岂臣蒙垢含忝，所宜忝窃？非臣毁宗夷族所能上报。** 孙月峰曰："此双关句，比上更有婉致。"

喜惧参并，悲惭哽结。拘守常宪，当便道之官， 李善引魏如淳《汉书》注曰："律：二千石以上告归，宁不过行在所者，便道之官无问也。"

不得束身奔走，稽颡城阙。瞻系天衢，驰心辇毂， 李善引李陵诗曰："策名于天衢。"《汉书·叙传·述樊郦滕灌傅靳周传》："攀龙附凤，并乘天衢。"又《易·大畜卦》上九："何天之衢，亨。"曹植《求通亲亲表》："出从华盖，入侍辇毂。"李善引胡广《汉官解故注》曰："毂下，喻在辇毂之下，京兆之中。"

臣不胜屏营延仰，谨拜表以闻。 《国语·吴语》申包胥曰："……昔楚灵王不君，……王亲独行，屏营仿偟于山林之中。"

陆士衡《吊魏武帝文序》

序文实已甚胜，吊文惟“违率土以靖寐，戢弥天之一棺”最警策。

孙月峰曰：“大约以微词寓刺。”又曰：“《序》尽有峭语，第未甚苍老。”（末句非是）

方伯海曰：“若不将操生前惊天动地事业，极力扬厉，亦安见其《遗令》之可哀。此是作文声东击西法。……叙事间以议论，岭断云横，不使粘连一片。浑雄深厚，不特拍肩陈思，直可揖让两汉，真晋人之雄也。”

元康八年， 惠帝。机时年三十八。

机始以台郎， 尚书郎。本传未载。 **出补著作，** 著作郎。

游乎秘阁， 秘书阁。 **而见魏武帝《遗令》，忾然叹息，伤怀者久之。** 非悲伤魏武，实悲其死时英雄气短也。《诗·小雅·白华》：“啸歌伤怀，念彼硕人。”（周幽王耳）

客曰：夫始终者，万物之大归；死生者，性命之区域。 《家语·本命解》：“孔子曰：……故命者，性之始也；死者，生之终也。有始则必有终矣。”李善引《尸子》（佚文）老莱子曰：“人生于天地之间，寄也。寄者，同归也。”《古诗十九首》注引“同”作“困”，此处字误。

是以临丧殡而后悲，睹陈根而绝哭。 《国语·楚语下》：“子西叹于朝，蓝尹亹曰：‘吾闻君子唯独居思念前世之崇替，与哀殡丧，于是有叹，其余则否。’”《礼记·檀弓上》曾子曰：“朋友之墓有宿草而不哭焉。”郑玄曰：“宿草，谓陈根也。”

今乃伤心百年之际，兴哀无情之地， 魏武死于建安二十五年，至此共七十八年。百年是其略耳。

意者无乃知哀之可有，而未识情之可无乎？

〇此段带起数句，略叙事，以下借客人之问，不应为已久死去之人而伤心兴哀。

机答之曰：夫日食由乎交分，山崩起于朽壤，亦云数而已矣。 《左传》昭公二十一年：“秋，七月，壬午，朔，日有食之。（《说文》：“蝕，败创也。从虫人食，食亦声。”今字作蚀）公问于梓慎曰：‘是何物也？祸福何为？’对曰：‘二至二分，日有食之，不为灾。日月之行也，分，同道也；至，相过也。其他月则为灾。阳不克也。’”杜预注：“二分，日夜等，故言同道；二至，长短极，故相过。”《国语·晋语五》：“梁山崩（在鲁成公五年），……伯宗问（绛人）曰：‘乃将若何？’对曰：‘山有朽壤而崩，将若何。’”

然百姓怪焉者，岂不以资高明之质， 谓日。 **而不免卑浊之累；居常安之势；** 谓山。 **而终婴倾离之患故乎？** 孙月峰曰：“故乎甚劲。”僖公十四年《春秋》经文：“秋，八月，辛卯，沙鹿崩。”《穀梁传》曰：“林属于山为鹿。沙，山名也。无崩道而崩，故志之也。其日，重其变也。”《说文》：“麓，守山林吏也。从林，鹿声。一曰：林属于山为麓，《春秋传》曰：‘沙麓崩。’”

夫以回天倒日之力，而不能振形骸之内；济世夷难之智，而受困魏阙之下。《后汉书·宦者列传·单超传》：“天下为之语曰：‘左回天，具独坐。’”（谓左悺、具瑗也。桓帝与宦者单超、徐璜、具瑗、左悺、唐衡合谋诛梁冀，五人同日封侯。单超先死，其后四侯专横，天下为之语曰：“左回天，具独坐，徐卧虎，唐两堕。”两堕，谓随意所为不定也）《淮南子·览冥训》：“鲁阳公与韩构难，战酣日暮，援戈而撝之，日为之反三舍。”《庄子·德充符》：“申徒嘉，兀者也，……（谓子产）曰：‘……今子与我游于形骸之内，而子索我于形骸之外，不亦过乎！’”李善引东汉崔寔《政论》曰：“及其出也，足以济世宁民。”《庄子·让王》：“中山公子牟谓瞻子曰：‘身在江海之上，心居乎魏阙之下，奈何？’瞻子曰：‘重生。重生则利轻。’”瞻子，魏之贤人。《吕氏春秋》及《淮南子》皆作詹子。《吕氏春秋·开春论·审为篇》：“中山公子牟谓詹子曰：“身在江海之上，心居乎魏阙之下。”《淮南子·道应训》同。李善引许慎《淮南子注》曰：“魏阙，王之阙也。”

已而格乎上下者，藏于区区之木；光于四表者，翳乎蕞尔之土。《书·尧典》：“光被四表，格于上下。”《左传》昭公十三年：“初，灵王卜曰：‘余尚（庶几也）得天下。’不吉。投龟诟天而呼曰：‘是区区者（小天下）而不余畀，余必自取之。’”又《左传》昭公七年子产曰：“谚曰：蕞尔国。”杜预注："蕞尔，小貌也。"

雄心摧于弱情，壮图终于哀志，长算屈于短日，远迹顿于促路。 孙月峰曰："排语作态，快在此，不甚苍亦在此。"李善注："筭，计谋也。迹，功业也。"张衡《思玄赋》："盍远迹以飞声兮，孰谓时之可蓄。"

呜呼！岂特瞽史之异阙景，黔黎之怪颓岸乎！ 于光华曰："阙景颓岸，即前日蚀山崩也。"

○此段答客之问难，以日之有食、山之有崩喻人之有病死，本是常数，然人以为怪者，以日本高明，山本常安，而竟有食有崩，隐喻魏武有回天倒日之力，济世夷难之志，而其《遗令》竟尔气短可怜已甚，则己之慨叹伤怀，亦犹常人之怪日食山崩而已。

观其所以顾命冢嗣，贻谋四子， 依次应是丕、彰、植、彪。《书·周书》有《顾命篇》，《序》云："成王将崩，命召公、毕公率诸侯，相康王。作《顾命》。"郑玄云："回首曰顾。顾，是将去之意。此言临终之命是顾命，言临终将死去回顾而为语也。"《尔雅·释诂》："冢，大也。"《左传》闵公二年，晋大夫里克曰："太子（申生）奉冢祀社稷之粢盛，以朝夕视君膳者也，故曰冢子。君行则守，有守则从，从曰抚军，守曰监国。"谓文帝也。《诗·大雅·文王有声》："诒厥孙谋，以燕翼子。"

经国之略既远，隆家之训亦弘。 孙月峰曰："亦可谓极褒，然非吊旨。大凡文字，须照应得到。"

又云："吾在军中，持法是也；至小忿怒，大过失，不当

効 效之俗字。 **也。”善乎达人之谠言矣！** 《鹖冠子》：“达人大观，乃见其可。”贾谊《鹏鸟赋》：“达人大观兮，物无不可。”李善注引《声类》（魏李登撰，十卷，亡）曰：“谠，善言也。”

持姬女而指季豹，以示四子曰：“以累汝！”因泣下。 方伯海曰：“因泣下三字，通篇吊文发议归重处。”于光华曰：“豹者季子，杜夫人所生，时年五岁。”奸雄末路，有如是者！李善注：“《魏略》（魏鱼豢撰，亡）曰：‘太祖杜夫人生沛王豹及高城公主。’四子，即文帝已下四王也。太祖崩，文帝受禅，封母弟彰为中牟王，植为雍丘王，庶弟彪为白马王。又封支弟豹为侯。然太祖子在者尚有十一人，今唯四子者，盖太祖崩时，四子在侧，史记不言，难以定其名位矣。”

伤哉！曩以天下自任，今以爱子托人。 《孟子·万章上》：“伊尹耕于有莘之野，而乐尧、舜之道焉。……思天下之民，匹夫匹妇有不被尧、舜之泽者，若己推而内之沟中，其自任以天下之重如此！”（《万章下》复见，略同）《列子·力命篇》：“魏人有东门吴者，其子死而不忧。其相室曰：‘公之爱子，天下无有，今子死不忧，何也？’东门吴曰：‘吾常无子，无子之时不忧，今子死，乃与向无子同，臣奚忧焉。’”

同乎尽者无余，而得乎亡者无存。 李善注：“言人命尽而神无余，身亡而识无存，今太祖同而得之，故可悲伤也。郑玄《礼记注》：‘死，言精神尽也。’”

然而婉娈房闼之内，绸缪家人之务，则几乎密与。 《诗·齐风·甫田》：“婉兮娈兮，总角丱兮。”《毛传》：“婉娈，少好貌也。”班固《汉书·叙传·哀纪述》：“婉娈董公，惟亮天功。”《诗·唐风·绸缪》：“绸缪束薪，三星在天。”《毛传》：“绸缪，犹缠绵也。”杜预《左传》注：“几，近也。”

又曰：“吾婕妤妓人，皆著铜爵台， 《魏志·武帝纪》：“（建安）十五年……冬，作铜爵台。”五臣刘良注：“著，置也。武帝又有《遗令》云：‘使妓人置歌乐于台上。’铜雀，台名。”婕妤，宫中女官名。

于台堂上施八尺床穗帐， 李善注：“郑玄《礼记注》曰：凡布细而疏者谓之穗。”

朝晡上脯糒之属， 晡，申时。《淮南子·天文训》：“日……至于悲谷，是谓餔（餔一作晡，《说文》：“餔，日加申时食也。”）时。”《汉书·东方朔传》东方朔曰：“生肉为脍，干肉为脯。”脯，本音俯，今读普。《说文》：“糒（糒），干饭也。”惫、备二音。

月朝 初一。 **十五，辄向帐作妓。** 歌舞。 **汝等时时登铜爵台，望吾西陵墓田。”又云：“余香可分与诸夫人，诸舍中无所为，学作履组卖也。** 李善注：“舍中，谓众妾。众妾既无所为，可学作履组卖之。”《晏子春秋·内篇·谏下》：“景公为履，黄金之綦（履系），饰以银（《艺文类聚》作组），连以珠。”

吾历官所得绶，皆著藏中，吾余衣裘，可别为一藏；不能者，兄弟可共分之。”既而竟分焉。 于光华曰：“谓不能备衣裘，可共分其有。但操本意欲藏不欲分，故曰存者可以勿违。”

亡者可以勿求，存者可以勿违，求与违，不其两伤乎！ 陆雨侯曰：“子尤有罪。”李善注：“令衣裘别为一藏，是亡者有求也；既而竟分焉，是存者有违也。求为吝而亏廉，违为贪而害义，故曰两伤。”

○此段述见魏武《遗令》而生感慨。夹叙夹议，气势几侔司马子长，如士衡能秉史笔，必胜陈承祚也。

严可均《全三国文》辑魏武《遗令》原文云：“吾婢妾与伎人皆勤苦，使著铜雀台，善待之。于台堂上，安六尺床，施穗帐，朝晡上脯糒之属，月旦十五日，自朝至午，辄向帐中作伎乐。汝等时时登铜雀台，望吾西陵墓田。余香可分与诸夫人，不命祭，诸舍中无所为，可学作组履卖也。吾历官所得绶，皆著藏中，吾余衣裘，可别为一藏；不能者，兄弟可共分之。”

悲夫！爱有大而必失，恶有甚而必得。智惠不能去其恶，威力不能全其爱。 以上数句，李善及五臣注皆失之，然五臣却较胜，亦不足取。今案：《礼记·礼运》：“饮食男女，人之大欲存焉；死亡贫苦，人之大恶存焉。”爱与欲同。此大爱，是指男女之事，谓操之姬妾也。必失，谓操之死则其大爱必失也。虽有威力，奈之何哉！故云威力不能全其爱。操之甚恶，犹《礼运》之大恶，指死亡。必得，谓人必有死也。虽有绝大智慧，亦何能免！故云“智惠不能去其恶”。【李善注引《尸子》（《劝学》）：“曾子曰：‘父母爱之，喜而不忘；父母恶之，惧而无咎。’（此与《礼记·祭义篇》、《大戴礼记·曾子大孝篇》及《孟子·万章篇》等略同）然则爱与恶其于成孝也无择（今本《尸子》作“无择也”）。令人虽未得爱，不得恶矣。”（今本《尸子》无末二句）】

故前识所不用心，而圣人罕言焉。 《老子》：“前识者，道之华，而愚之始。”《论语·阳货》：“饱食终日，无所用心。”又《子罕篇》：“子罕言利。”

若乃系情累于外物，留曲念于闺房，亦贤俊之所宜废乎！于是遂愤懑而献《吊》云尔。 李善注引《慎子》曰：“德精微而不见，是故物不累于内。”（今传《慎子》无此。无名氏辑《慎子逸文》，辑自《选注》沈约《游沈道士馆注》及嵇康《养生论注》较详，云：“夫德精微而不见，聪明而不发，是故外物不累其内。”）司马迁《报任少卿书》：“是仆终已不得舒愤懑以晓左右。”《白虎通·崩薨篇》：“天子崩，讣告诸侯何缘？臣子丧君，哀痛愤懑，无能不告语人者也。”

〇此段总结。谓人皆不能终始保其爱而消除其恶，故前识之士于爱恶不关情，而圣人罕言之。今操奸雄末路，竟不忘于印绶衣裘之外物，及委曲恋恋于姬人，亦可怜哉！于光华曰：“闺房，妓女等。”

陆士衡《文赋》并序

李善引臧荣绪《晋书》（已亡）：“（机）年二十而吴灭，退临旧里，与弟云勤学。积十一年，誉流京华，声溢四表，被征为太子洗马，与弟云俱入洛。司徒张华素重其名，旧相识以文呈华，天才绮练，当时独绝。新声妙句，系踪张、蔡。机妙解情理，心识文体，故作《文赋》。”何义门曰：“按此（臧荣绪《晋书》），则此赋殆入洛之前所作，老杜云‘二十作《文赋》’（陆机二十为《文赋》），于《臧书》稍疏也。”

孙月峰曰：“士衡本是文人，知之精，故说之透。大抵皆极深研几之语，谓‘曲尽其妙’，良不诬。”

何义门曰：“论文之妙备矣。心志字、意字、理字，皆紧要处。文贵可传，故首坟典，末归于被金石而流管弦也。”（“心懔懔以怀霜，志眇眇而临云。”“意司契而为匠。”“理扶质以立干。”“伫中区以玄览，颐情志于典坟。”“被金石而德广，流管弦而日新。”）又曰：“起言文之原本，次言运思命笔之事，次言体制之各殊，为前大段。中言会意遣言之细，正是利害所由，为后大段，而以文之用为结。此全篇结构也。”

序文

何义门曰："文以运思而出，而取则有因，故《赋》中专论作法。意匠所存，工拙之由也，《序》中先隐隐逗出。"

余每观才士之所作，窃有以得其用心。 李善注："作，谓作文也。用心，言士用心于文。"《庄子·天道篇》："昔者舜问于尧曰：'天王之用心何如？'尧曰：'吾不敖无告，不废穷民，苦死者，嘉孺子而哀妇人。此吾所以用心已。'"《论语·阳货》："饱食终日，无所用心。"

夫放言遣辞，良多变矣， 李善注："夫作文者，放其言，遣其理，多变故，非一体。"

妍蚩好恶，可得而言。 李善注："文之好恶，可得而言论也。"又曰："然妍蚩亦好恶也。"范晔《后汉书·文苑传下》赵壹《刺世疾邪赋》曰："荣纳由于闪揄，（李贤注："闪揄，倾佞之貌也。行倾佞者享荣宠而见纳用。揄，音输。"）孰知辨其蚩妍。"（李善强易为妍蚩）汉末刘熙《释名》："蚩，痴也。"李善引魏李登《声类》曰："蚩，骇也。"《说文》："蚩，虫也。从虫，㞢（之）声。"（此即今俗妍媸之媸字）"欰，欰欰。戏笑皃。"（此今俗嗤笑之嗤字）

每自属文，尤见其情。 情，实也。李善注："《论衡》（《自纪篇》）曰：'（故徒）幽思属文，著记美言。（何补于身？众多欲以何趍乎？）'属，缀也。（《说文》："属，连也。"）杜预《左氏传（注）》曰：'尤，甚也。'士衡自言每属文，甚见为文之情。"

恒患意不称物，文不逮意，《尔雅·释言》：“逮，及也。”

盖非知之难，能之难也。能，善也。《书·说命中》：“说拜稽首曰：非知之艰，行之惟艰。”

故作《文赋》，以述先士之盛藻，因论作文之利害所由，于光华曰：“此句着眼。”李善注：“利害由（通犹）好恶。孔安国《尚书传》（《益稷篇》“藻火粉米”下）曰：‘藻，水草之（原无此字）有文者。’故以喻文焉。”

佗日殆可谓曲尽其妙。李善注：“言既作此《文赋》，佗日而观之，近谓委曲尽文之妙理。”《论语·季氏》：“他日又独立，鲤趋而过庭。”《孟子·滕文公下》：“他日归，则有馈其兄生鹅者。”赵岐《孟子章句》曰：“他日，异日也。”

至于操斧伐柯，虽取则不远；于光华曰：“言作文有法。”李善注：“此喻见古人之法不远。”《诗·豳风·伐柯》：“伐柯伐柯，其则不远。”《郑笺》：“则，法也。伐柯者必用柯，其大小长短，近取法于柯，所谓不远求也。”

若夫随手之变，良难以辞逮。于光华曰：“言巧不可得。”李善注：“言作之难也。文之随手变改，则不可以辞逮也。”《庄子·天道篇》：“桓公读书于堂上，轮扁斫轮于堂下，释椎凿而上问桓公曰：‘敢问公之所读者何言邪？’公曰：‘圣人之言也。’曰：‘圣人在乎？’公曰：‘已死矣。’曰：‘然则君之所读者，古人之糟魄（今俗作粕）已夫！’桓公曰：‘寡人读书，轮人安得议乎！有说则可，无说则死。’轮扁曰：‘臣也以臣之事观之：斫轮，徐则甘而不固，疾则苦而不入。不徐不疾，得之于手而应于心，口不能言，有数存焉于其间。

臣不能以喻臣之子，臣之子亦不能受之于臣，是以行年七十而老斫轮。古之人与其不可传也死矣，然则君之所读者，古人之糟魄已夫。’”

盖所能言者，具于此云。孙月峰曰：“读《文心雕龙》则所能言者，似不尽于此。”李善注：“盖所言文之体者，具此赋之言。”

赋文

伫中区以玄览，颐情志于典坟。于光华曰：“冒起全意。”李善注：“《汉书音义》张晏曰：‘伫，久俟待也。’中区，区中也。字书曰：‘玄，幽远也。’（《说文》）《老子》曰：‘涤除玄览，（能无私乎?）’河上公（注）曰：‘心居玄冥之处，览知万物，故谓之玄览。’（班固）《幽通赋》曰：‘【纪（信）焚躬以卫上兮,】皓（商山四皓）颐志而不倾。’”《左传》昭公十二年：“左史倚相趋过，王（楚灵王）曰：‘是良史也，子（右尹子革）善视之，是能读《三坟》、《五典》、《八索》、《九丘》。’”

遵四时以叹逝，瞻万物而思纷。李善注：“遵，循也。循四时而叹其逝往之事，揽视万物盛衰而思虑纷纭也。”《淮南子·本经训》：“四时者，春生夏长，秋收冬藏，取予有节，出入有时。”

悲落叶于劲秋，喜柔条于芳春。李善注：“秋暮衰落，故悲；春条敷畅，故喜也。”《淮南子·说山训》：“故桑叶落而长年悲也。”高诱注：“长年惧命尽，故感而悲也。”

心懔懔以怀霜，志眇眇而临云。 李善注："懔懔，危惧貌。眇眇，高远貌。怀霜临云，言高洁也。"孔融《荐祢衡表》："忠果正直，志怀霜雪。"傅毅《舞赋》："气若浮云，志若秋霜。"李善注："言既高且洁也。"

咏世德之骏烈， 大业。**诵先人之清芬。** 清言。于光华曰："二句是文章著述之大者。"

游文章之林府，嘉丽藻之彬彬。 于光华曰："二句是文章著述之小者。"《论语·雍也》："文质彬彬，然后君子。"孔安国注："彬彬，文质相半之貌。"

慨投篇而援笔，聊宣之乎斯文。 于光华曰："点题。"

○此段总起。谓养志于经典，观四时万物之变而有动于中，动于中则形于言，斯文作矣。复次读前人佳作，益引发己之意兴，于是斯赋作矣。于光华曰："首述作赋之由。"李善引《尚书中候》曰："玄龟负图出洛，周公援笔以写也。"《韩诗外传》（李善注略，今引原文）卷二："楚庄王听朝罢，晏，樊姬下堂而迎之，曰：'何罢之晏也！得无饥倦乎？'庄王曰：'今日听忠贤之言，不知饥倦也。'樊姬曰：'王之所谓忠贤者，诸侯之客欤？中国之士欤？'庄王曰：'则沈令尹也。'（《吕氏春秋·孟春纪·尊师篇》："楚庄王师孙叔敖、沈尹巫。"又《慎行论·察传》："楚庄闻孙叔敖于沈尹筮。"又《仲春纪·当染》："荆庄王染于孙叔敖、沈尹蒸。"）樊姬掩口而笑。王曰：'姬之所笑，何也？'姬曰：'妾得于王，尚汤沐，执巾栉，振衽席，十有一年矣；然妾未尝不遣人之梁、郑之间求美人而进之于王也。与妾同列者十人，贤于妾者二人，妾岂不欲擅王之宠哉！不敢私愿蔽众美，欲王之多见则娱。今沈令尹相楚数年矣，未尝见进贤而退不肖也，又焉得为忠贤乎?’庄王旦朝，以樊姬之言告沈令尹，令尹避席而进孙叔敖。叔敖治楚三年而楚国霸，楚史援笔而书之于策，曰：‘楚之霸，樊姬之力也。’”（荐贤贤于贤，鲍叔牙贤于管仲，千里马常有而伯乐不常有也。《韩诗外传》卷七：“子贡问大臣，子曰：‘齐有鲍叔，郑有子皮。’子贡曰：‘否。齐有管仲，郑有东里子产。’孔子曰：‘产，荐也。’子贡曰：‘然则荐贤贤于贤?’曰：‘知贤，智也；推贤，仁也；引贤，义也。有此三者，又何加焉。’”）

其始也，皆收视反听，耽思傍讯， 于光华曰：“运思次第。”李善注：“收视反听，言不视听也。耽思傍讯，静思而求之也。毛苌《诗传》曰：‘耽乐之久。’《广雅》曰：‘讯，问也。’”（《诗·小雅·鹿鸣》：“鼓瑟鼓琴，和乐且湛。”《毛传》：“湛，乐之久。”）湛乃媅之假借字。《说文》：“媅，乐也。”

精骛八极，心游万仞。 李善注：“精，神爽也（即元神，亦称精爽）。八极、万仞，言高远也。”《淮南子·墬形训》（墬，籀文地字）：“八纮（维也）之外，乃有八极。”《论语·子张》：“夫子之墙数仞。”何晏引东汉包咸注：“七尺曰仞。”

其致也，《广雅·释诂》：“致，至也。” **情曈昽而弥鲜，物昭晰而互进。** 李善引张揖《埤苍》（三卷，亡）曰：“曈昽，欲明也。”又引《说文》曰：“（晰，）昭晰，明也。”

倾群言之沥液，漱六艺之芳润。 何义门曰：“注《周礼》曰：六艺，礼、乐、射、御、书、数也。按谓《诗》、

《书》、《易》、《礼》、《乐》、《春秋》也。太史公曰；‘学者载籍极博，尤考信于六艺。’又：‘孔子弟子，身通六艺者七十二人。’以上下文义求之，不当漫引《周礼》。”（李善注引《周礼》曰：“六艺，礼、乐、射、御、书、数也。”误。应依何说）《法言·孝至篇》：“或问群言之长，群行之宗。曰：群言之长，德言也；群行之宗，德行也。”李善引东汉末宋衷注：“群，非一也。”（今传晋李轨注《法言》无注）

浮天渊以安流，濯下泉而潜浸。　李善注：“言思虑之至，无处不至。故上至天渊于安流之中，下至下泉于潜浸之所。”扬雄《剧秦美新》：“炎光飞响，盈塞天渊之间。”《楚辞·九歌·湘君》：“令沅、湘兮无波，使江水兮安流。”（徐流则安）《诗·曹风·下泉》：“冽彼下泉，浸彼苞稂。忾我寤叹，念彼周京。”

于是沉辞怫悦，若游鱼衔钩而出重渊之深；　于光华曰：“形容绝妙。”李善注：“怫悦，难出之貌。”

浮藻联翩，若翰鸟缨缴而坠曾云之峻。　李善注：“联翩，将坠貌。王弼《周易注》曰：‘翰，高飞也。’《说文》曰：‘缴，生丝缕也。’谓缕系矰矢而以弋射。”

收百世之阙文，采千载之遗韵。《论语·卫灵公》：“子曰：吾犹及史之阙文也。‘有马者借人乘之。’今亡矣夫！”

谢朝华于已披，启夕秀于未振。　犹昌黎“惟陈言之务去”也。亦犹《文心雕龙》所谓“自铸伟词”也。于光华曰：“语妙。朝华，早开之花，喻古人所已言者；夕秀，晚放之花，喻古人所未言者。二句言其不相承袭。”李善注：“华、秀，以喻文也。已披，言已用也。”

观古今于须臾，抚四海于一瞬。 宋玉《高唐赋》：“须臾之间，变化无穷。”太史公《报任少卿书》：“卒卒无须臾之间，得竭至意。”《庄子·在宥篇》老聃曰：“其疾，俯仰之间，而再抚四海之外。”《吕氏春秋·孟冬纪·安死篇》：“夫死，其视万岁犹一瞚也。”《说文》：“瞚，开阖目数摇也。”徐铉曰：“今俗别作瞬，非是。”

〇此段言运笔构思，是为文之始。于光华曰：“抽思。”方伯海曰：“此段言作文之始，用意为先，敷词次之；然意与词非沉思无由得。思既锐入，然后自微达显，由内之外。又要用人未用之书，发人未发之义，使古今四海，所有无不包罗，而文之大体始立。”

然后选义按部，考辞就班。 以义理为主，文辞为辅。于光华曰：“下笔作文。”李善注：“《小雅》曰：‘班，次也。’”《小雅》安得有此。实出《孔丛子·小尔雅·广诂》：“承、弟、班、列，次也。”

抱景者咸叩，怀响者毕弹。 于光华曰：“二语喻取精之多。”李善注：“言皆击击而用。”二句谓影响毕达。叩，敲击扣取。

或因枝以振叶，或沿波而讨源。 因枝振叶，谓由本动末；沿波讨原，谓由末求本。于光华曰：“语言物理相推，有此回转。”李善注：“（《书·禹贡》：“沿于江海，达于淮、泗。”）孔安国《尚书传》曰：‘顺流而下曰沿。’源，水本也。”此是逆流而上溯其本源。沿，依循之意。《说文》：“厵，水泉本也。从灥出厂下。”篆文从泉（原）。源，俗字。

或本隐以之显，或求易而得难。 欲隐反显，求易反难。《史记·司马相如传赞》："《春秋》推见至隐，《易》本隐以之显。"李善注："言或本之于隐，而遂之显，或求之于易，而便得难。'之'或为'未'，非也。"

或虎变而兽扰，或龙见而鸟澜。 扰，驯也。澜，散也。何义门曰："此二句疑大者得而小者毕举之意。"李善解龙见鸟澜误，姑引其注如下："《周易》（《革卦》九五《小象》）曰：'大人虎变，其文炳也。'言文之来，若龙之见烟云之上，如鸟之在波澜之中。应劭曰：'扰，驯也。'《庄子》（《在宥篇》）曰：'君子……尸居而龙见（，渊默而雷声）。'大波曰澜。"清胡绍煐《文选笺正》："《注》善曰：'大波为澜。'按，澜之言涣散也。本书《洞箫赋》：'惏栗澜漫。'注：'澜漫，分散也。'连言为澜漫，单言曰澜。《楚辞·哀时命》：'忽烂漫而无成。'注：'烂漫，消散也。'《思玄赋》：'烂漫丽靡。'注：'烂漫，分散也。'此言龙见而鸟散也。"按上句"或虎变而兽扰"，扰，驯也。《周礼·夏官·服不氏》："掌养猛兽而教扰之。"郑玄注："扰，驯也。教习使之驯服。"上文"枝叶"、"波源"、"隐显"、"易难"，义皆相反；其下"妥帖"与"岨峿"亦然。此二句应亦尔也。何义门说略近之。龙见亦用《周易·乾卦》九二"见龙在田"。吴质《答魏太子笺》："摛藻下笔，鸾龙之文奋矣。"又班固《答宾戏》："浮英华，湛道德，䜴龙虎之文，旧矣。"（䜴，音曼，被服也）虎变龙见，总喻奇文壮采也。

或妥帖而易施，或岨峿而不安。 方伯海曰："以上十句（抱景句起），皆选义考辞之事，即发明《序》中'放言遣辞，良多变’意。”李善注：“妥帖，易施貌。《公羊传》（僖公四年）曰：‘帖，服也。（本作怗）《广雅》（《释诂》四）曰：‘帖，静也。’王逸《楚辞序》曰：‘义多乖异，事不妥帖。’岨峿，不安貌。《楚辞》（《九辩》）曰：‘圜凿而方枘兮，吾固知其钼铻而难入。’”《说文》：“鉚，钼鉚也。从金，御声。”“铻，鉚或从吾。”

罄澄心以凝思，眇众虑而为言。李善注：“《周易》（《说卦传》）曰：‘神也者，妙万物而为言者也。’”《说文》：“眇，一目。小也。”“眇乃妙之本字，妙字始于汉末。

笼天地于形内，挫万物于笔端。《淮南子·本经训》：“秉太一者，牢笼天地，弹压山川。”《说文》：“挫，摧也。（李善引作折也）”《韩诗外传》卷七：“人之利口赡辞者，人畏之。是以君子避三端：避文士之笔端，避武士之锋端，避辩士之舌端。”

始踯躅于燥吻，终流离于濡翰。于光华曰：“速迟。”流离，犹淋离。《陇头歌》：“陇头流水，流离四下。”踯，本字作蹢，音直。《说文》：“蹢，住足也。”“躅，蹢躅也。”刘桢《赠五官中郎将》诗五首之三：“终夜不遑寐，叙意于濡翰。”李善注：“韦昭《汉书注》曰：‘翰，笔也。’协韵，音寒。”翰，本作韩，《说文》：“韩，兽豪也。”“翰，天鸡赤羽也。”

理扶质以立干，文垂条而结繁。李善注：“言文之体，必须以理为本。垂条，以树喻也。《广雅》（《释诂》三）曰：‘干，本也。’（《说文》无干，本作干，“干，筑墙耑木也。从木，倝声。”）”《礼记·乡饮酒义》：“献酬辞让之节繁。”郑玄注：“犹盛也。”

信情貌之不差，故每变而在颜。《楚辞·九章·惜诵》：“言与行其可迹兮，情与貌其不变。”王逸注：“言己吐口陈辞，言与行合，诚可循迹；情貌相副，内外若一，终不变易也。”

思涉乐其必笑，方言哀而已叹。 于光华曰：“二句发明上文。”

或操觚以率尔，或含毫而邈然。 谓或速或迟。李善注：“觚，木之方者，古人用之以书，犹今之简也。史由（本作游）《急就章》曰：‘急就奇觚。’觚，木简也。《论语·先进篇》：‘子路率尔而对。’毫，谓笔毫也。（《说文》本作豪）王逸《楚辞》（东方朔《七谏·沉江》）注曰：‘锐毛为毫也。’《毛诗》曰：‘听我藐藐。’毛苌曰：‘藐藐然不入（也）。’”《诗·大雅·抑》：“诲尔谆谆，听我藐藐。”陆德明《经典释文》：“藐，美角反。”《淮南子·修务训》高诱注引《诗》亦作藐。胡绍煐《文选笺证》谓引作邈。谓善注作邈是正文，后人改《毛诗》，非也。

○此段言命笔用辞，有迟速，有难易。承上构思之后，则考选辞义以按部就班，取精用宏，变化多端，要以义理为主，以文辞为副。必须文情并茂，表里如一，涉乐必笑，言哀已叹，斯为尽致。

伊兹事之可乐，固圣贤之所钦。 于光华曰：“二句承上起下，推论立言之体。”李善注：“兹事，谓文也。”《左传》襄公二十五年：“仲尼曰：志有之，言以足志，文以足言。不言，谁知其志？言之无文，行而不远。”《淮南子·修务训》：“追观上古及贤大夫，学问讲辩，日以自娱。”

课虚无以责有，叩寂寞而求音。 于光华曰：“形其无形，声其无声。”李善引《春秋说题辞》“虚生有形”。《淮南子·齐俗训》：“萧条者，形之君；而寂寞者，音之主也。”

函绵邈于尺素，吐滂沛乎寸心。《诗·周颂·载芟》：“实函斯活。”《郑笺》：“函，含也。”古乐府《饮马长城窟行》：“呼童烹鲤鱼，中有尺素书。”《列子·仲尼篇》文挚谓叔龙曰：“吾见子之心矣，方寸之地虚矣，几圣人也。”

言恢之而弥广，思按之而逾深。 李善注：“杜预《左氏传注》曰：‘恢，大也。’按，抑按也。言思虑一发，愈深恢大。”

播芳蕤之馥馥，发青条之森森。 李善注：“《说文》曰：‘蕤，草木华垂貌。’（《说文》：“蕤，草木华垂皃。”“甤，草木实甤甤也。”读同锐之平声，而谁切）《纂要》（《隋书·经籍志》不见）曰：‘草木华曰蕤。’（晋吕忱）《字林》（亡）曰：‘森，多木长貌。’以喻文采若芳蕤之香馥，青条之森盛也。”

粲风飞而猋竖，郁云起乎翰林。《尔雅·释天》：“扶摇谓之猋。”郭璞注：“暴风从下上。”《说文》：“猋，犬走皃。”“飙，扶摇风也。”猋乃飙之假借字，今人写作“飚”。扬雄《长杨赋序》：“故借翰林以为主人，子墨为客卿以风。”李善注：“翰林，文翰之多若林也。”

○此段言作文章之可乐，以尺幅寸心，发无穷之意。辞采如芳花森木，笔力似风起云涌。于光华曰：“有味。”

体有万殊，物无一量。 李善注：“文章之体，有万变之殊，中众物之形，无一定之量也。《淮南子》（《本经训》）曰：‘斟酌万殊。’”（《淮南子·本经训》：“故圣人者，由近知远，而万殊为一。”高诱注：“殊，异也。”又：“承天地之和，形万殊之体。”）

纷纭挥霍，形难为状。 李善注：“纷纭，乱貌。挥霍，疾貌。”张衡《西京赋》：“跳丸剑之挥霍，走索上而相逢。”

辞程才以效伎，意司契而为匠。 李善注：“众辞俱凑，若程才效伎，取舍由意，类司契为匠。”《论衡》有《程材篇》，又《效力篇》云：“《程才》、《量知》之篇，徒言知学，未言才力也。”《老子》：“有德司契，无德司彻。”（司契，雕刻众形，造成万物。司彻，司人之过也）《说文》：“栔，刻也。”（音揭）“契，大约也。”《论衡·量知篇》：“能雕琢文书，谓之史匠。”

在有无而僶俛，当浅深而不让。 李善注：“《毛诗》曰：‘何有何无？僶俛求之。’僶俛，由（通犹）勉强也。”今《毛诗·邶风·谷风》作黾勉，勤劳也。俛乃頫之或体，今俗作俯。《论语·卫灵公》：“子曰：当仁不让于师。”

虽离方而遁员，期穷形而尽相。 何义门曰：“二句盖亦张融所谓‘文无定体，以有体为常’也。”（齐张融《门律自序》：“夫文章岂有常体，但以有体为常。”）李善注：“方圆，谓规矩也。言文章在有方圆规矩也。”案：离之遁之，则是从有法入，无法出，入其环中，超乎象外矣。

故夫夸目者尚奢，惬心者贵当。 李善注：“其事既殊，为文亦异，故欲夸目者为文尚奢，欲快心者为文贵当。惬，犹快也，起頬切。”

言穷者无隘， 无非隘狭。**论达者唯旷。** 李善注："言其穷贱者（应是词意穷，非人穷也）立说无非湫隘（低下狭小）。其论通达者，发言唯存放旷。"

诗缘情而绮靡，赋体物而浏亮。 绮靡，谓绮丽。《说文》："䌕，乘舆金马（疑衍字）耳也。""靡，披靡也。"借靡为䌕。李善注："诗以言志，故曰缘情；赋以陈事，故曰体物。绮靡，精妙之言（此解误）。浏亮，清明之称。"《诗·郑风·溱洧》："溱与洧，浏其清矣。"《毛传》："浏，深貌。"陆德明《经典释文》："浏，音留。《说文》：'流清也。（也，本作皃）'"案：诗缘情而绮靡，极非。（此士衡诗所以不高）魏文亦但云"诗赋欲丽"耳，非必丽也。诗以言志为本，言情、发论、刺时、感事，丽与不丽，随时之宜。不必刻意求丽，否则因辞害意矣。庄生云："文灭质，博溺心。"又曰："道隐于小成，言隐于荣华。"《老子》曰："信言不美，美言不信。"《文心雕龙·情采》云："固知翠纶桂饵，反所以失鱼，言隐荣华，殆谓此也。"钟嵘《诗品中》云："晋司空张华诗，……其体华艳，兴托不奇。巧用文字，务为妍冶。虽名高曩代，而疏亮之士，犹恨其儿女情多，风云气少。"陆机诗，《诗品》置之上品，震慑其名耳，实只值中品也。

碑披文以相质，诔缠绵而凄怆。 李善注："碑以叙德，故文质相半；诔以陈哀，故缠绵凄惨。"诔与吊祭之文略异，诔是哭尸之哀辞，非一般性之祭文也。

铭博约而温润，箴顿挫而清壮。 李善注："博约，谓事博文约也。铭以题勒示后，故博约温润；箴以讥刺得失，故顿挫清壮。"《左传》襄公四年魏绛谓晋侯（悼公）曰："昔周辛甲之为大史也，命百官，官箴王阙。”《文心雕龙·铭箴》云：“铭者，名也，观器必也正名，审用贵乎盛德。……箴者，所以攻疾防患，喻针石也。……夫箴诵于官，铭题于器，名目虽异，而警戒实同。箴全御过，故文资确切；铭兼褒赞，故体贵弘润。其取事也必核以辨，其摛文也必简而深，此其大要也。”

颂优游以彬蔚，论精微而朗畅。 李善注：“颂以褒述功美，以辞为主，故优游彬蔚（文质茂美）。论以评议臧否，以当为宗，故精微朗畅（明朗畅通）。”黄叔琳《文心雕龙注》：“《文心雕龙》：‘颂惟典雅，辞必清铄，敷写似赋，而不入华侈之区；敬慎如铭，而异乎规戒之域。’较士衡优游以彬蔚，为切合颂体。”

奏平彻以闲雅，说 方伯海曰：“如字。” **炜晔而谲诳**。李善注：“奏以陈情叙事，故平彻闲雅；说以感动为先，故炜晔谲诳。”方伯海曰：“说，只宜如字，若曹子建《籍田说》之类。”《文心雕龙·论说》云：“凡说之枢要，必使时利而义贞。进有契于成务，退无阻于荣身。自非谲敌，则唯忠与信。披肝胆以献主，飞文敏以济辞，此说之本也。而陆氏直称‘说炜晔以谲诳’，何哉！”《文心》之论至当。

虽区分之在兹，亦禁邪而制放。要辞达而理举，故无取乎冗长。 “亦禁邪而制放”：于光华曰：“总一句扼要。”方伯海曰：“以上十四句（由诗缘情句至末），承‘体有万殊’来。”李善注：“《论语》（《卫灵公》）子曰：‘辞达而已矣。’文颖《汉书注》曰：‘冗，散也。如勇切。’言文章体要，在辞达而理举也。”

○此段是论文章之体裁风格。虽人之才分不同，变化多端；然诸体皆期于穷形尽相，犹《序》中所谓曲尽其妙也。于光华曰：“体格。”方伯海曰：“此段承上段，胪列诸体，见作文不论学力之深浅，天分之高下，各见所长。起入下段有妍有媸，如抽丝剥茧，愈剥愈入，愈抽愈出。”

其为物也多姿，其为体也屡迁。 于光华曰：“（首）六句，论文之善处。”李善注：“万物万形，故曰多姿。文非一则，故曰屡迁。”嵇康《琴赋》：“既丰赡以多姿，又善始而令终。”《易·系辞传下》：“《易》之为书也不可远，为道也屡迁。”

其会意也尚巧，其遣言也贵妍。暨音声之迭代，若五色之相宣。 何义门曰：“休文韵学，本此二句。”（沈约《宋书·谢灵运传论》：“夫五色相宣，八音协畅，由乎玄黄律吕，各适物宜。欲使宫羽相变，低昂互节，若前有浮声，则后须切响。一简之内，音韵尽殊；两句之中，轻重悉异。妙达此旨，始可言文。”）李善注：“言音声迭代而成文章，若五色相宣而为绣也。《尔雅》（《释训》）曰：‘暨，及也。（原作“不及也”疑善注是）’又曰：‘迭，更也。（《释言》：“递，迭也。”郭璞注：“更迭。”）’杜预《左氏传注》曰：‘宣，明也。’”《论衡·量知篇》：“学士有文章之学，犹丝帛之有五色之巧也。”

虽逝止之无常，固崎锜而难便。 李善注：“言虽逝止无常，唯情所适，以其体多变，固崎锜难便也。逝止，由（通犹）去留也。崎锜，不安貌。《楚辞》（刘安《招隐士》）

曰：‘嵚岑崎锜。（今作碕礒）’崎，音绮。锜，音蚁。”

苟达变而识次，犹开流以纳泉。 李善注：“言其易也。”

如失机而后会，恒操末以续颠。 李善注：“言失次也。”

谬玄黄之袟叙，故淟涊而不鲜。 于光华曰：“四句，论作文不善处。”李善注：“言音韵失宜，类绣之玄黄谬叙，故淟涊垢浊而不鲜明也。”《礼记·祭义》：“遂朱绿之，玄黄之，以为黼黻文章。”《楚辞》刘向《九叹·惜贤》：“拨谄谀而匡邪兮，切淟涊之流俗。”王逸注：“淟涊，垢浊也。”（阮元《经籍籑诂》脱此条，应补入）洪兴祖《楚辞补注》：“淟，他典切。涊，乃典切。”

○此段结上起下，言文章之变化，及选声敷色，要达变识次。于光华曰：“数语结上起下意。”方伯海曰：“此承上万殊一量来，以起下文，发明《序》中‘妍蚩好恶，可得而言’意。”

或仰逼于先条，或俯侵于后章。 于光华曰：“次第。”李善注：“《广雅》曰：‘条，科条也。’凡为文之体，先后皆须意别，不能者则有此累。”

或辞害而理比，或言顺而义妨。 于光华曰：“犯忌。”李善注：“《周易》（《比卦·彖辞》）曰：‘比，辅也。’《说文》曰：‘妨，害也。’”

离之则双美，合之则两伤。 于光华曰：“承上二句说。”离之则美，合之则伤，指辞害而义有妨者。

考殿最于锱铢，定去留于毫芒。 李善注：“《汉书音义》项岱曰：‘殿，负也。最，善也。’韦昭曰：‘弟一为最，极下曰殿。’又曰：‘下功曰殿，上功曰最。’郑玄《礼记注》曰：

‘八两为锱。’《汉书》(《律历志·第一上》，引略)曰：‘黄钟之一龠，容千二百黍，重十二铢。’然百黍重一铢也。应劭《汉书注》曰：‘十黍为一絫，十絫为一铢。’(班固)《答宾戏》曰：‘(独摅意乎宇宙之外，)锐思毫芒之内。’《音义》曰：‘芒，稻芒。毫，兔毫。’”(《答宾戏》善注引项岱曰：“毫，毛也。芒，毛之颠杪也。”)

苟铨衡之所裁，固应绳其必当。 于光华曰：“亦只是欲其应绳耳。”李善注：“言铨衡所裁，苟有轻重，虽应绳墨，须必除之。《声类》(魏李登)、《苍颉篇》(秦李斯。皆亡)曰：‘铨，称也。’曰：‘铨，所以称物也。’”《汉书·律历志·第一上》：“衡权者，衡，平也。权，重也。衡所以任权而均物，平轻重也。”《书·说命上》：“惟木从绳则正，后(君也)从谏则圣。”《庄子·马蹄篇》：“陶者曰：‘我善治埴，圆者中规，方者中矩。’匠人曰：‘我善治木，曲者中钩，直者应绳。’”

〇此段言文章之次第及辞义，仰逼先条，俯侵后章，是失次也。辞害理比，言顺义妨，是文辞与义理不能谐合也。故须精核考究，文无失次，辞义俱佳，至无隙可乘，无懈可击，乃成至文。邵子湘曰：“此段详剖会意遣言之妙，分别言之，究析于毫芒之间，极文家之能事。”于光华曰：“以下四段，言其善也。”

或文繁理富，而意不指适。 无特殊指适以举要也。孙月峰曰：“句字未炼，妙。”

极无两致，尽不可益。 其理既极而无可两致。无可两致，谓理致富赡，蔑以加矣。尽不可益者，谓其言已尽，而不可复增益。

立片言而居要，乃一篇之警策。 后人所谓警策之句，或单称警句，本此。诗词骈散文皆不可无也。李善注："以文喻马也。言马因警策而弥骏，以喻文资片言而益明也。夫驾之法，以策驾乘，今以一言之好，最于众辞，若策驱驰，故云警策。《论语》（《颜渊篇》）子曰：'片言可以折狱（者，其由也与！）。'《左氏传》（文公十三年）：'绕朝（秦大夫）赠士会（晋大夫，即范武子，时在秦）以马策。'（时秦用士会，晋患之，赵武用郤缺言，计使士会归晋。行时，绕朝赠之以策，曰："子无谓秦无人，吾谋适不用也。"汉高祖是士会留秦余子之后，姓刘氏）《草堂诗话》引《吕氏童蒙训》（吕本中居仁）："陆士衡《文赋》：'立片言以居要，乃一篇之警策。'此要论也。文章无警策，则不足以传世。盖不能竦动世人。如杜子美及唐人诸诗，无不如此。但晋、宋间人，专致力于此，故失于绮靡，而无高古气味。子美诗云：'语不惊人死不休。'所谓惊人语，即警策也。"

虽众辞之有条，必待兹而效绩。 李善注："必待警策之言，以效其功也。《家语》（《正论解》），公父文伯（鲁大夫）之母（敬姜）曰：'男女效绩，愆则有辟（，圣王之制也）。'"（今本效作纺，误。作效为长，男纺无义）注云："绩，功也。辟，法也。"

亮 信也。 **功多而累寡，故取足而不易。** 李善注："言其功既多，为累盖寡，故以取足而不改易其文。"

○此段言作文须凝炼而铸出警策之句。于光华曰：

“居要。”

或藻思绮合，清丽千眠。 李善注：“《说文》曰：【其下无引语。应是“绮，文缯也”（缯，帛也）】谓文藻思如绮会。千眠，光色盛貌。”

炳若缛绣，凄若繁弦。 《说文》：“缛，緐采饰也。”又：“绣，五采备也。”蔡邕《琴赋》：“于是繁弦既抑，雅韵复扬，仲尼思归，《鹿鸣》三章。”

必所拟之不殊，乃暗合乎曩篇。 虽欲异于众，然其所拟者原非殊异也。李善注：“言所拟不异，暗合昔之曩篇。《尔雅》（《释诂下》）曰：‘曩，久也。’谓久旧也。”

虽杼轴于予怀，怵佗人之我先。 李善注：“杼轴，以织喻也。虽出自己情，惧佗人之先己也。《毛诗》（《小雅·大东》）曰：‘杼轴其空。’”

苟伤廉而愆义，亦虽爱而必捐。 李善注：“言他人言，我虽爱之，必须去之也。”《楚辞·招魂》：“朕幼清以廉洁兮，身服义而未沬。”王逸注：“不求曰清，不受曰廉。”按：此《礼记·曲礼上》“毋剿说，毋雷同”之意也。（顾炎武《日知录·文人摹效之病》云：“《曲礼》之训‘毋剿说，毋雷同’，此千古立言之本。”）

○此段言避雷同而须脱俗。于光华曰：“避同。”又云：“绮丽之语，恐蹈陈言；孤峭之思，恐难为继。所以见修辞之不易也。”

或苕发颖竖，离众绝致。 此苕是花之通喻，苕发，谓秀发。颖竖，谓锋出。下四句足此意。李善注：“苕，草之苕也。言作文利害，理难俱美，或有一句同乎苕发颖竖，离于众辞，绝于致思也。”又引《荀子·劝学篇》“系之苇苕”则误，盖苇苕之苕，《说文》作艻，“艻，苇华也”，即芦苇也。《诗·小雅·苕之华》：“苕之华，其叶青青。”《毛传》：“苕，陵苕也。”即俗称凌霄花。李善又引《小雅》（《孔丛子·小尔雅·广物》）曰：“禾穗谓之颖。”

形不可逐，响难为系。 谓形影声响捷疾不可追攀。李善注：“言方之于影，而形不可逐，譬之于声，而响难系也。”《鹖冠子·泰录篇》：“影则随形，响则应声。故形声者，天地之师也。”

块孤立而特峙， 自以切。 **非常音之所纬。** 谓一句特佳，卓尔不群，迥异凡俗，非寻常之句所能作对偶也。李善注：“文之绮丽，若经纬相成；一句既佳，块然立而特峙，非常音所能纬也。”

心牢落 空阔，辽落。 **而无偶，意徘徊而不能揥。** 揥，音替，取裁也。定着也。《说文·手部》无揥，本作揥，“揥，撮取也”。段玉裁曰：“揥当是揥之误。”李善注：“牢落，犹辽落也。言思心牢落而无偶揥之，意徘徊而未能也。蔡邕《瞽师赋》曰：‘时牢落以失次，咢绁蹇而阳绝。’”（严可均《全后汉文》有此赋，不全。此二句则只见此处引耳）

石韫玉而山辉，水怀珠而川媚。 于光华曰：“论得精。”李善注：“虽无佳偶（好对），因而留之，譬若水石之藏珠玉，山川为之辉媚也。《尸子》（逸文）曰：‘水，中折者有玉，圆折者有珠。’”（郭璞注《山海经·南山经》、《西山经》及

《穆天子传》引《尸子》云："凡水：其方折者有玉，其圆折者有珠，清水有黄金，龙渊有玉英。"）《荀子·劝学篇》："玉在山而草木润，渊生珠而崖不枯。"（崖，应是《说文》之厓，今字作涯）李善引高氏注："玉，阳中之阴，故能润泽草；珠，阴中之阳，有明故岸（李善引《荀子》崖作岸）不枯。"（高诱无《荀子》注，今传中唐杨倞注，不知高氏何人矣）《论语·子罕》："韫椟而藏诸？"马融注："韫，藏也。"单句独绝无对：如刘宋时谢贞九岁得"风定花犹落"是也。又梁王籍《入若耶溪》诗："蝉噪林逾静，鸟鸣山更幽。"时人以为文外独绝。然二句同一意，"鸟鸣山更幽"一句足矣，蝉噪句未称也。至王安石合之为"风定花犹落，鸟鸣山更幽"，则绝佳矣。又如李贺《金铜仙人辞汉歌》之"天若有情天亦老"，奇绝无对，至北宋石曼卿乃仅对为"月如无恨月常圆"。司马温公以为劲敌，然犹未及联首也。

彼榛楛之勿翦，亦蒙荣于集翠。 于光华曰："以醇掩疵。"榛楛，喻荆棘，恶木。李善注："榛楛，喻庸音也。以珠玉之句既存，故榛楛之辞亦美。"《诗·大雅·旱麓》："瞻彼旱麓，榛楛济济。"《山海经·西山经》："下多榛楛。"郭璞注："榛子，似栗而小，味美。楛木可以为箭。"则榛楛非恶木，恐非士衡本意。《诗·召南·甘棠》："蔽芾甘棠，勿翦勿伐。"翦，《说文》作歬，今俗作剪。

缀《下里》于《白雪》，吾亦济 犹赞也，助也。 **夫所伟。** 李善注："言以此庸音而偶彼嘉句，譬以《下里》鄙曲缀于《白雪》之高唱，吾虽知美恶不伦，然且以益夫所伟也。"宋玉《对楚王问》："客有歌于郢中者，其始曰《下里》、《巴人》，国中属而和者数千人；其为《阳阿》、《薤露》，国中属而和者数百人；其为《阳春》、《白雪》，国中属而和者不过数十人。引商刻羽，杂以流徵，国中属而和者，不过数人而已。是其曲弥高，其和弥寡。”宋玉《笛赋》：“师旷为《白雪》之曲。”《淮南子·览冥训》：“昔者，师旷奏《白雪》之音，而神物为之下降，风雨暴至，平公癃病，晋国赤地。”高诱注：“《白雪》，五十弦琴瑟乐名也。……唯圣君能御此矣，平公德薄不能堪。”

〇此段言立奇出众。有时得单句迥绝千古而无对，或勉强作对而不称，亦是好也。于光华曰：“立异。”何义门曰：“秀句可存，全文未称，毕竟非其至者。”

由第七段至第十段，是言文之佳处；由第十一段起至第十五段，是言文章之病。

或托言于短韵，对穷迹而孤兴。 李善注：“短韵，小文也。言文小而事寡，故曰穷迹；迹穷而无偶，故曰孤兴。”

俯寂寞而无友，仰寥廓而莫承。 寂寞是无声可以闻，寥廓是无形可以见。于光华曰：“二句发明上穷迹。”李善注：“言事寡而无偶，俯求之则寂寞而无友，仰应之则寥廓而无所承。”

譬偏弦之独张，含清唱而靡应。 李善注：“言累句以成文，犹众弦之成曲；今短韵孤起，譬偏弦之独张。弦之独张，含清唱而无应；韵之孤起，蕴丽则而莫承也。毛苌《诗传》曰：‘靡，无也。’应，于兴切。”

〇此段言寡少之病。于光华曰："寡之病。"又曰："以下五段，言不善也。"何义门曰："又推辞语之病，以见合格之难。"

或寄辞于瘁音，言徒靡而弗华。 李善注："瘁音，谓恶辞也。靡，美也。言空美而不光华也。"《汉书·礼乐志序》："民有血气心知之性，而无哀乐喜怒之常，应感而动，然后心术形焉。是以纤微癄瘁之音作而民思忧。"（略本《礼记·乐记》）李善引薛君（汉）《韩诗章句》曰："靡，好也。"

混妍蚩而成体，累良质而为瑕。 李善注："妍，谓言靡。蚩，谓瘁音。既混妍蚩，共为一体，翻累良质而为瑕也。"《礼记·聘义》孔子答子贡问玉："夫昔者君子比德于玉焉。……瑕不掩瑜，瑜不掩瑕，忠也。"郑玄注："瑕，玉之病也。"

象下管之偏疾， 堂下吹管，象武舞也。无好态。 **故虽应而不和。** 李善注："言其音既瘁，其言徒靡，类乎下管，其声偏疾，升歌与之间奏，虽复相应而不和谐。杜预《左氏传注》曰：'象，类也。'"《礼记·明堂位》："升歌《清庙》，下管《象》。"又《仲尼燕居》："下管《象》、《武》，……升歌《清庙》，示德也。下而管《象》，示事也。"郑玄注："《清庙》，《周颂》也。《象》，谓《周颂·武》（末篇）也。以管播之。"《家语·论礼》："下管《象》舞，《夏》籥序兴。"王肃注："下管，堂下吹管。《象》，武舞也。《夏》，文舞也。……籥，如笛。"

〇此段是杂乱之病。于光华曰："杂之病。"何义门曰："才矫枉，又失正，不可不知。"

或遗理以存异， 所异者非奇辞奥旨。 **徒寻虚以逐微。** 申明上句。

言寡情而鲜爱，辞浮漂而不归。 此二句复申明虚微，寡情鲜爱，无实义也。李善注："漂，犹流也。不归，谓不归于实。"

犹弦幺 小也。 **而徽** 颤音。 **急，故虽和而不悲。** 《淮南子·主术训》："夫荣启期一弹，而孔子三日乐感于和；（孔子遇荣启期事，见《列子·天瑞篇》）邹忌一徽，而威王终夕悲感于忧。动诸琴瑟，形诸音声，而能使人为之哀乐。"李善引许慎《淮南子注》曰："鼓琴循弦谓之徽。"李善又曰："悲雅俱有，所以成乐，直雅而无悲则不成。"

○此段是轻浮之病。于光华曰："浮之病。"何义门曰："此等似是而非，必细辨之。"

或奔放以谐合，务嘈囋 靡靡杂乱之声。囋，去入二声。 **而妖冶。** 张衡《东京赋》："总轻武于后陈，奏严鼓之嘈囐。"囐，才达切。嘈囐，犹嘈囋也。

徒悦目而偶俗，固声高而曲下。 李善注："言声虽高而曲下。张衡《舞赋》曰：'既娱心以悦目。'（是傅毅《舞赋》。严可均《全后汉文》只钞此句。然士衡《连珠》"色以悦目为欢"。李善亦引张衡《舞赋》此句，斯则奇矣）《广雅》（《释诂三》）曰：'耦，谐也。'耦与偶古字通。"

寤《防露》与《桑间》，又虽悲而不雅。 何义门曰："《防露》，指'岂不夙夜，畏行多露'言。（《诗·召南·行露》）言《桑间》不可与并论，故戒妖冶也。"此说是。李善

注："《防露》未详。一曰：谢灵运《山居赋》曰：'（卫女行而思归咏，）楚客放而《防露》作。'注（灵运自注）曰：'（卫女思归，作《竹竿》之诗；）楚人放逐，东方朔感江潭而作《七谏》。'（《竹竿》，见《诗·卫风》。东方朔《七谏·初放》："上葳蕤而防露兮，下泠泠而来风。"王逸注："防，蔽也。"与文章音乐无涉。应即《诗·召南·行露》。行防叠韵，行，道也，非行动之行。何义门说是矣）然灵运有《七谏》，有防露之言，遂以《七谏》为《防露》也。（案：《防露》与《桑间》是贞淫之别，与《七谏》全无关涉也）《礼记》（《乐记》）曰：'桑间濮上之音，亡国之音也。'郑玄曰：'濮水之上，地有桑间先，亡国之音于此水出也。（依原文）'"【濮上之音，见《韩非子·十过篇》，汉宣帝时博士褚少孙补《史记》乐书用之。《韩非子》云："昔者卫灵公将之晋，至濮水之上，税车而放马，设舍以宿。夜分而闻鼓新声者而说之，使人问，左右尽报弗闻。乃召师涓而告之曰：'有鼓新声者，使人问，左右尽报弗闻，其状似鬼神，子为我听而写之。'师涓曰：'诺。'因静坐抚琴而写之。师涓明日报曰：'臣得之矣，而未习也，请复一宿习之。'灵公曰：'诺。'因复留宿，明日而习之，遂去之晋。晋平公觞之于施夷之台。酒酣，灵公起，公曰：'有新声，愿请以示。'平公曰：'善。'乃召师涓，令坐师旷之旁，援琴鼓之。未终，师旷抚止之。曰：'此亡国之声，不可遂（竟也）也。'平公曰：'此道奚出？（王念孙曰："本作'此奚道出'，道者由也。"）'师旷曰：'此师延之所作，与纣为靡靡之乐也。及武王伐纣，师延东走，至于濮水而自投。故闻此声者，必于濮水之上。先闻此声者，其国必削，

不可遂。’平公曰：‘寡人所好者音也，子其使遂之。’师涓鼓究之。”［后平公命师旷奏清徵之音而玄鹤下降。复逼师旷奏清角之音（即《白雪》之歌），而玄云起，大风大雨至，裂帷幕，隳廊瓦，晋国赤地，大旱三年，平公遂癃病。盖德薄不足此堪之也］】

〇此段是妖冶之病。于光华曰：“靡之病。”

或清虚以婉约， 淡且简。 **每除烦而去滥。** 不烦杂，不浮泛。《左传》成公二年：“君子谓华元、乐举，于是乎不臣。臣治烦去惑者也，是以伏死而争。”（厚葬宋文公。生则纵其惑，死又益其侈，是弃君于恶也）

阙大羹之遗味， 过淡。 **同朱弦之清泛。** 太简，李善注：“言作文之体，必须文质相半，雅艳相资；今文少而质多，故既雅而不艳。比之大羹而阙其余味，方之古乐而同清泛，言质之甚也。余味，谓乐羹，皆古不能备其五声五味，故曰有余也。”

虽一唱而三叹，固既雅而不艳。 质木无文。《礼记·乐记》：“清庙之瑟，朱弦而疏越，壹倡而三叹，有遗音者矣。大飨之礼，尚玄酒（水也）而俎腥鱼，大羹不和，有遗味者矣。”郑玄注：“朱弦，练朱弦也。练则声浊。越，琴底孔也。疏画之，使声迟也。唱，发歌句也。三叹，三人从而叹耳。……大羹，肉湆（音泣，汁也）不调以盐菜。遗，犹余也。”李善曰：“然大羹之有余味，以为古矣，而又阙之，甚甚之辞也。”

〇此段是质木之病。于光华曰：“质之病。”

若夫丰约之裁，俯仰之形。 丰，长篇。约，短篇。于光华曰："裁，体裁。"《广雅·释诂三》："约，少也。"

因宜适变，曲有微情。 曲，曲折。微，微妙。《楚辞·九章·抽思》："结微情以陈词兮，矫以遗夫美人。"

或言拙而喻巧，或理朴而辞轻。 轻巧是诗文之病，拙朴是诗文之难到境界。于光华曰："可药好新好巧之病，然文至此正不易得。"

或袭故而弥新，或沿浊而更清。 李善曰："孔安国《尚书传》曰：'袭，因也。'"袭故弥新：《庄子·知北游》："是其所美者为神奇，其所恶者为臭腐。臭腐复化为神奇，神奇复化为臭腐。故曰：通天下一气耳。"南朝陈苏子卿《梅诗》："只言花是雪，不悟有香来。"王安石云："遥知不是雪，为有暗香来。"不逮原作。王维《从岐王过杨氏别业应教诗》："兴阑啼鸟换，坐久落花多。"王安石云："细数落花因坐久，缓寻芳草得归迟。"不逮原作远甚。至王籍《入若耶溪》诗之"鸟鸣山更幽"，王安石作"一鸟不鸣山更幽"。诚可笑也。王维诗："漠漠水田飞白鹭，阴阴夏木啭黄鹂。"李嘉祐（后于王维，不可不知）作"水田飞白鹭，夏木啭黄鹂"。皆不逮原作。至南唐江为诗之"竹影横斜水清浅，桂香浮动月黄昏"，而林逋咏梅云："疏影横斜水清浅，暗香浮动月黄昏。"则绝佳而胜原作。庾信《华林园马射赋》云："落花与芝盖齐飞，杨柳共春旗一色。"王勃《滕王阁序》云："落霞与孤鹜齐飞，秋水共长天一色。"亦胜原作。梁王中（作巾误）《头陀寺碑》云："层轩延袤，上出云霓；飞阁逶迤，下临无地。"《滕王阁序》云："层峦耸翠，上出重霄；飞阁流丹，下临无地。"又较原作为胜。此诚士衡所谓袭故弥新、沿浊更清者也。

或览之而必察，或研之而后精。譬犹舞者赴节以投袂，歌者应弦而遣声。 李善注："王粲《七释》（残。《艺文类聚》引较详）曰：'邪睨鼓下，亢音赴节。'"蔡邕《琴赋》："于是歌人恍惚以矢曲，舞者乱节以忘形。"《左传》宣公十四年："楚子（庄王）闻之，投袂而起，屦及于窒皇，剑及于寝门之外。"杜预注："投，振也。袂，袖也。"

是盖轮扁所不得言，故亦非华说之所能精。 轮扁，注见《序文》。王充《论衡·超奇》篇："浅意于华叶之言，无根核之深，不见大道体要，故立功者希。安危之际，文人不与，无能建功之验，徒能笔说之效也。"又曰："以知为本，笔墨之文，将而送之，岂徒雕文饰辞，苟为华叶之言哉！精诚由中，故其文语感动人深。"又《书解》篇云："文儒为华淫之说，于世无补。"五臣刘良注："凡发言不能成功者，谓之华说也。"

〇此段通论善用之妙。总结自第七段至第十段言文之佳处及第十一段起至第十五段言文章之病。于光华曰："善用之妙。"何义门曰："作文之妙处不可言，但去其病处而妙已全矣。赋中力别病处，正要人从此下手。究竟赴节应声之妙，原不可言文也，几于道矣。下文止就取舍通塞之意申言之。"

普 通见。 **辞条与文律，** 法式。 **良余膺之所服。** 李善注："《尚书》（《舜典》），帝曰：'律和声。'孔安国曰：'律，六律也。'"善注未是。此律是文章法式，与辞章科条相对。《中庸》："子曰：回之为人也，择乎中庸，得一善，则拳拳服膺而弗失之矣。”

练世情之常尤，识前修之所淑。 李善注：“《缠子》董无心曰：‘罕得事君子，不识世情。’（善注凡三引《缠子》，盖墨氏之徒也。《汉书·艺文志》及《隋书·经籍志》皆不载。董无心，战国时人，著书辟墨子，缠子与之论难而屈焉。《汉书·艺文志·儒家》著录《董子一篇》，原注：名无心，难墨子）”《楚辞·离骚》：“謇吾法夫前修兮，非世俗之所服。”尤，过失，《说文》本字作訧，“訧，罪也”。（尤，异也）淑，善也。

虽浚发于巧心，或受欰 欰之误，见下。 **于拙目**。 俗眼每不知前修佳文。陆雨侯曰：“千古同恨。”李善注：“言文之难，不能无累（非是），虽复巧心浚发，或于拙目受蚩。欰，笑也，欰与蚩同。”案：《说文》：“欰，欰欰，戏笑皃。从欠，㞢声。”（今俗作嗤。“蚩，虫也。从虫，㞢声。”今俗作媸）

彼琼敷与玉藻，若中原之有菽。 于光华曰：“言妙句无限。”琼敷，李善无注，应作琼华。华，古读如敷，音误也。《诗·齐风·著》：“俟我于著（门屏间）乎而，充耳以素乎而，尚之以琼华乎而。”《礼记》有《玉藻》篇，玉藻，冕之旒也，与垂于冕而充耳之琼华正相应。李善注：“琼敷、玉藻，以喻文也。《毛诗》（《小雅·小宛》）曰：‘中原有菽，庶人采之。’（人，原作民。善注避太宗讳强改经文，实不应尔。《礼记·曲礼上》：“《诗》、《书》不讳，临文不讳。”）毛苌曰：‘中原，原中也。菽，藿也。力采者得之。’”

同橐籥之罔穷，与天地乎并育。 李善注：“《老子》曰：

‘天地之间，其犹橐籥乎！虚而不屈，动而愈出。’河上公曰：‘橐籥中空虚，故能育声气也。’王弼曰：‘橐，排橐（原作也）。籥，乐器（原多也字）。’按：橐，冶铸者用以吹火，使炎炽。《说文》曰：‘橐，囊也。’音托。籥，音药。”

虽纷蔼于此世，嗟不盈于予掬。《诗·小雅·采绿》：“终朝采绿，不盈一匊。”《郑笺》：“绿，王刍也。”《毛传》：“两手曰匊。”《说文》：“绿，王刍也。”（染黄草）“匊，在（应作两）手曰匊。”徐铉曰：“今俗作掬，非是。”于光华曰：“言华词之多，而己取独少。”

患挈缾之屡空，病昌言之难属。李善注：“挈瓶，喻小智之人，以注在上。何休曰：‘提犹挈也。’”《左传》昭公七年鲁谢息曰：“虽有挈缾之知，守不假器。”杜预注：“挈缾，汲者。喻小知。为人守器，犹知不以借人。”《论语·先进》：“回也其庶乎！屡空。”《书·大禹谟》：“禹拜昌言，曰：俞！”（亦见《皋陶谟》）《孔传》：“昌，当也。”依《孟子》“禹闻善言则拜”，昌言应即善言也。《楚辞》严忌《哀时命》：“志憾恨而不逞兮，抒中情而属诗。”王逸注：“属，续也。”《说文》：“属，连也。”

故踸踔于短垣，放庸音以足曲。李善注：“《广雅》（《释训》）曰：‘踸踔，无常也。’今人以不定为踸踔，不定亦无常也。”《庄子·秋水》：“夔（一足兽）谓蚿曰：‘吾以一足，跉踔而行，予无如（奈也）矣。”成玄英疏：“跉踔，跳踯也。”陆德明《经典释文》：“跉，敕甚反。踔，敕角反。”《国语·吴语》晋董褐谓吴王夫差曰：“君有短垣，而自逾之。”踸踔短垣，五臣本作短韵。徐铉《说文·新附》：“踸，踸踔，行无常貌。”段玉裁《韵经楼丛书》：“踸踔，谓脚长短也（本于李善注）。短垣，可云蹢躅不进，不得施于短韵。本赋上既云‘或托言于短韵’，此亦当复。恐写书者涉上文而误耳。钱牧斋为吴梅邨作文集序用‘踸踔短垣’，是其所据古本如是。《尔雅·释诂》：“庸，常也。”

恒遗恨以终篇，岂怀盈而自足？　李善注：“（班固）《答宾戏》曰：‘（颜潜乐于箪瓢，）孔终篇于西狩。’”杜甫《寄彭州高三十五使君适虢州岑二十七长史参三十韵》五言排律中有云：“意惬关飞动，篇终接混茫。”则无此憾矣。怀盈犹心满，岂怀盈而自足，乃上句之补足义。

惧蒙尘于叩缶，顾取笑乎鸣玉。　缶复蒙尘，其声益劣。李善注：“缶，瓦器，而不鸣，更蒙之以尘，故取笑乎玉之鸣声也。”《文子·上德篇》：“蒙尘而欲无眯，不可得洁。”（吕忱《字林》：“眯，物入眼为病也。”）《淮南子·说林训》：“蒙尘而眯，固其理也。”李斯《上书秦始皇》：“夫击瓮叩缶，弹筝搏髀，而歌呼呜呜快耳者，真秦之声也。（谓其粗俗）”

○此段承上善用之妙，而慨言能之者希。

若夫应感之会，通塞之纪。　于光华曰：“二句领下。”纪，理也。《白虎通·三纲六纪》篇：“纪者理也。”李善注：“纪，纲纪也。《周易》（《节卦》九二《象辞》）曰：‘不出户庭，知通塞也。’”又《易》：《泰》，通也。《否》，塞也。

来不可遏，去不可止。　李善注：“《庄子》（《缮性篇》）曰：‘其来不可却（原作“圉”，此防御之本字，李善强改），其去不可止。’《毛诗传》（《大雅·文王》“无遏尔躬”传）

曰：‘遏，止也。’孔安国曰：‘遏，绝。’”

藏若景灭，行犹响起。 枚乘《上书谏吴王》：“不如就阴而止，影灭迹绝。”班彪《王命论》：“从谏如顺流，趣时如响起。”

方天机之骏 通峻。 **利，夫何纷而不理**。 李善注：“《庄子》：‘蚿曰：今予动吾天机（，而不知其所以然）。’司马彪（西晋人）曰：‘天机，自然也。’（其《庄子注》亡，今仅存西晋郭象注）又《大宗师》曰：‘其耆欲深者其天机浅也（原无也字）。’刘障（陆德明《经典释文·叙录》无刘障《庄子》注，《隋志》亦无之）曰：‘言天机者，言万物转动，各有天性，任之自然，不知所由然也。’”又《庄子·天运篇》：“圣也者，达于情而遂于命也。天机不张，而五官皆备，此之谓天乐。”成玄英疏：“天机，自然之枢机。”

思风发于胸臆，言泉流于唇齿。 《论衡·自纪篇》：“知滂沛而盈溢，笔泷漉而雨集，言溶而泉出。”

纷威蕤以驳遝，唯毫素之所拟。 李善注：“威蕤，盛貌。驳遝，多貌。《封禅书》曰：‘纷纶萎（原作威）蕤（，埋没而不称者，不可胜数）。’毫，笔也。《纂文》（无考）曰：‘书缣曰素。’扬雄书（今集中不见）曰：‘赍紬素四尺。’”

文徽徽以溢目，音泠泠而盈耳。 徽徽，光美貌。泠泠，清爽貌。李善注：“（东汉）延笃《仁孝论》曰：‘焕乎烂兮其溢目也。’（此句严可均《全后汉文》未辑，可据补）《论语》（《泰伯》）曰：‘洋洋乎盈耳哉。’”

〇此段言文思之通，下段言文思之塞。总观全篇，则论文章之能事备矣。方伯海曰：“此段极言文机通塞（兼下段言），与前‘收视反听’（第二段）一段尤踞一篇之胜。”

及其六情底滞，志往神留。 六情底滞，方伯海曰：“下六句反复状四字。”李善注：“《春秋演孔图》曰：‘《诗》含五际六情，绝于申。’宋均曰：‘申，申公也。’仲长子（名统，字公理，东汉末人）《昌言》（书名，今残）曰：‘喜、怒、哀、乐、好、恶，谓之六情。’”（《白虎通·情性篇》：“六情者，何谓也？喜、怒、哀、乐、爱、恶，谓之六情。”）《淮南子·原道训》：“非谓其底滞而不发，凝结而不流。”高诱注：“底，读若纸。”《国语·楚语下》楚大夫观射父曰：“夫民气，纵则底，底则滞。”韦昭注：“底，著也。滞，废也。”

兀若枯木，豁 空也。 **若涸流**。《庄子·齐物论》颜成子游问南郭子綦曰：“形固可使如槁木，而心固可使如死灰乎？”李善注：“郭象注《庄子》（注《逍遥游》篇藐姑射之“其神凝”）曰：‘遗身而自得，虽掞（原作淡）然而不持（原作待），坐忘行忘，而为之，故行若曳枯木，止若聚死灰，是以云其神凝也。’向秀曰（今郭象注同）：‘死灰枯（善改槁为枯）木，取其寂漠无情耳。’”《尔雅·释诂》：“涸，竭也。”《国语·周语中》：“雨毕而除道，水涸而成梁。”《广雅·释诂一》：“涸，水尽也。”

揽营魂以探赜，顿精爽于自求。 士衡《赠从兄》诗：“营魄怀兹土，精爽若飞沉。”李善注：“自求于文也。”《楚辞》屈原《远游》：“载营魄而登霞兮，掩浮云而上征。”王逸注：“抱我灵魂而上升也。霞，谓朝霞，赤黄气也。”《老子》：“载营魄抱一，能无离乎？”河上公注：“魂魄也。”《周易·系辞传上》："探赜索隐，钩深致远。"《左传》昭公二十五年：宋大夫乐祁曰："心之精爽，是谓魂魄。"又昭公七年子产曰："用物精多则魂魄强，是以有精爽，至于神明。"李善引《孟子》（《滕文公上》）曰：'使自求（原作得）之。'"应引《公孙丑上》："祸福无不自己求之者。"

理翳翳而愈伏，思乙乙 五臣注本作轧，李善音轧。 **其若抽**。 李善注："《方言》（卷十三）曰：'翳，奄（原作掩）也。'乙，抽也。乙（应是乙乙），难出之貌。" 《说文》："乙，象春草木冤曲而出，阴气尚强，其出乙乙也。"《说文》音甲乙之乙，此读轧。清孙冯翼桓谭《新论》辑本云："余少时见子云丽文高论，不自量年少新进，猥欲逮及。尝激一事而作小赋，用精思太剧，而立感动发病。子云亦言：成帝时，上幸甘泉，诏使作赋，为之作暴，倦卧，梦其五脏出地，以手收内。及觉，大少气，病一岁而亡。（亡字大误，疑是愈字）余素好文，见子云工为赋，欲从之学，子云曰："能读千赋则善为之矣。"李善引《新论》略同。又引士衡与弟书曰："思苦生疾。"（今集无，仅见此注，严可均有辑）

是以或竭情而多悔， 于光华曰："顶上塞。" **或率意而寡尤**。 于光华曰："顶上通。"《左传》昭公二十年："（楚大夫）屈建问范会（即士会）之德于赵武，赵武曰：'夫子之家事治，言于晋国，竭情无私。'"《淮南子·人间训》："《尧戒》曰：'战战栗栗，日慎一日。人莫蹟于山，而蹟于蛭（垤之借字）。'是故人皆轻小害，易微事，以多悔。"《论语·为政》："言寡尤，行寡悔，禄在其中矣。"

虽兹物之在我，非余力之所勠。 叶流。《说文》："勠，并力也。”力竹切。李善注：“物，事也。勠，并也。言文之不来，非予力之所并。《国语》（《晋语四》）曰：‘勠（原作戮）力一心。’贾逵曰：‘勠（戮）力，并力也。’”何休《公羊传注》：“戮力一心。”《释文》作：“戮，音六。又作勠，力雕反。”（音聊）

故时抚空怀而自惋，吾未识夫开塞之所由。 于光华曰：“即利害所由。”方伯海曰：“上论文机之通塞，发明《序》中利害所由意。李善注：“开，谓天机骏利；塞，谓六情底滞。”

〇此段言文思之塞，然同是一人，其为文或时而通，或时而塞，皆出自然，不由自主。此真知甘苦者之言也。何义门曰：“才有长短，思有通塞，然程才而效伎，在博而充之；意司契而为匠，在深思以运之。从古学士才人，不出好学深思四字。”

伊兹文之为用，固众理之所因。 于光华曰：“归到理字。”此段于氏密圈至末。

恢万里而无阂，通亿载而为津。 李善注：“言文能廓万里而无阂，假令亿载，而今为津。”《法言·问神篇》：“捈中心之所欲，通诸人之嚧嚧（李轨注：“嚧嚧，犹愤愤也。”）者莫如言。弥纶天下之事，记久明远，著古昔之㫷㫷，传千里之忞忞者莫如书。”李轨注：“㫷㫷，目所不见；忞忞，心所不了。”《孔丛子·小尔雅·广言》：“阂，限也。”《说文》：“阂，外闭也。”“礙，止也。”碍，俗字。

俯贻则 法也。 **于来叶，仰观象乎古人。** 李善注：“叶，世也。”班固《幽通赋》：“终保己而贻则兮，里上仁之所庐。”《书·仲虺之诰》：“予恐来世，以台（我也）为口实。”又《益稷》：“予欲观古人之象，日、月、星辰、山、龙、华、虫作会。”《易·系辞传下》：“仰则观象于天，俯则观法于地。”按此象字是借用字面，象亦法也，谓上法古人之为文也。

济文、武于将坠，宣风声于不泯。《论语·子张》：“卫公孙朝问于子贡曰：‘仲尼焉学？’子贡曰：‘文、武之道，未坠于地，在人。贤者识其大者，不贤者识其小者，莫不有文、武之道焉。夫子焉不学，而亦何常师之有。’”《书·毕命》：“旌别淑慝，表厥宅里，彰善瘅恶，树之风声。”《诗·大雅·桑柔》：“乱生不夷（平也），靡国不泯。”《毛传》：“泯，灭也。”《尔雅·释诂》：“泯，尽也。”

涂无远而不弥，理无微而弗纶。《易·系辞传上》：“《易》与天地准，故能弥纶天地之道。”王肃注：“弥纶，缠裹也。”《法言·问神篇》：“弥纶天地之事，记久明远，……莫如书。”（已见上）

配沾润于云雨，象变化乎鬼神。《论衡·效力篇》：“山大者云多，泰山不崇朝办（遍也）雨雨天下。夫然，则贤者有云雨之知，故其吐文，万牒以上，可谓多力矣。”又《须颂篇》：“鸿笔之人，国之云雨也。”贾谊《新书·道德说》：“变化无所不为，物理及诸变之起，皆神之所化也。”

被金石而德广，流管弦而日新。于光华曰：“以文垂久为结。”李善注：“金，钟鼎也。石，碑碣也。言文之善者，可被之金石，施之乐章。”《礼记·乐记》：“乐者，德之华也。金石丝竹，乐之器也。”《汉书·董仲舒传》汉武帝《策贤良制》："圣王已没，钟鼓管弦之声未衰。"《吴越春秋》乐师谓越王曰："君王德可刻之于金石，声可托之于管弦。"《易·系辞传下》："日新之谓盛德。"

〇此段总结全篇。盛称文章之用，传远古而遗后世，垂之于无穷。于光华曰："总结。"

卢子谅《赠刘琨书》

在《文选》卷二十五《诗丁·赠答三·赠刘琨》四言诗前

《晋书·卢谌传》：“谌字子谅（范阳涿人。曾祖植，祖毓，父志）。清敏有理思，好《老》、《庄》，善属文。选尚武帝女荥阳公主，拜驸马都尉，未成礼而公主卒。后州（范阳）举秀才，辟太尉掾。洛阳没，随志北依刘琨，与志俱为刘粲（聪子）所虏。粲据晋阳，留谌为参军。琨收散卒，引猗卢骑还攻粲。粲败走，谌得赴琨。先、父母兄弟在平阳者，悉为刘聪所害。琨为司空，以谌为主簿，转从事中郎。琨妻即谌之从母（姑母），既加亲爱，又重其才地。（愍帝）建兴末（四年），随琨投段匹磾。匹磾自领幽州（河北、辽宁一带），取谌为别驾。匹磾既害琨，寻亦败丧（为石勒所杀）。时南路阻绝，段末波（匹磾从弟）在辽西（河北东北部、热河南部、辽宁辽河以西地），谌往投之。元帝之初，末波通使于江左，谌因其使抗表理琨，文旨甚切，于是即加吊祭。（琨被害时，晋以匹磾尚强，冀其讨石勒，不举琨哀）累征谌为散骑、中书侍郎，而为末波所留，遂不得南渡。末波死，弟辽代立。谌流离世故且二十载，石季龙（勒从子，本名虎）破辽西，复为季龙所得，以为中书侍郎、国子祭酒、侍中、中书监。属冉闵诛石氏（闵，瞻子，季龙子之，养闵如孙。晋穆帝永和六年，杀石鉴而自立，复姓冉，国号魏。鉴，石季龙孙，石遵子），谌随闵军于襄国（在河北），遇害，时年六十七，（刘琨如生，则八十矣）是岁永和六年也。谌名家子，早有声誉，才高行洁，为一时所推。值中原丧乱，与清河崔悦、颍川荀绰、河东裴宪、北地傅畅，并沦陷非所。虽俱显于石氏，恒以为辱。谌每谓诸子曰：'吾身没之后，但称晋司空从事中郎尔。'撰《祭法》，注《庄子》，及文集，皆行于世。"

故吏从事中郎卢谌，死罪死罪。 李善引《傅子》曰："汉武元光初，郡国举孝廉；元封五年，举秀才。历世相承，皆向郡国称故吏。"又引《汉书音义》张晏曰："人臣上书，当昧犯死罪而言。"

谌禀性短弱，当世罕任。 李善引孔安国《尚书传》曰："禀，受也。"又引郑玄《礼记注》曰："任，用也。"于光华曰："罕能任当世之事。"

因其自然，用安静退。 李善引《鬼谷子》（《抵戏篇》）曰："物有自然（，事有合离）。"又引乐氏曰（乐氏注亡）："自然，继本名也。"（继，应作道。古文继作㡭，草书与道字易误。《老子》："道发自然。"故云道本名也）陶弘景注："此言合离，若乃自然之理。"李善又引曾子曰：（《汉志·诸子略·儒家》著录《曾子》十八篇，今载在《大戴礼》者十篇，阮元自《大戴记》辑出，而为之《集释》）"君子进则能达，退则能静。"五臣张铣曰："短弱，尪劣。罕，希也。言受性尪劣，当世希用，故任自然，以崇退静。"

在木阙不材之资，处雁乏善鸣之分， 《庄子·山木篇》：

"庄子行于山中，见大木，枝叶盛茂，伐木者止其旁而不取也。问其故，曰：'无所可用。'庄子曰：'此木以不材得终其天年。'夫子出于山，舍于故人之家，故人喜，命竖子（成玄英疏："童仆也。"）杀雁而烹之。竖子请曰：'其一能鸣，其一不能鸣，请奚杀?'主人曰：'杀不能鸣者。'明日，弟子问于庄子曰：'昨日山中之木，以不材得终其天年；今主人之雁，以不材死。先生将何处?'庄子笑曰：'周将处夫材与不材之间。'"李善注："（晋）晋灼《汉书》注曰：'资，材量也。'分，谓己所当得也。"五臣李周翰曰："山木以不材而寿，雁以能鸣而全。方之于木，则阙其不材；比之于雁，则乏其善鸣。退不如木，进不如雁也。"

卷异蘧子，愚殊宁生， 蘧子，春秋时卫贤大夫蘧瑗伯玉也。《论语·卫灵公》："子曰：直哉史鱼！邦有道，如矢；邦无道，如矢。君子哉蘧伯玉！邦有道，则仕；邦无道，则可卷而怀之。"（《史记·仲尼弟子列传》："孔子之所严事：于周，则老子；于卫，蘧伯玉；于齐，晏平仲；于楚，老莱子；于郑，子产；于鲁，孟公绰。"）宁生，卫大夫宁俞武子也。《论语·公冶长》："子曰：宁武子，邦有道则知，邦无道则愚。其知可及也，其愚不可及也。"朱子注："武子仕卫，当文公、成公之时。文公有道，而武子无事可见，此其知之可及也。成公无道，至于失国，而武子周旋其间，尽心竭力，不避艰险，凡其所处，皆智巧之士所深避而不肯为者，而能卒保其身以济其君，此其愚之不可及也。"（卫大夫元咺攻成公，成公出奔陈，后晋文公入之卫而诛元咺。见《史记·卫叔康世家》）

匠者时眄，不免馔宾。 二句承在木处雁。于光华曰：“（匠者时眄，）阙不材也。（不免馔宾，）乏善鸣也。”李善注：“言在木阙不材，故匠者时眄；在雁乏善鸣，故不免馔宾也。”五臣刘良曰：“喻己为匹碑时眄，不免充馔也。”

○此段大意谓己难处乎材与不材之间，进退失据也。何义门曰：“非不翩翩，但多陈言耳。”

尝自思惟，因缘运会，得蒙接事。自奉清尘，于今五稔， 屈原《远游》：“闻赤松（《列仙传》：“赤松子者，神农时雨师也。”）之清尘兮，愿承风乎遗则。”李善曰：“行必尘起，不敢指斥尊者，故假尘以言之。言清，尊之也。”《说文》：“稔，谷孰也。”《左传》襄公二十七年叔向评郑伯有曰：“所谓（古有此言）不及五稔者，夫子之谓矣。”杜预注：“稔，年也。”又昭公元年秦景公之弟鍼谓赵孟曰：“国无道，而年谷和熟，天赞之也，鲜不五稔。”（少犹五年而后亡）

谟明之效不著，候人之讥以彰。 以，通作已。《书·皋陶谟》：“允迪厥德，谟明弼谐。”（诚蹈古人之德，谋广聪明以辅谐其政）《诗·曹风·候人序》：“《候人》，刺近小人也。共公远君子而好近小人焉。”首云：“彼候人兮，何戈与祋。”《毛传》：“候人，道路送宾客者。何，揭。祋，殳也。言贤者之官，不过候人。”《郑笺》：“是谓远君子也。”谌意谓己谟明弼谐之功不著，而琨之亲己，已显被讥为近小人也。

大雅含弘，量苞山薮； 《汉书·景十三王传》：“夫唯大雅，卓尔不群，河间献王近之矣。”《易·坤卦·彖辞》：“含弘光大，品物咸亨。”《左传》宣公十五年宋伯（文公）谓晋侯（景公）曰："谚曰：'高下在心，川泽纳污，山薮藏疾，瑾瑜匿瑕，国君含垢。'天之道也。"

加以待接弥优，款眷逾昵， 李善注："《广雅》（《释诂一》）曰：'款，诚也。'《尔雅》（《释诂》）曰：'昵（原作暱，通），近也。'"

与运筹之谋，厕宴私之欢， 《汉书·高帝纪》（原见《史记·高祖本纪》）："上曰：公（指高起、王陵）知其一，未知其二。夫运筹帷幄之中，决胜千里之外，吾不如子房；填国家，抚百姓，给饷馈，不绝粮道，吾不如萧何；连百万之众，战必胜，攻必取，吾不如韩信。三者皆人杰，吾能用之，此吾所以取天下者也；项羽有一范增而不能用，此所以为我禽也。"厕，次也，杂也，列也。乐毅《报燕惠王书》："先王过举，厕之宾客之中，立之群臣之上。"《诗·小雅·楚茨》："诸父兄弟，备言燕私。"《毛传》："燕而尽其私恩。"

绸缪之旨，有同骨肉。 《诗·唐风·绸缪》："绸缪束薪，三星在天。"《毛传》："绸缪，犹缠绵也。"李善注："骨肉，谓父子。"善注是。五臣吕延济以为是兄弟，非也。琨长谌十三岁，且是其长一辈之姑丈。《吕氏春秋·季秋纪·精通篇》："故父母之于子也，子之于父母也，一体而两分，同气而异息，若草莽之有华实也，若树木之有根心也。虽异处而相通，隐志相及，痛疾相救，忧思相感，生则相欢，死则相哀，此之谓骨肉之亲。"

其为知己，古人罔喻。 《晏子春秋·内篇·杂上》越石父对晏子曰："臣闻之：士者，诎乎不知己，而申乎知己。"

昔聂政殉严遂之顾，荆轲慕燕丹之义， 《史记·刺客列传》:“聂政者,轵(魏邑,在今河南)深井里人也。杀人避仇,与母、姊如齐,以屠为事。久之,濮阳(卫邑,在今河南)严仲子(名遂)事韩哀侯,与韩相侠累(音夹累)有郤。严仲子恐诛,亡去游,求人可以报侠累者。至齐,齐人或言聂政,勇敢士也,避仇,隐于屠者之间。严仲子至门请,数反。然后具酒自畅(《战国策》作觞)聂政母前。酒酣,严仲子奉黄金百镒,前为聂政母寿,聂政惊怪其厚,固谢严仲子,严仲子固进,而聂政谢曰:‘臣幸有老母,家贫客游,以为狗屠,可以旦夕得甘毳以养亲;亲供养备,不敢当仲子之赐。’严仲子辟人,因为聂政言曰:‘臣有仇,而行游诸侯众矣;然至齐,窃闻足下义甚高,故进百金者,将用为大人粗粝之费,得以交足下之欢,岂敢以有求望邪!’聂政曰:‘臣所以降志辱身(《论语·微子》:“不降其志,不辱其身,伯夷、叔齐与?”)居市井屠者,徒幸以养老母;老母在,政身未敢以许人也。(《礼记·曲礼上》:“父母存,不许友以死。不有私财。”)’严仲子固让,聂政竟不肯受也。然严仲子卒备宾主之礼而去。久之,聂政母死,既已葬,除服。聂政曰:‘嗟乎!政乃市井之人,鼓刀以屠;而严仲子乃诸侯之卿相也,不远千里,枉车骑而交臣;臣之所以待之,至浅鲜矣,未有大功可以称者。而严仲子奉百金为亲寿,我虽不受,然是者徒深知政也。夫贤者以感忿睚眦之意,而亲信穷僻之人,而政独安得嘿然而已乎!且前日要政,政徒以老母;老母今以天年终,政将为知己者用。’乃遂西至濮阳,见严仲子曰:‘前日所以不许仲子者,徒以亲在;今不幸而母以天年终,仲子所欲报仇者为谁?请得从事焉。’严仲子具告曰:‘臣之仇,韩相侠累,侠累又韩君之季父也。宗族盛多，居处兵卫甚设，臣欲使人刺之众，终莫能就。今足下幸而不弃，请益其车骑壮士，可为足下辅翼者。’聂政曰：‘韩之与卫，相去中间不甚远，今杀人之相，相又国君之亲，此其势不可以多人。多人不能无生得失，生得失，则语泄，语泄，是韩举国而与仲子为仇，岂不殆哉！’遂谢车骑人徒，聂政乃辞，独行，杖剑至韩，韩相侠累方坐府上，持兵戟而卫侍者甚众。聂政直入上阶，刺杀侠累。左右大乱。聂政大呼，所击杀者数十人，因自皮面决眼，自屠出肠，遂以死。韩取聂政尸暴于市，购问，莫知谁子。于是韩购县之，有能言杀相侠累者，予千金。久之莫知也。政姊荣，闻人有刺杀韩相者，贼不得，国不知其名姓，暴其尸而县之千金。乃于邑曰：‘其是吾弟与？嗟乎！严仲子知吾弟。’立起，如韩，之市，而死者果政也。伏尸哭极哀，曰：‘是轵深井里所谓聂政者也。’市行者诸众人皆曰：‘此人暴虐吾国相，王县购其名姓千金，夫人不闻与？何敢来识之也？’荣应之曰：‘闻之。然政所以蒙污辱，自弃于市贩之间者，为老母幸无恙，妾未嫁也。亲既以天年下世，妾已嫁夫，严仲子乃察举吾弟困污之中而交之，泽厚矣，可奈何！士固为知己者死。今乃以妾尚在之故，重自刑以绝从。妾其奈何畏殁身之诛，终灭贤弟之名。’大惊韩市人。乃大呼天者三，卒于邑。悲哀而死政之旁。晋、楚、齐、卫闻之，皆曰：‘非独政能也，乃其姊亦烈女也。’乡使政诚知其姊无濡忍之志，不重暴骸之难，必绝险千里以列其名，姊弟俱僇于韩市者，亦未必敢以身许严仲子也。严仲子亦可谓知人能得士矣。”荆轲事习见《史记·刺客列传》，兹用《燕丹子》：“鞠武（太子丹师）曰：‘……臣所知田光，其人深中有谋，愿令见太子。’太子曰：‘敬诺。’田光见太子，太子侧阶而迎，迎而再拜。……田光曰：‘结发立身，以至于今，徒慕太子之高行，美太子之令名耳。太子将何以教之?’太子膝行而前，涕泪横流，曰：‘……’田光曰：‘……臣闻骐骥之少，力轻千里；及其罢朽，不能取道。太子闻臣时，已老矣。欲为太子良谋，则太子不能；欲奋筋力，则臣不能。然窃观太子客，无可用者。夏扶，血勇之人，怒而面赤；宋意，脉勇之人，怒而面青；武阳，骨勇之人，怒而面白。光所知荆轲，神勇之人，怒而色不变。为人博闻强记，体烈骨壮，不拘小节，欲立大功。尝家于卫，脱贤大夫之急，十有余人，其余庸庸不可称。太子欲图事，非此人莫可。’太子下席再拜曰：‘若因先生之灵，得交于荆君，则燕国社稷长为不灭，唯先生成之。’田光遂行。太子自送，执光手曰：‘此国事，愿勿泄之。’光笑曰：‘诺。’遂见荆轲，曰：‘……盖闻士不为人所疑，太子送光之时，言此国事，愿勿泄，此疑光也。是疑而生于世，光所羞也。’向轲吞舌而死。轲遂之燕。……太子自御，虚左，轲援绥不让。自坐定，宾客满坐。轲言曰：‘田光褒扬太子仁爱之风，说太子不世之器，高行厉天，美声盈耳。……今太子礼之以旧故之恩，接之以新人之敬，所以不复让者，士信于知己也。’……夏扶问轲，何以教太子？轲曰：‘将令燕继召公之迹，追《甘棠》之化。高欲四三王，下欲六五霸。于君何如?”坐皆称善，竟酒无能屈。太子甚喜，自以得轲，永无秦忧。后日，与轲之东宫，临池水而观，轲拾瓦投龟，太子令人捧盘金。轲用投，投尽复进。轲曰：‘非为太子爱金也，但臂痛耳。’后复共乘千里马，轲曰：

‘马肝甚美。”太子即杀马进肝。……酒中，太子出美人能琴者，轲曰：‘好手，琴者。’太子即进之，轲曰：‘但爱其手耳。’太子断手，盛以玉盘奉之。太子常与轲同案而食，同床而寝。后日，轲从容曰：‘轲侍太子，三年于斯矣。……太子幸教之。’……太子曰：‘丹之忧，计久，不知安出?’轲曰：‘樊於期得罪于秦，秦求之急；又督亢之地，秦所贪也。今得樊於期首、督亢地图，则事可成也。’……居五月，太子恐轲悔，见轲曰：‘今秦已破赵国，兵临燕，事已迫急，虽欲足下，计安施之?今欲先遣武阳，何如?’轲怒曰：‘何?太子所遣往而不返者，竖子也。轲所以未行者，待吾客耳!’于是轲潜见樊於期，曰：‘……得将军之首，与燕督亢地图，秦必喜，喜而见轲；轲将左手把其袖，右手椹（《史记》作揕，张鸩切）其胸，数以负燕之罪，责以将军之衔，而燕国见陵雪，将军积忿之怒除矣。’於期起，扼腕执刀曰：‘是於期日夜所欲，而今闻命矣。’于是自刎。头坠背后，两目不瞑。……遂函盛於期首，与燕督亢地图，以献秦，武阳为副。（《史记》作秦舞阳，年十三，杀人，人不敢忤视）荆轲入秦，不择日而发。太子与知谋者，皆素衣冠送之。于易水上。荆轲起为寿，歌曰：‘风萧萧兮易水寒，壮士一去兮不复还。’高渐离击筑，宋意和之。为壮声，皆泪流。二子行过，夏扶当车前刎颈以送。……西入秦，至咸阳。……秦王喜，百官陪位，陛戟数百，见燕使者。轲奉於期首，武阳奉地图，钟声并发，群臣皆呼万岁。武阳大恐，两足不能相过，面如死灰色。秦王怪之，轲见请曰：‘此北鄙小子，希睹天阙。愿大王小假，令得毕辞。’秦王谓轲曰：‘取图来。’进，图穷而匕首出。轲左把秦王袖，右揕其胸，数之曰：‘足下负燕日久，贪暴海内，不知厌足，於期无罪而夷其族，轲将海内报仇。今燕王母病，与轲促期。从吾计即生，不从则死。’秦王曰：‘今日之事，从子计耳！乞听琴声而死。’召姬人鼓琴，琴声曰：‘罗縠单衣，可掣而绝。八尺屏风，可超而越。鹿卢之剑，可负而拔。’轲不晓音，秦王从言，掣之绝，超屏风，负剑而走。轲拔匕首擿之，决秦王耳（此未可信。匕首淬以剧毒，见血即死），入铜柱，火出。（《史记》但云“不中，中铜柱”）然秦王还断轲两手，轲倨詈曰：‘吾轻易为竖子所欺，燕国之不报，我事之不立哉！’”

意气之间，靡躯不悔。　卓文君《白头吟》：“男儿重意气，何用钱刀为！”李善引吴谢承《后汉书》杨乔曰：“侯生为意气刎颈。”《楚辞》东方朔《七谏·怨思》：“子胥谏而靡躯，比干忠而剖心。”李善引：“《说文》曰：‘靡，烂也。’靡与縻古字通。”按：《说文》：“靡，披靡也。”“縻，烂也。”无从米之縻。

虽微达节，谓之可庶。　《左传》成公十五年曹公子子臧曰：“圣达节，次守节，下失节。”

然苟曰有情，孰能不怀？　《世说新语·言语篇》：“卫洗马（玠）初欲渡江，形神惨悴，语左右云：‘见此芒芒（今俗作茫），不觉百端交集。苟未免有情，亦复谁能遣此？’”

故委身之日，夷险已之。　委身，李善注：“犹委质也。”《左传》僖公二十三年：“策名委质，贰乃辟也。”又昭公四年子产曰：“苟利社稷，死生以之。”杜预注：“以，用也。”已以古通。

○此段由“尝自思惟，因缘运会”起，至“其为知己，古人罔喻”，言琨待己之厚。由“昔聂政殉严遂之顾，荆轲慕燕丹之义”，至“委身之日，夷险已之”，言己不忘报德也。

事与愿违，当忝外役。 嵇康《幽愤诗》：“事与愿违，遘兹淹留。”李善注：“役，谓别驾也。对琨，故谓之外。”《说文》：“（忝，）辱也。”谓辱为匹磾用作别驾。

遂去左右，收迹府朝。 琨为晋司空，今去作匹磾别驾，故云收迹府朝。

盖本同末异，杨朱兴哀；始素终玄，墨翟垂涕。《列子·说符篇》：“杨子之邻人亡羊，既率其党，又请杨子之竖追之。杨子曰：‘嘻！亡一羊，何追者之众？’邻人曰：‘多歧路。’既反，问：‘获羊乎？’曰：‘亡之矣。’曰：‘奚亡之？’曰：‘歧路之中，又有歧焉，吾不知所之，所以反也。’杨子戚然变容，不言者移时，不笑者竟日。门人怪之。……心都子他日与孟孙阳偕入而问……心都子曰：‘大道以多歧亡羊，学者以多方丧生。学非本不同，非本不一，而末异若是。’”《吕氏春秋·仲春纪·当染篇》：“墨子见染素丝者而叹，曰：‘染于苍则苍，染于黄则黄，所以入者变，其色亦变。”《淮南子·说林训》：“杨子见逵路（《太平御览》引作歧路）而哭之，为其可以南，可以北；墨子见练丝而泣之，为其可以黄，可以黑。”高诱注：“练，白也。闵其化也。”

分乖之际，咸可叹慨，致感之途，或迫乎兹。 今为最急。

亦奚必临路而后长号，睹丝而后歔欷哉！《离骚》：“曾歔欷余郁邑兮，哀朕时之不当。”又屈原《九章·悲回风》：“曾歔欷之嗟嗟兮，独隐伏而思虑。”王逸注：“歔欷，啼貌。”

〇此段转到别琨而事匹磾。

是以仰惟先情，俯览今遇， 惟，思也。李善注：“先，谓谌父（志）也。今，谓琨也。”今应是谌也。

感存念亡，触物眷恋。 李善引《尸子》（《佚文》）曰：“其生也存，其死也亡。”陆机《叹逝赋》：“寻平生于响像，览前物而怀之，步寒林以凄恻，玩春翘而有思。触万类以兴悲，叹同节而异时。”

《易》曰：“书不尽言，言不尽意。” 《易·系辞传上》：“子曰：书不尽言，言不尽意。然则圣人之意，其不可见乎？子曰：圣人立象以尽意，设卦以尽情伪，系辞焉以尽其言，变而通之以尽利，鼓之舞之以尽神。”（《左传》襄公二十五年：“仲尼曰：志有之：言以足志，文以足言。不言，谁知其志？言之无文，行而不远。”）《汉书·张敞传》：“夫心之精微，口不能言也；言之微眇，书不能文也。”言虽所以达意，书虽用以传言；然究其极，实足以尽之，故张敞、卢谌皆云尔也。

然则书非尽言之器，言非尽意之具矣。况言有不得至于尽意，书有不得至于尽言邪！ 谓有所不敢言，有所不敢书也。

不胜猥瀆，谨贡诗一篇， 五臣张铣曰：“言不胜烦怨，敬献此诗。”

抑不足以揄扬弘美，亦以摅其所抱而已。 班固《两都赋序》：“雍容揄扬，著于后嗣。”《说文》：“揄，引也。”孔安国《尚书传》：“扬，举也。”曹植《与杨德祖书》：“辞赋小道，固未足以揄扬大义，彰示来世也。”《东观汉记》陈元上疏曰：“拭瑕摘衅，掩其弘美。”傅咸《赠何劭王济》诗：“但愿隆弘美，王度日清夷。”班固《西都赋》：“摅怀旧之蓄念，发思古之幽情。”《广雅·释诂四》：“摅，舒也。”《说文》无摅字，“舒，伸也。……一曰舒：缓也”，“抒，挹也（音杼）”。

若公肆大惠，遂其厚恩， 《左传》昭公三十二年，周敬王使富辛如晋，谓晋定公曰：“伯父若肆大惠，复二文（晋文侯、晋文公）之业，弛（解也）周室之忧。”杜预注：“肆，展放也。”

锡以咳唾之音，慰其违离之意， 咳唾，犹云言笑、谈论。咳，本作欬。《说文》：“欬，屰气也。”“咳，小儿笑也。”“孩，古文咳。”“违，离也。”

则所谓《咸池》酬于《北里》，夜光报于鱼目。 李善引《乐纬·动声仪》曰：“黄帝乐曰《咸池》。”《庄子·天下篇》：“黄帝有《咸池》，尧有《大章》，舜有《大韶》，禹有《大夏》，汤有《大濩》，文王有《辟雍》之乐，武王、周公作《武》。”《淮南子·览冥训》：“隋侯之珠，和氏之璧，得之者富，失之者贫。”高诱注：“隋侯，汉东之国，姬姓诸侯也。隋侯见大蛇伤断，以药傅之。后蛇于江中衔大珠以报之，因曰隋侯之珠，盖明月珠也。”王子年《拾遗记》：“禹凿龙关之山，亦谓之龙门。至一空岩，深数十里，幽暗不可复行。禹乃负火而进，有兽，状如豕，衔夜明之珠，其光如烛。”李善引《雒书》曰：“秦失金镜，鱼目入珠。”郑玄曰：“鱼目乱真珠。”

谌之愿也，非所敢望也。谌死罪死罪。 《左传》宣公十二年郑襄公曰："孤之愿也，非所敢望也。"

〇此段总结。于光华曰："以下（即此段，评在前）叙别后之情。"孙端人曰："语亦悲切，似不能以言尽者。诗则平衍处多，警策处少，殊为未称。"

刘越石《答卢谌书》

在《文选》卷二十五《诗丁·赠答三·答卢谌》四言诗前

《晋书·刘琨传》："刘琨，字越石，中山魏昌人，汉中山靖王胜（景帝子）之后也。……琨少得俊朗之目，与范阳祖纳（祖逖兄）俱以雄豪著名。年二十六，为司隶从事。时征虏将军石崇，河南金谷涧中有别庐，冠绝时辈，引致宾客，日以赋诗，琨预其间，文咏颇为当时所许。【《世说新语·仇隙篇》："刘玙（琨兄）兄弟，少时为王恺所憎（王恺，武帝舅，与石崇斗富者），尝召二人宿，欲默除之。令作阬，阬毕，垂加害矣。石崇素与玙、琨善，闻就恺宿，知当有变，便夜往诣恺，问二刘所在。恺卒迫不得讳，答云：'在后斋中眠。'石便径入，自牵出，同车而去。语曰：'少年，何以轻就人宿？'"刘孝标注引晋邓粲《晋书》曰："琨与兄玙俱知名，游权贵之门，当时以为豪杰。"】秘书监贾谧（本贾充外孙，韩寿子。惠帝贾后是其大姨母。为充嗣，改姓贾。惠帝时，贾后专恣，谧权过人主，后为赵王伦所斩）参管朝政，京师人士无不倾心。石崇、欧阳建、陆机、陆云之徒，并以文才，降节事谧；琨兄弟亦在其间，号曰二十四友。（石崇、欧阳建、潘岳、陆机、陆云、缪征、杜斌、挚虞、诸葛诠、王粹、杜育、邹捷、左思、崔基、刘环、和郁、周恢、牵秀、陈眕、郭彰、许猛、刘讷、刘玙、刘琨，皆傅会于谧，号曰二十四友）……（怀帝）永嘉元年，为并州刺史，加振威将军，领匈奴中郎将。……刘元海时在离石，（刘渊，字元海，唐人避高祖讳，称其字。匈奴冒顿之后，汉高祖以宗女为公主以妻冒顿，约为兄弟，故其子孙遂冒姓刘氏，居晋阳汾、涧之滨。惠帝元康末称大单于，惠帝永兴元年，僭称汉王。怀帝永嘉二年，僭称皇帝）相去三百许里，琨密遣离间其部，杂虏降者万余落。元海甚惧，遂城蒲子而居之。在官未期，流人稍复，鸡犬之音复相接矣。琨父蕃自洛赴之。人士奔迸者，多归于琨。琨善于怀抚，而短于控御，一日之中，虽归者数千，去者亦以相继。（《世说新语·尤悔篇》："刘琨善能招延，而拙于抚御，一日虽有数千人归投，其逃散而去亦复如此。"刘孝标注："邓粲《晋纪》曰：'琨为并州牧，纠合齐盟，驱率戎旅；而内不抚其民，遂至丧军失士，无成功也。'敬彻按：琨以永嘉元年为并州，于时晋阳空城，寇盗四攻；而能抗行渊、勒，十年之中，败而能振。不能抚御，其得如此乎？凶荒之日，千里无烟，岂一日有数千人归之？若一日数千人去之，又安得一纪之间，以对大难乎？"）……雁门乌丸复反，琨亲率精兵出御之，聪（渊子）遣子粲及令狐泥乘虚袭晋阳（即太原）。……琨父母并遇害。……琨志在复仇，而屈于力弱，泣血尸立。抚慰伤痍，移居阳邑城，以招集亡散。愍帝即位，【怀帝永嘉五年，汉刘聪（永嘉四年刘渊卒，渊子聪弑其兄和而自立）陷洛阳，迁怀帝于平阳，永嘉六年天下无主，翌年二月，刘聪弑怀帝于平阳。四月，愍帝立于长安】拜大将军、都督并州诸军事，加散骑常侍、假节。……三年，……拜琨为司空，都督并、冀、幽三州诸军事。……并土，……炎旱，琨穷蹙不能复守。幽州刺史鲜卑段匹磾（时在河北），数遣信要（迎也）琨，欲与同奖王室。琨由是率众赴之，从飞狐（飞狐口，今河北涞源县）入蓟（今天津蓟州区）。匹磾见之，甚相崇重，与琨结婚，约为兄弟。是时西都不守，元帝称制江左，琨乃令长史温峤劝进。（《世说新语·言语篇》：“刘琨虽隔阂寇戎，志存本朝，谓温峤曰：‘班彪识刘氏之复兴，马援知汉光之可辅；今晋阼虽衰，天命未改，吾欲立功于河北，使卿延誉于江南，子其行乎。’温曰：‘峤虽不敏，才非昔人，明公以桓、文之姿，建匡立之功，岂敢辞命。’”）……（元帝）建武元年，琨与匹磾期讨石勒（《段匹磾传》：“建武初，匹磾推刘琨为大都督，结盟讨勒），匹磾推琨为大都督，……进屯固安（在河北）。……匹磾从弟末波，纳勒厚赂，独不进，乃沮其计。琨、匹磾以势弱而退。是岁，元帝转琨为侍中、太尉，其余如故。……匹磾奔其兄丧，琨遣世子群送之，而末波率众要击匹磾而败走之。群为末波所得，末波厚礼之，许以琨为幽州刺史，共结盟而袭匹磾，密遣使赍群书请琨为内应，而为匹磾逻骑所得。时琨别屯故征北府小城（顺天府东），不之知也。因来见匹磾，匹磾以群书示琨曰：‘意亦不疑公，是以白公耳。’琨曰：‘与公同盟，志奖王室，仰凭威力，庶雪国家之耻。若儿书密达，亦终不以一子之故，负公忘义也。’匹磾雅重琨，初无害琨志，将听还屯。其中弟叔军，好学有智谋，为匹磾所信，谓匹磾曰：‘吾胡夷耳，所以能服晋人者，畏吾众也。今我骨肉构祸，是其良图之日，若有奉琨以起，吾族尽矣。’匹磾遂留琨。……初，琨之去晋阳也，虑及存亡而大耻不雪；亦知夷狄难以义伏，冀输写至诚，侥幸万一。每见将佐，发言慷慨，悲其道穷，欲率部曲死于贼垒。斯谋未果，竟为匹磾所拘，自知必死，神色怡如也。为五言诗赠其别驾卢谌，曰：'握中有悬璧，本自荆山璆。（战国时梁之宝玉名悬黎，以喻谌也。璆，音球，玉也）惟彼太公望，昔是渭滨叟。邓生何感激，千里来相求。（邓生，光武帝功臣邓禹也）白登幸曲逆，鸿门赖留侯。（曲逆侯陈平解白登之围；留侯张良解鸿门之会，此寄望于谌也）重耳凭五贤，小白相射钩。（晋公子重耳从奔者：狐偃、赵衰、颠颉、魏武子、司空季子。管仲射齐桓公，中钩）能隆二伯主，安问党与仇！（此暗规匹磾。二伯，重耳、小白，即晋文、齐桓也）中夜抚枕叹，想与数子游。吾衰久矣夫！何其不梦周？谁云圣达节，知命故无忧。（圣达节，曹公子子臧语，见前篇注。《易·系辞传上》："乐天知命故不忧。"）宣尼悲获麟，西狩泣孔丘。（《公羊传》哀公十四年，西狩获麟，孔子涕泣沾袍）功业未及建，夕阳忽西流。时哉不我与，去矣如云浮。朱实陨劲风，繁英落素秋。狭路倾华盖，骇驷摧双辀。（指己与匹磾）何意百炼刚，化为绕指柔！'【钟嵘《诗品中》（应在上品）："晋太尉刘琨，晋中郎卢谌诗（不宜并列），其源出于王粲，善为凄戾之辞，自有清拔之气。琨既体良才，又罹厄运，故善叙丧乱，多感恨之辞。中郎仰之，微不逮者矣。"又《诗品序》："先是，郭景纯（璞）用俊上之才，变创其体；刘越石仗清刚之气，赞成厥美。"元遗山《论诗绝句》云："曹、刘坐啸虎生风，四海无人角两雄。可惜并州刘越石，不教横槊建安中。"沈德潜《古诗源》："越石英雄失路，万绪悲凉。诗随笔倾吐，哀音无次，读者乌得于语句间求之。”】琨诗托意非常，摅畅幽愤，远想张、陈，感鸿门、白登之事，用以激谌；谌素无奇略，以常词酬和，殊乖琨心。重以诗赠之，乃谓琨曰：‘前篇帝王大志，非人臣所言矣。’然琨既忠于晋室，素有重望，被拘经月，远近愤叹。匹磾所署代郡太守辟闾嵩（春秋时卫文公之后），与琨所署雁门太守王据、后将军韩据连谋，密作攻具，欲以袭匹磾；而韩据女为匹磾儿妾，闻其谋，而告之匹磾，于是执王据、辟闾嵩及其徒党，悉诛之。会王敦密使匹磾杀琨，匹磾又惧众反己，遂称有诏收琨。初，琨闻敦使至，谓其子曰：‘处仲使来而不我告，是杀我也。死生有命，但恨仇耻不雪，无以下见二亲耳。’因歔欷不能自胜。匹磾遂缢之，时年四十八（元帝太兴元年）。子侄四人俱被害。（据卢谌理琨表是六人）朝廷以匹磾尚强，当为国讨石勒，不举琨哀。三年，琨故从事中郎卢谌、崔悦等上表理琨曰：‘……琨未遇害，知匹磾必有祸心，语臣等云：“受国厚恩，不能克报，虽才略不及，亦由遇此厄运。人谁不死？死生命也；唯恨下不能效节于一方，上不得归诚于陛下。”辞旨慷慨，动于左右。匹磾既害琨，横加诬谤，言琨欲窥神器，谋图不轨。……虽臧获之愚（《方言》：“荆、淮、海岱之间，骂奴曰臧，骂婢曰获”），厮养之智，犹不为之；况在国士之列，忠节先著者乎？匹磾之害琨，称陛下密诏，琨信有罪，陛下加诛，自当肆诸市朝，与众弃之；不令殊俗之竖，戮台辅之臣，亦已明矣。然则擅诏有罪，虽小必诛；矫制有功，虽大不论。……而磾无所顾忌，怙乱专杀，虚假王命，虐害鼎臣。辱诸夏之望，败王室之法。是可忍也，孰不可忍？（《论语·八佾》：“孔子谓季氏，八佾舞于庭，是可忍也，孰不可忍也?”）……自河以北，幽、并以南，丑类有所顾惮者，惟琨而已。琨受害后，群凶欣欣，莫不得意，鼓行中州，曾无纤介。此又华夷小大所以长叹者也。……而琨受害非所，冤痛已甚，未闻朝廷有以甄论。……谨陈本末，冒以上闻。仰希圣朝，曲赐哀察。’太子中庶子温峤又上疏理之，【《通鉴·晋纪》十二：“太兴元年五月，癸丑，匹磾称诏收琨，缢杀之。……琨从事中郎卢谌、崔悦等帅琨余众奔辽西，依段末柸，奉刘群为主。将佐多奔石勒。……朝廷以匹磾尚强，冀其能平河朔，乃不为琨举哀。温峤表琨尽忠帝室，家破身亡，宜在褒恤。卢谌、崔悦因末柸使者，亦上表为琨讼冤。后数岁，乃赠琨太尉、侍中，谥曰愍。于是夷晋（夷而附于晋者）以琨死，皆不附匹磾。末柸遣其弟攻匹磾，匹磾帅其众数千将奔邵续（在北方），勒将石越邀之于盐山，大败之。”又《晋纪》十三：“太兴四年，……幽、冀、并三州，皆入于后赵。匹磾……为后赵所杀。”】帝乃下诏曰：‘故太尉广武侯刘琨忠亮开济，乃诚王家。不幸遭难，志节不遂，朕甚悼之。往以戎事，未加吊祭。其下幽州，便依旧吊祭。赠侍中、太尉，谥曰愍。’琨少负志气，有纵横之才。善交胜己，而颇浮夸。与范阳祖逖为友，（《晋书·祖逖传》：“与司空刘琨俱为司州主簿，情好绸缪，共被同寝。中夜闻荒鸡鸣，蹴琨觉，曰：‘此非恶声也。’因起舞。逖、琨并有英气，每语世事，或中宵起坐。相谓曰：‘若四海鼎沸，豪杰并起，吾与足下当相避于中原耳。’”）闻逖被用，与亲故书曰：‘吾枕戈待旦，志枭逆虏，常恐祖生，先吾著鞭。’其意气相期如此。在晋阳，尝为胡骑所围数重，城中窘迫无计，琨乃乘月登楼清啸，贼闻之，皆凄然长叹。中夜奏胡笳，贼又流涕歔欷，有怀土之切。向晓复吹之，贼并弃围而走。”

李善引晋王隐《晋书》曰：“永嘉中（元年）为并州刺史，与卢志亲善，志子谌，琨先辟之，后为从事中郎。段匹磾领幽州牧，谌求为匹磾别驾。谌笺诗与琨，故有此答。后琨竟为匹磾所害也。”

孙月峰曰：“哀讽有姿态，辞藻亦副。”

何义门曰：“书词慷慨，有建安诸人气韵。”

孙端人曰：“越石英气逼人，有燕、赵悲歌慷慨之态，故足凌跨一时。永嘉乱离之秋，不可无此风骨。”

方伯海曰：“按异样惨痛事，写得周详深厚（指其四言诗）。西晋之末，碎家殉国，忘身赴难，唯刘越石、嵇绍、祖逖数人而已。匹磾亦聪、曜等耳，但君子与人为善，幸谌在彼，借以通彼此情好，竭心公朝。读谌前书及诗，匹磾为不可共事之人，越石岂不知之；但匹磾之恶未著，故越石之望犹未绝。到末，（指诗）直揭出竭心公朝，谓为谌发可，即谓为匹磾发亦可，此其不得已之苦心也。呜呼！国家无事之日，小人食其福；有事之日，君子蒙其祸。宁为玉碎，不为瓦全（《北齐书·元景安传》：“大丈夫宁可玉碎，不能瓦全。”），越石真晋室之纯臣哉！”

琨顿首：损书及诗， 损，敬辞，谓损其精神作书与诗见惠也。

备辛酸之苦言，畅经通之远旨。 李善引张平子（衡）书曰："酸者不能不苦于言。"（只此句，只见此处引，严可均《全后汉文》有辑）董仲舒《贤良对策下》："《春秋》大一统者，天地之常经，古今之通谊也。"

执玩反覆，不能释手。 李善注："玩，犹爱弄也。"《易·系辞传上》："是故君子居则观其象而玩其辞；动则观其变而玩其占。"

慨然以悲， 悲其去己。 **欢然以喜。** 喜其文辞。

○此段带起。

昔在少壮，未尝检括， 李善引《苍颉篇》曰："检，法度也。"又引薛君（汉）《韩诗章句》曰："括，约束也。"

远慕老、庄之齐物，近嘉阮生之放旷， 李善注："老、庄，老聃、庄周也。阮生，嗣宗也。《庄子》有《齐物论》。（因庄及老。齐物者，齐一物之大小及论之是非也）臧荣绪（南齐人）《晋书》曰：'阮籍放诞，不拘礼教。'《苍颉篇》曰：'旷，疏旷也。'"

怪厚薄何从而生？ 承齐物来。 **哀乐何由而至？** 承放旷来。《列子·力命篇》："生非贵之所能存，身非爱之所能厚。生亦非贱之所能夭，身亦非轻之所能薄。故贵之或不生，贱之或不死，爱之亦不厚，轻之或不薄。此似反也，非反也。此自生自死，自厚自薄。或贵之而生，或贱之而死，或爱之而厚，或轻之而薄。此似顺也，非顺也。此亦自生自死，自厚自薄。”又云（杨朱语）：“夫信命者亡寿夭，信理者亡是非，信心者亡逆顺，信性者亡安危。则谓之都亡所信，亡所不信。真矣悫矣，奚去奚就？奚哀奚乐？奚为奚不为？”又嵇康有《声无哀乐论》。

自顷辀张，困于逆乱， 晋庾阐诗曰：“志士痛朝危，忠臣哀主辱。”此之谓也。李善注：“辀张，惊惧之貌也。扬雄《国三老箴》曰：‘负乘覆悚，奸寇侏张。’【《易·系辞传上》：“《易》曰：‘负且乘，致寇至。（《解卦》六三）’负也者，小人之事也；乘也者，君子之器也。小人而乘君子之器，盗思夺之矣；上慢下暴，盗思伐之矣。慢藏诲盗，冶容诲淫。《易》曰：‘负且乘，致寇至。’盗之招也。”又《系辞传下》：“子曰：‘德薄而位尊，知小而谋大，力小而任重，鲜不及矣。《易》曰：‘鼎折足，覆公悚，其形渥，凶。（《鼎卦》九四）’言不胜其任也。”】（《国三老箴》只见此注引二句）辀与侏，古字通。”案：辀张、侏张，又或作诪张、周章，《书·无逸篇》云：“民无或胥诪张为幻。”孔安国传：“诪张，欺诳幻惑也。”《尔雅·释训》云：“侜张，诳也。”欺诳幻惑，与徬徨惊惧同意。杨修《答临淄侯笺》云：“自周章于省览，何遑高视哉！”皆双声形容词，义同。又李善引后魏崔鸿《前赵录》曰：“刘聪僭，即位于平阳（在山西）。”又曰：“聪遣从弟曜攻晋，破洛阳。”又曰：“遣子粲攻长安，陷之。”又琨四言诗云：“逆有全邑，义无完都。”李善注：“逆谓刘聪，义谓晋室。”

国破家亡，亲友凋残， 其四言诗云：“威之不建，祸延凶播。忠陨于国，孝愆于家。斯罪之积，如彼山河。”李善

注："威之不建，谓为聪所败，而父母遇害也。凶播，琨自谓也，言遭凶祸而迁播。协韵，补何切。《声类》曰：'播，散也。'"按：凶播，应是指刘聪之凶播扬，与祸延同，复辞耳。又诗云："未辍尔驾，已隳我门。二族偕覆，三孽并根。"李善注："王隐《晋书》曰：'刘聪围晋阳，令狐泥以千余人为乡道，琨求救猗卢（北方部落小国），未至，太原太守高峤反应聪逐琨，琨父母年老，不堪鞍马步檐，不免为泥所害。'（刘宋）何法盛《晋录》曰：'刘粲悉害琨父母。'三孽，谓琨之兄子也。张晏《汉书》（注）曰：'孺子为孽。'一曰：谓刘聪、刘曜、刘粲也。"

负杖行吟，则百忧俱至；块然独坐，则哀愤两集。《礼记·檀弓下》："公叔禺人（昭公子公为）遇负杖入保者息。"《说文》鬥字说解云："两士（应是手）相对，兵杖在后，象鬥之形（）。"此书之负杖，盖兵杖、兵器、戈戟之类，非拄杖也。《楚辞》屈原《渔父》："屈原既放，游于江潭，行吟泽畔，颜色憔悴，形容枯槁。"《诗·王风·兔爰》："我生之初，尚无造；我生之后，逢此百忧（叶去声）。"《淮南子·原道训》："卓然独立，块然独处。"五臣吕延济曰："块然，独居貌。哀，谓哀其国家残丧（应是哀双亲被害）。愤，谓愤其贼臣（应是贼寇）寇乱也。"

时复相与举觞对膝，破涕为笑，排终身之积惨，求数刻之暂欢；譬由 古通犹。 **疾疢弥年，而欲一丸销之，其可得乎？** 五臣刘良曰："言举酒破悲涕以为笑，推一世之忧，求少时之乐，亦犹以一丸之药，而欲销弥年之疾，岂可得也。"《孟子·尽心上》："人之有德慧术知者，恒存乎疢疾；独孤臣孽子，其操心也危，其虑患也深，故达。”《说文》：“疢，热病也。从疒，从火。”徐铉曰：“今俗别作疹，非是。丑刃切。”曹丕《折杨柳行》：“西山一何高？高高殊无极。上有两仙童，不饮亦不食。与我一丸药，光耀有五色。”

〇此段怪己少壮慕老、庄等之误，乃今知其不尔也。段末意绪悲凉。

夫才生于世，世实须才。 李善引苏武《答李陵书》曰：“每念足下，才为世生，器为时出。”

和氏之璧，焉得独曜于郢握？夜光之珠，何得专玩于随隋之本字。**掌？天下之宝，当与天下共之。** 和璧随珠，以喻谌之才也。《荀子·大略篇》：“和之璧，井里之厥也（厥，当是橜之省借，《说文》：“橜，弋也。从木，厥声。一曰门梱也。”），玉人琢之，为天子宝。”《韩非子·和氏篇》：“楚人和氏得玉璞楚山中（《艺文类聚》卷七引作卞和氏），奉而献之厉王，厉王使玉人相之，玉人曰：‘石也。’王以和为诳，而刖其左足。及厉王薨，武王即位，和又奉其璞而献之武王，武王使玉人相之，又曰：‘石也。’王又以和为诳，而刖其右足。武王薨，文王即位，和乃抱其璞，而哭于楚山之下，三日三夜，泣尽而继之以血。王闻之，使人问其故曰：‘天下之刖者多矣，子奚哭之悲也？’和曰：‘吾非悲刖也，悲夫宝玉而题之以石，贞士而名之以诳，此吾所以悲也。’王乃使玉人理（《说文》：“理，治玉也。从玉，里声。”）其璞，而得宝焉，遂命（名也）曰和氏之璧。”《淮南子·览冥训》高诱注：“楚人卞和，得美玉璞于荆山之下，以献武王，王以示玉人，玉人以为石，刖其左足。文王即位，复献之，以为石，刖其右足。抱璞不释而泣血。及成王即位，又献之成王，曰：'先君轻肘而重剖石。'遂剖视之，果得美玉，以为璧，（《周礼·春官·大宗伯》："以苍璧礼天。"郑玄注："璧圜象天。"《尔雅·释器》："肉倍好谓之璧。"郭璞注："肉，边。好，孔。"）盖纯白夜光。文王在春秋前，成王不以告，故不书也。"高注为是。郢握，楚都郢，谓不得独在楚王握中，此璧战国时在赵。又《淮南子·览冥训》："隋侯之珠，和氏之璧，得之者富，失之者贫。"高诱于上注前云："隋侯，汉东之国，姬姓诸侯也。隋侯见大蛇伤断，以药傅之，后蛇于江中衔大珠以报之，因曰隋侯之珠，盖明月珠也。"邹阳《狱中上书自明》："臣闻明月之珠，夜光之璧，以暗投人于道，众莫不按剑相眄者，何则？无因而至前也。"《史记·蔺相如列传》相如谓秦昭王曰："和氏璧，天下所共传宝也。"

但分析之日，不能不怅恨耳！然后知聃、周之为虚诞，嗣宗之为妄作也。 王羲之《兰亭序》："固知一死生为虚诞，齐彭殇为妄作。"本于此。至其下云："后之视今，犹今之视昔。"则本于《汉书·京房传》之"臣恐后之视今，犹今之视前也"。分析，犹分离。恨，惜也。妄作，妄动也。因有惆怅恨惜，故云聃、周虚诞，嗣宗妄作。老、庄者流齐物无厚薄，阮籍放旷无哀乐，皆非人情，故以为虚诞及妄动也。此处始照应前段之老、庄、阮生，似有章法，似无章法。盖刘越石英雄失路，万绪悲凉，纵笔成书，似无意为之。然观其结语，又是有意为文，故颇有章法也。然行文而拘拘于章法，是俗儒沾沾自喜者之为耳！真能文者，放笔为直干，气壮理直，自然合法，不必规规然以求之也。孙月峰评此段末云：“慷慨磊落，自是不群。虽情密少逊中郎，而才气豪劲过之。”五臣张铣曰：“我慕齐物纵诞之事，遭此逆乱，至于分析，始知彼为虚妄也。”

○此段致别谌之怅惘。于光华曰：“喻不得留谌也。”

昔騄骥倚辀于吴阪，长鸣于良、乐，知与不知也。《战国策·楚策四》：“汗明见春申君，候问三月而后得见。谈卒，春申君大说之。……召门吏为汗先生著客籍，五日一见。汗明曰：‘君亦闻骥乎？夫骥之齿至矣，服盐车而上太行，蹄申膝折，尾湛胕溃，漉汁洒地，白汗交流。中阪，迁延负辕不能上。伯乐遭之，下车攀而哭之，解纻衣以幂之。骥于是俯而喷，仰而鸣，声达于天，若出金石声者何也？彼见伯乐之知己也。今仆之不肖，厄于州部，堀穴穷巷，沉污鄙俗之日久矣，君独无意湔拔（谓拂除，去其污也）仆也。’”騄骥，本绿耳，骐骥，本周穆王八骏之名，日行万里之马也。《穆天子传》卷一：“天子之骏：赤骥（即骐骥）、盗骊、白义、逾轮、山子、渠黄、华骝、绿耳。”良、乐，王良、伯乐也。《孟子·滕文公下》：“昔者赵简子使王良与嬖奚乘，……一朝而获十禽，嬖奚反命曰：天下之良工也。”赵岐注：“王良，善御者也。”孔融《荐祢衡表》：“飞兔騕褭，绝足奔放，良、乐之所急也。”《吕氏春秋·审分览》：“王良之所以使马者，约审之以控其辔，而四马莫敢不尽力。”又《恃君览·观表篇》：“古之善相马者：寒风是相口齿，麻朝相颊，子女厉相目，卫忌相髭，许鄙相尻（即尻），投伐褐相胸胁，管青相膹肳（《太平御览》卷八百九十六引作唇吻，《文选》张景阳《七命》李善注同），陈悲相股脚，秦牙相前，赞君相后。凡此十人者，皆天下之良工也。若赵之王良，秦之伯乐、九方堙（或作皋，伯乐弟子），尤尽其妙矣。”辀，郑玄《考工记》注曰：“辀，辕也。”《说文》同。张衡《思玄赋》：“魂眷眷而屡顾兮，马倚辀而徘徊。”吴阪，李善引《古今地名》曰：“置零阪，在吴城之北，今谓之吴阪。”

百里奚愚于虞而智于秦，遇与不遇也。今君遇之矣，勖之而已。 《史记·淮阴侯列传》韩信谓广武君李左车曰：“仆闻之，百里奚居虞而虞亡，在秦而秦霸；非愚于虞而智于秦也，用与不用，听与不听也。”魏李康《运命论》：“百里奚在虞而虞亡，在秦而秦霸，非不才于虞而才于秦也。”

〇此段谓卢谌今为匹磾别驾，已如千里马之得遇王良、伯乐及百里奚之得遇秦穆公矣，但望勉之而已。《说文》：“勖，勉也。《周书》（《牧誓》）曰：‘勖哉夫子。’从力，冒声。”许玉切。何义门曰：“言短怨长。”孙端人曰：“一篇诗，全于勖之句说出。”

不复属意于文，二十余年矣。久废则无次，想必欲其一反，故称旨送一篇， 李善注：“称旨，称其意旨也。”

适足以彰来诗之益美耳。琨顿首顿首。 李善注：“久罹厄运，故述丧乱，多感恨之言也。”此本钟嵘《诗品中》：“琨既体良才，又罹厄运，故善叙丧乱，多感恨之辞。”

〇此段总结。五臣吕向曰：“谌寄诗于琨，故亦思琨一反，报指意也。琨故称谌意，报此一篇，言已诗卤拙，但足益明来诗之美。”

江文通《诣建平王上书》

《南史·江淹传》（亦见《梁书》，《南史》较详）："江淹，字文通，济阳考城人也。（故城在今河南考城县东南）父康之，南沙令，雅有才思。淹少孤贫（生于宋文帝元嘉二十一年，卒于梁武帝天监四年，年六十一），常慕司马长卿、梁伯鸾（鸿）之为人，不事章句之学，留情于文章。早为高平檀超所知（超，《南史》作诏。名将檀道济子，以讨桓玄，封邑丘县侯，后拜江州刺史），常升以上席，甚加礼焉。起家南徐州从事，转奉朝请。宋建平王景素好士，淹随景素在南兖州。【建平王，文帝第七子建平宣简王宏之子，嗣爵。宏笃好文学，景素少有父风，位南徐州刺史（南兖州后并入南徐州）。好文章书籍，招集才义之士以收名誉，由是朝野属意】广陵令郭彦文得罪，辞连淹，言受金，淹被系狱。自狱中上书曰：'……'景素览书，即日出之。寻举南徐州秀才，对策上第，再迁府主簿。景素为荆州，淹从之镇。少帝即位（后废帝。明帝长子，狂凶失道，内外皆谓景素宜当神器），多失德，景素专据上流（荆州），咸劝因此举事。淹每从容进谏，景素不纳。及镇京口（今江苏镇江），淹为镇军参军，领南东海郡丞。景素与腹心日夜谋议，淹知祸机将发，乃赠诗十五首以讽焉。（今题作《效古》或题作《效阮公诗十五首》）。……

黜为建安、吴兴令（两县令）。及齐高帝辅政，（宋顺帝升明元年，七月，中领军萧道成弑后废帝而立顺帝，自为司空，录尚书事。淹时年三十四）闻其才，召为尚书驾部郎、骠骑参军事。俄而荆州刺史沈攸之作乱，（攸之，字仲达，顺帝即位，加攸之车骑大将军，开府仪同三司。齐高帝遣攸之子元琰赍废帝夸骯之具以示之，攸之曰："吾宁为王陵死，不作贾充生。"即起兵，战士十万。后受败，自刭死。攸之晚好读书，手不释卷，《史》、《汉》事多所记忆，尝叹曰："早知穷达有命，恨不十年读书。"）高帝谓淹曰：'天下纷纷若是！君谓何如?'淹曰：'昔项强而刘弱，袁众而曹寡。羽卒受一剑之辱，绍终为奔北之虏，此所谓'在德不在鼎'。（《左传》宣公三年，王孙满为周定王答楚庄王之辞）公何疑哉！'帝曰：'试为我言之。'淹曰：'公雄武有奇略，一胜也；宽容而仁恕，二胜也；贤能毕力，三胜也；人望所归，四胜也；奉天子而伐叛逆，五胜也。彼志锐而器小，一败也；有恩无威，二败也；士卒解体，三败也；搢绅不怀，四败也；悬兵数千里而无同恶相济，五败也。虽豺狼十万，而终为我获焉。'帝笑曰：'君谈过矣。'……相府建，补记室参军。高帝让九锡及诸章表，皆淹制也。齐受禅，复为骠骑豫章王嶷记室参军。……后拜中书侍郎，王俭（少江淹八岁，时为尚书令，即宰相）尝谓曰：'卿年三十五，已为中书侍郎，才学如此，何忧不至尚书金紫？所谓富贵卿自取之，但问年寿何如尔。'淹曰：'不悟明公见眷之重。'（武帝）永明三年，兼尚书左丞。……少帝初，（太孙昭业，为齐明帝萧鸾所弑）兼御史中丞。明帝作相（为尚书令），谓淹曰：'君昔在尚书中（左丞），非公事不妄行，在官宽猛能折衷。今为南司，足以振肃百僚也。’淹曰：‘今日之事，可谓当官而行，更恐不足仰称明旨尔。’于是弹中书令谢朏（音斐）、司徒左长史王缋、护军长史庾弘远，……及诸郡二千石，并大县官长，多被劾，内外肃然。明帝谓曰：‘自宋以来，不复有严明中丞，君今日可谓近世独步。’累迁秘书监，侍中，卫尉卿。初，淹年十三，时孤贫，常采薪以养母，曾于樵所得貂蝉一具（冠饰。侍中、中常侍冠之，貂尾为饰，谓之赵惠文冠），将鬻以供养，其母曰：‘此故汝之休征也，汝才行若此，岂长贫贱也？可留，待得侍中着之。’至是，果如母言。……东昏末（齐东昏侯宝卷永元三年），……梁武（帝）至新林（将入建康），淹微服来奔，位相国右长史【齐和帝中兴二年（即天监元年）二月，萧衍自为相国】。天监元年，为散骑常侍、左卫将军，封临沮县伯。淹乃谓子弟曰：‘吾本素宦（清白之官），不求富贵。今之忝窃，遂至于此。平生言止足之事（《老子》：“不足不辱，知止不殆。”），亦以（通已）备矣。人生行乐，须富贵何时。（杨恽《报孙会宗书》：“人生行乐耳，须富贵何时。”）吾功名既立，正欲归身草莱耳。’以疾迁金紫光禄大夫，改封醴陵侯，卒（天监四年，年六十二）。武帝为素服举哀，谥曰宪。淹少以文章显，晚节才思微退。云：为宣城太守时，罢归，始泊禅灵寺渚，夜梦一人自称张景阳（协），谓曰：‘前以一匹锦相寄，今可见还。’淹探怀中，得数尺与之，此人大恚曰：‘那得割截都尽！’顾见丘迟，谓曰：‘余此数尺，既无所用，以遗君。’自尔淹文章踬矣。又尝宿于冶亭，梦一丈夫自称郭璞，谓淹曰：‘吾有笔在卿处多年，可以见还。’淹乃探怀中，得五色笔一，以授之。尔后为诗，绝无美句，时人谓之才尽。凡所著述，自撰为前后集，并《齐史》传志，并行于世。尝欲为《赤县经》，以补《山海》之阙，竟不成。”

孙月峰曰：“大约祖邹《梁王》、马《任安》二书，摛词甚工缛，运思亦微婉，无奈气弱何！”

方伯海曰：“按中间所云，分寸之末，锥刀之利，当是因赃被诬。亦借邹阳书作蓝本，而以不辨辨之。行文轻清爽利，先后层次，亦秩秩分明。”

李申耆《骈体文钞·陈谢类》评云：“无意摹邹，而神思自合；写仿司马子长处，则蹊征存焉。”

谭复堂评《骈体文钞》云：“开阖顿宕，气体岸异（高岸奇异）。”

昔者贱臣叩心，飞霜击于燕地；庶女告天，振风袭于齐台。 李善注引司马彪《庄子》注曰：“袭，入也。”又引《淮南子》（今无此条，盖佚文也）曰：“邹衍尽忠于燕惠王，惠王信谮而系之，邹子仰天而哭，正夏（《太平御览》引作“夏五月”）而天为之降霜。”《太平御览》卷十四《天部·霜类》亦引《淮南子》曰：“邹衍事燕惠王，尽忠，左右谮之王，王系之狱。仰天哭，夏五月，天为之下霜。”则《淮南子》原有此文，今佚也。王充《论衡·感虚篇》：“传书言：

邹衍无罪，见拘于燕，当夏五月，仰天而叹，天为陨霜。”《淮南子·览冥训》：“昔者师旷奏《白雪》之音，而神物为之下降，风雨暴至，平公癃病，晋国赤地。庶女叫天（《太平御览》卷六十，及李善注引作“告天”），雷电下击，（齐）景公台陨，支体伤折，海水大出。”（《太平御览》有注云：“景公为雷霆所伤折。”）李善引许慎注云：“庶女，齐之少寡，无子，养姑。姑无男（已死）有女，女利母财而杀母，以诬告寡妇，妇不能自解，故冤告天。”高诱注：“庶贱之女，齐之寡妇，无子不嫁，事姑谨敬。姑无男有女，女利母财，令母嫁妇，妇益不肯。女杀母以诬寡妇，妇不能自明，冤结叫天，天为作雷电，下击景公之台。陨，坏也，毁景公之支体，海水为之大溢出也。”

下官每读其书，未尝不废卷流涕。 李善引沈约书（《宋书》）曰：“郡县为封国者，内史、相并于国主称臣，去任便止。世祖（宋孝武帝）孝建中，始改此制为下官。”《史记·乐毅传赞》：“太史公曰：始齐之蒯通及主父偃，读乐毅之《报燕王书》，未尝不废书而泣也。”《汉书·扬雄传》：“又怪屈原文过相如，至不容，作《离骚》，自投江而死。悲其文，读之未尝不流涕也。”

何者？士有一定之论，女有不易之行， 《淮南子·原道训》：“士有一定之论，女有不易之行，规矩不能方圆，钩绳不能曲直。”高诱注：“士有同志，同志，德也。至其交接，有一会而交定，故曰有一定之论也。贞女专一，亦无二心，虽有偏丧，不须更醮，故曰有不易之行也。”

信而见疑，贞而为戮， 《史记·屈原列传》：“信而见疑，忠而被谤，能无怨乎?”邹阳《狱中上书自明》：“臣闻忠无不报，信不见疑，臣常以为然，徒虚语耳。”

是以壮夫义士，伏死而不顾者此也。《法言·吾子篇》：“壮夫不为也。”《左传》桓公二年鲁大夫臧哀伯曰：“迁九鼎于雒邑，义士犹或非之。”李陵《答苏武书》：“此功臣义士，所以负戟而长叹者也。”伏死，犹甘就死地。《左传》成公二年：“君子谓华元、乐举于是乎不臣。臣，治烦去惑者也，是以伏死而争，今二子者，君生则纵其惑，死又益其侈，（厚葬。以人从殉）是弃君于恶也，何臣之为!”

下官闻仁不可恃，善不可依， 太史公《悲士不遇赋》：“顺逆还周，乍没乍起。理不可据，智不可恃。”

谓徒虚语，乃今知之。 虚语，已见上邹阳《狱中上书自明》，又云：“臣闻比干剖心，子胥鸱夷（子胥自刭，王乃以子胥尸盛以鸱夷之革，浮之江中），臣始不信，乃今知之。愿大王熟察，少加怜焉。”

伏愿大王暂停左右，少加怜察。 暂停左右，暂勿听左右者之说也。乐毅《报燕惠王书》末云：“恐侍御者之亲，左右之说，而不察疏远之行也。故敢以书报，唯君之留意焉!”又邹阳《狱中上书自明》云：“左右不明，卒从吏讯。”魏张晏曰：“左右不明，不敢斥（显明也）王也。”

○此段谓精诚原可感动天地，不意己今竟信而见疑，希建平王之能怜而察之也。

下官本蓬户桑枢之人，布衣韦带之士，《庄子·让王篇》：“原宪居鲁，环堵之室，茨以生草，蓬户不完，桑以为枢，而瓮牖二室，褐以为塞。上漏下湿，匡坐而弦。”《淮南子·原道训》：“处穷僻之乡，侧（伏也）溪谷之间，隐于榛薄（深草）之中，环堵之室，茨之以生茅，蓬户瓮牖，揉桑为枢，上漏下湿。……此齐民之所为形植（枯立）黎黑，忧悲而不得志也。圣人处之，不为愁悴怨怼，而不失其所以自乐也。”刘向《说苑·奉使篇》（齐无故攻鲁，鲁相谓柳下惠可使于鲁）鲁君曰：“夫柳下惠特布衣韦带之士也，使之又何益乎！”

退不饰《诗》、《书》以惊愚，进不买名声于天下。《庄子·达生篇》扁子谓孙休曰：“今汝饰知以惊愚，修身以明污，昭昭乎若揭日月而行也，汝得全而（汝也）形躯，具而九窍，无中道夭于聋盲跛蹇，而比于人数，亦幸矣，又何暇乎天之怨哉！”《淮南子·本经训》：“古之人，同气于天地，与一世而优游。……及伪之生也，饰智以惊愚，设诈以巧（欺也）上。”《庄子·天地篇》为圃者（汉阴上人）谓子贡曰：“子非夫博学以拟圣，於于以盖众，独弦哀歌，以卖名声于天下者乎？”《淮南子·俶真训》：“周室衰而王道废，儒墨乃始列道而议，分徒而讼，于是博学以疑圣，华诬以胁众，弦歌鼓舞，缘饰《诗》、《书》，以买名誉于天下。”

日者谬得升降承明之阙，出入金华之殿， 文通尝为奉朝请，故云。《汉书·严助传》：“上……于是拜为会稽太守，……赐书曰：‘制诏会稽太守：君厌承明之庐，劳侍从之事，怀故土，出为郡吏。’”魏张晏注：“承明庐，在石渠阁外。直宿所止曰庐。”《后汉书·班固传》载其《西都赋》云：“又有承明、金马著作之庭。”李贤注：“承明，殿前之庐也。”又刘向《说苑·修文篇》："高寝立中，路寝左右。……左右之路寝谓之承明何？曰承乎明堂之后者也。"《汉书·叙传》："伯（固之伯祖）少受《诗》于师丹，……容貌甚丽，诵说有法，拜为中常侍，时上（成帝）方乡学，郑宽中、张禹，朝夕入说《尚书》、《论语》于金华殿中，诏伯受焉。"颜师古曰："金华殿，在未央宫。"

何尝不局影凝严，侧身扃禁者乎？ 局影，敬肃之甚也。《诗·小雅·正月》："谓天盖高，不敢不局；谓地盖厚，不敢不蹐。"凝严，凝重森严之地，喻宫庭也。侧身：《诗·大雅·云汉序》："宣王承厉王之烈（余也），内有拨乱之志，遇灾而惧，侧身修行，欲销去之。"孔颖达疏："侧者，不正之言，谓反侧也。忧不自安，故处身反侧。"扃禁：《汉书·外戚传下》："孝成班倢伃，……求共养太后长信宫，……作赋自伤悼，其辞曰：'……重曰：潜玄宫兮幽以清，应门闭兮禁闼扃。'"颜师古曰："正门谓之应门。扃，短关也。"

窃慕大王之义，复为门下之宾，备鸣盗浅术之余，豫三五贱伎之末。《史记·孟尝君列传》："昭王即以孟尝君为秦相，人或说秦昭王曰：'孟尝君贤，而又齐族也。（父田婴，齐威王少子，齐宣王庶弟）今相秦，必先齐而后秦，秦其危矣。'于是秦昭王乃止，囚孟尝君，谋欲杀之。孟尝君使人抵昭王幸姬求解。幸姬曰：'妾愿得君狐白裘。'（以狐之白毛为裘，谓集狐腋之毛，美而难得者）此时孟尝君有一狐白裘，直千金，天下无双。入秦，献之昭王，更无他裘。孟尝君患之，遍问客，莫能对。最下坐，有能为狗盗者曰：'臣能得狐白裘。'乃夜为狗以入秦宫藏中，取所献狐白裘至。以献秦王幸姬。幸姬为言昭王，昭王释孟尝君。孟尝君得出，即驰去，更封传，变名姓，以出关，夜半至函谷关。秦昭王后悔出孟尝君，求之，已去，即使人驰传逐之。孟尝君至关，关法：鸡鸣而出客。孟尝君恐追至，客之居下坐者，有能为鸡鸣，而鸡尽鸣，遂发传出。出如食顷，秦追果至关，已后孟尝君出，乃还。始，孟尝君列此二人于宾客，宾客尽羞之。及孟尝君有秦难，卒赖此二人拔之。自是之后，客皆服。”晋葛洪《抱朴子·内篇·登涉》：“出门，作周身三五法。”又云：“山中卒逢虎，便作三五禁，虎亦即却去。三五禁法，当须口传，笔不能委曲矣。”又《外篇·勖学》：“考七耀之盈虚，步三五之变化。”又李善引《抱朴子·军术》曰：“大将军当明案九宫，视年在宫，常就三居五。五为死，三为生，能知三五，横行天下。”贱伎，犹薄伎，太史公《报任少卿书》：“主上幸以先人之故，使得奏薄伎，出入周卫之中。”李善引东汉服虔曰：“薄伎，薄才也。”

大王惠以恩光，顾以颜色， 《诗·小雅·蓼萧》：“既见君子，为龙为光。”《郑笺》：“为宠为光，言天子恩泽光耀，被及己也。”颜色：李善注：“曹植《艳歌》曰：长者赐颜色，泰山可动移。”（佚句，只见此处引）

实佩荆卿黄金之赐，窃感豫让国士之分矣。 佩，犹荷戴也。《燕丹子》卷下：“荆轲之燕。……太子自御，虚左，轲援绥不让。自坐定，宾客满坐。……置酒请轲，酒酣，太子起为寿。……夏扶问荆轲，何以教太子？轲曰：‘将令燕继召公之迹，追《甘棠》之化。高欲四三王，下欲六五霸。于君何如？’坐皆称善，竟酒无能屈。太子甚喜，自以得轲永无秦忧。后日，与轲之东宫，临池水而观，轲拾瓦投蛙，太子令人捧盘金，轲用投，投尽复进。轲曰：‘非为太子爱金也，但臂痛耳。’后复共乘千里马，轲曰：‘马肝甚美。’太子即杀马进肝。……酒中，太子出美人能琴者，轲曰：‘好手，琴者。’太子即进之，轲曰：‘但爱其手耳。’太子断手，盛以玉盘奉之。太子常与轲同案而食，同床而寝。……”《史记·刺客列传》：“豫让者，晋人也。故尝事范、中行氏，而无所知名。去而事智伯，智伯甚尊宠之。及智伯伐赵襄子，赵襄子与韩、魏合谋灭智伯，灭智伯之后而三分其地。赵襄子最怨智伯，漆其头以为饮器（溲溺之器）。豫让遁逃山中，曰：‘嗟乎！士为知己者死，女为说己者容。今智伯知我，我必为报仇而死，以报智伯，则吾魂魄不愧矣。’乃变名姓，为刑人，入宫涂厕，中挟匕首，欲以刺襄子。襄子如（往也）厕，心动，执问涂厕之刑人。则豫让内持刀兵曰：‘欲为智伯报仇。’左右欲诛之，襄子曰：‘彼义人也，吾谨避之耳。且智伯亡无后，而其臣欲为报仇，此天下之贤人也。’卒释去之。居顷之，豫让又漆身为厉，吞炭为哑，使形状不可知，行乞于市，其妻不识也。行见其友，其友识之，曰：‘汝非豫让邪？’曰：‘我是也。’其友为泣曰：‘以子之才，委质而臣事襄子，襄子必近幸子；近幸子，乃为所欲，顾不易邪？何必残身苦形，欲以求报襄子，不亦难乎！’豫让曰：‘既已委质臣事人而求杀之，是怀二心以事其君也。且吾所为者极难耳，然所以为此者，将以愧天下后世之为人臣怀二心以事其君者也。’既去，顷之，襄子当出，豫让伏于所当过之桥下。襄子至桥，马惊，襄子曰：‘此必是豫让也。’使人问之，果豫让也。于是襄子乃数

(责也)豫让曰：'子不尝事范、中行氏乎？智伯尽灭之，而子不为报仇，而反委质臣于智伯；智伯亦已死矣，而子独何以为之报仇之深也？'豫让曰：'臣事范、中行氏，范、中行氏皆众人遇我，我故众人报之；至于智伯，国士遇我，我故国士报之。'襄子喟然叹息而泣曰：'嗟乎豫子。子之为智伯，名既成矣；而寡人赦子，亦已足矣。子其自为计，寡人不复释子。'使兵围之。豫让曰：'臣闻明主不掩人之美，而忠臣有死名之义，前君已宽赦臣，天下莫不称君之贤；今日之事，臣固伏诛，然愿请君之衣而击之焉。以致报仇之意，则虽死不恨，非所敢望也，敢布腹心。'于是襄子大义之，乃使使持衣与豫让，豫让拔剑三跃而击之，曰：'吾可以下报智伯矣。'遂伏剑自杀。死之日，赵国志士闻之，皆为涕泣。"【《战国策·赵策一》："豫让拔剑三跃，呼天击之。"唐司马贞《史记索隐》曰："《战国策》曰：'衣尽血，襄子回车之轮未周而亡。'此不言衣出血者，太史公恐涉怪妄，故略之耳。"宋姚弘续注："今本（《战国策》）无此，乃续人所删。"】

常欲结缨伏剑，少谢万一；剖心摩踵，以报所天。《左传》哀公十五年："子路曰，'君子死，冠不免。'结缨而死。孔子闻卫乱，曰：'柴也其来，由也死矣。'"【子路仕于卫，为孔悝之难尽忠而死（被石、黡以戈击之断缨）】《左传》僖公十年："晋侯（惠公）……将杀里克，公使谓之曰：'微子则不及此，虽然，子弑二君（奚齐、卓子）与一大夫（荀息），为子君者，不亦难乎？'对曰：'不有废也，君何以兴？欲加之罪，其无辞乎？臣闻命矣。'伏剑而死。"《后汉书·刘瑜传》："（桓帝）延熹八年，太尉杨秉举贤良方正，及到京师，上书陈事曰：'……故太尉杨秉，知臣窃窥典籍，猥见显举。诚冀臣愚直，有补万一。'"邹阳《狱中上书自明》："剖心析肝相信，岂疑于浮辞哉！"《孟子·尽心上》："墨子兼爱，摩顶放踵，利天下为之。"《左传》宣公四年："箴尹（克黄，令尹子文孙）曰：……君，天也，天可逃乎？"李善引何休《墨守》曰："君者，臣之天。"（见吴质《答魏太子笺》）《后汉书·梁竦传》："拭目更视，乃敢昧死，自陈所天。"李贤注："臣以君为天，故云所天。"又子以父为天：《诗·鄘风·柏舟》："母也天只，不谅人只。"《毛传》："母也，天也，尚不信我。天，谓父也。"又《礼记·哀公问》："是故仁人之事亲也如事天，事天如事亲。"又妇妾称夫亦云所天：《仪礼·丧服·子夏传》："父者子之天，夫者妇之天。"《白虎通·谏诤篇》："谏不从，不得去之者，本娶妻非为谏正也，故'一与之齐，终身不改'（《礼记·郊特牲》）。此地无去天之义也。"又《嫁娶篇》："夫有恶行，妻不得去者，地无去天之义也。"又《易·坤文言》："地道也，妻道也，臣道也。"蔡邕《女赋》："当三春之嘉月，将言归于所天。"潘岳《寡妇赋》："适人而所天又殒。"

不图小人固陋，坐贻谤缺， 缺同缺，李善引杨恽书曰："言固陋之愚也。"

迹坠昭宪，身恨幽圄， 太史公《报任少卿书》："身非木石，独与法吏为伍，深幽囹圄之中，谁可告愬者？"陆机《谢平原内史表》："幽执囹圄，当为诛始。"

履影吊心，酸鼻痛骨。 履影，绕室独行惭惶之貌。《诗·桧风·匪风》："顾瞻周道，中心吊兮。"吊，伤也。宋玉《高唐赋》:“感心动耳，回肠伤气。孤子寡妇，寒心酸鼻。”李善注:“酸鼻，鼻辛酸，泪欲出也。”《燕丹子》卷上丹与其傅鞠武书曰:“今秦王反戾天常，虎狼其行，遇丹无礼，为诸侯最。丹每念之，痛入骨髓。”

下官闻亏名为辱，亏形次之， 李善引《尸子》(佚文)曰:“众以亏形为辱，君子以亏义为辱。”太史公《报任少卿书》:“立名者，行之极也。”又曰:“太上不辱先，其次不辱身。……”名败则辱及先人。

是以每一念来，忽若有遗。 李陵《答苏武书》:“每一念至，忽然忘生。”太史公《报任少卿书》:“是以肠一日而九回，居则忽忽若有所亡，出则不知其所往。每念斯耻，汗未尝不发背沾衣也。”

加以涉旬月，迫季秋， 太史公《报任少卿书》:“今少卿抱不测之罪，涉旬月，迫季冬。……”

天光沉阴，左右无色。 《吕氏春秋·季春纪·三月纪》(《礼记·月令》同。原出《吕氏春秋》):“季春之月，……行秋令，则天多沉阴，淫雨早降，兵革并起。”李善引蔡邕《月令章句》曰:“阴者，密云也；沉者，云之重也。”

身非木石，与狱吏为伍， 太史公《报任少卿书》:“身非木石，独与法吏为伍。……”

此少卿所以仰天槌心，泣尽而继之以血也。 李陵(字少卿)《答苏武书》:“何图志未立而怨已成，计未从而骨肉受刑，此陵所以仰天椎心而泣血也!”《韩非子·和氏篇》:“……文王即位，和乃抱其璞而哭于楚山之下，三日三夜，泣尽而继之以血。”

〇此段自序平生，及得事建平王，原欲杀身以报恩遇，不图被诬受金，身幽圄圄，己此时实同李少卿仰天槌心，泣尽而继之以血也。

下官虽乏乡曲之誉，然尝闻君子之行矣。 太史公《报任少卿书》云："仆少负不羁之行，长无乡曲之誉。"其前又云："仆虽罢驽，亦尝侧闻长者之遗风矣。"《燕丹子》卷下："酒酣，太子起为寿。夏扶前曰：'闻士无乡曲之誉，则未可与论行；马无服舆之伎，则未可与称良。今荆君远至，将何以教太子？'"

其上则隐于帘肆之间，卧于岩石之下； 《汉书·王吉贡禹等传序》："谷口有郑子真，蜀有严君平，皆修身自保，非其服弗服，非其食弗食。成帝时，元舅大将军王凤，以礼聘子真，子真遂不诎而终。君平卜筮于成都市，以为：'卜筮者贱业，而可以惠众人。有邪恶非正之问，则依蓍龟为言利害；与人子言，依于孝；与人弟言，依于顺；与人臣言，依于忠。各因势道之以善，从吾言者，已过半矣。'裁日阅数人，得百钱足自养，则闭肆下帘而授《老子》。博览无不通，依老子、严周（东汉人避明帝讳，以庄为严）之指，著书十余万言。扬雄少时从游学。……君平年九十余，遂以其业终。……及雄著书（《法言》）言当世士，称此二人。其论曰：'或问：君子疾没世而名不称，（《法言·问神篇》"疾"作"病"。语本《论语·卫灵公篇》）盍势诸，名卿可几。曰：君子德名为几。梁、齐、楚、赵之君非不富且贵也，恶乎成其（原无）名？谷口郑子真不诎其志，（而）耕于（原作乎）岩石之下，名震于京师，岂其卿！岂其卿！’……‘蜀严（原作庄。《问明篇》）湛（今作沉）冥，不作苟见，不治苟得，久幽而不改其操，虽随、和何以加诸？举兹以旃（以，用也。旃，乃之焉二字之合音），不亦宝乎？’……郑子真、严君平皆未尝仕，然其风声，足以激贪厉俗，近古之逸民也。”

次则结绶金马之庭，高议云台之上；《汉书·萧育传》：“萧育，字次君。……少与……朱博为友，著闻当世。往者有王阳、贡公，故长安语曰‘萧、朱结绶，王、贡弹冠’，言其相荐达也。【《汉书·王吉传》：“吉与贡禹为友，世称‘王阳（吉字子阳）在位，贡公弹冠’，言其趣舍同也。”又博为育所攀援，后育为九卿，博先至丞相，有隙不能终，故世以交为难】班固《西都赋》：“又有承明、金马，著作之庭。”《史记·滑稽列传》西汉博士褚少孙补《东方朔传》：“酒酣，据地歌曰：‘陆沉于俗，避世金马门，宫殿中可以避世全身，何必深山之中，蒿庐之下。’金马门者，宦署门也，门傍有铜马，故谓之曰‘金马门’。时会聚宫下，博士诸先生与论议，共难之。”《东观汉记·贾逵传》：“（章帝）建初元年，诏逵入北宫虎观、南宫云台，使出《春秋》大义。”《后汉书·贾逵传》：“建初元年，诏逵入讲北宫白虎观、南宫云台。帝善逵说，使出《左氏传》大义长于二传者。”案此二句皆指为文臣，为相。云台，非指二十八将言也。《后汉书·马武传》后论：（《文选》题作《云台二十八将传论》）“永平中，显宗（明帝）追感前世功臣，乃图画二十八将于南宫云台。”云台，本南宫议事之要地，只画二十八将之像于其上，以志不忘而已。

退则虏南越之君，系单于之颈， 《汉书·终军传》：“少好学，以辩博能属文闻于郡中（济南）。年十八，选为博士弟子。……擢为谏大夫。南越与汉和亲，乃遣军使南越，说其王，欲令入朝，比内诸侯。军自请‘愿受长缨，必羁南越王而致之阙下’。军遂往说越王，越王听许，请举国内属，天子大说。”又《汉书·贾谊传·陈政事疏》：“陛下何不试以臣为属国之官，以主匈奴，行臣之计，请必系单于之颈而制其命。”

俱启丹册，并图青史。 丹册，即丹书。《汉书·高惠高后文功臣表》：“汉兴，……五年，东克项羽，即皇帝位。……封爵之誓曰：‘使黄河如带，泰山若厉，国以永存，爰及苗裔。’于是申以丹书之信，重以白马之盟。”（古以丹书铁券赐功臣以传世免罪者。文以丹书之，武以铁制之）《汉书·艺文志·诸子略·小说家》著录“《青史子》五十七篇”。原注：“古史官记事也。”

宁当争分寸之末，竞锥刀之利哉！ 《史记·苏秦传》苏秦见燕王曰：“臣，东周之鄙人也，无有分寸之功。……”《左传》昭公六年叔向曰：“锥刀之末，将尽争之。”

○此段叙述本怀。请己上则欲为高人隐士，次则为相，否则为将，决无贪图末利，有受赃之事。何义门曰：“昌黎送李愿所祖。”（谓“上则隐于帘肆之间，卧于岩石之下”也。昌黎《送李愿归盘谷序》：“穷居而野处，升高而望远，坐茂树以终日，濯清泉以自洁。采于山，美可茹；钓于水，鲜可食。起居无时，惟适之安。与其有誉于前，孰若无毁于其后；与其有乐于身，孰若无忧于心。车服不维，刀锯不加；理乱不知，黜陟不闻。大丈夫不遇于时者之所为也，我则行之。”）孙月峰曰：“明是将相意，却以华语貌之。”【谓“次则结绶金马之庭，高议云台之上；（此相也）退则虏南越之君，系单于之颈。（此将也）俱启丹册，并图青史”也】案：此亦从《报任少卿书》化出。（“仆虽罢驽，亦尝侧闻长者之遗风矣。”“仆少负不羁之行，长无乡曲之誉。”“上之不能纳忠效信，有奇策才力之誉，自结明主；次之又不能拾遗补阙，招贤进能，显岩穴之士；外之又不能备行伍，攻城野战，有斩将搴旗之功；下之不能积日累劳，取尊官厚禄，以为宗族交游光宠。”）

下官闻积毁销金，积谗磨骨， 邹阳《狱中上书自明》：“昔鲁听季孙之说而逐孔子，宋信子冉之计囚墨翟。（李善注：“未详。”）夫以孔、墨之辩，不能自免于谗谀，而二国以危。何则？众口铄金，积毁销骨。”《国语·周语下》周景王伶人州鸠对景王曰：“故谚曰：众心成城，众口铄金。”高诱注：“铄，销也。众口所毁，金石犹可销也。”李善引贾逵注：“铄，消也。众口所恶，金为之销亡。积毁销骨，谓积谗。”李善曰：“毁之，言骨肉之亲为之销灭。”《汉书·景十三王传》中山靖王胜《闻乐对》：“臣身远与寡，莫为之先。众口铄金，积毁销骨。”

远则直生取疑于盗金，近则伯鱼被名于不义。《汉书·直不疑传》：“直不疑，南阳人也。为郎，事文帝。其同舍有告归，误将持其同舍郎金去。已而同舍郎觉亡，意不疑，不疑谢有之，买金偿。后告归者至而归金，亡金郎大惭，以此称为长者。”【景帝时，不疑官至御史大夫（副丞相），封塞侯】《后汉书·第五伦传》："第五伦，字伯鱼，京兆长陵人也。……伦少介然有义行。……（光武帝）建武二十七年，举孝廉，补淮阳国医工长，随王之国。光武召见，甚异之。二十九年，从王朝京师，随官属得会见，帝问以政事，伦因此酬对政道，帝大悦。明日，复特召入，与语至夕。帝戏谓伦曰：'闻卿为吏，篣（或作搒，搒，笞击也）妇公，不过从兄饭，宁有之邪？'伦对曰：'臣三娶妻皆无父，少遭饥乱，实不敢妄过人食。'帝大笑。"（章帝时，伦官至司空）五臣李同翰曰："不义，谓篣妇公，不过兄也。"

彼之二子，犹或如是；况在下官，焉能自免？昔上将之耻，绛侯幽狱；名臣之羞，史迁下室。 太史公《报任少卿书》："绛侯诛诸吕，权倾五伯，囚于请室（请罪之室）。……此人皆身至王侯将相，声闻邻国，及罪至罔（同网）加，不能引决自裁，在尘埃之中。古今一体，安在其不辱也！"又其上云："李陵既生降，陨其家声；而仆又佴（次也）之蚕室，重为天下观笑。悲夫悲夫！事未易一二为俗人言也。"《汉书·周勃传》："……勃为人木强敦厚，高帝以为可属大事。……惠帝六年，置太尉官，以勃为太尉。十年，高后崩，吕禄（皆吕后兄子）以赵王为汉上将军，吕产以吕王为相国，秉权，欲危刘氏。勃与丞相平、朱虚侯章共诛诸吕。……文帝即位，以勃为右丞相。……免相就国，……其后人有上书告勃欲反，下廷尉，逮捕勃，治之。勃恐，不知置辞，吏稍侵辱之。……太后亦以为无反事。文帝朝，太后以冒絮提文帝曰：'绛侯绾皇帝玺，将兵于北军，不以此时反；今居一小县，顾欲反邪？'文帝既见勃狱辞，乃谢曰：'吏方验而出之。'于是使使持节赦勃，复爵邑。勃既出，曰：‘吾尝将百万军，安知狱吏之贵也！’”《汉书·司马迁传》：“迁为太史令，紬（紬，缀集之也）史记石室金镄之书，……于是论次其文，十年，而遭李陵之祸，幽于累绁，……迁既被刑之后，为中书令，尊宠任职。”

至如下官，当何言哉！ 太史公《报任少卿书》：“嗟乎嗟呼！如仆尚何言哉！尚何言哉！”

夫鲁连之智，辞禄而不返；接舆之贤，行歌而忘归。《史记·鲁仲连列传》：“鲁仲连者，齐人也。好奇伟俶傥之画策，而不肯仕宦任职，好持高节。游于赵。赵孝成王时，而秦（昭）王使白起破赵长平之军，前后四十余万，秦兵遂东围邯郸。赵王恐，诸侯之救兵莫敢击秦军。魏安釐王使将军晋鄙救赵，畏秦，止于荡阴（在河南），不进。魏王使客将军新垣衍间入邯郸，（说赵王尊秦昭王为帝，鲁仲连见新垣衍曰：）‘……彼秦者，弃礼义而上首功之国也。权使其士，虏使其民。彼即肆然而为帝，过而为政于天下，则连有蹈东海而死耳，吾不忍为之民也。……’于是新垣衍起，再拜谢曰：‘始以先生为庸人，吾乃今日知先生为天下之士也。吾请出，不敢复言帝秦。’秦将闻之，为却军五十里。适会魏公子无忌（信陵君）夺晋鄙军以救赵，击秦军，秦军遂引而去。于是平原君（赵惠文王弟，孝成王叔）欲封鲁连，鲁连辞让使者三，终不肯受。平原君乃置酒，酒酣，起前，以千金为鲁连寿，鲁连笑曰：‘所谓贵于天下之士者，为人排患释难解纷乱而无取也。即（若也）有取者，是商贾之事也，而连不忍为也。’遂辞平原君而去，终身不复见。”左思《咏史》诗：“吾慕鲁仲连，谈笑却秦军。”《论语·微子篇》：“楚狂接舆歌而过孔子，曰：‘凤兮凤兮，何德之衰！往者不可谏，来者犹可追，已而已而！今之从政者殆而。’孔子下，欲与之言，趋而辟之，不得与之言。”又《庄子·人间世》：“孔子适楚，楚狂接舆游其门曰：‘凤兮凤兮，何如德之衰也！来世不可待（来世明君），往世不可追也（先王尧、舜等。与《论语》歌意略异）。天下有道，圣人成焉（成就天下）；天下无道，圣人生焉（全生远害而已）。方今之时，仅免刑焉（仅可免于刑戮）。福轻乎羽，莫之知载；祸重乎地，莫之知避。已（危也）乎已乎！临人以德。殆乎殆乎！画地而趋。迷阳迷阳，无伤吾行；吾行却（去逆反）曲，无伤吾足。山木，自寇也；膏火，自煎也。桂可食，故伐之；漆可用，故割之。人皆知有用之用，而莫知无用之用也。’”屈原《九章·涉江》：“接舆髡首兮，桑扈（隐士）羸行。忠不必用兮，贤不必以。”

子陵闭关于东越，仲蔚杜门于西秦，亦良可知也。《老子》：“善闭无关楗而不可开。”颜延年《五君咏》：“刘灵（即伶）善闭关，怀情灭闻见。”《后汉书·逸民·严光传》：“严光，字子陵，一名遵，会稽（即东越）余姚人也。少有高名，与光武同游学。及光武即位，光乃变名姓，隐身不见。帝思其贤，乃令以物色（形貌）访之。后齐国上言：‘有一男子，披羊裘钓泽中。’帝疑其光，乃备安车玄纁（三染谓之纁，玄纁，币帛也），遣使聘之。三反而后至，舍于北军，给床褥，太官朝夕进膳。司徒侯霸，与光素旧，遣使奉书，使人因谓光曰：‘公闻先生至，区区欲即诣造（《广雅·释训》：“拳拳、区区、款款，爱也。”），迫于典司，是以不获。愿因日暮，自屈语言。’光不答，乃投札与之，口授曰：‘君房（霸字）足下：位至鼎足（三公也），甚善。怀仁辅义天下悦，阿谀顺旨要领绝。’霸得书，封奏之。帝笑曰：‘狂奴故态也。’车驾即日幸其馆，光卧不起，帝即（就也）其卧所，抚光腹曰：‘咄咄子陵，不可相助为理（治也）邪？’光又眠不应。良久，乃张目熟视，曰：‘昔唐尧著德，巢父洗耳，士故有志，何至相迫乎！’帝曰：‘子陵，我竟不能下汝邪？’于是升舆叹息而去。复引光入，论道旧故，相对累日。帝从容问光曰：‘朕何如昔时？’对曰：‘陛下差增于往。’因共偃卧，光以足加帝腹上。明日，太史奏：‘客星犯御座甚急。’帝笑曰：‘朕故人严子陵共卧耳。’除为谏议大夫，不屈。乃耕于富春山（在浙江），后人名其钓处为严陵濑焉。建武十七年，复特征，不至。年八十，终于家。帝伤惜之。”（光武卒年六十三，则子陵殆长光武约二十岁也）《晋书·阮籍等传论》：“是以帝尧纵许由于埃之表，光武舍子陵于潺湲之濑，松萝低举，用以优贤；岩水澄华，兹焉赐隐。臣行厥志，主有嘉名。”李善引东汉赵岐《三辅决录》：“张仲蔚，扶风人也。少与同郡魏景卿隐身不仕，所居蓬蒿没人。”

若使下官事非其虚，罪得其实，亦当钳吞舌，伏匕首以殒身，《逸周书·芮良父篇》：“偷生苟安，爵以贿成，贤智箝（本字）口，小人鼓舌。逃害要利，并得厥求，唯曰哀哉！”《庄子·胠箧篇》：“削曾、史之行，钳杨、墨之口。”王符《潜夫论·明忠篇》：“夫神明之术，其在君身，而君忽之，故令臣钳口结舌而不敢言。”又《贤难篇》：“此智士所以钳口结舌，括囊共默而已者也。”《后汉书·宦者·单超传》：“皇后

（梁冀妹，桓帝后）乘势忌恣，多所鸩毒，上下钳口，莫有言者。”李贤注：“《周书》曰：‘贤者钳口。’谓不言也。”吞舌，谓死也。《燕丹子》卷中：“田光谓荆轲曰：‘盖闻士不为人所疑，太子送光之时，言“此国事，愿勿泄”，此疑光也。是疑而生于世，光所羞也。’向轲吞舌而死。”（《史记》作自刎而死）

何以见齐、鲁奇节之人，燕、赵悲歌之士乎！ 《左传》哀公十四年齐子方曰：“事子我，而有私于其仇，何以见鲁、卫之士？”《汉书·邹阳传》：“阳素知齐人王先生，年八十余，多奇计，即往见。……王先生曰：‘……今子欲安之乎？’阳曰：‘邹、鲁守经学，齐、楚多辩知，韩、魏时有奇节，吾将历问之。’”《史记·刺客·荆轲传》：“荆轲嗜酒，日与狗屠及高渐离饮于燕市。酒酣以往，高渐离击筑（李善注引多“悲歌”二字），荆轲和而歌于市中，相乐也，已而相泣，旁若无人者。”《汉书·地理志下》：“赵地，……丈夫相聚游戏，悲歌忼慨。”

○此段谓古将相名臣，皆不免被谗受辱；故高士宁居山林而不仕宦。己若真受赃，则已惭愧自杀矣，尚肯忍辱以待昭雪乎！孙月峰曰：“略觉碎。”不然。厚集其阵耳。

方今圣历钦明，天下乐业， 圣历，天子之历数。《论语·尧曰篇》：“尧曰：咨，尔舜，天之历数在尔躬。”朱子注：“历数，帝王相继之次第，犹岁时气节之先后也。”《书·尧典》：“曰若稽古帝尧，曰放勋。【《史记·五帝本纪》：“帝尧者，放勋。”唐司马贞《史记索隐》：“尧，谥也。放勋，名。”陆德明《经典释文》：“马（融）云：‘放勋，尧名。’皇甫谧同。一云：放勋，尧字。”】钦、明、文、思、安安。”蔡沈注：“钦，恭敬也。明，通明也。”李善引《管子》曰：“天下有道，人乐其业。”（已检《管子》，未见）《史记·律书》：“太史公曰：文帝时，会天下新去汤火，人民乐业，因其欲然，能不扰乱，故百姓遂安。”《汉书·成帝纪》：“众庶乐业，咸以康宁。”

青云浮雒，荣光塞河， 李善引《尚书中候》曰：“成王观于洛、河，沉璧，礼毕，王退俟至于日昧，荣光并出，幕河。青云浮洛，青龙临坛，衔玄甲之图，吐之而去。”

西洎临洮、狄道，北距飞狐、阳原， 《淮南子·氾论训》：“秦之时，……丁壮丈夫，西至临洮、狄道，东至会稽、浮石，南至豫章、桂林，北至飞狐、阳原。”高诱注：“临洮，垄西之县，洮水出北。狄道，汉阳之县（汉水之北）。”又云：“飞狐，盖在代郡南飞狐山也。阳原，盖在太原。或曰：代郡，广昌东五阮关是也。”

莫不浸仁沐义，照景饮醴而已。 扬雄《覈灵赋》：“文王之始起，浸仁渐义，会贤儹杰。”（儹，音全，聚也）李善引《论语·摘辅像》曰：“帝率握，炤景饮醴，蓂荚为历。”《说文》无炤字，《国语·晋语》：“明耀以炤之。”则是照字也。蓂荚，瑞草之应。《白虎通·封禅篇》：“蓂荚，树名也。月一日生一荚，十五日毕。至十六日去荚，故荚阶生似日月也。”又李善引宋均注《论语》谶曰：“炤景，谓景星所炤也。”则不读景为影。

而下官抱痛圆门，含愤狱户， 《周礼·秋官》目录：

“司圜。”郑司农（众）注：“圜，谓圜土也；圜土，谓狱城也。”《经典释文》：“圜，于权反。”又《司寇》：“以圜土聚教罢民，……其不能改而出圜土者，杀。”郑司农云：“罢民，谓恶人不从化，为百姓所患苦，而未入五刑者也。”

一物之微，有足悲者。《家语·五仪解》（《荀子·哀公篇》略同）：哀公问于孔子曰：“‘寡人生于深宫之内，长于妇人之手，未尝知哀，未尝知忧，未尝知劳，未尝知惧，未尝知危，恐不足以行五仪之教，（庸人、士人、君子、贤人、圣人）若何？’孔子对曰：‘……昧爽夙兴，正其衣冠；平旦视朝，虑其危难。一物失理，乱亡之端。（《荀子》作“一物不应，乱之端也”）君以此思忧，则忧可知矣。’”文通隐戒建平王毋启乱亡之端也。桓谭《新论》：“……若此人者，但闻飞鸟之号，秋风鸣条，则伤心矣。”

仰惟大王，少垂明白，则梧丘之魂，不愧于沉首；鹊亭之鬼，无恨于灰骨。 意谓虽死不恨也。《晏子春秋·内篇·杂下》（刘向《说苑·辨物篇》用此文）：“景公畋于梧丘，夜犹早，公姑坐睡，而懵（梦）有五丈夫，北面韦庐（李善引作“倚徙”），称无罪焉。公觉，召晏子而告其所懵，公曰：‘我其尝杀不辜，诛无罪邪？’晏子对曰：‘昔者先君灵公畋，五丈夫罟而骇兽，故杀之，断其头而葬之，命曰五丈夫之丘，此其地邪？’公令人掘而求之，则五头同穴而存焉。公曰：‘嘻！’令吏厚葬之。国人不知其懵也，曰：‘君悯白骨，而况于生者乎？不遗余力矣，不释余知矣。’故曰：君子之为善易矣。”李善引吴谢承《后汉书》曰：“苍梧广信女子苏娥，行宿高安鹊巢亭（李善引魏文帝《列异传》曰鹄奔亭），为亭长

龚寿所杀，及婢。致富，取其财物，埋致楼下。交阯刺史周敞行部，宿亭，觉寿奸罪，奏之，杀寿。”（殆有报梦之类事，李善删去）

不任肝胆之切，敬因执事以闻。

〇此段总结。谓天下之人皆安居乐业，而己独抱痛含愤，幽禁狱中，无任悲苦，冀建平王知其被诬，为之昭雪也。孙月峰曰：“若出近代人手，则‘天下乐业’下，便可接以‘下官去兹，却乃如此’。铺张藻饰，此是六朝姿态。不尔，恐觉寂寥。”

江文通《恨赋》

李善曰："意谓古人不称其情，皆饮恨而死也。"又引梁刘璠《梁典》曰："江淹，字文通，济阳考城人。祖耽，丹阳令。父康之，南沙令。淹少而沉敏，六岁能属诗。及长，爱奇尚异。自以孤贱，厉志笃学。洎于强仕（《礼记·曲礼上》："四十曰强，而仕。"），渐得声誉。尝梦郭璞谓之曰：'君借我五色笔，今可见还。'淹即探怀以笔付璞。自此以后，材思稍减。前后二集，并行于世。卒，赠醴泉侯，谥宪子。宋桂阳王举秀才；齐兴，为豫章王记室；（梁武帝）天监中，为金紫光禄大夫，卒。"

孙月峰曰："古意全失，然探奇搜细，曲有状物之妙，固是一时绝技。"

何义门曰："文通之赋，自为杰作绝思，若必限声韵，以为异于屈、宋，则屈、宋之赋，何以异于《三百篇》也？"

许梿曰："通篇奇峭有韵，语法俱自千锤百炼中来，然却无痕迹。至分段叙事，慷慨激昂，读之英雄雪涕。"

于光华曰："总起总结，中间分段平叙，皆写伏恨而死之意。"（分段有帝王之恨、列侯之恨、名将之恨、美人之恨、才士之恨、高人之恨、贫困之恨、荣华之恨八种；然后总收。篇法与《别赋》同）

试望平原，蔓草萦骨，拱木敛魂。 二句四字对偶。李善注："《尔雅》（《释言》）曰：'试，用也。'（《说文》同）《毛诗》（《郑风·野有蔓草》）曰：'野有蔓草（，零露漙兮）。'《左氏传》（僖公三十二年）秦伯（穆公）谓蹇叔曰：'中寿，（孔颖达疏："上寿百二十，中寿百，下寿八十。"《礼记·曲礼上》："七十曰老，而传。"蹇伯七十辞位，预择墓地，植树以识之，至年将百而犹在，墓木已拱，故穆公责其老耄无识也）尔墓之木拱矣！'（杜预）注：'两（原作合）手曰拱。'古（乐府）《蒿里歌》曰：'蒿里谁家地？聚敛魂魄无贤愚。'"

人生到此，天道宁论！ 《庄子》有《天道篇》。

于是仆本恨人，心惊不已。 李善注："《列女传》赵津吏女歌曰：'诛将加兮妾心惊。'"《列女传·辩通传·赵津女娟传》："赵津女娟者，赵河津吏之女，赵简子之夫人也。初，简子南击楚，与津吏期。简子至，津吏醉卧，不能渡。简子怒，欲杀之。娟惧，持楫而走。简子曰：'女子走何为？'对曰：'津吏息女。妾父闻主君东渡不测之水，恐风波之起，水神动骇，故祷祠（祀也）九江三淮之神，……醉至于此。……'简子曰：'善。'遂释不诛。……遂与渡中流，为简子发《河激》之歌，其辞曰：'升彼阿兮面观清，水扬波兮杳冥冥，祷求福兮醉不醒，诛将加兮妾心惊，罚既释兮渎乃清。……'简子归，乃纳币于父母而立以为夫人。"

直念古者，伏恨而死：

○此段总起。

至如秦帝按剑，诸侯西驰， 刘向《说苑·正谏篇》："秦始皇帝太后不谨，幸郎嫪毐，封以为长信侯，为生两子。毐专国事，浸益骄奢。……皇帝大怒，……毐败，始皇乃取毐四支车裂之。……取皇太后迁之于萯阳宫，下令曰：'敢以太后事谏者，戮而杀之。'……齐客茅焦愿上谏皇帝，……召之入，皇帝按剑而坐，口正沫出。……"《战国策·燕策一》苏代谓燕昭王曰："秦取西山，诸侯西面而朝。"

削平天下，同文共规。 《中庸》："今天下车同轨，书同文，行同伦。"郑玄注："今，孔子谓其时。"盖指周室，非谓秦时也。《礼记·大传》："圣人南面而治天下，必自人道始矣。立权、度、量，考文章，改正朔，易服色，殊徽号，异器械，别衣服，此其所得与民变革者也。"

华山为城，紫渊为池。 华山，《说文》作崋。贾谊《过秦论》："……然后践华为城，因河为池，据亿丈之城，临不测之溪以为固。"司马相如《上林赋》："独不闻天子之上林乎？左苍梧，右西极，丹水更其南，紫渊径其北。"

雄图既溢，武力未毕； 许梿曰："愈说得威赫，愈觉得冷落，笔法简劲，悲思淋漓。"

方架鼋鼍以为梁， 《说文》："梁，水桥也。"巡海右以送日。《竹书纪年》："（周穆王）三十七年，大起九师，东至于九江，架鼋鼍以为梁。”《列子·周穆王篇》：“（穆王）肆意远游，命驾八骏之乘，……遂宾于西王母，觞于瑶池之上。西王母为王谣，王和之，其辞哀焉。乃观日之所入，一日行万里。”

一旦魂断，宫车晚出。《史记·范雎传》：“范雎既相，王稽谓范雎曰：‘事有不可知者三，有不奈何者亦三。宫车一日晏驾，是事之不可知者一也。”裴骃《史记集解》引韦昭曰：“凡天子初崩为晏驾者，臣子之心，犹谓宫车当驾而晚出。”李善引（应劭）《风俗通》：“天子夜寝早作（起也），故有万机，今忽崩陨，则为晏驾。”（此条今《风俗通》佚）任昉《齐竟陵文宣王行状》李善注引应劭《风俗通》曰：“宫车晏驾：谨按，《史记》曰：王稽谓范雎曰：‘夫事有不可知者，有不可奈何者。一日宫车晏驾，是事不可知也。君虽恨于臣，是无可奈何。’谓秦昭王以天下终也。昔周康王一日晏起，《诗》人以为深刺（《三家诗》解《关雎》如是）。天子当夜寝早作，身省万机，如今崩殒，则为晏驾矣。”

○此段帝王之恨。于光华曰：“豪雄而死。”孙月峰曰：“借古事喻情，固自痛快，此亦是文通创作。”

若乃赵王既虏，迁于房陵，《史记·赵世家》：“（幽缪王迁）七年，秦人攻赵，赵大将李牧、将军司马尚将，击之。李牧诛（中王翦反间计诬牧反），司马尚免。赵忽及齐将颜聚代之。赵忽军破，颜聚亡去，以王迁降。”《淮南子·泰族训》：“赵王迁流于房陵，思故乡，作《山水之讴》，闻者莫不殒涕。”东汉高诱注曰：“秦灭赵，王迁之汉中房陵。”“《山水之讴》，歌曲。”

薄暮心动，昧旦神兴， 《楚辞》屈原《天问》：“薄暮雷电归何忧！厥严不奉帝何求！”王逸注：“言楚王惑信谗佞，其威严日堕，不可复奉成，虽从天帝求福，神无如之何！”宋玉《高唐赋》：“使人心动，无故自恐。贲、育之断，不能为勇。”

别艳姬与美女，丧金舆及玉乘。 此叶平声。《左传》桓公元年：“宋华父督见孔父之妻于路，目逆而送之，曰：‘美而艳。’”杜预注：“色美曰艳。”《史记·礼书》：“人体安驾乘，为之金舆错（一作鎴）衡，（司马贞《史记索隐》：“错镂衡轭为文饰。”）以繁其饰。”

置酒欲饮，悲来填膺。 《汉书·高帝纪下》：“十二年冬十月，……过沛，留，置酒沛宫，悉召故人父老子弟佐酒。”李善引郑玄《礼记》注曰：“填，满也。”《说文》：“嗔（填），塞也。”“膺，胸也。”

千秋万岁，为怨难胜。 《战国策·楚策一》：“于是楚王游于云梦，结驷千乘，旌旗蔽日，野火之起也若云蜺，兕虎嗥之声若雷霆。有狂兕牂车依轮而至，王亲引弓而射，壹发而殪。王抽旃旄而抑兕首，仰天而笑曰：‘乐矣，今日之游也！寡人万岁千秋之后，谁与乐此矣。’”

〇此段列侯之恨。于光华曰：“幽囚而死。”

至如李君 李陵。 **降北，名辱身冤。** 此段所述，文通实深得陵心。案：《汉书·苏武传》：“初，武与李陵俱为侍中。武使匈奴（天汉元年三月），明年，陵降，（天汉二年夏。

四年，族诛李陵家）不敢求武。久之，单于使陵至海上，为武置酒设乐，因谓武曰：‘单于闻陵与子卿素厚，故使陵来说足下，虚心欲相待。终不得归汉，空自苦亡人之地，信义安所见乎？……人生如朝露，何久自苦如此！……’武曰：‘武父子亡功德，皆为陛下所成就，位列将，爵通侯，（父建封平陵侯，为游击将军。兄嘉为奉车都尉，弟贤为骑都尉）兄弟亲近，常愿肝脑涂地。今得杀身自效，虽蒙斧钺汤镬，诚甘乐之。臣事君，犹子事父也，子为父死无所恨。愿勿复再言。’陵与武饮数日，复曰：‘子卿壹听陵言。’武曰：‘自分已死久矣。王必欲降武，请毕今日之欢，效死于前。’陵见其至诚，喟然叹曰：‘嗟乎义士！陵与卫律之罪，上通于天。’因泣下沾衿。”又《李陵传》：“群臣皆罪陵，上以问太史令司马迁，迁盛言陵‘事亲孝，与士信，常奋不顾身，以殉国家之急，其素所畜积也，有国士之风。今举事一不幸，全躯保妻子之臣，随而媒蘖其短，诚可痛也。且陵提步卒不满五千，深鞣戎马之地，抑数万之师，虏救死扶伤不暇。悉举引弓之民，共攻围之。转斗千里，矢尽道穷，士张空拳（李奇曰：“拳者，弩弓也。”），冒白刃，北首争死敌。得人之死力，虽古名将不过也。身虽陷败，然其所摧败，亦足暴于天下。彼之不死，宜欲得当以报汉也’（本于《报任少卿书》）。”陵暂降匈奴，本欲得当以报汉。武帝亦悔惜陵无救援，遣将军公孙敖将兵深入匈奴迎陵，捕得生口，言“李陵教单于为兵以备汉”，武帝闻之，于是族陵家，母弟妻子皆伏诛，陇西士大夫以李氏为愧。其后，汉遣使者使匈奴，陵谓使者曰：“吾为汉将步卒五千人，横行匈奴，以亡救而败，何负于汉？而诛吾家？”使者曰："汉闻李少卿教匈奴为兵。"陵曰："乃李绪，非我也。"陵痛其家以李绪而诛，使人刺杀绪。陵家被族诛，以知武帝事出误会，无再怨汉之理。五臣吕向谓陵为恨固多，便怨于汉，非有报恩之意，以文通誓还汉恩之言为误。盖本于假托之《答苏武书》致然。书有云："足下又云：'汉与功臣不薄。'子为汉臣，安得不云尔乎！"又云："陵虽孤恩，汉亦负德。"凡此，皆后人为陵鸣其不平者之言。忠孝如陵，必不为此语也。又《李陵传》："天汉二年，贰师（李广利）将三万骑出酒泉，击左贤王于天山。召陵，欲使为贰师将辎重，陵召见武台（殿名），叩头自请曰：'臣所将屯边者，皆荆、楚勇士，奇材剑客也。力扼虎，射命中，愿得自当一队，到兰干山前，以分单于兵，毋令专乡贰师军。'上曰：'将恶相属邪？吾发军多，毋骑予女。'陵对：'无所事骑，臣愿以少击众，步兵五千人，涉单于庭。'上壮而许之。……陵于是将其步卒五千人，出居延，北行三十日，至浚稽山，……与单于相值，骑可三万围陵军，……陵搏战攻之，千弩俱发，应弦而倒。虏还走上山，汉军追击，杀数千人。单于大惊，召左右地兵八万余骑攻陵，……明日复战，斩首三千余级。引兵东南循故龙城道，行四五日，……复杀数千人。……匈奴骑多，战一日数十合，复伤杀虏二千余人。虏不利，欲去。……昏后，陵便衣独步山营，止左右：'毋随我，丈夫一取单于耳。'良久，陵还，大息曰：'兵败死矣。'军吏或曰：'将军威震匈奴，天命不遂，后求道径还归，如浞野侯（赵破奴）为虏所得，后亡还，天子客遇之，况于将军乎？'……陵叹曰：'复得数十矢，足以脱矣，今无兵（即矢）复战，……'……韩延年战死。陵曰：

‘无面目报陛下。’遂降。军人分散。”《荀子·王霸篇》：“功废而名辱，社稷必危。”《报任少卿书》：“李陵既生降，隤其家声。……”

拔剑击柱，吊影惭魂。《汉书·叔孙通传》：“汉王已并天下，诸侯共尊为皇帝于定陶，通就其仪号。高帝悉去秦仪法，为简易。群臣饮，争功，醉，或妄呼，拔剑击柱。上患之。通知上益餍之，说上曰：‘夫儒者，难与进取，可与守成。臣愿征鲁诸生，与臣弟子共起朝仪。’……汉七年，长乐宫成，诸侯群臣朝，……无敢欢哗失礼者。于是高帝曰：‘吾乃今日知为皇帝之贵也。’”《晏子春秋·外篇·不合经术者第八·仲尼之齐见景公而不见晏子子贡致问第四》：“婴闻之，君子独立不惭于影，独寝不惭于魂。”曹植《封二子为乡公谢恩章》：“顾影惭形，流汗反侧。”又《上责躬应诏诗表》：“形影相吊，五情愧赧。”李密《陈情事表》：“茕茕独立，形影相吊。”

情往上郡，心留雁门。 五臣刘良曰：“上郡、雁门皆汉之塞也，陵常思归汉，故心情存于此。”《汉书·地理志下》：上郡，县二十三。雁门郡，县十四。班固原注皆云：“秦置。”“属并州。”于光华曰：“上郡，今陕西延安府。雁门关在山西朔平府马邑县，通代州界。”

裂帛系书，誓还汉恩。《汉书·苏武传》：“常惠（与张胜随武使匈奴者）……教（汉）使者谓单于言：‘天子射上林中，得雁，足有系帛书，言武等在某泽中。’……单于视左右而惊，……凡随武还者九人。”《答苏武书》：“然陵不死，有所为也，故欲如前书之言，报恩于国主耳。诚以虚死不如立节，灭名不如报德也。”

朝露溘至，握手何言！ 《汉书·苏武传》李陵谓苏武曰：“人生如朝露，何久自苦如此！”（已见上）《离骚》：“宁溘死以流亡兮，余不忍为此态也。”王逸注：“溘，奄也。”洪兴祖《补注》：“溘，奄忽也。”李陵《与苏武诗》：“仰视浮云驰，奄忽互相逾。风波一失所，各在天一隅。”

〇此段是名将之恨。于光华曰：“含冤而死。”邵子湘曰：“六事两两相比，不犯重复，故见作法；岂止以铺叙见长者。”许梿曰：“此段可与苏子卿黄鹄一诗并读。”（《文选·苏子卿诗四首》：前二首别李陵，第三首别妻，第四首是在中国时别友之作。其第二作云：“黄鹄一远别，千里顾徘徊。胡马失其群，思心常依依。何况双飞龙，羽翼临当乖？幸有弦歌曲，可以喻中怀。请为游子吟，泠泠一何悲！丝竹厉清声，慷慨有余哀。长歌正激烈，中心怆以摧。欲展清商曲，念子不能归。俯仰内伤心，泪下不可挥。愿为双黄鹄，送子俱远飞。”）

若夫明妃去时，仰天太息。 《汉书·元帝纪》：“竟宁元年春正月，匈奴呼韩邪单于来朝，……赐单于待诏掖庭王樯为阏氏。”应劭曰：“郡国献女，未御见，须（待也，《说文》作頾）命于掖庭，故曰待诏。王樯，王氏之女，名樯，字昭君。”汉末文颖曰：“本南郡秭归人也。”魏苏林曰：“阏氏，音焉支，如汉皇后也。”蔡邕《琴操》曰：“王昭君者，齐国王襄女也。年十七，献元帝。会单于遣使请一女子，帝谓后宫：‘欲至单于者起。’昭君喟然而叹，越席而起，乃赐单于。”《后汉书·南匈奴传》：“昭君字嫱，南郡人也。初，元帝时，以良家子选入掖庭，时呼韩邪来朝，帝敕以宫女五人赐之。昭君入宫数岁，不得见御，积悲怨，乃请掖庭令求行。呼韩邪临辞大会，帝召五女以示之。昭君丰容靓饰，光明汉宫，顾景裴回，竦动左右。帝见大惊，意欲留之，而难于失信，遂与匈奴，生二子。及呼韩邪死，其前阏氏子代立，欲妻之，昭君上书求归，成帝敕令从胡俗，遂复为后单于阏氏焉。”又《汉书·匈奴传下》：“竟宁元年，单于复入朝，……单于自言：愿婿汉氏以自亲。元帝以后宫良家子王墙，字昭君，赐单于。单于欢喜，上书愿保塞上谷以西至敦煌，传之无穷。请罢边备塞吏卒，以休天子人民。”石崇《王明君辞序》：“王明君者，本是王昭君，以触文帝（司马昭）讳，改焉。”《西京杂记》卷二：“元帝后宫既多，不得常见，乃使画工图形，案图召幸之。诸宫人皆赂画工，多者十万，少者亦不减五万。独王嫱不肯，遂不得见。匈奴入朝，求美人为阏氏，于是上案图，以昭君行。及去，召见，貌为后宫第一。善应对，举止闲雅。帝悔之，而名籍已定，帝重信于外国，故不复更人。乃穷案其事，画工皆弃市，籍其家，资皆巨万。画工有杜陵毛延寿，为人形，丑好老少，必得其真。安陵陈敞，新丰刘白、龚宽，并工为牛马飞鸟众势；人形好丑，不逮延寿。下杜阳望，亦善画，尤善布色。樊育亦善布色。同日弃市，京师画工，于是差稀。”清仇兆鳌《杜少陵集详注》引宋韩子苍（驹）《昭君图叙》：“《汉书》竟宁元年，呼韩邪来朝，言愿婿汉氏。元帝以后宫良家子王昭君字嫱妃之。生一子株累，立，复妻之，生二女。至范氏书（即《后汉书》），始言入宫久不见御，积怨，因掖庭令请行单于。临辞大会，昭君丰容靓饰，顾影裴徊，竦动左右。帝惊悔，欲复留；而重失信外夷。然范不言呼韩邪愿婿，而言四五宫女。又言字昭君，生二子。与前书（即《汉书》）皆不合。其言不愿妻其子，而诏使从胡俗。此自乌孙公主【《汉书·西域传下》：“乌孙国，……愿得尚汉公主，……元封中（武帝），遣江都王建女细君为公主以妻焉。”】，非昭君也。《西京杂记》又言：元帝使画工图宫人，皆赂画工，而昭君独不赂，乃恶图之。既行，遂按诛毛延寿。《琴操》又言：本齐国王穰女，端正闲丽，未尝窥看门户。穰以其有异，人求之，不与。年十七，进之。帝以地远不幸，欲赐单于美人，嫱对使者，越席请往。后不愿妻其子，吞药而卒。盖其事杂出，无所考证。自信史尚不同，况传记乎？要之，《琴操》最抵牾矣。按：昭君，南郡人，今秭归县有昭君村，人生女，必灼艾灸其面，虑以色选故也。”

附录：

石崇《王明君辞并序》：“王明君者，本是王昭君，以触文帝（司马昭）讳，改焉。匈奴盛，请婚于汉，元帝以后宫良家子明君配焉。昔公主嫁乌孙，令琵琶马上作乐，以慰其道路之思；其送明君亦必尔也。其造新曲，多哀怨之声，故叙之于纸云尔。我本汉家子，将适单于庭。辞决未及终，前驱已抗（举也）旌。仆御涕流离，猿马悲且鸣。哀郁伤五内，泣泪湿朱缨。行行日已远，遂造匈奴城。延我于穹庐，加我阏氏名。（《汉书·西域传下》：“昆莫年老，语言不通，公主悲愁，自为作歌曰：‘吾家嫁我兮天一方，远托异国兮乌孙王。穹庐为室兮旃为墙，以肉为食兮酪为浆。居常土思兮心内伤，愿为黄鹄兮归故乡。’天子闻而怜之，间岁遣使者持帷帐锦绣给遗焉。昆莫年老，欲使其孙岑陬尚公主，公主不听，上书言状，天子报曰：‘从其国俗。’”）殊类非所安，虽贵非所荣。父子见凌辱，对之惭且惊。【《汉书·匈奴传下》：“大阏氏生四子，长曰雕陶莫皋。……呼韩邪死，雕陶莫皋立，为复株絫若鞮（音低）单于。……复妻王昭君，生二女。”】杀身良不易，默默以苟生。苟生亦何聊，积思常愤盈。愿假飞鸿翼，乘之以遐征。飞鸿不我顾，伫立以屏营。昔为匣中玉，今为粪上英。朝华不足欢，甘与秋草并。传语后世人，远嫁难为情。”

杜甫《咏怀古迹》之三：“群山万壑赴荆门，生长明妃尚有邨。一去紫台（汉宫名）连朔漠，独留青冢向黄昏。（《归州图经》：“边地多白草，昭君冢独青。乡人思之，为立庙香溪）画图省识春风面，（朱瀚读省为省约之省，以为是略识其面，非是。省，视也，谓视画图而识其面也）环佩空归月夜魂。千载琵琶作胡语，分明怨恨曲中论。”（《琴操》：“昭君在外，恨帝始不见遇，乃作怨思之歌，后人名为《昭君怨》。”）

白居易《王昭君》二首（十七岁作）：“满面胡沙满鬓风，眉销残黛脸销红。愁苦辛勤憔悴尽，如今却似画图中。”其二云：“汉使却回凭寄语，黄金何日赎娥眉？君王若问妾颜色，莫道不如宫里时。”

王安石《明妃曲二首》：“明妃初出汉宫时，泪湿春风鬓脚垂。低徊顾影无颜色，尚得君王不自持。归来却怪丹青手，入眼平生几曾有？意态由来画不成，当时枉杀毛延寿。一去心知更不归，可怜着尽汉宫衣。寄声欲问塞南事，只有年年鸿雁飞。家人万里传消息，好在毡城莫相忆。君不见咫尺长门闭阿娇，人生失意无南北。”其二云：“明妃初嫁与胡儿，毡车百辆皆胡姬。含情欲语独无处，传与琵琶心自知。黄金捍拨春风手，弹看飞鸿劝胡酒。汉宫侍女暗垂泪，沙上行人却回首。汉恩自浅胡自深，人生乐在相知心。可怜青冢已芜没，尚有哀弦留至今。”

欧阳修《明妃曲和王介甫作》：“胡人以鞍马为家，射猎为俗。泉甘草美无常处，鸟惊兽骇争驰逐。谁将汉女嫁胡儿，风沙无情貌如玉。身行不遇中国人，马上自作思归曲。推手为琵却为琶，胡人共听亦咨嗟。玉颜流落死天涯，琵琶却传来汉家。汉宫争按新声谱，遗恨已深声更苦。纤纤女手生洞房，学得琵琶不下堂。不识黄云出塞曲，岂知此声能断肠。”其二（《再和明妃曲》）云：“汉宫有佳人，天子初未识。一朝随汉使，远嫁单于国。绝色天下无，一失难再得，虽能杀画工，于事竟何益？耳目所及尚如此，万里安能制夷狄！汉计诚已拙，女色难自夸。明妃去时泪，洒向枝上花。狂风日暮起，飘泊落谁家？红颜胜人多薄命，莫怨春风当自嗟。”（宋叶梦得《石林诗话》：“前辈诗文，各有平生自得意处；不过数篇；然他人未必能尽知也。毗陵正素处士张子厚善书，余尝于其家见欧阳文忠公子棐，以乌丝栏绢一轴，求子厚书文忠《明妃曲》两篇，《庐山高》一篇，略云：‘先公平生，未尝矜大所为文，一日被酒，语棐曰：“吾《庐山高》，今人莫能为，惟李太白能之。《明妃曲》后篇，太白不能为，惟杜子美能之。至于前篇，则子美亦不能为，惟我能之也。”因欲别录此三篇也。’”）

紫台稍远，关山无极。 李善注：“紫台，犹紫宫也。古乐府相和歌有《度关山曲》。”

摇风忽起，白日西匿。 《尔雅·释天》：“扶摇谓之猋。”郭璞注：“暴风从下上。”《说文》：“飙，扶摇风也。”曹植《赠白马王彪》诗：“原野何萧条，白日忽西匿。”潘岳《寡妇赋》：“时暧暧而向昏兮，日杳杳而西匿。”

陇雁少飞，代云寡色。 李善引《汉书》曰：“凡望云气，勃、碣、海、代之间，气皆黑。”按《汉书·天文志》云：“凡望云气，……勃、碣、海、岱之间，气皆黑。”是作岱，非代也。代，应是今山西雁门关南之代县也。

望君王兮何期？终芜绝兮异域。 李善引《鬻子》曰：“君王欲缘五常（原作帝）之道而不失，则可以长矣。（原无矣字）”又引李陵书曰：“生为异域之人。”（原作“生为别世之人，死为异域之鬼”）

○此段是美人之恨。于光华曰：“抱怨而死。”许梿曰：“独怜青冢，幽恨谁知？文语语凄欲绝。”

至乃敬通见抵，罢归田里。 抵：李善引《汉书》（《赵尧传》）曰：“高后怨赵尧（高祖、惠帝时为御史大夫，曾助赵王如意），乃抵尧罪。”此是抵罪之抵，是当也。《说文》：“抵，挤也。”“挤，排也。”敬通应是被排挤，被摈弃，不作抵罪解。《后汉书·冯衍传》:“冯衍字敬通，京兆杜陵人也。……衍幼有奇才，年九岁，能诵《诗》，至二十而博通群书。王莽时，诸公多荐举之者，衍辞不肯仕。时天下兵起，莽遣更始将军廉丹讨伐山东，丹辟衍为掾，与俱至定陶（在山东)，莽追诏丹，……（责以捐身中野,）丹惶恐，夜召衍，以书示之。衍因说丹，……（谓“今海内溃乱，人怀汉德”应“兴社稷之利，除万人之害”）丹不能从。进入睢阳，复说丹，……（谓“时不重至，公勿再计”）丹不听，遂进及无盐，与赤眉战死。衍乃亡命河东。更始（刘玄）二年，遣尚书仆射鲍永，行大将军事，安集北方。衍因以计说永，……永既素重衍，为且受使，得自置偏裨，乃以衍为立汉将军，领狼孟（在山西）长，屯太原，与上党太守田邑等，缮甲养士，扞卫并土。及世祖（光武）即位，……邑闻更始败（为赤眉贼所杀)，乃遣使诣洛阳，献璧马，即拜为上党太守。因遣使者招永、衍，永、衍等疑不肯降。……永、衍审知更始已殁，乃共罢兵，幅巾降于河内。帝怨衍等不时至，永以立功得赎罪，遂任用之，而衍独见黜。……顷之，帝以衍为曲阳（在河北）令，诛斩剧贼郭胜等，降五千余人。论功当封，以谗毁，故赏不行。……后卫尉阴兴、新阳侯阴就（皆阴皇后弟)，以外戚贵显，深敬重衍，衍遂与之交结，由是为诸王所聘请，寻为司隶从事。帝惩西京（西汉）外戚宾客，故皆以法绳之，大者抵死、徙，其余至贬黜。衍由此得罪。尝自诣狱，有诏赦不问。西归故郡，闭门自保，不敢复与亲故通。建武末，上疏自陈，……书奏，犹以前过不用。衍不得志，……乃作赋自厉，命其篇曰《显志》，……‘……念人生之不再兮，悲六亲之日远。……伤诚善之无辜兮，赍此恨而入冥。……’显宗（明帝）即位，又多短衍以文过其实，遂废于家。衍娶北地（郡在甘肃）女任氏为妻，悍忌，不得畜媵妾，儿女常自操井臼，老竟逐之，遂埳壈于时。然有大志，不戚戚于贱贫，居常慷慨叹曰：‘衍少事名贤，经历显位（立汉将军），怀金垂紫，揭节奉使。不求苟得，常有凌云之志。三公之贵，千金之富，不得其愿，不概（屑也）于怀。贫而不衰，贱而不恨，年虽疲曳，犹庶几名贤之风，修道德于幽冥之路，以终身名，为后世法。’居贫年老，卒于家。……肃宗（章帝）甚重其文。子豹，豹字仲文。……长好儒学，……举孝廉，拜尚书郎，……河西副校尉，……迁武威太守，……征入为尚书。”梁刘孝标作《自序》以嗟叹平生，取衍自比。《梁书·文学传下·刘峻传》：“尝为《自序》，其略曰：‘余自比冯敬通，而有同之者三，异之者四。何则？敬通雄才冠世，志刚金石；余虽不及之，而亮节慷慨，此一同也。敬通值中兴明君（汉光武），而终不试用；余逢命世英主（梁武），亦摈斥当年，此二同也。敬通有忌妻，至于身操井臼；余有悍室，亦令家道轗轲，此三同也。敬通当更始（刘玄）之世，手握兵符，跃马食肉；余自少迄长，戚戚无欢，此一异也。敬通有一子仲文，官成名立；余祸同伯道，永无血胤，此二异也。敬通膂力方刚，老而益壮；余有犬马之疾，溘死无时，此三异也。敬通虽芝残蕙焚，终填沟壑，而为名贤所慕，其风流郁烈芬芳，久而弥盛；余声尘寂寞，世不吾知，魂魄一去，将同秋草，此四异也。所以自力为序，遗之好事云。’”李善注：“冯衍说阴就书曰：（见《后汉书》本传李贤注）‘衍冀先事自归，上书，报归田里。’”（自归下，原有

“十一日到，十二日书报归田里”十二字）《汉书》（《萧望之传》）曰：“时……多上书言便宜，辄下望之问状（时为谒者），……下者报闻，或罢归田里。”

闭关却扫，塞门不仕。 李善注：“司马彪《续汉书》曰：‘赵壹闭关却扫，非德不交。’《吴志》（《张昭传》）曰：‘张昭……称疾不朝，孙权恨之，土塞其门（昭又于内以土封之）。’”《老子》：“善闭无关楗而不可开。”颜延年《五君咏·刘参军》：“刘灵善闭关，怀情灭闻见。”

左对孺人，顾弄稚子。 《礼记·曲礼下》：“天子之妃曰后，诸侯曰夫人，大夫曰孺人，士曰妇人，庶人曰妻。”《史记·屈原列传》：“……（楚）怀王稚子子兰劝王行。……”潘岳《寡妇赋》：“鞠稚子于怀抱兮，羌低徊而不忍。”

脱略公卿，跌宕文史。 李善注：“杜预《左氏传》注曰：‘脱，易也。’贾逵《国语》注曰：‘略，简也。’”《晋书·谢尚传》：“脱略细行，不为流俗之事。”又李善引扬雄自叙曰：“雄为人跌宕。”（案：实出《扬雄传》，原云：“为人简易佚荡。”又《扬雄传赞》首句云：“雄之自叙云尔。”本是传文末句，是自叙其《法言》二十三篇也。后人误置之传赞上，而删去“赞曰”二字，故李善等引赞文常误）

赍志没地，长怀无已。 李善注：“冯衍说阴就书（本传李贤注此一书在前）曰：‘怀抱不报，赍恨入冥。’（案：本传载其《显志赋》有云：‘伤诚善之无辜兮，赍此恨而入冥。’）（祢衡）《鹦鹉赋》曰：‘眷西路而长怀（，望故乡而延伫）。’毛苌《诗传》曰：‘怀，思也。’”

○此段是才士之恨。于光华曰：“不遇而死。”何义门曰：

“古来恨者，不止数人，但就极著者言之耳。”

及夫中散下狱，神气激扬。 嵇叔夜生平，详前注其《与山巨源绝交书》。李善引齐臧荣绪《晋书》曰：“嵇康拜中散大夫，东平吕安家事系狱，亹阅之。始，安尝以语康，辞相证引，遂复收康。”又引晋王隐《晋书》曰：“嵇康妻，魏武帝孙穆王林女也。”《淮南子·俶真训》：“古之人，有处混冥之中，神气不荡于外。”《汉书·儒林传·张山拊传》谷永上疏曰：“……孝宣皇帝愍册厚赐，赞命之臣，靡不激扬。”

浊醪夕引，素琴晨张。 嵇叔夜《与山巨源绝交书》：“浊酒（李善强改作醪）一杯，弹琴一曲，志愿毕矣。”后汉秦嘉妻徐淑《报嘉书》：“芳香既珍，素琴益好。”素琴，雅琴也。又叔夜《赠秀才入军》（兄喜，举秀才，入军）四言诗五首之二：“习习谷风，吹我素琴。”

秋日萧索，浮云无光。 《史记·天官书》：“若烟非烟，若云非云，郁郁纷纷，萧索轮囷。”陶渊明《自祭文》：“天寒夜长，风气萧索。”

郁青霞之奇意，入修夜之不旸。 《说文》：“旸，日出也。”李善引孔安国《典略》曰：“旸，明也。”又李善注：“青霞奇意，志言高也。”颜延年《五君咏·嵇中散》：“中散不偶世，本自餐霞人。”又李善注曹毗（东晋光禄勋。《隋书·经籍志》著录：“晋光禄勋《曹毗集》十卷。”亡）《临园赋》曰：“青霞曳于前阿，素籁流于森管。”又引《汉书》（《外戚传上》）武帝《李夫人赋》：“释舆马于山椒（魏孟康注：“山陵也”），奄修夜之不旸。”（原作阳，李善强改。颜师古曰："修，长也。阳，明也。"）

〇此段是高人之恨。于光华曰："被刑而死。"许梿评末二句云："如此埋没者，不知凡几。一叹！"

或有孤臣危涕，孽子坠心。《孟子·尽心上》："人之有德慧术知者，恒存乎疢疾；独孤臣孽子，其操心也危，其虑患也深，故达。"《公羊传》襄公二十七年："执铁锧从君东西南北，则是臣仆庶孽之事也。"何休注："庶孽，众贱子，犹树之有孼生。"《说文》："孼，庶子也。"李善注："《登楼赋》曰：'（悲旧乡之壅隔兮，）涕横坠而弗禁。'《字林》（晋吕忱撰。《隋志》著录"《字林》七卷"，亡）曰：'孽子，庶子也。'然心当云危，涕当云坠，江氏爱奇，故互文以见义。"

迁客海上，流戍陇阴。《汉书·苏武传》："（卫）律知武终不可胁，白单于，单于愈益欲降之，乃幽武置大窖中，绝不饮食。天雨雪，武卧啮雪与旃毛，并咽之。数日不死，匈奴以为神。乃徙武北海上无人处，使牧羝（牡羊），羝乳（产子）乃得归。别其官属常惠等，各置他所。武既至海上，廪食不至，掘野鼠去中（假借为草。本音彻）实而食之。杖汉节牧羊，卧起操持，节旄尽落。积五六年。……"《史记·刘敬传》："刘敬者，齐人也。（司马贞《史记索隐》："敬本姓娄，《汉书》作娄敬。"）汉五年，戍陇西。……"《说文》："阴，暗也。水之南、山之北也。"

此人但闻悲风汩 移栗、姑忽二切。 **起，血下沾衿；**桓谭《新论·琴道篇》雍门周对孟尝君曰："臣之所能令悲者：先贵而后贱，昔富而今贫。摈压穷巷，不交四邻。不若身材高妙，怀质抱真。逢谗罹（遭也）谮，怨结而不得信（借作伸）。不若交欢而结爱，无怨而生离，远赴绝国，无相见期。不若幼无父母，壮无妻儿，出以野泽为邻，入用堀穴为家，困于朝夕，无所假贷，若此人者，但闻飞鸟之号，秋风鸣条，则伤心矣。臣一为之援琴而长太息，未有不凄恻而涕泣者也。"《诗·小雅·雨无正》："鼠思泣血，无言不疾。"《郑笺》："鼠，忧也。"《尔雅·释诂下》："癙，病也。"李善引《尸子》曰："曾子每读《丧礼》，泣下沾衿。"（只见此及《艺文类聚》、《太平御览》引）

亦复含酸茹叹，销落湮沉。 销落湮沉，谓死也。李善注："《广雅》曰：'茹，食也。'又曰：'湮，没也。'销，犹散也。"

○此段是贫困之恨。于光华曰："贫困而死。"何义门曰："可标举以句法。"（谓孤臣孽子二句）

若乃骑叠迹，车屯轨， 谓富贵荣华者出入车马之盛也。李善注："此言荣贵之子，车骑之多也。"左思《吴都赋》："跃马叠迹，朱轮累辙。"《离骚》："屯余车其千乘兮，齐玉轪而并驰。"王逸注："屯，陈也。"五臣吕向曰："屯，聚也。"（轪，音大，车辖也）

黄尘帀地，歌吹四起。 李善注："《山阳公载记》（《隋志》著录十卷，汉末乐资撰。山阳公，汉献帝也）曰：'贾诩鸣鼓雷震，黄尘蔽天。'李陵书曰：'边声四起。'"

无不烟断火绝，闭骨泉里。 李善注："烟断火绝，喻人之死也。"王充《论衡·论死篇》："人之死，犹火之灭也，火灭而燿不照，人死而知不惠。（李善引作慧，二字通）”

〇此段是荣华之根。于光华曰：“荣华而死。”

已矣哉！春草暮兮秋风惊，秋风罢兮春草生。 五臣李周翰曰：“荣枯相待也。”

绮罗毕兮池馆尽，琴瑟灭兮丘垄平。 五臣张铣曰：“绮罗琴瑟，既已歇绝；而池馆丘陇，亦复何有。”李善注：“《琴道》（桓谭《新论》篇名）：‘雍门周曰：高台既已倾，曲池又已平。坟墓生荆棘，狐兔穴其中。’”

自古皆有死，莫不饮恨而吞声。 《论语·颜渊》：“自古皆有死，民无信不立。”《穆天子传》卷六：“天子永念伤心，乃思淑人盛姬，于是流涕。七萃之士（聚集有智力者为王爪牙）葽豫上谏于天子，曰：‘自古有死有生，岂独淑人！’”李善引东汉张奂《与崔元始书》：“匈奴若非其罪，何肯吞声。”（只见此引）

〇此段总结。许梿曰：“世事循环无端，荣枯同归一尽，亟读数过，不异冷水浇背，热心顿解。”

江文通《别赋》

孙月峰曰："风度似前篇，更觉飘逸，语亦更加婉至（婉转真切）。"

何义门曰："赋家至齐、梁，变态已尽，至文通，几几乎唐人之律赋矣；特其秀色，非后人之所及也。庾子山诸赋，便是结六朝之局，开三唐之派者。"又曰："文法与《恨赋》同，而气舒词丽，一起尤警。通篇只写黯然销魂四字。"

黯然销魂者，唯别而已矣！ 《说文》："黯，深黑也。"五臣吕向曰："黯然，失色貌。"李善曰："黯，失色将败之貌。言黯然魂将离散者，唯别而然也。夫人，魂以守形，魂散则形毙；今别而散，明恨深也。……《楚辞》（《招魂》）曰：'魂魄离散（，汝筮予之）。'《家语》（《辩乐篇》）孔子曰：'黯然而黑（原作"近黯而黑"）。'贾逵曰：'唯，独也。'"在南北朝时，离别而黯然销魂，南人为然耳，北人不尔也。据《颜氏家训·风操篇》云："别易会难，古人所重。江南饯送，下泣言离。……北间风俗，不屑此事，歧路言离，欢笑分首。"

况秦、吴兮绝国，复燕、宋兮千里。 李善注："言秦、吴、燕、宋四国，川涂既远，别恨必深，故举以为况也。”《文子·自然篇》：“为绝国殊俗，不得被泽，故立诸侯以教诲之，是以天地四时无不应也。”

或春苔兮始生，乍秋风兮暂起。 李善注：“言此二时，别恨逾切。”

是以行子肠断，百感凄恻。 何义门曰：“别字兼有行子居人，以下或着重行子，或着重居人，或兼有居行在内，无不入情。”鲍照《代东门行》：“伤禽恶弦惊，倦客恶离声。离声断客情，宾御皆涕零。涕零心断绝，将去复还诀。一息不相知，何况异乡别。遥遥征驾远，杳杳白日晚。居人掩闺卧，行子夜中饭。野风吹草木，行子心肠断。食梅常苦酸，衣葛常苦寒。丝竹徒满座，忧人不解颜。长歌欲自慰，弥起长恨端。”

风萧萧而异响，云漫漫而奇色。 《史记·刺客·荆轲传》：“遂发，……至易水之上，既祖取道，高渐离击筑，荆轲和而歌，为变徵之声，士皆垂泪涕泣；又前而歌曰：‘风萧萧兮易水寒，壮士一去兮不复还。’复为羽声忼慨，士皆瞋目，发尽上指冠。于是荆轲就车而去，终已不顾。”《尚书大传》舜《卿云歌》曰：“卿云烂兮，纠缦缦兮。日月光华，旦复旦兮。”

舟凝滞于水滨，车逶迟于山侧。 意谓难舍难离也。《楚辞·九章·涉江》：“乘舲船余上沅兮，齐吴榜以击汰。（王逸注：“吴榜，船櫂也。汰，水波也。”）船容与而不进兮，淹回水而凝滞。”五臣张铣曰：“容与，徐动貌。淹，留也。回水，回流也。疑滞者，恋楚国也。”《诗·小雅·四牡》：“四牡骓骓（行不止貌），周道倭迟。”《毛传》：“倭迟，历远之

貌。”《说文》：“倭，顺皃。从人，委声。《诗》曰：“周道倭迟。”（于为切）

櫂容与而讵前？马寒鸣而不息。《楚辞·九歌·哀郢》：“楫（音接，船櫂也）齐扬以容与兮，哀见君而不再得。”《诗·小雅·车攻》：“萧萧马鸣，悠悠旆旌。”孔颖达疏：“萧萧然，马鸣之声。”（李白《送友人》五律结句：“挥手自兹去，萧萧班马鸣。”杜甫《后出塞》五首之二五古：“落日照大旗，马鸣风萧萧。”并本之《诗》）櫂容与而讵前：谓船夫亦为人惜别难过而未放船或缓慢前进也。马寒鸣而不息：则马亦为骑者惜别而悲鸣矣。他人及兽尚如此，而况当别时之居人及行子乎！

掩金觞而谁御？横玉柱而沾轼。 玉柱，指琴也。李善注：“（魏）韦诞（仲将）诗曰：‘旨酒盈金觞，清颜发朱华。（丁福保《全三国诗》无）’毛苌《诗传》曰：‘御，进也。’论曰：鼓琴者于弦设柱，然琴有柱，以玉为之。（刘宋）袁叔《正情赋》曰：‘解蕴麝之芳衾，陈玉柱之鸣筝。（严可均《全宋文》有辑，仅此二句）’”宋玉《九辩》曰：“倚结轸兮长太息，涕潺湲兮下沾轼。”

居人愁卧，怳若有亡， 鲍照《代东门行》：“居人掩闺卧，行子夜中饭。”（已见上）《庄子·则阳篇》：“客出（魏贤者戴晋人），而君惝然若有亡也。”成玄英疏：“惝然，怅恨貌也。”《说文》：“怳，狂之皃。”（许往切）《说文》无惝字。

日下壁而沉彩，月上轩而飞光， 于光华曰：“二句惊流光之速。”李善注：“轩，槛版也。”李陵《录别诗》：“明月照高楼，想见余光辉。”杜甫《梦李白》五古二首之一云：

“落月满屋梁，犹疑照颜色。”脱胎于此。

见红兰之受露，望青楸之离霜， 离，遭也。于光华曰：“二句感时物之变。”

巡曾楹而空揜，抚锦幕而虚凉。 曾，即层。楹，屏也，不作柱解。揜，通掩。巡楹空揜，谓空无他人，惟己在也。抚幕虚凉，谓帷幕寒凉，了无温暖也。李善注：“曾，高也。空，息也。掩，掩涕也。凉，悲凉也。”非是。杜甫《月夜》五律：“今夜鄜州月，闺中只独看。遥怜小儿女，未解忆长安。香雾云鬟湿，清辉玉臂寒。何时倚虚幌，双照泪痕干。”与此略同。又李善引魏鱼豢《典略》曰：“卫夫人南子在锦帷中。”今《史记·孔子世家》：“夫人自帷中再拜，环佩玉声璆然。”又李善注：“《广雅》曰：‘帷，幙帐也。’《纂要》曰：‘帐曰幕。’”

知离梦之踯躅，意别魂之飞扬。 意，臆而知之也。《说文》：“蹢，住足也。”“躅，蹢躅也。”踯，俗字。汉高祖《大风歌》：“大风起兮云飞扬。”李善引曹植《悲命赋》曰：“哀魂灵之飞扬。”（今集中无，严可均《全三国文》有辑，只此一句）

故别虽一绪，事乃万族： 此二句转韵，领起下文，分段不得不置于此耳。《说文》：“绪，丝耑也。”李善引孔安国《尚书传》曰：“族，类也。”

〇此段是总起，泛论别情。起二句奇警，传诵千古。

至若龙马银鞍，朱轩绣轴， 李善注：“《周礼》（《夏官·廋人》）曰：‘马八尺已上为龙。’（《尔雅·释畜》：“马八尺为龙。”）《后汉书》（《明德马皇后纪》）明德马皇后（马伏波小女，明帝后）曰：‘前过濯龙门上，见外家问起居者，车如流水，马如游龙。’”后汉辛延年《羽林郎》乐府：“银鞍何煜爚，翠盖空踟蹰。”《尚书大传》卷二下《殷传》：“未命为士者，不得乘朱轩。”李善引郑玄注：“轩，舆也，士以朱饰之。轩，车通称也。”又引《鲁连子》曰：“门客谓陈无宇曰：君车衣文绣。”

帐饮东都，送客金谷。 东都，是长安东都门外，非洛阳也。《史记·高祖本纪》：“高祖还归，过沛，留，置酒沛宫，悉召故人父老子弟纵酒，……极欢，道旧故，为笑乐十余日，高祖欲去，沛父兄固请，留高祖。……高祖复留止，张饮三日。”裴骃《史记集解》引张晏曰：“张帷帐。”张守节《史记正义》：“（张）音张亮反。”《说文》有帐字，“帐，张也。”《汉书·疏广传》：“疏广，字仲翁，东海兰陵人也。少好学，明《春秋》。……（宣帝）地节三年，立皇太子（后之元帝），……广徙为太傅，广兄子受，字公子，……拜受为少傅。……太子每朝，因进见，太傅在前，少傅在后。父子（从父从子）并为师傅，朝廷以为荣。……广谓受曰：‘吾闻“知足不辱，知止不殆”，“功遂身退，天之道也”（皆出《老子》）。今仕，宦至二千石，官成名立。如此不去，惧有后悔。岂如父子相随出关，归老故乡，以寿命终，不亦善乎？’受叩头曰：‘从大人议。’即日父子俱移病，满三月赐告，广遂称笃，上疏乞骸骨。上以其年笃老，皆许之，加赐黄金二十斤，皇太子赠以五十斤。公卿大夫、故人邑子，设祖道，（颜师古曰：“祖道，饯行也。”）供张东都门外，（魏苏林曰：

“长安东都门也。”）送者车数百两，辞决而去。及道路观者，皆曰：‘贤哉二大夫！’或叹息，为之下泣。”张协《咏史》诗：“昔在西京时，朝野多欢娱。蔼蔼东都门，群公祖二疏。朱轩曜金城，供帐临长衢。达人知止足，遗荣忽如无。抽簪解朝衣，散发归海隅。行人为陨涕，贤哉此丈夫。挥金乐当年，岁暮不留储。顾谓四坐宾，多财为累愚。清风激万代，名与天壤俱。咄此蝉冕客，君绅宜见书。”石崇《金谷集诗序》（《世说新语·企羡篇》：“王右军得人以《兰亭集序》方《金谷诗序》，又以己敌石崇，甚有欣色。”）：“余以元康六年，从太仆卿出为使持节监青、徐诸军事，征虏将军。有别庐在河南县界金谷涧中，去城十里，或高或下，有清泉、茂林、众果、竹柏、药草之属，金田十顷，羊二百口，鸡猪鹅鸭之类，莫不毕备。又有水碓、鱼池、土窟，其为娱目欢心之物备矣。时征西大将军祭酒王诩，当还长安，余与众贤共送往涧中，昼夜游宴，屡迁其坐。或登高临下，或列坐水滨。时琴瑟笙筑，合载车中，道路并作。及住，令与鼓吹递奏，遂各赋诗，以叙中怀。或不能者，罚酒三斗。感性命之不永，惧凋落之无期，故具列时人官号、姓名、年纪，又写诗著后。后之好事者，其览之哉！凡三十人，吴王师议郎关中侯武功苏绍字世嗣，年五十为首。（崇四十八，五十二卒）”潘岳《金谷集作诗》：“王生和鼎实，石子镇海沂。亲友各言迈，中心怅有违。何以叙离思？携手游郊畿。朝发晋京阳，夕次金谷湄。回溪萦曲阻，峻阪路威夷（即逶迤）。绿池泛淡淡，青柳何依依！滥泉龙鳞澜，激波连珠挥。前庭树沙棠，后园植乌椑，灵囿繁若榴（即石榴），茂林列芳梨。饮至临华沼，迁坐登隆坻。（音池，水中高地）玄醴染朱颜，但愬杯行迟。扬桴抚灵鼓，箫管清且悲。春荣谁不慕？岁寒良独希。投分寄石友，白首同所归。”

琴羽张兮箫鼓陈，燕、赵歌兮伤美人。 李善注：“琴羽，琴之羽声。”《说苑·善说篇》：“雍门子周以琴见乎孟尝君，孟尝君曰：‘先生鼓琴，亦能令文悲乎？’……于是孟尝君泫然泣，涕承睫而未殒。雍门子周引琴而鼓之，徐动宫徵，微挥羽角，切终而成曲。孟尝君涕浪汗增欷而就之曰：‘先生之鼓琴，令文立若破国亡邑之人也。’”《汉书》扬雄《甘泉赋》：“阴阳清浊穆羽相和兮，若夔、牙之调琴。”张晏注：“声细不过羽。”汉武帝《秋风辞》：“横中流兮扬素波，箫鼓鸣兮发棹歌。”（李善注：“棹歌，引棹而歌。”）《古诗十九首》：“燕、赵多佳人，美者颜如玉。”

珠与玉兮艳暮秋，罗与绮兮娇上春。 艳于暮秋，娇于上春。

惊驷马之仰秣，耸渊鱼之赤鳞。 李善注：“言乐之盛也。《韩诗外传》（卷六）曰：‘昔伯牙鼓琴而渊鱼出听，瓠巴鼓琴而六马仰秣。’（原作：“昔瓠巴鼓琴而潜鱼出听，伯牙鼓琴而六马仰秣，鱼马犹知善之为善，而况君人者也？”）成公绥（晋人，字子安）《琴赋》曰：‘伯牙弹而驷马仰，子野（师旷字）挥而玄鹤鸣。’”案：《荀子·劝学篇》：“昔者瓠巴鼓瑟而流鱼出听；伯牙鼓琴而六马仰秣。”《大戴礼·劝学篇》：“昔者瓠巴鼓瑟而沉鱼出听；伯牙鼓琴而六马仰秣。”《列子·汤问篇》：“瓠巴鼓琴而鸟舞鱼跃。”晋张湛注：“瓠巴，古善鼓琴人也。”《淮南子·说山训》：“瓠巴鼓瑟而淫鱼出听；伯牙鼓琴，驷马仰秣。”高诱注：“瓠巴，楚人也，喜鼓瑟。淫鱼喜音，出头于水而听之。淫鱼长头，身相半，长丈余，鼻正，自身正，黑口，在颔下，似鬲狱鱼，而身无鳞，出江中。”“仰秣，仰头吹吐，谓马笑也。”王充《论衡·感虚篇》：“《传书》言：瓠芭鼓瑟，渊鱼出听；师旷鼓琴，六马仰秣。”又《率性篇》：“潭鱼出听，六马仰秣，不复疑矣。”《说文·鱼部》：“鱏，鱼名。从鱼，覃声。传曰：伯牙鼓琴，鱏（余箴切，音淫）鱼出听。”《荀子》作“流鱼”，应依《大戴礼》作“沉鱼”，字形之误。《说文》之鱏鱼，应是本字。高诱之注，可移以释《说文》也。“沉鱼”、“淫鱼”、“鱏鱼”，皆合口音。《论衡》作“渊鱼”，渊鱏亦双声，通转也。《说文》无秣字，本作餗，“餗，食马谷也。”

造分手而衔涕，感寂漠而伤神。 造，到也。谢灵运从兄谢瞻（字宣远）《王抚军庾西阳集别时为豫章太守庾被征还东》诗：“分手东城闉（《说文》：“闉，城内重门也。”），发棹西江隩。”《吕氏春秋·恃君览·知分篇》：“古圣人不以感私伤神，俞然而以待耳。”高诱注：“感念私邪，伤神性也。”“俞，安。”（今本俞作愈。字误）

〇此段是富贵之别。于光华曰：“荣别。”又曰：“以下分别处，历境不同，情事亦异，而同归于黯然销魂，可谓淋漓尽致。”

乃有剑客惭恩，少年报士： 五臣吕向曰：“感恩报仇之志。”于光华曰：“（报士）报仇之士。”惭，感也。报士，谓报答知己之士，盖士为知己者死也。《汉书·李陵传》：“臣所将屯边者，皆荆、楚勇士，奇材剑客也。”（已见《恨赋》注）

《史记·游侠列传·郭解传》："郭解，轵人也，字翁伯。……以躯借交报仇。……而少年慕其行，亦辄为报仇。"

韩国赵厕，聂政、豫让。**吴宫燕市**。专诸、荆轲。钱牧斋曰："八字四事。"皆见《史记·刺客列传》。豫让事已在江文通《诣建平王上书》"窃感豫让国士之分矣"下详注。聂政、荆轲事，在卢谌《赠刘琨书》"昔聂政殉严遂之顾，荆轲慕燕丹之义"下详注。兹专注专诸事。《吴越春秋·吴王寿梦传》第二："二十五年，寿梦病，将卒，有子四人：长曰诸樊，次曰余祭（音债），次曰余昧（音末），次曰季札。季札贤，寿梦欲立之，季札让曰：'礼有旧制，奈何废前王之礼，而行父子之私乎！'寿梦乃命诸樊曰：'我欲传国及札，尔无忘寡人之言。'诸樊曰：'周之太王，知西伯之圣，废长立少，王之道兴。今欲授国于札，臣诚耕于野。'王曰：'昔周行之，德加于四海；今汝于区区之国，荆蛮之乡，奚能成天子之业乎？且今子不忘前人之言，必授国以次，及于季札。'诸樊曰：'敢不如命。'寿梦卒。诸樊以适长摄行事，当国政。……诸樊骄恣，轻慢鬼神，仰天求死。将死，命弟余祭曰：'必以国及季札。'乃封季札于延陵，号曰延陵季子。……十七年，余祭卒。余昧立，四年卒。欲授位季札，季札让，逃去，曰：'……富贵之于我，如秋风之过耳。'遂逃归延陵。吴人立余昧子州于，号为吴王僚也。"又《王僚使公子光传》第三："五年，楚之亡臣伍子胥来奔吴。……被发佯狂，跣足涂面，行乞于市。……吴市吏善相者见之，曰：'吾之相人多矣，未尝见斯人也。非异国之亡臣乎？'乃白吴王僚，具陈其状，王宜召之。王僚曰：'与之俱入。'……王僚怪其状伟：身长一丈，腰十围，眉间一尺。王僚与语三日，辞无复者。王曰：'贤人也。'子胥知王好之，每入语，语遂有勇壮之气，稍道其仇，而有切切之色。王僚知之，欲为兴师复仇。公子（光）谋杀王僚，恐子胥前亲于王，而害其谋，因谗：'伍胥之谏（当作谋）伐楚者，非为吴也，但欲自复私仇耳，王无用之。'子胥知公子光欲害王僚，……退耕于野，求勇士荐之公子光，欲以自媚，乃得勇士专诸。专诸者，堂邑人也。伍胥之亡楚如吴时，遇之于途。专诸方与人斗，将就敌，其怒有万人之气，甚不可当。其妻一呼，即还。子胥怪而问其状：'何夫子之怒盛也，闻一女子之声而折道，宁有说乎？'专诸曰：'子视吾之仪，宁类愚者也？何言之鄙也！夫屈一人之下，必伸万人之上。'子胥因相其貌：碓颡而深目，虎膺而熊背，戾于从难。知其勇士，阴而结之，欲以为用。遭公子光之有谋也，而进之公子光。……专诸曰：'凡欲杀人君，必前求其所好。吴王何好？'光曰：'好味。'专诸曰：'何味所甘？'光曰：'好嗜鱼之炙也。'专诸乃去从太湖学炙鱼，三月，得其味。安坐，待公子命之。……（十三年）四月，公子光伏甲士于窋室中，具酒而请王僚。僚白其母曰：'公子光为我具酒，来请，期无变，悉乎！'母曰：'光心气怏怏，常有愧恨之色，不可不慎。'王僚乃被棠铁之甲三重，使兵卫陈于道，自宫门至于光家之门。阶席左右，皆王僚之亲戚，使坐立侍。皆操长戟交轵。酒酣，公子光佯为足疾，入窋室裹足。使专诸置鱼肠剑炙鱼中进之，既至王僚前，专诸乃擘炙鱼，因推匕首，……以刺王僚，贯甲达背。王僚既死，左右共杀专诸。众士扰动，公子光伏其甲士以攻僚众，尽灭之。遂自立，是为吴王阖闾也。乃封专诸之子，拜为客卿。”

割慈忍爱，　谓忍痛割弃父母妻子也。　**离邦去里**。**沥泣共诀，抆血相视**。　李善注：“伏虔《通俗文》曰：‘与死者辞曰诀。’（唐释玄应《一切经音义》卷十七引《通俗文》同。又卷十三引曰：“死别曰诀。”）《史记》（《刺客列传·荆轲传》）曰：‘今太子（迟之，）请辞诀（原作决）矣。’郑玄《毛诗笺》曰：‘往矣，决别之辞。’诀与决音义同。《广雅》曰：‘抆，拭也。’泣血，已见《恨赋》。（“血下沾衿”，出《诗·小雅·雨无正》：“鼠思泣血。”）”

驱征马而不顾，见行尘之时起。《史记·刺客列传·荆轲传》：“于是就车而去，终已不顾。”（已见上）

方衔感于一剑，非买价于泉里。　李善注：“言衔感恩遇，故效命于一剑，非买价于泉壤之中也。《尉缭子》吴起曰：‘一剑之任，非将军也。’”今传《尉缭子》上下二卷二十四篇，其《武议篇第八》云：“吴起临战（与秦战），左右进剑，起曰：‘将专主旗鼓尔。临难决疑，挥兵指刃，此将事也；一剑之任，非将事也。’”

金石震而色变，骨肉悲而心死。　于光华曰：“每于各段住处着精彩，正为黯然二字传神。”（末四句密圈）《燕丹子》卷下：“（荆轲及武阳）西入秦，至咸阳。……秦王喜，百官陪位，陛戟数百见燕使者。……钟声并发，群臣皆呼万岁。武阳大恐，两足不能相过，面如死灰色。”《战国策·燕策三》：“秦武阳色变振恐。”（《史记》作秦舞阳）《史记·刺客列传·聂政传》：“刺杀侠累，……因自皮面决眼，自屠出肠，遂以死。……于是韩购县之，有能言杀相侠累者，予千金。久之，莫知也。政姊荣，闻人有刺杀韩相者，贼不得，国不知其名姓，暴其尸而县之千金。乃于邑曰：‘其是吾弟与？……’立起，如韩，之市，而死者果政也。伏尸哭，极哀。曰：‘是轵深井里所谓聂政者也。’……‘妾其奈何畏殁身之诛，终灭贤弟之名。’大惊韩市人。乃大呼天者三，卒于邑，悲哀而死政之旁。晋、楚、齐、卫闻之，皆曰：‘非独政能也，乃其姊亦烈女也。’”《庄子·田子方篇》仲尼谓颜回曰：“夫哀，莫大于心死，而人死亦次之。”郭象注：“有哀则心死者，乃哀之大也。”

〇此段是任侠之别。于光华曰：“壮士别。”

或乃边郡未和，负羽从军， 五臣吕延济曰：“箭有羽，从军负之于背而行。”司马相如《喻巴蜀檄》：“夫边郡之士，闻烽举燧燔。”（张揖曰：“昼举烽，夜燔燧。”）《汉书·王莽传》：“粟米之内曰内郡，其外曰近郡，有鄣徼者曰边郡。”李善引服虔曰：“士负羽。”扬雄《羽猎赋》：“贲、育之伦，蒙楯负羽，杖镆邪而罗者以万计。”

辽水无极，雁山参云。 汉桑钦《水经》：“玄菟高句丽县有辽山，小辽水所出。”《庄子·逍遥游》肩吾问于连叔曰：“犹河汉而无极也。”《山海经·海内西经》：“大泽方百里，群鸟所生及所解，在雁门北。雁门山，雁出其间。”李善引《孟子》曰：“大山之高，参天入云。”（今《孟子》无。殆本之《孟子外书》）又引吴谢承《后汉书》刘诩曰：“程夫人富贵参云。”

闺中风暖，陌上草薰。 李善注：“薰，香气也。”欧阳修

《踏莎行》："候馆梅残，溪桥柳细。草薰风暖摇征辔。离愁渐远渐无穷，迢迢不断如春水。寸寸柔肠，盈盈粉泪。楼高莫近危栏倚。平芜尽处是春山，行人更在春山外。"（宋范公偁《过庭录》："吴人孙山，滑稽才子也。赴举他郡，乡人托以子偕往。榜发，乡人子失意，山缀榜末。先归，乡人问其子得失。山曰：'解名尽处是孙山，贤郎更在孙山外。'"）明杨慎《词品》卷一："佛经云：'奇草芳花，能逆风闻薰。'江淹《别赋》：'闺中风暖，陌上草薰。'正用佛经语。《六一词》云：'草薰风暖摇征辔。'又用江淹语。今《草堂词》改薰作芳，盖未见《文选》者也。"

日出天而耀景，露下地而腾文。镜，朱尘之照烂，袭，青气之烟煴。《楚辞·招魂》："经堂入奥，朱尘筵些。"王逸注："朱，丹也。尘，承尘也。……上则有朱画承尘，下则有簟筵好席，可以休息也。或曰：朱尘筵，谓承尘搏壁，曼延相连接也。"李善注："《楚辞》（《九歌·少司命》）曰：'芳菲菲兮袭人（原作予）。'《易·通卦验》曰：'震，东方也。主春分日出，青气（原作炁）出（直）震，此正气（亦原作炁）也。'司马彪注曰：'袭，入也。'（《庄子·大宗师》注）"案：袭字李善误解，当是衣也。与上句镜相对。《仪礼·士丧礼》："陈袭事于房中。"郑玄注："袭事，谓衣服也。"《说文》："袭，左衽袍。从衣，龖省声。""褻，籀文袭不省。"此二句谓镜则朱尘明照灿烂，衣则青气烟煴萦绕也。《易·系辞传下》："天地烟煴，万物化醇。"烟煴，谓阴阳二气相交结也。《说文·壶部》："壹，壹壶也。从凶，从壶。不得泄凶也。《易》曰：'天地壹壶。'"（于云切）"壹（篆文作𡕛），专壹也。”今俗或作氤氲。

攀桃李兮不忍别，送爱子兮沾罗裙。 五臣吕延济曰：“桃李，喻夫妻也。”《左传》宣公二年：“赵盾请以括（盾之异母弟）为公族，曰：‘君姬氏之爱子也。微君姬氏，则臣，狄人也。’”君姬氏，赵衰妻，文公女也。《左传》之爱子是儿子，江文通则是指良人、郎君，亦即今流行语所谓爱人也。

○此段是从军之别。于光华曰：“从军别。”又曰：“看他炼意炼语，亦只在眼前，所以妙（指辽水无极四句）。若必欲搜奇极深，则亦何难之有；且尔，则又是别一境界。”

至如一赴绝国，讵相见期？ 李善曰：“绝国，绝远之国。”桓谭《新论·琴道篇》：“雍门周以琴见孟尝君，孟尝君曰：‘先生鼓琴，亦能令文悲乎？’对曰：‘臣之所能令悲者，先贵而后贱，昔富而今贫。摈压穷巷，不交四邻。不若身材高妙，怀质抱真。逢谗罹（遭也）谮，怨结而不得信（即伸）。不若交欢而结爱，无怨而生离，远赴绝国，无相见期。……臣一为之援琴而长太息，未有不凄恻而涕泣者也。”

视乔木兮故里，决北梁兮永辞。 王充《论衡·佚文篇》：“望丰屋，知名家；睹乔木，知旧都。”《孟子·梁惠王下》：“孟子见齐宣王曰：所谓故国者，非谓有乔木之谓也，有世臣之谓也。”赵岐注：“乔，高也。人所谓是旧国也者，非但见其有高树大木也；当有累世修德之臣，常能辅其君以道，乃为旧国可法则也。”李陵《与苏武》诗：“携手上河梁，游子暮何之？”《说文》：“梁，水桥也。”《楚辞》王褒《九怀·陶壅》第八：“济江海兮蝉蜕，绝北梁兮永辞。”

左右兮魂动，亲宾兮泪滋。 苏武诗（与李陵者）曰：“握手一长叹，泪为生别滋。”五臣吕向曰：“滋，多也。”

可班荆兮赠恨，唯罇酒兮叙悲。 何义门曰：“赠恨叙悲，亦互文。”《左传》襄公二十六年：“初，楚伍参与蔡太师子朝友，其子伍举（伍员祖父）与声子相善也。（归生，字声子，子朝之子）伍举娶于王子牟（即申公子牟），王子牟为申公（即申公巫臣）而亡，楚人曰：‘伍举实送之。’伍举奔郑，将遂奔晋；声子将如晋，遇之于郑郊，班荆相与食，而言复故。声子曰：‘子行也，吾必复子。’”苏武诗（与李陵者）：“我有一罇酒，欲以赠远人。愿子留斟酌，叙此平生亲。”

值秋雁兮飞日，当白露兮下时。 于光华曰：“单写秋。”前段“闺中风暖，陌上草薰”句旁注云：“单写春。”

怨复怨兮远山曲，去复去兮长河湄。 《诗·秦风·蒹葭》：“所谓伊人，在水之湄。”又《小雅·巧言》：“彼何人斯？居河之麋。”（李善引作“居河之湄”）《尔雅·释水》：“水草交为湄。”（《说文》：“湄，水草交为湄。”同）郭璞注：“居河之湄。”殆《韩诗》作湄，是本字，《毛诗》之麋是假借字也。

○此段是出使之别。于光华曰：“绝国别。”浦起龙曰：“前节单拈春景，此节单拈秋景，亦是互文也。”

又若君居淄右，妾家河阳， 李善注：“《汉书》（《地理志上》）有淄川国（淄，原作甾，二字通）。又河内郡有河阳县（班固原注：“莽曰河亭。”）。淄，或为塞。”淄水出山东，淄右，今之济南也。

同琼佩之晨照，共金炉之夕香。 此已结为夫妇矣。《诗·郑风·有女同车》："有女同车，颜如舜华。将翱将翔，佩玉琼琚。"【李善引舜为蕣。《说文》："蕣（䑞），木堇。朝华暮落者［华，应作雩。暮，应作莫（茻）］。从艸䑞声。《诗》曰：'颜如蕣华。'"又"䑞，艸也。楚谓之葍，秦谓之藑。蔓地生而连华"。（䑞今隶变作舜。舜字重华，即此字）】李善引司马相如《美人赋》曰："金炉（原作鑪）香薰，黼帐周垂。"《艺文类聚》、《初学记》及《古文苑》皆有。《古文苑》作"金鉔薰香，黼帐低垂"。鉔，亦鑪也。

君结绶兮千里，惜瑶草之徒芳， 李善注："结绶，将仕也。颜延年《秋胡诗》（刘向《列女传·鲁秋洁妇》："洁妇者，鲁秋胡子妻也）曰：'脱巾千里外，结绶登王畿。'（下云："戒徒在昧旦，左右来相依。驱车出郊郭，行路正威迟。存为久离别，没为长不归。……"后二句为时所称）《汉书》（《萧育传》）曰：'萧育与朱博友，长安语曰：萧、朱结绶。'【原云："少与陈咸、朱博为友，著闻当世。往者有王阳（名吉，字子阳）、贡公（名禹，字少翁），故长安语曰'萧、朱结绶，王、贡弹冠'，言其相荐达也。……育与博后有隙，不能终，故世以交为难。"】宋玉《高唐赋》曰：'我帝之季女，名曰瑶姬，未行而亡。封于巫山之台，精魂为草，实曰灵芝。'（今《高唐赋》无此文，只"妾巫山之女也"下李善引《襄阳耆旧传》曰："赤帝女曰姚姬，未行而卒，葬于巫山之阳，故曰巫山之女。"无"精魂为草，实曰灵芝"之文）《山海经》（卷五《中山经》）曰：'姑瑶（原作媱。郭璞注："音遥。"）之山，帝女死焉。名曰女尸。化为（郭璞注："亦音遥。”）草，其叶胥成（郭璞注：“言叶相重也。”），其花黄，其实如兔丝，服者（原作之）媚于人。’郭璞曰；‘瑶与并音遥。’然与瑶同。”【案：李善所引宋玉《高唐赋》，盖本之后魏郦道元《水经注》。汉桑钦《水经》“又东过巫山南”，《注》：“又帝女居焉。宋玉所谓：‘天帝之季女，名曰瑶姬，未行而亡。封于巫山之阳，精魂为草，实为灵芝。所谓巫山之女，高唐（本作丘）之阻，旦为行云，暮为行雨，朝朝暮暮，阳台之下。旦早视之，果如其言。故为立庙，号朝云焉。’”】

惭幽闺之琴瑟，晦高台之流黄。 谓不复鼓琴瑟，着丽衣也。《诗·卫风·伯兮》：“自伯之东，首如飞蓬。岂无膏沐，谁适为容。”此其意。晋张载拟《四愁诗》（张衡原唱）四首之一云：“佳人遗我筒中布，何以报之流黄素。”李善注引《环济要略》曰：“间色有五：绀、红、缥、紫、流黄也。”

春宫閟此青苔色，秋帐含兹明月光； 《尔雅·释宫》：“宫谓之室，室谓之宫。”《孟子·滕文公上》：“且许子（行）何不为陶冶？舍皆取诸其宫中而用之。何为纷纷然，与百工交易，何许子之不惮烦！”古者民居亦称宫也。《诗·鲁颂·閟宫》：“閟宫有侐，实实枚枚。”《毛传》：“閟，闭也。……实实，广大也。枚枚，砻密也。”《说文》：“閟，闭门也。”“侐，静也。……《诗》曰：‘閟宫有侐。’”《汉书·外戚传下》班婕伃《自伤赋》曰：“潜玄宫兮幽以清，应门闭兮禁闼扃。华殿尘兮玉阶苔，中庭萋兮绿草生。”李善注引刘休玄（无考）《拟古诗》曰：“罗帐延秋月。”

夏簟清兮昼不暮，冬釭凝兮夜何长！ 于光华曰：“兼及冬夏。”李善注引张俨《席赋》曰：“席为冬设，簟为夏施。”（俨，三国吴人，字子节，官至大鸿胪。有《默记》三卷，《集》一卷。《席赋》亡，严可均《全三国文》漏辑此二句）又引晋夏侯湛《釭镫赋》曰：“秋日既逝，冬夜悠长。”（《艺文类聚》卷八十有引夏侯氏《釭镫赋》，无此二句。此二句只见此注引，《全三国文》有辑）

织锦曲兮泣已尽，回文诗兮影独伤。 李善注引《织锦回文诗序》曰：“窦韬，秦州被徙沙漠，其妻苏氏。秦州临去别苏，誓不更娶。至沙漠，便娶妇。苏氏织锦端中，作此《回文诗》以赠之。符国时人也。”近人丁福保《全汉三国晋南北朝诗·全晋诗》卷七有苏若兰《璇玑图诗》，即此。原《序》云：“前秦苻坚时，秦州刺史扶风窦韬妻苏氏，陈留令武功苏道贤第三女也。名蕙，字若兰。智识精明，仪容妙丽，谦默自守，不求显扬。年十六，归于窦氏，滔甚敬之。然苏氏性近于急，颇伤嫉妒。……苏氏悔恨自伤，因织锦为回文，五彩相宣，莹心辉目。纵广八寸，题诗二百余首，计八百余言。纵横反覆，皆为文章，其文点画无缺，才情之妙，超今迈古。”

○此段是仕宦之别。于光华曰：“夫妇别。”（从军之别已是妇送夫矣）浦起龙曰：“此仕宦之别也。要是统言夫妇离情。”

傥有华阴上士，服食还山。 五臣本“山”作“仙”。《汉书·地理志上》“京兆尹”下有“华阴”县。班固原注云：“太华山在南，有祠。豫州山集灵宫，武帝起。莽曰华坛也。”《老子》：“上士闻道，勤而行之；中士闻道，若存若亡；

下士闻道，大笑之，不笑，不足以为道。”《古诗十九首》：“服食求神仙，多为药所误。”李善注引刘向《列仙传》（已亡）曰：“修芊者，魏（战国时）人也。华阴山下石室中有龙石，假其上，取黄精食之，后去，不知所之。”

术既妙而犹学，道已寂而未传。 李善注：“《方言》曰：寂，安静也。”

守丹灶而不顾，炼金鼎而方坚。 李善注：“《南越志》曰：‘长沙郡浏阳县东有王乔山，山有合丹灶。’不顾，不顾于世也。……方坚，其志方坚也。”葛洪《抱朴子·内篇·金丹》：“昔左元放于天柱山（在浙江）中精思，而神人授之金丹仙经。会汉末乱，不遑合作，而避地来渡江东，志欲投名山以修斯道。余从祖仙公，又从元放受之。……余师郑君者，则余从祖仙公之弟子也，又于从祖受之，而家贫无用买药。余亲事之，洒扫，积久，乃于马迹山（在江西）中，立坛，盟受之，并诸口诀。……元放以授余从祖，从祖以授郑君，郑君以授余，故他道士，了无知者也。”又曰：“夫金丹之为物，烧之愈久，变化愈妙。黄金入火，百炼不消，埋之毕天不朽。服此二物，炼人身体，故能令人不老不死。”又曰：“若取九转之丹内神鼎中，夏至之后，爆之，鼎热，……煌煌煇煇，……其一转至九转，迟速各有日数。……其转数多，药力成，故服之用日少而得仙速也。”《史记·封禅书》：“黄帝采首山铜，铸鼎于荆山下。鼎既成，有龙垂胡髯下迎黄帝。黄帝上骑，群臣后宫从上者七十余人，龙乃上去。余小臣不得上，乃悉持龙髯，龙髯拔堕，堕黄帝之弓。百姓仰望黄帝既上天，乃抱其弓与胡髯号，故后世因名其处曰鼎湖，其弓曰乌号。（申公对汉武语）于是天子曰：‘嗟乎！吾诚得如黄帝，吾视去妻子如脱躧耳。’”

驾鹤上汉，骖鸾腾天。 许梿曰：“卓荦有奇气。”李善注引刘向《列仙传》曰：“王子晋吹笙作凤鸣，游伊、洛之间，道士浮丘公接上嵩高，三十余年。后上见桓良曰：‘告我家，七月七日待我缑氏（在河南偃师县）山头。’果乘白鹤住山下，望之不能得到。举手谢世人，数日去。祠于缑山下。”又引（刘宋）雷次宗《豫章记》（《隋志·地理类》著录一卷）曰：“洪井西鸾岗鹤岭，旧说洪崖先生与子晋乘鸾鹤憩于此。”（郭璞《游仙诗》：“左把浮丘袖，右拍洪崖肩。”）又引张僧鉴（无考）《豫章记》曰：“洪井有鸾冈，旧说云：洪崖先生乘鸾所憩处也。鸾冈西有鹤岭，王子乔控鹤所经过处。”

暂游万里，少别千年。 李善注引《神仙传》（《隋志·史部》著录：“《神仙传》十卷，葛洪撰。”极少流传）曰：“若士者，仙人也。燕人卢敖者，秦时游北海而见若士曰：‘一举而千里，吾犹未之能，今子始至于此乃语穷，岂不陋哉！’”又曰：“马明先生随神女还岱，见安期生，语神女曰：‘昔与女郎游于安息、西海之际，忆此未久，已二千年矣。’”

惟世间兮重别，谢主人兮依然。 李善引《说文》曰：“谢，辞也。”《说文》：“谢，辤去也。”五臣李周翰曰：“主人之平生游处。谢，别也。依然，不能无情。”

〇此段是游仙之别。于光华曰：“游仙别。”夫游仙者流，本已忘情去爱，少私寡欲，无别离之苦矣。但因世人重别，故仍须辞谢主人也。

下有芍药之诗，佳人之歌。《诗·郑风·溱洧序》：“刺乱也。兵革不息，男女相弃，淫风大行，莫之能救焉。”诗有云：“维士与女，伊其相谑，赠之以勺药。”《毛传》：“勺药，香草。”《郑笺》：“伊，因也。士与女往观，因相与戏谑，行夫妇之事。其别，则送女以勺药，结恩情也。”《汉书·外戚传上》：“孝武李夫人，本以倡进。初，夫人兄延年，性知音，善歌舞，武帝爱之。每为新声变曲，闻者莫不感动。延年侍上，起舞，歌曰：‘北方有佳人，绝世而独立。一顾倾人城，再顾倾人国。宁不知倾城与倾国，佳人难再得！’上叹息曰：‘善。世岂有此人乎！’平阳主因言：延年有女弟。上乃召见之，实妙丽善舞。由是得幸。”

桑中卫女，上宫陈娥。 春秋时，卫、陈二国并淫风流行，故对举。《诗·鄘风·桑中序》：“《桑中》，刺奔也。卫之公室淫乱，男女相奔。至于世族在位，相窃妻妾，期于幽远，政散民流，而不可止。”（《礼记·乐记》：“郑、卫之音，乱世之音也，比于慢矣；桑间、濮上之音，亡国之音也。其政散，其民流，诬上行私而不可止也。”）《桑中》首章云：“爰采唐矣，沬之乡矣。云谁之思？美孟姜矣。（齐女，为卫世族之妻）期我乎桑中，要我乎上宫，送我乎淇之上矣。”郑玄《诗谱序》：“五霸之末，上无天子，下无方伯，善者谁赏？恶者谁罚？纪纲绝矣。故孔子录懿王、夷王时诗，讫于陈灵公淫乱之事，谓之《变风》、《变雅》。”《陈风》十篇，如《宛丘》、《东门之枌》、《东门之池》、《月出》、《株林》、《泽陂》，刺淫者过半，故文通举陈娥对卫女也。《方言》卷一：“娥、嬴，好也。秦曰娥，宋、魏之间谓之嬴，秦、晋之间凡好而轻者谓之娥，自关而东河、济之间谓之媌（音茅），或谓之姣。赵、魏、燕、代之间曰姝，或曰妦（音蜂）。自关而西秦、晋之故都曰妍。好，其通语也。”

春草碧色，春水渌波。送君南浦，伤如之何！ 此四语是千古名句，与丘迟书暮春三月四句并传，俱是六朝骈文中之秀句，不须堆砌典实而自然佳丽，且文字浅明，近世语体文不能比拟。许梿曰：“极自然幽秀，有渊涵不尽之致，想是笔花入梦时也。”《楚辞·九歌·河伯》：“子交手兮东行，送美人兮南浦。”洪兴祖《楚辞补注》：“江淹《别赋》‘送君南浦，伤如之何’盖用此语。”

至乃秋露如珠，秋月如珪，明月白露，光阴往来，与子之别，思心徘徊。 此六句亦承上文来，但述秋景耳。盖春秋多佳日，宜团聚不宜别离也。李善引陆云《芙蓉诗》：“盈盈荷上露，灼灼如明珠。”（今《陆士龙集》有《芙蕖》诗。用尤韵，存四句，无此）又引《遁甲开山图》：“禹游于东海，得玉珪，碧色，圆如日月，以自照，目达幽冥。”

〇此段是狭邪之别。于光华云：“淫别。”何义门曰：“佳人情种，方外忘情，而别时各有一种黯然，真是写得到。”于光华曰：“同是佳人，有良家狭邪之别。”

是以别方不定，别理千名； 于光华曰：“总一笔收。”李善注：“千名，言多也。（张衡）《南都赋》曰：‘（酸甜滋味，）百种千名。’”

有别必怨，有怨必盈。 蔡琰《悲愤诗》：“胡笳动兮边马鸣，孤雁归兮声嘤嘤，乐人兴兮弹琴筝，音相和兮悲且清。

心吐思兮胸愤盈，欲舒气兮恐彼惊。……”（重归董祀，感伤乱离之作）

使人意夺神骇，心折骨惊。 于光华曰：“应黯然销魂。”李善注：“亦互文也。（本是“神夺意骇，骨折心惊”，夺，脱也）”《左传》哀公二年卫太子蒯聩祷曰：“无绝筋，无折骨，无面伤。”

虽渊、云之墨妙，严、乐之笔精；金闺之诸彦，兰台之群英；赋有凌云之称，辩有雕龙之声。谁能摹暂离之状，写永诀之情者乎！ 许梿曰：“一气呵成，有天骥下峻阪之势。”渊、云：王褒字子渊，宣帝时人。扬雄字子云，成帝、哀帝、平帝时人。严、乐：应是严助、徐乐，李善谓是严安，非也。严助、徐乐二人《传》，俱在《汉书·卷六十四上》，云：“严助，会稽吴人，严夫子（忌）子也，或言族家子也。郡举贤良，对策百余人，武帝善助对，由是独擢助为中大夫。后得朱买臣、吾丘寿王、司马相如、主父偃、徐乐、严安、东方朔、枚皋、胶仓、终军、严葱奇等，并在左右。”“徐乐，燕郡无终人也。上书曰：‘……’”文通先严后乐，当是助而非安。谢灵运《拟魏太子邺中集诗序》：“汉武帝徐乐诸才，备应对之能，而雄猜多忌，岂获晤言之适？”特举徐乐以概其余，则乐文虽多不传，而文通亦非无据而举也。（渊、云，后世王、扬并称。笔精墨妙，亦成习语）金闺诸彦：金闺，金马门也。西汉博士褚少孙补《史记·滑稽列传·东方朔传》：“据地歌曰：‘陆沉于俗，避世金马门。宫殿中可以避世全身，何必深山之中，蒿庐之下！’金马门者，宦署门也。门旁有铜马，故谓之曰金马门。时会聚宫下，博士诸先生与论议。”又《汉书·公孙弘传》："拜为博士，待诏金马门。"又班固《西都赋》："秦、汉之所极观，渊、云之所颂叹，（王褒有《甘泉颂》，扬雄有《甘泉赋》）于是乎存焉。"则又文通渊、云之所本。兰台群英：《论衡·别通篇》："通人之官，兰台令史。……班固、贾逵、杨终、傅毅之徒，名香文美。"又《佚文篇》："孝明世好文人，并征兰台之官，文雄会聚。"《史记·司马相如传》："相如见上好仙道，因曰：'……臣尝为《大人赋》，……'相如既奏《大人》之颂，天子大说，飘飘有凌云之气，似游天地之间意。"（《汉书》作"飘飘有陵云气，游天地之间意"）又《史记·孟子荀卿列传》："邹衍之术，迂大而闳辩；奭也（邹奭）文具难施，……故齐人颂曰：'谈天衍，雕龙奭。'"裴骃《史记集解》引刘向《别录》曰："邹衍之所言，五德（五行）终始，天地广大，书言天事，故曰谈天。驺奭修衍之文饰，若雕镂龙文，故曰雕龙。"

○此段总结。杜甫诗曰："意惬关飞动，篇终接混茫。"此结足以当之。于光华曰："总论。"又曰："写出赋家身分。"又曰："余情不尽。"许梿曰："言尽意不尽。"

任彦升《到大司马记室笺》

任昉生于宋孝武帝大明四年庚子，卒于梁武帝天监七年戊子，时年四十九。少沈约十九岁，少江淹十六岁；长刘孝标二岁，长谢朓、丘迟及梁武帝四岁。

《梁书·任昉传》（传亦见《南史》）："任昉，字彦升，乐安博昌（在山东）人。汉御史大夫（副丞相）敖之后也。（敖，《史记》及《汉书》皆有传。西汉初高祖时人，吕后时为御史大夫，文帝时卒）父遥，齐中散大夫。遥妻裴氏，尝昼寝，梦有彩旗盖，四角悬铃，自天而坠。其一铃落入裴怀，中心悸动，既而有娠（音身。"女妊身动也。"），生昉。身长七尺五寸，幼而好学，早知名。宋丹阳尹刘秉辟为主簿，时昉年十六，以气忤秉子。久之，为奉朝请，举兖州秀才，拜太常博士，迁征北行参军。（齐武帝）永明初，卫将军王俭领丹阳尹（俭，齐之贤相，年三十八卒，昉为作《王文宪集序》，收入《文选》），复引为主簿。俭雅钦重昉，以为当时无辈。迁司徒刑狱参军事，入为尚书殿中郎，转司徒竟陵王记室参军，（竟陵王萧子良，武帝二年正月为司徒，爱才礼士，开西邸，以沈约、谢朓、王融、萧琛、范云、任昉、陆倕及梁武帝萧衍为八友，昉时年二十五，梁武帝二十一）以父忧去职。性至孝，居丧尽礼。服阕，续遭母忧，常庐于墓侧，哭泣之地，草为不生。服除，拜太子（齐武帝文惠太子）步兵校尉、管东宫书记。初，齐明帝既废郁林王，【齐明帝萧鸾，高祖侄，武帝堂弟。武帝永明十一年崩，太孙昭业立（文惠太子先卒），子良为太傅，鸾为尚书令。明年，鸾废昭业为郁林王，旋弑之】始为侍中、中书监、骠骑大将军、开府仪同三司、扬州刺史、录尚书事，封宣城郡公，加兵五千，使昉具表草（奏于文皇太后）。……帝恶其辞斥，甚愠。昉由是终建武中（共四年），位不过列校。昉雅善属文，尤长载笔（记录为文事也），才思无穷，当世王公表奏，莫不请焉。昉起草即成，不加点窜。沈约一代词宗，深所推挹。明帝崩（建武四年改元永泰，七月崩。昉时年三十九），迁中书侍郎。永元末（齐东昏侯永元三年），为司徒右长史。高祖克京邑，【齐和帝中兴元年。昉年四十二。十二月，萧衍入建康，以太后令，追废涪陵王宝卷为东昏侯（时已被戮），自为大司马，承制，中兴二年为相国，封梁公，加九锡。四月称帝。改元天监元年。昉年四十三】霸府初开，以昉为骠骑记室参军。始，高祖与昉过竟陵王西邸，【《梁书·武帝纪上》："迁卫将军王俭东阁祭酒，俭一见，深相器异，谓庐江何宪曰：'此萧郎，三十内当作侍中，出此，则贵不可言。'（王十九为天子）竟陵王子良开西邸，招文学，高祖与沈约、谢朓、王融、萧琛、范云、任昉、陆倕等并游焉，号曰八友。融俊爽，识鉴过人，尤敬异高祖，每谓所亲曰：'宰制天下，必在此人。'"】从容谓昉曰：'我登三府，当以卿为记室。'昉亦戏高祖曰：'我若登三事，当以卿为骑兵。'谓高祖善骑也。至是，故引昉符昔言焉。昉奉笺曰：'……'（即此笺）梁台建（齐和帝中兴二年正月，萧衍称梁公），禅让（中兴二年四月）文诰，多昉所具。高祖践阼（中兴二年四月，即天子位，改元天监），拜黄门侍郎，迁吏部郎中。寻以本官（吏部郎中）掌著作。天监二年（昉年四十四），出为义兴太守（《南史》作宜兴，今江苏武进县南，东濒太湖），在任清洁，儿妾食麦而已。友人彭城到溉，溉弟洽（楚大夫屈到之后，以到为氏。二到同年生，少昉十七岁），从昉共为山泽游。及被代，登舟，止有米五斛。既至（京师），无衣，镇军将军沈约，遣裙衫迎之。重除吏部郎中，参掌大选（参与选用全国官吏），居职不称（殆重感情）。寻转御史中丞，秘书监，领前军将军。自齐永元（东昏侯宝卷）以来，秘阁四部，篇卷纷杂。昉手自雠校，由是篇目定焉。六年春（昉年四十八），出为宁朔将军、新安太守（此郡古今共有十九。据刘孝标《广绝交论》称昉"瞑目东粤，归骸洛浦"及"藐尔诸孤，朝不谋夕。流离大海之南，寄命瘴疠之地"观之，则是晋置梁、隋间废之新安郡。故治在今广西合浦县境），在郡不事边幅，率然曳杖，徒行邑郭。民通辞讼者，就路决焉。为政清省，吏民便之。视事期岁（天监七年），卒于官舍，时年四十九。阖境痛惜，百姓共立祠堂于城南。高祖闻问（讣音），即日举哀，哭之甚恸。追赠太常卿，谥曰敬子。昉好交结，奖进士友，得其延誉者，率多升擢；故衣冠（士君子）贵游（贵族子弟），莫不争与交好。坐上宾客，恒有数十。时人慕之，号曰任君。言如汉之三君也。（《后汉书·党锢传序》："窦武、刘淑、陈蕃为三君。君者，言一世之所宗也。"）陈郡殷芸（即撰《殷芸小说》十卷者）与建安太守到溉书曰：‘哲人云亡，仪表长谢，元龟（犹示者）何寄？指南谁托？’其为士友所推如此。昉不治生产，乃至居无室宅。世或讥其多乞贷，亦随复散之亲故。昉常叹曰：‘知我亦以叔则，不知我亦以叔则。’【《晋书·裴楷传》：“楷字叔则。……为吏部郎。楷风神高迈，容仪俊爽。博涉群书，特精理义（尤精《易》、《老》），时人谓之玉人，又称‘见裴叔则，如近玉山，映照人也’。……拜散骑侍郎，累迁散骑常侍，河内太守，入为屯骑校尉，右军将军，转侍中。……楷性宽厚，与物无忤，不持俭素，每游荣贵，辄取其珍玩。虽车马器服，宿昔之间，便以施诸穷乏。尝营别宅，其从兄衍见而悦之，即以宅与衍。梁（梁王肜）、赵（赵王伦）二王，国之近属，贵重当时。楷岁请二国租钱百万，以散亲族。人或讥之，楷曰：‘损有余以补不足，天之道也。’（《老子》：“有余者损之，不足者补之。天之道，损有余而补不足。”）安于毁誉，其行己任率，皆此类也。”】昉坟籍无所不见，家虽贫，聚书至万余卷，率多异本。昉卒后，高祖使学士贺纵，共沈约勘其书目，官所无者，就昉家取之。昉所著文章，数十万言，盛行于世。初，昉立于士大夫间，多所汲引。有善己者，则厚其声名。及卒，诸子皆幼，人罕赡恤之。平原刘孝标为著论（《广绝交论》）曰：‘……’昉撰《杂传》二百四十七卷，（《隋书·经籍志·史部》著录：“《杂传》三十六卷。”注云：“任昉撰。本一百四十七卷，亡。”今《汉魏丛书》有任昉《述异记》二卷）《地记》二百五十二卷，【《隋书·经籍志·史部》著录：“《地记》二百五十二卷。”注云：“梁任昉增（晋）陆澄之书四十八家（原一百四十九卷）以为此记。……”又

《隋书·经籍志·集部·别集类》著录："梁太常卿《任昉集》三十四卷。"多出一卷，盖目录也】文章三十三卷。昉第四子东里，颇有父风，官至尚书外兵郎。"

《南史·任昉传》："东海王僧孺尝论之，以为过于董生、扬子。昉乐人之乐，忧人之忧，虚往实归，忘贫去吝。（《庄子·则阳篇》："故圣人，其穷也，使家人忘其贫；其达也，使王公忘爵禄而化卑。"）行可以厉风俗，义可以厚人伦。（《毛诗序》："厚人伦，美教化，移风俗。"）能使贪夫不取，懦夫有立。（《孟子·尽心下》："故闻伯夷之风者，顽夫廉，懦夫有立志。"顽，钝也。廉，利也，风骨棱棱之意。自汉儒起，已多不解廉字之义，改作贪夫廉矣）其见重如此。有子东里、西华、南容、北叟（《梁书》谓第四子东里，殆误），并无术业，坠其家声。兄弟流离，不能自振。生平旧交，莫有收恤。西华冬月着葛帔（譬婢二音。披于肩背之服物也）练裙，道逢平原刘孝标，泫然矜之，谓曰：'我当为卿作计。'乃著《广绝交论》以讥其旧交。曰：'……'到溉见其论，抵之于地，终身恨之。"

刘孝标《广绝交论》末云："近世有乐安、任昉，海内髦杰，早绾银黄，夙昭民誉。遒文丽藻，方驾曹、王（曹植、王粲）；英跱俊迈，联横许、郭。【许劭、郭泰。《后汉书·许劭传》："少峻名节，好人伦，多所赏识。……故天下言拔士者，咸称许、郭。"又《郭太传》（范晔避父讳，改泰为太）】类田文（孟尝君）之爱客，同郑庄之好贤。（《汉书·

郑当时传》:“郑当时,字庄。……迁为大司农。……以其贵下人。……每朝,候上间说,未尝不言天下长者。……闻人之善言,进之上,唯恐后。”)见一善,则盱衡扼腕;遇一才,则扬眉抵掌。(抵,音纸,拍也)雌黄出其唇吻,朱紫由其月旦。于是冠盖辐凑,衣裳云合。辎軿击辖,坐客恒满。蹈其阃阈,若升阙里之堂;入其隩隅,谓登龙门之阪。至于顾盼增其倍价,剪拂使其长鸣(用伯乐事。详注在《广绝交论》中),彯组云台者摩肩,趍走丹墀者叠迹。(言其荐人为官之多也)莫不缔恩狎,结绸缪,想惠、庄(惠施、庄周)之清尘,庶羊、左(羊角哀、左伯桃)之徽烈。(详注在《广绝交论》中)及瞑目东粤,归骸洛浦,穗帐犹悬,门罕渍酒之彦;坟未宿草,野绝动轮之宾。藐尔诸孤,朝不谋夕,流离大海之南,寄命瘴疠之地。自昔把臂之英,金兰之友,曾无羊舌(羊舌肸,字叔向)下泣之仁(《国语·晋语八》:“叔向见司马侯之子,抚而泣之。”),宁慕郈成分宅之德!(鲁大夫郈成子恤卫,右宰谷臣之妻子,隔宅而异之,分禄而食之。见《吕氏春秋》。详注在《广绝交论》中)呜呼!世路险巇,一至于此!太行、孟门,岂云崭绝?是以耿介之士,疾其若斯,裂裳裹足,弃之长骛,独立高山之顶,欢与麋鹿同群,皦皦然绝其雰浊。诚耻之也,诚畏之也。”

李善注引梁刘璠《梁典》曰:“宣德太后以公(后之梁武帝)为大司马,录尚书事,以任昉为记室,用旧也。”(齐和帝中兴元年十二月,萧衍入建康,以太后令,追废涪陵王宝卷为东昏侯,自为大司马,承制。二年正月,自为相国,封梁

公。四月称帝）

《南史·梁本纪上》："竟陵王子良开西邸，招文学，帝与沈约、谢朓、王融、萧琛、范云、任昉、陆倕等并游焉，号曰八友。"又《任昉传》："始，梁武与昉遇（《梁书》作过）竟陵王西邸，从容谓昉曰：'我登三府，当以卿为记室。'昉亦戏帝曰：'我若登三事，当以卿为骑兵。'以帝善骑也。至是，引昉符昔言焉。昉奉笺云：'……'"【《史记·晋世家》："成王与叔虞（成王弟）戏，削桐叶为珪，以与叔虞曰：'以此封若。'史佚因请择日立叔虞，成王曰：'吾与之戏耳！'史佚曰：'天子无戏言。'"梁武将为天子，故以戏言为实也。柳宗元有《桐叶封弟辩》。成王之事，不问其真伪；天子无戏言，则可必也】

孙月峰曰："此情事大难言，却乃说得婉妙，真是妙手。"

记室参军事任昉，死罪死罪：伏承以今月令辰， 齐和帝中兴二年十二月也。令辰：李善引刘歆《甘泉赋》曰："择吉日之令辰。"此句严可均《全后汉文》漏辑。

肃膺典策。 敬当典诰策命。

德显功高，光副四海。 谓梁武，言其光明，副四海苍生之望。《书·尧典》："光被四表，格于上下。"又《禹贡》："声教讫于四海。"《尔雅·释地》："九夷，八狄，七戎，六蛮，谓之四海。"

含生之伦，庇身有地； 谓除生民外，虽禽兽虫鱼草木皆蒙其泽而得其所也。含生：曹植《对酒行》："含生蒙泽，草木茂延。"庇身：《左传》成公十五年楚大夫申叔时曰："信以守礼，礼以庇身。"

况昉受教君子，将二十年。 昉时年四十二，与梁武戏言时是年二十五，首尾十八年。李善引魏文帝令曰："况吾托士人之末列，曾受教君子哉！"

咳唾为恩，眄睐成饰。 谓得与梁武言谈而为恩泽，承其顾而成光宠也。《说文》："咳，小儿。笑也。""孩，古文咳。""欬，屰气也。"《庄子·渔父篇》："孔子曰：曩者先生（指渔父）有绪言（余论也）而去，丘不肖，未知所谓。窃待于下风，幸闻咳唾之音，以卒相丘也。"咳唾，犹謦欬，谈论也。《古诗十九首》："眄睐以适意，引领遥相睎。"

小人怀惠，顾知死所。 谓怀念梁武之恩惠，当以身为之效死也。《论语·里仁》："君子怀德，小人怀土；君子怀刑，小人怀惠。"死所：《左传》文公二年晋大夫狼瞫（审痴二音）曰："吾未获死所。"杜预注："未得可死处。"

昔承嘉宴， 《梁书》及《南史》本传作"清宴"。 **属有绪言，** 绪言，已见上《庄子·渔父篇》。

提挈之旨，形乎善谑。 《礼记·王制》："轻任并，重任分，斑白者不提挈。"此谓携带。《战国策·东周策》："夫鼎者，非效醯壶酱甀（音坠，又音滞。《说文》作䍃，"䍃，小口罂也。"）耳，可怀挟提挈以至齐者。"亦谓携带。《墨子·兼爱下》："奉承亲戚，提挈妻子。"《后汉书·袁术传》："天下提挈，政在家门。"善谑：《诗·卫风·淇奥》："善戏谑兮，不为虐兮。”

岂谓多幸，斯言不渝。《南史·任昉传》：“始，梁武与昉遇竟陵王西邸，从容谓昉曰：‘我登三府，当以卿为记室。’昉亦戏帝曰：‘我若登三事（《诗·小雅·雨无正》：“三事大夫，莫肯夙夜。”三事，三公也），当以卿为骑兵。’以帝善骑也。至是，引昉符昔言焉。昉奉笺云：‘昔承清宴，属有绪言，提挈之旨，形乎善谑。岂谓多幸，斯言不渝。’盖谓此也。”多幸：《左传》宣公十六年：晋大夫羊舌职曰：“善人在上，则国无幸民。谚曰：‘民之多幸（谓小人幸而得位），国之不幸也。’是无善人之谓也。”王充《论衡·幸偶篇》：“故孔子曰：君子有不幸而无有幸，小人有幸而无不幸。”此昉自谦小人得位耳。《诗·郑风·羔裘》：“彼其之子，舍（处也）命不渝。”《毛传》：“渝，变也。”

虽情谬先觉，而迹沦骄饵， 李善注：“不知梁武之必贵，为谬先觉也；犹仕齐邦，是沦骄饵也。”先觉：《论语·宪问》：“子曰：不逆诈，不亿不信，抑亦先觉者，是贤乎！”骄饵：班固《汉书·叙传》班嗣（固之嫡堂伯父）《报桓谭书》曰：“渔钓于一壑，则万物不奸（读作干）其志；栖迟于一丘，则天下不易其乐。不绁圣人之罔，不齅骄君之饵。”

汤沐具而非吊，大厦构而相贺。 孙月峰曰：“数语更工。”《淮南子·说林训》：“汤沐具而虮虱相吊，大厦成而燕雀相贺，忧乐别也。”汤沐具句，谓本惩戒齐臣，而竟恕己也。大厦构句，指梁武开府承制也。

明公道冠二仪，勋超遂古，《易·系辞传上》：“是故

《易》有太极，是生两仪。”二仪即两仪，谓天地也。《楚辞》屈原《天问》：“曰：遂古之初，谁传道之？”王逸注：“遂，往也。”

将使伊、周奉辔，桓、文扶毂。 伊、周，伊尹、周公也。桓、文，齐桓、晋文也。奉辔：司马相如《上林赋》：“孙叔奉辔，卫公参乘。”李善注：“孙叔者，太仆公孙贺也，字子叔。卫公者，大将军卫青也。”扶毂：扬雄《羽猎赋》：“齐桓曾不足以扶毂，楚严未足以为骖乘。”楚严，楚庄王也。后汉明帝讳庄，改庄为严。《羽猎赋》之楚严，后人追改也。又班嗣《报桓谭书》称庄子为严子，乃班固所改。又扬雄《法言》：“蜀庄沉冥。”蜀庄，指蜀人庄君平，至班固撰《汉书》，已改为严君平矣。伊周二句，极度推崇梁武。

神功无纪，作物何称？ 神功，喻天帝。作物，指造物者。李善注：“言圣德幽玄，同夫二者（神功、作物），既无功而可纪，亦何名而可称？”《庄子·逍遥游》：“至人无己，神人无功，圣人无名。”李善引晋司马彪注：“神人无功，言修自然不立功也；圣人无名，不立名也。”作物，犹造物，《庄子·大宗师》：“彼方且与造物者为人，而游乎天地之一气。”

府朝初建，俊贤翘首， 阮籍《奏记诣蒋公》（蒋济时为太尉）：“伏惟明公，以含一之德，据上台之位。群英翘首，俊贤抗足，开府之日，人人自以为掾属；辟书始下，下走为首。”

惟此鱼目，唐突玙璠， 鱼目：李善引《雒书》曰：“秦失金镜，鱼目入珠。”又引《韩诗外传》曰：“白骨类象，鱼目似珠。”（今《韩诗外传》十卷本无此，盖佚也）玙璠，鲁之宝玉也。《左传》定公五年：“季平子……卒，……阳虎将以玙璠敛。”杜预注：“玙璠，美玉，君所佩。”唐突：孔融《汝颍优劣论》：“融以汝南士胜颍川士，陈长文（群）难曰：颇有芜菁，唐突人参也。”

顾己循涯， 反省己身，循视边际。**实知尘忝。** 尘污，忝辱。

千载一逢，再造难答。 谓君臣相知，实千载而一遇，己难再生，亦难报此大恩德也。千载一逢：《东观汉记·耿况传》（况封牟平侯）：“太史官曰：耿况、彭宠俱遭际会，顺时乘风，列为蕃辅，忠孝之策，千载一遇也。”再造难答：李善注：“《易》（《屯卦·彖辞》）曰：‘天造草昧。’言王者之恩，同于上帝，故云再造也。”此注未是。再造，昉谓己再生也。

虽则殒 五臣注本作陨，是。**越，且知非报。** 陨越：谓己虽颠坠而以身死之，亦未足以报厚恩也。《左传》僖公九年：“（襄）王使宰孔赐齐侯（桓公）胙（祭肉。尊之比二王后），……对曰：‘天威不违颜咫尺。小白，余敢贪天子之命无下拜？恐陨越于下，以遗天子羞，敢不下拜！’”杜预注：“陨越，颠坠也。”非报：《诗·卫风·木瓜》：“投我以木瓜，报之以琼琚。匪报也，永以为好也。”

不胜荷戴屏营之情， 屏营，犹徬徨也。《国语·吴语》申胥谏吴王夫差曰：“昔楚灵王不君，……王亲独行屏营，仿徨于山林之中。”李陵《与苏武诗》：“屏营衢路侧，执手野踟蹰。”

谨诣厅奉白笺谢闻，昉死罪死罪。

刘孝标《辨命论》

《梁书·文学传下·刘峻传》："刘峻，字孝标，平原人。父珽（《南史》作琁之》），宋始兴内史。峻生期月，母携还乡里（《南史》作峻生期月而琁之卒）。宋（明帝）泰始初，青州陷魏，峻年八岁，为人所略至中山（在河北），中山富人刘实愍峻，以束帛赎之，教以书学。魏人闻其江南有戚属，更徙之桑乾（山西北部。《南史》以下有"居贫不自立，与母并出家为尼僧，既而还俗"）。峻好学，家贫，寄人庑下，自课读书。常燎麻炬，从夕达旦，时或昏睡，爇其发，既觉复读，终夜不寐，其精力如此。齐（武帝）永明中，从桑乾得还（廿余岁），自谓所见不博，更求异书，闻京师有者，必往祈借，清河崔慰祖谓之'书淫'。时竟陵王子良博招学士，峻因人求为子良国职，吏部尚书徐孝嗣抑而不许，用为南海王（名子罕，武帝子，与子良异母）侍郎，不就。至明帝时，萧遥欣（宗室，封曲江公）为豫州，为府刑狱，礼遇甚厚。遥欣寻卒，久之不调。（梁武帝）天监初，召入西省，与学士贺踪典校秘书。峻兄孝庆，时为青州刺史，峻请假省之，坐私载禁物，为有司所奏，免官。安成王秀（梁武帝异母弟）好峻学，及迁荆州，引为户曹参军，给其书籍，使抄录事类，名曰《类苑》。未及成，复以疾去（孝标时年五十三矣），因游东阳紫岩山，筑室居焉。为《山栖志》，其文甚美。高祖招文学之士，有高才者，多被引进，擢以不次。峻率性而动，不能随众沉浮，高祖颇嫌之，故不任用。乃著《辨命论》以寄其怀曰：'……'论成，中山刘沼致书以难之。凡再反，峻并为申析以答之，会沼卒，不见峻后报者，峻乃为书以序之，曰：'……'（《重答刘秣陵沼书》）。其论，文多不载。峻又尝为《自序》，其略曰：'余自比冯敬通，而有同之者三，异之者四。何则？敬通雄才冠世，志刚金石；余虽不及之，而节亮慷慨，此一同也。敬通值中兴明君，而终不试用；余逢命世英主，亦摈斥当年，此二同也。敬通有忌妻，至于身操井臼；余有悍室，亦令家道轗轲，此三同也。敬通当更始之世，手握兵符，跃马食肉；余自少迄长，戚戚无欢，此一异也。敬通有一子仲文（名豹），官成名立（和帝时，迁武威太守，复征入为尚书）；余祸同伯道，永无血胤，此二异也。敬通膂力方刚，老而益壮；余有犬马之疾，溘死无时，此三异也。敬通虽芝残蕙焚，终填沟壑，而为名贤所慕，其风流郁烈芬芳，久而弥盛；余声尘寂漠，世不吾知，魂魄一去，将同秋草，此四异也。所以自力为叙，遗之好事云。'峻居东阳，吴会人士多从其学。普通二年卒，时年六十。门人谥曰玄靖先生。"

主上尝与诸名贤言及管辂，叹其有奇才而位不达。《魏志·管辂传》："管辂字公明，平原人也。……当此之时，辂之邻里，外户不闭，无相偷窃者。……（高贵乡公）正元二年，弟辰谓辂曰：'大将军待君意厚，冀当富贵乎？'辂长叹曰：'吾自知有分直耳，然天与我才明，不与我年寿，恐四十七八间，不见女嫁儿娶妇也。若得免此，欲作洛阳令，可使路不拾遗，枹鼓不鸣；但恐至太山治鬼，不得治生人，如何！’……是岁八月，为少府丞，明年二月卒，年四十八。”

时有在赤墀之下，豫闻斯议，归以告余。余谓士之穷通，无非命也。故谨述天旨，因言其致云。 致，意也，理也。

臣观管辂，天才英伟，珪璋特秀， 《礼·礼器》：“圭璋特。”（独也）又《聘义》：“圭璋特达，德也；天下莫不贵者，道也。”

实海内之名杰，岂日者卜祝之流乎！ 《史记》有《日者列传》。

而官止少府丞，年终四十八，天之报施，何其寡欤！ 《史记·伯夷列传》：“天之报施善人，其何如哉！”

然则高才而无贵仕，饕餮而居大位，自古所叹焉，独公明而已哉！ 《左传》僖公二十三年：“（楚）叔伯曰：夫有大功而无贵仕，其人能靖者与有几?”又文公十八年：“缙云氏（黄帝官）有不才子，贪于饮食，冒于货贿，……天下之民，以比三凶，谓之饕餮。”

故性命之道，穷通之数，夭阏纷纶，莫知其辩。仲任蔽其源，子长阐其惑。 王充，字仲任，其《论衡》有《逢遇》、《累记》、《命禄》、《气寿》、《幸偶》、《命义》等篇，皆言士之命运际遇者。司马迁字子长，《史记·伯夷列传》致叹伯夷、叔齐竟以饿死。又有《悲士不遇赋》，末云：“没世无闻，古人惟耻。朝闻夕死，孰云其否。逆顺还周，乍没乍起。理不可据，智不可恃。无造福先，无触祸始。委之自然，终归一矣。”

至于鹖冠 鹖，五臣本作褐。 **瓮牖，必以悬天有期；**《论衡·辨祟》篇：“人命悬于天，吉凶存于时。”又《治期》篇云：“成败系于天，吉凶制于时。”

鼎贵高门，则曰唯人所召。 左思《吴都赋》：“其居则高门鼎贵，魁岸豪杰。”《左传》襄公二十三年闵子马曰：“祸福无门，唯人所召。”

谗谗欢咋，异端斯起。 《法言·寡见篇》：“谗谗之学，各习其师。”争辩声也。咋，入声，咋咋然，声大也，与去声暂也异。

萧远论其本而不畅其流，子玄语其流而未详其本。 魏李康字萧远，作《运命论》，言治乱在天，故曰论其末。晋郭象字子玄，作《致命由己论》，言吉凶由己，故曰语其流。

尝试言之曰：夫通 一作道。 **生万物，则谓之道，生而无主，谓之自然。** 《老子》：“道生一，一生二，二生三，三生万物。”又云：“人法地，地法天，天法道，道法自然。”

自然者，物见其然，不知所以然。同焉皆得， 万物皆同得其生。

不知所以得。鼓动陶铸而不为功， 《庄子·逍遥游》：“是其尘垢粃糠，将犹陶铸尧、舜者也。”

庶类混成而非其力。生之无亭毒之心， 《老子》：“亭之毒之；养之覆之。”亭是品其形，毒是成其质。

死之岂虔刘之志， 《左传》成公十三年：“芟夷我农功，虔刘我边陲。”虔刘皆杀也。

坠之渊泉非其怒，升之霄汉非其悦。荡乎大乎，万宝以之化；确乎纯乎，一化而不易。化而不易，则谓之命。命也者，自天之命也。定于冥兆， 冥，远也。兆，始也。

终然不变。鬼神莫能预， 预知，参预。

圣哲不能谋，触山之力无以抗，倒日之诚弗能感。 《淮南子·天文训》：“昔者共工与颛顼争为帝，怒而触不周之山，天柱折，地维绝。天倾西北，故日月星辰移焉。”又《览冥训》：“鲁阳公与韩构难，战酣日暮，援戈而抝之，日为之反三舍。”

短则不可缓之于寸阴，长则不可急之于箭漏。至德未能逾，上智所不免。是以放勋之世，浩浩襄陵；天乙之时，焦金流石。 《书·尧典》：“曰若稽古帝尧，曰放勋。”又：“汤汤洪水方割（害也），荡荡怀山襄陵（襄，上也），浩浩滔天。”《史记·殷本纪》：“子天乙立，是为成汤。”《吕氏春秋·季秋纪·顺民篇》：“昔者汤克夏而正天下，天大旱，五年不收（或说七年），汤乃以身祷于桑林，曰：‘余一人有罪，无及万夫；万夫有罪，在余一人。无以一人之不敏，使上帝鬼神伤民之命。’于是翦其发，𨟚（音历）其手，以身为牺牲，用祈福于上帝。民乃甚说，雨乃大至。”《论衡·感虚篇》：“传书言汤遭七年旱，以身祷于桑林，自责以六过，天乃雨。或言五年。”

文公疐其尾，宣尼绝其粮。 周公温文。《诗·豳风·狼跋》序：“《狼跋》，美周公也。”《诗》云：“狼跋其胡，载疐其尾。”《毛传》：“疐，跲也。老狼有胡（颈下垂肉），进则躐其胡，退则跆其尾，进退有难，然而不失其猛。”汉平帝进封孔子为宣尼公，在陈绝粮，事见《论语·卫灵公》篇。

颜回败其丛兰，《史记·仲尼弟子列传》：“回年二十九，发尽白，蚤卒。”《家语》谓年三十二而死。

冉耕歌其芣苢。 李善注引“《家语》曰：‘冉耕，鲁人，字伯牛，以德行著名，有恶疾。’《韩诗》曰：‘《采苢》，伤夫有恶疾也。’”

夷、叔毙淑媛之言， 李善引谯周《古史考》曰：“伯夷、叔齐者，殷之末世孤竹君之二子也。隐于首阳山，采薇而食之，野有妇人，谓之曰：‘子义不食周粟，此亦周之草木也。’于是饿死。”

子舆困臧仓之诉。 孟子，字子舆。《孟子·梁惠王下》：“鲁平公将出，……乐正子见孟子曰：‘克告于君，君为来见也。嬖人有臧仓者沮君，君是以不果来也。’” **圣贤且犹若此，而况庸庸者乎。**

至乃伍员浮尸于江流， 《史记·伍子胥列传》：“吴王……乃使使赐伍子胥属镂之剑，……伍子胥仰天叹曰：‘……抉吾眼县吴东门之上，以观越寇之入灭吴也。’乃自刭死。吴王闻之，大怒，乃取子胥尸，盛以鸱夷革，浮之江中。”

三闾沉骸于湘渚；贾大夫沮志于长沙， 屈、贾事习见，从略。

冯都尉皓发于郎署； 《史记·张释之冯唐列传》：“汉兴徙安陵。唐以孝著，为中郎署长，事文帝。文帝辇过，问唐曰：‘父老何自为郎，家安在？’唐具以实对。……唐曰：‘主臣！陛下虽得廉颇、李牧，弗能用也。’……武帝立，求贤良，举冯唐。唐时年九十余，不能复为官。”

君山鸿渐，铩羽仪于高云；《后汉书·桓谭传》：“桓谭字君山，……博学多通，遍习五经，皆诂训大义，不为章句。能文章，尤好古学，数从刘歆、扬雄辩析疑异。……世祖即位，……拜议郎，给事中。……是时帝方信谶，多以决定嫌疑。……其后有诏会议灵台所处。帝谓谭曰：‘吾欲谶决之，何如？’谭默然良久曰：‘臣不读谶。’帝问其故，谭复极言谶之非经。帝大怒曰：‘桓谭非圣无法。’将下斩之，谭叩头流血，良久乃得解。出为六安郡丞，意忽忽不乐，道病卒，时年七十余。”《易·渐卦》上九：“鸿渐于逵，其羽可用为仪。”《淮南子·俶真训》：“飞鸟铩羽。”许慎注：“铩羽，残羽也。”

敬通凤起，摧迅翮于风穴。《后汉书·冯衍传》：“冯衍字敬通，……幼有奇才，年九岁，能诵《诗》，至二十而博通群书。……更始二年，遣尚书仆射鲍永行大将军事，安集北方，衍因以计说永，……永既素重衍，……乃以衍为立汉将军。……及世祖即位，……遣使者招永、衍，永、衍等疑，不肯降。……永、衍审知更始已殁，乃共罢兵，幅巾降于河内。帝怨衍等不时至，永以立功得赎罪，遂任用之，而衍独见黜。……顷之，帝以衍为曲阳令，诛斩剧贼郭胜等，降五千余人，论功当封，以谗毁，故赏不行。……显宗即位，又多短衍以文过其实，遂废于家。衍娶北地女任氏为妻，悍忌不得畜媵妾，儿女常自操井臼。老竟逐之，遂埳壈于时。然有大志，不戚戚于贱贫。居常慷慨叹曰：‘……’居贫年老，卒于家。”《淮南子·览冥训》：“凤凰之翔至德也，……羽翼弱水，暮宿风穴。”

此岂才不足而行有遗哉？

近世有沛国刘瓛，瓛弟琎，并一时之秀士也。《南史·刘瓛传》：“字子珪，沛郡相人。……笃志好学，博通训义。……宋（孝武帝）大明四年，举秀才，……除奉朝请，不就。……聚徒教授，常有数十。……丹阳尹袁粲……荐为秘书郎，不见用。后拜安成王抚军行参军，公事免。瓛素无宦情，自此不复仕。……齐高帝践阼，……问以政道，……及出，帝谓司徒褚彦回曰：‘方直乃尔！学士故自过人。’……除步兵校尉，不拜。瓛姿状纤小，儒业冠于当时，都下士子贵游，莫不下席受业，当世推其大儒，以比古之曹、郑。性谦率，不以高名自居之。……母孔氏，甚严明，谓亲戚曰：‘阿称便是今世曾子。”称，瓛小名也。……梁武帝少时，尝经伏膺，及天监元年，下诏为瓛立碑，谥曰贞简先生。”“瓛弟琎，字子璥，方轨正直。儒雅不及瓛，而文采过之。……与友人会稽孔逷同舟入东，于塘上遇一女子，逷目送曰：‘美而艳。’琎曰：‘斯岂君子所宜言乎！非吾友也。’于是解裳自隔。……兄瓛夜隔壁呼琎，琎不答，方下床着衣立，然后应，瓛怪其久，琎曰：‘向束带未竟。’其立操如此。”

瓛则关西孔子，通涉六经，桓谭《新论》：“张子侯曰：扬子云，西道孔子也，乃贫如此。”《后汉书·杨震传》：“字伯起，……明经博览，无不穷究。诸儒为之语曰：关西孔子杨伯起。”

循循善诱，服膺儒行。《论语·子罕篇》颜渊曰：“夫子循循然善诱人。”《中庸》：“子曰：回之为人也，择乎中庸，得一善，则拳拳服膺，而弗失之矣。”

琎则志烈秋霜，心贞昆玉。《后汉书·孔融传论》：“夫严气正性，覆折而已。岂有员园委屈，可以每其生哉！懔懔焉，皜皜焉，其与琨玉秋霜比质可也。”

亭亭高竦，不杂风尘。皆毓德于衡门，并驰声于天地。《易·蒙卦·象辞》：“君子以果行育德。”毓乃育之或体。《诗·陈风·衡门》：“衡门之下，可以栖迟。”

而官有微于侍郎，位不登于执戟， 东方朔《答客难》：“官不过侍郎，位不过执戟。”

相次殂落，宗祀无飨。《书·舜典》：“帝乃殂落。”《孔传》：“殂落，死也。”

因斯两贤，以言古则，昔之玉质金相，英髦秀达，《诗·大雅·棫朴》：“追琢其章，金玉其相。”《毛传》：“相，质也。”又：“髦，俊也。”

皆摈斥于当年，韫奇才而莫用，徼草木以共凋，与麋鹿而同死，膏涂平原，骨填川谷，堙灭而无闻者，岂可胜道哉！

此则宰衡之与皁隶，容、彭之与殇子； 贵贱寿夭之殊也。李善注：“《列仙传》曰：‘容成公者，自称黄帝师。见于周穆王，能善补道之事，发白复黑，齿落复生。事与老子同，亦云老子师。’又曰：‘彭祖，殷贤大夫，历夏至商末，号年七百。’”《庄子·齐物论》：“天下莫大于秋豪之末，而太山为小；莫寿于殇子，而彭祖为夭。”《仪礼·丧服·子夏传》：“年十九至十六为长殇，十五至十二为中殇，十一至八岁为下殇，不满八岁以下，皆为无服之殇。”

猗顿之与黔娄，阳文之与敦洽。 贫富美丑之殊也。猗顿，本鲁国之贫士，后问术于陶朱公而致巨富，详见《孔丛子·陈士义》篇。李善注引皇甫谧《高士传》：“黔娄先生修清节，不求进于诸侯。及终，曾参来吊曰：‘何以为谥?’妻曰：‘以康为谥。’曾子曰：‘先生存时，食不充虚，衣不盖形，死则手足不敛，旁无酒肉，何乐于此而谥为康哉?’”（详见刘向《列女传·贤明传·鲁黔娄妻》）《淮南子·修务训》：“不待脂粉芳泽而性可说者，西施、阳文也。”许慎曰：“楚之好人也。”《吕氏春秋·孝行览·遇合篇》：“陈有恶人焉，曰敦洽雠糜，雄颡广颜，色如浃赭，垂眼临鼻，长肘而盭。陈侯见而甚说之，（高诱注：“丑而有德也。”）外使治其国，内使制其身。”

咸得之于自然，不假道于才智。故曰：“死生有命，富贵在天。” 《论语·颜渊篇》子夏闻之于孔子语也。 **其斯之谓矣。**

然命体周流，变化非一， 《易·系辞传下》：“变动不居，周流六虚。”

或先号后笑，或始吉终凶； 《易·同人卦》九五：“同人，先号咷而后笑。”

或不召自来，或因人以济。 《老子》：“不召而自来。”《鹖冠子·道端》：“是以为人君，亲其民如子者，弗召自来。”

交错纠纷，回还倚伏。 交错纠纷，见《子虚赋》。《老子》：“祸兮福之所倚，福兮祸之所伏。”

非可以一理征，非可以一途验。而其道密微，寂寥忽慌，

无形可以见，无声可以闻。必御物以效灵，亦凭人而成象；譬天王之冕旒，任百官以司职。 李善注：“言性命之道，虽系于天，然其来也，必凭人而御物。譬如天王冕旒而执契，必因百官司职以立政。”

而或者睹汤、武之龙跃，谓龛乱在神功； 龛，戡之借字。胜也，克也。

闻孔、墨之挺生，谓英睿擅奇响；视彭、韩之豹变，谓鸷猛致人爵； 彭越、韩信也。《易·革卦》上六：“君子豹变，小人革面。”《孟子·告子上》：“有天爵者，有人爵者，仁义忠信，乐善不倦，此天爵也；公卿大夫，此人爵也。”

见张、桓之朱绂，谓明经拾青紫。 张禹、桓荣也。李善注：“《汉书》曰：‘张禹，字子文，善说《论语》。令禹授太子（后为汉哀帝），迁光禄大夫，赐关内侯。’范晔《后汉书》曰：‘桓荣，治《欧阳尚书》，授太子（后为汉明帝），为太子少傅，封关内侯。’”

岂知有力者运之而趋乎！ 《庄子·大宗师》：“夫藏舟于壑，藏山于泽，谓之固矣；然而夜半有力者负之而走，昧者不知也。”

故言而非命，有六蔽焉尔。请陈其梗概：

夫靡颜腻理，哆吻颇颏，形之异也。 《楚辞·招魂》：“靡颜腻理，遗视矊些。”《淮南子·修务训》：“啳（音权葵）哆吻，籧蒢戚施，虽粉白黛黑，弗能为美者，嫫母、仳倠也。”

朝秀晨终，龟鹄千岁，年之殊也。 《淮南子·道应训》：“朝秀不知晦朔。”许慎曰：“朝生暮死虫也。生水上，似蚕蛾。”李善注引《养生要》曰：“龟鹄寿千百之数，性寿之物也。”

闻言如响，智昏菽麦，神之辨也。《史记·田敬仲完世家》：“淳于髡说（驺忌）毕，趋出，至门，而面其仆曰：‘是人者，吾语之微言五，其应我若响之应声，是人必封不久矣。’”《左传》成公十八年：“程滑弑厉公（晋），……逆周子于京师而立之，……周子有兄而无慧，不能辨菽麦，故不可立。”菽麦形殊易别。

同知三者，定乎造化。荣辱之境，独曰由人，是知二五而未识于十，其蔽一也。《史记·越王勾践世家》：“勾践卒，……子王无强立。……兴师北伐齐，西伐楚，与中国争强。……齐威王使人说越王曰：‘……王之所求者，斗晋、楚也；晋、楚不斗，越兵不起，是知二五而不知十也。’”

龙犀日角，帝王之表。 李善引朱建平《相书》曰：“额有龙犀入发，左角日，右角月，王天下也。”

河目龟文，公侯之相。《孔丛子·嘉言篇》：“夫子适周，见苌弘，言终，退。苌弘语刘文公曰：‘吾观孔仲尼，有圣人之表：河目而隆颡，黄帝之形貌也；修肱而龟背，长九尺有六寸，成汤之容体也。……’既而夫子闻之曰：‘吾岂敢哉！亦好礼乐者也。’”李善注引王肃《家语注》曰：“河目，上下匡平而长也。”《后汉书·李固传》：“字子坚，汉中南郑人，司徒郃之子也。……固貌状有奇表，鼎角匿犀，足履龟文，少好学，常步行寻师，不远千里，遂究览坟籍，结交英贤。四方有志之士，多慕其风而来学京师，咸叹曰：‘是复为李公矣。'……及冲帝即位，以固为太尉。"

抚镜知其将刑，压纽显其膺录。《蜀志·周群传》："时州后部司马蜀郡张裕，亦晓占候，……又晓相术，每举镜视面，自知刑死，未尝不扑之于地也。"《左传》昭公十三年："初，（楚）共王无冢适，有宠子五人，无适立焉。乃大有事于群望，而祈曰：'请神择于五人者，使主社稷。'乃遍以璧见于群望，曰：'当璧而拜者，神所立也。谁敢违之！'既。乃与巴姬密埋璧于大室之庭，使五人齐，而长入拜。康王跨之，灵王肘加焉，子干、子皙皆远之，平王弱，抱而入，再拜，皆厌纽。"

星虹枢电，昭圣德之符；夜哭聚云，郁兴王之瑞。李善引《春秋元命苞》曰："大星如虹，下流华渚，女节梦，意感，生朱宣。"宋均曰："华渚，渚名也。朱宣，少昊氏。"又引《诗含神雾》曰："大电绕枢，照郊野，感符宝，生黄帝。"陆机《汉高祖功臣颂》曰："彤云昼聚，素灵夜哭。"《史记·高祖本纪》："行前者还报曰：'前有大蛇当径，愿还。'高祖醉曰：'壮士行，何畏！'乃前，拔剑击斩蛇，蛇遂分为两，径开。行数里，醉，因卧。后人来至蛇所，有一老妪夜哭。人问何哭？妪曰：'人杀吾子，故哭之。'人曰：'妪子何为见杀？'妪曰：'吾子，白帝子也，化为蛇，当道，今为赤帝子斩之，故哭。'人乃以妪为不诚，欲笞之，妪因忽不见。后人至，高祖觉。后人告高祖，高祖乃心独喜，自负，诸从者日益畏之。秦始皇帝常曰：'东南有天子气。'于是因东游以厌之。高祖即自疑，亡匿，隐于芒、砀山泽岩石之间。吕后与人俱求，常得之。高祖怪问之，吕后曰：'季所居上，常有云气，故从往常得季。’”

皆兆发于前期，涣汗于后叶。《易·涣卦》九五：“涣汗其大号。”涣，散也。

若谓驱貔虎，奋尺剑。《书·牧誓》：“如虎、如貔，如熊、如罴，于商郊。”《史记·高祖本纪》：“吾以布衣提三尺剑，取天下，此非天命乎。”

入紫微，升帝道，则未达窅冥之情，未测神明之数。其蔽二也。

空桑之里，变成洪川；历阳之都，化为鱼鳖。《吕氏春秋·孝行览·本味篇》：“有侁氏女子采桑，得婴儿于空桑之中，献之其君，其君令烰（同庖）人养之。察其所以然，曰：其母居伊水之上，孕。梦有神告之曰：‘臼出水而东走，毋顾。’明日视臼出水，告其邻，东走十里，而顾其邑尽为水，身因化为空桑，故命之曰伊尹。”《淮南子·俶真训》：“历阳之都，一夕反而为湖，勇力圣知与罢怯不肖者同命，巫山之上，顺风纵火，膏夏紫芝，与萧艾俱死。”高诱注：“昔有老妪，常行仁义，有二诸生过之，谓曰：‘此国当没为湖。’谓妪：‘视东城门阃有血，便走上北山，勿顾也。’自此，妪数往视门阃，阍者问之，妪对曰如是。其暮，门吏故杀鸡，血涂门阃。明旦，老妪早往视门，见血，便上北山，国没为湖。与门吏言其事，适一宿耳。一夕，旦而为湖也。”

楚师屠汉卒，睢河鲠其流；秦人坑赵士，沸声若雷震。《史记·项羽本纪》：“汉之二年，……晨击汉军而东，至彭城，……汉卒皆南走山，楚又追击至灵壁东睢水上。汉军却，为楚所挤，多杀，汉卒十余万人皆入睢水，睢水为之不流。”《战国策·秦策三》蔡泽说范雎曰：“白起……越韩、魏，攻强赵，北阬马服（马服君，赵奢之子括），诛屠四十余万之众，流血成川，沸声若雷，使秦业帝。自是之后，赵、楚慑服，不敢攻秦者，白起之势也。”

火炎昆岳，砾石与琬琰俱焚；严霜夜零，萧艾与芝兰共尽。《书·胤征》：“火炎昆冈，玉石俱焚。”又《顾命》：“弘璧、琬琰，在西序。”

虽游、夏之英才，伊、颜之殆庶，焉能抗之哉！其蔽三也。 子游、子夏、伊尹、颜回也。《论语·先进》：“文学：子游、子夏。”《易·系辞传下》：“颜氏之子，其殆庶几乎！”殆庶，近圣也。

或曰：明月之珠，不能无颣；夏后之璜，不能无考。《淮南子·泛论训》：“夫夏后氏之璜，不能无考；明月之珠，不能无类。然而天下宝之者何也？其小恶不足以妨大美也。”高诱注：“半璧曰璜。……考，瑕衅也。”

故亭伯死于县长，相如卒于园令。《后汉书·崔骃传》：“字亭伯，……帝（肃宗）雅好文章，……谓侍中窦宪曰：‘……公爱班固而忽崔骃，此叶公之好龙也。请试见之。’……及宪为车骑将军，辟骃为掾。……宪擅权骄恣，骃数谏之。及出击匈奴，道路愈多不法。骃为主簿，前后奏记数十，指切长短。宪不能容，稍疏之，因察骃高第，出为长岑长。骃自以远去，不得意，遂不之官而归。（和帝）永元四年，卒于家。”《汉书·司马相如传》：“……乃拜相如为中郎将，建节往使

(蜀)。……其后人有上书言相如使时受金，失官。……拜为孝文园令。……相如既病免，家居茂陵。天子曰：‘司马相如病甚，可往，从悉取其书。’……而相如已死。”

才非不杰也，主非不明也，而碎结绿之鸿辉，残悬黎之夜色，抑尺之量有短哉？ 《战国策·秦策三》范雎献书秦昭王曰：“臣闻周有砥厄，宋有结绿，梁有悬黎，楚有和璞。此四宝者，工之所失也，而为天下名器。”《楚辞·卜居》郑詹尹曰：“尺有所短，寸有所长。”

若然者，主父偃、公孙弘对策不升第，历说而不入，牧豕淄原，见弃州部。设令忽如过隙，溘死霜露，其为诟耻，岂崔、马之流乎！及至开东阁，列五鼎，电照风行，声驰海外。《汉书·主父偃传》：“齐国临菑人也。学长短从横术，晚乃学《易》、《春秋》、百家之言。游齐诸子间，诸儒生相与排傧，不客于齐。家贫，假贷无所得。北游燕、赵、中山，皆莫能厚，客甚困。……乃西入关，见卫将军。卫将军数言上，上不省。资用乏，留久，诸侯宾客多厌之。乃上书阙下，朝奏，暮召入见。……是时，徐乐、严安，亦俱上书言世务，书奏，上召见三人，谓曰：‘公皆安在，何相见之晚也。’……偃数上疏言事，……岁中四迁。……大臣皆畏其口，赂遗累千金。或说偃曰：‘大横！’偃曰：‘臣结发游学四十余年，身不得遂，亲不以为子，昆弟不收，宾客弃我，我厄日久矣。丈夫生不五鼎食，死则五鼎亨耳！吾日暮，故倒行逆施之(伍子胥语)。’”又《公孙弘传》：“菑川薛人也。少时为狱吏，有罪免。家贫，牧豕海上。年四十余，乃学《春秋》杂说。武帝初即位，招贤良文学士，是时弘年六十，以贤良征为博士，使匈奴，还报，不合意，上怒，以为不能，弘乃移病免归。元光五年，复征贤良文学，菑川国复推上弘。弘谢曰：'前已尝西，用不能罢，愿更选。'国人固推弘，弘至太常。……时对者百余人，太常奏弘第居下。策奏，天子擢弘对为第一。召入见，容貌甚丽，拜为博士。……每朝会议，开陈其端，使人主自择，不肯面折庭争。于是上察其行慎厚，辩论有余，习文法吏事，缘饰以儒术，上说之。……元朔中，代薛泽为丞相。……封丞相弘为平津侯。……弘自见为举首起徒步，数年至宰相封侯，于是起客馆，开东阁，以延贤人，与参谋议。弘身食一肉，脱粟饭，故人宾客仰衣食，奉禄皆以给之，家无所余。然其性，意忌，外宽内深，诸常与弘有隙，无近远，虽阳与善，后竟报其过。杀主父偃，徙董仲舒胶西，皆弘力也。……凡为丞相御史六岁，年八十，终丞相位。" ○《后汉书·臧宫传》："至吴汉营，饮酒高会。汉见之甚欢，谓宫曰：'将军向者经虏城下，震扬威灵，风行电照。"又《后汉书·皇甫嵩传》："汉阳阎忠干说嵩曰：'……今将军受钺于暮春，收功于末冬。……威德震本朝，风声驰海外。'"

宁前愚而后智，先非而终是？将荣悴有定数，天命有至极，而谬生妍蚩。其蔽四也。

夫虎啸风驰，龙兴云属。《易·乾文言》："云从龙，风从虎。"《淮南子·天文训》："虎啸而谷风至，龙举而景云属。"

故重华立而元、凯升，辛受生而飞廉进。《书·舜典》："曰若稽古帝舜，曰重华。"《楚辞·离骚》："济沅、湘以南征兮，就重华而陈词。”《史记·五帝本纪》：“虞舜者，名曰重华。”舜乃舜之变字，《说文》：“舜，艸也。楚谓之葍，秦谓之藑。蔓地连华，象形。”《左传》文公十八年：“昔高阳氏有才子八人：苍舒、隤敳、梼戭、大临、尨降、庭坚、仲容、叔达。齐圣广渊，明允笃诚，天下之民，谓之八恺。高辛氏有才子八人：伯奋、仲堪、叔献、季仲、伯虎、仲熊、叔豹、季狸。忠肃共懿，宣慈惠和，天下之民，谓之八元。此十六族也，世济其美，不陨其名，以至于尧，尧不能举，舜臣尧，举八恺，使主后土，以揆百事，莫不时序。地平天成，举八元，使布五教于四方，父义，母慈，兄友，弟共，子孝，内平外成。”辛受，纣名。《史记·秦本纪》：“仲衍，……生蜚廉，蜚廉生恶来。恶来有力，蜚廉善走，父子俱以材力事殷纣。”

然则天下善人少，恶人多；暗主众，明君寡。《庄子·胠箧篇》：“天下之善人少而不善人多。”扬雄《法言·先知篇》：“圣君少而庸君多。”

而薰莸不同器，枭鸾不接翼，是使浑敦、梼杌，踵武于云台之上；仲容、庭坚耕耘于岩石之下。《左传》文公十八年：“昔帝鸿氏有不才子，掩义隐贼，好行凶德，丑类恶物，顽嚚不友，是以比周，天下之民，谓之浑敦，……颛顼氏有不才子，不可教训，不知话言，告之则顽，舍之则嚚，傲很明德，以乱天常，天下之民，谓之梼杌。”《东观汉记》：“诏贾逵入讲南宫云台，使出《春秋》大义。”《法言·问神篇》：“谷口郑子真，不屈其志而耕乎岩石之下，名震于京师，岂其卿！岂其卿！”

横谓废兴在我，无系于天。其蔽五也。

彼戎狄者，人面兽心，宴安鸩毒。 《汉书·匈奴传赞》："夷狄之人，贪而好利，被发左衽，人面兽心。……是故圣王禽兽畜之。"《左传》闵公元年："戎狄豺狼，不可厌也；诸夏亲暱，不可弃也；宴安鸩毒，不可怀也。"

以诛杀为道德，以蒸报为仁义。 《汉书·匈奴传》："匈奴，……其俗，宽则随畜田猎禽兽为生业，急则人习战攻以侵伐，其天性也。其长兵则弓矢，短兵则刀铤（颜师古曰："铤，铁把小矛也。音蝉。"）。利则进，不利则退，不羞遁走。苟利所在，不知礼义。……贵壮健，贱老弱。父死，妻其后母。兄弟死，皆取其妻妻之。"《孔丛子·小尔雅·广义》："上淫曰烝，下淫曰报，旁淫曰通。"（李善注引作《小雅》也）

虽大风立于青丘，凿齿奋于华野，比于狼戾，曾何足喻。 《淮南子·本经训》："逮至尧之时，十日并出，焦禾稼，杀草木，而民无所食。猰貐（音札愈）、凿齿、九婴、大风、封豨、修蛇，皆为民害。尧乃使羿诛凿齿于畴华之野，杀九婴于凶水之上，缴大风于青丘之泽，上射十日而下杀猰貐，断修蛇于洞庭，禽封豨于桑林，万民皆喜，置尧以为天子。"狼戾，贪狠也。《战国策·燕策一》张仪曰："夫赵王之狼戾无亲。"

自金行不竞，天地板荡，左带沸唇，乘间电发。 晋以金旺，金行谓晋也。不竞，微弱之意。《左传》襄公十八年："师旷曰：'不害，吾骤歌北风，又歌南风，南风不竞，多死声，楚必无功。'"《板》、《荡》皆《诗·大雅》篇名，召穆公刺厉王也。此喻国家将亡。左带，即左衽。李善曰："齐、梁之间，通以虏为沸唇也。"

遂覆瀍洛，倾五都。 张衡《东京赋》："泝洛背河，左伊右瀍。”干宝《晋纪》愍帝诏：“群邪作逆，倾荡五都。”

居先王之桑梓，窃名号于中县。《诗·小雅·小弁》：“维桑与梓，必恭敬止。”喻故居乔木。《汉书·高帝纪》十一年诏曰：“前时秦徙中县之民南方三郡，使与百粤杂处。”

与三皇竞其萌黎，萌，民也。**五帝角其区宇**。

种落繁炽，充仞神州。《后汉书·南匈奴传》：梁商上表曰：“（匈奴）种类繁炽，不可单尽。”司马相如《子虚赋》曰：“充仞其中，不可胜记。”李善引《河图》曰：“昆仑东南，地方千里，名曰神州。”

呜呼！福善祸淫，徒虚言耳！《尚书·汤诰》：“天道福善祸淫，降灾于夏，以彰厥罪。”

岂非否、泰相倾，盈缩递运？而汩之以人？其蔽六也。否、泰，《周易》卦名。否，塞也。泰，通也。《老子》：“长短相较，高下相倾。”汩，乱也。

然所谓命者，死生焉，贵贱焉，贫富焉，治乱焉，祸福焉，此十者，天之所赋也。愚智善恶，此四者，人之所行也。夫神非舜、禹，心异朱、均，才絓中庸，在于所习。《论衡·本性篇》：“丹朱、商均，已染于唐、虞之化矣；然而丹朱傲，而商均虐者，至恶之质，不受蓝、朱变也。”又曰：“夫中人之性，在所习焉。”此谓常人大抵止于中庸，上不及舜、禹，下不致如朱、均。

是以素丝无恒，玄黄代起，鲍鱼芳兰，入而自变。《淮南子·说林训》：“杨子见逵路而哭之，为其可以南，可以北。墨子见练丝而泣之，为其可以黄，可以黑。”《大戴礼·曾子疾病篇》："与君子游，苾乎如入兰芷之室，久而不闻，则与之化矣。与小人游，腻乎如入鲍鱼之次，久而不闻，则与之化矣。是故君子慎其所去就。与君子游，如长日加益而不自知也。与小人游，如履薄冰，每履而下，几何而不陷乎哉！"

故季路学于仲尼，厉风霜之节；楚穆谋于潘崇，成杀逆之祸。《尸子·劝学篇》："是故子路，卞之野人；子贡，卫之贾人；……孔子教之，皆为显士。"《左传》文公九年："初，楚子（威王）将以商臣为太子，访诸令尹子上，子上曰：'……且是人也，蜂目而豺声，忍人也，不可立也。'弗听。既又欲立王子职而黜太子商臣，商臣闻之而未察，告其师潘崇曰：'若之何而察之？'潘崇曰：'享江芊而勿敬也（江芊，成王妹）。'从之。江芊怒曰：'呼！役夫！宜君王之欲杀女而立职也。'告潘崇曰：'信矣。'潘崇曰：'能事诸乎？'曰：'不能。'……'能行大事乎？'曰：'能。'冬十月，以宫甲围成王，王请食熊蹯而死（待救），弗听。丁未，王缢。……穆王立，以其为太子之室与潘崇，使为太师，且掌环列之尹。"

而商臣之恶，盛业光于后嗣；仲由之善，不能息其结缨。李善曰："楚之后业，皆商臣之子孙。"《左传》哀公十五年："卫孔圉（孔文子）取太子蒯聩（庄公）之姊（孔伯姬），生悝。孔氏之竖浑良夫，长而美，孔文子卒，通于内（伯姬）。……太子（时奔在宋）与之言曰：'苟能入获国，服冕乘轩，三死无与。'与之盟，为请于伯姬。……遂入，……迫孔悝于厕，强盟之（子路为孔悝宰）。……卫侯辄（出公）来奔，季子（子路）将入，遇子羔（孔子弟子高柴，为卫大夫）将出，曰：'门已闭矣。'季子曰：'吾姑至矣。'子羔曰：'弗及，不践其难。’季子曰：‘食焉不辟其难。’子羔遂出，子路入。……且曰：‘太子无勇。若燔台半，必舍孔叔。’太子闻之，惧，下石乞、盂黡敌子路，以戈击之，断缨。子路曰：‘君子死，冠不免。’结缨而死。孔子闻卫乱，曰：‘柴也其来，由也其死矣。’”《礼记·檀弓上》：“孔子哭子路于中庭，有人吊者，而夫子拜之，既哭，进使者而问故。使者曰：‘醢之矣。’遂命覆醢。”

斯则邪正由于人，吉凶在乎命。

或以鬼神害盈，皇天辅德。 《易·谦卦·彖辞》：“鬼神害盈而福谦。”《书·蔡仲之命》：“皇天无亲，惟德是辅。”

故宋公一言，法星三徙， 《吕氏春秋·季夏纪·制乐篇》：“宋景公之时，荧惑在心（*东方宿*），公惧，召子韦而问焉，曰：‘荧惑在心，何也？’子韦曰：‘荧惑者，天罚也。心者，宋之分野也。祸当于君；虽然，可移于宰相。’公曰：‘宰相，所与治国家也，而移死焉，不祥。’子韦曰：‘可移于民。’公曰：‘民死，寡人将谁为君乎？宁独死。’子韦曰：‘可移于岁。’公曰：‘岁害则民饥，民饥必死。为人君而杀其民以自活也，其谁以我为君乎？是寡人之命固尽已，子无复言矣。’子韦还走北面载拜曰：‘臣敢贺君。天之处高而听卑，君有至德之言三，天必三赏君，今夕荧惑其徙三舍，君延年二十一岁。”

殷帝自翦，千里来云。 见上。

若使善恶无征，未洽斯义。且于公高门以待封，严母扫墓以望丧， 《汉书·于定国传》：“其父于公为县狱史郡决曹，决狱平。……郡中为之生立祠，号曰于公祠。……始定国父于公，其闾门坏，父老方共治之，于公谓曰：'少高大闾门，令容驷马高盖车。我治狱多阴德，未尝有所冤，子孙必有兴者。'至定国为丞相，永为御史大夫，封侯传世云。"又《酷吏·严延年传》："疾恶泰甚，……河南号曰'屠伯'。……初，延年母从东海来，欲从延年腊，到雒阳，适见报囚。（颜师古曰："奏报行决也。"）母大惊，便止都亭，不肯入府。延年出至都亭谒母，母闭阁不见。延年免冠顿首阁下，良久，母乃见之。因数责延年：'幸得备郡守，专治千里，不闻仁爱教化，有以全安愚民，顾乘刑罚，多刑杀人，欲以立威，岂为民父母意哉！'延年服罪，重顿首谢，因自为母御归府舍。母毕正腊，谓延年：'天道神明，人不可独杀。我不意当老见壮子被刑戮也。行矣！去汝东归，扫除墓地耳！'（颜师古曰："言待其丧至也。"）遂去归郡，见昆弟宗人，复为言之。后岁余，果败，东海莫不贤知其母。"

此君子所以自强不息也。《易·乾卦·象辞》："天行健，君子以自强不息。"

如使仁而无报，奚为修善立名乎？斯径廷之辞也。 李善曰："言善恶有征，故君子庶几自强而不息也。"又曰："若必为仁而无报，何故修善而立名乎？是不由命明矣。或为兹说者，斯乃径廷之言耳。"《庄子·逍遥游》："大有径庭，不近人情焉。"晋司马彪注："径庭，激过之言也。"以上假设或人反问。

夫圣人之言，显而晦，微而婉，幽远而难闻，河汉而不

测。　李善曰："此释圣人之言显晦难测也。"《左传》成公十四年："春秋之称，微而显，志而晦，婉而成章，尽而不污，惩恶而劝善，非圣人谁能修之。"《庄子·逍遥游》："肩吾问于连叔曰：吾闻言于接舆，大而无当，往而不反。吾惊怖其言，犹河汉而无极也。"司马彪注："极，崖也。言广若河汉，无有崖也。"

或立教以进庸怠，或言命以穷性灵。　李善曰："此释不同之所由也。"

积善余庆，立教也；凤鸟不至，言命也。　《易·坤文言》："积善之家，必有余庆；积不善之家，必有余殃。"李善引徐幹《中论》曰："北海孙翱云：积善余庆，诱民于善路耳！"《论语·子罕》："子曰：凤鸟不至，河不出图，吾已矣夫。"

今以其片言，辩其要趣，何异乎夕死之类，而论春秋之变哉！　《诗·曹风·蜉蝣》："蜉蝣之羽，衣裳楚楚。"《毛传》："蜉蝣，渠略也，朝生夕死。"《庄子·逍遥游》："朝菌不知晦朔，蟪蛄不知春秋。"

且荆昭德音，丹云不卷；周宣祈雨，珪璧斯罄。　《左传》哀公六年："有云如众赤鸟，夹日以飞，三日。楚子使问诸周太史，周太史曰：'其当王身乎，若禜之（禜，音咏，禳祭也），可移于令尹司马。'王曰：'除腹心之疾，而置诸股肱，何益？不谷不有大过，天其夭诸？有罪受罚，又焉移之。'遂弗禜。"（楚昭王是年秋七月卒）《诗·大雅·云汉篇》是周宣王遇旱灾祈雨之诗也。首章云："倬彼云汉，昭回于天（精光转于天）。王曰于乎，何辜今之人！天降丧乱，饥馑荐臻。靡神不举（祭也），靡爱斯牲。圭璧既卒，宁莫我听？”

于叟种德，不逮勋华之高；延年残犷，未甚东陵之酷。勋乃勳之或体。放勳、重华，尧、舜也，竟生丹朱、商均。东陵，指盗跖，《史记·伯夷列传》谓：“盗跖日杀不辜，肝人之肉，暴戾恣睢，聚党数千人横行天下，竟以寿终。”《庄子·骈拇篇》：“伯夷死名于首阳之下，盗跖死利于东陵之上。”

为善一，为恶均，而祸福异其流，废兴殊其迹，荡荡上帝，岂如是乎！《诗·大雅·荡篇》：“荡荡上帝，下民之辟。”《尔雅》：“辟，君也。”

《诗》**云：“风雨如晦，鸡鸣不已。”**《诗·郑风·风雨》文。李善曰：“此释君子所以自强也。《毛诗·郑风》也。郑玄笺曰：‘喻君子虽居乱世，不变改其节度也。’”

故善人为善。焉有息哉！

夫食稻粱，进刍豢，衣狐貉，袭冰纨，观窈眇之奇，听云和之琴瑟，此生人之所急，非有求而为也。《孟子·告子上》：“故理义之悦我心，犹刍豢之悦我口。”刍，食草之牛羊。豢，食谷之犬豕。《汉书·地理志下》：“齐地，……其俗弥侈，织作冰纨绮绣纯丽之物。”扬雄《长杨赋》：“抑止丝竹晏衍之乐，憎闻郑、卫幼眇之声。”《周礼·春官·大司乐》：“孤竹之管，云和之琴瑟。”云和，山名也。

修道德，习仁义，敦孝悌，立忠贞，渐礼乐之腴润，蹈先王之盛则，此君子之所急，非有求而为也。然则君子居正体道，乐天知命，《易·系辞传上》：“乐天知命故不忧。”

明其无可奈何，识其不由智力， 《庄子·人间世》：“知其不可奈何，而安之若命，德之至也。”又《达生篇》：“达生之情者，不务生之所无以为；达命之情者，不务知之所无奈何。”班彪《王命论》：“不知神器有命，不可以智力求。”

逝而不召，来而不距，生而不喜，死而不戚。瑶台夏屋，不能悦其神；土室编蓬，未足忧其虑。 《尚书大传》子夏曰：“作壤室，编蓬户，尚弹琴其中，以歌先王之风，则亦可以发愤慷慨，忘己贫贱。”

不充诎于富贵，不遑遑于所欲。 《礼·儒行篇》：“儒有不陨获于贫贱，不充诎于富贵。”郑玄注：“陨获，困迫失志之貌也。充诎，喜失节之貌。”

岂有史公、董相不遇之文乎！ 太史公有《悲士不遇赋》，董仲舒尝为江都相，有《士不遇赋》。

刘孝标《重答刘秣陵沼书》

《梁书·文学传下·刘峻传》："峻率性而动，不能随众沉浮，高祖颇嫌之，故不任用。乃著《辨命论》，以寄其怀曰：'……'论成，中山刘沼致书以难之（言不由命，由人行之），凡再反。峻并为申析以答之，会沼卒，不见峻后报者，峻乃为书以序之，曰：'……'"紧接《刘沼传》："字明信，中山魏昌人。六代祖舆，晋骠骑将军。沼幼善属文，既长，博学。仕齐，起家奉朝请，冠军行参军。天监初，拜后军临川王（名宏，梁武帝异母弟）记室参军，秣陵令，卒。"

李善引刘峻《自序》曰："峻字孝标，平原人也。生于秣陵县，期月归故乡。八岁，遇桑梓颠覆，身充仆圉。齐（武帝）永明四年二月，逃还京师。后为崔豫州刑狱参军。梁天监中，诏峻东掌石渠阁，以病，乞骸骨。后隐东阳金华山。"

孙月峰曰："答死者书，为格固奇；若论文，则风调好，造语亦胜。"

何义门曰："此似重答刘书之序。"又曰："孝标不能引短取长，见恶武帝，沦抑冗散，而其文章录于副君之选。盖当时是非之公，如此其难泯！君父莫之夺也。”又曰：“孔坦临终与庾亮书，亮报书致祭。古人虽一书，不以存没异也。”【两书俱载《晋书·孔坦传》中。“坦字君平。……迁吴兴内史，封晋陵男，加建威将军。……寻拜侍中。……疾笃，庾冰（亮弟）省之，乃流涕。坦慨然曰：‘大丈夫将终，不问安国宁家之术，乃作儿女子相问邪！’冰深谢焉。……卒，时年五十一。”】

方伯海曰：“不言所答之事，全从书未致而人已亡处生出感慨，否则便是与死人说话也。用典处亦切而流。”

刘侯既重有斯难，值余有天伦之戚，竟未之致也。何义门曰：“当是其兄孝庆云亡。”《说文》：“致，送诣也。”李善注：“《孝标集》有沼《难辨命论书》。”《穀梁传》隐公元年：“兄弟，天伦也。”何休注：“兄先弟后，天之伦次。”

寻而此君长逝，化为异物。曹丕《与朝歌令吴质书》：“元瑜长逝，化为异物。”贾谊《鹏鸟赋》：“化为异物兮，又何足患。”司马贞《史记索隐》：“谓死而形化为鬼，是为异物也。”

绪言余论，而莫传。《庄子·渔父篇》孔子谓渔父曰：“曩者先生有绪言而去，丘不肖，未知所谓，窃待于下风，幸闻咳唾之音，以卒相丘也。”成玄英疏：“绪言，余论也。”司马相如《子虚赋》乌有先生对楚使子虚曰：“愿闻大国之风烈，先生之余论。”

或有自其家得而示余者，余悲其音徽未沫，而其人已亡；

《楚辞·离骚》："芳菲菲而难亏兮，芬至今犹未沬。"王逸注："沬，已也。"《荀子·哀公篇》："鲁哀公问于孔子曰：'寡人生于深宫之中，长于妇人之手，寡人未尝知哀也，未尝知忧也，未尝知劳也，未尝知惧也，未尝知危也。'……孔子曰：'君入庙门而右，登自胙阶，仰视榱栋，俯见几筵，其器存，其人亡，君以此思哀，则哀将焉而不至矣。'"

青简尚新，而宿草将列。 李善注："《风俗通》（今传本十六卷无此条）曰：'刘向《别录》，杀青者，直治青竹作简书之耳。'"（新竹有汗，善朽蠹，凡作简者，皆于火上炙干之，陈、楚之间谓之汗，汗者，去其汗也）《礼记·檀弓上》曾子曰："朋友之墓，有宿草而不哭焉。"

泫然不知涕之无从也。 《礼记·檀弓上》："孔子既得合葬于防（孔子父墓在防，与母合葬），曰：'吾闻之：古也墓而不坟。今丘也，东西南北之人也，不可以弗识也。于是封之，崇四尺。孔子先反，门人后。雨甚，至，孔子问焉，曰：'尔来何迟也？'曰：'防墓崩。'孔子不应。三，孔子泫然流涕，曰：'吾闻之，古不修墓。'"又："孔子之卫，遇旧馆人之丧，入而哭之，哀。出，使子贡说骖而赙之。子贡曰：'于门人之丧，未有所说骖，说骖于旧馆，无乃已重乎？'夫子曰：'予乡者入而哭之，遇于一哀而出涕，予恶夫涕之无从也。'"

虽隙驷不留，尺波电谢； 《墨子·兼爱下》："人之生乎地上，之无几何也，譬之犹驷驰而过隙也。"。陆机《长歌行》："寸阴无停晷，尺波岂徒旋。"

而秋菊春兰，英华靡绝。 《楚辞·九歌·礼魂》："春兰兮秋菊，长无绝兮终古。”

故存其梗概，更酬其旨。 张衡《东京赋》安处先生对凭虚公子曰：“故粗为宾言其梗概如此。”

若使墨翟之言无爽，宣室之谈有征， 《墨子·明鬼下》：“周宣王杀其臣杜伯而不辜，杜伯曰：‘吾君杀我而不辜，若以死者为无知则止矣；若死而有知，不出三年，必使吾君知之。’其三年，周宣王合诸侯而田于圃，田车数百乘，从数千人，满野。日中，杜伯乘白马素车，朱衣冠，执朱弓，挟朱矢，追周宣王，射之车上，中心折脊，殪车中，伏弢而死。当是之时，周人从者莫不见，远者莫不闻，著在周之《春秋》，为君者以教其臣，为父者以警其子，曰：‘戒之慎之，凡杀不辜者，其得不祥，鬼神之诛，若此之憯遬（惨速）。’以若书（周之《春秋》）之说观之，则鬼神之有，岂可疑哉?”《汉书·贾谊传》：“贾谊，雒阳人也。年十八，以能诵《诗》、《书》属文，称于郡中。……文帝召以为博士。是时，谊年二十余，最为少。每诏令议下，诸老先生未能言，谊尽为之对，人人各如其意所出。诸生（先生也）于是以为能。文帝说之，超迁，岁中至太中大夫。……诸法令所更定，及列侯就国，其说皆谊发之，于是天子议以谊任公卿之位。绛（绛侯周勃）、灌（婴）、东阳侯（张相如）、冯敬之属尽害之，乃毁谊曰：‘雒阳之人，年少初学，专欲擅权，纷乱诸事。’于是天子后亦疏之，不用其议，以谊为长沙王太傅。……文帝思谊，征之。至，入见。上方受釐，坐宣室（未央宫前正室）。上因感鬼神事，而问鬼神之本，谊具道所以然之故。至夜半，文帝前席。既罢，曰：‘吾久不见贾生，自以为过之，今不及也。’”

冀东平之树，望咸阳而西靡；盖山之泉，闻弦歌而赴节。 李善引《圣贤冢墓记》（刘宋李彤撰，一卷，亡）曰："东平思王（宣帝子）冢在东平无盐。人传云：思王归国，（思）京师，后葬，其冢上松柏西靡。"《汉书·东平思王宇传》颜师古注引魏缪卜《皇览》曰："东平思王冢在无盐。人传言：王在国，思归京师。后葬，其冢上松柏皆西靡也。"又李善引《宣城记》曰：'临城县南四十里盖山，高百许丈，有舒姑泉。昔有舒氏女，与其父析薪此泉处坐，牵挽不动，乃还告家。比还，唯见清泉湛然。女母曰：'吾女本好音乐。'乃弦歌，泉涌回流，有朱鲤一双，今作乐嬉戏，泉固涌出也。"陆机《文赋》李善注引王粲《七释》曰："邪睨鼓下，亢音赴节。"

但悬剑空垅，有恨如何！ 刘向《新序·节士篇》："延陵季子将西聘晋，带宝剑以过徐君，徐君观剑，不言而色欲之。延陵季子为有上国之使，未献也，然其心许之矣。致使于晋，故反，则徐君死于楚。于是脱剑致之嗣君，从者止之曰：'此吴国之宝，非所以赠也。'延陵季子曰：'吾非赠之也，先日吾来，徐君观吾剑，不言而其色欲之，吾为有上国之使，未献也。虽然，吾心许之矣。今死而不进，是欺心也。爱剑伪心，廉者不为也。'遂脱剑致之嗣君。嗣君曰：'先君无命，孤不敢受剑。'于是季子以剑带徐君墓树而去。徐人嘉而歌之曰：'延陵季子兮不忘故，脱千金之剑兮带丘墓。'"

刘孝标《广绝交论》

《南史·刘峻传》："峻字孝标，本名法武，怀珍从父弟也。（平原人）父琁之，仕宋为始兴内史。峻生期月而琁之卒，其母许氏，携峻及其兄法凤还乡里。宋（明帝）泰始初，魏克青州，峻时年八岁，为人所略为奴，至中山（河北）。中山富人刘宝愍峻，以束帛赎之，教以书学。魏人闻其江南有戚属，更徙之代都（《梁书》作桑乾，皆山西北部）。居贫不自立，与母并出家为尼僧，既而还俗。峻好学，寄人庑下，自课读书，常燎麻炬，从夕达旦，时或昏睡，爇其须发，及觉复读，其精力如此。时魏孝文（拓跋宏）选尽物望，江南人士才学之徒，咸见申擢，峻兄弟不蒙选拔。齐（武帝）永明中，俱奔江南，更改名峻，字孝标。自以少时未开悟，晚更厉精，明慧过人。苦所见不博，闻有异书，必往祈借。清河崔慰祖谓之'书淫'。【《南史·文学传》："崔慰祖，字悦宗，清河东武城人也。……好学，聚书至万卷。邻里年少好事者，来从假借，日数十帙。慰祖亲自取与，未尝为辞。……（齐明帝）建武中，诏举士，从兄慧景举慰祖及平原刘孝标，并硕学。帝欲试以百里，慰祖辞不就。国子祭酒沈约、吏部郎谢朓尝于吏部省中宾友俱集，各问慰祖地理中所不悉十余事，慰祖口吃，无华辞；而酬据精悉，一座称服之。朓叹曰：'假使班、马复生，无以过此。’”】于是博极群书，文藻秀出。故其《自序》云：‘黉（音横）中济济皆升堂，亦有愚者解衣裳。’言其少年鲁钝也。时竟陵王子良博招学士（子良，文惠太子同母弟，齐武帝第二子，敦义爱古，倾意宾客，天下才学，皆游习焉），峻因人求为子良国职，吏部尚书徐孝嗣抑而不许，用为南海王（子罕。武帝子，与子良异母）侍郎，不就。至齐明帝时，萧遥欣（宗室曲江公）为豫州，引为府刑狱，礼遇甚厚。遥欣寻卒，久不调。梁天监初，召入西省，与学士贺踪典校秘阁。峻兄孝庆（即原名法凤者）时为青州刺史，峻请假省之，坐私载禁物，为有司所奏，免官。安成王秀雅重峻，（秀，梁武帝异母弟，天监十三年为郢州刺史，加都督。精意学术，搜集传记，当世高才，多游其门。孝标时年五十三矣）及安成王迁荆州，引为户曹参军，给其书籍，使撰《类苑》，未及成，复以疾去。因游东阳紫岩山，筑室居焉。为《山栖志》，其文甚美。【《金华山栖志》序：“爰洎二毛，得居岩穴，所居东阳郡金华山，东阳，实会稽西部，是生竹箭。（《尔雅·释地》：“东南之美者，有会稽之竹箭焉。”郭璞注：“竹箭，篠也。”篠，音小。邢昺疏：“篠，是竹之小者，可以为箭干者也。”）序又云：“金华之首，有紫岩山。”】初，梁武帝招文学之士，有高才者，多被引进，擢以不次。峻率性而动，不能随众沉浮。武帝每集文士策经史事，时范云、沈约之徒，皆引短推长，帝乃悦，加其赏赉。曾策锦被事，咸言已罄，帝试呼问峻，峻时贫悴冗散，忽请纸笔疏十余事，坐客皆惊，帝不觉失色，自是恶之，不复引见。及峻《类苑》成，凡一百二十卷，帝即命诸学士撰《华林遍略》以高之，竟不见用。乃著《辩命论》以寄其怀。论成，中山刘沼致书以难之，凡再反，峻并为申析以答之。会沼卒，不见峻后报者，峻乃为书以序其事，其文论并多，不载。峻又尝为《自序》，其略云：‘余自比冯敬通（东汉初冯衍），而有同之者三，异之者四。何则？敬通雄才冠世，志刚金石；余虽不及之，而节亮慷慨，此一同也。敬通逢（《梁书》作值）中兴明君，而终不试用；余逢命世英主，亦摈斥当年，此二同也。敬通有忌妻，至于身操井臼；（《后汉书·冯衍传》："衍娶北地女任氏为妻，悍忌不得畜媵妾，儿女常自操井臼，老竟逐之，遂坞壈于时。"）余有悍室，亦令家道轗轲，此三同也。敬通当更始世，手握兵符，跃马肉食；【《后汉书·冯衍传》："（刘玄）更始二年，遣尚书仆射鲍永行大将军事，安集北方，衍因以计说永曰：'……'永既素重衍，为且受使得自置偏裨，乃以衍为立汉将军，领狼孟长，屯太原，与上党太守田邑等，缮甲养士，扞卫并土。"】余自少迄长，戚戚无欢，此一异也。敬通有一子仲文，官成名立；【《冯衍传》："子豹。豹，字仲文，年十二，母为父所出，后母恶之，尝因豹夜寐，欲行毒害，豹逃走得免。敬事愈谨，而母疾之益深，时人称其孝。长好儒学，以《诗》、《春秋》教丽山下。乡里为之语曰：'道德彬彬冯仲文。'举孝廉，拜尚书郎，忠勤不懈。每奏事未报，常俯伏省阁，或从昏至明。肃宗（章帝）闻而嘉之，使黄门持被覆豹，敕令勿惊，由是数加赏赐。是时方平西域，以豹有才谋，拜为河西副校尉。和帝初，数言边事……迁武威太守，视事二年，河西称之，复征入为尚书。（和帝）永元十四年，卒于官。"】余祸同伯道，永无血胤，此二异也。（《晋书·良吏·邓攸传》："字伯道，……石勒过泗水，攸乃斫坏车，以牛马负妻子而逃。又遇贼掠其牛马，步走，担其儿及其弟子绥。度不能两全，乃谓其妻曰：'吾弟早亡，唯有一息，理不可绝，止应自弃我儿耳。幸而得存，我后当有子。'妻泣而从之，乃弃之，其子朝弃而暮及。明日，攸系之于树而去。……攸弃子之后，妻不复孕。过江，纳妾，甚宠之。讯其家属，说是北人遭乱，忆父母姓名，乃攸之甥。攸素有德行，闻之感恨，遂不复畜妾，卒以无嗣。时人义而哀之，为之语曰：'天道无知，使邓伯道无儿。'弟子绥，服攸丧三年。"《世说新语·赏誉篇》："谢太傅重邓仆射，常言：天地无知，使伯道无儿。"）敬通旅力刚强（《梁书》作膂力方刚。《诗·小雅·北山》："旅力方刚，经营四方。"《说文》："吕，脊骨也。象形。""膂，篆文吕从肉从旅。"《诗》之旅力，是假借字），老而益壮；（《后汉书·马援传》："常谓宾客曰：丈夫为志，穷当益坚，老当益壮。"）余有犬马之疾，溘死无时，此三异也。（《汉书·孔光传》："犬马齿戴，诚恐一旦颠仆。"《楚辞·离骚》："宁溘死以流亡兮，余不忍为此态也。"）敬通虽芝残蕙焚，终填沟壑，（《陆机·叹逝赋》："信松茂而柏悦，嗟芝焚而蕙叹。"扬雄《剧秦美新》："恐一旦先犬马，填沟壑。"）而为名贤所慕，其风流、郁烈芬芳，久而弥盛；余声尘寂寞，世不吾知，魂魄一去，将同秋草，此四异也。所以力自为序，遗之好事云。'峻本将门，兄法凤自北归，改名孝庆，字仲昌，早有干略，齐末为兖州刺史，举兵应梁武，封余干男，历官显重。峻独笃志好学，居东阳，吴会人士，多从其学。普通三年卒，年六十。门人谥曰玄靖先生。"

《南史·任昉传》："东海王僧孺尝论之：以为'过于董生、扬子。昉乐人之乐，忧人之忧，虚往实归，忘贫去吝。(《庄子·则阳篇》："故圣人，其穷也，使家人忘其贫；其达也，使王公忘爵禄而化卑。")行可以厉风俗，义可以厚人伦。(《毛诗序》："厚人伦，美教化，移风俗。")能使贪夫不取，懦夫有立。(《孟子·尽心下》："故闻伯夷之风者，顽夫廉，懦夫有立志。"顽，钝也。廉，利也。风骨棱棱之意。然自汉儒已不解顽廉之义，改作贪夫廉矣)'其见重如此。有子东里、西华、南容、北叟，并无术业，坠其家声。兄弟流离，不能自振。生平旧交，莫有收恤。西华冬月着葛帔练裙，道逢平原刘孝标，泫然矜之，谓曰：'我当为卿作计。'乃著《广绝交论》，以讥其旧交。曰：'……'到溉见其论，抵之于地，终身恨之。"【《梁书·到洽传》："乐安任昉，有知人之鉴，与洽兄沼、溉并善。尝访洽于田舍，见之叹曰：'此子日下无双。'遂申拜亲之礼。天监初，沼、溉俱蒙擢用（乃昉绍介)，洽尤见知赏，从弟沆亦相与齐名。……（天监）五年，迁尚书殿中郎。洽兄弟群从递居此职，时人荣之】

《梁书·任昉传》："昉好交结，奖进士友。得其延誉者，率多升擢，故衣冠（士人）贵游，莫不争与交好，坐上宾客恒有数十。时人慕之，号曰任君，言如汉之三君也。(《后汉书·党锢传序》："窦武、刘淑、陈蕃为三君。君者，言一世之所宗也。")陈郡殷芸（即撰《殷芸小说》十卷者）与建安太守到溉书曰：'哲人云亡，仪表长谢。元龟（示吉凶）何寄？指南谁托？'其为士友所推如此。昉不治生产，至乃居无室宅。世或讥其多乞贷，亦随复散之亲故。昉常叹曰：‘知我亦以叔则，不知我亦以叔则。’”【《晋书·裴楷传》：“字叔则。……明悟有识量，弱冠知名，尤精《老》、《易》，少与王戎齐名。……文帝问其人于钟会。会曰：‘裴楷清通，王戎简要，皆其选也。’于是以楷为吏部郎。楷风神高迈，容仪俊爽，博涉群书，特精理义，时人谓之玉人。又称：见裴叔则如近玉山，照映人也……拜散骑侍郎，累迁散骑常侍、河内太守，入为屯骑校尉、右军将军，转侍中。……楷性宽厚，与物无忤。不持俭素，每游荣贵，辄取其珍玩。虽车马器服，宿昔之间，便以施诸穷乏。尝营别宅，其从兄衍见而悦之，即以宅与衍。梁（梁王彤）、赵（赵王伦）二王，国之近属，贵重当时，楷岁请二国租钱百万，以散亲族。人或讥之，楷曰：‘损有余以补不足，天之道也。（《老子》：“有余者损之，不足者补之。天之道，损有余而补不足。”）安于毁誉，其行己任率，皆此类也。’”】

《文中子·王道篇》：“子见刘孝标《绝交论》，曰：惜乎，举任公而毁也。任公于是乎不可谓知人矣。”（谓刘孝标本赞美任昉，而不觉毁其不知人也）又《立命篇》：“谓门人曰：五交三衅，刘峻亦知言哉！”

李善注引梁刘璠《梁典》曰：“刘峻见任昉诸子，西华兄弟等，流离不能自振，生平旧交莫有收恤。西华冬月着葛布帔练裙，路逢峻。峻泫然矜之，乃广朱公叔《绝交论》。到溉见其论，抵几于地，终身恨之。”

孙月峰曰：“议论纵横，不及《辨命》，而工细过之。”又曰：“撰语绝工妙，不慌不忙，逐节描写，皆得其神，盖议论中之赋。”又曰：“亦只是平常语，但锻炼力到，便觉态浓而味腴。”

何义门曰：“文中子见此论，曰：‘惜乎！誉任公而毁也。任公于是不可谓知人矣。’其可谓深远。然他日又谓门人曰：‘五交三衅，刘峻亦知言哉！’盖云雨翻覆，（杜甫《贫交行》：“翻手作云覆手雨，纷纷轻薄何须数！君不见，管、鲍贫时交，此道今人弃如土。”）虽贤者亦难以情恕理遣也。”（《晋书·卫玠传》：“玠尝以‘人有不及，可以情恕；非意相干，可以理遣’，故终身不见喜愠之容。”）

邵子湘曰：“说尽末世交情，令人痛哭，令人失笑。对偶之工，已居胜场，与散体判为二矣。

方伯海曰：“交游一途，恶薄炎凉，古今同慨。自利交风炽，即及身结纳，前同胶漆，后判秦、越【《后汉书·独行传·雷义传》：“乡里为之语曰：胶漆自谓坚，不如雷与陈（重）。”韩愈《争臣论》：“若越人视秦人之肥瘠，忽焉不加喜戚于其心。”】何况友之子孙？观《梁典》所载，昉之诸子，俱无学术，贫苦固其自取。但尚非不肖，则引手相援，不能无赖父执之有力者。况溉等兄弟，各登清异，实借彦升吹嘘之力。则以德报德，远出寻常，方为心安理顺。乃竟漠然坐视，不分半菽，不拔一毛，此则溉等之可罪；故见是书投几于地，衔恨终身也。呜呼！为子弟不能家承素业，负荷析薪（为亲服劳），已属有愧；至不能食力，辗转求人，情以屡渎，能给其求者亦寡矣。况以流荡失业，辱及所生哉！然则溉等诚可罪，亦由昉之诸子不能读父书也。”

李申耆曰：“以刻酷摅其愤懑，真足以状难状之情，《送穷》（韩文）、《乞巧》（柳文），皆其支流也。”

谭复堂曰：“尚有《韩非》、《吕览》遗意。”又曰：“辞胜于理，文苑之粢粱。”

客问主人曰：“朱公叔《绝交论》，为是乎？为非乎？”主人曰：“客奚此之问？”客曰：“夫草虫鸣则阜螽跃，雕虎啸而清风起。故絪相感，雾涌云蒸；嘤鸣相召，星流电激。是以王阳登则贡公喜，罕生逝而国子悲。且心同琴瑟，言郁郁于兰茝；道叶胶漆，志婉娈于埙篪。圣贤以此镂金版而镌盘盂，书玉牒而刻钟鼎。若乃匠人辍成风之妙巧，伯子息流波之雅引。范、张款款于下泉，尹、班陶陶于永夕。骆驿纵横，烟霏雨散，巧历所不知，心计莫能测。而朱益州汩彝叙，粤谟训，捶直切，绝交游，比黔首以鹰鹯，媲 劈诣切。 人灵于豺虎，蒙有猜焉，请辨其惑。” ○此段设为客问以难朱穆之绝交，欲抑先扬，并明人伦之不可废。浦二田曰：“突然开端，为广字立案。”陆雨侯曰：“起亦卓雅。”

客问主人曰：“朱公叔《绝交论》，为是乎？为非乎？”李善注：“此假言也，为是为非，疑而问之也。”五臣张铣注：

“朱穆感时浇薄，著《绝交论》以矫之。今假说客主以相问，以明为论之是非。”《后汉书·朱穆传》：“穆字公叔（晖孙，南阳宛人）。年五岁，便有孝称。父母有病，辄不饮食，差乃复常。及壮耽学，锐意讲诵，或时思至，不自知忘失衣冠，颠队阬岸。其父（颉）常以为专愚，几不知数马足，穆愈更精笃。……为侍御史，时同郡赵康叔盛者，隐于武当山，清静不仕，以经传教授。穆时年五十，乃奉书称弟子。及康殁，丧之如师。其尊德重道，为当时所服。常感时浇薄，慕尚敦笃，乃作《崇厚论》。……又著《绝交论》，亦矫时之作。……穆居家数年，在朝诸公，多有相推荐者，于是征拜尚书。穆既深疾宦官（桓帝时），及在台阁，旦夕共事，志欲除之。乃上疏曰：‘……’帝不纳。后穆因进见，口复陈曰：‘……’帝怒不应。穆伏不肯起，左右传出，良久，乃趋而去。自此，中官（宦者）数因事称诏诋毁之。穆素刚，不得意，居无几，愤懑发疽，延熹六年卒，时年六十四。禄仕数十年，蔬食布衣，家无余财。公卿共表穆‘立节忠清，虔恭机密，守死善道，宜蒙旌宠’。策诏褒述，追赠益州太守。”

主人曰：“客奚此之问？” 李善注：“奚，何也，何故有此问也。未详其意，故审覆之也。”

客曰：“夫草虫鸣则阜螽跃，雕虎啸而清风起。 李善注：“欲明交道不可绝，故陈四事以喻之。”五臣吕延济注：“草虫鸣，阜螽超跃而从之；雕虎啸，则谷风起。言此四物相感，以喻交不可绝也。雕，谓虎文如雕画。”《诗·召南·草虫》：“喓喓草虫，趯趯（音惕）阜螽。”《毛传》：“喓喓，声也。草虫，常羊也。趯趯，跃也。阜螽，蠜也。”《郑笺》：“草虫鸣，阜螽跃而从之，异种同类。”（李善改作“异类相应也”）雕虎：《尸子》佚文：“中黄伯曰：余左执太行之獶（一作猱），而右搏雕虎，惟象之未与试。……夫贫穷，太行之獶也；疏贱者，义之雕虎也。”张衡《思玄赋》：“执雕虎而试象兮，阽焦原而跟趾。”《易·乾文言》：“云从龙，风从虎。”《淮南子·天文训》：“虎啸而谷风至，龙举而景云属。”李善引许慎注：“虎，阴中阳兽，与风同类也。”

故絪相感，雾涌云蒸；嘤鸣相召，星流电激。 李善注：“元气相感，雾涌云蒸以相应；鸟鸣相召，星流电激以相从，言感应之速也。”五臣刘良注：“絪缊，天地之气也，雾涌云蒸以相应；嘤鸣，声也，言鸟鸣相召也。星流电激，言相应之速也。”《易·系辞传下》：“天地絪缊，万物化醇。男女构精，万物化生。”孔颖达疏：“言天地无心，自然得一。唯二气絪缊，共相和会，万物感之，变化而精醇也。”《说文》：“壹，壹壺也。……《易》曰‘天地’。”《淮南子·说林训》：“山云蒸，柱础润；伏苓掘，兔丝死。”《诗·小雅·伐木》：“伐木丁丁，鸟鸣嘤嘤。出自幽谷，迁于乔木。嘤其鸣矣，求其友声。”《郑笺》：“其鸣之志，似于友道然。”班固《答宾戏》：“游说之徒，风飑电激。”李善引曹植《辩问》：“游说之士，星流电耀。”（今《集》无，严可均《全三国文》漏辑）

是以王阳登则贡公喜，罕生逝而国子悲。 李善注：“此明良朋也。良朋之道，情同休戚，故贡禹喜王阳之登朝，子产悲子皮之永逝也。……罕生，子皮；国子，子产也。”五臣李周翰注：“王阳登朝，友人贡禹闻之而喜。罕生，子皮也。逝，死也。国子，子产也。悲，为无知己也。此明良朋之道，休戚共之。"《汉书·王吉传》:"王吉,字子阳,琅玡皋虞人也。……吉与贡禹为友,世称'王阳在位,贡公弹冠'。言其取舍同也。"又《贡禹传》:"贡禹字少翁,琅邪人也。以明经洁行著闻,征为博士,凉州刺史,病,去官。复举贤良,为河南令。……迁禹为光禄大夫。……以禹为长信少府。会御史大夫陈万年卒,禹代为御史大夫。"《左传》昭公十三年:"子产(自晋)归,未至,闻子皮卒,哭且曰:'吾已无为为善矣,唯夫子(指子皮)知我。"

且心同琴瑟,言郁郁于兰茝;道叶胶漆,志婉娈于埙篪。李善注:"心和琴瑟,则言香兰茝;道合胶漆,则志顺埙篪。言和顺之甚也。"五臣张铣注:"琴瑟埙篪皆乐器,其声相和也。兰茝,香草。胶漆,坚固之物。郁郁,茂盛貌。婉娈,相从好貌。言友道相合,其和如琴瑟埙篪,其芬如兰茝,其坚如胶漆。谓以茂盛之道相从。"《诗·小雅·常棣》:"妻子好合,如鼓瑟琴。兄弟既翕,和乐且湛。"(湛乃媅之假借,《说文》:"媅,乐也。")又《小雅·鹿鸣》:"呦呦鹿鸣,食野之芩。我有嘉宾,鼓瑟鼓琴。鼓瑟鼓琴,和乐且耽。"(耽亦媅之假借,《说文》:"耽,耳大也。")曹植《王仲孙诔》:"好和琴瑟,分过友生。"李善注:"郁郁,香也。"是。司马相如《上林赋》:"芬芳沤郁,酷烈淑郁。"梁简文帝《金錞赋》:"观云龙之郁郁,望威凤之徘徊。"《易·系辞传上》:"君子之道,或出或处,或默或语。二人同心,其利断金。同心之言,其臭如兰。"胶漆:《古诗十九首》:"以胶投漆中,谁能别离此?"《后汉书·独行传·陈重传》:"举重孝廉,重以让义。"又《雷义传》:"义归举茂才,让于陈重,刺史不听,义遂佯狂被发，走不应命。乡里为之语曰：胶漆自谓坚，不如雷与陈。”婉娈：《诗·齐风·甫田》：“婉兮娈兮，总角丱兮。”班固《汉书·叙传·述哀纪第十一》：“婉娈董公，惟亮天功。”埙篪：《诗·小雅·何人斯》：“伯氏吹埙，仲氏吹篪。”《说文》：“壎，乐器也。以土为之。”况袁切。埙乃壎之俗字。

圣贤以此镂金版而镌盘盂，书玉牒而刻钟鼎。 李善注：“圣贤以良朋之道，故著简策而传之。”五臣吕向曰：“圣贤以良朋之道，镂于金版盘盂玉牒钟鼎之上也。金版，金匮之书。盘盂，器也。衡山有玉璧，禹所刻文名玉牒。古人有善事，则铭镂于其上以记之也。”《太公金匮》：“屈一人之下，申万人之上。武王曰：请著金版。”盘盂：《吕氏春秋·慎行论·求人篇》：“功绩铭乎金石，著于盘盂。”《韩非子·大体篇》：“豪杰不著名于图书，不录功于盘盂，记年之牒空虚。”钟鼎：李善引墨子曰：“琢之盘盂，铭于钟鼎。”（未见）杨德祖《答临淄侯笺》：“铭功景钟，书名竹帛。”《魏志·钟繇传》裴松之注引魏鱼豢《魏略》曰：“周之尸臣，宋之考父，卫之孔悝，晋之魏颗，彼四臣者，并以功德，勒名钟鼎。”又《史记·封禅书》：“天子至梁父，礼祠地主。……封泰山下东方，……封广丈二尺，高九尺，其下则有玉牒书，书秘。”

若乃匠人辍成风之妙巧，伯子息流波之雅引。 李善注：“此言良朋之难遇也。”五臣吕延济曰：“喻交无相知则绝也。雅正，引曲也。”《庄子·徐无鬼篇》：“庄子送葬，过惠子之墓，顾谓从者曰：郢人垩慢其鼻端若蝇翼，使匠石斫之。匠石运斤成风，听而斫之，尽垩而鼻不伤，郢人立不失容。宋元君闻之，召匠石曰：‘尝试为寡人为之。’匠石曰：‘臣则尝能斫之，虽然，臣之质死久矣。’自夫子（指惠施）之死也，吾无以为质矣，吾无与言之矣。”《吕氏春秋·孝行览·本味篇》：“伯牙鼓琴，钟子期听之，方鼓琴而志在太山，钟子期曰：‘善哉乎鼓琴！巍巍乎若太山。’少选之间，而志在流水，钟子期又曰：‘善哉乎鼓琴！汤汤乎若流水。’钟子期死，伯牙破琴绝弦，终身不复鼓琴，以为世无足复为鼓琴者。”（亦见《列子·汤问篇》）

范、张款款于下泉，尹、班陶陶于永夕。 五臣刘良注：“陶陶，和乐貌。”《后汉书·独行传·范式传》：“范式字巨卿，山阳金乡人也，一名泛。少游太学，为诸生，与汝南张劭为友。劭字元伯。二人并告归乡里，式谓元伯曰：‘后二年当还，将过拜尊亲，见孺子焉。’乃共克期日。后，期方至，元伯具以白母，请设馔以候之。母曰：‘二年之别，千里结言，尔何相信之审邪？’对曰：‘巨卿信士，必不乖违。’母曰：‘若然，当为尔酝酒。’至其日，巨卿果到，升堂拜饮，尽欢而别。式仕为郡功曹。后元伯寝疾，笃，同郡郅君章、殷子征晨夜省视之。元伯临尽，叹曰：‘恨不见吾死友！’子征曰：‘吾与君章尽心于子，是非死友，复欲谁求？’元伯曰：‘若二子者，吾生友耳；山阳范巨卿，所谓死友也。’寻而卒。式忽梦见元伯，玄冕垂缨，屣履而呼曰：‘巨卿，吾以某日死，当以尔时葬，永归黄泉。子未我忘，岂能相及？’式怳然觉寤，悲叹泣下，具告太守，请往奔丧。太守虽心不信，而重（重视）违其情，许之。式便服朋友之服（缌麻绖带），投其葬日，驰往赴之。式未及到，而丧已发引，既至圹，将窆，而柩不肯进。其母抚之曰：‘元伯，岂有望邪？’遂停柩移时，乃见有素车白马，号哭而来。其母望之曰：‘是必范巨卿也。’巨卿既至，叩丧言曰：‘行矣元伯，死生路异，永从此辞。’会葬者千人，咸为挥涕。式因执绋而引柩，于是乃前。式遂留止冢次，为修坟树，然后乃去。”太史公《报任少卿书》：“见主上惨怆怛悼，诚欲效其款款之愚。”《广雅·释训》：“拳拳、区区、款款，爱也。”下泉：王粲《七哀诗》：“悟彼下泉人，喟然伤心肝。”尹、班：《东观汉记》卷十六《尹敏传》：“尹敏与班彪亲善，每相遇，与谈，常日旰忘食，昼即至暝，夜则达旦，彪曰：‘相与久语，为俗人所怪。然钟子期死，伯牙破琴，曷为陶陶哉！’”《诗·王风·君子陶陶·毛传》：“陶陶，和乐貌。”《后汉书·儒林传上·尹敏传》：“与班彪亲善，每相遇，辄日旰忘食，夜分不寝，自以为钟期、伯牙，庄周、惠施之相得也。”

骆驿纵横，烟霏雨散，巧历所不知，心计莫能测。 李善注：“骆驿纵横，不绝也。烟霏雨散，众多也。”五臣李周翰注：“骆驿纵横，不绝貌。烟霏雨散，众多貌。言交道多涂，虽巧于历数及心算之人，无能知测其委趣也。”王延寿文考《鲁灵光殿赋》曰：“捷猎鳞集，支离分赴。纵横骆驿，各有所趣。”李善引陆机《列仙赋》：“腾烟雾之霏霏。”（已残，此句严可均《全晋文》有辑）扬雄《剧秦美新》：“云动风偃，雾集雨散。”巧历：《庄子·齐物论》：“巧历不能得，而况其凡乎？”《史记·平准书》：“桑弘羊以计算用事，侍中。……弘羊，雒阳贾人子，以心计，年十三，侍中。”

而朱益州汩彝叙，粤谟训，捶直切，绝交游，比黔首以鹰鹯，媲人灵于豺虎，蒙有猜焉，请辨其惑。” 李善注：“言朋友之义，备在典谟，公叔乱常道而绝之，故以为疑也。”五臣张铣曰：“汩，乱也。彝，常也。粤，当为越。捶，杖也。黔首，人也。”（人，本是民，避太宗讳）《书·洪范》：“天乃锡禹洪范九畴，彝伦攸叙。”又《书·胤征》：“嗟予有众，圣有谟训。”《家语·弟子行》：“昔晋平公问祁奚曰：‘羊舌大夫（叔向）、晋之良大夫也。其行如何？’……祁奚对曰：‘……信而好直其切。’”王肃注：“言其切直。”（今本《家语》切作功，字误）《尔雅·释训》：“丁丁，嘤嘤，相切直也。”《列子·杨朱篇》：“子产，……有兄曰公孙朝，有弟曰公孙穆。朝好酒，穆好色。……穆……屏亲昵，绝交游，逃于后庭，以昼足夜。”太史公《报任少卿书》：“交游莫救视。”陶渊明《归去来辞》：“归去来兮，请息交以绝游。”《礼记·祭义》孔子曰：“明命鬼神，以为黔首则。”郑玄注：“黔首，谓民也。”《大戴礼记》、《小戴礼记》所述，皆先秦古书，非自作，则称民为黔首，不自秦始也。贾谊《过秦论》：“于是废先王之道，燔百家之言，以愚黔首。”《史记·秦始皇本纪》：“二十六年，……更名民曰黔首。”鹰鹯：李善注：“鹰鹯豺虎，贪残而无亲也。”《左传》文公十八年，鲁太史克引臧文仲旧语曰：“见无礼于其君者诛之，如鹰鹯之逐鸟雀也。”《尔雅·释诂上》：“妃，媲也。”人灵：《书·泰誓上》：“惟天地，万物父母；惟人，万物之灵。”《诗·小雅·巷伯》：“取彼谮人，投畀豺虎。”李善引晋杜夷《幽求子》（亡）曰：“不仁之人，心怀豺虎。”蒙：我之谦辞。扬雄《长杨赋》子墨客卿曰：“本非人主之急务也，蒙窃惑焉。”李善注：“《周易》（《序卦传》）曰：‘《蒙》者，蒙也。’韩康伯曰：‘蒙昧，幼少之象也。’”辨惑：《论语·颜渊篇》：“子张问崇德辨惑。”又：“樊迟从游于舞雩之下，曰：敢问崇德、修慝、辨惑。”

主人听然而笑曰：“客所谓抚弦徽音，未达燥湿变响；张罗沮泽，不睹鸿雁云飞。盖圣人握金镜，阐风烈，龙欢蠖屈，从道污隆。日月联璧，赞亹亹之弘致；云飞电薄，显棣华之微旨。若五音之变化，济九成之妙曲。此朱生得玄珠于赤水，谟神睿而为言。至夫组织仁义，琢磨道德，欢其愉乐，恤其陵夷，寄通灵台之下，遗迹江湖之上，风雨急而不辍其音，霜雪零而不渝其色，斯贤达之素交，历万古而一遇。逮叔世民讹，狙诈飙起，溪谷不能逾其险，鬼神无以究其变，竞毛羽之轻，趋锥刀之末。于是素交尽，利交兴，天下蚩蚩，鸟惊雷骇。然则利交同源，派流则异，较言其略，有五术焉： ○自此至终篇，皆主人答客之言。谓圣人说教，随变通时，盛世则隆友道，末世或反其道而行，朱穆正得圣人微妙之旨也。续云贤达素交，实万古而一遇。末世人心多诈，皆以利相交，同源异流，约分五道，要皆不离乎利也。

主人听然而笑曰：“客所谓抚弦徽音，未达燥湿变响；张罗沮泽，不睹鸿雁云飞。 《说文》：“听，笑皃。”宜引切。李善注：“言朋友之道，随时盛衰，醇（厚）则志叶断金，醨（薄）则昌言交绝。今以绝交为惑，是未达随时之义，犹抚弦者，未知变响；张罗者，不睹云飞，谬之甚也。”五臣吕向注：“听，笑貌。循弦曰彻，泽有草曰沮。言朋友之道，随时盛衰，今以绝交之理为惑，是不知随时之义。亦犹抚琴循弦，不达燥湿之声变；张网沮泽，而不睹鸟之高飞，乃惑之甚也。”司马相如《上林赋》：“亡是公听然而笑曰：楚则失矣，而齐亦未为得也。”《仪礼·士丧礼》：“君坐抚当心。”郑玄注：“抚，手案之。”李善引许慎《淮南子注》曰：“鼓琴循弦谓之徽也。”《韩诗外传》卷七：“赵王使人于楚，鼓瑟而遣之，曰：‘慎无失吾言。’使者受命，伏而不起，曰：‘大王鼓瑟，未尝若今日之悲也。’王曰：‘调。’使者曰：‘调则可记其柱。’王曰：‘不可。天有燥湿，弦有缓急，柱有推移，不可记也。’使者曰：‘请借此以喻。楚之去赵也，千有余里，亦有吉凶之变，凶则吊之，吉则贺之，犹柱之有推移，不可记也。’”司马相如《难蜀父老》：“犹鷦鹏已翔乎寥廓之宇，而罗者犹视乎薮泽，悲夫！”《法言·问明篇》：“鸿飞冥冥，弋人何篡焉。”（篡，应是慕字之误）左思《蜀都赋》：“潜龙蟠于沮泽，应鸣鼓而兴雨。”又曰：“云飞水宿，哢吭（音康）清渠。”

盖圣人握金镜，阐风烈，龙欢蠖屈，从道污隆。 李善注：“言圣人怀明道而阐风教，如龙蠖之骧屈，盖从道之污隆也。”五臣吕延济曰：“握，持也。金镜，喻明道。阐，开。骧，腾也。蠖，虫名。言圣人持明道，开风业，腾之如龙，屈之如蠖，亦随时隆杀也，而况交道乎？”李善引《春秋孔录法》曰：“有人印金刀，握天镜。”又引《雒书》曰：“秦失金镜。”又引郑玄曰：“金镜，喻明道也。”又引《春秋考异邮》曰：“后虽殊世，风烈犹合于持方。”引宋均曰：“持方，受命者名也。”《汉书·叙传·韩彭述》：“云起龙襄，化为侯王。”襄是骧之假借，《说文》：“骧，马之低仰也。”《周礼·

夏官·廋人》："马八尺以上为龙。"《易·系辞传下》："尺蠖之屈，以求信也。龙蛇之蛰，以存身也。精义入神，以致用也。"潘尼《赠侍御史王元贶》诗："蠖屈固小往，龙翔乃大来。"从道污隆：《礼记·檀弓上》："子思曰：昔者吾先君子，无所失道；道隆则从而隆，道污则从而污。"郑玄注："污，犹杀也。"

日月联璧，赞亹亹之弘致；云飞电薄，显棣华之微旨。若五音之变化，济九成之妙曲。此朱生得玄珠于赤水，谟神睿而为言。 李善注："日月联璧，谓太平也。云飞电薄，谓衰乱也。王者设教，从道污隆，太平则明亹亹微妙之弘致，道衰则显棣华权道之微旨。然则随时之义，理非一涂也。若五音之变化，乃济九成之妙曲。今朱公叔《绝交》，是得矫时之义，此犹得玄珠于赤水，谟神睿而为言，谓穷妙理之极也。"五臣刘良注："日月联璧，谓太平时。亹亹，微妙也。弘，大也。云飞电薄，谓丧乱也。棣华反而后合，喻权而至顺也。旨，意也。九成，《韶》乐也。圣人处明时，则行微妙大智之理；处于丧乱，则为权宜合顺之意。亦犹五音变化，以成《韶》乐之美也。玄珠，喻道。赤水，假名。睿，圣也。言公叔穷妙理之极谟，法神圣为言，以成《绝交论》，得矫时之理也。"李善注引《易坤灵图》曰："至德之萌，日月若联璧。"《易·系辞传上》："探赜索隐，钩深致远，定天下之吉凶，成天下之亹亹者，莫大乎蓍龟。"李善引王弼曰："亹亹，微妙之意也。"案：王弼只注《易》上下经，《系辞传》是晋韩康伯注，无此。不知李善何据。又徐铉《说文·新附·左文二十八俗书讹谬不合六书之体》云："亹，字书所无，不知所从，无以下笔。《易》云：‘定天下之亹亹。’当作娓（娓，顺也）。”《国语·周语上》：“亹亹怵惕，保任戒惧，犹曰未也。”韦昭注：“亹亹，勉勉也。”《诗·大雅·文王》：“亹亹文王，令闻不已。”《毛传》：“亹亹，勉也。”《礼记·礼器》：“是故天时雨泽，君子达亹亹焉。”郑玄注：“亹亹，勉勉也。”宋玉《九辩》：“时亹亹而过中兮，蹇淹留而无成。”王逸注：“亹亹，进貌。”王褒《九怀·蓄英》：“乘云兮回回，亹亹兮自强。”王逸注：“稍稍升进，遂自力也。”《汉书·张敞传》：“今陛下（宣帝）游意于太平，劳精于政事，亹亹不舍昼夜。”师古曰：“亹亹，言勉强也。……亹，音尾。”又《艺文志》：“蓍龟者，圣人之所用也。……《易》曰：‘定天下之吉凶，成天下之亹亹者，莫善于蓍龟。’”师古曰：“亹亹，深致也。”又《王莽传》：“亹亹翼翼，日新其德。”师古曰：“亹亹，勉也。”又《叙传》：“皃生（宽）亹亹，束发修学。”师古曰：“亹亹，勉也。”东汉初杜笃《论都赋》：“济蒸人于涂炭，成兆庶之亹亹。”李贤注：“《尔雅》曰：‘亹亹，勉也。’（今《尔雅》无此）《易》曰：‘成天下之亹亹。’”《世说新语·赏誉》：“向客亹亹，为来逼人。”（王蒙、谢安）又《品藻》：“亹亹论辩。”致：《仪礼·聘礼》：“卿致馆。”郑玄注：“致，至也。”此文之弘致，应解作理趋。云飞：高祖《大风歌》：“大风起兮云飞扬。”电薄：《淮南子·天文训》：“阴阳相薄，感而为雷，激而为霆，乱而为雾。”棣华微旨：《论语·子罕篇》：“子曰：可与共学，未可与适道；可与适道，未可与立；可与立，未可与权。‘唐棣之华，偏其反而。岂不尔思，室是远而。’子曰：“未之思也夫！（应在此断句）何远之有？”何晏

《集解》:“虽学，或得异端，未必能之道。虽能之道，未必能有所立。虽能有所立，未必能权量其轻重之极。(唐棣之华四句）逸诗也。唐棣，移也。华反而后合，赋此诗者，以言权道，反而后至于大顺。思其人而不得见者，其室远也；以言思权而不得见者，其道远也。(何远之有?)……言权可知，唯不可思耳！思之有次序，斯可见矣。”邢昺疏：“此章论权道也。‘唐棣，栘。’(《尔雅》)《释木》文。郭璞云：‘江东呼夫栘。’”马融《长笛赋》:“绞概汩湟（音相切，摩貌），五音代转。”《书·益稷》:“《箫韶》九成，凤皇来仪。”玄珠：《庄子·天地篇》:“黄帝游乎赤水之北，登乎昆仑之丘，而南望还归，遗其玄珠。使知索之而不得，使离朱索之而不得，使吃诟索之而不得也。乃使象罔，象罔得之。黄帝曰：异哉！象罔乃可以得之乎?”(离朱，喻目。吃诟，喻言辩。象罔，无心之谓）李善引司马彪注：“赤水，水假名。玄珠，喻道也。”又引孔安国《尚书传》曰：“谟，谋也。睿，圣也。”《书·洪范》:“睿作圣。”《说文》:“睿，深明也。通也。”“睿，古文叡。”“圣，通也。”

至夫组织仁义，琢磨道德，欢其愉乐，恤其陵夷， 李善注：“此言良友每事相成，道德资以琢磨，仁义因之组织，居忧共戚，处乐同欢。”五臣李周翰曰：“组，绶类也。织，谓编之以成也。言良友以仁义道德相成，亦犹组织琢磨然后为器物也。愉，乐也。恤，忧也。陵夷，犹雕零也。言欢戚同也。”李善引仲长统《昌言》曰：“道德仁义，天性也。织之以成其物，练之以成其情。”(《昌言》本三十三篇，十余万言，已亡。今《后汉书》本传略存《理乱》、《损益》、《法诫》三篇，余辑在严可均《全后汉文》中）《诗·卫风·淇奥》："如切如瑳，如琢如磨。"《大学》："如切如瑳者，道学也；如琢如磨者，自修也。"《白虎通·谏诤篇》："朋友之道有四焉：通财不在其中，近则正之，远则称之，乐则思之，患则死之。"又《三纲六纪篇》："朋友之交，……一人有善，其心好之；一人有恶，其心痛之。货财通而不计，共忧患而相救。"《说文》："恤，忧也。""恤，忧也。"两字音义俱同。忧，本作惪。陵夷：《史记·高祖功臣侯年表序》："始未尝不欲固其根本，而枝叶稍陵夷衰微也。"又《张释之冯唐列传》张释之答文帝曰："且秦以任刀笔之吏，吏争以亟疾苛察相高，然其敝，徒文具耳，无恻隐之实，以故不闻其过，陵迟（《汉书》本传作陵夷，同义）而至于二世，天下土崩。"扬雄《长杨赋》："淫荒田猎，陵夷而不御也。"陆机《五等论》："陵夷之祸，终于七雄。"

寄通灵台之下，遗迹江湖之上，风雨急而不辍其音，霜雪零而不渝其色，斯贤达之素交，历万古而一遇。 李善注："良朋款诚，终始若一，故寄通神于心府之下，遗迹相忘于江湖之上也。"五臣张铣曰："灵台，心也。遗迹，谓心相知而迹相忘也。《庄子》曰：'鱼相忘于江湖。'（见下）《诗》云：'风雨如晦，鸡鸣不已。'（见下）渝，变也。素，雅也。言有心相知而迹相忘，临危难之时而不变节者，乃天下之雅交也。历万古而一遇，谓不可逢也。"于光华曰："先提出素交一段。"《庄子·庚桑楚篇》："备物以将形，藏不虞以生心，敬中以达彼。若是，而万恶至者，皆天也，而非人也。不足以滑成，不可内于灵台。"李善引司马彪注："心为神灵之台也。"

李陵《答苏武书》:“人之相知,贵相知心。”遗迹江湖之上:《庄子·大宗师篇》:“泉涸,鱼相与处于陆,相呴以湿,相濡以沫,不如相忘于江湖。……故曰:鱼相忘乎江湖,人相忘乎道术。”郭象注:“与其不足而相爱,岂若有余而相忘。”(亦见《天运篇》,末句作“不若相忘于江湖”。余全同)《淮南子·俶真训》:“夫鱼相忘于江湖,人相忘于道术。”高诱注:“言各得其志,故相忘也。”不辍其音:《诗·郑风·风雨》:“风雨如晦,鸡鸣不已。”(第三章)首章云:“风雨凄凄,鸡鸣喈喈。”《毛传》:“风且雨,凄凄然,鸡犹守时而鸣喈喈然。”《郑笺》:“喻君子虽居乱世,不变改其节度。”刘孝标《辨命论》:“《诗》云:‘风雨如晦,鸡鸣不已。’故善人为善,焉有息哉!”陆机《演连珠》:“臣闻足于性者,天损不能入;贞于期者,时累不能淫。是以迅风陵雨,不谬晨禽之察;劲阴杀节,不凋寒木之心。”《庄子·让王篇》孔子曰:“天寒既至,霜露既降,吾是以知松柏之茂也。陈、蔡之隘,于丘其幸乎!”诸葛亮《论交》:“势利之交,难以经远。士之相知,温不增华,寒不改叶,能(读作耐)四时而不衰,历险夷而益固。”素交二句:李善注:“素,雅素也。万古一遇,难逢之甚也。”

逮叔世民讹,狙诈飙起,溪谷不能逾其险,鬼神无以究其变,竞毛羽之轻,趋锥刀之末。 李善注:“上明良朋,此明损友也。”五臣吕向曰:“逮,及也。叔世,谓末年也。讹,伪也。狙诈,谓伺人之间隙也。飙起,喻疾也。毛羽,谓小利也。锥刀,小事也。言末年之交,多诈伪险恶,虽鬼神之灵,不能究尽其变也。而竞其小事,趋其小利,此陈损友之道也。”于光华曰：“以下论交道之衰。”陆雨侯曰：“至于利，便无久要。”（《论语·宪问篇》：“见利思义，见危授命，久要不忘平生之言。”）叔世：《左传》昭公六年：“郑人铸刑书。叔向使贻子产书曰：‘……夏有乱政，而作禹刑；商有乱政，而作汤刑；周有乱政，而作九刑。三辟之兴，皆叔世也。”孔颖达疏引服虔云：“政衰为叔世，叔世逾于季世，季世不能作辟也。”民讹：《诗·小雅·正月》：“民之讹言，亦孔之将。”《毛传》：“将，大也。”《郑笺》：“讹，伪也。”狙诈：扬雄《法言·问道篇》：“炫玉而贾石者，其狙诈乎。或曰：狙诈与亡孰愈？曰：亡愈。”《汉书·叙传》：“吴、孙狙诈，申、商酷烈。”应劭《音义》曰：“狙，伺人之间隙也。”《尔雅·释天》：“扶摇谓之猋。”郭璞注：“暴风从下上。”《说文》：“飙，扶摇风也。”今字作“飚”。班固《答宾戏》：“游说之徒，风飑电激，并起而救之。其余猋飞景附，雹煜其间者，盖不可胜载。”《庄子·列御寇篇》：“凡人心，险于山川，难于知天；天犹有春秋冬夏旦暮之期，人者，厚貌深情。”董仲舒《士不遇赋》：“生不丁三代之盛隆兮，而丁三季之末俗。……鬼神不能正人事之变戾兮，圣贤亦不能开愚夫之违惑。”东汉葛龚《与梁相张府君笺》：“龚以毛羽之身，戴丘山之施。”又《左传》昭公六年叔向使贻子产书曰：“锥刀之末，将尽争之。”杜预注：“锥刀末，喻小事。”

于是素交尽，利交兴，天下蚩蚩，鸟惊雷骇。《诗·卫风·氓》：“氓之蚩蚩，抱布贸丝。匪来贸丝，来即我谋。”《说文》：“蚩，虫也。从虫，之声。”“欪，欪欪，戏戏笑皃。从欠，之声。”蚩乃欪之假借。李善引《广雅》（《释诂三》）

曰："蚩，乱也。"又引崔实《正论》曰："秦时赭衣塞路，百姓鸟惊无所归。"五臣吕延济曰："蚩蚩，犹扰扰也。鸟惊雷骇，言声势盛，不知素交如水之淡也。"于光华曰："串合递下。"（又李善引《淮南子》曰："月行日动，电奔雷骇也。"未见。潘岳《闲居赋》："炮石雷骇，激矢虻飞。"郭璞《井赋》："气雾集以杳霭兮，声雷骇而湍濑。"）

然则利交同源，派流则异，较言其略，有五术焉： 五臣刘良曰："源，本也。派，别流也。较，明。略，要。术，法也。言趋利则同，其势则异，明其端要，有此五法，谓下事也。"《广雅·释诂四》："较，明也。"《史记·伯夷列传》："此其尤大彰明较著者也。"司马贞《史记索隐》："较，明也。"又《平津侯主父列传》："较然著明。"《索隐》："较，明也。"术：李善引《韩诗》曰："报我不术。"（《邶风·日月·毛传》作："胡能有定，报我不述。"《毛传》："述，循也。"《说文·行部》："術，邑中道也。从行，术声。"）

若其宠钧董、石，权压梁、窦，雕刻百工，炉捶万物，吐漱兴云雨，呼噏下霜露。九域耸其风尘，四海叠其熏灼。靡不望影星奔，借响川骛。鸡人始唱，鹤盖成阴；高门旦开，流水接轸。皆愿摩顶至踵，隳胆抽肠，约同要离焚妻子，誓殉荆卿湛七族。是曰势交，其流一也。 ○此段描写势交，势交是彼方有权势，于是势利之徒倾心设法与之相交好也。前大半段写有地位权力者所影响之大，后小半段写刻意与之相交者之信誓旦旦而实不足信也。孙月峰曰："此节撰语尤工，写得意态最浓，典缛中有飞动之致。"

若其宠钧董、石，权压梁、窦， 五臣李周翰曰：“董贤、石显、梁冀、窦宪，并汉朝宠臣，威权振于当时；钧压，犹重也。（钧，等也，同均）泛言利交之中，有重于此者。”（谓有权力者如此四人也）李善注：“权，犹势也。”《汉书·佞幸传·石显传》：“石显字君房，济南人。……少坐法腐刑，为中黄门，以选为中尚书。宣帝时，任中书官，……元帝即位，……显代（弘恭）为中书令。是时元帝被疾，不亲政事，方隆好于音乐，……遂委以政，事无小大，因显白决。贵幸倾朝，百僚皆敬事显。显为人巧慧习事，能探得人主微指，内深贼，持诡辩，以中伤人，忤恨睚眦，辄被以危法。初元中，前将军萧望之及光禄大夫周堪、宗正刘更生（向），皆给事中。望之领尚书事，知显专权邪辟，建白以为：‘尚书百官之本，国家枢机，宜以通明公正处之。武帝游宴后庭，故用宦者，非古制也。宜罢中书宦官，应古不近刑人。’元帝不听，由是大与显忤，后皆害焉。望之自杀，堪、更生废锢，不得复进用。……后太中大夫张猛、魏郡太守京房、御史中丞陈咸、待诏贾捐之，皆尝奏封事，或召见，言显短。显求索其辠（罪），房、捐之弃市，猛自杀于公车，咸抵辠，髡为城旦。及郑令苏建，得显私书奏之，后以它事论死。自是公卿以下，畏显重足一迹。……元帝崩，成帝初即位，……显失倚，离权数月，丞相御史条奏显旧恶，及其党牢梁、陈顺皆免官。显与妻子徙归故郡，忧满不食，道病死。”又《佞幸传·董贤传》：“董贤字圣卿，云阳人也。父恭，为御史，任贤为太子舍人。哀帝立，贤随太子官为郎，二岁余，贤传漏在殿下（传漏，奏时刻），为人美丽自喜，哀帝望见，说其仪貌，识而问之曰：‘是舍人董贤邪?'因引上与语，拜为黄门郎，由是始幸。……贤宠爱日甚，为驸马都尉侍中。出则参乘，入御左右，旬月间，赏赐絫（絫之隶变作累）巨万，贵震朝廷。常与上卧起。尝昼寝偏借上褎，上欲起，贤未觉，不欲动贤，乃断褎而起，其恩爱至此。贤亦性柔和，便辟善为媚以自固。……诏将作大匠为贤起大第北阙下，重殿洞门，木土之功，穷极技巧，柱槛衣以绨锦。下至贤家僮仆，皆受上赐。及武库禁兵，上方珍宝，其选物上弟，尽在董氏：而乘舆所服乃其副也。及至东园秘器，珠襦玉柙，豫以赐贤，无不备具。……遂以贤代（丁）明为大司马卫将军，……是时贤年二十二，虽为三公，常给事中，领尚书，百官因贤奏事。……匈奴单于来朝，宴见群臣，贤在前，单于怪贤年少，以问译，上令译报曰：'大司马年少，以大贤居位。'单于乃起拜，贺汉得贤臣。……贤第新成功坚，其外大门，无故自坏，贤心恶之。后数月，哀帝崩。太皇太后（元帝后）召大司马贤，……贤内忧，不能对。……（王）莽使谒者以太后诏……即日贤与妻皆自杀，家惶恐，夜葬。莽疑其诈死，有司奏请发贤棺，……县官斥卖董氏财，凡四十三万万。"《后汉书·窦宪传》："宪字伯度。（扶风平陵人）……宪少孤。（章帝）建初二年，女弟立为皇后，拜宪为郎，稍迁侍中、虎贲中郎将。弟笃，为黄门侍郎。兄弟亲幸，并侍宫省，赏赐累积，宠贵日盛。……和帝即位，太后临朝，宪以侍中，内干机密，出宣诰命。……（以车骑将军平匈奴，）宪乃班师而还。……拜宪大将军，封武阳侯，食邑二万户。……宪威权震朝庭，公卿希旨。……宪既平匈奴，威名大盛，以耿夔、任尚等为爪牙，邓叠、郭璜为心腹。班固、傅毅之徒，皆置幕府，以典文章。刺史、守令，多出其门。尚书仆射郅寿、乐恢，并以忤意，相继自杀。由是朝臣震慑，望风承旨。而笃进位特进，得举吏，见礼依三公。景为执金吾，瑰光禄勋，权贵显赫，倾动京都。虽俱骄纵，而景为尤甚。奴客缇骑，依倚形势，侵陵小人。（言其奴客及缇骑，并皆倚其势而陵人也）强夺财货，篡取罪人妻，略妇女。商贾闭塞，如避寇仇。有司畏懦，莫敢举奏。……宪既负重劳（功也），陵肆滋甚。（和帝后惧其为乱，永元四年，迫令自杀）”又《梁冀传》：“冀字伯车。为人鸢肩豺目，洞精矘眄（目精直视），口吟舌言（谓其口吃，语不明了），裁能书计。少为贵戚（两姑为章帝贵人，小贵人生和帝），逸游自恣。……初为黄门侍郎，转侍中，虎贲中郎将，越骑步兵校尉，执金吾。（顺帝）永和元年，拜河南尹。冀居职暴恣，多非法。……（父）商薨，（商女又为顺帝皇后）未及葬，顺帝乃拜冀为大将军。……及帝崩，冲帝始在繦褓，太后临朝。……冲帝又崩，冀立质帝（顺帝侄）。帝少而聪慧，知冀骄横，尝朝群臣，目冀曰：‘此跋扈将军也。’冀闻，深恶之，遂令左右进鸩加煮饼，帝即日崩。复立桓帝（顺帝从弟），而枉害李固及前太尉杜乔，海内嗟惧。……弘农人宰宣，素性佞邪，欲取媚于冀，乃上言大将军有周公之功，今既封诸子，则其妻宜为邑君。诏遂封冀妻孙寿为襄城君，……寿色美而善为妖态，作愁眉，啼妆，堕马髻，折腰步，龋齿笑，以为媚惑。……冀乃大起第舍，而寿亦对街为宅，殚极土木，互相夸竞。堂寝皆有阴阳奥室，连房洞户，柱壁雕镂，加以铜漆；窗牖皆有绮疏青琐，图以云气仙灵。台阁周通，更相临望。飞梁石蹬，陵跨水道。金玉珠玑，异方珍怪，充积臧室。远致汗血名马，又广开园囿，采土筑山，十里九阪，以像二崤。深林绝涧，有若自然，奇禽驯兽，飞走其间。冀、寿共乘辇车，张羽盖，饰以金银，游观第内。多从倡伎，鸣钟吹管，酣讴竟路。或连继日夜，以骋娱恣。……西至弘农，东界荥阳，南极鲁阳，北达河淇，包含山薮，远带丘荒，周旋封域，殆将千里。……专擅威柄，凶恣日积，机事大小，莫不咨决之。宫卫近侍，并所亲树，禁省起居，纤微必知。百官迁召，皆先到冀门，笺檄谢恩，然后敢诣尚书。……冀一门前后，七封侯，三皇后，六贵人，二大将军，夫人女食邑称君者七人，尚公主三人，其余卿、将、尹、校五十七人。在位二十余年，穷极满盛，威行内外，百僚侧目，莫敢违命。天子恭己，而不得有所亲豫。帝既不平之，……遂与中常侍单超、具瑗、唐衡、左悺、徐璜等五人，成谋诛冀。……冀及妻寿即日皆自杀。……百姓莫不称庆。收冀财货，县官斥卖，合三十余万万。"

雕刻百工，炉捶万物，吐漱兴云雨，呼噏下霜露。九域耸其风尘，四海叠其熏灼。 李善注："雕刻炉捶，喻造物也。"五臣张铣曰："雕刻炉捶，喻造化也。兴云雨，谓恩泽也。下霜露，谓能为威刑也。九域，九州也。言吐漱呼吸之间，使九州之人，四海之士，皆惧其威风之盛也。耸叠，谓惧。熏灼，威也。"《庄子·大宗师篇》："许由曰：……吾师乎！吾师乎！（碎也）万物而不为义，泽及万世而不为仁，长于上古而不为老，覆载天地、刻雕众形而不为巧。"《书·皋陶谟》："俊乂在官，百僚师师，百工惟时。"百工，百官也。炉捶，《庄子·大宗师篇》："意而子曰：夫无庄（古美人）之失其美，据梁

(多力者)之失其力,……黄帝之亡其知,皆在炉捶之间耳。"成玄英疏:"炉,灶也。锤,锻也。"李善引《声类》曰:"炉,火所居也。"又引李颐《庄子音义》曰:"捶,排口铁以灼火也。"呼噏下霜露:《后汉书·宦者传序》:"手握王爵,口含天宪。……举动回山海,呼吸变霜露。阿旨曲求,则光宠三族;直情忤意,则参夷五宗。(参,三族。五宗,五服内之亲)汉之纲纪大乱矣。"潘岳《西征赋》:"弛秋霜之严威,流春泽之渥恩。"九域:曹操自为魏公,加九锡,潘勗元茂为其辞曰:"爰绥九域,罔不率俾。"李善引《韩诗》曰:"方命厥后,奄有九域。"又引薛君曰:"九域,九州也。"(今《商颂·玄鸟篇》九域作九有)《左传》昭公六年:"耸之以行。"杜预注:"耸,惧也。"昭公十九年:"驷氏耸。"杜预注:"耸,惧也。"(李善注引《尔雅》曰:"耸,惧也。"《尔雅》无之)夏侯湛《东方朔画赞》:"仿佛风尘,用垂颂声。"《诗·周颂·时迈》:"薄言震之,莫不震叠。"《毛传》:"叠,惧也。"潘岳《西征赋》:"当音、凤、恭、显之任势也,乃熏灼四方,震耀都鄙。"《汉书·谷永传》:"许(皇后)、班(倢伃)之贵,顷动前朝,熏灼四方。"

靡不望影星奔,借响川骛。鸡人始唱,鹤盖成阴;高门旦开,流水接轸。 五臣吕向曰:"靡,无也。言逐势利之人,如星奔川骛,望影听响而赴于豪贵也。鸡人,告人明时,取象于鸡也。鹤盖,谓盖如飞鹤。流水,车也。成阴接轸,言多也。轸,车后之横木也。"蔡邕《郭有道碑》:"于时缨緌之徒,绅佩之士,望形表而影赴,聆嘉声而响和者,犹百川之归巨海,鳞介之宗龟龙也。"《周礼·春官·鸡人》:"凡国事为期，则告之时。”郑玄注：“象鸡知时也。”刘桢《鲁都赋》：“盖如飞鹤，马似游鱼。”高门：左思《吴都赋》：“其居则高门鼎贵，魁岸豪杰。”刘孝标《辨命论》：“鼎贵高门，则曰惟人所召。”流水：《后汉书·明德马皇后纪》：“伏波将军援之小女也。……太后诏曰：……前过濯龙门上，见外家问起居者，车如流水，马如游龙。”（李后主词用之。纪昀打油诗：“流水是车龙是马，主人如虎仆如狐。”）

皆愿摩顶至踵，隳胆抽肠，约同要离焚妻子，誓殉荆卿湛七族。是曰势交，其流一也。 五臣吕延济曰：“顶，头也。踵，足也。堕（五臣隳作堕），毁。抽，拔也。言尽心也。要离为吴王僚（实阖闾）杀庆忌，先焚其妻子。誓，盟言也。以身从物曰殉。湛，自杀也。谓荆轲为燕君（实太子丹）刺秦王也。言此皆附吴王、燕君之势利，而至于杀身覆族也。”（谓附势之徒，其誓约盟言，如当年要离之为阖闾，荆轲之为燕丹也）《孟子·尽心上》：“墨子兼爱，摩顶放踵，利天下为之。”赵岐注：“放，至也。”邹阳《狱中上书自明》：“披心腹，见情素；隳肝胆，施德厚。”李善引晋李颙（充子）诗（佚）：“焦肺枯肝，抽肠裂膈。”又邹阳《狱中上书自明》（承上文）：“终与之穷达，无爱于士，则桀之狗可使吠尧，而跖之客可使刺由，则荆轲湛七族，要离燔妻子，岂足为大王道哉！”李善注：“应劭曰：‘荆轲为燕刺秦王不成而死，其七族坐之。湛，没也。’张晏曰：‘七族，上至高祖，下至曾孙。’”要离事，李善引《吕氏春秋》，实不如《吴越春秋》之详尽也。《吴越春秋·阖闾内传第四》：“二年，吴王前既杀王僚，又忧庆忌（吴王僚子）之在邻国，恐合诸侯来伐。问子胥曰：‘昔专诸之事，于寡人厚矣；今闻公子庆忌有计于诸侯（在卫），吾食不甘味，卧不安席，以付于子。’……子胥曰：‘……臣之所厚，其人者，细人也，愿从于谋。’吴王曰：‘吾之忧也，其敌有万人之力，岂细人之所能谋乎！’子胥曰：‘其细人之谋事，而有万人之力也。’王曰：‘其为何谁？子以言之。’子胥曰：‘姓要名离。臣昔尝见曾折辱壮士椒丘䜣也。’王曰：‘辱之奈何？’子胥曰：‘椒丘䜣者，东海上人也，为齐王使于吴，过淮津，欲饮马于津。津吏曰：“水中有神，见马即出，以害其马。君勿饮也。”䜣曰：“壮士所当，何神敢干？”乃使从者饮马于津，水神果取其马。马没，椒丘䜣大怒，袒裼持剑入水，求神决战，连日乃出，眇其一目。遂之吴会。于友人之丧，䜣恃其与水神战之勇也，于友人之丧席，而轻傲于士大夫，言辞不逊，有陵人之气。要离与之对坐，合坐不忍其溢于力也。时要离乃挫䜣曰：“吾闻勇士之斗也，与日战不移表，与神鬼战者不旋踵，与人战者不达声。生往死还，不受其辱。今子与神斗于水，亡马失御，又受眇目之病，形残名勇，勇士所耻。不即丧命于敌，而恋其生，犹傲色于我哉？”于是椒丘䜣卒于诘责，恨怒并发。暝，即往攻要离。于是要离席阑至舍，诫其妻曰：“我辱壮士椒丘䜣于大家之丧，余恨䀹恚，暝必来也，慎无闭吾门。”至夜，椒丘䜣果往，见其门不闭，登其堂不关，入其室不守，放发僵卧，无所惧。䜣乃手剑而捽要离曰：“子有当死之过者三，子知之乎？”离曰：“不知。”䜣曰：“子辱我于大家之众，一死也；归不关闭，二死也；卧不守御，三死也。子有三死之过，欲无得怨。”要离曰：“吾无三死之过，子有三不肖之愧，子知之乎？”䜣曰：

"不知。"要离曰："吾辱子于千人之众，子无敢报，一不肖也；入门不咳，登堂无声，二不肖也；前拔子剑，手挫捽吾头，乃敢大言，三不肖也。子有三不肖，而威于我，岂不鄙哉！"于是椒丘䜣投剑而叹曰："吾之勇也，人莫敢眥眡者，离乃加吾之上，此天下壮士也。"臣闻要离若斯，诚以闻矣。'吴王曰：'愿承宴而待焉。'子胥乃见要离曰：'吴王闻子高义，惟一临之。'乃与子胥见吴王。王曰：'子何为者？'要离曰：'臣国东千里之人，臣细小无力，迎风则僵，负风则伏。大王有命，臣敢不尽力！'吴王心非子胥进此人，良久，默然不言。要离即进曰：'大王患庆忌乎？臣能杀之。'王曰：'庆忌之勇，世所闻也。筋骨果劲，万人莫当。走追奔兽，手接飞鸟，骨腾肉飞，拊膝数百里。吾尝追之于江，驷马驰不及，射之暗接，矢不可中。今子之力不如也。'要离曰：'王有意焉，臣能杀之。'王曰：'庆忌明智之人，归穷于诸侯，不下诸侯之士。'要离曰：'臣闻安其妻子之乐，不尽事君之义，非忠也；怀家室之爱，而不除君之患者，非义也。臣诈以负罪出奔，愿王戮臣妻子，断臣右手，庆忌必信臣矣。'王曰：'诺。'要离乃诈得罪出奔，吴王乃取其妻子焚弃于市。要离乃奔诸侯，而行怨言，以无罪闻于天下。遂如卫，求见庆忌，见曰：'阖闾无道，王子所知。今戮吾妻子，焚之于市，无罪见诛。吴国之事，吾知其情。愿因王子之勇，阖闾可得也。何不与我东之于吴？'庆忌信其谋。后三月，拣练士卒，遂之吴。将渡江，于中流，要离力微，坐于上风，因风势以矛钩其冠，顺风而刺庆忌。庆忌顾而挥之，三捽其头于水中，乃加于膝上，'嘻嘻哉！天下之勇士也，乃敢加兵刃于我。'左右欲杀之，庆忌止之，曰：‘此是天下勇士，岂可一日而杀天下勇士二人哉?’乃诫左右曰：‘可令还吴，以旌其忠。’于是庆忌死。要离渡至江陵，愍然不行，从者曰：‘君何不行?’要离曰：‘杀吾妻子以事其君，非仁也；为新君而杀故君之子，非义也。重其死，不贵无义，今吾贪生弃行，非义也。夫人有三恶，以立于世，吾何面目以视天下之士?’言讫，遂投身于江，未绝，从者出之。要离曰：‘吾宁能不死乎?’从者曰：‘君且勿死，以俟爵禄。’要离乃自断手足，伏剑而死。”

富埒陶、白，赀巨程、罗，山擅铜陵，家藏金穴。出平原而联骑，居里闬而鸣钟。则有穷巷之宾，绳枢之士。冀宵烛之末光，邀润屋之微泽，鱼贯凫跃，沓鳞萃，分雁鹜之稻粱，沾玉斝之余沥。衔恩遇，进款诚，援青松以示心，指白水而旌信。是曰贿交，其流二也。 ○此段描写贿交。贿，财也。贿交是彼方有钱财，于是趋利之徒，向之投诚，冀得多少分润。于是衔感于心，誓不背负，实亦不足信也。孙月峰曰：“富埒两语，法全同前节，得少变为妙。”

富埒陶、白，赀巨程、罗，山擅铜陵，家藏金穴。《史记·货殖列传》：“昔者越王勾践困于会稽之上，乃用范蠡、计然。（裴骃《集解》：“骃案，《范子》曰：计然者，葵丘濮上人。姓辛氏，字子文。其先，晋国亡公子也。尝南游于越，范蠡师事之。”）……范蠡既雪会稽之耻，乃喟然而叹曰：‘计然之策七，越用其五而得意。既已施于国，吾欲用之家。乃乘扁舟，浮于江湖（载西施事，见《越绝书》），变名易姓，适齐，为鸱夷子皮；之陶，为朱公。朱公以为陶。（在山东肥城市西北。《史记·越王勾践世家》："范蠡，……止于陶，……于是自谓陶朱公。"唐魏王泰《括地志》："陶山南五里有朱公冢。"）天下之中，诸侯四通，货物所交易也。乃治产积居，与时逐（随时逐利），而不责于人（择人而与，人不负之）。故善治生者，能择人而任时。十九年之中，三致千金。再分散与贫交疏昆弟，此所谓富好行其德者也。后年衰老而听子孙，子孙修业而息（生长）之，遂至巨万。故言富者，皆称陶朱公。"又曰："白圭，周（东周）人也。当魏文侯时，李克务尽地力（尽地之用，魏以富强），而白圭乐观时变，故人弃我取，人取我与。……能薄饮食，忍嗜欲，节衣服，与用事僮仆同苦乐，趋时若猛兽挚鸟之发。故曰：'吾治生产，犹伊尹、吕尚之谋，孙、吴用兵，商鞅行法，是也。是故其智不足与权变，勇不足以决断，仁不能以取予，强不能有所守；虽欲学吾术，终不告之矣。'盖天下言治生祖白圭，白圭其有所试矣。能试有所长，非苟而已也。"又曰："程郑，山东迁虏（也。亦冶铸，贾椎髻之民，富埒卓氏，俱居临邛。"（卓氏……即铁山鼓铸，运筹策，倾滇、蜀之民。富至僮千人，田池射猎之乐，拟于人君）又《汉书·货殖传》："程、卓既衰，至成、哀间，成都罗裒訾（借作资）至钜万。初，裒贾京师，随身数十百万，……其人强力，……亲信厚资遣之，令往来巴蜀，数年间，致千余万。裒举其半，赂遗曲阳、定陵侯（王根及淳于长），依其权力，赊贷郡国，人莫敢负。擅盐井之利，期年，所得自倍，遂殖其货。"山擅铜陵：《史记·佞幸列传》："邓通，蜀郡南安人也，以濯船为黄头郎。孝文帝梦欲上天，不能，有一黄头郎从后推之上天。……以梦中阴目求推者郎，即见邓通，……文帝说焉，尊幸之日异。通亦愿谨，不好外交，虽赐洗沐，不欲出。于是文帝赏赐通巨万以十数，官至上大夫。文帝时时如（往也）邓通家游戏。然邓通无他能，不能有所荐士，独自谨其身以媚上而已。上使善相者相通，曰：‘当贫饿死。’文帝曰：‘能富通者在我也！何谓贫乎？’于是赐邓通蜀严道铜山，得自铸钱，‘邓氏钱’布天下。其富如此。文帝尝病痈，邓通常为帝唶（任格反）吮之。文帝不乐，从容问通曰：‘天下谁最爱我者乎？’通曰：‘宜莫如太子。’太子入问病，文帝使唶痈，唶痈而色难之。已而闻邓通常为帝唶吮之，心惭，由此怨通矣。及文帝崩，景帝立，邓通免，家居。居无何，人有告邓通盗出徼外铸钱。下吏验问，颇有之，遂竟案，尽没入邓通家，尚负责数巨万。长公主（景帝姊）赐邓通，吏辄随没入之，一簪不得著身。于是长公主乃令假衣食，竟不得名一钱，寄死人家。”家藏金穴：《后汉书·光武郭皇后纪》：“好礼节俭，有母仪之德。……帝善况（后弟）小心谨慎，年始十六，拜黄门侍郎。二年，……封况绵蛮侯。以后弟贵重，宾客辐凑。况恭谦下士，颇得声誉。……况迁大鸿胪。帝数幸其第，会公卿诸侯亲家饮燕，赏赐金钱缣帛，丰盛莫比，京师号况家为金穴。”五臣刘良曰：“埒，等。擅，专也。”

出平原而联骑，居里闬而鸣钟。 张衡《西京赋》：“若夫翁伯、浊、质，张里之家，击钟鼎食，连骑相过。”李善注引《汉书·食货志》曰：“翁伯以贩脂而倾县邑，浊氏以胃脯而连骑，质氏以洗削而鼎食，张里以马医而击钟。”【案：非《食货志》，《货殖列传》方是。“翁伯以贩脂而倾县邑，张氏以卖酱而隃侈，质氏以洒削（磨刀剑及匣）而鼎食，浊氏以胃脯（造洗身粉）而连骑，张里（地名，其里有人以医马致富）以马医而击钟。”】闬，音汗。《说文》：“闬，闾也。”“闾，里门也。”二句谓富人出则前呼后拥，入则钟鸣鼎食。

则有穷巷之宾，绳枢之士。冀宵烛之末光，邀润屋之微泽，鱼贯凫跃，沓鳞萃，分雁鹜之稻粱，沾玉斝之余沥。 五臣李周翰曰：“绳枢，以绳为户枢者。冀，幸也。甘茂谓苏代曰：‘昔有贫女，与富女会绩，曰：我无以买烛，子之烛，可分我余光。’《礼记》曰：‘富润屋。’言邀幸富者末光微泽也。鱼贯，谓贫者骈头相次于富者之门如贯鱼也。凫，水鸟也。《鲁连子》曰：‘君雁鹜有余粟。’斝，爵也。谓富家之门，如凫之踊跃。沓鳞萃，言多也。求其养雁之粟，残余之沥者，言少也。”穷巷之宾：《史记·陈丞相世家》：“陈丞相平者，阳武（在河南）户牖乡人也。少时家贫，好读书，有田三十亩，独与兄伯居。伯常耕田，纵平使游学。平为人长，美色，人或谓陈平曰：‘贫，何食而肥若是？’其嫂嫉平之不视家生产，曰：‘亦食糠核耳！有叔如此，不如无有。’（周勃、灌婴等谗其盗嫂，绝不足信）伯闻之，逐其妇而弃之。及平长（三十），可娶妻，富人莫肯与者，贫者平亦耻之。久之，户牖富人有张负，张负女孙五嫁而夫辄死，人莫敢娶，平欲得之。邑中有丧，平贫，侍丧，以先往后罢（早到迟退）为助。张负既见之丧所，独视伟平，平亦以故后去。负随平至其家，家乃负郭穷巷，以币席为门；然门外多有长者车辙。张负归，谓其子仲曰：‘吾欲以女孙予陈平。’张仲曰：‘平贫不事事，一县中尽笑其所为，独奈何予女乎？’负曰：‘人固有好美如陈平而长贫贱者乎?'卒与女。为平贫，乃假贷币以聘，予酒肉之资以内妇。负诫其孙曰：'毋以贫故，事人不谨。事兄伯如事父，事嫂如母。'平既娶张氏女，赍用益饶，游道日广。里中社，平为宰，分肉食甚均。父老曰：'善！陈孺子之为宰。'平曰：'嗟乎！使平得宰天下，亦如是肉矣！'……"绳枢之士：贾谊《过秦论》："陈涉瓮牖绳枢之子，甿隶之人，而迁徙之徒也。"冀宵烛之末光：《战国策·秦策二》："甘茂亡秦，且之齐，出关，遇苏子（代）曰：'君闻夫江上之处女乎?'苏子曰：'不闻。'曰：'夫江上之处女，有家贫而无烛者，处女相与语，欲去之。家贫无烛者将去矣，谓处女曰：妾以无烛，故常先至，扫室布席，何爱余明之照四壁者！幸以赐妾，何妨于处女?妾自以有益于处女，何为去我?处女相语，以为然而留之。今臣不肖，弃逐于秦而出关，愿为足下扫室布席，幸无我逐也。'苏子曰：'善。请重公于齐。'"润屋：《大学》："富润屋，德润身，心广体胖。"李善引贾逵《国语注》曰："邀，求也。"鱼贯凫跃，沓鳞萃：《易·剥卦》六五："贯鱼，以宫人宠，无不利。"李善引："潘岳《哀辞》：'望归瞥见，凫藻踊跃。'（未见）张衡《羽猎赋》：'轻车沓。'"（《艺文类聚》作"竞逐长驱，轻车飙厉"。严可均《全后汉文》注云："《文选·广绝交论》：'沓鳞萃。'《注》引作'轻车沓'。"）张衡《西京赋》："瑰货方至，鸟集鳞萃。"分雁鹜之稻粱：雁鹜，鹅鸭也。李善注引《鲁连子》曰："君雁鹜有余粟。"《战国策·燕策二》："（齐）太后曰：'赖得先王雁鹜之余食，不宜臞。'"又李善注引《韩诗外传》卷三：田饶谓鲁哀公曰："黄鹄止君园池，啄君稻粱。"（稻粱，原作黍梁，李善改）《诗·唐风·鸨羽》：“王事靡盬，不能蓺稻粱。”《礼记·内则篇》：“饭：黍稷，稻粱，白黍，黄粱，稰穛。”《列子·力命篇》：“进其茙菽，有稻粱之味。”《荀子·荣辱篇》：“今使人生而未尝睹刍豢稻粱也，惟菽藿糟糠之为睹，则以至足为在此也。”《史记·礼书》：“稻粱五味，所以养口也。”沾玉斝之余沥：《说文》：“斝，玉爵也。夏曰琖，殷曰斝，周曰爵。”古雅切，音假。《史记·滑稽列传·淳于髡传》：“若亲有严客，……侍酒于前，时赐余沥。奉觞上寿，数起，饮不过二斗，径醉矣。”分稻粱，沾余沥：陆雨侯曰：“可羞之状。”于光华曰：“乞怜之态。”

衔恩遇，进款诚，援青松以示心，指白水而旌信。是曰贿交，其流二也。　五臣张铣曰：“言贫者衔其恩遇以进款诚也。援，引。旌，表也。言引青松以示坚贞，指白水以表情信也。晋公子曰：‘若不与舅氏同心者，有如白水。贿，谓货也。”李善注：“陆士龙（云）《为顾彦先（荣）赠妇》诗曰：‘（远蒙眷顾言，）衔恩非望始。’遇，谓以恩相接也。秦嘉妇（东汉徐淑）诗曰：‘何用叙我心？惟思致款诚。’（今佚）”援青松以示心：《礼记·礼器篇》：“其在人也，如竹箭之有筠（皮）也；如松柏之有心也。二者，居天下之大端矣，故贯四时而不改柯易叶（外内坚贞）。”《诸葛丞相集·交论》：“势力之交，难以经远。士之相知，温不增华，寒不改叶，能（读作耐，二字古通）贯四时而不衰，历夷险而益固。”李善引周松（无考）《执友论》曰：“推诚岁寒，功标松竹。”指白水而旌信：《左传》僖公二十四年：晋公子重耳返国，“及河，子犯以璧授公子曰，‘臣负羁绁，从君巡于天下，臣之罪甚多矣。臣犹知之，而况君乎？请由此亡。’公子曰：‘所不与舅氏同心者，有如白水！’投其璧于河。”《书·毕命》：“旌别淑慝，表厥宅里，彰善瘅恶，树之风声。”《广雅·释诂四》：“旌，表也。”《说文》：“贿，财也。”（韩愈《柳子厚墓志铭》：“呜呼！士穷乃见节义。今夫平居里巷相慕悦，酒食游戏相征逐，诩诩强笑语，以相取下。握手出肺肝相示，指天日涕泣，誓生死不相背负，真若可信。一旦临小利害，仅如毛发比，反眼若不相识，落陷阱不一引手救，反挤之又下石焉者，皆是也。此宜禽兽夷狄所不忍为，而其人自视以为得计，闻子厚之风，亦可以少愧矣。”）

陆大夫宴喜西都，郭有道人伦东国，公卿贵其籍甚，搢绅羡其登仙。加以颔颐蹙频，涕唾流沫。骋黄马之剧谈，纵碧鸡之雄辩。叙温郁则寒谷成暄，论严苦则春丛零叶。飞沉出其顾指，荣辱定其一言。于是有弱冠王孙，绮纨公子，道不挂于通人，声未遒于云阁。攀其鳞翼，丐其余论，附驵骥之旄端，轶归鸿于碣石。是曰谈交，其流三也。 ○此段描写谈交。谓彼方之德学名地，倾动一时，誉满天下。于是王孙公子及附庸风雅之流，刻意与之交欢，冀得挂其齿牙，假以颜色，加之褒扬，则庶几侥幸而成名也。

陆大夫宴喜西都，郭有道人伦东国，公卿贵其籍甚，搢绅羡其登仙。 五臣吕向曰：“陆贾拜太中大夫。宴喜，谓酣乐也。西都，长安也。汉时公卿贵其名声籍甚。犹，名声也。郭泰博通坟籍，游于东都，人伦钦之，后将归，搢绅士子送之，与李膺同舟而济，众宾望之，以为登仙矣。”《史记·陆贾列传》："陆贾者，楚人也。以客从高祖定天下，名为有口辩士，居左右，常使诸侯。……（使南越还）高祖大悦，拜贾为太中大夫。……孝惠帝时，吕太后用事，欲王诸吕，畏大臣有口者，陆生自度不能争之，乃病免家居。……吕太后时王诸吕，诸吕擅权，欲劫少主，危刘氏。右丞相陈平患之，力不能争，恐祸及己，常燕居深念。陆生往请，直入坐，而陈丞相方深念，不时见陆生。陆生曰：'何念之深也？'陈平曰：'生揣我何念？'陆生曰：'足下位为上相，食三万户侯，可谓极富贵无欲矣；然有忧念，不过患诸吕、少主耳。'陈平曰：'然。为之奈何？'陆生曰：'天下安，注意相；天下危，注意将。将相和调，则士务附；士务附，天下虽有变，即权不分。为社稷计，在两君掌握耳。臣常欲谓太尉绛侯（周勃），绛侯与我戏，易吾言。君何不交欢太尉？深相结。'为陈平画吕氏数事，陈平用其计，乃以五百金为绛侯寿，厚具乐饮。太尉亦报如之，此两人深相结，则吕氏谋益衰。陈平乃以奴婢百人，车马五十乘，钱五百万，遗陆生为饮食费。陆生以此游汉廷公卿间，名声藉盛。（《汉书》作藉甚）及诛诸吕，立孝文帝，陆生颇有力焉。"藉甚：李善引应劭《汉书音义》曰："狼藉，甚盛也。"潘岳《西征赋》："暨乎秺侯（金日磾。秺，音妒）之忠孝淳深，陆贾之优游宴喜。"《诗·小雅·六月》："吉甫燕喜，既多受祉。"《后汉书·郭泰传》："郭泰，字林宗，太原界休人也。……博通坟籍，善谈论，美音制。乃游于洛阳。始见河南尹李膺，膺大奇之，遂相友善，于是名震京师。后归乡里，衣冠诸儒，送至河上，车数千两。林宗唯与李膺同舟而济，众宾望之，以为神仙焉。……举有道。或劝林宗仕进者，对曰：‘吾夜观乾象，昼察人事，天之所废，不可支也。’遂并不应。性明知人，好奖训士类。身长八尺，容貌魁伟，褒衣博带，周游郡国。尝于陈、梁间行，遇雨，巾一角垫。时人乃故折巾一角，以为“林宗巾”。其见慕皆如此。……林宗虽善人伦，而不为危言核论，故宦官擅政，而不能伤也。……卒于家，时年四十二。……同志者乃共刻石立碑，蔡邕为文。既而谓涿郡卢植曰：‘吾为碑铭多矣，皆有惭德，唯郭有道无愧色耳。’其奖拔士人，皆如所鉴。……泰以是名闻天下。”人伦：《礼记·曲礼下》：“儗人必于其伦。”郑玄注：“伦，犹类也。”东国：东都洛阳也。（《后汉书·党锢·李膺传》：“李膺字元礼，颍川襄城人也。……性简亢，无所交接。……迁河南尹。……独持风裁，以声名自高，士有被其容接者，名为登龙门。”《世说新语·德行篇》：“李元礼风格秀整，高自标持，欲以天下名教是非为己任。后进之士，有升其堂者，皆以为登龙门。”）

加以颔颐蹙頞，涕唾流沫。骋黄马之剧谈，纵碧鸡之雄辩。 五臣吕延济曰：“蔡泽颔颐頞，涕唾流沫，西揖强秦之相而夺其位，时也。颔，丑貌。颐，颔。蹙，促也。頞，鼻茎也。《庄子》曰：‘惠施云：黄马骊牛三。’谓黄、骊、色为三也。言辩者以此为剧谈也。王褒为《碧鸡颂》。雄，盛。辩，辞之谓也。”扬雄《解嘲》：“蔡泽，山东之匹夫也，颔颐折頞（《说文》：“頞，鼻茎也。”），涕唾流沫，西揖强秦之相，搤（音握，捉也）其咽而亢其气，拊其背而夺其位，时也。”《史记·范雎蔡泽列传》：“蔡泽者，燕人也。游学，干诸侯，小大甚众，不遇。而从唐举相，……唐举孰视而笑曰：

‘先生曷（一作仰）鼻，巨肩（肩高项低），魋颜，蹙齃，膝挛，吾闻圣人不相，殆先生乎？’蔡泽知唐举戏之，乃曰：‘富贵吾所自有，吾所不知者寿也，愿闻之。’唐举曰：‘先生之寿，从今以往者四十三岁。’蔡泽笑谢而去，谓其御者曰：‘吾持粱啮肥，跃马疾驱，怀黄金之印，结紫绶于腰，揖让人主之前，食肉富贵四十三年，足矣。’去之赵，见逐。入韩、魏，遇夺釜鬲于涂。闻应侯任郑安平、王稽皆负重罪于秦。（郑安平以二万人降赵，王稽为河东守，与诸侯通，坐法诛）应侯内惭，蔡泽乃西入秦，将见昭王，使人宣言以感怒应侯，……使人召蔡泽。蔡泽入，则揖应侯，应侯固不快，及见之，又倨。应侯因让（责也）之曰：‘子常宣言欲代我相秦，宁有之乎？’对曰：‘然。’应侯曰：‘请闻其说。’蔡泽曰：‘吁！君何见之晚也！夫四时之序，成功者去。……夫人之立功，岂不期于成全邪？身与名俱全者上也，名可法而身死者其次也，名在僇辱而身全者下也。’于是应侯称善。……曰：‘吾闻欲而不知止，失其所以欲；有而不知足，失其所以有。先生幸教，睢，敬受命。’于是乃延入坐，为上客。后数日，入朝，言于秦昭王曰：‘客新有从山东来者，曰蔡泽，……臣不如也。臣敢以闻。’秦昭王召见，与语，大说之，拜为客卿。应侯因谢病，请归相印。……昭王新说蔡泽计画，遂拜为秦相。”黄马剧谈：《庄子·天下篇》：“惠施多方，其书五车，其道舛驳，其言也不中。……其言……黄马骊牛三，……辩者以此与惠施相应，终身无穷。”陆德明《经典释文》引司马彪曰：“夫形非色，色乃非形。故一马一牛以之为二，添马之色，而可成三。曰黄马，曰骊牛，曰黄骊，形，为三也。”

【李善引云："牛马以二为三，兼与别也。曰马、曰牛，形之三也（马、牛、形）；曰黄、曰骊，色之三也（黄、骊，色）；曰黄马、曰骊牛，形与色之三也】碧鸡雄辩：李善引冯衍《与邓禹书》（只见于此）曰："衍以为写神输意，则聊城之说，碧鸡之辩，不足难也。"《汉书·王褒传》："后方士言益州有金马、碧鸡之宝，可祭祀致也。宣帝使褒往祀焉。褒于道病死，上闵惜之。"王褒《碧鸡颂》："持节使者王褒，遥拜南崖，敬移金精神马、缥碧之鸡，处南之荒，深溪回谷，非土之乡。归来归来，汉德无疆。廉乎唐、虞，泽配三皇。黄龙见兮白虎仁，归来可以为伦。归来翔兮，何事南荒?"

叙温郁则寒谷成暄，论严苦则春丛零叶。飞沉出其顾指，荣辱定其一言。 于光华曰："描写极工。"五臣刘良曰："温燠，煖也。严苦，威急也。飞沉，喻高下也。……言高下荣辱，在于辩者回顾言语也。"温郁：李善注："毛苌《诗传》曰：'燠，煖也。'（《诗·唐风·无衣》："岂曰无衣六兮，不如子之衣，安且燠兮。"《毛传》："燠，暖也。"《说文》："燠，热在中也。"）郁与燠，古字通也。"寒谷：颜延年《秋胡诗》："椅梧倾高凤，寒谷待鸣律。"李善注引刘向《别录》曰："邹衍在燕，有谷寒，不生五谷，邹子吹律而温至生黍也。"论严苦则春丛零叶：李善注："王逸《楚辞注》曰：'严，壮也。'（《楚辞·九歌·国殇》："天时坠兮威灵怒，严杀尽兮弃原野。"）风霜壮谓之严。《说文》曰：'苦，犹急也。'（《说文》："苦，大苦，苓也。"《尔雅·释诂》："苦，急也。"李善误记）张升（东汉）《反论》曰：'嘘枯则冬荣，吹生则夏落。'"飞沉：荀爽《与李膺书》末云："愿怡神无事，偃息衡门，任其飞沉，与时抑扬。”（恐膺招祸）《庄子·天地篇》：“手挠顾指，四方之民，莫不俱至。”陆德明《经典释文》引向秀注：“顾指者，言指挥顾眄而治也。”郭庆藩《集释》：“目顾其人而指使之。”荣辱：《易·系辞传上》：“言行，君子之枢机；枢机之发，荣辱之主也。”《荀子·荣辱篇》云：“好荣恶辱，好利恶害，是君子小人之所同也。”

于是有弱冠王孙，绮纨公子，道不挂于通人，声未遒于云阁。攀其鳞翼，丐其余论，附驵骥之旄端，轶归鸿于碣石。是曰谈交，其流三也。 五臣李周翰曰：“王孙公子，相推敬辞也。绮纨，谓衣罗绮之士也。通人，谓博达古今也。遒，美也。鳞，龙也。翼，凤也。喻攀附也。丐，乞也。驵，良马也。轶，至也。碣石，海畔山。言不能自博通，附辩者，乞余论，亦犹蝇附骥旄以过归鸿之飞而及碣石。谓因此托附而声名远也。是曰谈交，言利其谈说而为交也。”弱冠王孙，绮纨公子：《礼记·曲礼上》：“人生十年曰幼，学。二十曰弱，冠。三十曰壮，有室。四十曰强，而仕。五十曰艾，服官政。六十曰耆，指使。七十曰老，而传。八十、九十曰耄，七年曰悼，悼与耄，虽有罪，不加刑焉。百年曰期，颐。”王孙：《史记·淮阴侯列传》：“有一母见信饥，饭信，竟漂数十日。信喜，谓漂母曰：‘吾必有以重报母。’母怒曰：‘大丈夫不能自食，吾哀王孙而进食，岂望报乎！’”裴骃《集解》引苏林曰：“（王孙）如言公子也。”司马贞《索隐》引刘德曰：“秦末多失国，言王孙公子，尊之也。”《左传》哀公十六年楚子期之子平见胜（白公胜）曰：“王孙何自厉也？”绮纨：《汉书·叙传》：“伯（班固之伯叔）……容貌甚丽，诵说有法，拜为中常侍。……迁奉车都尉。……出与王、许子弟为群，在于绮襦纨绔之间，非其好也。”晋灼曰：“白绮之襦，冰纨之绔也。”颜师古曰：“纨，素也。绮，今细绫也。并贵戚子弟之服。”通人：《论衡·超奇篇》：“通书千篇以上，万卷以下，弘畅雅闲，审定文读，而以教授为人师者，通人也。”又曰：“故夫能说一经者为儒生，博览古今者为通人。”声未遒于云阁：李善引应劭《汉书注》曰：“遒，好也。”又引应玚《释宾》曰：“子犹不能腾云阁，攀天衢。”攀其鳞翼，丐其余论：扬雄《法言·渊骞篇》：“攀龙鳞，附凤翼，巽以扬之，勃勃乎其不可及也。”司马相如《子虚赋》乌有先生曰：“愿闻大国之风烈，先生之余论也。”李善注引张晏曰：“愿闻先贤之遗谈美论也。”附駔驥之旄端，轶归鸿于碣石：李善注：“《说文》曰：‘駔，壮（今作牡）马也。’《张敞集》曰：‘苍蝇之飞，不过十步；托驥之尾，乃腾千里之路。’何休《公羊传注》曰：‘轶，过也。’《淮南子》（《览冥训》）曰：‘冯迟、大丙之御也，过归鸿于碣石也。’”《书·禹贡》：“夹右碣石入于河。”《孔传》：“碣石，海畔山。”

阳舒阴惨，生民大情；忧合欢离，　忧则易相合，欢则易相离。　**品物恒性。故鱼以泉涸而呴沫，鸟因将死而鸣哀。同病相怜，缀河上之悲曲；恐惧置怀，昭《谷风》之盛典。斯则断金由于湫隘，刎颈起于苫盖。是以伍员濯溉于宰嚭，张王抚翼于陈相。是曰穷交，其流四也。**　○此段描写穷交。穷交，谓二人在贫穷或患难之时，则易起心中共鸣，同病相怜而互相交结，誓同生死；岂知一旦得志而利害冲突之时，则互相攻杀，决不相容。推其源起，亦由利合也。浦二田曰：“穷不单写，全从同病起交，曲尽世情。”

阳舒阴惨，生民大情；忧合欢离，品物恒性。故鱼以泉涸而煦沫，鸟因将死而鸣哀。 五臣吕向曰：“涸，枯也。言水枯则鱼相煦以沫，似相亲也。及游江湖，则已相忘矣。是忧合欢离之理也。《论语》曰：‘鸟之将死，其鸣也哀。’”阳舒阴惨：张衡《西京赋》：“夫人在阳时则舒，在阴时则惨，此牵乎天者也。处沃土则逸，处瘠土则劳，此系乎地者也。”薛综注：“阳谓春夏，阴谓秋冬。牵犹系也。”李善注引董仲舒《春秋繁露》（《阳尊阴卑》篇）曰：“春之言犹偆也，偆者，喜乐之貌也。秋之言犹湫也，湫者，忧悲之状也。”（偆，充尹切。湫，子由切。《春秋繁露》原作偆偆、湫湫）《西京赋》续云：“惨则于欢，劳则褊于惠，能违之者寡矣。”生民大情：《庄子·大宗师》：“夫藏舟于壑，藏山于泽，谓之固矣。然而夜半，有力者负之而走，昧者不知也。藏大小有宜，犹有所遁；若夫藏天下于天下，而不得其所遁，是恒物之大情也。”（恒物大情，常人通理也）李善曰：“相呴以沫，忧合也；相忘江湖，欢离也。”生民：《诗·大雅》有《生民篇》。《孝经·丧亲》章：“生事爱敬，死事哀戚，生民之本尽矣。”《左传》文公六年：“生民之道，于是乎在矣。”《荀子·荣辱篇》：“将为天下生民之属，长虑顾后，而保万世也。”《易·乾卦·彖辞》：“云行雨施，品物流形。”又《坤卦·彖辞》：“含弘光大，品物咸亨。”鱼以泉涸而煦沫：已见上，今再引：《庄子·大宗师》篇：“泉涸，鱼相与处于陆，相呴以湿，相濡以沫，不如相忘于江湖。”（《天运》篇再见，“不如”作“不若”）《论语·泰伯》篇曾子曰：“鸟之将死，其鸣也哀；人之将死，其言也善。”

同病相怜，缀河上之悲曲；恐惧置怀，昭《谷风》之盛典。 于光华曰：“此犹念旧，然同情而僻，亦交道之变。”五臣吕延济曰：“《谷风》诗，刺朋友失道，云：‘将恐将惧，置予于怀。’置，致也。”同病相怜：《吴越春秋·阖闾内传》第四：“元年，……六月，……白喜（《史记》作伯嚭）来奔，吴王问子胥曰：‘白喜何如人也？’子胥曰：‘白喜者，楚白州犁之孙。平王诛州犁，喜因出奔，闻臣在吴而来也。’……阖闾伤之，以为大夫，与谋国事。吴大夫被离承宴，问子胥曰：‘何见而信喜？’子胥曰：‘吾之怨与喜同。子不闻河上歌乎？“同病相怜，同忧相救。惊翔之鸟，相随而集；濑下之水，因复俱流；胡马望北风而立，越燕向日而熙。谁不爱其所近，悲其所思”者乎？’被离曰：‘君之言外也，岂有内意以决疑乎？’子胥曰：‘吾不见也。’被离曰：‘吾观喜之为人，鹰视虎步，专功擅杀之性，不可亲也。’子胥不然其言，与之俱事吴王。”（至夫差时，子胥卒为伯嚭害死）恐惧置怀：《诗·小雅·谷风序》：“《谷风》，刺幽王也。天下俗薄，朋友道绝焉。”《诗》有云：“将恐将惧，置予于怀。将安将乐，弃予如遗。”

斯则断金由于湫隘，刎颈起于苫盖。是以伍员濯溉于宰嚭，张王抚翼于陈相。是曰穷交，其流四也。 五臣刘良曰：“朋友之心同，金虽坚，利能之也。刎，割也。刎颈之交，言其重也。湫隘苫盖，谓贫贱言。交结之重，在贫贱也。”又李周瀚曰：“伍员，子胥也。濯溉，洗濯也。宰嚭因子胥洗濯而荣贵。张耳封常山王，故云张王。陈余为赵相，故云陈相。抚翼，谓相抚持翼，佐而致荣贵。穷交，言穷迫则交，谓宰嚭厄楚奔吴，陈、张困秦立赵也。”断金：《易·系辞传上》：“君子之道，或出或处，或默或语。二人同心，其利断金。同心之言，其臭如兰。”湫隘：《左传》昭公三年：“景公欲更晏子之宅，曰：‘子之宅近市，湫隘嚣尘，不可以居，请更诸爽垲者。’辞曰：‘君之先臣容焉，臣不足以嗣之，于臣侈矣。且小人近市，朝夕得所求，小人之利也。’”刎颈：《史记·张耳陈余列传》：“余年少，父事张耳，两人相与为刎颈交。”（事详下）苫盖：苫，诗淹切。苫盖，编茅盖屋也。《左传》襄公十四年晋范宣子（士匄）数吴戎子驹支曰：“昔秦人迫逐乃祖吾离于瓜州，乃祖吾离被苫盖，蒙荆棘，以来归我先君（惠公）。”《史记·张耳陈余列传》：“张耳者，大梁人也。其少时，及魏公子无忌（信陵君）为客。张耳尝亡命游外黄（属陈留）。外黄富人女甚美，嫁庸奴，亡其夫，去抵父客，父客素知张耳，乃谓女曰：‘必欲求贤夫，从张耳。’女听，乃卒为请决，嫁之张耳。张耳是时脱身游，女家厚奉给张耳。张耳以故致千里客，乃宦魏，为外黄令，名由此益贤。陈余者，亦大梁人也，好儒术，……余年少，父事张耳，两人相与为刎颈交。秦之灭大梁也，张耳家外黄，高祖为布衣时，尝数从张耳游，客数月。秦灭魏，数岁，已闻此两人魏之名士也，购求有得张耳千金，陈余五百金。张耳、陈余乃变名姓，俱之陈，为里监门以自食，两人相对。里吏尝有过笞陈余，陈余欲起，张耳蹑之，使受笞。吏去，张耳乃引陈余之桑下而数之曰：‘始吾与公言何如？今见小辱而欲死一吏乎？”陈余然之。……

陈涉起蕲，至入陈，……遂立为王。……以张耳、陈余为左右校尉，……号（所善陈人）武臣为武信君，下赵十城。……武信君从其（蒯通）计，……不战以城下者三十余城。……武臣乃听之，遂立为赵王，以陈余为大将军，张耳为右丞相，……（武臣为其将李良所杀）……客有说张耳曰：‘两君羁旅而欲附赵，难独立，立赵后，扶以义，可就功。’乃求得赵歇，立为赵王。……李良进兵击陈余，陈余败李良，李良走，归章邯。章邯引兵至邯郸，……张耳与赵王歇走入钜鹿城，王离围之。陈余北收常山兵，得数万人，军钜鹿北。章邯军钜鹿南棘原，筑甬道属河，饷王离。王离兵食多，急攻钜鹿。钜鹿城中食尽兵少，张耳数使人召前陈余，陈余自度兵少，不敌秦，不敢前。数月，张耳大怒，怨陈余，使张黡（音掩）、陈泽（音释）往让（责也）陈余曰：‘始吾与公为刎颈交，今王与耳旦暮且死，而公拥兵数万，不肯相救，安在其相为死？苟必信，胡不赴秦军俱死？且有十一二相全。’陈余曰：‘吾度前终不能救赵，徒尽亡军；且余所以不俱死，欲为赵王、张君报秦。今必俱死，如以肉委饿虎，何益？’张黡、陈泽曰：‘事已急，要以俱死立信，安知后虑？’陈余曰：‘吾死顾以为无益，必如公言，乃使五千人令张黡、陈泽先尝秦军。’至，皆没。当是时，燕、齐、楚闻赵急，皆来救。张敖（耳子）亦北收代兵，得万余人来。皆壁余旁，未敢击秦。项羽兵数绝章邯甬道，王离军乏食，项羽悉引兵渡河，遂破章邯。章邯引兵解，诸侯军乃敢击围钜鹿秦军，遂虏王离，涉间自杀。卒存钜鹿者，楚力也。于是赵王歇、张耳乃得出钜鹿，谢诸侯。张耳与陈余相见，责让陈余以不肯救赵，及问张黡、陈泽所在。陈余怒曰：‘张黡、陈泽以必死责臣，臣使将五千人先尝秦军，皆没不出。’张耳不信，以为杀之，数问陈余。陈余怒曰：‘不意君之望臣深也！（《说文》：“谭，责谭也。”望是借字）岂以臣为重去将哉！’乃脱解印绶，推予张耳，张耳亦愕不受。陈余起如厕，客有说张耳曰：‘臣闻天与不取，反受其咎，今陈将军与君印，君不受，反天不祥。急取之！’张耳乃佩其印，收其麾下。而陈余还，亦望（怨也）张耳不让，遂趋出。……由此陈余、张耳遂有郤。……项羽立诸侯王，张耳雅游，人多为之言，项羽亦素数闻张耳贤，乃分赵立张耳为常山王。……及齐王田荣畔楚（陈余说田荣假三县兵袭常山王张耳，张耳败走）……张耳谒汉王（有旧），汉王厚遇之。……陈余已败张耳，皆复收赵地，……傅赵王。……汉二年，东击楚，使使告赵，欲与俱。陈余曰：‘汉杀张耳乃从。”于是汉王求人类张耳者斩之，持其头遗陈余。陈余乃遣兵助汉。汉之败于彭城西，陈余亦复觉张耳不死，即背汉。汉三年，韩信已定魏地，遣张耳与韩信击破赵井陉（在河北），斩陈余泜水上，……汉立张耳为赵王。”伍员濯溉于宰嚭：李善注：“言宰嚭由伍员濯溉（浣濯之，灌溉之）而荣显，嚭既贵而谮员；陈余因张耳抚翼而奋飞，余既尊而袭耳。故曰穷交也。”濯溉：《仪礼·士昏礼》：“某之子未得濯溉于祭祀。”贾公彦疏：“濯溉祭器。”《诗·大雅·泂酌》：“泂酌彼行潦，挹彼注兹，可以濯溉。”《毛传》：“溉，清也。”（李善引作灌也）《说文》：“濯，瀚也。”（“瀚，濯衣垢也。”“浣，或从完。”）伍员：《史记·伍子胥列传》：“伍子胥者，楚人也，名员。员父曰伍奢。员兄曰伍尚。其先（员祖父）曰伍举，以直谏事楚庄王（是灵王），有显，故其后世有名于楚。楚平王有太子名曰建，使伍奢为太傅，费无忌为少傅。……无忌既以秦女自媚于平王，……乃因谗太子建，……平王乃召其太傅伍奢考问之，……囚伍奢。……王使使谓伍奢曰：'能致汝二子则生，不能则死。'伍奢曰：'尚为人仁，呼必来；员为人刚戾忍訽（《吴越春秋》作"执刚守戾，蒙垢受耻"），能成大事，彼见来之并禽，其势必不来。'……伍尚至楚，楚并杀奢与尚也。……至于吴，吴王僚方用事。……伍员……乃进专诸于公子光，……公子光乃令专诸袭刺吴王僚而自立，是为吴王阖庐。……乃召伍员以为行人而与谋国事。楚诛其大臣郤宛、伯州犁（伯嚭祖父），伯州犁之孙伯嚭亡奔吴，吴亦以嚭为大夫。……九年，……五战遂至郢。昭王出亡，……及吴兵入郢，伍子胥求昭王。既不得，乃掘楚平王墓，出其尸，鞭之三百，然后已。……伍子胥曰：'为我谢申包胥曰：吾日暮涂远，吾故倒行而逆施之。'……夫差既立为王，以伯嚭为太宰，习战射。二年后伐越，败越于夫湫（音椒）。越王勾践乃以余兵五千人，栖于会稽之上，使大夫种厚币遗吴太宰嚭以请和，求委国为臣妾。吴王将许之。伍子胥谏曰：'越王为人，能（读作耐）辛苦；今王不灭，后必悔之。'吴王不听，用太宰嚭计，与越平。……太宰嚭既数受越赂，……与子胥有隙，因谗曰：'子胥为人，刚暴少恩，猜贼。其怨望，恐为深祸也。……愿王早图之。'……乃使使赐伍子胥属镂之剑，曰：'子以此死。'伍子胥仰天叹曰：'嗟乎！谗臣嚭为乱矣，王乃反诛我。……'乃告其舍人曰：'必树吾墓上以梓，令可以为器。而抉吾眼县吴东门之上，以观越寇之入灭吴也。'乃自刭死。吴王闻之，大怒，乃取子胥尸，盛以鸱夷革（鸱夷，榼名），浮之江中。吴人怜之，为立祠于江上，因命曰胥山。”抚翼：班固《汉书·叙传·张耳陈余述》：“张、陈之交，游如父子，携手遁秦，拊翼俱起。”【附李德裕《会昌一品集·小人论》：“世所谓小人者，便辟巧佞，翻覆难信。此小人常态，不足惧也。以怨报德，此其甚者也。背本忘义，抑又次之。便辟者，疏远之则无患矣；翻覆者，不信之则无尤矣。唯以怨报德者，不可预防，此所谓小人之甚者也。背本者，虽不害人，亦不知感。昔伤蛇傅药而能报，（《淮南子·览冥训》：“隋侯之珠，和氏之璧，得之者富，失之者贫。”高诱注：“隋侯，汉东之国，姬姓。隋侯见大蛇伤断，以药傅之。后蛇于江中衔大珠以报之，因曰隋侯之珠，盖明月珠也。”）飞鸮食椹而怀恩。[《诗·鲁颂·泮水》：“翩彼飞鸮，集于泮林。食我桑黮（借作椹），怀我好音。”]以怨报德者，不及伤蛇远矣；背本忘义者，不及飞鸮远矣。至于白公负卵翼之德（楚平王太子建之子，随子胥及吴。楚令尹子西接之归楚，号白公胜，将不利于子西，子西闻之，曰：‘胜如卵，余翼而卵之。’后卒刺杀子西。见《左传》哀公十六年）宰嚭遗灌溉之恩。陈余弃父子之交，田蚡忘跪起之礼。[《史记·魏其武安侯列传》：“武安侯田蚡者，孝景后同母弟也，生长陵。魏其（窦婴）已为大将军后，方盛，蚡为诸郎，未贵。往来侍酒魏其，跪起如子侄。及孝景晚节，蚡益贵幸。……（武帝）建元六年，……以武安侯蚡为丞相。（魏其后无势，独灌夫结之。夫后于蚡宅使酒骂坐，蚡后害之，与魏其同弃市）……其春（武帝元光四年），武安侯病，专呼服谢罪。使巫视鬼者视之，见魏其、灌夫共守，欲杀之，竟死。”专呼服谢罪：应劭曰：“言蚡号呼谢服罪也。”］此可与叛臣贼子同诛，岂止于知己之义也。”】

驰骛之俗，浇薄之伦，无不操权衡，秉纤纩；衡所以揣其轻重，纩所以属其鼻息。若衡不能举，纩不能飞，虽颜、冉龙翰凤雏，曾、史兰薰雪白，舒、向金玉渊海，卿、云黼黻河、汉，视若游尘，遇同土梗。莫肯费其半菽，罕有落其一毛。若衡重锱铢，纩微影撇，虽共工之蒐慝，驩兜之掩义，南荆之跋扈，东陵之巨猾，皆为匍匐逶迤，折枝舐痔，金膏翠羽将其意，脂韦便辟道其诚。故轮盖所游，必非夷、惠之室；苞苴所入，实行张、霍之家。谋而后动，毫芒寡忒。是曰量交，其流五也。 ○此段是刻画量交，淋漓尽致。量交是量度彼方有用无用，可资利用与否，然后与之结交。若尚有利用价值，则虽极恶之人，仍极力承奉。否则不论对方之德学文章如何超人，亦不肯一顾。此种是最工心计，最为势利之人，视前四种为尤甚也。浦二田曰：“总之利因于量而已。量者，料算之谓。说到此一交，真使六腑真形，隔垣洞见。（《史记·扁鹊传》：“视见垣一方人，以此视病，尽见五藏症结。”）掂斤播两，覆雨翻云。分冰炭于毫毛，判秦、越于目睫，所谓势、贿、谈、穷，百态皆缘此一字。论交至此，我欲哭之。”于光华曰：“世事至此可痛。”又曰：“五交总不脱一利字，所以利尽而交疏也。”

驰骛之俗，浇薄之伦，无不操权衡，秉纤纩；衡所以揣其轻重，纩所以属其鼻息。若衡不能举，纩不能飞，虽颜、冉龙

翰凤雏，曾、史兰薰雪白， 五臣张铣曰：“驰骛，谓趋走也。伦，辈。操，执。衡，秤。纩，绵。揣，量也。言趋走之人，浇薄之辈，皆执衡秤势之轻重，持绵量气之粗细。若势轻气微，虽行如颜回、冉耕，德如曾参、史鱼，终不云重也。龙翰凤雏，喻君子。兰薰雪白，喻芳洁。”驰骛：李善注引阮子（阮武，字文业，三国魏人，籍之族兄。有《政论》五卷，亡于南朝宋）《政论》（严可均《全三国文》作正，《御览》及《选注》作政）曰：“交游之党，为驰骛之所废。”《逸周书·文传》：“童马不驰，不骛泽。”《史记·李斯列传》：“此布衣驰骛之时，而游说者之秋也。”姜太公《六韬·龙韬·立将》：“疾若驰骛。”《离骚》：“忽驰骛以追逐兮，非余心之所急。”司马相如《上林赋》：“东西南北，驰骛往来。”《魏志·夏侯玄传》：“恐所由之不本，而干势驰骛之路开。”浇薄：《淮南子·齐俗训》：“浇天下之淳，析天下之朴。”高诱注：“浇，薄也。淳，厚也。”（李善注：“许慎曰：浇，薄也。”）《后汉书·朱穆传》：“常感时浇薄，慕尚敦笃，乃作《崇厚论》。”权衡：《汉书·律历志上》：“衡，平也。权，重也。衡所以任权而均物，平轻重也。”《孟子·梁惠王上》：“权，然后知轻重；度，然后知长短。”赵岐注：“权，铨衡也。”《礼记·月令》：“正权概。”郑玄注：“称锤曰权。”《广雅·释器》：“锤谓之权。”《庄子·胠箧篇》：“为之权衡以称之。”《吕氏春秋·仲秋纪》：“平权衡，正钧石。”《楚辞》贾谊《惜誓》：“苦称量之不审兮，同权概而就衡。”纤纩：《书·禹贡》：“荆河惟豫州。……厥贡漆枲絺纻，厥篚纤纩。”《孔传》：“纩，细棉。”《仪礼·既夕礼》：“有疾，……彻琴瑟。疾病，外内皆扫。……属纩以俟绝气。"《礼记·丧大记》:"疾病,外内皆扫。君、大夫彻县,士去琴瑟。寝东首于北牖下。……属纩以俟绝气。男子不死于妇人之手,妇人不死于男子之手。"《说文》:"纩,絮也。"颜、冉:颜回子渊、冉耕伯牛也。《论语·先进》:"子曰:从我于陈、蔡者,皆不及门也。德行:颜渊、闵子骞、冉伯牛、仲弓。"李康《运命论》:"仲尼至圣,颜、冉大贤。"龙翰凤雏:《诗·大雅·崧高》:"维申及甫,维周之翰。"《毛传》:"翰,干也。"《魏志·邴原传》崔琰曰:"征事邴原、议郎张范,皆秉德纯懿,志行忠方,清静足以厉俗,贞固足以干事(此句出《易·乾文言》),所谓龙翰凤翼,国之重宝。举而用之,不仁者远。(《论语·颜渊》子夏曰:"汤有天下,选于众,举伊尹,不仁者远矣。")"晋习凿齿《襄阳记》:"旧目诸葛孔明为卧龙,庞士元为凤雏。"(此李善引。《蜀志·诸葛亮传》裴松之注引《襄阳记》曰:"刘备访世事于司马德操,德操曰:'儒生俗士,岂识时务;识时务者,在乎俊杰。此间自有伏龙、凤雏。'备问为谁?曰:'诸葛孔明、庞士元也。'")曾、史:曾参、史鱼也。《庄子·胠箧篇》:"削曾、史之行,钳杨、墨之口,攘弃仁义,而天下之德始玄同矣。"《庄子·让王篇》:"曾子居卫,缊袍无表,颜色肿哙,手足胼胝。三日不举火,十年不制衣,正冠而缨绝,捉衿而肘见,纳屦而踵决。曳縰而歌《商颂》,声满天地,若出金石,天子不得臣,诸侯不得友。故养志者忘形,养形者忘利,致道者忘心矣。"《韩诗外传》卷一:"曾子仕于莒,得粟三秉(即三釜,釜六斗四升,共十六斛),方是之时,曾子重其禄而轻其身。亲没之后,齐迎以相,楚迎以令尹，晋迎以上卿。方是之时，曾子重其身而轻其禄。”《论语·卫灵公》：“子曰：直哉史鱼！邦有道，如矢；邦无道，如矢。”兰薰雪白：左思《魏都赋》：“搦（女厄切，按抑也）秦起赵，威振八蕃，则信陵之名，若兰芬也。”李善引葛龚（后汉安帝时人，有《集》七卷，亡。文只见此）《荐郝彦文》：“雪白冰折，皦然曜世也。”

舒、向金玉渊海，卿、云黼黻河、汉， 董仲舒、刘向、司马长卿、扬子云也。李善注：“言舒、向之辞，同于渊海也。……言卿、云之文，类于河、汉也。”五臣吕向曰：“董仲舒、刘向，文章如金玉之珍，渊海之深。司马长卿、扬子云，文章如黼黻之丽，河、汉之广。黼黻，锦绣之属。”《论衡·超奇篇》：“故夫丘山以土石为体，其有铜铁，山之奇也；铜铁既奇，或出金玉。然鸿儒，世之金玉也。”又《乱龙篇》：“（刘）子骏（向字），汉朝智囊，笔墨渊海。”又《知实篇》：“子贡……所谓智如渊海。”又《量知篇》：“绣之未刺，锦之未织，恒丝庸帛何以异哉？加五彩之巧，施针镂之饰，文章炫耀，黼黻华虫，山龙日月。（《书·益稷》帝舜曰：“予欲观古人之象，日、月、星、辰、山、龙、华、虫，作会。”）学士有文章之学，犹丝帛之有五色之巧也。”又《案书篇》：“汉作书者多，司马子长、扬子云，河、汉也，其余，泾、渭也。”

视若游尘，遇同土梗。莫肯费其半菽，罕有落其一毛。 五臣吕延济曰：“虽有颜、冉、曾、史之行，舒、向、卿、云之文，权势之轻，气息之薄，浇薄之人，视之如游尘土梗，莫肯以半豆一毛而济之。土梗，谓解所土人木人也。菽，豆也。”李善注：“游尘土梗，喻轻贱也。”左思《咏史》诗咏荆轲：“荆轲饮燕市，酒酣气益振。……贵者虽自贵，视之若埃尘。贱者虽自贱，重之若千钧。”李善引晋嵇含《司马诔》曰：“命危朝露，身轻游尘。”范宁《穀梁传序》：“拯颓纲以继三五，鼓芳风以扇游尘。”《庄子·田子方篇》：“（魏）文侯曰：……始吾以圣知之言，仁义之行为至矣。吾闻子方之师（东郭顺子），吾形解而不欲动，口钳而不欲言。吾所学者，直土梗耳。”陆德明《经典释文》引司马彪注：“土梗，土人也。”《战国策·赵策一》：“土梗与木梗斗曰：汝不如我，我者乃土也。使我逢疾风淋雨坏沮，乃复归土。……汝逢疾风淋雨，漂入漳、河，东流至海，泛滥无所止。”半菽：《汉书·项籍传》：“今岁饥民贫，卒食半菽，军无见粮。”臣瓒注：“士卒食蔬菜，以菽杂半之。”（项籍语）《孟子·尽心上》：“杨子取为我，拔一毛而利天下，不为也。”【《列子·杨朱篇》：“杨朱曰：‘伯成子（尧、舜时诸侯）不以一毫利物……’禽子问杨朱曰：‘去子体之一毛，以济一世，汝为之乎？’杨子曰：‘世固非一毛之所济。’禽子曰：‘假济，为之乎？’杨子弗应。禽子出，语孟孙阳。孟孙阳曰：‘子不达夫子之心，吾请言之：有侵若（汝也）肌肤，获万金者，若为之乎？’曰：‘为之。’孟孙阳曰：‘有断若一节，得一国，子为之乎？’禽子默然，有间。孟孙阳曰：‘一毛微于肌肤，肌肤微于一节，省矣。然则积一毛以成肌肤，积肌肤以成一节。一毛，固一体万分中之一物，奈何轻之乎？’禽子曰：‘吾不能所以答子。然则以子之言问老聃、关尹，则子言当矣；以吾言问大禹、墨翟，则吾言当矣。’”】

若衡重锱铢，纡微影撇，虽共工之蒐慝，驩兜之掩义，南

荆之跋扈，东陵之巨猾， 五臣刘良曰：“锱铢，轻也。影撇，纡飞貌。喻有气势之人。蒐，隐。慝，恶也。共工，少昊氏之子，有隐恶之行。驩兜，帝鸿氏之子，为奄义隐贼之行。荆，楚也。庄蹻为盗，跋扈于南楚。巨，大。猾，乱也。盗跖为乱于东陵。东陵，地名。”锱铢：《礼记·儒行篇》：“虽分国，如锱铢，不臣不仕，其规为有如此者。”郑玄注：“八两曰锱。”《说文》：“铢，权十分黍之重也。”市朱切。《荀子·富国篇》：“割国之锱铢以赂之，则割定而欲无猒。”杨倞注：“十黍之重为铢，八两为锱。”《汉书·律历志》：“一龠容千二百黍，重十二铢。”则百黍为铢。《说文》：“锱，六铢也。”影撇：李善引侯瑾（东汉桓帝时人）《筝赋》：“微风影擎，泠气轻浮。”共工、驩兜：《书·舜典》：“流共工于幽洲，放驩兜于崇山，窜三苗于三危，殛鲧于羽山，四罪而天下咸服。”《左传》文公十八年季文子曰：“昔帝鸿氏（杜预注：“黄帝。”）有不才子，掩义隐贼，好行凶德，丑类恶物，顽嚚不友，（僖公二十四年《传》：“耳不听五声之和为聋，目不别五色之章为昧，心不则德义之经为顽，口不道忠信之言为嚚。”友，顺也）是与比周，天下之民，谓之浑敦。”杜预注：“谓驩兜。浑敦，不开通之貌。”又云：“少皞氏（次黄帝）有不才子，毁信废忠，崇饰恶言，靖谮庸回（常邪），服谗蒐慝，以诬盛德。天下之民，谓之穷奇。”杜预注：“谓共工。其行穷，其好奇。”蒐慝，隐恶也。掩义，掩盖义事而不行。南荆：李善注：“南荆，谓楚也。”陆机《演连珠》：“南荆有寡和之曲。”《韩非子·喻老篇》：“楚庄王欲伐越，庄子（此别一庄子，非庄周。李善作庄周子，大误）谏曰：‘王之伐越，何也?’曰:‘政乱兵弱。’庄子曰:‘臣患智之如目也,能见百步之外,而不能自见其睫。王之兵自败于秦、晋,丧地数百里,此兵之弱也;庄蹻为盗于境内,而吏不能禁,此政之乱也。……’王乃止。”《荀子·议兵篇》:“庄蹻起,楚分而为三四。”杨倞注引司马贞《史记索隐》曰:“庄蹻,楚将,言其起为乱后,楚遂分为四。”《史记·礼书》:“庄蹻起,楚分而为四。”又《史记·西南夷列传》:“庄蹻者,故楚庄王苗裔也。”司马贞《史记索隐》:“蹻,音炬灼反,楚庄王弟为盗者。”《商君书·弱民篇》:“庄蹻发于内,楚分为五。”《吕氏春秋·季冬纪·介立篇》:“庄蹻之暴郢也。”高诱注:“庄蹻,楚威王之大盗。郢,楚都。”《淮南子·主术训》:“明分以示之,则跖、蹻之奸止矣。”高诱注:“蹻,庄蹻。楚威王之将军,能大为盗也。”桓谭《盐铁论·诏圣篇》:“夫铄金在炉,庄蹻不顾。”《论衡·本性篇》:“故贪者能言廉,乱者能言治。盗跖非人之窃也,庄蹻刺人之滥也。”又《命义篇》:“盗跖、庄蹻,横行天下,聚党数千,攻夺人物,断斩人身,无道甚矣。”《抱朴子·内篇·塞难》:“盗跖穷凶而白首,庄蹻极恶而黄发。”跋扈:张衡《西京赋》:“缇衣韎韐(武士之服),睢盱拔扈。”李善注:“拔与跋,古字通。”《诗·大雅·皇矣》:“帝谓文王,无然畔援。”《郑笺》:“畔援,犹拔扈也。”《后汉书·梁冀传》顺帝侄质帝目冀曰:“此跋扈将军也。”《后汉书·朱浮传》:“往年赤眉跋扈长安。”李贤注:“跋扈,犹暴横也。”又《冯衍传》:“诮始皇之跋扈兮,投李斯于四裔。”崔骃《慰志赋》:“黎、共奋以跋扈兮,羿、浞狂以恣睢。”(黎,少皞时之九黎。共,共工。羿,夏时后羿。浞,夏时寒涅。李贤注："跋扈，强梁也。"）东陵巨猾：谓盗跖也。《庄子·骈拇篇》："伯夷死名于首阳之下，盗跖死利于东陵之上。"陆德明《经典释文》引李颐注："东陵，谓泰山也。"《庄子·盗跖篇》："柳下季（姓展，名禽。食采柳下，谥惠）之弟名曰盗跖，盗跖从卒九千人，横行天下，侵暴诸侯。穴室枢户，驱人牛马，取人妇女。贪得忘亲，不顾父母兄弟，不祭先祖。所过之邑，大国守城，小国入保，万民苦之。"《史记·伯夷列传》："盗跖日杀不辜，肝人之肉，暴戾恣睢，聚党数千人，横行天下。竟以寿终，是遵何德哉！"巨猾：张衡《东京赋》："巨猾间衅，窃弄神器。"巨猾，犹大盗，猾乱也，奸黠也，奸狡贼害人者曰猾贼。《晋书·王道传》："昔秦为无道，百姓厌乱，巨猾陵暴，人怀汉德。"

皆为匍匐逶迤，折枝舐痔，金膏翠羽将其意，脂韦便辟道其诚。 五臣李周翰曰："匍匐，伏行。逶迤，邪行。皆谓恭也。折枝，案摩手足也。痔，后病也，宜人舐之。言趋势之人，见有威力者，虽共工、驩兜、庄蹻、盗跖之徒，亦为之尽敬，案摩手足，舐其痔病。金膏，金丹也。将意，谓以宝币申厚意也。脂韦，柔弱。便辟，曲谄貌。道，引也。谓作柔弱之貌，引诚心于势人也。"《说文》："逶，逶地，衺去之皃。""地，衺行也。""匍，手行也。""匐，伏地也。"《战国策·秦策一》："苏秦始将连横说秦惠王，……书十上而说不行。黑貂之裘弊，黄金百斤尽，资用乏绝，去秦而归（归东周洛阳）。羸滕履蹻，负书担橐，形容枯槁，面目犁黑，状有归色。归至家，妻不下纴，嫂不为炊，父母不与言。苏秦喟叹曰：'妻不以我为夫，嫂不以我为叔，父母不以我为子，是皆秦之罪也。’乃夜发书，陈箧数十，得太公《阴符》之谋，伏而诵之，简练以为揣摩。读书欲睡，引锥自刺其股，血流至足。曰：‘安有说人主，不能出其金玉锦绣，取卿相之尊者乎？’期年，揣摩成，曰：‘此真可以说当世之君矣！’于是乃摩燕、乌、集阙，见说赵王于华屋之下，抵（《说文》：“抵，侧击也。”音纸。各本误作抵）掌而谈。赵王大悦，封为武安君，受相印。革车百乘，锦绣千纯（车也），白璧百双，黄金万镒，以随其后。约从散横，以抑强秦。……将说楚王，路过洛阳，父母闻之，清宫除道，张乐设饮，郊迎三十里。妻侧目而视，倾耳而听；嫂蛇行匍伏（《史记·苏秦列传》作“委蛇蒲服”，李善引作“逶迤蒲服”），四拜，自跪而谢。苏秦曰：‘嫂，何前倨而后卑也？’嫂曰：‘以季子之位尊而多金。’苏秦曰：‘嗟乎！贫穷则父母不子，富贵则亲戚畏惧。人生世上，势位富贵，盍可忽乎哉！’”折枝：《孟子·梁惠王上》：“挟太山以超北海，语人曰‘我不能’，是诚不能也。为长者折枝，语人曰‘我不能’，是不为也，非不能也。”赵岐注：“折枝，案摩。折手节，解罢枝也。”舐痔：《庄子·列御寇》：“宋人有曹商者，为宋王使秦。其往也，得车数乘；王说之，益车百乘。反于宋，见庄子曰：‘夫处穷闾厄巷，困窘织屦，槁项黄馘者，商之所短也；一悟万乘之主，而从车百乘者，商之所长也。’庄子曰：‘秦王有病，召医，破痈溃痤者，得车一乘；舐痔者，得车五乘。所治愈下，得车愈多。子岂治其痔邪？何得车之多也！子行矣。’”金膏翠羽将其意：郭璞《江赋》：“金精玉英，瑱其里，瑶珠怪石琗其表。”李善注：“《穆天子传》河伯曰：‘示汝黄金之膏。’郭璞曰：‘金膏，其精汋也。’”《汉书·景十三王传》：“（江都易王非薨，子建嗣。）遣人通越繇王闽侯，遗以锦帛奇珍，繇王闽侯亦遗建荃、葛、珠玑、犀甲、翠羽、猿熊奇兽，数通使往来。”《后汉书·贾琮传》：“旧交阯土多珍产，明玑、翠羽、犀、象、玳瑁、异香、美木之属，莫不自出。”《宋书·谢瞻传赞》：“明珠翠羽，无足而驰；丝罽文犀，飞不待翼。”《西京杂记》：“天子笔管，以错宝为跗，……以杂宝为匣，厕以玉璧翠羽，皆直百金。”将：《诗·小雅·鹿鸣》：“吹笙鼓簧，承筐是将。人之好我，示我周行。”《序》云：“《鹿鸣》，燕群臣嘉宾也。既饮食之，又实币帛筐篚，以将其厚意，然后忠臣嘉宾得尽其心矣。”《郑笺》：“承，犹奉也。”无释将字。而李善谓郑玄曰：“将，助也。”《汉书·赵尹韩张两王传赞》：“王尊文武自将。”颜师古曰：“将，助也。”（《杜钦传》、《王莽传中》解同）脂韦便辟：《楚辞》屈原《卜居》：“如脂如韦（柔皮），以洁楹乎?”王逸注：“柔弱曲也。”五臣云：“能滑柔也。”《论语·季氏》：“孔子曰：……损者三友：……友便辟，友善柔，友便佞，损矣。”马融注：“便辟，人之所忌，以求容媚。”辟，谓作嬖。

故轮盖所游，必非夷、惠之室；苞苴所入，实行张、霍之家。谋而后动，毫芒寡忒。是曰量交，其流五也。 五臣张铣曰：“轮盖，谓轩冕之人。夷，伯夷。惠，柳下惠。苞苴，箪笥以裹鱼肉也。张，张安世。霍，霍光也。言从势之人，游于豪贵之门，谋其势力轻重，毫芒不差也。忒，差也。量，度也。谓度其轻重而交也。”《礼记·曲礼上》：“凡以弓剑、苞苴、箪、笥问（犹遗也）人者，操以受命，如使之容。”郑玄

注："苞苴，裹鱼肉，或以苇，或以茅。"班固《答宾戏》："独摅意乎宇宙之外，锐思于毫芒之内。"《说文》："忒，更也。从心弋声。"

凡斯五交，义同贾鬻，故桓谭 谭拾之误。 **譬之于阛阓，林回喻之于甘醴。夫寒暑递进，盛衰相袭，或前荣而后悴，或始富而终贫，或初存而末亡，或古约而今泰。循环翻覆，迅若波澜。此则殉利之情未尝异，变化之道不得一。由是观之，张、陈所以凶终，萧、朱所以隙末，断焉可知矣。而翟公方规规然勒门以箴客，何所见之晚乎！** ○此段总结五交，谓皆同市井买卖，了无情义可言。隙末凶终，断焉可知。方伯海评段末翟公二句云："至此忽作疏宕，以散其气。"

凡斯五交，义同贾鬻，故桓谭譬之于阛阓，林回喻之于甘醴。 五臣吕向曰："五交，谓上五交也。鬻，卖也。……醴甘，故速坏也。今言桓谭，谭无以市喻交之文，疑为误也。"（实见《战国策·齐策四》谭拾子对孟尝君语，始误"拾"为"桓"，复上下交舛而为桓谭也。详下）《左传》桓公十年："吾焉用此，其以贾害也。"杜预注："贾，买也。"鬻，亦作粥。《说文》作卖，"卖，衒也。从㚚贝声。㚚，古文睦。"（"衒，行且卖也。""衒，或从玄。"）《国语·齐语》："市贱鬻贵。"韦昭注："鬻，卖也。"《周礼·夏官司马·巫马》："则使其贾粥之。"郑众注："粥，卖也。"李善注："《谭集》及《新论》并无以市喻交之文。……（下略引《战国策》）"《战国策·齐策四》："孟尝君逐于齐（襄王）而复反，谭拾子迎之于境，谓孟尝君曰：'君得无有所怨齐士大夫乎？’孟尝君曰：‘有。’‘君满意杀之乎？’孟尝君曰：‘然。’谭拾子曰：‘事有必至，理有固然，君知之乎？’孟尝君曰：‘不知。’谭拾子曰：‘事之必至者，死也；理之固然者，富贵则就之，贫贱则去之。此事之必至，理之固然者。请以市喻：市，朝则满，夕则虚，非朝爱市而夕憎之也；求存故往，亡故去。愿君勿怨。’孟尝君乃取所怨五百牒削去之，不敢以为言。”阛，市垣。阓，市门。《广雅·释室》：“阛阓，……道也。”王念孙《广雅疏证》：“案，阛为市垣，阓为市门。而市道即在垣与门之内，故亦得阛阓之名。”左思《蜀都赋》：“阛阓之里，伎巧之家。”刘渊林注：“阛，市巷也。阓，市外内门也。”又《魏都赋》：“班列肆以兼罗，设阛阓以襟带。”林回喻之于甘醴：《庄子·山木篇》：“林回（假国之亡人）弃千金之璧，负赤子而趋。或曰：‘为其布与？赤子之布寡矣；为其累与？赤子之累多矣。弃千金之璧，负赤子而趋，何也？’林回曰：‘彼以利合，此以天属也。夫以利合者，迫穷祸患，害相弃也；以天属者，迫穷祸患，害相收也。夫相收之与相弃亦远矣。且君子之交淡若水，小人之交甘若醴；君子淡以亲，小人甘以绝。彼无故以合者，则无故以离。’”

夫寒暑递进，盛衰相袭，或前荣而后悴，或始富而终贫，或初存而末亡，或古约而今泰。循环翻覆，迅若波澜。 五臣吕延济曰：“递，迭。袭，仍。约，俭。泰，奢也。言人事不恒，通塞之理，如循环无际；翻覆迅疾，若波澜相从也。”翻，《说文》无。徐铉《说文·新附》：“翻，飞也。从羽番声。或从飞。”《易·系辞传下》：“日往则月来，月往则日来，日月相推而明生焉。寒往则暑来，暑往则寒来。”《文子·九守·守弱》："夫物，盛则衰，日中则移，月满则亏，乐，终而悲。"嵇康《琴赋序》："以为物有盛衰，而此无变。"刘向《说苑·善说篇》："雍门子周以琴见乎孟尝君，……曰……臣之所能令悲者，有先贵而后贱，先富而后贫者也。"班固《答宾戏》："朝为荣华，夕为憔悴。"潘岳《笙赋》："于是乃有始泰终约，前荣后悴。激愤于今贱，永怀乎故贵。"李善引《说文》曰："袭，因也。"今《说文》："袭，左衽袍。"下应脱"一曰：因也"。李善《笙赋》注引杜预《左传注》："泰，奢也。约，俭也。"（今不见）伏胜《尚书大传》："周以至动，殷以萌，夏以牙。（郑玄注："谓三王之正也。"）……故三统三正，若循连环。周则又始，穷则反本。"《淮南子·说林训》："有荣华者，必有憔悴。"《后汉书·邓禹传论》："荣悴交而下无二色，进退用而上无猜情。"潘岳《秋兴赋》又云："虽末士之荣悴兮，伊人情之美恶。"李善引陆机乐府诗（已佚）曰："休咎相乘蹑，翻覆若波澜。"

此则殉利之情未尝异，变化之道不得一。由是观之，张、陈所以凶终，萧、朱所以隙末，断焉可知矣。 李善注："言贪利情同，谲诈殊道也。"五臣刘良曰："殉，求也。言求利情同，谲诈则异。变化，谓贫富贵贱不恒也。从此道观之，故张耳、陈余、萧育、朱博所以为凶隙于末也。"《鹖冠子·世兵篇》："列士徇名，贪夫徇财。"陆佃注："以身逐物曰徇。"贾谊《鹏鸟赋》："贪夫殉财兮，烈士殉名。"应劭曰："殉，营也。"《汉书》作"贪夫徇财，列士徇名"。臣瓒曰："以身从物曰徇。"宋祁曰："浙本徇作殉。"《庄子·骈拇篇》："小人则以身殉利，士则以身殉名。"《后汉书·王丹传》："丹曰：

‘交道之难，未易言也。世称管、鲍，次则王、贡。张、陈凶其终，萧、朱隙其末，故知全之者鲜矣。’时人服其言。”《汉书·萧育传》：“育字次君（东海兰陵人。御史大夫、太子太傅、前将军萧望之子），少以父任为太子庶子。元帝即位，为郎，病免。后为御史。……拜为司隶校尉。……哀帝时，南郡江中多盗贼，拜育为南郡太守。上以育耆旧名臣，乃以三公使车载育入殿中受策，曰：‘南郡盗贼群辈为害，朕甚忧之。以太守威信素著，故委南郡太守之官。其于为民除害，安元元而已，亡拘于小文。’加赐黄金二十斤。育至南郡，盗贼静。病去官，起家复为光禄大夫、执金吾，以寿终于官。育为人严猛尚威，居官数免，稀迁。少与陈咸、朱博为友，著闻当世。往者有王阳、贡公，故长安语曰：‘萧、朱结绶，王、贡弹冠。’言其相荐达也。始，育与陈咸（御史大夫陈万年子）俱以公卿子显名，咸最先进，年十八为左曹，二十余御史中丞。时朱博尚为杜陵亭长，为咸、育所攀援。入王氏，后遂并历刺史郡守相，及为九卿，而博先至将军、上卿，历位多于咸、育，遂至丞相。育与博后有隙，不能终。故世以交为难。”《易·系辞传下》：“《易》曰：‘介于石，不终日，贞吉。’（《豫卦》六二）介如石焉，宁用终日，断可识矣。”

而翟公方规规然勒门以箴客，何所见之晚乎！ 五臣李周翰曰：“规规，小貌也。箴，刺也。言人之从势盛衰，其来久矣；谓翟公署门讥客，见事晚也。”规规然：《庄子·秋水篇》：“于是埳井之蛙闻之，适适（读作惕）然惊，规规然自失也。”《说文》：“頍，小头頍頍也。从页，枝声。读若规。”规乃頍之借字。《汉书·郑当时传》（原见《史记·汲黯郑当时传赞》）："先是下邽（在陕西）翟公为廷尉，宾客亦填门，及废，门外可设爵罗。后复为廷尉，客欲往。翟公大署其门曰：一死一生，乃知交情；一贫一富，乃知交态；一贵一贱，交情乃见。"《穀梁传》文公十四年："郤克……欲变人之主，至城下，然后知。何知之晚也！"

因此五交，是生三衅：败德殄义，禽兽相若，一衅也；难固易携，仇讼所聚，二衅也；名陷饕餮，贞介所羞，三衅也。古人知三衅之为梗，惧五交之速尤，故王丹威子以槚楚，朱穆昌言而示绝，有旨哉！有旨哉！ ○此段言五利交，必生三仇隙。是以王丹挞子之轻交友，朱穆撰文以塞乱源，皆有深意也。孙月峰曰："五交形容妙绝，三衅尚觉寂寥未快。"末段二句，于光华曰："结过上文。"

因此五交，是生三衅：败德殄义，禽兽相若，一衅也； 五臣张铣曰："殄，绝。衅，罪也。言随势之人，必败德绝义，与禽兽同也。"《说文》："殄，尽也。"徒典切。《书·舜典》："朕堲谗说殄行。"《孔传》及马融注："殄，绝也。"《左传》桓公八年："仇有衅，不可失也。"杜预注："衅，瑕隙也。"《书·大禹谟》："蠢兹有苗，昏迷不恭，侮慢自贤，反道败德。"李善引《史记》卫平曰："天有五色，以辨白黑，人民莫知辨也，与禽兽相若也。"《晋书·阮籍传》："杀父，禽兽之类也；杀母，禽兽之不若。"

难固易携，仇讼所聚，二衅也； 五臣吕向曰："携，离。讼，争也。"《国语·周语上》内史过曰："其刑矫诬，百姓携贰。"韦昭注："携，离。贰，二心也。"《左传》僖公七年：

“管仲言于齐侯曰：臣闻之，招携以礼，怀远以德。”杜预注：“携，离也。”又僖公二十八年先轸曰：“不如私许复曹、卫以携之。”杜预注：“携，离也。”《说文》：“讼，争也。”《淮南子·俶真训》：“列道而议，分徒而讼。”高诱注：“讼，争是非也。”

名陷饕餮，贞介所羞，三衅也。 五臣吕延济曰：“陷，没。饕餮，贪财食也。言趋利没名声于贪鄙，为贞介之士所羞也。”《左传》文公十八年：“缙云氏（黄帝时官）有不才子，贪于饮食，冒于货贿，侵欲崇侈，不可盈厌，聚敛积实，不知纪极，不分孤寡，不恤穷匮。天下之民，以比三凶（比于浑敦、穷奇、梼杌），谓之饕餮。”杜预注：“贪财为饕，贪食为餮。”《说文》：“饕，贪也。”“叨，饕或从口，刀声。”“飻，贪也。从食，殄省声。《春秋传》曰：‘谓之饕飻。’”他结切。《汉书·张耳陈余传赞》：“势利之交，古人羞之，盖谓是矣。”

古人知三衅之为梗，惧五交之速尤，故王丹威子以槚楚，朱穆昌言而示绝，有旨哉！有旨哉！ 五臣刘良曰：“梗，病。尤，过也。槚楚，杖也。昌，当也。旨，美也。美哉，美丹、穆之情远也。”《诗·大雅·桑柔》：“谁生厉阶？至今为梗。”《毛传》：“梗，病也。”又《左传》昭公二十四年：“至今为梗。”杜预注：“梗，病也。”《诗·召南·行露》：“谁谓女无家？何以速我狱？”《毛传》：“速，召也。”尤：乃訧之假借，《说文》：“訧，罪也。”（“尤，异也。”）《诗·邶风·绿衣》：“我思古人，俾无訧兮。”尚见本字。王丹威子以槚楚：李善注：“有梁之初，淳风已丧，俗多驰竞，人尚浮华，故叙叔世之交情，刺当时之轻薄。朱生示绝，良会其宜。重言之者，叹美之至。”《后汉书·王丹传》：“王丹，字仲回，京兆下邽人也。哀、平时，仕州郡。王莽时，连征不至。家累千金，隐居养志，好施周急。……丹资性方洁，疾恶强豪。时河南太守同郡陈遵，关西之大侠也。……自以知名，欲结交于丹，丹拒而不许。……时大司徒侯霸，欲与交友，及丹被征（为太子少傅），遣子昱候于道。昱迎拜车下，丹下答之。昱曰：'家公欲与君结交，何为见拜？'丹曰：'君房有是言，丹未之许也。"丹子有同门生丧亲，家在中山，白丹欲往奔慰，结侣将行。丹怒而挞之，令寄缣以祠（祀也）焉。或问其故，丹曰：'交道之难，未易言也。世称管、鲍，次则王、贡。张、陈凶其终，萧、朱隙其末，故知全之者鲜矣。'时人服其言。"《礼记·学记》："夏楚二物，收其威也。"郑玄注："夏，榣也。楚，荆也。二者所以扑挞犯礼者。"夏乃榎之假借，《说文》："榎，楸也。"《书·益稷》："禹！汝亦昌言。"《孔传》："昌，当也。"《隋书·经籍志·子部·杂家》著录："《仲长子昌言》十二卷。"注云："（东）汉尚书郎仲长统撰。"（已亡）王融《永明九年策秀才文》："昌言所安，朕将亲览。"昌言，是正当之言，直陈无忌之言。李善引《孙绰子》曰："庄多寄言，浑沌得宗（《庄子·应帝王》："中央之帝为浑沌。"），罔象得珠（《庄子·天地篇》见前），旨哉言乎！"

近世有乐安、任昉，海内髦杰，早绾银黄，夙昭民誉。遒文丽藻，方驾曹、王；英跱 真矣切。 **俊迈，联横许、郭。类田文之爱客，同郑庄之好贤。见一善，则盱衡扼腕，遇一才，则扬眉抵掌。雌黄出其唇吻，朱紫由其月旦。于是冠盖辐凑，衣裳云合，辎軿击辖，坐客恒满。蹈其阃阈，若升阙里之**

堂；入其隩隅，谓登龙门之阪。至于顾眄增其倍价，剪拂使其长鸣，影组云台者摩肩，趍走丹墀者叠迹。莫不缔恩狎，结绸缪，想惠、庄之清尘，庶羊、左之徽烈。 ○此段写入正题。

由此起始是作此论之启端。盖孝标激于义愤，为任昉四子而作。昉生前提挈士大夫不遗余力，及其死后，四子困穷无依，曾受其父恩遇之世叔辈，无一肯加援手。朋友之道绝，故孝标慨然作此论也。孙月峰曰："亦但平平叙去，而点注有情，转折中节，遂觉意状踊跃动人。其摭事修词，亦非有非常新奇，只是撮凑得妙。盖其得力处乃在炼意炼调，故但见其佳，而莫睹其痕迹。"又曰："此亦谈交也。"

近世有乐安、任昉，海内髦杰，早绾银黄，夙昭民誉。 五臣李周翰曰："乐安，郡名（在今山东博昌县）。髦杰，喻英彦也。绾，贯也。银黄，谓银印黄绶也。夙，早也。言早为人所称誉也。"《诗·小雅·甫田》："攸介攸止，烝我髦士。"《毛传》："髦，俊也。"髦杰，犹俊杰，亦称髦俊。《汉书·叙传·述武纪》："畴咨熙载，（谁谋兴事，）髦俊并作。"《汉书·周勃传》："太后以冒絮提文帝曰：绛侯绾皇帝玺，将兵于北军。"颜师古曰："绾，谓引结其组。"犹系也。银黄：《汉书·酷吏·杨仆传》武帝以书敕责之曰："怀银黄，垂三组，夸乡里。"颜师古曰："银，银印也。黄，金印也。"民誉：《左传》成公十八年："二月，乙酉朔，晋悼公即位于朝，……凡六官之长，皆民誉也。举不失职，官不易方，爵不逾德，师不陵正，旅不偪师，民无谤言，所以复霸也。"

遒文丽藻，方驾曹、王；英跱俊迈，联横许、郭。类田文之爱客，同郑庄之好贤。 五臣张铣曰："遒，美也。丽藻，喻文章之美也。方，并也。曹，曹植。王，王粲。俊迈，犹俊异也。联横，连衡也。谓与许劭、郭林宗齐衡也。孟尝君姓田名文，好养宾客。郑庄置驿长安诸郊请客，以夜继日，是好贤人也。”遒，本字作卤，《说文》：“卤：气行皃。”“遒，迫也。”（音囚）遒文，谓其文气劲也。李善引《孙绰集序》曰：“绰文藻遒丽。”方驾：张衡《西京赋》：“酒车酌醴，方驾授饔。”《仪礼·乡射礼》：“不方足。”郑玄注：“方，犹并也。”《庄子·山木篇》：“方舟而济于河。”陆德明《经典释文》引司马彪曰：“方，并也。”李善曰：“曹、王，子建、仲宣也。”跱，立也。迈，行也。《魏志·崔琰传》：“（崔）琰谓（司马）朗曰：‘子之弟（孚），聪哲明允，刚断英跱，殆非子之所及也。’”《魏志·管宁传》：“宾礼俊迈，以广缉熙。”陆机《辩亡论上》：“谟臣盈室，武将连衡。”李善引包咸《论语注》曰：“‘衡，轭也。’戎车武将所驾，故以连衡喻多也。”许、郭：郭泰已见上。《后汉书·许劭传》：“许劭，字子将，汝南平舆人也。少峻名节，好人伦，多所赏识。……故天下言拔士者，咸称许、郭。……同郡袁绍，公族豪侠，去濮阳令归，车徒甚盛，将入郡界，乃谢遣宾客曰：‘吾舆服，岂可使许子将见。’遂以单车归家。……曹操微时，常卑辞厚礼，求为己目，劭鄙其人而不肯对。操乃伺隙胁劭，劭不得已曰：‘君清平之奸贼，乱世之英雄。’操大悦而去。……初，劭与靖（劭从兄）俱有高名，好共核论乡党人物，每月辄更其品题，故汝南俗有月旦评焉。司空杨彪辟，举方正敦朴，征，皆不就。或劝劭仕，对曰：‘方今小人道长，王室将乱，吾欲避地淮海，以全老幼。’乃南到广陵。徐州刺史陶谦礼之甚厚，劭不自安，告其徒曰：‘陶恭祖外慕声名，内非真正，待吾虽厚，其势必薄，不如去之。’遂复投扬州刺史刘繇于曲阿。其后陶谦果捕诸寓士。及孙策平吴，劭与繇南奔豫章而卒，时年四十六。”田文：《史记·孟尝君列传》：“孟尝君名文，姓田氏。文之父曰靖郭君田婴。田婴者，齐威王少子而齐宣王庶弟也。田婴自威王时，任职用事。……宣王二年，田忌与孙膑、田婴俱伐魏，败之马陵。……田婴相齐十一年，宣王卒，湣王即位。即位三年，而封田婴于薛。初，田婴有子四十余人，其贱妾有子名文。……文（谓婴）曰：‘君用事相齐，至今三王矣，齐不加广，而君私家富累万金，门下不见一贤者。文闻将门必有将，相门必有相。今君后宫蹈绮縠，而士不得裋褐，仆妾余粱肉，而士不厌糟糠。今君又尚厚积余藏，欲以遗所不知何人，而忘公家之事日损，文窃怪之。’于是婴乃礼文，使主家，待宾客，宾客日进，名声闻于诸侯。诸侯皆使人请薛公田婴以文为太子，婴许之。婴卒，谥为靖郭君，而文果代立于薛，是为孟尝君。孟尝君在薛，招致诸侯宾客，及亡人有罪者，皆归孟尝君。孟尝君舍业厚遇之，以故倾天下之士，食客数千人，无贵贱，一与文等。”郑庄：《汉书·郑当时传》：“郑当时，字庄，陈人也。……孝文时，当时以任侠自喜，脱张羽于阸，声闻梁、楚间。孝景时，为太子舍人。每五日洗沐，常置驿马长安诸郊，请谢宾客，夜以继日，至明旦，常恐不遍。当时好黄、老言，其慕长者，如恐不称。自见年少官薄，然其知友，皆大父行，天下有名之士也。武帝即位，当时稍迁为鲁中尉，济南太守，江都相，至九卿。为右内史，……迁为大司农。当时为大吏，戒门下：‘客至，亡贵贱，亡留门下者。’执宾主之礼，以其贵下人。性廉，又不治产，印奉赐给诸公。然其馈遗人，不过具器食。每朝，候上间说，未尝不言天下长者。其推毂士，及官属丞史，诚有味其言也。常引以为贤于己，未尝名吏，与官属言，若恐伤之。闻人之善言，进之上，唯恐后，山东诸公以此翕然称郑庄……昆弟以当时故，至二千石者六七人。当时始与汲黯列为九卿，内行修，两人中废，宾客益落。当时死，家亡余财。”

见一善，则盱衡扼腕，遇一才，则扬眉抵掌。雌黄出其唇吻，朱紫由其月旦。 五臣吕向曰：“盱衡，惊视貌。扼，捉。扬，举也。抵掌，侧手击掌也。雌黄，善恶也。吻，口也。朱紫，品藻也。”《孟子·尽心上》：“舜之居深山之中，与木石居，与鹿豕游，其所以异于深山之野人者几希；及其闻一善言，见一善行，若决江、河，沛然莫之能御也。”盱衡：左思《魏都赋》：“魏国先生有睟其容，乃盱衡而诰曰：异乎交、益之士。”李善曰：“眉上曰衡。盱，举眉大视也。”《汉书·王莽传》：“盱衡厉色，振扬武怒。”魏孟康注：“眉上曰衡。盱衡，举目扬眉也。”扼腕：李善引《史记·张仪传》曰：“天下之士，莫不扼腕以言。”（扼，实作搤，音义皆同）扼腕，亦作扼捥。《韩非子·守道篇》：“人臣垂拱于金城之内，而无扼捥聚唇嗟唶之祸。”又左思《蜀都赋》：“剧谈戏论，扼腕抵掌。”扬眉：李善引《大戴记》（《王言篇》）曰：“孔子愀然扬眉。”（《大戴记》作麋，是眉之借字）《列子·汤问篇》：“扬眉而望之，弗见其形。”抵掌：《战国策·秦策一》：“（苏秦）见说赵王于华屋之下，抵掌而谈，赵王大悦。”（已见上）《史记·滑稽列传·优孟传》：“即为孙叔敖（楚庄王时贤相）衣冠，抵掌谈语。”雌黄：李善引晋孙盛《晋阳秋》曰：“王衍，字夷甫，能言，于意有不安者，辄更易之，时号口中雌黄。”雌黄，土也。《史记·司马相如传》：“其土则丹青赭垩，雌黄白附。”古人写字用黄纸，故以雌黄灭误。《晋书·王衍传》：“义理有所不安，随即改更，世号口中雌黄。”沈括《梦溪笔谈》：“馆阁新书净本有误书处，以雌黄涂之。……唯雌黄一漫则灭，仍久而不脱。”朱紫：《论语·阳货》：“恶紫之夺朱也，恶郑声之乱雅乐也，恶利口之覆邦家者。”《东观汉记》卷二十一《宗资传》：“汝南太守宗资，任用善士，朱紫区别。”月旦：《后汉书·许劭传》：“初，劭与（从兄）靖俱有高名，好共核论乡党人物，每月辄更其品题，故汝南俗有月旦评焉。”（已见上）

于是冠盖辐凑，衣裳云合，辎軿击辖，坐客恒满。蹈其阃阈，若升阙里之堂；入其隩隅，谓登龙门之阪。 五臣吕延济曰：“辎軿，华车也。辖，车轴头也。阃域，门限也。阙里，孔子里名。西南隅谓之隩。后汉时，人有登李膺之门者，谓之龙门。言当时衣冠士人，得践任昉门限及隩隅者，如昔人得升孔子之堂、李膺之门耳。”冠盖：《战国策·魏策》：“秦、魏为与国。齐、楚约而欲攻魏，魏使人求救于秦，冠盖相望，秦救不出。”《韩非子·十过篇》：“昔者秦之攻宜阳，……宜阳益急，韩君令使者趣卒于楚，冠盖相望，而卒无至者。”《史记·平准书》：“使者分部护之，冠盖相望。”《汉书·食货志》晁错说汉文帝曰：“千里游敖，冠盖相望。”班固《西都赋》：“冠盖如云，七相五公。”辐凑，谓归聚也，与辐辏同。《管子·任法篇》：“群臣修通辐凑，以事其主。”《鬼谷子·符言篇》：“辐辏并进，则明不可塞。”《淮南子·要略》：“使百官条通而辐辏，各务其业。”西汉桓宽《盐铁论·杂论篇》：“豪俊并进，四方辐凑。”《汉书·地理志序》：“（秦地）常为天下剧，又郡国辐凑，浮食者多。”又《叔孙叔传》：“吏人人奉职，四方辐辏。”颜师古曰：“辏，聚也，言如车辐之聚于毂也。字或作凑。”（《老子》：“三十辐，共一毂，当其无，有车之用。”）《说文》：“凑，水上人所会也。”《车部》无辏字。衣裳：《易·系辞传下》：“黄帝、尧、舜，垂衣裳而天下治。”《诗·齐风·东方未明》：“东方未明，颠倒衣裳。”云合：扬雄《解嘲》：“天下之士，雷动云合，鱼鳞杂袭。”《史记·淮阴侯列传》：“天下之士，云合雾集。”《后汉书·刘陶传》：“投斤攘臂，登高远呼，使愁怨之民，向应云合。”贾谊《过秦论》：“天下云合而响应，赢粮而景从。（合，一作集。贾谊《新书·过秦上》作合）”《论衡·定贤篇》：“以人众所归附，宾客云合者为贤乎？”辎軿：《后汉书·袁绍传上》：“既累世台司，宾客所归，加倾心折节，莫不争赴其庭。士无贵贱，与之抗礼，辎軿柴毂，填接街陌。”（辎軿，贵者之车。柴毂，贱者之车）《说文》：“辎，軿车，前衣车后也。”（王筠《说文句读》：“辎，軿。衣车也。前后有蔽。”）“軿，辎车也。”《汉书·张敞传》：“礼，君母，出门则乘辎軿，下堂则从傅母。”《三国志·吴志·士燮传》：“妻妾乘辎軿，子弟从兵骑。”击辖：《战国策·齐策一》：“苏秦为赵合从，说齐宣王曰：……临淄之途，车毂击，人肩摩，连衽成帷，举袂成幕，挥汗成雨。”李善引《说文》曰：“辖，车轴端。”《说文》：“軎，车轴耑也。”“轊，軎或从彗。”坐客恒满：《后汉书·孔融传》：“性宽容少忌，好士，喜诱益后进。及退闲职，宾客日盈其门，常叹曰：‘坐上客恒满，尊中酒不空，吾无忧矣。’”阃阈：《仪礼·士冠礼》郑玄注：“阃，门限，与阈为一也。”阙里：《孔子家语》：“孔子始教学于阙里。”《汉书·梅福传》：“今仲尼之庙，不出阙里。”颜师古曰：“阙里，孔子旧里也。”《论衡·幸偶篇》：“孔子已死于阙里。以圣人之才，犹不幸偶。”《后汉书·明帝纪》：“（永平）十五年……三月……还，幸孔子宅，祠仲尼及七十二弟子，亲御讲堂。”李贤注：“孔子宅在今兖州曲阜县故鲁城中，归德门内，阙里之中。”郦道元《水经注》：“孔庙东南五百步，有双石阙。（故名阙里）”隩隅：孔融《荐祢衡表》：“初涉艺文，升堂睹奥。”《尔雅·释宫》：“西南隅谓之奥，西北隅谓之屋漏，东北隅谓之宧，东南隅谓之窔。”郭璞注：“奥，本或作隩。”登龙门：《后汉书·党锢传·李膺传》：“膺独持风裁，以声名自高，士有被其容接者，名为登龙门。”李贤引辛氏《三秦记》曰：“河津，一名龙门，水险不通，鱼鳖之属莫能上。江海大鱼，薄集龙门下数千，不得上，上则为龙也。”

至于顾眄增其倍价，剪拂使其长鸣，彯组云台者摩肩，趍走丹墀者叠迹。　五臣刘良曰：“盼，视也。（五臣眄作盼）言士人因昉顾盼、剪拂，而升台省者，摩肩叠迹，言其多也。彯，亦飘也。组，绶也。云台，台名。汉仪以丹漆涂地，故曰丹墀之庭也。”《战国策·燕策二》苏代说淳于髡曰：“苏代为燕说齐，未见齐王，先说淳于髡曰：‘人有卖骏马者，比三旦立市，人莫之知。往见伯乐曰：“臣有骏马，欲卖之，比三旦立于市，人莫与言。愿子还而视之，去而顾之，臣请献一朝之贾。”伯乐乃还而视之，去而顾之，一旦而马价十倍。今臣欲以骏马见于王，莫为臣先后者，足下有意为臣伯乐乎？臣请献白璧一双，黄金千镒，以为马食。’淳于髡曰：‘谨闻命矣。’入言之王而见之，齐王大说苏子。”剪拂，亦作湔拔，或翦拂，翦除其恶者，拂而理之。《战国策·楚策四》：“汗明见春申君，……曰：‘君亦闻骥乎？夫骥之齿至矣，服盐车而上太行，蹄申膝折，尾湛胕溃，漉汁洒地，白汗交流。中阪，迁延负辕不能上。伯乐遭之，下车攀而哭之，解纻衣以幂之。骥于是俯而喷，仰而鸣，声达于天，若出金石声者何也？彼见伯乐之知己也。今仆之不肖，厄于州部，堀穴穷巷，沉污鄙俗之日久矣，君独无意湔拔仆也？使得为君高鸣屈于梁乎？’”云台：《东观汉记·贾逵传》：“（章帝）建初元年，贾逵入北宫虎观、南宫云台，使出《左氏》大义。”摩肩：《战国策·齐策一》：“车毂击，人肩摩。”（见上）《淮南子·齐俗训》：“今之国都，男女切踦（谨倚切，胫也），肩摩于道，其于俗一也。”丹墀：应劭《汉官仪》：“以丹漆阶上地曰丹墀。”班婕妤《自悼赋》：“俯视兮丹墀，思君兮履綦。”张衡《西京赋》：“右平左（限也，谓阶齿也），青琐丹墀。”叠迹：左思《吴都赋》：“跃马叠迹，朱轮累辙。”

莫不缔恩狎，结绸缪，想惠、庄之清尘，庶羊、左之徽烈。五臣李周翰曰：“缔，结也。绸缪，亲密貌。言当时与任昉交者，皆想慕庄周、惠子、羊角哀、左伯桃之美业也。徽，美。烈，业也。”缔恩狎：贾谊《过秦论》：“合从缔交，相与为一。”张晏曰：“缔，连结也。”《礼记·曲礼上》：“贤者狎而敬之，畏而爱之。”郑玄注：“狎，习也，近也。”绸缪：《诗·唐风》有《绸缪》篇。《毛传》：“绸缪，犹缠绵也。”李陵《与苏武诗》："独有盈觞酒，与子结绸缪。"想惠、庄之清尘：《淮南子·修务训》："惠施死，而庄子寝说言，见世莫可为语者也。"《庄子·徐无鬼篇》："庄子送葬，过惠子之墓，顾谓从者曰：'……自夫子之死也，吾无以为质矣，吾无与言之矣。"（已详见上）曹植《与杨德祖书》："其言之不惭，恃惠子之知我也。"《楚辞》屈原《远游》："闻赤松之清尘兮，愿承风乎遗则。"《汉书·司马相如传》："犯属车之清尘。"颜师古曰："尘，谓行而起尘也。言清者，尊贵之意也。"谢灵运《述祖德》诗："苕苕历千载，遥遥播清尘。"卢谌《与刘琨书》："自奉清尘，于今五稔。"庶羊、左之徽烈：《太平御览》引刘向《烈士传》："羊角哀、左伯桃，二人相与为死友，欲仕于楚，道遥山阻，遇雨雪，不得行，饥寒无计，自度不俱生也。伯桃谓角哀曰：'……俱死之后，骸骨莫收。内手扪心，知不如子。生恐无益，而弃子之器能，我乐在树中。'角哀听之。伯桃入树中而死，得衣粮前至楚。楚平王爱角哀之贤，嘉其义，以上卿礼葬之。角哀梦见伯桃曰：'蒙子之恩而获厚葬，然正苦荆将军，……今月十五日，当大战以决胜负。得子则胜，否则负矣。'角哀至期日，陈兵马诣其冢上，作三桐人，自杀，下而从之。"徽烈：谓善美之事业也。李善引应璩《与王将军书》曰："雀鼠虽愚，犹知徽烈。"任昉《为范始兴作求立太宰碑表》："原夫存树风猷，没著徽烈。"李善引应璩《与王将军书》同。

及瞑目东粤，归骸洛浦，穗帐犹悬，门罕渍酒之彦；坟未宿草，野绝动轮之宾。藐尔诸孤，朝不谋夕，流离大海之南，寄命障疠之地。自昔把臂之英，金兰之友，曾无羊舌下泣之

仁，宁慕郈成分宅之德？呜呼！世路险巇，一至于此。太行、孟门，岂云绝？是以耿介之士，疾其若斯，裂裳裹足，弃之长骛，独立高山之顶，欢与麋鹿同群，皦皦然绝其雰浊。诚耻之也，诚畏之也。 ○此段总结。述任昉死后，四子流离无依，朝不保夕，而昉生前诸友及曾得昉恩遇扶植者，无一人肯对昉子加以援手。故孝标泫然矜之，痛人情凉薄，世途险巇，愤而作此论，以刺昉诸友也。陆雨侯曰："恨与悲并激。"浦二田曰："结写'绝'字决裂，积愤一吐。"孙月峰曰："双句收，若缓而实劲，慨叹中秀骨挺然。"

及瞑目东粤，归骸洛浦，穗帐犹悬，门罕渍酒之彦；坟未宿草，野绝动轮之宾。 五臣张铣曰："瞑目，死也。粤，当为越，为任昉死于新安，葬于扬州。扬州，则梁之洛阳也。穗，素。罕，希也。宿草，尘根也。彦，美士也。动轮之宾，谓墓无车马之谒也。"于光华曰："拨转可悲。"李善注："东粤，谓新安，昉死所也。洛浦，谓归葬扬州也。《庄子》曰：'夫差瞑目东粤。'（《庄子》实无此语）"《后汉书·马援传》援谓友人谒者杜谙曰："吾受厚恩，年迫，余日索（尽也），常恐不得死国事；今获所愿，甘心瞑目。"东粤：《汉书·西南夷两粤朝鲜传》："（武帝）建元六年，大行王恢击东粤。"东粤，广东之别名。新安，有多处，此当是晋置之新安，故治在今广西合浦县境。归骸：《楚辞》刘向《九叹·怨思》："归骸旧邦，莫谁语兮。"《淮南子·人间训》："然卫君以为吴可以归骸骨也，故束身以受命。"穗帐：魏武《遗令》："吾婢妾与伎人皆勤苦，使著铜雀台，善待之。于台堂上安六尺（陆机《吊魏武帝文序》作八尺）床，下施穗帐，朝晡上脯糒之属，月旦，十五日，自朝至午，辄向帐中作伎乐。汝等时时登铜雀台，望吾西陵墓田。”《说文》：“穗，细疏布也。”《仪礼·丧服》：“穗衰者何？以小功之穗也。”郑玄注：“凡布细而疏者，谓之穗。”渍酒：李善引谢承《后汉书》：“徐穉，字孺子。前后州郡选举，诸公所辟，虽不就，有死丧，负笈赴吊。常于家预炙鸡一只，一两绵，渍酒，日中曝干以裹鸡，径到所赴冢隧外，以水渍之，使有酒气。升米饭，白茅藉，以鸡置前。醊酒毕，留谒即去，不见丧主。”《后汉书·徐穉传》：“尝为太尉黄琼所辟，不就。及琼卒，归葬，穉乃负粮徒步，到江夏赴之。设鸡酒薄祭，哭毕而去，不告姓名。时会者四方名士郭林宗等数十人，闻之，疑其穉也，乃选能言语生茅容轻骑追之，及于涂。容为设饮，共言稼穑之事。临诀去，谓容曰：‘为我谢郭林宗，大树将颠，非一绳所维，何为栖栖，不遑宁处？’”宿草：《礼记·檀弓上》曾子曰：“朋友之墓，有宿草而不哭焉。”郑玄注：“宿草，谓陈根也。”李善曰：“动轮，范式也。”（《后汉书·独行·范式传》：“乃见有素车白马，号哭而来。”已详上）

藐尔诸孤，朝不谋夕，流离大海之南，寄命障疠之地。五臣吕向曰：“藐，小貌。诸孤，谓昉子也。流离，行散也。大海，南海也。障，山疠恶气也。言流离远恶之处。”于光华曰：“点本旨。”《广雅·释诂》：“藐，小也。”潘岳《寡妇赋》：“适人而所天又殒，孤女藐焉始孩。”李善注引《广雅》曰：“藐，小也。”《左传》僖公九年晋献公曰：“以是藐诸孤，辱在大夫。”《礼记·月令》：“仲春之月，……养幼少，存诸孤。”《左传》昭公元年：“赵孟（名武）……对曰：‘老夫罪戾是惧，焉能恤远？吾侪偷食，朝不谋夕，何其长也！’刘子

（周大夫刘定公）归，以语王曰：‘……为晋正卿，以主诸侯，而侪于隶人，朝不谋夕，弃神人矣。神怒民叛，何以能久？赵孟不复年矣。’”李善注：“诸孤，昉子也。刘璠《梁典》曰：‘昉有子东里、西华、南容、北叟，并无术学，坠其家业。”《南史·任昉传》：“兄弟流离，不能自振，生平旧交，莫有收恤。西华冬月着葛帔练裙，道逢平原刘孝标，泫然矜之，谓曰：‘我当为卿作计。’乃著《广绝交论》以讥其旧交。”李陵《答苏武书》：“流离辛苦，几死朔北之野。”《汉书·薛广汉传》：“窃见关东困极，人民流离。”又《刘向传》：“物故流离，以十万数。”《后汉书·马援传》朱勃诣阙上书理马援曰：“士民饥困，寄命漏刻。”《孔丛子·抗志篇》：“子思曰：‘伋寄命以来，度身以服卫之衣，量腹以食卫之粟矣。’”东汉初杜笃《首阳山赋》：“遂相携而随之，冀寄命于余寿。”障疠：李善引魏蒋济《蒋子·万机论》：“许文休（许劭兄靖字）东渡江，乃在嶂气之南（孙策渡江，靖与王朗皆走交州）。”《后汉书·马援传》：“轻身省欲，以胜瘴气。”内病为瘴，外病为疠。李善曰：“《梁典》不言昉子远之交、桂，今言大海之南者，盖言流离之甚也。”李善盖不知新安究在何处也。

自昔把臂之英，金兰之友，曾无羊舌下泣之仁，宁慕郈成分宅之德？　五臣吕延济曰：“自昔，谓平生也。金兰，喻交道其坚如金，其芳如兰。此言到、洽兄弟，平生与昉亲善如金兰；及其死也，使孤幼流离而不问，是无叔向下泣之仁，郈氏分宅之德。”李善注：“此谓到、洽兄弟也。刘孝标《与诸弟书》曰：‘任既假以吹嘘，各登清贯。任云亡未几，子侄漂流沟渠，洽等视之，攸然不相存赡。平原刘峻疾其苟且，乃广朱公叔《绝交论》焉。’”《东观汉记》卷十八《朱晖传》：“朱晖（穆祖父），字文季，南阳人。……晖同县张堪，有名德，每与相见，常接以友道。晖以堪宿成名德，未敢安也。堪至把晖臂曰：‘欲以妻子托朱生。’晖举手不敢答。堪后仕为渔阳太守，晖自为临淮太守，绝相闻见。堪后物故，南阳饿，晖闻堪妻子贫穷，乃自往候视，见其困厄，分所有以赈给之。岁送谷五十斛，帛五匹，以为常。”《后汉书·朱晖传》：“晖少子颉怪而问曰：‘大人不与堪为友，平生未曾相闻，子孙窃怪之。’晖曰：‘堪尝有知己之言，吾以（通已）信于心也。’”《后汉书·吕布传》：“道经陈留，太守张邈遣使迎之，相待甚厚，临别，把臂言誓。”金兰：金喻坚，兰喻香，言交情相契合也。《易·系辞传上》：“君子之道，或出或处，或默或语。二人同心，其利断金。同心之言，其臭如兰。”【《说文》：“臭，禽走，齅（以鼻就臭也。各本误作臭）而知其迹者，犬也。从犬自。（自，鼻也。）“殠，腐气也。”】《世说新语·贤媛篇》：“山公与嵇、阮一面，契若金兰。”《晋书·忠义·嵇绍传》：“十岁而孤，事母孝谨。以父得罪，靖居私门。山涛领选，……起家为秘书丞。”《世说新语·政事篇》：“嵇康被诛后，山公举康子绍为秘书丞。绍咨公出处，公曰：‘为君思之久矣！天地四时，犹有消息，而况人乎？’”羊舌下泣之仁：李善注：“羊舌氏（名肸），叔向也。《春秋外传》（《国语·晋语八》）曰：‘叔向见司马侯之子，抚而泣之曰：“自此父之死也（原无也字），吾蔑与比（而）事君也（原作矣），昔者此其父始之；我终之；我始之，夫子终之。（无不可）”’”郈成分宅之德：李善注引《孔丛子》。实见《吕氏春秋·恃君览·观表篇》，《孔丛子》无之。《吕氏》云：“郈成子（鲁大夫）为鲁聘于晋，过卫，右宰谷臣止而觞之，陈乐而不乐。酒酣，而送之以璧。顾反，过而弗辞（自晋返，经卫，不辞别谷臣），其仆曰：‘向者右宰谷臣之觞吾子也甚欢，今侯（何也）渫（重过也）过而弗辞?’郈成子曰：‘夫止而觞我，与我欢也；陈乐而不乐，告我忧也；酒酣而送之我以璧，寄之我也。若由是观之，卫其有乱乎?’倍卫三十里，闻宁喜之难作，右宰谷臣死之。还车而临（哭也），三举（一哭一息）而归。至，使人迎其妻子，隔宅而异之，分禄而食之。其子长，而反其璧。孔子闻之曰：‘夫智可以微谋，仁可以托财者，其郈成子之谓乎。’郈成子之观右宰谷臣也，深矣妙（微也）矣，不观其事而观其志，可谓能观人矣。”

呜呼！世路险巇，一至于此。太行、孟门，岂云绝？ 五臣刘良曰：“呜呼，叹辞。险巇，薄也。言到、洽一何至此险薄也。太行、孟门，二山名。绝，危断貌。言此二山不足比此人之怀抱也。”李善注引卢谌诗（亡）曰：“山居是所乐，世路非我欲。”险巇：宋玉《九辩》：“何险巇之嫉妒兮？被以不慈之伪名。”《楚辞》东方朔《七谏·怨世》：“何周道之平易兮，然芜秽而险戏!”（李善引作巇）王逸注：“险戏，犹言颠危也。”马融《长笛赋》：“夫固危殆险巇之所迫也，众哀集悲之所积也。”李善注：“险巇，犹倾侧也。”世路险巇：即古乐府《行路难》之意。太行、孟门，李善注：“二山名也。”《史记·吴起传》：“殷纣之国，左孟门，右太行，常山在其北，大河经其南，修政不德，武王杀之。由此观之，在德不在险。”绝，犹云险绝。丘迟《旦发渔浦潭诗》：“诡怪石异象，崭绝峰殊状。”

是以耿介之士，疾其若斯，裂裳裹足，弃之长鹜，独立高山之顶，欢与麋鹿同群，皦皦然绝其雰浊。诚耻之也，诚畏之也。 五臣李周翰曰："耿介之士，峻自谓也。鹜，走也。言裂裳裹足弃之而走，立于高山之顶以远之。皦皦，洁白貌。雰浊，喻秽俗也。言秽俗之人如到、洽者，信可耻畏也。"李善曰："耿介之士，峻自谓也。"《楚辞·离骚》："彼尧、舜之耿介兮，既遵道而得路。"宋玉《九辩》："独耿介而不随兮，愿慕先圣之遗教。"王逸注："执节守道，不枉倾也。"《韩非子·五蠹篇》："则耿介之士寡，而高价之民多矣。……不养耿介之士，则海内虽有破亡之国，削灭之朝，亦勿怪矣。"《后汉书·王符传》："而符独耿介不同于俗，……乃隐居著书三十余篇。"《楚辞》东方朔《七谏·哀命》："恶耿介之直行兮，世溷浊而不知。"冯衍《显志赋》："独耿介而慕古兮，岂时人之所憙。"《后汉书·逸民传序》："处子耿介，羞与卿相等列。"裂裳裹足：李善引《墨子》（《公输篇》）曰："公输（盘）欲以楚攻宋，墨子闻之，自鲁往，裂裳裹足，十日至郢。"今《墨子》原文云："公输盘为楚造云梯之械成，将以攻宋。子墨子闻之，起于齐（应作鲁），行十日十夜，而至于郢。"无裂裳裹足字。然《世说新语·文学篇》刘孝标注引作"墨子闻之，自鲁往，裂裳裹足，日夜不休，十日十夜而至于郢"。《吕氏春秋·开春论·爱类篇》亦云："墨子闻之，自鲁往，裂裳裹足，日夜不休，十日十夜而至于郢。"《淮南子·修务训》则云："墨子闻而悼之，自鲁趋而十日十夜，足重茧而不休息，裂衣裳裹足，至于郢。"则《墨子》今本无裂裳裹足四字者，脱文也。长鹜：曹植《应诏》诗："弭节长鹜，指日遄征。”《晋书·吕光载记》：“铁骑如云，出玉门而长骛。”《庄子·逍遥游》：“名者，实之宾也，吾将为宾乎?”下郭象注：“若独亢然立乎高山之顶，非夫人有情于自守，守一家之偏尚，何得专此?”与麋鹿同群：《楚辞》东方朔《七谏·初放》：“高山崔巍兮，水流汤汤。死日将至兮，与麋鹿同坑。”《墨子·非乐上》：“今人固与禽兽麋鹿、蜚鸟、贞虫异者也。”《论语·微子篇》：“夫子怃然曰：鸟兽不可与同群，吾非斯人之徒与，而谁与?”孔安国曰：“隐于山林，是同群。”皦皦：《后汉书·黄琼传》：“峣峣者易缺，皦皦者易污。”刘桢《赠徐幹》诗：“仰视白日光，皦皦高且悬。”曹植《蝉赋》：“声皦皦而弥厉兮，似贞士之介心。”左思《杂诗》：“明月出云崖，皦皦流素光。”《说文》：“皦，玉石之白也。”古了切。此读作皎“月之白也”。《后汉书·孔融传论》：“懔懔焉，皦皦焉，其与琨玉秋霜比质可也。”《诗·王风·大车》：“谓予不信，有如皦日。”雰浊：《楚辞》刘向《九叹·逢纷》：“吸精粹而吐氛浊兮，横邪世而不取容。”《说文》：“氛，祥气也。”“雰，氛或从雨。”《左传》襄公二十九年，伯夙谓赵孟曰：“楚氛甚恶，惧难。”杜预注：“氛，气也。”又昭公十五年，鲁梓慎曰：“非祭祥也，丧氛也。”杜预注：“氛，恶气也。”《国语·楚语上》伍举曰：“先君庄王为匏居之台，高不过望国氛。”韦昭注：“氛，祲气也。”又曰：“台不过望氛祥。（上句云‘榭不过讲军实’）”韦昭注：“凶气为氛。”张衡《西京赋》：“消雰埃于中宸，集重阳之清澂。”薛综注：“雰埃，尘秽也。”耻且畏之，言疾恶之甚也。

谢玄晖《拜中军记室辞隋王笺》

谢朓生于宋孝武帝大明八年，卒于齐东昏侯宝卷永元元年，时年三十六。少沈约二十三岁，少江淹十九岁，少任昉四岁，少刘孝标两岁。与丘迟、梁武帝同年生。

《南齐书·谢朓传》（亦见《南史》，附《谢裕传》后）："谢朓，字玄晖。（朓字左旁从日月之月。《说文》："朓，晦而月见西方谓之朓。从月，兆声。""朓，祭也。从肉，兆声。""眺，目不正也。从目，兆声。""覜，诸侯三年大相聘曰覜。覜，视也。从见，兆声。"）陈郡阳夏（今河南太康县）人也。祖述，吴兴太守（刘宋时）。父纬，散骑侍郎（亦刘宋时）。朓少好学，有美名，文章清丽。解褐豫章王太尉行参军。历随王东中郎府，转王俭（长朓十二岁）卫军东阁祭酒，太子舍人，随王镇西功曹，转文学。（《南史》："随郡王子隆，字云兴，武帝第八子也。性和美，有文才。娶尚书令王俭女为妃，武帝以子隆能属文，谓俭曰：'我家东阿也。'"）子隆在荆州，好辞赋，数集僚友；朓以文才，尤被赏爱。流连晤对，不舍日夕。长史王秀之以朓年少相动，密以启闻。世祖（武帝）敕曰：'侍读虞云，自宜恒应侍接；朓可还都。'朓道中为诗寄西府曰：'常恐鹰隼击，秋（本作时）菊委严霜。寄言罻罗者，寥廓已高翔。’【此诗实小谢全诗第一篇，《文选·诗类·赠答四》入录。题云《暂使下都夜发新林至京邑赠西府同僚》(孙月峰曰：“首二句，昔人谓压千古，信焉。”邵子湘曰：“起结超绝，中复绮丽，自是杰作。”)，诗云：“大江流日夜，客心悲未央。（谓己悲与江流同无已时）徒念关山近，终知返路长。(谓为人事阻隔也）秋河曙耿耿，寒渚夜苍苍。引领见京室，宫雉正相望。（王城墙之制九雉，一丈为雉）金波丽鳷鹊，玉绳低建章。（金波，月光也。玉绳，星名。鳷鹊，观名。建章，宫名）驱车鼎门外，思见昭丘阳。(鼎门，天子南门。昭丘，楚昭王墓。阳，南也。昭丘之南，子隆等所居，即荆州西府也）驰晖不可接，何况隔两乡。（李善注：“驰晖，日也。朓《至寻阳》诗曰：‘过客无留轸，驰晖有奔箭。’”）风云有鸟路，江、汉限无梁。(鸟路，谓惟鸟可上也。《说文》：“梁，水桥也。”）常恐鹰隼击，时菊委严霜。(《诗·小雅·鱼丽·毛传》：“鹰隼击然后罻罗设。”又《礼记·王制》：“鸠化为鹰，然后设罻罗。”）寄言罻罗者，寥廓已高翔。”（谓己已远去，谗者无所用也。暗指王秀之。司马相如《难蜀父老》：“犹鷦已翔乎寥廓之宇，而罗者犹视乎薮泽，悲夫!”）何义门曰：“玄晖俊句为多；然求其一篇尽善，盖不易得。如此沉郁顿挫，固是压卷之作。”又曰：“玄晖‘一篇之中，自有玉石’等语，钟记室抑扬之词，不可据也。”钟嵘《诗品中》：“齐吏部谢朓诗，其源出于谢混。微伤细密，颇为不伦。一章之中，自有玉石。然奇章秀句，往往警遒。足使叔源（谢混）失步，明远（鲍照）变色。善自发诗端，而末篇多踬，此意锐而才弱也。至为后进士子之所嗟慕。朓极与余论诗，感激顿挫过其文。”】迁新安王中军记室。朓笺辞子隆曰：‘……’（《南史》下云：“时荆州信去倚待，朓执笔便成，文无点易。”）寻以本官兼尚书殿中郎。隆昌初，（齐武帝永明十一年崩，太孙昭业立，改元隆昌。明年六月，为萧鸾所弑，十月，萧鸾自立，是为齐明帝，六月改元延兴，十月改元建武）敕朓接北使，朓自以口讷，启让不当，见许。高宗辅政（即齐明帝萧鸾，自为骠骑大将军，录尚书事，封宣城公，进爵为王），以朓为骠骑咨议，领记室，掌霸府文笔，又掌中书诏诰。除秘书丞，未拜，仍转中书郎，出为宣城太守（后世或称朓为谢宣城），以选复为中书郎。建武四年（朓年三十四），出为晋安王镇北咨议，南东海太守，行南徐州事。启王敬则反谋（朓之岳父，为大司马），上甚嘉赏之，迁尚书吏部郎。朓上表三让，中书疑朓官未及让，以问祭酒沈约。约曰：‘宋（文帝）元嘉中，范晔让吏部（晔为尚书吏部郎，《宋书》载在元嘉元年前，不云让事。《宋书》亦约撰，与此有异），朱修之让黄门，蔡兴宗（为中书侍郎）让中书（《宋书》亦不载让事），并三表诏答，具事宛然。近世小官不让，遂成恒俗，恐此有乖让意。王蓝田（东晋王述，字怀祖）、刘安西（殆是东晋刘惔，字真长。《晋书》称累迁丹阳尹。岂尝为安西将军耶?）并贵重，初自不让，今岂可慕此不让邪？孙兴公（名绰，《晋书》未载让事）、孔觊（刘宋人，字思远。《宋书》本传载此事及笺，辞义甚美）并让记室，今岂可三署（五官、左署、右署）皆让邪？谢吏部今授超阶，让别有意（谓告发岳丈谋反而升官），岂关官之大小？抑谦之美，本出人情（《易·谦卦》六四：“无不利，抑谦。”《象》

曰："无不利，㧑谦；不违则也。"㧑与挥同，㧑谦即㧑让，谓发挥其谦让之美德也），若大官必让，便与诣阙章表不异。例既如此，谓都自非疑（《南史》无自字）。'朓又启让（再四），上优答不许。朓善草隶，长五言诗，沈约常云：'二百年来，无此诗也。'敬皇后迁祔山陵【齐高宗（即明帝）后刘氏，谥敬。高宗未即位，先卒，高宗崩，改葬。祔于高宗兴安陵。《文选》题作《齐敬皇后哀策文》】，朓撰《哀策文》，齐世莫有及者。东昏失德（明帝崩，太子宝卷立。永元三年，为梁武帝追废为东昏侯），江祏（高宗心腹，及崩，遗诏转右仆射）欲立江夏王宝玄，末更回惑（又不欲立宝玄），与弟祀（为侍中）密谓朓曰：'江夏年少轻脱（时余岁），不堪负荷神器（《老子》："天下，神器。不可为也，为者败之。"），不可复行废立。始安年长（始安王遥光，齐太祖侄，明帝弟，有躄疾）入纂（继也），不乖物望。非以此要富贵，政是求安国家耳。'遥光又遣亲人刘沨（音逢）密致意于朓，欲以为肺腑。朓自以受恩高宗（明帝），非沨所言（心非其言），不肯答。少日，遥光（时辅政）以朓兼知卫尉事（掌禁中兵），朓惧见引，即以祏等谋告左兴盛（明帝时辅国将军，前军司马，平王敬则之乱，与有力焉），兴盛不敢发言。祏闻，以告遥光，遥光大怒，乃称敕召朓，仍回车，付廷尉。与徐孝嗣（中军大将军、太尉）、祏、暄（刘暄，时为卫尉）等连名启诛朓。曰：……又使御史中丞范岫奏收朓下狱。死时，年三十六。【时齐东昏侯宝卷永元三年，朓实冤死。《南史》本传云："临终，谓门宾曰：'寄语沈公（约），君方为三代史，亦不得见没。'"（三代史，晋、宋、齐也，后独《宋书》成）朓初告王敬则，敬则女为朓妻，常怀刀欲报朓，朓不敢相见。及为吏部郎，沈昭略（字茂隆，性狂，不事公卿，使酒杖气，无所推下。《南史》作范缜语）谓朓曰：‘卿人地之美，无忝此职；但恨今日刑于寡妻。’（《南史·谢朓传》：“及当拜吏部，谦挹尤甚，尚书郎范缜嘲之曰：‘卿人才无惭小选；但恨不可刑于寡妻。’朓有愧色。”《诗·大雅·思齐》：“刑于寡妻，至于兄弟，以御于家邦。”）】朓临败，叹曰：‘我不杀王公，王公由我而死。’”【《晋书·周颛传》：“周颛，字伯仁。……敦既得志，问道曰：‘周颛、戴若思，南北之望，当登三司，无所疑也。’道不答。又曰：‘若不三司，便应令、仆邪？’（尚书令，仆射也）又不答。敦曰：‘若不尔，正当诛尔！’道又无言。道后料检中书故事，见颛表救己，殷勤款至。道执表流涕，悲不自胜，告其诸子曰：‘吾虽不杀伯仁，伯仁由我而死，幽冥之中，负此良友。’”】

《南史·谢朓传》后云：“朓好奖人才，会稽孔颛，粗有才笔，未为时知。孔珪尝令草让表以示朓，朓嗟吟良久，手自折简写之。谓珪曰：‘士子声名未立，应共奖成，无惜齿牙余论。’其好善如此。朓及殷睿，素与梁武以文章相得，帝以大女永兴公主适睿子钧，第二女永世公主适朓子谟。”《诗品》谓“为后进士子之所嗟慕”，良有以也。

宋吴聿《观林诗话》云：“《谈薮》（宋庞元英撰）载：梁高祖（武帝）重陈郡谢朓诗，曰：‘不读谢朓诗三日，口臭。’”

孙月峰曰："元晖深于诗，此笺浑似诗赋。"

孙执升曰："文情委折，姿采秀妙。陆雨侯谓其'驱思入妙，抑声归细，袅袅兮韩娥之扬袂'。知音哉！"【《列子·汤问篇》："昔韩娥（韩国之善歌者，非女子也）东之齐，匮粮，过雍门（齐城门），鬻歌假食。既去，而余音绕梁欐，三日不绝。左右以其人弗去，过逆旅，逆旅人辱之。韩娥因曼声哀哭，一里老幼悲愁，垂涕相对，三日不食。遽而追之，娥还，复为曼声长歌，一里长幼喜跃抃舞，弗能自禁，忘向之悲也。乃厚赂发之。故雍门之人，至今善歌哭，放娥之遗声。"】

方伯海曰："按，是已去职而辞别。"

于光华曰："先叙别情，次及前好，中述去意，末订后期。"

故吏文学谢朓，死罪死罪：即日被尚书召，以朓补中军新安王记室参军。朓闻潢污之水，愿朝宗而每竭； 潢污：《左传》隐公三年："潢污行潦之水，可荐（进也）于鬼神，可羞（进食也）于王公。"杜预注："潢污，停水。"孔颖达疏："停水，谓水不流也。……服虔云：'畜（停也）小水谓之潢，水不流谓之污。'"案：大曰潢，小曰污。朝宗：《书·禹贡》："荆及衡阳惟荆州，江、汉朝宗于海，九江孔殷。"《诗·小雅·沔水》："沔彼流水，朝宗于海。"《说文》："倝（朝），旦也。""淖，水朝宗于海。从水，倝（朝）省。"徐铉曰："隶书不省（谓作潮）。"

驽蹇之乘，希沃若而中疲。 上四句，喻己欲复见隋王子隆而不可得也。驽蹇：班彪《王命论》："驽蹇之乘，不骋千里之涂；燕雀之畴，不奋六翮之用。"《楚辞》东方朔《七谏·谬谏》："驾蹇驴而无策兮，又何路之能极（至也）？"王逸注："蹇，跛也。"希沃若：《法言·学行篇》："睎（《文选注》作希，非。《说文》："睎，望也。"无希字）骥之马，亦骥之乘也；睎颜之人，亦颜之徒也。"《诗·小雅·皇皇者华》："我马维骆（马白色黑鬣尾），六辔沃若。"李善此处注云："沃若，调柔也。"案：沃若是双声形容词，原无定解，《诗·卫风·氓》："桑之未落，其叶沃若。"是形容桑叶之沃沃然茂盛。《小雅·皇皇者华》"六辔沃若"之上二章云"六辔如濡"，则沃若是形容马缰绳之光润也。

何则？皋壤摇落， 谓昔欢乐而今离散。**对之惆怅；**《庄子·知北游》仲尼谓颜回曰："山林与？皋壤与？使我欣欣然而乐与？乐未毕也，哀又继之（即惆怅）。"摇落：宋玉《九辩》："悲哉秋之为气也！萧瑟兮草木摇落而变衰。"下云："贫士失职而志不平。廓落兮，羁旅而无友生。惆怅兮，而私自怜。"

歧路西东， 一作东西，谓别也。**或以歍唈。** 歧，本字作跂，《说文》："跂，足多指也。"清儒知《说文》无歧，以岐为之，非是。《淮南子·说林训》："杨子见逵路而哭之，为其可以南，可以北；（李善改逵为歧，以就朓笺，非是。《尔雅·释宫》："九达谓之逵。"《说文》："馗，九达道也。……从九首。""逵，馗或从辵坴。"）墨子见练丝而泣之，为其可以黄，可以黑。”《列子·说符篇》：“杨子之邻人亡羊，既率其党，又请杨子之竖追之。杨子曰：‘嘻！亡一羊，何追者之众？’邻人曰：‘多岐路。’既反，问：‘获羊乎？’曰：‘亡之矣。’曰：‘奚亡之？’曰：‘岐路之中又有岐焉，吾不知所之，所以反也。’杨子戚（注：子六反）然变容，不言者移时，不笑者竟日。门人怪之，请曰：‘羊，贱畜，又非夫子之有，而损言笑者何哉？’杨子不答。……心都子（杨朱友人）曰：‘大道以多岐亡羊，学者以多方丧生。学非本不同，非本不一，而末异若是！唯归同反一，为亡得丧。’”歍唈：《淮南子·览冥训》：“雍门子以哭见于孟尝君，已而陈辞通意（详见孙冯翼辑本桓谭《新论·琴道篇》），抚心发声。孟尝君为之增欷，歍唈，流涕，狼戾不可止。”歍唈，《汉书·景十三王传》中山靖王胜《闻乐对》作於邑，云：“雍门子壹微吟，孟尝君为之於邑。”

况乃服义徒拥， 服隋王子隆高义。**归志莫从，**《楚辞·招魂》起曰：“朕幼清以廉洁兮，身服义而未沬（已也）。”归志，指归身隋王。曹植《应诏诗》：“嘉诏未赐，朝觐莫从。”

邈若坠雨，翩似秋蒂。 谓雨离于天，蒂离于树，无复返期也。潘岳《杨氏七哀诗》：“摧如叶落树，邈然（如也）雨绝天。”五臣李周翰曰：“坠雨离于云，秋蒂去于树，喻己别王也。邈，远。翩，落也。”

朓实庸流，行能无算。 庸流，玄晖自铸，谓庸庸者流也。行能无算：《论语·子路》子贡曰：“今之从政者何如？”

子曰：“噫！斗筲之人，何足算也。”郑玄注：“算，数也。”《说文》同。

属天地休明，山川受纳， 李善注：“天地喻帝（齐武帝），山川喻王（隋王）。”《左传》宣公三年周大夫王孙满曰：“德之休明（休，美也），虽小，重也；其奸回（邪也）昏乱，虽大，轻也。”又宣公十五年晋大夫伯宗曰：“谚曰，高下在心（度时制宜），川泽纳污（受污浊），山薮藏疾（毒害者居之），瑾瑜匿瑕（美玉亦或藏瑕垢），国君含垢（忍垢耻），天之道也。”五臣刘良曰：“川泽纳污，山薮藏疾，言遇休明之代，容受我不肖之人，同于山川之纳藏也。”山川受纳，喻隋王大度容己。

褒采一介，抽 《南齐书》作搜。 **扬小善。** 《书·秦誓》：“如有一介臣，断断猗，无他技。”（《大学》引《秦誓》介作个，猗作兮）小善：李善引《周书·阴符》太公曰：“好用小善，不得真贤也。”此二句，严可均《全上古文》漏辑，可补。又引蔡邕《玄表赋》曰：“庶小善之有益。”严可均《全后汉文》有辑，止此。

故舍耒场圃，奉笔兔园， 兔园，比隋王府。兔，音徒。谓己弃耕而出仕也。五臣张铣曰：“舍耒，罢耕也。场圃，田园也。奉笔兔园，请事于王也。”耒，《说文》：“耒，手耕曲木也。从木推丰。古者垂作耒以振民也。”《诗·豳风·七月》：“九月筑场圃，十月纳禾稼。”兔园：即汉梁孝王武之东苑也。李善引《西京杂记》（今六卷无此）曰：“梁孝王好宫室苑圃之乐，筑兔园也。”今《古文苑》卷三有枚乘《梁王菟园赋》。《汉书·文三王·梁孝王武传》：“于是孝王筑东苑，方三百余里，广睢阳城七十里，大治宫室，为复道，自宫连属于平台三十余里。”

东乱三江，西浮七泽。 李善注：“言常从子隆也。萧子显《齐书》曰：‘隋王子隆为东中郎将、会稽太守；后迁西将军、荆州刺史。’三江，越境也（为会稽太守时），七泽，楚境也（荆州刺史时）。”乱：《书·禹贡》：“西倾（山名）因桓（水名）是来，浮于潜，逾于沔，入于渭，乱于河。”孔安国传：“正绝流曰乱。”即横渡也。又《禹贡》：“浮于济、漯，达于河。”孔安国传：“顺流曰浮。”又《尔雅·释水》：“逆流而上曰泝洄，顺流而下曰泝游，正绝流曰乱。”孔颖达《书疏》引汉末孙炎《尔雅》注：“（乱，）横渡也。”北宋邢昺《尔雅》疏：“谓横绝其流而直渡，名曰乱。”三江：《书·禹贡》：“三江既入（松江、娄江、东江），震泽（太湖）底定。”七泽：司马相如《子虚赋》：“臣闻楚有七泽（皆在湖北），尝见其一（指云梦泽），未睹其余也。”

契阔戎旃，从容讌语。 谓由隋王镇西公曹转为文学，侍从隋王左右也。《诗·邶风·击鼓》：“死生契阔，与子成说。”《毛传》：“契阔，勤苦也。”《说文》：“契，大约也。”苦计切。宋孙奕《履斋示儿编》曰：“契，合也。阔，离也。谓死生离合，与汝成誓言矣。”此别一解，亦通。曹操《短歌行》：“契阔谈讌，心念旧恩（情也）。”旃：《说文》：“旃，旗曲柄也。”从容：李善引刘向《七言》曰：“讌处从容观《诗》、《书》。”《诗·小雅·蓼萧》：“既见君子，我心写兮。燕笑语兮，是以有誉处兮。”讌，本止作宴，《说文》：“宴，安也。”“燕，玄鸟也。”古籍多借燕为宴，讌则俗字也。

长裾日曳，后乘载脂。　邹阳《狱中上书自明》：“饰固陋之心，则何王之门，不可曳长裾乎?”后乘：魏文帝《与朝歌令吴质书》：“从者鸣笳以启路，文学托乘于后车。”又《诗·小雅·绵蛮》：“命彼后车，谓之载之。”后乘犹后车。又东方朔《从公孙弘借车马书》：“朔当从甘泉，愿借外厩之后乘。”曹植《应诏诗》：“前驱举燧，后乘抗旌。”陆云《羊肠转赋》：“陪俊臣于雕辂，列名僚于后乘。”载脂：《诗·邶风·泉水》：“载脂载舝（辖之本字），还车言迈。”《毛传》：“脂舝其车。”孔颖达疏：“则为我脂车，则为我设舝。”脂，所以膏润其车也。(《说文》：“舝：车轴耑键也。两穿相背，从舛；䳺省声。”“辖，车声也。”)

荣立府庭，恩加颜色，沐发晞阳，未测涯涘，抚臆论报，早誓肌骨。　谓蒙隋王特达之知，感恩无涯，不知何以为报也。府庭：《后汉书·王符传》：“百姓废农桑，而趋府庭者相续。”王充《论衡·量知篇》：“此则郡县之府庭，所以常廓无人者也。”颜色：曹植《艳歌行》：“长者赐颜色，泰山可动移。”《史记·范雎传》雎上书秦昭王曰：“臣愿得少赐游观之间，望见颜色，一语无效，请伏斧质。”《管子·心术下》：“外见于形容，可知于颜色。”沐发晞阳：谓蒙受恩泽及光宠也。《楚辞》屈原《远游》：“朝濯发于汤谷兮，夕晞余身兮九阳。”又《九歌·少司命》：“与汝沐兮咸池，晞汝发兮阳之阿。”《说文》：“晞，干也。”抚臆论报，早誓肌骨：谓抚心欲报隋王大德，早已自誓刻于肌骨，盖委质粉身意也。陆机《演连珠》：“抚臆论心，有时而谬。”抚乃拊之借字。《说文》：“抚，安也。”“拊，揗也。”（“揗，摩也。”食尹切）

《说文》：“肊，胸骨也。”“臆，肊或从意。”《孝经·钩命诀》：“削肌刻骨，挈挈勤思。”曹植《上责躬应诏诗表》：“臣植言：臣自抱衅归藩，刻肌刻骨。”

不悟沧溟未运，波臣自荡；渤澥方春，旅翮先谢。 五臣吕向曰：“沧溟未运，王未迁转也。波臣，自喻也。荡，失也。”李周翰曰：“渤澥，海名。方春，凫雁时也，喻王左右居也。旅翮先谢，自喻去王也。谢，去也。”李善曰：“沧溟、渤澥，皆以喻王；波臣、旅翮，皆自喻也。”案：沧溟未运，谓大鹏未自北溟转于南溟，喻王未再升迁。沧溟中之大鹏始是喻隋王，与旅翮之喻已相对。《说文》：“翮，羽茎也。”《庄子·逍遥游》：“北冥（即溟，下同）有鱼，其名为鲲。鲲之大，不知其几千里也。化而为鸟，其名为鹏，鹏之背，不知其几千里也；怒而飞，其翼若垂天之云。是鸟也，海运则将徙于南冥。南冥者，天池也。……鹏之徙于南冥也，水击三千里，抟扶摇而上者九万里，去以六月息者也。”波臣：《庄子·外物》：“庄周家贫，故往贷粟于监河侯（《说苑》作魏文侯，非是）。监河侯曰：‘诺。我将得邑金，将贷子三百金，可乎？’庄周忿然作色曰：‘周昨来，有中道而呼者，周顾视车辙，中有鲋鱼（鲫鱼）焉。周问之曰：“鲋鱼来，子何为者邪？”对曰：“我，东海之波臣也。（成玄英疏：“波浪之臣。”司马彪曰：“谓波浪之臣。”）君岂有斗升之水而活我哉？”周曰：“诺。我且南游吴、越之王，激西江（蜀江）之水，而迎子，可乎？”鲋鱼忿然作色曰：“吾失我常，与我无所处，吾得斗升之水然活耳。君乃言此，曾不如早索我于枯鱼之肆。”’”

渤澥：司马相如《子虚赋》：“浮渤澥，游孟诸（宋之大泽）。”应劭曰：“渤海，海别枝也。”《说文》：“澥，郣澥，海之别也。”郭璞注（《子虚赋》）：“澥，音蟹。”今或读作海。扬雄《解嘲》：“譬若江湖之崖，渤澥之岛，乘雁集不为之多，双凫飞不为之少。”

清切藩房，寂寥旧荜， 五臣吕延济曰：“藩房：藩，国也；房，谓王府也。荜，柴门也。谓朓旧所居也。清切，凄伤也。寂寥，无人也。”清切，森严之意，非凄伤也。刘桢《赠徐幹》诗：“谁谓相去远？隔此西掖垣。拘限清切禁，中情无由宣。思子沉心曲，长叹不能言。”旧荜：《左传》襄公十年：“筚门闺（《经典释文》：“本亦作圭。”）窦之人，而皆陵其上，其难为上矣。”杜预注：“筚门，柴门。”筚，各本作荜，《说文》艸部无。《说文·竹部》：“筚，藩落也。从竹，毕声。《春秋传》曰：‘筚门圭窬。’”《礼记·儒行篇》：“儒有一亩之宫，环堵之室，筚门圭窬，蓬户瓮牖。”

轻舟反溯，吊影独留。 五臣刘良曰：“别王乘轻舟反向而望，心已驰于王左右矣。而形影相吊，则留碍矣。”案：二句谓己乘轻舟顺流由荆州下金陵，反顾昔在荆州隋王左右，而今了不可得，只形影相吊而已。李善注：“言舟反而己留也。”曹植《洛神赋》：“御轻舟而上溯，浮长川而忘反。”又《责躬诗表》：“形影相吊，五情愧赧。”李密《陈情表》：“茕茕独立，形影相吊。”

白云在天，龙门不见。 谓乘舟反顾荆州之隋王，唯见白云在天，不特隋王不可得而见，并荆州之东门亦不可得而见也。后世中唐人欧阳詹《赠太原妓》诗：“驱马渐觉远，回头长路尘。高城已不见，况复城中人?”其意脱胎于此。《穆天子传》卷三：“西王母谓天子谣曰：‘白云在天，山陵自出。道里悠远，山川间之。将子无死，尚能复来。’”龙门：《楚辞》屈原《九章·哀郢》：“过夏首而西浮兮，顾龙门而不见。”王逸《章句》：“龙门，楚东门也。”

去德滋永，思德滋深。 谓离隋王愈远，而己思念之愈深也。《庄子·徐无鬼》徐无鬼（魏之隐者）谓女商（魏之宰官）曰：“子不闻夫越之流人乎？去国数日，见其所知而喜；去国旬月，见所尝见于国中者喜；及期年也，见似人者而喜矣。不亦去人滋久，思人滋深乎？夫逃虚空者，藜、藋柱乎鼪、鼬之迳，踉位其空（谓鼪、鼬跳梁于其间），闻人足音跫然而喜矣，又况乎昆弟亲戚之謦欬（言笑也。粤音作倾偈）其侧者乎!”

唯待青江可望，候归艎于春渚； 李善注：“冀王入朝，而已候于江渚也。杜预《左氏传注》曰：‘艅艎，舟名也。’”【《左传》昭公十七年：“（楚人）大败吴师，获其乘舟余皇。”《说文·舟部》无艅艎字，徐铉《说文·新附》补之；然云：“经典通用余皇。”】五臣李周翰注：“言已不可得往，唯待王还京都也。青江，亦春晚也。艎，舟名，王乘也。”

朱邸方开，效蓬心于秋实。 五臣吕延济曰：“朱邸，谓王在京之邸，朱其户也。蓬心，非特达，朓自谦也。树桃李，秋取其实也；朓愿因得效已同于此，而少报王。”朱邸：《汉书·卢绾传》：“舍燕邸。”颜师古曰：“诸侯王及诸郡朝宿之馆在京师者谓之邸。”《史记·封禅书》：“诏曰：古者天子五载一巡狩，用事泰山。诸侯有朝宿地，其令诸侯各治邸泰山下。”李善注：“诸侯朱户，故曰朱邸。”蓬心：《庄子·逍遥游》：“惠子谓庄子曰：‘魏王贻我大瓠之种，我树之成而实五石。以盛水浆，其坚不能自举也。剖之以为瓢，则瓠落无所容。……’庄子曰：‘夫子固拙于用大矣。……今子有五石之瓠，何不虑以为大樽，而浮乎江湖？而忧其瓠落无所容，则夫子犹有蓬之心也夫！’”成玄英疏：“惠生既有蓬心，未能直达玄理。”秋实：《韩诗外传》卷七：“简主曰：……夫春树桃李，夏得阴其下，秋得食其实。”于光华《评注昭明文选》引《文选瀹注》：“秋实，盖言实用也。刘桢谓曹植曰（见《魏志·邢颙传》）：‘君侯采庶子（谓己）之春华，忘家臣（谓邢颙。臣，本作丞）之秋实。’故用其语。注谓桃李之实，非也。”又引何义门曰：“用邢颙事。”今《义门读书记》无。《魏志·邢颙传》：“邢颙，字子昂，……时人称之曰：‘德行堂堂邢子昂。’……是时，太祖诸子高选官属，《令》曰：‘侯家吏，宜得渊深法度如邢颙辈。’遂以为平原侯植家丞。颙防闲以礼，无所屈挠，由是不合。庶子刘桢，书谏植曰：‘家丞邢颙，北土之彦（颙，河间人。彦，美士也），少秉高节，玄静淡泊。言少理多，真雅士也。桢诚不足同贯斯人，并列左右。而桢礼遇殊特，颙反疏简。私惧观者将谓君侯习近不肖，礼贤不足。采庶子之春华，忘家丞之秋实。为上招谤，其罪不小。’”

如其簪履或存，衽席无改， 五臣刘良注：“言王如或能存故情于我也。”《韩诗外传》卷九：“孔子出游少源之野，有妇人中泽而哭，其音甚哀。孔子使弟子问焉，曰：‘夫人何哭之哀?’妇人曰：‘乡者刈蓍薪，亡吾蓍簪，吾是以哀也。’弟子曰：‘刈蓍薪而亡蓍簪，有何悲焉?’妇人曰：‘非伤亡簪也，盖不忘故也。’”此簪之或存。履：贾谊《新书·谕诚篇》：“昔楚昭王与吴人战，楚军败，昭王走，屦（一作履，《善注》引）决眦（屦匡）而行失之，行三十步，复旋取屦，及至于隋。左右问曰：‘王何曾惜一踦（只也）屦乎?’昭王曰：‘楚国虽贫，岂爱一踦屦哉！思与偕反也。’自是之后，楚国之俗，无相弃者。”衽席无改：《韩非子·外储说上》：“（晋）文公反国至河，令笾豆捐之，席蓐捐之，手足胼胝面目黧黑者后之。咎犯闻之而夜哭。公曰：‘寡人出亡二十年（实十九年），乃今得反国，咎犯闻之，不喜而哭，意不欲寡人反国邪?’犯对曰：‘笾豆，所以食也，席蓐，所以卧也，而君捐之；手足胼胝，面目黧黑，劳、有功者也，而君后之。今臣有与在后中（在手足胼胝者中），不胜其哀，故哭。’……再拜而辞，文公止之。……解左骖而盟于河。”【《左传》僖公二十四年：“及河，子犯以璧授公子曰：‘臣负羁绁（缰）从君巡于天下，臣之罪甚多矣，臣犹知之，而况君乎?请由此亡。’公子曰：‘所不与舅氏同心者，有如白水。’（指白水为证，犹指天日也）投其璧于河。”】

虽复身填沟壑，犹望妻子知归。 填沟壑：刘向《列女传》卷四《贞顺·梁寡高行传》：“高行者，梁之寡妇也。其为人，荣于色而美于行。……梁王闻之，使相聘焉。高行曰：‘妾夫不幸早死，先狗马，填沟壑，妾宜以身荐其棺椁。’”妻子知归：《东观汉记》卷十八《朱晖传》：“同县（南阳人）张堪，有名德，每与相见，常接以友道。（《后汉书·朱晖传》

谓堪“尝于太学见晖”）晖以堪宿成名德，未敢安也。堪至把晖臂曰：‘欲以妻子托朱生。’晖举手不敢答。堪后仕为渔阳太守，晖自为临淮太守。绝相闻见。堪后物故，南阳饿，晖闻堪妻子贫穷，乃自往候视，见其困厄，分所有以赈给之。岁送谷五十斛，帛五匹，以为常。”【《后汉书·朱晖传》：“晖少子颉，怪而问曰：‘大人不与堪为友，平生未曾相闻，子孙窃怪之。’晖曰：‘堪尝有知己之言，吾以（通已）信于心也。’”】

揽涕告辞，悲来横集。《楚辞》屈原《九章·思美人》：“思美人兮，擥涕而伫眙。”（凝望也。眙，音次。擥，《说文》作揽，“揽，撮持也。”）又《楚辞》刘向《九叹·忧苦》：“长嘘吸以于悒兮，涕横集而成行。”王逸注：“涕下交集，自闵伤也。”《汉书·景十三王传》中山靖王胜《闻乐对》：“今臣心结日久，每闻幼眇（即要妙，精微也）之声，不知涕泣之横集也。”

不任犬马之诚。

○此段冀王能还朝开府，己当为之效力，如王念旧，无改当年，己当为之死也。于光华曰：“或存无改，喻王能存故情于己也。”

丘希范《与陈伯之书》

丘迟生于宋孝武帝大明八年，卒于梁武帝天监七年，年四十五。少沈约二十三岁，少江淹十九岁，少任昉四岁，少刘孝标两岁。与谢朓、梁武帝同年生。

《梁书·文学传上·丘迟传》（亦见《南史·文学传》）：“丘迟，字希范，吴兴乌程人也。父灵鞠，有才名。【《南史·文学传》以灵鞠居首。云：“灵鞠宋时文名甚盛，入齐颇减。蓬发弛纵，无形仪，不事家业。王俭谓人曰：‘丘公仕宦不进，才亦退矣。’位长沙王车骑长史，卒。著《江左文章录》，序起太兴（晋元帝），讫元熙（晋恭帝）。《文集》行于时。”】仕齐，官至太中大夫。迟八岁便属文，灵鞠常谓‘气骨似我’。黄门郎谢超宗、征士何点，并见而异之。及长，州辟从事，举秀才，除太学博士，迁大司马行参军。遭父忧，去职。服阕，除西中郎参军。累迁殿中郎，以母忧去职。服除，复为殿中郎，迁车骑录事参军。高祖（梁武帝）平京邑，霸府开，引为骠骑主簿，甚被礼遇。（齐和帝中兴元年十二月，萧衍入建康，自为大司马承制。二年二月，自为相国，封梁公，加九锡，进爵为王。四月即位，改元天监）时劝进梁王，及殊礼，皆迟文也。高祖践阼，拜散骑侍郎，俄迁中书侍郎，领吴兴邑中正，待诏文德殿。时高祖著《连珠》，诏群臣继作者数十人，迟文最美。（《南史》下云："坐事免，乃献《责躬诗》，上优辞答之。"）天监三年，出为永嘉太守，在郡不称职，为有司所纠；高祖爱其才，寝其奏。四年，中军将军临川王宏（梁武异母弟）北伐，迟为咨议参军，领记室。时陈伯之在北（魏。时未分东西），与魏军来距，迟以书喻之，伯之遂降。还，拜中书郎，迁司徒从事中郎。七年卒官，时年四十五。所著诗赋行于世。"

《南史·文学传上》："迟辞采丽逸，时有钟嵘，著《诗评》（即《诗品》，迟诗在中品）云：'范云婉转清便，如流风回雪；迟点缀映媚，似落花依草。虽取贱文通，而秀于敬子（任昉谥）。'其见称如此。"（钟嵘《诗品中》云："梁卫将军范云诗，梁中书郎丘迟诗，范诗清便婉转，如流风回雪；丘诗点缀暎媚，似落花依草，故当浅于江淹，而秀于任昉。"）

《南史·江淹传》："淹少以文章显，晚节才思微退。云：为宣城太守时，罢归，始泊禅灵寺渚，夜梦一人，自称张景阳（西晋张协。诗在钟嵘《诗品上》），谓曰：'前以一匹锦相寄，今可见还。'淹探怀中，得数尺与之。此人大恚曰：'那得割截都尽！'顾见丘迟，谓曰：'余此数尺，既无所用，以遗君。'自尔淹文章踬矣。又尝宿于冶亭，梦一丈夫，自称郭璞，谓淹曰：'吾有笔在卿处多年，可以见还。'淹乃探怀中，得五色笔一，以授之。尔后为诗，绝无美句，时人谓之才尽。"【案：钟嵘《诗品序》云："网罗今古，词文殆集。……

凡百二十人（实百二十三人），预此宗流者，便称才子。至斯三品升降，差非定制，方申变裁，请寄知者尔。”在中品之陶潜、郭璞、刘琨、鲍照、江淹、谢朓，皆宜在上品也】

李善注：“（梁）刘璠《梁典》曰：‘帝使吕僧珍（梁武勇将）寓书于陈伯之，丘迟之辞也。伯之归于魏，为通散常侍。’（陈）何之元《梁典》云：‘天监五年，前平南将军陈伯之以其众自寿阳（在山西）归降。’不书伯之（应作丘迟），前史失之。（陈许亨）《梁史》以为丘迟与伯之书。”

《南史·陈伯之传》：“陈伯之，济阴睢陵人也。（今江苏睢宁县，非山东也）年十三四，好着獭皮冠，带刺刀，候邻里稻熟，辄偷刈之。……及年长，在钟离（安徽）数为劫盗。……后随乡人车骑将军王广之，广之爱其勇，每夜卧下榻，征伐，常将自随。频以战功，累迁骠骑司马，封鱼复县伯。梁武起兵，东昏假伯之节，督前驱诸军事、豫州刺史，转江州，据寻阳以拒梁武。郢城平，武帝使说伯之，即以为江州刺史，子武牙（本名虎牙）为徐州刺史。伯之虽受命，犹怀两端。帝及其犹豫，逼之，伯之退保南湖（有十余处，此应在江西），然后归附，与众军俱下建康。城未平，每降人出，伯之辄唤与耳语。帝疑其复怀翻覆，会东昏将郑伯伦降，帝使过伯之，谓曰：‘城中甚忿卿，欲遣信诱卿，须（待也）卿降（齐），当生割卿手脚；卿若不降，复欲遣刺客杀卿。’伯之大惧，自是无异志矣。城平，封丰城县公，遣之镇，伯之不识书，及还江州，得文牒辞讼，唯作大诺而已。……（后反）

武帝遣王茂讨伯之，败走，间道亡命出江北，与子武牙及褚緭（出身草泽者）俱入魏。魏以伯之为使持节散骑常侍，都督淮南诸军事，平南将军，光禄大夫，曲江县侯。天监四年，诏太尉临川王宏北侵，宏命记室丘迟私与之书，曰：'……'伯之得书，乃于寿阳拥众八千归降。武牙为魏人所杀。伯之既至，以为平北将军，西豫州刺史，永新县侯，未之任，复为骁骑将军，又为太中大夫。久之，卒于家。其子犹有在魏者。"

孙月峰曰："浅显语调，铺叙最有次第。首尾匀净，虽不甚雄奇，然味态固有之。"

迟顿首：陈将军足下：无恙，幸甚幸甚！ 无恙：应劭《风俗通义》："无恙，俗说恙，病也。凡人相见及通书问，皆曰无恙。谨案，《易传》：上古之世，草居露宿。恙，噬人虫也。善食人心，故俗相劳问者云无恙，非为病也。"

将军勇冠三军，才为世出， 李陵《答苏武书》（见《文选》及欧阳询《艺文类聚》）云："陵先将军，功略盖天地，义勇冠三军。"又苏武《答李陵书》："每念足下，才为世生，器为时出。语曰：'夜行被绣，不足为荣。'况于家室孤灭，弃在绝域，衣则异制，食味不均，弃捐功名。虽尚视息，与亡无异。"【李陵《答苏武书》，虽《文选》及《艺文类聚》有载，想是晋、宋间高手假托。后世人每以为文体不似西汉，然文体不足凭，盖可辨以为是后世骈体之所滥觞也。辨此书非李陵作，宜从书中之语气论之：李陵人极忠厚，终身不忘汉者。太史公《报任少卿书》云："仆与李陵，俱居门下，素非能相善也。趣舍异路，未尝衔杯酒，接慇懃之余欢。然仆观其为人，自守奇士。事亲孝，与士信，临财廉，取与义。分别有让，恭俭下人。常思奋不顾身，以徇国家之急，其素所蓄积也。仆以为有国士之风。”又《汉书·苏武传》单于使李陵至海上，为苏武置酒设乐，劝使降匈奴。武曰：“自分已死久矣。王必欲降武，请毕今日之欢，效死于前。”陵见其至诚，喟然叹曰：“嗟乎义士！陵与卫律之罪，上通于天。”因泣下沾衿。观此，则李陵之必不怨望故国明矣。而今书有云：“足下又云‘汉与功臣不薄’，子为汉臣，安得不云尔乎？”又曰：“陵虽孤恩，汉亦负德。”以李陵之为人，岂有此等语气哉！此书必后人所假托也。至《文选》中所载李陵《与苏武诗》三首，后人亦疑是伪作，则不然矣。疑李陵诗是伪作者，东坡最著。尝有《题文选》云：“舟中读《文选》，恨其编次无法，去取失当。……如李陵、苏武五言皆伪，而不能去。”然乌台诗狱后，谪至黄州，有《书苏李诗后》云：“此李少卿赠苏子卿之诗也。予本不识陈君式，谪居黄州，倾盖如故。会君式罢去，而余久废作诗，念无以道离别之怀，历观古人之作，辞约而意尽者，莫如李少卿赠苏子卿之篇，书以赠之。”则已信李陵诗矣。及其晚年，复有《书黄子思诗集后》云：“苏、李之天成，曹、刘之自得，陶、谢之超然。”推尊甚至，盖已悔早岁之失言矣。至明杨慎《丹铅总录》引西晋挚虞《文章流别志论》云：“李陵众作，总杂不类，殆是假托，非尽陵制。至其善篇，有足悲者。”（《太平御览》以为是颜延年《庭诰》语）案：李陵诗，除《文选》所录《与苏武诗》三首外，欧阳询《艺文类聚》及《古文苑》又有《录别诗》八首。挚虞所云“总杂不类，殆是假托”者，或指《录别诗》而言。至谓“非尽陵制”，则固有陵制者矣。所谓“善篇”“足悲”，殆其后《文选》所录者耶？《文心雕龙·明诗篇》云：“严（忌）、马（司马相如）之徒，属辞无方（谓多方。各体文字皆能作），至成帝品录，三百余篇，朝章国采，亦云周备。而辞人遗翰，莫见五言，所以李陵、班婕妤见疑于后代也。”此亦存疑之辞，非否定语。且谓“莫见五言”者，实谓如严忌、司马相如之著名辞赋家不作五言诗耳，非谓至成帝时三百余篇无一五言诗也。即以《文选》以外之苏、李诗而言，“暮年诗赋动江关”之庾信，并《录别》诗亦信是李陵、苏武之作，其《哀江南赋》有云：“李陵之双凫永去，苏武之一雁空飞。”即本于《录别》诗中苏武别李陵之“双凫俱北飞，一凫独南翔。子当留斯馆，我当归故乡”。及李陵《录别》诗之“双凫相背飞，相远日已长。远望云中路，想见来圭璋”也。又古今最知诗者，殆无过于杜甫，其《解闷》七绝十二首之五云：“李陵、苏武是吾师，孟子论文更不疑。一饭未曾留俗客，数篇今见古人诗。”子美诗师苏、李，尚复何言？近人章炳麟《国故论衡·辨诗》云：“苏、李之徒，结发为诸吏骑士，未更讽诵，诗亦为天下宗。及陆机、鲍照、江淹之伦，拟以为式，终莫能至。由是言之，情性之用长，而问学之助薄也。”盖亦无疑于苏、李之作矣。至近人或有举李陵诗中“独有盈觞酒，与子结绸缪”之“盈”字是汉惠帝讳，故疑是汉以后之人所作；此则拾洪容斋之余唾，窃据以为己见也。《礼记·曲礼上》云：“《诗》、《书》不讳，临文不讳。”《史记》、《汉书》中见“邦”字“盈”字者多矣，岂《史记》、《汉书》亦伪作乎？《古诗十九首》有“盈盈楼上女”及“盈盈一水间”，岂《古诗十九首》亦汉以后人作乎？洪迈《容斋随笔》卷十四《李陵诗》条云：“《文选》编李陵、苏武诗凡七篇，人多疑‘俯观江、汉流’之语，以为苏武在长安所作，何为乃及江、汉？（此苏武在中国时平日别友之作，不必定在长安。如后人假托，必就长安或匈奴境地描写。此更足证是原作也。《文选》但题作“《苏子卿诗》四首”，足见高明有识）东坡云：‘皆后人所拟也。’（此不读东坡全集者也）予观李陵云：‘独有盈觞酒，与子结绸缪。’盈字正惠帝讳，汉法：触讳者有罪，不应陵敢用之（陵作诗时在匈奴，何以不敢？），益知坡公之言为可信也。”案：《汉书·韦贤传》载韦孟（孟为楚元王、子夷王、孙王戊三世傅。《文选·诗甲·劝励类》题“韦孟《讽谏诗》一首”是其晚作）《在邹》诗即有“祈祈我徒，戴负盈路”之句，非正有盈字耶？又其《讽谏诗》，有“总齐群邦”、“实绝我邦”、“我邦既绝”、“邦事是废”。《在邹》诗有“寤其外邦”、“异于他邦”。二诗中凡六见邦字，正是高祖讳。足见临文不讳，不必疑李陵诗及《古诗十九首》之用盈字矣。洪迈之言，徒逞私智，殊不足信】

弃燕雀之小志，慕鸿鹄以高翔。《史记·陈涉世家》：“陈涉少时，尝与人佣耕，辍耕之垄上，怅恨久之，曰：‘苟富贵，无相忘。’佣者笑而应曰：‘若（汝也）为佣耕，何富贵也？’陈涉太息曰：‘嗟乎！燕雀安知鸿鹄之志哉！’”司马贞《史记索隐》云：“《尸子》云‘鸿鹄之鷇（《说文》：“鷇，鸟子生哺者。”），羽翼未合，而有四海之心’是也。按鸿鹄是一鸟，若凤凰焉，非谓鸿雁与黄鹄也。”

昔因机变化，遭遇明主， 五臣李周翰曰："机者，事之微也。化，谓背齐归梁也。明主，即武帝也。"李善注引梁刘璠《梁典》曰："高祖得陈虎牙幢主苏隆（《梁书》作伯之幢主，掌旌旗者。虎牙，伯之子，《南史》避高祖祖父李虎讳，改虎为武），厚加礼赐，使致命江州刺史陈伯之。伯之，虎牙父也。苏隆还，称伯之许降。乃遣邓元起前驱逼之。伯之闻师近，以应义师。"（《梁书·陈伯之传》："伯之虽受命，犹怀两端，伪云：'大军未须便下。'高祖谓诸将曰：'伯之此答，其心未定，及其犹豫，宜逼之。'众军遂次寻阳。"）

立功立事，开国称孤。 梁武帝封伯之为丰城县公，东汉延笃《与张奂书》："烈士殉名，立功立事。"《易·师卦》上六："大君有命，开国承家，小人勿用。"《象》曰："大君有命，以正功也。小人勿用，必乱邦也。"《老子》："故贵以贱为本，高以下为基。是以侯王自称孤、寡、不谷，此非以贱为本邪？非乎？"

朱轮华毂，拥旄万里， 《史记·陈余传》："蒯通说武信君（赵将武臣）曰：'今范阳令（徐公）乘朱轮华毂，使驱驰燕、赵郊。"班固《涿邪山祝文》："晄晄将军，大汉元辅（霍去病）。杖节拥旄，钲人伐鼓。"东汉荀悦《汉纪》："今之州牧，号为万里。"

何其壮也！ 《史记·樊哙传》："高祖尝病甚，恶见人。……十余日，哙乃排闼直入，大臣随之。上独枕一宦者卧，哙等见上，流涕曰：'始陛下与臣等起丰、沛，定天下，何其壮也！今天下已定，又何惫也。'"

如何一旦为奔亡之虏， 孙月峰曰："一句承上势陡入，事如截奔马之势，甚矫健有力。”

闻鸣镝而股战，对穹庐以屈膝，又何劣邪！ 鸣镝：《史记·匈奴传》：“单于有太子名冒顿（音墨毒）……冒顿乃作为鸣镝，习勒其骑射。”裴骃《史记集解》：“骃案，《汉书音义》曰：‘镝，箭也。如令鸣射也。’韦昭曰：‘夫镝，飞则鸣。’”股战：《史记·齐悼惠王世家》：“灌婴在荥阳，闻魏勃本教齐王反（悼惠王子哀王），既诛吕氏，罢齐兵，使使召责问魏勃，勃曰：‘失火之家，岂暇先言大人（家长）而后救火乎？’因退立，股战而栗，恐不能言者，终无他语。灌将军熟视笑曰：‘人谓魏勃勇，妄庸人耳，何能为乎！’”穹庐：《汉书·西域传下》：“汉元封中，遣江都王建女细君为公主以妻焉。……公主悲愁，自为作歌曰：‘吾家嫁我兮天一方，远托异国兮乌孙王。穹庐为室兮旃为墙，以肉为食兮酪为浆。居常土思兮心内伤，愿为黄鹄兮归故乡。’”应劭《音义》：“穹庐，旃帐也。”屈膝：司马相如《喻巴蜀檄》曰：“北征匈奴，单于怖骇，交臂受事，屈膝请和。”孙月峰曰：“喝得醒。”

○此段起极称其才勇，续誉其归附梁武为得计，末讽其降魏之失。短短十数语，已极变化之能事。

寻君去就之际，非有他故。直以不能内审诸己，外受流言，沉迷猖獗， 犹颠倒也。 **以至于此。** 去就，谓去梁就魏也。《孟子·告子下》：“陈子（名臻）曰：‘古之君子何如则仕？’孟子曰：‘所就三，所去三。’”《史记·仲尼弟子列传》：“澹台灭明，武城人，字子羽。……南游至江，从弟子三百人，设取予去就，名施乎诸侯。孔子闻之曰：‘吾以言取人，失之宰予；以貌取人，失之子羽。’”又《史记·屈原贾生传赞》：“读《鹏鸟赋》，同死生，轻去就，又爽然自失矣。”杨恽《报孙会宗书》：“夫西河，魏土，文侯所兴，有段干木、田子方之遗风，漂然皆有节概，知去就之分。”内审诸己：《吕氏春秋·季秋纪》有《审己篇》。流言：《书·金縢》：“管叔及其群弟，乃流言于国曰：‘公将不利于孺子。’”孔安国《尚书传》：“乃放言于国。”孔颖达疏：“宣本其言使人闻之，若水流然。流即放也。”《荀子·大略篇》：“流丸止于瓯臾（洼下之地），流言止于知者。”《礼记·儒行》：“久不相见，闻流言不信。”

圣朝赦罪责功，弃瑕录用， 赦罪责功：李善注引晋邹润甫（名湛）《为诸葛穆答晋王令》曰：“高世之君，赦罪责功，略小收大。”弃瑕录用：《吴志·陆瑁传》（逊弟）：“时尚书暨艳，盛明臧否。……颇扬人暗昧之失，……瑁与书曰：‘夫圣人嘉善矜愚，忘过记功，以成美化。加今王业始建，将一大统，此乃汉高弃瑕录用之时也。’”

推赤心于天下，安反侧于万物， 《东观汉记》卷一《世祖光武皇帝纪》（《后汉书·光武帝纪》略同）：“汉军破邯郸，诛（王）郎（郎乃邯郸卜者，赤眉贼立之为天子），入宫收文书，得吏民谤毁帝，言可击者数千章。帝会诸将，烧之，曰：‘令反侧者自安也。’（者，李善注及《艺文类聚》引作“子”。《后汉书》亦作子）……破邯郸，更始遣使者即立帝为萧王，诸将议上尊号，帝不许。帝击铜马，大破之。受降适毕，封降贼渠率，诸将未能信，贼亦两心。帝敕降贼各归营勒兵待，上轻骑入，按行贼营，贼将曰：‘萧王推赤心置人腹中，安得不投死。’（李善引作“効死”，《后汉书》亦作“安得不投死乎”）由是皆自安。”

将军之所知，不假仆一二谈也。 一二谈：扬雄《长杨赋》翰林主人曰：“仆尝倦谈，不能一二其详。”

朱鲔涉血于友于，《后汉书·齐武王縯传》（縯，音衍）：“齐武王縯，字伯升，光武之长兄也。……伯升部将宗人刘稷，数陷阵溃围，勇冠三军，时将兵击鲁阳（河南鲁山县），闻更始立，怒曰：‘本起兵图大事者，伯升兄弟也，今更始何为者邪?’更始君臣闻而心忌之。……先收稷，将诛之，伯升固争。李轶、朱鲔因劝更始并执伯升，即日害之。”李善注引吴谢承《后汉书》曰：“光武攻洛阳，朱鲔守之。上令岑彭说鲔曰：‘赤眉已得长安，更始为胡殷所反害，今公谁为守乎?’鲔曰：‘大司徒公（刘伯升）被害，鲔与其谋，诚知罪深，不敢降耳。’彭还白上，上谓彭复往明晓之：‘夫建大事不忌小怨，今降，官爵可保，况诛罚乎?’”《春秋合诚图》曰：“战龙门之下，涉血相创。”如淳《汉书注》：“杀人滂沱为涉血。”友于：《书·君陈》：“惟孝友于兄弟，克施有政。”《论语·为政》：“《书》云：孝乎，惟孝友于兄弟，施于有政。”友于是歇下语，即兄弟也。

张绣剚 音至，插也。 **刃于爱子，**《魏志·武帝纪》：“（建安）二年春正月，公到宛，张绣降。既而悔之，复反。公与战，军败，为流矢所中，长子昂、弟子安民遇害。”【王沈《魏书》：“公所乘马名绝影，为流矢所中，伤颊及足，并中公右臂。”郭颁《世语》：“昂不能骑，进马于公，公故免而昂遇害。”曹丕《典论·自叙》：“上南征荆州，至宛，张绣降。旬日而反，亡兄孝廉子修（昂字）从兄安民遇害。时余年十岁，乘马得脱。”】“（建安四年）冬十一月，张绣率众降，封列侯。”剚刃：《史记·陈余传》：范阳人蒯通说范阳令徐公曰：“秦法重，足下为范阳令十年矣，杀人之父，孤人之子，断人之足，黥人之首，不可胜数。然而慈父孝子，莫敢剚刃公之腹中者，畏秦法耳。”（《汉书·蒯通传》剚作事。魏李奇曰：“东方人以物插地为剚。”《说文》无剚字）

汉主不以为疑，魏君待之若旧。况将军无昔人之罪，而勋重于当世。

夫迷涂知反，往哲是与； 与，许也。《离骚》：“回朕车以复路兮，及行迷之未远。”

不远而复，先典攸高。 攸，所也。《易·复卦》初九：“不远复，无祇悔，元吉。”象曰：“不远之复，以修身也。”《易·系辞传下》：“子曰：颜氏之子，其殆庶几乎！有不善，未尝不知；知之，未尝复行也。《易》曰：‘不远复，无祇悔，元吉。’”

主上屈法申恩， 《后汉书·阜陵质王延传》：“肃宗（章帝也。李善注误作明帝）下诏曰：王前犯大逆，罪恶尤深，有同周之管、蔡，汉之淮南，经有正义，律有明刑。先帝（明帝）不忍亲亲之恩（阜陵质王延，是明帝异母弟），枉屈大法，为王受愆，群下莫不惑焉。”

吞舟是漏， 五臣李周翰曰：“谓法网之疏，漏于吞舟之鱼也。言轻法而重恩也。”吞舟，指鱼。《尸子》：“水积则生吞舟之鱼，土积则生豫章之木。”吞舟是漏，谓虽有大恶，亦恕之也。西汉桓宽《盐铁论·论灾篇》：“故法令者，治恶之具也，而非至治之本也。是以古者明王，茂其德教而缓其刑罚也，网漏吞舟之鱼，而刑审于绳墨之外。”《史记·酷吏传序》：“汉兴，破觚而为圜（反方为圆），斫雕而为朴（反华为朴），网漏于吞舟之鱼；而吏治烝烝，不至于奸，黎民艾安。由是观之，在彼（道德）不在此（严酷）。”《汉书·酷吏传序》作“号为罔漏吞舟之鱼”。

将军松柏不翦，亲戚安居， 五臣张铣曰：“松柏不翦，谓不毁损其先代坟墓也。”《白虎通·坟墓篇》：“封树者，所以为识。……天子坟高三仞，树以松；诸侯半之，树以柏；……庶人无坟，树以杨柳。”仲长统《昌言》：“古之葬者，松柏梧桐，以识其坟也。”

高台未倾，爱妾尚在。 五臣吕向曰：“言宅宇幸妾，皆未追没也。”高台：置酒行乐之所。桓谭《新论·琴道篇》：“雍门周以琴见孟尝君曰：‘先生鼓琴，亦能令文悲乎？’……雍门周曰：‘然臣窃为足下有所常悲；夫角帝而困秦者君也；连五国而伐楚者又君也，天下未尝无事。不从即衡，从成则楚王，衡成则秦帝，夫以秦、楚之强而报弱薛，犹磨萧斧而伐朝菌也。有识之士，莫不为足下寒心。天道不常盛，寒暑更进退，千秋万岁之后，宗庙必不血食。高台既已倾，曲池又已平，坟墓生荆棘，狐狸穴其中。游儿牧竖，踯躅其足而歌其上曰：‘孟尝君之尊贵，亦犹若是乎？’于是，孟尝君喟然太息，涕泪承睫而未下，雍门周引琴而鼓之，徐动宫徵，叩角羽，终而成曲。孟尝君遂歔欷而就之曰：‘先生鼓琴，令文立若亡国之人也。’”

悠悠尔心， 五臣刘良曰：“悠悠，忧伤之貌。”《诗·郑风·子衿》："青青子衿、悠悠我心。"悠悠乎思之长也。**亦何可言！** 将军六句，孙月峰曰："中人痛痒。"

〇此段善为慰藉譬解，开示朝廷决不加咎既往，弃瑕录用。末谓伯之之先人庐墓田园等等皆如旧，爱妾未下堂，而可以远弃乎？孙月峰曰："是慰藉语，然却中情实。"何义门曰："先宽其罪，而后陈朝廷弃瑕录用之意，步骤自佳。"

今功臣名将，雁行有序，佩紫怀黄，赞帷幄之谋； 内赞国家策略。五臣刘良曰："雁飞成行列，有尊卑之序，故以比焉。金印紫绶，列侯之饰。幄，帐也。谋，策谋也。轺，使车也。节，旌节也。疆埸，边陲也。"雁行有序：李善引应劭《汉官仪·典职》："杨乔纠羊柔曰：柔知丞郎雁行，威仪有序。"佩紫怀黄：李善引晋王沈《魏书》曰："荀攸劝进曰：诸将佩紫怀金，盖以数百。"《史记·蔡泽传》："蔡泽知唐举戏之，乃曰：'富贵吾所自有，吾所不知者寿也，愿闻之。'唐举曰：'先生之寿，从今以往者四十三岁。'蔡泽笑谢而去，谓其御者曰：'吾持粱刺齿肥，跃马疾驱，怀黄金之印，结紫绶于要，揖让人主之前，食肉富贵四十三年，足矣。'"赞帷幄之谋：《东观汉记》卷八《邓禹传》："制曰：前将军邓禹，深执忠孝，与朕谋谟帷幄。……封禹为酂侯。"《汉书·高帝纪下》："帝置酒雒阳南宫，上曰：'通侯诸将，毋敢隐朕，皆言其情。吾所以有天下者何？项氏之所以失天下者何？'高起（都武侯）、王陵（信平侯）对曰：'陛下嫚而侮人，项羽仁而敬人。然陛下使人攻城掠地，所降下者，因以与之，与天下同利也；项羽妒贤嫉能，有功者害之，贤者疑之，战胜而不与人功，得地而不与人利，此其所以失天下也。'【《史记·淮阴侯列传》："（韩信）曰：'大王自料勇悍仁强，孰与项王？'汉王默然，良久曰：'不如也。'信再拜贺曰：'惟信亦以为大王不如也。然臣尝事之，请言项王之为人也。项王喑恶叱咤，千人皆废。然不能任属贤将，此特匹夫之勇耳。项王见人，恭敬慈爱，言语呕呕，人有疾病，涕泣分食饮；至使人有功，当封爵者，印刓，弊，忍不能予，此所谓妇人之仁也。'"】上曰：'公知其一，未知其二。夫运筹帷幄之中，决胜千里之外，吾不如子房；填国家，抚百姓，给饷馈，不绝粮道，吾不如萧何；连百万之众，战必胜，攻必取，吾不如韩信。三者皆人杰，吾能用之，此吾所以取天下者也。项羽有一范增而不能用，此所以为我禽也。'群臣说（读若悦）服。"

乘轺建节，奉疆埸之任。 外奉君命，使于四方。《说文》："轺，小车也。"刘熙《释名·释车》："轺车：轺，遥也，远也。四向远望之车也。"《汉书·平帝纪》："立轺并马。"服虔注："轺，音谣。立乘小车也。"又曰："为驾一封轺传。"如淳注："轺传，两马。"建节：《汉书·终军传》："军为谒者，使行郡国，建节，东出关。"节，符节也。使者所执以示信也。疆埸：《诗·小雅·信南山》："疆埸翼翼，黍稷彧彧。"《毛传》："埸，畔也。"《说文》无埸，徐铉《说文·新附》："埸，疆也。"

并刑马作誓，传之子孙。 谓立功封爵，天子誓不绝其后也。五臣李周翰曰："刑，杀也。诸侯会盟，取白马之血，饮之以为誓。使太山如砺，永传国于子孙也。"《汉书·高惠高后文功臣表序》："自古帝王之兴，曷尝不建辅弼之臣，所与共成天功者乎？汉兴，……沛公总帅雄俊，……五年，东克项羽，即皇帝位。……封爵之誓曰：‘使黄河如带，泰山若厉，国以永存，爰及苗裔。’于是申以丹书之信，重以白马之盟。”颜师古曰：“白马之盟，谓刑白马，歃其血以为盟也。”（《说文》：“歃，歠也。”山洽切。即饮也）

将军独靦颜借命， 靦颜：《诗·小雅·何人斯》：“为鬼为蜮，则不可得。有靦面目，视人罔极。”《毛传》：“靦，姡（音滑）也。”陆德明《经典释文》：“靦，面丑也。”（《说文》：“姡，面丑也。”）《尔雅·释言》：“靦，姡也。”郭璞注：“面姡然。”陆德明《经典释文》：“姡，音滑。”《说文》：“靦，人面貌也。……《诗》曰：‘有靦面目。’”段玉裁注：“谓但有面相对，自觉可憎也。”徐灏《说文段注笺》：“王氏念孙曰：‘《说文》：“靦，人面貌也。”今本讹作面见。’靦之本义谓人面貌，而惭赧之义即由是而生，故靦有惭义，亦有不知愧怍义。”

驱驰毡裘之长， 此句《梁书》止作“驰驱异域”。毡裘之长：指魏宣武帝。太史公《报任少卿书》：“旃裘之君，长咸震怖。”李善注：“旃裘，谓匈奴所服也，故言旃裘之君。”（旃，借作毡，《说文》作氈）

宁不哀哉！

〇此段以梁功臣名将之得意，反衬伯之降魏之失计。遥遥相对，使其自惭。孙月峰曰：“自《彭宠书》变来。”【朱浮《与彭宠书》：“方今天下适定，海内愿安。士无贤不肖，皆乐立名于世。而伯通（宠字）独中风狂走，自捐盛时，内听骄妇之失计，外信谗邪之谀言，长为群后（君也）恶法，永为

功臣鉴戒，岂不误哉!”】

夫以慕容超之强，身送东市； 慕容超，五胡十六国南燕之主，亡于晋安帝义熙六年，为刘裕讨灭之。沈约《宋书·武帝纪上》：“初，伪燕王鲜卑慕容德僭号于青州（晋安帝龙安二年正月），德死，兄子超袭位，前后（十三年）数为边患。（义熙）五年二月，大掠淮北，执阳平太守刘千载、济南太守赵元驱，略千余家。三月，公抗表北讨，……六年二月丁亥，屠广固（在山东），超逾城走，征虏贼曹乔胥获之。……送超京师，斩于建康市。”东市：京城东行刑之地。《汉书·晁错传》：“错衣朝衣，斩于东市。”

姚泓之盛，面缚西都。 姚泓，五胡十六国后秦之主，亡于晋安帝义熙十三年，亦为刘裕讨灭之。《宋书·武帝纪中》：“十二年……三月，……羌主姚兴死，（立于晋太武帝太元十九年，卒于晋安帝义熙十二年，共立二十三年）子泓立，兄弟相杀，关中扰乱。公乃戒严北讨，……十三年正月，公以舟师进讨，……二月，冠军将军檀道济等次潼关。三月庚辰，大军渡河，索虏步骑十万，营据河津。公命诸军济河击破之。公至洛阳，七月，至陕城。龙骧将军王镇恶伐木为舟，自河浮渭。八月，扶风太守沈田子大破姚泓于蓝田。王镇恶克长安，生擒泓。九月，公至长安，……执送姚泓，斩于建康市。”面缚：《左传》僖公六年：“许男面缚衔璧（许僖公降于楚成王），大夫衰绖，士舆榇。”

故知霜露所均，不育异类； 谓天降霜露，泽及下民，然不长育夷狄也。《中庸》：“天之所覆，地之所载，日月所照，霜露所队。”《晋书 · 桓温传》温《请还都洛阳疏》：“夫先王经始，玄圣宅心。画为九州，制为九服（《周礼 · 夏官 · 职方氏》：“乃辨九服之邦国。”九服者，谓侯服、甸服、男服、采服、卫服、蛮服、夷服、镇服及藩服也），贵中区而内诸夏，诚以晷度自中，霜露惟均，冠冕万国，朝宗四海故也。”李陵《答苏武书》：“终日无睹，但见异类。”王肃《家语注》：“异类，四方夷狄也。”五臣吕延济曰：“异类，匈奴也。”

姬、汉旧邦，无取杂种。 姬，周姓。姬、汉，即周、汉，梁前中国，以周、汉为盛，故以喻中国。时北魏奄有长江以北之土地，迟谓匈奴杂种之北魏，必不能久居中国土地也。旧邦：《诗 · 大雅 · 文王》：“周虽旧邦，其命维新。”杂种，谓北魏，匈奴种也。《汉书 · 匈奴传赞》：“夷狄之人，贪而好利，被发左衽，人面兽心。……是故圣王禽兽畜之。”沈约《宋书 · 索虏传》：“索头虏，姓托跋氏。其先，汉将李陵后也。陵降匈奴，有数百千种，各立名号，索头，亦其一也。”

北虏僭盗中原，多历年所，恶积祸盈，理至燋烂。 五臣李周翰曰：“北虏，谓拓跋珪（魏王拓跋珪登国元年，时在晋孝武帝太元十一年。至梁武帝天监四年，首尾共一百二十年，是时是魏宣武帝拓跋恪）僭称王也。中原，中国也。积，多。盈，满也。言恶既满，理当灭亡也。”又：魏拓跋珪于晋孝武帝太元十一年称王，后十二年，至晋安帝隆兴二年，改称皇帝，由隆兴二年起计，则首尾是一百零八年。北虏：李善注引《东观汉记》：“北虏遣使和亲。”多历年所：首尾一百二十年，故云尔。《书 · 君奭》：“故殷礼陟配天（汤以德配天），多历年所。”恶积：《易 · 系辞传下》：“善不积，不足以成名；恶不积，不足以灭身。小人以小善为无益而弗为也，以小恶为无伤而弗去也，故恶积而不可掩，罪大而不可解。”燋烂：《春秋》僖公十九年经文：“梁亡。”《公羊传》曰：“此未有伐者，其言梁亡何？自亡也。其自亡奈何？鱼烂而亡也。”又李善引晋袁崧《后汉书》曰：“朱穆上疏曰：养鱼沸鼎之中，栖鸟烈火之上，用之不时，必也燋烂。”

况伪蠥各本误作孽。**昏狡，自相夷戮。** 伪蠥，指魏宣武帝拓跋恪，谓其昏庸狡猾。蠥，今各本误作孽。《说文》：“蠥，衣服、歌谣、艸木之怪，谓之祅；禽兽、虫蝗之怪，谓之蠥。”李善引晋虞预《晋书》曰：“西阳王羕上书曰：朱旗南指，自相夷戮。”

部落携离，酋豪猜贰。 谓其区域不和，酋长尔虞我诈也。五臣刘良曰：“部落，谓种类也。携，亦离也。酋豪，魁帅也。猜，忌也。贰，谓贰心也。”《后汉书·南蛮西南夷传》：“其山有六夷、七羌、九氐，各有部落。”又《乌桓鲜卑列传》：“鲜卑邑落百二十部。”盖夷狄分部屯居，故谓之部落也。携离猜贰：《国语·周语上》：“内史过，曰：……国之将亡，其君贪冒、辟邪、淫佚、荒怠、粗秽、暴虐。其政腥臊（臭恶），馨香（黍稷）不登。其刑矫诬（以诈用法曰矫，加谋无罪曰诬。韦昭注），百姓携贰。”韦昭注：“携，离。贰，二心也。”

方当系颈蛮邸，悬首藁街。 五臣刘良曰：“蛮邸藁街，皆置蛮夷之馆也。”系颈：《史记·高祖本纪》：“秦王子婴（秦二世之兄子）素车白马，系颈以组，封皇帝玺符节，降轵道旁。”蛮邸藁街：《汉书·陈汤传》：“于是（甘）延寿、汤上疏（汉元帝）曰：……郅支单于，惨毒行于民，大恶通于天，臣延寿、臣汤（延寿武人，汤善属文，此疏是汤作）将义兵，行天诛。赖陛下神灵，阴阳并应，天气精明，陷陈克敌，斩郅支首及名王以下（斩郅支单于、阏氏、太子，名王以下千五百一十八级，生虏百四十五，降虏千余），宜县头槀街蛮夷邸间，以示万里，明犯强汉者，虽远必诛。”晋晋灼曰：“槀街，街名。蛮夷邸在此街也。邸，若今鸿胪客馆也。”

而将军鱼游于沸鼎之中，燕巢于飞幕之上， 李善引晋袁崧《后汉书》曰：“朱穆上疏曰：养鱼沸鼎之中，栖众鸟烈火之上，用之不时，必也燋烂。”（已见上）《左传》襄公二十九年：“吴公子札……自卫如（往也）晋，将宿于戚（卫孙文子之邑），闻钟声焉，曰：‘异哉！吾闻之也，辩（争也）而不德，必加于戮（孙文子林父以戚叛），夫子获罪于君，以在此（以戚如晋），惧，犹不足，而又何乐？夫子之在此也，犹燕之巢于幕上，君又在殡，（卫献公卒，未葬。《礼记·礼器》：“天子崩，七月而葬，……诸侯五月而葬，……大夫三月而葬。”）而可以乐乎？’遂去之。文子闻之，终身不听琴瑟。”（闻义而能改也）

不亦惑乎！

○此段动之以祸难，谓北魏将亡，而伯之寄身其间，亦危惑甚矣。

暮春三月，江南草长，杂花生树，群莺乱飞。 谢灵运《登池上楼》诗：“池塘生春草，园柳变鸣禽。”希范似由此化出，而音声文字，尤为谐婉，诚千古佳句也。钟嵘《诗品》

谓："丘诗点缀映媚，似落花依草。"文亦如之。

见故国之旗鼓，感平生于畴日，抚弦登陴， 音脾。 **岂不怆悢？** 五臣刘良曰："旗鼓，昔所用也。畴日，昔日也。抚，持也。弦，弓也。陴，城上女墙也。怆悢，悲恨也。"《魏志·臧洪传》："绍令洪邑人陈琳书与洪，喻以祸福，责以恩义。洪答曰：'……自还接刃，每登城勒兵，望主人（指袁绍）之旗鼓，感故友之周旋，抚弦搦（音诺）矢，不觉流涕之覆面也。'"（洪平生知己张超，为曹操所围，洪时为袁绍东郡太守，欲救超而绍不许，超卒族灭。洪由是怨绍，绝不与通。绍兴兵围之，历年不下）登陴：《左传》昭公十八年："晋之边吏让（责也）郑曰：'……今执事撊然（猛貌）授兵登陴。'"《说文》："陴，城上女墙。"怆悢：班彪《北征赋》："游子悲其故乡，心怆悢以伤怀。"《广雅》："怆悢，悲也。"

所以廉公之思赵将， 《史记·廉颇蔺相如列传》："廉颇者，赵之良将也。赵惠文王十六年，廉颇为赵将伐齐，大破之，取阳晋，拜为上卿，以勇气闻于诸侯。"《赵奢传》："赵惠文王卒，子孝成王立，七年，秦（白起将）与赵兵相距长平（赵邑），时赵奢已死，而蔺相如病笃，赵使廉颇将，攻秦，秦数败赵军，赵军固壁不战。秦数挑战，廉颇不肯。赵王信秦之间，秦之间言曰：'秦之所恶，独畏马服君赵奢之子赵括为将耳。"赵王因以括为将，代廉颇。蔺相如曰：'王以名使括，若胶柱而鼓瑟耳。括徒能读其父书传，不知合变也。'赵王不听，遂将之。赵括自少时学兵法，言兵事，以天下莫能当。尝与其父奢言兵事，奢不能难，然不谓善；括母问奢其故，奢曰：'兵，死地也，而括易言之，使赵不将括即已，若必将之，破赵军者必括也。’及括将行，其母上书言于王曰：‘……王终遣之，即有如不称，妾得无随坐乎？’王许诺。赵括既代廉颇，悉更约束，易置军吏。秦将白起闻之，纵奇兵佯败走，而绝其粮道，分断其军为二。士卒离心，四十余日，军饿，赵括出锐卒自搏战，秦军射杀赵括，括军败，数十万之众遂降秦，秦悉坑之。赵前后所亡凡四十五万。……居六年，赵使廉颇伐魏之繁阳，拔之。赵孝成王卒，子悼襄王立，使乐乘代廉颇，廉颇怒，攻乐乘，乐乘走，廉颇遂奔魏之大梁。……廉颇居梁久之，魏不能信用。赵以数困于秦兵，赵王思复得廉颇，廉颇亦思复用于赵。赵王使使者视廉颇尚可用否？廉颇之仇郭开，多与使者金，令毁之。赵使者既见廉颇，廉颇为之一饭斗米，肉十斤，被甲上马，以示尚可用。赵使还报王曰：‘廉将军虽老，尚善饭，然与臣坐，顷之三遗矢矣。’赵王以为老，遂不召。楚闻廉颇在魏，阴使人迎之。廉颇一为楚将，无功。曰：‘我思用赵人。’廉颇卒死于寿春。”

吴子之泣西河，人之情也。《史记·孙子吴起列传》：“吴起者，卫人也，好用兵，尝学于曾子。事鲁君，齐人攻鲁，鲁欲将吴起，吴起取齐女为妻，而鲁疑之。吴起于是欲就名，遂杀其妻，以明不与齐也。鲁卒以为将，将而攻齐，大破之。鲁人或恶吴起曰：‘……’鲁君疑之，谢吴起。吴起于是闻魏文侯贤，欲事之。文侯问李克曰：‘吴起何如人哉？’李克曰：‘起贪而好色，然用兵，司马穰苴（春秋时齐人）不能过也。’于是魏文侯以为将，击秦，拔五城。起之为将，与士卒最下者同衣食，卧不设席，行不骑乘，亲裹赢粮，与士卒分劳苦。卒有病疽者，起为吮之。……文侯以吴起善用兵，廉平，尽能得士心，乃以为西河守，以拒秦、韩。魏文侯既卒，起事其子武侯。武侯浮西河而下中流，顾而谓吴起曰：‘美哉乎山河之固！此魏国之宝也！’起对曰：‘在德不在险。’”《吕氏春秋·仲冬纪·长见篇》：“吴起治西河之外，王错谮之于魏武侯，武侯使人召之，吴起至于岸门，止车而望西河，泣数行而下。其仆谓吴起曰：‘窃观公之意，视释天下若释躧，今去西河而泣，何也？’吴起抿泣而应之曰：‘子不识。君知我，而使我毕能西河，可以王；今君听谗人之议，而不知我，西河之为秦取不久矣，魏从此削矣。’吴起果去魏入楚。有间，西河毕入秦，秦日益大，此吴起之所先见而泣也。”五臣李周翰曰：“思赵将，泣西河，皆人情也，无情，谓不思旧国。”

将军独无情哉？

想早励良规，自求多福。　五臣张铣曰：“言早勉励善图归梁，是多福也。”良规：《魏志·王朗传》：朗上疏，明帝诏报曰：“夫忠至者辞笃，爱重者言深。……钦纳至言，思闻良规。”多福：《诗·大雅·文王》：“永言配命，自求多福。”

〇此段动之以故国之情。五臣刘良曰：“北至寒，故以江南物色，旧乡之美感动之。”孙月峰曰：“感慨有风致，略似诗赋。”何义门曰：“暮春数语，令人移情，正与高台未倾光景相照。”暮春三月四句，与江文通《别赋》春草碧色四句，皆文字浅白，而韵味深长。非现代任何语体文所能及，盖不徒文字之美达于至极，而声音之工，尤为不可及也。

当今皇帝盛明，天下安乐。　扬雄《解嘲》：“今吾子幸得遭明盛（李善强改作盛明）之世，处不讳之朝。”《后汉书·顺帝纪》：“汉德盛明，福祚孔章。”谢灵运《拟魏太子邺中集诗》：“排雾属盛明，披云对清朗。”安乐：李善引《汉书》曰：“孝惠、高后时，天下安乐。”【案：《汉书·高后纪赞》曰：“孝惠、高后之时，海内得离战国之苦，君臣俱欲无为。故孝惠拱己，高后女主制政，不出房闼，而天下晏然（李善改作安乐），刑罚罕用，民务稼穑，衣食滋殖。”班孟坚几全本太史公】《国语·晋语四》：“民生安乐，谁知其它？”《荀子·王制篇》：“上以饰贤良，下以养百姓而安乐之。”《后汉书·南蛮西南夷传·莋都夷传》远夷乐德歌诗曰：“吏译传风，大汉安乐。”

白环西献，楛矢东来。 李善引《世本》曰：“舜时，西王母献白环及佩。”《家语·辩物篇》：“孔子在陈，陈惠公宾之于上馆。时有隼集陈侯之庭而死，楛矢贯之石砮（箭镞），其长尺有咫（八寸）。惠公使人持隼如孔子馆而问焉。孔子曰：‘隼之来远矣。此肃慎氏（东夷）之矢，昔武王克商，通道于九夷、百蛮，使各以其方贿来贡，而无忘职业。于是肃慎氏贡楛矢、石砮。其长尺有咫。”

夜郎、滇池，解辫 弼撚反。 **请职；** 《汉书·西南夷传》：“南夷君长以十数，夜郎最大。其西靡莫之属以十数，滇最大。（滇，颜师古音颠）……此皆椎结，……巂（音髓）、昆明编发。”（颜师古曰：“编，步典反。”）又云：“始，楚威王时，使将军庄蹻将兵循江上，略巴、黔中以西。庄蹻者，楚庄王苗裔也。蹻至滇池，方三百里，旁平地肥饶数千里，以兵威，定属楚，欲归报，会秦击夺楚巴、黔中郡，道塞不通，因乃以其众王滇。……滇王与汉使言：‘汉孰与（如也）我大?’及夜郎侯亦然。各自以一州王，不知汉广大。”

朝鲜、昌海，《史记·宋微子世家》：“于是武王乃封箕子于朝鲜而不臣也。”颜师古曰：“音潮仙，因水为名。”《汉书·朝鲜传》：“朝鲜王满，燕人。……秦灭燕，属辽东外徼。汉兴，……满亡命，聚党千余人，椎结蛮夷服而东走出塞，……王之。……会孝惠、高后天下初定，辽东太守即约满为外臣。”又《西域传》：“西域，以孝武时始通，本三十六国，其后稍分至五十余。……于阗在南山下，其河北流，与葱岭河合，东注蒲昌海（今新疆之罗布泊湖，一作罗卜诺尔湖）。蒲昌海，一名盐泽者也。去玉门、阳关三百余里（在玉门关之西），广袤三百里，其水亭居，冬夏不增减。”

蹶角受化。蹶角受化，顿首受教化也。《孟子·尽心下》：“武王之伐殷也，革车三百两，虎贲三千人，王曰：‘无畏！宁尔也。非敌百姓也。’若崩厥角稽首。”赵岐注：“百姓归周，若崩厥角，额角犀厥地，稽首拜命，亦以首至地也。”《汉书·诸侯王表》：“汉诸侯王厥角首。”应劭曰：“厥者，顿也。角者，额角也。”扬雄《羽猎赋》：“蹶，浮麋。”应劭亦云：“蹶，顿也。”是厥、蹶古字通，故李善以厥角注蹶角。蹶角，犹顿首也。”又稽乃䭫之假借字，《说文》作：“䭫，下首也。”康礼切。（“稽，留止也。”）

唯北狄野心，掘强沙塞之间，欲延岁月之命耳！ 五臣李周翰曰：“北狄，谓魏也。野心，谓如野兽之心。掘强，犹强梁也。延，引也。岁月，言不久也。”野心：《左传》宣公四年：“楚司马子良（令尹子文之弟），生子越椒，子文曰：‘必杀之。是子也，熊虎之状，而豺狼之声，弗杀，必灭若敖氏矣

（子文等乃楚君若敖之后）。谚曰："狼子野心。"是乃狼也，其可畜乎？'子良不可，子文以为大戚，及将死，聚其族曰：'椒也知政，乃速行矣，无及于难。'且泣曰：'鬼犹求食，若敖氏之鬼，不其馁而？'"《汉书·伍被传》："淮南王阴有邪谋，被数微谏。……被曰：'……东保会稽，南通劲越，屈强江、淮间，可以延岁月之寿耳，未见其福也。"

中军临川殿下， 李善引陈何之元《梁典》（三十卷，亡）曰："高祖即位，以宏为临川郡王，天监三年，以宏为中军将军。"《梁书·临川王宏传》："临川静惠王宏，字宣达，太祖第六子也。（萧顺之生十子，梁武第三，张皇后生。临川王宏第六，陈太妃生。梁武有天下，追尊其父为太祖）长八尺，美须眉，容止可观。……天监元年，封临川郡王。……三年，加侍中，进号中军将军。四年，高祖诏北伐，以宏为都督南、北兖、北徐、青、冀、豫、司、霍八州北讨诸军事。宏以帝之介弟，所领皆器械精新，军容甚盛，北人以为百数十年所未之有。……会征役久，有诏班师。"《南史·临川静惠王宏传》："军次洛口，前军克梁城。宏部分乖方，多违朝制。诸将欲乘胜深入，宏闻魏援近，畏懦不敢进，召诸将欲议旋师。吕僧珍曰：'知难而退，不亦善乎？'宏曰：'我亦以为然。'柳惔曰：'自我大众所临，何城不服？何谓难乎！'裴邃曰：'是行也，固敌是求，何难之避？'马仙琕曰：'王安得亡国之言！天子扫境内以属王，有前死一尺，无却生一寸。'昌义之怒，须尽磔曰：'吕僧珍可斩也。岂有百万之师，轻言可退。何面目得见圣主乎？'朱僧勇、胡辛生拔剑而起曰：'欲退自退，下官当前向取死。'议者已罢，僧珍谢诸将曰：'殿下昨来风动，意不在军；深恐大致沮丧，欲使全师而反。’又私裴邃曰：‘王非止全无经略，庸怯过甚。吾与言军事，都不相入。观此形势，岂能成功！’宏不敢便违群议，停军不前。魏人知其不武，遗以巾帼。……魏奚康生驰遣杨大眼谓元英曰：‘梁人自克梁城已后，久不进军，其势可见，当是惧我王，若进据洛水，彼自奔败。’元英曰：‘萧临川虽騃，其下有好将，韦（武）、裴（邃）之属，亦未可当。望气者言九月贼退，今且观形势，未可便与交锋。’……九月，洛口军溃，宏弃众走。……十七年，帝将幸光宅寺，有士伏于骠骑航，待帝夜出。帝将行，心动，乃于朱雀航过。事发，称为宏所使。帝泣谓宏曰：‘我人才胜汝百倍，当此（为天子）犹恐颠坠；汝何为者？我非不能为周公、汉文（周公诛管叔。汉文帝三年，济北王兴居反，虏之，自杀），念汝愚故。’宏顿首曰：‘无是无是。’于是以罪免。而纵恣不悛，奢侈过度，修第拟于帝宫。后庭数百千人，皆极天下之选。所幸江无畏，服玩侔于齐东昏潘妃，宝屧直千万。好食鲭鱼头，常日进三百，其佗珍膳，盈溢后房。食之不尽，弃诸道路。”

明德茂亲，兹戎重，《晋书·齐王冏传》河间王颙，表废齐王冏曰：“成都王颖，明德茂亲，功高勋重，往岁去就（讨赵王伦，功成不居），允合众望。宜为宰辅，代冏阿衡之任。”（时齐王冏以大司马辅政，不法已甚。阿衡，伊尹官号，《诗·商颂·长发》：“实维阿衡，实左右商王。”《郑笺》：“阿，倚。衡，平也。伊尹，汤所依倚而取平，故以为官名。”）《艺文类聚》引桓温《檄胡文》：“每惟国难，不遑启处。抚剑北顾，慨叹盈怀。寡人不德，忝荷戎重。”李善引宋何法盛《晋中兴书》桓温檄曰："幕府不才，忝荷戎重。"戎重，戎事重任也。《左传》成公十三年："国之大事，在祀与戎。"

吊民洛汭，伐罪秦中。 洛汭、秦中，指东西二京洛阳及长安也。吊民：《孟子·滕文公下》："诛其君，吊其民，如时雨降，民大悦。"伐罪：《书·大禹谟》："肆予以尔众士（禹伐有苗），奉辞伐罪，尔尚一乃心力，其克有勋。"洛汭，洛水之内也。《书·禹贡》："道河、积石，至于龙门；南至于华阴，东至于底柱，又东至于孟津，东过洛汭。"又《书·五子歌》："徯于洛之汭。"秦中：《汉书·娄敬传》："秦中新破，少民，地肥饶。"颜师古曰："秦中，谓关中，故秦地也。"

若遂不改，方思仆言。聊布往怀，君其详之。 五臣吕延济曰："仆，迟自称也。谓君因此书不改，后必困偪，方思我言也。聊，且也。往怀，谓此书也。详，审也。" **丘迟顿首**。

〇此段总结。谓梁武是明天子，中国太平，四夷宾服，只北魏未降耳；然今中军将军临川王宏北伐，北魏早晚必亡，希伯之速来归也。于光华曰："大意已尽，微示威德，再收紧一步，便觉立言有体。"

昭明太子《文选序》

杜甫《宗武生日》五言排律云："诗是吾家事，人传世上情。熟精《文选》理，休觅彩衣轻。"又《水阁朝霁简严云安》五古云："雨槛卧花丛，风床展书卷。钩帘宿鹭起，丸药流莺啭。呼婢取酒壶，续儿诵《文选》。"陆游《老学庵笔记》卷八："国初尚《文选》，当时文人专意此书。……方其盛时，士子至为之语曰：'《文选》烂，秀才半。'"《广注经史百家杂钞序》云："《经史百家杂钞》一书，为清末大儒曾国藩所纂。国藩字涤生，号伯涵，湖南湘乡人。……曾氏尝谓：'六经以外有七书，能通其一，即为成学；七者皆通，则间气所钟，不数数见也。七书者，《史记》、《汉书》、《庄子》、《韩文》、《文选》、《说文》、《通鉴》也。'"

《南史·梁武帝诸子传》："武帝八男，丁贵嫔生昭明太子统，……字德施，小字维摩，武帝长子也。以齐中兴元年九月，生于襄阳。武帝既年垂强仕（时年三十八。《礼记·曲礼》："四十曰强，而仕。"），方有冢嗣；时徐元瑜降，而续又荆州使至云：'萧颖胄暴卒。'时人谓之三庆。少日，而建邺平，识者知天命所集。天监元年十一月，立为皇太子。时年幼（两岁），依旧于内，拜东宫，官属文武，皆入直永福省。

五年五月庚戌，出居东宫。太子生而聪睿，三岁受《孝经》、《论语》，五岁遍读五经，悉通讽诵。性仁孝，自出宫，恒思恋不乐。帝知之，每五日一朝，多便留永福省，或五日三日乃还宫。八年九月（九岁）于寿安殿讲《孝经》，尽通大义。讲毕，亲临释奠于国学。年十二，于内省见，狱官将谳事，问左右曰：'是皂衣何为者？'曰：'廷尉官属。'召视其书，曰：'是皆可念，我得判否？'有司以统幼，绐之曰：'得。'其狱皆刑罪，上，统皆署杖五十。有司抱具狱，不知所为，具言于帝，帝笑而从之。自是数使听讼，每有欲宽纵者，即使太子决之。……十四年正月朔旦（十五岁），帝临轩，冠太子于太极殿。……太子美姿容，善举止。读书数行并下，过目皆忆。每游宴，祖道赋诗，至十数韵；或作剧韵，皆属思便成，无所点易。帝大弘佛教，亲自讲说。太子亦素信三宝，遍览众经。乃于宫内别立慧义殿，专为法集之所。招引名僧，自立《三谛法义》（三谛：空谛、假谛、中谛。一切万法皆无自性，故谓之空；皆有假相，故谓之假；空假不二，故谓之中）普通元年（天监十八年后改元）四月，甘露降于慧义殿，咸以为至德所感。时俗稍奢，太子欲以己率物，服御朴素，身衣浣衣，膳不兼肉。……七年十一月（二十六岁），贵嫔有疾，太子还永福省，朝夕侍疾，衣不解带。及薨，步从丧还宫，至殡，水浆不入口，每哭，辄恸绝。武帝敕中书舍人顾协宣旨曰：'毁不灭性，圣人之制。（《孝经·丧亲章》："子曰：孝子之丧亲也，哭不偯，礼无容，言不文。服美不安，闻乐不乐，食旨不甘，此哀戚之情也。三日而食，教民无以死伤生，毁不灭性，此圣人之政也。"）不胜丧，比于不孝。有我在，那得自毁如此！可即强进饮粥。’太子奉敕，乃进数合。自是至葬，日进麦粥一升。武帝又敕曰：‘闻汝所进过少，转就羸瘦。我比更无余病，政为汝如此，胸中亦填塞成疾。故应强加饘粥，不俟我恒尔悬心。’虽屡奉敕劝逼，终丧，日止一溢（一溢，为米一升二十四分升之一），不尝菜果之味。体素壮，腰带十围。至是，减削过半。每入朝，士庶见者，莫不下泣。太子自加元服，帝便使省万机，内外百司奏事者填塞于前，太子明于庶事，每所奏谬误巧妄，皆即辩析，示其可否，徐令改正。（《文心雕龙·程器篇》：“安有丈夫学文，而不达于政事哉！”）未尝弹纠一人，平断法狱，多所全宥，天下皆称仁。性宽和容众，喜愠不形于色。引纳才学之士，赏爱无倦。恒自讨论坟籍，或与学士商榷古今，继以文章著述，率以为常。于时东宫有书几三万卷，名才并集，文学之盛，晋、宋以来，未之有也。性爱山水，于玄圃穿筑，更立亭馆，与朝士名素者游其中。尝泛舟后池，番禺侯轨盛称此中宜奏女乐，太子不答，咏左思《招隐诗》云：‘何必丝与竹，山水有清音。’轨惭而止。出宫二十余年，不畜音声。……（中大通）三年三月，（普通七年后改元大通，二年后改元中大通）游后池，乘雕文舸，摘芙蓉，姬人荡舟，没溺而得出，因动股，恐贻帝忧，深诫不言。以寝疾闻，武帝敕看问，辄自力手书启。及稍笃，左右欲启闻，犹不许，曰：‘云何令至尊知我如此恶？’因便呜咽。四月乙巳暴恶，驰启武帝，比至，已薨，时年三十一。帝临哭尽哀，诏敛以衮冕，谥曰昭明。五月庚寅，葬安宁陵。诏司徒左长史王筠为哀册文，朝野惋愕，都下男女，奔走宫门，号泣满路。四方甿庶及疆徼之人，闻丧皆哀恸。……所著

《文集》二十卷，又撰古今典诰文言为《正序》十卷，五言诗之善者为《英华集》二十卷，《文选》三十卷（今为六十卷）。”

南宋王象之《舆地纪胜》卷八十二《京西南路·襄阳府古迹》有文选楼，引《旧图经》云：“梁昭明太子所立，以撰《文选》，聚才人贤士刘孝威、庾肩吾、徐防、江伯操、孔敬通、惠子悦、徐陵、王筠、孔烁、鲍至等十余人，号曰高斋学士。”近人高步瀛《文选李注义疏》云：“此说乃传闻之误。昭明为太子，当居建业，不应远出襄阳。考襄阳，于梁为雍州襄阳郡。《梁书·简文帝纪》（简文帝，昭明太子同母弟）曰：‘天监五年，封晋安王；普通四年，由徐州刺史雍、梁、南、北秦四州，郢州之竟陵，司州之随郡诸军事，雍州刺史。’《南史·庾肩吾传》曰：‘初为晋安王（即后之简文帝）国常侍，王每徙镇，肩吾常随府。在雍州，被命与刘孝威、江伯摇、孔敬通、申子悦、徐防、徐螭、王囿、孔铄、鲍至等十人，抄撰众籍，丰其果馔，号高斋学士。’是高斋学士，乃简文置，而非昭明置。则襄阳文选楼，即果为高斋学士集所，亦属简文遗迹，而无关昭明选文也。大抵地志所称之文选楼（如王象之《舆地纪胜》之类），多不足信。扬州文选楼，在今江苏江都县东南，或云曹宪以授生徒所居。（此说是。曹宪，见《旧唐书·儒学传》，扬州江都人。撰《文选音义》，甚为当时所重。教授诸生数百人。在李善前，年一百五岁卒）池州文选阁，在今安徽贵池县西，则后人因昭明太子祠而建者也。”宋王应麟《玉海》卷五十四引《中兴书目·文选》下原注云："子何逊、刘孝绰等选集。"高步瀛曰："此谓统与何逊、刘孝绰选集，而《梁书》、《南史》逊、孝绰传皆不言其事，未知何本。杨慎《升庵外集》卷五十二曰：'梁昭明太子聚文士刘孝威、庾肩吾、徐防、江伯操、孔敬通、惠子悦、徐陵、王囿、孔烁、鲍至十人，谓之高斋学士，集《文选》，今襄阳有文选楼，池州有文选台，未知何地为的。但十人姓名，人多不知，故特著之。'步瀛案：王象之《舆地纪胜》云云，升庵之说盖殆本此，而改王筠为王囿是也。然此说乃传闻之误，……升庵狃于俗说，不能据《南史》是正，而反诩十学士姓名人多不知，陋矣。"

宋王得臣《尘史》："（宋祁景文母）梦前朱衣人携《文选》一部与之，遂生景文，故小字选哥。"

何义门曰："此书于诗赋已综其要。赋祖《楚辞》，别有专集，故《骚》列诗后，仅标举大略。郊祀乐府，自为一体，事关制作，难复限以文章，遂从阙如。鲍、谢采录不遗，陶令独为隐逸之宗（《诗品》语），则具诸本集（《陶渊明集》为昭明太子所纂，并为之序）。至于众制，则嬴、刘（秦、汉）二代，聊示椎轮，当求诸史集。建安以降，大同（梁武帝年号。至大同元年，昭明太子卒已四年矣）以前，众论之所推服，时士之所赞仰，盖无遗憾焉。"

何念修曰："篇中叙诗赋详，叙各体略，作者之意，原重在诗赋也。详略中各见结构，亦是为此选道其先路者。"

式观元始，眇觌玄风。 于光华曰："元始，谓太古。玄风，谓淳风。"五臣张铣注："式，用也。眇，远也。觌，见也。言用视太初，远见玄风。"式：《尔雅·释言》："式，用也。"此张铣注所本。然《诗·邶风·式微》云："式微式微，胡不归?"《毛传》虽亦云："式，用也。"而《尔雅·释训》云："式微式微者，微乎微者也。"《郑笺》亦云："式微式微者，微乎微者也。……式，发声也。"北宋邢昺《尔雅疏》亦云："《郑笺》云：'式，发声也。'……不取用为义，故郑云发声也。"朱骏声《说文通训定声》："式，声之词。《传》训用，失之。"元始：指远古初民时，元始，犹太初、太始也。《易·系辞传上》："乾知太始，坤作成物。"《列子·天瑞篇》："有太易，有太初，有太始，有太素。太易者，未见气也；太初者，气之始也；太始者，形之始也；太素者，质之始也。"《易纬·乾凿度》："太初者，气之始；太始者，形之始；太素者，质之始。"《说文》："元，始也。从一，从兀。"（"兀，高而上平也。"）徐锴曰："元者，善之长也。（《乾文言》。长，是生长）故从一。"又《说文》："一，惟初太始（段玉裁改作极，不可从），道立于一，造分天地，化成万物。"觌：《易·丰卦》上六："窥其户，阒其无人，三岁不觌。"《说文·见部》无觌字，或偶脱之。《淮南子·主术训》："简子（赵鞅）欲伐卫，使史黯往觌焉。"东汉高诱注："觌，观之也。"玄风：《说文》："玄，幽远也。"《文选》晋庾亮《让中书令表》："弱冠濯缨，沐浴玄风。"昭明之玄风，是谓太古时之风气。

冬穴夏巢之时，茹毛饮血之世， 《易·系辞传下》："上古穴居而野处（即君巢），后世圣人（黄帝、尧、舜）易之以宫室，上栋下宇，以待风雨。”《礼记·礼运篇》：“昔者先王未有宫室，冬则居营窟，夏则居橧巢。未有火化，食草木之实、鸟兽之肉，饮其血，茹其毛。未有麻丝，衣其羽皮（鸟兽之羽皮）。”孔颖达疏：“饮其血茹其毛者，虽食鸟兽之肉，若不能饱者，则茹食其毛以助饱也。若汉时苏武以雪杂羊毛而食之，是其类也。”

世质民淳， 世风质朴，民俗淳厚。 **斯文未作。** 斯文：文学道艺之总称。《论语·子罕》：“天之未丧斯文也，匡人其如予何？”

逮乎伏羲氏之王天下也，始画八卦，造书契，以代结绳之政，由是文籍生焉。 《易·系辞传下》：“古者包牺氏之王天下也，仰则观象于天，俯则观法于地，观鸟兽之文，与地之宜，近取诸身（《咸》、《艮》二卦），远取诸物，于是始作八卦，以通神明之德，以类万物之情。作结绳而为罔罟，以佃以渔。”又曰：“上古结绳而治，后世圣人易之以书契，百官以治，万民以察。”孔安国《尚书序》起云：“古者伏牺氏之王天下也，始画八卦，造书契，以代结绳之政，由是文籍生焉。”【《列子·杨朱篇》：“太古至于今日，年数固不可胜纪；但伏羲已来，三十余万岁，贤愚、好丑、成败、是非，无不消灭，但迟速之间耳。”《易纬·辨终备》：“自伏羲已来，汉永和（顺帝）元年，凡四十万九千三百八十九岁。”（此汉顺帝时人所增）】书契：陆德明《经典释文》：“书者文字；契者，刻木而书其侧，故曰书契也。一云：以书‘契约’其事也。郑玄云：‘以书书木边言其事，刻其木谓之书契也。’”孔颖达《尚书疏》："知时造书契以代结绳之政者，……八卦画万物之象，文字书百事之名，故《系辞》曰：'仰则观象于天，俯则观法于地，观鸟兽之文，与地之宜，近取诸身，远取诸物，始画八卦。'是万象见于卦，然画亦书也，与卦相类，故知书契亦伏牺时也。……言结绳者，当如郑注云：'为约，事大大其绳，事小小其绳。'王肃亦曰：'结绳，识其政事。'是也。言书契者，郑云：'书之于木，刻其侧为契，各持其一，后以相考合。'……《韩诗外传》称：'古封泰山、禅梁甫者万余人，仲尼观焉，不能尽识。'又《管子》书称：'管仲对齐桓公曰：古之封太山者七十二家，夷吾所识，十二而已。'"（孔氏所引《韩诗外传》，今无，盖佚文也。《史记·封禅书》张守节《史记正义》引云："孔子升泰山，观易姓而王，可得而数者七十余人，不得而数者万数也。"又司马贞补《三皇本纪》引《韩诗》云："自古封太山，禅梁甫者，万有余家，仲尼观之，不能尽识。"又《管子·封禅篇》原亡，唐尹知章注《管子》，据《史记·封禅书》录补）文籍：孔颖达《尚书疏》云："《说文》云：'文者，物象之本也。'籍者，借也，借此简书，以记录政事，故曰籍。"又《左传》宣公十五年孔颖达疏引许慎《说文序》亦云："文者，物象之本。"今《说文序》："仓颉之初作书，盖依类象形，故谓之文。其后形声相益，即谓之字。（文者，物象之本）字者，言孳乳而浸多也。"原阙文者六字，据孔疏补。

《易》曰："观乎天文以察时变；观乎人文以化成天下。"见《易·贲卦·彖辞传》，孔颖达疏："言圣人观察人文，则《诗》、《书》、《礼》、《乐》之谓，当法此教而化成天下也。"

文之时义远矣哉！　五臣李周翰注：“美文功也。”《易·豫卦·彖辞传》：“豫之时义大矣哉！”孔颖达疏：“凡言不尽意者，不可烦文其说，且叹之以示情，使后生思其余蕴，得意而忘言（《庄子·外物》）也。”

○何义门曰：“序而似赋，序之变也。”于光华曰：“从未有文字说入，是原起。”此《序》李善不注。高步瀛曰：“以上言文章之由来。”

若夫椎轮为大辂之始，大辂宁有椎轮之质？冰为积水所成，积水曾微增冰之凛。何哉？　五臣吕向注：“椎轮，古栈车。【椎轮，盖轮之拙劣者，意或锯树身砧板然，空其中以穿轴也。桓宽《盐铁论·散不足篇》：“古者椎车无柔（无柔皮荐轮），栈舆无植（只架木而无车箱）。”椎车栈舆对举，则非一物也。《诗·小雅·何草不黄》：“有栈之车，行彼周道。”《毛传》：“栈车，役车也。”《说文》：“栈，棚也。竹木之车曰栈。”】大辂，玉辂。（辂，亦作路。《周礼·春官·巾车》：“王之五路：一曰玉路，……金路，……象路，……革路，……木路。”郑玄注：“玉路，以玉饰诸末。”贾公彦《春官·宗伯下·典路》疏引《书·顾命》郑注曰：“大路，玉路。”汉末刘熙《释名·释车》：“天子所乘曰玉辂，以玉饰车也。辂，亦车也，谓之辂者，言行于道路也。”）宁，安。质，朴。增，厚。积，深。曾，则。微，无。凛，冷也。言玉辂因椎轮生，增冰由积水成；然玉辂无质（已非椎轮之质朴），积水无寒（无所结坚冰之寒）。何哉，言何故如斯哉，盖自设疑问，以发后词。踵，继也。厉，严也。（严寒，谓冰）”《荀子·劝学篇》：“青，取之于蓝（《说文》：“蓝，染青草也。”），而青于蓝；冰，水为之，而寒于水。”《大戴礼·劝学篇》：“青取之于蓝，而青于蓝；水则为冰，而寒于水。”王引之《经传释词》：“曾，犹乃也。”《诗·邶风·式微》：“微君之故，胡为乎中露？”《毛传》：“微，无也。”《楚辞·招魂》：“魂兮归来，北方不可以止些。增冰峨峨，飞雪千里些。”凛，《说文》作癛，“癛，寒也。”

盖踵其事而华， 指玉辂。**变其本而加厉。** 指增冰。清孙志祖《文选考异》曰：“潘氏耒校，厉，改丽。”按：潘耒以上句华字，改下句之厉为丽；然此字是形容增冰，“厉”谓其严寒，改为华丽之丽，非。

物既有之，文亦宜然。随时变改，难可详悉。 张衡《西京赋》：“小必有之，大亦宜然。”五臣吕向注：“物，谓辂冰也。言因时变改，增加华厉，不可备知。”

〇于光华曰：“此段言文章之变。”高步瀛《文选李注义疏》：“以上文之随时变改。”

尝试论之曰：《诗序》云：“《诗》有六义焉：一曰风，二曰赋，三曰比，四曰兴，五曰雅，六曰颂。” 尝试论之：《庄子·齐物论》：“虽然，尝试言之，庸讵知吾所谓知之非不知邪？庸讵知吾所谓不知之非知邪？”郭象注：“以其不知，故未敢正言，试言之耳。”昭明尝试论之，亦谦辞也。五臣张铣注：“六义者，谓歌事曰风，布义曰赋，取类曰比，感物曰兴，政事曰雅，成功曰颂。各随作者之志名也。”《周礼·春官·宗伯下大师》：“教六诗：曰风，曰赋，曰比，曰兴，曰雅，曰颂。”郑玄注：“风，言圣贤治道之遗化也。赋之言铺，直铺陈今之政教善恶。比，见今之失，不敢斥言，取比类以言之。兴，见今之美，嫌于媚谀，取善事以喻劝之。雅，正也，言今之正者，以为后世法。颂之言诵也，容也。（《说文》：“颂，皃也。額，籀文。”“容，盛也。”）诵今之德广以美之。”又引郑司农云：“比者，比方于物也。兴者，托事于物也。”子夏《毛诗序》：“故《诗》有六义焉：一曰风，二曰赋，三曰比，四曰兴，五曰雅，六曰颂。”

至于今之作者，异乎古昔。古《诗》之体，今则全取赋名。 五臣刘良注：“言今之述作者，诗赋殊体，不同古《诗》，随志立名者也。”昭明意谓今之作者以赋别作，自成一宗，不同古者之以赋为诗之一体也。班固《两都赋序》：“赋者，古《诗》之流也。”《文心雕龙·诠赋篇》：“《诗》有六义，其二曰赋。赋者铺也，铺采摛文，体物写志也。……及灵均唱《骚》，始广声貌。然赋也者，受命（名也）于《诗》人，拓宇于《楚辞》也。于是荀况《礼》、《智》（见《荀子·赋篇》），宋玉《风》、《钓》（《风赋》入《文选》，《钓赋》见《古文苑》），爰锡名号，与《诗》画境。六义附庸，蔚成大国。述客主以首引，极声貌以穷文。斯盖别《诗》之原始，命（名也）赋之厥初也。”

荀、宋表之于前，贾、马继之于末。《荀子·赋篇》有赋六篇，《成相篇》有赋五篇，共十一篇。（《汉志》云十篇，恐误）宋玉赋：《汉志·诗赋略·屈原赋》之属著录《宋玉赋》十六篇。《贾谊赋》七篇，《司马相如赋》二十九篇。

自兹以降，源流实繁。

述邑居，则有《凭虚》、《亡是》之作；戒畋游，则有《长杨》、《羽猎》之制。 张衡《西京赋》：“有凭虚公子者（吴薛综注：“凭，依托也。虚，无也。言无有此公子也。”），心奓体忲，雅好博古，学乎旧史氏（太史掌图典者也），是以多识前代之载，言于安处先生。”（薛综注：“安处，犹乌处，若言何处，亦谓无此先生也。”）李善补注：“时天下太平日久（安帝时），自王侯以下，莫不逾侈。衡乃拟班固《两都》，作《二京赋》，因以讽谏，十年乃成。”司马相如《上林赋》：“亡是公听然而笑曰：楚则失矣，而齐亦未为得也。”其前篇《子虚赋》起云：“楚使子虚使于齐，王悉发车骑，与使者出畋，畋罢，子虚过奼（夸也）乌有先生，亡是公存焉。”李善补注（原是郭璞注）：“以子虚，虚言也，为楚称；乌有先生，乌有此事也，为齐难；亡是公者，亡是人也。”扬雄《羽猎赋序》：“孝成帝时（元延二年冬十二月），羽猎（士卒负羽箭而畋猎），雄从，以为昔在二帝三王，宫馆台榭（无壁之亭），沼池苑囿，林麓薮泽，财足以奉郊（祭天）庙（祭祖），御宾客，充庖厨而已；不夺百姓膏腴谷土桑柘之地，女有余布，男有余粟（《孟子·滕文公下》：“以羡补不足，则农有余粟，女有余布。”），国家殷富，上下交足。……武帝广开上林，……营建章、凤阙、神明（台名）、驭娑，……游观侈靡，穷妙极丽。虽颇割其三垂（西、南、东）以赡齐民（平民）；然至羽猎，甲车戎马，器械储偫（直矣切。储物待用），禁御所营，尚泰，奢丽夸诩（大也），非尧、舜、成汤、文王三驱之意也。【《易·比卦》九五：“王用三驱（网开一面），失前禽。邑人不诫，吉。”】又恐后世复修前好，不折中以泉台（鲁庄公筑，文公毁之。《公羊传》讥云："先祖为之，而毁之？勿居而已。"雄意欲成帝但保存武帝时宫观足矣，勿效其奢侈也)，故聊因校猎赋以风之。"又《长杨赋序》："明年（元延三年)，上将大夸胡人以多禽兽（纵胡客大猎)，……是时农民不得收敛（秋时)，雄从至射熊馆（在长杨宫)，还，上《长杨赋》。聊因笔墨之成文章，故借翰林以为主人（笔)，子墨为客卿（墨也）以风。"

若其纪一事，咏一物，风云草木之兴，鱼虫禽兽之流。推而广之，不可胜载矣。 五臣张铣曰："言纪事咏物，其流既广，不可尽载于此也。"

〇于光华曰："此段序诗赋之由（实止序赋)。"高步瀛《文选李注义疏》："以上赋。"

又楚人屈原，含忠履洁，君匪从流，臣进逆耳。深思远虑，遂放湘南， 五臣张铣曰："言屈原秉节忠谅，思虑深远，屡进逆耳。时君不能从谏如流，遂遭放湘水之南。"从流：《书·秦誓》："责人斯无难，惟受责俾如流，是惟艰哉！"又《左传》昭公十三年叔向曰："齐桓，……从善如流，下善齐肃（齐庄敬肃)，不藏贿（财也)，不从欲，施舍不倦，求善不厌，是以有国，不亦宜乎？"逆耳：刘向《说苑·正谏篇》："孔子曰：良药苦于口，利于病；忠言逆于耳，利于行。故武王谔谔而昌（其臣高声直谏)，纣嘿嘿而亡。君无谔谔之臣，父无谔谔之子，兄无谔谔之弟，夫无谔谔之妇，士无谔谔之友，其亡可立而待。"《家语·六本篇》："孔子曰：良药苦于口而利于病，忠言逆于耳而利于行。汤、武以谔谔而昌，桀、纣以唯唯而亡。”《史记 · 留侯世家》：“沛公入秦宫，宫室帷帐狗马重宝妇女以千数，意欲留居之。樊哙谏沛公出舍，沛公不听。良曰：‘夫秦为无道，故沛公得至此。夫为天下除残贼，宜缟素为资（俭素为用）。今始入秦，即安其乐，此所谓助桀为虐。且忠言逆耳利于行，毒药苦口利于病，愿沛公听樊哙言。’沛公乃还军霸上。”又《淮南王安传》安孙建以元朔六年上书于天子曰：“毒药苦于口，利于病；忠言逆于耳，利于行。”

耿介之意既伤，壹郁之怀靡愬。　五臣吕向曰：“耿介，忠烈也。壹郁，忧思也。靡，无也。言无所申愬。”《离骚》：“彼尧、舜之耿介兮，既遵道而得路。”王逸注：“耿，光也。介，大也。”又宋玉《九辩》：“独耿介而不随兮，愿慕先圣之遗教。”王逸注：“（耿介）执节守道，不倾枉也。”《韩非子 · 五蠹》：“人主不除此五蠹之民，不养耿介之士，则海内虽有破亡之国，削灭之朝，亦勿怪矣。”《楚辞》东方朔《七谏 · 哀命》：“恶耿介之直行兮，世溷浊而不知。”《后汉书 · 王符传》：“符独耿介不同于俗，……乃隐居著书三十余篇，……故号曰《潜夫论》。”又《后汉书 · 逸民传序》：“处子耿介，羞与卿相等列。”则耿介是坚刚贞烈也。壹郁：贾谊《吊屈原文》：“已矣！国其莫我知兮，独壹郁其谁语？”

临渊有怀沙之志，吟泽有憔悴之容。　五臣刘良曰：“原既放逐，怀石将自沉于水，故作《怀沙》赋以见志。初，原行吟泽畔，颜色憔悴也。”（屈原《渔父》：“屈原既放，游于江潭，行吟泽畔，颜色憔悴，形容枯槁。”）《怀沙》，屈原《九章》之第五篇，《史记 · 屈原列传》独载此篇。王逸《楚辞章句》：“太史公曰：‘乃作《怀沙》之赋，遂自投汨罗以死。’原所以死，见于此赋，故太史公独载之。”

骚人之文，自兹而作。 谓以后两汉辞赋家所效屈原作品而成之骚体，皆祖述屈原也。《文选》于骚别立一体，徐选录屈原、宋玉之作外，只选有刘安之《招隐士》一篇而已。

○于光华曰：“此段序骚。”何义门曰：“骚人之作，亦谓之赋。故《汉志》载《屈原赋》二十五篇。荀、宋并世，贾、马代兴，皆是物也（指赋）。二条叙致，殊近讹杂。”高步瀛《文选李注义疏》：“以上骚。案：骚即赋也。昭明析而二之，颇为后人所讥。……然观此《序》，则骚赋同体，昭明非不知之，特以当时骚赋已分，故聊从众耳。”（案：《文心雕龙》亦《辨骚篇》与《诠赋篇》析而为二）

诗者，盖志之所之也。情动于中，而形于言。 子夏《毛诗序》：“诗者，志之所之也。在心为志，发言为诗。情动于中，而形于言。言之不足，故嗟叹之；嗟叹之不足，故咏歌之；咏歌之不足，故不知手之舞之，足之蹈之也。”《礼记·乐记》：“情动于中，故形于声。”又曰：“故歌之为言也，长言之也。说之，故言之。言之不足，故长言之（即咏歌）；长言之不足，故嗟叹之；嗟叹之不足，故不知手之舞之，足之蹈之也。”

《关雎》、《麟趾》，正始之道著； 《周南》由《关雎》至《麟趾》，共十一篇。子夏《毛诗序》：“然则《关雎》、《麟趾》之化，王者之风。”又曰：“《周南》、《召南》，正始之道，王化之基。”正始：孔颖达疏：“正其初始之大道。”

桑间、濮上，《礼记·乐记》："郑、卫之音，乱世之音也，比于慢矣；桑间、濮上之音，亡国之音也。其政散，其民流，诬上行私而不可止也。"郑玄注："濮水之上，地有桑间者，亡国之音于此之水出也。……桑间在濮阳南（在河南省）。"《韩非子·十过篇》（西汉博士褚少孙补《史记·乐书》本此）："昔者卫灵公将之晋，至濮水之上，税车而放马，设舍以宿。夜分，而闻鼓新声者而说之，使人问，左右尽报弗闻。乃召师涓而告之曰：'有鼓新声者，使人问，左右尽报弗闻，其状似鬼神，子为我听而写之。'师涓曰：'诺。'因静坐抚琴而写之。师涓明日报曰：'臣得之矣，而未习也，请复一宿习之。'灵公曰：'诺。'因复留宿。明日而习之，遂去之晋。晋平公觞之于施夷之台，酒酣，灵公起，公曰：'有新声，愿请以示。"平公曰：'善。'乃召师涓，令坐师旷之旁，援琴鼓之。未终，师旷抚止之，曰：'此亡国之声，不可遂（竟也）也。'平公曰：'此道奚出?'师旷曰：'此师延之所作，与纣为靡靡之乐也。及武王伐纣，师延东走，至于濮水而自投，故闻此声者，必于濮水之上。先闻此声者，其国必削，不可遂。'"

亡国之音表。五臣吕延济曰："表，出也。"

故《风》、《雅》之道，粲然可观。以上周诗。**自炎汉中叶，厥涂渐异。退傅有《在邹》之作，降将著河梁之篇。四言五言，区以别矣**。五臣李周翰曰："汉火德，故称炎。武帝居十二帝之中，故称中叶（叶，世也）。言文章渐殊于古。退傅，谓韦孟，傅楚元王孙戊，作四言诗讽王，自此始也。降将，谓李陵降匈奴，苏武别河梁上，作五言诗，自此始也。是区分也。”炎汉：《后汉书·光武纪赞》：“炎正中微，大盗移国。”章怀太子李贤注：“汉以火德王，故曰炎正。”《魏志》卷十九《陈思王植传》：“受禅炎汉，君临万邦。”（《责躬诗》。《文选》炎作于）中叶：《诗·商颂·长发》：“昔在中叶，有震且业。”《毛传》：“叶，世也。”韦孟：见《汉书》卷七十三《韦贤传》：“韦贤，字长孺，鲁国邹人也。其先韦孟，家本彭城，为楚元王傅，傅子夷王及孙王戊。戊荒淫不遵道，孟作诗风谏，后遂去位。徙家于邹，又作一篇。其谏诗曰：‘……’孟卒于邹。”韦孟《风谏》诗，四言，《文选》入“劝励类”。此诗不避讳，共六邦字，及“负载盈路”一盈字，惠帝讳也。故洪迈《容斋随笔》以为李陵《与苏武诗》“独有盈觞酒，与子结绸缪”之盈字为惠帝讳，而陵不避，断为后人拟作。徒逞小智，甚无谓也。《文选·杂诗上》李陵《与苏武诗》三首之三起云：“携手上河梁（《说文》：“梁，水桥也。”），游子暮何之?”故云降将著河梁之篇。区以别矣：《论语·子张》子夏曰：“譬诸草木，区以别矣。”区，类也。

又少则三字，多则九言，各体互兴，分镳并驱。 五臣吕向注：“《文始》（于光华引《文选音义》曰：“案，向注《文始》，谓任昉《文章始》。任昉有《文章缘起》一卷）三字起夏侯湛，九言出高贵乡公。言此以上，各执一体，互有兴作；亦犹镳辔虽异，驰骛乃同。镳，辔。并，排也。”于光华又曰：“九言，向注并指通体，故不与《毛诗疏》同然。汉高祖唐山夫人《安世房中歌》已通体三字。”高步瀛《文选李注义疏》：“《隋书·经籍志·总集》有《文章始》一卷，注曰：

‘姚察撰。（在《文心雕龙》后，则姚察盖梁人，不得前于任昉也）梁有《文章始》一卷，任昉撰。’未知向注所称《文始》即此等书否？《毛诗·关雎》章后孔疏曰：‘诗之见句，少不减二，（案：实有一言者，《郑风·缁衣》：“缁衣之宜兮，敝，予又改为兮。适子之馆兮，还，予授子之粲兮。”敝、还二字，本皆句绝，此一言也）即“祈父”、“肇禋”之类也。【《小雅·祈父》：“祈父，予，王之爪牙。”（予应断句，亦一言也）《周颂·维清》：“维清缉熙，文王之典，肇禋。（始祀也）”此外如《小雅·鱼丽》：“鱼丽于罶，鲿鲨。君子有酒，旨且多。”一章之中，二三四言皆有，且单句（鱼丽于罶，君子有酒）亦叶韵也】三字者，“绥万邦”、“娄丰年”之类也。【《周颂·桓》：“绥万邦，娄丰年。”此外极多，如《召南·江有汜》：“江有汜，之子归，不我以。不我以，其后也悔。”《郑风·大叔于田》：“叔于田，乘乘马”，“叔于田，乘乘黄”，“叔于田，乘乘鸨（乌骢）”。《唐风·山有枢》：“山有枢，隰有榆”，“山有栲，隰有杻”，“山有漆，隰有栗”。又《椒聊》：“椒聊且，远条且!”又《葛生》：“夏之日，冬之夜”，“冬之夜，夏之日”。等等皆是也】四字者，“关关雎鸠”、“窈窕淑女”之类也。五字者，“谁谓雀无角？何以穿我屋”之类也。【见《召南·行露》：“谁谓女无家？何以速我狱。”下章云：“谁谓鼠无牙？何以穿我墉？谁谓女无家？何以速我讼？”故《文心雕龙·明诗篇》论五言诗云“《召南·行露》，始肇半章”也。此外亦甚多，《郑风·女曰鸡鸣》：“知子之来之，杂佩以赠之。知子之顺之，杂佩以问之。知子之好之，杂佩以报之。”《小雅·北山》：“或不知叫号，或惨惨劬劳。或栖迟偃仰，或王事鞅掌”；“或湛乐饮酒，或惨惨畏咎。或出入风议，或靡事不为”。《大雅·绵》：“肆不殄厥愠（肆，故今也。殄，灭也。厥愠，指昆夷之怒），亦不陨厥问（问，声望）”及“虞、芮质厥成，文王蹶厥生（起其善心）。予曰有疏附（率下亲上），予曰有先后（相道前后），予曰有奔奏（音走。喻德宣誉），予曰有御侮”。等等皆是也】六字者，“昔者先王受命，有如召公之臣”之类也。【此二句未见，不知孔氏何本？六言亦甚多，如《豳风·七月》“五月斯螽动股，六月莎鸡振羽”及“六月食郁（棣）及薁，七月亨葵及菽”。《小雅·雨无正》：“谓尔迁于王都（居者挽去者），曰予未有室家（去者答居者）。”皆是也】七字者，“如彼筑室于道谋”【《小雅·小旻》。下句是“是用不溃（遂也）于成”】、“尚之以琼华乎而”之类也。（见《齐风·著》篇。上两句是“俟我于著乎而，充耳以素乎而”）八字者，“十月蟋蟀入我床下”（《豳风·七月》）、“我不敢效我友自逸”是也。（《小雅·十月之交》篇）其外更不见九字十字者。挚虞《流别论》（亡）云：“《诗》有九言者，‘泂酌彼行潦挹彼注兹’是也。”（《大雅·泂酌》篇。原是“泂酌彼行潦，挹彼注兹”）遍检诸本，皆云：《泂酌》五章，章五句。则以为二句也。颜延之（见其《庭诰》）云：“诗体本无九言者，将由声度阐缓，不协金石。”（《庭诰》云：“《柏梁》以来，继作非一，所纂至七言而已。九言不见者，将由声度阐诞，不协金石。”）仲洽（挚虞字）之言，未可据也。’何焯据孔氏此《疏》谓：‘杂言之体，亦当自八而止。’（《义门读书记》无此二句，乃姚范引）姚范《援鹑堂笔记》卷三十七引何氏又云：‘少则三字，多则九言，本挚氏之论也。有三言、四言、五言、六言、七言、八言、九言。《古诗》率以四字为体，而时以一句二句杂在四言之间，后世演之，遂以为篇也。后复云“三言八字之文”，（此《序》下“答客指事之制，三言八字之文”）则元嘉以后，取裁颜氏者也。’又云：‘宋谢庄《明堂乐歌》：《青帝》：三言，依木数（原注也。寅卯木，三八合）；《白帝》：九言，依金数（亦原注。申酉金，四九合）；其他《赤帝》：七言，依火数（亦原注。巳午火，二七合）；《黄帝》：五言，依土数（亦原注。辰戌丑未土，五与十合也）；《黑帝》：六言，依水数（亦原注。亥子水，一与六合也）。此但举多少相悬者以包之。’……以上诗。”

○于光华曰：“此段叙诗。”高步瀛《文选李注义疏》：“以上诗。”

颂者，所以游扬业，褒赞成功。 五臣吕向曰：“游扬，揄扬也。”《史记·季布传》曹邱生揖季布曰：“仆游扬足下之名于天下，顾不重邪？何足下距仆之深也！”班固《典引》：“伏惟相如《封禅》，靡而不典；扬雄《美新》，典而亡实。然皆游扬后世，垂为旧式。”《魏志·许褚传》：“帝思褚忠孝，下诏褒赞。”《诗大序》：“《颂》者，美盛德之形容，以其成功，告于神明者也。”

吉甫有穆若之谈，季子有至矣之叹。 《诗·大雅·烝民序》：“《烝民》，尹吉甫（周宣王卿士）美宣王也。任贤使能，周室中兴焉。”其末章（共八章）后四句（共八句）云：“吉甫作诵（通颂），穆如清风。仲山甫（樊侯）永怀，以慰其心。”《毛传》：“清微之风，化养万物者也。”《郑笺》：“穆，和也。吉甫作此，工歌之，诵其调和人之性，如清风之养万物然。”又《大雅·崧高》末章末四句云：“吉甫作诵，其诗孔硕。其风肆（长也）好，以赠申伯（亦宣王卿士）。”穆若，犹穆如。季子有至矣之叹：《左传》襄公二十九年：“吴公子札来聘，……请观于周乐，使工为之歌……《颂》，曰：‘至矣哉！……盛德之所同（三颂皆同）。’”

舒布为诗，既言如彼； 谓尹吉甫之作也。 **总成为颂，又亦若此。** 谓在《文选》中之作颂者。若此，《昭明太子集》作“若斯”。五臣刘良曰：“舒布，犹张设也。如彼，谓吉甫也。总成，谓总括而成也。若此，谓今之歌颂也。”高步瀛《文选李注义疏》：“如彼，指古《诗》之颂；若此，指令颂赞之颂。盖颂本六义之一，今于诗外自成一体，亦犹赋本六义之一，今则分诗为赋也。”

〇于光华曰：“此段序颂。”高步瀛《文选李注义疏》：“以上颂。”

次则箴兴于补阙，戒出于弼匡。 五臣李周翰曰：“箴，所以攻疾防患，亦犹鍼石之鍼，以疗疾也。戒，警。弼，辅。匡，正也。言可以补阙辅正。”高步瀛曰：“《文心雕龙·铭箴篇》曰：‘箴者,鍼也。所以攻疾防患，喻箴石也。’又《诏策篇》曰：‘戒者，慎也。’又案此下诸体，分见各体标题下，此从略。”今《文选·箴》类选有张茂先（华）《女史箴》一首。而《后汉书·列女传·曹世叔妻》有《女诫》七篇，未在《文选》中。补阙：《诗·大雅·烝民》：“衮职有阙，维仲山甫补之。”太史公《报任少卿书》：“次之又不能拾遗补阙，招贤进能，显岩穴之士。”

论则析理精微，铭则序事清润。 五臣刘良曰：“析，分也。谓论之体也，论则分别精微；铭则述其功美，使可称名也。”高步瀛曰：“《释名·释典艺》曰：‘论，伦也，有伦理也；铭，名也，述其功美，使可称名也。’”今《文选》有《论一》、《论二》、《论三》、《论四》、《论五》，由贾谊《过秦论》至刘孝标《广绝交论》，共十四篇。又有《史论上》、《史论下》共九篇。《铭》类有班孟坚《封燕然山铭》等共五篇。陆士衡《文赋》：“诗，缘情而绮靡；赋，体物而浏亮。碑，披文以相质；诔，缠绵而凄怆。铭，博约而温润；箴，顿挫而清壮。颂，优游以彬蔚；论，精微而朗畅。奏，平彻以闲雅；说，炜晔而谲诳。”

美终则诔发，图像 《集》作象。 **则赞兴**。 五臣吕延济曰：“诔，累也。有功业而终者，累其功而记之。若有德者，后世图画其形，为文以赞美也。”高步瀛曰：“《释名·释典艺》曰：‘诔，累也。累列其事而称之也。’‘称人之美曰赞。赞，纂（应是篹字）也。纂集其美而叙之也。’”今《文选》有《诔上》、《诔下》，由曹子建《王仲孙诔》至刘宋谢希逸（庄）《宋孝武宣贵妃诔》共八篇。赞，有夏侯孝若（湛）《东方朔画赞》及袁彦伯（宏）《三国名臣序赞》两篇。又有《史述赞》四篇。

又诏诰教令之流，表奏笺记之列。 五臣吕向曰：“诏者，照也。照人之暗，使见事宜。诰者，告也。告喻令晓。教者，效也。言上为下效。令，领也。领之使不相干犯。表者，思于内以表于外。奏，进也。笺，表饰也。记之言志也。”高步瀛曰：“《释名·释典艺》曰：‘诏，照也，昭也。人暗不见事宜，则有所犯，以此照示之，使昭然知所由也。’又《释书契》曰：‘上敕下曰告，告，觉也。使觉悟知己意也。’案：告、诰字通。《太平御览·文部》引《春秋元命苞》曰：‘天垂文，象人行其事，谓之教。教，效也。言上为而下效也。’”《文心雕龙·诏策篇》曰：‘教者，效也。言出而民效也，王侯称教。’《释名·释典艺》曰：‘令，领也。理领之不得相犯也。又《释书契》曰：‘下言于（于字据《广韵》引补）上曰表，思之于内，表施于外也。’‘奏，邹也。邹，狭小之言也。’（毕沅《释名疏证》引段玉裁曰：“邹，即《史记》、《汉书》之所云鲰生，鲰者，浅，鲰即狭小也。”）《文心雕龙·奏启篇》曰：‘奏者，进也。言敷于下，情进于上也。’又《书记篇》曰：‘笺者表也，表识其情也。’《释名·释典艺》曰：‘记，纪也，纪识之也。’”

书誓符檄之品，吊祭悲哀之作。 五臣张铣曰：“书者，如也。（出《说文序》）序言如意曰书。诸侯约信曰誓。符，孚也（本《文心雕龙》，见下）。征召防伪，事资中孚。檄者，皦也。（《说文》：“檄，二尺书。”胡狄切。“皦，玉石之白也。”古了切）喻彼令皦然明白。吊，问也。祭，祀也。悲，盖伤痛之文也。哀者，亦爱念之辞。”高步瀛曰：“《文心雕龙·书记篇》曰：‘书者，舒也。舒布其言，陈之简牍。’又《祝盟篇》曰：‘在昔三王，诅（音注，誓约）盟不及，时有要誓，结言而退。’《释名·释书契》曰：‘符，付也。书所敕命于上，付使传行之也；亦言赴也，执以赴君命也。’《文心雕龙·书记篇》曰：‘符者，孚也。征召防伪，事资中孚（张铣所本）。三代玉瑞，汉世金竹。末代从省，易以书翰矣。’《释名·释书契》曰：‘檄，激也（如流水之急激）。下官所以激迎其上之书文也。’《文心雕龙·檄移篇》曰：‘檄者，皦也。宣露于外，皦然明白也。’又《哀吊篇》曰：‘吊者，至也。《诗》云：“神之吊矣。”（今《小雅·天保》吊读若的，“神之吊矣，诒尔多福”）言神至也。’《春秋繁露·祭义篇》曰：‘祭者，察也。以善逮鬼神之谓也。’又曰：‘祭之为言际也。（人神人鬼之际）’《说苑·权谋篇》曰：‘祭之为言索也。（求其魂兮归来）’《文心雕龙·哀吊篇》曰：‘哀者，依也。悲实依心，故曰哀也。’”

答客指事之制，三言八字之文。 五臣吕延济曰：“答客，东方朔《答客难》。指事，《解嘲》之类。三言，谓汉武《秋风辞》（无稽）。八字，谓魏文帝乐府诗（亦无稽）。”三言八字之文，高步瀛亦未得之。案：指事，《史记·老庄申韩列传》：“庄子……其著书十余万言，大抵率寓言也。……皆空语无事实。然善属书离辞，指事类情。”指事，即《文选·设论》之类。吕延济举《解嘲》无误。近人骆鸿凯撰《文选学》，妄谓：“指事盖《七类》，如《七发》，说七事以发太子是也。”绝非。三言八字：非三言诗八言诗也。三言，是“当涂高”及“音之于”之类是也。《后汉书·袁术传》：“少见谶书，言代汉者‘当涂高’，自云名字应之（名术，字公路。术，邑中道也），又以袁氏出陈为舜后，以黄代赤，德运之次，遂有僭逆之谋。”李贤注：“当涂高者，魏也。然术自以术及路皆是涂，故云应之。”又《魏志·文帝纪》裴松之注引

《献帝传》:“太史丞许芝，条魏代汉，见谶纬于魏王（曹丕）曰:‘……故白马令李云上事曰:“许昌气见于当涂高。当涂高者，当昌于许，当涂高者，魏也。（《说文》魏字本作巍，今写作巍，无魏字）象魏者，两观阙是也。当道而高大者魏，魏当代汉。’”音之于:《南齐书·祥瑞志》:“《尚书中候·仪明篇》曰:‘仁人杰出，握表之象，曰:“角姓合，音之于。”’苏偘（音侃）云:‘萧，角姓也（萧入声为削，削角为韵），又八音之器有箫管也。’史臣曰:案晋光禄大夫何祯解‘音之于为曹字，谓魏氏也’。”“当涂高”、“音之于”，此三言之文也。八字:《后汉书·五行志》:“世祖建武六年，蜀童谣曰:‘黄牛白腹，五铢当复。’是时公孙述僭号于蜀，时人窃言王莽称黄（王莽自以为以土旺，公孙述自以为以金旺），述欲继之，故称白；五铢，汉家货，明当复也。”此八字之文也。

篇辞引序，碑碣志状。　五臣吕延济曰:“篇，犹偏也（谓侧重。孔颖达解为周遍之遍，见下）。偏述一章之事。辞，犹思也，寄辞以遣思。（漏解引字）序，舒也。舒其物理。碑，披也。披载其功美也。碣，杰也。亦碑类（方者碑，圆者碣）。志记其年代，状摹其德行。”高步瀛曰:“案:《论衡·书说篇》曰:‘著文为篇。’《诗·关雎》章后孔疏曰:‘篇者，遍也。言出情铺，事明而遍者也。’与济注义异。又诸子之篇，昭明不录。方廷珪《文选集成》谓:‘篇，指本书《乐府》曹子建《美女》、《白马》、《名都》等篇。’未知是否?‘辞’为‘词’之借字，《说文》曰:‘词，意内而言外也。’（即寄托。言在耳目之内，情寄八荒之表）《释名·释典艺》曰：‘词，嗣也。令撰善言相续嗣也。’方廷珪以本书《秋风辞》、《归去来辞》当之，是也。方氏又谓：引指《乐府》曹子建《箜篌引》。案，《琴操》有《列女引》、《伯姬引》、《贞女引》、《思归引》、《霹雳引》、《走马引》、《箜篌引》、《琴引》、《楚引》，凡九。本书《长笛赋》注曰：‘引，亦曲也。’然未知此《序》所谓‘引’，果指此等否？又本书有《典引》。方熊《文章缘起补注》曰：‘《典引》实为《符命》之文，非以引为文之一体。’则不得以《典引》当之矣。序，已见前。（《文选序》下曰：“序乃叙之借字。《尔雅·释诂》曰：‘叙，绪也。’《说文》曰：‘叙，次第也。’《释名·释典艺》曰：‘叙，杼也。杼泄其实，宣见之也。’案：杼，舒之借字。”）《释名·释典艺》曰：‘碑，被也。此本王葬时所设也。施其辘轳，以绳被其上，以引棺也。臣子追述君父之功美，以书其上，后人因焉。无故建于道陌之头，显见之处，名其文，就谓之碑也。’《后汉书·窦宪传》李贤注曰：‘方者谓之碑，圆者谓之碣。’《封氏闻见记》曰：‘碣，亦碑之类也。……然则物有标榜，皆谓之楬。其字本从木，后人以石为墓碣，因变为碣。《说文》云：“碣，特立石也。”（原云：“楬，桀也。”）据此，则从木从石两体皆通。’……墓志之原甚古，然后人所举汉人墓志，原刻皆无墓志字。至晋王献之《保母砖》，始有‘立贞石而志之’之语。盖犹未盛，故王俭谓石志起于颜延之。……《文心雕龙·书记篇》曰：‘状者，貌也。体貌本原，取其事实。先贤表谥，并有行状，状之大者也。’……以上箴戒论铭等体。”

众制锋起，源流间出。 五臣刘良曰：“锋起间出，皆众多也。”高步瀛曰：“本书《酒德颂》（刘伶撰）：‘（陈说礼法，）是非锋起。’注引《春秋感精符》曰：‘祸乱锋起（，君若赘旒）。’《汉书·项籍传·颜注》曰：‘言锋锐而起者。’《诗（《周颂》）·桓·毛传》曰：‘间，代也。’（“於昭于天，皇以间之。”《传》）

譬陶匏异器，并为入耳之娱；黼黻不同，俱为悦目之玩。 五臣吕向注：“陶，埙。匏，笙也。白黑曰黼，黑青曰黻。言音声彩色虽异，耳目之玩不殊。”

作者之致，盖云备矣。 高步瀛曰：“以上总束。”

○此段总结各体。于光华曰：“此段叙次杂文。”

余监抚余闲，居多暇日。 五臣张铣曰：“余，昭明自谓。监，监国。抚，抚军也。”《左传》闵公二年晋大夫里克曰：“冢子，君行则守，有守则从（别有守者）。从曰抚军，守曰监国。古之制也。”

历观文囿，泛览辞林，未尝不心游目赏，移晷忘倦。 晷，音诡。《说文》：“晷，日景也。”谓自朝至暮。五臣吕向曰：“历观泛览，言遍涉文章之林囿也。心游目想，谓慕之深也。晷，日影，言日侧不知其倦。”司马相如《上林赋》：“游于六艺之囿，驰骛乎仁义之涂。”又曰：“修容乎礼园，翱翔乎书圃。”扬雄《剧秦美新》：“遥集乎文雅之囿，翱翔乎礼乐之场。”李善注：“言以文雅为园囿，以礼乐为场圃。”又《长杨赋序》：“聊因笔墨之成文章，故借翰林以为主人，子墨为客卿以风。”李善注：“翰林，文翰之多若林也。……翰林，犹儒林之义也。”心游目赏，是昭明自铸伟词。

自姬、汉以来，眇焉悠邈， 入声，音莫。 **时更七代，数逾千祀。** 五臣李周翰曰："姬，周姓也。眇焉悠邈，言远也。七代，谓自周至梁也。逾，越也。祀，年也。言数千年也。"《尔雅·释天》："夏曰岁，商曰祀，周曰年，唐、虞曰载。"

词人才子，则名溢于缥囊；飞文染翰，则盈乎缃帙。 五臣吕向曰："缥，青白色。囊，有底袋也，（宋以前书以卷轴为之）用以盛书。缃，浅黄色也（用以书写）。帙，书衣。盈，溢。言多也。"《隋书·经籍志》："魏氏代汉，采掇遗亡。……大凡四部，合二万九千九百四十五卷。……盛以缥囊（语本昭明），书用缃素。"

自非略其芜秽，集其清英，盖欲兼功，太半难矣。 五臣吕延济曰："芜秽，喻恶也。清英，喻善也。兼，倍也。言文章之多，若不去恶留善，虽欲倍加其功，太半亦不能遍览，安能尽乎！"清孙志祖《文选考异》卷一："集其清英，何氏焯校'清'改'菁'。志祖案：清字似不必改。《西都赋》'鲜颢气之清英'，二字固有本也。"许巽行《文选笔记》卷一："清英，何校改菁英。案：芜秽菁英，皆以草为喻，《广雅》曰：'菁，华也。'以菁为得。"高步瀛曰："许说亦泥，本书《苦寒行》注引扬雄《琴清英》，亦'清英'字之证。芜秽：《离骚》："惟草木之零落兮，……哀众芳之芜秽。"《说文》秽字本作薉，"薉，芜也。"兼功：《孟子·公孙丑上》："故事半古之人，功必倍之，惟此时为然。"兼功，盖谓事半功倍也。吕延济以为倍加其功，非是。高步瀛解功为攻，训为治也，亦非。太半：《史记·项羽本纪》："汉有天下太半。"裴骃

《史记集解》引韦昭曰："凡数三分有二为太半，一为少半。"

○于光华曰："此段叙选集之由。"高步瀛曰："以上选文之意。"

若夫姬公之籍，孔父之书，与日月俱悬，鬼神争奥。 五臣吕向曰："奥，深也。言周、孔之书，明并日月，深如鬼神也。"吴韦曜（即昭，晋人避文帝讳，改昭为曜）《博弈论》："西伯之圣，姬公之才。"《后汉书·申屠刚传》："及举贤良方正，因对策曰：'……《损》《益》之际，孔父攸叹。'"（孔子叹《损》《益》二卦，见刘向《说苑》。又《春秋》桓公二年《公羊传》及《穀梁传》皆称孔子之六世祖孔父嘉为孔父也）《古文苑》载扬雄《答刘歆书》："雄以此篇目颇示其成者（《方言》），张伯松（张竦。敞孙）曰：'是悬诸日月，不刊之书也。'"

孝敬之准式，人伦之师友。 清许巽行《文选笔记》卷一："《说文》：'凖，平也。'（唐张参）《五经文字》云：'《字林》（晋吕忱）作准。'（恐后人所改）今《字林》不传。"许嘉德（巽行玄孙）云："案：段氏玉裁曰：'古书多用准，魏、晋时恐与淮字乱而别之，然则俗字也。《玉篇》云：俗作准。'"案：凖之变准，实是南朝刘宋时顺帝名凖，故破凖为准。段氏谓古书多用准及张参谓《字林》作准，皆非。特刘宋时人改古书耳。许巽行《文选笔记》卷一又云："师友，何校改师表。"高步瀛曰："何氏改'师表'，未知所据。"师友改师表，非。准式师友连绵相对，友，指人君而言，《庄子·德充符》："（鲁）哀公异日以告闵子曰：'……吾与孔丘，非君臣也，德友而已矣。’”

岂可重以芟夷，加之剪截？　五臣刘良曰：“芟，刈。夷，平。剪，刻（削也）。截，裁也。”高步瀛曰：“刻，当作削。”

○于光华曰：“此段序姬、孔之不敢入选。”高步瀛曰：“以上言经书不选。”

老、庄之作，管、孟之流，盖以立意为宗，不以能文为本，今之所撰，　于光华曰：“此段言四家之在所略。”案：实举四家以括其余耳。此言子书亦不入选之由。《孟子》一书，《汉书·艺文志》、《隋书·经籍志》、《旧唐书·经籍志》、《新唐书·艺文志》皆入《子部·儒家》，《宋史·艺文志》亦然；然已与《大学》、《中庸》、《论语》成四书，分入《经部·经解类》矣。《管子》一书，《汉书·艺文志》入《子部·道家》，《隋书·经籍志》亦然。《旧唐书·经籍志》始改入《子部·法家》，《新唐书·艺文志》仍之，至清《四库全书》亦然，今皆以《管子》为法家矣；然此书儒家思想亦所在多有，其《弟子职》一篇，汉人且抽出单行，入《汉书·艺文志·六艺略·孝经类》也。

又亦略诸。　高步瀛曰：“古钞本‘又以’作‘又亦’，《集》同。”

○高步瀛曰：“以上子书不选。”

若贤人之美辞，忠臣之抗直，　五臣吕延济曰：“抗直，谓进直言。”《史记·鲁仲连邹阳列传赞》：“邹阳辞虽不逊，然其比物连类，有足悲者，亦可谓抗直不挠矣，吾是以附之列传焉。”

谋夫之话，辩士之端， 高步瀛曰：“古钞本‘话’上有‘美’字，‘端’上有‘舌’字。”是也。辩士之端不辞。《诗·小雅·小旻》：“谋夫孔多，是用不集（成也）。”《韩诗外传》卷七：“人之利口赡辞者人畏之，是以君子避三端：避文士之笔端，避武士之锋端，避辩士之舌端。”

冰释泉涌，金相玉振。 杜预《春秋左氏传序》：“若江海之浸，膏泽之润，涣然冰释，怡然理顺，然后为得也。”曹植《王仲宣诔》：“文若春华，思若涌泉，发言可咏，下笔成篇。”《诗·大雅·棫朴》：“追（读作雕）琢其章，金玉其相。”《毛传》：“相，质也。”《孟子·万章下》：“孔子之谓集大成；集大成也者，金声而玉振之也。”

所谓坐狙丘，议稷下。 五臣李周翰曰：“狙丘、稷下，皆齐地之丘山也（晋虞喜之说也，非），田巴置馆于稷下，以延游谈之士。”曹植《与杨德祖书》：“昔田巴毁五帝，罪三王，呰五霸于稷下，一旦而服千人。鲁连一说，使终身杜口。”李善引《鲁连子》（《隋书·经籍志·子部·儒家》著录“《鲁连子》五卷”。《新唐书》、《旧唐书》同。宋以后始亡也）曰：“齐之辩者曰田巴，辩于狙丘而议于稷下，毁五帝，罪三王，一日而服千人。有徐劫弟子曰鲁连，谓劫曰：‘臣愿当田子，使不敢复说。’”《史记·鲁仲连列传》唐张守节《史记正义》引《鲁连子》云：“齐辩士田巴，服狙邱，议稷下，毁五帝，罪三王，服五伯，离坚白，合同异，一日服千人。有徐劫者，其弟子曰鲁仲连，年十二，号千里驹，往请田巴曰：‘臣闻堂上不奋（借作粪，除秽也），郊草不芸（借作耘，除草也）；白刃交前不救，流矢急不暇缓也（重者不急救，理轻者无用）。今楚军南阳，赵伐高堂，燕人十万聊城不去，国亡在旦夕；先生奈之何若不能者。先生之言，有似枭鸣出城而人恶之，先生勿复言。’田巴曰：‘谨闻命矣。’巴谓徐劫曰：‘先生乃非兔也，岂直千里驹？巴终身不谈。’”《史记·田敬仲完世家》：“宣王喜文学游说之士，自如驺衍、淳于髡、田骈、接子、慎到、环渊之徒七十六人，皆赐列第，为上大夫。不治而议论，是以齐稷下学士复盛，且数百千人。”刘宋裴骃《史记集解》引刘向《别录》曰：“齐有稷门，城门也。谈说之士，期会于稷下也。”又唐司马贞《史记索隐》引：“《齐地记》曰：‘齐城西门侧系水左右有讲室，趾往往存焉。盖因侧系水出，故曰稷门，古侧稷音相近耳。’又虞喜曰：‘齐有稷山，立馆其下，以待游士。’亦异说也。”

仲连之却秦军，《战国策·赵策三》（亦见《史记·鲁仲连列传》）云：“秦围赵之邯郸（赵都。在河北省，俗呼赵王城）。魏安釐王使将军晋鄙救赵，畏秦，止于荡阴（即汤阴，在河南北部），不进。魏王使客将军新垣衍间入邯郸，因平原君谓赵王（赵孝成王）曰：‘……方今唯秦雄天下，此非必贪邯郸，其意欲求为帝。赵诚发使尊秦昭王为帝，秦必喜，罢兵去。’平原君犹豫未能有所决。此时鲁仲连适游赵，会秦围赵。闻魏将欲令赵尊秦为帝，乃见平原君曰：‘事将奈何矣？’平原君曰：‘胜也何敢言事。百万之众折于外（长平之役，四十余万众为白起所坑），今又内围邯郸而不能去。魏王使将军辛垣衍令赵帝秦，今其人在是，胜也何敢言事？’鲁连曰：‘始吾以君为天下之贤公子也，吾乃今然后知君非天下之贤公子也。梁客辛垣衍安在？吾请为君责而归之。’平原君曰：‘胜请召而见之于先生。’平原君遂见辛垣衍曰：‘东国有鲁连先生，其人在此，胜请为绍介而见之于将军。’辛垣衍曰：‘吾闻鲁连先生，齐国之高士也。衍，人臣也，使事有职，吾不愿见鲁连先生也。’平原君曰：‘胜已泄之矣。’辛垣衍许诺。鲁连见辛垣衍而无言，辛垣衍曰：‘吾视居此围城之中者，皆有求于平原君者也；今吾视先生之玉貌，非有求于平原君者，曷为久居此围城之中而不去也？’鲁连曰：‘……彼秦者，弃礼义而尚首功（以杀敌斩首级为尚）之国也，权使其士，虏使其民，彼则（《史记》作即）肆然而为帝，过而遂正（《史记》作为政）于天下，则连有赴（《史记》作蹈）东海而死矣（《史记》作耳，是）！吾不忍为之民也。所为见将军者，欲以助赵也。’辛垣衍曰：‘先生助之，奈何？’鲁连曰：‘吾将使梁及燕助之；齐、楚则固助之矣。’辛垣衍曰：‘燕则吾请以从矣；若乃梁（即魏），则吾乃梁人也，先生恶能使梁助之耶？’鲁连曰：‘梁未睹秦称帝之害故也；使梁睹秦称帝之害，则必助赵矣。’辛垣衍曰：‘秦称帝之害将奈何？’鲁仲连曰：‘……今秦万乘之国，梁亦万乘之国，俱据万乘之国，交有称王之名，睹其一战而胜，欲从而帝之，是使三晋之大臣，不如邹、鲁之仆妾也。且秦无已而帝，则且变易诸侯之大臣，彼将夺其所谓不肖，而予其所谓贤；夺其所憎，而与其所爱。彼又将使其子女谗妾为诸侯妃姬，处梁之宫，梁王安得晏然而已乎？而将军又何以得故宠乎？’于是辛垣衍起，再拜谢曰：‘始以先生为庸人，吾乃今日而知先生为天下之士也。吾请去，不敢复言帝秦。’秦将闻之，为却军五十里。适会魏公子无忌夺晋鄙军，以救赵击秦，秦军引而去。于是平原君欲封鲁仲连。鲁仲连辞让者三，终不肯受。平原君乃置酒，酒酣，起前，以千金为鲁连寿。鲁连笑曰：‘所贵于天下之士者，为人排患、释难、解纷乱，而无所取也；即有所取者，是商贾之人也，仲连不忍为也。’遂辞平原君而去，终身不复见。”

食其之下齐国，《史记·郦生陆贾列传》：“郦生食其者，陈留高阳人也，好读书，家贫落魄，无以为衣食业。为里监门吏，然县中贤豪不敢役，县中皆谓之狂生。……后闻沛公将兵略地陈留郊，沛公麾下骑士，适郦生里中子也，沛公时时问邑中贤士豪俊。骑士归，郦生见，谓之曰：‘吾闻沛公慢而易（轻视）人，多大略，此真吾所愿从游，莫为我先（言无人为己先容而作绍介也），若见沛公，谓曰：臣里中有郦生，年六十余，长八尺，人皆谓之狂生，生自谓我非狂生’。骑士曰：‘沛公不好儒，诸客冠儒冠来者，沛公辄解其冠，溲溺其中。与人言，常大骂，未可以儒生说也。’郦生曰：‘弟（但也）言之。’骑士从容言，如郦生所诫者，沛公至高阳传舍，使人召郦生，郦生至，入谒，沛公方倨床，使两女子洗足，而见郦生。郦生入，则长揖不拜。（又《朱建传》：“沛公曰：‘为我谢之，言我方以天下为事，未暇见儒人也。’……郦生瞋目案剑叱使者曰：‘走，复入言沛公，吾高阳酒徒也，非儒人也。’”）曰：“足下欲助秦攻诸侯乎？且欲率诸侯破秦也？”沛公骂曰：‘竖儒，夫天下同苦秦久矣，故诸侯相率而攻秦，何谓助秦攻诸侯乎？’郦生曰：‘必聚徒，合义兵，诛无道秦，不宜倨见长者。’于是沛公辍洗，起摄衣，延郦生上坐，谢之。……汉三年秋，项羽击汉。……淮阴（韩信）方东击齐（齐王田广），汉王数困荥阳、成皋，……郦生因曰：'……臣请得奉明诏，说齐王，使为汉而称东藩。'上曰：'善。'乃从其画，……而使郦生说齐王曰：'王知天下之所归乎？'王曰：'不知也。'曰：'王知天下之所归，则齐国可得而有也；若不知天下之所归，即齐国未可得保也。'齐王曰：'天下何所归？'曰：'归汉。'曰：'先生何以言之？'曰：'汉王与项王戮力西面击秦，约先入咸阳者王之。汉王先入咸阳，项王负约不与，而王之汉中。项王迁杀义帝，汉王闻之，起蜀汉之兵击三秦（东、西、北），出关而责义帝之处。收天下之兵，立诸侯之后。降城即以侯其将，得赂（财也）即以分其士，与天下同其利，豪英贤才，皆乐为之用。诸侯之兵，四面而至。蜀汉之粟，方船而下。项王有倍约之名，杀义帝之负。于人之功无所记，于人之罪无所忘。战胜而不得其赏，拔城而不得其封。非项氏莫得用事。为人刻印，刓（圆角）而不能授，攻城得赂，积而不能赏。天下畔之，贤才怨之，而莫为之用。故天下之士，归于汉王，可坐而策也。夫汉王……非人之力也，天之福也。……王疾先下汉王，齐国社稷可得而保也；不下汉王，危亡可立而待也。'田广以为然，乃听郦生，罢历下兵守战备，与郦生日纵酒。淮阴侯闻郦生伏轼下齐七十余城，乃夜度兵平原袭齐。齐王田广闻汉兵至，以为郦生卖己，……齐王遂烹郦生。"（《史记·高祖本纪》："高祖置酒雒阳南宫，高祖曰：'列侯诸将，无敢隐朕，皆言其情。吾所以有天下者何？项氏之所以失天下者何？'高起、王陵对曰：'陛下慢而侮人，项羽仁而爱人；然陛下使人攻城略地，所降下者，因以予之，与天下同利也。项羽妒贤嫉能，有功者害之，贤者疑之。战胜而不予人功，得地而不予人利，此所以失天下也。’高祖曰：‘公知其一，未知其二。夫运筹策帷帐之中，决胜于千里之外，吾不如子房；镇国家，抚百姓，给馈饷，不绝粮道，吾不如萧何；连百万之军，战必胜，攻必取，吾不如韩信。此三人，皆人杰也，吾能用之，此吾所以取天下也；项羽有一范增而不能用，此其所以为我擒也。’”）

留侯之发八难，《史记·留侯世家》（亦见《汉书·张良传》）：“项羽急围汉王荥阳，汉王恐，忧，与郦食其谋桡楚权，食其曰：‘昔汤伐桀，封其后于杞；武王伐纣，封其后于宋。今秦失德弃义，侵伐诸侯社稷，灭六国之后，使无立锥之地；陛下诚能复立六国后世，毕已受印，此其君臣百姓，必皆戴陛下之德，莫不乡风慕义，愿为臣妾。德义已行，陛下南乡称霸，楚必敛衽而朝。’汉王曰：‘善。’趣刻印。……张良从外来谒，汉王方食，曰：‘子房前，客有为我计桡楚权者。’具以郦生语告于子房，曰：‘何如？’良曰：‘谁为陛下画此计者？陛下事去矣。’汉王曰：‘何哉？’张良对曰：‘臣请借前箸，为大王筹之。曰：昔者汤伐桀而封其后于杞者，度能制桀之死命也；今陛下能制项籍之死命乎？’曰：‘未能也。’‘其不可一也。武王伐纣，封其后于宋者，度能得纣之头也。今陛下能得项籍之头乎？’曰：‘未能也。’‘其不可二也。武王入殷，表商容之闾，释箕子之拘，封比干之墓。（《史记·周本纪》：“命召公释箕子之囚。命毕公释百姓之囚，表商容之闾。命南宫括散鹿台之财，发钜桥之粟，以振贫弱萌隶。……命闳夭封比干之墓。”）今陛下能封圣人之墓、表贤者之闾、式智者之门乎？’曰：‘未能也。’‘其不可三也。发钜桥之粟，散鹿台之钱，以赐贫穷；今陛下能散府库以赐贫穷乎？’曰：‘未能也。’‘其不可四矣。殷事已毕，偃革为轩，倒置干戈，覆以虎皮，以示天下不复用兵；今陛下能偃武行文，不复用兵乎？’曰：‘未能也。’【《周书·武城》：“王来自商，至于丰。乃偃武修文，归马于华山之阳，放牛于桃林之野，示天下弗服（用也）。”《史记·周本纪》：“纵马于华山之阳，放牛于桃林之虚。偃干戈，振兵释旅：示天下不复用也。”】‘其不可五矣。休马华山之阳，示以无所为；今陛下能休马无所用乎？’曰：‘未能也。’‘其不可六矣。放牛桃林之阴，以示不复输积；今陛下能放牛不复输积乎？’曰：‘未能也。’‘其不可七矣。且天下游士，离其亲戚，弃坟墓，去故旧，从陛下游者，徒欲日夜望咫尺之地；今复六国，立韩、魏、燕、赵、齐、楚之后，天下游士各归事其主，从其亲戚，反其故旧坟墓，陛下与谁取天下乎？其不可八矣。……诚用客之谋，陛下事去矣。’（《晋书·石勒载记》：“勒雅好文学，虽在军旅，常令儒生读史书而听之，每以其意论古帝王善恶。朝贤儒士，听者莫不归美焉。尝使人读《汉书》，闻郦食其劝立六国后，大惊曰：‘此法当失，何得遂成天下？’至留侯谏，乃曰：‘赖有此耳！’其天资英达如此。”）汉王辍食吐哺，骂曰：‘竖儒，几败而（汝也）公事！’令趣销印。”

曲逆之吐六奇；《史记·陈丞相世家》：“上……至平城（山西大同市云州区东），为匈奴所围，七日不得食。高帝用陈平奇计，使单于阏氏，围以得开。高帝既出，其计秘，世莫得闻。【裴骃《史记集解》引桓谭《新论》曰：“或云陈平为高帝解平城之围，则言其事秘，世莫得而闻也。此以工妙踔善，故藏隐不传焉，子能权知斯事否？吾应之曰：此策乃反薄陋拙恶，故隐而不泄。高帝见围七日，而陈平往说阏氏，阏氏言于单于而出之。以是知其所用说之事矣。彼陈平必言汉有好丽美女，为道其容貌，天下无有；今困急，已驰使归迎取，欲进与单于，单于见此人，必大好爱之，爱之，则阏氏日以远疏，不如及其未到，令汉王得脱去。去亦不持女来矣。阏氏妇女，有妒媢之性，必憎恶而事（音至）去之。此说简而要，及得其用，则欲使神怪，故隐匿不泄也。刘子骏闻吾言，乃立称善焉。”案：此张仪使靳尚设诡于楚怀王宠姬郑袖之故智也】高帝南过曲逆（今河北顺平县东南。后汉章帝丑其名，改曰蒲阴），上其城，望见其屋室甚大，曰：‘壮哉县！吾行天下，独见洛阳与是耳。’顾问御史曰：‘曲逆户口几何？’对曰：‘始秦时三万余户，间者兵数起，多亡匿，今见五千户。’于是乃诏御史，更以陈平为曲逆侯，尽食之。……凡六出奇计，辄益邑。凡六益封。奇计或颇秘，世莫能闻也。”

盖乃事美一时，语流千载。概见坟籍，旁出子史。 五臣张铣曰：“概，谓梗概，谓大略也。”应璩《与从弟君苗君胄书》：“潜精坟籍，立身扬名，斯为可矣。”

若斯之流，又亦繁博。虽传之简牍，而事异篇章，今之所集，亦所不取。 高步瀛曰：“以上诸书所载，谋臣策士之言亦不取。”

○此段谓史书所载贤人、忠臣、谋夫、辩士之言，选不胜选，故亦不入录也。于光华曰：“此段言单词片语之宜听。”

至于记事之史，系年之书，所以褒贬是非，纪别同异，方之篇翰，亦已不同。

〇于光华曰："此段言系年纪事之非伦。"高步瀛曰："以上史之记事纂年如传纪之类亦不选。"

若其赞论之综缉辞采，序述之错比文华，事出于沉思，义归乎翰藻，故与夫篇什，杂而集之。远自周室，迄于圣代，沉思：《汉书·扬雄传》："口吃，不能剧谈，默而好深湛之思。"（《说文》："湛，没也。""沉，陵上滈水也。"湛乃深沉之本字）翰藻：潘岳《射雉赋》："摛朱冠之赩（许斥切）赫，敷藻翰之陪鳃。"李善注："藻翰，翰有华藻也。"篇什：沈约《宋书·谢灵运传论》："升降讴谣，纷披风什。"李善注："《毛诗》题曰《鹿鸣之什》，说者云：《诗》每十篇同卷，故曰什也。"《说文》："什，相什保也。"高步瀛曰："以上史之论、述、赞入选。"又曰："昭明自言操选之义，主于藻饰。"案："事出于沉思，义归乎翰藻"二句，虽是昭明自言取自史篇之旨，实亦其选取全书之大旨也。

都为三十卷，《广雅·释训》："都，凡也。"又《汉书·郑吉传》："故号都护。"颜师古曰："都，犹大也，总也。"

名曰《文选》云尔。

凡次文之体，各以汇聚。诗赋体既不一，又以类分。类分之中，各以时代相次。 汇，本蝟之正文，蝟是或体。然《易·泰卦》初九："拔茅茹，以其汇。"又《否卦》初六："拔茅茹，以其汇。”郑玄已以汇为类矣。高步瀛曰：“此附言分体类之意。自赋至祭文，凡三十七。而文分隶其中，所谓各以汇聚也。赋自《京都》至《情》凡十五类。诗自《补亡》至《杂拟》，凡二十三类，所谓又以类分也。而每类之中，文之先后，以时代为次，如赋之《京都》，先班孟坚次张平子，次左太冲是也。诗之各类中，先后间有错见，李氏皆订其失矣。”

汪中《汉上琴台之铭》并序

古公愚先生曰："直案、原注：'为毕尚书作。'（毕沅，字秋帆，一字纕蘅。乾隆二十五年状元。五十一年，赐黄马褂，为湖广总督）（江藩）《汉学师承记·汪容甫传》：'撰《汉上琴台铭》，甫脱稿，好事者争写传诵，其文章为人所重如此。'"

汉上，见《吕氏春秋·孝行览·本味篇》："江浦之橘，云梦之柚。汉上石耳。"

江藩《汉学师承记》卷七《汪中传》："汪中，字容甫。先世居歙（安徽歙县）之古唐里，曾祖镐京，始迁扬州，遂为江都人，父一元，邑增生。君生七岁而孤，家夙贫，母邹缉屦以继饔飧。冬夜，借薪而卧，且供爨给以养亲。力不能就外傅读，母氏授以小学、《四子书》。及长，鬻书于市，与书贾处，得借阅经史百家，于是博综典籍，谙究儒、墨。经耳无遗，触目成诵，遂为通人焉。年二十，李侍郎因培督学江苏，试《射雁赋》，第一，入学为附生。时杭太史世骏主安定书院，见君制述，深加礼异。所作诗文，必属君视草。君侨寓真州（江苏仪征市），沈按察廷芳主乐仪讲席，闻君议论，叹曰：‘吾弗逮也。’年三十，客游于外，代州冯观察廷丞、同郡沈太守业富、朱学使笥河先生，皆招置幕中，礼为上客。同时，郑赞善虎文、王侍郎兰泉先生、钱少詹竹汀、卢学士绍弓，并为延誉。然母老家贫，中年乏嗣，戚戚少欢，叹世人之不知，悼赋命之不偶，著《吊黄祖文》、《狐父之盗颂》，以写怀自伤，而俗子以为讥刺当世矣。乾隆四十二年丁酉，谢侍郎墉督学江苏，选拔贡生，每试，别置一榜，署名诸生前。谓所取士曰：‘若能受学于容甫，学当益进也。’又曰：‘予之先容甫，以爵也；以学，则北面事之矣。’容甫以劳心故，病怔忡，闻更鼓鸡犬声，心怦怦动，夜不成寐，是以不与朝考，绝意仕进。乾隆五十一年丙午，朱文正（珪谥）以侍郎典试江南，思得君为选首，不知君不与试也。君感知遇之恩，上书侍郎，请执弟子礼；侍郎旋奉命督学浙江，君往谒时，为述扬州割据之迹，死节之人，作《广陵对》，三千余言。博征载籍，贯串史事，天地间有数之文也。文多不载。后毕尚书沅开府湖北，君往投之。命作《琴台铭》，甫脱稿，好事者争写传诵，其文章为人所重如此。君治经宗汉学，谓国朝诸儒崛起，接二千余年沉沦之绪，通儒如顾宁人、阎百诗、梅定九（文鼎）、胡朏明（渭）、惠定宇、戴东原，皆继往开来者。……拟作《六儒颂》，未成。……君性情伉直，不信释老阴阳神怪之说，又不喜宋儒性命之学，朱子之外，有举其名者，必痛诋之。……见人邀福祠祷者，辄骂不休，聆者掩耳疾走，而君益自喜。于时流不轻许可，有盛名于世者，必肆讥弹。人或规之，则曰：‘吾所骂者，皆非不知古今者，惟恐莠乱苗尔。若方苞、袁枚辈，岂屑屑骂之哉！’然钱少詹事竹汀、程教授易畴、王观察怀祖、孔检讨众仲、刘训道端临、李进士孝臣诸君子，或以师事之，或以友事之，终身称道弗衰焉。事母至孝，家无儋石储，而参术之进，滫瀡之奉（调和食物之法），尝称贷以供。母疾笃，侍疾，昼夜不寝。涤牏之事，不任仆婢，无愁苦之容，有孺子之慕。吁！可谓孝矣。生平笃师友之谊，一饭之恩，终身不忘也。君中年，辑三代学制，及文字训诂，制度名物，有系于学者，分别部居，为《述学》一书。属稿未成，后乃以撰著之文，分为《述学内外篇》，刊行之。……君一生坎轲不遇，至晚年，有鹾使全德耳其名，延君鉴别书画，为君谋生计，借此稍能自给，而鹾使素不以学问名。嗟夫！当世士大夫自命宏奖风流者，皆重君之学，而不能周其困乏，于以知世之好真龙者鲜矣。乾隆五十九年，因校勘文宗阁《四库全书》，往浙江借书雠对，卒于西湖之葛岭园僧舍。卢学士抱经、鲍丈以文、梁君玉绳，经纪其丧以归，卒年五十一。子喜孙，字孟慈，嘉庆丁卯科举人，能读父书，长于考据，传其学。"

自汉阳 在汉口南，其东则武昌。 **北出二里，有丘焉，**《说文》："丘，土之高也，非人所为也。……一曰四方高中央下为丘。象形。"

其广十亩，东对大别， 此禹贡之大别山，在汉阳东北，东入安徽西部，北入河南。

左界汉水，石堤亘其前，月湖周 本字作匊，《说文》："匊，匝遍也。""周，密也。" **其外。**

方志 《湖广通志》，雍正时湖广总督迈柱等修。 **以为伯牙鼓琴，钟期听之，盖在此云。** 容甫于此《铭》之阴，书附《伯牙事考》，谓“汉上伯牙遗迹，方志无稽，诚不足道”。《列子·汤问篇》：“伯牙善鼓琴，钟子期善听。伯牙鼓琴，志在登高山，钟子期曰：‘善哉！峩峩兮若泰山。’志在流水，钟子期曰：‘善哉！洋洋兮若江、河。’伯牙所念，钟子期必得之。伯牙游于泰山之阴，卒逢暴雨，止于岩下；心悲，乃援琴而鼓之。初为霖雨之操，更造崩山之音，曲每奏，钟子期辄穷其趣。伯牙乃舍琴而叹曰：‘善哉善哉！子之听夫。志想象犹吾心也。吾于何逃声哉！”《吕氏春秋·孝行览·本味篇》：“伯牙鼓琴，钟子期听之，方鼓琴而志在太山，钟子期曰：‘善哉乎鼓琴！巍巍乎若太山。’少选之间，而志在流水，钟子期又曰：‘善哉乎鼓琴！汤汤乎若流水。’钟子期死，伯牙破琴绝弦，终身不复鼓琴，以为世无足复为鼓琴者。”高诱注：“伯，姓。牙，名，或作雅。钟，氏。期，名。子，皆通称。悉楚人也。少善听音，故曰为世无足复为鼓琴也。”又《季秋纪·精通篇》：“钟子期夜闻击磬者而悲。”高诱注：“钟，姓也。子，通称。期，名也。楚人钟仪之族。”容甫《伯牙事考》：“诱受学于卢尚书（植），立言不苟，其时故书杂记，存者尚多，必有所本。期为钟仪之族，则是世官而宿其业也，其知音也固宜。”

居人筑馆其上，名之曰琴台。 今武汉三镇人谓曰伯牙台。

通津直道，来止近郊， 《周礼·地官·载师》：“以宅田、士田、贾田，任近郊之地。”郑玄注：“杜子春云：五十里为近郊，百里为远郊。”

层轩累榭，迥出尘表， 《楚辞·招魂》：“层台累榭，临高山些。”《尔雅·释宫》：“阇，谓之台；有木者，谓之榭。”又曰：“有室曰寝，无室曰榭。”《说文》：“轩，曲辀藩车。”（“辀，辕也。”）引申为轩窗，此处当楼阁，指建筑物。累，积累。与层轩之层同意。《说文》：“迥，远也。”尘表：表，外也。杜确《岑参序》：“迥拔孤秀，出于常情。”《南史·阮孝绪传》：“挂冠人世，栖心尘表。”韦应物《天长寺上方别子西有道》诗云：“高旷出尘表，逍遥涤心神。”

土多平旷，林木翳然。 陶渊明《桃花源记》：“土地平旷，屋舍俨然。”《后汉书·南蛮传》：“好入山壑，不乐平旷。”《世说新语·言语篇》：“（晋）简文（帝）入华林园，顾谓左右曰：‘会心处不必在远。翳然林水，便自有濠、濮间想也。觉鸟兽禽鱼，自来亲人。’”

水至清浅，鱼藻交映。 谢灵运《从斤竹涧越岭溪行》诗：“苹萍泛沉深，菰蒲冒清浅。”沈约有《新安江水至清浅深见底贻京邑游好》诗。郦道元《水经注·汝水注》：“水至清深，常不耗竭。”又《赣水注》：“水至清深，鱼甚肥美。”《诗·小雅》有《鱼藻篇》云：“鱼在在藻，有颁其首。”《说文》：“藻，水艸也。”“藻，藻或从澡。”杨衒之《洛阳伽蓝记·景明寺》：“或黄甲紫鳞，出没于繁藻，或青凫白雁，浮沉于绿水。”

可以栖迟，可以眺望，可以泳游。 《诗·陈风·衡门》：“衡门之下，可以栖迟。泌之洋洋，可以乐饥。”《毛传》：“栖迟，游息也。”《汉书·叙传》班嗣《报桓谭书》：“渔钓于一壑，则万物不奸其志；栖迟于一丘，则天下不易其乐。”《说文》：“卥（西），鸟在巢上，象形。日在西方而鸟栖，故因以为东西之西。”“栖，西或从木妻。”眺望：《礼记·月令》：“仲夏之月，……可以居高明，可以远眺望，可以升山陵，可以处台榭。”眺，本字作覜。《说文》：“覜，诸侯三年大相聘曰覜。覜，视也。”“眺，目不正也。”“朓，晦而月见西方谓之朓。从月，兆声。”“祧，祭也。从肉，兆声。”《吕氏春秋·仲夏纪》：“是月也，……可以居高明，可以远眺望，可以登山陵，可以处台榭。”（《文心雕龙·诸子篇》：“《礼记·月令》，取乎《吕氏》之纪。”）《诗·邶风·谷风》：“就其深矣，方之舟之；就其浅矣，泳之游之。”《说文》：“泳，潜行水中也。”《尔雅·释言》：“泳，游也。”

无寻幽陟远之劳，靡登高临深之惧。 李商隐《闲游》诗：“寻幽殊未极，得句总堪夸。”司空图《诗品·清奇》：“可人如玉，步屧寻幽。”《礼记·曲礼上》：“不登高，不临深，不苟訾，不苟笑。孝子不服闇，不登危，惧辱亲也。”

懿彼一丘，实具二美。 《尔雅·释诂》：“懿，美也。”《说文》：“懿，专久而美也。”张华《赠挚仲洽》诗：“君子有逸志，栖迟于一丘。”《世说新语·品藻篇》：“明帝问谢鲲：‘君自谓何如庾亮？’答曰：‘端委庙堂，使百僚准则，臣不如亮；一丘一壑，自谓过之。’”二美：即指上文“无寻幽陟远之劳，靡登高临深之惧”也。

桃花渌水， 澄碧。 **秋月春风**，《南史·循吏传序》：“（齐明帝时）十许年中，百姓无犬吠之惊，都邑之盛，士女昌逸，歌声舞节，袨服华妆，桃花渌水之间，秋月春风之下，无往非适。”

都人冶游，曾无旷日。 至此始可分段。香港大学编《中国文选》于“靡登高临深之惧”即分段，绝非。又《诗·小雅》有《都人士》篇，《诗》义与此无涉，《中国文选》引《郑笺》作注，亦非是。班固《西都赋》：“都人士女，殊异乎五方。”左思《蜀都赋》：“都人士女，袨服靓妆。”陆机《演连珠》：“是以都人冶容，不悦西施之影。”晋《子夜四时歌·春歌》二十首之九：“罗裳迮红袖，玉钗明月当。冶游步春露，艳觅同心郎。”冶，通野。西汉贾山《至言》：“旷日十年，下彻三泉。”颜师古注：“旷，空也。废也。”

夫以夔、襄之技，温雪之交，《书·舜典》：“夔，命汝典乐。”又《益稷》：“夔曰：……《箫韶》九成，凤凰来仪。”又曰：“於！予击石拊石，百兽率舞。”《韩诗外传》卷五：“孔子学鼓琴于师襄子。”《史记·孔子世家》：“孔子学鼓琴师襄子。”司马贞《史记索隐》：“盖师襄子鲁人。”《孔子家语·辩乐》：“孔子学琴于师襄子。襄子曰：‘吾虽以击磬为官，然能于琴。’”《论语·微子》：“少师阳、击磬襄，入于海。”马融《长笛赋》：“夔、襄比律，子野（师旷字）协吕。”嵇康《琴赋》：“夔、襄荐法，般、倕骋神。”《庄子·田子方》：“温伯雪子（楚之怀道者）适齐，舍于鲁。鲁人有请见之者，温伯雪子曰：‘不可。吾闻中国之君子，明乎礼义，而陋于知人心，吾不欲见也。’至于齐，反，舍于鲁，是人也又请见。温伯雪子曰：‘往也蕲（借作祈，音同）见我，今也又蕲见我是必有以振（动也）我也。’出而见客，入而叹。明日见客，又入而叹。其仆曰：‘每见之客也，必入而叹，何邪？’曰：‘吾固告子矣：中国之民，明乎礼义，而陋乎知人心。昔之见我者，进退一成规，一成矩；从容一若龙（夭矫）一若虎（威武）；其谏我也似子，其道（通道）我也似父，是以叹也。'仲尼见之而不言，子路曰：'吾子欲见温伯雪子久矣，见之而不言，何邪？'仲尼曰：'若夫人者，目击（动也）而道存矣，亦不可以容声矣。'"成玄英疏："姓温，名伯，字雪子。"温雪之交：谓伯牙、钟期二人之交情，超迈流俗，犹孔子与温伯雪子以神合也。（《庄子·大宗师》："子祀、子舆、子犁、子来四人相与语曰：……四人相视而笑，莫逆于心，遂相与为友。……子桑户、孟子反、子琴张，三人相与友，……三人相视而笑，莫逆于心，遂相与友。"）

一挥五弦，爰擅千古，《礼记·乐记》："昔者舜作五弦之琴，以歌《南风》，夔始制乐，以赏诸侯。"《孔子家语·辩乐》孔子曰："昔者舜弹五弦之琴，造《南风》之诗，其诗曰：'南风之薰兮，可以解吾民之愠兮；南风之时兮，可以阜吾民之财兮。'"郑玄《礼记·乐记》注于《南风》下曰："其辞未闻也。"孔颖达疏："（王肃）《圣证论》引《尸子》及《家语》难郑云：'昔者舜弹五弦之琴，其辞曰：……郑云其辞未闻，失其义矣。'今案马昭云：'《家语》，王肃所增加，非郑所见。又《尸子》杂说，不可取证正经，故言"未闻"也。'"《尸子·绰子》："舜曰：南风之薰兮，可以解吾民之愠兮。"只二句；下二句当是王肃所增，所以难郑君者，未可尽信。《韩诗外传》卷四："舜弹五弦之琴，以歌《南风》而天下治。"嵇康《琴赋》："伯牙挥手，钟期听声。"又《赠秀才入军》诗曰："目送飞鸿，手挥五弦。"

深山穷谷之中，广厦细旃之上。 深山穷谷句，谓不遇时而在山林；广厦细旃句，谓得志时而在府庭也。《说文》："夏，中国之人也。"引申为大，又引申为大屋。《说文》无厦字，大徐《新附》有之，云："屋也。"又旃，假借为毡，《说文》："旃，旗曲柄也。""毡，撚毛也。"应劭《风俗通义·声音·琴》："然君子所常御者，琴最亲密，不离于身。非必陈设于宗庙乡党，非若钟鼓罗列于虡悬也。虽在穷阎陋巷、深山幽谷，犹不失琴。"《汉书·王吉传》："（昌邑）王好游猎，……吉上疏谏曰：……'夫广夏之下，细旃之上，明师居前，劝诵在后，上论唐、虞之际，下及殷、周之盛，考仁圣之风，习治国之道，䜣䜣焉发愤忘食，日新厥德，其乐岂徒衔橛之间哉!"颜师古曰："广夏，大屋也。旃与毡同。"《韩诗外传》卷五："传曰：天子居广厦之下，帷帐之内，旃茵之上。"刘向《新序·杂事篇》曰："天子居闉阙之中，帷帐之内，广厦之下，旃茵之上。"又《说苑·修文篇》曰："乐之可密者，琴最宜焉。君子以其可修德，故近之。"

灵踪所寄，奚事刻舟， 灵踪，灵妙之高踪。谓以伯牙、钟期之妙技及神交，其挥琴遣兴，不论深山穷谷或广厦朝廷，无适而不可，不必指定于某一地也。又：刻舟，亦暗用燥湿变响事，见下。《吕氏春秋·慎大览·察今篇》："楚人有涉江者，其剑自舟中坠于水，遽契（本字作栔，刻也）其舟曰：'是吾剑之所从坠。'舟止，从其所契者入水求之。舟已行矣，而剑不行，求剑若此，不亦惑乎?"《韩诗外传》卷七："赵王使人于楚，鼓瑟而遣之，曰：'慎无失吾言。'使者受命，伏而不起，曰：'大王鼓瑟，未尝若今日之悲也。'王曰：'调。'使者曰：'调则可记其柱。'王曰：'不可。天有燥湿，弦有缓急，柱有推移，不可记也。’”又：用刻舟事，虽明知此地非伯牙鼓琴，钟期听之处，亦无妨也。

胜地写心，谅符玄赏。 梁王中（各本误作巾）《头陀寺碑》文：“头陀寺者，沙门释慧宗之所立也。南则大川浩汗，云霞之所沃荡；北则层峰削成，日月之所回薄。西眺城邑，百雉纡余（城长三丈高一丈为雉）；东望平皋，千里超忽。信楚都之胜地也。”《诗·小雅·蓼萧》：“既见君子，我心写兮。燕笑语兮，是以有誉处兮。”《毛传》：“输写其心也。”《郑笺》：“我心写者，舒其情意无留恨也。”张华《答何劭》诗二首之二：“是用感嘉贶，写心出中诚。”《说文》：“写，置物也。”引申为倾泻、输写、写字。《诗·鄘风·柏舟》：“母也天只，不谅人只。”《毛传》：“谅，信也。”《文选》扬雄《甘泉赋》：“同符三皇，录功五帝。”文颖注：“符，合也。”谅符，谓真能符合。玄赏：谓深远高妙之赏心乐事。玄，原作元，清人避康熙讳以玄为元。《宋书·武帝纪上》：“夫冀圣宣绩，辅德弘献，礼穷玄赏（玄，仍作元也），宠章希世。”

余少好雅琴，鞘谙操缦， 指毕沅，此文盖代其作，此余字非容甫自谓也。雅琴：《汉书·艺文志》著录“《雅琴赵氏七篇》”原注：“名定，勃海人，宣帝时丞相魏相所奏。”又：“《雅琴师氏八篇》。”原注：“名中，东海人，传言师旷后。”又：“《雅琴龙氏九十九篇》。”原注：“名德，梁人。”颜师古注：“刘向《别录》云：亦魏相所奏也。”《文选》司马相如《长门赋》：“援雅琴以变调兮，奏愁思之不可长。”李善引刘歆《七略》曰：“雅琴，琴之言禁也，雅之言正也，君子守正以自禁也。”应劭《风俗通义·声音卷之六》：“足以和人意气，感人善心。故琴之为言禁也，雅之为言正也，言君子守正以自禁也。”觕，俗体误作觕，《说文》：“觕，角长皃。从角，爿声。读若粗。”《说文》：“谙，悉也。”《礼记·学记》：“不学操缦，不能安弦；不学博依（广譬喻），不能安《诗》；不学杂服（冕服，皮弁），不能安礼。”郑玄注：“操缦，杂弄。”孔颖达《正义》：“正业积渐之事也。……操缦为前也。操缦者，杂弄也。弦，琴瑟之属。学之须渐，言人将学琴瑟，若不先学调弦杂弄，则手指不便；手指不便，则不能安正其弦。先学杂弄，然后音曲乃成也。”操缦，谓调合弦丝，抚正其度数，使五音谐合不乱。

自奉简书，久忘在御。　简书，谓天子命令也。《诗·小雅·出车》：“昔我往矣，黍稷方华；今我来思，雨雪载涂。王事多难，不遑启居。岂不怀归？畏此简书。”《毛传》：“简书，戒命也。”谓自为国家任用，奉命行事以来，久忘琴瑟之事矣。在御，是歇上语，犹言琴瑟也。《诗·郑风·女曰鸡鸣》：“宜言饮酒，与子偕老。琴瑟在御，莫不静好。”此文上云“少好雅琴”，至此避重字，改用歇上耳。歇上歇下，古人多用之。《诗·小雅·常棣》：“死丧之威，兄弟孔怀。”孔怀，甚思也。今称兄弟为孔怀，亦歇上语。《书·君陈》：“惟尔令德孝恭，惟孝友于兄弟，克施有政。”（亦见《论语》）今或称兄弟为友于，是歇下语。（丘迟《与陈伯之书》：“朱鲔涉血于友于，张绣剚刃于爱子。”）孔怀、友于，皆非名词，而指兄弟者，文人狡狯手段也。又《诗·邶风·二子乘舟》：“二子乘舟，泛泛其景。愿言思子，中心养养。”又《卫风·伯兮》："其雨其雨，杲杲出日。愿言思伯，甘心首疾。"今以愿言为思子思伯，亦歇下语也。曹丕《与朝歌令吴质书》："愿言之怀，良不可任。"愿言之怀，即思子之怀也。

弭节夏口，假馆汉皋。 弭乃㥹之假借，《说文》："弭，弓无缘可以解辔纷者。从弓，耳声。"音米。又"㥹，厉也。一曰：止也。从心，弭声。读若沔"。今人皆不识读弭为沔矣。《离骚》："吾令羲和弭节兮，望崦嵫而勿迫。"王逸注："弭，按也。按节徐步也。"又云："抑志而弭节兮，神高驰之邈邈。"王逸注："弭节徐行。"又屈原《远游》："路曼曼其修远兮，徐弭节而高厉。"王逸注："按心抑志，徐从容也。"又司马相如《上林赋》云："于是乘舆弭节徘徊，翱翔往来。"又班彪《北征赋》："释余马于彭阳兮，且弭节而自思。"李善引司马彪《上林赋》注曰："弭节，安志也。"（今《上林赋》无此注）弭节，即按辔徐行，亦犹言安步也。夏口，即汉口，下句用汉皋，避重，故此句用夏口。王船山《楚辞通释》："汉水方夏，水涨于石首，东溢，合于江，故汉有夏名。其经流至汉阳，乃与江合，而汉口亦称夏口。则汉谓之夏，相沿久矣。"汉皋，汉口之别称。假馆：《孟子·告子下》曹交曰："交得见于邹君，可以假馆，愿留而受业于门。"假，借也，本无人旁，作叚。假，非真也。此假馆是谦辞耳。

岘首同感，桑下是恋。 岘首，山名，一名岘山，一名岘首山，在襄阳县（今襄阳市襄州区）南。《晋书·羊祜传》："（晋武）帝将有灭吴之志，以祜为都督荆州诸军事，假节，散骑常侍，卫将军，如故。祜率营兵出镇南夏，开设庠序，绥怀远近，甚得江、汉之心。……与吴人（陆抗）开布大信，……

祜与陆抗相对，使命交通，抗称祜之德量，虽乐毅、诸葛孔明不能过也。……祜乐山水，每风景，必造岘山，置酒言咏，终日不倦。尝慨然叹息，顾谓从事中郎邹湛等曰：‘自有宇宙，便有此山，由来贤达胜士，登此远望，如我与卿者多矣，皆湮灭无闻，使人悲伤。如百岁后有知，魂魄犹应登此也。’湛曰：‘公德冠四海，道嗣前哲，令闻令望，必与此山俱传；至若湛辈，乃当如公言耳。’……襄阳百姓，于岘山祜平生游憩之所，建碑立庙，岁时飨祭焉。望其碑者，莫不流涕，杜预因名为堕泪碑。”孟浩然《与诸子登岘山》诗：“人事有代谢，往来成古今。江山留胜迹，我辈复登临。水落鱼梁浅，（沔水中有鱼梁洲。见《水经注》）天寒梦泽深。羊公碑尚在，读罢泪沾襟。”佛经《四十二章经》：“（沙门）日中一食，树下一宿，慎勿再矣。”《后汉书·襄楷传》：“襄楷字公矩，平原隰阴人也。好学博古，善天文阴阳之术。桓帝时，……上疏曰：‘……或言老子入夷狄为浮屠（即佛陀，谓佛徒），浮屠不三宿桑下，不欲久生恩爱，精之至也。（此谏桓帝声色之好）’”苏东坡《别黄州》诗：“桑下岂无三宿恋，樽前聊与一身归。”元遗山《望崧少》诗：“结习尚余三宿恋，残年多负半生闲。”此用东坡、遗山意，谓乐其风土，未免有情也。

于是濯足沧浪，息阴乔木。 沧浪，汉水之下流，即汉阳与长江会合处，以水青苍得名。《书·禹贡》：“嶓冢道漾，东流为汉，又东为沧浪之水。”《孟子·离娄上》：“有孺子歌曰：‘沧浪之水清兮，可以濯我缨；沧浪之水浊兮，可以濯我足。’”屈原《渔父》歌辞同，见下。《说文》：“乔，高而曲也。从夭，从高省。《诗》曰：‘南有乔木。’”此息阴乔木，谓就乔木之阴以休影息迹也。此息阴犹言息影。《庄子·渔父》：“人有畏影恶迹而去之走者，举足愈数而迹愈多，走愈疾而影不离身，自以为尚迟，疾走不休，绝力而死。不知处阴以休影，处静以息迹，愚亦甚矣。”此正用其意，谓就阴息影，为下文高谢尘缘伏笔。此句与《诗·周南·汉广》之“南有乔木，不可休思（此用《韩诗》，思是语辞。《毛诗》作息，字误。谓木高而曲，故人不得攀援其上而休止也。《说文》：“休，息止也。从人依木。”）；汉有游女，不可求思”义正相反，不得以《诗》义释此也。贾岛诗：“独行潭底影，数息树边身。”与此略同义。

听渔父之鼓枻，思游女之解佩。 鼓枻，打桨也。屈原《渔父》：“渔父莞尔而笑，鼓枻而去。乃歌曰：‘沧浪之水清兮，可以濯吾缨。沧浪之水浊兮，可以濯吾足。’遂去，不复与言。”此与《庄子·渔父》之渔父，同是设辞，非实有其人也。而班固《汉书·古今人表》，以为有其人，列之上中，与孟子、屈原同品级，殊觉无理可怪。思游女之解佩：谓此地常有仙人来游之意。此句各注本皆本诸古公愚先生《汪容甫文笺》引刘向《列仙传》，谓江妃二女出游江湄。殊觉引典后出而未恰容甫同事之义，宜引《韩诗内传》始允。韩婴在刘向前，《韩诗内传》亡于宋，今据《文选》李善注郭璞《江赋》“感交甫之丧佩，愍神使之婴罗”下注云：“《韩诗内传》曰：‘郑交甫（周人，此必《周南·汉广》诗传）遵彼汉皋台下（正云汉皋，与《列仙传》但云江湄者不同。更见容甫先生学问之广博与隶事之精切），遇二女，与言曰：“愿请子之佩。”

二女与交甫，交甫受而怀之，超然而去。十步，循探之，即亡矣；回顾二女，亦即亡矣。'”今《辞海》交甫下谓曹植《洛神赋》“感交甫之弃言兮，怅犹豫而狐疑”注引葛洪《神仙传》，更在刘向后矣。又《文选》张衡《南都赋》：“耕父扬光于清泠之渊，游女弄珠于汉皋之曲。”李善注：“《韩诗外传》曰：‘郑交甫将南适楚，遵彼汉皋台下，乃遇二女，佩两珠，大如荆鸡之卵。”今《韩诗外传》十卷无。又《文选》张景阳《七命》：“商山之果，汉皋之榛。”李善注：“汉皋已见《南都赋》。《韩诗外传》曰：郑交甫遵彼汉皋台下。”《外传》，皆应是《内传》之误。又《太平御览》卷八百零二《珠上》云：“《韩诗内传》曰：汉女所弄珠，如荆鸡卵。”与《南都赋注》所引语合，作《内传》不误也。徐坚《初学记》卷十引作《韩诗》，亦当是《内传》文，盖释《周南·汉广篇》者也。

亦足高谢尘缘，希风往哲。 谓高高谢绝一切尘俗之事，希冀高风于往时哲士而追及之也。郭璞《游仙》诗：“高蹈风尘外，长揖谢夷、齐。”《后汉书·党锢传》：“（李膺等禁锢终身）正直废放，邪枉炽结，海内希风之流，遂共相标榜（称扬也）。”李贤注：“希，望也。”希风，想望其流风也。往哲：《晋书·夏侯湛传赞》：“才高位卑，往哲攸叹。”《文选》任昉《齐竟陵文宣王行状》：“齐徽《二南》，同规往哲。”【《世说新语·言语篇》：“王右军与谢太傅共登冶城。谢悠然远想，有高世之志。王谓谢曰：‘夏禹勤王（劳于王事），手足胼胝；文王旰食，日不暇给（《书·无逸》：“文王……自朝至于日中昃，不遑暇食。”）。今四郊多垒（《礼记·曲礼上》：“四郊多垒，此卿大夫之辱也。”），宜人人自效。而虚谈废务，浮文妨要，恐非当今所宜。’谢答曰：‘秦任商鞅，二世而亡，岂清言致患邪？’”】

何必抚弦动曲，乃移我情。 唐吴兢《乐府古题要解》：“伯牙学琴于成连先生，三年而成。至于精神寂寞，情志专一，尚未能也。成连云：‘吾师子春在海中（古先生引《琴苑要录》作方子春），能移人情。’乃与伯牙延望，无人。至蓬莱山，留伯牙曰：‘吾将迎吾师。’刺船而去，旬时不返。但闻海上水汩汲漰澌之声，山林窅冥，群鸟悲号，怆然叹曰：‘先生将移我情。’乃援琴而歌之，曲终，成连刺船而返。伯牙遂为天下妙手。”移情：《文选·王文宪集序》：“六辅殊风，五方异俗，公不谋声训，而夏、楚移情。”五臣张铣注：“言不作声誉教示，而下人感其道德，已移情于善道矣。”又容甫《兰韵堂诗集序》：“车子哱喉，哀感顽艳。成连海上，能移我情。”

铭曰： 《说文》无铭字，徐铉《说文·新附·金部》补铭字。云：“记也。”《说文》：“名，自命也。从口夕。夕者冥也，冥不相见，故以口自名。”《礼记·祭统》：“夫鼎有铭，铭者，自名也。”刻文于鼎，以称扬先烈，本是刻于钟鼎，后世凡刻于石，或刻于器物者皆可称铭，本无定体，或称扬，或示警戒。此篇是四言韵文，是称扬琴台者。古人须有九种本领，始能为大夫，《诗·鄘风·定之方中·毛传》：“建邦能命龟，田能施命，作器能铭，使能造命，升高能赋（《汉书·艺文志·诗赋略》：“登高能赋，可以为大夫。”），师旅能誓，山川能说（熟知地理形势），丧纪能诔，祭祀能语。君子能此九者，可谓有德音，可以为大夫。”

宛彼崇丘，于汉之阴。 崇丘：见《三百篇》。今《小雅·南山有台》篇后《诗序》云：“《崇丘》，万物得极其高大也。……有其义而亡其辞。”案：此本笙曲，无文字，用以伴奏者耳，非亡诗也。崇，可解作高，亦可解作大。此处之崇丘，因《序》文谓“无寻幽陟远之劳，靡登高临深之惧”，故而解作高而解作大。此丘广十亩而称大者，在山则小，在丘则大矣。宛字，解为《诗·魏风·葛屦》“宛然左辟”及《诗·秦风·蒹葭》“宛在水中央”之宛，作宛然解，谓宛然见彼崇丘在汉水之南也。此处之宛彼崇丘，与《诗·陈风》之宛丘无涉。《陈风》两见宛丘，是丘名，亦是地名。容甫先生文章妙天下，断无将宛丘拆开，中插彼崇二字之理。不通至此，尚为容甫先生之文哉！且《说文》云：“陈，宛丘，舜后妫满之所封。从𨸏，从木，申声。”徐铉曰：“陈者，太昊之虚，画八卦之所。”故凡用宛丘二字释此者皆非。古公愚先生《汪容甫文笺》用宛丘释此，是古先生求深之误，贤者之过，不可从。孔子曰：“人之过也，各于其党，观过斯知仁矣。”此是古先生学问博，一时不察之误。或用郭璞误注《尔雅·释丘》：“宛中，宛丘。”“宛，谓中央隆高。”则更非。若此丘是中央隆高，则高成尖峰状矣，安得谓其广十亩，居人筑馆其上，至有层轩累榭乎？余有好友，是汉口人，常到此伯牙台，据云高止十余丈，其上是平坦者也。于汉之阴：阴字宜注意，不可忽。阴阳二字，在山或在陆地，则阳为南，阴为北。在水，则阳为北，阴为南也。恰相反。故此篇之《序》文则曰“自汉阳北出二里”。汉阳是地，故云阳；此处之阴字，是谓在汉水之南也。《春秋穀梁传》僖公二十八年：“水北为阳，山南为阳。”易言之，则水南为阴，山北为阴矣。古人文字简括，举阳可以见阴。犹《说文》云：“阴，暗也。水之南、山之北也。”则举阴可以见阳之义矣。《水经注》引汉服虔曰：“水南曰阴。”《春秋公羊传》桓公十六年：“卫侯朔出奔齐。……越在岱阴齐。”汉何休《解诂》云：“山北曰阴。”

二子来游，爰迄于今。 谓自战国时伯牙、钟期来游，以迄于今也。爰，语词，《尔雅·释诂》：“粤、于、爰，曰也。爰、粤，于也。爰、粤、于、那、都、繇，于也。”此爰字犹云于是，谓于是直至于今日“我辈复登临”也。此二句亦用《诗》义，《大雅·卷阿》云：“有卷者阿，飘风自南。岂弟君子，来游来歌，以矢其音。”又《大雅·生民》：“胡臭亶时？后稷肇祀。庶无罪悔，以迄于今。”

广川人静，孤馆天沉。 广川：《国语·鲁语上》展禽曰：“夫广川之鸟兽，恒知避其灾也。”孤馆：贾岛诗断句：“长江风送客，孤馆雨留人。”此处二句是写夜景。广川，指汉水。孤馆即《序》文中“居人筑馆其上，名之曰琴台”之馆，所以纪念伯牙、钟期者。与层轩累榭不相犯，尚无抵触也。此以夜景写之，与《序》文又不相犯，可谓极文章变化之能事矣。夜深然后人静，人静则听觉特佳，先为下文微风四句作伏笔。天沉，意谓天黑如墨，寥廓四垂如沉也。杜诗“星垂平野阔”。垂即沉意，然此处谓天黑沉沉也。

微风永夜，虚籁生林。 永，长也。此二句谓微风起于长夜，而幽响生于林间也。后魏杨衒之《洛阳伽蓝记》卷一

《城内永宁寺》："至于高风永夜，宝铎和鸣，铿锵之声，闻及十余里。"《荀子·解蔽篇》："人心譬如槃水，……微风过之，湛浊动乎下，清明乱于上，则不可以得大形之正也。"杜甫《旅夜书怀》五律起句："细草微风岸，危樯独夜舟。"刘宋谢庄《月赋》："聆皋禽之夕闻，听朔管之秋引。于是弦桐练响，音容选和。徘徊《房露》，惆怅《阳阿》。声林虚籁，沦池灭波。情纡轸其何托？愬皓月而长歌。"此虚籁是指风动木叶之声，非人为之丝竹管弦，故云虚也。杜甫《游龙门奉先寺》诗："阴壑生虚籁，月林散清影。"《说文》："籁，三孔龠也。大者谓之笙，其中谓之籁，小者谓之箹。"至人籁、地籁、天籁，则见《庄子·齐物论》。

泠泠水际，时汛 非浮汎之汎字。 **遗音**。《说文》："泠，水。出丹阳宛陵，西北入江。"段玉裁曰："《前志》（《汉书·地理志》）宛陵下曰清水，西北至芜湖入江。按，许之泠水，即班之清水。……按，凡清泠用此字。"宋玉《风赋》："故其风中人状，直憯凄惏栗，清凉增欷。清清泠泠，愈病析酲。发明耳目，宁体便人。此所谓大王之雄风也。"《楚辞》东方朔《七谏·初放》："上葳蕤而防露兮，下泠泠而来风。"刘向《新序·节士篇》："又恶能以其泠泠，更世事之嘿嘿者哉!"《韩诗外传》卷二："前有高岸，后有深谷，泠泠然如此，既立而已矣。"《汉书·外戚传下》孝成班倢伃《伤悼赋》："广室阴兮帷幄暗，房栊虚兮风泠泠。"蔡琰《悲愤诗》二章之二："玄云合兮翳月星，北风厉兮肃泠泠。"陆机《招隐》诗："山溜何泠泠，飞泉漱鸣玉。"又《文赋》："文徽徽以溢目，音泠泠而盈耳。"潘岳《寡妇赋》："溜泠泠以夜下兮，水溓溓以微凝。”（溓，薄冰也。力检切）白居易《废琴》诗：“废弃来已久，遗音尚泠泠。”水际：梁元帝《赴荆州泊三江口》诗：“水际含天色，虹光入浪浮。”《说文》：“汛，洒也。”音迅。（“洒，汛也。”）《尔雅·释乐》：“大瑟谓之洒。”北宋邢昺疏引汉末孙叔然（名炎，有《尔雅注》，亡）云：“音多变，布出如洒也。”此二句谓虚籁由水边之林中传来，其声泠泠盈耳，时时洒出恍惚当年伯牙之遗音也。遗音：《礼记·乐记》：“清庙之瑟，朱弦而疏越，壹倡而三叹，有遗音者矣。”苏东坡《答仲屯田次韵》诗：“大木百围生远籁，朱弦三叹有遗音。”嵇康《琴赋》：“情舒放而远览，接轩辕之遗音。”李善注：“遗音，谓琴也。”此遗音二字兼领下句之三叹应节。

三叹应节，如彼赏心。　三叹，谓余音无穷，不必如《礼记》郑注所谓“三人从叹之”也。又《吕氏春秋·仲夏纪·适音篇》：“清庙之瑟，朱弦而疏越，一唱而三叹，有进乎音者矣。”《淮南子·泰族训》：“朱弦漏越，一唱而三叹，可听而不可快也。”苏东坡《答张文潜县丞书》：“故汪洋淡泊，有一唱三叹之声也。”应节：谓其音之短长高低疾徐皆合乎节奏也。边让《章华赋》：“于是音气发于丝竹兮，飞响轶于云中，比目应节而双跃兮，孤雌感声而雄吟。美繁手之轻妙兮，嘉新声之弥隆。”赏心：大意谓今听微风起于长夜，虚籁生于幽林，遗音泠泠，三叹应节，则伯牙、钟期二子虽已长往，然我又今听犹如钟期当日听伯牙之琴而赏心也。此六句凭空设想，妙思入神，与伯牙、钟期二子息息相关。赏心谓欣赏快心，心所喜悦，是谢灵运所铸。其《拟魏太子邺中集诗序》云：“天下良辰、美景、赏心、乐事，四者难并。”又其乐府诗《相逢行》云：“行行即（就也）长道，道长息班草。邂逅赏心人，与我倾怀抱。”又《鞠歌行》云：“心欢赏兮岁易沦，隐玉藏彩畴（谁也）识真?”又《永初三年七月十六日之郡初发都》诗云：“将穷山海迹，永绝赏心悟。”又《晚出西射堂》诗云：“含情尚劳爱，如何离赏心?”又《游南亭》诗云：“我志谁与亮？赏心惟良知。”又《石室山》诗云：“灵域久韬隐，如与心赏交。”又《田南树园激流植援》诗云：“赏心不可忘，妙善冀能同。”又《酬从弟惠连诗》云：“永绝赏心望，长怀莫与同。”又《入东道路诗》云：“满目皆古事，心赏贵所高。”

朱弦已绝，空桑谁抚？　朱弦，已屡见上。绝，有二义：一、谓今世已无伯牙；二、谓“伯牙破琴绝弦，终身不复鼓琴，以为世无足复为鼓琴者”（已见上《吕氏春秋》）。此空桑指琴，犹云雅琴谁抚也。空桑，本地名，亦山名，以地名山名为琴，与曹孟德《短歌行》“何以解忧？唯有杜康”之以善造酒之人名为酒同意。最初以空桑之地名为琴是见于《楚辞·大招》，云：“魂乎归来，定空桑只。”王逸注：“空桑，瑟名也。”至出典则最先见于《周礼》。此二句谓伯牙已破琴绝弦久矣，今虚籁生林，时汛遗音，不减伯牙当年者，果谁在抚弄琴弦耶？意仍紧接上文，潜气内转，含味无尽。朱弦已绝：除出《乐记》及伯牙事外，亦用黄山谷《登快阁》诗：“朱弦已为佳人绝，青眼聊因美酒横。”空桑：《周礼·春官·大司乐》：“孙竹之管，空桑之琴瑟，《咸池》之舞，夏日至于泽中之方丘奏之。”郑玄注：“空桑，山名。”《楚辞·九歌·

大司命》："君回翔兮以下，逾空桑兮从女。"王逸注："空桑，山名。"洪兴祖《楚辞补注》："《山海经》（《北山经》）云：'东曰空桑之山。'（郭璞）注云：'此山出琴瑟材，《周礼》空桑之琴瑟是也。'《淮南》（《本经训》）曰：'舜之时，共工振滔洪水，以薄空桑。'（高诱）注：'空桑，地名，在鲁也。'"又《楚辞·大招》王逸注："《周官》云：古者弦空桑而为瑟。……或曰：空桑，楚地名。"《汉书·郊祀歌十九章（见《礼乐志》）·景星》（第）十二云："空桑琴瑟结信成。"颜师古引三国魏张晏注："空桑为瑟，一弹三叹。"师古曰："空桑，地名也。出善木，可为琴瑟。"《吕氏春秋·仲夏纪·古乐篇》："帝颛顼生自若水，实处空桑，乃登为帝。惟天之合，正风乃行，其音若熙熙凄凄锵锵。帝颛顼好其音，乃令飞龙作，效八风之音，命之曰《承云》，以祭上帝。"

海忆乘舟，岩思避雨。 此二句谓望海则忆伯牙学琴于成连时之刺舟往返；见岩则思伯牙、钟期游泰山时之避雨。班固《西都赋》所谓"摅怀旧之蓄念，发思古之幽情"也。海忆乘舟：出唐吴兢《乐府古题要解》。岩思避雨：出《列子·汤问篇》，皆已见上。

邈矣高台，岿然旧楚。 邈，远也，音莫。潘岳《西征赋》："古往今来，邈矣悠哉！"岿，音灰，亦音挥。《说文》作巋，"巋，𡼖也。"落猥切。（"𡼖，山皃。"徂贿切）《尔雅·释山》："卑而大，扈。小而众，岿。"《孔丛子·论书篇》："子张曰：'仁者何乐于山？'孔子曰：'夫山者，岿然高。'"《文选》王文孝（名延寿，王逸子）《鲁灵光殿赋序》："自西京未央、建章之殿，皆见隳坏，而灵光（景帝子鲁恭王立）

岿然独存，意者，岂非神明依凭支持，以保汉室者也?”张载注：“岿然，高大坚固貌也。”此二句谓远然彼高台，至今历二千年，犹岿然坚确不拔于旧时故国（楚国），恍惚伯牙、钟期二子之神明依凭支持也。旧楚二字妙，指伯牙、钟期之故国也。旧楚：陆机《汉高祖功臣颂》：“庸亲作劳，旧楚是分。往践厥宇，大启淮坟。”又陶渊明《答庞参军》四言诗：“依依旧楚，邈邈西云。”

譬操南音，尚怀吾土。 譬，如也。《诗·小雅·小弁》：“譬彼舟流，不知所届。”譬彼南音，谓如彼南音也。此二句谓伯牙、钟期二子之精爽不昧，神明依凭于故国，故虚籁生林，泠泠然汛其遗音，犹其先世春秋时之钟仪，被囚于晋，仍鼓琴操南音为楚声也。《左传》成公九年：“晋侯（景公）观于军府，见钟仪，问之曰：‘南冠而絷者谁也?’有司对曰：‘郑人所献楚囚也。’使税之，召而吊（慰问）之。再拜稽首。问其族，对曰：‘泠人也。’（泠，借为伶。《说文》：“伶，弄也。”）公曰：‘能乐乎?’对曰：‘先父之职官也，敢有二事?’使与之琴。操南音。……（范）文子（士燮）曰：‘楚囚，君子也。言称先职，不背本也。乐操土风，不忘旧也。’”吾土：王粲《登楼赋》：“虽信美而非吾土兮，曾何足以少留。”

《白雪》罢歌，湘灵停鼓。 湘字谐缃音，《说文》：“湘，帛浅黄色也。”工矣。杜甫《独坐》五律五六：“沧溟服衰谢，朱绂负平生。”沧字谐苍音。鼓，动词，非钟鼓之鼓，谓鼓琴也。此二句谓虽听虚籁，如闻遗音；然伯牙之清歌妙曲，究不复存矣。宋玉《对楚王问》：“其为《阳春》《白雪》，国中属而和者，不过数十人。”《淮南子·览冥训》：“师旷奏《白雪》之音，而神物为之下降。”宋郭茂倩《乐府诗集》引《琴集》曰：“《白雪》，师旷所作。”张华《博物志》：“《白雪》者，太帝使素女鼓五弦瑟曲名。”然则《白雪》者，最高妙之曲也。湘灵：《楚辞》屈原《远游》：“使湘灵鼓瑟兮，令海若舞冯夷。”湘灵乃湘水之神，非湘夫人，非舜妃也。详《远游》洪兴祖《补注》及《九歌·湘君》题下洪氏《补注》。

流水高山，相望终古。 流水高山，见上《列子·汤问篇》。伯牙鼓琴志在登高山及志在流水。又吴文英《梦窗词》自度曲有《高山流水》一调，名自此来。终古：永古，亘古也。《周礼·冬官·考工记》：“轮已崇，则人不能登也；轮已庳，则于马终古登阤也。”郑玄注：“齐人之言，终古，犹言常也。”常，亦永远之意。《离骚》：“怀朕情而不发兮，余焉能忍与此终古？”洪兴祖《楚辞补注》：“终古，犹永古也。”又《九歌·礼魂》：“春兰兮秋菊，长无绝兮终古。”又《九章·哀郢》：“去终古之所居兮，今逍遥而来东。”《庄子·大宗师》：“维斗得之，终古不忒；日月得之，终古不息。”此结句谓虽伯牙之妙音绝而莫寻，然流水高山之曲，千古独绝，虽更历万代，犹使后人想望无已也。相望：谓后人互相希风想望也。此处结四句，与范文正公《严先生祠堂记》“云山苍苍，江水泱泱。先生之风，山高水长”同工异曲，皆言有尽而意无穷，杜工部谓“意惬关飞动，篇终接混茫”者，此类是也。

汪中《自序》

古直先生曰："汪喜孙《先君年表》：《自序》为乾隆五十一年四十三岁所作。"

《清史稿·儒林传二》："汪中，字容甫，江都人。生七岁而孤，家贫，不能就外傅。母邹授以《四子书》（即四书）。稍长，助书贾鬻书于市，因遍读经、史、百家，过目成诵，遂为通人。年二十，补诸生，乾隆四十二年拔贡生。提学使者谢墉（字昆城，浙江嘉善人。乾隆十七年成进士，二十四年，五迁工部侍郎，督江苏学政），每试，别置一榜，署名诸生前。尝曰：'余之先容甫，爵也；若以学，当北面事之。'其敬中如此！以母老，竟不朝考。五十一年，侍郎朱珪主江南试（珪字君石，顺天大兴人。与兄筠同乡举，并负时誉。乾隆十三年成进士，年甫十八。五十一年擢礼部侍郎，典江南乡试。复官至协办大学士、体仁阁大学士），谓人曰：'吾此行必得汪中为选首。'不知其不与试也。中颛意经术，与高邮王念孙、宝应（属扬州）刘台拱为友，共讨论之。……又曰：'有官府之典籍，有学士大夫之典籍。故老之传闻，行一事，有一书传之，后世奉以为成宪，此官府之典籍也。先王之礼乐政事，遭世之衰，废而不失，有司徒守其文，故老能言其事，好古之君子，闵其浸久而遂亡也，而书之简毕（《尔雅·释器》："简，谓之毕。"），此学士大夫之典籍也。'又曰：'古之为学士者，官师之长，但教之以其事，其所诵者，《诗》、《书》而已。其他典籍，则皆官府藏而世守之，民间无有也。苟非其官，官亦无有也。其所谓士者，非王侯公卿大夫之子，则一命之士。外此，则乡学、小学而已，自辟雍（天子所设之大学）之制无闻，太史之官失守，于是布衣有授业之徒，草野多载笔之士。教学之官，记载之职，不在上而在下。及其衰也，诸子各以其学鸣，而先王之道荒矣。然当诸侯去籍，（《汉书·艺文志》云："帝王质文，世有损益。至周曲为之防，事为之制。故曰：礼经三百，威仪三千。及周之衰，诸侯将逾法度，恶其害己，皆灭去其籍。自孔子时而不具，至秦大坏。"）秦政焚书，有司所掌，荡然无存。犹赖学士相传，存其一二，斯不幸中之幸也。'又曰：'孔子所言，则学士所能为者，留为世教。若其政教之大者，圣人无位，不复以教子弟。'又曰：'古人学在官府，人世其官，故官世其业。官既失守，故专门之学废。'其书稿草略具，亦未成；后乃即（就也）其考三代典礼，及文字训诂、名物象数，益以论撰之文，为《述学内外篇》，凡六卷。其有功经义者：则有若《释三九》、《妇人无主答问》、《女子许嫁而婿死从死及守志议》、《居丧释服解义》。其表章经传及先儒者：则有若《周官征文》、《左氏春秋释疑》、《荀卿子通论》、《贾谊新书序》。其他考证之文，亦有依据。中又熟于诸史、地理，山川厄要，讲画了然。著有《广陵通典》十卷、《秦蚕食六国表》、《金陵地图考》。生平于诗文书翰，无所不工。所作《广陵对》、《黄鹤楼铭》、《汉上琴台铭》，皆见称于时。他著有《经义知新记》一卷，《大戴礼正误》一卷，遗诗一卷。五十九年卒，年五十一。中事母以孝闻，左右服劳，不辞烦辱。居丧，哀戚过人。其于知友故旧，没后衰落，相存问，过于从前。道光十一年，旌孝子。中子喜孙，自有传。”

王念孙《述学叙》：“《述学》者，亡友汪容甫中之所作也。余与容甫交，垂四十年，以古学相底厉。余为训诂、文字、声音之学，而容甫讨论经、史，榷然疏发，挈其纲维。余拙于文词，而容甫淡雅之才，跨越近代，每自愧所学不若容甫之大也。宦游京师，索居多感，娄欲南归，与故人讲习。志未及遂，而容甫以病殁矣。常忆容甫才卓识高，片言只字，皆当为世宝之，欲求其遗书而未果。岁在甲戌（嘉庆十九年），其子喜孙应礼部试，以其父所撰《述学》已刻、未刻者凡厶十厶篇，索叙于余。余曰：‘此我之志也。’自元、明以来，说经者多病凿空；而矫其失者，又蹈株守之陋。为文者，虑袭欧、曾、王、苏之迹；而志乎古者，又貌为奇傀而愈失其真。今读《述学内外篇》，可谓卓尔不群矣。其有功经义者：则有若《释三九》、《妇人无主答问》、《女子许嫁而婿死从死及守志议》、《居丧释服解义》、《春秋述义》。使后之治经者，振烦祛惑，而得其会通。其表章经传及先儒者：则有若《周官征文》、《左氏春秋释疑》、《荀卿子通论》、《贾谊新书叙》。使学者笃信古人，而息其畔喭之习。其它考证之文，皆确有依据，可以传之将来。至其为文，则合汉、魏、晋、宋作者而铸成一家之言。渊雅醇茂，无意摩放，而神与之合。盖宋以后无此作手矣。当世所最称颂者，《哀盐船文》、《广陵对》、《黄鹤楼铭》，而它篇亦皆称此。盖其贯穿于经、史、诸子之书，而流衍于豪素。揆厥所元，抑亦酝酿者厚矣。若其为人，孝于亲，笃于朋友，疾恶如风，而乐道人之善，盖出于天性使然。视世之习熟时务，而依阿洟涊者，何如也？直谅多闻，古之益友，其容甫之谓与！余因容甫之子之求，而辄述容甫之学，与其文之绝世，人之天性过人者，缀于卷末，以俟后之为儒林传者，有所稽而采焉。嘉庆二十年，岁在乙亥，正月之七日，高邮王念孙叙。时年七十有二。”（王怀祖与容甫同年生，而寿至八十九岁）

刘台拱《容甫传》曰：“所为六朝骈体文，哀感顽艳，志隐味深，无近人规模汉、魏，排比奇字之失。”又《容甫先生遗诗题辞》曰：“为文钩贯经、史，镕铸汉、唐，卓然自成一家。”

王引之《容甫先生行状》：“仪征盐船厄于火，焚死无算，先生为《哀盐船文》，杭编修世骏序之，以为惊心动魄，一字千金。……朱文正公（珪谥文正）提学浙江，先生往谒，答述扬州割据之迹，死节之人，作《广陵对》三千言。博综古今，天下奇文字也。毕尚书沅，总督湖广，招徕文学之士，先生往就之，为撰《黄鹤楼铭》，歙程孝廉方正瑶田书石，嘉定钱州判坫篆额，时人以为三绝。……为文根柢经、史，陶冶汉、魏，不沿欧、曾、王、苏之派，而取则于古，故卓然成一家言。”

阮元《述学序录》曰：“汪中，字容甫。孤秀独出，凌轹一时，心贯九流，口敝万家。鸿文崇论，上拟唐、汉。刘焯、刘炫，略同其概。”（《隋书·儒林传》：“刘焯，……犀额龟背，望高视远，聪敏沉深，弱不好弄。少与河间刘炫结盟为友。”刘炫聪明博学，名亚于焯，故时人称二刘焉。然怀抱不旷，又啬于财，不行束脩者，未尝有所教诲，时人以此少之。二刘实不能与容甫比也）

包世臣《艺舟双楫》曰：“容甫之文，长于讽喻，柔厚艳逸，词洁静而气不局促，江介前辈，罕与比方。”

李详《汪容甫先生赞序》曰：“容甫孤贫郁起，横绝当世。其文上窥屈、宋，下揖任、沈，旨高喻深，貌闲心戚。状难写之情，含不尽之意。可谓魏、晋一贯，《风》、《骚》两夹。”

章炳麟《菿汉微言》曰：“今人为俪语者，以汪容甫为善。彼其修辞安雅，则异于唐；持论精审，则异于汉；起止自在，无首尾呼应之式，则异于宋以后之制科策论。而气息调利，意度冲远，又无迫笮蹇吃之病，斯信美也。”

古直先生《汪容甫文笺叙录》曰：“今观其《广陵对》、《哀盐船文》、《自序》、《吊黄祖》等篇，至诚激发，溢气坌涌，形貌不同，而皆合于《小雅》、《离骚》之致。‘文质彬彬，然后君子。’夫惟大雅，卓尔不群。”（《汉书·景十三王传赞》末句云：“河间献王近之矣。”）容甫之谓矣。余少好《述学》，珍为秘玩，朝夕讽诵，若将通神。”

案：近代高手论有清一代骈体文，咸以汪中、洪亮吉为之最。大抵汪气浑，洪气高；汪回旋，故味久愈在；洪直放，故动辄惊人，未易优劣也。

昔刘孝标自序平生，以为比迹敬通，三同四异，后世诵其言而悲之。 东汉初，冯衍，字敬通，入江淹《恨赋》，盖以为古之恨人也。其《显志赋》有云："念人生之不再兮，悲六亲之日远。"又云："伤诚善之无辜兮，赍此恨而入冥。"《梁书·文学传下·刘峻传》："刘峻，字孝标，平原平原人。……峻又尝为《自序》，其略曰：'余自比冯敬通，而有同之者三，异之者四。何则？敬通雄才冠世，志刚金石；余虽不及之，而节亮慷慨，此一同也。敬通值中兴明君（汉光武），而终不试用；余逢命世英主（梁武），亦摈斥当年，此二同也。敬通有忌妻，至于身操井臼；余有悍室，亦令家道轗轲，此三同也。敬通当更始（刘玄）之世，手握兵符，跃马食肉；余自少迄长，戚戚无欢，此一异也。敬通有一子仲文（名豹），官成名立（和帝时，迁武威太守，复征入为尚书）；余祸同伯道，永无血胤，此二异也。敬通膂力方刚，老而益壮；余有犬马之疾，溘死无时，此三异也。敬通虽芝残蕙焚，终填沟壑，而为名贤所慕，其风流郁烈芬芳，久而弥盛；余声尘寂漠，世不吾知，魂魄一去，将同秋草，此四异也。所以自力为叙，遗之好事云。'峻居东阳，吴会人士多从其学。（梁武帝）普通二年卒，时年六十。门人谥曰玄靖先生。"

尝综平原之遗轨，喻我生之靡乐， 《说文》："综，机缕也。"子宋切。《易·系辞传上》："参伍以变，错综其数。"孔颖达疏："综，谓总聚。"平原，指孝标。《诗·大雅·抑》："昊天孔昭，我生靡乐。"

异同之故，犹可言焉。夫亮节慷慨，率性而行，博极群书，文藻秀出。 亮节慷慨，见上孝标《自序》。《梁书·文学传下·刘峻传》："峻率性而动，不能随众沉浮，高祖颇嫌之，故不任用。"《南史·刘峻传》："闻有异书，必往祈借。清河崔慰祖谓之书淫。于是博极群书，文藻秀出。"

斯惟天至，非由人力。 《史记·淮阴侯列传》韩信答高祖曰："且陛下所谓天授，非人力也。"

虽情符曩哲，未足多矜。 扬雄《甘泉赋》："同符三皇，录功五帝。"魏文颖注："符，合也。"东汉崔骃《达旨》："独师道德，合符曩真，抱景特立，与士不群。"曩哲，容甫自铸。《广雅·释诂一》："矜，大也。"鲍照《咏史》诗："五都矜财雄，三川养声利。"李善引郑玄《尚书大传》注："矜，夸也。"

余玄发未艾，野性难驯， 《书·禹贡》："海、岱及淮惟徐州，……厥篚玄纤缟。"《孔传》："玄，黑也。"阮籍《咏怀》诗："玄发发朱颜，睇眄有光华。"陆机《东宫》诗："柔颜收红藻，玄发吐素华。"谢惠连《秋怀》诗："各勉玄发欢，无贻白首叹。"江淹《杂体诗》："功名惜未立，玄发已改素。"《礼记·曲礼上》："五十曰艾，服官政。"孔颖达疏："年至五十，气力已衰，发苍白，色如艾也。"韦应物《述园鹿》诗："野性本难畜，玩习亦逾年。"钱起《石门春暮》诗："自笑鄙夫多野性，贫居数亩半临湍。"姚合《闲居遣怀》诗："野性多疏惰，幽栖更称情。"陆游《野性》诗："野性从来与世疏，俗尘自不到吾庐。”颜延年《五君咏·嵇中散》：“鸾翮有时铩，龙性谁能驯。”刘孝标《金华山栖志序》：“予生自原野，善畏难狎。心骇云台朱屋，望绝高盖青组。且沾濡雾露，弥愿闲逸。”王念孙谓容甫疾恶如风，出于天性。

麋鹿同游，不嫌摈斥。《孟子·尽心上》：“舜之居深山之中，与木石居，与鹿豕游，其所以异于深山之野人者几希。”孝标《广绝交论》：“独立高山之顶，欢与麋鹿同群。”又《辨命论》：“皆摈斥于当年，韫奇才而莫用。”又《自序》云：“余逢命世英主，亦摈斥当年。”

商瞿生子，一经可遗。《孔子家语·七十二弟子解》：“梁鳣，齐人，字叔鱼。少孔子三十九岁。年三十，未有子，欲出其妻。商瞿（鲁人，字子木，少孔子二十岁）谓曰：‘子未也。昔吾年三十八，无子。吾母为吾更取室。夫子使吾之齐，母欲请留吾。夫子曰：“无忧也。瞿过四十，当有五丈夫子。”今果然。吾恐子自晚生耳，未必妻之过。’从之，二年而有子。”《汉书·韦贤传》：“少子玄成，复以明经历位至丞相。故邹、鲁谚曰：‘遗子黄金满箭籯，不如一经。’”容甫子喜孙，字孟慈，嘉庆十二年丁卯举人，官至河南怀庆府知府。孟慈九岁而孤，其《礼堂授经图》自序云：“喜孙年六岁，先君写定皇象本《急就篇》、《管子弟子职》，教授于礼堂。明年，更写郑康成《易注》、卫包未改本《尚书》、顾炎武《诗本音》、《仪礼·丧服·子夏传》，以次授读。先君《自序》以为‘商瞿生子，一经可遗’。”

凡此四科，无劳举例。 亮节慷慨，率性而行，一也。博极群书，文藻秀出，二也。玄发未艾，野性难驯，麋鹿同游，不嫌摈斥，三也。商瞿生子，一经可遗，四也。

孝标婴年失怙，藐是流离。托足桑门，栖寻刘宝。《南史·刘峻传》："峻生期月而（父）琁之卒，其母许氏携峻及其兄法凤还乡里。宋（明帝）泰始初，魏克青州，峻时年八岁，为人所略为奴，至中山（在河北）。中山富人刘宝愍峻，以束帛赎之，教以书学。魏人闻其江南有戚属，更徙之代都（《梁书》作桑乾，皆山西北部）。居贫不自立，与母并出家为尼僧，既而还俗。"《后汉书·光武十王列传·楚王英传》："（明帝）永平元年，……诏报曰：'楚王诵黄、老之微言，尚浮屠之仁祠，洁斋三月，与神为誓，何嫌何疑？当有悔吝，其还赎以助伊蒲塞桑门之盛馔。'"李贤注："伊蒲塞，即优婆塞也。中华翻为近住，言受戒行堪近僧住也。桑门，即沙门。"庾信《哀江南赋序》："藐是流离，至于暮齿。"

余幼罹穷罚，多能鄙事。《晋书·孝友·刘殷传》："刘殷，字长盛，新兴人也。……殷七岁丧父，哀毁过礼。……九岁乃于泽中恸哭曰：'殷罪衅深重，幼丁艰罚。'"古公愚先生曰："《孟子》（《梁惠王下》）：'鳏寡孤独，天下之穷民而无告者也。'穷罚，义本此。"《论语·子罕》："吾少也贱，故多能鄙事。"容甫《与朱武曹书》："中尝有志于用世，而耻为无用之学，故于古今制度沿革，民生利病之事，皆博问而切究之，而待一日之遇。下至百工小道，学一术以自托。平日则自食其力，而可以养其廉耻，即有饥馑流散之患，亦足以卫其生。何苦耗心劳力，饰虚词以求悦世人哉！"王引之《容甫先生行状》："少孤，好学，贫不能购书，助书贾鬻书于市。"学百工小道之术，助书贾鬻书，此所谓多能鄙事者也。

赁舂牧豕，一饱无时。《后汉书·逸民·梁鸿传》："遂至吴，依大家皋伯通，居庑下，为人赁舂。"《史记·平津侯列传》："丞相公孙弘者，齐菑川国薛县人也，字季。少时为薛狱吏，有辠（罪），免。家贫，牧豕海上。"一饱无时：欧阳修《读李翱文》："最后读《幽怀赋》，然后置书而叹，叹已复读，不自休。恨翱不生于今，不得与之交；又恨予不生于翱时，与翱上下其论也。凡昔翱一时人，有道而能文者，莫若韩愈；愈尝有赋（《感二鸟赋》）矣，不过羡二鸟之光荣，叹一饱之无时尔！推是心使光荣而饱，则不复云矣。若翱独不然，其赋曰：'众嚣嚣而杂处兮，咸叹老而嗟卑。视予心之不然兮，虑行道之犹非。'"

此一同也。

孝标悍妻在室，家道轗轲。 孝标《自序》："余有悍室，亦令家道轗轲。"

余受诈兴公，勃豀累岁。《世说新语·假谲篇》："王文度（坦之字）弟阿智，（刘孝标注："阿智，王虔之小字。虔之，字文将，州辟别驾，不就。娶太原孙绰女，字阿恒。"）恶乃不翅，当年长而无人与婚；孙兴公（绰字）有一女，亦辟错，又无嫁娶理。因诣文度求见阿智，既见，便阳言：'此定可，殊不如人所传，那得至今未有婚处！我有一女，乃不恶。但吾寒士，不宜与卿计，欲令阿智娶之。'文度欣然，而启蓝田（文度父述，字怀祖）云：'兴公向来，忽言欲与阿智婚。'蓝田惊喜。既成婚，女之顽嚚，欲过阿智。方知兴公之诈。"《说文》："疧，病不翅也。"渠支切。段玉裁注："翅，同啻。《口部》啻下曰：‘语时不啻也。’《仓颉篇》曰：‘不啻’，多也。’古语不啻，如楚人言伙颐之类。《世说新语》云：‘王文度弟阿至（应作智，此误记）恶乃不翅。’晋、宋间人，尚作此语。”勃豀：《庄子·外物篇》：“心有天游。（成玄英疏：“虚空，故自然之道游其中。”）室无空虚，则妇姑勃豀；心无天游，则六凿（音造）相攘。”司马彪注：“勃豀，反戾也。无虚空以容其私，则反戾共斗争也。六凿相攘，谓六情攘夺。”凌廷堪《汪容甫墓志铭》：“初娶孙氏，不相能，援古礼出之。”近人李详审言案：“容甫妻本孙氏，偶援兴公，取便隶事，予始叹其精绝，继乃病容甫厚诬其妻。百年沉冤，蕴而不举。盖容甫之妻，不能操作，失姑之欢。容甫出之，实有难言之隐，故文中所使勃豀、乞火、蒸梨，皆妇姑间事，冥默自伤，抑掩独喻。阮太傅元《广陵诗事》云：‘汪容甫明经中元配妻孙氏，工诗，有句云：“人意好如秋后叶，一回相见一回疏。”’有才如此，岂有越礼自弃通门，委如落叶？且既出后不闻再醮，包氏世臣犹及见之，见《艺舟双楫·书述学六卷后》，文中未加丑诋。夫阮公誉之，慎伯称之，孙无大过审矣。容甫至孝，此事所不忍言。世传容甫躁急，加以杀妻之罪，文章之士，又据容甫此文，妄坐其罪，错无人理。嗟乎！贞妇冥冥，谁为平反一挥涕邪？余不怪容甫，独咎孟慈一代循吏，所著书中仅云：‘先君容甫先生初娶孙。’夫不称前母，而称曰孙，蔑礼之词，轻同夫已。不为先人稍抒其隐，谓之不孝可也。容甫感同放翁，孟慈罪浮永叔，【欧阳修父观，出其元配，有子（名昞）随母所育。及卒，终赖其子收葬焉。时欧阳修仅四岁。其后作《泷冈阡表》，不书其事，为父讳也】

予乃不能不为之三叹矣。”

里烦言于乞火，家构衅于蒸梨。《汉书·蒯通传》，通曰：“臣之里妇，与里之诸母相善也。里妇夜亡肉，姑以为盗，怒而逐之。妇晨去，过所善诸母，语以事而谢之，里母曰：‘女安行？我今令而（汝也）家追女矣。’即束缊请火于亡肉家，曰：‘昨暮夜，犬得肉，争斗相杀，请火治之。’亡肉家遽追呼其妇。故里母非谈说之士也；束缊乞火，非还妇之道也。然物有相感，事有适可。”蒸梨：《孔子家语·七十二弟子解》：“曾参，南武城人，字子舆。少孔子四十六岁，志存孝道，故孔子因之以作《孝经》。……参后母遇之无恩，而供养不衰。及其妻以藜烝不熟，因出之。人曰：‘非七出也。’参曰：‘藜烝，小物耳。吾欲使熟而不用吾命。况大事乎？’遂出之，终身不娶妻。”李详曰：“宋本《家语》作藜烝，其作梨者，误本也。《述学》新旧诸刻，均作蒸梨，非是。陆玑《毛诗草木鸟兽虫鱼疏》：‘莱，草名，其叶可食，今兖州人蒸以为茹，谓之莱蒸。’案：莱蒸，即藜蒸也，莱藜双声相转，段玉裁亦如此说。藜，今名灰藋菜，三月采之，可以为茹，予亲验之。”古公愚先生曰：“《太平御览》四百四十六引《越绝书》，传曰：‘孔子去鲁，燔俎无肉；曾子去妻，藜蒸不熟。’又《梁书·处士诸葛璩传》：‘谢朓《教》曰：就养寡藜蒸之给。’皆其证。”

蹀躞东西，终成沟水。 卓文君《白头吟》：“今日斗酒会，明旦沟水头。躞蹀御沟上，沟水东西流。”《西京杂记》卷三：“相如将聘茂陵人女为妾，卓文君作《白头吟》以自绝，相如乃止。”

此二同也。

孝标自少至长，戚戚无欢。 见孝标《自序》。

余久历艰屯，生人道尽。 潘岳《怀旧赋》：“涂艰屯其难进，日晼晚其将暮。”五臣李周翰注：“艰屯，险阻也。”孙楚《为石仲容与孙皓书》：“豺狼抗爪牙之毒，生人陷涂炭之艰。”江淹《草木颂序》：“爰乃慕承嘉惠，守职闽中。且仆生人之乐，久已尽矣；所爱两株树，十茎草之间耳。”

春朝秋夕，登山临水，极目伤心，非悲则恨， 贾谊《新书·保傅篇》：“三代之礼，天子春朝朝日，秋暮夕月，所以明有敬也。”沈约《与约法师书》：“春朝听鸟，秋夜临风。”宋玉《九辩》：“悲哉秋之为气也！萧瑟兮木摇落而变衰，憭栗兮若在远行，登山临水兮送将归。”又《招魂》末云：“湛湛江水兮上有枫，目极千里兮伤春心，魂兮归来哀江南。”《汉书·刑法志》：“不辜蒙戮，父子悲恨。”《吴志·孙登传》：“生为国嗣，没享荣祚，于臣已多，亦何悲恨哉！”《论衡·明雩篇》：“悲恨思慕，冀其悟也。”王安石《桂枝香》：“叹门外楼头，悲恨相续。”

此三同也。

孝标夙婴羸疾，虑损天年。 孝标《自序》：“余有犬马之疾，溘死无时。”《说文》：“羸，瘦也。”《广雅·释言》：“羸，瘠也。”《吴志·吴主权潘夫人传》：“权不豫，……侍疾疲劳，因以羸疾。”庾信《小园赋》：“崔骃以不乐损年，吴质以长愁养病。”天年，谓天然之年寿也。《庄子·山木》：“此木以不材得终其天年。”《韩非子·解老篇》：“无祸则尽天年，……尽天年则全而寿。”《战国策·韩策二》聂政曰：“老母今以天年终，政将为知己者用。”

余药裹关心，负薪永旷。 杜甫《酬郭十五判官》七律三四：“药裹关心诗总废，花枝照眼句还成。”负薪：《礼记·曲礼下》：“问庶人之子：长曰能负薪矣；幼曰未能负薪也。”负薪，谓为亲服劳也。容甫药裹关心，体弱多病，故云负薪之责永旷也。李详注引此正合。而古公愚先生曰：“《曲礼（下）》：‘君使士射，不能，则辞以疾，言曰：某有负薪之忧。’《公羊传》桓公十六年何休注：‘天子有疾称不豫，诸侯称负兹，大夫称犬马，士称负薪。’此文上言药裹，下言负薪，则负薪自是喻疾，原注似非。”后说永旷二字无义。

鳏鱼嗟其不瞑，桐枝惟余半生。 汉末刘熙《释名·释亲属》：“无妻曰鳏；鳏，昆也；昆，明也。愁悒不寐，目恒鳏鳏然也，故其字从鱼，鱼目恒不闭者也。”枚乘《七发》：“龙门之桐，高百尺而无枝。中郁结之轮囷，根扶疏以分离。上有千仞之峰，下临百丈之谿。湍流遡波，又澹淡之。其根半死半生。”

鬼伯在门，四序非我。 汉乐府《蒿里歌》：“蒿里谁家地？聚敛魂魄无贤愚。鬼伯一何相催促！人命不得少踟蹰。”《汉书·礼乐志·郊祀歌十九章·日出入九》：“日出入安穷？时世不与人同。故春非我春，夏非我夏，秋非我秋，冬非我冬。”《魏书·律历志》：“四序迁流，五行变易。”《隋书·音乐志》：“分四序，缀三光。”汪喜孙《孤儿编·先君学行记》：“先君四十以后，百疾交攻，几无生人之乐。”（喜孙，中子）

此四同也。

孝标生自将家，期功以上，参朝列者，十有余人。 《史记·项羽本纪》陈婴谓其军吏曰：“项氏世世将家，有名于楚。”《晋书·石弘载记》：“大雅愔愔，殊不似将家子。”期功：李密《陈情表》：“外无期功强近之亲，内无应门五尺之童。”期，斋衰，一年服。大功，九月服。小功，五月服。朝列，犹朝班也。潘岳《秋兴赋》：“摄官承乏，猥厕朝列。”谢灵运《九日从宋公戏马台集送孔令》诗：“归客遂海隅，脱冠谢朝列。”《南史·刘峻传》附《刘怀珍传》后。怀珍，齐左卫将军。怀珍伯父奉伯，宋世官陈、南顿二郡太守。怀珍子灵哲，齐兖州刺史。孝标兄孝庆，齐末为兖州刺史，举兵应梁武，封余干县男。怀珍从子怀慰，齐齐郡太守。怀慰父乘人，冀州刺史。子霁，西昌相，尚书主客侍郎。杳，尚书左丞。怀珍从孙訏，訏祖承宗，宋太宰参军。訏父灵真，齐镇西咨议，武昌太守。怀珍族弟善明，齐时历任北海太守，海陵太守，巴西、梓潼二郡太守，西海太守行青、冀二州刺史，骠骑咨议，南、东海太守行南徐州州事，淮南、宣城二郡太守，封新涂伯。善明伯父弥之，赠青州刺史。善明父怀人，仕宋为齐、北海二郡太守。善明从伯怀恭，宋北海太守。善明从弟僧富，齐前将军，封丰阳男。兄法护，济阴太守。孝标，怀珍从父弟也。故容甫谓期功以上，参朝列者，十有余人。是也。

兄典方州，余光在壁。 兄孝庆，齐末为兖州刺史，举兵应梁武，封余干县男，青州刺史。方州，刺史所治之称。《汉书·张敞传》：“守京兆尹。……免为庶人。……便从阙下亡命。……数月，……天子引见敞，拜为冀州刺史。敞起亡命，复奉使典州。”《晋书·殷仲堪传》：“为荆州刺史，每与子弟云：人物见我受任方州，谓我豁平昔时意，今吾处之不易。”《战国策·秦策二》：“甘茂亡秦，且之齐，出关，遇苏子（代），曰：‘君闻夫江上之处女乎？’苏子曰：‘不闻。’曰：‘夫江上之处女，有家贫而无烛者。处女相与语，欲去之。家贫无烛者将去矣，谓处女曰：“妾以无烛，故常先至，扫室布席。何爱余明之照四壁者？幸以赐妾，何妨于处女？妾自以有益于处女，何为去我？”处女相语，以为然而留之。今臣不肖，弃逐于秦而出关，愿为足下扫室布席，幸无我逐也。’苏子曰：‘善。请重公于齐。’”刘向《列女传·辩通·齐女徐吾传》：“齐女徐吾者，齐东海上贫妇人也。与邻妇李吾之属，会烛相从夜绩。徐吾最贫，而烛数不属。李吾谓其属曰：‘徐吾烛数不属，请无与夜也。’徐吾曰：‘是何言与？妾以贫，烛不属之故，起常早，息常后，洒扫陈席，以待来者。自与蔽薄坐，常处下。凡为贫，烛不属故也。夫一室之中，益一人，烛不为暗；损一人，烛不为明，何爱东壁之余光，不使贫妾得蒙见哀之恩，长为妾役之事，使诸君常有惠施于妾，不亦可乎？’李吾莫能应，遂复与夜，终无后言。”

余衰宗零替，顾景无俦，《三国志·蜀志·张裔传》：“抚恤故旧，振赡衰宗，行义甚至。”零替，犹零落也。明瞿佑《剪灯新话》：“先人既殁，家事零替，既无弟兄，仍鲜族党。”又云：“奄忽以来，家事零替。内无应门之童，外绝知音之士。盗贼之所攘窃，虫鼠之所毁伤，十不存一。”《资治通鉴·晋纪一·世祖武皇帝上之上》：“泰始三年……徽犍为李密为太子洗马。密以祖母老固辞，许之。密与人交，每公议其得失而切责之。常言：吾独立于世，顾影无俦。然而不惧者，以无彼此于人故也。”

白屋藜羹，馈而不祭。《孔子家语·贤君篇》孔子答子路曰：“昔者周公居冢宰之尊，制天下之政，而犹下白屋之士（王肃注：“草屋也。”），日见百七十人。斯岂以无道也？欲得士之用也。恶有有道而无下天下君子哉？”《汉书·萧望之传》望之说霍光曰：“恐非周公相成王躬吐握之礼，致白屋之意。”颜师古注：“周公摄政，谓一沐三握发，一饭三吐餔，以接天下之士。白屋，谓白盖之屋，以茅覆之，贱人所居。”《墨子·非儒下》：“孔丘穷于蔡、陈之间，藜羹不糂，十日。”《庄子·让王篇》：“孔子穷于陈、蔡之间，七日不火食，藜羹不糂，颜色甚惫，而弦歌于室。”《荀子·宥坐篇》：“孔子南适楚，厄于陈、蔡之间，七日不火食，藜羹不糂，弟子皆有饥色。”《孔子家语·在厄篇》：“孔子不得行，绝粮七日，外无所通，黎羹不充，从者皆病。”《吕氏春秋·孝行览·慎人篇》：“孔子穷于陈、蔡之间，七日不尝食，藜羹不糁。宰予备矣，孔子弦歌于室。”又《审分览·任数篇》：“孔子穷乎陈、蔡之间，藜羹不斟，七日不尝粒。昼寝，颜回索米，得而爨之，几熟，孔子望见颜回攫其甑中而食之。选间食熟（选间，须臾），谒孔子而进食，孔子佯为不见之，孔子起曰：‘今者梦见先君，食洁而后馈。’颜回对曰：‘不可。向者煤室（烟尘之煤也）入甑中，弃食不祥，回攫而饭之。’”《周礼·天官》：“膳夫……凡王之馈。”郑玄注：“进物于尊者曰馈。”王僧达《祭颜光禄文》：“以此忍哀，敬陈尊馈。”李善引《苍颉篇》曰：“馈，祭名也。”容甫谓不能备礼而祭也。

此一异也。

孝标倦游梁、楚，两事英王。《史记·司马相如传》："是时梁孝王来朝，从游说之士。齐人邹阳、淮阴枚乘、吴庄忌夫子（即严忌）之徒，相如见而说之，因病免（为景帝武骑常侍），客游梁。梁孝王令与诸生同舍，相如得与诸游士居，数岁。"又云："长卿故倦游，虽贫，其人材足依也。"裴骃《集解》引郭璞曰："倦游，厌游宦也。"古公愚先生曰："倦游梁、楚，楚即吴也。《史记》（《货殖列传》）：'彭城以东，东海、吴、广陵，此东楚也。'文不言梁、吴，而曰梁、楚，嫌吴平声，音节不谐耳。《汉书·邹阳传》：'吴王濞招致四方游士，阳与严忌、枚乘等俱仕吴。'又曰：'是时景帝少弟梁孝王贵盛，亦待士，于是邹阳、枚乘、严忌知吴不可说，皆去之梁，从孝王游。'原注（谓李详）舍楚不释，盖偶不照耳。"两事英王：《梁书·文学传下·刘峻传》："时竟陵王子良博招学士，峻因人求为子良国职，吏部尚书徐孝嗣抑而不许；用为南海王（名子罕，齐武帝子，与子良异母）侍郎，不就。至明帝时，萧遥欣（宗室，封曲江公）为豫州，为府刑狱，礼遇甚厚。……安成王秀（梁武帝异母弟）好峻学，及迁荆州，引为户曹参军。给其书籍，使抄录事类，名曰《类苑》。"两事英王，指曲江公萧遥欣及安成王秀也。王公两字不必泥。又案：曲江公萧遥欣为豫州，孝标为其府刑狱，梁属豫州。安成王秀为荆州，荆州属楚。孝标倦游梁、楚句是实指，非虚譬也。

作赋章华之宫，置酒睢阳之苑。《后汉书·文苑传下·边让传》："少辩博，能属文。作《章华赋》，虽多淫丽之辞，而终之以正，亦如相如之讽也。"章华台，楚灵王筑，此句承楚。《史记·梁孝王世家》：“于是孝王筑东苑，方三百余里。广睢阳城七十里。大治宫室，为复道，自宫连属于平台，五十余里。”郦道元《水经注·睢水》：“文帝十二年，封少子武为梁王，……招延豪杰，士咸归之。长卿之徒，免官来游，广睢阳城七十里，大治宫观，台苑屏榭，势并皇居。”《文选》谢惠连《雪赋》曰：“梁王不悦，游于兔园。乃置旨酒，命宾友。召邹生，延枚叟。相如末至，居客之右。”此属梁也。

白璧黄金，尊为上客。《战国策·秦策一》：“苏秦见说赵王于华屋之下，抵掌而谈。赵王大悦，封为武安君，受相印。革车百乘，锦绣千纯，白璧百双，黄金万镒，以随其后。”又《秦策三》蔡泽说应侯范雎，“应侯曰：善。乃延入坐，为上客”。《礼记·曲礼上》：“烛至起，食至起，上客起。”《荀子·儒效》：“随其长子，事其便辟，举其上客。”《史记·管晏列传》：“越石父贤，……晏子于是延入为上客。”

虽车耳未生，而长裾屡曳。扬雄《太玄经》卷五：“《积》：次四，君子积善，至于车耳。”《测》曰：“君子积善，至于蕃也。”晋范望注：“积善成名，故车生耳。蕃，车耳也。车服有章，以显贤也。”《说文·耳部》：“䎱，乘舆金马耳也。从耳，麻声。”亡彼切。此即所谓车耳也。陆机《文赋》：“诗缘情而绮靡。”靡应作䎱。邹阳《狱中上书自明》：“饰固陋之心，则何王之门不可曳长裾乎？”《孔丛子·儒服篇》：“子高（孔穿，孔子六世孙）曳长裾，振褒袖，方屐粗篓（扇也），见平原君。”

余簪笔佣书，倡优同畜。《汉书·赵充国传》：“车骑将军张安世，……安世本持橐簪笔，事孝武帝数十年，见谓忠谨。”颜师古注：“簪笔者，插笔于首。”《史记·滑稽列传》褚少孙补《西门豹传》：“西门豹簪笔磬折，向河立待良久。”张守节《史记正义》：“簪笔，谓以毛装簪头，长五寸，插在冠前，谓之为笔，言插笔备礼也。”佣书：《后汉书·班超传》：“超与母随至洛阳，家贫，常为官佣书以供养，久劳苦。”任昉《为萧扬州荐士表》：“前晋安郡候官令东海王僧孺，……既笔耕为养，亦佣书成学。”李善引《东观汉记》曰：“班超家贫，为官佣写书。”倡优同畜：太史公《报任少卿书》：“文史星历，近乎卜祝之间，固主上所戏弄，倡优所畜，流俗之所轻也。”《汉书·严助传》：“其尤亲幸者：东方朔、枚皋、严助、吾丘寿王、司马相如，相如常称疾避事。朔、皋不根持论，上颇俳优畜之。”

百里之长，再命之士，《后汉书·循吏·仇览传》王涣谢遣览曰：“枳棘非鸾凤所栖，百里岂大贤之路?”李贤注：“时涣为县令，故自称百里也。”《三国志·蜀志·庞统传》：“先主领荆州，统以从事守耒阳令，在县不治，免官。吴将鲁肃遗先主书曰：‘庞士元非百里才也。’”又《蒋琬传》：“琬以州书佐随先主入蜀，除广都长。先主尝因游观，奄至广都，见琬众事不理，时又沉醉。先主大怒，将加罪戮。军师将军诸葛亮请曰：‘蒋琬社稷之器，非百里之才也。’”再命之士：《周礼·春官·大宗伯》：“壹命受职，再命受服。”郑玄引郑众注：“受服，受祭衣服为上士。”又《地官·党正》：“再命齿于父族。”贾公彦疏：“若然典命，虽不见天子之士命数，序官有上士、中士、下士；则上士三命、中士二命、下士一命。则此一命谓下士，再命谓中士，三命谓上士也。”又《礼记·祭义》："壹命齿于乡里，再命齿于族。"孔颖达疏："若天子党正饮酒，一命下士，立于下；再命中士，齿于父族；三命上士，席于宾车。"【郑玄注："齿者，谓以年次立若（或也）坐也。"】再命，实天子之中士也。

苞苴礼绝，问讯不通。《诗·卫风·木瓜》："投我以木李。"《毛传》："孔子曰：吾于木瓜，见苞苴之礼行。"《郑笺》："以果实相遗者，必苞苴之。《尚书》（《禹贡》）曰：'厥苞橘柚。'"《周礼·天官·庖人》郑玄注："庖之言包也，裹肉曰苞苴。"《礼记·曲礼上》："凡以弓剑、苞苴、箪笥问人者。"郑玄注："问，犹遗也。苞苴，裹肉，或以苇，或以茅。"又《少仪》："苞苴。"郑玄注："苞苴，谓编束管苇以裹鱼肉也。"《孔丛子·记义篇》："孔子读《诗》……于《木瓜》，见苞苴之礼行也。"《荀子·大略》："汤旱而祷曰：'……苞苴行与？谗夫兴与？何以不雨至斯极也？'"杨倞注："货贿必以物苞裹，故总谓之苞苴。"刘向《说苑·建本篇》："夫问讯之士，日夜兴起，厉中益知，以分别理。是故处身则全，立身不殆。士苟欲深明博察，以垂荣名，而不好问讯之道，则是伐智本而塞智原也。"《后汉书·清河王庆传》："庆多被病，或时不安。（和）帝朝夕问讯，进膳药，所以垂意甚备。"

此二异也。

孝标高蹈东阳，端居遗世，　孝标《东阳金华山栖志》："爰洎二毛，得居岩穴，所居东阳郡金华山，东阳，实会稽西部，是生竹箭。（《尔雅·释地》："东南之美者，有会稽之竹箭焉。"）山川秀丽，皋泽坱郁。若其群峰叠起，则接汉连霞；乔木布濩，则春青冬绿。……余之葺宇，实在斯焉。……若夫蚕而衣，耕而食。日出而作，日入而息。晚食当肉，无事为贵。（《战国策·齐策四》颜斶对齐宣王曰："晚食以当肉，安步以当车，无罪以当贵。"）不求于世，不忤于物。莫辨荣辱，匪知毁誉。浩荡天地之间，心无怵惕之警。岂与嵇生齿剑，杨子坠阁，较其优劣者哉!"高蹈：谓隐居也。《孔丛子·陈士义篇》："有言能得长生者，道士闻而欲学之，比往。言者死矣，道士高蹈而恨。"张协《七命》："冲漠公子含华隐曜，嘉遁龙盘，玩世高蹈。"郭璞《游仙》诗："高蹈风尘外，长揖谢夷、齐。"《晋书·贺循传》："遐栖高蹈，轻举绝俗。"此与《左传》哀公二十一年之"高蹈"作远行解异。端居：平居，燕居也。孟浩然《望洞庭湖赠张丞相》五律五六句："欲济无舟楫，端居耻圣明。"遗世：弃绝世事也。《庄子·则阳篇》："方且与世违，而心不屑与之俱，是陆沉者也。"郭象注："人中隐者，譬无水而沉也。"孙绰《游天台山赋序》："非夫遗世玩道，绝粒茹芝者，乌能轻举而宅之!"苏轼《前赤壁赋》："浩浩乎如冯虚御风，而不知其所止；飘飘乎如遗世独立，羽化而登仙。"

鸿冥蝉蜕，物外天全。 扬子《法言·问明篇》："鸿飞冥冥，弋人何篡焉!"（篡，应作慕）晋李轨注："君子潜神重玄之域，世网不能制御之。"《后汉书·逸民传序》："扬雄曰：'鸿飞冥冥，弋者何篡焉。'言其违患之远也。"李善曰："今篡或为慕，误也。"此以是为非。张九龄《感遇》诗："今我游冥冥，弋者何所慕?"近人汪荣宝《法言义疏》亦以慕字为是。李白《留别西河刘少府》诗："君亦不得意，高歌羡鸿冥。”许浑《酬邢杜二员外》诗：“熊轼并驱因雀噪，隼旟齐驻是鸿冥。”元吴莱《定命赋》：“规豪举于鸿冥兮，混牧刍乎鹿町。”蝉蜕：解而脱去之也。《史记·屈原列传》：“蝉蜕于浊秽，以浮游尘埃之外，不获世之滋垢。”《淮南子·精神训》：“抱素守精，蝉蜕蛇解，游于太清，轻举独往，忽然入冥。”班固《幽通赋》：“飒飒风而蝉蜕兮，雄朔野以扬声。”张衡《思玄赋》：“歘神化而蝉蜕兮，朋精粹而为徒。”左思《吴都赋》：“桂父（古仙人）练形而易色，亦须蝉蜕而附丽。”《后汉书·窦融传论》：“遂蝉蜕王侯之尊，终膺卿相之位。”又《逸民传序》：“然而蝉蜕嚣埃之中，自致寰区之外。”物外：即世外。《庄子·秋水》：“若物之外，若物之内。”梁简文帝《神山寺碑》：“几圆上圣，智周物外。”《唐书·元德秀传》：“弹琴读书，……陶陶然遗身物外。”宋之问《陆浑山庄》诗：“归来物外情，负杖阅岩耕。”韦庄《咸阳》诗：“李斯不向仓中悟，徐福应无物外游。”天全，谓自全其天，即不丧天真。《庄子·达生》：“夫若是者，其天守全，其神无郤，物奚自入焉？夫醉者之坠车，虽疾不死。骨节与人同，而犯害与人异，其神全也。乘亦不知也，坠亦不知也，死生惊惧，不入乎其胸中，是故遻物而不慴。彼得全于酒，而犹若是；而况得全于天乎？”周庚桑楚《亢仓子》：“圣人之制万物也，全其天也，天全则神全矣。”柳宗元《种树郭橐陀传》：“其天者全而其性得矣。”

余卑栖尘俗，降志辱身， 卑栖：容甫自铸。郭璞《游仙》诗断句：“戢翼栖榛梗。”即其意。栖，本字作西，或体作栖。西字左旁从木，是后人所加。尘俗：《晋书·索袭传》：

“宅不弥亩，而志忽九州；形居尘俗，而栖心天外。”任昉《王文宪集序》：“时司徒袁粲，有高世之度，脱落尘俗。见公（王俭）弱龄，便望风推服。”《论语·微子》：“不降其志，不辱其身，伯夷、叔齐与？谓柳下惠、少连，降志辱身矣；言中伦，行中虑，其斯而已矣。”降志：班固《答宾戏》：“伯夷抗行于首阳，柳惠降志于辱仕。（为士师，狱官也）”《礼记·祭义》：“不辱其身，不羞其亲，可谓孝矣。”太史公《报任少卿书》：“太上不辱先，其次不辱身。”

乞食饿鸱之余，寄命东陵之上。《庄子·秋水》：“惠子相梁，庄子往见之。或谓惠子曰：‘庄子来，欲代子相。’于是惠子恐，搜于国中三日三夜。庄子往见之，曰：‘南方有鸟，其名为鹓雏，子知之乎？夫鹓雏发于南海而飞于北海，非梧桐不止，非练实（竹实）不食，非醴泉不饮。于是鸱得腐鼠，鹓雏过之，仰而视之曰：‘吓!’”陆德明《经典释文》：“吓，许嫁反，又许伯反。……《诗笺》云：‘以口拒人曰吓。’”（《诗·大雅·桑柔》“反予来吓”《郑笺》）《左传》僖公二十三年：“晋公子重耳，……乞食于野人，野人与之块。”《史记·晋世家》：“重耳……过五鹿，饥而从野人乞食，野人盛土器中进之。”又《伍子胥传》：“胥未至吴而疾，止中道乞食。”陶渊明有《乞食》诗，盖借喻，谓以前仕宦为乞食，非归田后真乞食也。饿鸱：《南史·曹景宗传》（亦见《梁书》）：“我昔……拓弓弦，作霹雳声，箭如饿鸱叫。”《庄子·骈拇》：“伯夷死名于首阳之下，盗跖死利于东陵之上。”陆德明《经典释文》引李颐曰：“东陵，谓泰山也。”此指盗跖。刘孝标《广绝交论》：“南荆之跋扈，东陵之巨猾。”

寄命：《后汉书·马援传》朱勃诣阙上书理援曰：“士民饥困，寄命漏刻。”《孔丛子·抗志篇》子思曰：“伋寄命以来，度身以服卫之衣，量腹以食卫之粟矣。”

生重义轻，望实交陨。《孟子·告子上》：“生，亦我所欲也；义，亦我所欲也。二者不可得兼，舍生而取义者也。”此翻用之。陆机《演连珠》：“是以生重于利，故据图无挥剑之痛；义贵于身，故临川有投迹之哀。”李善注：“性命之道，含灵所惜。以利方生，则生重利。不以利丧生，是理之所守，道之所闭也。以身方义，则义贵身，而以义弃身，是势之所夺，权所必开也。是以据图无挥剑之痛，以利轻于生。临川有投迹之哀，以身轻于义。《文子》（《上义篇》）曰：‘左手据天下之图，而右手刎其喉，（虽）愚者不为，身贵乎（原作于）天下也。死君（亲）之难者，视死若（原作如）归，义重于身故（原无此字）也。（故）天下，大利也，比（之）身则（原作即）小；身，（之）所重也，比（之仁）义则（原作即）轻。’临川自投，谓北人无择也。”【《庄子·让王》：“舜以天下让其友北人无择，北人无择曰：‘异哉！后（君也）之为人也。居于畎亩之中，而游尧之门；不若是而已，又欲以其辱行漫我，吾羞见之。’因自投清泠之渊。”】《晋书·王道传》道谓晋成帝曰：“一旦示弱，窜于蛮越，求之望实，惧非良计。”望，名望也。望实，即名实。（《资治通鉴·晋纪》十六《显宗成皇帝上之下》咸和四年引道语正同。胡三省注：“望者，见于外者也。实者，有诸中者也。”）任昉《王文宪集序》：“国学初兴，华夷慕义，经师人表，允资望实。”苏轼《论周东迁》：“独王道不可，曰：‘……且北寇方强，一旦示弱，窜于蛮越，望实皆丧矣。’”

此三异也。

孝标身沦道显，藉甚当时。 身沦道显：容甫自铸。《史记·陆贾传》：“陈平乃以奴婢百人，车马五十乘，钱五百万，遗陆生为饮食费。陆生以此游汉廷公卿间，（颜师古《汉书·陆贾传》注：“廷谓朝廷。”）名声籍盛。”（《汉书·陆贾传》作“藉甚”。裴骃《史记集解》引应劭《汉书音义》曰：“言狼藉甚盛。”魏孟康《汉书》注同）《说文》：“藉，祭藉也。一曰：艸不编狼藉。”桓谭《新论》：“道路皆蒿艸，寥廓狼籍。”狼藉，是联绵字，盛多貌。与豺狼无涉。

高斋学士之选，安成《类苑》之编， 《南史·庾肩吾传》：“肩吾，字慎之。八岁能赋诗，为兄于陵所友爱。初为晋安王（齐武帝子子懋）国常侍，王每徙镇，肩吾常随府。在雍州，被命与刘孝威、江伯摇、孔敬通、申子悦、徐防、徐摛、王囿、孔铄、鲍至等十人，抄撰众籍，丰其果馔，号高斋学士。”高斋学士之选，乃首有刘孝威，容甫偶然误记耳。李详曰：“《梁书》、《南史》本传，咸言孝标召入西省，与学士贺踪，典校秘阁，高斋之选，不及峻名，且未侍晋安，难膺此号。若云西省学士，则无议矣。”《梁书·文学传下·刘峻传》：“安成王秀（梁武帝异母弟）好峻学，及迁荆州，引为户曹参军，给其书籍，使抄录事类，名曰《类苑》。未及成，复以疾去。”《南史·刘峻传》：“及峻《类苑》成，凡一百二十卷，帝即命诸学士撰《华林遍略》以高之。”《隋书·经籍志·子部·杂家》著录“《类苑》一百二十卷”。注云：“梁征虏刑狱参军刘孝标撰。”（《华林遍略》六百二十卷。梁绥安令徐僧权等撰）《艺文类聚》卷五十八刘之遴《与刘孝标书》："间闻足下作《类苑》，括综百家，驰骋千载，弥纶天地，缠络万品。撮道略之英华，搜群言之隐赜。铅摘既毕，杀青已就。义以类聚，事以群分。《述征》之妙，扬、班俦也。擅此博物，何快如之？虽复子野调声，寄知音于后世；文信构《览》，悬百金于当时。居然无以相尚，自非沉郁淡雅之思，安能闭志经年，勒成若此！吾尝闻为之者劳，观之者逸。足下已劳于精力，宜令吾见异书。"《诗·小雅·小弁》："弁彼鸒斯，归飞提提。"《毛传》："鸒，卑居。卑居，雅乌也。"孔颖达《毛诗正义》云："以刘孝标之博学，而《类苑·乌部》立鸒斯之目，是不精也。"案：《说文·鸟部》："鷽，卑居也。""雅，楚乌也。一名鸒，一名卑居。秦谓之雅。"然《尔雅·释鸟》云："鸒斯，鹎鶋。"扬子《法言·学行篇》："频频之党，甚于鷽斯，亦贼夫粮食而已矣。"李轨注："鷽斯，群行啄谷。"则鷽亦称鷽斯，有《尔雅》及《法言》为据，其来已久。孝标未为不精也。

国门可悬，都人争写。《史记·吕不韦列传》："吕不韦乃使其客人人著所闻，集论以为《八览》、《六论》、《十二纪》，二十余万言。以为备天地万物古今之事，号曰《吕氏春秋》。布咸阳市门，悬千金其上，延诸侯游士宾客，有能增损一字者，予千金。"高诱《吕氏春秋序》："秦始皇帝尊不韦为相国，号曰仲父。……不韦乃集儒士，使著其所闻，为《十二纪》（本在后，高诱置之在前）、《八览》、《六论》，合十余万言，备天地万物古今之事，名为《吕氏春秋》。暴之咸阳市门，悬千金其上，有能增损一字者与千金，时人无能增损者。

诱以为时人非不能也，盖惮相国，畏其势耳。”《论衡·自纪篇》：“《吕氏》、《淮南》，悬于市门，观读之者，无訾一言。……《淮南》、《吕氏》之无累害，所由出者家富官贵也。夫贵，故得悬于市；富，故有千金副。观读之者，惶恐畏忌，虽见乖不合，焉敢谴一字！”桓谭《新论》：“秦吕不韦请迎高妙，作《吕氏春秋》；汉之淮南王，聘天下辩通，以著篇章。书成，皆布之都市，悬置千金，以延示众士，而莫能有变易者，乃其事约艳，体具而言微也。”都人争写：《晋书·文苑·左思传》：“左思，字太冲，齐国临淄人也。……口讷，而辞藻壮丽。不好交游，惟以闲居为事。造《齐都赋》，一年乃成。复欲赋《三都》，……遂构思十年，门庭藩溷，皆著笔纸。遇得一句，即便疏之。……及赋成，时人未之重。思自以其作不谢班、张，恐以人废言，安定皇甫谧有高誉，思造而示之。谧称善，为其赋《序》。张载为注《魏都》，刘逵注《吴》、《蜀》。……司空张华见而叹曰：‘班、张之流也。使读之者尽而有余，久而更新。’于是豪贵之家，竞相传写，洛阳为之纸贵。初，陆机入洛，欲为此赋，闻思作之，抚掌而笑。与弟云书曰：‘此间有伧父，欲作《三都赋》，须其成，当以覆酒瓮耳。’及思赋出，机绝叹伏，以为不能加也，遂辍笔焉。”宋之问《范阳王挽词》：“洛阳今纸贵，犹写太冲词。”《北史·邢邵传》：“邵雕虫之美，独步当时，每一文初出，京师为之纸贵。”

余著书五车，数穷覆瓿。《庄子·天下》：“惠施多方，其书五车，其道舛驳，其言也不中。”《汉书·扬雄传》：“家素贫，耆酒，人希至其门。时有好事者，载酒肴，从游学。而钜鹿侯芭常从雄居，受其《太玄》、《法言》焉。刘歆亦尝观之，谓雄曰：‘空自苦！今学者有禄利，然尚不能明《易》，又如《玄》何？吾恐后人用覆酱瓿也。’”

长卿恨不同时，子云见知后世，《史记·司马相如传》：“文君乃与相如归成都，买田宅，为富人。居久之，蜀人杨得意为狗监，侍上。上读《子虚赋》而善之，曰：‘朕独不得与此人同时哉！’得意曰：‘臣邑人司马相如，自言为此赋。’上惊，乃召问相如。相如曰：‘有是。’”《汉书·扬雄传下》：“时大司空王邑、纳言严尤，闻雄死，谓桓谭曰：‘子常称扬雄书，岂能传于后世乎？’谭曰：‘必传。顾君与谭不及见也。凡人贱近而贵远，亲见扬子云禄位容貌，不能动人，故轻其书。昔老聃著虚无之言两篇，薄仁义，非礼学，然后世好之者，尚以为过于五经。自汉文、景之君及司马迁，皆有是言。今扬子之书，文义至深，而论不诡于圣人；若使遭遇时君，更阅贤知，为所称善，则必度越诸子矣。’”《后汉书·张衡传》：“衡善机巧，尤致思于天文、阴阳、历算。常好《玄经》，谓崔瑗曰：‘吾观《太玄》，方知子云妙极道数，乃与五经相拟，非徒传记之属，使人难论阴阳之事。汉家得天下二百岁之书也。复二百岁，殆将终乎！所以作者之数，必显一世常然之符也。汉四百岁，《玄》其兴矣。’”《三国志·吴志·陆绩传》：“陆绩字公纪，吴人也。……虞翻旧齿名盛，庞统荆州令士，年亦差长，皆与绩友善。……虽有军事，著述不废，作《浑天图》，注《易》、《释玄》，皆传于世。豫自知亡日，……年三十二卒。”晋范望注《太玄》前，有陆绩《述玄》一篇。《隋书·经籍志·子部·儒家》著录：“《扬子太玄经》九卷。”注：“宋衷注。”又：“《扬子太玄经》十卷。”注：“陆绩、宋衷撰。”又：“《扬子太玄经十卷》。”注：“蔡文邵注。梁有《扬子太玄经》十四卷，虞翻注。《扬子太玄经》十三卷，陆凯注。《扬子太玄经》七卷，王肃注。”司马光《太玄经序》：“汉五业主事宋衷，始为《玄》作《解诂》。吴郁林太守陆绩作《释正》，晋尚书郎范望作《解赞》，唐门下侍郎、平章事王涯注《经》及首测。宋兴，都官郎中、直昭文馆宋惟幹通为之注，秦州天水尉陈渐作《演玄》，司封员外郎吴秘作《音义》。庆历中，光始得《太玄》而读之，作《读玄》。自是求访此数书，皆得之，又作《说玄》。疲精劳神，三十余年，讫不能造其藩篱。以其用心之久，弃之似可惜，乃依《法言》，为之集注。诚不知量，庶几来者或有取焉。”是子云见知后世也。韩愈《与冯宿论文书》：“昔扬子云著《太玄》，人皆笑之。子云曰：‘世不我知，无害也；后世复有扬子云，必好之矣。’子云死近千载，竟未有扬子云，可叹也!”昌黎一时未审耳。晋常璩《华阳国志》卷十《先贤士女总赞》：“子云玄达，焕乎弘圣。……以经莫大于《易》，故则而作《太玄》。……后世大儒张衡、崔子玉（瑗）、宋仲子（衷）、王子雍（肃）皆为注解。吴郡陆公纪（绩）尤善于《玄》，称雄圣人。雄子神童乌，七岁预雄《玄》文。年九岁而卒。”又《三国志·魏志·王肃传》：“肃字子雍。年十八，从宋忠读《太玄》，而更为之解。”是并皆子云见知后世之证。

昔闻其语，今无其事。《论语·季氏》孔子曰：“隐居以求其志，行义以达其道。吾闻其语矣，未见其人也。”

此四异也。

孝标履道贞吉，不干世议。《易·履卦》九二："履道坦坦，幽人贞吉。"《白虎通·情性篇》："礼者履也，履道成文也。"《文选》曹植《王仲宣诔》："三台树位，履道是钟。"五臣吕向注："言履道于光武代也。"世议：鲍照《白头吟》："人情贱恩旧，世议逐衰兴。"《说文》："干，犯也。"

余天谗司命，赤口 一作舌。 **烧城**， 张衡《周天大象赋》："卷舌列天谗之表，附耳属天高之隅，天高望气，天谗备巫。"《隋书·天文志中》："天街西一星曰月卷舌。六星在北，主口语，以知佞谗也。曲者吉，直而动，天下有口舌之害，中一星曰天谗。"司，主也。司命，谓主其命。《扬子太玄经》卷一："《干》……次八：赤舌烧城，吐水于瓶。"《测》曰："赤舌吐水，君子以解祟也。"范望注："兑为口舌，八为木，木生火，火中之舌，故舌也。赤舌所败，若火烧城。"柳宗元《解祟赋序》："柳子既谪，犹惧不胜其口，筮以《玄》，遇《干》之八，其《赞》曰：'赤舌烧城，吐水于瓶。'其《测》曰：'君子解祟也。'喜而为之赋。"又陆龟蒙《杂讽九首》五古之四起云："赤舌可烧城，谗邪易为伍。"清陈本礼《太玄阐秘》云："赤舌烧城，犹众口铄金之意。小人架辞诬害君子，其舌赤若火，势欲烧城。"李详曰："容甫误舌为口，自是记疏。后人以容甫博雅，谓别有所出，抑太慎矣。"

笑齿啼颜，尽成罪状。 陈徐德言妻乐昌公主诗："笑啼俱不敢，始信做人难。"《后汉书·梁冀传》："冀妻孙寿，……色美而善为妖态，作愁眉，啼妆，堕马髻，折腰步，龋齿笑。"李贤注引应劭《风俗通》曰："啼妆者，薄拭目下，若啼处。……

龋齿笑者，若齿痛不忻忻。”罪状：《孔丛子·问军礼》：“有司明以敌人罪状，告之史。”《晋书·温峤传》：“苏峻果反，……峤于是列上尚书，陈峻罪状。”《魏志·公孙瓒传》裴松之注：“《典略》（魏鱼豢撰，亡）载瓒表（袁）绍罪状。”古公愚先生曰：“案：容甫刚肠疾恶，不为世俗所容，故有此喻。卢文弨《祭容甫文》云：‘不恕古人，指瑕蹈隙；何况今人，焉免勒帛？（沈括《梦溪笔谈》：“士人刘几，……骤为险怪之语，……欧阳公深恶之。……会公主文，……有一举人论曰：‘天地轧，万物茁，圣人发。’公曰：‘此必刘几也。”戏续之曰：‘秀才刺，试官刷。’乃以大朱笔横抹之，自首至尾，谓之红勒帛。”）众畏其口，誓欲杀之。终老田间，得与祸辞。’容甫不为嵇生铩翮，亦幸耳。”

跬步才蹈，荆棘已生。《荀子·劝学篇》：“故不积蹞步，无以致千里。”杨倞注：“半步曰蹞，蹞与跬同。”（《王霸篇》亦曰：“半步曰蹞。”又《解蔽篇》注：“蹞与跬同，半步曰跬。”）《大戴礼记·劝学篇》作跬。案：字本作趌，《说文·走部》：“趌，半步也。从走，圭声。读若跬同。”（《说文》无跬，许君以今字说古字）司马光《类篇》引《司马法》：“凡人一举足曰跬，两举足曰步，步，六尺也。”（“一举足曰跬”下脱去“跬，三尺也”四字）《仪礼·乡射礼》：“物长如笴（音稿）。”郑玄注：“笴，矢干也，长三尺，与跬相应，射者进退之节也。”《礼记·祭义》：“故君子顷步而弗敢忘孝也。”郑玄注：“顷，当为跬声之误也。”（古公愚先生加“一举足为跬，再举足为步。”案：《礼记·祭义》：“故君子顷步而弗敢忘孝也。”陆德明《经典释文》：“一举足为跬，再举足为步。”古公愚先生偶脱去《释文》二字）《诗·小雅·小旻》：“如匪行迈谋，是用不得于道。”《郑笺》：“是于道路无进于跬步何以异乎？”陆德明《经典释文》：“举足曰跬。”《孔丛子·小尔雅·广度》：“跬，一举足也。倍跬谓之步。”贾谊《新书·审微篇》：“故墨子见衢路而哭之，悲一跬而谬千里也。”（亦一举足之意）《淮南子·说林训》：“跬步不休。”高诱注：“跬，犹咫尺也。”扬雄《方言》：“半步为跬。”《汉书·邹阳传》公孙玃（音却）见梁王曰：“使吴失与而无助，跬步独进，瓦解土崩。”颜师古注：“半步曰跬。”又《王莽传上》：“进不跬步，退伏其殃。”师古曰：“半步曰跬，谓一举足也。”《老子》：“师（军队）之所处，荆棘生焉。大兵之后，必有凶年。”

此五异也。

嗟夫！敬通穷矣，孝标比之，则加酷焉。余于孝标，抑又不逮。 酷乃焅之借字。《说文》：“酷，酒味厚也。”苦莸切。“焅，旱气也。”苦沃切。逮亦作隶。《说文》：“隶，及也。从又，从尾省。又持尾者，从后及之也。”“逮，唐逮，及也。”

是知九渊之下，尚有天衢； 《庄子·应帝王》：“渊有九名，此处三焉。”陆德明《经典释文》：“《淮南子》云：有九旋之渊。许慎注云：至深也。”《列子·黄帝篇》：“鲵旋之潘（本作瀋，《说文》：“瀋，大波也。”）为渊，止水之潘为渊，流水之潘为渊，滥水之潘为渊，沃水之潘为渊，氿（音轨）水之潘为渊，雍水之潘为渊，汧（音牵）水之潘为渊，肥水之潘为渊，是为九渊焉。”《淮南子·兵略训》：“建心乎窈冥之野，而藏志乎九旋之渊。”贾谊《吊屈原赋》：“袭九渊之神龙兮，沕（音物，潜藏也）深潜以自珍。”《庄子·列御寇》：“河上有家贫恃纬萧（织草为器）而食者，其子没于渊，得千金之珠。其父谓其子曰：‘取石来，锻之。夫千金之珠，必在九重之渊，而骊龙颔下，子能得珠者，必遭其睡也；使骊龙而寤，子尚奚微之有哉！’”天衢：《易·大畜》上九：“何天之衢，亨。”《象》曰：“何天之衢，道大行也。”扬雄《剧秦美新》：“荷天衢，提地釐。”李善注：“上荷天道而下提地理。”崔骃《慰志》：“何天衢于盛世兮，超千载而垂绩。”孔融《荐祢衡表》：“如得龙跃天衢，振翼云汉。”李陵《录别诗》：“不如及清时，策名于天衢。”班固《汉书·叙传·述樊郦滕灌傅靳周传》：“攀龙附凤，并乘天衢。” ○此二句谓虽在九渊之下矣，然尚有以之为天衢者，言更下也。

秋荼之甘，或云如荠。《诗·邶风·谷风》：“谁谓荼苦？其甘如荠。”《毛传》：“荼，苦菜也。”《郑笺》：“荼诚苦矣，而君子于己之苦毒，又甚于荼；比方之荼，则甘如荠。”孔颖达疏：“又说遇己之苦，言人谁谓荼苦乎？以君子遇我之苦毒比之荼，即其甘如荠。”谢朓《始出尚书省》诗：“防口犹宽政，餐荼更如荠。”李善注：“餐荼之苦，更同如荠之甘。……仲长子《昌言》曰：‘有军兴之大役焉，有凶荒之杀用焉，如此，则清修洁皎之士，固当食荼。’”

我辰安在？实命不同。《诗·小雅·小弁》：“天之生我，我辰安在？”《毛传》：“辰，时也。”《郑笺》：“此言我生所值之辰安所在乎？谓六物之吉凶。”孔颖达疏：“昭七年《左传》：‘晋侯（平公）谓伯瑕曰：“何谓六物？”对曰：

“岁、时、日、月、星、辰，是谓也。”’服虔以为：岁星之神也，左行于地，十二岁而一周。时，四时也。日，十日也。月，十二月也。星，二十八宿也。辰，十二辰也。是为六物也。”《召南·小星》：“肃肃宵征，夙夜在公，实命不同。”《毛传》：“实，是也。”《说文》同。

劳者自歌，非求倾听。 《文选》谢混《游西池》诗起云：“悟彼《蟋蟀》唱，信此劳者歌。”李善注：“《韩诗》曰：‘《伐木》废，朋友之道缺，劳者歌其事。’诗人《伐木》自苦其事，故以为文。”《公羊传》宣公十五年：“什一行而颂声作矣。”何休《解诂》：“男女同巷，相从夜绩，至于夜中。……男女有所怨恨，相从而歌，饥者歌其食，劳者歌其事。”倾听：《礼记·曲礼上》：“立必正方，不倾听。”孔颖达疏：“立宜正向一方，不得倾头属听左右。”《战国策·秦策一》：“（苏秦）路过洛阳，父母闻之，清宫除道，张乐设饮，郊迎三十里。妻侧目而视，倾耳而听。”贾山《至言》：“使天下之人，戴目而视，倾耳而听。”陆龟蒙《村夜》诗：“明发成浩歌，谁能少倾听？”

目瞑意倦，聊复书之。 贾公彦《序周礼废兴》：“（贾逵）又云：‘至六十，为武都守。郡小少事，乃述平生之志，著《易》、《尚书》、《诗》、《礼》传皆讫。惟念前业未毕者，唯《周官》，年六十有六，目瞑意倦，自力补之。’

附：

江藩《汉学师承记》卷七《汪中传》：“藩弱冠时，即与君定交，日相过从，……君少喜为诗，不为徘徊光景之作。尤善属文，土苴韩、欧，以汉、魏、六朝为则。藩最重君文，酷爱其《自序》一首。今录于左，文曰：‘……’藩自遭家难后，十口之家，无一金之产。迹类浮屠，钵盂求食。睥睨纨袴，儒冠误身。门衰祚薄，养侄为儿。耳热酒酣，长歌当哭。嗟乎！刘子之遇，酷于敬通；容甫之厄，甚于孝标。以藩较之，岂知九渊之下，尚有重泉；食荼之甘，胜于尝胆者哉！”

汪中《经旧苑吊马守贞文》并序

古公愚先生《汪容甫文笺》:《容甫先生年谱》云:"刘先生台拱最爱此文，题云:'容甫已矣，百身莫赎。'"

余怀《板桥杂记序》:"洪武初年，建十六楼，以处官妓。淡烟轻粉，重译来宾，称一时之盛事。自时厥后，或废或存，迨至百年之久，而古迹寝湮，存者惟'南市'、'珠市'及'旧院'而已。……鼎革以来，时移物换，十年旧梦，依约扬州；一片欢场，鞠为茂草，……间亦过之，蒿藜满眼，楼馆劫灰，美人尘土，盛衰感慨，岂复有过此者乎?"

又《板桥杂记》卷上《雅游》:"'旧院'，人称曲中，前门对武定桥，后门在钞库街，妓家鳞次，比屋而居。屋宇精洁，花木萧疏，迥非尘境。"

又曰:"长板桥，在院墙外数十步，旷远芊绵，水烟凝碧。迴光、鹫峰，两寺夹之。中山东花园亘其前，秦淮朱雀桁绕其后，洵可娱目赏心，漱涤尘襟。"

又中卷《丽品》:"余生万历末年（明神宗万历四十八年，

去明亡二十四年）……曲中诸儿，如朱斗儿、徐翩翩、马湘兰（即守贞），皆不得而见之矣。”

岁在单阏，客居江宁城南， 乾隆四十八年癸卯岁也。容甫时年四十。汪喜孙《容甫先生年谱》：“乾隆四十八年癸卯三月往江宁，旅食者五阅月。”《尔雅·释天》：“大岁在甲曰阏逢，在乙曰旃蒙，在丙曰柔兆，在丁曰强圉，在戊曰著雍，在己曰屠维，在庚曰上章，在辛曰重光，在壬曰玄黓，在癸曰昭阳。岁阳。大岁在寅曰摄提格，在卯曰单阏，在辰曰执徐，在巳曰大荒落，在午曰敦牂，在未曰协洽，在申曰涒滩，在酉曰作噩，在戌曰阉茂，在亥曰大渊献，在子曰困敦，在丑曰赤奋若。”

出入经回光寺，其左有废圃焉。寒流清泚，秋菘满田， 谢朓《始出尚书省》诗：“邑里向疏芜，寒流自清泚。”《说文》：“泚，清也。”《南史·周颙传》：“颙字彦伦，……清贫寡欲，终日长蔬。虽有妻子，独处山舍。甚机辩，卫将军王俭谓颙曰：‘卿山中何所食？’颙曰：‘赤米白盐，绿葵紫蓼。’文惠太子（齐武帝太子长懋）问颙：‘菜食何味最胜？’颙曰：‘春初早韭，秋末晚菘。’”

室庐皆尽，《管子·山国轨》篇：“小家为室庐者服小租。”二字亦见《史记·平准书》及《汉书·东方朔传》。

唯古柏半生，风烟掩抑； 枚乘《七发》：“龙门之桐，高百尺而无枝，……其根半死半生。”掩抑，双声形容词，无定解，此作掩映。王融《咏琵琶》诗：“掩抑有奇态，凄锵多好声。”

怪石数峰，支离草际。《书·禹贡》：“海、岱惟青州，……岱畎丝、枲、铅、铅、怪石。”《孔传》：“怪，异。好石似玉者。”孔颖达疏：“怪石，奇怪之石。”《山海经·中山经》：“薄山之首，曰苟林之山，无草木，多怪石。”《汉书·地理志上》：“海、岱惟青州。……岱畎丝、枲、铅、松、怪石。”姜夔《点绛唇》词：“数峰清苦，商略黄昏雨。”《庄子·人间世》有支离疏，陆德明《经典释文》引司马彪注：“形体支离不全貌，疏，其名也。”又《德充符》有闉跂支离无脤，《经典释文》引司马彪云：“闉，曲。跂，仝也。闉跂支离，言脚常曲行，体不正卷缩也。无脤，名也。”谢朓《和徐都曹出新亭渚》诗：“日华川上动，风光草际浮。”王维《宿郑州》诗：“田父草际归，村童雨中牧。”

明南苑妓马守贞故居 一作宅。 **也**。 古公愚先生注：“《明诗综》（朱竹垞撰）：‘马守真，字湘兰，一字玄儿，又字月娇。’《静志居诗话》：‘湘兰貌本中人，而放诞风流，善伺人意；性复豪侠，恒挥金以赠少年。感吴人王伯谷（名穉登）解墨郎之厄，欲委身焉，伯谷不可。万历甲辰（三十二年）秋，伯谷年七十，湘兰买楼船，载小鬟十五，造飞絮园，置酒为寿，晨夕歌舞，流连者累月，亦胜引也。伯谷序其诗，略云：“有美一人，风流绝代。轻钱刀若土壤，翠袖朱家；重然诺若丘山，红妆季布。尔其搦（泥额切，持也）琉璃之管，字字风云；擘（补厄切，裂也）玉叶之笺，言言月露。翻《庭花》之旧曲，按《子夜》之新声，奚特锦江薛涛，标书记之目；（薛涛，唐名妓，本长安女子，随父流落蜀中，遂入乐籍，工诗。韦皋镇蜀，召令侍酒赋诗，称为女校书。暮年屏居浣花溪，着女冠服，好制松花小笺，时号薛涛笺）金昌（即阊，苏州）杜韦，恼刺史之肠而已哉！”（刘禹锡《杜司空席上赠妓》七绝：“高髻云鬟宫样妆，春风一曲杜韦娘。司空见惯浑闲事，断尽苏州刺史肠。”）曲中传为佳话。’”

秦淮水逝，迹往名留。其色艺风情，故老遗闻，多能道者。余尝览其画迹，丛兰修竹，文弱不胜，《世说新语·赏誉篇下》：“士龙（陆云）为人，文弱可爱。”

秀气灵襟，纷披楮墨之外。《礼记·礼运》：“故人者，其天地之德，阴阳之交，鬼神之会，五行之秀气也。”灵襟：灵妙不可思之襟怀也。唐太宗《初春登楼即物观作述怀》诗：“凭轩俯兰阁，眺瞩散灵襟。”沈约《宋书·谢灵运传论》：“民禀天地之灵，含五常之德，……升降讴谣，纷披风什。”五臣吕延济注：“纷披，言多也。”楮墨，纸墨也。明李昌祺《剪灯余话·田洙遇薛涛联句记》：“永奉闺房乐，长陪楮墨嬉。”徐渭《画鹤赋》：“楮墨如工，反寿终身之玩。”

未尝不爱赏其才，怅吾生之不及见也。夫托身乐籍，少长风尘，古公愚先生《汪容甫文笺》：“案：古罪人妻女，没入官为乐户，见《魏书·刑法志》（法，原作罚）。乐户亦曰乐籍。（宋景焕）《牧竖闲谈》：‘乐籍薛涛，善篇章，足辞辨。’”风街柳巷或妓女曰风尘，或曰风尘中人。宋王明青《摭青杂说》：“妾失身风尘，我在风尘中。”刘克庄《后村诗话》：“汴都角妓部六，……部即蔡奴也。元丰中命待诏崔白图其貌入禁中，……（高宗）绍兴中，潘子贱题其传神云：‘嘉祐风尘中人亦如此，盛哉！’”

人生实难，岂可责之以死！《左传》成公二年申公巫臣谓子反曰："人生实难，其有不获死乎。"

婉娈倚门之笑，绸缪鼓瑟之娱，谅非得已。《诗·齐风·甫田》："婉兮娈兮，总角丱兮。"《毛传》："婉娈，少好貌。"《史记·货殖列传》："夫用贫求富，农不如工，工不如商。刺绣文，不如倚市门。"《诗·唐风·绸缪》："绸缪束薪，三星在天。"《毛传》："绸缪，犹缠绵也。"陆机《吊魏武帝文序》："婉娈房闼之内，绸缪家人之务。"又《史记·货殖列传》："今夫赵女郑姬，设形容，揳鸣琴，揄长袂，蹑利屣，目挑心招，出不远千里，不择老少者，奔富厚也。"

在昔婕妤悼伤，文姬悲愤，《汉书·外戚传下》："孝成班倢伃，帝初即位，选入后宫，始为少使，蛾而大幸。为倢伃，居增成舍，……其后赵飞燕姊弟（妹也），亦从自微贱兴，逾越礼制，寖盛于前，……赵氏姊弟骄妒，倢伃恐久见危，求共养太后长信宫，上许焉。倢伃退处东宫，作赋自伤悼，其辞曰：'……'"《后汉书·列女传·董祀妻》："陈留董祀妻者，同郡蔡邕之女也。名琰，字文姬，博学，有才辩，又妙于音律。适河东卫仲道，夫亡无子，归宁于家。（献帝）兴平中，天下丧乱，文姬为胡骑所获，没于南匈奴左贤王，在胡中十二年，生二子。曹操素与邕善，痛其无嗣，乃遣使者以金璧赎之，而重嫁于祀。……后感伤乱离，追怀悲愤，作诗二章。其辞曰：'……'"

矧兹薄命，抑又下焉。《汉书·外戚传下》："孝成许皇后，……乃上疏曰：'……其余诚太迫急，奈何妾薄命，端遇竟宁前！（竟宁，元帝末年号）'"曹植乐府诗有《妾薄命》二首。苏轼《薄命佳人》诗："自古佳人多命薄，闭门春尽杨花落。”

嗟夫！天生此才，在于女子，百年千里，犹不可期。《鬻子·守道五帝三王周政甲第四》：“圣人在上，贤士百里而有一人，则犹无有也；王道衰微，暴乱在上，贤士千里而有一人，则犹比肩也。”（道家、周师，文王以下问焉）《孟子外书》：“千年一圣，犹旦暮也。”《吕氏春秋·先识览·观世篇》：“天下虽有有道之士，国犹少。千里而有一士，比肩也；累世而有一圣人，继踵也。士与圣人之所自来，若此其难也。”《战国策·齐策三》：“淳于髡一日而见七士于宣王。王曰：‘子来，寡人闻之：千里而一士，是比肩而立；百世而一圣，若随踵而至也。今子一朝而见七士，则士不亦众乎？’”《庄子·齐物论》：“万世之后，而一遇大圣，知其解者，是旦暮遇之也。”唐马总《意林》引《申子》曰：“百世有圣人，犹随踵；千里有贤者，是比肩而立也。”贾谊《新书·大政下》：“故圣王在上位，则士百里而有一人，则犹无有也。故王者衰则士没矣，故暴乱在位，则士千里而有一人，则犹比肩也。”《淮南子·修务训》：“若此九贤者，千岁而一出，犹继踵而生。”刘向《新序》卷五《杂事》：“千岁一合，若继踵，然后霸王之君兴焉。其贤而不用，不可胜载。”陆机《吊魏武帝文》：“惟降神之绵邈，眇千载而远期。”李善注引桓子《新论》曰：“夫圣人，乃千载一出，贤人君子所想思而不可得见者也。”东汉任弈《任子》：“累世一圣是继踵，千里一贤是比肩。”《颜氏家训·慕贤篇》：“古人云：‘千载一圣，犹旦暮也；五百年一贤，犹比膊也。’言圣贤之难得，疏阔如此。”

奈何钟美如斯，而摧辱之至于斯极哉！《左传》昭公二十八年叔向之母曰："吾闻之：甚美必有甚恶。是郑穆少妃姚子之子，子貉之妹也（子貉，郑灵公夷），子貉早死无后，而天钟美于是。"杜预注："是，夏姬也。钟，聚也。"

余单家孤子， 单家，谓孤单无势之家也。《魏志·王肃传》裴松之注引魏鱼豢《魏略》序曰："薛夏字宣声，天水人也。博学有才，天水旧有姜、阎、任、赵四姓，常推于郡中，而夏为单家，不为降屈。四姓欲共治之，夏乃游逸。"《蜀志·诸葛亮传》裴松之注引《魏略》曰："（徐）庶先名福，本单家子，少好任侠击剑。（桓帝）中平末，尝为人报仇，……为吏所得，……而其党伍共篡解之，得脱，于是感激，……折节学问。"《晋书·苏峻传》："峻本以单家，聚众于扰攘之际。"

寸田尺宅，无以治生。 古公愚先生《汪容甫文笺》："《黄庭经》：'寸田尺宅可治生。'注：'寸田，三丹田也；尺宅，面也。'（此借用字面）案：容甫极言贫窭耳，所谓文虽出彼，而义微殊也。"

老弱之命，悬于十指。一从操翰，数更府主。 古公愚《汪容甫文笺》："两汉称太守率曰明府，曰府君。章怀注：'郡守所居曰府，府者，尊高之称。'案：《周礼》郑《注》：'百官所居曰府。'府主者，泛指所事之官，不必即为太守也。潘安仁《闲居赋（序）》：'领大傅主簿，府主诛，除名为民。'是也。"

俯仰异趣，哀乐由人。 俯仰异趣，谓随人进退揖让也。哀乐由人，谓为人撰文为书札哀章寿文之类，皆以人意为之，不由己也。《左传》定公十五年：“夫礼，死生存亡之体也，将左右周旋，进退俯仰，于是乎取之。”《庄子·天运篇》师金谓颜渊曰：“且子独不见夫桔槔者乎？引之则俯，舍之则仰。彼人之所引，非引人也，故俯仰而不得罪于人。”宋玉《登徒子好色赋》：“意密体疏，俯仰异观。”《逸周书·常训》：“哀乐不时，四征不显。”（四征：喜、乐、忧、哀）《论语·颜渊》：“为仁由己，而由人乎哉？”《左传》僖公二十年：“君子曰：……善败由己，而由人乎哉？”

如黄祖之腹中，在本初之弦上。《后汉书·文苑传下·祢衡传》：“（刘）表耻不能容，以江夏太守黄祖性急，故送衡与之，祖亦善待焉。衡为作书记，轻重疏密，各得体宜。祖持其手曰：‘处士，此正得祖意，如祖腹中之所欲言也。’”《文选》陈孔璋《为袁绍檄豫州》李善注：“后绍败，琳归曹公，曹公曰：‘卿昔为本初移书，但可罪状孤而已；恶恶止其身，何乃上及父祖邪？’琳谢罪曰：‘矢在弦上，不可不发。’曹公爱其才而不责之。（李善引《魏志》）今《魏志·陈琳传》及《世说新语·文学篇》所引《魏略》均无此条。《后汉书·袁绍传》：“乃先宣檄曰：‘……司空曹操，祖父腾，故中常侍，与左悺、徐璜，并作妖孽，饕餮放横，伤化虐人。父嵩，乞丐携养，因赃买位，舆金辇宝，输货权门，窃盗鼎司，倾覆重器。操奸阉遗丑，本无令德，僄狡锋侠，好乱乐祸。’”李贤注：“据《陈琳集》，此檄，陈琳之词也。《魏志》曰：‘（陈）琳字孔璋，广陵人，避难冀州，袁绍使典文章。绍败，归太祖，太祖谓曰：“卿昔为本初移书，但可罪状孤而已；恶恶止其身，何乃上及父祖邪？”琳谢罪，太祖爱其才而不咎也。’流俗本此下有陈琳之辞者，非也。”矢在弦上二句，流传已久，容甫故用之，非不知出流俗本也。

静言身世，与斯人其何异？《诗·邶风·柏舟》：“静言思之，寤僻有摽。”斯人，指马守贞也。下云不嫌非偶。

只以荣期二乐，幸而为男，差无床箦之辱耳！ 忽转用荣期二乐，刻入沉痛，匪夷所思。《列子·天瑞篇》：“孔子游于太山，见荣启期行乎郕之野，鹿裘带索，鼓琴而歌。孔子问曰：‘先生所以乐，何也？’对曰：‘吾乐甚多。夫天生万物，唯人为贵，而吾得为人，是一乐也。男女之别，男尊女卑，故以男为贵；吾既得为男矣，是二乐也。人生有不见日月，不免襁褓者，吾既已行年九十矣，是三乐也。贫者，士之常也；死者，人之终也。处常得终，当何忧哉！’孔子曰：‘善乎！能自宽者也。’”

江上之歌，怜以同病； 《吴越春秋·阖闾内传第四》：“吴大夫被离承宴，问子胥曰：‘何见而信喜（伯嚭）？’子胥曰：‘吾之怨与喜同。子不闻河上歌乎？“同病相怜，同忧相救。惊翔之鸟，相随而集；濑下之水，因复俱流。胡马望北风而立，越燕向日而熙。谁不爱其所近，悲其所思”者乎？’……被离曰：‘吾观喜之为人，鹰视虎步，专功擅杀之性，不可亲也。’”

秋风鸣鸟，闻者生哀。 桓谭《新论·琴道篇》：“雍门周以琴见孟尝君，孟尝君曰：‘先生鼓琴，亦能令文悲乎？’对曰：‘臣之所能令悲者，……不若幼无父母，壮无妻儿，出以野泽为邻，入用堀穴为家，困于朝夕，无所假贷。若此人者，但闻飞鸟之号，秋风鸣条，则伤心矣。臣一为之援琴而长太息，未有不凄恻而涕泣者也。"

事有伤心，不嫌非偶，乃为辞曰：

嗟佳人之信嫮兮，挺妍姿之绰约。 曹植《洛神赋》："嗟佳人之信修兮，羌习《礼》而明《诗》。"《广雅·释诂一》："嫮，好也。"《汉书·外戚传上》武帝《伤悼李夫人赋》："美连娟以修嫮兮，命樔绝而不长。"颜师古曰："嫮，美也。"白居易《新乐府·李夫人》："纵令妍姿艳质化为土，此恨长在无销期。"《庄子·逍遥游》："肌肤若冰雪，绰约若处子。"陆德明《经典释文》引司马彪注："绰约，好貌。"《说文》作繛，（繛，或体作绰）司马相如《上林赋》："靓妆刻饰，便嬛绰约。"郭璞注："绰约，婉约也。"傅毅《舞赋》："绰约闲靡，机迅体轻。"李善注："绰约，美貌。"

羌既被此冶容兮，又工颦与善谑。 《庄子·天运篇》："西施病心而矉其里，其里之丑人见而美之，归亦捧心而矉其里。其里之富人见之，坚闭门而不出；贫人见之，挈妻子而去之走。"《诗·卫风·淇奥》："善戏谑兮，不为虐兮。"

攘皓腕以抒思兮，乍含毫以绵邈。 抒，应作舒，《说文》："舒，伸也。""抒，挹也。"神与切。曹植《洛神赋》："攘皓腕于神浒兮，采湍濑之玄芝。"陆机《文赋》："或操觚以率尔，或含毫而邈然。"又："函绵邈于尺素，吐滂沛乎寸心。"

寄幽怨于子墨兮，想蕙心之盘薄。 扬雄《长杨赋序》："聊因笔墨之成文章，故借翰林以为主人，子墨为客卿以讽。"鲍照《芜城赋》："东都妙姬，南国佳人。蕙心纨质，玉貌绛唇。”《庄子·田子方》：“宋元君将画图，众史皆至，受揖而立；舐笔和墨，在外者半。有一史后至者，儃儃然不趋，受揖不立，因之舍。公使人视之，则解衣般礴，裸。君曰：‘可矣，是真画者也。’”

惟女生而从人兮，固各安乎室家。 《左传》僖公元年：“女子，从人者也。”又桓公十八年：“女有家，男有室，无相渎也，谓之有礼。”《孟子·万章上》：“男女居室，人之大伦也。”又《滕文公下》：“丈夫生而愿为之有室，女子生而愿为之有家。”《诗·周南·桃夭》：“之子于归，宜其室家。”古公愚先生《汪容甫文笺》：“《左传》（僖公十五年）：‘逃归其国，而弃其家。’与‘孤’、‘弧’、‘姑’、‘逋’为韵，容甫文多用古韵也。”

何斯人之高秀兮，乃荡堕于女闾！ 《战国策·东周策》：“齐桓公宫中七市，女闾七百，国人非之。”高诱注：“闾，里中门也。为门为市于宫中，使女子居之。”又《抱朴子·外篇·任能》：“齐桓杀兄而立，鸟兽其行，被发彝酒，妇闾三百。”

奉君子之光仪兮，誓偕老以没身。 光仪，光华之容仪也。祢衡《鹦鹉赋》：“背蛮夷之下国，侍君子之光仪。”《诗·郑风·女曰鸡鸣》：“宜言饮酒，与子偕老。”又《诗·卫风·氓》：“及尔偕老，老使我怨。……言笑晏晏，信誓旦旦。”

何坐席之未温兮，又改服而事人？ 班固《答宾戏》：“孔席不暝，墨突不黔。”韦昭注：“暝，温也。言坐不暝席也。”改服：易衣也。《左传》襄公十一年：“改服修官。”又昭公二十七年：“羞者献体，改服于门外。”谢灵运《述祖德》

诗："委讲缀道论，改服康世屯。"

顾七尺其不自由兮，倏风荡而波沦。 七尺，指男儿身也。《淮南子·精神训》："吾生也有七尺之形，吾死也有一棺之土。"又《修务训》："夫七尺之形，心知忧愁劳苦。"沈约《王俭碑铭》："倾方寸以奉国，忘七尺以事君。"《魏书·李琰之传》："岂为声名，劳七尺也。"

纷啼笑其感人兮，孰知其不出于余心？ 陈太子舍人徐德言妻乐昌公主诗："笑啼俱不敢，始信作人难。"（见唐孟棨《本事诗》）

哆乐舞之婆娑兮，固非微躯之可任！ 《说文》："哆，张口也。"丁可切。《诗·陈风·东门之枌》："东门之枌，宛丘之栩。子仲之子，婆娑其下。"《毛传》："婆娑，舞也。"

哀吾生之鄙贱兮，又何矜乎才艺也。 《楚辞》屈原《九章·涉江》："哀吾生之无乐兮，幽独处乎山中。"《书·金縢》："予仁若考，能多材多艺，能事鬼神。"

予夺其不可冯兮，吾又安知夫天意也。 《左传》成公八年季文子曰："七年之中，一与一夺，二三孰甚焉。"《老子》："将欲夺之，必固与之。"予与通。冯，乃凭之假借，古籍多用之。《说文》："凭，依几也。""冯，马行疾也。从马，仌声。""淜，无舟渡河也。从水，朋声。""邳，姬姓之国。从邑，冯声。"

人固有不偶兮，将异世同其狼藉。 偶乃耦之假借，《说文》："偶，桐人也。""耦，耒广五寸为伐，二伐为耦。"不偶，犹言不遇。《论衡·命义篇》："以道事君，君善其言，遂用其身，偶也；行与主乖，退而远，不偶也。”《汉书·霍去病传》：“诸宿将常留落不耦。”师古曰：“留，谓迟留。落，谓堕落。故不谐耦而无功也。”狼藉，乱也。意谓颠沛。《史记·滑稽列传·淳于髡传》：“履舄交错，杯盘狼藉。”《说文》：“藉，祭藉也。一曰：草不编狼藉。”亦谓乱也。《孟子·滕文公上》：“乐岁粒米狼戾。”赵岐注：“狼戾，犹狼藉也。”又《告子上》：“则为狼疾人也。”赵岐注：“此为狼藉乱，不知治疾之人也。”桓谭《新论》：“道路皆蒿草，寥廓狼藉。”

遇秋气之恻怆兮，抚灵踪而太息。宋玉《九辩》：“悲哉秋之为气也。……怆怳懭悢兮，去故而就新。”李商隐《李肱所遗画松诗书两纸得四十韵》：“而我何为者？开颜捧灵踪。”

谅时命其不可为兮，独申哀而竟夕。《楚辞》严忌有《哀时命》，起云：“哀时命之不及古人兮，夫何予生之不遘时。”

附　录

大屿山宝莲禅寺碑记[1]

陈湛铨

孔子曰："天下何思何虑？天下同归而殊涂，一致而百虑。天下何思何虑？"远公云："如来之与周、孔，发致虽殊，潜相影响，出处成[2]异，终期必同，故虽曰道殊，所归一也。"文中子之偁〔称〕佛曰圣人也；又曰："斋戒修而梁国亡，非释迦之辠〔罪〕也。《易》不云乎：'非其人，道不虚行'？"夫儒佛异偁〔称〕，归趣同致。斯陆象山所以谓："东西南北海，有圣人出，此心同，此理同也。"而腐儒diss䛂意相，枘凿分徒，而讼戾为触蛮，何哉？中土禅宗，传自菩提达磨，昌于六祖惠能。教外别传，如手指月，直透人心，初不立文字也。然自内学西来，累宋历清，其间翻译藏经传录、佛门掌故暨公案语录者，胥以文字为筌蹄。故成道由人，传道者要不离文字也。昔维摩诘虽曰："一切言说，不离是相。至于智者，不著文字。"然答舍利弗云："言说文字，皆解脱相，无离文字说解捝〔脱〕相也。"大屿山宝莲禅寺者，原地拔海三千尺，本狐狸窟穴，蓬蒿没人，藏身者虽不厌深眇，知之者不堪其〔忧〕矣。于逊清宣统间，为大悦、顿修两禅和，开山菁

〔构〕小静室，深闷修持，坚坐禅关，退藏密勿，声尘索莫，世不渠知。艸〔草〕刱〔创〕茫昧，斯伦类欤！至民国十二年，有纪修老和尚者，自镇江金山来，众推为第一代住持。破衲萧疏，藜羹粗饭，攘剔灌栵，以启山林。于斯初结大茅篷，介左凤凰、右弥勒两峰间，与青山显奇、罗浮妙参、鹿湖观清、竝〔并〕世同时，人偁〔称〕四老。开堂接众，坐香参禅，云水安居，宗风丕振。〔继〕募建大雄宝殿及木寮僧舍斋堂，火宅生凉，伽蓝粗具。宏施博济，上悳〔德〕无偁〔称〕，届民国十九年退席，群推筏可大和尚接掌之。于是有众欣忭，檀越将维。须达布金、希文舍宅，遂乃梵宫焕若，铃铎锵如。名胜斯宗，郊游来萃，观慧日，听潮音。来禽亲人，停云补衲。剖胸以洗棘，冥心而迻〔移〕情。邀陶令于溪边，思子春于海上。参差万象，适我俱欣，而智熟刃游，日新月故，性融道胜，虚往实归。兹非乘一如以俱往，纳大千于无内者乎！逮夫庚子，传戒海外，若檀香山、菲、泰、星、马诸善信，不期而集者，至千五百余人。猗那渎，窠罗密麻，踵接肩摩，回旋无地，佥议恢张兹殿，俾道大有容，朝宗胥适。交促筏可大和尚，肩荷巍重，无得辤〔辞〕焉。自经始以抵于成，迭更棘艰，凡十载矣。此中袥〔拓〕地二万尺，仿佛敦煌伽蓝，四檐滴水，高低层分。上奉金佛三尊，法相庄严；下供罗汉五百，一堂比叙。风从云集，水到渠成，气茂三明，情超六入。复鸡园之胜迹，表灵鹫之遗型。世逾积而功宣，道在迩而德远矣。余寝馈儒书，兼耽禅悦，世尘未净，结习难空。聆宝铎而心倾，仰法云而目想，拊膺神越，愿言意消。比承筏可大和尚以碑文见托，欣然拜命焉。夫世有推迻〔移〕，界有方位，道有隐显，事有废兴，而道在人弘，事因文著。既光前而昭后，续慧命以传灯，敢不澡身浴悳〔德〕，怡然染翰〔翰〕乎！

岁在屠维作噩[3]如月[4]新会陈湛铨撰文竝〔并〕书　番禺冯康侯篆頟〔额〕

注：①此石碑现置于香港大屿山宝莲禅寺大雄宝殿外碑亭，原文无标点及附注。

②“成”应作“或”。句出《释氏通鉴》卷三，壬寅元兴元年一条。

③同己酉岁，即一九六九年。

④即阴历二月。

孔子曰天下何思何慮天下同歸而殊塗一致而百慮天下何思何慮遠公云如來之与周孔發致雖殊潛相影響出處成異終期必同故雖曰道殊所歸一也文中子之論佛曰聖人也又曰齋戒修而梁國亡非釋迦之辠也易不云乎苟非其人道不虛行夫儒佛異論歸趣同致斯陸象山所以謂東西南北海有聖人出此心同此理同也而腐儒誑謀意相紛攀分徒而訟戾為禍釁何哉中土禪宗傳自菩提達磨昌於六祖慧能教外別傳如手指月直透人心初不立文字也然自內學西來累宋歷濟其間翻譯藏經傳錄佛門掌故暨公案語錄者胥以文字為筌蹄故成道由人傳諸者要不離文字也昔維摩詰雖曰一切言說不離是相至於智者不著文字然答舍利弗云言說文字皆解脫相無離文字說解脫相也大嶼山寶蓮禪寺者原地拔海三千尺本孤猿窟穴蓬蒿沒人藏身者雖不厭深眇知之者不堪其憂矣於遜清宣統間為大悅頓修兩禪和開山葺小靜室深閟修持堅坐禪關退藏密勿督塵纍其世不渠知艸棚茫昧斯倫類敝至民國十二年有紀修老和尚者自鎮江金山來衆推為第一代住持破衲鐵疏藜羹粗飯攝剔灌棚以啓山林於斯初結大茅蓬介在鳳凰石彌勒兩峯間与青山顯奇羅浮妙參鹿湖觀清竝世同時人僻四老開堂接衆坐香參禪雲水安居宗風丕振鳩募建大雄寶殿及木寮僧舍齋堂火宅生涼伽藍粗具宏施博濟上惠無僻侶民國十九年退席羣推茂可大和尚接掌之於是有衆欣忭擅哉將維須達布金布文捨宅迻乃梵宮煥若鈴鐸鏘如名勝斯宗郊遊來萃觀慧日聽潮音來禽親人億雲補衲剖胸以洗棘冥心而迻情遙閩令於溪邊思子春於海上參差萬發適我俱欣而智熟刃遊日新月故性融踏勝遷往實歸故非來一如以俱往納大千於無內者乎逮夫庚子傳戒海外若檀香山菲泰星馬諸善信不期而集者至千五百餘人掎那瀆糞窠一羅密麻踵接肩摩迴旋無地僉議恢張益殿俾道大有容朝宗胥適交促茂可大和尚肩荷魏重無得辟焉自經始以抵於成迭更棘艱凡十載矣此中拓地二萬尺倣佛敦煌伽藍四眷滴水高低層分上舉金佛三尊法相莊嚴下供羅漢五百一堂比鉉風從雲集水到渠成氣茂三明情超六入儀雖園之勝蹟表靈鷲之遺型世適積而功宣道在過而德遺矣余體讀儒書兼耽禪悅世塵未淨結習難空聆寶鐸而心傾仰法雲而目想掛覺神超領言意消比承茂可大和尚以碑文見託欣然拜命焉夫世有推迻界有方位道有隱顯事有廢興而道在人弘事因文著既光前而昭後續慧命以傳燈敢不濕身浴惠倡然染翰乎

歲在屠維作噩　月新會陳湛銓撰文竝書

《大屿山宝莲禅寺碑记》墨迹本

追纪联合书院故校长蒋法贤先生

陈湛铨

顷接听何得云君传语，知将编印故联合书院校长《蒋法贤博士纪念册》，流行于世，着湛铨撰文纪叙之。余于二十一年前，忝承法贤先生特达之知，感恩浃髓，怀德无忘。于先生之长逝，尝撰联哭之，［非掘井九仞以及泉耶弹指三生此水真源知者几；恸夫人百身兼可赎矣倾心一哭贞元朝士仰何稀。］心声稍吐，然恨未痛快也。至今已阅岁年，渴冀有哀思追思之录可见，而久久未睹，私意怪之，不图今日得闻好音，何快如之！

余与先生虽同乡，然在联合书院开办前，未尝有晤言之好，且我新会人多承白沙先生之遗风，大都略乡情、而重大义也。既入校门，乡音两未启于口，即加恩托，使主理中国文学系，得行其所欲行。于是焉广聘名儒硕学，日夕过从，相与乎商量国故，昭宣大道，提挈来学，借艺橥材。虽李景康、刘伯端两高贤，以耆老体弱，不能俯就教职，亦例必每年踵门拜求，礼聘未阙也。独伍宪子先生，以八十高龄，犹来讲唐、虞、三代之书，使后生得仰瞻丰范，想见先王之风，实近代之所希有；然犹恨未能尽友天下之士，尚论古人而策后起也。而来学者肩摩踵接，道路传声，色举翔集，此国几兴矣。

于斯时也，虽未逮管幼安讲学辽东，旬月成邑；而植义三秋，真风扬若，使复假之以年时，即无大力者负之而走，而先王之道已胜，卜子夏老安于西河，不亦可以编蓬坏室，传薪无穷乎？何期散蚁追甜，俄成厚阵；新基改筑，贞石潜移。先生既被迫告退，吾辈亦何颜留位？枉抛心力，谁咏五君？此事之不可不纪者一也。

今春阅《联合书院创校廿周年纪念》特刊，开篇即见“校史纲要图解”，注脚云：“本校接受政府补助之前，无可用资料，因而本纲要只能由一九六零年二月开始。”此何等语耶？联合书院之得政府资助，全赖蒋法贤先生；而联合书院之树声，则赖中国文学系。校长有法贤先生，国学有陈某；陈某虽附法贤先生之驵骥髦端，然普天率土，于国故诗文，有逾于陈某者耶？老夫技痒，思得较量，如闻其人，敢陈余力。呜呼！无蒋法贤先生，遂使吾国真学不能大兴于海外，重可哀也夫！特刊校史，而竟视此等为无可用之资料，岂独盲瞽，亦欺人欺天矣！亭林先生曰：“士大夫之无耻，是谓国耻。”烈日严霜，究将谁责？庄生云：“哀莫大于心死”，“无所逃于天地之间”。宵深走笔，愤气乘胸，不有此作，愧对神灵。昭昭在上，去颜尺咫，可不畏哉！此不可不纪者二也。

今之中文大学，是由当年新亚、崇基、联合三校合组之“专上书院联合会”而生，西文约是“君等傻”，该会之主席即蒋法贤先生，陈某亦尝参预会议。在未得政府资助前，梗阻横生，诸多困扰，法贤先生力排众议，迈往而前，重叠往来于英伦之驳辩书函，皆先生亲手打字而成，恒至宵深或明发而不寐，然后乃有今日。有人独力成此九仞而后及泉之井，俾尔辈得寒泉之食，饮其水而不知其源者，已不可恕，况知其源而不言者耶？孟子曰：“言无实不祥，不祥之实，蔽贤者当之。”

不祥之人，夫何多也！事实既如是矣，故先生尝于某夕学生婚娶会宴中，广语侪辈曰：“无联合书院，则无中文大学；联合书院无陈先生，则不能为中文大学成员。联合书院对外赖蒋某，对内赖陈先生。”今先生人虽无身，声犹满耳。先生于湛铨之恩遇若此，激感曷胜？不觉腹痛鼻酸，涕流之被面也。聆听伟论而未死者，至今不止陈某，当年声概，闻见者尚有他人，非余一人私言之所可欺。此不可不纪者三也。

其他可叙者尚多，无人周爰咨诹，嫌于屑琐，不欲录矣。余近触发宿癖，诗章狂作，本欲以七言长句咏叹其事，适与冯翁康侯通话，承谓赋诗不如行文之快意悉达，故援笔络续写之。忆想当年，话须倾吐，顷刻终篇，不欲多睹；故于文辞之声音气味，消息短长之间，都无意细加调绎矣。

丁巳九月重阳前三日凌晨三时，前联合书院中国文学系主任新会陈湛铨拜撰。

（原载于香港《明报月刊》一九七七年十一月号）

忆国学大师陈湛铨教授

何文汇

我生平遇到教学最动听的老师恐怕要数国学大师陈湛铨教授，我初听陈老师讲学时十八九岁。当时陈老师已经有很多弟子、很多听众，而我在读大学预科一年级前，竟然连他的大名都没听过，可见我当时的见闻多么狭窄。有一天，我经过大会堂高座，看见一张由学海书楼张贴的小告示，写着星期天下午由陈湛铨教授主讲《庄子·秋水》，我立刻被那张告示吸引住，吸引我的不是讲者的姓名，而是讲者要讲的篇章——《秋水》，因为那是香港大学入学试（高级程度会考）中国文学卷的范文。

不过到了听讲的时候，我就被陈老师吸引住。但见他说话生动有力，对读音十分讲究，加以内容充实，可谓文质兼备。陈老师又写得一手雄浑苍劲的“粉笔字”，记忆力又特强，在黑板上旁征博引，都靠记忆，不用一书在手。他无疑在把国学讲演推向化境。

与此同时，我看《星岛日报》和《华侨日报》，竟然发现商业电台（当时还没分一台、二台）每个星期举办一次“对联征求”活动，由陈湛铨教授主持。陈老师出七言律句联首，参赛者邮寄联尾到商业电台，陈老师每次选取十名给予奖金，赛果于星期日在《星岛日报》及《华侨日报》公布，同时公布新一会联首。当天晚上（好像是晚上十时），陈老师就会在商台介绍和点评优胜作品。我觉得这活动很有意义，于是有空就参加比赛，也拿过几次奖金。中选固然开心，纵使落选，在收音机旁边听陈老师点评优胜作品，就能洞悉做对联的窍门。

一九六六年进入香港大学读本科，因为要适应新的学习环境和宿舍生活，虽然也会在周末到大会堂听讲，却一直没再参加对联征求比赛。过了好几个月，有一天突然“心血来潮”，拿起报纸找比赛资料，才知道那比赛只余两会便完结。我心里想：这两次绝对不可错过。我还记得最后第二会的联首是“同林各树荣枯异”，我对以“一榜多材取舍难”得季军；最后一会的联首是“美景良辰非向日”，我对以“小舟沧海寄余生”得第六名，算是对自己有所交代了。

在大学的时候，我如常去大会堂听学海书楼讲座，陈湛铨老师的讲座我更不会错过；也去陈老师开办的经纬书院听过一阵子课，但和陈老师没有交谈过，他的家人、学生我都不认识。正式交谈要在本科毕业后，在港大做硕士研究时。事缘我报读了一个在星光行举办、由陈教授讲《庄子》的短期校外课程，开课当晚，我出发迟了，于是连走带跑，及时赶到，冲进星光行一部未关门的升降机，然后抬头一看，整部升降机内除了我之外，只有一个人——陈湛铨教授。我登时手足无措，唯有硬着头皮自我介绍。谁知陈老师气定神闲地说：“我认得你，你就是做对联那个。”我感到十分迷惘，为什么这位陈教授如此神通广大？就在那时，升降机的门开了，于是各就各位，他讲我听。不过，自从在升降机内碰头后，我们的关系就越来越密切。

后来，陈老师告诉我，因为我以前常参加对联比赛，他留意到我的名字，但一直以为何文汇是一个中年人。有一次我去经纬书院上课，陈老师唱名派讲义，才发觉原来何文汇只是一个十来二十岁的小伙子，吃了一惊，所以印象就变得深刻。

我于一九七一年离港远赴英国伦敦，一九七六年自美国威斯康辛州回来，回来不久，就约陈老师出来吃晚饭，同时问学，以后就习以为常。陈老师的学问深不见底，总归圣贤之道。更难得的是他十分健谈，说话又动听，吃一顿饭就如坐春风之中。而我与陈老师的家人也熟落起来了。

陈老师个性刚强，行事讲原则，少妥协，自称“霸儒”。他在一九七七年写了《霸儒》七律一首，有序：“余以为在今日横流中，如出周、程、张、朱之醇儒，实不足以兴绝学。要弘吾道，都须霸儒，盖遏恶戡奸，似非天地温厚之仁气所能胜也。”他的《霸儒》七律更是剧力万钧：

修竹园空梦也无，双灯朗照亦何须。
旧乡人已成生客，穷海天教出霸儒。
星烂月明聊一望，风吹雨打待前驱。
虚窗又见微微白，犹执余篇当虎符。

这种气魄真足以傲视古今。

陈老师的旧乡故居名“修竹园”，其后不论乔迁到哪里，居所都自然叫“修竹园”，但《霸儒》诗中的“修竹园”则指故里无疑。

我一两星期就去九龙，和陈老师在胜利道附近的酒家吃晚饭。其后陈老师举家迁往太古城，我住在香港岛，找他吃饭更方便。我们从他住的隋宫阁走路到太古城第二期商场的酒家吃晚饭，只五分钟左右路程，这是当陈老师身体好的时候。陈老师一向十分健硕，又常打坐，大家都期望他寿过期颐，为学术和教育多作贡献。殊不知七十岁不到，他便患了重病，手术后身体渐见虚弱。纵使如此，陈老师仍然热爱讲学，仍然喜欢和学生在一起。那时候，我和他从隋宫阁步行到商场，他已不像以前般“大踏步便出去”，而是拄着手杖，一步改为半步，非常谨慎地、缓慢地向前移动，全程超过十五分钟。其后病情恶化，更不能外出。终于在一九八六年十二月二十日星期六下午，陈老师的长公子乐生打电话来，说老师于清晨病逝了。当时陈老师才七十一岁。

陈老师留下很多文稿。二〇一四年，陈老师的少公子达生联同兄妹，下了很大苦功，把文稿整理成电子档，打算陆续出版。香港商务印书馆对这个计划甚表支持，于是同年同时出版了陈老师三份遗作——《周易讲疏》、《苏东坡编年诗选讲疏》、《元遗山论诗绝句讲疏》，可谓当年学术界的一件盛事。我有幸为《周易讲疏》写序，得以再三表示我对陈老师崇高的敬意。

（原载于二〇一六年八月六日网上杂志《灼见名家》）

编后语

先严陈湛铨教授遗著《历代文选讲疏》一书得以顺利付梓，实蒙何文汇教授鼎力玉成，深表铭感。《历代文选讲疏》共有三十五篇选文，盖先严主讲香港学海书楼国学讲座时所撰之部分讲稿。先严于一九五〇年至一九八四年，在香港学海书楼讲学，垂三十五年，讲学内容遍及经史子集。本书三十五篇手稿，约完稿于上世纪七十年代，而附录一《大屿山宝莲禅寺碑记》墨迹本及其中部分手稿，曾刊载于一九八九年香港学海书楼出版之《陈湛铨先生讲学集》内。

二〇一四年，先严遗著《周易讲疏》、《苏东坡编年诗选讲疏》、《元遗山论诗绝句讲疏》出版后，余于二〇一五年又复整理出版先严诗作《修竹园诗选》。其后余兄妹等再捡拾先严遗稿，复得较完整之历代文选讲义手稿三十五篇，拟整理成书，刊行天下，议定由本人负责。余将手稿转为电子文稿，所有打字、编辑、订正、核对原书、校对等工作均由余承担。长兄乐生书名题签。春秋代序，暑往寒来，倏忽二载矣。承何文汇教授协助，联络香港商务印书馆出版文稿，复联络伍步谦博士主持之“伍福慈善基金”赞助出版，谨表谢忱。单周尧教授惠赐序文，何文汇教授允予转载原刊于网上杂志《灼见名家》之《忆国学大师陈湛铨教授》一文，谨致衷心谢意。惟编校过程疏漏在所难免，大雅君子，祈为见谅。

二〇一七年，岁次丁酉，孟春正月，陈达生谨志